上海图书馆馆藏文献丛刊

南社丛选

上

【民国】胡朴安 组编　　继 堂 点校

上海科学技术文献出版社
Shanghai Scientific and Technological Literature Press

汪　序

中国之革命文学，自庚子以后始日以著，其影响所及，当日之人心为之转移，而中华民国于以形成。此治中国文学史者所必不容忽也。

近世各国之革命，必有革命文学为之前驱，其革命文学之采色，必烂然有以异于其时代之前后。中国之革命文学亦然。核其内容与其形式，固不与庚子以前之时务论相类，亦与民国以后之政论绝非同物。盖其内容则民族、民权、民生之主义也，其形式之范成则涵有二事：其一根柢于国学，以经义、史事、诸子文辞之菁华为其枝干；其一根柢于西学，以法律、政治、经济之意蕴为其条理。二者相倚而亦相抉。无前者则国亡之痛、种沦之戚，习焉已忘，无繇动其光复神州之念；无后者则承学之士犹以为君臣之义无所逃于天地之间，无繇得闻主权在民之理。且无前者则大义虽著，而感情不笃，无以责其犯难而逃死；无后者则含孕虽富，而论理未精，无以辨析疑义、力行不惑。故革命文学必兼斯二者，乃能蔚然有以树立。其致力于前者，则有《国粹学报》《南社集》等；其不懈于前者而尤能致力于后者，则有《民报》等。举此为例，凡当时革命之文字，勿论为单行本，为月刊，为日刊，皆可类推焉。革命党人所以能勇于赴义，一往无前、百折而不挠者，恃此革命文学以自涵育。所以能一变三百年来奄奄不振之士气，使即于发扬蹈厉者，亦恃此革命文学以相感动也。

中华民国成立以来，十有二年矣，治未可致而乱且日甚。说者有谓由于革命文学之徒事兴奋，以致偾张者。愚则以为，士气委靡如此，患不兴奋耳，何偾张之足云？士之大患，在于见利害太明，好议论人长短而不务实践，此小人无忌惮之资也。惟拙朴勇毅之革命文学，始足以矫而正之。故愚于今日，惟革命文学不能普及之是惧，且将努力以增益其所不能，使革命文学不惟普及，且日以进步焉。此诚革命党人应有之责也。

南社诸子，以气节文章相尚，其在当日，皆能皎然不欺其志。比年以来，丧乱弘多，遂稍稍有变节者。譬之于树，枝叶黄落，亦新陈代谢之常。执此以訾其根本，适自承其傎而已。嗟夫！死者已矣，其精神所寄，存于文字，常能发其光焰，以为后人导。其犹生存者，则负中华民国之重以前趋，不达其所蕲之境，必不蹶然以止，庶几所谓死者复生、生者不愧者欤？

老友胡朴安为《南社丛选》既成，属为之序，因以所感，质之朴安，以为何如？

中华民国十二年十月，汪兆铭精卫谨序。

傅　序

岁戊申，松陵陈佩忍、柳亚庐倡南社于海上，余与宁太一自长沙应之，初不过数十人。洎辛亥光复，海上之会，号称极盛，社籍所录亦才及二百人耳。先是，社中方以激励国人为帜志，又尝胁于清吏之罗织，则庾其词、隐其旨，以求抒其志之所郁结，而一通其道于述往思来之旨，容有当焉。昧者不察，至有以明季遗老相讥者，盖未审作者之志，无足怪也。

清社既屋，海内之士，飙发云起，人奋笔，家振响，通都大邑，率有日报以相鼓吹，则又多为南社人士所萃，互引并进，声应气求，不二年间，而社籍几及千人。其文辞务为蹈厉奋发，不可一世，如日初出，震金炫采，然于忧深虑微之旨，未尝不三致意也。属大盗当国，欺时窃帝，威暴陵轹，士或以髑，而吾社断躯瘐狱，逃名遁迹，不为威屈利疚者，盖顶趾相望，而刘歆、扬雄之伦不与焉，则数年来砥砺气节之效也。顾征应既广，其来无方，华士惊名，刁为标榜，杂萧艾于兰茎，荐申椒以粪壤，遂至门户相轧，意气相倾，始以龃龉，终之离异。推厥本始，其失也滥，滋世诟病，亦有由已。

迩年以还，白浪西来，士不悦学，轻去其故而新是谋，环顾旧人，虑皆哀乐中年，易生厌倦，社事不斩，盖亦几希。佛说因缘，生住异灭。例之社事，己庚甫生，元二则住，丁戊渐异，今乃灭之是忧。中兴之图，抑其有待。盖通国之忧，而非徒吾社之忧也。

安吴胡子朴安，瘁学鞠教，甄文综献，感故旧之凋落，绵往迹于未湮，乃就社集所刻，综之剔之，为南社诗、文、词选若干卷。仆昔有斯志，顾以荒学，未能而废，今犹耿耿。集社刻者，柳子亚庐之力为多。尝见其每集稿成，皆朱丝阑，亲端书偏左，其右逐字圆规，光黑万珠，曾不少苟。岁己未，云间姚石子主社，余寓居海上，与编二十一集，但取草稿参错付印而已。胡之勤，不必如柳，而甄综芟削之功则过之。是南社得柳而大，得胡而长也。

荡襟西泠，归次沪渎，文燕从容，出此索序。展卷见宁生，为之涕限。其继宁为鬼者，又不知几何人也。至如仆者，少作雕虫，已成夙悔，恶札盈帙，一无可忻，而胡子且过存之，则适贻斯集之玷而已。

中华民国十二年初秋三日，醴陵傅熊湘序于长沙寓庐之古蔷薇下。

柳　序

中华民国纪元前三年，余与陈巢南诸子始创南社，迄今十五载矣。高岸为谷，深谷为陵，一时国运之变迁，人才之代谢，均有不胜今昔感者；约而言之，可分为三期焉。

自己酉至辛亥为第一期。时则胡焰方张，士气弥奋。西台恸哭，人讴皋羽之歌；智井沉书，家抱所南之史。一时泽畔行吟，山陬仗剑，不少慷慨义侠之士。迄乎革命军兴，而建牙开府，与夫参赞帷幄者，率多吾社俊流。是曰“酝酿时期”，不啻全盛矣。

自壬子至丙辰为第二期。新邦初建，想望太平，顾周实丹首义淮上，身死而仇未复，海内已窃窃然忧之，有刑赏不明之憾。其后贼凯盗国，诛锄异己。逆谋未露，先陨遁初；虐焰将销，犹残英士，而宁太一、杨性恂、陈勒生、周仲穆、仇蕴存、范鸿仙、程韵荪、吴虎头、姚勇忱诸君子，并断头沥血，白首同归，几几乎举吾社之良而尽歼之。是曰“摧残时期”，然青磷碧血，抑足蔚为国光焉。

自丁巳至癸亥为第三期。洪宪附逆，泾渭始淆，元凶天戮，小丑繁孳。安福、政学，靡不有吾社之败类。甚至贿选狱成，名列丹书者，赫然一十九辈。而其他反颜事贼、奔走伪庭者，犹不与焉。彼其之子，岂不口仁义而笔孔孟？然廉耻道丧，抑又何说！此则吾社之大辱，虽倾西江之水，不足以洗之。纵蔡幼襄流血于夔巫，易梅僧横尸于楚市，一薰而百莸，宁堪相抵哉！是曰“堕落时期”，盖哀莫大于心死已。

旷观前史，几复清流，卧子、瑗公，勿参维斗，名在日月之表，而陈名夏、李舒章辈则何如？又孰谓古今人不相及也。

余生扶九、孟朴之乡，而谬膺天如、受先之任，负乘致寇，有托而逃，亦有年矣。蒿目人伦，私忧窃叹，以为周之夔、陆文声不出于外侮，而出于内讧，已慨然有非种必锄之感。政变以还，抱斯义益笃。私谓假我数年，举社集全编而删定之，以人存文，以文存人，庶几有严于衮钺者在。朴安胡子，乃先我为之。既早铅椠，遂乏准绳。盖无藉之徒，固有朝巢由而暮跖蹻者，余又乌能蔽罪于胡子也？

要之，承学之士，手此一册，十五年来文章、政治之得失，亦既昭然在心目中。若夫流芳遗臭，为罪为功，则今日或且未有定论。集中诸人，幸而未即于堕落者，又安可不兢兢自勉其终始哉！

中华民国十二年十二月二十八日，吴江柳弃疾叙于海上寓楼。

自　序

文章与时代有关系，一时代之文章，必感受一时代之影响而成。其影响也，有顺受，有反感。其顺受也，昌黎所谓“和其声以鸣国家之盛”是；其反感也，其弱者则有变风变雅之作，其强者则有吊民伐罪之辞。南社之文章，一时代影响之反感者也。

夫文章之道，和平难工，激昂易妙。和平之文章，非涵养有素者，不能得其冲粹之气；非几研极深者，不能发其精微之理。若夫激昂之文章，慷慨之夫、刚强之士，出于胸中，流于腕底，固可以使顽廉懦立，泣鬼神而感风雨；然而意气用事之徒，亦得奋笔于其间，窃能文之号，卖誉于当时。南社影响时代之反感，其发为文章也，固宜出于激昂之一途。惟其出于激昂也，掊击清廷，排斥帝制，大声以呼，振启聋聩；垂涕而道，唤喻颛蒙，气类所通，薄海斯应。故慷慨之夫、刚强之士归之，意气用事之徒亦归之，不得志于满清、无由奋迹于利禄之途者亦归之。流品虽杂，目标则一，略其心迹，论其文章，固一时代影响之反感而不可以忽者也。

民国成立，反感之目标既去，向之意气用事者，不能固其初志；无由奋迹于利禄之途者，反得假为捷径焉。于是其黠者致身于通显之域，其愿者奔走于权势之门，激昂之气，亦一变而为脂韦之容，南社减色，吾辈亦觉汗颜焉。虽然，南社之文章，影响一时代之反感，其可存之价值，初不因少数不肖者而稍减；即不肖者当时之文章，亦确能发抒反感之思想，而有义形于色之概。

文章者，时代之出产物，非个人之私事也。兹编所录，存一时代之文章，用以推见一时代反感之所及。至于文之美恶、人之贤否，则非兹编之所注意者也。

民国十三年四月，泾县胡韫玉自序。

总目录

文选目录

卷一

卷二

卷三

卷四

卷六

卷七

卷八

卷九

卷十

南社文选

文选卷一

太一文选

宁调元，字太一，号仙霞，湖南长沙人。其著作已刊者，有《朗吟诗草》三卷，《明夷诗钞》二卷，《南幽百绝句》一卷，《太一诗存》四卷，《明夷词钞》一卷，《太一文存》一卷，《太一笺启》一卷，《庄子补释》一卷，《读汉书劄记》一卷，《太一丛话》五卷，《南幽杂俎》二卷，《南幽笔记》一卷。其未刊或已散佚者，有《译佛教圣典》《闲情集》《风遗小草》《辟支庐诗稿》《叹逝集》《南幽文集》《说文广义》《广说文广义》《楚词王注补》《碧血痕》《幽室范言》《小学读诗选》。太一才气奔放而学有根柢，故其为文异于时流。民国元年，尝与余论文于申江酒楼，辄曰："作文不识字，今人之通病。"盖太一工辞藻而致力于小学者也。民国二年，遭武昌之难而死。文人多厄，痛哉！今录文九首。

《南社集》序

诗者，志之所之也。《春秋说题辞》："在事为诗，未发为谋，故诗之为言志也。"扬子亦言："说志者莫辨乎诗。"李注："在心为志，发言为诗。"人各有志，志之卑抗殊，而诗之升降亦于以判。故古有采诗之官，先王所以观民俗、知得失、自考正也。延陵季子聘鲁，请观周乐，自郐以下无讥。诗之为义，大矣哉！吾友高子钝剑、柳子亚庐等，既以诗词名海内，复创南社，以网罗当世骚人奇士之作，蔚为巨观。钟仪操南音，不忘本也。

昔启祯之际，太仓二张首唱应社；贵池刘城和之，为广应社；嘉鱼熊开元宰吴江，进诸生讲艺，而复社乃兴。由是云间有几社，浙西有闻社，江北有南社，江西有则社，历亭有序社，昆阳有云簪社，而吴门有羽朋社、匡社，武陵有读书社，山左有大社。流派虽别，大都以诗古文词相砥砺，而统归于复社。山鸣谷应，风起水响，于斯为盛。春木之芚兮，援我手之鹑兮。去之三百载，其人若存兮。有踵接而起者，固可以观，可以群，可以怨也。

虽然，余选古近诗，至宋明尝略而弗录。其持论曰：诗运降戾，爰兹历年几千，代有迁移。温厚以则，宋以前也；纤丽以淫，唐以后也。且五言之际宋梁，犹七律之际晚唐，衰递以渐。学汉魏不能，或犹类唐；学宋明不能，将蔑所似也。然则斯编何取乎？曰：辑诗非选诗也。于先王之书，《乐记》道之曰："治世之音安以乐"，"乱世之音怨以怒"，"亡国之音哀以思"。故哀乐感夫心，而咏叹发于声。斯编何音？斯世何世？海内士夫，庶几晓然喻之，而同声一慨也夫。嗟嗟，《小雅》尽废，四夷交侵，子夏序诗，是以君子谓之知言。

丁未狱中与傅钝根书

昨又讯过一次，无结果，但坐地、不屈膝也。此事弟自己切有把握，望勿过虑。弟之近稿，兄有意取留，甚是感激。但将来如能援癸卯例，为订正一番，甚好也。又著有《碧血痕》一卷，得一万馀言，一百馀人，将来亦须兄相助。弟诗被官搜去者五十有馀首，皆托意风怀之作，幸蒙委员赞曰“宗旨平正”。此录者十之一二耳。不罄。元顿首。

戊申狱中与傅钝根书

金屯君鉴：岁暮不憀，在阴即惨，禁锢一室，无所可欢。镏约言归，益复了然。睹浮云于太空，嗅白鹤于天表，恨不与之俱飞也。来诗佳甚。桓子野闻歌，辄唤奈何，如有同情；江淹才尽，恐以瓦釜，比节黄钟，徒贻人笑。迟之异日，或当勉强一和。尔来上午阅子书，下午阅《汉书》，灯下阅《说文》及《后汉书》，订为常课。暇则休息，时着犊鼻裈，颇似马相如，惟无文君耳，故与诗词少断绝。前在枕上，曾作四言六章，其诗云：“幽室夜永，独寐寤歌。未见君子，我忧则那。”“乌兮哑哑，哀鸣求俦。夜寒不寐，觑焉涕流。”“有月有日，耀于室隅。忧心如爇，不可与俱。”“东门之柳，一年再围。人之不敢，去日以悲。”“河之水兮，曷云其已。及时不勖，为蝼为蚁。”“彼搽者骑，靡由不怨。顾瞻周道，罔罔于前。”明年来省，意已定否？一切待商甚多。有篆帖，盍带一二种来垣？弟士逸白。十二月十七接来函之后一日也。

武昌狱中与刘约真书

约兄鉴：仲庄归，当悉弟状。弟以五号引渡过江，押军法局，提讯数次，尚未定谳。生死关头，已于十年前勘破，至此复何所系？惟默揣中国时局，瓜分之祸，不出三年。吾人迟早不免一死。瞻乌爰止，于谁之屋？后死者重可哀也。

弟在此间，颇得狱吏善视，亦无所苦。为我告湘中诸友，幸自珍爱，无以我为念。此叩文祺。士逸弟上，七月十二号。

书《醉翁亭记》后

世传六一居士作《醉翁亭记》，始云“滁四面皆山”，继易以“滁为州，山四周”，最后乃改云“环滁皆山也”，可谓简拔矣。乃记成后之四十九年，东坡为之大书，重刻于滁，又改“泉洌而酒香”作“泉香而酒洌”，“水落或石出”作“水清而石出”。欧、苏皆一代大手笔，一字一句，不稍苟且，足见作文之难也。然而以欧公之文，东坡改之，实未见有胜原著，亦可见改人文字之难也。

文学林维岳墓志铭

君姓林氏，讳维岳，字秋峙。林氏世为福建著族，商于粤东，展转如湘，遂家醴陵。考戴熙州司马衔，诰封奉直大夫；妣黄宜人。司马公有考曰文志，文志有考曰常凤，均貤赠儒林郎。常凤者俶，始来醴，盖至君而四世矣。君孕毓家休，生而徇齐，能诵诗书、属文。年二十八，补府学弟子员。科举既不足以得真人才，主其事者复琐琐然自为尺量。君习举子业，屡试不雠，冥然进取之途。授徒里闾，枳棋自安。或谓少趋合，取青紫如拾芥。君拊髀雀跃，咥其笑矣。弟昆二人，长芝轩。君以少子，独得司马公爱怜。逮析产，则举瘠硗者与之，举不得指。君曰：“是奚屑屑也。贤多财，则损其智；愚多财，则益其过。吾父贻我一经，受赐多哉。”时辈服其能让。弟昆割爨而后，同室共居，往来辄整容送逆，进退一成规、一成矩，从容一若龙、一若虎。遌焉，嘉宾之临其前，李充推衣递食，刘琎束带与语，弗相尚也。当黄太宜人寝疾，君侍药炉，寒暑周年，衣不解带。已而疾竟不起，居丧肌毁骨立，终身皆哀慕之年，颜犹孺子色。居常课儿曹诗，至《蓼莪》章，辄呜然哭，菽菽泪落。至性感发，其天之所为之，不可使作之也。

醴人故健讼。君任团长，实汉三老兼游徼之职，凡七纪。事无宏纤，君一言冰雪解矣，始终无县控案。县令有请，必再而后往，不轻易涉公庭。其嫥谨类此。汉人朱寿昌白令边郡皆筑仓，谷贱时增其价而籴，谷贵时减其价而粜，以利于民。君放其制，少有通变，出赀创义仓一，咸感兄䶵。同光以还，兵燹水旱，迭为邑祸。素封之家，仅饱飧饔；中人之产，化为乌有。每逼岁除，北风雨雪，道莩止接。君首议设培厚堂，殣其殍馀。君曰："西伯掩枯骨，诸侯归心。吾曷敢望西伯？然子孙或有大吾门者。"

暨夫柝关破键，西货东溢，俗竞奢靡，朴风荡然。君布衣素履，爰甘澹泊，矜尚一时。子妇欲有所以易之，环请弗诺。性耽于饮，枕麹藉糟，一斗亦醉，一石亦醉，有古高士风。生以清道光己酉八月三日，殁以光绪戊申三月三日。配张安人，娴于妇道，著桓孟子操。男子子五：霁，附生；霭，廪贡生；雯，附生，肄业湖南优级师范学堂；铣；钟。女子子一，适石林浦张甲。孙九人，孙女一人。将以宣统己酉四月，启司马公夫妇之圹而祔葬焉。乡人士以为哲人就萎，盛德弗彰，宜为之铭。铭曰：

> 楚有大鸟，不鸣三年；丰有宝剑，埋之生烟。有隐德士，实祖比干；媒媒晦晦，目击道存。鹑生于窔，未尝好田；牂生于奥，未尝自贤。安时处顺，帝解其悬；魂魂其气，昌我川原。吾铭诸石，敢告蒸元。

刘母潘太孺人墓志铭

孺人醴陵潘氏，处士必昇公之季出也。潘氏故以诗书世其家，行止有义。年及笄，归同邑刘国学华杏。国学公蓄道能文，遭其府君春浦公之丧，挈季奉母程太孺人家居，冥心计学，不肯就大小试，视热中功名之士异矣。而治家方严，门以内一箄一簏，悉有常处。孺人亦修德守约，椎髻布衣，操井臼而前，暇则缃緤续缝以为常。而内政以修，而家业以振。每春夏交或岁晏，窭人子踵门求贷者趾相接，孺人解衣推食，未尝自为地。积久，子母相权，偿者艰于力。孺人稔其最者，尽反其券，或更贷之。乃以告国学公，公亦不之訧也。故时辈目为慈善家。孺人亦以慈善事业自任，视力所在，无不各厌其意。惟国学公意旨小异，以为大丈夫寒不能自衣，饥不能自食，徒人是仰，实耻之尤。与衣食之以懈其志，何如拒其请求，受刺激而或以自计也。然孺人之利，利在危急；国学公之利，利在远大。故感受其利者，又各有所归美焉。

先是，国学公弟昆五人，长华英，次华琢，次华品，次国学公，次华澜。品夫妇早逝，藐尔诸孤，靡瞻靡依。孺人视为己出，男用婚，女用嫁，底于成立，无德色。居平五日一沐发，两日一浣衣。事程太孺人尤谨，食必佐馂，醴必奉盘。井井兮其有理也，严严兮其能敬已也，分分兮其有终始也。乡聚贤之，国学公亦以得贤内助自诩。

当光绪壬寅之变政也，科举易而学堂，天下骚然，丰屋蔀家，醴陵尤甚。而孺人首劝国学公遣子谦就学湘垣，资泽湘出洋。既事定，人心释然，逾推服孺人之特识，不以世议与也，而醴东风气一丕变。泽湘、谦幼日就外傅，间辍业归省，孺人每用愀然，不信宿促之去。相与周旋者，探其贤，往罄旨蓄以隆其待遇，不则绝之。以是泽湘、谦学底于成，无妄交。

时局多艰，泽湘、谦方冀大有为于天下，以荣二亲。亡何，丙午岁，国学公逝。孺人悲戚过甚，劳券有加，逾年继逝。醴俗崇厚葬，喜缁黄，信堪舆家言。临终咸举以为诫。呜呼，贤已！生道光癸卯八月十三日卯时，殁于光绪戊申九月五日巳时，寿享六十有六。男子四：长泽湘，廪贡生；次万宜，承澜祧；次万甲；次谦，湖南中路师范优级生。女子三人，长适唐必亮，次适杨启清，次适潘昱。孙六人，女孙二人。将以宣统元年正月九日寅时，启程太孺人之圹而祔葬焉。铭曰：

履其地，廓如也。望其气，郁如也。其傍将置万家。山灵有知，呵兹护兹。

鸽儿墓志铭

鸽儿，未审其世系所自。昔者大皞生咸鸟，金天氏因以鸟纪官。厥后居靺鞨国者称岛夷，在盐长之国为鸟氏。种姓日繁，遂遍中原有鸟迹，鸽或其一族也。鸽儿性温易，奇瘦不畏人，人亦爱之。生十有六日孤，倚寡母独力，敏哺用活。今其母他适矣，适之日，其兄中暴疾亡；又三日而鸽儿绝粒死。宁子哀其命薄，搆石椁瓦棺，瘗之狱西隅。时己酉四月望日。锡之铭曰：

楚有一鸽命奇苦，东方帝国不容汝。赖我瘗汝于囹圄，足视千秋并万古。

自祭文

岁次丁未，月惟中冬。鸿燕代飞，日月于征。宁子生瘥，逼近周年。寒泉夕沸，冤霜昼零。恍兮忽兮，意若有忘。人情冷暖，世道崎岖。四顾歔欷，谁复愿言。迺陈浊醪，暨之牛脯，迺自选文，迺自祭曰：

在昔初哉，大宇洪荒。抟土为人，实甫娲皇。世运消长，否泰靡常。二离隐曜，四维不张。兽蹄鸟迹，充夫八方。于时人类，沦胥以亡。日居月诸，我亦降生。圆颅方趾，举众异形。有手有足，亦妙莫名。茕茕吾影，踽踽吾行。举世大骇，疑怪疑妖。亦有谓我，产于上霄。不羽不毛，不飞不跳。龙章粪壤，百口哓哓。用是群众，张拳挥刃。活活瘥我，墓门千仞。马面牛头，凛不可近。哀哀宁子，丁兹奇运。呜呼噫嘻，梦梦上天。星球大小，其扁其圆。品物附丽，焉知几千。我独何辜，坤舆仆缘。胡不自后，胡不自先。呜呼噫嘻，地之庞洪。纵横其里，竖亥难穷。鸟飞鱼跃，海阔天空。吾其恫夫，奚足莫容。我闻矿物，如恒河沙。重叠亘邈，地角天涯。胡不化身，伦与为佳。绝德弃智，是耶非耶。我闻草木，盘根错节。夕饮其露，朝萌以蘖。华者实者，乐天则哲。吾将与子，载生载灭。我闻鸟兽，蕃于有北。封狐千里，鸱鸮如虱。尔吞我并，弱肉强食。世界相续，曷其有极。胡地能载，胡天不极。如是我闻，阳九为厄。漫漫长夜，奄奄魂魄。吁气为雾，吐血成珀。我瞻四方，如何可适？迺安斯寝，迺枕斯岗。销声敛迹，潜德幽光。风鸣不已，雨雪其滂。今日之日，一年既将。人亦有言，不如及时。呼形对影，为奠一卮。异类乞灵，不其馁而。真吾不昧，尚其鉴兹。

萝庵文选

郑泽，原名兆醴，字叔瀛，又字叔容，号萝庵，湖南长沙人。邃于汉魏六朝人集，又尝私淑王壬秋，著有《萝庵遗稿》。民国九年卒，年三十有九。余不识叔容，尝从屯艮处得其梗概。潇湘多才，信然。今录文十二首。

与傅钝根书

君剑我兄鉴：弟于阴历闰月，奉母率眷，旋里避暑。束装时，曾已函告，倘尘青睐。自后招凉绿阴，饮露碧蕉，估萧选，吟周秦。无俚则捕雀钓鱼，说鬼传食。笑周宣之惮暑，同野老之忘年。此中恬嬉，岂竟逊兄？今月初四，挈眷来省，炎嚣顿增，蕴隆莫名。以思我兄，又若霄壤。所急待告慰者，则一年之宏愿，十人之跂望，七日之缔构，乃得文一篇。而所谓一生所仅得，千年之钜制，报良朋之厚谊，施竹帛而无愧者，亦惟此文一篇。兹特奉陈。所有尊命和诗，因失血六七日，去疏散矣。失血症今愈，惟我心惮暑，气息恹恹耳。

与柳亚子书

亚子足下：囊者钝安詸公，叵深景慕。逮入南社，获诵钜制，弥殷艳羡。自后以旨趣之符，兼缔结之雅，蹑扶风豪侠之景，歌旗亭杨柳之词，冥契已习，不面而昵。楚水吴山，神魂往来。展如之人，想其情素。顷惠玉音，兼奉社集六卷，及蜕安诗词两卷。以所居僻在南郭，而邮递乃北城戚家，又旋里避暑，襄羊五旬，展转迟延，今始收入。久未奉覆，倘见鉴原。仆以蕉萃之躯，履荼蓼之域；髫年枕凷，弱冠吹箫；生本无华，长尤落殖。加以药炉经卷，摩诘生涯；权火谯楼，裴郎迍境。而欲跻风雅之列，树骚坛之帜；附海上之英彦，绵遂古之国华，不其恧欤？故自入社以来，四载于兹，曾未径寄诗文，致污衡鉴。徒以钝安过誉，强录奉呈，而足下亦并蓄兼收，不嫌败鼓，率付剞劂，全与刊行。以筝琶而混《韶》《武》，以萧艾而杂芎䓖，偶一披寻，徒增愧赧。客冬之杪，降戾爰兹。焦桐无声，小雅知裨。方当赓奚斯之什，治越石之文，辞不能工，遂同绝响。署假在里，闲居无营，曾作二文，录尘清盼。又曩赠陈君佩忍诗，以属良会，亦以奉正。神迩迹遐，不尽拳拳。跂候麟鸿，倘令跫然。秋凉袭裾，伏维珍重。郑泽顿首。

湖南民变纪略

清宣统二年春，长沙以弛米禁，渐不给。绅寮具言于巡抚岑春蓂，请停官输入鄂，并禁奸商私运。春蓂犹以倭商方採多米，运毕须二十一日，请缓禁期，许之。由是奸商及时渔利，未旬日，输出可二十馀万。三月，城米骤涨，至石八千馀钱。湖南素称饶渥，当湘军之起，内给兵饷，外济邻省，米价犹不啻此。且贫民佣赀薄于他省，日数十钱，惟恃谷贱，得以事畜无缺。今米既翔踊，始皇皇不安矣。

属城南有贫妇，夫病子幼，赖行乞以活。一日得钱数十，往肆易米，肆以钱恶不之售。妇曰："夫与子已数日不食，兹亦弗敢较值，惟求以此钱得数勺贳死，可乎？"肆又不许。乃惨然出，投于池。其夫闻，念不得活，亦率子女匍匐溺死。邻人伤之，咸言其家丧亡，由米肆居奇，则往肆诟署。肆遽以劫掠闻巡警道赖承裕。承裕入白，春蓂愤然曰："民至不法，乃敢行劫城厢。果尔，即诛数人以警后。"承裕闻命，则驰城南究治。

时众方纷拏（挐），承裕至，述春蓂言曰："天然台茶一瓯须百钱，汝等犹饮之。今米升钱未百，即不安其处，亦顾首领否乎？"天然台者，长沙名酒楼，供靡价重，贫者莫敢望焉。饥民闻承裕言，恚曰："我等惟惩米肆，顾即盗耶？且居恒一餐不饱，宁与诸富贵人履天然台耶？今饥死，受诬亦死。等死，曷与稍申冤愤死乎！"乃捽承裕至檜树下，批其颊而数之曰："汝平时罔恤民瘼，今又欲以无辜诛我等。且汝从何所见我等酣游酒楼，而以此相诘责？"于是，承裕驺从悉避匿，莫知计所出。一仆乃伪为饥民者，前言曰："是宜执见巡抚，劾罢其职。"即挟承裕出，间道避入臬司署。而饥民尾承裕者数十人，则径来抚辕，咸以平粜为请。春蓂者，父毓英、兄春萱，累官均至兼圻。既以世家子膺疆寄，生长粱绣，未达民隐。抚湘数年，恒屏人深处，与术士谭休咎。前年浏阳兵起，惶恐无措，署前后悉以常备军自卫，人皆笑之。今闻承裕被殴，饥民数十人哗署前，大惧。

时已昏，乃民卫队列燧而阵，冀拒却之。抚署为城适中地，往来如织，观者渐集至千人。春蓂愈惧，更调常备军入城。人闻军至，车声隆隆，惊视，巨炮数尊也。乃围署大哗，坏瓦撤屋，曰："抚军将轰碎湘城矣。此殃民者，安能奉之！"天明，遣谕犹莫退，春蓂怒，枪毙数人。民愈益愤，烧衙署，欲推戴藩使庄赓良，而出春蓂诘问之。春蓂势迫，率眷属微服出避。莠民乘之，焚学校，劫米肆，毁各国教堂、商埠。城内外火光烛天，居民暨夷人纷出避乱。乡间讹言城昼不启、官吏尽戕，于是盗贼飙发，近者劫出城人赀财，远者掠富户钱谷，全省震动。

长沙县令余屏垣，素以贤能称，见事急，曰："前此饥民，不可杀。今乱民也，不杀，祸奚止？"斩焚掠者数人，城乱遽已。而益阳、湘潭等处，蜚报复络绎至，咸云匪踪来自长沙，焚掠尤甚。政府乃罢春蓂，命杨文鼎抚湖南，捕匪徒，兴振务。月馀，乱始定。

论曰：以封疆大臣，权势过古诸侯，而竟为数十饥民所困，至不得保其禄位，斯亦异矣。然使岑春蓂稍通民隐，虚纳群言，去其刚愎愚闇，而豫筹夫民食，则前定不困，何至受恶名于湖南哉！此后夷人索赔款，揽利权，乘衅要挟，湖南多故矣。然退原祸首，春蓂能辞其咎耶？

郑玉堵传

郑玉堵，字山韫，长沙人也。幼孤废读，以勇力跌踢乡里，人无敢忤。家财丰饶，奴僮数十人，悉勒为部伍，立旗志训练。市井无赖争归之，所为横恣。会村人某疑邻叟攘其鹜，以质玉堵。玉堵素善某，遽为召叟至，列仗坐中庭，诘责不服，笞之数百。叟大恚恨，既释，攫旗去，将证其诸不法事于官。玉堵惊，驰家奴狙城东北门，要叟获其旗。自是稍悟，更折节交欢正人，以赀为江西万载县巡检。

万载有剧盗，保聚山谷间，屡捕不获。玉堵至，则自请平之。率家奴掩至山寨，群盗方会食，卒出不意，皆失色。惟盗魁奋欲接战，未及出，则遇玉堵横刀来。盗魁叱曰："吾寨主某也。何来投死？"玉堵大怒，即前格堕其刃，擒之出，掷地命左右缚之。复迅入搜馀贼。比至，杯盘狼籍（藉），室空无人，唯庭柱大数抱，中微有声。玉堵知馀贼气馁，必匿此冀免。乃悉召家奴入，命尤勇者梯探柱隙。盗窘甚，急跃刃伤奴腕，奴颠，玉堵以手拭其伤，血顿止。复命曰：“上。”于是盗大惊，以为神，出拜曰：“吾等亡命数十年，未尝遇劲敌如公者。今唯有束手就缚，唯公生死之。”玉堵乃火山寨，执群贼归报。以功擢知县。当盗魁抵战时，实悍甚，虽就缚，然玉堵亦呕血数斗，用是致疾，未及任事，卒。玉堵，清乾隆时人。

郑泽曰：玉堵为余疏属祧祖。闻家长述其事，未尝不叹为古任侠之流也。昔英布、吴汉、李勣诸人，剽窃椎埋，大干世禁，然其后云蒸龙变，名垂竹帛，功昭旗常。以玉堵之不轨于法，犹未及诸人甚也。使天假之年，其名声勋烈，讵可量耶？昔周处以乡曲无赖，一言感动，斩蛟射虎，效死西羌；若玉堵者，庶几近之矣。

郑先声传

郑先声，字子瑞，长沙人也。自其先多以文学显，而先声独倡明数术。年稍长，即南游瓯粤，望海潮；北之燕，观政治所出；西游咸阳，访扶风豪侠，泛江汉以归。于是天下多故，满清居中国，秕政日集，乃与黄兴、陈天华等，首建民立中学，以开僿野、明种族。居顷之，复联黄汉同盟会，冀感召汉人。黄兴既东徂，会中事一以任先声，先声愈扩张势力。然其时满焰犹炽，既不克消外患，则惟悉意于挫民气，百计逻察，事遂泄。乃间行之武昌，复奔驰长江上下游，以联声气。值法兰西民党来汉，询中国革命事，先声与语，激昂慷慨。法人大惊服。

居无何，唐才常来自长沙，与先声谋发难。事败，唐才常不屈死。先声悲愤，必欲竟其志，乃毁家谋继之。然满吏捕党人急，狙入武昌狱。先声任搒掠，默不语，用是瘐久不决。得释，之皖江，徐锡麟之枪毙恩抚也，先声与其事。皖城既大索，遂被逮。然其时初抵安庆，迹未昭著，旋出狱，之申江，居傅熊湘诸人所建报社。每酒阑道国家事，意忽忽不自得，惨凄悲怀。社中故皆党人，资助之，劝令东游日本。既抵日，读书弘文学校，与诸同志结敢死党，欲即偕刘揆一归国，倡东南起义。同志固壮其志，然终以待时机尼之。

先是，先声居申时，尝北游天津，逻者察其有异，知且复还海上，则电江督端方得其迹捕治之。端方乃购其头千金，不得，复购之五千金。湘人朱士奇，故匪首。先声曾谕以大义，令助起事。至是，涎重赏，且知先声必信其以故旧故，乃往诱归国，献端方穷治之。未几，朱士奇死，而先声终以无狱词，乃长系。清宣统三年秋八月，卒江宁狱中，距入狱四年也。

中华民国元年春，天下既大定，黄兴为陆军部长，乃请大总统孙文，以端方江宁故宅建烈士祠，祀先声并杨卓林、吴樾、熊成基、杨守仁、陈天华五人。复电告湘都督谭延闿，祀之湖南烈士祠，且恤其家。妻汤氏，能倡明女教。闻先声卒，则驰江宁以榇归。女业恒，尝慕缇萦事，往请端方释其父。无子，以兄子嗣。

论曰：知死必勇。当郑先声之崎岖于武昌、安庆间，曷尝不知狱吏之尊也？然终不以刑酷挫其志，百死无悔，卒成仁于圜土间，非毅然古烈丈夫耶?!

黄骥传

黄骥，字再生，亦字锄异，萍乡人也。幼能绩学，颖悟过人。岁丙午，入萍乡中校。念时事益急，而满清专横，乃投笔入征兵队，招同志居其间，究改革事。然言论激烈，媒孽（糵）者日众，上官羁之严。骥以不能有所发舒，且同志诸将或他调，或以党祸去官，乃间行走岳、攸、浏、随，倡共起义。清宣统二年春二月，为逻者所悉，逮入萍狱。萍令杨焜素惨酷，笞掠备至，遂遇害。临刑时，赋绝命诗数章，词意激昂，今尚存。

论曰：余尝闻黄骥幼时，每读史至忠烈事，泪涔涔也。终以忠烈死，非求仁有素耶?!

黄兰亭传

黄兰亭，字险雄，楚人也。幼好学，喜任侠，奉母至孝。尝偕陈天华游学日本，入士官学校，与吴樾善，光复会佥称其能。举归国谋光复，乃联南洋群岛诸同志，浮海而归。至江宁，统领杨金龙令管带护军前营，遂说以首建练兵学堂，而以强种族主持其教。复联东部同盟会，倡东南起义。闻载泽等出使考察宪政，且出都，则辞管带职，偕吴樾驰天津驿道掷炸弹。事泄，吴樾被获，兰亭乃复归江宁，悲愤几死。

属王汉来宁，以金陵形胜足以基光复，乃推举兰亭任东部军械。兰亭既被举，益思有所发舒，与光复党遍置秘密药库以待用，复伪充新兵诸营器械官，潜令诸营独立。事为江督周馥所闻，遣兵入库，获炸药二百馀囊，囊可三百斤。王汉以事泄，劝令逃，无俱死，且留有用。兰亭慨然曰："君固义侠，然余何忍苟活，令君独死?"遂毅然出首，不自讳。狱既具，且行刑，其二子跪持衣，不令前。兰亭瞋目曰："我为国，死无憾；汝孝事而母，悲奚为?"遂以乙巳冬十二月死东市。

论曰：黄兰亭之死江宁而不死天津也，盖知天津之役，必与吴樾骈戮无益，非若江宁之犹可脱友朋于难也。以视惟知以一死塞责，及全躯保妻子之徒，其义烈为何如哉！

康煦传

庸煦，又名治烜，字柘莊，永州零陵人。幼侍其父，读书湘水校经堂，习公羊家言。旋入广益中校，复之沪，入留美预校南洋公学。兄弟三人，俱愤满清专横，久蓄革命志。武汉义起，幡然南旋。遗书昆季同学，谓“生无所乐，死亦非苦；义不苟生，理无虚死”。遂偕唐吉簾、周岐赴燕，图掷炸弹。事泄死，年二十三。妻杨氏。无子，有女二。

论曰：烈士之死，不亦哀哉！当湘中举义，一时景附云集者，方亟亟谋建设，而烈士意气奋发，以大敌未灭，欲身先天下，卒捐命虏穴，矢志不悔。盖其所怀抱者素也，虽其事不终，然足以兴百世矣。

傅公慎吾墓表

公讳儒懋，字登敬，号慎吾，醴陵嵣山人也。其先世曰源公，以明初来自丰城。十八传暨忠庵公，讳端廷，贱粜振饥，门旌敦善。子治卿公，讳正家，卓然儒素，见钦里闾。子蔼堂公，讳宗淑，继迪前光，昭兹来许。其中子则慎吾公也。

公生而岐嶷，性纯孝。母李太君，艰于动作，手足不仁。公则左右扶掖，以时进食，厕牏亵服，恒亲漱濯。屏绝外馆，勤侍卅年。兰陔白华，谅符《诗》旨。若夫信道之笃，植躬之端，器量之宏深，资性之恬澹，穆穆焉，渊渊焉，维忍维让，靡忿靡欲。其缀学也，斥华务实，极深研几，绵圣经之埃灭，弘王风之已微，襄羊乎礼乐之场，干僚乎艺术之薮。属在清季，帖括求材，公任起衰骚、除卑靡，用是凿枘不入，连困有司。翩栖衡门，闲心静处，阐绎丘索，诏彼后进，善诱能教，卒祛厥弊。至于家法之绳饬，庭训之殷严，不闻熇熇，惟聆雒诵。

人或谓公："学不医贫，盍事他业？纵曰幅利，犹少候时。"公谓："读书所以立行，我生视为至乐。若以穷约辍业，何有厚颜其人？"乃躬掇薪蔬，勤督佔毕。恶言卑行，用为大戒；伦纪道德，时勉后人。他如追远祀先，敬宗收族；明伦立教，解纷释纠；子弟之率以谨，繁衍之支维辑。推而睦姻敬梓，安老怀少；善人之善，急人之急；正词直道，闲邪牖愚。俾夫需役之伧，瞻明之属，睹丰标而景附，聆名声而响和。及当属纩，妇孺凄怆，千里绋讴，比邻颂德，咸相劝勉，守教毋衰。粤以清宣统二年庚戌二月十三日亥时，高朗令终。计生于道光十年辛卯十月十九日丑时，享寿七十有九。齿跻大董，允为耆儒。乌呼难矣！

配程太君，生有懿德，先卒。子润荄先生，名道康，儒行蔼然，创兴族学，继志述事，无忝所生。孙文渠，名熊湘，夙厚于泽，英材特行，边越时流，自龀若冠，由入学暨知名，以养以教。惟公恩德，迄今追述，涕犹涔涔；所为诗文，半寄哀慕。爰以其年九月十日，葬公于东乡沩山望仙桥狮形岭之原。重以潜幽莫彰，荒翳斯惧，先德所在，厥须敷扬。今其如何，敢阙斯礼？既越五载，重表原道，用抒罔极，兼励来兹。馀具公门人黄君钧所撰志铭。民国四年秋日，长沙郑泽述。

刘节母墓志铭

节母，醴陵黄氏。父忠燮公，自号洞井处士，以介特闻于时。节母幼习庭训，律身大义。年十五，归刘公谦臣。公讳振祥，清登仕郎。机杼诗书，翕然雅素。宜尔室家，严于尊章，妇职虔修，孝行维笃。姑既早殁，家政独操，内外亭营，悉饫人意。年未三十，遽睽所天。

有子曰骧，时甫八岁，以荼蓼之遇，坚冰蘖之操，存茕嫠之身，勤嫛婗之为，用俾孤儿，崭然成立。结客湘楚，豪侠罕俦。泽友傅子熊湘，以文忌于袁氏，谍者四出，人无敢留。骧独匿之，终逾绝险。友朋交赞，义问宣昭。揆厥由来，时维节母。盖诒谋之既哲，斯锡类之允臧。观其协于先后，和于戚鄙；抚从女若己出，遇诸子以恩惠；药饵医疾，泉币周贫；流慈博施，处约若厚，其视徒洁其身，固犹隘也。

清光绪三十四年，邑人闻诸有司，请旌于朝。有诏俞允，遂彰潜德。节母愈益撝抑，毫无矜容。地盈流谦，亶其然乎？

丁巳秋，泽方与骧司榷资江，遽闻病耗。骧即驰归，已无及矣。时九月某日也。计生于清某年某月某日，享寿若干。粤以某年某月某日葬于某山之阳，首某趾某，宜也。铭曰：

松耶柏耶，蔚马鬣耶。其叶苍苍，舒节烈耶。夐其渺兮，以永奠兹慈魄耶！

祭大汉诸烈士文

维中华民国元年春，湘都督谭公，既奉参谋总长兼陆军部长黄公电示，乃改亡清曾国藩专祠为大汉烈士祠，且以三月十三日，开始祭大会。同人等例得陪祭。敬为文以告诸烈士之灵曰：

夫何群雄之蔚起兮，惟遗芳之满堂。怅英风之不可接兮，乃敝芃而云亡。沅湘呜咽以东流兮，悲贤豪之淘尽于汪洋。独蕙櫋与荃壁兮，烂昭昭而未央。当胡尘之障天兮，翳炎精其不辉。既萎腇而选耎兮，复割荣而擅威。列强排迮旅距以纷乘兮，繄独蜷伏蠖屈而无以揞其危。务锄豪桀以维安兮，树丰隆之党碑。惟诸烈士之振厉兮，蹈百死而靡辞。哀皇图之廪廪兮，敢决然而弃之？沕深潜其嫿妍兮，忍餔糟泥淈以终世。张垂天之翼以高飞兮，嗤枪榆之不至。或愤言谠论以振聋兮，或桥箭累弦之是继。嗟天道之难凭兮，乘潮流而未济。朔风噫而畏佳兮，复隼鹰之有吏。阘铄摧折而蕴手兮，为兰国而滋戾。刀锯嘉石其横施兮，尽黄钟于毁弃。素功汩而不扬兮，武威奋而熊熊。张锥荆剑以狙击兮，躏石渠答而摧锋。或免胄而授命兮，或铍交而洞胸。维刷耻与揵蓠兮，血星星其飞红。灵魂渺其何归兮，粤维复古之黄农。羌求仁而得仁兮，讵怫愲于幽宫。惟盟好之哀感兮，将终古而无已。涕潺湲以萑兰兮，征宋些与楚只。招毅魄之归来兮，修宗布之崇祀。去孅趋之故鬼兮，妥民正之新主。更芳椒以为坛兮，易辛夷以搆宇。彼曾氏之助虐兮，固歆禋祀于东胡。维民国之巍巍兮，乃群英冒死而成之。兹既庙貌之更新兮，彼斯崇祀之忽诸。绵鬼雄之血食兮，咸干傺而迟迟。

谇曰：来兮止兮，毋愁予兮。安兮享兮，灵风爽兮。天关豁兮地轴坚，报功崇德兮馨香延。陈蕙肴兮兰藉，肆玉几兮琼筵。吹参差兮拊鼓，蹇将憺兮连蜷。身纵殄兮魂愉，人虽往兮国绵。君欣欣兮乐只，灵皇皇兮万年。

祭宋先生文

维民国二年四月三日，《长沙日报》同人谨祭于钝初先生之灵曰：

胡磅黩之茫茫兮，俾邦瘁而人亡。纵高名之有丽兮，逢斯世之侹攘。惟木妖与禽孽兮，偏钳忌于贤良。荃不周于今之人兮，剸狂刃而诪张。蝮蛇蓁蓁而蠚手兮，豺狼侁侁以伥伥。岂胥人之去几兮，致芳荪之剿绝而不长；抑党人之不亮兮，思割荣索赖于堂皇？纷非俊而疑桀兮，任鬼蜮之横行。为参怀而阑国兮，森荆棘于由庚。哀皇图之廪廪兮，候草木之无荣。嗟苦先生兮，独罹此殃。天地为之稠嶶兮，日月为之晦冥。血星星其飞红兮，色万众之肺肠。令魁垒之贤豪兮，咸创艾于金伤。嫶妍劚慄以选耎兮，闒茸蹂若而回惶。惨悽增欷其无已兮，涕泣芄兰而满匡。念伊人之不世兮，悲天道之难凭。既聋戢兹新邦兮，复排迮而经营。羌心仪于共和兮，冀免国是之蠼螗。众薆然而蔽之兮，昏不察其芳情。乃豐葥而含沙兮，群积矢于先生。謥詷而陨命兮，飞惨祸于沪江。愿仇人之有在兮，耿吾剑之虹光。饮其头以为器兮，抒举国之哀怆。兹临风以遥哭兮，奠桂酭与椒桨。倘精灵之英英兮，翩兰旌其来降。谇曰：

魂归来兮，返桃源些。天地四方，多贼奸些。去兹浊世，而还彼洞天些。洞天之中，纷众仙些。饥餐紫芝，渴饮泉些。蕲惟避秦，毋避暄些。偶然游戏，来人间些。寿我国民，万万年些。魂兮魂兮，以长安些。呜呼哀哉，尚飨。

钝庵文选

傅熊湘，原名専，字君剑，号钝根，别号钝庵。嗣改今名，又因与时人同号，乃去偏旁，号屯艮。湖南醴陵人。与太一为挚友，其学与之相似。性喜游，尝与余及吹万游无锡、镇江，每至一处，诗辄先成，余与吹万和之成帙，今所刊《京锡游草》是也。民国七八年之间，寓居上海，与余辈结鸥社，极一时文酒之盛。别来又二年馀矣。世变愈急，其激昂慷慨之气郁之深者，发为文章，必更奇蔚而可观也。今录文四十六首。

送春赋 恸永逝也

登高楼兮送春，渺烟树兮愁人。忍天涯兮极目，怅独往兮伤神。三月春归何处去？欲问春兮春不语。啼鸟声声空复情，飞花片片谁为主？荡一带之青山，乱满天之红雨。客子途长，思归渺茫。燕剪愁而不断，莺织恨以逾忙。痛素帏兮远隔，空掩泣以相望。悲莫悲兮生别，去复去兮恩绝。岂春去兮犹归，遂人亡兮永诀。惨桃李兮无言，讶杜鹃之啼血。谓精灵兮可招，何流水兮悲咽？天上人间，相思路单。叩九阍其未许，思一见而终难。何处分甘之座，谁家游射之山？春与人兮共杳，云与鹤兮空还。已矣哉！春花放尽春草肥，春阴才霁又春归。红愁绿黯何时歇？辜负春来三月晖。感流光而作赋，纷涕泣以霑衣。

芝赋 有序

宅后有芝，采自儿童。适长男晬日，客以为瑞，酒半请赋。主人杨觯而先，其辞曰：

章龙之阴，崂山之岑，爰产神芝，式昭德音。尔其负秀挺生，钟灵间出，非等春华，亦殊秋实。诞降嘉种，不系夫秬穈；树之楚丘，匪同乎榛栗。若乃无根自植，含荣不葩；滋承夕露，艳夺朝霞；长松覆荫，丰草参差；处荒薉而何损，荐庭宇而弗加。信乎芳兰并茂，玉树齐荣。既见珍于三秀，乃表灵于九茎。汉廷諏其瑞，仙子掇其英。笑陋质于萧艾，媲芳意于杜蘅。

高山鹤棲序

刘子之所居曰鑯高山，在醴陵之东。《尔雅·释山》：“锐而高峤。”郭注言：“鑯，峻。”鑯高山者，其山峤也。因自号其居曰“高山鹤棲”，复赋近胜为十诗。其间若大屏、三狮诸山，皆奇秀特出，游者慕焉，宜刘子之缀为己有也。余惟耽山水者，其所抱必与俗殊。蒙庄逃于空虚，其为言曰：“至人无己，神人无功，圣人无名。故万物可齐，而死生可一也；南溟可图，而涂中可曳也。”故国旧都，望之畅然，山林皋壤，怡然而乐，是庄之旨也。然则好言山水者，其亦九流之别子欤？刘子其言儒，其气癯，其为人淡泊有守，无所迫于世。尝试与余跻霜华，登石笋，下视川原，绵丽万里，澹然相对，若不知日之将夕也。《诗》曰：“鹤鸣于九皋，声闻于天。”《易》曰：“鸣鹤在阴，其子和之。”刘子之得于山水也既深，而又能切磋以道其学。异日吾游有暇，将更与穷鹤峤之颠，而共招胎仙于云表也。辄因其属而为之言。

《明史演义》序

读晋唐以下之史，不如其好读《史》《汉》《三国》；读《三国志》，又不如其好读《三国演义》。盖《史》《汉》《三国》以文高，而《演义》以通俗胜。正史、稗说，事不相类，各擅其长，而以之行远则一。吾尝为学校教师矣，责生徒诵全史，汉以前事能熟其十七八，唐以前事能熟其十四五，而于元明近世，反昧昧焉，在若存若亡之间。

二十年前，尝随例应湖南乡试，有题“论三国人才优劣”。出语同场，方以默诵《三国志》为苦。及闱卷出，则中式者多据《三国演义》，其事至有为《陈志》所无者，主司不能察也。虽然，马、班远矣，后世未易继作。揆之今日，文降益下，作亦无人能读。世变愈亟，则凡夫世愈近之史，愈为民生所欲知。而其时史氏之书，既不能见重于士林，复不能通行于群类。欲求一浸润夫耳目，与人以优柔餍饫之机者，其惟取正史集稗说以成演义乎？

社友胡子季尘，素恬淡沉默，于书无所不读，又能深思而慎取之。属有《明史演义》之作，命序于余。余虽未见其书，顾以余平日之知胡子者推之，知其书成，必有裨于今日之读史者宜也。余不能为演义，固亦尝有志于书。更十年、二十年后，吾书既成，当举以示胡子，相与古今上下而一商榷之。胡子倘能迟我乎？则请以斯言券之可也。

李洞庭万桑园诗序

往昔平江姚大慈盛倡为宋律诗，其自序猥厕余诗于宁乡程子大与衡阳谢霍晋、巴陵李洞庭之列。时大慈于余与程素未相识，余虽知洞庭，顾未见大慈、霍晋所为诗也。子大年已六十，于余辈为丈人行，曩从其婿江夏陈豪生识之。豪生诗格律与程略近，而才则过之，年与余辈相若也。既见大慈，谓不如以陈易程。顾大慈见陈诗少，意未决也。会洞庭、霍晋及大慈兄大愿，先后集长沙，日夕与论诗，多所参证。大慈因拟选五人七言律诗为一集。五人者，李、谢、二姚及余也。未几，各以事行，其议遂罢。

然余于李、谢、二姚间，尤喜洞庭之诗，以谓能运思于毫芒之中，而摄神于千里之外；出新语，状近物；若无可欣，而哀乐之衷，有自溢于言表者。其《喜雨》《悼冰饮》二诗，尤为余平生所诵，每为朋辈道之。吴悔丈独赏其“落日当筵红，可吞殊未尽”也。洞庭尝习陆军，卒侘傺不得志，乃尽弃其所学，而一寓于诗。推其勇往之忱，若将以终老者。而余且浮沉人海，旧学日荒。既壮，悔而不为，为之而又弗至。以视洞庭之克有以自乐，又一时矣。锲而不舍，金石为镂。洞庭其由是以进夫道焉可也，岂独诗乎哉！属将刻其所作，因序友朋离合之迹，以书于首。

周芷畦《游草》序

社友周君芷畦，以《游草》三卷介亚子，索序于余。观其言，大抵非时士之所能言也。

人之生也，莫有以逆之，必有以梏之。逆之者，天之所以待贤豪；而梏之者，天之所以惩淫慝也。人第知去其所以为逆，而不知堕于天之所梏；第知逆之足以为患，而不知梏之不足以为福也。尝试论之：

有若庄周、列御寇之伦，可谓善处夫逆者矣。骤观之，若近而易狎。入其境，习其俗，优游乎其国，乃知其道至博大而难知也。是故众人役役；圣人愚芚，参万岁而一成纯。彼知梏之将以损其天，而审夫逆之足以得全，故极夫消摇，因乎曼衍，以佚其志、穷其年。彼视夫天地之大，犹旦暮之间也；诟厉之来，犹斥鴳之笑也。曰：“吾焉用若？所以为若者，固止是邪？”於戏远矣！

芷畦之为是书也，盖托夫咏歌而极夫遨游者也。其言也，固非时士之所能言也。第观其悲歌慷慨之际，抑犹有激而未平、郁而未𢡟者乎？不然，何其声之哀以思也！抑尤有言者：晚近士习卑靡，竞于奔逐，域进域退，虱居夫疏鬣奎蹄曲隈之间。自以为安室利处，曾不崇朝，乃与所利者俱尽。是其所以利之者，适所以害之也。无他，梏之而已。观芷畦所处，不可谓不逆，然其歌谣行国，寤言永叹，固有自得夫世俗之外者，宁特山川之助、词藻之华而已哉？芷畦其进矣！

民国五年五月，钝安居士傅専序于太山石室之环中。

《变雅楼三十年诗征》序

昔在玄圣，览春秋之迹，因前王之绪，继天有作，本教夫诗，盖以明达乎事情，周知乎物类，洞瞩乎幽隐，而旁通乎民志。诗之作也，其良史之资乎？夫《关雎》始风，《清庙》始颂，《鹿鸣》始小雅，《文王》始大雅。拨乱返正，而多士翕化；思进进善，而天下向风。成周之盛，彪乎备矣。王迹既熄，文武坠地。礼违其朔，则政流于侈；教忘其旧，则化失其醇。是以考槃矢志寤歌，风雨以思君子；出北门而伤终窭，怀西归而咏好音。草野之忧思深，而风雅之正变异矣。故曰乱世无安乐之音，亡国多哀思之响。

然则困者不能使乐，和者不能使哀，亦犹寒暑异夫沧燠，而四时以判；胡越异夫清浊，而方语以殊也。诗之有世别，其史之有断代乎？夫物感既异，则情动有差。至人无远情之言，上圣有立诚之指。是以中晚难同全盛，据乱不袭昇平。鲁由齐变，周非殷尚。亡清之季，政教益醨；降及光宣，遂成弩末。小雅尽废，而夷侵国微；四维不张，而丧亡无日。由是识时之士，摅痛哭之忧；操笔之英，奋呼号之志。虽文狱屡构，而斯道弥光。匪第蔚为词林，兼可探其世变。念先民之有作，叹后生之何闻；欲文献之足征，在散亡之总集。顾裘须众腋，而馔摄群珍。尝试搜求，深知竭蹶。因为脞录，用备遗忘。终蔽稀闻，迄无成就。

余友高子，近辑《诗征》，综卅年以来，捃一世之彦；旁求名集，博访通人；去门户之嫌，泯异同之辨。要以极夫雅变，归諭民风；振大汉之天声，拾寒琼于幽草，使斯文有述，作者不磨。信自当今，传之来世，庶寻声益广，起废可资。火传有不尽之能，源导得朝宗之效。犹恐涉夫标榜，未厌群流，或失精严，转疵竽滥，故特详加审择，务应法言。书问山中，乞题简末。余惟高子著书之勤，与斯编系世之大，知经天日月，亘万古而弥光；振海江河，汇百川而不废。藏之名山，副在国史。宣尼既没，文不在兹。高子觥觥，勉之而已。

《废雅楼说诗》自序

往岁尝辑丙丁戊诗为《废雅》一卷，于时伤世变、遘优患，文网既密，所郁不得达，思欲以雅不尽废之旨，蕲诸国人，而窃比于钟仪、阮籍。金山高旭题之，所谓"明知词赋工无益，开卷移情泪泫然"者也。迄兹数岁，东西奔窜，行无定止，重以羸病，益自颓放。二三故旧，时与更迭倡和，鳞鸿往来，且以喜乐，藏诸箧衍，出必携之。辛亥徂秋，税驾海上，重为辑缀，号曰《说诗》。自兹以还，相续未已。琼琚玉佩，斐然成章，录以备忘，不为无取。其或上稽往世，旁及闻人，比类引伸，逐加论列，则尚友之事也。

夫废非嘉锡，惟余自芳。天选吾形，县奚以解？吾不世废，世且废吾；世不吾废，天且废吾。吾是以自用其废，乐其废；语亦废也，默亦废也；动亦废也，定亦废也；向之蕲诸不废者，今且废之矣。故仍"废雅"之旧，以名吾楼也。

"醉里清歌浑似昔，灯前影事记犹新。"是则废之而犹有不废者在。有不废者在乎？吾请撞黄钟，扬大吕，登屈宋之堂，而与一侑觞。

钝庵诗自序

少耽吟咏，颇事篇章。长慕逍遥，益穷曼衍。楚国，词宗所自出；醴陵，文通之旧封。不少美人香草之怀，尽多春水绿波之感。岂谓批风抹月，足当刻羽引商；亦知范水模山，未抵回肠荡气。乃少陵独生天宝，而渊明慨念羲农。伤时有词，述酒无和。江湖飘泊，叹行路之多艰；羁绁追随，蹙四方兮靡骋。伍胥之日暮途远，人间何世；荆轲则风萧水寒，壮士不还。西台朱鸟，恸哭招魂之歌；山阳邻笛，慷慨思旧之赋。亦既涕沾胸臆，愤发豪翰。誓白水以盟心，指苍天以为正。云何可遣，阴气时来袭人；无以为怀，朔风莫谋变楚。小雅伤夫尽废，知四夷之交侵；大车将以自尘，思百忧其如痗。盖自甲乙以还，膺多难之忧；辛壬而后，极犹吾之叹。综其终始，略可裒分；用托简编，俾存岁月。所更非一，已齐光武之年；壮夫不为，犹愧子云之悔。山中倦暝，聊复书之。

钝庵词自序

岁戊申始习填词，疏于律，不能细也。明年客长沙，时时过太一狱中，会无俚，则相与绝胫为之。泛滥唐宋，而颇规稼轩，所作几二百首。顾声律未协，而粗放有加，当时犹不悟也。盖知此道之难，自陈蜕庵一言起予。蜕庵之言曰："吾之于词，但读不作，然固心绝慕之也。"于时蜕庵穷居，独喜余小令圆溜，谓足忘老。因尽写以献，求其论定。蜕庵虽极服余，与为之序；然余自是谨谨，不敢率易从事矣。屡欲蠲除烦虑，独摅精意，卒牵人事，莫补蹉跎。由今视前，转益悚汗。窜存十一，大半酒后耳热呜呜之歌；聊纪因缘，非可绳墨，定庵所谓“气体难跻作者庭，悔杀流传遗下女”者也。然幼安工力，晚在奇狮；庾信文章，成于既老。倘天假之年，幸而不死，鲁戈犹在，落日可回。此虽㲉音乎，或亦他日愿学之助乎？姑用为白云自怡，敝帚自享而已。录自己酉至壬子作，凡二卷。甲寅六月。

钝庵诗词后序

余既为僇氏，居山中，亚子以书见存，属援龚定庵写全集付吴虹生故事，为他日名山之托。是时余始删诗，未之先告也。审思此事，若有因缘，辄报书许之，不复辞让。盖亚子方约同人搜辑太一、蜕庵两遗著，为之付刊。尝寓书告余，谓人寿不可知，既悲逝者，行复自念。故知昔人汲汲顾影，是大善知识。于以知亚子之心，即余之心。而亚子复有如前所云，其所以促余之删诗也益亟。

虽然，诗不易言也。一代之间，为之者若牛毛，而传者如麟角。使谓诗必传而后为也，则属稿必屈原，出语必杜甫。不如是者，宁止不作。此不徒令人痞欲死，即词宗仙圣，恐亦被人拳打脚踢，碎翻无馀地矣。诗以言志，又何以解于“盍各”之义乎？此余所以敢于为诗删诗，且以应同好之求，而不自覆盖也。抑亚子之所以征余诗者，其指固将在是。借曰为君诗之可传，而吾其传之，则相倍远矣。抑亚子者，今世工为诗者也，其于诗，上下古今，海涵地负，无妙不具，有胜必臻，世之人亦既尽知之矣。此宜巨擘独伸，俾倪一世，而顾嗜痂及余者，岂非以相好既深，爱而忘其恶邪？乌乎！是足念矣。

余尝为梦蘧言：“能定吾文者，太一、叔容；而爱吾文者，天梅、蜕庵、亚子。”顾犹以为私好之言，今而后益知其故矣。又删诗之日，痴萍尝以书来，属寄就海上排印。余答书谢之，谓此为速死计，聊以塞故人之望耳。苟不死者，则他日尚当更定。此意尤不可不使亚子知之，知之幸覆藏之也。若夫所谓发愤之所为作，盖犹有待。录自壬寅至癸丑，凡为诗十卷，词二卷，都为三十以前作，大恉具如序言。甲寅九月。

《环中集》序

余既居王仙岁有五月，暑假将届，爰综核诸生年来所为笔记诗文之属，钩稽而去取之，为《环社集》若干卷。又条录友朋赠答之有关于斯地者，并自作之为环中者，别署而连属之，都为若干卷，合而名之曰《环中集》。凡以记山川风物之胜，聚散离合之情，藏修息游之常，风俗咏歌之雅，有当于古、不悖乎今者也。迩来世变可谓亟矣，士逐功利，人骛进取；龙亢而不悔，乃侪于兽畜；妖言孔将，风慫并作；汩没自性，迷误本来，终至祸国病民而不顾。鸣呼耗矣，君子是用惩焉。

比年居此，生活于编简，衣食于课督。觉于高天厚地中，著此闲身，殊不易致，江湖十载，仅乃得息。世乱虽纷，吾心自治，斐然狂简，亦各有自适之趣。相与一篘一笠，一觞一咏，消摇于一丘一壑间，推野人负曝之欢，固自谓奇福也。则此编之集，虽未尽可以文理绳，然要不可无纪。若夫发愤之作，蛾术之编，体既各殊，非兹所及。《诗》曰“独寐寤歌”，又曰“嘤其鸣矣”。比物此志，傥亦乐饥行国之君子所见许乎？丙辰夏五，钝安序于太山石室之环中。

《一昔词》序

《一昔词》者，黄子梦蘧所作，而余实赌酒以促其成；为之介者，则宋子痴萍也。时则汉腊初更，武戈作戢。湘江芳茝，竞长琼芽；章台青柳，渐舒金翠。借燕支之颜色，粉饰太平；会儿女之英雄，商量花政。新醅绿蚁，开国务之场；小火红炉，占参议之席。词场黄九，播芳艳于旗亭；东墙宋玉，工藻鉴于香国。红豆是相思之子，薄言采之；白鱼生比目之邻，亦既觏止。尔乃宏开选佛，妙擅拈花。此亦苍生，太傅中年之感；谁知倾国，佳人绝世之姿。瘦者燕而肥者环，都归掌故；华是琰而苕是琬，悉许目成。在耆卿忍借浮名，而牧之岂甘薄幸？于有十词之作，期诸一夕以挥；欲探七步之才，遂注万钱为会。斯亦文林之艳事，词苑之华谈已。

无何，鱼柝宵沉，鸡筹唱晓。未妨击钵，已叉手而先成；不似闭门，笑捻须之尽断。春城花信，概付新裁；恨海情波，纷罗短什。鹦鹉祢衡之赋，颠倒黄郎；濛汜张载之篇，传夸傅尉。用锡三谁之号，与三中三影而俱尊；为标一昔之题，视昔仆昔君而并幻。此则黄金斗大，不数褒荣；白日十颓，未穷欢会者矣。

豪情既罄，文谶屡开；高谈转清，幽赏未已。于是擘笺分赠，解佩留题。襟上酒痕，尽成锦句；奁间黛墨，倩写回文。菊影梅魂，谁定萧魁曹亚？箫心剑气，耻为岛瘦郊寒。汝南月旦之评，移作花间卫尉；正则风骚之句，权当幼妇中郎。伊可怀也，不可偎也。

今者绮缘尽忏，孽障全消。飞絮沾泥，懒逐东风上下；

天花著袂，愿凭觉海湔除。香草美人，何关本事；晓风残月，不著闲情。即此十篇之存，固已一丝莫挂。必谓不作无益，何以遣此有涯。笑涪翁早分泥犁，无俟老僧饶舌；祇扬子自惭篆刻，终恐壮夫不为。辄因序之，君所属也。甲寅八月。

与柳亚子书

亚子足下：秋风厉后，群芳零落。宁戚惨婴大僇，诸人复遘闵凶。灵均故宇，已不可怀；芳草天涯，我忧曷极！网罗所至，鱼鸟不遗。罪及鄙躬，天开文网。乃驱车林薄，维舟水澨。间关千里，往返数旬。邻岂有人，世皆欲杀；战知非罪，天乃我亡。静言思之，哑其笑矣。比复卜居于万山中之一茆，捐妻子，弃友朋，块然独处，名其林曰繁霜，署其阿曰息影，字其居曰鹩借，文其卧曰梦甜。读书灌园，长眠饱食，风梳露沐，木居豕游。于以卧歌，不关多愤；亦无所苦，因得偷闲。譬诸几案之劳，如出层霄而上。时亦对月促饮，御风径行。酌松露以为醪，引清泉而作供。红叶间落，寒山着花；白云归迟，疏林滞晚。风振衣而虎啸，月满槛而鹿啼。日夕所经，神思为豁。求似人者不见，怅犹往兮焉穷。所惜佳会为虚，幽咏遂废；亦以孤柱不响，绝弦难张耳。

我公妙才，际多嘉契，樽酒倘佯，翩跹裙屐，岂复知故人近来哀乐何似哉？吴楚远隔，会见末由，聊寄邮缄，以发千里一笑。太一狱中诗，已辑得二十五首，合屈赋之数。网密不可印，奈何！山中饱薯芋栗，想海上蟹蚶虾不易得也。前惠书久始到，陈蜕公诗在弟处者，亦不易检，未携来山中，容他日续为之也。有诗乞见寄为要。梦瞿在家，间亦相见。海上诸人，均乞致意。

与胡寄尘书

寄尘足下：别日久，思日深。每于百籁俱寂，灯影徘徊中，未尝不活画寄尘，立吾前后。落月屋梁，犹疑颜色，昔人所称，斯为真境。未识吾寄尘之于故人，亦作是念否？损书久弗报。今年以来，尝觉病懒；又辑报之馀，罢劳倍昔，夜分毕业，已弛然卧。常负良友，不独于寄尘然也。

寄尘寄尘，人生斯世，能阅几百寒暑？此皮襄物者，亦将废而任之耳。吾人聚散不可期，苦乐且更迭至，殆佛所谓生之一苦。且弟多病，惮远出，欲得如寄尘者，耐饥寒，忍嗤笑，相与居水涯山岭，跣足行歌，以自乐斯世，或竟不能遂。如何、如何！天下日坏，文武道丧，而吾寄尘尚与南社诸旧人，倡绝学于今日，又信吾寄尘之高出人也。

南社林秋叶、叶中泠、曾孝毂，近见所作，极为忻赏，惜不得把袂作十日饮。李君息霜书法大佳，文美会不寂寞矣。梦蘧与同处，尚有郑叔容、龚醉庵，皆社中人，惜公未识面耳。见亚子，望为致意，另简并乞与之。楚伧尚在申否，鹓雏何名，均希复及。馀不罄。

吴先生祠堂记

自王侯以下至于士庶，皆得祠。其势位烜赫、名声震骇者，祠且遍于各省。然未几则楹桷撤焉，楣署易焉，牺牲玉帛，冥乎息焉。惟一二怀奇独行之士，幽其孤芳，寄人思慕，方且尸祝百世，而未有极也。夫道在一时者，其泽仅及于一时；道在天下后世者，其泽及于天下后世。君也，相也，皆所用以济一时者也，时易则竭。师儒也，圣贤也，蹇于时而丰于后，遁世而不见，曲成而不遗，其视当世为何如也！

先生生当兵革之交，绩学有文，挟其闳议伟识，足以取爵位，致通显。当世达官贵人，亦既辟而举之矣。先生乃老遁穷荒，不易所学，举世刲刲，漠然于己若无与。抽其馀蕴，著书满家，教成于庠序，而名称于没世。曩时公卿多福寿者，世不再移，而名与身灭，阒然无闻。吁，何蹇也！盖道有横竖，功有久暂。横且暂者，达官贵人为之；竖且久者，惟先生独有也。子曰："岁寒然后知松柏之后凋。"故曰：以予观于夫子，贤于尧舜远矣。

先生有旧庐，在石笋山之麓，曰"石笋山房"者，海内名流所习闻而熟见者也。先生既没，后人因为祠以祀先生。臧以遗书，世守无或替也；祭以遗田，虽贫无或鬻也；岁时有职事，无或偶疏而苟息也。盖以先生之贤，其后人相率皆勉于贤。抑所以崇祀先生者，非直其后人已也。

先圣之庑，乡贤之祠，以逮所官郡邑名宦之寝，芳馨椒餤，俎豆莘莘，且将终古无绝也。以视夫当世报功之祀盈都，敕建之祠通国，不世而斩，粢而弗蝉者，庸可同日语哉！先生没后六年，余在王仙，亲往拜其祠墓。摄禈登堂，如睹先生之容，如闻先生之音。读其遗书，慨然相见质经问字时，乐先生之口讲而指画也。鸡鸣风雨之思，其能已乎？因为诗遗其后，俾歌以祀焉。其辞曰：

笋峤兮崔嵬，郁云雨兮旁施。惟先生之弘道，揭日月而中之。纫秋兰兮延伫，挹芳菲兮故宇。酌渌为浆兮，醴泉为湑。先生来兮云驰，杖扶老兮竹三歧。登堂兮莅止，醢六经兮菹百氏。目炯察兮神恬，诞我祀兮有翼有严。明明兮皇祖，孝孙兮多祜。遗泽兮满楹，照明月兮千古。山之房兮轴以蕙，畂雪峰兮箬坡。揽裴尉之遗笏，想联袂而行歌。肴既嘉兮酒既旨，俾公尸兮燕喜。明德兮是歆，长嬗代兮无已。

王仙学舍记

昔王通教授河汾，修六艺之术，明王佐之道，卒得房杜魏李之徒，相与讲明其学，辅唐开国，致之太平。扬雄作《太玄》《法言》，上契圣人，度越诸子，而当时惟桓谭重其书，侯巴受其说，阅汉至今，玄终不显。其著书之勤，一也。知与不知，用与不用，盖亦有幸不幸焉。

余自揆无所需于世，既益自放，乃思所以究古人之业，守先王之道，通之于天下，传之于后世，以竭吾才。齞齞家居，未之或暇。今年春重来王仙，仍故创小学地潘氏之屋而舍焉，率生徒十人，重理旧文，博探经论。春暄气暖，聊与倘佯，不知其日之远也。

夫学敝至今极矣。上焉者号能习夷言、通洋务，挟其说以干当世，取儋石之禄；下焉者徒事纷逐，白首不能具一长，卒之政与时衰。瞻彼景山，曾无寸材可供方斵者。子曰："凤鸟不至，河不出图，吾已矣夫。"盖伤之也。

余之学，不敢自谓有得，质诸当世，亦莫肯为我用。用我者，其惟文王乎？则又易代而不数觏也。吾之徒，方日以学文为事，幸通吾意者将不乏人。吾方坐斗室，指天画地，炙輠雕龙，落笔摇嵩衡，歌声出金石。继是而往，吾其终老是邱欤，未可知也。

王仙者，旧传仙人王子乔棲真之地。有三狮洞，甚深。入才数百步，有水塞途，世所传石床、石几、杵臼之物，在水北，游者莫能穷。《汉志》所谓太山石室也。其上群山际天，若怒马惊涛之相出于道，望之奕然。在舍南，若屏障远立，而吾家章龙诸峰，逶迤连绵，自北而至，首尾横亘几二百里，则以为斯舍枕焉。有友曰刘谦，旬日一来，相与说诗论文，赏奇析疑，欣欣然引为大快。间及十年前，腰裲裆，系络鞮，率数十百小学生徒，演战舍左之虎溪山，大呼驰下时，则又拍掌大笑，倾觥满酌，忘其为去日事。酒狂既发，辄道所怀。扰攘中犹有同调欤？则所拥彗清尘望之者也。

游章龙记

醴陵东北诸山绵亘，其得名而首出者为章龙，既广且高，环其下三十里居者，皆曰章龙面我，莫得而定所向也。自其麓以跻绝顶，可十二三里，羊肠曲折，愈上途愈艰，游者罕至。

余夙亲是山，相去又迩，逮今乃十四年而一至焉。山自吾家上，有二道，左曰小皂，右曰张果皂。土俗谓水激流曰皂，以当草斗字，谓如激皂以染也。小皂居两峰间，有田犀，山泉瀑石而下，高可二十丈。右皂巨石为岸，上有趾踵及股胫坐痕甚深，异斧凿所为，度其人可四五丈。世传仙人张果濯足于此，故名。

余从小皂上，天热，解衣盘薄，憩半山亭。峻阪修竹万竿，亭左右双枫十围，覆若夏屋。自是而往，山渐深，林渐密，古木杂立，苔蔓斑驳，拥抱山石，若鬼魅列仗，风动影迫，森然欲攫人。时亦于老苍中出嫩绿新枝，或猩红间见晴日照耀，豁人心目。傍道诸松，皆枳椇上曲，杉樧横午多节，坚逾他山，盖经冬风雪特冻使然。自此逾岭，路通横江。幼侍先大父读书其地，�道崎岖，犹想见当时挈阔情状。

由岭折北上，至章仙观，或谓臧仙，道书七十二福地之一。依山作屋，独为是山主。志载观为唐建，因就求古刻，不可得。得铸炉二，径可尺一。其一有款识，类锥画砖文，文三十六，大半可识，拓之以归，惜无年号。其一已漶漫，惟“元年”二文可辨，疑出一手也。时已迫午，因饭观中。

由观至山颠，皆取道丛密，路尤险削。差可二里，绝顶三峰涌起。右者特高，垒石为坛庙，南向，奉石禺人三，或云三仙也，署曰华庙。俯视近县山川，若蚓场蚁垤，蛇虺蟠互，历历可数。东望豫章，南眺岭海，西窥衡岳，西北瞷洞庭、云梦，际天以为界，极云以为表，茫乎莫测其度里也。

更登庙顶，题名盖石，并记诗庙壁为别。娋下，有石厂，日老虎岩，无奇。然是山固多虎，松鳞近地寻丈，悉爪碎无完肤，风生辄相惊以走。余素负气，又甚稔涂径，辇巨石礌山下挑虎，有声砰然动林密，攘臂待搏，固无惧焉。复抵观少坐，写诗付观中。日晡下山，林壑暮色，顿殊来路，亦间有行人，惊余等所自来，相与问讯。

噫！是以山之胜，好游者屐迹或不出其间，亦未有人经营以极其奇特，而樵夫牧竖，虽尽日往来，又莫能知其趣之所在，斯可惜已。然余独幸兹山之不为人世所雕斲，得葆其淳朴以还大造，而藉远纨袴酒肉腥秽之污。是亦其自守特异焉者。山灵有知，其许吾言哉！其许吾言哉！游三狮又七日记。

章仙观铸炉补记

炉文古拙类分隶，而冶铸甚工。每文一行，环书其腹。文曰：“承天府当阳县人氏，二都候廷喜舍香炉二只，保母李氏今生福果受命延长。”凡卅六文。“候廷”上下文不甚可辨，今不录。文中“当”字作帘，“爐”作“炉”，“母”作“毋”，“寿”作“受”，或本用“受”也。其一制稍异，惟“元年”二文尚晰。前二文审为“天启”，明熹宗年号。“啓”字作“智”，模型反写缺误也。当阳县，今属湖北荆门州。荆门明隶安陆。承天府者，明世宗置。世宗起兴藩，本封安陆州，再传入继，因以州为承天府。合二炉观之，其为明天启间物，无疑矣。县志简陋，不载金石，故三百年来，无人过问。余为之考证如此，并嘱山僧珍借之。念当时杨、左、东林诸贤，冤蒙惨祸，明遂以亡。回视今日，能无痛感？此又读书论世之事也。游章龙又七日补记。

游三狮记

霂滈骤旸，迺遘蒸郁；㶕怵滄汳，兹且蕴虫。壹壹冡滜，液动墙壁；虽托爽垲，匪适居人。笑卑湿于贾生，慕风浴于点也。粤若三狮，擅岩壑之胜，为仙子所棲。言契嘉招，载偕潘岳。兼暨童冠之选，无豫滂沱之劳。神山有望，翩其逝矣。自发横舍，迂道峦密；涧曲迦互，青丛趯趚。记里逾十，历时已二。洎达所届，风候顿异。御袷欲薄，屏箑无温。兰荣吐红，（岩石有红兰，为斯山特产，地险难致。）櫑树摇白。县厖疑陨，矗岩离哲。上擿霄汉，下森断腭。黄赤澜漫，献媚逞妍；赭黛峭嵘，争雄代伯。洵足以怡悦神魂、荡涤心志者也。

其阴则崖厂斧压，厥为洞天，固外弘中，丽廔开朗。广越五亩，高拟十寻，垂霤承趾，飞蝠矫翼。信能遗挩世情，高遁长隐，则眇焉寡俦矣。左洞幽暗，难与究极。侧靦霿壑，深穷泉隧。纵厥攸止，历旬忘归。入门以往，尽经迟曲。

渡水而还，渐履平垣，相讹王乔石几杵臼之所在也。霜豪既载，题名道树。雉鸣有鹭，三鶂而作。苔松盈寸，千年不滋。（千年松，草本，似落而大，不易长，山中多有之。）将以免摇落之悲，时山梁之择，孰谓物智而远人谋哉！

若夫洪湾渌水上游之所经，南川溹流之所历，长想览考其形势，备志乘搜求者数矣。离山涉涂，五里而近。游目四望，群峰攒簇，出没迎距，巀嶭坐镇。咆哮负嵎，长波啮山，奔涛隤岸，漩回濆突，若将无穷，阻流一限，萦碛万状。孤鹭掠空而过，游鯈溯江而上。目营心接，颜开神往，芒乎莫知其际也。其上有浮屠，俯清莹，出嶜岊，极涂墁，扩蒿莱。为署临江之塔媵以诗，记同游姓名而别。于时和譽促景，望舒代明，咏歌言旋，各忘其适。倏而长途惊电，峻阪御风，飞鸟投林，逸驹逝隙。引觞满醽，相劳无间，诚大欢喜，不可说也。以视埃灭性良，鹜靡尘俗，夐乎远已。夫惟良士，好乐无荒，辄赘斯文，以谂来哲。

游清源山记

自学舍东行二里，曰清源山。其水自李家山来，渟泓演沄，绕行山麓，多巨石磊砢。溪上峰峦翼裒，树竹环列，境绝幽。山旧有登真观，揭唐玄宗所赐字，甚奇。宋太宗诏取至京师阅焉，复赐以飞白。后观毁而飞白仅存。仁宗时，道士彭知一建御书阁藏之，欧阳修为之记。今观久废矣。

余既乐王仙之名，则以不及见登真观为恨，思欲一探其故迹，或得于荒烟蔓草间，遇所谓书文刻石者，甄录而宝存之，亦稽古之事也。既至，得小屋，地主丁氏，诇为观遗址，其刻碑诞不足信，谓登真者丁令威也。县南故有丁仙观，不当斯地。座上佛像尚存，亦有三清像。有清康熙间巨钟，径三尺，重八百斤。又小钟一，炉一，磬一，皆二百年物。扁曰清源禅林，雍正间署。钟具载观址经界，化主名氏。以积尘漫灭，梯而拂视之，亦初无要文也。求其他，皆不可得，乃废然而返。

于以慨念夫江山胜迹，贵有人护持而珍惜之，使文献足征，而其人亦藉附不朽。好事如彭知一，乃得因欧阳公以传，不其著欤？唐大历间，江南僧护国有题观歌，乡先辈明人丁淑有诗，与欧阳记文，今悉可录。好古揽奇之士，将无对兹川原泉石，而兴乔木之嗟耶。后之视今，亦犹今之视昔。当世如有起废者在乎，则又贤于知一远矣。

与游者，吾徒五人。时乙卯四月旁死魄。

游石笋山记

由章龙以东九十里，曰石笋之山，地跨醴陵、浏阳。其背曰霜华，《浏阳志》名之也。巑岏削矗，地势特隆。余以拜吴先生墓往，自山房发，经途皆翠筱苍石，间植松杉桐茶，险削处至不可驻足。半山憩翠云寺，有道士献茶。寺甚洁，赋一诗去。至墓，去石笋犹四五里，在墓左山，云覆其上，不见所谓笋也。

既饮且饭，豪兴勃发，李生鼓勇前行。过茅屋，借笔砚。上山路奇峭，后才着踵，而前已抵颐。益富油茶桐。猱而升，同游者皆倦，而余步独轻健。数憩休，益上，几无蹊径。杉樾之阴，有藉薪草者，则虎穴也。心动，然不欲言。

时已失路，旋觅一旁径，循之往，得石笋。双石矗立，高者殆出土二十丈，上有盘松，如灵芝。有草，嫩茎黄赤，方作华。其小者亦十馀丈，离立，皆上锐。近笋有庙，全石为壁。祀雨母，亦曰水母，土人以祈雨。笋下有井，险不可窥，时时有云气出。由庙而望，望甚远，左尽萍乡、浏阳；

右近以往，万峰攒簇，务为奇诡，横生侧出，旁行斜上，冈回峦转，若将无穷。盖北以章龙为宗，东以此山为柱，皆干脉也。题名庙壁赋诗，复大书“天风云表，霖雨苍生”一联，以宠雨母，字奇崛。

坐久，山翠袭衣，寒生襟袖。李生欲穷其颠，尚一里。或言有虎，余亦指松鳞爪痕为言，乃止。下乃益难，石磊砢，积落盈寸，一步一滑，几欲颠。或杖伞行，余则横步。子杰言：“生长山下三十年，未尝一至。”余观石笋山房题咏集，有唐价人游记，亦但言经山腰，望见石笋而已。是游益奇快，视三狮、章龙，殆尤过之，且得遍观吴先生所藏书，拜其祠墓。昔龚定庵尝以“丈夫三十媿前辈，识字游山两不能”为恨，余戏谓子杰：“今日吾两能之矣。”

归稍休，复游明兰寺，寺有大佛像。山曰雪峰，水曰兰溪。山口石山载土，曰金鱼石，长逾三十丈。溪环其下，夕阳明灭，可瞩近郫市。闻有石霜寺，在石笋之背，藏唐太尉裴休遗笏，以行急，未得游也。

子杰，吴先生孙，李生名秀皋，同游暨余五人。乙卯五日。

红薇感旧记

红薇生既自贾傅故藩，适江淹侯国，因识少君于玲珑之馆，妩媚之轩。子须从焉，子羽执辔，子竟为右。于时秦焰尤张，楚氛甚恶，清湘百里，动成赤流；芳兰九畹，并伤黄落。生人骨肉，痛枕藉于砧斧；大好头颅，对欷歔明镜。飞章朝播，志士魂惊；警电夕传，壮夫胆碎。望门乃投张俭，临渡谁期子胥？静言思之，慨其叹矣。

则有倾城艳质，施弱腕以扶将；绝世佳人，矢素心而薰沐。斫断枇杷之树，门闭车迷；歌残杨柳之枝，泥沾絮定。春风鬟影，茂陵何恤无家；细雨檐花，杜老于焉有咏。并以子须澹冶，竟、羽清狂，莫不艺苑蜚声，文林撷实，拈毫擅赋，擫笛能歌。斗酒百篇，仙乎醉矣；弹棋六博，夜如何其。此则丝竹中年，哀乐谁知？太傅江关岁晚，生平窃比兰成者矣。而君也环珮其间，婀娜入抱，色授令千日醉，眉语作九连环。有酒如渑，既浅斟而低唱；爱才若命，亦痛惜而温存。虽宋玉未许东墙，而香君已连复社。于兹屡日，遂尽浃旬。

嗟嗟，昨夜星辰昨夜风，相逢何必曾相识。花开堪折直须折，君问归期未有期。昔也曾以为言，今也宁能无感。况复穆王东返，三年无骏复之时；望帝西徂，二月有鹃啼之痛。伯夷避世，乃遁首阳；张禄变名，未逾函谷。征衫渍泪，是平生未报之恩；倦鸟投林，动乌鹊无枝之叹者乎？又况青春易尽，絮飞知向谁家；绿阴将成，子结便应枝满。飘茵堕溷，伤造物者无知；荡气回肠，怅所思兮不见。卿诚知我，当有同情；仆本恨人，谁堪遣此！

曾记丁娘十索，独耽蝌蚪之书；无如子夜四歌，未篆鸳鸯之字。不有佳作，何伸雅怀？用托廋词，传诸好事。庶几伍君濑水，犹表青莲之碑；卫公西山，长留红拂之咏。凡诸朋好，咸可观焉。报以琼琚，固所愿也。

书红薇感旧记后

此文词虽未工，而事亦殊雅。其中子须谓芥弥，（即醉庵）子羽谓栩圆，（即梦蘧）子竟谓镜心。玲珑环珮，皆取乎玉；婀娜妩媚，皆取乎娇，则少君字也。少君黄姓，事在壬子之冬。偶检斯稿，题寄亚子词人一粲，且乞以暇日为一七古歌行以传之，并望能嬲剑华、痴萍诸人同作。知怜才如亚子，当许斯人附春航、子美之末也。少君今已字人，龚醉庵尤惋惜之，赋诗有“往事都如此人面，春来遍地是桃花”之句。余则谓“但祝随风好将去，不憎作絮任情飞”。附记纸尾，以发千里一笑。

书蜕庵遗著后

蜕庵诗，余处今可得者仅此。此外尚有诗词叙，及赠诗十数首，大索不可遽得，容他日录为补集。又蜕公在醴陵日，倡和留题，到处皆有。其诗不假思索，亦无草稿。俟向各方求之，当得什五六，惜不能即致耳。记蜕跋其集，谓“题襟笼壁，不乏可存”，正就寓醴时言。又此间有题画梅七古诗一首，曾采入《冬夏胜录》，亚子处当存，此亦不录。其“遥闻风雨满三韩”一首，则《媵录》中系从此摘出者。嗟嗟，余识蜕庵于既老，蜕视我以忘年。三载之间，悲欢离合，不尽于此。然即此回忆，已堪叹息矣。风雨之夕，检写以寄亚子，不知涕之何从也。

忆梦楼石头记泛论书后

蜕文集刊忆梦楼《石头记》总评，闻尚有散评在醴，因向史君大索，最后得此稿，亦残缺，非足本。此稿成于庚戌，时寓汪氏寄园，病足，就榻前短几书者。余与栩园访之，曾以见视者也。前十馀则尚可次，后数则别为起讫，难于强附，姑订之如此。计《石头记》评十六纸，自署《忆梦楼泛论》。外一纸但书断句，云“梦里情人留枕待，月中花影倩栏扶”，盖和诗未就者。以纸色合，附订于后。甲寅十二月二十日钝记。

太山石室刻辞

太山石室者，《荆州记》名之，梁刘昭注《后汉书·郡国志》引之。曰王乔山者，始见于唐大历间江南僧《护国王仙观歌》，及宋欧阳修《御书阁记》。今曰三狮洞云。

惟民国五年，阳和既洽，游于石室，遂登太山。周览形胜，用怀往昔。聿在中世，丧乱频仍。圣灭迹息，乾阖坤闭，贤哲卷藏，幽人贞吉。爰启斯土，用托黄冠。于焉永戢，抱蜀不言。好事传之，谓王乔宅。石臼何有？岩洞长冥，迁流不易，邈矣哉！旷世之下，闻风思翕，群彦翩从。请刻此石，垂于无极。

下马樟刻石

嵪山之阳，有豫章欹道侧，妨骑，骑过必下，故谓下马樟，所由来古矣。清乾隆间，远祖皇建公，以白金五两购得之，令勿翦伐。旋为火毁，今所存若半竹者，其烬馀也。新枿沃若，庇厥本根；枝叶蘡葑，钟兹灵气。杕杜怀德，甘棠思爱。矧是遗泽，而奚可谖？乃扩道周，重封嘉植，刻石以铭之。铭曰：

> 根为地维，干为天柱。蟠者为龙，屈者为虎。覆荫为云，吐气为雨。翻风动日，摩天剖雾。有吾文以永其封，有神物以为之护。盖地维不可绝，而天缺无由补。瞻之在前，过者必式。嵪山峨峨，视兹千古。

杨烈士卓林传

杨卓林，字卓林，一名恢，又字公仆，醴陵人也。魁梧有勇力，以侠闻乡里间。鬻贩自给。里有争斗，辄往助，所折无不服。然奉亲孝，事师尽礼。尝夜借邻烛读兵书，及诸战争稗史，辄拍案狂叫，曰："大丈夫生不封万户侯，即赴锋镝死耳，安能郁郁与乡里小儿作生活哉！"遂投张春发军为目兵。庚子之役，随春发防御京津，与联军接，奋勇当先，手刃倭卒数人，连发数十弹。故军虽败，而馀军赖以不覆。统军者莫之知，而卓林亦竟不自言也。

自联军战后，津沽为墟。卓林愤满酋无状，民气不振，卒以兆兹祸也，乃遍走诸省，求江湖豪侠能为用者。于时海内会党，若山东之马贼，长江之盐枭，江西之洪江，广东之哥老，皆连其首要。既而察时机未至，会党不足与有为，思可以助举大事者，英如陆军。乃赴江宁，入将备学校。时周馥督两江，德意志人要求以金陵狮子山为租借地，馥将许之。都人士集会议反抗，卒怵刑威，莫敢言。卓林则首倡杀馥，听者舌挢莫能下。自是常以手枪自随。事稍为馥所闻，将致之死。宁乡陶森甲，故将备学校提调，密告卓林，谓当留以俟用，徒死无益，幸勉学。乃资使东渡日本，而狮子山租借之议亦遂罢。

卓林既至日本，入铁道学校，每困乏，则赖森甲及湘人杜云秋资之。时孙文、黄兴方创中国同盟会，卓林力为襄助，所绍介入会者，不下千数百人。取缔留学生事起，举国激昂，卓林益思有所为，乃居横滨制炸弹，刻苦逾恒时。时益阳姚洪业为归国代表，道横滨与卓林别，相对唏嘘泣下，各以死相勖。明年，洪业以公学事蹈黄浦江死，卓林旋亦内渡。会萍醴举义，卓林居沪上，方日夜筹运军械，然其时兵仓卒集，事且败，乃大呼曰："吾得死所矣！"

扬州某镇者，故会党丛集地。卓林密结其渠魁，欲谋响应，先刺杀江督端方以举事。部署既定，挟炸弹及其友二人以行。事为湘人刘复权、萧子翼所闻，中途遣告端方，遂并二人被逮。端方以卓林大侠，又党中魁桀，委重员长沙朱恩黻鞫其狱。恩黻反报，谓卓林罪涉疑似，不可杀，“必欲强我诬杀者，宁免职不肯为也”，狱用是久持不决。而警监何黻章欲要首功，力言卓林有罪，并及同逮者二人。端方乃故遣恩黻之沪，亲鞫卓林，兼讯二人。卓林知祸已迫，二人且不免，乃一以自任，且骂且起，前掀案，案折，谓事与彼二人者无涉，“我志不遂死耳，天下岂有畏死杨卓林耶？速杀我，毋及无辜”。遂以丁未二月七日死东市，而二人卒得脱。时清光绪三十三年也。

卓林既死，人无敢视者，萍乡叶钧独收葬之金陵。中华民国元年二月，临时大总统孙文既正位，令以金陵玄武湖端方私第建烈士祠，祀卓林及郑先声、杨守仁、吴樾、熊成基、陈天华五人，且恤其家。其明月，陆军部长黄兴，复遣部员护其遗榇归湘，改葬之岳麓。无娶，以兄子继其后。

论曰：烈士盖天性纯笃人也。方死之前四十日，别余海上，托书寄其母，且重属余抚慰之。于时母死已久，人未之告也。又尝为余演战术，丁酉史战事，历述不遗。顾君恒不喜弄文翰，惟言居金陵时，有老僧尝教之读，以是益知种族大义，轻生死。至今思之，犹仿佛其雄姿英发，道“吾得死所”时也。

宋飏裘传

宋飏裘，字弼唐，醴陵人也。幼有大志，读书渌江书院，倡明船山王氏学说。旋之长沙，毕业师范学校。归里，以革命提撕诸后进，务深入人心。是时民气犹僿，言论有禁，恃简册以风励薄海者，惟《猛回头》《中国魂》《警世钟》数书，乃购多部，遍以贻人，所感化者无虑数千百计。

清光绪三十二年冬，飏袭联萍、浏诸志士，推某为主帅，密谋起义。而自司法令，说以无惊闾井，无启外衅，惟以恢汉覆满为事。一时文告，皆出其手，士卒奉令惟谨，军纪饬然。时外人居醴者多，且其地距安源迩。安源矿务繁，作号多，金帛横挑，肆掠之事易起。得飏袭主谋，而闾里芸市乃如故。

无何，敌师四集。以新造之卒，膺方张之寇，势不支，我师溃散，飏袭为敌所擒。敌军惜其才，欲活之，曰："行且拘汝与醴陵令，汝其以饰词免。"时阳湖汪文溥令醴陵，得其所谓文告及印，谓曰："汝非能文者，文告殆非汝作，且汝何得印？殆道士所为，用以印幡布耳。汝其具道汝陷贼事。"飏袭不屈，乃系之狱。里人廖汉瀛闻之，往咎："何遽不讳匿？"飏袭曰："讳则刑迫。士可杀，不可辱。吾起事时，固已知其可死也，尚何言？"汉瀛惶急，数为解释于汪，汪故无意杀之，乃许诺。未几，委员覆讯，飏袭不屈如故，且历数满恶及委员贪酷罪，遂遇害。

论曰：世之所谓志士者，往往慷慨于平时，而宛转乞怜于刀锯之下，即丧其廉耻、祸及同类，而有所不惜也。若宋飏袭者，其诸异乎人之所为矣。

周福贞传

周氏女福贞，长沙伍德润妻。节俭有文，遇诸姑姊妹以礼。德润夙好客，厨馔靡不丰。即窘迫，无谪言。清光绪二十六年，唐才常、林圭谋起义武昌，德润与焉，周氏多所臂助。旋德润被举为湖南自立会会长，将以联络豪杰士为声援。值转运告穷，各处索饷数至，周氏则脱簪珥，尽其积以济之。事泄，官吏拘捕急。德润谋与周氏奔申，冀稍避其锋，徐图再举。张衡士、徐子清者，故同谋，诱德润以献，由沪解镇宁鄂，酷掠无完肤。既无所得实，遂发寄黄州广济县狱，永远监禁。周氏同逮入狱，楚囚相泣，苦不可支。每念专制立国，民气不伸，身困沮洳，永无天日，恐印度、波兰之不免也，遂决与德润仰药自尽。德润几死，而周氏则长没矣。辛亥十月初七，德润出狱，遵鄂回湘。时武昌已首义，东南既复，乃述及十二年来夫妇缧绁之苦。闻者叹息，上其始末于都督谭公，祀周氏女烈士祠云。

论曰：民国之稽勋密矣，然生而冀位，无足称也。若此女者，贞嫥殉国，死有馀施，媿天下士多矣。

胡志伊传

夫自清季以来，中外多故，豪杰之士并起，从事革新者，何可胜道。其有断脰流血，一瞑不视，固已彰彰在人耳目。即或伺便蹶起，因推挽之会，翊协和之烈，以徼富贵、长群类；或曾不与事，及大与事悖，而攫以为名者，亦所在多有。然而侯门仁存，宜逾大首事者荣施矣。或曰：世乱道衰，趣舍有时。是以伯夷耻其名，介推匿其身，鲁连完其嫥，颜斶全其真。扬雄当新室时，自守泊如，著《太玄》五千言，非其遇之穷也，士各有志，不可以强同。海内初定，奇伟倜傥自见之士，盖尝取荣利矣。若萍乡胡志伊者，又何以称焉？

胡志伊者，字任伯，一名孚家，世儒者。弱冠入县学，食廪饩，为文有名。于时萍乡故以科第显，志伊独能治经世之学。先后与钟震川等创书报社，兴学校，趣游学。萍士喁然，乃欲身渡日本。至沪上，会取缔事起，遂入中国公学。

时党人悉萃沪上，每有急，志伊辄左右之，为之尽力，由是党籍有志伊名矣。

岁丙午，萍乡始立中学，监督者非其人，数月，学生大哗，则指学生为革命党，诉县令大发兵捕治之，举城皇遽。志伊急自沪上驰归，以言说居间，狱赖得解，县人诵之。又明年，征兵令下，志伊隐欲有图，则多介其萍学社人入伍。洎辛亥反正，颇资其力。

萍乡西连湘，湘中既复，而萍乡以兵备道重兵屯集，难撼；且安源矿工万人，虑为变。志伊阴与其党以利害说防兵，复身诣湘督，乞师八百人，下萍乡，徇安源，定上栗，走兵备道杨会康、标统齐宝善。上栗者，抚民同知所治，有管带驻焉。会湘督使使潘昉宣抚江西，志伊偕之行，所至多所开谕。未几，江西皆复。至南昌，选为省议士。明年三月，以议会委察萍矿归，适父病，因留侍疾。父固遣之，志伊亦欲反委，即归，比至省而父殁。遂以奔丧积劳，哭泣致毁，越数日卒于家。其孝亲盖有素也。

始志伊归自南昌，道长沙，与其友傅熊湘言，语多伤感。其于侈功攘利，尤痛非之，顾欲娟摅所蓄，宣力于国，冀一起敝焉。由斯以观，志伊固未竟所欲为也。夫使志伊得用于时，或足以为治。苟其不死，即不见用，退而发所蕴积，为书以自著，亦必有可信者。彼既以荣利为不足为，顾不能忘情当世，岂将欲以奇伟自见耶？抑所谓士各有志者耶？贤者固贵有以自效，然亦会其时。身与命乖，事与时违，而曰吾有以治天下，则天下不可治矣。

张汉英传

汉英字蕙芬，醴陵张云齐女。云齐无男，一女爱逾切，诲读甚勤。汉英资惠敏，稍读即能窥大义。笄年适同县李发群。发群父故名拔贡李青蕃，家范严，子妇纺绩，无得与外事。当是时，国人震于瓜分之惨祸，彶彶务规欧化，以为男女宜共勤国事。遴选女生游学，而县中知书宜选者，莫如汉英，遂肄业长沙女校。既留学日本，发群旋亦自往日本留学。

清光绪三十二年冬，萍醴革命事起，发群适自日本归，道沪上，遇其县人杨卓林，方谋炸毙江督端方，以为声援。发群与偕行被执，卓林不屈死，发群下狱。汉英闻，孑身渡海，视发群狱中，诉江督端方，乞以身代夫。时发群方病，因言夫病剧，即有瘐死，狱不得鞫，徒枉法，无益，不如得代有所归。端方故尝巡抚湖南，汉英渡日本，其所籍送，故汉英得以门生见。因留与语，具食，汉英临食悲泣，不能举箸，左右皆为掩涕。语颇闻端方，端方乃稍移发群监，弛其桎梏，趣汉英赴日本。汉英自是数往还江海间，且学且省夫，备历穷苦。

又二年，清帝崩，嗣子溥仪即位为皇帝，大赦天下。顾党狱无赦，汉英比傅条例，卒得有力者为之请，遂以明年八月，出发群于狱，而心力弥殚矣。民国二年秋七月，发群复以事撄死江宁。汉英四年夏五月病咯血死，年四十四。庶子一。

论曰：烈女贵徇夫。汉英之乞代夫狱也，虽诡变，至知事无可为，辍食哭泣，岂非发于至诚哉？自女权说昌，深闺弱质，张脉偾兴，而汉英亦以争女子参政，为世诟病。《诗》曰："谁生厉阶，至今为梗。"夫固有所受之也。汉英负豪气，好谈辩，多大言，亦稍为歌诗流世间。及创兴女学，尝著劳焉。要其论议纯驳间见，故特取其近道者著于篇。

毛芷香传

芷香毛氏，湘乡毛少园女。生于皖，因归桐城汪氏。庚子死难汪尧臣之兄楷者，芷香夫也。芷香性慧知书，孝谨明大义。方楷、尧臣与唐才常、林圭等首倡革命，数往来湘鄂间，每困乏，则芷香质钗珥以助。事败，楷、尧臣被逮长沙，尧臣仰药死，而楷下狱。时清吏上首功，所株累众，无或幸免。芷香恨所事无成，不忍见夫死，乃仰药自尽。死前三日生一女，亦自弃绝，今存。楷后二年得释。民国元年十一月，湘人具其事于都督谭延闿，与长沙周福贞、□□刘蕙芳，并从祀女烈士祠。周余别有传。

论曰：芷香辈，一弱女子耳，非有可纪。爱夫一念，遂以身殉，亦当时流血革命之说渐渍使然耳。然吾见魁杰临难苟免多矣，乃今方自诩勋烈，以视芷香辈，又何如哉！

族节孝罗孺人家传

傅氏有贤母曰罗孺人。当逊清以节孝旌于朝，学使为题“节并清台”扁额，乡党荣之。族宗乔公继配，献廷先生母也。十六来嫔傅门，二年生献廷，又八月而夫卒。时叔已先没，妻更嫁，独孀姑宋孺人在，一门茕茕，髽鬖相对，备极悲苦。母家悯其无依，为谋再适，将以说孺人。孺人泣且诉曰：“未亡人复何他，只孀姑弱子靡托，固决死久矣，宁有不谅者乎？”遂罢。哀泣如初丧者十馀年。事宋孺人，寝食未尝离侧，遘疾必多方致药，尝而后进，姑妇相怜甚。宋孺人初以家落，锐意居积，纺绩组紃，常穷日夜。孺人黾勉自竭，曲承其意，卒以有羡资，广田宅，教子成立。率身惟谨，孝友敦睦，卓然族望。兴学育婴之举，咸著劳焉，实孺人启之也。夙知书，尝以《论语》《孟子》为诸孙讲说。孙道熙，受学于余。

赞曰：竹箭有筠，松柏有心。夫惟贞士，莫其德音。世变递嬗，孰是克纯。炼刚绕指，旧臣美新。知有金夫，不知有身。譬犹禽犊，斁我彝伦。清淑诞锺，乃眷贤母；缅彼坚贞，扬兹徽美。亦有杞妻，变俗于里；亦有周嫠，衔忧于纬。我闻在昔，教成于始。懿穆孺人，先民是轨。髧髦可仪，彤管有炜。请著其芬，以愧男子。

王节母传

节母王氏，父绍卿，醴陵人也。十八归同县王君荣滋。王君故劬学，淬厉逾恒。数岁，病咯血死。子昌桢，甫三岁；次子昌祐，方娠。母痛失所天，誓必死，顾念身累遗腹，舅姑且老，徒死无益；重伤夫志，不义，乃自守待孤。明年，舅照楼公继殁，节母遇益艰，志益厉。奉姑抚幼，备极勤苦，卒勉二子成学。会姑病久淹，势将不起，节母恸之甚，每中夜泣祷，乞以身代，姑病亦旋已。娣何早丧，鞠其襁中儿，为始终焉。温惠淑慎，服勤至老不衰。俭己而周急，里中诵义。二子皆有节概，而昌桢与余尤厚。

傅熊湘曰：圣人谨庸行。余读书见传节妇无如烈妇多，甚矣，庸行之难知也。语亦有之："慷慨赴死易，从容就义难。"然贞臣始卒不逾一死，非有后顾之多艰也。王节母几欲死其夫若姑矣，其视死至易，而卒勉为其难，以竟夫志。夫岂无得而然哉？行其所安，义之至也。昌桢尝语余云："自始龀受读，畏母过于严师，不敢惰。"又曰："母尝戒余兄弟，勉自立，常如母茹苦时。"乌呼！母之传在是矣。

刘节孝传

傅熊湘曰：子曰："岁寒，然后知松柏之后凋。"一死一生，交态乃见，夫久要岂不难哉？自余交镜心，久而后知镜心之为人也。及其以太夫人节孝君之行事告，乃又知镜心之教有自出也。

镜心善为交，居县城久，县人士莫不昵就之，虽所不好，不娟为崖岸。顾独心敬重余。余屡远游，不常与镜心见；即镜心过余所至，亦未尝就余。及余辟地归，交游悉散，而祸且横作，镜心独相与绸缪，匿余其家，所以为余甚尽。其别也，持之而泣，消息必以闻，过素所与密矣，卒利赖之。盖镜心少成教于节孝君，故于末流交际间，能急人如此，其素所自守者固也。

节孝君黄氏，年十五嫔于刘，孝于舅姑，宜于其家。六年生镜心，又八年而夫卒。时威姑先殁，一家三百指，内政悉委重节孝君，黾勉有无，绝甘分少，先后无间。舅逊斋君故好客，酒食之奉，节孝君主之，未尝不丰。孝慈若天性，先后子视如己出。会其有遗女稚，养于节孝君，及女后母入门，强使依，不肯去，忘其非节孝君女也。县人以状请于有司，清光绪三十四年，旨旌刘振祥妻黄氏，附县城节孝总坊，有传。

镜心名骧，与余同年生，月日长于余，同学渌江，又同毕业高等师范。

书陈孝子事

陈孝子本衷，湘阴人。父好博，不治生产。衷年十五，尝数切谏。念家日落，无以读，乃昼作，而夜之村馆学焉。

父知之弗顾也，母周氏绝爱异之。越二年，母暴疾死，衷悲痛废寝食，弗任事。父频怒挞，强忍而后起。数月，父续娶王氏女，人以女暴沮，不听。既至，薄视衷，衷共子职逾谨。明年氏生子，益思去衷。已伺衷父出，煮毒草为茶，陈之。父归，视茶中草屑，诘所由，氏佯察曰："此毒草也，衷奈何欲杀父？"父怒，痛朴衷。氏授以梃，且曰："徒费力，无为也。"父愤，杖之几毙，赖邻舍救，得免。然衷奉亲如初，亦不怨也。未几父死，产仅足葬，乃佣给母弟。又十馀年，母没，蓄佣资，兄弟并授室焉。清光绪十九年，衷卒，年六十七。有子克继其家。过其墓者，或为诗以弔之云。

论曰：姑之于妇，后母之于前子，非有生鞠抚育之恩，顾每虐之不少惜，何哉？天下固不常有舜矣，于以叹孝子之行为难得也。

里之嫠

里有嫠某氏，其行不闻于士夫，其名不显于闾巷，独一二姆妪能道之，以迪子女。其言曰：

方嫠之襁负其孤而拾穗于途也，遇获者曰："爷获多乎？"不答也。嫠行且念："若固日来憩吾门，乞吾火，索吾饮者也。今若此，是以我为失行也。吾幸勉不为丐，苟丐也，又如何哉？"乃坚自刻厉，负籓为障，于舍外植黏（粘）松桐竹茶麻橡栗之属，昼则以孤守舍，夜则绩枲月下自资，功倍绩女，而啬约亦逾恒人。里故以麻葛布名，岁六月，居布者麇集，敛以之浏阳，而迁于大贾。世称浏阳布者，率输自醴陵，而出吾里者尤最。

有得嫠布者，贸获赢，因谓驵曰："绩者何如妇？吾视其布泽以华，纤而不绐，疏爽而有文，弥丽尔也。若与往，吾欲一见是妇。”驵笑曰：“是固丽者，苟更以其布来，而能多予我直乎?”曰：“可。”至则一蓬首垢面之嫠妇，方敝衣鞠而拾栗也，相与失笑。故嫠能以婞苦自养，于人无毫发求焉。

嫠族有豪，常夜越嫠室，餂以金帛，大见窘辱，而无如何。嫠舍地故族有，乘嫠出，率悍者袭其居，伐所树本，毁垣毁瓦，以谓公地无可久假，而别出重直之屋，使赁居之。嫠曰：“是雠我也。”置不校。又数年，豪家败，嫠购居其屋。或以快雠贺，曰：“吾屋不毁，今犹窭居也。彼更营其华者，而以是畀我耳。”嫠既稍有田宅，以其孤力耕，为娶妇，今抱孙矣。

论曰：士诵诗读书，日亲固穷之训，明廉耻之节，俨若高世而矫俗。就聆其言，亦渊、骞之畴也，然寻有以无实见讼者矣。人固忽近而好远，乐饰而忘所性。若夫嫠，何遽不可悦己以奉人，戚施以取世，顾必自劳如此，岂其颛愚足以蔽之耶？一言之藐，遂尔立身；多金之施，视犹螫蝎，而士之弃取殆殊也。道固在是，抑介不足为欤?《诗》曰：“采采卷耳，不盈倾筐。嗟我怀人，置彼周行。”吾书嫠，吾过矣。

赛渌江传

赛渌江者，醴陵女，不知谁氏。少随母沦落为土倡，以色倾一县，故名。某生者新举于乡，文名藉甚。女故有才艺，通书记。见生，相与慕悦，要之白首。久之，生有桂林之行。将行，谓女曰：“吾其妇在室，又行急，不能汝携。姑俟之，必谋取汝。”女诺，生遂行。

时女母已死，不复有所迫，乃为闭门计，赁居一复室，深自避匿，游客罕睹其面。以是家益落，恃鬻奁饰、衣服自给。念生远涉，不常有书至，每自伤哭泣，或常数月病，至于忧愁愤郁，但日饮酒为醉忘而已。虽邻妪素与往来，莫闻其语也。会生亦落拓，人或短女于生，劝生且绝虑，自是生书益不至。

女自分见弃，不复欲事人，益耽饮，一醽率尽汾酒二斤，病益剧。适有生旧仆，将之生所，告于女，许为通其意。女以为难，然不无万一冀生迎己，乃以绿染姜，盐渍而曝干之，为大裹，使仆杂生家物以进。生得之，果疑，问仆，仆曰："此晒绿姜也。"生悟为女所为，急驰书至。未至而女死。死之日，移寄戚家，贫无馀物。某少年为醵十金敛葬之。遗一女，大类某生，旋亦夭死。

论曰：余喜征乡国旧闻，以为贱如倡盗，容有可纪；而当世士大夫，或不与焉。若此女者，虽失身卑贱，抑于时论，然能以一死许所知，甘弃绝而不变。一节足取，其犹异夫人人之所为欤？

记元因尼

元因萧氏，湘潭人。大死，为尼百村大千庵。余四岁，从先大父读书庵塾。诸生别治爨，而余寄于尼。每食，特具饭，不以馂进，曰："吾饭噎，耶幼不宜，无累耶弱也。"日一为浴，无间寒暑。患疖，辄碎盌为划治之。余痛呼咆，尼亦泣下。自小失恃，先大母爱綦笃，每出必送，尝曰："儿行，禾蔽儿，始犹及见儿伞。即伞不可见，犹婆望送时也。"然闻依尼如慈母，即亦良慰。在庵塾一年。又十馀年，尼死，与其葬，葬庵后。尝授余《观音经》，问其义，曰："念从心起。"

记曰：余读书庵塾后二十八年，游王仙天济寺，寺故有朱尼，为元因师，因触余感。当在庵塾时，夫岂知他日更历人世恩怨且尽，顾独念尼也哉？记之，报犹啬也。

外舅潘公墓志铭

公讳宗淇，字建中，号竹亭。先世出于汳之中牟，既迁闽，其来醴陵，当清康熙间。盖王仙潘氏之兴，自公曾祖承炘始，所谓有田二万七千石者也。承炘公生三子，仲曰韫旃，实公祖。韫旃生蔼如，蔼如生公。

蔼如公故笃学，录古书数十帙，尽卷不失一字。及公生，于诸昆中最称谨愿。鲜衣玉食，处之蔑如；不事驰逐，惟耽玄素。劬精于学，卒成血瘤。既常亲苓术，藉究经方，将图老彭，以睎久视。齐性辨味，不学而能。属以家道中落，徜徉市隐。太山石室，用安丹灶。化居之事，驵会任之。时约僮丱，董其苦（估）毕。简思憩神，务为恬澹。

配君张氏，同邑兆嘉公女。归年十五，聿著贤声，内佐勤勤，克媲盛德。晚患症结，资于弱息。有齐季女，婉娩顺承。用闵嫥勤，思求燕誉。粤余以乙巳之春，肇创乡学，识公仁里，爰始婚姻。或谓求士食贫，何如择木？惟公坚定，迄不少移。谓："吾短晷浮生，迭更苦乐。知人则哲，不谓其难，庸有长贫而沦佳士？"旋以配君疾革，遽命馆甥，晨昏再周，遂成永诀。葬不逾岁，公乃继逝。

乌呼哀哉！昊天不仁，丧我元舅；孰谓高朗，而靳眉梨。始愿之隆，终于未报，疚可知已。公没于清光绪三十二年月日，年六十；配君没于光绪三十一年月日，年五十有七，合葬王仙紫岩书屋后山之原，礼也。子男三：万麟，万阳，万延。女三：长适文心垣，次适顾仁礼，季为余室。

夫宣尼崇封，初传识墓。道其硕行，以永来兹，斯懿亲之事也。今其如何，而废斯礼？乃伐石刻铭，申以词曰：

郁葱兮气佳，中有人兮琼华。其思无邪，其仪孔嘉。胡胙之不穀，而考之不遐。抑施于躬者啬，而遗其后者奓？是耶非耶，吁其嗟。

傅君子芬墓志铭

傅氏系出陕州，殷高宗得圣相说于傅险，遂以肇姓。洎唐末曰祁者，避乱徙丰城，率义士拒王仙芝，死焉。子曰崇，崇子疏，相继为洪州刺史。由崇八世至贵，始称杨田傅氏。又十五世讳源，明初始迁醴陵，为嵝山傅氏。由始迁十七世，有明德，讳贤三，实君曾祖。当清嘉道间，以资雄邑里，尚义急公，自先人祠墓、族大事、县兴贤育婴，有举无不力。视其建室度制，联扁遗嘱，犹慨然动人想慕。祖讳端笏，嗣为善人，乐施不倦。考讳正曙，配蒋，继配程。

君，程出也。生长华瞻，通诸经。科举迄清尤弊，其高才率不屑规摹时俗，自贬以俯就有司绳墨，或颢首场屋，曾不列诸生。行古直，取斯世譬犹方凿圆枘，非其遇也。君于是益用自放，方壮即弃去，倘佯优游，载颐载休，容色夷然，不为崖岸。卒人其有，以能寿考，俾有子孙。为德之行，其昌也有时。

始以邑居綦繁，强悍萌生，龃龉弗宁，率自牵絓。厥二三父老，惟董治之任，君乐易众亲，辄解难解，诙调间作，民与迁化。温和不愆，教行于家，克友于昆弟，产析以往，共给若初。即遘丧难，恃君无恐，亦既锡类，垂裕其后人，爱敬无改厥志。以清道光十八年月日生，历年七十又四，民国元年冬十二月日殁。配杨，女一，适黎。继配王，子男三：某，先殚，某，某。孙男几，某。曾孙男几，某。君季弟宗祠，有文行，子早丧，依兄以居。君令己子事之如父，乡党式焉。以三年后五月日，葬君渌口象石站莲华之陇，附贤三公墓次，首卯趾酉，去嵝山盖九十里云。

君讳宗诣，字锡芳，号子芬，于余为族属，宜余铭。乃铭且系曰：

> 惟嵝作冈簵章龙，章龙参天楚所宗。孕灵郁伟诞奇雄，猗君之居央乎中。久哉辽辽道莫通，山川间气宁终穷。环諟有德眷以隆，将飞厥后潜厥躬。象麒双石崇和封，高山大河何冲容。兆藏兹土閟幽宫，我文在刻光熊熊，更千万秋无磨砻。

吴先生墓志铭

吴先生，讳德襄，字称三，号笋樵，湖南醴陵人也。其先世徙自广东。曾祖讳伟佐，祖讳相临，考讳锦萼，皆以德行闻于乡。

清咸丰十一年，先生年三十四，举拔贡，旋授主事，改教职。既选城步县学教谕，擢宝庆府学教授，署永州教授，再移宝庆，在学官凡四十年。为学长于考证，洞凿古今，穿贯百氏，约軔冲要，疏比异同，旁瀹幽浚，受之于海，挹万流而溉之。自群经、诸史、百家之书，以至金石、目录、方技之学，靡不钩稽周内，阐绎讽籀，穷年剿揧，耄勤弗倦。

时士方习制举，不闻朴学，博士弟子至莫能诵全经，下邑尤甚。先生初馆李如崑署。如崑者，龙山人，笃实有文，官浏阳学。谓先生曰："为学宜探本根，若取科名，则浅矣。"其好治古学，盖得之如崑一言云。

如崑既重先生，又素与曾国藩善。当同治初，国藩尝以如崑言招先生，不就。及在城步时，湘人有官黔者，趣先生出，许代纳赀为守；湖南巡抚卞宝第，亦奏以知县用，皆不行。后张燮钧提学湖南，以先生大雅宏达，德望优崇，闻之朝，擢府学教授。湘阴郭嵩焘，善能品鉴人物，尝称："作宦数十年，绝无干谒趋奉者，前有邓湘皋，后有先生而已。"其见推重如此。

工为诗，简粹醇正，不涉生僻。尝和荷华生日诗，为道州何猿叟所推服。当世诸名流，如罗汝怀、吴敏树、李元度、邓辅纶、王闿运之伦，并相引重。所官郡邑，学者向风。城步荒僻，得先生，文乃大启。兼掌书院几二十年，曲成不遗，士皆乐化。

季世学师，久为人所厌视，位既穷乏，则苟出贪戾，较贽雉，论脩羊，一钱之微，几于必得；又甚则横预刑政，挠害地方，以为聚敛。处浊而见清，居下而行絜，未有如先生者也。好致书，俸入一以资之，所藏近五万卷，校勘笺释，朱墨粲然。有《最录》百馀帙，藏金石墨拓亦数百种，皆有考证。尝图所居石笋山房，遍征海内外题咏，并其他书画笺帖之属，交游所与，悉珍蓄之。终身以此为乐，忘其老而贫也。所著书有《石笋山房诗钞》六卷，已锓。文存尺牍、读史札记、金石跋尾各若干卷，邑志《艺文补》一卷。《续沅湘耆旧集》若干卷，接踵邓书，所收甚富，而精当殆过之。

自幼谨饬，事后母以孝闻，终丧尽礼。兄弟八人，其七皆继出，事蓄丧葬，恒必资焉。遇人乐易，色温而体庄，神志炯炯。诱掖后进，惟恐不及，虽小善必常道之。教人以自拔流俗为归，曰："吾尝感于李先生之言。"谓如崑也。善行隶，初法颜平原，益以晋魏，泛应无少却。

配陈宜人，同邑庆明公女，温惠淑慎，孝于姑，宜于夫。自亲党以逮臧获，咸怀其德。先生年八十二，清宣统元年十一月癸亥卒，明年葬石笋山之阳，卯山酉向。宜人年八十六，又明年十一月丙子卒，遂合窆焉。子男五：新祺、新佑、新芹、新禔、新城。新佑廪贡生，历官邵阳道州训导。女四，均适士族。孙十：章彝、章焘、章佷、章勰、章彦、章衮、章锴、章沄、章旭、章曙。曾孙十。

既葬之五年，章彦以状来，曰："吾祖夙重子，谨待子铭。"余尝从先生学，不敢无所称述，乃为铭曰：

醴之有吴，实昌南宋。矫矫德夫，以学为政。表率湖湘，一出于正。后七百年，爰启先生。独排群俗，用趋景行。圣没千载，道彀莫明，惟先生起之，诞恢厥声。在潜无闷，在约罔忧。求志达道，思古无尤。岂世莫吾觏，抑富不可求。义行仁立，光照弥休。世变曷纪，俗渐于夷。鬻学灭圣，斯文就衰。于嗟先生，其奚可追？其不可追，吾谁与归？刳肝列辞，以塞余悲。

谢母墓铭

民国七年，醴残于兵。八年，余以请振和会来沪，遇故人谢肖庄，方遘太夫人之丧，齐衣素冠，斩焉在戚。顾以奔走湘粤，迁流靡定，兵戈载途，音书梗塞，数月不得报，今乃克闻丧归葬。因述状请铭，其言曰："吾母生平若无以异人者，然事舅姑以孝，相夫以顺，教子以义，持家以勤。诸老辈尝称道之，母未尝以为瘁也。吾父有兄弟七人，析产而父独短，父尝不乐。吾母则默祷于神，朝夕瓣香，虔祀垂数十年。终吾父之身，莫有所争，亦未尝以所祷者告人也。及父殁，始私以诏寅杰，且戒曰：'后世庶知吾心，其友于兄弟。'寅杰谨受其言。盖家道之索，虑由于兄弟之争，而浸润于妇人之谮，以是知吾母之能默移于内也。母前一年尝病，寅杰躬侍汤药，数月幸瘳。及请行，母健在，无难别之色。寅杰方以侍养托兄及儿辈，欲有所树立，以慰母怀。乌呼，孰料竟从此终诀耶！惟子能为我铭，庶有以不朽。”

余既重违其请，又念吾乡自兵匪俶扰，一夕数惊，人民奔窜流离，至令生不得以养，死不得以待者，比比皆是。而锋刃所接，横暴所施，其寡人妻、孤人子、独人父母者，又不可胜数也。夫以一二人权位之争，致举国汹汹，苍生群被其毒，历年莫解。而此一二人者，乃犹拥兵自固，思复乘机煽乱，若不知人世有疾苦死亡事者。斯固人类之忧，又宁独吾友之戚耶。

谢氏为醴望，肖庄及其子复以诗书世其家，能扬其光德。余尝为肖庄铭其父，世系备详矣。母宋氏，以清道光二十九年月日生，民国七年月日殁，寿七十八。年月日葬某山。子几，某。孙几，某。铭曰：

惟贤母宅斯土，前有封，后有树。精气升，灵魄聚。终永藏，閟幽宇。

刘科年哀辞　并序

余前十载，创设醴东小学于王仙，从游者多克自树立，不辜所期望。刘生科年，其一也。

生岐嶷好学，稍长益骎以肆，彶彶所晞，不问精力。凡学僮所讽籀，横校所教习，既足以承以发，冠绝伦辈矣；又从其从父谦，受许君说，解苫而读之，毕其文，秩然成卷；又自习明儒王守仁之书，勇于困勉，故学行几有成。尝曰：“学无拒人以不能者，人自拒谓不能耳。今不学而侈言救国，犹徒手而扑燎原之火，庸有当乎？”

毕业县高等小学校，复考入湖南陆军小学，历南京入伍生队，改入武昌陆军第二预备学校。所至以劬学厉行称。顾身素消脱，尝抱宿疾强胜，兵实非所任。初至南京，军医验得疾，摈其考，而科年固求竟所学，遂习炮科。既尽，改南京生归武昌。

武昌自革清后，督不得人，滋以屡乱，军校常不时为紧急号召。科年因重积劳，又乘以寒暑燥湿，膺热疾不治，归未一月殇，年才十八。惜哉！使科年但志学，未或死。极其气力，而瘅病躯以兵，遂竟死矣。彼之臁且惰者，固不得以科年解也。

科年一名森年，字戈云，醴陵人。孝友，能文章，善算术，晓英德语。祖讳华杏，父泽涛。殇以民国二年十二月，葬栗山。未娶，无子。有兄二人：某，颖。其从父谦，积学有至行。宁调元死事武昌，人莫敢视，且其时鄂督中情怯，沿江置戍，行李为梗。谦独自长沙以其柩归，请于其家而葬之。科年死，以书来告，甚哀，乞次其行。余于科年素才之，恸其不克终也，为辞述哀，且以广刘君谦。辞曰：

大化氤氲兮，所造不齐。贤胡以夭兮，庸寿而奚？谓才之可乐兮，夫何倏使余唏也？谓不才之苟全兮，又圈豢以徒肥也。惟来粦之嘉穗兮，曾不驻夫徂暑。抑萼之春苞兮，羌何慕乎终序？畜其中以自葆兮，驯大信以为适。际宇宙而犹极兮，恶短寸而长尺。彼君子之竞辰兮，非惟寿而惟德。谛颜子与冉孙兮，不幸幸而多植。懿吾党之殆庶兮，固绝胫以晞骥。应朝夕之明训兮，耦寂寥而无魅。将达人其洞观兮，刭雪涕而谁那。贞讯辞于来祀兮，苟其愈而不磨。

祭潘式南文

惟年月日，某等谨以清酌庶品，祭于亡友潘君式南之灵。乌呼！天道而若斯耶，古尝致疑，又何是非。临我梦梦，宜若无知。熟主持是？生杀之机。谓生无常，曷畀之才？才而不寿，生竟奚为？生也无常，死亦奚慕？嗟嗟我公，乃艰天路。自公初起，爰洎弥留，内外完好，巨细明修。泮水掇藻，三山赋游，蜚英茂实，以萋以条。亦越季清，政改其繇。公盟海外，羽铩音哓。奋革帝制，埒起陈焦。权首府怨，士偾而骄。拥公督符，公谓不可，不如谭君，其略胜我。手书檄告，徧走群伦。士民案堵，军吏息纷。人收其实，我务其耘。金陵既迁，留守开府。用掌军糈，绌盈有序。林禽息柯，亦既倦止。邑人来迫，长我髦士。暴袁旋张，三湘蹶起。石头朝墟，降幡夕委。小人道长，君子消矣。漱湖之滨，大山之麓。兰春发红，松冬秀绿。猿鹤自亲，桑谷常熟。广厦千间，辟为庠塾。暮接僮嬉，晨临儿读。环中四望，其气清淑。永矢寤歌，考槃在陆。孰谓可谖，岂曰不足。匪出之荣，实求之故。质成于嘉，尽瘁以赴。石门峨峨，湘江浩浩。魂归故乡，魄淹长道。有弟有子，负榇来旋。人生几何，谁能百年？才如我公，施而不竟。无可奈何，矧其有命。国伤殄瘁，乡丧善人。鴂啼自苦，芳草不春。临歧啜泣，奠此一尊。魂来窞与，傥用相存。尚飨。

今希文选

刘湘泽，字今希，湖南醴陵人。今录文五首。

与柳亚子书

亚子社督左右：比年以来，囚居历山，饱食安步，不履市城。世路荆榛，鬼蜮虎伥，伺人搏噬，诚畏之也。重以党锢之祸，文字之狱，几徧神州，稍涉嫌疑，辄遭捕戮；而且检查邮件，梗及鳞鸿，海内知交，致疏音问，虑干腹诽偶语之禁网也。

时于屯艮、约真处，得读手翰，籍谂兴居多祜，良用忻慰。小儿雪耘，前归自沪，且言启行匆遽，忘却函知，深以为歉。《太一遗书》正续两编均到，蒐辑校缮，刊订醵金，悉资大力。惨澹苦心，幽明感泣。伯玉独为君子，我辈诚宜愧死。

天祸中国，不惜付托匪人，以摧残而夷灭之。癸丑之役，使东南均势，连鸡获棲，英法投货，虚牝是惧，则建瓴破竹之功，自太一发之，不难自太一收之，何至今日噬脐哉？顷闻洹上恋栈，和议取消，滇桂之师，指顾南下。乱萌四伏，蠢蠢者不久发声。洞庭南北，殆有来苏之徯望。惟北军尚未出境，而柄湘政者，未知趣向何如。鱼烂土崩，理难幸免。吾侪小民，何以堪之？

社友黄君晦闻，迩来通信否？弟前在广州路局时，太一曾介之一面。渠因先王母丧葬，仓猝葳事，而墓志未泐，时萦怀抱。曾命弟述节略，请晦闻撮其要而铭之。太一去粤时，属请蔡君寒琼代索，迄未获复。倘尊处有函致伊，乞顺询之，转请邮寄，亦季子应挂之剑也。屯艮属为胡君石予题近游图，因循年馀未报，题纸亦复遗失。昨雪儿促了此诗债，粗成长句，弇陋可嗤，命雪录呈，即希转达胡君为眄。苏门近状，暇希赐闻。俟逐鹿风波稍定时，当挈雪儿来沪一游。

手此，即颂近祉。弟刘泽湘顿首，五年阴历四月廿一日。

与柳亚子书

亚子先生足下：耳子厚才名久矣。前年于役岭南，故人宁太一为言，近今南社，风雅主盟，几于明季几、复，海内词流，半萃珊网，欲介入社。猥以学殖荒落，逊谢未遑。渠于酒后耳热，数生平畏友，因及足下，拟唱刀环，当率踵门趣谒，备瞻雅范。未几，太一假归，去同黄鹤，终以热血横溢，致灾厥躬。政海既波，文网日密，风声旁溢，党祸竟阶，解职道沪，不遑将息，而识荆之愿，遂亦虚悬。

今夏泛棹渌江，邂逅屯艮。屯艮复勖不佞入社，且诵大著，琅琅如珠串，愈益汗悸逡巡。兼以半生述作，已付羊城劫灰，年来健忘，不复省记；亦以覆瓿之顷，俯拾即是，不沾沾于故纸也。

昨新历履端，屯艮登门索酒，诗兴陡发，首倡十馀章，并高唱杰构《玉娇》一曲，促巴人应声。击钵以催，文成急就，婢学夫人，终嫌不类。而屯艮录邮签览，以为入社之媵，滋以恧已。其中运用故实，舛谬尤多。如“搜牢”误“牢搜”，（《后汉书·董卓传》，卓纵放兵士剽虏资财，谓之搜牢。）亦善忘之一证。希为匡之。屯艮复属为足下题《分湖旧隐图》，欲藉咏歌，一摅积愫。遂忘谫陋，草草属词，另纸录尘，用博一粲。

小儿雪耘，辱承雅意，介之入社。此儿生当科学萌芽，一时学风，吸新唾旧，自七岁入校，翱翔乎讲义黑板之间，迄未少休。今年十八矣，词章门径，未窥一斑。倘荷裁成，感且不朽。

家居无俚，快雪时晴。呵冻疾书，语无伦次，伏维登照不儩。弟刘泽湘顿首，阴历十二月三日。

与傅钝根书

钝安先生鉴：顷蒙轩过，结轖少摅，诙谐未罄于东方，而樽酒已空于北海。荆潭山水，辱贮锦囊，润色铺张，匪第草木生辉，山房亦从此千古。匆匆握别，魂销黯然。骊歌既奏，风伯扫尘，雨师洗道，仆痡马瘏，惆怅奚似，悔不投辖，以竟馀欢。小端研一方，区区薄物，匪以为报，他日请念，或者在兹。命作铭词，学殖荒落，把笔汗流，勉缀数语，以博一粲。联句西窗，抛砖引玉，拙句犆有点窜，录呈鉴政。菊花天气，陶兴尤豪，薄醉加餐，欲言不尽。弟刘泽湘上言，九月八日。

与蔡寒琼书

寒琼社掌：比得四月五日香港来书，并屯艮转致一图，奉读未竟，涕泪如绳；爱我情殷，无任感纫。石围塘草亭晤对，旧梦重提，新愁益拓。死生契阔，渺隔人天；湖海睽孤，同伤劳燕。披来尺幅雅集之图，触起五载鸾飘之慨。南天极目，东海扬尘，花落无言，鹃啼有血。即此烟云水墨之痕，都是家国沧桑之泪。拟将画图，遍征题咏，藉光墨宝而寿鸿泥。屯艮、芸庵，当有佳什，步武中郎。

湖舫斠碑图，去秋屯艮函达盛意，属缀芜辞，并命小儿雪耘赓和。所以迟之未报者，对此名人名句名书画名山水，把笔沉吟，赧然中止。诚惧佛头著粪之讥，狗尾续貂之诮耳。然忝为知己，终当尘拙，何日诗成，虑难预定。

太一客珠海时，嘱湘草其先王母节略，丐黄晦闻铭幽。渠去粤时，曾托面恳执事设法催取。执事比答云，可贞之黄章，殊难急就。荏苒韶光，倏忽数载，太冲《三都》，想已脱稿？倘遇黄石公，乞道此意，勿谓徐君之墓，不须季子之剑也。

抱香萍梗何方？尚希惠示。斯人于太一重陷鄂狱时，与执事奔走营救，不遗馀力，间为湘中故人言之，罔不感泣。拙作《过辟支墓歌》中，本有一段道及此事，约真谓大触当今之忌，祸且不测，用是涂抹。然二公高谊之薄云霄，至今尚萦寤寐。

太一就义，专制淫威，酷于嬴秦焚坑百倍。侦骑尘起，党祸株连，当道皆狼，访旧半鬼。倘滇云之不作，决善类之尽歼。湘省于前月廿九日，始正式宣布独立。约真、屯艮拟组织《长沙日报》，重挝渔阳之鼓，一涤冢中枯骨之腥。

越王台下，近况如何？风云变幻，珍重眠餐。鄙居钓月山房，屯艮篆额，并题《望江南》四阕。又鞭影楼为小儿雪耘读书处，屯艮曾和伊词十四阕。竹木清幽，背山面水，颇宜觞咏。亟盼执事藻绘成图，兹房兹楼，庶几千古。

临楮神驰，欲言难罄。鳞鸿有便，毋玉尔音。匆匆布臆，祇叩道安。丙辰重午，刘泽湘上。

王迪陔先生墓志铭

先生讳昌邦，字迪陔，醴陵人也。世居西林，蔚为望族。大父貤赠同知衔春台公，父同知衔俊千公，皆以儒隐。先生天性笃厚，幼岐嶷，进退有成人度。以家政拮据，不忍累其亲，年十五，遂辍读持计，巨细靡择，昕夕胼胝，卒以居积致富。太宜人李氏，中年病茶痿，起居须人。先生与其配阳宜人，善承色笑，茶铛药碗，必躬必亲，历十年如一日。太宜人既卒，俊千公不再娶，策杖里游，晚更怡然，自忘衰老。人皆谓先生之孝养，有以致之。

居平自恨早岁废学，因厚脩脯，延名宿课其子，肫挚逾恒人。会湖南创办明德学堂，先生闻之憙甚，遣诸子就学。逾年，命子麟游学日本，英、恺入渌江中学，后先毕业，俱有隽声，麟尤以任侠著。

先生以春台公未建享堂，拓地数百武，将俟其成。会亲族为俊千公寿，胡天不弔，赍志以殁。於戏悲已！平生自奉綦约，然憙急人之急。亲友落拓者，请贷无弗应，或竟焚其券。岁甲午，醴陵大饥，先生损赀助赈，倾囷贱粜，赖以全者甚众。《诗》曰："孝思不匮，永锡尔类。"其先生之谓乎？以宣统元年正月九日卒，年四十有八。生男子三：麟、英、恺。女子一，适丁光烈。孙男五人，均幼读。女孙三人，待字。以是年四月十三日，葬于萍乡老关中塘祖山之阳。予与麟尝共出处，为道义交，英、恺又从学于余。贻谋足式，潜德宜铭。铭曰：

循彼南陔，兰可采也；陟彼高山，行其概也。宅心厚而律己严，鬼蜮虎伥，莫之害也。舆论翕然，棺斯盖也。郁郁葱葱，佳城在也。旁置万家，会有待也。

约真文选

刘谦，字约真，湖南醴陵人。民国八年见之于海上，今别来又三年矣。回忆诗酒唱和之雅，不胜暮云春树之思。今录文二首。

与柳亚子书

亚子足下：曩者于钝根谭次，识人间有亚子，私心仪焉。今岁钝根书来，道亚子为太一裒刊遗稿之勤，益知亚子之为君子，不仅以词赋也。苌弘碧血，烨烨有光。登彼西山，辄欲酹太一之墓，告以灵文披露有期，毅魄鉴兹，应感且慰。

谦与太一，为十年患难交，固宜如兰皋之于蜕庵，详其生平，用告当世。视天梦梦，欲言且止。所南《心史》，惟有幽之铁函，俟诸百世耳。其系湘狱三年，致力国学，多所述造。当时度其不免，稿出辄为扃藏之，相叠尺有咫。迨出狱后，北游燕市，谓此当重加删订，以时梓行，遂一一检去。其登入《帝国日报》者，为《碧血痕》三卷，（辑拾明末死事诸忠烈事实，录其遗诗各一二首。）词一卷，诗则间见之。他如《庄子解》四卷，《说文广训》若干卷，《幽室范言》一卷，《小学读诗选本》二卷，《南幽文集》二卷，《叹逝集》一卷，《南幽百绝》一卷，《南幽脞录》若干卷，（此外尚数稿，忘其名。）俱不及锓版。

世变沧桑，行踪蓬梗。鸿篇所在，亦以靡常。爰及今兹，虽蛛丝马迹，倘有可寻，障碍重重，实非旦暮所能致。武昌狱中之作，后先写寄谦处者，仅钝根今所编次之二十五篇，外此有无遗稿，以诘狱吏，迄不我答，当无冀矣。其家不乏断楮零缣，客冬湘波骇人，闤市有虎，族党惧祸，举付摧烧。天忌极斯，况也永叹。旧藏遗象，不殊公瑾当年。兄子鹏年来申，属令捧献，即蕲镌置简端，俾世之哀慕太一者，得重瞻其丰采也。

亚子摅大愿力，为亡友传播徽音，而所以助亚子者止此，心滋怛矣。深山蛰伏，愁等秋潮。临风布怀，不胜惝恍。伏维亮察，顺讯起居。谦白，九月十日。

与傅钝根书

钝根足下：曩辱手教，并示近什，申咏反覆，淹澹斑衿。生当五浊，亦复胡赖。罥缴充蹊，坑阱塞途，彳亍亡羊，伤足是惧。矧君姓氏，固在刊章，徙倚空山，曷云能已。惟世有虎，乃亦有伥。百幻其身，以谍以蛊。孰察而觉，孰城而防，猛断尘缘，魔乃消灭。君固大智，于意云何？武子见戕，有情同慨，弗能生拯，仅以骨归。我负故人，胡言侠义？猥以奖借，只益悲哀。顾世讙传，彼乃未死。生原如幻，死岂必真？为信为疑，庸可思议。投身地狱，救护众生，劫运方长，恶魔为梗。本怀未畅，应复化身，用散华香，祝其示现。生平著作，端恃君传，属共蒐罗，敢辞劳琐。惟彼去粤，一物不遗，寘箧申江，行稿所萃。吾兄道沪，觅已无踪。载探家藏，亦罕所覯。夫何子敬，而并琴亡！埋剑丰城，不韬其曜；灵文所在，宁特无光？大海澄清，或当自见。愿与吾子，拭目俟诸。

留守家山，日来犕适。万缘简尽，顶礼空王。维摩楞严，周诵甫竟；若有所悟，或复为迷。且当大心，蕲生净土；茫茫末劫，舍此安归？骨肉荆榛，侄科夭折，于今百日，墓草已青。殉学以身，是可怜愍；敢求慈力，文以传之。宠及亡灵，感且不朽。其友汤子，为述生平，言俱足征，另笺钞寄。黄檗山人，约来不来，诳言欺人，于律当谴。倘来君所，乞棒其头。

门外风狂，幽人贞吉，解忧息恼，善护道躬。谦顿首。

梦蘧文选

黄钧，字梦蘧，湖南醴陵人。今录文一首。

邹砚农遗稿序

砚农沉默寡言笑，貌渊然有度。顾其为文，辄雄奇峭拔，下笔千言。始余应童子试，识之于长沙，其诗文即独异于众。越四年，余主邑高等小校，砚农始入渌江中学。淬掌自励，不常渡江，闻其文则骤进于古。旋改入长郡中校。校固多醴人，余居麓山，时有携榼访胜、来相过从者。而砚农则寂寞自守，左图右书，覃思靡斁。未几，余自蜀归，询之，卒矣。可悲也夫！

夫夷狄见侵，斯文沦丧，趋时之士，鲜不沉醉佉卢，土苴国学。即间有一二治文学者，大都捃摭倭奴唾馀，冗琐贻诮。求欲如砚农之寝馈于古，不肯以俗学自敝者，诚空谷之足音也。

砚农姓邹氏，名宜柱，卒于清宣统某年，年二十有几。卒后三年，余与尊甫达臣先生同主乡校，出砚农遗稿一编，凡诗若干首，论议序跋之文若干首。余读之，才气纵迈，而不流于冗，博而要，言大而非夸，大有类乎古人之作。昔梅伯言叙舒焘遗集曰："伯鲁之文，未至于古人夐绝之境。若假之年，非古人夐绝之境，无以位之。"呜乎！以砚农之才，而不幸短命以死，则伯鲁之境也。余为之序，有馀痛焉。

文选卷二

渔父文选

宋教仁，字钝初，号渔父，湖南桃源人。民国二年被政敌暗杀身死，国内惜之。渔父事功昭章，在人耳目，无容赘述。清季主持《民立报》时，余亦为《民立》记者，假寓于国学保存会之藏书楼。渔父暇辄来楼阅藏书，尝谓予曰："中国学问极佳，惜散见于各书中，未加整理耳。吾子留心国学，盍为此盛业乎。"及今思之，著述无成，日月易迈，负此良言。渔父著作颇多，惟刊于《南社》者极少。今录文一首。

与刘羹臣书

羹臣吾兄如晤：自归里以来，困于应酬，一切友人函件，未暇作答，故亦未致函于兄。前日各亲友强为家母祝寿，弟勉应之，因此空消十馀日，屡接京中电促，亦未能出山也。前接兄电并密本，昨已电复，想已达览矣。

政局之事，弟意目下总无善法可以翻身，正如中风之病人，不愈亦不即死，如是而已。俄库之事，想政府亦无善法，最良之结果，亦必至于承认俄人要求之三条，然此犹必须政府从速妥结。弟意或不能如此，大约仍归拖延敷衍为多也。欲救此种政局，仍不外乎改组一负责任之政府，而目下既不能办到，则惟有俟诸开国会后而已。

政党形势，闻本党有内哄。前日兄来电警告弟以危象，然弟总料其未必有如是之甚，纵小波澜，当不至于成大风潮。放眼观察，人才之高下，有此能力者，固不多也。且目下之形势，未必能于将来亦可包括。吾人既不争目下，则将来自有将来之局面，又何足忧？请兄不必怀杞人之念也。但目下究竟详情如何，尚乞电示。

弟于前日已离家抵常，为调和西路争选举事，小住数日，拟即赴长沙，再赴汉口，与克强商议一切，然后定行止。或赴日本，或来北京，尚未定，尔时当再电告。如赴日本，则拟请兄同往。兄接弟电时，即请将弟衣物带齐，往沪会晤，其他物品书籍，请暂寄姚真侅君家，或其他妥处为是。

《民国报》近日纸面甚好，但不知内容如何，亦乞详调查示知。弟目下财政颇困，兄如需款，请暂借用，至沪后当另设法也。

馀不多叙，顺候近安。式南、真侅、应生、骏民、静仁兄均此。教仁顿首。十二月二十九日。

伯纯文选

张通典，字伯纯，湖南湘乡人。事迹见本选张默君《先考伯纯公行略》。今录文一首。

宋钝初诔

呜呼，钝初已矣，民国奈何！政争相杀，哀此共和。于铄先生，湖湘奋起。命世兴贤，皋伊窃比。亚东留学，组织同盟。誓心光复，炳为日星。经国大猷，条理精密。建设储才，古之硕弼。扬武革命，顺天应人。驱除索虏，勇必有仁。万众一心，武昌先发。颠覆满清，曾不三月。君创其始，亦观其成。涤瑕荡秽，大汉天声。苦心维持，调和南北，意见全消，克明党德。闳材小试，以长农林，难进易退，见大思沉。

我欵遻长，握手如故。秣陵城西，高车暂驻。吾言革命，惜不革心。道德沦丧，几希人禽。国之四维，礼义廉耻。权利竞争，夫也无止。官邪朋比，立政无方。君长叹息，改弦更张。揭来自京，晤言黄浦。内哄外忧，感时何补。我曰救国，整齐画一。任贤去邪，综核名实。驱驾豪俊，同心进行。共和真理，宪法力争。巩固民权，铲除专制。总统让人，心存济世。政党内阁，元恺同升。更新法治，活彼黎蒸。君好为之，不随不激。请宣戒心，预防狙击。君曰何虑，坦然至诚。进吾往也，侵宵北行。何来恶魔，暗中丸弹。仁矣耶稣，同日受难。（被刺之夕，为耶稣受难日；薨逝，则耶稣复活旦也。）

嗟彼异党，岂非人伦。殉财阴贼，歼我天民。匪仇钝初，乃仇民国。救世耶稣，竟不复活。人心惨惨，天道恢恢。自残同族，天乎人哉！近闻北京，植暗杀党。又救国团，敢为诬罔。邪辞大放，淆乱是非。贪人败类，亡国祸机。杀机已开，十步流血。尤而效之，吾徒不屑。人道为重，国事为先。继志猛进，团体益坚。五族咸宁，九垓再造。党纲实行，灵魂含笑。平民政治，吾党精神。目的直达，在致其身。百折不回，斯为健者。谁其嗣之？有泪如泻。死而不死，生岂徒生。悠悠天地，鉴此精诚。

默君文选

张昭汉，字默君，伯纯先生次女。创办神州女学校，兼任南京女子师范学校校长。今录文二首。

宋钝初先生诔

夫何天道之芒昧而不可知兮，翳人道之倾巇而多蟊贼。恝令哲人之横罹于鉏魔兮，一任狂飙之鼓荡而震摇我邦国。吁嗟先生，幼尚志以绩学兮，期经世而长民。复愤东胡之秕政兮，誓涤荡而更新。爰结海内之同仇兮，揭扬民族民权民生之精神。期颠覆四千馀祀之颛制兮，不自由则宁死而无生。幸皇天而既厌虏德兮，又顺二百兆人心理之所同。是以虽一戎衣而树汉帜兮，实凭黄帝之威灵以告厥成功。

先生既缅维于为政之在人兮，破坏既竣而汲汲于建设。惧方舆之麻裂而不一兮，又调和乎南北。耿耿冀化除异同之见兮，庶　轨而齐度，共策国事之进行兮，襄大同之美俗。吁嗟先生，所以自任果綦重兮，而所赋秉者又纯粹而光明。何彼昏之习为诈伪兮，虽说辞謇謇而弗听。纵朝聒而夕陈兮，充耳褎如无闻。

吁嗟时不可为兮，先生亦盍龙潜以养其松筠？庶得时而猛进兮，蕲运转夫鸿钧。顾先生独曰否否兮，誓黾勉而前进。纵戈矛森森其当前兮，益奋发而整峻。日惟敷布血诚以相期兮，求立政之改良。斥官邪而苏民困兮，图盛治之泱泱。是固邦人之公意兮，曰宪法之宜先从事于制定。以实现真正之共和兮，海内倘同声而相应。胡魑魅之猖獗兮，竟星日之昼昏。方宵车北征而遽被戕兮，愤公理之何存！哀君子之道消兮，猋椎碎此明月；伟流碧之凝芳兮，后土埋而长热。恫政论之糜沸兮，时暮四而朝三。众冥行而擿埴兮，要莫足与为指南。讵古今之齐辙兮，步耶稣之遘难。又林肯之释黑奴兮，亦以至仁而被戕于丸弹。信邦国之殄瘁兮，乃斯人之云亡。为天下而痛哭兮，庸仅遗恨于阋墙。

今虽罪人之斯得兮，谁与主者而不可问。欲奋起而锄仇兮，志恻恻而未定。盖愍大局之阽危兮，姑铭容忍之明训。吁嗟外侮既蜂起兮，盍先急国难而后私仇？继先生之志其无逸兮，集群策以弘远猷。愿百折而不回兮，必艰难之共济。所非忠而虚言兮，指皇天以信誓。果吾党之同德兮，先生之灵将赫赫而如生。扩民权以巩固兮，允无息夫至诚。终再造此神州兮，又何列强环伺之足惊。于是招英魂而来归兮，灵将御风含笑而下临。窃独悲其不少留兮，长太息而涕洟。先生浩然之气固塞乎天地兮，倘来鉴于厥辞。

先考伯纯公行略

先君讳通典，字伯纯，号天放楼主，晚号志学斋老人。吾张先世，自曾祖以上，世居湖南湘乡城北，乡人名为张家湾者也。嗣家中圮，至先王父海英公，复殖产于城外泉井坳，所居曰一宇墙，聚昆季家焉。海英公讳鉴南，妣氏李，三子。先君最长，生于清咸丰九年己未八月丁巳。幼而岐嶷，负异禀。稍长，研治经籍，暨明儒王、黄、顾诸子之学，于姚江尤有神契。盖其平生经世之略，匡济之德，固涵养有素矣。夙鄙夷科举，不屑为。顾先生父母望之綦殷，勉赴以慰之。甫成童，一试入庠。弱冠以后，卓然树立，声誉斐然。同乡如曾、左诸人，争礼重之，许为国士无双。

清光绪己丑，曾国荃督两江，敦邀入幕，任奏牍，兼江南水师学堂提调。尝为条画经营南洋群岛诸策，拟设领事，通轮舶，岁游弋兵舰，抚护国侨，振商业。曾大叹服，然恐格吏议，不果上。先君是时，所主治国大纲凡四：曰正人心，曰求人才，曰理财，曰练兵。尝与友人翟孚侯书论及之，都万馀言。后二十年，吾国主变法者，要不能越是书之规模，而正人心一端，则当世士君子鲜有道者焉。

继复进而博观时事进化之势，究察欧美政治之道，知民族嬗衍，非变政致强，则不足以图存。愤胡清专制之蠹国毒民，慨然以廓清痼疾、改善政治为任，纠同志图改革，谋摧陷虏廷，建立民政。一时英俊，如赵声、禹之谟、秦立三之伦，胥乐为勷助。奔走十馀年，弥历辛苦，几频危殆。当道以其潜力之倾动东南也，甚蕲得而甘心，于是先君境益窘。不知者或动以稍易素履，则怫然曰："柳下有难枉之道，吾而忍枉道干进者，久赫赫然且贵显，然奈吾夙志何？志不可夺，君休矣！"谢而去之。同志以是，益知先君之皎然不欺其志也。

所谂有道员罗长裿者，尝司盐榷大通，以事连民，民群围榷署，申言必得罗某，枪声震屋瓦。罗惧，知不免，忽得谲术，以人乘垣辞曰："某奉职无状，死不足惜。虽然，某张公某之戚也。诸君忍不能稍推爱耶？"时率民众者为秦某，江湖侠士，夙慕先君为人，闻之诧曰："有是？几使吾侪他日无以见张公。"遽率民众数百人去。后罗于先君述其事，先君愕然，且固不识秦，因从容谓之曰："君后从政幸爱民，毋复浪假鄙人名以解围，徒益鄙人罪耳。"然自是愈韬晦，兢兢恐人知。维举昔所蕲向，以教育培国本，以实业苏民瘼，二者汲汲为之弗倦。

岁丙申，陈宝箴抚湘，雅知先君，力挽相助。先君乃为倡矿务总局于长沙，外州县分局十数。其开采龙王山、水口山及黄金洞诸矿，现岁入可二百万，非仅辟湘中未有之业，而东南矿务，实滥觞焉。湘矿在中国居甲选，皙种人久觊觎之，方幸吾国人不知其利而自为之谋，屡思攘臂，染指其间。洎闻是举，则皆相顾叹异。寻倡保卫局于省，举境肃然，为吾国警政之始。立宝善成机器厂，创用电灯，并设和丰火柴公司，小民之食其利者，男女数千人。盖自海禁既启，吾国百物，除茶丝外，悉仰资欧美，唯湘矿能获其利；而火柴一项，大都来自三岛，唯和丰能分其利。

岁戊戌，与谭嗣同、黄遵宪、陈三立、康有为、梁启超诸人，倡南学会、时务学堂、《湘报》《时务报》于长沙，海内名流，一时毕凑，举湘省民智之昌、学术之盛，盖莫是时若矣。时经济特科征士，江督刘坤一以先君奏闻，远道寓书相劝。先君审清廷不足与有为，辞弗行。会政变，六君子殉难，先君以耿介不阿，亦去而之鄂。督抚张之洞、谭继洵，闻而致之幕中，以鄂全省营务相属。乃始编练新军，举黄泽生及族叔紫峰，各将一营为之率。武汉军政，至今斐然可观者，盖有自来也。

岁庚子，与唐虎臣谋政治革命未成，东走沪，与容纯甫、章太炎、严又陵诸人，发起国会于沪味莼园，与会者数千人，朝野皆震。江督刘迺复以上海制造局、广方言馆属之，意在羁縻也。拳匪构乱，载漪矫诏，命各疆吏诛绝西人。先君知必肇奇祸，亟致书刘督，力请封还伪谕，任保护长江商务及外人身命财产。刘如言，东南得以无恙。已而先君志事，清廷已有所闻，而谗碁宵人，更从而媒孽之，以是遇益穷。而造次颠沛之际，仍一出于义。粤汉路工约成，湘鄂之士栗然危惧，亟立联合会，推先君代表，由皖抚邓华熙、桂抚王之春委任，赴京力争，卒得废约自办。

时当道捕党人严，先君所至困厄，独刘督雅重之，仍延入幕。先君为养晦计，遂携家息居白下者有年，安贫知命，怡怡如也。刘殁，周馥继之，任以两江学务处参议，兼编纂《学务》杂志。先君念今日学绝道丧，智育渐进，而德育不修，非拔本塞源，提醒其良知，则放心不收，即病根永在。请昌明国学，以勿欺良知为准则，以通经致用为指归。先是江南风气锢闭，闻兴学，辄群起指而骇怪，阻碍横出。先君则排百障，任劳怨，力为整顿者数年，所倡有若养正学堂、养正女塾、湖南旅宁公学等。

岁乙巳，应友人公推，监督皖江中学于芜湖。其施教，以知耻、立志、好学三者为正鹄，故一时及门，多为后起之秀。然校中教授，如苏玄瑛、陶成章诸人，固当时知名士，而富革新之志者。以是大吏尤碁之，遂辞职返宁，由宁而吴。时抚苏者为陈启泰，邀往相佐。是岁，有宵小以革命巨魁，谍先君于江督端方。端电陈，命交省。陈以百口保之，乃免。未几，粤督张鸣岐闻先君留心实业，电请入桂。先君夙知桂柳多膏沃，未耕耘，可辟以殖湘吴之民，兴南越之利。既往，专任垦务，设垦牧公司于贵县、柳州，跋涉往来，历数千里，硗碜坩垡，崎岖蛮烟瘴湿间，乃病足。先君体素伟硕，神清气健逾恒人，虽频遘邅迍，不少茶。至是，乃须发鬑鬑尽苍，渐就衰矣。继游肇庆，王道雪澄浼助政是。先君首察民瘼，以该地为滨海要会，商舶连樯，辐凑而群萃，然往往苦飓风。乃言于王道，相得良港，建筑船泊，舟楫资之，以避风患。生命货财，赖以全者，岁无算，粤民歌颂至今。

辛亥春，以事之广州，会民军将举义，同志赵声问策于先君，并偕赴香港，大会诸同志。先君为条画方略甚备，然以各方部署未周，主稍缓，某君尼之，以是有广州之挫，赵声与七十二士殉焉。先君深痛之，遂患不寐。时城中百计搜捕党人，先君方居警署，同志不能出险者，争就之。先君乃于缇骑纵横之际，力脱十馀人于危。暮秋归沪，适武汉革命，震动全国。遂集同志，取苏州。先是，鄂中民军乘新兴之锐，势张甚，力仇杀满人，江苏旗族，人人自危。迄先君克苏之日，易“兴汉灭满”之帜为“兴汉安民”，一城欢动，兵不血刃而事定。金陵方负嵎，闻之大震，守志以懈，联军遂乘而得其志。后有以苏督相属者，先君一笑去之，弗欲与彼碌碌者较一日短长。

南京政府成立，聘先君为内务司司长，再任为总统府秘书，于国计民生，多所擘画。惟时有梗其议者，卒不果行，新国规模，未克远大。先君每与人论及现势，未尝不太息，痛恨于世道人心之不可救也。临时政府既解，归年馀，尝一至北京，郁郁弗乐，即浩然南旋，蛰居海上经岁，惟闭户课子女自娱。

甲寅春，复遄返湘，谋集海外国侨钜资，兴办全湘矿业。适欧战起，事未果。乃暂权衡榷，址居回雁峰下，山水明秀，足以乐道赋诗，乃姑安之。为力除宿弊，免苛敛，商民感之。奉职数月，而比较长钜万。未及期，复调司湘潭，衡民群吁留之不获。去衡之日，绅商扶老携幼，送数十里，且有登舟垂涕，恋恋不忍去者。湘人士叹为百馀年所仅见，匪仅以政绩卓异已也。先君濒行，寄谕不孝等曰：“厘金病民之政，吾于亡清，数请蠲除以利商，当道弗从，因循至于今日，且以溷吾，辞之不可。顾自承乏以来，民幸不苦。今既释责，行将辞潭言归。自憙两袖萧然，无一不洁钱渎吾家耳。”至省，五辞潭局事不得。湘潭厘金，在湘为最下，年耗损甚钜，人咸视为畏途。先君往，未三月，复盈收四万八千馀，商民且忻感，闻者叹服。

初夏湘中水灾，先君亲巡各卡殆遍，相度修理，以防泛滥，体为湿热所中，心瘏力痡，积劳成痗。六月上旬，偶婴小极，医者又庸误，致汗出于湩，遂患手颤，然浸假渐差。八月十二三日，起居视事犹如恒，且自撰煤铁公司宣言书，及辞职详文，各纵横数千言。十二夕，作长书寄沪寓，字整秀若平时。复与族叔子岷，论时事及家事甚悉，神采奕如。十四日晨兴独早，微觉弗适，医至与谈病况甚久，并亲送之庭际。已呼仆炊米饮，复自起易外衣既，瞑坐榻间，色洋洋如恒时。少顷，仆以米饮进，遽麾去之。已而呼之不答，众始觉有异，群医集治不效。至午刻，竟弃不孝等而长逝矣。

乌乎痛哉！时中华民国四年八月十四日乙卯七月初四也，年五十有七。悠悠苍天，曷其有极耶！卒之日，自晨至午，始终无颦蹙及呻楚状。比殓，面色如生。其明于生死之际，神志湛定，而学养之冲粹者，固足以临危而不乱者欤？局内外百执事之属，始未信凶耗，比趋室睹状，莫不哀恸失声。先君莅潭甫三月，其遗爱感人已如是。不孝昭汉、元群等在沪闻噩电，奉母驰归，不孝元祜，自保定奔丧，抚柩躃踊，痛不欲生。

伏念先君天性肫厚敦笃，接物处世，以诚以敬，不作疑猜之心。小人或以其易欺，肆为狙诈，往往一笑置之。友朋尝以古道不能处今世为言，则逌尔曰：“诚能格物，矧在人群。我待人以诚，性夙然也，宁能逆亿人之负我否耶？”其坦率磊落盖如此。事先王父母至孝，于诸弟悌，于诸子侄慈惠以教。先七叔少海早殁，力抚恤其庶母及妻孥。其孤侄及戚属子弟之寒俭者，常自节衣食以佽助，俾得就学。故旧有困乏者，辄倾所有济之，不足则典质以与，务解其厄。迨司衡榷，百务纷赜之际，犹惓惓先七叔之子谋弟，恐其乡居废业，命来衡，送之入学，公馀教诲无倦。于母氏结缡三十馀载，燕好如一日。每得一诗词，虽远处湘粤，旅幽燕，必邮母氏索和，并命儿辈赓作，以娱老怀。处忧困之际无戚容，尝顾不孝等怡然曰："吾毕生轗轲，怀抱未稍酬。惟妻如孟光，足与适道；儿女尚知自爱，他日当有绍述吾志者。家庭之乐，差足慰耳。"不孝等闻斯言，既悲先君之遇，复惧子道之亏，惟誓痛自策砺，冀有所树立，无忝所生。讵图遽尔溘逝，使不孝等抱靡涯憾。彼苍厄人，抑何其酷！悲夫，悲夫！即署次成服分奠后，谨护柩以归，奉窆于湘乡胡家冲夹璧山祖茔，首亥趾巳。发榇之日，会葬临送者载道，商民沿路祭奠，皆蹙蹙哀慕，若丧所亲。乌乎！

先君著述宏富，少时有《天放楼袖海堂文集》，壮岁有《匡言》及《志学斋笔记》等。而前岁寓沪，以比邻兆焚如，藏稿悉毁。今存者弗逮什一，行将编录次第，谨以付刊。

母何氏承徽，字懿生，衡阳何璞元先生之季女弟也，生不孝等七人。子三：长元祜，肄业保定军官学校，妇李；仲元群，肄业南洋大学；季元雄，肄业上海尚公小学。女四：长贞琬，适黔阳黄本璞，已殁；次昭汉，现办上海神州女学；次宏楚，适应城蒋作宾；幼振亚，肄业神州女学。

不孝昭汉，哀毁馀生，方寸已裂，不能文辞。顾先君言行有不可湮没者，敬略述其大概。唯当世有道闳博君子，矜而锡以志铭，或宠以哀诔，俾光泉壤，永志不朽。谨述。

悔晦文选

吴恭亨，字悔晦，湖南慈利人。余不识悔晦，一日屯良来寓，持《欧战杂事诗》一册，曰：“此慈利吴悔丈所作也。”受而读之，心仪其人，拟丐屯良介绍以识悔晦，会屯良回湖南而此愿莫遂。今读悔晦文，能容纳新词新意，而自然古雅，异于时流。今录文十首。

桑植《谷氏族谱》序

桑植于湖南为贫县，有内半县、外半县之目。外半县割自慈利，较富有文化。内半县反是，盖层嶂沓峰，相为沟限，地著之氓，睢睢盱盱，十八九不读书解文字，故民族进化称缓称劣焉。三十年前，闻外半县有谷云仙满言者，绩学工为文，磊磊然在其县人上。最后又闻诸谷中，有得出字仙乔、师韩字岸峭者，亦均疏隽奇士，能博观世界书，知尊国学，则大喜神往，愿与论交。会兵盗起，连四三年不解。予老懒，闭户罕与人往返。一日岸峭忽造门，出《谷氏族谱》一书为贽，且请序，问知即云仙公子。退展其谱，则云仙、仙乔、岸峭等所撰著，赫然咸在篇，盖与其族之他一人合纂而成书也。其篇目为系世者一，为表者二十三，为记者七，为附录者一，都凡三十二卷，不饰不漏，义衷于信，而文裁于法，盖谱之完书也。

按其牒，谷自吉水来迁，可见者始均万，表系之曰“卒元至顺二年，葬大庸狮子塔”。大庸入明始设，岂所追书之词欤？顾其时桑植未立县，然则谷之埼岖此山谷，殆在距今六七百年前，可以断言。谱例又言，始来与溪苗峒蛮杂居，非联同种，不足捍御外侮。因与同徙王、钟诸姓，杂互联派，以为团结。派者，名上或名下豫立之一字是也，所谓二名也。予撰县二十都胡氏谱，有九甲联之文，义亦同此。然则客与土争，甲民族与乙民族争，谷之先奋而竞存，其绞脑力、掷头颅，与今奥塞之衅，一举而杀人千百万相同也，又可以断言。而今幸矣，谷在桑植，俨然执输入文化之牛耳。何也？予译其图记，所谓大川广谷，沃野上腴，凡外半县土著生息，置田园长子孙之佳处，无一不有谷氏踪迹，而变为其殖民外府焉。矧吾云仙、仙乔及岸峭，又擅有文学之精粹，德慧术智，又诚在在可以笼罩人，而使之同化。过此以往，日渐而摩焉，观而感焉，岂惟谷氏一姓，即内半县之号为睢睢盱盱进化劣缓者，吾知行且薰德而善良。

《记》曰："君子化民成俗，其必由学。"观于《谷氏族谱》之成，而确有以信之矣。抑世称司马迁《史记》旁行斜上，其创立表体，能神以一驭万之效。泰西著述家推广之，表之为用，乃无穷尽。欧阳谱系图，至五而尽，其病曰狭，予尝恨之。今《谷氏族谱》乃变为世表之例，于是网罗为宏富矣。后有来者，伐柯取则，容亦趋于径简之一端乎？顾是不足为其谱尊，系而著之，愿与海内外著书君子一商榷其得失。

中华民国八年一月，慈利吴恭亨序。

谭心泉墓表

清咸丰同治之交，里中擅高赀者三姓，曰莫、冯、谭。莫之起以农田，冯以畜牧林矿，谭以殖钱谷，富额各增至二三十万以上。欧人斯宾塞尔撰《原富》，抉生财原理，归本于地与力与母财。莫居县二十五都，号沃野，富在土。冯跨六都，山中以多牛闻，其林矿之孳息又绝丰，于上举二类几之矣。惟谭氏聚族大尖山麓，壤无十亩旷夷，而亦起而揭一帜，与抗颜行，则经营母财之效力著也。始大者曰谓养周吉惠，其子心泉、永铭承之。

心泉丰准浓髭，口如檠。少读书，有深沉之智勇，亦健于文。其殖钱谷法，时人之缓急贷予之，少敛其子钱，而出入必准一定程期。逾期与不及期，皆为越债权，所不许矣。故称贷于谭氏者，举若有商鞅齐一之法，以箝束其隐。夫贷金而权子母，《周官》《管子》之书著之，非甚弊事也。特供求相差，而消息失用，有时见为害多利少。此其畸轻重之点，固言财政学者所无能巧避。倘径以笼利之罪蔽之，则必抱死金而扃闭之，使不流通周转于世界，而后可信。若是停顿凝滞之极，民生日用，届时又当何如？呜乎！今日地球大势，絜矩生财三物之顺序，吾知必以母财为首列，又无疑矣。惜吾心泉前死，其已能之计学，不表襮于来世，俾国之主计者，有所考镜，殆为遗憾之大者乎！

恭亨近者纂县书，拟创立“富民传”，于先民之手自致富，而又亲与相接者，若莫、冯，若谭及其他，刺取行事，详论列之，以诏来者，或可少砭吾民贫弱不自振拔之懦性。人事卒卒，未果以为。今表心泉墓，一发其凡，愿望于是为无穷矣。

心泉，县二十二都人，以清光绪某某年，年七十岁卒，葬某。配杜孺人。子绍汉、绍汤。绍汤中子衡，从恭亨受学。距葬若干年，中华民国八年，来督表阡之文，爰特书之。

谷君生圹铭

官地平边县西北鄙，其俗剽，其产富，其壤岩险，其民资生俭啬，其农商业之擘绩发荣滋长，又率能以经验代学问。故殖业者趋凑之，如水注壑，如云垂天，往往鱼鳞杂袭。起家徒手，储畜累千金万金，买田园，长子孙，以财力相魁雄者，后先相属于耳目。以予所闻，谷君之殖货才，盖即其一也。

君桑植产，今占籍慈利。其始来侨，当清光绪初世，赁庑而居，萧然靡长物。品骘商品，钩要扪玄，与时消息，擅有奇羡。逮及暮齿，百货转输，溇澧上下，舟车衔接，贩卖金总额遂冠其市。君为人质愿，恂恂类儒服者，顾神心计。官地平越在县鄙，欧洲股份公司之商战，市人初未睹闻。君联合众力，使醵基金，身部署之，整齐利道，法皆与白种人巧符。故凡与于君股者，投手无不如志。史称项籍耻学剑，其非畜有军事学也，可以断言。而喑呜叱咤，钜鹿、荥阳之绩，乃至如雷霆。若君之于商业，岂亦所谓有天授者邪？

君名某，字某。父曰某某，娶向氏，再娶庹氏。有子，男子几，子女子几，孙几。中华民国七年，君年七十几岁，以西南战祸亟，患疆场之日骇也，预营生圹于某某。先事辉南赠书县人吴亨恭询状曰："是于礼经当否？"并督铭。于是对以生营圹为国俗，且君之殖富力，种因于岩险，而犹能食果。著其事，又可持以借砭吾患贫弱而不自力于生活之惰民，则铭之。铭曰：

使哥仑布不觅殖民地于球背，则欧患人满，美亦至今仍为草昧。以尔车来，不以贿迁。其橐阗阗，有万匪千。散财赈邻，人曰君仁。营圹死前，人曰君达观。有巍此阡，徯君百年。百年不刓，吾文高镌。

大庸李君墓志铭

常澧镇守使署副官大庸李宗汉，丐执友田东溪金楠以状督为其王考君追埋之辞。宗汉尝仗剑走滇边万里，归又从治澧军，豪士也。所陈先德，宜若可征信。

按状：大庸十一都李家港，是为君之族居。清嘉庆二十三年己卯三月二十四日，光绪十八年壬辰八月二十九日，是为君之生卒年月日。北直李家港一里有冈曰盘龙，是为君之葬。讳九训，配某氏，是为君之父母。孺人张氏、秦氏，孤承琦、承祥、承祯、承本，是为君之配与嗣。婴髫而痼疾，奄奄濒死。少痊，从拳师练武技，凡五载，遂以材勇善搏名一县，是为君之艺能。理破圮之业，治农田畜牧，初不二纪，拥谷入额岁几二千石，俵分之小弱弟，不铢黍寸金自私利，是为君之治生与行义。环所居无远近、无识与不识，相与尊称之，必曰文斌大公，是为君之讳。葬二十七年，中华民国八年，慈利吴恭亨为文刻石，系他行于铭诗，是为君墓追埋之辞。呜乎大庸，溶吏兵盗，生命财产，人人惴莫自保，而宗汉能以时修表君墓，似亦重可称。铭曰：

生丁破产勇治田，蔬果蕃实嘉谷骈。土未破块农职愆，荞麦怒生不耕阡。民生在勤佑者天，我信力耕必逢年。亦有老牸角似椽，嗜好见酒口流涎。一斗一石方下咽，服辕不待箠与鞭。闻鸡常怵他人先，九牛之力肩一肩。直前周旋退折旋，一以抵十百抵千。目无全牛此牛全，问喘不受丙吉怜。服劳揖我谓我儇，李家老牛名噪焉。君驾驭之良亦贤，我最轶闻辞雕镌。货殖补遗司马迁，致富夫岂无由缘。勤则不匮理昭宣，人人物物莫不然。积因成果后视前，争存学说非一偏，铭告来者同勉旃。

莫悟园墓志铭

君慈利二十五都莫氏，讳兆权，一讳浚，字衡镇；晚筑园曰悟园，又别自号悟园。父讳士林，本生父讳壬林。壬林卒，予文识墓，所称为“奏大清科举学之尾声”者也。

君为学无不通，顾亦踬于科举。晚清宣统初元，举行孝廉方正科，君名在首列，不及受试而国亡。中华民国成立，郡县盗起，君时时衔官檄出治团练，躬的悴谤，凡又四三年。群盗日纵横，专狙杀言团练者。君故富人，又绩学有时名，盗中群指目之，乃不自安，数避居县城。五年，袁世凯谋窃帝号，县大乱。七年，南北战起，兵盗抢攘，九澧为烧点，而南军党人之称眉目者，君又先与之交游狎稔，则慨然自悲畸零人。每与予对，未尝不捉腕太息，痛乱之初生，藐是妻儿环待之躬，茫茫大宙，卒焉所税驾也。予忖其多忧患，辄引与论他事，亦杂商榷文术。及至入处，又立自壮，攘臂为论难，口沫四迸，初不之顾，予不禁匿笑之。

君天性诚悫，于公私义利之辨至精晰。五年之役，匿伏予楼，日据一方丈地，沉沉冥默，冷若室女。及洪宪取销报闻，忽叫欢狂忭，疾越梯级下，引予袂曰：“国事尚可为乎，尚可为乎！”今追绎之，殆昨日事，而环顾方内，纷纷藉藉，生人之祸，非但无纾，又加厉焉。君死灵不渫，正未知感想何如。呜乎！君以避盗归之第二月卒，予即以哭君之第二月避盗出居于澧。世变复杂，人事怪骇迷离，不可控搏若此。泚笔以文幽堂之石，痛尚有纪极邪！

君以中华民国七年九月二十七日卒，年五十一。配满孺人。三男：祖焞、祖霖、祖杨。二女：一涛域，嫁黎；一未字。祖霖，予女婿也，出嗣君弟兆棠。祖杨、涛域又尝相从受学。既葬黄四冈，祖烀兄弟来督铭，遂书之。铭曰：

> 君于文，江河泻。诗元白，一炉冶。琴情愔，众弦哑。佚则多，篇亡雅。吾倔强，歃城下。几牵羊，降旗把。盗弄戈，国解瓦。四三年，窜外野。正命终，逃封剐。黄四冈，人下马。九龙高，护墓槚。悔晦言，君所假。铭昭之，祭有社。人之生，忧患也。相始终，过故寡。后茫茫，悖生者。撰兹辞，泣如洒。

于协寅墓志铭

中华民国元年六月，县临时参事会成立。予与于睿赞君协寅同被选为议员。参事者，参与县一切行政，以监督财用为唯一职务，盖下院议绅之别系也。君世家子，又洞明闾井疾苦情伪，故所建言，咸切中时弊。其可者，必其少利于民；其否者，必其多利于官。故一部分在职者，往往指目君，以君为矢的。

先是辛亥之役，旧军、民二政根本被推翻，县以绿营前裁，武力薄弱，不足以维秩序，乃议团练。于是募练丁额至百人以上，饷由地方费供给。慈利瘠县，骤加重负担，百姓颇呻吟，不胜者且怒咨焉。时列城渐大定，君乃排众议，谓团练乌合杂糅，非兵非农，无益又害，盍汰之以苏物力？遂牒县论裁，失职者大哗。既已缴械，无可为变，遂狙君蘖殴之，主练者身左右翼蔽，仅而逃凶锋。事后官亦不能何问。君私语予："法纪荡尽，吾辈行当去。即杀人，于县局奚裨？"盖缩颈闭关，志于是决矣。

君豁朗英峙，虑事能断。居比县市，为贵介子弟，顾敦厉气节，不谒官府。与人交，不为崖岸斩绝之行。杯酒谈谦，掬诚相示，不以侠名，而遇事必喜为之尽。仆张某，佣君家久，积赀置产。死后有谋攘其田者，既涉讼，君为证人，官索田券，则赫然由君手捧出。盖仆所市，即君产，契券则君所亲署者也。寄顿逾十载，朱印晒晒，无铢黍舛，一庭人皆义君之行。

君课儿严，犯必予杖。尝布金钱于暗隅，日一验之。中子鸿文盗去其一钱，君怒甚，立引刀劙鸿文股，且数且劙。及见血滃出如注，则号泣曰：“吾非不能爱，愿汝等牢记学好人耳。”鸿文状君行至此，著之曰：“懔懔难犯之锋，至今独若声訇吾耳。”呜乎！足以称矣。

君卒中华民国八年一月十五日，年六十五。父讳翼戴，陕西风陵渡巡检。本生父讳翼如，嘉庆丙子科湖南乡试举人，江苏太仓州知州。母朱孺人。配陈、方、刘、张四孺人，前卒。子三：鸿寿、鸿文、鸿炜。鸿文、鸿炜从予受学，有文行。卒之第几月，葬上二都。

先事鸿文具状走澧县谒予，乞文识葬。予与君在县人中喜言事，厉锋棱，不能为婞阿，所谓人争欲杀者。君曩以参事会议员议团练，受武人蹂躏。予时同与职，噤不能声罪致讨，斯已愧矣。而君卒前一月，予又以避军暴出遁外野，不能躬造病榻，捉手为生诀，其负君殆无涯量。操笔补过，以序君质行，神人相许，其又安敢辞？铭曰：

干将莫邪必缺折。我铭君，又何说？五浊尘尘，不屑不洁。一击走之死生别。招君侠魂，由我笔舌。蚍蜉群儿不自量，泪涸纵哭后土热，兹刓不刘名不灭。

姑母刘孺人墓志铭

姑母刘孺人，嫁夫曰刘天秩。嫁十有三年，年三十三卒，清光绪四年戊寅正月十七日也。葬唐家洲，实为其居室之后山。子曰长彦、长荚。吾父三兄弟，独孺人为女子，生又晚，大父爱怜之甚。遣嫁，饰奁具耗金额逾千，大惊其里人。反马后，孺人即卸去纨绣，同下婢操作，两姓长老又大惊异之。刘故富室，孺人归后渐落，夫氏复以试骑射臂废，举债累累。孺人瞿然日忧米盐，乃徙居就田，躬课耕焉。居有顷，疮痍少复，而孺人疾浸作，终以不起。孺人死，其夫氏亦佯狂成心疾，于是家告圮矣。习刘氏者，皆曰："使孺人生存，门户必不至有今日。"乌乎！其贤可概见矣。孺人死四十年，中子长荚为赘婿在外，一日来请铭，且告已抱子，大者九岁、小六岁，是孺人今又俨然有孙云。乃抑痛为之铭。铭曰：

陵谷徙，朝市易。有封巍然，不与俱毁。倘有知，慰悴死。悔晦为文告来纪，此阡不泐毋天只。

慈利李君死战碑记

中华民国六年，护法战起，湖南再被兵。明年，田应诏、周则范合师攻临澧。常澧镇守使王正雅，命团长王育琦率队堵之，战不利。后方军继续进，不知前线已败退也。至李家荡，或以衄告，且风令去，众错愕。于是排长李步云奋呼曰："男儿死则死耳。今日之事，非我杀敌，即敌杀我。"趣前搏斗，遂陷围殉焉，体中数创，时其年六月一日也。土人藁葬之。又明年三月，归骨于澧，易棺覆衣衾，厝大西门外一叶庵左侧。步云之父曰李裕茂，予门人也。既葬，乞文刻石。裕茂将家子，尝官清九溪营千总。辛亥从攻下荆州，改名北海，为连长。步云字少松，死时年三十一。一子昆玺。

乌乎！自袁世凯窃帝，四三年到今，吾湘兵盗之祸，盖岌岌矣。驱壮士，角炮火，懵懂而战，懵懂而死，茫不省授命之目的物唯何，盖亦重可哀怜矣。步云临死，犹奋呼曰“杀敌杀敌”，夫田应诏、周则范，果敌邪、否乎？操戈同室，残民以逞，而步云不幸以糜其躯。其在前世，荫及妻子，名厕忠义，事若甚赫赫也；而今无是。《传》曰：地发杀机，龙蛇起陆。四三年来，湖南之死人，奚翅百千万？无以名之，名之曰不幸而已。然则薢茩丧生，不幸者又岂独步云已哉？

多安桥铁扶栏铭

澧径县治东，分枝绕城若隍，多安桥跨焉。桥两檐，立石为扶栏，清末圮于涨。中华民国二年，王镇守使割俸买铁易之。又七年，吴恭亨来游，壮其工，为刻铭。

绵绵翼翼桥多安，厥平如砥牢如磐。澧合澧分弭波澜，天人错牾生折刓。二泛啮槛槛失完，谁实易之铁扶栏？百三十柱柱龙墦，距各四尺相挤攒。立坊坊民匪饰观，中将治戎维桓桓。化险不险馀力殚，福者利者非一端。铁耶石耶长不刊，悔晦勒铭昭艰难。

文良制铭

制在澧县西五里。清同治时筑以捍水护城者。

微一柱砥，城其鱼矣。制水而不制于水，下有蛟龙，波澜不起。

经舆文选

李德群，字经舆，湖南湘阴人。今录文二首。

分湖旧隐图跋

余家湘阴神鼎山下，山势绵亘数十里，高逾二千寻。峰顶平旷，能容万马。踞其巅，瞰湘江如匹练。相传神农尝采药于此。顾居其间者，无名士显人，虽具崇高之势，而当世鲜知之。吾恒笑山灵冥顽，不知钟灵于人，而自隐没其巍巍也。苏之分湖，汪洋清漪，为吴越间巨浸，文人闺秀，生长于是者，代不乏人。信哉，湖能以其清淑之气，钟之于人以自远也。

吾友柳亚子，世居分湖之滨，其先德粥粥翁，尝撰《胜溪竹枝词》及《分湖小识》。亚子以迁居之故，绘《分湖旧隐图》，自记其端，遍征题咏，以摅怀旧之念。是则柳氏尤大有造于斯湖也。亚子浑雅渊穆，主盟风雅；其夫人佩宜女士，能诗文，彼倡此和，不慕荣利，人间清福，无逾于此。且亚子之才，不让辅之、仲韶、灵芬诸前辈，而昭齐、琼章姊妹，视佩宜夫人何如耶？后之览者，必然健羡，矧与之并世者哉。吾虽未睹分湖之胜，而湖能产陆、叶诸人，又有亚子伉俪，其秀可知。吾宁不为分湖幸？然而吾益叹吾神鼎之自键其灵秀为固也已。

左仲允墓志铭

君讳景祺，字仲允，湘阴人，清太傅左文襄公曾孙也。祖讳孝威，以文学孝行，显名于时。父讳念恂，仁厚早卒。君生而诚笃，长益敦纯。燥发受书，孜孜无倦，隆师敬业，乐群进德，不矜华望，不陨高问，孝弟谨信，人无间言。年十八，补博士弟子员，词采彬彬，蜚声文苑。壮游京师，肄乐陆军贵胄学校，心有所触，忽焉舍去。旋以兄荫得同知，需次于皖。乞假归省，忽遭国变。君以累叶厚禄，不欲再出，家居奉母，遁世无闷。昊天不惠，遽罹痼疾，竟以民国四年四月日卒，享春秋二十又八。悲夫！君娶于金氏。子某，女某。以某月日葬于某山之原。

呜呼！君幼体沉潜之姿，长庸纯笃之行，年寿不永，鸿猷淹没，而其志节矫矫，轶群迈伦，宜敕贞石，以示后昆。铭曰：

> 於穆我君，孝悌温恭。诞自华族，俭约束躬。博文约礼，集益虚衷。文为国华，学足亢宗。怀才未施，而抱志终。君子嘉行，后昆所崇。宜作颂声，垂于无穷。亿载万年，光兹幽宫。

冥鸿文选

仇亮，字冥鸿，湖南湘阴人。今录文一首。

张振武传

民国元年八月十五夜，大总统杀武昌起义元勋张振武于北京，死非其罪，时论惜之。

振武，湖北罗田人，原名尧鑫，字春山，更名竹山，寄籍郧阳之竹山县。幼岐嶷，性颖慧，过目能成诵。及长，卓荦不群，不事帖括，好战术，寝馈孙吴学者有年。入省师范校，受业于革命钜子时先生象晋。先生讲授时，每痛陈满洲专制、外人欺侮状，振武辄感愤不已，革命思想，实孕育于此。甲午、庚子之役，引为奇耻，仰啸俯泣，益痛覆亡无日。毅然曰：“大丈夫忍为奴隶国民耶？”用变罗田产，东渡日本，入早稻田大学，研究法律政治，且入体育会，练习战阵攻守诸法。

时国势阽危，而朝野上下犹歌舞太平，满廷益专横无忌。孙中山倡同盟会于日本，振武由湖南人刘彦介绍入联络部，担任湖北方面组织机关。丁未，徐锡麟举义安徽，振武阴为之助，几遭缧绁，因走长崎。继又返鄂，思以口舌之力，警醒同胞，则开演说会，鼓吹革命。每一登坛，言论丰采，辄倾动一时。赣人朱锡麟，慨捐巨金助之，乃拨入学务公所，以谋普通教育之发达。苦心孤诣，历三年如一日。鄂人革命思想，至今一发而不可遏止者，振武提倡灌输之力为多也。清督陈夔龙时督鄂，忌之甚。侦骑四出，大索数日不得。振武匿迹养晦，追捕网稍懈即出，倡办体育会及公立学堂，藉教授生徒之名，以联络志士。黎元洪请大总统杀振武电，所谓“充小学教员”者，即此时也。

旋孙武、高尚志，约振武组织机关部，并与刘公、谭人凤、蒋翌武、蔡济民、邓玉麟、刘长庚、李作栋、杨玉如诸人，分任事务。振武司理财部，首由刘公输数千金，备购运军火之资；不足，振武则旋里，卖竹山县产继之。然道见振武所为，颇属意侦察，而里人信振武甚笃，乃举为孝廉方正，以释其疑，始得阴从事革命计画。布置既毕，以一子寄崇阳鲁家，而嘱之曰：“果事败垂成，然善教此子，令继我志也。”盖破釜沉舟之志，早已决然矣。

辛亥八月，振武图大举，以黄丝夹炸弹，盛衣箱十馀口，进武昌城。戍守环观之，坚欲查。是时风声急，鄂垣戒严，君度不可免，以拳碎箱锁，手血淋漓，令开视。戍兵转为意解，让之入。振武临机应变，成事于垂败，虽曰天幸，不可谓非机智也。设机关部于武昌小朝街，及汉口汉兴里。

原拟秋后举义，乃八月十八日，孙武、杨鸿胜因演试炸弹失慎，机关相继破坏，被拘者三十馀人，搜去印信、旗帜、告示、名册无算，振武仅以身免。彭君祖藩及杨君鸿胜、刘君复基，同时遇害。振武悲痛几不欲生。

清督瑞澄欲严捕同党，并收各营子弹以防之。时机关部员未被捕者，均潜逃他处。振武极力支持，与朱次璋、李华模等磋商，定乘时大举之计，通知军学各界代表，约于十九日午后七点钟起事。首发难者，为工程营熊丙坤、方维、王光国、邓玉麟、蔡济民诸人，占领楚王台枪炮库，分发子弹。蔡济民、明安炯、马明禧、周成勋、谢涌泉、周青林、胡捷三、雷永泰诸人，带队出起义门，迎炮队入。

先是，瑞澄闻革命消息，密布宪兵警察、巡防机关队、旗兵于督署周围，以防不测，兵力极雄厚。我军连攻五次未下，杜芳、余守本死之，且被瑞兵夺去大炮六尊。我军抵死力战，人数渐集，仍未得手。乃聚积大炮数十尊于蛇山顶，归邓玉麟、吴兆麟指挥，以为争攻击督署之主力；李忠义领凤凰山炮台，并武胜、大东、小东各门。马明禧、马少卿、周青林、雷永泰诸人，占领保安、平湖、望山、文昌各门；方维、王光国、阮宝山，率兵由长街直捣督署。无不以一当百，卒破督署。清水师统领陈得龙，带领兵士，拥护瑞澄避舰中，清统制张彪亦遁，我军遂占有武昌。二十日晨刻，布告安民，城内平静如故。蔡鹏来、朱次章、李华模、刘长庚、胡捷三、王忠烈等，以振武胆识过人，欲推为武汉总代表。振武力辞不受，并谓黎元洪得军心，可共图大事，特与蔡济民率同志请黎出，举为此司令，而之自副之，以谘议局为事务所。适清管带部翊辰领兵二百馀人攻谘议局，黎元洪避所中，仅振武与朱次章等数人分为散队，力敌部军，敌亦趑趄不进，恐中伏。振武指挥同志，抵死不肯让，部军始退。而陆军中学耿丹、任重、雷洪、陈修、刘瑞章、荣希盛等，率领学生军七百馀人来援，力乃厚。则以四十人毁模范及各监狱，出张廷甫、顾庆云、牟鸿勋、胡瑛等三十馀人，军心大振。

时各营代表齐集，振武乃痛哭誓师，并极力推戴黎元洪，而自任总参谋。调朱次章至所，护元洪，杀汉奸数人以示警戒，军心大定。派学生军守藩署及官钱、铜币各局，约刘公、胡瑛、李作栋、蔡济民、邓玉麟、吴兆麟等至事务所办事。编军队为四协，令吴兆麟统领第一协，何锡蕃统领第二协，杨开甲统领第三协，杜锡钧统领第四协。复招募新军，以补不足。自是，军队编制始稍就绪。二十二日，满清官吏纷纷投效，振武皆妥为安置，并勉以同心协力，共造新国。对旗人尤持人道主义，外人生命财产，力为保护，城内赖以安堵如平时。二十四日，振武令各军整列，请元洪登坛，举为都督。二十五日，因军务繁冗，非一人能肩任，乃分为四部：一参谋部，杨开甲任之；二军令部，杜锡钧任之；三民政部，汤化龙任之；四军务部，振武自任之。参议四人：刘度成、聂豫、邓玉麟、李易东任之。更分军务部为七科，李作栋任总务，冯昌任军事，胡瑛任外交，李华模任军需，那伯谦任经理，陈汉卿任军法，纪光汉任军械，蔡鹏来任民事。各司所职，秩序井然。振武又派人赴各省运动响应，而以何锡蕃为指挥，林翼支为协统，黄祯祥为敢死队队长，派朱镇汉、方维等领军队至汉口御清军。诸人殊死战，颇有斩获。旋因何锡蕃负重伤，元洪派张景良代其职，而汉贼罗家炎、刘锡祺、宋锡全等与张景良蓄异志，私运子弹助敌，致我军失利，汉口遂不能守。

九月六日，孙武炸伤愈，出而视事。振武即以军务部正长让之，退居次长。是时清军王汝甲之叔殿庵投降武昌，佥以为诈，将杀之，振武独力保，亲为释缚。察殿庵言论，娓娓动听，爰官以秘书，殿庵感激涕零，函告汝甲，勿为满洲用，汝甲为之动，遂无战志，清军之战斗力以减。九月八日，黄兴至，推为总指挥。胡培德、孟华臣，蔡济民等，统率奋勇军，激战于汉口，胜。初九日，又大胜。孟华臣阵亡，蔡鹏来、黄祯祥受伤。北军闻黄兴至，大惊，乃大增援兵，乘虚占领汉口，虏掠烧杀，无所不至，且进攻汉阳。时宋锡全守汉阳，闻汉口失，即率所属军队遁走湖南。振武闻警，派将校敢死团团长金鸿钧，领二百人守汉阳，北军因不得渡汉而南；并急举黄兴为总司令镇汉阳。适湖南援军亦至，黄兴督战，自琴断口渡河，断其桥，誓与敌军死战，果获利。由灰面厂战至龙王庙，敌军败走二十馀里。我军无炮队援助，未能持久，仍守汉阳。振武至青山，派胡捷三、蔡鹏来劝降敌营巡防管带夏占奎所带兵队，又遣侦探往北营运动。敌军派代表来谒振武，招待甚优，与共寝食，敌军感之，约次日率所部投诚。自是敌军效顺者日多，降兵登舟，猝被敌兵轰击，淹毙九十馀人。振武厚恤其家，生还者咸犒以酒肉。敌军闻之，降者如归市。

九月二十六日，敌军将至新沟，搭浮桥渡河。至蔡甸，攻汉阳后路。美女、仙娘两山失守，锅底、扁担、磨子诸山亦相继陷。振武带军务部部员暨卫队学生军千五百馀人，渡江至十里埠，受黄兴命令，率同夏道南、胡捷三、李华模，右翼谢流芳、甘缉熙，左翼邓玉麟、孙宏炳、明安炯、刘高升，攻破磨子、扁担二山，声势复振，鏖战约七小时之久。翌日，北军侦知我军无炮队，乃集三山炮火于一山，攻击我军。湖南刘统领阵亡，甘绢熙、孙洪炳等俱受伤。振武亦被弹伤右膀甚剧，溺水中，幸卫兵救护得不死，而所率军队，死伤大半。振武独负重伤，经十里埠面晤黄兴，报告北军已至，请速行预防。始由卫生队舁振武，至武昌疗养。是夕，北军轰毙我军参谋长梁喜章，汉阳所驻军队溃散，遂失守。翌午，振武闻汉阳失，负伤跃起，举刀骑马，沿街呼号，曰："汉阳失守，是我军疑兵之计，实无是事。"军心大定。

未几，黄兴至都督府，开军事大会，筹战守之策。有主张退守南京者，振武抗声曰："汉口与汉阳，仅隔襄河，大敌临前，尚能支持月馀。武昌为兵事重地，据此一隅，足制全国。倘不死守，则东南摇动，望风而靡，此不可弃武昌者一。长江天堑，北军仅四千人，岂能飞渡？武昌饷械充足，能战之士数万，背城借一，未必即败，此不可弃武昌者二。各省援兵，陆续来集；若退守南京，援军将不战自溃。则武昌既失，敌据荆襄上游，以制湘桂死命，且分兵攻九江、安庆，南京虽为我有，亦不过如洪秀全之苟延时日而已。此不可弃武昌者三。有此三不可弃，敢言弃武昌者斩。"计乃定。复开会议，激劝各协标营军士，为死守计。军士闻振武言，咸感愤，声如雷动，愿效死与城共存亡。由是令协统邓玉麟、何锡蕃守武昌，敢死队队长陈龙守磁基山，协统罗洪升守大军山，标统刘作龙守小军山，管带王锡龄守京口，标统张廷辅、谢流芳、张杰夫等守白沙洲，管带李忠义、标统刘廷壁守青山。布署既定，遣人往各街演说，以安人心。

时敌军大炮，向城中射击不绝，各部人员有避去者。爰推李作栋任理财部长，徐声金任编制部长，时功璧任铜元局长。令吴兆麟、方维守洪山，协统熊炳坤、杨载雄等守武胜门外新河一带。翌日，敌军炮如雨集，城内居民震惊。振武请元洪避洪山卓刀泉，元洪泣谓振武曰："天下大事，尽付君手，好自为之。"君亦泣，誓死守。复宣令百姓，出城暂避。诘旦，敌军炮击军务部，卫队死伤三十馀人。俄弹落几案，坐中均骇，颜无人色。振武夷然笑谓曰："可移至楼下，照常办公，匆惊恐。"其沉毅坚定，有如此者。

是时，江西统领冯嗣鸿率兵来援，令同鄂军进发黄皮，与敌数战，以挠其后。复有楚同兵舰王光国、楚谦兵舰王光熊、黄宗贵等，力持青山防务，作犄角势，军势稍振。振武每当日暮，必亲带兵士，沿街巡视，彻夜戒严。如是者三日，秩序渐定，迎元洪入城，而媾和议起，宣告停战。振武恐和议无效，赴沪购枪械，备急需。及和议成，则约孙武、孙发绪、张伯烈、刘成禺、时功玖等，组织民社本部于沪。还鄂，又与孙武设立民社武汉支部。正月二十七日之变，君与四镇统制蔡汉卿竭力维持，事得速解。袁大总统以其才猷卓著，电促来京，畀以总统府顾问，不就；又委蒙古调查员，亦不就，遂归。

先是，振武及蒋翌武、孙武，于鄂省起义为首功，三人互不相能。而振武与孙武为尤甚，党孙者毁振武，党振武者毁孙。黠者互以危词媒孽，浸润积久，益水火。振武又伉直无城府，好以气陵人。贾祸之渐，所由来矣。当振武之自京还鄂也，元洪以不慊于振武，而振武又得鄂军士心，恐其留鄂鼓乱，召参议员刘成禺、郑万瞻旋鄂，为孙武及振武解释旧怨，杯酒握谈，亦既言归于好矣。成禺、万瞻还京，元洪复遣人劝振武就总统府顾问，振武乃于八月某日复来京，而孙武亦于八月十一日相继至。

十五夕，振武谯客于六国饭店，归经正阳门，为步军统领逮赴军警执法处。此次与振武同来之鄂军将校团团长方维，亦自金台旅馆逮至。振武不知所为，询其故，则以黎元洪电示之，振武斥其妄。复示以大总统命令，振武始慨然曰："死耳，夫复何言？竖子无良，乃一至此耶！"为致元洪书一通。继拟作家书，复叹曰："死耳，夫复何言？"促速行刑。遂于一钟与方维同枪毙。方维长伟躯干，骁勇善战，以积功任将校团长，因善振武，遂同及难。

仇亮曰：振武以诸生崛起行间，号召侪辈，据有武汉；东南数省，云集响应；不数月，满清以亡。此其智力勇武，有足尚矣。惟豪纵骄恣，陵跞等夷，则不学无术，所由致死也。向使元洪诸人，能弃其短而奖其长，使中于绳墨，未始非宏济才也。而元洪诸人不能容振武，则又岂足专为振武罪哉！当振武既死之翌晨，步军统领揭其罪于国门。越四日，元洪有振武十罪之电。又三日，元洪有十四罪之通告。中外震骇，为振武悼痛。呜呼！振武已矣。后之览者，其兴感又当何如！

文选卷三

曼殊文选

苏玄瑛，字子穀，广东香山人。归沙门，自号曼殊。不能作佛事。善文艺，尤工绘画。性喜啖，得钱即治食，钱尽则坚卧不起。尝以所镶金牙敲下，易糖食之，号曰“糖僧”。少时父为聘女，及壮，贫甚，衣裳物色在僧俗间，聘女与绝。欲更娶，人无与者，尝入倡家哭之。美利坚有肥女，重四百斤，胫大如瓮。子谷视之，问：“求偶安得肥重与君等者？”女曰：“吾固欲瘦人。”子穀曰：“吾体瘦，为君偶，如何？”子穀精英文、梵文，足迹遍印度、英、美各国。性不喜留学生，尝曰：“多一留学生，即多一卖国贼。女子留学，不如学髦儿戏。”其行似狂，其志实狷。今之人洁白如子穀者，诚不多觏也。不甚解世事。一日余赴友人酒食之约，路遇子穀，余问曰：“君何往？”子穀曰：“赴友饮。”问：“何处？”曰：“不知。”问：“何人招？”亦曰：“不知。”子穀复问余：“何往？”余曰：“亦赴友饮。”子穀曰：“然则同行耳。”至即啖，亦不问主人，实则余友并未招子穀；招子穀者，另有人也。其行事往往类此。民国七年，以肠胃疾卒于上海。所著有《燕子龕遗集》。今录文七首。

《双枰记》叙

燕子山僧案：烂柯山人此著来意，实纪亡友何靡施性情遭际，从头至尾，无一生砌之笔，所谓无限伤心，却不作态，而微词正谊，又岂甘为何子一人造狎语邪？夫士君子惟恐修名不立，顾为婴婴婉婉者损其天年，奚独何子？殆亦言者一往情深，劝惩垂诫焉耳。若夫东家之子，三五之年，飘香曳裾之姿，掩袖回眸之艳，罗带银钩，绡巾红泪，帘外芭蕉之雨，陌头杨柳之烟，人生好梦，尽逐春风，是亦难言者矣。乃书记翩翩，镇翡翠以为床，拗珊瑚而作笔。宝鼎香消，写流魂于异域；月华如水，听堕叶于行宫。故宅江山，梨花云梦。燕子山中，泪眼更谁愁似我；小莠山下，手持寒锡吊才人。欲结同心，天涯何许？不独秋风鸣鸟，闻者生哀也已。甲寅七月七日。

与高天梅论文学书

天梅居士侍者：昨岁自江户归国，拟于桂花香里，趋叩高斋，而竟不果。情根未断，思子为劳。顷接《南社》初集一册，日夕诵之，如与诸故人相对，快慰何言！拙诗亦见录存，不亦佛头著粪耶？衲行脚南荒，药炉为伍，不觉逾岁。旧病新瘥，于田亩间，尽日与田夫闲话，或寂处斗室，哦诗排闷。比来一病轻于燕，扶上雕鞍马不知，惟有长嗟而已。大著精妙无伦，佩伏佩伏。

衲尝谓：拜轮足以贯灵均、太白，师梨足以合义山、长吉，而沙士比、弥尔顿、田尼孙以及美之郎弗劳诸子，只可与杜甫争高下。此其所以为国家诗人，非所语于灵界诗翁也。近世学人，均以为泰西文学精华，尽集林、严二氏故纸堆中。嗟夫，何吾国文风不竞之甚也！严氏诸译，衲均未经目。林氏说部，衲亦无暇观之。唯《金塔剖尸记》《鲁滨孙飘流记》二书，以少时曾读其元文，故售诵之，甚为佩伏。馀如《吟边燕语》《不如归》，均译自第二人之手。林不谙英文，可谓译自第三人之手，所以不及万一。甚矣，译事之难也！

前见辜氏《痴汉骑马歌》，可谓辞气相副。顾元作所以知名者，盖以其为一夜脱稿，且颂其君，锦上添花，岂不人悦！奈非如罗拔氏专为苍生者何？此视吾国七步之才、至性之作，相去远矣。惜夫辜氏志不在文事，而为宗室诗匠，牢其根性也。衲谓凡治一国文学，须精通其文字。昔瞿德逢人必劝之治英文，此语专为拜轮之诗而发。夫以瞿德之才，岂未能译拜轮之诗？以非其本真耳。太白复生，不易吾言。

昨岁南渡舟中，遇西班牙才女罗弼氏，亦以此说为当，即赠我西诗数册。每于榔风柳雨之际，挑灯披卷，且思罗子，不能忘弭也。未知居士近日作何消遣，亦一思及残僧飘流绝岛耶？前夕商人招饮，醉卧道中，卒遇友人扶归。始觉南渡以来，惟此一段笑话耳。

屈子沉江前三日，阿难发自耶婆提旧都。

与高天梅、柳亚子书

天梅、亚子两居士莲座：前接哲子书，始知两居士道体如昨。天中节奉去一笺，托哲子转交，想已尘清览矣。顷接手示，厚意笃挚，循还铭诵，不知所以为报。

瑛比来咯血之症复发，羁旅六月，已费去七百馀金，故未能买舟赴印。南洲暑湿，未易卫养。承示约图良会，深感远地殷殷至意。遥念诸公文酒风流，而我飘流绝岛，嗟夫！

病骨还剩几朝，尚不可知，焉问归期？道一、佩忍两公，为况复何如也？平生故人，去我万里，伏枕思维，岂不怅恨！万梅图不值一粲。今委作画，愧画笔久废，但望梵天帝释有以加庇，异日或能归国，勉应尊命耳。

前岁佩公匆匆一别，都不闻动定。忏慧夫人词，何不见寄一册？今去拙诗，尚祈斧正。又前佩公许为我题《明故宫瓦当歌》，至今未见惠下，想佩公亦已忘却。或因通书，幸为我寄言佩公也。吹万居士前于海上一晤，殆如梦幻，想起居弥健耳。近读所南“千金散尽还弹铗，四海交空且碎琴”句，感慨随之。两居士大著必多，还望便中书示一二，以慰缠绵之病，幸何如之！

五月十七日灯下，瑛顶礼。

与某公书

曼殊再拜，敬覆某公阁下：去岁自南东渡，劳公远送于野。今得广州书，复承远颁水晶糖、女儿香各两盒。以公拳挚之情，尤令山僧感怀欲泣。别后悠悠行脚，临水登山，每欲奉寄数行，聊证心量，而握管悲从中来。嗟夫！

三复来示，知公固深于忧患矣。庄生云：“水中有火，乃焚大槐。”今之谓也。故交多速衲南归，顾终于无缘，一返乡关。四月三十日，从安徽过沪，风雨兼天。欲造访令亲，探问起居，亦不可得。与公晤会之期，尚难豫定，凄恻其何能已耶！

区子固非离经叛道之人，然此时男子多变为妇人，衲只好三缄其口。昔人云：“修其天爵，而人爵随之。”见时还望以此言勖之。衲重五前三日，偕燕君行抵舜湖，风景秀逸。一俟译事毕业，又重赴迎江寺，应拂尘法师之招，东行须游泰山之后始定。

令弟何时渡英？如行期已决，衲有介绍书三通付之。燕君亦于秋间，往合众国惠斯康新大学重攻旧业，可时相通问。未生养疴日本，图书馆事无从而知。闻文澜阁藏书已尽移于图书馆，广雅书藏无恙，但未闻有图书馆之设。使粤人多读圣贤之书，吾公亦有意于此乎？某公盛意，衲惟感篆于心。丁兹四维不张之世，尤得道义之交如两公者，此生慰矣，夫复何求？

五月十八日。

与某君书

曼殊再拜敬覆：两辱手书，兼君家阿玄将来珍贶，谨拜登受，感结在心，罔有捐替。所约弗克应赴，谓山僧日醉卓氏垆前，则亦已耳；何遂要山僧坐绿呢大轿子，与红须碧眼人为伍耶？

七夕发丹凤山，鸡鸣经珠簾瀑，旁午至一处，人迹荒绝，四瞩衰柳微汀，居然倪迂画本也。草径甚微，徐步得小丘，丘后有湖，寒流清泚。有弄潮儿，手携银鱼三尾，口作笛声，过余身畔，方知为濒海之地。问是何村，曰非村落。湖名玉女，余直译之曰玉娘湖，博君一粲。即日趁渔船渡沙陀江。初九日到樟溪，策马，马频嘶而行，顾望崦嵫，悽然身世之托。初十日至枫峡，颇类吾乡崖门。十一日小病，逆旅主人伺余甚殷渥，似怜余蹭蹬也者。黄昏于萧疏篱落间，闻英吉利女郎歌奎迦诗人槐特《秋风鸣鸟》之词，其音淑媚无伦，令人触感兴悲。土人言，去此十馀里有古刹，缔造奇特。如病不为累，当往一观。

属觅之书，已函托波斯顿友人代购。拙著梵书摩多体文，已为桂伯华居士签署，明岁宜可出版。日食摩尔登糖三袋，此茶花女酷嗜之物也。奉去小影，见其眉，可知狂放如故。九月可至香港。碧迦君相见否？久不寄笺，惧增伊郁耳。

答萧公书

萧公足下：佛国归航，未见些梨之骑；经窗簾卷，频劳燕子之笺。猛忆故人，鸾飘凤泊，负杖行吟，又欷歔不置耳。

昨晤穆弟海上，谓故乡人传不慧还俗，及属某党某会，均妄语也。不慧性过疏懒，安敢厕身世间法耶？惟老母之恩，不能恝然置之，故时归省。足下十年情性之交，必谅我也。拜轮诗久不习诵，曩日偶以微辞移译，及今思之，殊觉多事。亡友笃生曾尼不慧曰："此道不可以之安身立命。"追味此言，吾诚不当以闲愁自戕也。

此次过沪，与太炎未尝相遇。此公兴致不浅，知不慧进言之缘未至，故未造访，闻已北上矣。今托穆弟奉去《饮马荒城图》一幅，敬乞足下为焚化于赵公伯先墓前，盖同客秣陵时许赵公者，亦昔人挂剑之意。此画而后，不忍下笔矣。

曼殊顿首顿首。

答玛德利玛湘处士书

玛师坛次：星洲一别，于今三年，马背郎当，致疏音问。万里书来，知说法不劳，少病少恼，深以为慰。《燕子笺》译稿已毕，蒙惠题词，雅健雄深。人间宁有博学多情，如吾师者乎？

来示所论甚当，佛教虽斥声论，然楞伽瑜伽所说五法，曰相，曰名，曰分别，曰正智，曰真如，与波弥尼派相近。楞严后出，依于耳根圆通，故有声论宣明之语。是佛教亦取声论，特形式相异耳。至于应赴之说，古未之闻。昔白起为秦将，坑长平降卒四十万。至梁武帝时，志公智者，将斯悲惨之事，用警独夫好杀之心，并示所以济拔之方。武帝遂集天下高僧，建水陆道场凡七昼夜，一时名僧，咸赴其请。应赴之法自此始。

检诸内典，昔佛在世，为法施生，以法教化，一切有情，人间天上，莫不以五时八教，次第调停而成熟之；诸弟子亦各分化十方，恢弘其道。迨佛灭度后，阿难等结集三藏，流通法宝。至汉明帝时，佛法始入震旦，风流向盛。唐宋以后，渐入浇漓，取为衣食之资，将作贩卖之具。嗟夫，异哉！自既未度，焉能度人？譬如落井救人，二俱陷溺。且施者，与而不取之谓。今我以法与人，人以财与我，是谓贸易，云何称施？况本无法与人，徒资口给耶！纵有虔诚之功，不赎贪求之过。若复苟且将事，以希利养，是谓盗施主物，又谓之负债用。律有明文，呵责非细。志公本是菩萨化身，能以圆音利物。唐持梵呗，无补秋毫。矧在今日凡僧，相去更何止万亿。由延云栖，广作忏法，蔓延至今，徒误正修，以资利养，流毒沙门，其祸至烈。至于禅宗，本无忏法，而今亦相率崇效，非但无益于正教，而适为人鄙夷。思之宁无堕泪！

至谓崇拜木偶，诚劣俗矣。昔中天竺昙摩拙叉善画，隋文帝时自梵土来，遍礼中夏阿育王塔。至成都洛县大石寺，空中见十二神形，便一一貌之，乃刻木为十二神形于寺塔下。嵩山少林寺门上有画神，亦为天竺迦佛陀禅师之迹。复次有康僧铠者，初入吴，设象行道。时曹不兴见梵方佛画，仪范端严清古，自有威重俨然之色，使人见则肃恭，有皈仰心，即背而抚之。故天下盛传不兴，后此雕塑铸象，俱本曹吴。吴即道子，时人称“曹衣出水，吴带当风”。夫偶象崇拜，天竺与希腊、罗马所同。天竺民间宗教，多雕刻狞恶神象。至婆罗门与佛教，其始但雕刻小形偶象，以为记念，与画象相去无几耳。逮后希腊侵入，被其美术之风，而筑坛刻象始精矣。然观世尊初灭度时，弟子但宝其遗骨，贮之塔婆，或巡拜圣迹所至之处，初非以偶象为重，曾谓如彼伪仁矫义者之淫祀也哉？震旦禅师，亦有烧木佛事。百丈旧规不立佛殿，岂非得佛教之本旨者耶？若夫三十二相，八十随好，执之即成见病，况于雕刻之幻形乎？

三斯克烈多者，环球最古之文，大乘经典俱用之。近人不察，谓大乘经为巴利文，而不知小乘间用之耳。三斯克烈多正统，流通于中天竺、西天竺、文帝玕、玛尔华、萝疋等处。盘迦梨西南接境，有地名屈德，其地流通乌利耶文，惟与盘迦梨绝不类似，士人另有文法语集。入天竺求察罗帝及摩罗陧两种，亦三斯克烈多统系也。低娄求为哥罗门谛海滨土语，南达窣达罗之北，直过裟伽窣都之伽南境，及溯海濒而南，达梅素边埵，扩延至尼散、俾萝等处，北与乌利耶接，西与迦那多及摩萝提接，南贯揭兰陀等处。迦那多与低娄求二文，不过少有差别耳，两种本同源也。揭兰陀字取法于那迦离，然其文法结构，则甚有差别。秣罗耶繿，则独用于摩罗钵南岸。就各种字中，那迦离最为重要，盖三斯克烈多文多以那迦离誊写。至十一世纪勒石镌刻，则全用那迦离矣。迨后南天梵章，变体为五，皆用于芬达耶岭之南，即迦那多、低娄求等。

天竺古昔，俱剥红柳皮即柽皮，或棕榈叶即贝叶作书。

初天竺西北境须弥山，即喜马拉耶，其上多红柳森林。及后延及中天竺、东天竺、西天竺等处，皆用红柳皮作书。最初发见之三斯克烈多文，系镌红柳皮上，此可证古昔所用材料矣。及后回部侵入，始用纸作书，而桦皮、贝叶废矣。惟南天仍常用之，意勿忘本耳。桦皮、贝叶，乃用绳索贯其中间单孔联之，故梵土以缬结及线，名典籍曰素怛缆或修多罗（羅），即此意也。牛羊皮革等，梵方向禁用之，盖恶其弗洁。古昔铜板，亦多用之镌刻，此皆仿桦皮或贝叶之形状。

天竺古昔，呼墨水曰麻尸。束芦为管，曰迦罗摩。以墨水及束芦笔，书于桦皮、贝叶及纸之上。古昔南天，或用木炭作书。尖刀笔亦尝用之，其形似女子押发长针，古人用以书蜡版者。凡书既成，乃用紫檀薄片夹之，缠以绳索，组文绣花布之内，复实以楠檀香屑，最能耐久。先是游扶南菩提寺，尚得拜观。劫后临安，梨花魂梦，徒令人心恻耳。

龙树菩萨取经事甚渺茫，盖《华严经》在天竺何时成立，无人识之。自古相传，龙树菩萨入海，从龙宫取出。龙宫者，或疑为龙族所居，乃天竺边鄙野人，或是海滨窟殿，素有经藏，遂以龙宫名之，非真自海底取出也。

佛灭年代，种种传说不同。德意志开士马格斯牟勒定为西历纪元前四百七十七年，盖本佛陀伽耶碑文。相差又有一年之限，吾师姑从之可耳。

中夏国号曰支那者，有谓为秦字转音，欧洲学人皆具是想，女公子新作亦引据之。衲谓非然也。尝闻天竺遗老之言曰：粤昔民间耕种，惟恃血指。后见中夏人将来犁耝之属，民咸骇叹，始知效法，从此命中夏人曰支那。“支那”者，华言巧黠也。是名亦见摩诃婆罗多族大战经，证得音非秦转矣。或谓因磁器得名，如日本之于漆，妄也。案《摩诃婆罗多》与《罗摩延》二书为长篇叙事诗，虽颔马亦不足望其项背。考二诗之作，在吾震旦商时，此土向无译本，惟《华严经》偶述其名称，谓出马鸣菩萨手，文固旷劫难逢。衲意奘公当日，以其无关正教，因弗之译，与《赖吒和罗》俱作广陵散耳。今吾震旦已从梦中褫落，更何颜絮絮辩国号？

衲离绝语言文字久矣，既承明问，不觉拉杂奉复。破夏至爪哇，昔法显亦尝经此，即《佛国记》所云耶婆堤。今婆罗门与回教特盛，佛徒则仅剩波罗钵多大石伽蓝倒映于颓阳之下，金碧飘零，无残碑可拓，时见海鸥飞唳。今拟岁暮归栖邓尉，力行正照。道远心长，千万珍重。闻吾师明春移居君斯坦，未识异日可有机缘，扁舟容与，盈盈湖水，寒照颦眉否耶？

一千九百十一年七月十八日，曼殊沙禅里。

精卫文选

汪兆铭，字精卫，广东番禺人。前清时曾挟炸弹入都，谋炸摄政王，被获入狱。民国成立出狱，至今奔走国事愈力，而未尝一为官。余识精卫在民国元年，顾自甘暴弃，惟衣食之是谋；视精卫知其不可为而为之，诚足愧也。今录文四首。

狱中赠萧小隐序

人心之有哀乐，犹饮食之有甘苦也。人孰不茹甘而茹苦，乃有终其身蒙重哀而不恤者，岂其性与人殊欤？由其心有所不安也。勾贱之困于吴，归而卧薪尝胆，以自刻苦，彼岂有所强而然哉？其心固以为如是而后安尔。今夫闻欢笑之声而輾然以怡者，人之情也。若乃闻于有丧者之侧，则将诧为不祥。勾践斥膏粱文绣之奉而不御，其意不犹是欤？牢狱之地，天下之至惨也，以视卧薪尝胆，不可同日而语矣。彼薄于性情者居之，有泯然以生、泯然以死已耳。其深于性情者，则往往侘傺失志，至于憔悴以死者相属也。其进焉者，又或养晦而遁于老，或冥悟而遁于佛，此虽有以自适，然英杰之气苶然不可复振矣。惟夫有不忍人之心者，因己之颠连困苦，推而度之，知吾同胞之颠连困苦，且什百倍于我也。环堵之中，四海疾痛呼吁之声，与夫憔悴可怜之色，纷然集于耳目，将焦然不自安于心，虽苟活犹以为愧，遑困苦之足恤乎？且将以为惟困苦而后与此悲怀相称也。然则惟此焦然不自安之心，足以保其至刚之气，澹泊之操，久久而无所变。盖古今未有不刚而能任天下之重者，又未有不澹泊而能刚者，而悲悯之怀，则又澹泊之本也。

余友萧子，深于性情之人也。以冤系狱，且数年矣。余故仿古人赠序之意，书此以相勖，且以蕲萧子之勖我也。

《邱樊倡和集》序

士生而欲强立不回，以行其志，则死与系狱，其报酬也。死之为用，能使人自觉其责任之已尽，虽所志未遂，于心有所不慊，而无所不安。系狱之为用，能使人省省然，忧其责任之未尽，然是不能也，非不为也，则于心亦无所不安。是故自吾志而言之，则欲生而自由，以非如是则不得行其志也。自吾身而言之，则所志苟不遂，毋宁死与系狱之为愈，以非如是则于心终不得安也。夫惟反之于心而无不安，叩之于志而有未遂，则怀一日未尽之责，以自振其一日未死之身而已矣。继此以往，其将泯泯以即于死乎？未可知也。其不然乎？未可知也。我将为其可知者，而以不可知者任之自然，此余所常以自勖，而又以之勖小隐者也。

小隐生平议论行事，不与吾党同，而其有志于天下国家则无不同。一旦身负奇冤，以投于囹圄，为人生所不能堪，而小隐夷然读书穷理，好学不倦，是盖反之于心而泰然者耶？是盖知其责任之未尽而为是矻矻者耶？由此锲而不舍，他日出而行其志，吾安知其所造之极也。迩者小隐以与余倡和诸诗，都为一集，而命序于余，因以此言弁之。盖诗以言志，斯即吾二人之志也。

辛亥仲夏，汪兆铭序。

与雷铁崖书

铁崖先生大鉴：读与璧君书，悉文旌安抵都门，慰甚、颂甚。《民主报》弟处近已购阅，鸿篇钜制，往往而有。先生大著署何名字？乞示知为幸。

承询弟近状，至以为感。弟在此生活状态，略异曩在东京时，一面自力于学，一面思为社会有所尽力。思虑无涯，忧愁随以无涯，而精神气力有涯，亦可笑也。数年以来，对于学问，如饥者之求食，渴者之求饮，而对于应尽之责任，又如眇者不忘视，跛者不忘履。欲求兼顾，反致两失。坐是碌碌，无所成就。

人苟良心不死者，莫不授衔辔于社会，而自为之牛马。然或则为之引重致远，或者导之入于深池，是知不量力者，其罪视不尽力者，宁可轻减？然学问无尽，责任亦无尽。勉力为之，以求吾心之所安，于吾辈性质，庶乎近耳。先生高明，以为何如？

黄复生兄归蜀后，未悉住址，久未通讯。先生新自蜀来，能有以语我否？近于报纸，见汪兆铭与“勋二位”联为一句，为之骇笑。革命党人姓名下，缀“勋二位”三字，是何意态？已致书大总统力辞。我辈苟有一毫功名富贵之念，不如自始不为革命。数年以来，闻人拟我为叛逆匪徒，受之泰然；骤易为勋位，则面发赧、汗浃背。既而思之，亦复何必？叛逆匪徒，不足为辱，则勋位不足为荣，亦至易明。必妄生分别，是犹有所未澈也。

都门近状何似？便乞示知一二。不尽缕缕。

处女黎君墓志

君姓黎氏，讳讽兰，广东高要县人。父梦如，母氏稷。君为人介而有容，婉而正，廉而知大体，静而好为深沉之思。工刺绣纺织，通文翰。待人接物，恺悌有恩惠，而尤笃于所亲。有姊三人，既嫁，先后卒。君念亲老，愿终身不字，以遂孝思，数以为请。亲鉴其诚，许之。由是壹其心志，以事父母，家庭内愉愉如也，与诸兄弟怡怡如也。嫂氏梁早卒，生子二：长勇锡，次勇翔，皆幼。君辛勤抚育，以至于成人，有如慈母。

岁乙未，母病笃，君刲股和药以进，家人无知。居丧哀毁甚，间闻其作谵语曰：“刲股可以已疾，偶然耳。”一日以操作扬其腕，痂痕宛然，始知谵语之有由也。母既殁，家政悉君操之。君体质羸弱，而能任劳瘁，居恒忧深虑远，规画详至。虽琐屑纤细，必躬亲之，而持之以公，出之以正。家中长幼以逮臧获，咸敬悦无间言。君以家之荣瘁为己之忧愉，动静语默无或释。盖其精神有所专注，而体气亦由是益瘵矣。

人莫不有所爱，或爱其亲，或爱其乡，或爱其国家，或爱其世界。顾不独爱之范围有广狭已也，其性质亦有纯驳。爱之纯者，无自私之心，而一出于情之自然。故爱之纯者，虽狭而真；其驳者，虽博而伪。若君之爱其亲，推而爱其兄弟，又推而爱其兄弟之子，更推而爱其家之无大小长幼，精而勤，坚而挚，死而后已，可谓纯于爱者矣。

君之父母，以君矢不嫁，予千金为奁资。君不私之，常以资其家亲戚之贫乏者，以时周恤，始终不怠。勇锡既长，留学于日本，久而未归，君念之甚。既而闻其往来南洋群岛间，及归国，复见其奔走无定时，汲汲如有所谋，始微知其从事于革命，益为之忧，然哀其志，未尝沮之也。盖君尝因勇锡而知革命党人之用心，故虽爱之甚，以为沮之毋宁助之，其识断有如此者。由此益知爱之纯者，无广狭之分，因所遇而发。爱其所亲，与爱家、爱国、爱世界，其质一也。

兆铭与勇锡交，深如手足，获知君生平，尝因勇锡得一见君。兆铭投狱，君恒念之。及兆铭生还，欲再见君，而君则已殁矣。君卒于民国元年四月二十三日，春秋四十有七。其兄启瑞，弟佩诗、步营，祔葬君于亲茔，以遂其志焉。

兰史文选

潘飞声，字兰史，一字老兰，别号水晶庵道士，广东番禺人。曾应德意志国家聘，往柏灵教授汉文。近年寓居沪上，署曰剪淞阁。与余结鸥社，为文酒之会，月尝一集。其豪气犹迈少年也。今录文六首。

越台秋望赋

噫戏乎，金虎杀节，朱鸾戍秋。登越台以一望，杳炎海之悠悠。森寒觳于日脚，悲落木于城头。念关河之岁暮，悼烽火于穷陬。对此西风残角，古堞危楼，莫不溯沧波而欲绝，感戎马以增愁。若夫万瓦欲流，烟郭如画，帆影无极，江声忽迈；遵铜柱以为期，指金潾而问界；睇泽国之露零，听土囊之秋噫；揽佳日以翱翔，席岚翠而成挤。何乃频催白雁，数劫红羊。天惨惨而送雨，云漠漠而含霜。风日凄紧，山川悲凉。怅携尊于九日，愁捐玦于重洋。登高落帽，望远沾裳。况复袄氛上河，蛮烟沉海；断港箫瑟，戈船逶迤。触贪狼之两角，掉饥蛟之一尾。初卷浪于龙堂，近吹腥于海市。黄湾之桥卧虹，鱼珠之山对垒。咽哀笳而未断，钓孤月而忽起。则登斯台也，将有裂眦越裳，嚼齿五岭，倚剑瓯闽，挥旗参井；戮鲸鲵以封观，洗劫灰于俄顷；正天地之义气，壮河山于服领。岂必抚空谷之摇落，弔沧洲之顽犷也哉！于是仆本恨人，遥怀曷已。漆室同忧，危栏独倚。方欲挽银汉于高秋，请长缨于南纪。肠断黄花，魂销白水。下歌舞之冈头，溯兼葭于万里。

二帝子祠碣

盖闻铜人拥笏，鼻天子莫荐馨香；玉匣葬魂，盘瓠氏谁隆血食？荒渺难稽乎皇古，赫耀莫照乎斯今。乃功在一隅，风雅甫振；泽及千祀，鼎钟是崇。此居近舜台，继仪凤而响远；地非禹庙，较微鱼而叹深也。二帝子者，黄帝少子，系隆朱邸，位次青宫。云纪失载其官，天潢仅修其牒。其时有监国之号，或置亲藩；上世无太子之名，亦尊帝胄。盖帝二十五子，得姓一十四人。玄嚣、昌意，母育嫘祖之昭；颛顼、高辛，孙继轩皇之统。帝子则以有熊侧出，照亚黄离；少典庶支，出殊苍震。敢僭维城之助，未膺裂土之封。辞桂殿以入吴，群非采药；别兰宫而去国，迹类餐薇。于是珠海骖鸾，琼台叱驭，五羊开路，鲛雾倏清；九旗摇食，鲸波亦息。空赐亲贤之第，谁属思子之宫。

溯自赋定扬州，夏后肇分禹甸；山开筚路，熊绎乃有楚疆。帝子则龙驾早临，肃神威于岭峤；凤车远策，辟魑魅于海邦。考羲叔之宅南郊，犹其后也；若高阳之至交趾，岂能先之？今夫得人而王者，仁者之量也；因地而霸者，智者之略也。粤处夷里奥区，山海利薮；控扼五岭，襟喉三门。大长据之而制秦，降王抚兹而峙汉。一日虎踞，百年鸱张。帝子则玉裕英姿，金声华望；乘黄屋而自大，保金汤而自强。非出意外之求，亦属分中之事。而乃灵窟养素，仙岩息器。梁昭明只解著书，王子晋未闻拜爵。求之今哲，罕觏其匹。谓非高尚足以忘九五，仁让足以光四海哉？况乎浑敦初开，精华尚孕，虽朱襄造书，而儋耳莫知转注；史皇创字，而珠崖未解谐声。帝子则以天纵之英明，特开荒甸之文运，讽赤文而朗畅，诵绿字以淋漓。长啸为鸾凤之音，高歌发金石之响。论者谓南越文章，以尉佗为始，岂其然乎？迄今风满灵旗，云生虚壁。龙楼鸡戟，尚歆鹤禁之仪；玉吹金铙，共奏鸾笙之曲。盛兰肴以姬簋，奠桂醑以尧尊。神之格思，凭依在德；祭且徼福，享于克诚。阐扬圣道，播青汗以无穷；愧匪雄词，勒翠珉于不朽。铭曰：

天生帝子，冠冕南服；藏灵龙潜，韬耀凤伏。位卑巢民，臣迈力牧；山霞媚人，峡云眠谷。九舜作则，十尧建极。惟神之灵，聪明正直。难兄难弟，是辅是翼。荡荡无名，穆穆其德。粤无伯益，人兽并居；粤无神禹，九州为鱼。越无后稷，谁垦田庐？越无帝子，安知读书！帝子之形，烟霞秀爽；帝子之心，冰月聪朗。兰佩荔裳，虎符鹤氅。杳冥凄音，金石逸响。明珠为台，白玉为殿。良工铸像，肥腯设奠。光合阴阳，威动雷电。至圣至神，无怠无倦。民食其德，为之建祠。民怀其惠，为之立碑。二禺葱郁，万古之奇。帝子明神，万古之师。

杨菽叟《桃溪例集》第四图序

吾乡在珠江之南，状若方壶，而万松山耸其中，许丁卯所谓“河畔雪飞杨子宅”者也。河曲而西，水松夹岸。十馀里松尽，得村曰瑶溪。溪又多桃，花时红霞照天，与松翠荡为云彩，上下异色，最称烟波胜赏。有长者杨叟椒坪隐其上，人过其所居茅屋，惟闻朋从吟啸声。叟以花朝前二日生，岁遇此日，必携儿孙、招故旧，一艇载酒，溯洄花际。工画者绘《桃溪例集图》，群相赋诗为寿，盖已数数矣。

癸未之秋，余与南海萧伯瑶访叟，饮酒看花，谈笑甚相得，尝出睐前图索题。图中芒鞋竹杖，丰采洒然，为居梅生、袁颜卿两先生，令人有生不同时之概。叟曰：“余后作图，必图二君以继居、袁。”余与伯瑶笑诺之，然心知叟之以居、袁推吾两人也。

今岁叟年七十一，大集名士，为第四图。而伯瑶从丙戌夏客潮州未归，余亦去秋远游海外，因贻书告叟，谓图时须添一白袷少年，携一卷海外诗，诵于叟侧，使阅者必曰“是为潘兰史”。而数日得叟书，则以图序委余，且云：“伯瑶来书，又谓图时当画一酒徒，负大瓢跂而望者，即为鮀江赘客。”噫嘻！相隔数万里，何心气之相通欤？

人生会遇，恒出意外。若离合先后之间，更奇不可测。余世家龙溪，与叟只隔一水；伯瑶寓鳌洲，且十馀年，竟不获识叟于早岁，与从居、袁之游。既合矣，又仅四五年，而东西分手，徒使远客羁孤。回忆故园裙屐之盛，文酒之乐，如在天上，其故不能不委之于天。然以今日之远违，想他时之重聚，必更有非人意料所及者。余当与伯瑶合举一觞，为叟尽醉，曰："愿叟由耄耋以至期颐，皆吾两人为叟序也。"

《草色联吟》序

咏物之作，大家不废，以其原于比兴之旨。然必负瑰伟之才，穷幽渺之思，钩章棘句，物迎镂解，乃能动人清听。杨丈椒坪，避世士也。家有台池园囿，杂莳草木，经营忘疲。恒兀兀手一编，坐吟草际，凡虫鱼花竹风云鸟兽之属，摹写状态，雕镂要妙，故于咏物诸体为最工。近复赋《草色》七律若干首，及应而和者又若干人，联为大卷，寄征余和，并委题首。余饥驱海外，与丈别已三年。故乡之思，不触而动。因即斯题，以寓羁怀。顾见丈诗，意趣层出，所谓人皆劫劫，我独有馀。而诸和作，气象从容，如见宾从壶觞唱酬之乐。余诗则凄激寒瘦，又杂以尘嚣俚窳之言。虽才有不同，而身世之抑塞，性情之偃悒，亦可见矣。读此卷，不禁怆然自慨也。

《粤东词钞三编》序

飞声少时，稍学为诗，于词则未解声律也。尝读先大父《灯影词》，拟作数首，携谒陈朗山先生。先生以为可学，授以成容若、郭频伽两家词，由此渐窥唐宋门径，心焉乐之。间与友朋唱酬，或见近人所作，撷其一唱三叹、怡魂泽颜者，录为一编，曾挟之渡重洋，读与山云海月听。壬辰之秋，同里杨椒坪丈有《粤东词钞二编》之选。先君子《梧桐庭院词》并采入焉。发潜阐幽，良可感叹。然尚有数家未备者，因出箧中旧录诸家词，重加选辑，为《粤东词钞三编》，以附《二编》之后。惟吾粤词人，或已佚残编，或远处异地，必有蒐罗所不及者，他日当为补入，务期无缺。至于作者时代，编次后先，则不能复泥耳。

《宝铁砚斋书画记》序

吾粤藏弆书画，以叶氏风满楼、吴氏筠清馆，又吾家听帆楼、海山仙馆为最富。所收名迹，不亚项氏墨林。然吴荷屋先生有《辛丑销夏记》，吾从曾祖有《听帆楼书画记》，传播艺林，家珍可数。若风满楼、海山仙馆，则卷轴散佚，过眼云烟。肆贾又割裂品题，描摹赝本，致令后人传信传疑，等兰亭之聚讼，殊可慨也。

哈君少甫，夙嗜丹青，性耽翰墨。结客湖海，足迹所至，北踰燕山，南极岭表，蛉洲诸岛，搜索古籍，积数十年之心血，穷几千里之梯航，购求珍秘，不下数百种。顾常不自私所好，遇有真赏，辄肯相让。今老隐海滨，闲与二三遗老品评于炉香茗碗间。回溯沧桑，人琴无恙，虽所存不及昔年之半，然宋元明真本具在，亦足自豪矣。题襟馆同人，劝其辑录成谱。少甫乃稍稍编次，成四巨册，辨别纸绢，详载尺寸、印文、跋语，一一无遗。取裁于高氏《江村销夏录》、陶氏《红豆树馆书画记》两书，略变其例，附以近代名人投赠之作。吾辈自有千秋，后之视今，亦犹今之视昔也。是则少甫此编，有鉴于风满楼、海山仙馆之迄未成书，流散可惜，郑重墨缘，俾留考证，而与阮亭感旧、其年箧衍，同一风义矣。

孝则文选

沈厚慈，字孝则，广东番禺人。民国二年死于广州狱中。今录文一首。

《南渡演义》叙

慨自戎虏祸周，而东周之局定；胡人乱晋，而西晋之祚终。异族强权，中原多难；恶尔楚氛之扰，伤哉汉种之衰；俯仰兴亡，纵横夷夏，致足悲矣。

吾友陈君芷兰《南渡演义》之作也，其诸弔古怆怀、蒿时志恨者欤？昔者群奸误国，二帝蒙尘。乘舆飘北去之踪，大局懋南迁之策。云沉汴水，日丽钱塘。天呵泥马之灵，地拥金牛之胜。问前王之陵寝，总付啼鹃；访往日之殿宫，惧归窟兔。高宗于是抵临安而驻跸焉。是地也，苏堤白塔，古称佳丽之区；南内西陵，人染繁华之习。剩六朝之金粉，花鸟皆妍；侈卅里之笙歌，楼台似画。庶几银涛不怒，湖远接乎莫愁；铁锁依然，江无虞于飞渡。岂知地分西北，天限东南；井蛙既无语海之心，林鷃苟遂恋榆之愿；积弱几同于鲁国，自雄有愧乎钱王。

君既甘割地之羞，臣莫效回天之力。况夫臧孙窃位，专事蔽贤；萧绎工文，何堪御敌？忠臣解柄，爰骑湖上之驴；英主习劳，仅跃殿中之马。嗟乎！有一维翰，则国势不强；既免文饶，则边事可虑。会之老死，思退旋登。玉津函侂胄之头，黄阁拜弥远之座。上下燕嬉，佞奸鳞集，何天之不眷赵家也！迨至敌已渡江，君几入井。金舆出狩，祚尽庚申；降表签名，运移天水。胥涛之烟波竟渺，葛岭之灯火无光。惊白雁之飞来，痛红羊之劫换。回忆夫斗馀蟋蟀，更报虾蟆；深宫则杨妹题笺，甲第则吴生选韵。珠簾金屋，极燕衎之欢娱；玉轴牙签，肆琴书之跌宕。流光似水，春梦如尘。能不凄祖逖之雄心，下袁安之哀涕哉！

且夫过故都而感喟者，志士之所悲也；触往事而流连者，文人之所尚也。陈君以弔古之情，发伤今之思。访前朝之遗址，怪石孤蹲；望昔日之荒陵，冬青几树。那堪回首，益怆寸衷，理固然也。于是抽茧新想，网罗旧闻，俨贾谊之《过秦》，淋漓著论；如干宝之杀晋，感慨成书。萃说部之精华，采词客之腴润。小则树谈丛之帜，大则拾史传之遗。凄凉则热血满腔，悲惨则柔肠百结。春恨长而杜鹃怨，秋风起而胡马鸣。两族尘尘，一篇落落。仆掇词林之轶事，摅种族之幽思，反覆斯篇，激昂往事。才惭编史，赧闻左氏之名；梦渺生花，谁爱江郎之笔？爰成小叙，敢诩鸿文？是为序。

季蔼文选

沈厚和，字季蔼，广东番禺人，孝则之弟。今录文一首。

高眉诠诔

屠维作噩夏六月二十五日，高子眉诠殚。呜呼哀哉！

君冈州人也。其先人仲和先生，幽雅高洁，卓尔不徇俗，善鼓琴。君能传其学，家学渊源有素矣。更研精典籍，湛规文艺，縋凿形代诸术，莫不鉥肾镂肝，批隙导窍。其自秉也，不爱于纷华，不夺于时尚。其交友也，落落而无介，洽而不狎，肃而温，为君子人。其攻学也，耐深沉之思，有恒无作辍习。岁丁未，肄业优级师范，颛算学科，勤勤者两载，前月卒业，绩最优。然比年夙夜孜矻，已精销而心呕矣。既以过劳遘疾，翊旬乃咯血，血尽而赍恨殁矣。呜呼哀哉！

厚和识君，始伯兄孝则与君读书番山时也。既敬其德、慕其学，常就正焉；服膺拳拳，受益抑多矣。乃不幸君短命，使厚和聋聩振发之无从。孤怀迋迋，懊咿其奚已耶！七月四日，伯兄集同学诸子，为君位于尚志学校而致祭焉，悼不幸而阐潜德也。厚和亦从而为诔曰：

泰华拔地，惟邦之光。懿德邃学，为群之望。猗欤高子，标厥孤芳。勉德力学，轨度汪汪。爬罗经史，腾踔文章。沉浸秾郁，咀华含英。钩探周髀，既赜乃详。迈心玄旷，寝寐不忘。食少思烦，乃羸且尪。髓枯厥脑，血空其腔。哲人不禄，颓山坏梁。追缅音容，悲来涕滂。呜呼哀哉！元亮无弦，幽意自明。伯牙所痛，知音晨星。嗟君绝学，乃同广陵。琴在人亡，感物涕零。呜呼哀哉！溯自识君，以迄于兹。耿耿此心，恒则倾葵。擿埴之瞽，索涂多歧。君则我爱，俾之以宜。檃括攞俼，谊媲连枝。爰有同嗜，钻研矩规。君既绝诣，创造独奇。胡为瞬尔，宿草生悲。呜呼哀哉！

晦闻文选

黄节，字晦闻，广东顺德人。往年与余辈从事于《国粹学报》。晦闻尚气节，尤精史事。著作之富，几与申叔埒。申叔不惜自贬其操，为袁世凯筹安，晦闻贻书诤之。今申叔已死，其学亦因人而卑。晦闻方执教鞭于北京大学，以诗教弟子，其流风将日远也。民国八年，余以事入都，曾一握手，两鬓已苍，而余亦于思于思矣。回首前尘，不觉慨然。今录文二首。

《厓山志》跋

《宋史》成于脱脱之手，其间守义死国之士，记载有阙矣。明兴宜与补拾，而遗轶至今，不托于太史，则明初诸老，有史才乏绝之叹。满洲劙明祚，犹却特于宋，故《宋史》之失弗正于明，曷望于满洲？晚明遗烈，视宋不杀；胡骑腾踔朔方，南下牧马，有熊之胄，蹙国岭表，其事亦视宋仿佛也。尔来诸夏光复，陈兵建业，荐告孝陵；南方将校，酹酒郊原，亦有绍武君臣之祭。若夫全节祠祀，则罔闻焉。人情怀近而忽远，讵不然邪？是故修史者姝姝近季，传当世之荣而止矣。悲夫！

予尝有志修宋迄明之史，以峻彝夏大防，亦既见诸胡学传，若宋遗儒略论，补拾万一。大业未遑，已垂十秋。每念野乘，曩罹禁毁，则钞采而狙镂之，以俟后贤，谓职志应尔。民国建元，宁阳赵芷汀遗予《厓山志》五卷，以跋尾见属，将重谋刊。此予旦晚所求者，校原书阙序及图，又有脱简，则尝毁于满洲，靡得而补也。案《新会县志·崖山志》，许炯撰。《重修崖山志》，黄淳撰。《厓山志小稿》，黄士钦撰。盖炯书实先，淳修炯书，是刻为淳书。士钦晚于淳，故淳书述炯语，不及士钦。然则炯书以淳而传，士钦书轶矣。三子皆邑人，其眷眷于厓山，讵以其近邪？黄淳纪列忠曰：

“死节诸臣，多不在厓山，视死厓山者等，恶得无纪?”於虖！讵以其近邪？夫华夷之耻，自宋而烈。大义不章，史职尸咎。于今驱除毡毳，数频复之厉，宜祧宋而祢明，是在皇史。若予，未遽衰，则是书于我，其犹昆仑之竹与！

与刘师培书

阅报见筹安会启，诸君标论爱国，言征切礳，情或难知，语则有据。顾往史不可诬，国众不可欺。若摭拾外人言论，欲以钳制人口，一言不智，莫斯之甚。会启谓革命之际，国家与人民所历危险痛苦，由于国体不善。亦知明祖戡乱，中更十八年；满清劙明，亦越二十年。史之所书，惨杀夷戮，分崩割据，其为危苦，视今倍蓰。共和创国四年，反侧虽兴，旋踵即戢，士不从乱，民无去心。非力不能奋，死不能致也。徒以共和维系，异夫专于一人，私于一家，举国之人所以不争也。

自黄帝立国，君主世及，至挚以不善禅。尧病世及，举舜民间。三代之盛，不由君主世及，实有明效。今欲复君主不世及制，则禹汤犹难。即从斯制，亦只蔽欺一时，涂饰观听。是则一易君主，必为世及。承嗣或贤，而威福玉食，供奉增倍，何待易世；盘游乱德，始足为祸。虽有宪治，为救已末矣。

夫根本解决，不在君主之制，而在人民知有国家。革命之初，诸将解兵，陈书劝逊。清之臣庶，岂尽忘君？盖为改建民主，非让人以君位，是以不嫌而不雠。故根本解决，定于当日。今若复倡君主，则对于旧君，为有惭德；对于民国，为负初志。长官虽忍隐赞同，其亚旅师氏，能无贰议？且国体一变，承认待人。强邻在旁，诛求无已，我能以赂免讨耶？邻能遍赂，民亦能遍赂耶？

斯议倡起，未及逾旬，而士大夫之明耻者，相携持而去，已有所闻矣。义不可以利取，事不能以言饰也。夫倾覆民国，是为内乱；聚党开会，是为成谋。岂与米博士泛论国体，著书私言所可同语？仆以为斯议一出，动摇国本，召致祸败。心所谓危，愿因足下，以告诸君，深察得失，速为罢止。

民国四年八月十八日，黄节顿首。

哲夫文选

蔡有守，字哲夫，号寒琼，广东顺德人。善绘事，喜金石。往年在《国粹学报》，尝朝夕相聚。民国成立，哲夫归广东，踪迹稍疏矣。民国八年，哲夫来上海，尝同作天平之游，颇极一时之乐。今同游诸人，子实作古，屯艮在湖南，景瞻在北京，佩忍在南京，哲夫在广东，惟余与仲可仍居海上，仲可亦兴致阑珊。追念曩游，不可再得，古今同慨也。今录文一首。

祭谭月俦文

甲辰夏四月二十有日，谭公月俦卒于里第。其执友蔡有守游学沪渎，闻耗之日，为文以祭之曰：

天高不闻，歼我哲人。伊维哲人，博爱行仁。瞻顾国步，饥溺斯民。奇才莫试，竟陨厥身。赍志没地，壮气难伸。呜呼痛哉！忆昔薢茩，余尚乳臭。君呼小友，期许独厚。居趾接近，文酒流传。同乘并载，接席比肩。金峰眺远，漱玉烹泉。花朝月夜，胜事华年。君乐酒德，非醉而醒。倾尊半酣，谈锋实颖。内忧外患，指陈警省。念版宇之副瓜，悼中原之沸鼎。誓鼓掌以堙河，欲挥戈以倒影。嗟失时之不当，徒蹙蹙而靡骋。又若君志远学，誓渡重洋，期淑身而淑世，俾国权之开张。奈羁轭于跬步，终寂寞于家乡。般纷纷其遗恨，历九死而犹未已。君魂有灵，没当仍视。有生以来，人谁不死？在昔豪杰，殉国为多。使君为民请命，喋血萨摩；同遭党狱，毕命铜驼。闻风百代，可泣可歌。而乃埋没衡户，伤如之何！君毓高门，德辉流庆。伯仲彬彬，弟兄爽竞。俪影闺房，如宾相敬。奈何觏闵，天属多乖。姜被风冷，孟案尘埋。君遭蹇难，悲莫遣怀。爰迄如今，丧我良友。岁梦嗟蛇，愆占长柳。终童夭逝，贾傅云亡。少年凋丧，旷代同伤。况君厄命，既罔厥寿。羊舌无子，宗祀谁守？弱息仅存，星孤曙后。白发高堂，哭子衰朽。生人极艰，荼苦罕有。我行去家，留滞淞滨。愿言思子，离索销魂。今更永别，怆然伤神。他年返里，徒恸陈根。

凤兮文选

黄忏华，字凤兮，广东颜德人。今录文一首。

与柳亚子书

亚子足下：钦贤已积，寤寐为怀，梦想神驰，于兹有年载矣。山阳周、阮之案，足下义愤形于色，华窃弘心慕之，以为有古豪侠之风。耿耿此心，未尝不一日而九回也。庸知封狐千里，碧血三年。

顷者已来，海内英才，零落殆尽，独轸魂交，每以耿灼，而未若睢宁周仲穆先生之惨也。其人天下之士，神才高杰，文章俶傥清澹出一时，所著作者盖数百万言。迩以世路崎岖，划迹徐州师范，与人无争也。讵意文字无灵，昊天不弔，日前为夫己氏所逮，坐以莫须有之罪名，痛抱圜门，身终锋栝，而邦人诸友，莫或闻知。呜呼哀哉！上帝深居，巫咸不下。白龙鱼服，困于豫且。迹近坑儒，而痛深于秦末；事非锢党，而悲甚于汉季。愁魄胁息，心惊栗矣。棘地荆天，人间何世？自非霓裳羽带，无用自全，吾其谓之何哉！吾其奈之何哉！有心如足下，未审何以为情也。独是今日何日，虽欲如山阳案之力争，一何可得？逻骑如林，谁非刀俎中物？继周子而仆者，正未有艾。乱世头颅，固无善价。君试思之，此中有血泪几何？所不能已于言者，亦欲与诸社友同声一哭耳。

周子有遗著一卷，华为刊诸建业。外物撄加，乃不克往取。窃不自揣，愿与足下商之。至夫周子之为人，社友知之者众，如能仿山阳之例，为作一传，则檠檠大文，岂止润及枯骨哉。此又后死者之所厚望也。灵芝销紫，鹃血为红。悠悠苍天，其忍此而终古耶？

揽纸陈辞，悲来横集，不尽欲言。忏华顿首。

小进文选

马骏声，字小进，广东新宁人。民国元年相识于上海，民国六年握手于北京，后遂音问鲜通矣。今录文三首。

谒黄花岗七十二烈士坟记

小进归粤后，忧心殷殷。念国之为虐，出东门踽踽独行。约七里许，抵黄花岗。置生刍一束于七十二坟之前，挥泪以哭烈士曰：

在昔子产云亡，宣尼泣其遗爱；随武既没，赵文怀其馀风。烈士义薄云霄，声塞宇宙。某何人斯，而敢不申景仰？况此荒草离离之中，丰碑屹屹之下，若林、庞诸子，皆小进当年投荒香江时，相与晰晰论文、尊酒谈衷之益友乎！海外归来，言念旧雨，埋首山丘，成灰与尘，能勿怆哉！

於戏烈士！捐其脰肩，既成仁矣。望嵯峨之碑版，抚突兀之封树，曾日月之几何。故人已渺，徒增后死之悲。而烈士厥身虽殒，生气凛凛，千载不泯，夫复何言；求仁得仁，夫复何恨！独念莽莽神州，凶终隙末，来日大难，苟亿兆堕于涂炭，宗祧困于脆脆，斯诚大负英灵矣。七十二坟秋草遍，更无人表汉将军。踯躅埏侧，夕阳西下，山鸟数声，怆怀宇宙。不乐而归，遂成斯记。

居庸秋望图记

《淮南子》曰："天下有九塞，居庸其一。"塞在京北昌平州西北，延庆州东南。两山夹峙，下有巨涧，悬崖峭壁，向称天险。故唐高达夫《入关》诗有"绝坂水连下，群峰云共高"之句。明初大将徐达，垒石为城，以壮京师门户，是亦为京师八景之一，曰"居庸叠翠"。

岁在甲寅，重明节日，予往游焉。由京师至关之南口，复自南口而上，两山之间，一水横流。道出其上，十五里为关城，跨水筑之，亦有南北二门，又有水门。车过东园，访明代牡丹，则已凋谢。道出弹琴峡，相传水流石罅，声若弹琴，故名。山上石刻有六郎影及“雄镇燕关”四字，杨家武烈，馀威尚存也。经石佛寺，抵青龙桥，下车策马，登八达岭。朔风刺肌，有如锋镝。岭距居庸上关十七里，为往来之冲要。元人以此为居庸北口，上有关城，设兵戍守。城门之上，石刊“北门锁钥”，字大逾尺，明景泰三年建。右有卧碑一，乃重建时所立。巨炮一尊，风霜剥蚀，镌字模糊，只可读其“一千三百斤军门王造月”十字而已。考《山水记》曰：“自八达岭下为居庸，若建瓴，若瞰井。昔人谓居庸之险，不在关城，而在此岭也。”

进生不才，骯髒风尘，落落寡合，未能拥十万横磨，高牙大纛，立功塞外，乃频年短衣匹马，佯狂山水间，以涤荡此胸中不平之气。登高望远，怀古而弔英风。北雁飞鸣，塞云欲坠；西风摇落，塞树生寒。把酒问天，抚髀长啸，真个忍不住男儿数点热泪也。夕阳在山，暮霞焕彩。远望人家，炊烟缕缕，出自村际，不如归矣。既返京师，艺社同人杭州汪鸥客先生为绘斯图，用纪鸿雪。图成，命曰《居庸秋望》，盖纪实也。汪君夙负丹青盛名，山川灵气，出其笔下，遂使重关要塞，如在目前。天下英雄，又安患无用武之地哉。小进今既宝有此图，相期不朽，然犹愿吾民共能永保此图中疆域也。

乙卯元旦，台山马小进记于京师之冰天跃马庐。

读《牡丹亭还魂记》书后

炎天埃郁，暑晏尘纷。予隐身于赤柱山中之梦寄楼，据胡床，爇名香，流观明汤若士所编《牡丹亭还魂记》一书，不禁喟然叹曰：“我未知其情生于文，文生于情，阅之但令人悽然生伉俪之重。”（数语本王武子。）

忆丁未元旦，予偕亡室许秀英女士，往重庆园观《牡丹亭》一剧，亡室口占一诗，有句云：“儿女合离浑似梦，人寰不少牡丹亭。”昔日绮言，今成谶语。吾书《牡丹亭记》后，弥增吾沉痛矣。岂挚情所钟，可以生生，可以死死耶？果尔，则《长恨》一歌，将无无尽之感；《洛神》一赋，将无永绝之悼矣。毋亦汤若士嗟黍离之愍周，悲麦秀于殷墟，胸充孤愤，特借稗官野史以出之，写儿女之闲情，寓华夷之大义也？

世传《牡丹亭还魂记》中所载杜太守者，类于晋武都守李仲文、广州冯孝将儿女事。至于杜守收拷柳生，则类汉睢阳收拷谈生。著者因而演成此曲，然耶否耶，姑不必论。但予谓《牡丹亭》实为发挥民族主义之著述，决无可疑。至书中所载诸事，本属子虚，不过汤若士惧作而弗传，爰备杜柳之情，托宋金之史，以求免后世暴君污吏、非我族类者投诸秦火而已。观其标目《蝶恋花》一曲有云：“忙处抛人闲处住。百计思量，没个为欢处。白日消磨肠断句，世间只有情难诉。”则与屈原幽愁忧思而作《离骚》之旨隐合。故曰汤若士之有《牡丹亭》，犹孔东塘之有《桃花扇》，郑所南之有《心史》乎？予味其上卷《虏牒》一曲云：“三秋桂子，十里荷花，便待起兵百万吞取”，虽托为大金皇帝完颜亮之言，其实即有所指也。至如四十三曲《御淮》云：“剩得江山一半，又被胡笳吹断。”又四十六曲《折寇》云：“问天何意，有三光不辨华夷，把腥羶吹换人间，望这中原，做了黄沙片地？猛冲冠怒起，猛冲冠怒起，是谁弄的，江山如是？”此又似胜国馀生，假汤若士之盛名，而抒其沧桑之感。又卷中有云：“汉人学得胡儿语，争向城头骂汉人”，是则直言不讳，以斥昔时虎伥。吾深愿近日苦治蕃书，甘作洋奴以凌同种者一读之。

虽然，《牡丹亭记》，佳剧本，亦惨剧本也。而吾粤名角若某某，则咸以善演《牡丹亭》剧而知名也。但惜所演者，自《梦美》至《复生》而止，乃一男一女之艳史。至若家国兴亡之剧，如《淮警》《移镇》，皆不与焉，则诚大违若士之苦衷矣。浮云长没英雄事，芳草谁怜志士心？藻思绮合，清面芊眠，是曰《牡丹亭》。炳若文绣，悽若繁弦，是曰《牡丹亭》。吾辈亡国遗民，当斗酒酣饮，拔剑斫地以歌之。

怀霜文选

李葭荣，字怀霜，广东信宜人。民国元二年，余主《中华民报》笔政，怀霜主《天铎报》笔政，过从颇密。自二报停刊，各不相知矣。今录文一首。

宋钝初先生诔　并叙

中华民国纪元之明年三月二十日，国民党理事桃源宋钝初先生，以要政就商当局，将诣京师，夕发上海。国有元凶，使盗利用火器，创之于沪宁路站，二十二日卒。讣至武汉，同志相向失声哭。呜呼哀哉！三十日，汉口交通部长蒋某、詹某等，集汉上人士，假长沙会馆为位追悼，谋所以诔先生者，属党人李怀霜修辞。诔成，怀霜谨宣述公意，为之叙曰：

夫据乱不终，杀贼未尽；中原荆棘，大局桑榆；狐鼠势张，英雄气暮。遂使秋坟白骨，粉泽神奇；清庙黄钟，荒凉毁弃。物情多反，鬼趣方深。人之无良，国谁与立?时则模欧范美，初启共和；步莽趋操，自为帝制。百夫之特，寡人所猜；不善为谋，殆将自及。是故硝烟夜起，玉树朝摧，霾掩燕台，星沉吴会。咄尔国贼，撼我邦基。颐指佥壬，甘心钜子。于是郑有子产，惠政将施；晋无鉏麑，哲人其萎。呜呼哀哉！在昔汉旗森植，胡幕寖倾。铁马黄河，绝流欲渡。铜驼满室，大厄已乘。吾党舍此秽墟，聿持人道，罢军城下，息事兵间，慨举新邦，付兹遗孽。彼乃潜衰民志，大肆野心。竖子彀中，群雄釜底。絜量顺逆，往复恩仇。不亟投机，畴能漏网。矧夫颓山必泰，刈草宜兰。硕学高才，国勋时俊，若先生者，宜乎不免。呜呼哀哉！同人等深维，错由自铸，妖本人兴。大悔不追，前程当奋。泱泱海水，冉冉世尘。既病外陵，复忧内溃。殆哉莫拯，逝者何伤！然而盛烈如新，大祸遽踵。公德私德，殆无可言；杀机死机，安往不届。君骨可朽，吾头可断，此恨不遂泯也。呜呼哀哉！诔曰：

昆仑之秀，潇湘之灵。乃锺国士，克立令名。养志平居，恶绝膻腥。大不祚满，爰告武成；宁不祚华，晋我文明。呜呼哀哉！先生之功，当在金石；先生之德，温润可即；先生之学，世界灵液；先生之识，巨眼有只；先生之才，弁冕政客；先生之文，万人辟易；先生之辩，长流汩汩；先生之政，驯蕤吾民；先生之心，民主有真。硕兹恶果，具彼众因。纤儿承旨，老魅起瞋。一丸之酷，遂为国神。此而可忘，秦其无人；此而可赎，人百其身。呜呼哀哉！先生往矣，国命如何？茸茸伊髮，历历楚歌。吾种不亡，朽腐其芽。呜呼哀哉！君妻茕茕，君母皤皤。临风掩涕，瞻尔灵车。魂而有知，高山大河。衡岳异色，洞庭逝波。归依先烈，妥神巍峨。岁时荐君，惟有黄花。呜呼哀哉！

公愚文选

古直，字公愚，广东梅县人。今录文二首。

林烈士修明传

林烈士修明，广东镇平人。貌魁梧，目炯炯有神，见者咸目为伟丈夫云。父故经商南洋，饶于资。烈士伉侠好交，就外傅日时，集宾朋纵饮，醉后作为大言，往往惊走座客。人以此或呼之为酒徒，不知烈士负性奇烈，特借酒以浇其块垒也。有所不平，捕（搏）抟敢行无所避。盖里中少年，皆已闻烈士名而惮之矣。

岁在丙午，烈士年二十有一。闻海上设中国公学，欣然游焉。久之，意勿屑，乃东渡日本，进体育会，以其馀晡兼习音乐。学成归国，时国事愈不可为。烈士酒酣耳热，未尝不悲歌慷慨、泣数行下也。时南方党禁方严，或劝之稍自隐，烈士笑而谢之。会松口开办体育学校，招烈士任事，烈士喜曰："得之矣。痛饮黄龙，此校或不能无裨耳！"遂往。事毕，浪迹南洋各岛，所如不偶，仍郁郁归，颓然为小学校教师。

辛亥三月念九，广州之役，烈士与焉。已事迫，先期发败。烈士时方在城外，闻变，投袂而起，腰挟二手枪入城。或止之，烈士曰："有难不赴，何同盟为？"遂入。中途被捕，吏卒拥之行，声色犹奕奕也。越日被害，春秋二十有六。今黄花岗七十二雄鬼中，烈士曾分得一席云。妻黄氏。子一，才三龄。

愚庵曰：始借同党之力，终则背之，甚或以私害之者多矣，可胜叹哉！林君曰："有难不赴，何同盟为?"卒陷于难。此烈士之所以烈欤？呜乎！可以风矣。

朱骞小传

朱骞，字谨侯，广东梅县人。少好学，苦无师友，闻里中古直读书好文章，则大慕之。直恒外出，归辄造之谈学艺，十年来以为常。学好治《史记》，以为后世文章所从出也。又好三百篇、《楚词》，长吟短咏，陶然自得。家临清溪，辄坐矶头理钓丝，观水习静。尝自谓"日间人事纷纭，此心不免汩没，惟观水之际，天机都从活泼泼地流出"，则俨然学道有得之言矣，然固未尝口程朱而诵五子也。性和易可近，尝先后主黄竹小学、滂溪小学，成就甚众。民国成立之二年，出游汕岛。直方作《大风日报》，招之任社事。八月，社事中辍，骞愤归于家，闭户不出，作书以心事告直。民国二年春间，复游汕岛，见国家人势将去，愤慨益深。一夕忽呕血数斗，遂病，病势沉沉重矣。直在香港，闻之惊悸失措，以汕岛非养病地，劝之归。同里郑道南者，亦善骞，复以书劝之，乃归。道南资之医药甚周。久之，病益剧。民国三年七月某日遂卒，春秋二十又七。无子，以兄子嗣。骞平生好作诗，诗多亡佚矣。

古直曰：骞病中，予数往问状，执手不言病，犹自谭学艺。曰：某愈者，当与君同治某学。予应之。天乎！曷遽夺之也？没而犹视矣。

一厂文选

林百举，字一厂，广东梅县人。民国元年，与余同主《太平洋报》笔政，刻烛赋诗，每至夜分不辍。一厂重听，友人皆以聋呼之。今录文一首。

郭烈士典三传

郭典三，梅州人，亦坚忍卓绝有行人也。少孤家贫，事母孝。幼体慞性钝。其母贤，纺织耕苏，资子出就傅求学，拮据十馀年如一日。君故苦自励，读书以外，无物欲。于帖括诗赋，卒斐然有成。新学兴，潮州官设韩山师范学校，招生肄业，君往考列焉。既毕业，派充大埔仰文公学教员，修俸差足事赡。会梅州松口，有体育传习所之设。

体育传习所者，实一革命之机关。初梅州温慕柳、丘仙根二先生倡新学，时发扬国家民族精神。少年闻风，渐思革命。温先生家松口，所善饶芙裳先生，及富翁谢书玉，与同情，力谋精神教育之普及，捐款选生，远送日本学师范，及各种体操专科。归先设师范传习所，继更合集广州各处陆军员生中有志者，深筹密布，开办是所。以乡团名，购枪械，为实习实用计。君闻之跃然，中途弃教席以从。顾所中一切部署，严若军营，课程则择军事学中之最艰要，并日而进。清晨深夜，发令出操，限时急行若干里；或大雨烈日，负囊荷枪，爬山跳涧，架桥造路。要皆武健严酷，非书生鸡筋所能胜。君初学，汗喘色变，屡即困惫，然不肯辍。或曰："君体慞，非宜也。"终弗顾。六阅月，卒亦挺然有成。于是革命思想大炽，请于母，拟作海外游，不敢实告。而其母似略已窥其隐微，曰：“吾老矣，依媳与孙居，不致冻馁，子毋念。”君喜，与同志飘然竟行。

至香港，时戊申春也。旅港革命党人方谋举滇，即投之为一卒。河口之役，初上战阵。及全军败遁越南，与党数十人同被捕于法国警吏，拘禁数十日；又押送星嘉坡，始释。遂由星嘉坡至八打威，为侨民办学校、阅书报社、体育会、自治会，经营惨淡，不遗馀力。君与人诚悫敦挚，言行信果，取与耿介。久之，侨民悦且服，崇拜倍至。二年馀，偶沾水土病，脚肿蹒跚。归仍至香港，凡人侨民赞助革命捐赀者，惟君是听，君因为港革党机关部之一人。

辛亥三月，广州之役，君与姚雨平同部，事又败，死者死，去者去。惟时党人多非粤籍者，或欲去无路，徒死可惜，君则绻绻为收藏军火，指导程途，设法分遣，营救不少。缇逻正急，先后于大南门被形迹嫌疑，掳去数次，俱以貌文弱不类革党幸免。至四月六日，始避回香港。港俗最淫糜，辄不觉令英雄气短。君居此，则力矫之。尝言曰：“节一饮食费，能购枪杀贼数百人。省 车马资，亦能制弹裂贼十数辈。”至是更鹑衣粗食，寓铁匠店，与工佣伍。以大举难成，则图暗杀。李准凤山之炸，君俱与谋焉。

九月，粤各路起义。君先图高、电、廉诸州，继至潮汕，与张立村、谢鲁倩等合。汕已定，旁略揭阳、普宁诸县。揭有巡防营勇数十，君先喻其哨弁反正，已诺，但求给糈缴械。君信之，复备赀往。比与弁语，而壁中伏勇，枪骤齐发，一弹洞君腹背，君仓卒拔枪，击弹出而身已仆地。同行有广州陆军学生廿馀人，见变，掷炸弹毁勇营，毙勇二，馀乃弃械鸟兽散。随收君尸，肠流，血肉模糊，状至惨。在汕同党闻变，亦无不痛愤眦裂，已为棺敛。后二月馀，潮事渐定，运其柩回梅州，葬于丙市之周公山。是日远近士女慕君之义，悼哀之烈，来会葬者二千馀人。山距君家六七里，其老母扶杖挈君妻子，临哭尽哀。二千馀人俱哭，声震山谷。

君得年三十，有子一。妻守节，奉母养子。越年，粤省军政府追议，以大军校阵亡例，赐银五百圆恤其家。

一厂曰：余厕党籍数年，愧羁于他事，莫克奔驰效力，识党友亦不多。顾所识而中心诚服者惟二人，则君与姚君雨平也。乱世人材，小德出入，万方同慨，何暇疵瘢？而不矜不竞，不欺不浮，道德完全纯粹，君与姚君实有焉。每见，令人如对严师，忸怩不安。窃意国家破坏后，继以建设，首重栽培民德，而当世坊表，君实其一。故余之敬君，非但敬其忠烈，而尤敬其德行也，乃今竟死矣！揭阳一役，不足言战争，而遽凶惨死，亦足悲矣。周公山距吾家不三里，然余亦数年不得入乡闾。他日归，冷冢斜阳，炙鸡斗酒，弔慰君魂；复细辑君遗轶谠范，以树吾乡矜式，其庶几获偿斯愿乎？嗟夫！

薛生文选

钟动，字薛生，广东梅县人。亦《太平洋报》同人。今录文一首。

诗人李季子墓碑

君讳某，字季子，以字行。居梅水之东偏，习诗书以传世。幼徇齐而聪敏，长皓盱而寡祷。既极巧于书画，复擅妙于诗词。时寄情于山水，自觞咏于幽居。或啸傲乎东轩，召明月而陈辞。侣泉石而如根，伴烟霞于无迹。不羁绁于世尘，复潇洒而放逸。常落落以无徒，独才华之如璧。若乃徘徊书史，趋步骚坛，接灵均之忾叹，熟《南华》之二篇，缠绵悱恻，芳情何极！灏灏冥冥，化于太一。于是崇达观于小年，放形骸于通塞。聊缀采于词华，驰妙誉于楮墨。至其敲声问月，歌咏成词；驱先河于温李，步陶谢而追随；初浓华以蓄采，继清新而妙逸；云澹澹而高翔，露冷冷以夜集，夫其所长也。维昆仑之既墟，乃种智之不存。合守真以反性，实有赖于斯文。何昊天之不弔，陨吾梅之朝华。苟斯文其萎绝，惷斯民其谁家？时庚戌之四月，君乃寝疾以没，春秋二十有七。凡我同好之人，永怀悲悼，莫知所云，佥以为轶世离才，合为不朽；乃为之树碑表墓，铭之无穷。其辞曰：

於戏李君，降自昆仑。冰雪聪明，秉德惟精。譬彼朝华，孤月与邻。芳香悱恻，维兹妙身。早通载籍，莫知其生。沉沉古华，粤为其根。宗国是怀，先民是程。天命不复，哀我神人。思布其华，以扬其灵。下招河岳，以降厥神。生年不永，遂丧斯文。黯黯梅山，飘风其屯。人之云亡，邦国殄瘁。蟋蟀在堂，莫知其岁。爰勒兹铭，以告君德。嗟我来人，念兹无斁。

小白文选

李才，字小白，广东梅县人。今录文一首。

明处士玉泫卢先生墓表

有明布衣曰玉泫卢先生，平生好读书，慷慨有奇志。然数奇，屡困于有司，卒不得一抒其怀抱，赍志以终。其终也，召其子弟而训之曰："天下将乱矣。强邻迫于外，群雄伏于中，一二当局者，又皆非戡乱才。数十年后，朝廷不蹈东汉之辙，则为南宋之续耳。如其蹈东汉之辙也，是易姓也，不食其禄者，无责焉也已。如其为南宋之续也，是亡国也，凡我草莽小民，皆与有辱焉者也。汝曹力能救国则救国，不然，其守乃田园庐舍，毋事乃仇，贻乃祖宗羞。"盖先生蒿目时艰，既知天下事不可为矣。先生卒后二十年而明社屋，其子若孙，世守先生之遗训不敢忘。以故终清廷之世，垂三百年，梅州卢氏，无以功名显者。呜呼！可以风矣。

先生讳仲六，岭南梅州人，玉泫其字也。以某年月日卒，葬白渡堡之南华坝。配李夫人，葬炭山径。葬二百八十载，而其二十设孙文铎，始合葬先生与李夫人于白沙冈。其明年，我华夏遗民，传檄天下，起义师挞清廷而覆之。而文铎亦与其乡人士，谋复梅州。大功既告厥成，迺作而言曰："今而后，可以扬吾先人之烈也已。"乃持状属才为文，揭诸墓上。

夫卢氏子孙，世世克守先生遗训，誓不为清廷用，即足以传先生；文铎克承先生遗志，卒为汉族复九世之仇，尤足以传先生，岂待文字表彰之而始传哉。然非此，又不足以塞慈孙之思，而昭训来世也，乃为之表。

中华民国元年元月，同邑李才谨述。

抱香文选

谢华国，字抱香，广东梅县人。今录文一首。

南社粤支部序

安瓜羡枣，三神宫阙之奇；苏海韩潮，千古波澜之壮。炎洲翡翠，弄采南枝；铁网珊瑚，称珍上国。结想于骑羊观里，拈吟于崇蜃楼边。别雨淮风，久辑西园之盖；天涯地角，未添东海之筹。珠岛云开，江山减色；铜壶水漏，簾幙生秋。此宁子仙霞到粤以来，南社支部所由设也。尔其扬子江干，春申浦上，寓公风月，过客光阴。张翰挂冠，言归阙北；庾信作赋，哀遍江南。红豆芳时，眉黛惊鸿之舞；琼花胜境，腰缠跨鹤之游。美最良辰，盟联牛耳；故人知己，径启羊求。虽昭明文选之楼，洛下耆英之会，无此盛也。

迨夫青兕渡河，卢龙款塞，书成革命，诗咏《离骚》。世以变而聿新，学以疏而成故。鸭抑吉思之派，渐染欧风；哀梨敦的之书，多崇武露。丁丁弦索，挥残玉树之歌；于于明珠，掬起铜仙之泪。讲学问于六经以外，求神仙于八极之遥。禹甸九州，将成左衽；梁元一炬，只剩金楼。仲尼住广桑山，难障东流之势；释迦居波罗奈，宁回西没之光。嗟嗟，日月常行，江湖不废。道非坠地，既赖先贤；文未丧天，专资后死。朽蠹寄生于脉望，痴龙笃守夫琅嬛。跫然空谷之音，岂无嗣响？绝矣广陵之散，又始椎轮。怅滴滴之年光，嗟劳劳之亭子。朝云渡海，曾侍文昌；枚叔留淮，艳称词客。鸟官述古，学久在夫四夷；马骨登台，意原期夫千里。叩梅鋗之关塞，横数霸才；披桂海之虞衡，眷言作者。用是堂开广雅，风采粤讴。挹丹荔之清芬，览白藤之佳气。旧家燕子，零丁泛梗之词；大长蛮夷，遁甲开山之术。证因缘于香火，洗俗耳于筝琶。凡属风啸苏门，鹰扬河朔。门前乌桕，那无清溪女郎？楼上青骢，或有太原公子。邀王猷而看竹，坐庞统于采桑。南部烟花，感三生之杜牧；北朝文字，刺一片之韩陵。当兹蛋雨蜒云，残笳断角，搴裳联袂，鼓瑟吹笙；寄周郎帐下之儿，呼郑氏泥中之婢。芝兰入室，吐未尽之春蚕；丝竹非声，鸣当阳之神爵。锦囊心血，渊渊金石之音；宝锷光芒，凛凛英雄之气。既文人之雅集，亦吾道之当家也。

下走同轨论文，乘桴访学。昆仑片玉，空思如卿之才；澼洸千金，谁是不龟之手？或者天池鹏运，碣石雕盘。斗边之博望未归，舟上之成连云远。结苔岑于岭表，莫抱遐心；张朴学于中原，共存国粹。望龙光而求剑匣，为莺友而卜乔枝。汉上题襟，不觉唾壶打碎；山头戴笠，还期饭颗相逢。虽然地处外江，人趋西艺，归辽阳之皂帽，卓具典型；乞勾漏之丹砂，尚存窠臼。书摹禊帖，记盛事于兰亭；宴启琼筵，希大文于李白。从探骊得路，旋驷盈门。扶大雅于东瓯西瓯，过离轩于今雨旧雨。蓬莱仙侣，同登粤秀之峰；香草美人，遥答湘妃之曲。纵使麻姑眼浅，枨触扬尘；但凭精卫心长，殷勤填石。招来学士，宏开蟋蟀之堂；唤起司空，快让麒麟之阁。

中华民国元年月日序。

伯严文选

周刚，字伯严，广东开平人。今录文一首。

感秋记

炎夏消沉，新秋风起。斯时也，塞鸿南来，簷燕北去。望秋蒲柳，零落堪怜。秋色撩人，兴悲宋玉。秋飙过处，悽甚胡笳。顾余潦倒人也，睹斯秋景，闻斯秋声，能不万念萦怀乎？乃感而叹曰：余生二十，南游粤，北走燕，天涯浪迹，百无一成。虚度光阴，蹉跎岁月，华年逝水，容易秋光，不我留矣，可奈何哉！感慨身世，痛哭步兵穷途；怆念宗邦，伤心灵均湘水。山泽飘零，与谁共语？读定公“少年击剑更吹箫”之句，益无以自慰矣。孤馆萧条，短檠独对，月色朦胧，寒生襟袖。万籁俱寂，但闻虫声唧唧。若庐陵复生，又不知感慨何似矣。余生无俚，学未有成，且懒怠成性，恐岁月[illegible]去，我无以自立也。乃感秋而写意，且以自警焉。

亮夫文选

周明，字亮夫，广东开平人。今录文一首。

题柳亚子《分湖旧隐图》后

吾友柳亚子，天下奇士也。文章声价，倾动海内，而海内仰望其丰采者，靡论智愚贤不肖，莫不神往，则亚子之为亚子，固可知矣。亚子负不世之才，而有龟山之叹。感慨无聊，缅怀桑海，分湖旧隐，梦寐系之。陆生妙笔，为绘斯图，意甚善也。湖水汪洋，长天一色，烟蓑雨笠，啸傲其间，亚子至乐也。然视灵芬如何？今昔异慨，有如是者乎？呜呼！宇宙云扰，神州岌岌。故土之感，吾又不暇为亚子重言之也。且世会泯棼，民生水火，斯人不出，苍生奈何，今又岂隐之时哉！亚子毋肥遁鸣高，以分湖为终老之地，则千秋盛业，正当与湖水相辉映，共垂不朽耳。否则，故国沦胥，舆图变色，何有梨川，更何有分湖哉？亚子天人，善审于此，余何忧为？

破浪文选

周张帆，字破浪，广东开平人。今录文一首。

读陈白沙先生集书后

陈子公甫，粤之新会白沙里人，后世称为白沙先生，明代钜儒也。所著诗文，皆称于当时，传于后世。余与先生邻邑，自幼束发就师，即闻先生名，然不得其书而读之，未尝不拊膺长叹也。癸丑春，余留学羊垣，即搜求先生遗著，而终不可得。今秋偶于某书肆得一集，凡十册，已稍被虫蚀。盖是集刻于前清乾隆辛卯，迄今百有馀年矣。余得是书，喜而读之，爱不忍释。继乃掩卷而叹曰：先生之学，上溯濂洛，远源洙泗者也。然而数十年来，世鲜有举其名者。一代钜子，几等于不知名之士，可胜慨哉！岂犹韩文待欧阳公而始显，而先生之文，则尚未遇欧阳公其人，而尚有待乎？不然，何泯没不彰至于此也。

泽庵文选

吴沛霖，字泽庵，广东揭阳人。今录文一首。

觉非说

沛霖于是生二十六年，行数万里矣。退而自省，始字其字曰觉非。“觉非”云者，取陶彭泽“觉今是而昨非”意也。虽然，犹有说焉。沛霖曾闻西哲额拉吉来图之言矣：“世无今也，有过去，有未来，而无所谓现在。”然则“昨”之云者，特对乎未来而分别言之耳。必谓昨非而今是，安知昨日之今，何尝不以为是？而今日之是，又何一非异日之非也耶？噫，吾生也有涯，而觉也无涯。茫茫后顾，杳杳前途，后之视今，亦犹今之视昨。计惟是长此非非以没世已耳。觉乎、否乎？觉非，盖犹不自觉矣。

文选卷四

勒生文选

陈子范，字勒生，福建闽侯人。慷慨有大志，不屑屑于辞章之学，而文斐然可观。民国元年，袁世凯派某大员镇抚福建，勒生乞余为檄讨之。余文未就，勒生以炸药爆发，轰死于上海黑狮路。痛哉！今录文一首。

重游鼓山记

去闽垣五十里，有山曰鼓山。镇马江之中枢，为城东之屏幛。山石荦确，野径纡回；寺观穹窿，松楸疏散。五里一亭，十里一阁；名流觞咏，恒集于兹。盖福州第一名胜也。

客岁余买棹旋里，尘装甫卸，即雇笋舆，向东而行，直穷其胜。时适春和，晴空一碧，山容如画，笑靥迎人，似欲点头，问我别来无恙也。才过五里亭，苍林荟蔚，香草缤纷，数树桃花，娇憨可掬。回忆十年前，老梅数株，高出檐屋，今都就槁。寺僧易种以桃，千红斗艳，几疑武陵源尚在人间也。然余性爱梅不爱桃。转瞬数年，景象一变，可以觇世态之沧桑矣。

日午入涌泉寺，随山僧啖蔬饭既饱，摩挲四壁，旧题漫灭，不可复得。忆少时与吾友石生、雩泉雅集于此，浩歌狂啸，击碎唾壶，意气豪迈，不可一世。曾几何时，风流云散，霁泉墓木已拱，石生浪迹欧洲，欲得再与把臂，付之梦想而已。兹山终古不改，得于十年后，使余重游旧地。人缘虽悭，名山之福，犹获再享，亦幸事也。

是夜振辗转不寐。和尚云印，极道绝顶胜景，邀余出游，允之。夜半首涂，阴雾迷漫，咫尺莫辨。攀危岩，披茸草，蹀躞于磊砢中。约十馀里，至朱晦翁所题“天风海涛”处，有亭翼然，颜曰“观日”。惜为时太晚，日驭已徘徊于空际矣。俯视四野，群山如丸，千林若荠；行云奔逃，疾如飞鸟；宿雾作雨，忽阴忽晴；碧海接天，一色莫辨。近岩松涛怒吼，气象萧森，拉杂尘心，到此悉寂。下方缕缕炊烟，时已傍午。乘兴而下，止喝水岩，复与方外群僧纵谈琐事，但彼辈无风雅者，殊觉可厌耳。

次早得邮书，促赴芜湖，匆匆行迈。山灵有知，当为扼腕。倘天假之缘，数年后得与石生再来一游，想亦山灵所深许。然使天或靳余英年，抑或靳我石生，不使再见；即再见，或不能携手重游此地，固在意料中也。譬如半山亭之梅，转瞬悉变而为桃。梅之福宁不及桃，而竟不及桃。安知桃之后，不有他树为之代庖乎？余之能否再游兹山，亦犹之梅与桃也。嗟乎！树犹如此，人何以堪！

舟次无聊，挥毫纪之，亦聊以志感云。

寒碧文选

林景行，字亮奇，号寒碧，福建闽侯人。民国五年归自辽东，主《时事新报》笔政，与余同居一巷，朝夕辄相过从。时共和复活，亮奇奔走国事甚力，往往以报事委之余。八月间，余以秋浦之电招往北京。不三日，亮奇被汽车碾毙于上海之马霍路。呜呼伤已！今录文一首。

与柳亚子书

奉书蒙见及可感。弟出塞后，海滨伏处，从事蓝筚，为避地计，虽眷属同行，常郁郁不为乐。向者少年迈往之气，文章典丽之情，且付灰烬。其间独读柳州诗文集，觉有悟会意。东坡和陶，当与我同趣。幼喜谢灵运《山居赋》，并各五言骈文，岂意今乃学柳耶？世殊事异，言之慨然。顾足下犹得娱情山水，夜灯与家人谈之，甚深赞羡也。苏诗云："旧游似梦徒能说，逐客如僧未有家。"柳诗云："去国魂已远，怀人泪空垂。"吾自鬯春堂散后，每逢节序，同抱伤怀。今夕上元，胡天大雪，酒尽轰醉，承与故具示，景行再拜。

浚南文选

林学衡，字浚南，别号众难，福建闽侯人。好星命之学，自言所得甚深。民国五年，遇于都门，为余言张勋之命不出明年五月，并历言某人某人当如何，余固不信。十年春间，遇于西子湖边，一见即谓余曰："五年都门之言何如？"盖张勋果于六年五月复辟而败也。浚南预言，往往而中。岂星命果有凭耶？然余终不信也。今录文三首。

拟收复北京露布

天厌暴秦，人怀旧汉。问中原之疆域，指上国之衣冠。

湖湘子弟，爰兴忠义之师；河岳英灵，特产瑰玮之士。我中华民国，自武昌克复以来，率土输诚，殊方纳苳；铜山倾而洛钟应，黄河涸而周鼎移；连鸡之势既成，逐鹿之谋匪懈。卒之功因将立，机与时逢，遂以某月某日略定京畿。擒元济之幼子，缚郅支之名王。行军枕席，万家无鸡犬之惊；画策庙堂，三辅有壶浆之献。始盟白马，而渡江欢声雷动；终抵黄龙，而痛饮盛势飙驰。

顾念圣人不得已而用兵，军志勿追夫穷寇。网开一面，令特三申。贵我苞茅，受其楛矢。许甘松之互市，收乌孙为外臣。驺牙兽来，知西域之早平；旄观星落，识南人之不反。惟当时之伐罪弔民，非欲贪其土地；故此日之投诚悔过，犹得列于版图。蒸黎乃粒，视胡越如一家；王会告成，合冠裳于两戒。从此乾坤再造，日月重光；玉弩不惊，金瓯无缺。置酒泉之郡，筑受降之城。青云干吕，而五岳无尘；海水朝宗，而百川来汇。拯群黎于就溺，守列圣之贻谋。典谟远绍乎轩辕，治法近追夫欧美。在天有灵，知国殇之色喜；告庙为誓，庶家祭之神凭。书同文而车同轨，依然带砺之山河；虎生貔而貔生貙，永继共和之民土。

（右文系武汉首难后，衡与精卫、浚明诸君，于北方谋大举时所成，特录出以为纪念。浚南并识。）

《梅花同心馆词话》自序

红箫尺八，叶纫兰搴芷之香；绿柱丈三，谱残月晓风之曲。金荃首首，大有微辞；植檀板声声，无非别调。词学一道，自古尚已。若乃资琴言之谈助，仿韵语之阳秋，义取乎雕瓠饰笙，旨存乎采珠拾翠，则明季陈渚山张其军，而清初毛西河扬其帜。大抵维持风雅，荠布葩华，写幅辐之鹅黄，唾行行之绀碧。将欲托喁于之致，寄要眇之思，阐玄圃之夜光，鼓钧天之广乐，甚盛事也。

仆少耽吟咏，尤嗜倚声；慕秦柳之缠绵，羡苏辛之激楚。间或擘笺制句，刻烛成章。属以生世不辰，运途多厄，青毡坐困，白纻罢歌，盖兹事不理久矣。客冬负笈来京，抽毫之暇，偶辑是编，挦扯于减字偷声之内，抄撮于鬓发丝禅榻之旁。水浣胭脂，全捐绮债；香销金粉，别作情痴。呼明月为前身，唤梅花为知己，而是编之名始著。述厥大旨，约可数端。发挥潜德，蒐辑丛残；罗海底之珊瑚，索松根之琥珀。足补专集所未收，足佐选本所未逮。是曰存佚作，厥旨一也。操月旦以评骘今古，正规矩以昭示来兹；出言必慎，持议以严；虽未免通达者之讥，要足当眇盲者之视。是曰立准绳，厥旨二也。载良师之稿，录益友之作，藉留鸿爪之痕，用代韦弦之佩。网将纤密，不类青蚨；记到相思，奚烦红豆？一池水皱，思旧侣而当前；满院花开，望美人而可即。是曰敦道谊，厥旨三也。凡兹类端所述，实为众汇所归。是编大旨，如斯而已。

嗟嗟！金迷纸醉，非湖山歌舞之场；物换星移，正陵谷变迁之后。新亭载酒，过江之名士无多；中夜枕戈，伏枥之英雄不少。弹琵琶之泪，天宝何年？听供奉之歌，贞元此日。风景独是，城郭已非。羌独立而彷徨，复奚为乎著作？而仆者，依刘王粲，自昔工愁；入洛陆机，频年失职。疮痍满目，倍添白云苍狗之哀；涕泣馀生，能无病鹤骖鸾之感？是编之辑，亦如卢照邻《病梨》之赋，李义山《锦瑟》之诗，聊泄牢骚，兼浇块垒。代《汉书》以下酒，抵蜀锦以酬讴。夫岂仆之得已哉！

豫让论 并叙

余少读《战国策》，于豫让“国士、众人”之说，即引为千古名言。年既壮，涉世稍深，痛夫世道日非、人心不古，以为世安得有豫让其人者，为中流之砥柱，以挽颓风而振薄俗。遂窃取其意而为之论，冀读者有所感动，而相率兴起。或亦扶翼名教之一助乎？固不独论豫让已也。嗟夫！余欲无言。

豫让初事中行氏，而忠于智伯。论者疑之，甚有从而非之者。林学衡曰：是不知士大夫出处之大节，并不知让之为人者也。夫古今忠臣义士，孝子节妇，性情之君子，豪侠之流，其神经所含，必有以异乎常人，而后其行事可以泣天地、惊鬼神，是即西人所谓神经之病也。然神经之病亦夥矣。吾所谓神经之病者，必由吾人之正气，磅礴凌厉，发而为一往孤行之操；否则忧患所积，或使之然，固非蚩蚩者流之病神经比也。是病也，惟圣贤与庸俗之流或免焉。吾人立身行道，欲求有闻于当世，虽圣贤不可以骤期，亦勉为忠臣义士，孝子节妇，性情之君子，豪侠之流，而不当与庸俗伍。明乎此，而后可以与论豫让之为人。

善夫让之言曰：“中行氏以众人待我，我故以众人报之。智伯以国士待我，我故以国士报之。”又曰：“士为知己者死，女为悦己者容。”大哉言乎！让岂不知赵襄子夙重其贤，使其事赵氏，必有非常之遇，其相知讵在智伯下？而卒不以新交之宠，易故主之知，吾有以窥让之心矣。夫世之能知我者，必其真能爱我者也。非然，则爱之之情无由生。昔人有言曰：“得一知己，可以无憾。”则知己固不可以多得也。何也？多所取悦于人者，虽爱我，亦有所利于我，非必其真能爱我也。真能爱我者可有一，而不可有二，二则情不专也。故知己不易得，得知己尤不易。夫以天下之大，人物之众，岂无可爱者；乃必专其爱于一人，亦恐爱之之情不专，必流为矫情粉饰，而入于伪。伪则无所事其爱，何知己之与有？圣贤所戒者惟伪。忠臣义士，孝子节妇，性情之君子，豪侠之流，所深恶而痛绝者，亦惟伪。伪之害至矣。让之不事赵氏，而漆身吞炭，冒九死以报智伯之仇者，以智伯能专其爱于我，故引为知己，而甘为之死。若赵襄子者，灭人之族，夺人之业，漆人之头为饮器，其忌刻残忍，可谓甚矣。忌刻残忍之人，未有不为伪者。纵其能用我，亦不过伪为爱我耳，安得如智伯之相知哉！且让既不见知于中行氏，去而之智伯，智伯以国士待之，智伯能专其爱于让。让苟不能专其爱于智伯，将何以谢智伯相知之深？再事赵氏，则向之忠于智伯者为伪。是稍有血性者，且不屑为，而谓让为之乎？呜呼！此国士众人之分也，此所谓“士为知己者死，女为悦己者容”也。豫让远矣。

荷公文选

丘复，字荷公，福建上杭人。著有《后汉书注校补》二十二卷。今录文九首。

《蛟湖诗钞》序

宁化瘿瓢山人，久以画名于前清雍乾间，尺纸零缣，世争宝贵，顾人罕知其能诗。余近从雷子肖篯处，得读其《蛟湖诗钞》，太率自抒胸臆，浑朴古茂，绝无俗韵，七绝尤得晚唐神髓。雷翠庭先生序称，“山人字与画可数百年物，诗且传之不朽”，非谀语也。余行年忽忽四十，百无一就，最爱山人“壮不如人何待老，文难媚世敢云工”句，悚然自惭，曾书楹帖，用以自励。盖山人诗本非以诗家名，即其画亦非徒以画名。当其时，久客江南，借画养母。山人者，固孝子也。故其诗皆从真性情流出，不屑屑与诗家较短挈长。读其诗者，自能得其人矣。

予尝论吾汀人文，近二百年来，独萃于宁化，如寒支之文章气节，翠庭之理学，墨卿之书，山人之画而兼诗，皆可卓然传诸百世。意其山水之奇，必当有甲于他邑者。年来奔走南北，而于同郡之地，尚未一游目，心良自歉。行将一笠一屐，归探圃珧石巢之胜，访诸乡先生之故居，以偿其夙愿。山水有灵，当亦许我乎？肖镂将集赀重刊山人诗，属余为序。因略书所见，以质肖镂，并藉是为他日游宁约也。

民国二年七月，上杭邱复谨序于冶山东麓。

张瀛山《古愚山庄诗草》序

永定张瀛山，商人而能诗，予固未之识也。乙卯春，予客潮州，张君以其诗寄商于予，而乞为之序。予性好吟咏，而于汉魏六朝三唐两宋诗人之家数，茫然未窥其门径。兴之所至，日或数十首，否则经年不作一诗。以为诗以道性情，吾自写吾诗而已，何暇推敲声病，描摹口吻，为古诗人优孟哉！承张君之请，予赧然无以应也。

虽然，《虞书》不云乎：“诗言志。”古诗三百篇，大都思妇劳人之作，彼何尝学诗？亦不过自道其性情而已。而輶轩采之，圣人存之，果何取欤？盖有真性情，而后有真诗也。自后世分门别户，近体必高语盛唐，古体必远追汉魏，而真诗晦矣。今读张君诗，经商江海，行役所及，耳目所接，偶有感触，辄笔之于诗。吾不知其视汉魏六朝三唐两宋诗人之家数为何如，抑视三百篇思妇劳人之作又何如，而自写性情，不事摹仿，则固卓然不失其为张君之诗也。庶几可以言诗矣。

《后汉书注校补》自序

余自二十年前读《后汉书注》，即从事校补之役。日月逾迈，稿凡三易，近复续有听得，行间眉际，填注殆遍。丙辰旧正，更就旧稿编次之。自元日起，二月望后讫，最录得廿二卷。爰叙其略曰：

甚矣作史难，读史尤难也。夫非穿穴各纪传，无以求一人一事之真；非参考各载籍，无以正一字一句之误。范书自宋刘攽刊误后，逮逊清而著录益夥。若惠栋之补注，何焯之校本，钱大昭之辨疑，周寿昌之补正，沈铭彝之又补，侯康之补注续，莫不殚精钩稽，各标心得。而乾隆朝刊行殿本，复萃一时硕学鸿才，为之考证，是正讹误，附益异闻，津逮学子，亦云广矣。

然读书若涉大水，其无津涯；校书如扫落叶，时复丛积。读范书者，论交谊竞尚雷陈，读《张敞传》乃知其朋比；称大儒共推荀爽，读《列女传》乃知其虚诬。与史云而论交，岂必别一李固？披弦朔而定历，何尝有两边韶？此以史校史，不必别求旁证者也。他如《郑弘传》之淮阴，非淮阳而为临淮，据谢书而知刊误之误；《袁绍传》之将军，非持牢而为将牢，据《晋书》而知考证之非。陈实（寔）童时，不为戏弄。郑玄旧贫，为父母群弟所容。凡此之属，不胜枚举。一字之差，文义全反。此又古籍遗文，必待旁搜以资参考者也。至于嘉定钱氏，号称宏博，辨疑之外，艺文有志，令长有考，王侯公卿有表。然以光武母樊氏，已见于《北海靖王兴传》，复见于《樊弘传》，乃因光武呼张况为大舅，遂误以光武母为姓张氏；而于《张禹传》况族姊为皇祖考夫人，反谓衍一“祖”字。逞肊武断，开卷便错，又岂智者千虑，必有一失已乎？

余家素清贫，藏书已寡；僻居海峤，借钞更难。弱冠后，出游四方，节缩衣食之资，得购书如干卷。然校补此书，尚嫌取材不博。善乎侯康氏岑言曰：“东汉至今三千馀年，前言往行，存者无几。在当日为唾弃之馀，在今日皆见闻之助。过而存之，又恶容已。”爰窃取此意，凡浏览所及，苟与是书有关涉者，辄件系之。校雠、增补，两者兼资。日积滋多，遂成此帙。非云精核，聊备善忘而已。又刘昭注司马彪八志，本别为书，宋后始并合，故章怀不注。兹所校补，专就范书。志注校补，将别为卷，俟他日再最录焉。

中华民国五年四月，上杭邱复自序。

刘节愍公弟廷枢补传

公讳廷枢，失其字号，上杭人。前明刘节愍公廷标弟也。节愍殉节云南永昌通判，事具《明史》。公随兄至永明，节愍殉难后，为殡殓其尸。贼胁以官，抗志不屈。后值兵乱，抚掌呼曰：“吾与兄何可二其行也！”先杀其幼子，与妻张氏自缢死。

《明史》云：孙可望入云南，廷标摄府事，王运开摄监司。方发兵守澜沧，而沐天波将遣子纳款，谕两人以印往。两人坚不予，各遣家人走腾越。及两人殉节，两家子弟自腾越来奔丧，厝毕复返。可望等重两人死节，求其后，或以运开弟运闳对。行至潞江，跃入江死。而不及廷枢，郡邑志亦失载。今从《一统志·云南永昌名宦传》采出，以补志乘之缺焉。

论曰：兄弟二其行者，多矣。文文山大节，彪炳古今；其弟文溪，乃降于元。其他禽跖异行者，更无论也。公独收兄遗尸，而殡殓之；抗贼不屈，卒从兄以死。呜呼难已！独是公与运闳，自从兄以至殉节，事无不同。运闳得附名于史，公独缺焉。寒支老人，搜罗忠义，不遗馀力。所作节愍墓表，并详及其子之谦殉难事，（文采入郡志。按：之谦即节愍长子。考《烬馀集·家状》，节愍次子为之为，李职方婿。或云之谦当作谦之，未知是否？）而独不及公。郡邑士夫至无有能举其名者，岂名之传不传，固有幸有不幸耶？

昔城父令姚訚与张、许二公同死睢阳，二公流传千古，而訚独否，后世几不知睢阳城中有姚侍郎其人者，是实有不幸矣。夫忠义之气，亘古为昭。史册所载，凛凛有生气。读其书者，尚知感愤，况乡先生大节，顾可任其湮没不彰哉。

上杭刘鳌石先生传

先生刘姓，讳坊，原名琅，字季英，号鳌石，上杭人。明云南永昌通判节愍公廷标之孙，户部主事之谦之子也。节愍事详《明史·忠义传》。当节愍殉国日，上杭已入清，家属留永昌不归。永历诏褒死事臣，先生父以恩荫补赵州学正，累迁户部主事。以永历戊戌生先生于永昌。明年，平西入滇，永历狩缅，户部公复殉国，全家八十馀口，同时灰烬。先生童牙孤露，母夫人抚育之，转徙永昌、腾阳间。

母夫人复早世，先生内无格亲，外无宿欢，卒克自树立。为儿时即能诗，逮十五六岁，学益进。在滇所作诸诗，如《哀龙江李将军》等篇，于兴亡之感、故国之思，常三致意焉。《云南曲》一篇，序中论平西事尤有先见。盖自其为童时，即大异于恒儿矣。

年十九，以永昌僻处天末，慨然兴放游四方之志，遂由弱水下嘉陵，登峨眉，已乃下三峡，上衡山而归。明年，复出游衡岳，住上峰寺者一年有奇。又明年，将归杭，从军韶州。年二十二，乃由楚返杭，馆于伯子某家。宅有古榕一株，百年物矣。每风雨良夜，周行其下，悠然深思，窈然遐想，不知此身之为晋与秦也。因颜其阁曰“天期”，而自为之记，盖亦寓言而已。

先生虽返杭，终年出游之日，恒十八九。尝度仙霞，经两浙吴閶，绝大江，泝三淮，乱河济，而折住燕京者年馀。复出游广南，孑身游罗浮，大风雨中行数百里。又过惠州，观丰湖，寻子瞻遗迹，登海陵山，为文弔越国公。平生足迹所至，访求遗逸不小懈。所最推重者，惟蜀都刘茝，衡阳王夫之，江右邱维屏、彭任，宁化李世熊，南海陶苦子，皆明季遗老，遁迹荒山。先生所至，必求其人与之游。而明州万季野斯同者，自以先世九代胜国世勋，以布衣馆于昆山徐相国第，隐忍史局，思成有明一代信史，以告无罪于列祖。先生一见称莫逆。季野卒，先生为述行状。两人相得之诚，有非寻常交游比者。

先生少婴丧乱，以祖父皆死国难，胸中抑郁牢愁，常迫发而不能自已。故其发为文章，多自寄其悲愤。宁化李世熊，于先生为祖父执，见先生诗文，亟称道不衰，亦相感者微也。先生诗文，自谓一无仿效，意到则书，唯所欲言，以为自有文章以来，唯一刘鳌石而已。少客衡岳，与释长庵天曙善，得其宗旨，上删七佛，下删五宗，始翟昙，终近代，集《释记》？四十馀卷。居京师，因班氏《人物志》，分廿一史之人，以九等概之。或数人、十数人而概以一二言，或一人而括以数言，成《三才指掌》一书，大纲十一，细目四十有九，凡廿四卷。在江南，与友论诗，不论体格，专以神气为主。上采《豳风》，下迄扬州吴野人，成《古诗盼》廿八卷。张夏钟选明古文八家，先生力诋其妄。以为有明二百八十年，诗唯高袁献吉，文唯二川，因选《八家翼》四卷，《前八家》十二卷。所著书都一百有馀卷，今皆散佚，无复存者。所存唯《天潮阁集》诗文十二卷，为周馀庆所辑刻。周固手民，与先生善。先生殁后，搜遗文刻之，有古人笃旧之风。

先生奔走四方，东西南北数万里，不得一托足之所，竟卒于宁化李征君家，年五十有六。

论曰：十年前，邑人陈拔贡嘉谟，曾禀请当道，举八先生入琴冈书院祀典。八先生者，先生祖父三代，及李职方鲁、邹诸生宗善、邱大令嘉穗、陈布衣几伯、林典史汝霖也。七均许可，独以先生生长兴朝，与祖、父食明禄、死明事者有间，不足为诸生训，故独见驳。然以予考之，先生生永历戊戌，上杭虽久降清，而永昌犹明土也。先生饫闻祖、父全家殉节，其不乐仕进，亦固其所。古人固有废《寥莪》而不读者矣。且遗文具在，其《后采薇歌》三章，系为吴三桂而作，识尤伟焉。嗟呼！先生已穷于生前，复厄于死后。所著诸书已不复存，存者又刻木零落。至区区一书院祀典，亦卒不得所请，可谓极古今之奇穷也已。

上杭三烈士传

丘梦洲，字子溪，湖梓乡人。上杭立祠师范毕业生。为人不拘小节，倜傥负奇气，醉心排满革命宗旨。当民军已光复上杭，君甫自漳州归。以除旧布新，从前一切轻犯宜释放，言于旧令龚时富，首撄其怒。又曾从民军代表后，与龚清厘财政，益嫉视焉。十月廿八日之变，城匪已惨杀民军，君寓族人店铺中，烂匪四出搜捕，入店数四，皆不欲加害于君。翌日，龚出街安民，遇君于肆门，喝役拿捕。初一日提讯，龚拍案大骂，谓曾与彼算帐，能识君。问："敢再算帐否?"盖君颈有疣，一见能辨别云。遇害时，自警务局，（自杀温杨后，龚不敢居县署，故提讯亦在警局。）经大街，出西门，神色自若，大笑不绝声。凶徒欲令跪而受刃，君抗声曰："丈夫死则死耳，何跪为!"竟不屈。年四十有一。先是，君自漳州归，挟洋银三千元。君无家室，拟报效司令部助军饷，及观办事人无头绪，遂中止。当即脱身返乡里，旋以廿八日开城乡大会，拟俟开会后回家，卒遇害，乡里冤之。

丘凤镛，字声初，东溪乡人。家素殷裕，先世以淡巴菰业起家，富甲一里，诸父多宦江右。东溪立本学堂之设，君家出资最巨。父儒琳，为学堂董事。君幼出嗣伯父璜，长身玉立，年十四五，居然伟丈夫。学堂初立，君为高等小学生，科学居优等。去冬毕业，今岁仍在校肄习国文。稔溪开体育社，聘济南李宗尧为教练员，君往肄焉。民军光复上杭，举君为军政部支应员。廿八日之变，君为匪所伤，拘禁二日。初一日，旧令龚时富堂讯杀之。闻君死事最惨，当堂讯时，被杀一刀不殊，沿街哀号，途人至不忍闻。及至西门，连杀数十刀乃死。时年十七。君死之月，妻刘氏亦以忧伤死。

丘景福，字寿山，亦湖梓乡人。肄业东溪立本学堂，去冬以最优等毕业。君精于各科学，每值试验答问，百不失一二。家贫而父年迈，待遇殷勤，责望于君者甚至。君亦能攻苦，以慰父心。今年武汉事起，君与凤镛诸君，往潮视察韩江流域形势归，值上杭民军起义，君为队长。廿八日之变，为匪所掳，蔽身衣服皆被掠。族人商于城者，赠以衣服，并为具保，几获释。初一日，竟为旧令龚时富所杀，年十七。

论曰：惨哉！三烈士之死也。当廿八日之变，城匪惨肆焚杀，犹谓激于私忿。至三烈士之死，已阅二朝夕矣。旧令龚时富端坐堂皇，一日杀三士，乃诿诸大众逼勒。夫杀人何事，安有任人逼勒，独靦颜尸位，肆口强辨，自诩保全不少者？不谓之故杀，不得也。况丘子溪者，固明明匪所不欲加害者哉！

上杭丘范二烈士传

丘师柳，字霞飞，东溪乡人。幼孤，寡母抚育之。东溪立本学堂初设，君为高等小学生，学科进步甚速，遇试验问答，皆有新理想。为文不拘绳墨，不与人苟同。对流俗谈地球大势，及中国现状，口辩若悬河。闻者以其年少轻之，而君不顾也。以最优等毕业。家甚贫，族学办事乏人，留君襄理校务，并教授初等生。暑假期内，稔溪开体育社，济南李宗尧实为教员，君从受学。武汉事起，君与同学丘凤镛、丘景福辈，往潮汕考察韩江流域形势。值潮汕光复，君急归，谋上杭独立。李宗尧已光复大埔，君为队长，率民军入城，诛匪党温杨等。李宗尧往汀州，君留守杭，训练民军最得力。十月廿八日，开城乡大会，林铁汉以旧令龚时富仍用满洲印，逼令缴废，致生冲突。城匪诱杀司令童国珍，君闻报，负枪往救护。甫出门，遇城匪舁巨炮来攻，君亟发枪，毙匪一，群匪鸟兽散。君折回，谋诸军政、财政部员，当整执，否则速避。部中人皆庸耎无胆决，逾时而祸作。君遇害于大忠庙前，年十六。计是日死者五十人，被掳者数十人，皆身无完衾，死者悉瘗诸北门外荒池中。呜呼惨已！

范景明，字宜奎，磜头乡人。东溪立本学堂高等乙班三年级生。为人磊落有大志，于科学不屑屑于记诵，下笔洋洋数千言，虽未免沙石杂陈，亦一时英隽士选。性与师柳相近，长于辩论。尝对人言："丈夫生世，当如马伏波所云，战死沙场，以马革裹尸。若老死床笫间，非夫也。"稔溪体育社之设，君亦往肄，竟与民军光复上抗，竟与十月廿八日之难，年十有六。

论曰：是役立本学生遇害者四人，丘凤镛、丘景福死于十一月朔日，而二君则死于廿八日。皆少年有用之才，皆被害以死。呜呼！祸变之作，匪伊朝夕。城匪积不相能，出此凶险手段。风鹤数惊，曾不之警。办事诸人，已不能弭祸几先，及童国珍被杀，城匪舁巨炮来攻，幸一击败走。是时军政、财政部员，用师柳入告之策，尚不致全军覆陷。卒贖贖以致坐毙。每一念及，未尝不太息痛恨于办事诸人之庸耎也！

丘仓海先生墓志

仓海君姓丘氏，先世自镇平迁台湾。父曰潜斋先生，硕德耆儒，为世模楷。予尝志其墓，详其家世。君其次子也，自幼聪颖过人，书过目辄成诵。所为诗古文辞，纵横有奇气。时有丘才子之目。躯干魁梧，见者都谓为武人，君亦乐以武侠自任。乙未，清廷割台湾界日本，君屡电抗争，且啮指血为书，上之清廷，皆不省。君曰："是与台民恩义断矣。"建议立台湾民主国，台民推君与台抚唐景崧为总统。

当是时，中国闭关久，泰西民权之说，未流衍中土，士民蜷伏专制淫威之下，乍闻君议，咸瞠目咋舌，不敢赞一语，甚且以危言相悚："建国海上，孤立无援应。"君毅然行之不顾。事虽不成，然独倡义于纪元十七载前，不可谓非豪杰人也。已内渡归潮，寄籍海阳，复于镇平故居，经营草庐，奉亲居焉。念欲开民智、伸民权，非主张精神教育不为功。故初居潮，主讲韩山、东山两书院，皆以实学训士。犹以书院旧制，新智识之灌输有所未尽，倡办岭东同文学堂。时值戊戌政变后，清廷方复科举旧制，使民疲精于八股。君艰难缔造，不辞劳怨，躬往南洋群岛募款，为粤中民立学校之先河。近十数年，岭东民气蓬勃奋发，国民军起，凡光复郡县，莫不有岭东人参与其间，皆此校倡导之力也。逮兴学议起，而镇平城东、员山两族学，裒然居首，君实长之。在粤连任广州中学、两广方言及商业学堂监督，兼为学务处议绅、咨议局副议长。凡关民事，无不覃精焦思，力任艰巨。遇大利害所在，临机决断，大声震屋瓦。广东受赌祸数十年，一旦湔涤，非君莫任。前清官吏，屡以革命嫌疑逮捕士类，君居间调护，保全实多。

武汉事起，旬月之间，全国响应。君言内渡十七年，无若今日快心者，乃出指瘢示予曰："予固未一日忘此痛也。"粤省光复，举君为教育部长，学子莘莘，相庆得人。会南京组织临时政府，君任代表，挈予同往，一时豪杰，雅推重之。尝冒雪游孝陵，有诗纪游，意气豪甚。因言南京光复，临时政府又在兹地，民国当有三大文字，祭孝陵、延平、洪王也。机务倥偬，卒未果作。及临时政府告成，君遂南归。过厦，以福建省议会未成立，徇厦商之请，特电闽都督，请即日召集，略以革命在扫除满清秕政，若一切仍旧，安用铁血为？并言民国新造，断非一二人专制可以成功。君本勇于任事，旧籍又隶闽，故不嫌越俎如是。

至潮，得举充参议员之电，而君已病矣。京粤函电交驰，且以粤都督相推。君尝愿居于监督地位，即不病，亦不任受也。君病日剧，返家半月，以新纪元三月二十有五日子时，卒于员山里第，享年四十有九。是日实为潜斋先生期年忌辰。纯孝天性，抑又难已。

君曾登己丑甲科。民国起义，并旧名弃署不复道。仓海君者，君之别号，因以为名。南京初晤今卫戍总督徐绍桢，见君名刺，以常流相遇；及询知前名，重握手示敬，欢好若平生。盖君之大名，震铄中外，别号人或未知。今但称仓海君，不复称字讳者，从君志也。

君之诗文，久雄视海内，然雅不愿以诗文传人，故文皆不缮稿，诗则辑内渡后所作，编为《岭云海日楼诗存》。《庚戌罗浮纪游诗草》，则已付印单行焉。德配林，先君卒。继配廖，妾氏吕。子五人：琮、琳、璟、瓒、琅。琮，镇平中学毕业生。琳，肄业中学。君在日，以璟出后三弟，瓒出后八弟。女子二人：一配平远林震，今为粤北伐军帅团长，先亡；一未字。将以三月某日葬于员山之原。

先伯父墓碑铭

民国纪元二月三日，复归自上海，甫八小时而公卒。公不能言语已十有二日，弥留以待。呜呼痛已！公筑生坟本乡厚里小溪口丑向之原，豫为同穴。伯母前卒，公躬督葬。公卒，用术家言，权厝羡道。今年七月十五日，乃克窆而封焉。往者公尝命复志兹坟石，复迟迟以迄于今，非敢缓也，惧文不足以传公也。

公年十二，辍读服贾。家贫，孝养父母，赀两弟读书，躬任家政且五十年。性刚不能容人过，人服无私，亦勿怨。轻财笃义，好扶人困，于义举任之尤力。最恶赌，尝言犯此者，非吾都尉公子孙云。孝友于家，正直于里，而名不显于世。悲夫！

公讳瑞蕃，谱名金和，字玉节，一字丽生。先都尉公之元子。生清道光戊戌六月二日，春秋七十四。配刘太君，与公同岁，系出南湖，佐公治家，秩然有法，卒年六十九。子三，皆前卒。女五，适士族。孙男一，孙女二。陵谷不常，日月易迈。乃为铭曰：

性刚行方，用未尽其长，竟老于是乡。呜呼！

弘一文选

李息，字叔同，原名凡，字息霜，直隶天津人。善音乐，精书画刻印。民国元年，与余同在《太平洋报》，朝夕与共。后任杭州师范学校教员，造就人才甚众。后为僧于定慧寺，名弘一。操行极卓，不肯为人作佛事，研究经典，艰苦力行，不为俗僧所容，寄食于玉泉。余每至西湖，必存弘一，而弘一除谈经典外，他无一语。为僧后，书法愈高超。有故人某，欲施舍百金，求弘一尺幅字，卒不可得。一日自书三纸，寄至海上，一赠杨白民，一赠萧蜕公，一赠余也。弘一之文，往日读之，若亦无甚大异于人者。兹取复读，觉其清高之气，非常人所能及。申叔之文，以人而轻；弘一之文，以人而重。文人可不立品哉！今录文五首。

《音乐小杂志》序

闲庭春浅，疏梅半开。朝曦上衣，软风入媚。流莺三五，隔树乱啼；乳燕一只，依人学语。上下宛转，有若互答，其音清脆，悦魄荡心。若夫萧辰告悴，百草不芳，寒蛩泣霜，杜鹃啼血，疏砧落叶，夜雨鸣鸡，闻者为之不欢，离人于焉陨涕。又若登高山，临巨流，海鸟长啼，天风振袖，奔涛怒吼，更相逐搏，砰磅訇磕，谷震山鸣，懦夫丧魄而不前，壮士奋袂以兴起。呜呼！声音之道，感人深矣。

唯彼声音，佥出天然。若夫人为，厥有音乐。天人异趣，效用靡殊。繄夫音乐，肇自古初。史家所闻，实祖印度。埃及传之，稍事制作。逮及希腊，乃有定名，道以著矣。自是而降，代有作者，流派灼彰，新理泉达，瓌伟卓绝，突轶前贤。迄于今兹，发达益烈，云滃水涌，一泻千里。欧美风靡，亚东景从。盖琢磨道德，促社会之健全；陶冶性情，感精神之粹美。效用之力，宁有极欤！

乙巳十月，同人议创美术杂志，音乐隶焉。乃规模粗具，风潮突起，同人星散，瓦解势成。不佞留滞东京，索居寡侣，重食前说，负疚何如。爰以个人绵力，先刊《音乐小杂志》，饷我学界。期年二册，春秋刊行。蠡测莛撞，矢口惭讷。大雅宏达，不弃窳陋，有以启之，所深幸也。

呜呼！沉沉乐界，眷予情其信芳；寂寂家山，独抑郁而谁语？矧夫湘灵瑟渺，凄凉帝子之魂；故国天寒，呜咽山阳之笛。春灯燕子，可怜几树斜阳；玉树后庭，愁对一钩新月。望凉风于天末，吹参差其谁思。瞑想前尘，辄为怅惘。旅楼一角，长夜如年。援笔未终，灯昏欲泣。时丙午正月三日。

二十自述诗序

堕地苦晚，又撄尘劳。木替草荣，驹隙一瞬。俯仰之间，岁已弱冠。迴思曩事，恍如昨晨。欣戚无端，抑郁谁语？爰托豪素，取志遗踪。旅邸寒灯，光仅如豆。成之一夕，不事雕劖。言属心声，迺多哀怨。江关庾信，花鸟杜陵。为溯前贤，益增惭恧。凡属知我，庶几谅予。庚子正月。

《李庐诗钟》自序

素居无俚，久不托音。短檠夜明，遂多羁绪。又值变乱，家国沦陷。山丘华屋，风闻声咽。天地顿隘，啼笑胥乖。迺以馀闲，滥竽文社。辄取两事，纂为俪句。空案落燕，庭草无人。只句珍异，有愧鼂哲。岁月既久，储积寖繁。覆瓿摧薪，意有未忍。用付剞劂，就正通人。技类雕虫，将毋齿冷。赐之斧削，有深企焉。庚子嘉平月。

《李庐印谱》序

繄自兽蹄鸟迹，权舆六书；模印一体，实祖缪篆。信缩戈戟，屈蟠灵蛇；范铜铸金，大体斯得，初无所谓奏刀法也。赵宋而后，兹事遂盛，晁王颜姜，谱派灼著；新理泉达，妙法葩呈；韵古体超，一空凡障，道迺烈矣。清代金石诸家，蒐辑探讨，突驾前贤，旁及篆刻，遂可法尚。丁黄倡始，奚蒋继声，异军特起，其章章焉。盖规秦模汉，取益临池，气采为尚，形质次之，而古法畜积，显见之于挥洒，与諭之于刻划，殊路同归，义固然也。

不佞僻处海隅，味道懵学，结习所在，古欢遂多。爰取所藏名刻，略加排辑，复以手作，置诸后编，颜曰《李庐印谱》。太仓一粒，无裨学业，而苦心所注，不欲自埋。海内博雅，不弃窳陋，有以启之，所深幸也。

西湖夜游记

壬子七月，予重来杭州，客师范学舍。残暑未歇，庭树肇秋，高楼当风，竟夕寂坐。越六日，偕姜、夏二先生游西湖。于时晚晖落红，暮山被紫，游星众散，流萤出林，湖岸风来，轻裾致爽。乃入湖上某亭，命治茗具，又有菱芰，陈粲盈几。短童侍坐，狂客披襟，申眉高谈，乐说旧事，庄谐杂作，继以长啸。林鸟惊飞，残灯不华。起视明湖，莹然一碧。远峰苍苍，若现若隐。颇涉遐想，因忆旧游。

曩岁来杭，故旧交集，文子曜斋，田子毅侯，时相过从，辄饮湖上。岁月如流，倏逾九稔，生者流离，逝者不作。坠欢莫拾，酒痕在衣。刘孝标云："魂魄一去，将同秋草。"吾生渺茫，可俙然感矣。漏下三箭，秉烛言归。星辰在天，万籁俱寂。野火暗暗，疑似青磷；垂杨沉沉，有如酣睡。归来篝灯，斗室无寐。秋声如雨，我劳如何。目瞑意倦，濡笔记之。

秋陆文选

景耀月，字秋陆，山西河东人，别号帝召。主持《民呼民吁报》时，作为文章，传诵一时。民国成立，奔走政治，无复往日侃侃而谈之风采矣。今录又一首。

唱歌三百首叙

昔者韩娥东之齐，匮粮，过雍门，鬻歌假食。逆旅主人辱之，娥因曼声哀哭，一里老幼悲愁，垂涕相对，三日不食，遽而追之。娥还，复为曼声长歌，一里老幼喜跃忭舞，弗能自禁，忘向之悲也，乃厚赂发之。故雍门之人，后世善歌哭，放娥之遗声。予曰：甚矣，乐歌感人者之深且易也。

昔者吴季札观乐于鲁，闻《周南》《召南》，曰："勤而不怨，始基之矣。"闻《邶》《鄘》《卫》，曰："忧而不困，其《卫风》乎？"闻《王》，曰："思而不惧，其周之东乎？"闻《郑》，曰："其细已甚，民弗堪也，其先亡乎？"闻《齐》，曰："大风也哉，国未可量也。"闻《豳》，曰："乐而不淫，其周之东乎？"闻《秦》，曰："此之谓夏声，大之至也，其周之旧乎？"闻《魏》，曰："大而婉，险而易行，以德辅此，则明主也。"闻《唐》，曰："思深哉，其有陶唐氏之遗民乎？不然，何忧之远也。"闻《陈》，曰："国无主，其能久乎？"自郐以下，无讥焉。闻《小雅》而知其为周德之衰，闻《大雅》而知其为文王之德，闻《颂》而谓为盛德之所同。予曰：甚矣，乐歌之关于风俗教化者之大且笃也。

予尝闻之西方之国矣，自希腊、罗马以还，至今上下二千馀年，无代无邦，不食文学者之赐。儿童自束发授书以来，即陶之以音乐之教育，故其国民皆富于感情，雄于进取，爱国怀种之思，油然流溢于一言一动之际，其教育固殊也。昔周盛时，上而郊庙朝廷之舞奏，下而乡党里巷之歌谣，圣帝明王，无不协之声律，用之邦国，以为化民成俗忠厚之政。《诗》亡而后古乐失传，教民养士，无所谓感情教育者矣。

夫乐歌者，语言之精曲而深远者也。朱熹序《诗》，所谓

“言之所不能尽，发于咨嗟咏叹之馀，而有自然之音响节奏”者。乐歌之教不兴，则语言之意不能曲尽，而思想亦无由发越。国而不能宣其民之语言，竺其民之思想，则国民之感情日即于薄弱，而沦于滞著鄙厉之域，不能自止。於戏！《云门》《大卷》之音不作，六代之乐不入里耳，而欲宣扬国徽、振刷末俗，于中原文敝、太音声希之候，邈焉寡俦矣。民族之兴亡，国运之隆替，可即是一卜之也。於戏！世亦有索士比亚、弥尔顿其人乎？曰：民无以和其性，可以从而教之矣。

相其文选

赵世钰，字相其，山西三原人。今录文一首。

秋日送别景太昭归国序

分首三秋，送君万里。韩退之不惜离别，陆务观慕为国殇。仆本恨人，无屑屑于穷途之苦；君怀壮志，宁恋恋于歧路之悲。然而桃花潭水，记汪伦送我之深情，枫叶江天，溅宋玉临流之凄泪。悲哉秋之为气，黯然别以销魂。人同此心，今岂殊古？矧复菊黄江户，萧瑟异域之物华；月白墨田，寥落他乡之风景。飞鸿东滞，征雁西归。金风生而景物清，玉露下而光阴晚。惜投分之几何，恨知音之忽间。此余所由停骖别馆，对游子而心伤；挽驾离亭，饯王孙而泣下者也。

吾友太昭，山右名流，太原公子，炳幽并之豪气，钟河汾之灵液。壮岁经猷，志超庶俗；童年诗赋，声动乡关。崑阜琳琅，腾英风于西北；会稽竹箭，增重价于东南。俱游瀛海之滨，相遇扶桑之岛。依稀旧识，欢吴郑之班荆；乐莫新交，申孔程之倾盖。流连促膝，倜傥谈心。言泉共秋水同流，词峰与夏云并长。杯浮绿酒，对文举而无忧；调奏朱弦，抚钟期而有遇。时也或携手同游，或结庐共处。异乡风月，三山沧海之春；绝岛樱花，一曲青溪之路。况乎遭时不偶，处世多艰。中原来瓦解之忧，大地有陆沉之痛。君则慷慨誓国，卓荦立身。策贾生之伟论，奋董狐之直笔。想衣冠于旧国，怅望千秋；忆风物于新亭，情伤万古。箴时著说，纵横振锋颖之才；砭世立言，吐纳积江湖之量。漆胶既投，兰蕙遂馨。羁旅山川，流离岁月。有潘杨之密戚，得管鲍之深知。

呜呼！人生百龄，把臂是忘言之契；丈夫四海，知心即刎颈之交。此会难逢，此乐何极。讵期我留君去，兴尽悲来。异县分襟，意切悽惶之路；殊乡话别，目伤海国之秋。高林静而霜鸟飞，长路晓而征骖动。滔天波浪，问翦鲸以何年？震地风雷，起卧龙于此日。难乎为别，壮哉斯行！知君药采仙山，定尔丹成国手。人非草木，讵桃李之无言；子是箫韶，会咸池之振响。聊酌伤离之酒，具陈感别之词。

孝毂文选

曾延年，字孝毂，四川成都人。今录文一首。

毛赓臣四兄摹古书法书后

仆浪游垂二十年矣，顷以侍亲旋里，小滞锦江。乘暇于儿时嬉游之地，寻二三旧侣，略拾坠欢。以是得快晤赓臣四兄，更得读其近时所摹古书法数种。

仆于临池之道，素极蒙昧，然朋侪中如吴乔颜李诸氏，工此者颇不乏人。濡染既久，仆虽不学，要未尝不爱之也。夫古者称书为六艺之一。所谓“艺”也者，其形质固贵能表示一国之文化，而精神实足以统系一国之智能。事艰理赜，为用至博。中邨不折者，日本之西洋画大家也，性耽汉学，精六法，志在复古。屡集同志开健笔会于东京，书画名流，咸以制作，来襄盛举。琳琅香色，照曜一时；尺幅寸笺，贵若拱璧。以彼岛国之民，于保存国粹，其竭欢尽忠也固如此。实则彼之所谓美术，若建筑、雕刻、铸造之属，差足以称炫于人者，溯其发源，何一非自吾唐代所输入！坚守力攻，赖以不坠，又岂仅书画一端已耶？若以吾国近代之学术较之，其退化也，则适成反比例。噫！良足耻已。

赓臣嗜书如命，不以世皆醉浊而殊其意趣，非所谓信道笃而自知明者耶？使吾国士庶百工，咸能孜孜不倦，效赓臣之勇往进取，各精所学，独擅其能，将见数千年礼乐旧邦之声明文物，必有藉新学而益昌者；而爱国乐群之士，或不至览埃及、印度之遗迹，怆然而兴同调之感。仆他日倘与中邨氏晤对，且得以兴国艺术乞为评量，亦可杀其往日之惭恧耳。

至此册，结体严整，骨韵浑厚，又非二十年前赓臣之书法所可同语。即持以匹颜李诸子，亦无愧色。是耶、非耶，敢以质之当世之善书家，更以质之海内之昌言保存国粹者。己酉秋八月。

无量文选

谢无量，以字行，四川乐至人。民国三年，与余同任中国公学教员。寡言语，著述极富。今录文二首。

与马君武书

入春雨不可止，二月始来焦山。辱书省造新文学，甚盛甚盛。又敕量进所为诗歌，量猥与君武相厚长久，此时若有秘藏，便当陈纳，攀高缘广，大言深刻，传之无穷。量野人也，自伏山中，饮酒食肉，转为粪秽，搜肝怵肾，不得一毫有文章者。重荷诰命，但下愧汗数升耳。伏惟君武，专精工业，卓然名家，又好文艺。吾国文献敝坏久矣，非君武，谁振起之？君家一浮，雅善造述，并世无双。天下文章，尽在马氏。量何修，而得与观中国文章之复兴乎？诚大欢喜，不可支也。

一浮尚滞杭州，方过其地丁氏及文澜阁，求尽观所藏书，然终来焦山。君武夏间卒业，当来游。吾三人且相遇，握手一笑，是所望也。

与马一浮书

蒙返《录鬼簿》，示所论定，叹其绝伦。某得是书，初未审考，又继先称扬吴越之士，彬乎相接，信大国之有文，匪下邑之所同也。及拜十五日教，降以风雅，如游邺中而闻建安之响。此事泯歇千载，世用华奢为尚，不图今日复聆正声。某之鞅鞅，所谓戴盆何以望天。过辱推挹，良不敢承耳。

伏维足下负美岩壑，戮志康道；季长纷纶于六艺，仲翔比绩于竹箭。昔闻其语，今见其人，终愿媮斯愒阴，练魂熏德，然后归命所天。暂奉朝闻，虽沉景毕息，无复憾矣。顷见庐疏斋玩鞭亭诗刊，辄以进观。此间李少温谦卦碑，亦致一通。春日阳阳，兴居圣善。

叔永文选

任鸿隽，字叔永，四川巴县人。今录文一首。

赠梅觐庄归西北大学序

鸿隽不自揣度，尝好交天下瑰奇伟异之士。曩在乡，居重庆中学校，尝数千里外，驰书未见之友，殷勤往复，久而愈挚。厥后人事牵帅，或于异国绝域，偶然相见，则其人大率如吾意中所想象，握手如故知。于是知古人“神交”之说为不虚，而今世于应对酬酢中求友，则少难矣。

方吾来亚美利加，以是邦留学者之众，而好为奇论之士，如欲变面色为白，易苍颉之文以罗马之类，复时有闻也，则于择交之道，尤致意焉。一日于吾友胡君适之案上，见梅君觐庄书，议论弛跅，不类常人，余读而心仪之。后以适之介，得与觐庄通询。觐庄每来书，辄洋洋数千言，睥睨万汇，而以创造新文学为己任。余虽于新文学无能为役，而喜得觐庄，于吾神交中多一良友，窃自庆也。

甲寅夏，觐庄以修学之暇，来就余等居绮色佳城。未至，以书抵适之及余，曰：“将与二三知己箕踞旁薄，纵谈极日夜为乐。”觐庄来时，余适在华盛顿，未得见。及归，又以科学事，碌碌无暇，而觐庄亦日孜孜以读书图书室为务。居同舍也，而会晤之时绝稀，于所谓“箕踞旁薄、纵谈穷日夜之乐”，卒未获遂也。尝散步森林密树间，从容各言所志。觐庄则愿为文人，以文学诏来者。觐庄既雄于文，又于西方文学之书无所不读，余知其志之必达也。

輓近以来，人惩于吾国古来文学之空虚无用，学异国者率以实业象数为归，当局之所揭橥，有“质八文二”之定例。而学者亦翕然趋之，至强其性之所不近，如告子所谓戕贼杞柳以为桮棬，虽余亦不免病是也；而岂知风俗之所由转移，民性之所由陶铸，其有赖于文学之深且巨哉！欧洲文士，如法之福禄特尔，德之贵推，俄之杜尔斯泰，其文章皆足为历史开一新时代；而当时之人，受其感化之力者，若士卒之瞻大将马首也。此其转移时俗之功，犹得以文人无用少之耶？然则徒患文人无学耳，苟有其学，而传以文，其为用又岂仅机械象数之伦哉？抑吾闻之，言者心之声也，而心之相感于亲类尤切，故文之至者，中西如一，而感人之文，唯当于同类中求之。德人之知福禄特尔，必不能如法人；法人之爱莎士比亚，必不能如英人。此不独文字不同之为阂也，乃其相感之情则殊焉。吾人日读旁行书，亦在观其致想之方，习其写物之术，以宏吾新文学之基而已。若不能出之，而唯沉浸于彼方文学，悠悠焉以自娱，是代人读书也，非求学也。觐庄方以创造新文学自命，代人读书之病，吾知免矣。

夏休綦终，觐庄将返于西北大学。于其行也，书所望于觐庄者以为赠。

铁崖文选

雷昭性，字铁崖，四川富顺人。尝挟数百金游西湖，爱风景之胜，为僧于某寺。金尽，为寺僧所逐。民国元年，相见于海上，杯酒论诗，颇极一时之雅。别后消息浮沉，似闻走南洋经营实业，又似闻感慨时事，歌哭无端，如有神精之病。今录文一首。

报卢征叔书

征叔足下：别来久矣，忽得华翰，奖誉逾量，喜欢之馀，继以惭恧。所谓音书隔绝，居者固尔，行者讵异。溯始为言，怆然楮墨矣。

忆当时仓皇去国，抑郁悲哀，釜江烟水，万种悽怆。仅荔丹龙骧，挥涕相送。遥望故人，远在天末。痛赋骊歌之曲，徒诵河梁之诗。从此万里长征，羁栖异域。偶涅齿文身，侪雕题椎髻。穷愁侘傺，蹉跎荏苒。每当春月秋花，灯残人静，临风西望，未尝不魂魄飞驰。徒以名噪党碑，身丛虏矢，恐张俭之累人，效杜根之匿迹。是以鸾飘风泊，雁断鱼沉。不然锦水蓬山，即云天涯海角，而东海存赵至之书，南粤传许靖之札，我思古人，如何弗尔。继更裘敝金尽，志格行悭。流离于汉水，飘零于武林。几吹吴市之箫，谬托宾王之迹。当夫极穷至厄，灼腹煎心，遗世蜕形，所未遑计，则虽父母昆弟，邈焉绝系矣，矧在车笠乎！

庚戌以还，伪宪愈彰，大义愈晦，佥壬叫嚣，网罗严密，劫后馀灰，弗敢逸暇。复于溟渤炎荒，伸谠论而褫嚳言。而北望燕云，椎心疾首，岂复知妖云七琐中，犹有樵人持斧在耶！今虽羲灵轩爽，凭式孙子，扫黄龙之窟，荡黑水之妖。宏愿既酬，至欢靡殚。然而弹星落后，血雨飞残。风云变幻时，又乌从遣青鸾之翼？嗟乎！君言疏懒，我迫时势。十年前蕉窗风雨，剪烛谈心之良友，竟渺如隔世。兴言及此，曷禁心摧！虽然，往者已矣，来日方长。敬凛教言，用弥斯缺。

至于近日行踪，则堂上椿萱，久缺定省；故山猿鹤，每深怀念。匈奴既灭，游子还乡。公义私情，庶几不悖。果能安堵于室，便当读书下帏。盖非世弃君平，正乃学惭寇准耳。所云借箸，诚非敢辞，惟鄙性不合时宜。灌夫使酒，刘四骂人。落落寡欢，茕茕孑立。祢衡之刺，莫知所投；山公之启，安能有效？所冀故人知我素性，若使有机可言，亦必得当以报。自云海奔驰，久疏伏案，即有文章，仅可以鼓吹革命，不可以颉颃时贤。录呈斧削，尚须他日。

书不尽意，诸希亮察。雷昭性顿首。

君武文选

马和，字君武，广西桂林人。民国元二年之间，尝相见于上海《中华民报》。见辄围棋，彼此不假思索，不及一小时，已终三局。论者谓之革命棋，言见到即下子，不暇计较利害，殊有革命之精神云。今录文一首。

诗文集自序

君武九岁失怙，赖慈母之教养，亲戚之扶助，继续读书。十二岁从戴毓驯先生学，好读历史、古人文集。十五岁友况晴皋、龙伯纯，告以康有为读书法。是时居外祖陈允庵家，藏书颇备。二年间，略尽读之。十七岁入体用学堂，从利文石先生学算。十九岁值庚子之变，四海鼎沸，君武乃去桂林，游南洋，归历粤沪。辛丑冬游日本。自此以后，读中国书之时颇少矣。

初至日本时，颇穷困，辄作文投诸报馆，以谋自给。故壬癸间作文最多。癸卯秋间，入日本西京大学，学工艺化学。丙午夏，返国主教中国公学。时端方督两江，购捕颇急。从友人杨笃生之劝，复得高啸桐兄弟、岑云阶诸公之助，西游欧罗巴，学冶金于伯林工艺大学。辛亥冬间归国，值武汉革命军兴，随诸君子之后，东西奔驰。

今事稍定，从友人之请，搜集旧所为诗文，刻为一卷，殆皆为壬癸间所作十年前旧物也。自兹以后，方将利用所学，以图新民国工业之发展，殆不复作文矣。此寥寥短篇，断无文学界存在之价值。惟十年以前，君武于鼓吹新学思潮，标榜爱国主义，固有微力焉，以作个人之记念而已。

天民文选

吕志伊，字天民，云南思茅人。今录文二首。

杨振鸿事略

杨君振鸿，字秋帆，又号思复，云南昆明县人。貌魁梧，富勇力，性倜傥有大志。自甲午、庚子两役，丧师辱国，割地赔款，君愤满酋无状，民气不振，时与二三至友，密筹独立自强之大计。会云南派遣留东陆军学生，君首膺其选。抵日京后，肄业振武学校，刻苦励学，屡列优等。乙巳秋，留东志士与孙文、黄兴等倡设中国同盟会，为革命之总机关。滇人中惟志伊与君实先与焉。

丙午春回国，沿滇越铁路，调查中法军队，及滇越交界各隘要地，报告当道及留东同人，探悉法人谋滇之计画甚详。抵滇省后，往晤前清滇督丁振铎。人咸以丁顽固，劝君服旧式礼服。君以滇人僻处山陬，久慑服于专制淫威之下，畏官吏如虎狼，思有以矫其柔懦之性习，乃力排众议，服军服往。丁滋不悦，屡欲借事陷君。三月，值大操，丁出阅，君谋乘机刺丁，据滇省举义。事稍为丁所闻，沿途戒备极严，君不得遂其志。乃归家，以实业劝导乡人。然是时君名藉甚，当道多疑君为革命党人。友人劝君他往避之，君慷慨太息曰："吾特恨滇中风气晚辟，同志稀少，不能即达目的。若彼辈以革命杀我，不啻以我之血，播革命之种于吾滇。我之荣幸也，何避为!"卒镇静如故。丁因未得实据，亦无如君何。

六月，滇中设立体操专修学校，某君荐君于丁，任为校长。君欣然就职，深喜藉此可以传播革命种子。每授课时，学生辄欢欣鼓舞，精神为之一振。及毕业，全校学生富有革命思想者，殆十之八九也。九月，与陈文翰、刘九畴等创设一公学会，并设分会于各府厅州县，藉以联络志士，研究地方利弊，为将来起义之基。

十月，滇吏以敬而远之之计，任君为腾越巡防营管带。君抵腾越，即锐意整顿边防，捍卫闾阎，以新式操法训练士卒。某街失火，延烧数十家，君率队往救，身先士卒，至今腾人多感念之。暇辄密集邑中英俊，筹起义方法，拟于丁未五月实行，先占腾越，进攻永昌、大理，即以大理为根据地，进取滇省。嗣因盏达土司争承袭事，关道关以镛、总兵李宝书，受贿主剿。君与腾越厅龙文，以剿则不啻为英人渊鱼丛爵之殴也，乃力主抚。关、李不得遂其贪欲，又以君到腾越后，屡与滇西人士争挽国权，为英领事某所忌，乃密令人揭帖，言将起革命军，并嗾英领事电省吏中伤君。适前清滇督锡良、提学使叶尔铠初莅滇，专以摧残新学为务。素耳君名，得电即密谕关、李，调各营防备，更派人到腾代君。阳调君到省，另候差委，阴实密令所派之人，致君于死地。滇省同志函电密驰，促君速出缅甸，留身以待。君于此时，欲孤注一掷，则防备綦严，众寡不敌，乃电滇吏以卸事回省期，而别由他道出缅甸，复至日本，仍肄业振武学校。

戊申夏，河口事起，电传至东，君与志伊暨滇同志，急谋回滇为后援。适留学比利时同志，电上海《神州日报》，转达云南杂志社，谓清政府电驻法清使，议“借法兵平滇乱”等语。君与志伊、赵伸暨滇同志，以清政府欲实行其“宁赠友邦”之政策，因倡设云南独立会，宣布满政府罪状，誓率全滇人士，与满政府断绝关系，并宣言以云南独立，为中国独立之基础。开大会于日京锦辉馆，商学界之到会者，约三四千人。君登坛演说，誓以身殉国，闻者皆感泣，一时捐集军饷千馀元。有台湾遗民某之五龄幼女，亦解囊捐助。君即与同志黄毓英、张乃良等，渡海回滇；志伊与赵伸，则在东主持一切，以为后援。

乃君与诸同志甫抵香港，而河口事即失败。法关吏检查甚严，君欲进无路，悲愤交集，乃劝张乃良等回东，并函商志伊与赵伸，筹办一速成军事讲习会。志伊商允于黄兴、刘揆一，乃集同志中有志实行者数十人，于暑假期内，在日本大森体育学校开班练习。如武昌起义之孙武，湖南起义之焦达峰，及光复上海、南京之先锋队，战守汉口、汉阳之学生军，多系此次讲习会之毕业者也。君则与黄毓英、居正等，历新加坡、槟榔屿而至仰光。君与居正在仰光，创设《光华日报》，鼓吹革命，发挥民族、民权、民生三大主义。而黄毓英等，则密入滇西之腾越、永昌方面，运动布置。

冬十月，清两宫死耗至，君乃电东，约志伊速到仰光，共图进行。顾事机紧迫，志伊尚未至仰光，君即先起程入滇，经腊戍、昔董等处，而至干崖，与黄毓英等计画进行方法。时滇中风潮大起，清督锡良悬赏五万金缉君，而君不少畏，冒霜露，披荆棘，步行至盏达，运动土司刁春园，复绕道至瘴疠最烈之蛮允，运动防营管带杨发生。杨阳赞成，阴则派人至昔董、红蚌河、古里卡各要路邀击君，以为必得不次之赏。不意君乃绕行崎岖鸟道，人迹罕至之地，昼伏夜行，竟逾诸葛武侯所渡之泸江，而至里布卡，与同志某君会。某君因足疾，不良于行，派人二马一，送君至蒲缥何家寨，与同志等密筹进行方法。

时因滇蜀铁路随粮加股事，苛碎扰民，乡人多反抗之。君拟利用此机会，主张急速进行。先集敢死队二百人，破永昌府城后，即招集乡民，编练成军。以一军取腾越为后劲，一军往攻大理及省城，一军出顺宁、云州及迤南各地，则云南一省，唾手可得。然后北出黔湘，以戡定中原；西取川陕，以直捣幽燕。计画既定，何畏先回永昌，集合反对清吏之乡民数百为中队，待君到即行进攻。君则潜入永昌新街埂后满林寨，命刘殿才入城举火为内应，张五楼预备开大北门，何思元往攻南门，预定十二月初一夜起义。顾风声日盛，居民迁徙者甚多。清吏急调集腾、永各营，严密防备，彻夜梭巡。届时君单身持枪，登城视察一周，出而指挥兵士，急下命令曰："清兵虽多，然非我军之敌。速即攻城，必占优胜。"奈其兵士系由乡民集合而成者，虽有勇气，而素无训练，且无快利之军械，不能前进，亦不能持久，致君与诸同志数月之辛苦经营，归于失败。乃暂退至满林寨，以谋再举。

喘息未定，忽闵某入室报告，谓保山县派兵役数十人，已至新街，君等宜速离此地，以保全一寨之生命财产。君闻之愤极，呕血不止，急起身出门。时则星月在天，霜露匝地。步行数十里，而病乃剧作。同志吴君品芳，及其率领之张某、王某等，更番负君，复行数十里，至一烧石灰之草屋中，休息数小时。次晨天将晓，吴君先行至蒲缥，备马一，遣人接君至何家寨医治。奈君因举事失败，愤恨不已，又因前此经行瘴乡，毒气大发，遂病入膏肓，医药罔效。而中华民国无名之英雄，竟于戊申冬十二月十一日之午后八时，死于何家寨矣。

君死后，诸同志恐风声外泄，则何家寨全村之生命财产且不保，乃以白布十匹、毛毡一幅，裹君尸而潜埋于杨姓之古墓中。呜呼惨矣！而君之家属，至云南光复后，始得知君死之确耗，尤可伤已。然君之躯壳虽死，而君之精神，已深印于千数百万滇人之脑筋中。故君死未三年，而云南光复，其在事出力者，半皆君之至友或学生。滇中首义诸人，念君先种革命之因，至今乃获收革命之果，因封墓建石，以表彰之，并拟为之铸像焉。君妻某氏。子一，女一，俱幼。志伊与滇同志，曾代呈请优恤在案。想稽勋者，或亦克念建国之艰难，而不令君之志绩湮没以终焉，则幸甚也。

黄毓英事略

黄君毓英，字子和，云南会泽县人。幼随宦蜀，勤勉力学，毫无纨袴习。一日见岳忠武遗像，衣冠肃拜，曰："所不以公为法者，非人也。"

庚子乱后，君愤时局艰危，非求学无以救国，而中国前此之官吏教育，不足以牖瀹新智，乃与其兄毓兰东渡日本。初肄业宏文学院。君以为今列强方以武力相竞，我国欲事改革，尤非武力不为功，于是决学陆军。顾扼于清政府与日政府约，自费生不得入学陆军，因改入东斌学校。乙巳秋，中国同盟会成立，君由蜀同志黄复生君介绍入会。后因日文部徇清政府意，有取缔留学生事。君愤甚，退学回国。至上海，与诸同志倡设中国公学。丙午春，留东学界风潮已息，旋返日本。以外人之敢于狎侮我者，皆由清政府恶劣故，于是愈决心实行革命。适志伊亦由沪返东，中国同盟会云南分会成立，诸同志举伊为分会长。黄君复生乃介绍君于伊。此为伊识君之第一次。自是厥后，凡关于革新事，君无不商于伊，于是君与伊交愈密。

戊申夏，距卒业期仅一月矣，闻云南河口革命军起，即日退学，与杨振鸿、张乃良等渡海赴援。方抵香港，义师已失败。君乃与诸同志经星加坡、槟榔屿而至仰光，与杨振鸿、居正等创办《光华日报》。复至瓦城，以乡情联络侨商，在迤西会馆开会，演说革命之真理，闻者皆为感泣。后与杜韩甫、何畏等密入滇西之腾越，运动巡防营管带张定臣，张甚赞成。又联络各营兵士，数逾三分之二。适腾越各学校联合开运动会，有汉奸韩维祚者，黔人也，密揭君等为革命党，风潮甚烈。幸迤西道秦树声，力持正议，始免于祸。于是同志之王某、李某等各旋里，而君与杜韩甫、喻华纬等，仍继续进行，绕道至永昌之蒲缥，与同志吴品芳等，密设同志会。

时因镇康改土事，土民反对甚烈。君拟利用此机会，乃共议何畏留永运动。君与杜韩甫等进镇康，行至尧关，因有阻碍，不能前进，乃绕道出干崖，拟觅一向导再进镇康，乃因染瘴疠，病莫能兴。冬月十九，何畏遣其弟至，谓将有事于永，祈速来。二十日，适杨振鸿由仰光至干崖，遂共计议进行。杨与何畏弟绕道赴永，君与杜韩甫等至昔马，约驻该处之巡官杨恩绪暗袭腾越，而腾则有张定臣为内应。不意杨振鸿进干崖时，杨恩绪招待之，事为某营官所知，派人围捕杨恩绪，并电腾吏，谓革命党杨振鸿进腾越，腾吏遂派人严密查拿。君与杜韩甫至昔马，亦几不免。后又赴腾，约张定臣，张云事已泄矣，不能为力。君乃急函达杨振鸿云："腾事无能为，请缓永图。"后永昌事亦失败，杨振鸿悲愤呕血死。君与杜韩甫、喻华纬等，因瘴毒复发，仍退回干崖调养。

己酉春，居正由仰光至干崖，知杨振鸿已死，复见君等病甚，乃劝君与杜、喻同返仰光就医，疗养数月，病均幸痊。夏五月，君复与居正、杜韩甫入滇，联各土司及黑山之野人，预备进行。奈因经济不足，居正出仰光筹款，君与杜韩甫在腊撒训练土兵。适仰光《光华报》被清领事萧永熙等诬陷停板，月馀复发行；又三数月，复停板。庚戌春，居正亦东渡。志伊在仰，复创办《进化报》，前后用款甚巨，无法接济君等，乃暂缓进行。适马友伯、吴品芳至腊撒，君乃与杜、马、吴等共入腾越，联络张文光等入同盟会，又创设自治团体会，联络巡勇及由大理移驻之新军。后复至永昌，联络同志，共集二千馀人。于是自治团体会之势力，遂大澎涨于滇西。

五月五日，腾、永、顺各属代表咸集，推君主盟，统全滇革命军。君力辞不获，乃曰："必欲用我者，则请与诸君约：苟举义后，慎勿妄杀无事一人，及效诸盗贼行为。尤当力保外人，以免牵动国际交涉。"众皆曰："诺。"于时群情鼓舞，固已目无胡虏矣。辛亥九月六日，腾、永先昆明起义，皆此团体之力也。

君频年奔走革命，君父在蜀，深以为忧，屡电促归娶。君愀然曰："今吾国尚为满奴所据，匈奴未灭，何以家为！"

决计不赴蜀。父复给以母没，君得报，数日不食，泣血言曰：“予之流离奔走，不克一朝夕事父母者，为国计也。今国事不一就，归何以对吾母于地下？无宁不归。倘少达吾志而竟吾事，虽死亦可以见吾母于地下。”竟不如蜀。父无如何，始告以故，复寄银数百与君。君喜极，挟资就大理、蒙化间，谋假开课事，大结同志。

时有侨暹滇商罗汉彩，与同志林吉贞、林海山等，集议于麻栗坝，谋举事于滇西，函约君等。君乃与杜、马、吴诸同志议，吴品芳到昆明，联络马友伯出麻栗坝，杜韩甫出仰光筹款，君居大理、蒙化间，联络驻大理之新军及蒙化之乡民。杜韩甫至仰光，适林吉贞、林海山已先到仰光，与伊商议进行方法。议决，杜与林吉贞遂赴腊戍，遇滇商寸某，愿出资相助。杜函伊电约黄兴至滇，共图大举。黄兴至仰，与伊同至皎墨，会寸某面商一切。议将决矣，会英人进兵，侵我片马，又旅暹同志运滇之军械，为暹关吏侦获。黄兴与伊商，与其举义于滇西，不如举义于粤东，而滇为响应。

议定，黄兴先行赴港，伊亦行。杜韩甫与何克夫入滇，约君同至昆明，密设机关，谋响应。至永昌，与马友伯会合。行至大理，则君已先行四日矣。原君在蒙化所联络之乡民，闻吾等将起义，均跃跃欲试，谋暗袭击巡防营。事泄，被杀十三人。蒙化厅逮君急，君乃星夜避至昆明。迨杜、何、马诸人至昆明，与君谋设机关事，君喜甚，乃奔走运动，得军学界之同志数十人，密会于古铜寺，再密会于圆通寺，共推君为长。时广州起义期迫，黄兴电促赴港，何克夫与蜀同志某某等行，而君与杜、马、吴诸人，在滇预备响应。不幸广州事失败，同志死伤过当，伊愧后死，乃与宋教仁等赴沪设总机关，布置长江事。而君与诸同志在滇办事，能守机密，故未受广州之影响。

君更设法进行，亲入七十四标，充见习班长，所得薪饷，均以联络同志。后复入七十三标三营，充右队二排排长。时军中侦探严密，营房相对，鳞次栉比，中若永巷。每夜分息灯令下，君则令腹心之士，怀枪执刃，扼巷之两端。自携火柴，入立第一棚，击火柴燃烛，低声呼曰："君等犹酣卧耶？今时何时，吾属无死所矣。君等犹酣卧耶？"众惊起立，君从容曰："满人据我中国，初入关时，洗扬州，屠嘉定，既与诸君详言之矣。往者无论，今且愈甚。列强林立，彼满政府自知情见势绌，计惟有以汉人之土地生命财产作友邦赠物，以博宫中府中须臾之安乐。甲午之战，彼所谓祖宗发祥地之辽东尚忍割弃，于我内地何有？今片马又见告矣。片马失，吾滇又何有？且瓜分之议，倡于全球。彼尚持四国借款铁路国有之政策，悍然不顾，是恐我汉族之不即亡，而促之使速也。诸君诸君，男儿死耳，与其束缚驰骤如牛马，摇尾乞怜，而终不免于死，无宁于枪林弹雨中，为同胞求幸福而死之为愈也。且满政府之练陆军，以防家贼耳。以汉人攻汉人，而彼坐享其利。诸君诸君，宁为满人目戕同胞乎？抑去满人以救同胞乎？"于是众皆奋拳摩掌，曰："天良在，敢爱死？是天赐公醒我等之酣梦也。"忿且泣失声。君亦泣失声，则又携火柴洋烛入第二棚，如语第一棚者。由是以至若干棚，莫不然。由是以至若干夜，语虽异，宗旨莫不然。君气慷慨，词诚恳，貌和蔼，故人信之笃。未一月，辞职去。顾与军官兵士联络愈广，密会无间日。

七月，四川铁路风潮起，清政府调端方带鄂兵入蜀。时鄂同志急谋起义，举居正、杨玉如赴沪总机关，共商进行方法。议决，共举伊赴港，与黄兴、胡汉民面商，并电孙文在美筹款。伊将起程，乃先密函达君与李根源、罗佩金等，谓武汉将起义，吾滇速谋响应，伊亦即归。八月八日，伊抵香港，适胡汉民已往西贡筹款，乃与黄兴面商进行方法。议决，伊复密函催君，并即与黄兴分袂，由越入滇。

时武汉举义事，已传至滇，君与滇同志急筹响应。九月五日，君接伊第二函，因即定九月六日举义。顾因上级军官未尽洽，君乃依蔡锷言，延期九月七日，复秘会于唐继尧宅。某某有难色，同志某急目君，君慷慨曰："今事机已急，诸公若不见许，某请独任之。幸而战死，则亦已矣。不幸被擒，必自承。与公等同谋，不忍独为烈士，以贻公等羞。"众大骇，遂决议九月十日之午前三时举义。其计画，系蔡锷至乌家坝，协同罗佩金，指挥七十四标；李根源协同刘祖武，指挥七十三标；唐继尧协同张开儒、沈汪度，率领讲武堂、体育学校各学生，预备内应。

时川事甚烈，腾越、永昌同志，亦已于九月六日起义。清督李经羲，仓皇失措，急令炮营管带谢汝翼往川边防堵，参议李根源往迤西平乱。事机之变，间不容发。九月九日午后九时，七十三标三营因发实子弹，为某队官所见，事遂决裂。李根源由清督署归，甫至营门，见兵士已哗变，因急下集合令，略言起义之宗旨，即焚烧标本部，率队进城。顾时间过早，所约定讲武堂学生开北门及小西门，体育学校学生开南门者，均未及开。七十三标行近城，几不得其门而入。君乃身先率兵一排，越城而进，开北门，纳友军入，直攻军械局，复攻清督署。力战至初十日早十一时，军械局破，全城公署局所，均为义军所克复，而滇军政府成立。

是役也，君实首功。然不自矜伐，惟以他省未定为忧。滇军将援川，因反侧尚多，无敢任募兵事。君开诚布公，不日成军。朝夕训练，遂任援川军第一大队长。君所率虽新募士，然军纪与久练之军埒，且勇鸷敢战。迨蜀军政府成立，君又应黔都督唐继尧电召如黔，后奉檄至铜仁。民国元年五月七日，师还至思南野猫区，君积劳致疾，命大队先行，君继发。行甫数里，有匪伏莽中，暗发数枪，遂遇害，年二十有八。七月二十七日，丧如贵阳，军学各界开大会追悼，且谋为之铸像焉。

或曰：君之死类张桓侯，盖君驭下过严。余亦尝忠告之，不意竟死于是。然视世之纵兵殃民、以苟全其躯者，其贤不肖何如耶！

天民曰：云南光复，群策群力。惟二烈士，实始终之。一种其因，一收其果。予实不才，忝司提挈，筹画鼓吹，奔走弗遑。微二烈士，吾谁与归？造物小儿，胡太不仁！遽夺予良友，如失左右臂。致使我庄严璀燦之民国，如昙花一现，复陷于狂风暴雨、惊涛骇浪之旋涡中，而乱机四伏，危险万状。呜呼悲哉！

了庵文选

陶牧，字伯荪，号小柳，江西南昌人。三十后弦断不续，署曰了庵。早岁足迹遍于辽东，而文字柔和，不变江南优美之旧。民国四五年之间，与余同客榕城，风檐展书，雨窗赓韵，无间晨夕。后余由燕而寄居于沪，君亦由燕而豫，仍返于闽。虽书素常通，唱酬稍疏矣。今年之秋，君自闽归，卜居于苏。伤国家之多故，悲聚散之无常。沪上一握手，又匆匆别矣。今录文一首。

《辽社》发刊辞

夫自海禁初开，家习旁行之学；岛约互守，人尚凿空之谈。几至获麟千秋，垂鲁史之绝笔；祖龙一炽，冷秦劫之残灰。吾道不行，斯文久丧。呜呼！洛钟肆应，用致虚声；丰碑高题，恐讥没字。白云不见，秋风兴团扇之悲；空谷无音，流水少鸣琴之题。抽薪未果，覆瓿徒伤。甚者书读蓝皮，俗移碧眼。未著等身之作，已入断发之乡。托孤愤于樊川，都知爱国；写伤心于开府，不解离家。以我骚人，尽成志士。加以冤禽衔石，蹈沧海而不归；征雁传笺，阻重关而望远。无复怀江河于今古，喻诗酒于平生者矣。

同人有鉴于此，集辽社于沈阳旅次，消我馀闲，供其讨论。虽雕虫之技小，推司马之才多。拣恒河之沙，碎金可拾；吹山阳之笛，旧雨堪联。追复社之后尘，修兰亭之禊事。论文则常奴休笑，克跻方回；吟诗是坡老如仙，不让玉局。效倚声于赵宋，索和曲于巴人。志怪能谈，悉登别传；搜神有记，谁耻裨官？得此一编，酬余素志。用僧孺之新事，掌耀灵蛇；激虞翻之言泉，胸抱荆璞。皆属专门，各推妍手。

然《关雎》开卷，无非正始之音；《大雅》扶轮，何取谬悠之说。托神州之渺渺，亦复泪湿铜驼；看残月之昏昏，早听檐沉铁马。不言治乱，空付文章。从此歌屯田之词，止谈风月；董阮籍之屐，或纪山川。登楼王粲，定萦去国之思；泣路杨朱，可寄忧时之恨。唾壶击遍，久知玉斝之足珍；珊网牵来，日盼锦鳞之翔至。勿吝佳什，乞付邮筒。总期掷地成声，气化丰城之剑；问天属对，力回合浦之珠。证此因缘，聊为嚆矢。

文选卷五

忏慧文选

徐自华，字寄尘，号忏慧，浙江崇德人。少与秋瑾友。秋瑾死难，寄尘与吴芝瑛收其骨而葬之。办竞雄女校，以继秋瑾未竟之志。民国元、二年之间，余与吴江陈佩忍、叶楚伧，常熟宠蘖子，江宁陈匪石，歙县黄宾虹，执教鞭于竞雄，称一时之盛。今录文三首。

《笠泽词征》序

昔黄山孙默无言居扬州，尝岁暮渡江，欲征邹程村、彭羡门、王阮亭三家所著《丽农》《延露》《衍波词》合刊之。阳羡陈迦陵赠以诗曰："秦七黄九自佳耳，此事何须卿饥寒。"盖窃笑其好事也。

吾师巢南子，当珠申末造，揭橥民族，倡导国人，为文章踔励奋发，荡人心魂，节概昭著。一时天下谋光复者，固罔不知有巢南其人矣。顾独不屑取功名，殷殷然以倚声自娱。所撰《病倩词》，步武姜张，肩随辛柳，洵能合空灵、雄健为一炉者。然又自閟，惟恐人知，而时喜求他人之词刊之。戊申岁暮，曾为余刻《忏慧词》。明年冬，又为其乡袁节妇刻《寄尘词》。今岁又暮矣，吾师方从塞外归，乃甫卸装，即尽刊其所纂《笠泽词征》如干卷。噫！何其孜孜弗倦而甚于无言之好事也。然余观是编，始宋迄今，代有探讨。举凡达官、名彦，寓贤、闺阁，弘章钜制，断简残篇，罔不兼综博采，次第分明。煌煌乎诚一邑之巨观，而千秋之盛业也。

《诗》有之曰："维桑与梓，必恭敬止。"词虽小道，而属之掌故，则关系至钜，夫亦何遽可以好事目之耶？刊且竣，来督为序。自惭弇陋，于清空骚雅之旨，茫无所会。惟当师编纂时，华固尝执笔其后，为之考订而斠写者，亦六阅寒暑矣。感岁月之不居，喜陈编之有获，因为序之如此。亦使读其书者，知方今之世，菰芦人物，尚有忍饥寒而为无言之所为者，其襟抱又岂寻常所可测哉！

鉴湖女侠秋君墓表

君讳瑾，字璇卿，又字竞雄，姓秋氏，自号鉴湖女侠，越之山阴人也。家世仕宦。少长闽中，复随父湖湘，适湘乡王氏。生平慷爽明决，意气自雄。读书敏悟，为文章奇警雄健如其人。尤好《剑侠传》。丰貌英美，娴于词令。高谈雄辩，惊其座人。自以与时多迕，居常辄逃于酒。然沉酣以往，不觉悲歌击节，拂剑起舞，气复壮甚。所天故纨袴子，至是竟不相能。

值庚子变乱，时事益亟。君居京师，见之，独慨然太息曰："人生处世，当匡济艰危，以吐抱负，宁能米盐琐屑终其身乎？"甲辰夏，东渡海，赴日本肄业。稍暇，与其同志重兴共爱会，而己为之长，誉日鹊起。东国留学，慕君者众，每际大会，辄以得君一临莅为荣。而君亦负奇磊落，往会则抠衣登坛，多所陈说。其词悲感激切，荡人心魂。人之闻者，未尝不泣数行下，而襟抽为之渍也。又好节己费以助人学，从之游者，莫不叹服。

居东二岁，而取缔事起，学子骚然。君以外权之横，不忍独留，亦导同志拂衣归。归益引女学为己任，提倡不遗馀力。主讲浔溪学校，教育弥至。有吴生者，艰于资，将中辍。君深慨之，挈往海上，俾成业焉。因留办《中国女报》，冀以少警聋瞽。而闺阁荏弱，励勸不闻，经费坐支绌。君经营罔倦，编纂益力，并日冒风雪，走求援助，不以为苦。呜呼！洵可谓热心公益，而厉世摩钝者矣。以母丧，乃暂还越。后仍往来吴越间。

至丁未五月，皖中事起，而君方自沪归，居大通学校。大通者，徐锡麟所兴创，而君素赞成之者。故浙大吏谓君同党，遽杀之，时六月六日也，年仅三十有三。呜呼惨已！迹其行事，不拘小节，放纵自豪，喜酒善剑，若不可绳以理法。然其本衷，殊甚端谨。在稠人广座，议论锋发，志节矫然。人辄畏重之，无有敢一毫犯其词色者。虽爱自由，而范围道德，固始终未尝或逾者也。徒以锋棱未敛，畏忌者半。呜呼！此君所以死欤？尝生子女各一，今在湘中。

后七阅月，石门徐自华，哀其狱之冤，痛其遇之酷，悼其年之不永，憾其志之不终，为约桐城吴女士芝瑛，卜地西泠桥畔葬焉。用表其墓，以告后世。俾知莫须有事，固非徒南宋为然；而尚想其烈，或将俯仰徘徊，至流涕不忍去，例于岳王坟，同不朽云。

兰湘姊传

姊名蕙贞，字兰湘，姓徐氏，先叔父蓉史先生季女也。生而聪敏，性极豪爽。幼年随宦，长于珠江。叔父最怜爱之，公馀授以经史，颖悟非常。以需次县令，政务殷繁，不暇时督课。而姊雅好读书，能以静者之心，潜通诗书之旨，恒闺中自相切磋，盖未尝一日受之师云。书法尤佳，有晋人风格。兼善尺牍。初未谙韵语。岁丁亥，叔父权篆顺德，函招家君，余随侍同往，姊妹始常聚首。姊长余一龄，性情洽合，遂如蛩駏之相依，因同起卧，偕形影也。时余初学为诗，出以相示。姊诵之，喜曰："余思学此久矣。子既能诗，幸教我。"余唯唯谢不敏。自是朝夕苦吟，互相酬唱。诗成，辄呈家君改削。叔父政暇见之，亦往往许可。

甫阅岁，叔父因病乞休，同归故里。厌家居尘俗，养疴西湖，姊更诗学日进。湖水当门，山峰在望，徘徊吟眺，日夕其中。香暖挥毫，霞舒写韵，与余及韵清女史，诗筒邮寄，络绎不绝，固自以为分湖午梦堂无稍让焉。庚寅冬，叔母周宜人丧，姊哀毁躃踊，形神俱离。复以父老弟幼，摒挡家事，吟咏遂辍。而姊自此病矣，已更增剧，遂卒。时壬辰二月廿四日也，年仅二十有一。芳兰委露，溘然而逝；玉竟长埋，香难再返。

既夭其年，而所著《度针楼诗稿》，亦俱散佚不复得。乌乎伤已！会余检旧稿，忽从箧得姊手钞诗三十馀首，盖均当时姊嫌字劣弃之，为余所珍藏者。屈指姊亡，已十二年矣。披章宛诵，涕泪潸潸，不觉襟袖尽湿焉。虽寥寥短篇，绝少巨制，然皆原本风骚，激发情性，语甚隽永，不同凡响。使天假之年，其所成就，当不止此。独惜乎其兰摧玉折，先百卉而凋零也。余故重伤吾姊妹之薄命，因述其大略如此。并写遗诗，敬附拙稿。吉光片羽，或藉此而存焉欤！

甲辰正月谷日，妹自华撰。

次公文选

邵瑞彭，字次公，浙江淳安人。往岁客北京，与次公朝夕相见。次公之学，务为博览，记诵胜人，慨然有志于著述。余尝以整理旧学之说进，次公不以为然，盖次公谨守清汉学家之范围而不肯稍变也。今录文五首。

《小黄昏馆词》自叙

叙曰：少好修姱，长丁忧患。年未及壮，而无生之气。自虑奄忽，寿不得长，乃纂平昔所为词如干首，都为一卷，以付其友。匪云见志，留此吹剑之一吷而已。

自诗教废坠，填词爰作，溯厥机缄，原本自天。夫心知之灵，阴阳五行之气，发乎无朕，逝于无倪。称心而言，无假于物；匔意为工，存乎其人。然而哀乐皆情，乐有极而哀无极；比兴胥体，比有涯而兴无涯。方予为词，含毫邈然，洎乎成章，羌不自谕。蘖大缶辕，讵求和于九磬；山鸡舞镜，匪效翚于鸾鸟。同声之应，流传之事，夫奚敢望？江水湛湛，情理实劳。脱不即死，或有寸进，当继是为集。

中华民国四年十月，小黄昏馆主。

《变雅楼三十年诗征》序

云间高子，今之嵇、阮，华以实茂，邃于声诗，渊渊乎东南之美，文章道义之雄也。世变倏忽，流漂三古；祸福之朕，悬于眉睫。邦人君子，哀乐万殊，发为咏歌，各渐其轨，而忧生念乱之言，尤肆以朋兴。高子慨焉，用簒《诗征》。断年三十，极迁流也。实斋有言："诗教至广，予谓六义首风，其德迺在比兴。以此论诗，世道可觇。"不图高子实获玄解，发愤著书，合于圣人不得已之旨，义法章句，抑又末已。昔者遗山野史，中州撰集；蒙叟悔吝，乃传列朝；觥觥确士，亦有别裁；不有高子，畴其四之？

忆昨与子薢萿蓟门，访城南之萧寺，梦桑乾之明月，酒酣以往，留题分韵，狂歌痛哭，以为至乐。曾不几时，欢游去怀，涉江回风，悲来无端。所幸二人者，黄馘槁项，大命未至，犹得从容坐论是非长短，宁非天之所与邪？夫诚不至者辞不灵，虑不长者感不深。雍门鼓弦，孟尝于焉賨涕；河水洋洋，孔公旋其车辙。明哲之事，知几之神，旁通触类，匪夷所思，不独诗然也。而诗可以观，翱翔比兴之域，撷国风之情采，匪风下泉，治乱系之。下士大笑，岂不宜哉！高子知言，或者韪予。若迺媲嘉谥于于皇，赓几复之坠绪，其迹与世俗已暌，其趣与先民亦少异。敦诗之彦，能自得之。

丙辰末春，睦州邵瑞彭谨叙。

《十年说梦图》序

吾友王子蓴农，南国华胄，西神散仙。壮志风高，惊才烟逸。握灵蛇之一珠，驰赤骥于万里。王泰钞二千卷文字，朱育通卅六国语言。举凡鸡次之典，蟥扁之篆，驴唇之书，龟臛之术，靡不成诵在心，缘督为理。故其力文也，丹琼逊珍，绿兰谢馥。双管齐下，檀栾如七宝之楼；五采相宣，锦绣夺万花之谷。郦炎见志，托咏灵芝；子晖忞时，寄怀冬草。天心月胁，羡逋翁之惊人；鬼面神头，辟晦庵之作怪。宜乎女娲白雪，绣到弓衣；添苏碧纱，拂来尘袖也。

涵芬楼《小说月报》之刊，君实主之。虞初九百篇，比孔甲之盘；曹公三十里，悟受辛之臼。千门万户，如画汉宫；九儒十丐，欲竞稷下。风行八殥，年历十稔，因作《说梦图》记其事，予受而读焉。林篁长啸，疑先代之辋川；庭户卧游，恍当年之宗炳。翦茅作堂，因树为屋。二二泉甘，夏水欲满；三三径启，秋山如妆。晓风杨柳，耆卿酒醒而不知；流水桃花，子骥路迷而难到。铺纸上之烟云，寓中年之哀乐，此固极蓴农亡憀之思，而触瑞彭以不尽之感者矣。

夫茫茫天壤，我辈能狂；落落生涯，世人欲杀。国腹荷香之曲，念人间之可哀；鬼头梅子之词，叹华年之谁度。枯鱼自泣，苦狗虚餐。此十年中，君曾一为金陵主帅记室。白门讳罢，青盖悲来。访三妹于钟山，弔四娘于旧院。楼上琼枝，奈何呼帝？江头桃叶，遗此凭谁？既而迴帆打鼓，言辞西塞之山；吹笛披裘，闲奏南飞之曲。海气荡胸，隝云泼眼，舟如蠡旋，屩若鹿卢。炎方诸国，周历殆遍；缅甸故墟，乘兴游焉。虾女诧其为神，马留请而说法。拜和尚于黄茅瘴里，迟太监于趠赶舶风中。蛮单送客，朝闻豆蔻之歌；象背驮经，夜醉桄榔之酒。头痛不惮夫登山，脚气且以之名集。

然而域外之观未毕，中原之事方多。乌喙闻归而摇尾，彫题临歧而贳泪。还居沪渎，重探龙威。斯时海水群飞，周道可怛；羝根为盗，鼠子啮人。君则閟焦先羖攊之辞，觅夏统蛷螋之食。燃脂暝写，裘钟为疲；揃纸晨搜，衣珠可获。言霏玉屑，汁蘸金壶。唾落九天，缣贵一字。闻者疑德林为古人，见者服伯生为老吏。而君方且嗒然若丧，凄其寡欢。斜阳烟柳，自写断肠；落月青枫，长吟搔首。

回忆夏五之天，相见春申之浦。黄鸡命箫，赤乌访碣。啼蜡未烬，嘶骑忽催。思公子而赋离忧，吟菩萨而怀乾膦。

图披尺二，路隔三千。梨可作云，槐能审雨。飞侵晨之雏鸽，或遇欧公；占入怀之蛟龙，还期董相。呜呼！人生百年，畴非一梦。前尘易感，来日大难。所愿行歌哨遍，莫谈儋耳之婆；从兹唤出趾离，大骂摘脉之鬼。翻起华严音义，为君虔呪婆珊；写成黼芾文章，烦我重磨义墨，岂不幸与？

戊午十二月，社盟弟邵瑞彭。

吴先生小传

先生名文世，字素亭，一字治田，淳安之云村人。岁贡生。吴故邑世族，多藏书，先生得以博览图籍。为文词，姚易卓荦，渊乎大雅。书学海岳翁，能乱真。尤耆《萧闲堂记》，临写至数百本不少辍。性狷狭。设帐里中，课诸生以群经章句，而不婷举业。人以是厌之。

雍乾之际，文字狱兴，士相戒以忌讳。先生顾不矜眘。会门人某素无行，先生娄詈之，怨怼，微知其《咏鸡冠花》诗，有“不知何处飞来穜，也向花中独号王”句，摘上有司，以为姗谤，遂下先生狱。谳定，流贵州。先生妻先卒，遗一子一女。乃归其女于邵某，（族兄雨峰之祖，忘其讳。）而与子偕。比至黔中，仍系县狱。狱吏知先生文士，善视之。偶倩其书楹帖，县令见之大奇，留馆署中。适抚军某公，为其子求师傅。令以先生闻，聘之，并命先生子起标伴诸公子读。诸公子业大进，宾主之间，甚相得也。起标以是著籍贵州，入学食廪饩。先生旋亦遇赦生还。后数年，以疾卒。起标归应童试，数不利。抚军闻之，驰书浙学使者，复起标籍，为淳安县学廪膳生云。

邵瑞彭曰：起标一名元榦，字亨衢。年六十馀，为先子童子师，馆予家三载，其言如此，信已。或言先生配所，为湖北枣阳。然亨翁授先子读，皆黔中方音，及先子以授瑞彭，未改也。意者先至枣阳，后方入黔与？又闻同时长洲沈德潜有诗云："夺朱非正色，异種也称王。"卒罹身后之戮。而先生诗意，略与之同，亦缘以获罪，抑何其相肖耶？先生轶事，方志、家谍（牒），俱隐不载。亨翁一子蚤卒，遂无后。遗书多放失，不可问。予恐旧闻之就堙也，辄著之于篇。邑后学邵瑞彭述。

石门赞 并叙

去予家三十里而遥，寻凤里之南，有石门焉。悬崖千仞，下临猿眴之岸。溪水过壑，石齾齾如鏦铓束使回，薄水益怒，绝壁前阻，路不能达。爰见双阙砉然中辟，盖人力削成者，狭五六尺，深二十尺强。左右剫山青为阶，历教十级俾升降。印首可见青冥，星辰瞰于其颠，松樠啸于其阴，鱼龙呻于其窟。行者过之，辄黯黮沮丧。至春之日，如穷烌焉。门凿自谁氏，图经不载，又无题名碑志之属，人亦靡有知者。予太息灵境之久閟，而先民之绩之不杓诸世也，爰赞之曰：

水咽地肺，岩矗月胁。何年鬼工，凿此石阙？枫槲秋零，兰芷夏歇。惟有苍落，万古不灭。伊水让僻，天台妒奇。白日窈冥，疑来神斐。枭冷息叹，猿愁欲啼。行人惕止，形惨魂悽。

铁井赞 并叙

井在淳安县治西偏，宋绍圣间，邑人汪常开所凿。政和七年，僧用齐缭以铁阑。咸同之际，邑被兵，捶其阑，啮焉。泉出石骨，甘冽异诸水，旱亦不枯，予昔年尝汲之。爰为之赞曰：

蚩龙张吻，石鱼刳胁。伯翳甃之，匋以寒铁。圆月扶夜，幽萼镜春。酌彼湛碧，臣性说魂。井阑小朒，泉德未亏。鹿卢宛转，不兴散波。

大至文选

诸宗元，字贞壮，别号大至，浙江绍兴人。往年予与晦闻、秋枚、巢南、亚子、天梅、石子诸君，设国学保存会于沪上，征求藏书至二十馀万卷，贞壮之力居多。今者卜居武林，以诗文自娱，啸傲湖山，真壮远矣。今录文二首。

酒　喻

吾越人也。越之乡，以酿著。辇而鬻之于远方，则其值倍。其味上，北输于京师，南走于滇粤，盖吾国国权所及之地，无不知有越酒也。近闻业酿者日稀矣。吾尝以其故，叩于乡人。乡人辄曰："国人嗜饮者少，故酿业遂锐减。"吾初以谓诚然。一日造业酤者而问之，则其所言，有大异所闻于乡人者，且使吾不能须臾忘其言也。吾闻其言，深贮于脑，不以告国人，则吾终身不忍近杯勺矣。

业酤者曰："家世业酿，今改而业酤，言之至可哀也。昔台湾之为我国有，其地岁销越酒，不可以数计。运酒之舟，帆樯相接，获利亦奇赢。自乙未之岁，台湾沦于日本，榷酒极重，曩之为酒商者，相戒不敢趋台湾，予之酿业遂败。然匪独予也，予之邻亦如是。惟台湾人之爱祖国者，其饷宾客，仍以越酒为贵，必辗转而始能得之。一缶之费，价倍于往昔，二与七之比例矣。”

吾既闻业酤者之所称述，行市惘惘，不知东西。既而奋然曰：吾国之土地，今改隶于他族者，不仅一台湾也。吾国商业之不振，物产之不盛，不仅一越酒也。同沉忧之袭心，将熟视而无睹，此吾国人不得不自承其咎也。呜呼！维持国货，维持国货，此非近日之恒言乎？然入五都之市，列廛而充架，什有八九，为舶来品矣。居一亩之宫，设馔而被服，什有三四，为舶来品矣。下至巾袜之微，针钉之细，无一不资于舶来品，以为饰观，以为利用。则在此时，而主维持国货之说，诚为急务。惟商品之盛衰，归墟于社会之风尚，潮流所播，势不可遏。既不能家喻户晓，强人以必用国货，则惟有即社会之风尚，思所以代易而更张之。其条例甚繁，吾当别著为论。今先就酿业，一宣吾之耿耿者。

夫酒，世所称为消耗品也。故东西各国，定税额为重。然吾闻日本之榷酒，加重于厂税，为额浮于酒之原值，果运输于他国，出口无税，且计值还其原取厂税三之一，以奖植之。我国之榷酒，产地有税也，销场有税也，通过地有税也，行愈远则征取愈复杂，愈烦苛，则无怪酿业日败，所产日绌，且将举吾国人求一醉于东岛之麦酒矣。醉乡本宽，蹙蹙靡骋，吾不禁临觞涕下，为越酒哀也。

悲夫！台湾之民，本我之同族也；越酒，本我国之特产也。信如业酤者之言，则台湾之民，饮越酒而甘，饮越酒而苦，必如其不忘祖国也。吾思之，吾愿国人之嗜越酒者，一推念于台湾也。吾今何祝？祝我国日强而已。国乌乎强？惟在平民之经济，有以扩张之。兴物产，振商业，则平民经济之根本也。定国税、市税之性质，斛石画一，苛细悉罢，则物产兴矣，商业振矣。于是而尚忧平民经济之乏缺，此必无之事也。

人有恒言：强国之民好酒。则所谓越酒者，亦必随政治之能力，弥漫于大陆，突飞于世界。吾非酒人，如其时有相踪迹者，亦必于浮白轰饮中求其人矣。

缶庐先生小传

先生吴氏，名俊卿，字仓硕，浙江安吉县人。岁壬子，寿七十后，以字行。尝自署曰缶庐，曰苦铁。故海内外识先生者，亦以缶庐与苦铁称先生也。曾祖讳芳南，隐居不仕。祖讳渊，父讳辛甲，世父讳开甲，皆举于乡，先生遂以文学世其家。然少遭丧乱，初不措意仕进。中岁以一宫居吴中，积资劳至直隶州知州，曾任安东县，一月即谢去。则先生无意于仕宦可知矣。

初先生以篆刻名于世，晚复肆力于书画，盖于文艺有笃嗜焉。书则篆法猎碣，而略参己意，虽隶真狂草，率以篆籀之法出之。画则以松梅、以兰石、以竹菊及杂卉为最著，间或作山水，摹佛象，写人物，大都自辟町畦，独立门户。其所宗述，则归墟于八大山人、大涤子，若金冬心、黄小松、高且园、李复堂、吴让之、赵悲庵辈，犹骖靳耳。于篆刻研习为尤深。所用刀，圆干而钝刃，异于常人。用以治印者，分朱布白，结字构体，一本于秦汉印鉨。宗元尝谓先生治印，当代诚无其匹。即王元章始创花乳石印以还，镌削之妙，能齐于先生者，不数觏也。是以得者争藏弆之。

先生复耽志于诗歌，奇气坌溢，时以真朴排奡胜。宗元尝以拟杜于皇、吴野人，论者许为知言。文不苟作，然其考覈金石，或自为书画题记，下笔纚纚数千言，虽工于文者，见辄叹服。盖先生始居于乡，既客海上、官吴下，所与为师友者，如杨藐翁（岘）、任伯年（颐）、吴瘦绿（山）、施旭臣（浴升）均甫（补华）、谭仲修（献）、吴退楼（云）、恪斋（大澂）、潘郑斋（祖荫）、胡公寿（公寿）之伦，皆为东南一时之雄彦，相与讨论评骘，故所得为独多也。其平昔所服膺者，惟藐翁与伯年，以书画师承，在二君耳。

先生躯短，颐颊丰皙，细目而疏髯。今年逾七十，鬓发无白者，望之若四十岁许人。自晦以聋，然词令谐妙。见可喜之客，倾谈忘倦。宗元曾戏诘先生："聋以自晦，其有托耶?"先生亦笑而颔之。

初聘妻章氏。清咸丰十年，安吉被兵，与先生母万夫人、先生之弟妹同及于难。先生每值忌日，感悼不置。后娶施夫人，生丈夫子三：育早殇，涵、迈皆儒雅尚学。涵刻印，迈画山水，亦均有先生风。女子子一，工隶书。婿乌程邱培涵，学农于美利坚，行毕业矣。有孙三人。

先生所著《缶庐诗》四卷，已刊。其未刊者，有若干卷。题画诗洎杂文铭跋之属，则编为别集。又《缶庐印存》若干卷。

诸宗元曰：吾于岁己酉在吴下，始见先生于癖斯堂。明日，以赠诗来。继此数数相见，即相别，无逾三月者。先生嗜吾诗。吾所得于先生者，刻印及书画，蒐聚可充箧。然其言行醇穆，忘年相友，其有厚于吾者，非常人所可几也。先生自言三十始学诗，五十始学画。积数十年之日力，所成如此，亦云勤矣。我国人通文艺者，固无不知先生。然海外慕先生书画，辇金以求者踵相接。近东人且欲乞先生小传以传之。吾用举所知，以著于篇。其他行谊之荦荦大者，吾他日更当为文以贻先生也。

元冲文选

邵庸舒，字元冲，浙江绍兴人。民国元、二年之间，南社同人主持上海报馆笔政者颇多，天民、元冲、勉后在《民国新闻》，右任、鸿轩在《民立》，楚伧、亚子、叔同、一厂、人菊、寄尘、鹓雏在《太平洋》，怀霜、布雷、亚云在《天铎》，太一、季刚在《民声》，无生、朴存在《神州》，匪石、天仇、少衡在《民权》，孟硕、子实、善之、义华与余在《中华民报》。治事之暇，辄为诗酒之会，为极盛之时。今则鸿轩、亚云、太一、无生、子实，皆已作古，其他聚散无常，元冲且远在美洲矣。飘风浮云，能无慨然？今录文三首。

送陶望潮东游序

《抑》之诗曰："荏染柔木，言缗之丝。温温恭人，维德之基。"盖言宽柔之人，温温然则能为德之基，犹柔忍之木，既经荏染，而人则被之弦以为弓也。吾越于天文，其星为牵牛。会稽五泄天柱之山，峨峨硊硊，锵锵崔崔，隆穹盘回，殷起低昂于其间。曹娥、钱江、鉴湖之水，泓窈者，灏溔者，潢漾者，如盘如带者，莫不安翔徐徊，翯乎滈滈。是盖秉墆者中正清淑，而宜孕育灵气。

陶氏在吾越称望族，代多君子人。望潮尤敦敦悾悾，悃愊而无华，盖其所受者为至厚且醇也。予之识望潮也，在丙午岁，同学于浙江高等学校。视其容，恂恂然；察其言，黯黯然，顾犹未深知望潮也，而望潮亦旋去之日本。民国元年正月，予方与邓君子赞同在上海逆旅，筹画北伐事。望潮忽被戎服、佩长剑，峨峨然来临，大喜。询所从来，望潮则自言在日本长崎专门医学校，鄂事起归国，从沪军辗转金陵之役，又尝率健儿力尅天保城者也，今亦矢北伐，予更大喜。由是昕夕得相见。

顾望潮志愈广，体愈恭，退然抑然，每若欿然有所不足者。所谓温温恭人者，非耶？今国事大定，望潮又欲东渡，毕所业。予惟吾越山川中正清淑，望潮盖尤秉其醇者。今举世学术，废绝久矣，望潮此行，而克竟所学，则洵足以矫一世之窳敝，而造诣为无涯涘也。于其行也，为诵《子衿》之诗，诗曰："青青子衿，悠悠我心。纵我不往，子宁不嗣音。"望潮其嗣音与？

焦大鹏传

焦大鹏，字达峰，号鞠荪，湖南浏阳人也。生而豪迈不羁，有睥睨一切之概。五岁即从塾师读，资颖绝伦，群儿勿之及。然性殊不乐之，每届日暮，由塾中出，辄麇集群儿，编为两部，自领其一，指麾战斗。偶有所负，亦必奋起再斗，期必胜而后已。

年十四，去私塾，入浏阳高等小学。湖南在国中，夙为风气闭塞之区，惟浏阳以被谭嗣同、唐才常革命失败之影响所及，渐兴起社会上革命之观念。君之入校，距嗣同之死也仅五年，距才常之死也仅两年，故学校中人道谭、唐事者尤众。君每闻之，辄怒目推案而起，曰："谭、唐已矣，后起之谭、唐正多。咄彼满奴，又恶能尽杀我堂堂男子者！"君貌本魁伟，至是益目光炯炯，英气逼人，俨若以谭、唐自任，校中多戏呼之为"谭唐"，间有称之为俾士麦克、讷尔逊者，亦漫应之不辞，盖其志已渐见于是矣。然益肆力学业，黾勉精进，大异畴昔。而其踔扬蹈厉之气，亦愈勃发。每于课馀之暇，辄从事于种种运动，如击球、竞走，无不超越侪辈。年十八，入长沙高等普通学堂游学预备科，研究东文，进步甚速，甫二三月，即能译读其书。年二十，遂自费东渡。

时湖南有禹之谟者，革命党中之急进者也。乙巳、丙午之间，在湘提倡革命甚烈，一时闻风兴起者，不知凡几。君时在高等普通学校，耳其名，心契其言论，遂与禹定交。禹亦极伟君之气概，深相重倚，凡秘密筹画必与之。

君之东渡也，在丙午五月，至则即入同盟会，与黄兴诸人相联络。拟习陆军，以格于例不果，乃改入东斌学校。丁未，同盟会设十部，时有联络部，专以联络各省会党为主旨，遂由该部附设共进会。初发起时，不甚完备，后经多数人议决，改订章程，另行选举，君被举为调查部长。戊申四月，河口军起，在东之同志，在锦辉馆开云南独立大会，到者数千人，当时捐得数千金。遂由黄兴为干事，组织大森军事讲习会，君入焉。

九月，共进会组织实行机关公举各省都督，君被举为湖南都督，所有旗帜、印章，亦由当时议定。被举诸人，先后归国，分途进行。君于十二月抵汉口，与湖北同志磋议方略，旋还湘。己酉三月来鄂，偕湖北同志，组织总机关于汉口，分机关于武昌。惟经济极绌，势颇岌岌。会浏阳布商周海文、刘肯堂贩运夏布至汉口，因联络之入会，并说令出质布疋，得金分配各机关。七月，君偕周、刘回湘，变名左耀国，运动浏阳、醴陵、萍乡等处会党。旋回省，会同余华禄、杨任、邓恢宇、谢伯圭等，在湘垣组织机关部。商定派杨任往常德、沅靖一带，彭邦栋往衡、永、郴、桂一带，会同周果一、吴夔、郑人康、柳鹑火等；黄菊初往岳州，会同李琦、周甲维等；周文斌、谢伯圭往宝庆，会同禹骨刚等，分头联络党人。庚戌三月，复至萍乡、醴陵，极力组织，兼事编制，约得千馀人。九月归长沙，与扬任、邓恢宇、余华禄等，筹画常、醴、辰、沅会党交通事。

辛亥二月，谭君人凤由汉返湘，云三月间同志赴粤举事，约君在湘响应。旋赴汉口，居机关部。以经济困难，奔走蕲广。事未成，而所受之辛苦已极。已而粤事败，湖南争铁道国有事起。君急回湘，谋举事，亦不果。五月，复在湘垣组织体育社，作为秘密机关。又与陈作新竭力运动新军及巡防各营。七八月间，一切布置均已就绪。

八月十九，鄂军起，君急部署一切，拟于二十八日应之。以清抚余诚格、防军统领黄忠浩已稍稍闻耗，防范颇严，是日遂不果举。然其时鄂以孤军支拄，各省互存观望，其势危甚。黄忠浩又拟调省外巡防各队，进击鄂军。君愤然曰："中国存亡，在此一举。死生以之，犹豫奚为者！"遂于九月朔日，自领军扑小吴门，令陈作新扑北门。时守城军士，已均经联络，遂开门放入。城外新军，直赴军械局，获得枪械子弹，乃合趋抚署。黄忠浩适与余诚格会议，因黄忠浩反对最力，遂戮之。又劝业道曾绶若、营务处王毓江、长沙县沈瀛，均以犯顺伏诛。九月二日，军学各界大会于谘议局。君以殊功，被举为都督，陈作新副之。君力辞不获，遂允暂任。

时清军大至鄂，武昌将不支。君急发四十九标赴援，并拟续发五十标，与巡防旧军，更番迭战；而急练旧日所联合各民党，以为守兵；更拟锐志援鄂，领军北上。复大会辞职，众仍不可。初七日，更出示宣言告退，各界又派代表相坚留。君不得已，遂孳孳仍图遣援师，饬治庶政。

湖南某党者，君主立宪派也。君始举义，某党欲依附之，以图功名。顾心嫉君功高，又虑小人不见容于君子，遂密议杀君，煽惑军士，谓君领鄂饷数十万，私为己有；并谓君早为他人所杀，今非本人，遍布流言。已又闻鄂军屡不胜，谋杀君之心益急，以冀邀功于满廷。初九日，开秘密会于求忠学堂，议遂决。初十日午后，某党诡称和丰公司有兵骤扰事，给副都督陈作新出城弹压，而杀之于北门。旋督军一队，自小吴门直抵军政府，佯为备物犒军者，诱君出而杀之。君既死，人民大惊扰，若逢敌军。夜间巷哭者，往往有所闻云。

邵元冲曰：鄂省创义，使无湘省继起援助之，今日犹无民国也。乃焦君卒因是而被杀也，哀哉！焦君初受任，省垣帖然，居民献牛酒以犒师者，络绎道途间，爆竹声彻宵不绝。其死也，人民纷纷迁避，若逢大敌；相聚哀号，若丧所亲。焦君之得民，何其深也！

邵元冲又曰：余闻焦君己酉岁之在鄂也，十月间仅御单衣一袭，不得已，至拥被以取温。庚戌五月，与弟达人、黄震华在醴陵，三人至共有汗衫一领，不得同时出。焦君之处境，又何其穷也！功成而不得自全其躯，悲夫！

宋钝初先生诔 并叙

民国二年三月二十日，宋钝初先生在沪宁车站，为奸人所狙击；二十一日晚四时四十八分创剧，卒于沪宁车站医院。呜呼！正道销熄，祲氛覆天，淫曀朝飞，众芳芜秽，遂令先生罹此鞠凶。呜呼先生！清懿之操，贞毅之行，疏附后先，劬劳邦事，弥艰历辛，神骸槁瘁。蝮蛇蓁蓁，鳣鲸横江；飞駏食肉，凌恣激扬，迷于私图，务锄钜本，遂令先生倾此大命。呜呼先生！握瑾怀瑜，融和含冲。前此数祀，虏政未殄，发为闳辞，如梃击坚。邦人靡然，大谊以彰。汉水一飞，义帜群张，河岳重清，民气乃杨。微夫人力，孰倚孰仗？呜呼先生！民政初基，万方俶扰，戈森戟发，如沸如螗。惟我先生，悯此哀恫，蕉萃长途，奔驰驿道。众乃释然，矇瞒以销。呜呼先生！瘝痌在抱，憯恻萌生。纾经申图，懃懃以营。大制不割，明德莫彰。宵人乘间，歼此元良。呜呼哀哉！阴霾惨冽，昼日曛黄。灵驾飞龙，直其上升。邦人抢攘，涕泗滂沱。念此洒涕，欷歔咨嗟，爰为辞以诔之曰：

翳先生之谅直兮，洵光明而耿介。又和抱之坚贞兮，被黔黎以渥洽。志謇謇而靡他兮，誓尽瘁以为美政。情湛湛而欲申兮，思继业乎隆治之清尘。数姱节与端操兮，当代攸其莫并。又重仁而袭义兮，式正质兮怀清。方谓先生纾其所践履兮，就穆然而匡我萌孽之初政。嫓隆皙美兮，步武佛民。何昊天之不弔兮，奸宄横集。狐狸岳岳兮，止骂卒粸；貙貉踊扬兮，麒麟颠蹶。爰恫先生兮，破珠毁璞。腰摧腹陷兮，肝肠以裂。灵魂黮兮，大命以绝。呜呼先生！而既逝兮，群生夫又何恃？水深火烈兮，巨獒要路。瞻念前途兮，靡所适至。抚景徘徊兮，涕浪浪以陈词。

布雷文选

陈训恩，字布雷，浙江慈溪人。今录文三首。

与柳亚子书

亚子足下：损书具悉。《太平洋文艺》，自足下归里，得寄尘代主其事，殊深快慰。惟此后春航绝技，少一枝健笔揄扬矣。

读《天梅酒话》，知大为毛韵珂抱不平。狂奴醉态，白眼睨天，自是此君本色。然弟窃有言：韵珂品艺双绝，固自沪伶翘楚，但不可与春航相提并论。春航天才英迈，无往匪宜，充其程限，岂仅仅“名优”两字，足以尽之？足下覆书，与天梅断断致辨，于毛、冯两人色艺，剖析微茫。弟则谓梅痕菊影，无待裁量。阆苑琪葩，宁与人间花草，等量齐列耶！必欲侪春航于韵珂，纵极推扬，已嫌唐突矣。弟尝悲春航不幸，浮沉伶界，至与一般优孟，以声容台步，并受伧父俗子之评骘。不谓足下自命为个郎知己，亦复有此疏略之举也！

弟倾倒春航，已非一日，向未尝为足下言，即足下亦不之知。然硁硁鄙抱，窃自量度，以为如春航者，实一切有耳目众生，所宜共怜共赏。间有少数，或致微辞，特一时视听，有所蔽耳，非果酸咸遂有异嗜也。偶因所触，率布胸臆。书成自读，乃不觉其言之狂。止斋、一厂，素称同调，请以质之，谓何如也？

剑华来书，纚纚千言，知投止南荒，兴复不浅。一时瑜亮，并世梅村，刺取两语，缀成一联读之，便成三绝矣。

足下与杏佛书，以北京报案，比之探春击王善保家，可称妙喻。今之言论界，庞杂已甚，令人叹息痛恨。定公有言：童孙嚣呼，祝寿耇之无遽死矣。弟则谓以心力交瘁之身，厕蚊蚋薨薨之世，虽欲无死，其可得耶？足下避嚣里居，计亦复佳，幸假片暇，报我近况。无忌公子，想复无恙？欲言不尽。

与柳亚子书

亚子足下：久不通问，维动定如何，颇用为念。连日春云层叠，若助愁吟，不知足下追悼亚云，挥几许伤逝之泪？弟既痛死友，复哭女婴，神昏志瞀，不类为人。偶思作书问，驰讯朋旧，而提笔屡止，辄不觉奇泪琅琅，洒满襟袖。盖胸腹空际，已为愁绪千丝，萦绕殆满，更无馀地，容他感想。间尝自念，下走此际，藉能摄魂离壳，飞就亚子，月黑枫青，恐亚子不信布雷尚在人世。咄咄书空，呜呜雪涕。嗟乎亚子！令北海之言而信，此子合以忧死矣。

昨作一书，寄山阴沈剑侬，稍写日内幽忧之况。兹录寄一通。亚子读此，当知下走近日心境为何如也。亚子为亚云作传，情文周挚，真能传亚云之为人，三复感喟，叹未曾有。弟虽不敏，亦将打叠幽怀，继作一首。纵未足增益亚云，亦为我二人交情，留天壤间一段伤心之纪念。

嗟乎亚子！逝者已矣。昂藏七尺，蜕此尘寰，惝恍微名，方期速朽。而临风雪涕，结习未忘，独有后死，最难为情耳。吾子秉性肫笃，动际困穷，悠悠邻笛，未毖山阳；脉脉哀潮，又咽练浦。残月晓风，微吟低唱，悬知此际伤心，未易一一为外人道也。惟爱惜景光，慎时自保。不尽缕缕。

报沈剑侬书

剑侬足下：去腊辱手毕，未报为歉。弟以阴历年假暂返里居，息景敝庐，略无佳况。岁暮风雪，弥怀旧雨。方俟新岁，稍修书问，而天降丧难，蹇遭骨肉。弱弟之墓草方滋，女婴之凶问又至。

姊氏希则女士，长弟二载。幼习诗书，稍解讽咏，君所知也。自先母见背以来，家政巨细，匪所不操。荏弱之身，积以劳瘁，坠心丧志，戚戚靡欢。遂尔疢疾婴身，幽忧为抱。方于去秋，言归冯君木先生为继配，私谓得俪才人，没齿无恨。而结帨未久，旧患转剧，床蓐淹绵，困顿滋甚。今正八日，力疾归宁，病陷膏肓，医穷扁鹊，竟于元夕溘逝母家。呜呼痛哉！命拟秋罗，寿同朝露。凡在行路，闻之兴哀。矧在弟晜，何以堪此！

剑依试思，折翼截指，宁逾斯恫？弟自经此厄，肠断心灰，极目怆怀，都非人世。何期祸水滔天，波回浪叠，邹子亚云，复以呕血吴门，一棺旅死。荒荒泪海，已涸枯源；漠漠阴云，又酿新痛。嗟乎剑依！人孰无情，畴能遣此？

弟与亚云，不通闻问，已逾三月。今正得其手书，言襄理选举，偶要小极。弟与甬上诸同志，均谓亚云以不徇流俗之人，处此长诟丛尤之地，用违其适，致病之由，然固勿谓灼灼春华，竟此先谢。嗟乎剑依！生为文人，例受天厄。艺芳兰于萧艾之丛，逐威凤与鸡鹜为伍。才命相妨，宁有生理？来书致慨于天饕之酷，抑何持诣之平耶？所可痛者，亚云连年奔走，未毕昏娶。戛戛衰宗，犹虚似续；栖栖弱弟，久困风尘。此则触念怆怀，弥令后死者洒无穷之涕耳。

亚云死后，柳亚子为撰一传，登诸《民立报》上。南社诸子，更为搜集遗著，寄载斯报。两间泥爪，仅托空文；编撰流传，责在后死。亚云与君，缔交夙昔，缟纻之谊，不同寻常。写悼抒哀，宜有佳撰。脱稿之日，幸以见示。

年来朋侪，益复凋落。同郡虞梅洲，去腊客死沪上；杭州金步瀛，亦以今岁疾殁于家。两月之间，三丧吾友。徐陈应刘，一时俱逝。视天梦梦，如何可言？陈散原诗云："世患令人老，馀生能几哭？"咄咄剑侬！此际况味，宁堪为外人道耶？

春寒尚厉，万万自爱。勉摄病躯，以慰朋旧。临书气咽，不尽欲宣。

芷畦文选

周斌，字芷畦，浙江嘉善人。喜饮酒，诗才敏捷。近叠"因"字韵，至百四十余首之多。顷录数首示余，愧未能和也。今录文五首。

《柳溪竹枝词》自序

古竹枝歌起于巴蜀，半男女言情之作。唐刘、白仿之，元、杨、薛踵之。清朱十《棹歌》，尤脍炙人口。后有和者，动辄百咏。考证非不详明，搜罗非不宏富，而迹近怀古述怀，风调稍逊。然藉以记风土，谈故事，亦县得也。

柳溪俗尚吴趋，元明以来，名人辈出。异闻轶事，犹有存者。自邑志不详，流风几阒。春雨无俚，就野乘之札记，父老之传闻，舔墨直书，杂拉成百首。语无诠次，非敢比拟风骚，聊付牧童、渔子击筑时助一乌乌尔。

乙卯暮春，汾南渔侠周斌志于柳溪之妙员轩。

《十眉神伤集》序

昔高江村悼亡，集唐人诗句三百馀首，名《独旦集》。竹垞序之曰："古人之所言，有先后人之所欲言而言之者，取其材用之，可以不竭。善诗者集句以为诗，皆工乎言情者也。”夫诗以言情，竹垞岂不知之？而必以集句为工者，何哉？盖夫妇情之正，诗固道性情者也，悼亡则伤矣，何情之足言？乃哀情之作，而必自玩其情，其伤情也实甚。《关雎》哀而不伤，其旨倜乎远矣。

予戚友余子十眉，于其配胡女士没，仿冒巢民《忆语》，并集龚定庵诗句二十绝，成《神伤集》一卷，索序于予，且语予曰：“昔人谓元微之《遣悲怀》三首，古今悼亡诗，不能出此范围。予深韪其说。集中虽有悲不自胜之怀，而却守述而不作之义，然耶否耶?”予以余子此言，深合江村悼亡诗之微意，爰本竹垞序意，而为之序。余子傥许我乎?

丙辰春仲，汾南渔侠周斌序于柳溪之妙员轩。

《茗香馆印商》小序

昔者成周铭鼓，蔚成大文；柏寝辨器，侈为神识。篆刻之学，由来尚已。乃自刻鹄妙譬，伏波所诫；雕虫小技，子云不为。遂使雪泥已消，风流顿歇。削竹者垂垂将尽，抱椠者悒悒不欢。茗香馆主愀焉悯之，涉猎《说文》，研求抚印。中郎鸟篆，逼肖其真；安道鸡碑，群惊其妙。出其诗书之绪馀，宜与金石而寿世。下走呢古心宪，嘤鸣友声，固当珍斯清閟，广为揄扬。屈到嗜芰，相饷同好；山谷画竹，争献题词。庶几史籀之字，历劫难磨；孙卿所佩，希世足宝。生笔上花，输君入梦；送诗鸣序，愧予不文。毋坠古欢，斯为喤引。

水村第五图记

予家自丙申迁齐湖浜之汾南草堂，出门不数十武，即小云台。俯临分湖，芦苇萧飒，烟水苍茫，远山几叠，隐约如画。朝夕凭眺，窃叹贺监鉴湖，摩诘辋川，风景当不是过也。

昔钱德钧隐居于此，赵王孙为写《水村图》。（详《槜李诗系》）魏禹平继之，成二图：一徐虹亭绘，一李南溟绘。（见《居易录》）降而至郭频伽所作，已为第四图矣。（见《灵芬馆初集》）风流代谢，水村第五图，迄无人步武焉。予心焉慕之，《柳溪竹枝》句云："拟将终老烟波意，写出水村第五图。"盖本斯意。

嗟乎！寤歌槃阿，行吟泽畔，士君子身丁世变，遁迹菰蒲，借画图以舒蕴结，其心大可哀矣，其事亦足多也。至友孙君彦侪、陈君菊如，并妙丹青，循予《竹枝》句意，各绘一图来。爰仿楚伧《弔梦》、亚子《旧隐》例，遍征题咏。（叶楚伧有《分湖弔梦图》，柳亚子有《分湖旧隐图》，遍征题咏，并见《南社》。）海内同好，其许我乎？是为记。

张颂时传

张君颂时，名庆澄，魏塘柳溪人也。其先祖绂堂，风谊详邑乘。君誓继其志，读书入邑庠，即弃之曰："丈夫当立不世业，岂沾沾于呫哔中哉！"顾性戆直，慕郭翁伯之为人，遇乡里不平事，辄挺身排解，亲友谏之勿听也。

时景教盛行内地，里中不肖䱇附，以鱼肉良懦。君屡撄其锋。不肖不得逞，衔之刺骨，借端饰毁教状，怂恿司铎，将兴大狱，阖乡惶骇。君奋然曰："张某岂累人者耶？"诣县自首。幸邑令廉得其情，事遂中寝，而君名亦自此远矣。

禾郡褚君辅成，闻君名，与订为密友。君遂与远近志士，交相结纳。会禁烟令下，君瞿然起曰："强种保国，此其时矣！”联络各乡，组织禁烟会。旋被举为阖县总董。忍怨耐劳，苦心筹画，虽屡生阻力，而君不为挠。浙省禁烟成绩，善邑为冠，佥谓非君之力不及此。然贤者德君由此，不肖者怨君，亦由此也。辛亥水灾，君方与邑令筹救荒策，而群不肖耸诱乡愚，与君为难，几濒于危。后乡民知伤君，曰：“误矣，误矣。”争自投狱。而君转言于邑令，尽释之。

武汉起义，君方养病禾中，力疾游说军界。杭城光复，而禾郡亦白旗竖矣。论功推参谋，兼管财政，多方赞画，军民安辑。军府撤，嘉禾、嘉善争荐参事，一时传为美谈。君卒以梓桑义务就善邑。方与都人士筹议革漕，而积劳病发。壬子春正月三日，君疾革，槌床呼荷荷曰：“丈夫何遽死耶！”言毕而逝，年只四十有三。遗一子景栻，年才十馀龄，而崛强饶有父风。四方志士，为之开追悼会于柳溪之正谊学校。一时素车白马，絮酒花环，络绎奔赴，途为之塞。而予适代表万国禁烟会赴都，不克束刍一莫，望风凭弔，心实歉然。然闻君临终时，嘱其子曰：“芷畦知予深，传非此人莫属。”今其子持状乞传于予，爰亟为之传。

分南渔侠曰：予在魏塘时，与沈君守瓶、许君圃仁及君为同志，而君又同里同学，交尤缜密。杯酒英雄，抵掌时局，历历在目。曾几何时，沈君以难亡，许君以疾卒，而君又相继而逝世。铩羽归来，神伤叹逝。苍苍者何夺予友之速耶！虽然，君子疾没世而名不称，设张君寂寂无闻，即老死牖下，不过与虫鸟草木，泯焉没焉已耳。乃等死焉，阖郡军民，同声悲悼；海内志士，想象流风。分湖之滨，数百年后，犹有知张君其人者，斯又握笔者所破涕为笑者矣。

道非文选

沈砺，字勉后，号道非，浙江嘉善人。今录文八首。

《南村遗集》序

六经者，文字之溟渤；周秦诸子，其尾闾也。迁史、班书，犹江河；其他诸史，则为支流；其下者，则支流之分歧者耳。汉魏六朝唐宋大家之作，为湖为淮为汉；其他名家，则为支流；其下者，则支流之分歧者耳。故言乎至文，当首六经，无有能越之者，犹水必朝宗溟渤也。如执方隅之见，笃守一家言，谓为正轨，视外此者为附庸、为下驷，不复识天下之大，虽世风所趋，时而若是，不值君子一哂焉。

宗派之说，始自有宋。如明之茶陵、七子、公安、竟陵，清之桐城、阳湖，莫不张文帜以招天下。而出主入奴、随者附和者，莫不曰："吾某氏之徒也。"黄茆白苇，一望皆同，溺而忘返者，多于牛毛矣。夫水不择地而流，随在而都有。偶焉得渫井，而曰"是水可用汲"，强天下之渴者就之，宁得谓之通论乎？虽然，学风呰窳，始于一二人，而波及于多人，及于今兹，其弊愈甚。东瀛之学，乘机羼入，芜陋庸杂，更逾曩昔。而末学鲰生便之，以为斯文之在是，涔蹄抝水，目赏神怡，涧沼犹不之见，遑言溟渤哉！小雅废而四夷侵，吾为之恫焉。今得南村文而读之，余怀为之稍稍慰。

南村姓黄氏，金匮人。清乾隆辛丑，举于乡。著作等身。与浦二田先生有亲，为后进，交甚笃，时以学艺相切磋，上下议论。远近俊秀，出其门者甚众。南村之文，庄以肃，和以幽，无喧呶犷厉之气，俯仰自得，怡然旷然，不屑依傍人门户，自成一家言。读其文，揣其人，意者为乐道深思之君子欤？顾南村之文，犹平湖曲涧也。其大者，将放之于江河，朝宗于溟渤。人能得其意境，近世之痼疾，不待针砭而瘳乎。

南村六世孙钺学于余，奉其尊人佑之先生之命来求序，不获辞，遂略贡所见如此。南村讳曰文，字翼亭。著作经兵燹后，都不存，仅存是寥寥数十篇。兹为序。

《变雅楼三十年诗征》序

以无穷之事业，寄诸有涯之身，当仁不让，吾曹所能勉也。至蹙蹙靡骋，万念俱灰，而耿耿者使之下脐，卒有未能。既与斯世龃龉，更不甘为枉尺直寻之辈，则夫此时之日月，至无聊、至难遣也。虽曰东陵种瓜，南阳抱膝，自寻闲境，雅足娱怀，而究之与自了汉奚异？即或拊髀太息，作死灰中一豪，实则何裨当世豪末哉！

予自隐遁以来，歌也有思，哭也有怀，弥觉此身之赘，或至忘寝废食，大类病狂。时而驾言出游，动至经旬，兴尽而返，不怡者犹夙昔也。甚哉无聊之日月为难遣也！高子天梅，所处之境与予同，独能无聊之中，选《三十年诗征》。悠悠日月，不使蹉跎；世道人心，于斯稍系，诚善自遣者也。天梅工吟咏，挟有幽并坚劲气，句奇辞正，读之足以起顽立懦。今其所选，虽未之寓目，当本夫素日作诗之志，网罗洮汰，存液削肤，其旨严以深，其声弘而远，可于意想得之。

忆自清之季世，庸妄钜子数辈，略知攈抹，谬据坛坫，创为柔媚无骨之体，自诩瓣香宋代。论其风格，尚不逮江湖、四灵、竟陵、公安。而耳食者宗之，依草附木，益炽其狂焰。靡靡之音遍国内，识者知为胡运将终之证。今也若曹昭昭堕行，缅颜贰臣，播毒未艾。在其人当投畀有北，在其诗当掷付浊流。天梅于此，凡是类篇什，其悉数屏而不录乎？抑存千万于一二，以征亡国之声乎？殊恨未读宏编，以祛皇惑。予既美天梅自遗之善，更望迅付剞劂氏，俾得正四始、昌元音，拯汩没之人心，返崦嵫之残日。而予也一编在手，百回不厌，无聊之日月，当亦凭兹以自遣焉。是为序。

帆影楼记

嗣大父香谷公，洪杨时由枫泾移家金山之吕巷。余总丱之年居之，安且适焉。弱冠以后，櫜笔四方，蓬飘萍泊，历十五稔。中间三度迁沪上，两度迁茸城。岁癸丑，复迁金邑，居朱泾，县署在焉。距吕巷旧居，十有二里。赁室凡六楹，楼居其半。遂却扫东偏之楼，为读书偃息之所。后临旷野，可凭眺。树木之巅，露风帆咫尺，往来如梭掷，日数数见之，盖地当小泖滨也。黄浦蜲蟺，西南流百里，势稍杀，水陡窄，遂入小泖。小泖如半弓，包络朱泾西北二隅，为江浙间舟行孔道之一。余乃以“帆影”名楼，有取夫习见也。

或谓非子之楼，而子为之名，毋乃谬乎？不知人之生寄焉耳，两间之物，孰为我有哉？二十四姓之争，烈矣、剧矣，今其人与物，皆荡为飘风，何复有寸土之存？况此区区者，必曰“吾有之”，“吾名之”，而果能永永存之者耶？且名亦何常之有？山之高，水之长，古人岂必有之？而为之名者比比矣。当其名之之时，何尝曰“某山我有也，某水我有也”？亦何尝曰“某山某水当以我名始传也”？不过以意名之而已。其传何欣？不传何戚？其间宁有希冀哉？

余之名是楼，亦若斯耳。名在我，人莫得沮之；传在人，我何所羡之？倦鸟不择林，姑戢翼而鸣焉。雪泥鸿爪，聊乐吾员。夫帆随风而驰，南北无定踪，不少瞬翩然逝矣。所未逝者，想像中之影耳。帆不一帆，影不一影，此帆彼影，不能卒剖。始于想像，终于不胜想像，不几神为之疲矣乎？而余之想像，乃去纷绝歧，约而为一。盖登是楼也，频年飘泊江湖之情，于此稍稍息；生平乘风破浪之志，于此稍稍寄。此昔此影，洵足动余无穷之想像也。若夫幼安之楼，哀以思；元龙之楼，豪而壮；吾于此楼，盖兼之矣。是为记。

友耕轩记

昔之务农者流，乡里同井，守望相助，疾病相扶持，亲爱不啻家人骨肉然，一痛一痒，未忍漠视于其间。俗尚醇厚，洵可风焉。故当衰周干戈扰攘之时，弱之肉强之食，世道或几乎息；而世之贤者，如荷蓧丈人、长沮、桀溺之流，韬光匿采，各以是途为归，放乎物外，翛然以怡，以葆其天真。扬子云曰："鸿飞冥冥，弋人何篡焉？鹪明遴集，食其絜者矣。"殆庶几乎？

皖南吴君，先世贾吴，遂家焉。君之父辍业不事，颇事文史，插架千百卷有奇。君益增购三之二，筑傍室为庋藏之所，名之曰"友耕轩"。因其友某，求文为记。

夫吴君非耕者也，尚友不乏士大夫也，乃舍士大夫不友，独有取乎耕者，其意何居？盖今所谓士大夫者，吾略能言之矣。当其未得志也，徘徊朋旧间，一觞一咏，言笑言欢，亦尝厕乎风雅之林，以致其濩落不平之概。甚或指天日为盟，以道义相许，意为薄云霄，肺肝可倾示，死生患难，似可不渝厥志。曾几何时，一龙一蛇，升沉异况，而车笠之盟寒矣。彼以承颜悦色者有人，供奉使令者有人，通财贿、剂盈虚者又有人，何需乎朋旧为？即或倾心结纳，慷慨论交，类皆要津当道，声势倾一时者。与之上下议论，可以取容悦，联指臂，固根株，骄妻子，是又何藉夫贫贱之交哉？故其取友，在彼不在此。时而邂逅故旧，席次一二语，勉为周旋，无非隐拒其干求，深虑其称贷也。崭峻其色，凝重其言，使人望望然去之而已。怜范叔之寒，而赠以绨袍，其谊犹为近古，不能衡诸晚近时矣。公孙弘曰："宁逢恶宾，毋逢故人。"世态宜尔，要不足怪。

耕者椎鲁其性，疏粗其情，吐属鄙野，不知诗书为何物，宜若不足取者。独其为人谋，可期以忠；与之约，可期以信。就之谈稼穑，问桑麻，则津津乐道，委曲详尽，盎然无惰容。机心悉泯，主客两忘。朴乎质乎，三代之直乎！吴君有取乎耕者，殆以此欤？况耕之中，大有人在。耕历山者，圣王也；耕莘野、耕南阳者，圣贤而相者也。即辍耕太息者，亦不可一世之杰也。吴君于此物色之，得而缔交之，胜于友士大夫者远矣。余也将踵君后，芒鞋短褐，徜徉大陇亩，以歌《伐木》之首章。

《分湖旧隐图》记

神皋葱郁，一淆于羶腥，再盗于枭桀。世无桃源，地鲜本穴。风景不殊，奚堪举目？歌即硕鼠，求乐郊而遍地迷阳；动则伤足，眇焉之身将安从而得所？然不堪托足者，时为之也。不忘桑梓者，情为之也。时或俶扰，而情不能为之移者，充乎爱之心致之也。故君子必爱其乡，此亚子《分湖旧隐图》之所由作乎？

亚子先世居吴江分湖之滨，其尊公钝斋先生以萑苻不靖，始徙居梨华里，时亚子年才舞勺耳。顾亚子不忘分湖，十馀年如一日，至于绘为图，作为记，追维慨慕，若不胜情。甚哉亚子之爱分湖也！

梨华里距分湖不数十里，一苇杭之，朝夕可往复。而亚子思之不已，非爱分湖也，爱故乡耳。夫以一故乡之迁徙，事至微也；其迁徙不出邑境，地至迩也。至微至迩，犹恋恋不忍释，况其大焉者乎？盖亚子布衣爱国之心，溢诸言，见诸吟咏，形诸梦寐。爱之深，斯忧之至耳。人未有不爱其乡而能爱国者也。世固有善言爱国者矣，固有尝导人以爱国者矣，乃即其言以观其行，能实践者良鲜。居羌、胡之庭，则羶裘亦宗祖；处新、魏之朝，则莽、操亦圣明。或讴歌尧，或讴歌舜。一人之身，乍阴而乍阳，后先分数橛，一视势利为转移。以此言爱，凡夫力足以荣宠彼者，当无不戴之，如重佁之于豪门耳。茫茫禹域，为若辈充塞殆尽，繄可叹也。

夫孔子去鲁，则曰："迟迟吾行。"汉高祖过沛，则曰："吾虽都关中，万岁后魂魄犹乐思沛。"此爱其乡者也，其为人何如哉！昌黎谓中世士大夫以宦为家，承祚记安乐公乐不思蜀，此不爱其乡者也，其为人何如哉！夫爱乡与不爱乡，人品判焉，世运隆污系焉。君子兢兢于是，宜也。

慨予十馀年来，身如转蓬，或一岁而再徙，或一地而数迁，凡儿时竹马之场，钓游之地，岁曾不得一顾。洄溯从之，能无惘惘？今观亚子之图之记，滋益恧矣。是为记。

《分湖旧隐图》后记

亚子《分湖旧隐图》，予既已为之记矣。越五日，觉前所书者，有所未尽，故为之后记。予自谓具湖海之志，蓬飘絮泊，恒不以为苦。虽家近泖峰，宜知野趣，然有生以还，实未尝一领江村之乐。自避地柘湖，阛阳而郊阴，日处帆影楼中。暇则启北窗，凭阑而瞩，凡夫麦陇秧田，清漪绿树，村烟渔网，沙鸟风帆，无不历历在目，景色宜人；而九峰逦迤，排闼送青，更足怡神志而乐晨夕，诚哉乡居之适也。

夫柘湖弹丸之壤，夙无名胜，为逸士骚人所著录，犹且乐之如是。况夫分湖，汪洋浩淼，烟波千顷，环湖之滨，有若吴长兴伯之旧垒，徐俟斋之故庐，叶小鸾之香冢，凡诸可流连感叹、凭弔欷歔之地，游屐所涉，随在都是，宜乎亚子之不能忘情于其地也。

予之获交亚子也，在同川。至同川，当先取道分湖。犹忆其时扁舟泛巨浸中，推蓬四顾，以为是间湖水明秀，当钟毓异人。今其庶几，犹有人在，意者可旦暮遇之乎？而果得亚子。亚子亦以肝胆许予。吾两人者，邂逅如故，激昂抵掌，论当世事，谓旋乾转坤反掌耳。今垂垂十五稔矣，其间世运之离合，陵谷之变迁，离奇俶诡，不易殚穷。予也四方靡骋，息影穷陬；亚子亦伏处梨华里中，杜门不出。追念畴昔，能无怆怀？

且日月不居，湖流如故，吾侪昔时赤手屠鲸之气，今变而为白衣变徵之声。则亚子之怀旧也，岂徒分湖为然？殆藉分湖以概其馀乎？抑作是图者为陆生子美，其人美秀而文，亚子亟称之。予渴欲一见，未得其适，而生已溘然逝矣。则亚子展是图也，不特怀旧隐，抑将恸黄垆矣。是又大可慨也。沈砺后记。

越中三先生传

道非曰：越中徐锡麟烈士，余未见其人；若秋女侠瑾、陶烈士成章，固尝与之友矣。其人为不世出之人，其行事皆磊磊落落，驰日星而上。而乃星联珠萃，一地挺生，何越之多伟杰耶！今兹搜讨蠹简，网罗轶闻，得明末王玄趾等三先生殉国事，始知忠义之气，郁久必发。有前人椎心泣血，伸大节于千古者，即有后人之殚心竭虑，垂伟业于无穷也。彼二烈士、一女侠者，实三先生之化身；而三先生者，亦无非烈士、女侠之模范。惟人心未死，斯胡运告终，三先生之有造于烈士女侠者多矣，作《越中三先生传》。

王毓蓍玄趾，会稽诸生，受业蕺山之门。蓍尚气节，矜然诺。时时放达，博塞击鞠，与优人促席，操秦筝，呜呜而讴。蕺山之门人，咸侧目谓非其徒，毓蓍不顾也。天启中，乡人有党逆阉者，势甚焰。毓蓍怒，跳身而逐诸途。其人语人曰："某得罪朝廷，不得罪于非门非户之秀才。"闻者笑之。黄漳浦奉命祠宋六陵，至会稽，闻其名，欲一见。遇于鉴湖，毓蓍方棹小舟，与优童度曲乱苇间，刺舟而去，终不与见，漳浦为之怅然。乙酉夏，杭州陷，邑中无赖诸生，群议犒师。毓蓍愤甚，榜其门曰："不降者会稽王毓蓍也。"众惧祸，阴去其榜。闻蕺山举义，大喜。越数日不就，乃上书曰："门生毓蓍已得死所，愿先生早自裁，无为王炎午所弔。"又作《愤时致命篇》，揭于宋唐义士玉潜祠壁。其文略曰："群奸误国，庙社沦胥。愤怀事变，恨不手斩贼臣之头；恸惜时艰，且思生食叛人之肉。养兵十载，大帅惟识奔逃；积粟千仓，墨吏半私囊橐。"又云："冠裳世禄之家，营窟以待伪朝；郡邑莅事之长，收图以修降表。追呼犒迎之费，尽属青衿；供奉夷狄之牌，遍传黔首。文非饰过，则曰暂屈必伸，当效会稽之辱；忍耻苟全，且谓长往不返，驾言东海之逃。"又云："号哼莫闻，痛哭无路。用殉蛟腹，愧彼鼠心。

古称五死，何若捐躯赴义之可乐？寿止百年，保无疾病水火之杀人？惟兹清流碧水之中，正是明伦受命之地。鬼如不厉，为访三闾之踪；魂果有灵，当逐伍胥之怒。真能雪耻自任，原激发于光天；倘或同志不孤，敬相招于冥土。”其友赵广生过之，毓蓍问曰：“子意若何？”对曰：“无何也，不有渊明处士例乎？”毓蓍曰：“噫！何言之易也？吾与若，皆声气中人，久则难持，不若速死之为得也。”乃招其素所与知者，令伶人携乐器至，呈艺竞欢，酒酣而罢。即持具出门，正衣冠，自投柳桥下死，时六月十二日也。蕺山临终，叹曰：“吾二十年讲学，仅得一玄趾而已。”

潘集，字子翔，与毓蓍同邑。性嗜酒，家贫不数得，时从友人索饮。既醉，或歌或泣，人皆以狂少年目之。闻清兵将至，自誓必死。家人曰：“江南甚大，殉国寥寥。一布衣耳，何死为？”集曰：“苏州之役，吾王父母俱死于虏，吾三奔丧，竟不得一骸骨。今靦颜求生，甘戴鞑靼为君，将何以对先人地下？”闻毓蓍死，为文哭之。其词略曰：“自古国运靡定，所赖忠荩壮河山；至今壮士胡为，徒令儒生经沟渎。念太祖三百年养士之恩，竟同豢豕；思先帝十七载作人之德，无异饥鹰。”又云：“惟我王子，气吞江浪，质洌寒泉。魂游故国，羞为他作嫁衣裳；声烈前朝，不落第一流人物。立身不二，如处女无有再婚；国士无双，知名下宁为虚誉。自兹柳桥石厉，不数司马题辞；泮水澜清，可继屈原骚赋。集也闻风起鹊，幸达人先获我心；饱血啼猿，耻今日独为君子。魂其有灵，下榻俟我。”读祭文罢，哀恸几绝。遂与友人痛饮，约同死夜半。书于几上曰：“水清月白，吾骨不黑。”袖二石逾女墙，沉东渡桥下。集既死，其友负约。集母哭而詈之。

周卜年，字定夫，山阴文节公族子也。家贫力学，年三十犹为布衣，滨海而居。闻王、潘殉国，曰："二子死不先，卜年死不后也。"及闻城中已剃发，逻骑四出，卜年仰天呼曰："天乎天乎！余尚何以生乎！"摘所佩玉雷圈碎之，以纸包裹置案上，外书："宁为玉碎，无为瓦全。"遂作《绝命五歌》，一歌有曰："有君有君空号呼，昔也洒血升鼎湖。今王出走蒙尘涂，敷天瓦解畴张弧。"二歌有曰："有臣有臣谋家肥，处堂燕雀孰知机？寇来贡策贪紫绯，民离师溃成空扉。"三歌有曰："有父有父籍钱塘，寒灯暑月穷素缃。王母漂棺海佛洋，寻棺七日奚衔浆。"四歌有曰："有母有母矢靡他，坚白操节馨椒荷。哀哀罔极空吟莪，母节未旌可奈何。"五歌有曰："我生我生竟成空，恨不学剑弯长弓。神州陆沉将安穷，徒怀报国忧忡忡。"又云："罗江水，为清唾，人在水中同天卧。今余赴海葬鲲鲸，西风渡我步前英。"又弔王玄趾诗五首，有曰："鼓笔由来未学戈，书生壮魄气偏多。"又曰："京国冠裳嗟扫地，故宫花草痛成墟。"又曰："汨罗今不嗟孤偶，为报行吟硕客来。"又曰："冠裳一死留千古，形落沙沱气不磨。"复书与弟曰："海水滔滔，不必求吾尸。无后之罪，惟贤弟赎之。吾尽吾心，人虽目吾为迂，固甘心也。外数言嘱于汝嫂，曰：'倘有遗孤，则不可不守；无孤，则不可不死。既无遗孤，又不能死，则不可不嫁。当敬听吾言，勿贻后累。'"处分毕，蹈海而死。越日，其叔溯流而求之，且哭曰："儿死矣，得从王、潘诸君子后，我何恨？"顾尸不可得，骨肉情深，伤如之何！其妻亦躄踊而号。忽见一尸从怒涛中逆流而上，止于前卜年所蹈海处，冠履不失，颜面如生。众嗟异之。是日，越中义师起，承制赠毓蓍翰林待诏，赠集与卜年教授训导。而越人感三子之节，私谥毓蓍正义先生，潘集成义先生，卜年全义先生。

道非曰：吾闻之，煤山大行之哀耗，达于绍郡，萧山诸生徐芳声、蔡士京、何之杰等，会通庠文学恸哭于明伦堂，呜咽欲绝，随有不愿仕进、冥鸿高骞者百十三人。及至郡城将陷，而刘蕺山、祁幼父两先生各成绝命词，慷慨引决，而皆死于水。“德不孤，必有邻”，其斯之谓欤？自数先生成仁后，不数日中，郑遵谦起义郡城，熊汝霖起义馀姚，于颖起义萧山，戮伪官吏，拥戴鲁王监国，画江而守，以遏虏师。或谓诸先生之死，稍缓须臾，则股肱耳目，赞翌腹心，天下事未可知，何遽以一死谢责哉？不知以仓猝召募之馀，当剽悍方张之寇，残山剩水，何能挽回？死一而已，乌有前后之别哉！彼起义诸君子，能仗臂一呼而四方云集者，未始非以诸先生之死之烈，乃闻风而兴，投袂而起欤？虽然，今兹胡运告终，诸先生为不死矣。列名《贰臣传》者，斯之谓真死。

何君静渊诔词 并叙

予家侨居金山，已历三世五十载矣。童年负笈云间，而于邑人士多奠之识。闻南乡有何君静渊者，绩学敦朴君子也，心仪之。甲午而后，新学稍稍萌芽，予年垂及冠，颇知非兴学不足以强国本，非教育不足以开风气，遂以曩昔所业，决然舍去，时探讨有用之学。顾力弱识隘，未得以益己，遑问益人？而君于兹时，已备脩脯，聘名师，创学塾，启导金邑之学风，引为己责。然而横目蚩蚩，易惑难晓。事非经见，则以违故常訾之。此时也，讪笑盈田间，疑谤腾众口，含沙射影，日月而作，佥将耽耽窥伺，得摇撼倾圮之而甘心。而君一不之顾，行所无事，视浮言胥动，若奴风映环，听其自起而自灭也。盖志定于平时，学能以自信，故得镇静如是。久之而嚣尘息矣。予闻而伟之，因造五区，观君所建之学塾，遂以识君。金山自君首创学校，而县学校，而实枚学校，二三年中，相继而起。至今一邑间，高等、初等学校，增至数十区，学风之盛迈他邑。伊谁之功欤？固不能不以先觉归诸君。

君体素羸。文字之外，旁及绘事。攻举业，为学官弟子，非其志也。兴学之始，无公费之补助，则罄先世蓄以措拄之。旁午拮据，时而不继，而外来谣诼，复纷沓至。君焦神苦虑，俯仰顾瞩，忘寝废馈，力图万全，曾无几微之隙，窘乏之色示诸人。其心力之瘁，为何如哉！自是而后，君因得脑疾。病作，猝然倒地，手足皆冰，鼻息仅属。一日，膳夫以午餐需市鱼作脍，请诸君，适囊竭，卒卒不能应，乃以笔绘鱼者再，蹶然仆，久而始苏。后虽悉力疗治，以病根深，终未能脱除。嗣以公事丛脞，挺身任之，无间风雨，而精神益衰耗。今年春，疾复大作，至三月八日，遂卒，春秋四十有四。

予素知君，且君长子建威从予学，故知君尤详，于是挥涕以为之诔，词曰：

业尚始奋，人贵特立。志之所存，有经有执。前不必承，后无能袭。举国莫为，我独汲汲。凡今之人，耳目濡染，顾皆嚣嚣；而曰兴学，不知厥初，辕驹促促。克整始基，斯名先觉；桓桓何居，人者之勇。真知灼见，大局是恐；首辟天荒，鄙塾是重。力为一方，扩清蔽壅。眷溯神州，飞艇雷毂。屯萃一隅，骎骎逐逐，阴阳开阖，机械反复。操刃衔蛇，凶神电目。言也柔顺，行也激迅。如蠹之啮，尺寸以进。巧朘豪夺，抵瑕蹈衅。自甲徂庚，一震再震。蠢蠢者狮，有庞其形。高卧樊槛，鼾鼾未醒。播弄任物，冥顽不灵。其来已久，困于羶腥。如无君曹，覃思渊虑，烛机于先，措学于预，长夜漫漫，何时以曙？朽索仅存，曷控六驭。既值狼咽，又将鲸呿。周馀黎民，进退无据。抑闻《春秋》，义剖华彝。君也龂龂，辩之无遗：教育本原，其在于斯，洗耻之券，强种之基。天道福善，德至寿隆。今胡匪然，实命不丰。陨宝随沙，傺幽告终。徒存睿音，永永无穷。冥冥重泉，嘈嘈广柳。吁嗟乎君，遂弃尘垢。遗田一顷，饘饴能久；遗书千卷，有子能守。遗校一区，世潭孔厚；遗名弈（奕）禩，丰碑在口。怛化顺常，待昌厥后。呜呼哀哉！

翼云文选

孙鹏，字翼云，浙江嘉善人。今录文二首。

祭沈守瓶沈少波两先生文

维民国纪元十月一日，为二君因公惨死之期年，同人等因假城议事会，开会追悼。孙鹏乃敬以清酌庶羞，致祭于二君之灵曰：

呜呼哀哉！二君其竟死耶？其竟惨死耶？其惨死竟期年耶？古人有言："死有重于泰山，有轻于鸿毛。"二君之死，其泰山耶，其鸿毛耶，必有能辨之者也。

回忆去秋八月，余适病热，转碾床褥，日与医药相亲，于世事久不闻不问。忽而噩耗传来，谓二君为人中伤，猝遭惨死。余始而骇，继而疑，终乃恍然曰：是无足骇、无可疑也，是亦有道存也。今夫世之君子，抱世醉我醒、人浊我清之志，此本自洁其身，宜乎与世无关，而有时且为人嫉视；况为举世昏迷之日，乃欲出而图提撕警觉，为因革损益，以遂其转移风俗计乎？且人心之不同，各殊其面。是故一利之兴也，未必人尽以为利；一弊之除也，未必人尽以为弊。则积嫌成怨，积怨成仇，种因得果，固无足怪。

余意二君任事之初，虽亦知之，而有所不顾也。独惜二君不能同流合污，以唯诺博长者之名，则至今幸福正无量也，又奚至为人中伤，猝遭惨死耶？虽然，人生百年，同归一死。没世无称，君子所疾。意者二君之死，或反以成二君之名耶？则泰山、鸿毛之分，必有能辨之者也。呜呼哀哉！尚飨。

沈君守瓶家传

沈君守瓶，讳枢，嘉善之枫泾人也。生性鲠直，胸无城府。年未弱冠，即以豪侠闻于乡里，人咸以大器目之。会壬癸之际，党祸方殷，东南名士，多被逮者。君深叹国事不可为，拔剑斫地，目眦尽裂，尝愿牺牲己身，以利同胞。顾生平无他嗜好，独善读书，通大义，不屑屑为章句之学。

时沪上学校林立，君知非兴教育不足以振中国，非有经验不足以兴教育，遂投身学校，毕业于上海理化专修科，归就本邑典业两等小学教师席。凡平日上课，口讲指划，无非晓诸生以爱国大义，于种族之间，颇多微词。曾为顽固者所反对，亦不足以挫其气。复纠合同志，组织劝学所，君即被举为所董。任职四五年，克副厥职。于地方学务，应兴应革，措置裕如，不辞劳瘁，不避嫌怨。其筹措教育经费，尤奔走喘汗，遑不宁处。禀请大府，夺诸势绅之手。盖前此办学诸人，大都侵蚀公款，敷衍塞责。曾有学生十馀人，而常年经费，开支至四千馀金，如县校者，至是咸被撤退，而诸人恨之刻骨焉。

学界经此刺激，故虽乡僻小学，咸思振奋，一变从前敷衍之习。莘莘学子，受惠良多。而君之死机，即于此伏矣。去年城镇乡自治会成立，君又被举为本乡区议员，多所建白。卒以经费支绌，实行者少。今年八月，君以开办西北区初等小学，筹募该区窑捐，为忌者播散谣言，致酿成窑户闹捐风潮，而君与其族兄讳椿者，遂并遇害云。君年三十五，妻某氏，子女各一。

孙鹏曰：余与君交才三载耳，颇称莫逆。而性情不同：君性果毅，能断大事，历办地方公益，百折不挠，是以声名倾遐迩；余性悱恻，一挫即已，困守家园，为时流所讪笑。即余亦避时流若浼焉。乃君反以此为忌者所中伤，致不得共襄此次光复盛业，以抒君之怀抱；而碌碌如余，反得有自由之日，夫岂有幸不幸耶？虽然，桑梓学务，因君而兴。饮水思源，盖君为不死矣。

天石文选

周亮，字亮才，号天石，浙江嘉兴人。民国五、六年之间，余在北京，与亮才聚首颇频。余回沪后，虽曾一再握手，然踪迹颇疏矣。今录文二首。

程蕴秀女士事略

女士名仪，字云修，号蕴秀，浙江嘉兴新篁里人，吾友陈西溪先生之元配也。祖讳荣，以热心慈善事业称于里闾。

父讳祖荫，字亮卿；叔讳祖培，字厚卿，均郁郁不得志，先后得神经病而亡。母氏张夫人名定，字淡尘，同里名士叔未先生之曾孙女，今历办新篁公益建甫先生之女弟也。

叔未先生及其子讳庆荣、孙讳晋燮，当时以诗古文辞著。张夫人学有渊源，有谢道蕴之遗风。女士丰姿饶秀，性亦柔顺。自幼受书于张夫人，稍长就学于其兄子良先生，智识程度，一日千里。故不数年而通书史，善谈论，杰出于诸表姊妹之中。盖谢娘之姿，齐姜之志，鲍妹之才，孟光之德，女士兼而有之矣。

张夫人有姊二：长适吴兴赵氏，子一，名景简；女一，名连韵。次适同里陈氏，子二，长讳以仁，次名以义，字仲权，西溪其别号也；女二，长名璀，次名瑛，字志权。程、张两家，与陈氏家相距只一水之隔，张夫人或一月或两月，必约西溪母同往母家，又时至陈氏家，至则女士必与俱。时或不至，陈氏一门，为之不乐。盖西溪之母，爱女士若己出；女士又与陈氏姊妹，谊同骨肉；西溪之祖莲卿公，乃翁紫冈先生，均以女士与西溪年貌相若，早目为将来小比肩故也。莲卿公异箦前数日，谓西溪母曰："得程氏女为吾次孙妇，陈氏门楣光大有日矣。"

莲卿公卒后三年，女士与西溪既订秦晋之盟。西溪为张夫人招往课女士两弟钟英、钟俊及从弟钟源。藻春堂前，牡丹花下，西溪每成一诗，必有寄托。其《咏梅花》诗三十首，为女士之兄抄示女士。女士读至"暗香浮动林逋宅，纵住孤山也不孤"句，为之凄然，以为青年不应有如此笔墨。呜呼！唐崔曙《火珠》诗有"曙后一星孤"句，卒成谶语。女士当时，岂预知孤山句为不祥而云然乎？斯亦奇矣。

庚子九月，女士既归陈氏，西溪出《倚云楼诗稿》示女士，女士亦出手抄唐宋名家诗集示西溪。女士好批评，西溪诗被删者什之二。自是西溪每作一诗，每填一词，必就正于女士，因将《倚云楼诗稿》改为《倚云楼倡和集》焉。女士尝谓西溪曰："待人须用恕道，须忠厚。君能不忘吾父、吾叔之号，常以一'亮'字、一'厚'字放在心头，其寡过矣。夫君其勉之！"又曰："人至郁郁不得志时，只须记得'希望'二字，可以排遣一切。吾父、吾叔抑郁而亡，今尔兄又患病，皆由于忘却'希望'两字所致。君其戒之。"

一日女士阅沪报，忽叹曰："不良政府，外交失败至此！吾二人犹不知亡国灭种之祸，日以批风抹月为事，此所谓叔宝全无心肝也。"西溪答云："国亡久矣，非改造政府，汉人虽欲保种，势有不能。"女士曰："君有何能力，而轻言改造政府乎？"西溪曰："以文字鼓吹。"女士曰："纸上空谈，非徒无益，恐惹起当道疑忌。不如秘密择交，俟有实力，或可有望。但君近日大有'此间乐'之意，非吾所望也。"自是西溪每一友过访，或往访一友；每致友一书，或接友一简，女士必一一诘问。西溪笑谓之曰："许子何不惮烦如是！"则对曰："愿君留心时事，亦如吾之处家可也。"又西溪每购一食物，或亲友馈遗之物，女士必以之分致太姑，以次且旁及一七龄侍女。西溪尝止女士勿给侍女，女士曰："此亦人家子，不幸乃父为房杜痴儿，家产荡尽耳。否则，今亦一大家女子，岂为吾侍女哉？君毋卑视此人。"西溪为之感动，生平力持平等主义，实自女士此言启之。

而女士之为人所难者，犹不止此。女士归陈氏方五日，因见西溪嫂金女士主中馈，日不暇给，即改易便服，淡扫蛾眉，分任其劳。金女士以女士素弄笔墨，且为新嫁娘，假舅姑命力辞。女士曰："不闻古人有'三日入厨下，洗手作羹汤’者乎？妹来五日矣。所雇一妪，年老矣，不足当指臂之使。不嫌妹拙于烹饪，劳苦共之，妹所愿也。”于是金女士叹服，有事必就商于女士焉。

辛丑正月，西溪因不忍别女士，辞去贲湖沈氏馆务，大拂乃父之意。女士知之，谓西溪曰：“君欲为旅齐之晋公子耶？吾虽不能为齐姜，请自今日始，无相见也。”西溪词穷，视女士为畏友，乃复往贲湖，自此相见日少。女士固因此见重于乡里，而西溪至今追思往事，每叹身不自由，姻缘缩短，悼亡不已，十数年如一日，其原因盖在此。

是年冬，女士探知西溪妹皮衣未制，因解一皮半臂赠之，谓西溪曰：“此妹他日须令其入校，智识一增进，当可有为。”及垂危之际，又谓西溪曰：“吾疾不可为，其赍志以终乎？他日君必遣尔妹入校。吾妹稍长，亦请劝令出外求学。新篁女学前途，吾于此两妹是望。吾身虽死，心未死也。”（女士妹名珏，西溪字之曰志仪，盖冀其继女士之志耳。）又谓西溪曰：“吾日夕入地，君将如何？”西溪曰：“吾名以义，何忍负义独生？”女士曰：“君误矣。大母及二老在堂，一妹未字，君兄病久，嫂止一女，陈氏尚无后，吾女又呱呱待哺。君若殉义，如一家何？荀奉倩恸妇而亡，只博一义夫之名，识者非之。时局至此，正豪杰并起亡秦之日，君不计及此，而拚一有用之身，以图一冥冥中不可必得之会合，毋乃愚乎？请君努力前途，毋殉小义。他日如为祖国殉大义，则死得有价值。九原有知，当来欢迎。否则即或地下重逢，吾亦相避不见矣。”呜呼！吾观西溪归自东瀛，鼓吹革命，不遗馀力；于上海起义时，奔走枪林弹雨之中，星夜乞师于李燮和，以竟陈其美未竟之功；至联军会攻金陵，绝温峤之裾，从朱瑞于马群，每一进攻，挟必死之志，执戈相随，不避艰险，卒以目睹金陵之恢复：要非女士在日，勉之以大义，无以坚其志也。

按女士之病，起于辛丑年十一月十七日。先是女士产一女，因侍者看护不周，睡中失枕，淤血上冲，以致病势日剧。西溪以无自主之权，迟迟未以重金延聘良医。庸医杀人，咎在海盐张某。洎良医孙某至，已不可救药，遂于是月二十九日下午八时，别西溪而逝矣。哀哉！

新篁巾帼人材，自张叔未先生诸女孙玉秋霞女士、西溪之祖姑母陈隐女士以来，寂寂无闻。女士于庚子祸变之后，痛定思痛，悲祖国之不振，慨女界之无才，勉夫子以大义，勖两妹以求学，其在当时已然。使女士至今犹存，则置身社会，有裨于民国，当更不少。天促其年，赍志以没，西溪失一内助；即我嘉兴女界，少一人才。吾述女士行略，不独为西溪一人悲，实为我嘉兴女界前途悲；且不独为嘉兴女界前途悲，实为全国女界前途悲。

然西溪于女士亡后，能不忘女士在日之言，东游扶桑，物色人杰，不数年而志权、志仪两女士，先后遣入吴兴女校，又不数年而新篁女校组织成立，又不数年而志权女士学成而归，主持新篁女校。至武汉起义，西溪与两女士置身命于不顾，奔走杭沪、苏宁之间，同为民国效力，女士为不死矣。

胡衡青传

君讳秉钧，字衡青，浙江秀水人。其先世业儒，宦于苏，因家焉。父讳肇基，官奉贤县典史，以廉介称。君生而颖悟。八岁失怙，家贫，兄丽青改业商。君请于太夫人，愿求学；不许，则泣而不食。太夫人怜其志，典钗珥以资之，乃入位育堂肄业。勤苦异常儿。数年，学乃大进，援笔辄千言；普通科学，亦秩然有门径。或劝之应举子业，君曰："丈夫学为己耳，奚与鸡鹜争食耶？"

时欧风东渐，学校云兴。南洋公学者，其规模宏大，尤为南中冠。君入学三载，艺益进，而家益贫。然君性纯孝，不忍重增亲累，于是始辍学，就武陵、松江、常德各中校教习。脩脯所入，悉供菽水。暇仍修业，不少懈。既而太夫人卒，君哀毁逾恒，痛不欲生，泣曰："吾所以废学而忝为人师者，为有老母耳。今已矣，复何为？"朋辈劝慰至再，乃更入苏州铁路学校建筑科肄业。

吾国数十年来，受制于外人者，铁路实为其枢纽，若京汉，若京奉，若沪宁，若道清、广九、正太诸路，靡不假手于外人，而隐为所操纵焉。君尝痛夫我国铁路人才之缺乏，而太阿倒持，縻款不知万几，意非致力于工程之学，不足以图远大而策将来。故入校后，以此自勉，而又以勉同学。迨沪杭甬路事起，南中人士颇愤激，拒款风潮，一日千里，君独夷然曰："外人之所欲者，建筑与管理之路权耳。吾侪就业路校，学成有日，报国无穷，他时勿谓秦无人，奚必借才异地哉！"同学壮其言，咸为感奋。君益励学，四年蒇业，犹不自足。适浙省招致留美学生，君以前列，获派赴美，入理海大学土木工程科。

理海大学，夙以工程科著闻全美，课程繁密，学术精深。彼邦士子，有学四年而不能毕业者，君仅三年而得土木工程师学位焉。同学乃举为理海大学学生会会长，暨东美中国学生会代议部议员，于是名益噪。得理海校长之介绍，实习于伯利恒市之千伯建筑公司，暨奔薛耳浮尼亚铁路之保路部。继又受纽其善省工程部之聘，为测绘科办事员。吾国人之任职于美政府者，君实首屈一指焉。非造诣之深入堂奥，而能若是乎？

君性和蔼，学丰不自满溢，然持躬高伉，遇事不能屈。名益起，忌之者亦愈众。故居美数年，恒郁郁不自得。辛亥，闻中国革命奏功，易专制为共和，乃奋袂起曰："归去来！此正丈夫报国时也。寄人篱下，胡为者？"毅然辞职归。比及沪，四方想望丰采，聘书麇至，卒就苏州省立第二工业学校之聘，为土木科主任。是校即前铁路学校所改组，示不忘本也。

先是，君以勤学太过，元神亏损，归而病发，卒不起。时民国三年十二月二日，年三十有二。

周亮才曰：余与君同学于苏州铁路学校。观其为人，刚而有礼，有古君子风。与之谈时事，则拔剑斫地，激昂慷慨，有不可一世之概，倘所谓义胆侠肠者耶？其后余供职于沪，君游学于美，犹互通音问，以道义相砥砺，乃不得一把晤而竟死。呜呼痛哉！夫以君之志、之才、之学，使天假之年，而发纾其抱负，其施于国家者，孰得而量之？乃以身殉学，怀才莫试，卒夭其天年。《诗》曰："人之云亡，邦国殄瘁。"不其然乎？

天风文选

谭天，字天风，浙江嘉兴人。今录文一首。

募建白文公祠小启

峡川旧有白文公祠，前清嘉庆四年建也。藻棁腾骧，觚棱嵽嵲。下临白水泉，可雪赏花新井之诬；上接紫薇碑，已镌登山望湘之句。乃者丹青剥蚀，粉墨眵昏，砖甓零星，宗庙穿漏。沉芦沕石，葛洪之丹井共埋；莎绿缭垣，顾况之书台偕圮。过西山而访古，犹令人叹公之始末，有不可及者六焉。

公幼识之无，早谙声韵。忧甚于梁鸿《五噫》，学论于元稹一书。《新乐府》一编，缕缕丹心之苦；《秦中吟》十首，丝丝白发之愁。继诗史于杜陵，侔笔谏于柳氏。可奉为子寿千秋之鉴，可视作公艺百忍之书。其讽谕有如此者。公以宏放之怀，蓄兼济之志。陛下误矣，直论用兵之非；君子多之，争羡补政之缺。及刺杭而作吏，更浚水以溉民。上继李邺侯，疏引湖之井；下开钱武肃，筑捍海之塘。较之白公穿郑国之渠，叔敖灌雩娄之野，事相仿也，泽更深焉。其经济有如此者。

公尚友陶潜，近交韦楚。邓鲂喜而唐衢泣，都属知音；朗之酒而如满禅，半联胜引。托之松契，刘同州唱和合编；赠以竹筒，元拾遗往还成集。洛中七人之会，依然聚贤竹林；香山九老之图，半减朋吟莲社。其交游有如此者。

公管领湖山，平章风月。双鬟玉指，凉夜吹箫；五马金鞍，清晨按部。著冷泉之记，聊析烦而解酲；吟池上之篇，亦识分而知足。袖中诗本，吴郡翻新；襟上酒痕，杭州怀旧。其闲适有如此者。

公占多清福，畅叙幽情。红藕花中，画船小泊；绿藤阴下，歌席闲铺。小蛮舞杨柳之纤腰，樊素开樱桃之笑口。商妇琵琶细诉，搅荻花枫叶之愁；陈宠觱篥轻吹，谱霓裳羽衣之曲。盖以东山挟妓，即是苍生；栗里闲情，何瑕白玉。其豪宕有如此者。

公自静其心，独延寿命；无求于物，聊长精神。携青竹杖以随身，诵《黄庭经》而在口。秋中往香社，木樨芳果否闻来；月下宿剑池，金粟影定然现出。此亦贾岛之敲诗入定，非若苏晋之醉酒逃禅。其清寂有如此者。

呜呼！如此名流，合崇祀典。今者展屏间之画像，孰钦凤阁舍人？奉心上之瓣香，谁是眉山居士？爰拟重加葺缀，仿香炉峰之草堂；小事雕锼，比金牛朔之竹阁。凡吾同人，尚输鸡林购集之金，以置仙龛署名之榜；庶几具梁卵焍黄以筮吉，储竹头木屑于成功。十笏量来，仿佛松斋白屋；两楹莫罣，安排木机素屏。从此俎豆荐馨，宛奉防风之粥；管弦奏乐，合谱贺雨之诗。则骆马柳枝，如见感伤晚境；而白衣鸠杖，又将亲炙芳型已。是启。

折三文选

郑之章，字折三，浙江桐乡人。今录文二首。

朱襄廷《蜗庐诗草》序

富春为天下山水窟。往余省亲兰溪，由钱塘南溯，出富春江，两岸青嶂层叠，俯瞰江流，葱葱郁郁，秀气旁薄。度必有一二士得其钟毓者，然末由一征其实也。新纪元之明年，吾友盛知事味根，奉檄宰斯邑，幕中人才特盛。长教育者，为邑名士朱襄廷先生。时吾乡沈君晓帆，屠君荣襄，陆君平之，暨余侄指高，先后客味根所。他日归，莫不称道先生著述之富，诗古文辞，不名一家，近今作者罕与匹。余闻而喜，喜余所谓得山水之钟毓者，于是乎有征。因寓书味根，乞先生为寒宗诗存序。味根且邮示先生所撰赠君家传，文之秀气旁薄，一如其乡之山若水，殆即其乡山若水之钟毓所发见者欤？然则先生之诗，又可推而知矣。

今味根试京兆归，将改官江南。先生亦解去幕职，日寻诗于其乡之山水间。所著有《蜗庐诗草》，属味根征序于余，余始得尽读先生之所为诗。其运思纡徐，若重峦之盘折。其音节浏亮，若幽涧之泉鸣。其笔情变幻，若行云浮岚，朝暮易观，而阴晴异状。其势之奇特，气之奔放，又若孤峰杰出，群岭失峻；瀑布千尺，悬崖直泻。诗境之妙，得未曾有。每一披览，秀气旁薄，盖仿佛乎此身复在富春舟中，卧看江上青山也。夫富春山水甲天下，士独藉其钟毓之秀，发为诗古文辞，以驰声当世，诚宜为富春之士幸。然士之藉其山水之钟毓，发为诗古文辞如先生者，能自行于当世，俾当世诵其所为诗古文辞，益遐想其山水钟毓之秀，亦岂非富春山水之幸乎？然乎、否乎？余将往质味根，并质诸吾乡人之曾客富春者。

赵书青哀辞

呜呼！自军人专制，非法而被戮者骈矣，独吾书青也欤哉！

书青姓赵，名元琨，吴兴人。仕湘为永兴县知事。值郴州变兵陷永兴，书青走衡阳道乞援，道尹令随营效力，而将军不许，遂正法军前。时三年某月日也。冤哉冤哉！夫兵而变，律以军法，则主营军官首当死。然皆贷一死，以劝其后效；而贷独不及文官，何也？且湘滇之兵变一也，军民分治亦一也。同一失事文官，滇付惩戒会，湘则付军法，又何也？然则法不死书青，而书青竟死法，乌可不原其所以死耶？

或曰："文人知兵，武夫所忌。向者书青尝统领湘南水师营，安知将军左右无嫉视之者？此书青所以死。"或又曰：

"军法不行久矣。不行则玩，行则虑激变。借文官以徇军，安知非将军之隐也？此书青之所以死。"呜呼！果如是，不谓之非法得乎？

先是书青知衡山县事，解任还，与余遇沪上，言湘非乐土，不可仕，将他适。初不意其复仕湘。死生虽有命，吾不能不为书青咎也。然滔滔皆是，与其避地，无宁避世。吾往岁数遇书青，而未尝为书青一言，则是冥冥之中，负我书青甚矣。伯仁由我，谓之何哉？爰述哀辞，以达吾私。辞曰：

彼虎兕之出柙兮，岂夫人之失察？何鱼网之倒施兮，鸿则离而不出。余方以生离为悲兮，夫孰知其死别？死别亦云可惨兮，况复惨死于凶折？鹤唳其不复闻兮，广陵其自此而绝。我欲赋《大招》以招魂兮，恒惊颤而中辍。既私悲其狐兔兮，亦隐痛夫天心之嗜杀。狂飙覆巢兮，卵无完物。昆冈火炎兮，玉石俱裂。乱纷纷其未有艾兮，等人命于虮虱。生不辰而罹凶兮，岂尽由己而作孽？自古皆有死兮，奚福极之可别？纵夫人之不保身兮，曾不稍损其明哲。羌埋魂于覆盆兮，世昏昏其谁雪？意其不化精卫以填海兮，亦将为杜宇之啼血。讯曰：一死兮万事毕，愿生生世世兮解冤结，魂兮归来勿叫屈。

均卿文选

王文濡，字均卿，浙江吴兴人。今录文一首。

《明清八大家文钞》序

湘乡之序欧阳生文，而述周永年氏之语曰："天下之文章，其在桐城乎？”由是有桐城派之号。溯其所自，至今未及百年也。窃谓文之有派，如政家之有党，禅家之有宗。就其师法之相承，精神面目之相似，从而区别之，曰某某派。其道虽戾于古，其用要无谬于今也。

桐城派之杓岳于今，学者取径之最近于今，大有日月经天、江河行地之势。望溪诚开山祖矣，而昆仑远脉，乃在震川。震川惩王、李辈皮袭秦汉，恣为博奥之弊，而本诸义理，切实发挥，虚气浮响，一扫而空。有明一代，起衰赖焉。望溪之谨严朴质，高浑凝固，实宗师之。自姚氏姬传出，而此派益大。

姚于刘氏为亲炙，于方氏为私淑。义理、考据、词章，三者不可偏废。必义理为干，而文有所附，考据有所归。至理名言，遂为文家之金科玉律。沿流而起者，伯言梅氏，濂亭张氏，挚父吴氏。精神面目，稍稍变易，要莫能轶其彀率之外。

湘乡根柢六经，泛滥百氏，含英咀华，不名一家。而平生致力，以姚先生之言为兢兢。文家正轨，违此何求？其愿闻謦欬之心，亦隐然自附于桐城之列。伏念我国古矣，人才众矣，上下求索，能文巨子，缕指难数矣。桐城蕞尔邑，僻在皖省，寥寥数子，自成风气。沾丐所及，宁有涯涘？不有归氏，无以启于前；不有姚、曾，无以光于后。周氏之言，大而非夸。源远而流益长，不朽盛业，具在兹乎？

予生也晚，乡先生之遗风，不获觏接矣。夙好所在，辑得是编，存先正之典型，树后学之模范，覼缕言之，不自知其识之无当，语之不文也。

巨摩文选

章闇，字巨摩，浙江丽水人。今录文二首。

詹烈士事略

君姓詹氏，讳蒙，字养先，浙江宣平人。兄弟五人，君居长。自幼天性纯孝。年十四，就学于县高等小学。所居地曰溪口，离县治十馀里。每七日假，必归省其亲，虽甚风雨勿辍也。未几，投考浙江陆军小学。庚戌冬，卒业旋里，年二十矣。其父欲为娶妇，君婉辞之。友人有私诘君者，君笑曰："匈奴未灭，何以家为？徒乱人意耳。"闻者早知君之志矣。

辛亥春，佐理邑中学务者，凡四阅月。金华来君伟良，在宣平任高等小学教习。来君曾卒业武备，至是欲邀君往金陵陆军中学。君喜，与之俱，至金陵。不五月，而武昌事起。君闻之大奋，即与同学数人赴武昌，投入步队。每战必先，弹不虚发，然亦卒以此殒其生。

当十月初旬，两军剧战襄河间，我军筑长堤于河南岸，群伏堤内狙击。君左耳先着弹，血沾滴肩肘间。君以手拭之，随拭随击。同学中有劝之少息者，君不应，犹时时向外望，以测己弹力之中否。忽一弹自敌军中飞来，骤贯君脑，遂仆地不能起。同学宛转舁君至营中，离营尚数武，而君已绝矣。春秋二十有一。

章闇曰：吾与君生同郡，顾未获识君面。死战之状，乃邑子傅君伯龙，得之青田吴君者也。吴于君为同学，与君同在军中。既睹君中弹状，即与同学舁君行。自言方舁君时，忽觉腿际热度骤烈，急扪以手，则一弹已自左腿突贯右腿出。踉跄舁君至营，而己亦委顿不能兴矣。吴君伤复后，自上海至宁波，为傅君言之如此。

军兴以来，诸志士之涂肝脑、捐顶踵，以争此汉族尺寸土者，不可缕指数。而二三庸妄巨子，顾欲觊人之功以为己有，播弄文法，安坐而享其成，何其无耻也！夫以诸志士爱国之挚，生命且不暇惜，何有于功伐？独念觊觎不已，继以倾轧；倾轧不已，结为仇雠。使苦战垂成之功，不幸将自若辈手中隳之；而诸志士战死之光荣，或且黯黯焉以具泯。此则诸志士所为忧思耿耿，殁而犹炯者尔。因书詹君事，牵连及之。呜呼！吾秉笔至此，吾安得托詹君之灵，一提若辈之心神，警昧者而使之觉也？

周幼轩君事略

君周姓，讳焕南，字幼轩，浙江处州缙云人。年十七丧父。家本寒素，赖舅氏某时时周恤之。君生于忧患之馀，益自砥砺，为乡里所称道。岁丙午，考入浙江武备学堂，黾勉不懈，一如在乡里时。与同学相接以诚，人亦乐与之交。毕业后返里，以母氏年老多病，家居凡三年。辛亥二月，浙江督练公所扩充军队，征求将材，君乃被征为八十三标二营后队队官。民国元年二月，奉调往南京，又往杭州。七月，率队回甬。八月，任九十七团三营副官，驻军镇海。受事十有二日，以疾卒于军，年三十有二。无子，女子一，才八龄。诸君子以同乡同学之谊，捐金若干，君榇赖以返里，嘱余为述事略。

余与君生同郡，长同学。当乙丙之交，余以革命嫌疑，为浙抚张曾敭注目。同学中有满人数十辈，朝夕伺衅，余与二三同志几不免。君于无人处，恒执余手，相对流涕。时三六桥总办校事，与日本教习松岛等力为斡旋，余乃得至海上，遂与君别。迨君驻军宁波，始复握手。历时十阅月，把晤无几，而君死矣。哀哉！

潄岩文选

王葆桢，字潄岩，浙江黄岩人。今录文三首。

东湖游记

出越城东郭，近十里，有山曰鸟鸣，壁立如削，洞邃有门，旧为匠人凿石之区。下有长湖，能蓄多水。清光绪间，郡人陶心云，于此拓别墅焉。面山结屋，划水筑堤，一里半里，有亭有阁。藏书隔水，度以危梁；镂佛栖岩，梯其绝磴。画船可载夕阳，园门形如满月。藤蔓挂壁，时闻鸟声；荇藻擘波，忽见鱼跃。

入水门，即译学斋。南行数十武，度秦桥，有亭跨山，环以丛桂，曰木樨香亭。其西为史学斋。斋后有竹，绿阴满径。右转岩阿，敞一厅事，为觞咏地。放舟沿崖东行，穿石窦，有仙桃洞。洞之前，横以小堤，杂莳桃柳。其堤中断，备通游艇。复前行，穿桥而过，有峰涌出水面者，小稷山也。对岸为东天竺。石冈下垂，齿齿交错。攀磴而上，可揽全湖。俯视崖阴，潭深千尺。下有陶洞，窄才容篙。东北有楼，颜曰稷庐，盖心云家此矣。

心云工北魏人书，就中石刻，皆其手笔，足自成为一家。先四月逝世，惜来游不及见之矣。同游者，宁乡邹可权，宁海祁文豹，瑞安李震东，新昌马玉成，郡人章世嘉，同邑蔡瀛、阮品咸，共予八人。时民国二年十月二十三日也。佥曰："今日之游，不可以无记。"黄岩王葆桢归而记其事。

兰亭游记

十五临池学禊帖，神游兰亭，思一践其地，梦寐间时或遇之。三十橐笔走江淮，与故乡山川，渺焉日远。今春侨杭州，西泠印社诸子，以岁逢癸丑，举兰亭大会于西湖。予病未与。无何，有事剡中，取道山阴，欲游又不果。越五月来越城，同邑徐聘耕驻军于此，公暇陪予往游。买舠载酒，出水偏门，西南行三十里，抵娄宫，舍舟登陆。时方亭午，秋阳暴人，相与解衣磅礴，穿林越涧，踯躅近十里。予脚力疲，未知兰亭究在何处。鼓力前行，流曲如带，山围作屏，竹树丛中，露亭一角。心窃喜，顾同游邹剩庵、章筱斋而戏曰："此得毋兰亭也耶?"问诸隔水樵者，答曰："然。"

当门有桥，为山洪所坏，梁颓于水。水逢秋枯，浅才没胫。命仆夫负而涉。入门有屋三楹，壁画龙虎，泥痕狼籍(藉)。内为鹅池，浅荷零落，稻梗填波。度小桥，折而左，修篁夹径，两陂隆起，若犄角然。循陂而上，旁有碑，书"兰亭"二字。迤东即流觞亭。前有泉，涓涓欲活。石砌使曲，如往而复，殆所谓流觞曲水者此也。亭后去数十武，岿然中起，背枕峭壁，面揖群峰，左挽漓渚，右控石荡，则兰亭在焉。檐牙半折，阑槛欲欹，天风不来，铃铎无语。中树一碑，长三丈，广八尺，碑阳刻清帝康熙书《兰亭集序》，其字径三寸许。碑阴刻乾隆七律诗一章。西北隅有竹半亩，中筑矮屋，颜曰“竹里行厨”，仍右军旧句也。亭东有祠祀右军。壁间石刻甚夥，吴门石韫玉集禊文，尤见杰出，是影天乙阁神龙本钩勒上石者。巡廊却视，欷歔者再。神龛漏雨，香火久湮；墨池积淤，硙（垲）爽皆湿。榜额坠而补门，楹帖拾以当几，名人笔墨，扫地已尽。

洛阳园林，关天下盛衰。兰亭为会稽名胜地，一任池台荒蔓若此，卒无人焉葺而新之，足觇社会人心之坠落矣。晋人清谈，为世诟病。方今求清谈已不易得，毋怪山水间，觞咏寡其俦焉。醉笔书此，以告后之览者。黄岩王葆桢。

杨旭东传赞

杨旭东，字哲商，临海人。身短，状貌清癯。少有远志，胆力过群儿。读书能通大体，不事章句。年弱冠，革命思想已勃发。丁未留学沪上启东学校。是校为革命组织，教者、学者皆党人，专重体操测绘，其他教科，具名而已，旨不在焉。会秋瑾切实谋进行，广征同志，过沪访王芑瑾（江苏人），因得识其人，盖早知其名于屈映光也稔矣。见辄心折，以运输军火之重任相倚托。如期位抗，而秋已遇害。

时方大索党人，省城戒严，权匿俞炜家，然尚疑为谣传。洎陈韶（同里人）、于振越（黄岩人）自绍窜回，备述败状，乃大恸失声，颠踬归里，充耀梓学堂教习。盖耀梓为项霈、洪士俊、屈映光、周琮、唐荣甲所办，承秋瑾密属，为大通学堂之援应，故布置法悉如之。秋案起，清抚张曾敭禁体育，堂长杨镇毅自请停办。电上，大动曾敭疑。幕府王志鹤以“志虑忠纯”语，力为解免，得复电改为师范。同志大失望。旭东仍在校勉任教习，思得当以图再举。

戊申冬，熊成基起义之前数日，同志某密得本部消息，议往助之。众推旭东赴皖，以皖与赣邻，其兄旭初服官赣中，遂假省兄为名，使乡里勿疑。以其时耀梓停办，巨室中强有力者，衔党人刺骨，日伺党人，思告密以献媚于长官；而长官亦期得所罗织，为邀功地，故举动殊密。甫抵沪，而安庆之败耗已至，仍单身冒险直入。为其兄所阻，郁郁不得逞，遂归里，仿佛若前年在杭闻绍耗时。自谓一败再败，同志摧残，精华殆尽，数载以来，崎岖走南北，入死出生，日日抱革命宗旨，向犹馀望者，至此绝望矣，益侘傺不自聊。飙如痴，飙如醉，而平昔精明沉挚之成性一变。尝登云峰山，（在台郡城外东南七八里。）谒明季殉国大丞相、乡先哲陈公木叔之祠，（木叔名函辉，为鲁王丞相。）仰天椎心，泣数行下。一时猿猱杂应，足以觇其志已。

于是处境益困，进德益坚。而爆药学成，语人曰：“予向读陆剑南诗‘无米方知吾道尊’，视为平淡语，乃今饱尝世味，追玩厥旨，深矣哉！”武昌起义后，赴沪上锐进学社同志之招，任制炸弹，设秘密事务所于法租界嵩山路，周琮助之，并得女士王素常同居，托言眷属，以掩人知，故人亦罕有知之者。杭州发难期迫，电促来杭。适苏浙两省各机关索取炸弹孔亟，一时不克离沪，先以周琮往代。成仁之夕，沪上各报，竞传虚捷，称北京破，溥仪逃，闻之矍然起曰：“果如是，死亦何憾！”不禁拍案叫绝。灯花忽落，药乃爆，屋瓦皆飞，骸骨俱化。於戏！语竟谶耶？

事在辛亥九月十七日，卒年二十有八。其尸为自新医院所殓。无嗣，有女二。母氏年已七十。光复军总司令李燮和，闻其事于孙大总统，得照左军校阵亡例赐恤。浙都督汤寿潜给“手造河山”字额以旌其门。初瘗苏州之留园，嗣改葬杭州之西湖，与陶焕卿、沈伯刚建鼎足墓，并与陈伯平、马子哇祔祀于徐锡麟祠中。

当时同寓创及胁后者，嵊县女士尹锐志也；半体创而左目丧厥明者，绍兴平智楚也；出焦椽破瓦中而入西牢者，同里女士王素常也；闻耗奔探，身露子弹而被拘者，湖州潘永强也；筹偿僦屋损失，料理其身后事者，同邑屈映光同志诸义友也。

赞曰：轩黄子孙，扬武革命。以铁以血，再接再厉。卒使南都定、北帝退，推翻二百六十馀年黑幕，开五族共和世界，放大光明于前未曾有、后无尽纪。问谁是造因？谁是结果？曰有一人焉，舍身于一弹丸之爆裂。

顽石文选

钱厚贻，字顽石，浙江当湖人。今录文一首。

陆生传

生陆姓，字冀周，当湖人。清献先生裔也。先是生之姑，归我伯父莲君公者，二十馀载矣。生时至谒其姑。时余年八九岁，伯母指生暨余谓我母曰："此子少儿一岁，然读书已累累矣，大能长进。"余闻之恧然颜尽赤。嗣生来，恒远引不欲与接。后数年，生颀而长矣。自念彼犹夫人耳，诚何畏？遂与订交。自此风雨之朝，秋冬之夕，清言霏雪，评论千古，得生之益殊不少。然生性凝静，耽老氏术，不苟言笑，来余舍亦然。书帏昼卷，庭树寂寥，两人对坐忘怀，大有温伯雪子目击道存之概。门外之足音橐橐者，曾不知此中有佳客也。至今思之，此景犹历历在目。

少遭悯凶，年十二丧母，十五丧父。又见世方多事，海风西来，人情波谲，每一谈吐，则感叹嘘吁，累日不语，寝寐萦情，恒自悒悒。尝为余咏陆云间《猛虎行》以见志，若有不胜其慨者。卒以是罹痨瘵，侘傺殒其身。时年庚子，正彼楚中人炼胡麻饭角黍投湘水弔屈大夫之日也。嗟乎！亭亭玉树，掩折鲜枝。古来才子多愁，哲人不寿，造物何愦愦哉！生质聪颖，攻书十行俱下，十二岁即通十三经，举茂才。享年十九，未娶。

赞曰：使天假生以年，因以凌厉古今，抒拓抱负，成就度不知何若。今则黄土委然，清献之家声，替而弗彰。仁者必有后，兹言何寂寂也。顾生清姿鹤立，年未及壮，即存厌世之想。假而不夭，决当为穷途之痛哭，亦且遭世人唾骂以死矣。今次生传，复奚暇为生悲哉！

文选卷六

仲穆文选

周祥骏，字仲穆，江苏睢宁人。为学融贯新旧，常报余书，云“欲合老墨佛耶为一炉”。盖仲穆旧学甚深，伤国家之贫弱，思以新学救之，故持论如此。年已五十，而慷慨激昂，不减少年英勃之气。后卒以讲学之故，被武夫张某戕害。远近闻者，莫不伤之。今录文四首。

长江赋

咄嗟噫！滚滚乎、滔滔乎驶哉！吸金沙，歙汉汜，蹴吴天，咽瀛海。人江奔流，疾如前离弭。贯注一气，包函万有。炎景直吞，黄河对待。漨渤滭腾，马逸不能止。渺渺焉，绵绵焉，吐纳坤灵，横绝地纪，雾滃云濛，混同覆载。源远而流长，亘华番而倒沧溟，万有四千一百馀里。尔其滥觞也，脉连葱岭，壤接昆仑；赤宾淰其北，盐泽荡其西。或澴潛兮曲折，或纚续而旁分。荧荧一线，仰摄虹云。起阿克达母必拉，乃暂息乎羊膊之垠。洵山灵之秘钥，阐天地兮絪缊。溯神湫而穷探，放翁偏其未闻。若乃沃焦分水，古号岷山。洞胸穿腹，砯崖陉阪。马岭彭阙，纡徐滀衍。径茂威与汶川，析二渠于都安。冯夷分道而齐驱，争息辔乎锦官。波掀天漏，雷涌潮寒。妒花团与锦簇，夺南城之灿烂。爰薄蟆颐，绕平羌，沿嘉定，过重庆，蜿蜒迤逦，浩瀚汪洋。挟巴川顺阿东下，盘涡沸鼎乎夔乡。遂雷奔电掣，风起云扬。熊咆而龙吟，蛇旋而狮吼，直喷薄于瞿唐。悬崖千仞，斗插穹苍。石岩盘结，嶔剌嵫崒。白盐郁其屹嶬，赤甲耸而歙张。旋困睢盱而竖瀑，急湍砀扒而披猖。溢溢横㴑，惊沙跳踉，骇波跃涌，瀫洌飞放。于是鼓濯溶，簸潾涛。涨瀿瀷，激滈滔。堆埼猛击，冈峦迅扫。砰磅訇訇，崴磈相捣。闯硉矶而打磝硿，梳隑陭而钻窔奥。鬼斧神斤，峘开窾抉。排众石而争狭路，竞咽吭而澎湃。碓涧铄崖，琅礌磳礚。鹯驱丛而饥搏，虎跳谷而慑窜。疑银潢之倒倾，落九天而活活。漂疾澺灌，湛湛瀐瀐。方拟展轮而远迣，倏滟滪其矗空。嶙峋碨砑，碪礌嶐嶒。漩洄润泊，潲沺堋撞。恍却军于勾践，似退舍之文公。杂沓枕藉，仄捣斜冲。既抵瑕而陵弱，乃顺轨而汹汹。谽谺起伏，两岸崚嶒。留积雪，滞层冰。啸独猿于阴壑，栗深林而兢兢。眩森岩之幽窈，骇白昼兮梦梦。惊霏霜于亭午，瞥阳乌之轩腾。缩三峡于瞬息，没滑濩潏乎江陵。其发源而混茫也，其入险而瀇滃也，宜其出口而奇肆纵横也。瀇潚湁湒，轧沕汤洸。汗漫无际，溃裂括囊。阳侯习坎而不胜，乃郁瞋而浮行。遂拢清沮，控荆襄，穴武汉，穿蕲黄。洞庭助其浇灌，湘沔恣其滂溏。羌孔殷乎九派，并衍漫乎浔阳。彭蠡北面而朝宗，带龙开以回翔。撑小孤于天半，截众流而峥嵘。开合涣萃，直达皖城。环雉堞兮呀呷，舂重关而捶严扃。于是潏潒沸渭，猋若流星。声震霹雳，光吻太清。卷吴楚以疋练，拆日月而窨冥。神鱼扬鬐而嘘气，巨鳞豁目以听经。泼剌呼吸，隐隐丁丁。超荻港而越滁川，偃太平而撼白门。闳音磤地，绝巘烹沄。汜汜漉漉，狂澜奋振。

络扬镇而联肥运，更毗连乎焦银。束浩森于一辙，海门凸起乎孤坟。雪楼翻走，银屋怒飘。机发锋铁，鹏抟鹰标。雨碎雹崩，柱折维倒。斗虎龙于一穴，滚残甲与脱毛。介鲸悚而聱耵，修鲵惴而哀号。帅百川以趋歙，观海若而蒸灵潮。大含细入，混沌昏曜。离朱难瞰其底，伯翳未提其要。原夫伸曳七省，网罗万象。藏珍秘怪，南条灵长。虽权舆于西藏，非形胜而莫当。入铁豹而东注，实震旦之宏纲。

故其为状也，首益阆，喉巴梁，胸湖湘，腹豫章，股建康，胫苏常。通州标其屏翰，常熟列其门墙。吴淞为之藩篱，沪渎为之保障。根溅沫，拽涪瀼，把沱浙，捃淮漳。譬若常山之率然，应首尾而相望。

方今五方错处，驱重海防。驻水师于沿岸，筑炮台兮低昂。谨尾闾之锁钥，免腹背而受创。奠金瓯而永固，限外舶之高飏。倘熟精乎驾驭，阅风涛而不惶。耀军威于钢甲，雪国耻而自强。然后令廿行省、四万万黎氓，坐江潭而睥睨，倚江树而徜徉。趁江流而击楫，乘长风而破浪。慨然想见于五帝三王，汉晋齐梁，陈隋李唐，赵宋元明，良将贤相，名公巨卿。周公瑾败魏于赤壁矶，韩世忠破金于黄天荡。李靖散舰而禽萧铣，王濬楼船而覆吴疆。古今来丰功骏烈，煜煜煌煌，莫不被逝波淘尽，随流水而俱亡。要其所以涛飞白马，劫换红羊，历宇宙而镇霄壤者，尚有此长江天堑，流日夜而未央。

答胡朴安书

朴安足下：客邸寡聊，忽奉华翰，殷勤奖掖，无任悚惶。窃维运丁阳九，沦亡是惧。欲救以学，则必揩拭双眸，盱衡六合，甄采老墨，吸纳佛耶；驱策化电声光，观摩倍笛达赫；然后提挈儒术，互相衡量。醇疵毕见，始萃一炉；鼓铸既烈，精光四溢。斯“国粹”署名，乃其实克副。若摭拾琐碎，钩稽异同，株守片隅，重擘哲理，纵缘新法比附，究属变相汉学，趣注末节，无埤本体。横流日甚，亦终必亡，政教礼俗，安能皮傅耶？

仆学简体弱，仅瞩端倪，思肩钜鼎，而绝膑堪虞。足下学术蹇渊，文辞朴茂，钩深致远，谅非綦难。伏祈协同章、陈、马、邓诸钜公，急转趣向，并力穷源；汇万派使同归，挹素王之真髓。群公首倡，多士景从。穷计五稔之馀，必犕有成效可稽。中国不亡，吾学大昌，胥于此是赖。区区纠缪补遗云乎哉？

仆夙具奢望，忝辱挚交，用献狂言，殊伤激切。统希鉴原，曷胜翘惕。伏维努力不宣。

与仁航生书

归舍后，与芰南晤谈，始悉仁知合一之旨。惟吾弟所持学理，稍嫌偏重灵魂，似尚未能治形神于一炉，仍微蹈从前佛耶旧弊。何则？灵魂者，固藉躯壳而显者也。舍躯壳，则灵魂将无所丽，未有孤立而能成者也。大凡吾辈说法，总期令中材以下之人，可勉而企。若过为高远，如佛耶之苦行熏修，以求享极乐而得永福，纵一二人凭其天资，行之裕如，其如普通社会之望而却步何？

戴东原有言曰：“君子之治天下也，使人各得其情，各遂其欲。君子之自治也，情与欲使一于道义。”伟哉斯言！何其实获我心也。仆秉性卑劣，复自幼治杂学，无明师益友，引向正道，遂耽于事功，泥于迹象。几经挫折，几经震撼，乃始情极智生，染急净出。从躯壳一方面，悟人向上正觉。又自与君相晤后，各挟其形神苦乐之极端主义，互相激战，更一年馀，乃始得斩尽纠缠，呵成一气。

然仍各偏于所持之一端，而未能䜣合无间也。仆于是冥心孤往，视听俱废。真积力久，忽有一黄金世界，出见于六麤八垢之颠。斯时也，元精中贯，万象在旁，两军媾和，并行不悖。抉惟心之藩篱，镕形神于一片。古人云："踏破铁鞋无觅处，得来全不费工夫。"今而后，其庶几此境也矣。

仆自顿悟后，即欲速往就正。尚未首途，而忽得君来札，谓归依灵神，本与西儒之万有神教合，不惟精神为灵神，即躯壳亦不能外。彼世界万有，何往而非一不可思议之现象？是君已能将躯壳摄入灵神，虽不尽与仆合，而大致无甚参差，仆亦何必苦为辞费？

惟是形神两端，最皮附而不可离，又最易背驰而不相就。此中界说，必须确有定义，然后可推行而无弊。甲之言曰："神最高洁者也，污浊如形，安能与神并？宁牺牲形之乐利，以完吾虚灵不昧之天真。"乙之言曰："形载神者也，无形则神将去而之他，吾断不能受神之厄塞。凡实可以娱吾形而又不重累于神者，乃犹勒令听命于神，而不吾畀。吾必率众形以强取之。"两说并峙，各相角而不能下。吾则以为此事亦至易易耳。形神之宜和合也，亦犹道德、幸福之不能判分也。判幸福于道德之外，则人必不乐为道德。合形体于灵性之中，则人始不至溺形体以汩没灵性。此其故何也？则以世界种种外缘内变之交攻，并古先哲种种伦理法制之自相牵率，使之不得不舍性而殉形，舍高尚之福而就平常之乐。纵有人焉，欲出而调停于其间，亦止就灵神之一方面，降伏躯壳，断未有敢冒大不韪，而挟躯壳以与灵神争霸，使之双立君主、各布宪章，而互相驯习、各不侵犯，互相拗救、各不吞食者也。

仆既研究此疑问，历有年所，颇有独见，请为大言以解甲乙之争曰：天下道德之所在，本乎义务；义务之所在，责令形神之各尽其职。神之所职，形即随之；形之所职，神亦不得而厄之。此义务得其宜之界说也。天下职务之所在，本以求幸福。幸福之所在，让诸形神之分途享有。神得而享有者，形不能夺；形得而享有者，神亦不必矫其本然之灵机，而侵害形之自由。此幸福得其宜之界说也。此皆形之取给于神者也。至若神之取给于形者，其判断亦当用正负二例，使之相反而相成。夫如是，则庶几范围就而界限明矣。而世之闻此言者，必骇然曰："《乐记》之言曰：'以道制欲，则乐而不乱；以欲忘道，则惑而不乐。'宋儒之言曰：'私欲净尽，天理流行。'此皆不刊之论也。而子一则曰神厄形，再则曰神害形，是殆谓神不能与形并立，必割神之大半以予形，而听其恣睢自肆，而后可谓之真理。不然则形将懊恼欲死，而其咎殆悉归诸神。辨则辨矣，奈无此等事实何哉?"曰：子为神左袒，其言殆不尽然。然及涉事实，固吾所乐与世人一征者也。古今中外，众生形体，被神阨而死，而并转阨及于神者，不可枚举。他事姑勿论，请先征诸男女。《礼》有云："礼之近人情者，非其至者也。"故男女不同衣枷，不同巾栉，内言不出于梱，外言不入于梱，皆所以远嫌辨等，而亦防淫也。如斯类者，殊滋疑义。淫果可以防而止也，则崇伯鲧当为古今第一善治水之人也。如其不可防也，则毋宁持放任主义，令男女以礼相见，交相酬答，智识互换，形乐而神亦随之而转，不至有桑濮之行，层见迭见于其间。谓余不信，则请远取欧美习尚，与吾国相较，其道德果孰优，其风俗又果孰美耶？吾知虽有淳于髡炙輠之辨，吕洞宾点石成金之术，亦不敢遽行雌黄其口，高下其手，以下断语也。然则古人所恃为防淫之具者，亦徒自乖其仁民爱物之初意，惟能剥落吾形所得尽之职务，所应享之幸福，以归纳于神。并将吾神所素具之灵机，使之矫揉造作，习惯成自然，以博取虚名为高，而失其本旨，以与形作敌而已，究亦何益之有哉？

吾等目击怪现状，不啻万端，仅举此一事以为例，而子竟舌挢而不能下。若夫神被形阨，亦在吾本论圈限之内。因为吾仁航生所稔知，故夹叙于前而弗详。倘其详举数十言，不知子又将现若何状态。吾二人今方有切要之谈判，复何暇与子更及他端，徒为是吃饱闲饭作闲嗑牙也。老弟以为何如？

先祖考太府君墓表

公讳敦恺，字体和，姓周氏，徐州睢宁马家浅人。长身玉立，声如洪钟。性豪侠，料事多奇中，以刚直闻里闾。清道光二年夏五月，河臣黎世序启风泰坝泄水，闸河堰且决。公谋于众曰：“堰旁有积料，借以塞冲，事成可倍偿之。”众皆诺。属沈公华西、姚公汝成赴睢南厅请，遂取料捍堰。堰卒决。

初世序妄言风山闸下有五湖可受水，民无鸡犬伤，奏建石坝一。比年北勘河，不忍民诟，因有隙。至是疏周某、沈华西、姚汝成率叛民数千人，劫去秸料三堆、光缆五十二束，知县冯立嵘弗敢禁。二公曰：“事不药矣，当奈何？”公曰：“捐躯救民，虽死无恨。”知府俞公颖达闻变，星夜驰至，诣世序请罪，愿代民赔偿。世序笑而不应。俞公计无所出，遂备文，飞详上宪。方至两江总督署，尚未及达部，而政府已命发寿春等处兵，籍滩民矣。俞公泣涕，坚不奉命，曰："此非反民，乃疾民耳。必欲籍吾民，请先斩吾首。"俄而政府接江督疏，得悉世序奏不实，恐酿巨乱，驰驿命罢兵，饬立嵘逮捕公等，就狱候讯，而众滩民皆置不究。噫嘻险哉！

于是二公亡命，立嵘株连其亲戚数十家，令著交，终得之，遂率兵役百馀人来捕公。未至马家浅里许，公挺身直前。立嵘疑来诉冤，拒不受，曰："吾官且不保，何以听讼为？"公曰："吾乃周某耳，因犯公罪自首。生死惟公命，但不欲拖累亲族耳。"立嵘且喜且怒，乃并逮公至县署，备极拷掠。月馀，二公皆死狱中。

是年冬，谳江宁，时总督孙玉庭、总河黎世序南向左右坐，公蒲伏堂下，持戟之士俱股栗。孙公厉声曰："周某，汝乃睢宁一民耳，胆敢擅劫皇料，真不顾首领耶？"公曰："自嘉庆二十三年，凿风泰滚坝，频岁秋禾淹没。邳睢黎民，奔走衣食、饿莩他乡者，不堪悉数。今年夏五月十三日，水势益张，淜淜浑浑，潏湟宓汩。泰巅五色石，逐流而下，砰訇澎汃，马逸蛇旋，舂墙灌屋，弥漫菽麻，摧险陵弱，直啮闸河堰丈馀。万众披发徒跣，环视狂奔，扶老怀幼，仰首长号，声轰天地。某等秉性疏愚，罔知趋避，爰协众志之和，泣厅壁之血，乞公料之微，拯灾黎之命。挟一苇之横，当巨涛之冲。实期夏借秋偿，讵敢擅劫？"孙公曰："胡不禀请？"公曰："风山闸去清淮可三百里，若待禀请，事其奚济？"世序曰："若私取公料，竟成何功？"公曰："事虽未成，心则无他。"孙公微笑曰："虽然，赃非肥己。"自旦至日旰，不能诘。孙公谓公曰："吾心欲存鸡，势将去凤耶？"公悟，遂不复申辨，卒以误动公料论，徙扬州之兴化。

五年，大吏始以灾情详达于部。盖自二年夏，俞公已飞申上宪，政府于是时方得稔知民间疾苦也。时公已自配所期满放归矣。八年，始行文豁除闸河滩粮地千一百馀顷有奇，风泰滚水石坝永行扃闭。自此我闸河滩居民，得坐拥敝产，不纳租税于庭者，迄今殆六十馀年。

四世祖讳琢，字其章，恩贡生。曾祖讳思岐，字凤冈。祖讳柏，字耐寒。考讳宗礼，字典三。公元配钱太孺人，早殁。继配朱太孺人，生吾长伯以磻。是为吾两前祖妣。又继配吾祖妣苏太孺人，生吾次伯以苏、吾父以桂，俏监生，圣府诗礼堂启事职衔。女二：长姑出朱太孺人，适李；次姑出苏太孺人，适焦。孙七人，曾孙若干人。

粮地之豁也，滩民欲演剧贺公。公泫然曰："嘻，愚何知？万民之福也，俞公之力也。且沈、姚始与吾同难，二君无一还。今公等十日欢，彼族必十日泣，不敢亦不忍为。"时人乃为之谣曰："俞青天，冯鳖蜒，男盗女娼黎河院。"

素攻诗，有句云："奸贼诬辞陈北阙，英雄好意付东流。"知兴化县某嫌其语，易"奸贼"以"大吏"云。集半毁于兵。同治三年三月二十八日卒，享年八十六。葬闸河堰东之官陌南。孙祥骏谨表。

无尽文选

周实，字实丹，号无尽，江苏山阳人。被清吏戕害，事详柳亚子《周实丹烈士传》。今录文三首。

白门悲秋集叙

繄古帝王之都，大抵曰关中，曰洛阳，曰燕，而白门亦其一也。城头顽石，惯阅夫兴亡；江上颓阳，易沧其光采。春风绿野，耕梁苑之钗钿；夜雨青磷，闪吴宫之花草。千官邱陇，飒飒松楸；六代楼台，离离禾黍。迷楼辱井，瓦砾场空；废寝荒陵，樵苏禁弛。台城柳悴，如闻索蜜之声；玄武荷枯，易醒文禽之梦。过乌衣而访旧，栖燕无归；慨红粉之成灰，群莺何处？盖铜驼饮泣，久霾荒烟蔓野之场；而辽鹤归魂，无复醉月迷花之境矣。

况乎仆本恨人，时非盛世，人情燕雀，国政蜩螗。豺狼当道而逼人，豕蛇荐食于上国。悠悠众口，詈楚客之蛾眉；愦愦天心，赐秦王以鹑首。昔人殷墟啜泣，湘水湛身。夔府流离，取石鲸而咏叹；长安凭吊，摩铜狄以欷歔。援古方今，其致一也。重以金风陨菊，玉露凋枫。四夷交侵，百年多难。江山虎踞，形胜都非；风雨鸡鸣，心伤不已。西台寥落，悽悽朱鸟之歌；北固荒寒，惨惨红羊之劫。撷茱萸而作佩，揽物怀人；歌兰茝以招魂，登高能赋。则杜陵牢落，用吟秋兴之篇；阮籍猖狂，讵免悲歌之气。抚时兴感，亦其宜矣。

庚戌九日，顺德蔡君哲夫，合肥汪君啸叔，金山高君吹万、天梅、平庵、何君亚希、姚君凤石，阜宁左君汉纵，暨宗兄人菊辈，次第游白门，相与绸缪家国，商榷古今，周览山川，流连光景。幽忧所集，吟咏遂多。实因汇而录之，得如干首，均凄馨哀艳之词，足以上继宋玉《九辨》者也，故以“悲秋”名焉。

嗟夫！怅南都之已矣，蹈东海其何人？生也不辰，死犹需日。秋风多厉，劳者自歌。拓故国之残碑，晤佳人于空谷。山林皋壤，哀乐无端；城郭人民，盛衰若梦。略工感慨，自可名家；偶尔呻吟，谁其病我？客来子野，清歌为唤奈何；世鲜钟期，空山无嫌独赏。劳劳歌哭，颇类蛩吟；落落交游，聊存鸿爪。知我罪我，我其奚辞？

阳月朔日，山阳周实叙。

丁未风雨怀人诗叙

实少鲜兄弟，顾影零丁。稍长，入结客场，遂以友朋为性命。茫茫海内，真知己者，亦未乏其人。嗟夫！风尘握手，便赠佩刀；花鸟怡魂，时呼杯酒。纵横剑气，琨逖相期；标榜诗篇，应刘自诩。江山黯淡，爱国泪多；风雨连绵，谈兵心壮。谁能拔我，抑塞磊落之才；讵肯输君，慷慨悲歌之气。是则朱家、郭解，无此豪情；鲍叔、夷吾，逊斯雅谊矣。至于人皆欲杀，尔独怜才；耿耿犀心，喃喃燕语。狂生落魄，得青眼于红颜；芳草有情，逗春心于秋士。则又实所既惭且感，永矢勿谖者也。

奈何光阴催我，忧患侵人。聚散无常，欢娱易失。五年之中，一别如雨，漂漂焉若萍散于江湖，不可得而复合。计旧雨中，犹能朝夕聚晤于今日者，十不获一二焉。哀劳燕之分投，恃鸿鱼而多误。慨浮云兮靡定，何明月之难圆？忆旧梦其如新，借芜词以写恨。因成怀人诗若干章，章纪一人。依订交之后先，为编诗之次第。

嗟夫！前途远大，责任匪轻。统希故人，努力自爱。而尔我之交情，则固纵历千古，横隔四海，所不可得而磨灭者，又岂楮墨之所能罄哉！

棠隐女士小传

女士名晓澄，后嗜禅学，易为小乘。生平爱秋海棠若命，尝引以自况，因字秋澄，号棠影，别号棠隐。无尽之乡人也。无尽垂髫时，与女士同宅居，女士时来相嬉戏。无尽稍长，就外傅读。晚归，先慈督率严，往往挑灯持针黹坐身旁，寒冬风雪，漏三下不休也。女士幼失恃，艳无尽之有母，尝语无尽曰："天伦之乐，人所共有。何造化小儿，独靳于余？余之生殁存亡，悉听诸自然而已。"言竟，泫然欲涕。

女士性聪慧，先慈教之读，匝月之间，识三千馀字。嗜唐宋人小诗，并历代稗官野史，每过目辄能成诵。乙巳，女士年十九矣。有某氏子来议婚。某固读书种子，然久抱不起之痼疾。女士父利其多金而许之。女士素不耽饮，至此遂以酒自遣。酒酣辄背人仰天长喟曰："星命之说，为有识者所深辟。然如余之所遇，又将何说以解之？"是年秋九月，归某氏。明年春，某氏子遽以疾殁。无尽时客江南，闻之太息曰："棠隐必不复生矣。"

先是女士有书来，因循久不报。至丁未夏，无尽仍留滞秣陵，不获归，乃以书致女士，其所以凭藉而开譬之者良至，而不谓女士之死，已先余书旬馀矣。嗟夫！人生朝露，能不伤哉！

女士性至孝，思慕亡母，枕上泪常湿。父某多嗜欲，女士时时婉言规谏，卒莫能悟。家本丰于财，至女士十龄时，已堕落无馀。炊爨浣濯，女士悉自任之。稍暇，从事诗书，及西方之言，其专心壹志，为士林所不能及。尝曰："我国女子堕于地狱数千年矣，余将乘飞船、控骏马，遍揽橙球上之名山巨川，与其政治、风俗、语言、文字，以一洗我女界之耻。"呜呼！其志可谓壮已。既适某氏，事舅姑及所天惟谨，然缄默特甚，曩昔之豪爽，不可复睹矣。至所天死，乃哀毁不欲生。丁未五月十八日，咳血死，春秋二十有一。无子女。

女士平日，处困穷无难色，任劳怨无愠容，议论极敏捷而有至理，虽老成人，罔能易也。书法仿东坡，腴尤过之。诗文懒于著述，然偶有篇什，骚情哀思，又非俗士之所能道。于归后，遂绝笔。嗟夫！丰彼啬此，岂冥漠中果有定例欤？女士死后，无尽既哭之以诗，复缀其事略而为之传。

赞曰：古今来贤豪俊杰，文人学士，其潦倒半生、赍志以殂者，盖亦指不胜屈矣。然潜德幽光，久而必发，身后微名，犹可恃以不朽。独惜女士，生长闺闼之中，追陪巾帼之列，足迹不出百里，年龄不过二十春秋，女士固不冀人知，人亦无能知女士者。嗟夫！使女士而竟无一人知也，则其豪情侠骨，与夫片技微长，亦任其终古委蓬蒿、葬砂砾已耳。自来山陬海澨间，已不知埋没贤豪俊杰文人学士几许。矧兹区区弱女子，又何足深惜耶？然举世无能知女士，而实犹及知之，则表彰阐扬之责，愈不容辞矣。乃言之无文，复不能尽女士生平之万一。嗟夫！嗟夫！女士有灵，实焉能告无罪哉！实焉能告无罪哉！

人菊文选

周伟，字人菊，江苏山阳人。民国元年，同事于《太平洋报》馆。报停，人菊回淮掌教于第九中学校。今录文二首。

车桥乡记

车桥乡者，居古淮阴之东鄙，今淮安县所隶地。地成长方形，长不足三里，广不足一里，居民千馀户。穿其中者为涧水，水发源于运河，而东入于海。昔人云："高山大川，实钟灵气。人物之兴，必有赖于是。"盖所蕴藏者富，则所发泄者丰，理固然也。车桥地形平衍，既无山谷之嵚崎，足以钟毓豪杰；而兹一勺涧水，亦细流未畅，不足以当大川之澎湃。以故车桥一乡，历明清两代，人物无足称述，非独是乡之穷陋，实亦有地理之关系存焉。近百年来，稍稍有起色，然亦仅得潘四农之讲学，周烈士之死义而已。盖是乡僻处扬子江北，交通未便，不获与名都大邑相往来，民物遂日趋于野，而无可挽救。况又地力硗薄，灌溉不利，荒歉频仍，哀鸿遍野，嗷嗷待哺者，不知其几千万人。荒寒寂寞，椎鲁愚钝，兼而有之。讵非是乡之奇耻大辱、厄运悲观也耶？而居是乡者，方且以为法先王、遵古道之足以持长久焉，举凡开通民智、广启利权之文明事业，莫不摧残排斥，绝其萌芽。因循既久，习染遂深，势不变是乡居民全为野人不止。呜呼！余生于斯，长于斯，祖宗之丘墓于斯，财产之寄托于斯，而又稍识时势，略通典籍，睹兹现状，能无寒心哉？此车桥乡之人事也。

至车桥乡之掌故文献，则以乡无志乘，散失无稽。其得载于邑乘者，又简略不详。百年前事，已无能知能道之人。数典忘祖，耻孰大焉！周烈士在日，曾与余有辑车桥乡私志之愿，今烈士已作古人，余又奔走四方，无兹心力，徒付诸浩叹而已。

顾车桥乡命名之义，余尝得闻诸父老云：是乡故有木桥五，架涧水以利交通。以车桥名，实得象形之义。盖涧水既贯是乡，两岸必有市廛居室，故取"车"字之中竖象涧水，其五画象五桥，旁两小竖象民居，而以"桥"字殿焉。然则是乡未有名称以前，已先有桥也，已先有五桥也。则此五桥者，即车桥之粹也，即车桥人民所当尊重葆爱而不啻其祖先者也。今桥犹存，而古名已失，是车桥名存实亡久矣，能不悲乎？

虽然，余记车桥，余又岂仅为车桥悲哉！盖亦有感于穷乡僻壤之足以愚民，使永无得见天日之时，为万方一概耳。夫车桥乡区域虽小，固犹是国家之领土也。乃听其终于穷陋而不思改计，则举中国之大，自城邑商埠以外，凡类于车桥乡者，从可知矣！呜呼！以如是之民，而国于斯世，有不日益寖衰者耶？此余记之所由作也。

亚髡和尚小传

豪杰不世出，而其生也亦不易。不具一往无前、百折不回之气，则不足以成大事；更非亲尝艰难困苦、刀锯斧钺之险，则尤不足以坚其趋向，逆来顺受，无怨无尤，斯之谓真豪杰，而吾得之于和尚亚髡。

亚髡，扬州天宁寺僧也，名文希，字密万。髫年祝发，信道甚笃。尝与佛学巨子杨仁山先生游，故所造益进。亡清光绪间，扬州天宁寺僧铭廉耳其名，延为法嗣。师慨僧侣之不学也，至首创普通僧学堂，并合浙江、安徽诸省，设立一僧教育会，冀大兴教育，为佛教光。吾国僧界之有学校教育会者，自亚髡始。然师犹恐见闻不广，而贻僧界羞也，闻扶桑学精，爰请咨送东游，藉资模范。甫首途，而逮者已至。盖冥顽不灵之僧徒，不利其行，联合多人，控于端方，谓师系革命党人，此次东行，即为暗通消息之故。适徐伯荪烈士在皖起事，遂指以为证据。呜呼！杯蛇幻影，鬼蜮含沙，谗言高张，积毁销骨，诚可畏也。既至江宁，研讯再四，迄无确供，竟以“英须”有三字，定十五年禁锢之罪。当即安置江西石城狱中，以其地甚僻，而不利交通故。

师既入狱，怡然自得，日夕以书自娱。石城令慕师名，并钦师学，尝以诗倡和，冀慰寂寥。师处狱中，著述甚富，如《端午日记》及诗文等，均刊于《江西日报》，而尤以狱中诗二十首为脍炙人口。于是赣省知师者众，而师愈益韬晦焉。去年我师起武昌，江西相继光复。石城令延师出狱，与论进取方略，师颇多所建设，悉中肯要。余曾记其出狱诗云“曾经恶浪狂涛险，重睹欧风亚雨天。佛本创行平等教，国应予我自由权”等句，益不禁为之悲喜交集。今年二月归扬州，僧俗从之游者益众，而师兴学之心亦曰以坚。顷闻中华佛教总会已延师入会，主持会务矣。而僧界并拟举为江苏佛教会长，俾得行其素志云。

周人菊曰：吾国佛学凌替，僧侣冥顽，已如堕入黑暗地狱，永无一线光明之望矣。间有一二豪杰之士出，挽既倒之狂澜，而彼蠢如鹿豕之僧徒，不明大义，昧厥由来，复从而排挤之，摧残之，不遗馀力，至不惜诬为革命党人，以残同类而媚异族，陈叔宝之无心肝，一至于此。呜呼！亚髡之所遇，抑何不幸若是。然物极则反，否极则泰，昔日之不幸，安知非所以玉成而蔚练之乎？今也民国告成，重睹天日，勉告亚髡，其克成素志乎！

式一文选

阮式一，以字行，江苏山阳人。梦桃之弟。梦桃被清吏戕害，式一奔走海上，南社同人为之复仇，事详柳亚子

《阮梦桃烈士传》。仇既复，式一留沪，肄业于中国公学。时余在公学掌教，式一殷勤请益，志学颇诚。后以事往汉，某轮船被焚，式一竟与其难，伤哉！今录文一首。

七录山房幽怪记序

天地间果有鬼乎？吾不得而知之也。天地间果无鬼乎？吾不得而知之也。然则孰为近？曰：有鬼为近。盖人为灵长，其生也有自来，其死也有所归。无鬼之说，特科学家言。而况接于耳而成声，触于目而成色，或变幻以周章，或托事而显灵者，比比然耶。爰于冬月暇日，略就所闻，次而记之，亦茶馀客话之意也。若以某为深信其说而提倡之，至美茂神州，成魑魅天下者，则非某之本意矣。甲寅腊月序。

杏佛文选

杨铨，字杏佛，江苏清江人。今录文一首。

送梅觐庄之哈佛序

吾尝读余杭章太炎氏《明独》，（见《訄书》）而悲其意，窃怪今之世何独头之寡耶，岂果独者群则群者独乎？居美之第二年，一日，叔永来告曰：“吾新交一梅君，狂生也。”余默识之，以为狂不可取也。学问智慧，浩如烟海，吾幸而得其恒沙数粒，遂持以骄人，不为市侩所窃笑耶？且吾侪少年，孰不以起衰拯民为志。今乃袭斗筲故智，炫奇盗名，失其真矣。

明年夏，梅君来绮城避暑，始面识之。与之语，乃不似吾意想之梅君，然后信知人之难也。梅君性独有大志，以文字革命自任。与人语，坦直少修饰。非其类，终席不二三言。遇志合者，痛论时事，滔滔不绝，如泻江河。吾以是知梅君非狂生。

今年夏，梅君不忘故，复来绮城，与叔永及余同居。有唐君擘黄者，亦落落寡合。四人者乃朝夕相过从，剧谈为乐。章氏之所谓“独头”者，今且群矣。虽然，吾侪亦好其所好耳，岂有朋党贤不肖之见，存乎其间哉。梅君明日将之哈佛治文学，余与唐、任二君，亦困于科学，不复能作荒谈。独头之群，岂止于是乎？念其难得，笔之以送梅君。

民国四年九月十八日，清江杨铨。

匪石文选

陈世宜，字匪石，江苏江宁人。民国二、三年之间，同居沪上，杯酒言欢，过从颇密。五、六年之间，同居北京，虽各以事冗，然间三两日必见，见则较量文艺，亦不减沪上之欢也。嗣后余回沪上，匪石仍留北京，此乐遂不可得矣。今录文一首。

旧时月色斋藏书目录序

藏书目录何为而作也？记书之所由得，与其卷帙之数，著作之人，旁及纸版之研究，《通考》记艺文，《四库》作提要之例也。然世人之藏书者，动以万卷计，少亦以数千卷计，而余所得书，尚不及千卷，目录之作，毋亦太涉夸张乎？予谓不然。一卷一册，得之匪易，藉志不忘，虽少，庸何伤焉？

夫古之藏书家，吾见之矣。穷搜博采，挥金不惜，什袭而珍藏之，甲乙而标识之，其视书也，亦若前代帝王，大宝之位，传国之玺，欲贻之万万世者。而曾不数传，子孙蠢愚，不能读，不好读，随意弃置，渐致散佚。厮养婢媪，窃一二卷以出，易饧而食之。书籍之不幸，孰有过于是者？是固藏书者所不及料也。其甚焉者，家道中落，米盐艰难，万卷之富，不足以御饥寒，因出其祖若父千辛万苦所得之书，售之以供衣食，而既不知书，又不解论价，十万金之书籍，万金而货之。故纸不能自言，亦人间大不平事也。

余以为聚散者理之常，得失者事之常，在我在人，同一为世所宝贵，则欲私为一家之有，以期传之久远者，实愚不可及之事。且与其不能自读，徒供蠹饱，毋宁付之能读之人，尚不失为有用，则吾身之所藏者，子孙不能读而货之，亦事所宜有矣。且即论吾所得书，其出自珍藏家者，亦往往而有，后之视今，犹今之视昔，则又安能决其不为他人有哉？然今日之得，东云一鳞，西云一爪，萃集甄择，亦非易易。无论他日者，或置之公共之地，以饷同好；或为子孙所售卖，亦必使知其得之之由，与各书之价值，庶不至敝屣弃之，酱瓿覆之，使苍颉之鬼夜哭也。此即吾藏书目录之所为作也。

呜呼！吾家自香月楼葬于劫火，二百年之所蓄积，鞠为灰烬。吾父读书七十载，欲复其旧而不可得。小子又不肖，不能读父书，无涯之戚，与生俱来，不与生俱尽。而即所购得之书，合之吾父之所获，排比而记之，以诏来者，斯又吾感慨欷歔、掷笔而三叹者也。

民国二年六月，旧时月色斋主自叙。

《柳溪竹枝词》跋

昔人谓朱十通籍以后，诗不逮于其前。予以时考之，竹垞登词科，在康熙己未，而集中之《鸳湖棹歌》作于甲寅，宜其传之不朽也。周子芷畦，近静志之居，饶蕃锦之思，为《柳溪竹枝》百馀首，藉补朱氏夏墓荡二章之不足，而婉约多风，亦与《棹歌》埒，吾决其与竹垞并传也。抑吾与芷畦游，深见其淡于荣利，槃阿啸傲，壹意为诗，断无江淹才尽之虑。他日所造，必更胜于今之竹枝。《书》曰："诗言志，歌永言。"余观其言，信其志，爰本此意，以跋其诗。

血儿文选

徐天复，字血儿，江苏金坛人。已故。今录文一首。

宋先生传略

宋先生教仁，字遁初，湘之桃源人。一号桃源渔父，不知者或称先生为桃先生。先生生有大志，天资俊伟。乡里之接先生颜色者，咸惊为非常人。先生十二岁丧父，家贫，学殖荒落。然先生能自克苦，好学深思，故所学能穷源究委，观其大全，得其精要。且富于感情，善判断力。故先生未弱冠，即知名于时。癸卯游学于武昌文普通学堂，即抱改革大志，时年二十二岁也。

甲辰八月，先生回湘，与黄克强、刘揆一诸子，组织华兴会，推克强为总理，分五路，常德一路，先生主之。华兴会者，革命最初之一团体也。先生之舍身从事于革命事业，盖自此始矣。先生复与胡经武于湖北设立机关，名曰科学补习所，以与湘遥应。当华兴会之定期起义也，本拟于十月十日。至九月十五日，事泄，机关破露。先生在常德，至长沙，不以失败为意。然武昌学校，因先生谋革命，除先生名。先生乃走上海，赴日本留学，于东京入弘文学校，后入早稻田大学。

乙巳，先生创《二十世纪之支那》杂志，鼓吹革命。夏，孙中山自欧抵日本，会合各省革命同志，组织同盟会，先生与焉。先生拟以《二十世纪之支那》归为同盟会机关，嗣以日政府禁止发行，乃改名《民报》，而先生为之经理。丙午，黄克强赴安南谋举事，先生举为庶务长，掌同盟会一切机密。先生见同志俱在南方运动，北方尚未著手，乃奋起偕白逾桓、吴昆及日人末永节赴东三省，立辽东支部，运动马贼，谋占奉天，与南方响应。会碱厂招兵事忽败，白逾桓被捕，先生乃复回东京，仍参预同盟会机密。当斯时，先生专心研究政治、经济诸学科，以为将来建设时代之建树。复精舆地学，曾著《间岛问题》一书。清政府得之，间岛交涉，得以不败。清政府欲请先生任外交，先生不为动也。

时美洲同盟会之《大同日报》，及南洋各机关报，均敦请先生主持。先生以东京事繁，亦未去。秋，克强有钦州之役。丁未，又有河口之役。先生则为大革命全局之布置，扩张党势，联合军队。内地各省，及海外南洋，机关无不遍立，而大举之势，已于此树立根基矣。及至戊申，《民报》封，同盟会之势一挫，故终己酉一岁无大举，然潜势力亦多于以养成。

庚戌春正月，广州之师又败。赵伯先等俱赴东京，已而复回香港。时东京同盟会本部精神甚惰懈，谭人凤、李肇甫、居正、张懋隆等，会先生商整顿事。先生对于革命大举方略，主张革命地点应居中，不宜偏僻；革命时期应缩短，不可延长；战争地域宜狭小，不可扩大。深究域内之形势，洞悉方略之精微，故群皆赞同先生言，而本是实行。谭人凤赴香港，会赵伯先、黄克强，语以先生之筹画。适香港已准备再举攻省城，故不克行。时居正回武昌，先生亦至上海，主持《民立报》，凡所论议，一本学理，国民莫不钦服。春，香港事急，请先生往。三月中旬，先生乃赴香港。香港因广事特组织实行部，中又分五部。先生继陈炯明而任编制部部长，进攻省城，举赵伯先为战时总司令，召集各省同志及敢死之士，编制敢死队，陆续赴省。二十六日，黄克强亦先期赴省。二十七日事泄，二十九日仓卒间遂举事。先生及赵伯先、胡汉民俱未能先期至。三十日晨抵省，事已败，乃相率回港。是役布告、文令，皆一出于先生之手。在港时，且与同事诸子草定民国宪法草案焉。则先生于破坏时代，固无时不为建设谋也。

未几，赵伯先以愤郁死，黄克强亦负伤，同志精锐，俱大挫折。众灰心失望，乃解散香港机关。先生于时遂偕陈英士复回上海，仍主持《民立报》，于根本上反覆详尽言清政府之腐败，唤起国民担负国事之责任心，言论皆能洞悉本源。故凡读先生文者，无不心折。清政府虽心嫉先生，亦未尝不深重先生也。先生鉴于前此革命之失败，以为非切实准备不可，乃建三策，以取决于众议。上策为中央革命，联络北方军队，以东三省为后援，一举而占北京，然后号令全国，如葡土已事。此策之最善者也。中策在长江流域各省，同时大举，设立政府，然后北伐。此策之次者也。下策在边隅之地，设秘密机关于外国领地，进据边隅，以为根据，然后徐图进取。其地则或东三省，或云南，或两广。此策之又次者也。佥谓上策运动稍难，下策已行之而败，且足引起干涉，酿分裂之祸，故决采用中策。

实行中策之准备，于上海立一总机关，名为同盟会中部总机关，于闰六月成立。设五总务干事，则先生及陈英士、谭人凤、杨补生、潘祖彝也。中部总机关既立，先生精心擘画，于长江流域遍立分会，准备大举。谭人凤旋赴鄂，令居正使湖北共进会与文学社联合，立湖北分会。派曾杰会、焦大峰立湖南分会，派范鸿仙、郑赞丞立安徽分会。是数分会皆直接于上海总机关，主持长江流域联络军队事，盖一遵先生之成规也。时东京本部吴永删、张懋隆将回蜀，道经沪上，先生令其在川立分会，运动军队，与长江下游相联络。陕西井勿幕在秦联络军队，亦著大效。先生令其计画合为一气，与南方相声应，而立分会焉。

至是机关略备，先生乃继筹施行之策。以湖北居中国之中，宜首倡义，然武昌为四战之地，粮饷不济，故一俟湖北举事，即令湘、蜀同时响应，以解上游之困，而为鄂中后援。又以京汉路为南北交通之孔道，敌军易于输运，故先生之计画，不欲以武汉为战争区域，以防牵动租界，而启外人之干涉。拟于武昌既举之后，即派兵驻守武胜关，使敌兵不得南下，以保武汉之安宁。一面令秦晋继起，出兵断京汉路，以分敌势。而又惧湖北一动，下流阻塞，将使运输不利也，故拟长江下游同时于南京举事，并即封长江海口，使敌军海军舰队孤立，而乘利应便以取之。计画既定，乃以之通告各机关，令本此计画实行。此可见先生谋之深、虑之远矣，使武胜关不弃，南京不失，又安有汉阳之喋血哉！

计画既定，乃相继为筹款购械之事。斯时财政困难，进行不易，而湖北军队，又急不能待，拟定一期以举义。居正、杨玉如乃来沪，就商于先生，并迎先生及谭人凤回鄂主持。先生以时机未至，令稍待。七月间，川人争路风潮发动，先生遂拟定乘时大举，乃决令长江上下游及秦晋速为整备，即于八九月间起义。八月中旬，先生将偕居正出发赴鄂，主持大举之事矣，而汉口机关破露，及三烈士被害之消息传至。先生知一切预定计画，将不能实行，而长江下游又不可不亟谋响应，以免武汉陷于孤立，乃留沪筹下游响应事。于南京则令范鸿仙偕柏文蔚主持，于上海则助陈英士、李燮和谋光复。

九月三日，黄克强至上海，先生乃偕克强同赴鄂。时鄂中战事方挫，众乃举黄克强为总司令，先生则助胡经武办理外交。时义军既起，湖北方面外交卓著成效，虽武汉战祸日炽，而外人终严守中立者，盖皆得之先生之手腕与方略也。先生以破坏既始而建设随之，遂亟谋所以为新国家之建设者。先生乃同居正、汤化龙计画由先生草定鄂州临时约法，通电至各省，举代表赴鄂组织临时政府于湖北。各省代表有至者、有不能至者，其不能至者，俱会于上海。先生乃与汤化龙约，拟请数省代表全至武昌组织政府。先生至沪，举各省代表会于江苏教育会，决定中国采统一制，立责任内阁，设政府于武昌。代表均赞成俱至鄂，一部分代表留沪为通信机关。及湖北开会，中有代表对于统一制及责任内阁倡反对之议，另草临时政府组织大纲。其稿传至上海，上海代表亦不赞成。

时汉阳失守，而金陵克复，形势一变，武昌陷于危险，乃主迁临时政府地点于南京，电湖北代表回宁。十月中旬，先生为宁军意见不洽，亲走宁调解。适先生赴宁之期中，代表之在上海者，议举大元帅，遂举黄克强为大元帅，黎元洪为副元帅。黄克强不允就任，而组织政府以致耽延。及湖北一部分代表俱会于南京，请追认公举之大元帅，忽引起反对之论，并疑及先生所运动，将为总理之预备者，而不知实误会于当时之事实也。以是缘由，乃改举黎元洪为大元帅，黄克强为副元帅。又以黎不能南来，复请黄克强代理大元帅，数遣代表来沪迎之。黄克强仍不允。组织政府问题，遂以是牵延至一月之久。意久波折，实非先生所及料也。

冬月初，孙中山先生回国，先生偕张继回沪，主张举孙先生为总统。初八日，同盟会诸巨子会于中山行辕，议决举中山为总统，克强为内阁总理。克强不允。中山、汉民主张不设总理。先生内审国情，外察大势，鉴于责任内阁之适于民国也，起而力争。中山认可，派张继与先生磋商，以克强不允任总理，拟请先生代之。先生不允，邀居正、田桐、吕天民至克强处力劝，克强始允。于是中山为总统、克强为总理之议始定，同赴南京，预备组织政府。先生以临时政府组织大纲规定不设国务总理，乃提出修改案。代表有不知在沪所决议者，起而反对，致未通过，并加入国务员同意权一条。先生主张，终受此挫折，不能实行。后孙总统提出先生为内务总长，亦以从前种种误会，致未通过。先生亦不以之介意也。继孙总统任先生为法制院院长，先生乃本平日之经纶，草定法制，故临时政府法令，多出先生之手。

及南北和议告成，而两方意见终不能泯。先生忧之，以调和南北为职志，以期新国家之统一。继与汪精卫、蔡孑民同为欢迎袁总统专使，值京津兵变，几遭不测。及北京临时政府成立，先生任农林总长。先生以非所长，不克展布。然先生在职，拟定边境开垦、移民殖林诸法律案，及外蒙设垦殖总管府，内蒙、满洲设垦殖厅诸官制案，注意于实边保境之大计划，提出于国务会议。又先生关于整顿农林政策诸大纲，曰设劝农使于各内省，曰设蒙古兴业公司，曰测量田地、清厘田亩，曰设拓殖银行，曰设督办垦屯事务官于满洲、蒙古、新疆，曰设农业银行以各省积谷常平仓谷为资本，曰征烟草酒税，皆未及实行。而唐内阁倒，先生以当举责任内阁之实，遂联带辞职。

先生既退，主持党务。先生以小党分立之无益也，联合五政党，力持合并之议，议决改组国民党，而党势大张。国民党之成立，实先生之力也。先生继被举为国民党理事，尽瘁党务，不遗馀力。先生有所建议，党员无不服从，虽异党亦咸敬仰先生之为人。以故先生之手腕，实有调和各政党之能力，赵内阁之得成立，先生实襄助之。盖先生苦心孤诣，其调和南北意见处，先生素不自矜，人亦多莫能尽悉也。

先生数年来奔走国事，未遑宁处，家属仍居桃源。先生自满清时倡革命，为清吏所通，出走日本，即未尝一返故乡。先生堂上尚有老母，只以尽忠于国，未能全孝。至是党事大定，得稍息仔肩，乃亟归省母，以尽天伦之乐。欲退隐林泉，事亲终老，不复出矣。后以国事日非，党中又屡敦劝先生出任维持，先生知国基未固，尚非独善其身之时也，慨然奋起。虽老母苦留，先生亦含泪忍痛而出。先生至武汉及遍历各地，演说改良政治之必要，闻者心折。及抵沪，国民党开大会欢迎先生。先生演说现政府种种失政，滔滔数万言，然皆一本于事理，无一叫嚣谩骂之语，论者咸谓先生不失在野党监督政府之真面目。然未几而北京有某当局著论匿名辨驳，复又有所谓救国团者，通电各省，亦驳击先生曩日欢迎会之演说，盖欲假此以毁先生之令名者。先生以其诬罔，乃作答词，一根据理论事实，而驳者不能难，先生亦置之不复究矣。

时国会议员多连袂来沪，先生与之商榷，政见多相合，乃约予为之起草国民党大政见，先生口述而予则笔录之，三日始成，仅及大纲。先生复略加修改，拟至京时与本部议决后公布天下。斯时先生时于宴国会议员席上演说大旨，并言此次政争之决心。未久，袁总统电促先生赴京。先生乃于三月二十日之夜，乘津浦车北上，不幸忽于车站中遭奸徒之狙击，腰间中枪，即赶沪宁铁路医院剖腹验治，以伤重，卒不起。

先生伤后，曾语于右任以三事：一以书籍捐入南京图书馆；一请同志抚助其家，善视老母；一嘱同志奋力进行。并拟稿电袁总统，“临死哀言，尚望总统开诚布公，定良好之宪法”。呜呼！先生虽极痛苦中，犹念念国事，盖如是也。

先生于二十二日四时四十八分薨，享年三十有二。先生既逝，举国震悼。先生老母年七十馀。胞兄教义，以先生倡革命，为清吏所捕，瘐死狱中，寡嫂尚在。夫人李氏。子一，年十二。女一，年十四。

徐血儿曰：余之崇拜先生，盖人类之通性也。先生无在不可以崇拜者，而先生乃死于奸人之手。人心日坏，知天之所以祸中国者，正未有艾也。呜呼！余薄德寡能，不克继先生之志，亦惟有奉先生之嘉言懿行，以为师表耳。呜呼！先生之声音笑貌，至今辄盘旋于脑中不能去。余之恨，岂有穷哉！

徐血儿又曰：先生在沪，时相过从，嘱余与先生合作《辛亥革命外史》，以为当时实录。草未竟，先生北行，允将先生历年所保存之材料相寄，孰知先生遽罹此惨祸哉！然而余当竭绵力以成此书，以慰先生于万一矣。

中泠文选

叶玉森，字中泠，江苏丹徒人。今录文一首。

与柳亚子书

亚子足下：仆自上月中浣，奉役赴龙舒勘灾，毒蚊顽虬，挟波臣为虐，吾民而鱼者，濒二千人，田庐十九荡然，稻藁飘流，挂乔柯上，若排璎珞。入西山，风景绝胜。访汉羹颉侯三堰之故墟，遗泽在民，书记失载，谓宜补入新国史。七门云雾诸山下，黄沙白石，缭以清溪，如披蓬莱水彩图，苦不能画，惟于笋将中握铅写小诗数绝而已。昨归省垣，得诵手毕，具悉。旧题子美诸影诗，零珠碎玉，捃拾义山，仅得六首，多唐突语。姑写上，聊博笑耳。红薇生属题《感旧记》，容构思。匆覆。敬问起居。中泠稽首。

眉孙文选

吴清庠，字眉孙，江苏丹徒人。今录文一首。

叶中泠词卷序

倚声非小道也。托体帷房，眷怀君国，通呼吸于风骚，契神明于乐府，飞卿、端已，美矣至矣。降及两宋，派别有二：一则以缠绵悱恻之思，达窈眇幽夐之旨。香草一束，赠之美人；垂杨千丝，怀彼夫婿。姜、史、张、王，弦管不绝矣。一则以嵚奇历落之材，驭拂郁摧撞之气。弄桓伊之笛，于焉心伤；击处仲之壶，不觉口缺。东坡、稼轩，旗鼓别树矣。然而风骚之旨，乐府之音，听曲识真，两各有当。元、明两朝，传者盖寡。清初诸老，备有万能。竹垞以玉田揭橥，迦陵以稼翁津逮。后有作者，囿于前贤，于是钟儿女情者，不惜短英雄之气；努金刚目者，不知低菩萨之眉。虽曰从吾所好，毋亦有人见存欤？

善哉我友中泠之论词曰："歌'杨柳岸晓风残月'，吾自红牙拍之二八女郎；唱'大江东去，浪淘尽千古风流人物'，吾自铁绰板之关西大汉。"雌雄之剑，贮以一囊；生枯之枝，缋之一笔，抑何玲珑其声、激昂善变也欤？盖其仗剑出门，刺船渡海，弔箕子之墓，舞天作歌；访徐福之洲，迎神制乐。蓬莱一望，琴传天风海涛之音；金堂百间，笛擫皓露秋霜之曲。及乎买板桥之春，棹石城之艇，模糊香梦，杨柳门前；摇落欢场，桃花扇底。春风花月，谁为南市之楼？燕子斜阳，独度西河之调。文生于情，妙造自然也。嗟嗟，自曝书亭圮，湖海楼空，轨辙攸分，本源日汩。彼蓉裳、频迦，揣摩闺襜，污秽衾枕，已成姜史罪人。而板桥、心馀，吆喝风月，呵咤山川，又岂苏辛肖子。性天既薄，唇舌乃佻；志趣久荒，音声遂杂。淫哇起于绮靡，正声销于欢呶。温、韦宗风，一灯几熄矣。幸而茗柯导其源，止庵引其绪。得仁和谭仲修，古调可弹；得吾乡庄蒿庵，大成以集。向所谓风骚之旨、乐府之音者，大雅继起，人间得闻，斯道之尊，于斯可信。

今中泠镕唐五代于寸心，制南北宋以一手，令慢树之兴观，犯引通之弦瑟。譬之时花美人，艳不入妖；剑侠飞仙，豪不走犷。凡马一空，真龙毕见。庠谬托同调，敢曰知音？独是以独弦哀歌，护三山灵气。梦溪放棹，间发清讴；（谓张典谷）瘦鹤开轩，尚芜凡响。（谓赵次梅）蒿庵替人，今而后其在啸叶庵乎？

时方谋刊蒿庵遗集，适中泠寄词卷属审定，爰缀数语归之。语长心重，神与俱飞矣。

杏痴文选

姜可生，字杏痴，江苏丹阳人。今录文一首。

与柳亚子书

亚子足下：饥驱南岙，忽忽两旬。读“苦恨年年压金线，为他人作嫁衣裳”句，黯然神伤矣。人情诡谲，吾道益孤，行将飘然引去。征人万里，转类飞蓬。绕树林乌，悲鸣恻恻。关山难越，目断白云。王子安到此，时邪命耶？足下素心，何以疗我？

一厂寄来一书，并诗数章。词气愤懑，谓将归去岭南，不知相见何日。愈使我顿足痛哭，竟无言以慰知己也。神思瞀乱，草覆一笺，想已投到？匪石处亦付书与诗，迄无报章。足下盍向取阅？中秋盛会，弟不能来。此甲寅一年中，会面无缘矣，奈何！

伏处万山间，气为之塞。盖峻岠悬崖，不能攀援以登。望海舒啸，海风时起，屋瓦震动。近则秋雨初下，落木萧萧。一过张苍水祠，破壁断垣，荒凉满目。同社王漱岩氏，尝远寄联句云：“南岙听猿，海水不枯皆旧泪；中原逐鹿，河山无恙又新亭。”叹其切当。然屋宇湫隘，伛偻而入，蛛丝障眼，鸟矢盈庭，何从张挂？弟亦成一诗一词，诗在一厂处，词另纸写呈，尚祈拍正。愁绪满怀，掷笔槁卧。伏维珍重。

一厂、楚伧、匪石、景瞻、佩忍、朴安、寄尘、宗良、剑华、兰皋、芷畦、一民诸友，见时为道相忆。

桂子飘香，月轮刚满，必多佳趣，示我一二，以当同游，如何？《南社》十二集杀青，速寄一册。此间交通迟滞，一往返辄废旬日也。九月初归里，道出春江，届时足下能留彼否？馀不白。

挥孙文选

张素，字挥孙，江苏丹阳人。今录文二首。

瘦眉词卷自序

予于词学，鲜窥奥窔。曩在年少，间一为之，每苦心手舛迕，不谐于弦；音调拘缀，动乖乎律。辞与意相违反，长与短相杂糅。性所不近，吾其舍诸。遂焚扬云之少作，并芟东泽之绮语。匪避庭筠之诡名，实同魏收之藏拙。停楮辍墨，亦既有年。

比者哀乐困人，饥寒驱我，别乡里，陟关塞，渡辽河，绝沙漠。从乌桓之戍卒，间鸡林之诗贾。长途雨雪，客邸星霜，不无凄感之怀，用有吟呻之作。射雕队去，落日闻歌；晾鹰台空，秋风写怨。渡松花之水，榜唱年年；登木叶之山，砧声夜夜。遂多新咏，藉诉劳愁。公孙之屣不迎，管宁之帽将敝。

适予友南昌陶子伯荪，同人以劳人，来游兹土。晨窗对砚，夜火分篝。伯荪于词，研究极精，撰造亦富；字皆集锦，调若贯珠。几登北宋秦柳之堂，不染西江洪黄之派。猥以鄙陋，辱而教之；扬榷于舞裙歌板之间，赓和于汉月秦关之外。李陵握手，便是河梁；桓伊邀笛，未须子夜。赌旗亭之曲，下拜者双鬟；吹赤壁之箫，相从者二客。朋游风雅之乐，关山离别之感，并托于此，谅足多焉。因命小胥，录为副墨。非敢贩鬻温李，剩窃苏辛，自命词人，以相矜炫，亦只存其心赏，吟讽一二，如彼乐工，聊用自娱而已。

词虽小道，性情所在。羁人多感，天涯易秋。大夫行役，离离禾黍；征人怀归，依依杨柳。存于其志，发而为言。仲宣远游，怅然登楼之赋；兰成萧瑟，哀矣江南之篇。援彼例此，殆同一辙。所以春驿闻鹧鸪之声，稼轩因之托兴；秋堂寻蟋蟀之谱，白石藉以写忧。玉田流寓于杭州，时有新制；少游跌宕于淮海，不乏幽吟。我思古人，非徒刻画虫鱼、排当风月而止也。况乃辽雪寒催，边云惨递；马蹄蹀血，雁足沉书。严城杂刁斗之声，新亭下河山之泪。龙荒十万馀里，郭景纯之所疚怀；牧羊一十九年，苏子卿之所茹痛。荒荒斜日，莽莽平原，能无悲苦之词，以送忧愁之景？

嗟呼！沧桑迁易，风雨屑骚，清歌一声，古愁四起。渍琵琶之泪，谈天宝者无人；听供奉之歌，问贞元兮何日。予怀菀结，宁得已乎？爰缀数语，以引其端。书寄伯荪，与相印证云尔。

闷寻鹦馆填词图记

“寒与梅花同不睡，闷寻鹦鹉说无聊。”此陆放翁诗也。余年十五六，即喜诵之，遂颜所居曰“闷寻鹦馆”。其时余方在壮盛，同游者亦各豪气向湖海，诧余些些胸臆中，何便贮得无聊如许？余但笑而不答。然由今思之，天下之无聊人，固未有甚于我辈者也。余之坎坷抑塞，二十年于兹。入洛游辽，所如辄阻，其境遇亦谁则悯之？而惟一意为词，以自写其无聊之胸臆而已。

余词虽不工，要亦放翁所心许者。余窃叹昔日同游诸君子，其身世亦皆与放翁相类。惟当年少气盛，则遂忘之。及夫皓首穷边，一灯风雨，抚今追昔，岂能免于雪涕者耶？放翁虽窘，犹有鹦鹉可寻；而余在客中，思一梦过旧居，重与诸君子烂醉狂吟，且不可得。馆中鹦鹉，能毋窃笑余后者乎？嗟嗟！余之愧此鸟也多矣。

孟青老友，于乙卯九月再出塞，相见滨江，为余作填词图。余惟孟青亦无聊人，故肯与我辈游。而当其含毫渺然，亦自有难于言说者在。试更得海内同志，一题咏焉，则余之无聊，其或将犹可说耳。是为记。

蜕庵文选

陈蜕，字蜕庵，江苏阳湖人。倡办《苏报》，鼓吹革命。章炳麟、邹容下狱，蜕庵遁迹扶桑，嗣又避地湖南。民国成立，蜕庵老矣，不言功，人亦无知之者。余识蜕庵晚，过从一二次，而蜕庵竟长逝矣。哀哉！今录文五首。

哀朝鲜赋

海东有国兮，古称朝鲜；周封箕子兮，渺乎其先。秦皇并六合兮，商祀未殄；汉武置郡县兮，环其西偏。玄菟乐浪迄乎句骊兮，东西辽水之边。一脉所存兮三千年，几绝秦汉之交兮终以全。胡古国之不弔兮，忽地隶而君迁？稽方舆而浩叹兮，慑乎齐楚之间。待玉帛于两境兮，慨古制之久湮。凭天演以凌弱兮，执牛耳而蹊田。倘东西登于平和兮，必涤瑕而攻坚。慑强俄之蚕食兮，幸明治之策先。恸此族之不振兮，遂琉台之同编。

吾衡情而权论兮，宜伐君而弔民。入青盖于洛阳兮，何归命之足怜。繄其民何辜兮，当壹视而勿偏。惩天竺之奴籍兮，慨安南之牛鞭。一堕落而下况兮，责改进于何年？政则同而民异兮，长二戴于一天。泪浪浪而东望兮，忽由后而念前。彼冲绳之遥隶兮，又何罪而何愆？况台湾之割畀兮，更牵率而颠连。懿共和之祖国兮，并巴宾于米利坚。慨时势之万同兮，有力者其谁不前？优胜有辞兮，劣败何言？冀真人之四出兮，胥优劣而相团。去雕题之习积兮，进智种于石田。纵众寡之异族兮，庶各有其英贤。渐民质于相等兮，何种类之不平？底一世于大同兮，何政教之有偏？吁其远兮墟无烟，泛一叶于东西海兮何边？彼待化之民族兮方瞑眩，生死未卜兮况诉颠连！吁彼苍者曰天，运大气而转旋。需其时以潜化，毋我后而人先。

嗟伊初之文治兮，继武德于版泉。属舜禹以天禄兮，历殷周而勿谖。系我生于此土兮，实大造之骄民。苟芸生之不盛兮，或片壤之孤悬。就民德以挈论兮，吾何望异于朝鲜？省大陆为十八兮，县州逾乎千。虽块土之相比兮，需人力以互连。譬森林之千章兮，曾无异乎孤根。输石过而挥斧兮，眴罗致于堂廉。彼猗难之无知兮，人何为而效旃？纷抟沙之难合兮，其道何先？人自为治兮，家自为安。比学俗以为基兮，去狙诈与矜狷。慑以律宜壹兮，导以理宜宽。熏宿莽以杜若兮，自薰莸之无愆。胥灌木而梗楠兮，何枝梧之有焉？横览前史兮，愿力谁坚？登鲁壁之丝竹兮，乞灵简编。行之自政兮，非以教传。造竺景之西来兮，又猱杂而不专。民无教奚以国兮，吾东望而栗然。

叹逝赋

云冥冥兮风沉沉，帐空帷之眠斯人。笑言不可接，謦欬何时闻？嗟并生之异所，恨相见之屡左。一蘼芑而如故，忽相忘于尔我。视无言而心相亲，愿结襟而交绅。蓄拳拳以待后，愧卒卒之无因。灯红忆话，墨淡代磨。隔肺腑而莫诉，畏简书而临波。见难兮别易，生短兮死长。唱骊歌于醉后，望云树而凄凉。恸琼瑶之易碎，欲号呼而无声。震椅桐之半干，疑所传之非真。悲哉逝者，已矣今生。胡不我待，而先我行？伊时局之桢幹，何沴戾之不情？步庭阶而拟影，盼悬旌而疑心。闻落叶而延步，响空枝而停音。怀鞍马于旧部，抚弦轸于中庭。

歌曰：流水不复西，疾风卷尘去。复见水与尘，一步一新故。泪汍澜而无时千兮，命毫素而寄咏叹。

《蜕僧馀稿》自序

庚戌之夏，天降沴厉。一肢之病，等于荀窑之疡；百日之挛，几于郤克之跛。濒十死而不死，谁为乞和缓于秦？分无生而偏生，时竟有越人在楚。左家妹质珥营医，忘无家之怨惘；僖负羁盘飧馈食，怜末路之英雄。藉众维持，二竖焉避？于世何补，一老慭遗。顾积习难忘，有馀年则有馀稿；况世情久淡，在蜕庵终为蜕僧。虽食肉东坡，扪腹不皆笋蕨；而墨者夷子，放踵未改衣冠。花猪竹鼬，杂蒲团禅杖之间；贾岛孟郊，销湖海风云之气。续《沧波听雨》《梦楼续雨》诸集后，得毋更形衰飒，或者转逊？冲和曰《蜕僧馀稿》。自《映雪轩初稿》后，为第七集矣。

《半野一黍》序

吾友林君圣藩，年十六，以前清同治癸酉举于乡。越十年，乃赴会试。于国学靡所不究。既以庚寅中部试，复迟至甲午补殿。于台湾、新嘉坡，周历详审。盖其志在用世济时，不亟亟于一身显达也。

予识君于上海，在十年前，则君以即用令河南被议南归矣。君以所著《半野丛稿》见视，纵横排奡之笔，精密邃挚之思，渊懿朴茂之胎息，时贤中不多觏。就文观之，已知实中发外，可以由言稔行。况更揽袖结裾，历更寒暑，自信知君，非同肤浅。别来六载，予犹存此患难馀生，重来海上，而君已先一年奄化矣。嗟乎！事之可悲，孰甚于此？

从其公子更索《丛稿》读之，一读一怆然，知君亦益以深。其集中如《普天丁输议》，及《治叨书》，皆若预见今日内政外交之所宜急，而当时则决知不能实行，姑存此说，以待来者耳。兹先择其中宜为今所借鉴，选抄若干首，每首附以鄙说，并叙君生平鉴略，弁之于前，名以《半野一黍》。至予对于君之私谊，若以浚配之责，冀无负我故人，则从集中可传之作，不止十倍于此也，姑待诸后。倘见寸麟片羽者，有同好共擎之雅，尤所望焉。君字翥屏，旅沪时复字韬客云。

中华民国纪元四月日，蜕庵序。

残宵梵诵卷跋

今夫水流花谢，嗟绮语之难删；即至矢尽拳张，岂豪吟之随辍？气短不短，情长更长。桓子野辄唤奈何，曹孟德解忧何以。故曰诗以言志，能教闻者销魂。况蜕庵七尺，沦蜃海十年，管宁但坐绳牀，张融更无船屋。虽潇湘吾土，谁识懒残？论建安才人，最怜公幹。彼少陵垂老，犹有浣花旧居；岂浔阳谪居，长此天涯沦落？然则诗人之厄，末路之穷，以古方今，于斯为极矣。嗟乎！庾兰成平生萧瑟，赋江南以言哀；张平子望远咨嗟，赠琼瑶而莫致。世之览者，当有知音；我所思兮，岂惟并世？缀之短跋，以稔后来。

兰皋文选

汪文溥，字兰皋，江苏武进人。今录文二首。

展庵《曲剧丛话》序

丁子编展庵《曲剧丛话》既成，征言于余，阙然经年久不报。顷西上东还，惮暑杜门谢客，独居深念，忾然忽有所触，乃喟然曰：声音之道大矣哉！古之君子，以通天地、狼鬼神、定民志、达物情，其断断量尺衡黍，匪细故也。是以一代之兴，必制礼作乐。而其间名者，类能刻商引徵，合天倪于人籁。女娲生而清歌，黄帝张乐广野，尚已。降及唐虞，聿嬗三代，《韶》则尽善，《武》亦尽美。陵夷春秋以还，大夫则登高能赋，野人亦荷蓧而叹。以及迁客思妇，歌谣稍繁，悉谐于律，虽渐流荡，犹能发皇。秦汉乘除，遂尔中绝。独有一洛阳少年，太息流涕痛哭，欲有所创造。降年不永，此事遂废。坐令鲁两生告绝之叔孙，或倡女哲舅，高言正乐，授官协律，宁不羞管弦而恸万世之人琴哉？然晋唐之际，代有作者，如张茂先之徒，流风馀韵，盖不绝如缕。

元胡入夏，爱金易朱，然后迹熄而诗亡。举古所谓通天地、飨鬼神、定民志、达物情所有事者，暗然一弗复声，仅什之三五鬻歌之肆，数十卖喉舌之伧，凿窍混沌，引吭空谷而已。五百馀年，居然自为风气。曲标南北，地辨弋昆。黄调代兴，秦声继起。其始犹雍容揄扬，其终乃凄厉激楚。或噍以杀，或哀以思，随时依违，递迁递变，不期然而然也。然而古之伤心人，聆音识曲，譬之叔敖虽亡，犹见优孟；中郎已逝，尚有虎贲，则又何也？试数近代小有名字，如程长庚、余三胜、汪桂芬，最后有谭鑫培，其人类出市井不学，非有贾谊、张华之能，即其所守剧本，亦沿纰缪俚俗之旧，无当大雅。于此将以弋昆黄秦，上接《韶》《武》，疑若距离之率，巧历所不能算，曾何优孟、虎贲之足云。

虽然，余敢为独断曰：声音之盛，集大成于《韶》《武》；及其衰也，乱之以黄秦。闻者讶吾言乎？盖元迄乎清，诗亡而歌不亡者，以有弋昆与黄秦也。夫声音之著于文字，与咏于歌曲为二事，非可概论也。吾闻之宁州徐奉世，徐奉世闻之益阳夏正弊，其言曰："诗言志，一字一音一读，作者之事也。歌永言，深长而咏叹淫佚，歌者之事也。声依永，律和声，一字或转七音，为宫商角徵羽，为双宫变双徵，则又乐者之事也。"明乎此，庶几可证吾前说矣。以诸伶无制器之长，无赋诗之雅，而其为声，顾暗合道妙，故谓诗亡而歌不亡。且诸伶之所为歌，知其然而不知其所以然，其中疑有天焉。天其或者将留此声于人间，以待后之作者，循声制器，郁郁乎，洋洋乎，复修明礼乐，未可知也。奈何民国肇建，新剧代兴，将反此舌，夷于无声，则又疑天之梦梦，固渺茫而终不可问也。

嗟乎！歌将继亡，诗于何复？吾为自惧，不得不贡一言，以商吾丁子。且有见丁子此编，非仅等之识小，他日请念可乎？

《醴陵兵燹图》叙

呜呼！生民自有史以来，治日少而乱日多。若三代之垂亡，若两汉晋唐五季之末，若宋元明易代之际，人民遭乱，所罹涂毒，日月相望，方策具在，班班可考也。

夫桀纣之恶，汤武所藉以为口实者，落落不过数事。以视后世墨君、污相、酷吏、悍将之所肆虐，微矣。循是以往，乃有杀人盈野，杀人盈城，然只用之两军相斫耳。至于黄巾、赤眉，下逮闯、献，所过罔弗残破，则皆剧盗大憝之所为，未可概以军纪相绳也。岂有将遣于政府，卒隶于元戎，而敢劫杀过于盗贼，吞噬甚于豺狼者？最近世所记纵兵虐民之罪，无过于嘉定三屠、扬州十日，彼亦克敌伊始，逞愤示威，非有如今日之事，乃自于固有之土地，无辜之人民，而忍用其屠灭与焚毁也。

吾始读醴陵之纪，今又阅灾影之图，百睊睊以悲，沉沉以思，吾为之上下而求索，信乎有史所未遇之鞠凶，生民所未逢之奇惨也。醴有耄稚，则既僵矣；醴有壮丁，则非被虏即死伤，或散之四方矣；醴有妇女，则既被辱就死，或以死拒辱，非饮刃洞弹，即自沉于河矣；醴有财帛与器用，则既被掠夺，或取之不尽而悉毁之矣；醴有庐舍栋宇，则既火矣。盖绝胫断脰之所枕压，颓垣败瓦之所倾覆，缄縢扃鐍之所被弃，膴原绣塍之所污莱，以千万计，而为巧历所不能算。然所劫杀之者固非盗贼，而所吞噬之者固非豺狼也，且又非敌国之兵，非易代之时也。叫天何辜，乃丁斯厄。无玉无石，同为焦土。岂不腾怪于万国，而沉冤于千祀哉！

斯图印成，并吾文以视彼当日拥兵者，倘亦效晋明之以面覆床，一自忏其前事，未可知也。中华民国八年，江苏汪文溥。

万里文选

蒋同超，字万里，江苏无锡人。工文辞。落拓不遇，竟客死于萍乡。今录文五首。

《峨眉志馀》跋

右《峨眉志馀》一卷，先七世高伯祖虎臣先生之所著也。先生金坛籍。始生时，先生之大母梦峨眉老僧托生，及长，亦梦身为僧，常（尝）于山溪濯足。自幼即耽禅悦。清顺治丁亥，以第三人入翰林，时年方二十四也。于世缘淡甚，虽宦达，一如苦行头陀。好周人以急。在馆时，辄请假归省。先生卒后，王新城有“西昆三十载，九病一迁官”之句，盖纪实也。中间放浙江试差，得一士，慈溪胡姓也，佚其名。试竣，探天台、雁荡之胜。迨任顺天学政，秩满谢病归，不复还里门，携一衲二僮遍游五岳，及黄山、九华、武当诸名山。游嵩洛时，过夏峰，与孙奇逢讲学数日。自楚之蜀，扁舟草屦，蹑匡庐，探鹿门，不避豺虎。嗣即溯峡之蜀，游峨眉，食长蔬，寓伏虎寺之萝峰庵。经年后示小疾，预知逝期，手草行略一通。示寂前索纸笔书辞世偈八句，掷笔趺坐，念佛号而化。偈见志异，时康熙癸丑岁也。翌日，胡生遇诸于山椒。迨入寺，知先生已没，乃大惊异。又二十五年，新城奉使入蜀，宿剑门，梦先生来相迎，执手微笑无一语。

先是先生在馆阁时，以井研胡菊潭相国所著《绎峨籁》并《四川总志》《嘉定州志》《峨眉县志》《蜀中广记》等书，并参以旧闻，成《峨眉山志》十七卷。至峨后，又成此《志馀》一卷，皆峨眉异闻轶事，与《山志》可互相发明者。志中力求征信，以峨眉之雪蛆空青放光石雷威琴之类，古有是名、今无是物，恐重为地方累，特为剖白纤悉。此亦先生度世之苦心也。《山志》有胡生之子挺松一序，迨刊行时，已为蜀中大吏所点窜，纠缪百出，而蜀中当道之序文累累焉，盖俨一官书矣。今版片亦已不完。惟此《志馀》一卷，尚为完璧，同超敬谨庋藏，以待梓焉。先生所著有《绥庵集》，今罕传本。又《蒋说》一篇，为尤西堂所称，今亦佚，特附志于此。七世侄孙同超谨跋。

跋《拙存堂集》后

《拙存堂集》，先六世祖湘飘先生之所著也。先生之父度臣先生，为虎臣先生之胞弟。度臣先生平生未尝宦达，而于京师名场中，特以嵚崎磊落著称。而湘飘先生，尤至性过人，力敦行谊。古文为王崑绳氏源入室弟子。王氏之学，纵横捭阖，有永嘉之壮气。而先生则尤言行不苟，行文语语如见肺腑，高洁空灵，而又复沉痛悱恻，出入龙门、昌黎，下者亦不失为欧、曾，实为桐城派之一大劲敌。书法上溯晋唐，一以钟、王、颜、欧为依归，力辟宋元以来偏锋之非正轨。学《易》之年，手书十三经，行箧相随，历一纪而始蒇事。河道使者高东轩氏斌奏呈之。至乾隆某岁，政府效东汉故事，命镌工上石，列诸国子监之堂庑侧，即以先生之孙、先高祖醉峰先生董其役。集中为《中庸说》一篇，《读诗疑》十二则，《易卦私笺》二卷，古文八十篇，《学诗偶存》一卷，《说诗别裁》一卷，碑帖题跋一卷，尺牍一卷，内涉论书数则，别见蒋氏《游艺秘录》中。

先生平生之学，得之远游。弱冠即饥驱四方。康熙癸酉，初试北闱，铩羽未售。雍正卯、辰两科，又刖双足。自是远涉秦关，历览汉唐古迹，及雁塔碑洞诸石刻。又得纵观魏晋唐宋元明名人墨妙，由是文气益遒，书法益进。例选教谕，辞。檄试鸿博，辞。金沙王虚舟为先生同里旧好，至是虚舟与先生同寓二泉。十三经之书，实发笔于是时。中间历淮扬，东游邹鲁，留曲阜，瞻孔林，手书阙里圣庙御题诸额，南至楚粤，足迹几半九有焉。金沙蒋氏入籍无锡，即自先生流寓二泉始。有《拙存堂临帖三百六十种》藏于家，皆先生积其平日鉴赏之馀，而手临者。洪杨之役，已付劫灰。而此《拙存堂集》，同超得诸巴陵方氏之碧琳琅馆；《易卦私笺》二卷，海上某书馆之涵芬楼庋有是书，遂谨录副本以归。六世孙同超谨跋。

蒋氏《游艺秘录》跋后

古者大学之教，道艺与德行并举。书为六艺之一，而绘事在成周亦设专官，盖书画本同出一源。仓颉造书，史皇作图。颉之书依类象形，与画文异而体同。自形声假借，孳乳寖多，书体日趋于简，而书与画遂判然分为二途。故郑虔三绝，史所艳称。后之书画兼工者，虽代有其人，而徒供庸夫俗子之玩赏。即理学名儒，亦以为足以玩物丧志，视之为方技之流而莫知或重。不知世无图画，无以济文字之穷；世无文字，无以神图画之用。陆士衡云："宣物莫善于言，存形莫善于画。”郭璞图《尔雅》，张僧繇图《山海》，并能以画辅翼经传。孔子之勖人学诗，始以多识夫鸟兽草木之名，亦以古之左图右史，二者得相济以为用耳。据于德而游于艺，孔子尚焉。况六书之形声，通乎篆籀；六经之训诂，基乎仓颉。自古文失考，古训日亡，士习于空疏，而书画同出一源之义，遂晦而不显。

我金沙蒋氏，世有隐德。九世祖芝田公，八世祖楚珍公，在有明万、祯两朝，父子甲科。七世伯祖虎臣公，为有清顺治第二科鼎甲第三人。酷嗜书法，于晋唐小楷，得其笔意，其遗墨见海盐吴氏修之名人尺牍。七世祖度臣公，生平以孝友称，德行君子也，传详见湘阴李氏桓之《耆献类征·孝友八》。六世祖湘帆公，自号江南拙存老人。平生蓄道德，能文章，承大父之遗风。兼工书法，手书十三经，刻石太学。有《宋元明儒性理举要》《拙存堂临古帖三百六十六种》藏于家，佚于洪杨之役，惟《易卦私笺》二卷，尚有传本。今所传《拙存堂全集》，内有《书法论》一篇，碑帖题跋一卷。五世祖勉斋公，别字赤霄，有《读书法论》一篇，《读书读画纪闻》各一卷。其《传神秘要》一卷，清乾隆乙未呈入四库。盖公三岁失恃，初不省妣氏汪遗容，画像未能神似，于是潜心画诀，遂工其技。然绝不为他人奏技，与世之画工异焉。本生高祖仲和公，一字仲叔，别号醉峰，又号江南小拙。工篆隶，乾隆间充四库篆隶总校。有《说文字原集注》《说文字原表》《象形字谱》《汉碑隶体举要》《书法正宗》《学书杂论》《学画杂论》《竹谱》等著。

自湘帆公以下三世之著作，见蒋氏《游艺秘录》者凡九种，馀均单行。湘帆公传见《耆献类征·文艺十一》，勉斋公传见《四库全书总目提要》，仲和公传见《画史汇传》卷四十八并《墨香居识》及邑志《艺术》。三世之德行文章，皆为世所推重。于书画精诣，亦均有所窥见，非即古者大学之教乎？

方今西学东渐，艺术日盛，而道德日益堕落，羲之俗书，子昂阑幅，相望于室，家随珠而户卞璧。彼之江湖卖术者流，大都视其笔资之丰啬为高下，以视湘帆公之为贫士书纸，俾得易钱以待举火者，不可同日而语矣。呜呼！古者大学之教，乌得再见于今兹哉！江南拙存老人后裔同超谨跋。

先高祖醉峰公事略

公讳和，字仲和，一字仲叔，别号小拙，又号醉峰。盖公之大父湘飘公，晚号江南拙存老人，当世之士，识与不识，皆以“拙老人”称之。老人工书法。公克绳祖武，亦以书法闻于时，故以“小拙”自号。原籍金坛。老人尝赁庑梁溪，公亦以九峰山色，殊醉人意，遂移家焉。公之别以“醉峰”为号也由此。

幼颖悟。及长，不事帖括，工诗古文辞，旁及六书训诂之学。弱冠游京师。迨四库馆开，公以太学生充三通馆校录，旋充篆隶总校。公父赤霄公，工书画，著有《传神秘要》。乾隆乙未，著录四库。公在馆时，摩娑手泽，亲事校雠。岁丙午，校事告竣，钦赐举人。时太学之辟雍，方新落成，公集石鼓文字，作《辟雍颂》上之。而大父手书之十三经，旋诏命刻石太学，即征公董其役。癸丑，石经工竣，补接国子监学正。然公高尚其志，即引疾归田。盖宁诎于遇，不屑曳裾于王侯之门，贬其道以希荣也。

公渊源于家学者深，故于篆隶真草，无不上追秦汉，下步晋唐，且仿宋元以来诸家笔意，为山水花鸟之属，俱臻神妙。兼善人物写照，而花草得陈白阳遗意。又善墨竹。酒酣时兴尤勃勃，出奇作指头画，指挥如意，一如张颠醉中之作狂草然。所著有《说文字原集注》《说文字原表象》《象形字谱》《汉碑隶体举要》《书法正宗》《学书杂论》《学画杂论》《竹谱》等各若干卷行世。诗文集以及身未付梓行，洪杨之役，已荡为灰烬。

公尝有《传箑图》之作，钱塘吴祭酒铸麒曾为之序，盖纪妣氏汪太孺人传箑事也。先是，湘飘公因子妇汪太孺人之请，集雅颂五章，书诸箑端。嗣太孺人见公箕裘克绍，遂以箑授之。公乃自绘之为图，以垂家范。一时海内名流，题咏盈帙，称胜事焉。昔汉刘向校书天禄，太乙燃藜，世所艳羡。公生乾嘉治世，游太学，入四库，校安国之古文，问子云之奇字，侍讲辟雍，进颂郅治，简在帝心，隆礼方始，而公也以朝有权倖，急流勇退，归隐二泉，卒啸傲湖山以终老。盖公之游京师也，以大父手书之十三经，三十年来聚讼盈廷，尚未刻石，故毅然策蹇骑北入国门，欲观厥成。迨廷旨勒碑太学，媲美鸿都，举国奉为仪型，万世垂为模范，而公绳其祖武之始心已尽，而人又锲而不舍，写经一纪之苦志，亦于是差足告慰矣。

同超入世也晚，当甲辰入都，距公趋跑虎观校别鱼鲁之时，已一百十有馀载。宫墙在望，日月常新，而太学之石经，屹立如林，与石鼓并垂千古。周情孔思，油然生焉。

光绪乙巳，玄孙同超谨述。

吴兴杨君伯谦哀辞 并序

社友杨君伯谦，名嗣轩，浙之吴兴人也。吴兴为山水清淑之乡，而君之生，实禀其气焉。幼而岐嶷，长而好学。舞勺之年，即肄业邑之小学。自中学毕业，而文辞已斐然可观，于数理则尤以精核称。未申之交，出游海上，与金山高钝剑、桂林马君武游。是时东南人士之在海上者，如吴江金鹤望、蔡冶民、陈巢南三君，号称“松陵三杰”，君则尽与之交。而君之世界智识，亦即于是时吸收而无遗矣。巢南为南社盟主，君为社员，盖南社以文字提倡革新者也。是时南海弟子梁君，方鼓吹开明专制，君则著《君主民主论》驳之。己酉之冬，北入都门，肄习法律。辛亥秋，武昌起义，君闻之，即南下赞助光复。南京临时政府成立，委充实业部商政司科员。统一后，不复北上，任海上尚侠中学教务长一席，兼授算学。迨宋案发生，波及尚侠，奸人肆焰，致兆焚如。君复谋迁新校，刻苦经营。不教月，吴淞难作，新校又付劫灰。政局一时大变，政府诸公已绝口不谈教育，而国会亦全体奉令解散矣。君不得已，又复混迹于软红尘中者两阅寒暑。自筹安会立，帝制声高，君则含茹欲吐，若骨鲠之在喉者数月。

君父旭峰先生，供职萍矿。乙卯之冬，君省亲来萍，三宿而返。丙辰之春，君复来萍，就小学校长之任。以为父子同客一方，自此膝下长依，天伦之乐，孰有逾于是者？乃莅事才八旬，遽于五月二十一号之黎明，长眠而不起矣。忆与君电灯光下，宵谈娓娓之时，相距不过八小时耳。朝露未晞，风流顿尽，庾信《伤心赋》所云“一朝风烛，万古埃尘”者非耶？

余东西南北之人也，壬寅之春，在志正中学，相处仅两旬，余又复南北奔走。虽与君同籍名南社，而天各一方者，已历年一十有四于兹矣。因追思其平生所可列，恨未有以卒其志，而为辞以哀之，其辞曰：

沧海横流，紫澜迴兮。神州日暮，急景催兮。鸡鸣达旦，风雨哀兮。茫茫垓宇，同此长夜台兮。夜何时兮复晓，更鼓沉兮人杳杳。宵谭畅兮夜未子，蘧蘧一梦日已卯。长眠自是千古兮，玉棺梦好。生年浅兮逝日长，彭殇一例兮悟彻蒙庄。抚遗蜕兮委幽房，穷泉黯黯天无光。真宰上诉来帝旁，何如帝所白云乡。鹑首赐秦，天亦醉兮。甲兵未洗，天为泪兮。才乎何为，天亦忌兮。问天无对，天何意兮。玉楼天上，君其作记兮。浮云西北，隔长安兮。吴楚东南，推羽翰兮。形若龙蜕，骨已寒兮。洞庭春云，桃李残兮。西河抱痛，泪汍澜兮。罗霄高高，何如天目？萍川汩汩，何如霅渎？天日苍茫，川原寥廓。楚山多兮越水长，路渺漫兮途冥漠。棺冥冥兮户未扃，电灯灿灿烛幽灵。魂有知兮魄无形，神游垓宇历天庭。无机为磷兮有机为萤，枫林郁郁山青青。君其来兮风泠泠，君父在萍兮君母在堂，魂兮魂兮何日归故乡？风和柳下诔有妻，星孤曙后耿无光。瞰法华兮蹑道场，黄龙白鹄同游翔，化鹤归来兮夜犹未央。呜呼哀哉！化鹤归来兮夜犹未央。

西神文选

王蕴章，字莼农，号西神，江苏无锡人。工诗文词，兼擅小说家言。丰采翩翩，有太原公子裼裘而来气象，文亦似之。今录文六首。

《天香石砚室奕选》序

钱子南亭辑《天香石砚室奕选》既成，邮书问序于余。

余受而读之，曰：博哉钱子之用心也！夫奕（弈）谱之作众矣：曰《奕理指归》，黄河之水，探源星海，布局之扼要属之。曰《血泪篇》，钩心斗角，花八持七，全局之制胜属之。曰《宫子谱》，手专杀活，目无全牛，收局之能事属之。今钱子斯集，多甄录于施、范、徐、黄各名谱，与夫零纨断素，如仙机武库之不经见者，撷华存粹，蔚为大观。博哉钱子之用心也，复何藉余之一言以为重！

虽然，余尝窃论夫奕之盛衰矣。奕盛莫于有清一代，而其衰也，亦于有清一代为最。极盛于施、范，中衰于陈、周。非施、范能盛之，陈、周能衰之也。施、范生丁国家全盛之秋，民丰物阜，心无外骛，一枰黑白，若将终身，其以奕名世也固宜。降至陈、周，世变稍稍亟矣。士或怀才不得一逞，则奔走为衣食计，手谈坐隐，馀事蓄之。有能与陈、周敦槃玉帛狎主齐盟者，已视为登峰造极，而不可复进。若更责以施、范之绝诣，则骇且走耳。其在陈、周壮盛有为之日，宜若可一蹴几矣。达摩西去，无佛称尊。并世之士，顾已揭“国手”二字相推许，于是为陈、周者，亦遂沾沾自喜，曰：“苟能是，是亦足矣。”此奕学之所以每下愈况。輓近以还，且并陈、周视为广陵散也。

抑余又闻日本人之治奕矣，争雄于坛坫，受成于天府，给廪以养之，设官以宠之，高髻广袖之效，遂有遗弃一世之务而为之者。论奕于今日，吾道东矣。一二翘秀岸异之士，乃嚣嚣然谓吾国无人焉、无人焉，甚且谓起陈、周而与之角，亦在馀子碌碌之数。呜呼！奕学之不振，岂第世运隆污之所由分，抑亦国民强弱之所由判也？

今得钱子是书，以为之先驱，镕万冶于一炉，续垂绝之馀绪，希踪施、范，方驾东瀛，皆将于是乎在。花韵晴初，瓶笙月午，隐囊麈尾而外，清篁疏簾之侧，橘中其果有天地乎，余亦褰裳从钱子游矣。

《然脂馀韵》序

吾宗西樵有《然脂集》之选，为部四，为类六十四，为卷二百三十馀。其自序称历十五寒暑，始克就绪。时则繇皇古以迄当代，人则繇宫闺以迄风尘，文则繇风雅以迄杂著。虽考订未悉，不无谬盭，而按部就班，较为具体矣。书阙有间，《四库全书》仅采其例于诗文评中。观其条目，远出沈宛君《伊人思》、苏竹浦《胭脂玑》、邹流绮《红蕉集》、方夫人《宫闺诗史》、郦琥《彤管遗编》诸书之上。茫茫数百年，竟成绝响。尝有意续之而未逮。今春佣书于涵芬楼，楼中富藏书，眂睿所及，不加诠次，断自清初，以迄近禩，断章零句录之；或无所表襮，而玉情瑶韵，蔚成佳话者，亦录之。传姓氏，志梗概，存什一于仟伯也。得若干家，共若干言，名曰《然脂馀韵》。非敢纂西樵之坠绪，聊以阐闺襜之馨逸耳。

尝谓诗词之作，本乎性情，忽然而来，神与古会，空山无人，水流花放。臻斯境者，厥云上乘。女子之作，于金戈铁马之风，豪肉哀丝之奏，或稍稍漓矣。至若幽花媚春，子规叫血，赋录独绝，言愁已茺。班之香耶，宋之艳耶，美人香草，要为天地间必不可少之一境。梅月画窗，兰风入座，迷迭濯魄，银蒜约魂，鶗鴂怨其不芳，桐丝抚而寡韵。试展是编读之，余怀渺渺，其犹成连海上时乎！

阏逢摄提格花生日，无锡王蕴章识于梅魂菊影室。

《绿绮台传奇》序

土司秦良玉，瑶女云亸娘，遥遥两女子，一黔一桂，奇气独钟。良玉事揭桀史册，弦管声歌；云𬂩娘顾尠所称述。微独云𬂩娘，彼邝湛若者，非世所称嵚崎磊落之男子乎？上元忤令，只身走万山中。以无家张俭，作王粲依刘。蛮花笑客，莲幕倦游，举其抑塞悲愤之致，一发之于书。飞头勾漏，一《山海经》也；寨结相思，一《孙吴兵法》也；槃瓠禋祀，蝶绡凤裘，一《西京杂记》也。

明季国事蜩螗，一二握政柄者，竞为门户之争，既视珠崖之弃为不足惜，更视遗贤在野而屏之惟恐稍后。遂使芦笙吹梦，仅传结队之天姬；铜柱铭勋，不数遁荒之畸逸。遭遇既殊，名之隐晦亦异焉。余览之而忽忽若有所感，秋灯坐雨，寒虫诉愁，日援笔为作长短句乐府，共得若干出。昔河东序《赤雅》曰"因病致妍"，余病于文，妍乎云尔？抑海雪堂中佳话，不可听其湮没而已。至于书斥怀宁，门完节义，一本于吴桐蕚、鲍夕阳两家所纪载，读者勿因史阙有间，而疑余故曼衍其说也。

甲寅七月七日，莼农识于梅魂菊影室。

《菊影楼话堕》自序

菊影梁姓，名兰。庚戌之春，薜苫于福裕里。淡妆绀袖，眉黛间隐隐有恨意。为诵"簾卷西风，人比黄花瘦"句，拥髻凄然，盈盈欲涕。因戏之曰："兰为国香，当门而锄；如卿之风尘憔悴，独秀傲霜，殆东篱之逸韵，非三湘七泽间之小影也。"兰再拜受教。翌日，榜其楼曰"菊影"，且曰："梅魂菊影，影事商量，羽玙先诏我矣。"余为之粲然。清谈既浃，樵苏不爨。怜红玉之前身，蒙绿珠于内第。虽有成议，未遑践也。绿波春水，别绪连番。一过吴趋，再游白下。迨余乘蹻海外，小劫归来，兰已命薄桃花，彩云飞去。

一树马缨，遂等于华鬘天上。琼思瑶想，亦随君苗之砚而俱焚矣。顾双心一褋，独茧缫愁。追溯楼中一席话，有不忍付诸湮没者，存什一于千百，拉杂记之，颜曰《菊影楼话堕》。以有涯之生，作无谓之事，当夫花影窥簾，心香袅梦，望美人兮一方，思微波而谁托？明明如月，亭亭者魂，苟有擅鸿都术者，呼之乎或出。

阏逢旃蒙人日，鹊脑词人书于海山仙龛。

《十年说梦图》自叙

削绢一尺，移山四围；泼眼成翠，游心入玄。危楼欲堕，扶以云气；虬松将飞，乃作龙怒。鹤梦自瘦，睇山鬼以何之？梅魂不肥，咏硕人其在寐。客有见而问曰："杜陵茅屋，秋风破乎？玉谿无题，锦瑟托乎？何视天之梦梦，驱烟墨而无说也？"

余曰：唯唯，否否。仆之为是，固将以作无声之诗史，诉遥怨于灵修也。酒边说剑，自写其性情；劫外披图，不关夫风物。揆其旨趣，可得详焉。仆乾荫早倾，书城幸托。箧无昌黎之三书，怀火祢生之半刺。乃有米以虚声，强居记室，系马大功坊底，寻秋小姑祠中。红莲参幕，时接胜流；青门种瓜，言逢故将。渌饮秦淮之水，都是愁痕；红烧钟阜之霞，全消王气。是曰觭梦，其说一也。

三秋赋别，江淹因以销魂；九州可谈，邹衍从而立说。仆招隐无山，游仙有愿。荷衣蕙带，草木徒志夫南方；椰酒蛮花，竹枝曾赓乎西域。悬崖百仞而题句及之，骇浪千重而酾酒赋之。红鸳瓦冷，访荷兰之故宫；白足禅参，拜缅甸之金塔。鸿影犹雪，沤心自波。是曰客梦，其说二也。

士贵知己，虞翻所以兴嗟；时不与我，冯唐叹其晚遇。

仆择异荆栖，厄同杨闰。学贾则舞愧袖长，献策则主惮薪徙。遂乃送张俭于亡命，赋仲宣之登楼。归辽有鹤，弔铩羽之令威；望帝问鹃，泣低头之臣甫。感灵旗以告梦，死友谓何；思麈尾以招魂，生平已矣。是曰哀梦，其说三也。

急难居闲，人所时有；蛾眉谣诼，或谓善淫。仆因肺腑之亲，遂有怀刑之惧。轻裘缓带，羊叔子或且鸩人；薏苡明珠，马将军不妨好货。蓬心自苦，看萋菲之成章；葵足难违，痛珠崖之尚在。障西风而终污，干春水以无端。臣质之死，匠石伤焉。是曰噩梦，其说四也。

嗟乎！万感郁于轮囷，百年惊其弹指。犬马之齿，忽过三旬；龙蛇之变，焉知来日。亦可谓将賈之泣，无假回波之吹，已断之肠，不烦命骚之写矣。抑仆于斯，重有说焉。昔王筠之集，不止一官；白傅之诗，亦分五本。而溯丛书于笠泽，雪纂为劳；拟酬和于西崑，风流未歇。珠非纪事，自成乙乙之穿；竹可篇年，聊引乌乌之唱。盖自庚戌岁为涵芬楼草创《小说月报》，中间离合不常，一为前马，再使续貂，聿至今兹，适届十稔。

夫虞初九百，嗣响云遥；孔甲二十，杂家竞进。事不道于荐绅，贤或愈于博弈。而况青毡是吾家故物，白衣识吴下阿蒙。卖痴未尽，怜西华之单寒；衒嫁无媒，许东邻之颦笑。往往驿骑纷来，订神交于尺索；邪许相应，托微波于寸心。蠹食而求神仙，鸡鸣而思风雨。遂得因兹一说，慰彼四愁。尚留身外之身，更作梦中之梦。则斯图也，其诸飘风之箫，过时而在林；皱水之面，观河以自镜者乎？说梦命名，夫何间然？

余言未终，客欢而起。娥月窥景，如来笑人。寒飙振吟，若助叹息。援笔累欷，书之图耑。后有览者，其谓之何？

戊午岁不尽三日，莼农王蕴章。

《剑霜龛诗》跋

秦子剑霜，殁三稔矣。黄垆时过，意邈于山河；玄文未镌，魂踦于泉壤。顾牵人事，卒未就也。今秋倪子恂生、徐子薇臣，复相与邮书諈诿，属竟椠绨，并为雠校。墓草已宿，墨痕未干。江郎才谢，犹留五色之花；李母哀深，长抚一囊之锦。故人手泽，良友心期，因付剞劂，兼任排比。起庚子讫甲辰为一卷，得诗凡若干首。时则春袍草妒，已饮香名；灵几檀成，俄霏艳采。感乡关之楼屑，十斛量愁；悲京洛之风尘，一升贮泪。又或蓂蓝采去，芍药赠将，望美人兮一方，醉烟花于三月。未免郁青霞而为抱，托金错以言怀。凡所述作，悉付牢愁。又起乙巳上讫乙巳下为二卷，得诗复若干首。一声笛落，句必色飞；几处砧敲，思为情缚。盖其时方诸缘悉屏，一意于诗。镂心鸟迹之中，织辞鱼网之上。所谓积玉玄圃，莫非夜光；披金泥沙，乃胜祥治者也。斯皆正集。别著外篇，都为《鸿影楼诗记》一卷，而以诗馀、祭文若干首，缀于其后。高柔坑妇，孙楚悼亡。闻屐响而莫寻，怅簾旌之易断。锦织龙梭之字，峡嗅声声；丝抽雁柱之吟，羁愁叠叠。斯为情至，亦曰遇穷。奉倩因以神伤，武子览而陨涕。而君之诗亦止于此矣。

嗟乎！无五百车欢喜之丸，情何能已？继卅六体鸳鸯之作，生也有涯。河梁之赠，方载于集中；玉豀之序，俄成于身后。昔黄两当谓洪北江曰："余不幸早死，集经君定，必乖余之志趣矣。"情比曩贤，词惭荒翰，每一展卷，怆然不知涕之何从也。乙巳而后，君已疾作。虽鹤忘戒露，犹恋寒号；而蟫垂成臭，渐将字蚀。徐子薇生，乃复裒辑成编，为丙午补遗一卷，附于卷末。是又竟荀郎之后事，义薄云天；而传元相之遗文，感均今古者哉！

瞿安文选

吴梅，字瞿安，江苏吴县人。工诗词，尤精度曲，为当今绝学。犹忆民国元二年之间，与巢南、寄尘、楚庵、瘿庵为文酒之会，瘿庵精谈曲理，娓娓不倦。余虽窭人子，不解音乐，然亦乐闻瘿庵言也。今录文五首。

《风洞山传奇》自序

思宗殉国，王业偏安。东南人士，痛雪国仇，竭忠尽智，碎骨捐躯，阁部而外，莫如临桂。新亭涕泪，故国河山，慷慨誓师，从容尽节，成仁取义，君子韪焉。秋斋寥寂，旧雨不来，摭拾遗事，衍为院本，以厕艺林，瞠乎后矣。绀珠弗怀，子虚乌有，忧伤憔悴，至是而极。庾子山云“惟以悲哀为主”，嗟乎嗟乎！桥山弓剑，古洛衣冠，荒土一杯，夕阳千古，兴亡离合，余亦不知其所以然也。风雨如晦，翛焉寡欢，略书鄙怀，长歌当哭。

《煖香楼传奇》自序

岁丙午，乡居杜门不出，杂取各家笔记读之。高君梓仲命作新乐府，余曰：“传奇者，以奇事可传者也。事不奇，非惟不传，亦可不作。”梓仲乃取《板桥杂记》中姜如须事为请。布局措词，一日而毕，题曰《煖香楼》，盖即李十娘所居也。

呜呼！胜国末年，秦淮歌舞，甲于天下，不可谓不盛矣。乃江上师溃，喋血广陵；而金陵旧院，鞠为茂草。南朝士夫，争以崖岸为高，究于天下事何补也？夫溺声色而谈气节，君子羞之。故北里遗音，反多南朝野史。此邦人士，不其恧而？

然则青溪一水，正足为故家兴废之由。况荡子狎客，又皆为文人学士之所寄迹，不得已乃托诸儿女以自晦耶？果尔，则《燹香楼》之作，非独寄艳情，亦且状故国丧乱之态，虽谓之逸史可也。古人云："不患才少，特患才多。"余自甲辰以来，颓唐抑郁，江郎才尽矣。今以儿女之事，乃复盗我笔墨，冯妇下车，刘伶赌酒，岂故朝遗事，大足以医我懒耶？然而寄托如斯，亦足自伤。或者谓天不为人之恶寒而辍其冬，人亦不为穷困而劫其才，吾辈生于斯世，正赖丝竹陶写。步兵隐于酒，秘演隐于浮屠，汤若士亦谓其次致曲，而子反以为忧，夫子犹有蓬之心夫。

嗟乎！人世之事，犹桴鼓也，击之则声，勿击则平。余不知何所感慨，而为此言情之书也。余又不知何所意识，而复饰词欺人。遽谓可作逸史也，则惟有公之于世而已。知我罪我，又何论也。以质梓仲，梓仲曰然。为序之如此。

《奢摩他室曲话》自序

往余少时，笃好词章之学。自汉魏两晋，以至六朝，诗文词赋，皆条辨其源流得失，而会通其旨趣，亦颇自负以为能。继与亡友潘君养纯交。养纯喜诗馀，日夕手一卷，寒暑无间焉。余窃笑之。然姜辣桂辛，其道不同，而要皆有至味存乎其间，亦不敢亵视之也。刘逖春华，辛毗寒木，各阿所好，齕不相干而已。

稍长，读双白词，心好之。读关、马诸作，心更好之。私心叩断，以为雕虫小技，亦可以寓至理于其中。彼诗文词赋之规规于格律者，盭不相侔，遂大好之，亦无以别养纯也。乃穷搜音韵宫调诸籍，尽得其底蕴，而其规规于格律中者，拟诗文词赋尤甚焉，大疑之。遍叩同好，所云皆同。间一命笔，钩辀格磔，搏扶为难，遂舍词论曲。而曲之格律，与词相类，然流水落花，自饶风调。遂遍览元明诸作，而独阿词馀矣。里中歌者，日夕麇至。询以九宫十三调之顺犯，阴阳清浊之辨别，则嗒焉不知所对，即对，亦非吾意之所欲闻者。乃知歌者与作者，其道不同，而余又得进一级矣。如是者有年，父兄长老，亦不以我为不肖，余亦自以为粗知音律，而与养纯议论，若合符节，深服其用意之专。前此所好者，若诗文词赋，犁然知为二途，不可以彼此相絜也。

癸卯作《血花霏》，甲辰作《风洞山》，丙午作《煖香楼》，又得黄君摩西相指示，而所学益进。故余于词曲之道，虽不能至，而此中甘苦险夷，皆备尝之矣。养纯导于先，摩西成于后。是二人者，皆大有造于我者也。而惜乎养纯死矣。今以耳目所及者，交友所得者，汇录成帙，名曰《曲话》，公之于世，而与昔人所作者，大不相似。举凡声韵音律，备论其理；杂剧院本，亦钩提其要领。而是书之体格，固不必拘拘也。

《香艳丛话》序

宓妃娀女，三闾忠称；铅华宝髻，君实行显。自来缘情诸什，辄能傅翼风雅，藻词谲喻，固无伤焉。瘦鹃周子，俊俗之士。应奉谈典，多识方名。徐陵作序，尤嗜新咏。于是选练妍华，甄综众美，妆楼之记，本事之诗，张泌罗虬，重新蒐录。此卫司马未免有情，宋大夫不妨好色也。昔者澹心《杂记》，仅及女闾；泓园《窈闻》，鲜言襜闼。今兹荟萃，不名一家，勺药草露，见仁见知。纪艳遇于芳林，嬉旐旗而耀质。不独词苑之飞英，抑且花兜之碩故矣。懵者或叩寂求虚，闻声索隐，则陈王金镂之枕，元亮闲情之赋，隋璧无瑕，奚事此刻舟之论哉。长洲同学弟吴梅。

《绿窗怨记》序

往余所编院本，率有所寓托，而言情之作，不多下笔。此其故有二也。一则眷言闺襜，易涉轻亵。即无法秀之诃，亦恐泥犁之劫。一则元明以来，号称词家者，往往喜以情词赠答，数见不鲜，尤难制胜。蒋心馀云："安得轻提南董笔，替人儿女写相思。"此之谓也。

癸丑之秋，虱处海滨，追忆旧事，忽忽不乐。友人任澍南光济属为新乐府，漫走笔成四十折。折成，则呜咽自歌，人嗤为痴，余不之迕也。中述诸节，极人世所不堪。顾自我言之，既有此事，则不妨有此文；即无此事，亦不妨有此想。夫人而能钟情一人，不为外情所夺，死而无怨，此岂可望于今世之所谓才子佳人哉！彰之以词，非诲淫也。澍南曰："如卿言，亦复佳。"余笑而颔之。

癸丑冬孟，灵鳷吴梅叙于奢摩他室。

文选卷七

摩西文选

黄人，字摩西，江苏常熟人。已故。今录文二首。

《清文汇》序

有一代之政教风尚，则有一代之学术思想，蜕故孳新，瞤息不可复省。而有为之摄影者曰史，而有为之留声者曰文，俾后人若听睹其际，得以识世运消长、人才纯驳之故，非仅恣泛览、供粉饰焉。

诗书六艺，古隶史掌，而概谥为文，盖殊名而同物。姬孔作述，上溯谛煌，下赅谣俗，旁及夷野，标准千祼，敻乎莫尚矣。天禄兰台，略设畛畔；彦和雕龙，第畅旨趣。至萧梁哲储，始别加组纂，剖觚缋素，渐毗审美。而罗弋前修，未迕学礼之训。唐宋以还，乃立古文之颛名。论道经世者，或薄为丧志而不屑染指；玩华绣帨者，又詟于客气而不敢抗颜。遂孤行艺苑，若别为一种之学术，一种之思想。

考之名义，则宗尚輓近不为古，屏除声色不称文。征诸实际，则骈偶而鳏寡其俦，词赋而匏土其响而已。然由浑而画，演进公例；且揭橥数百年，久为学子公认，无庸置议，于是而有古文之颛家出焉。颛家既夥，则有古文之总集出焉。操选政者，大都辨宗派之真赝，核声望之高下，而录弃之。与枢府铨司，以门伐资格，黜陟百尔者等。又或句梳字栉，书眉乙尾，引绳墨，立模型，如村塾之训蒙，如琐院之课士，俾千形一貌，百喙一声，始得为中律令。夫固大远乎博文游艺之旨，而于东西京、南北朝之宗法，似亦无当也。

界限愈严，容积愈滥；体制愈竣，气息愈庳。愤世矫俗者，至有“汉后无文”之论。非无文也，徇古文之虚名以求文，则文之实丧；泥古文之死法以衡文，则文之义荒。标榜有文，而独立无文；范埴有文，而自然无文，则虽谓之无文可也。一代无文，则一代学术思想，非附见于削青者，皆将晦翳澌熄，而无可征验，兹可悯焉。

矧今朝文治，轶迈前古，撰著之盛，尤奄有众长。当定鼎之始，山泽遗耇，抱器陈畴，綦多宾服。即有愤衔轩鐱，志切鲁戈，旋审大命攸归，亦退而绍申、伏之传，修河、汾之业，出其学术思想，播佳种于龙野，存国粹于沧桑，以塞麦秀、采薇之痛。故其文云雷郁勃，风涛轩怒，展国民之耳鼓，至今渊渊作响。继世之主，懋学右文，两举词科，而骏雄游彀；宏开四库，而文献朝宗。贤士硕辅，又致设醴之敬，企吐哺之风，从而提倡。虎观无其备，兔园无其盛，龙门无其广。文运日昌，士气日奋，相率湔雪牢愁，服膺古训。息邪距诐，张天水道学之军；析义正名，干炎刘经生之蛊。而摅词幽雅，穷理则吐尘羹，订古则谢饾饤。即词人墨客，亦蓬直麻中，赤缘朱近，类能贾馀勇、尚立言，咸有根柢，绝异稗贩。盖几于凤麟为畜，鸡犬皆仙。集周秦汉魏、唐宋元明之大成，合性理、训诂、考据、词章而同化。故康雍之文，醇而肆；乾嘉之文，博而精。与古为新，无美不具。盖如日星之中，得春夏之气者焉。

道咸两朝，争桑弄兵，四寓多故，男儿作健，志士苦心，被褐而来，弃繻而去。击楫者有澄清之志，浮查者多凿空之谈。劬古并治钤符，著书旁通鞮译。儒生专阃，成韩、范之勋；记室多才，得琳、粲之亚。至若贾生恸哭，杜牧罪言，尤在在皆是。故其文激昂峭厉，纵横排奡。忠义之骨，而参以仙侠之心；骚雅之音，而出以幽并之气。中兴垂五十年，中外一家，梯航四达，欧和文化，灌输脑界，异质化合，乃孳新种，学术思想，大生变革。故其文光怪瑰铁，汪洋恣肆，如披王会之图，如观楚庙之壁，如登喜玛拉山绝顶，遘天帝释与阿修罗鏖战，不可方物。极此已往，四海同文之盛，期当不远。

夫以吾国文学之雄奇奥衍，假罄其累世之储蓄，良足执英、法、德、美坛坫之牛耳。而一入今朝，则又兼收并蓄，大会细入。两京三唐，不免积薪之愧，姬孔之际，于斯为盛。然则操斯文进退去取之枋者，其犹横分区域，橛守成规，匿宝山金穴之饶沃，而夸人以囊橐；扃千门万户之轮奂，而自安于巢窟乎？此国学扶轮社所以有《清文汇》之选辑也。存录一千馀家，为文一万馀首。不名一家，不拘一格，虽网罗未广，疏漏正多，尚有俟海内方闻，俛为增益；要之二百数十年中之政教风尚，所以发达变化其学术思想者，循是或可得其大概，而为史氏征文考献者，效负弩之役。若夫别标格、求师法，则有先正精选成本在，非不佞所敢知矣。

《血花飞传奇》序

商气袭心，秋夜无寐。隙风四啸，篝焰惨磷。一卷在几，取豁眼簾，标曰《血花飞》，盖吴子灵鸩感戊戌之变所谱乐府也。夫血之洫渎于纤维界也，宁惟是莲钱、鱼子、赤球、白轮之区别哉？盖亦有价值焉。燠则骞天，凉则潜渊，相剂以平，始贵裸生。殖自由，购文明，濡缕而重抵连城矣。吾真丹种人也，盐渟碧化，夙饶瑰宝，沥四京同气之涓滴，可敌瀛海，而验以汞计，温度之降，至今几达极点。然则毗阳而荣，毗阴而槁，动植生理，一致可推。览是编之命名，不禁悄然而悲也。

伟矣谭、林，舍身犯难。六烈三忠，亦骈头俪跗，急欲一炫其姚冶。而越章、蜀邹，方爇硫焙硝，为春红秋缟之竞秀，盖至此而赤球、白轮之计度，遂腾涨数倍。庄严花国，其将为雅各兰、喀斯顿之红白玫瑰欤？抑为大和魂之樱欤？为维多利亚之芙蓉欤？蜀魄楚魂，诚何足道。念及此，又不禁破涕而笑焉。特是欧风墨雨，摧残于外；政蠹学螟，侵蚀于内，结果亦正不易。姑作万一之理想，俾此血此花，洗白民秽迹，染赤县新图，备墨圣之锁钥，供黄帝之闟芬，而吴子乃引商刻羽，张皇其事，嗣华美耳遗响，斯足快哉！

抑吾闻之，沪上有汪生者，隐于伶，曾点窜《党人碑》旧曲，以写时愤，粉墨登场，四座皆耸。此编异曲同工，惜不能演之红氍毹上，一醒凉血动物之沉瞀也。

（吴梅云：摩西原名振元，字慕韩，余主教东吴时老友也。为人奇特。丁内艰后，即蓄发蓬蓬然，招摇过市，人皆匿笑之。其于学也无所不窥，凡经史、诗文、方技、音律、遁甲之属，辄能晓其大概。故其为文，操笔立就，不屑屑于绳尺，而光焰万丈，自不可遏。至其奥衍古拙，又如入灵宝嫏嬛，触目皆见非常之物，而拙处亦往往有之。中年慕石斋、梨洲、陶庵、九烟之为人，易名曰人，以九烟曾改此名，意欲附之焉。斋中悬一额曰“揖陶梦梨拜石耕烟之室”，其楹联云：“黑铁裔神州，盘古留魂三百里；黄金开鬼市，尊卢作祟五千年。”可以知其为人矣。余己亥之岁，曾感戊戌六君子之狱，谱一传奇曰《血花飞》，摩西尝为之作序，其文合金铁皮革为一炉，见之者辄惊其奇肆；而谨守绳尺者，又以为不合律度。两是之，可也。）

《钱牧斋文钞》序

以高阳为前茅，国姓留守为后盾，而蒙叟蜂腰其间，何生才之不幸欤！而起视斯文之坛坫，七子已成弩末，公安、竟陵，蛙紫乱之；云间、东乡，方执牛耳，旋攀龙髯。姜、方、朱、王辈，尚未萌柹。苍茫文界，与神州同在荆榛，不可无此一老，以收王、李、钟、谭之残局，以树新城、桐城之先声，则亦未可全谓之不幸焉。言不以人废，持论蒙叟似矣。而蒙叟之为人，及其身世之尚有大不幸，则世无深考之者，第伯仲于娄江、合肥间而已。

吾录蒙叟之文，乃得尽以知蒙叟之为人。点将东林，蒙叟有天巧星之目。而其一生之傥得傥失，卒之进退失据者，皆以巧致之。其初巧于科名，欲为宋郑公、王沂公，而一败于韩敬，再败于温体仁。时重边才，巧于觊觎节钺，欲为王威宣、韩襄毅，而有张汉儒之狱。迨北师南下，首佥降表，不能取巧于先朝者，欲为冯道、王溥，以收桑榆之效。而老臣履声，新主厌闻，则又巧假郑、瞿二杰师生之谊，欲为朱序助晋、梁公反唐。用心最巧，则大婚仪注，且隐师赵公子之术，以泄其无聊不平之概。不幸而黄毓麒事发，非输珍宫掖，几致赤族。又不幸而百年下，仍以崔浩秽史，冒顿嫚书，致名殿人表，文遭禁锢。

盖蒙叟才大而识暗，志锐而守馁，故愈巧而愈拙。然亦因其不幸而重犯不韪，又不得志，其文乃雄奇变化，随其一生之历史，而自为风气，领袖两朝，要无愧色。政府厉禁，而社会欢迎，声价几与宋之苏黄媲。则拙于谋身者，未尝不巧于谋文焉。此不佞最录蒙叟文之微旨也。

檗子文选

庞树柏，字檗子，江苏常熟人。工填词，著有《琤瑽馆词》。尝丐余为序，余诺之未命笔，而檗子已辞世矣。今录文五首。

《灵岩樵唱》自序

岁己酉，馆香水溪上。香水溪者，旧传夷光之遗迹也。地接灵岩，吴王尝建离宫于此。今废为伽蓝。萧寺钟声，似闻故屧；麋台柳色，犹展新嚬。霸图何在？感怀不已。

余与稼秋、暗如诸子，春秋佳日，载酒琴台，遥望五湖烟水灏淼，估帆来去，名隐鸱皮；铁网纵横，骨枯鱼腹。踞石狂吟，辄不能去。至今思之，殆如梦影。灯窗孤坐，爰写当时所得词若干阕，别为一卷，眉曰《灵岩樵唱》。或以洞箫按之，凄咽怨断，谓有残山剩水之音也。

说剑门

虞山拂水岩之东，层崖叠嶂，豁然中劈，上大书“剑门”二字，相传为吴王试剑处。石色苍碧，丹赭斑驳，晃耀如剑华也。夫吴俗尚武，技击侠义之风，闻于上世。君若阖庐，民若专诸、若要离，其尤著者。今风气不古若，士习日敝，喜浮薄，以文学自夸。有志者宜思有以振之。吾闻县之南十二里有莫城，以莫邪铸剑于此得名，故又名剑城，不可与剑门相辉映耶？

说墨井

吾邑夙以文学著，故其胜迹多。其年代久，其流泽远，曰墨井，实惟言子之遗迹。井在言子故宅内，水色黑，故名。其外足以附墨井以名者，有萧统读书台，有张旭洗砚池。庞树柏曰：《易》井卦云："可用汲，王明，并受其福。"而况圣贤之泽，历千百禩而无竭者也，谓匪吾邑之福哉？

丁君坊臣传

吾邑西北隅，江海接天，灝淼弥望。潮退沙见，积为坌壤。宜渔宜穑，故其俗淳厚，其民帻布衣褐，嗜诗书，竞实业。有年少志特，至死奋然不顾，若丁君坊臣，尤可称也。

君名桂双，号青屏，坊臣其字。幼魁磊出侪辈，入塾，秉师训，学为文，烨烨有光气。弦诵之暇，尝慨然思所以大其海滨者，乃肄业于宝山江湾镇之蚕业学堂。甫期年，而是校遽停办，君仅以简易毕业。继入上海龙门师范学堂，覃思竭深，穷求教育之精理，遂得咯血疾。岁庚戌五月某日，竟以是卒。识者闻之，相与欷歔，以哀其志。曹生与君为同里友，持状乞传。爰次其事，而系之以论。

论曰：勾吴之世，仲雍并耕而食，饔飧而治，言游归自邹鲁，即以弦歌化俗。輓近仲雍、言游之教，凌夷殆尽矣。沙洲蕞尔地，乃犹有遗风存焉。传丁君，愧当世也。

亡弟树棠墓碣

先大夫三子：长树松，次树柏，次树棠。树棠生在壬辰八月，先大夫年四十矣，绝爱之。既读书，教督不稍懈。入夜，余兄弟三人，必围坐一灯，长兄读《昭明文选》，余读

《左氏传》，树棠则读《三字经》及天文、舆地歌略，其声琅琅。外祖母隔屏风垂首听之，忘倦也。课毕，先母出饼饵啖三子。余至今以人间之乐，无逾此者。不数年，而先大夫、先母相继见背，时树棠仅八龄，乃托诸外家，外祖母携持覆护焉。壬寅六月十七日酷署，余早起，忽外家遣苍头至，曰："五官昨日午刻，病疫死矣。"五官者，树棠小字也。余大骇，奔赴为棺殓。今以某年月日，葬于先大夫、先母之墓侧，铭曰：

夜台之团聚兮，差胜于生日之分离。谓天果其有知，而生之者奚为？噫！

蜕公文选

萧蜕，字蜕公，号退闇，江苏常熟人。精小学、二篆、隶。皈依佛法。余不信佛，独喜蜕公；蜕公亦不以余不信佛而稍疏远。盖蜕公学有柢根，信仰虽不同，而理无殊致也。今录文一首。

摩西遗稿序

呜呼！此吾友黄摩西君遗稿也。君神姿瑰玮，孕十五月而生，观书如电扫，文词博衍诞迈，如灵威秘藏，如淮南鸿宝，如珠林，如云笈。尤长于诗，有青莲之逸，昌黎之奇，长吉之怪，义山之丽。求之近世，王仲瞿、龚定庵其俦也。少骛道家言，日啖朱砂。又习剑法及诸异术，常尽月不寐，数日不食。独游山中，往往入夜趺坐，宿岩树下。友朋促席，剧谈累宵昼。客倦仆，君滔滔然忘日时。与章太炎先生善，而论议多相左，然与人言，未尝不称太炎也。

君所为书，有《中国文学史》，自佉仓造文，迄于当代，错综繁森，博关群言，诚学览之潭奥，摛翰之华苑。岁己酉，访君于苏，出以相示。牛腰钜挺，未曾脱稿。是时君精气大颓，每有作，懒不自书，倩人笔述。别去数年，书成否未可知，抑复有他著述，而君以狂疾死矣。自武汉兴师，君奋然欲有树立，一日出门乘火车，至车站，则两足忽蹇，大哭而归。继政府北移，当涂痡毒，海内骚然，益愤闷不自聊，笑詈无恒，数月而卒。

呜呼！文人之穷，以君为至。非其才之奇，学之富，志行之高，文词之美，庸不足与屠沽厮养，争一日之遇？乃今以文字传世，且以是为君姗焉，是则尤可悲也。君著作多散佚，檗子将哀而行之。余与君知爱深，先为之序以券。

剑华文选

俞锷，字剑华，江苏太仓人。喜饮酒。民国五年，与余同客福建。一日饮酒过度，堕于阶，伤面部，逾月始愈，而饮如故。旧岁以伤酒致神经衰弱病，今已复原。酒兴虽减于前，诗兴则更健于昔也。今录文一首。

陈先生传略

先生讳粹，字锡九，号耐辛，越之东瓯人也。以己酉岁来游南土，任望胤中华学堂讲席。貌魁奇，有勇力。性纯朴，青袍布袜，略不矜饰，望而知为力行敦实之士。夙负民族主义，眷怀故国，居恒无喜色。视弟子若昆季，循循善诱，亲爱靡加；而于规过励行，则又严督不稍假。尝搜罗满虏入关以来诸淫毒，及嘉定、扬州等惨史，演为方言，以课诸生。尤注重兵操，暇日辄相与荷短铳，行猎林薄间，以习射击，意在激发同仇，造成光汉之劲旅也。学生中有华被怠学者，必责之曰："戴天之仇未复，陆沉之痛方殷，是正我侪卧薪尝胆之秋，宜如何忧勤怵惕，以期共饮黄龙，胡为空华其体肤，恬愉其心志耶？"以是学生多力学少夸，彬彬好礼，而爱国之心更油然勃发，富有攘外思想。校中自长、监以下，多推重之。南洋学校，奚啻百数，而成绩昭著，首推望胤，盖皆先生教育之功也。会清虎伥某某来校，检得先生所为课本，并详记其氏籍以去，上诸当路，遂不得归。益郁郁不自聊，然犹枕戈运甓，习劳不稍懈，冀得乘时而动。

昊天不弔，降此厉灾。翌年之秋，先生忽染时疫，疾三日而殁，时庚戌八月十有八日，春秋才盛壮耳。临终，复据床而呼曰："我竟死耶？我何为而死于此耶？何为不死于枪林弹雨中而死于床榻间耶？不死于仇人之手而死于厉鬼耶？不以国事死而以暴疾死耶？"哀号数四，断续呜咽，至不成声而逝。呜呼痛已！余固不识先生，南来后，仅得瞻其遗像，并获闻其馀绪于同学诸子。然先生生平，虽未之审，而先生之为人，亦概可想矣。为略述之如此。

一粟曰：古今来孤臣遗孽，弃家亡命，伏处丛莽间，图谋恢复，卒乃流离颠沛、赍志山丘者亦夥矣，夫岂独先生为然也？而先生之欲归不得，夭殇南荒，为尤可悲耳。间尝读李将军书，至"生不成名，死葬蛮域中"，辄叹息流涕。况先生之心存魏阙，志扫羶胡，又岂靦焉降虏、苟活草间者比，得勿为之一恸耶？顾先生之功，虽弗获彰；先生之志，又乌可没也？世之君子，闻先生临殁之言，当亦有深惜之者矣。

心侠文选

冯平，字心侠，江苏太仓人。今录文三首。

与狄君武书

君武足下：飘山茜水之间，同时挺生我二人，同里闬，同意气，是亦百年后论文尚友者之一佳话也。君生较晚，平已甘苦备尝，今则哀乐中年，依然故我，再十稔而无所表见者，愿作长眠人，不愿再以不祥姓氏，污人齿颊矣。

足下谓平不作文，致无时誉，不知乎文只能达意，不足以厕于著作之林。若夫词苑诗坛，更令我望尘却走。但今之所谓文章，今之所谓国学，声声复古，语语趋时。满清之季，光复之初，文人之所崇拜者，曰梁启超，曰黎元洪。（黎本不文，饶汉祥辈为之捉刀。）梁氏文章，新旧糅合，沉没《国策》，胎息三苏，辩非不雄，实非文体之正宗。黎氏电牍，藻丽自喜，规抚六朝，出入宋代，词非不华，究非论治之正则。然而洛阳纸贵，人手一编，举国文风为之丕变。至于晚近，后生小子，竞起论文，比如乳虎学嘴，雏凤试鸣。平弱冠时狂态，亦复相类。迄今思之，尚忸怩也。

平窃以为今之文家，奇才朴学，固不乏人，而大多数则文妖诗鬼耳。譬如丑妇，涂脂抹粉，竭意效颦，俨然以美丽自居也。譬若贫子，鹑衣菜色，俯受蹴与，俨然以温饱自足也。而操笔作文者，往往以剽窃为能。妃青俪白，争言宋艳班香；袭貌遗神，侈说苏潮韩海。互相标榜，纯盗虚声。以此为国学复振之时代，是何异目病剧者之虚火，为将有转机也？嗟夫！却疾无医圣，起衰无文豪。饾饤学术，獭祭文章，若某某之文集，若某某之诗评，层出不穷，汗牛充栋，安得秦政第二，付之一炬！与其留污点于将来，毋宁绝谬种于今日。

试思文以载道，言为心声，非有真气节、真学问，断无大文奇文，足以行远而传后。不朽之业，诚非易言。盲、腐二史，雄健渊博；庄、骚二子，精微神奥。奇文也，亦大文也。馀若《出师表》之忠烈，《正气歌》之激昂，《二都赋》之典丽，《哀江南》之凄其，《归去来辞》之高旷，《讨武氏檄》之慷慨，皆以真气节、真学问而发为文章，故能卓绝千古。是文学之华，亦立国之魂也。至言以人废，故扬雄《太玄经》，许衡《政事疏》，后世羞之。当代人物，若吾南社中□□□、□□□，诗文之雄，直通汉魏；即□□□、□□□之学问文章，亦非时流所易觏。奈背盟而去，藉文名以干当世矣。与梁任公、汤济武异辙同途，令人叹惜。

若柳亚子、叶楚伧、高天梅、俞剑华、汪精卫、雷铁崖、沈道非、傅钝根、姚鹓雏、高吹万、胡朴庵、陈佩忍、陈匪石、杨随庵、陈布雷、黄滨虹、庞檗了、王莼农、姚石子之奇才朴学，咸能廉洁自守，不慕荣利，不求闻达，或息影故园，或飘零异国，或立言警世，或著作牖民，是亦当代之奇士，南社之杰出者。较之东林、复社之文章人物，何多让焉！今复有东社踵起，凌霄博雅，本属名家；秋柳藻丽，亦非凡手。至泣花之敏慧，哈佛之发皇，影竹之澹远，皆后起之秀也。惜乎狂态可掬，目空馀子，不免为乳虎、雏凤耳。

不慧如平，不足以言文，更不足以言学，有其志而无其才，故年来宁藏拙而不自眩，庶免贻诮于通人。足下少年龙骧，拔帜而登，当其辟易，他日执骚坛之牛耳，非异人任。张天如之誉传《七录》，桑民怿之再赋《两都》，先哲不远，前徽犹存，勖哉足下，庶几辉映。平离群索居，悄然寡欢，飘簾微雨，溢助愁思。对幽兰而陨涕，望春燕而神驰。知我者谓我心忧，不知我者谓我何求。若使忧能伤人，平真不得永年矣。爰剖肝胆，以渎听闻。临颖凄其，不尽欲宜。

冯平上言，甲寅上巳后三日。

高福枏传

高福枏，太仓之璜泾人。少失怙，家贫不能力学，习商于沙溪。及长，归而自营。以不善操奇，且好与里中纨袴子游，沉面酒色，任意挥霍，乃辍业。复依于人，郁郁不得志。迨武汉发难，福枏尝告朋辈曰："此正英雄用武之秋，不能驰骋沙场，扫除北虏，非丈夫也。"屡欲赴鄂，自恨无军事教育，遂投身商团，勤慎操练。

及沪事大定，苏、松、太以次光复，海上敢死团巡逻来璜，福枏深夜访团友，立誓书，即与同处，任梭防。虽竟夕不眠，无倦容，同人窃窃异之。孟冬到沪，敢死团已编为义武军，福枏即入伍，不一旬，擢任连长。于枪法战术，精研讨论，同袍咸敬礼之，而福枏执谦如故。每有友自故乡来者，辄与之谈驱胡伟略，上天下地，色舞眉飞。乡人尽誉之曰："是吾邑健儿之好模范也。"唯海上北伐之军，羁留不进，福枏颇有拊髀兴悲之感。

仲冬，陆军部改义武军为北伐军，以刘基炎为司令，福枏与焉。出发之日，留影以赠其亲故，慷慨激昂。既至山东登州之黄县，与敌战，主客异势，劳佚不同，福枏身先士卒，长驱深入，遽中敌弹，遂以身殉。及登、黄光复，刘司令为之埋骨于黄县之七里村。年仅二十有四，未娶。

冯平曰：余与烈士，生同闾里。余组织商团，烈士则首先奋起。余参军义武，烈士则仗剑相从。余结集中华少年社，密谋潜北，烈士于军馀之暇，亦日夕为余臂助。及其行也，余走送之江干，祝其负盾而归。呜呼！孰知从此一别，烈士竟杀敌殉国矣。我乡僻处海隅，自郎星纬、毛霄汉两先生誓不帝满、以身殉义而后，二百年来，咸甘心屈服于满虏虐政之下，人心之死，非一日矣。平旅外久，好与当世豪杰之士游。七年以来，提倡革命，乡人几目之为匪，有控诸虏令将置于我死地者。居恒每自矢曰："必痛饮黄龙，一雪斯耻。"庸讵知天不相余，虽亲列戎行，参预秘密，至今尚飘零湖海，苟活人间，而烈士竟先我成名矣。呜呼！

冯平又曰：我邑自梅村失节，七老迎师，每为世诟病。而号称读书人士，又根性最劣，满清时代作走狗。光复之际，善反其本来面目，争权趋利，廉耻尽丧：有匍伏军人袴下，博一民政长者；有临时臂系白巾，自称老党人者；有忠君自矢，而著论拊和觊觎总长者。禹鼎不能尽其态，温犀不能穷其形。烈士虽业商，不学无术，而秉性豪迈，能自拔于其间，奋勇杀敌，视死如归，盖贤于士大夫远矣！

朱莱庵小传

朱莱庵，虞山人也。祖小琴，以诗鸣，著有《潭影山房诗集》行世。父寄庵，亦能诗，著作甚夥，尤善绘墨梅。以不愿习举子业，忤其父，乃手编《西厢记弹词》，挟之游大江南北以自给。所至辄交其文人墨客而去，故名噪于一时。莱庵年十五，毕业于虞西某小学，即从父游。复于其暇日学作诗，清隽可喜。于是江湖有大、小朱之目。而莱庵年少心雄，矢《春秋》夷夏之防，抱种族沦胥之痛，遂与革命党人相结纳。

辛亥秋，武汉创义，苏、沪响应。莱庵走吴淞，访李燮和，立谈之顷，奇其才，延为光复军记室。旋加盟于中华少年社，密谋潜北，暗杀权要，以速统一。犇走经营，不辞劳瘁。耐饥寒，冒风雪，寝食不宁者历七旬。迨和议将成，莱庵复以为帝号犹存，袁氏叵测，与娄东王梦瑗挟弹击某代表。当时知其事而送之者，仅平与邹子亚云、吴子豹军耳。既不得当，遂洁身引去，寄迹于鸳湖者年馀。今则湖海飘零，仍理故业。虽不至腼颜事仇，而堕落日甚，无复当年豪侠矣。

冯平曰：昔柳敬亭依宁南侯，参预机密，倾动一时。及国变，宁南死，复上街头，理其故业。今莱庵之所遭际，仿佛似之。殆亦能崛起于江湖卖技者流，举动系天下之兴亡者。因述其往事，以愧世之所谓士大夫也。

石予文选

胡蕴，字石予，江苏昆山人。今录文三首。

《秋风诗》自序

《秋风诗》，石予纪事之作也。其作始何时？辛亥八月十九日。武汉风云，飞传东南，石予于是有诗。其第一首第一句有“秋风”字，遂以命其篇也。诗中“秋风”字屡见不一见，故一续再续，乃至数十续，终以命其篇也。石予作诗时，其友陈去病方创《民苏报》，读石予诗，击节赏之，以为有噌吰镗鞳之声，遂录以入文苑，题曰《纪事诗》。而石予自题，则仍曰《秋风》。既而《民苏》以费绌止，石予亦以草桥公校暂停课归。自秋徂冬，朔风凛冽，纪事诗日续未已。以八月十九日故，则仍曰《秋风》也。

秋风秋风，迅厉迅厉，振落枯槁，天地义气。仆亦壮夫，近乃病胃，体力日衰，何以能济？既耻雕虫，仍为不讳，非曰自娱，直当言志。知我罪我，我心不系。此石予《秋风诗》之所由作也。

十月十三日叙于半茧旧庐，则江宁全城克复之第二日也。

书陈昌年

前清吴县诸生陈昌年（鸣鹤），狷介士也。少孤力学，母亦早亡。家贫，授徒餬口。沧浪亭设高等学校，君考入焉。以馆谷故，世父某阻之，不果入。后益困。妻叔某为沪上书商，招之往，遂于是时补习外国文。居近二年归。中学校庶务长程君镳荐任书记。予于是识君。身长鹤立，神骨清异，顾消瘦甚。叩之，曰："有肺病。"君任事敏，又以其暇益习英文，恒析疑于教员董君锡麒。董君常语予："鸣鹤精进，学力与校中高等生相颉颃矣。"会一年级英文教员某有事去，程君欲荐君代其课，君坚辞。光绪之末，科举废矣，犹存选拔考职等目。先期有某绅子创为文会，意在物色捉刀人，君亦与，屡列高等。及试，劝之入，又坚不应。

君喜习书，多所临摹，行草颇类陈曼生。余尝以小方册索书，却焉。强之，则曰："以持他年。"余心敬之，而窃忧其多病。今岁秋，病大作，蛰居寓庐，视之湫溢非养病地，为蹙额久之。继闻杂投攻补之药，病遂殆。壬子冬十一月十九日，大雨雪，奇冷，而君以明日死矣，年二十八。妻某氏，有子二。嗟乎！

陈君贫而介，有才而能敛。目击奔竞嚣张之俗，心以为何如？惜不及就君一论之，而今已矣。君死之十日，积阴初晴，冻鸦作声，迟旦披衣起，然灯书此。闻君遗言，寄棺龙池禅院，则楼外一小溪之隔。余吟诵此文，君倘能闻之也耶？

胡蕴书于草桥学舍。

先府君行述

呜呼！吾府君以清光绪甲申闰五月二十八日弃养，年七十。今民国三年甲寅，旧历又闰五月，为百岁冥寿之期，实三十年于兹矣。此三十年中，乡里风俗不一变，滑湣棼棼，放于无等。回思府君之正身厉俗，人知矜式，此风不可复见。蕴年未五十，精力日衰，笔墨荒芜益甚，若不追述一二，其何以示乡党而诏后昆？是用涕泣述之。

府君姓胡氏，讳钟祥，字元吉，号履斋。其先系出文定。当明之季，由徽迁昆之蓬阆里。世业贾。府君曾祖讳文英，祖讳世德；考讳经正，字省斋，生府君兄弟二人。府君年十三，毕诸经，省斋公命佐理店业，俾其季读。季好学，积书数千卷，知发愤矣，以瘵疾亡。迨遭兵燹，家骤落，而此数千卷之书，同为灰烬。府君尝言之伤怀，谓蕴："惜儿生太迟，今贫无书读矣。"

府君崇俭实，内慈爱而外严厉，居平不常见有笑容。蕴之生也，府君年已五十有四，其先诸子皆殇，故爱之甚。自就外傅，归仍亲教之。当暑，则朝入塾，午读于家。暇则为讲故事，训之以读书明理，勿为无行之文人。其劝戒他子弟，恒以刻苦自立、毋侵侮人为言。蕴幼年即喜听府君为人排解纷难，来诉者始虽断断，终必唯唯；其尤无状者，且痛斥之，退亦不怨府君也。府君每归自外，邻有妇女相笑语者，望见辄止，或私语曰："胡家翁至矣。"则退入门内避之。子弟有不率教者，其父兄则曰："若再不改，当诉之胡家翁。"

府君为蕴择师严，自以早岁辍读，引为憾事，常以此激励之。顾府君虽辍读早，其时家方隆，多暇日，得涉他艺，以故知医，善围棋，工度曲，丝竹管弦，无不精审，书法亦苍秀。晚年境益困，邻里之贫乏者，犹思有以周之。喜诵释氏书，曰："吾以养吾心也。"殁仍遗戒，不作佛事。呜呼！蕴生也晚，所亲得之府君者止是。

府君既殁之二年，蕴妇翁之昆曹大伯叩之曰："尔父有阴德事，尔知之乎？"蕴茫然无所答。则告之曰："曩避难时，尔父冒死归，欲取所藏，至则家已毁，途多积尸，浮于河者满矣。时近乡仅有农户，呼壮者发所藏处，止二百缗在焉。即号召农人，埋尸一，予钱二百，罄所藏而去。时余亦脱归，故知之。"既而曰："此事也，而不以语其家人，尔父存心至难能矣。"蕴闻之感泣，归以问母，母亦云未知。呜呼！府君之行之心若是，不肖如蕴，何以发潜德之幽光哉！

犹记府君异箦时，蕴执府君手，哭失声，府君已不语，强谓之曰："儿无然，吉人自有天相。"呜呼！府君之所以遗不肖者厚矣，而谓能一日忘耶？

疚侬文选

余天遂，号疚侬，江苏昆山人。工书画，精医理。性孤介，虽多才艺，终不显于时。余尝谓天遂曰："今之略解涂鸦，未读黄帝书，竞为世人所尊重，宜乎君之寂寂也。”今录文三首。

郑母刘太君家传

母刘氏，为郑云府先生德配。先系赣人，其父春涛公宦于苏，遂为苏人。母早孤，值洪杨之变，随老母播迁，迭更忧患，故智识坚定逾恒人。事平，归于郑。郑本阳湖籍，时云府先生服贾于苏，徇母爱亲之心，因入赘焉。母有兄，失于兵乱之时，至是以一身兼子妇之职，上事其母，内相其夫，旁及宗亲，下逮子女，亘二十馀年。凡日用之措置，缓急之筹备，悉归调度。故云府先生久客京华，得专意商业，宴然无内顾之忧。

初云府先生季弟某，未有室，云府先生忧之。母即为之营婚事，又请于云府先生，以阳湖原籍遗产悉畀之。平日事老母极孝，必慰藉其心。既没，丧葬均如礼，并以三子绍沅继兄后，存刘氏之祀。乃心期甫了，而家变即来，云府先生以病告归矣。病凡五年，半身麻木，起居需人，母一一能顺其意旨。其时商业在京，鞭长莫及，医药无措，拮据已甚，然犹竭力为长子绍麟完婚事，以慰病者之心。

未几，云府先生没，母抚四男一女，共入奈何之天。乃分遣诸子就学，典质称贷以给，刻苦撑拄。凡数年，长子绍麟学业始成，游幕入粤。又数年，仲子绍谦举茂才，一女亦遣嫁。会新学初兴，母有先见，命绍谦就学于上海广方言馆，四子绍濂亦游学于沪。别令三子绍沅设肆经商，不幸蹉跌。迨绍谦学成，又为之授室，并为绍沅置姬。嗣绍谦出任教职，由沪及津，而绍麟在粤，亦历办税务，彼此迎养，始觉欢然。不幸变故又来，四子绍濂竟以学力过猛，得呕血症。继遭国变，忧患纷乘。大局稍定，伯、仲二子始复就事，而绍濂竟病殁。更一年，绍沅又殁。母至是亦不禄矣。生于清咸丰二年壬子五月十四日酉时，殁于民国四年九月十日，即夏正乙卯八月初二日亥时，享年六十有四。

综母一生，频经危难。有子四人，成婚者三，成业者二。相夫二十馀载，育子、教子亦二十馀载，则所以烦其心虑者可知矣。终以叔、季先凋，伤心垂慕之年，而摧其生。天之报施，何其酷耶！然长子绍麟，仲子绍谦，皆能有所建树，其亦可以慰母二十年之苦心矣。

天遂与绍谦尝同役于上海澄衷学校，得其手状，索为饰终之文，卒卒未遑，逾丧期渐远。兹以寒假之暇，始为之传。自知言不足重，何能扬贤母之德？亦聊以慰人子之心，并致私衷之爱慕而已。传成，更系以论曰：

吾所见贤母多矣，吾为之传状铭诔者亦夥矣，言之若无甚奇异。然吾深怪苦志不渝者，何独以女子为多？士大夫纵激昂慷慨，一经患难，便易其志，堕行于冥冥中，甘为利禄之奴而不自省，岂其操守有万难于女子者耶？吾方谓天下穷而无告之民，固莫如守寡之女子，其艰难困苦，实百倍于立身不苟之士夫。郑母以二十年苦节，几经颠沛，率能履险如夷，抚诸儿以次成立，在女子固视为寻常应守之分，欲以之概士大夫，则吾恐百不获一。而人之责备于女子者，犹欲加苛，宜女子之节行愈多，而不觉其奇也。虽然，“节”之一字，乃独尚于女子，吾又乌能无奇？

柳钝斋先生诔辞

士以才美不彰而襟期自惜者，惟后世有之，古之君子，则安于遇矣。屈、贾之贤，盖未足方驾夷、惠焉。世运既降，人情迁伪，学夷者且近于矫情，学惠者直同乎流俗。烈士之徇名，与贪夫之徇利，其心无少异也。故尼父以庸行为难，孟氏以好名为戒。若纷华战于胸中，怀才急于自见，稍不得志，则郁抑牢骚，发为感叹。人怜其遇，吾卑其行，非苛也。

维钝斋柳先生，以冲和之性，抱贞介之德，邃古好学，能世其家，遂志宁居，不慕荣利。哲嗣即并世交称之柳弃疾也，以少年豪俊，为风雅所归。而先生文不外著，光耀常韬，虽庠序蜚声，犹在早岁；乃颐光泉石，竟掩终身。世有中材之士，几见自甘遗逸者乎？先生盖邈乎远矣。方清之季，士气不振，衣冠涂炭，安若累裀，先生毋乃有不屑者欤？然自安恬退，初无矜世之心；玄默知几，独守从容之义，又岂輓近所得常常遘止哉！

天遂交弃疾有年，先生既殁，哀而诔之。诔曰：

混混者趋利，濯濯者争名。世有隆替兮，道有晦明。惟闇然之君子，如衣锦而尚絅。不矫情以鸣异，实光大而含宏。昔人有言：闻柳下惠之风者，鄙夫宽而薄夫敦。而百世之裔，能嗣其风者，猗欤非钝斋先生欤？

杨君伯谦传

杨君伯谦，名嗣轩，浙之吴兴人。幼秉慧质，世承家学。其尊甫旭峰先生，清代科名中人也，独喜新学之切实用，自邑奉明令，设小学校，即命入校肄业，循次卒业于中学校，尤精数理之学。时海上豪士，立健行公学，以罗群俊。金山高天梅、吴江柳亚子、桂林马君武，均与其役。君从之游，益广其志。故南社之倡，君亦与焉。

宣统己酉，入都肄法学。更一载，武昌首义，君南下奔驰，赞襄伟业，充南京临时政府实业部商政司科员。和议成，政府北移，君知时事尚不可为，投身报界。未几，任尚侠中学校教务长。自宋案发生，政党如水火，而尚侠学校亦为奸人肆毒，付之一炬。君商之校长于右任先生，重张旗鼓，迁校于高昌庙之北，联合男女各学校，为宋先生开追悼会于湖南会馆。校中又屡有纵火者，幸未成灾。赣宁发难，海上应之，校址适在战线之内，因又被毁。君来告余，余慨然曰："莫敖狃于蒲骚之役，恐今日之不易成功也。"并为述兵家之所忌，与时机之迎拒。君深然之。事平，君复入都，任某报编辑，又任太学下舍生监，凡二年。

旭峰先生向在萍乡矿务局任要职，君于乙卯冬往省，以亲老需随待，且以帝氛方炽，不欲复涵京尘，乃辞太学职。丙辰春，改任萍乡矿务小学校校长。萍乡地僻，风气未开，君思有以振发之，预拟扩办中学校，将就商于余。任事甫三月，而以讣闻，时五年五月二十一日也，年三十有二。

余天遂曰：余与杨君交才四稔，故所知仅如此。余文虽不足重，颇欲信于后，弗敢溢焉。君向称余为知己，故旭峰先生欲余为之传，余果能不负知己耶？君天性孝友，事祖父母尤谨，能博重闱之欢。眼大多白，口吃呐不利于言。好周人之急，而己常处窘乡。方尚侠学校解散时，同侪中飘零失所者，君辟旅舍居之，称贷典质以给焉。君不修边幅，不耽嗜好，而身后负逋累累。其为人也，大率可知。生平文艺不概见，闻在清代，曾著《君主民主论》，以辟开明专制之说，惜余未尝寓目焉。君书学鲁公。自与余稔，而酷嗜余书，虽寻常短简，亦取而规抚之。其服善如此。

了公文选

杨锡章，字了公，江苏华亭人。今录文一首。

华女士吟梅家传

余与华子侍仙，同里世好。侍仙中年无子。有一女，以孝闻，民国元年九月十二日婴时疾遽卒，年仅二十有二。远近闻者，惜之甚。侍仙痛女切，以余稔女士事迹较详，属为小传，乃诠次行事如左。

女士名兆英，谱名震雄，吟梅其字。华氏素为后冈望族。女士早受庭训，性笃实而通慧，酷好学问，思发展其天赋之权，以巾帼伟人表见于世。时吾松天足风会未开，女士毅然为之创。旋入上海天足学校肄业，节假归，逢女伴，必以读书、放足二事相谆劝，并于里中设天足公会，浦以南会员达数百人。说者谓弱女子而能移风易俗，其素志坚也。厥后毕业于郡中录贤女校，复入上海务本女校，孟晋不已，程度日高。无何，侍仙为里人诬搆入狱。女士奔走呼号，效缇萦故事。余激于义愤，亦上书大吏，直揭郡守之贪蔽周内，不得雪其冤，余因此罢职。人或为余惜，实则为女士惜也。

方女士为救父迫切时，出其学费所撙节，及称贷所得，约千金，托其女师某为之斡旋。某阳任之，而阴已乾没。女士初以为贿入而冤莫申也，事既泄，竟置不问，仍竭力别为之计。某又尝赚取女士所藏董香光山水、改七芗仕女各一帧，久假不归，女士亦笑而置之。洎侍仙出狱，道其事者，佥谓女士于天伦急难之中，犹能隐恶忍性，其雅量几非丈夫子所能及。然而女士之心弥苦，病亦从此起矣。

先是，女士与浦左庞君镜如，以文字相契重，遂议婚。吾松之自由结婚，自女士始。结缡后，两家家事凌杂，女士悉主之，不复能一意求学，及尽力社会。适余与同志组织孤贫儿院，女士担任募捐独多，凡后冈有慈善事业，所得常捐，皆出其力。去岁吾郡起义之始，欲赴武汉入赤十字会，病不果行。然首拔簪珥，倡应饷糈，余长筹饷局，女士实佐之。中华女子共和协进会成立于上海，会长伍廷芳先生之夫人，耳女士名，函邀赴沪，旋公举为书记长。复由汤汉明女士亲莅松城，踵门速驾，适因母病，坚却不就。既而入女子参政同志会，往来松沪数十次，不辞劳瘁。

今春侍仙发起自由党支部，党员合六百人以上，女士赞助经营，不遗馀力。闻蒙藏事迫，日手报纸，读之太息，常跃跃有花木兰、秦良玉之志。而是时病加甚，转促其夫婿庞君从军。庞去年光复山东有功，劳而惫，休养未复，奋莫能兴，女士益愀然不自安。逾数日病亟，闻孤贫儿院院长朱小鹤君，以院中收其同姓名孔阳者所捐田亩，与佃户尚有纠葛事，为女士介绍，驰书托取原契质证。女士力疾从之，谓非一息尚存，几何不贻累公益耶？病剧时，余两往问讯，犹与余研究学术。

呜呼！女士之志行节概，他日民国采风，当有纪载。然余既稔女士之贤，则阐发潜德之幽光者，宜莫余若，固非独以是塞侍仙之悲也。

龙丁文选

费砚，字龙丁，江苏华亭人。今录文一首。

《金石缘图》自序

欧阳子《集古录序》云："物常聚于所好，而常得于有力之强。"又云："有好之者而其力或不足，故仅得其一二，而不能使其聚也。"余癖好金石，恒苦力之不足，未能收拾而聚之。然曩尝得商鼎一，文曰"父癸"，上作立戈形。秦瓦当一，文曰"维天降灵，延元万年，天下康宁"十二字。继又得商之蕲尊、周之曩（古杞字）尊，吴之赤乌砖砚，皆瑰诡奇雅，古色斓斑，殆欧公所谓仅得其一二者耶？顾有此一二，则亦不妨笃好之，而珍若球图焉。近代如宜征阮氏、青浦王氏，搜罗金石，世称极富。盖以名公卿博学好古，而其力之强有足以致之，故能聚于所好。

余僻处田野，未尝学问，获此区区，其敢以一得自多乎？特性既专于所好，安知异日不更有所得，而渐聚渐富乎？爰绘《金石缘图》，征诸名人题咏，以张其事。先书数语，弁于图之端。

鹓雏文选

姚锡钧，字雄伯，号鹓雏，江苏华亭人。文思敏捷，常一日草小说万言。性落拓不拘，得钱即尽。民国二年，党人失败留沪者，皆不名一钱。鹓雏则乘高车、驾骏马，各处奔走。问之，则少马夫若干洋，遍向友人借贷也。其风趣如是。今录文五首。

《燕蹴筝弦录》自序

情有所独至者，天必靳之。其靳之也，乃所以福之也。如水然：洪流瀚漫，一泻千里，至于决堤败筑，不可捍御，则往往为患矣。天下至情之人，每于缱绻缠绵不可卒解之际，乃为礼防所迫，终自束约。当是之时，未尝不憾天之靳我区区而不余畀，至于斯极。然而终以自好，两不致败名堕行；而情之一字，亦弥永至于无既。盖情者，形上之物，固不以浊世区区之遂否而为消长。吾人解此意以言情，即亦自趋于纯粹洁白之境。

此书所言，即为实征。书中事迹，大类胜朝之初，秀水某钜公早年影事。要之，寓言十九，无足深考。惟在著者之意，固不欲矫前人细行，指陈其事，以为后生口实。实则今日言情之书夥矣，旖旎风光，固已为载笔诸君，发泄以尽。成此书后，亦欲使读者发情止义，知名辈风流，固自有别，则区区之意也。

甲寅之岁长至前五日，鹓雏叙于茸城之红豆书屋。

《伤昙录》序

月日之夕，吹万先生值余于郡城顾氏之素心簃，出《伤昙录》一卷见示，则哭其幼子丰之作，朋好挽诔殿焉。余维死生之道大矣，朝荣而夕悴，春华而秋落，一序乎气之消长盈绌，放乎等观，百禩犹之殇也。琪花委露，灵椿长年，金石斯坚，琉璃斯脆，物之甚美好者，不暂即常，不夭即寿，余固有以验斯言矣。

余于丰，未之见，而交吹万夙。观其律己精严，学问文章，庶严严足寿世，则丰所秉受可知，信乎有以合乎余之说也。是录也，吹万固藉以抒哀，挽诔之辞，亦强半进以慰唁。若夫衷夭寿之理，而信死生之道，固有未可以常情概者，故为著之如此。又若丰之名，吹万固足以传之矣，又何憾焉！

乐石社记

乐石社者，李子息霜集其友朋弟子治金石之学者，相与探讨观摩，穷极渊微，而以存古之作也。余懵于考故，未有所赞于李子。顾于李子怀文抱质，会心独往，神合千禩之旨，则不能无述焉。

始余橐笔来沪读，获交李子。李子博学多艺，能诗能书，能绘事，能为魏晋六朝之文，能篆刻。顾平居接人，冲然夷然，若举所不屑。气宇简穆，稠人广坐之间，若不能言。而一室萧然，图书环列，往往沉酣咀啜，致忘旦暮。余以是叹古之君子，擅绝学而垂来今者，其必有收视反听、凝神专精之度，所以用志不纷，而融古若冶，盖斯事大抵然也。兹来虎林，出其所学，以饷多士。复能于课馀之暇，进以风雅，鱼鱼雅雅，讲贯一堂。毡墨鼎彝，与山色湖光相掩映。方今之世，而有嗜古好事若李子者，不令千载下闻风兴起哉！

社友龙丁，吾乡人也，造门告以斯社之旨，并以作记为请。余视龙丁，博学多艺如李子，气宇简穆如李子，而同客武林，私念亦尝友李子否？及袖出椷札，赫然李子书也。信夫气类之合，有必然者矣。将以闲日诣六桥三竺间，过李子、龙丁，尽观其所藏名书精印，痛饮十日，以毕我悬迟之私。李子、龙丁，亦能坐我玉笋班中，使谢览芬芳竟体耶？因书此为息壤。

旃蒙单阏，华亭姚鹓雏。

金西爰传

金西爰，深隽特立人也，以忧死。始余识西爰，乐其渊然有度，鲜笑语，顾中蹙然，日若靡所骋，知其抱撼深矣。西爰逾毁齿，既业南洋，被遣比利时，习道路之学，七祼毕归国，薄部试不应。反正事起，则佐张季直量河于皖，遂束聘浦东中校。余识西爰始是。

民国二年秋，国家始肇创莱海道，西爰于役河南郑州间，感寒疾。旋应金陵第一农校、第一工校聘，劳悴忧患中之。春假归里，疾甚卒。膏以明自煎，西爰是矣。

西爰父前卒。妻叶氏梅舒，无子。弟颂霖，妹月贞，都未婚字。卒之浃旬，浦校生李平等，以书抵余，述西爰状，乞为之传，辞哀至。得学子如此，其为师盖可知。西爰讳仲庚，南汇籍，卒得年二十九。

姜峻甫传

大儒者怀文抱质，上下宇台，蕲于通经致用，其孰不欲有所见于世？用不用未可知，则有退而独善其身，以刑于家、风于里，为效之巨细殊，其器一也。吴之水押渫而委人也，其生民哲而文。松江滨海，华亭为之首邑，陈卧子、夏彝仲之所自生也。自明以还，灵气遂寂，俗漓矣。则有若姜公峻甫者，得不谓之儒者哉？初余束发始结交，则识粟香于学校，肫肫然君子人也。进观其家室，有父有兄，一门之内，雍雍然，盎盎然，足为薄俗式。

今年春，粟香承其考萱圃先生命，出王父峻甫公行状嘱为传。余谨按状曰：

公姓姜氏，讳崧南，峻甫其字。明之末叶，其先世有曰瑶溪公者，自越之金华迁于吴，居育溪葑蕻塘，遂家焉。自祖砚畲公以上至瑶祺公六世，世有隐德，咸以孝旌。父讳熙，举乡贤。年四十馀，始得公，尤爱怜之，而课之綦严。公自幼体孱多病，应童子试未售，辄弃举业，循例纳粟入监，而绝意进取。喜饮酒，喜谭诙，不屑问家人生计。时而衔杯放歌，联裾雅谑，充如也。配朱，婉顺善持家，连举四子，以产难亡。公誓不再娶。事闻，大吏具请于朝，得旌义夫，列传郡志。综公一生，固无趺（跌）宕惊异之行，以取悦流俗。世值叔季，进退尶尬，不得不以谭诙饮酒自放，故可传者止于此。然观其事父孝、待妇义，雍穆之气，固非无所养而然者。以祖籍青邑，继迁华亭，故禀父命，割田百亩，为青、华、娄三邑士子公车赆。至于今饮其德者，犹称道弗衰。其怀文抱质，无所用于世，独善之馀，出其绪以利人，效之可睹者，固尤若是也夫。

继长文选

万以增，字继长，江苏青浦人。今录文一首。

先府君行述

府君姓万氏，讳基照，字新堂，号鉴之，江苏吴江国子生。先世家江西进贤，元季遘徐寿辉、陈友谅之乱，有来居苏浙交界之章练塘者，是为始迁祖国柱公，为府君二十一世祖。府君十一世祖麟，字宾兰，当明嘉靖间，以赀雄于乡。

举凡修桥建庵，以及义学、义冢、义庄种种，罔不一力担任，慈善之名溢一乡。巡抚都御史林润闻之，饬县旌其门曰“尚义可嘉”，事详吴江《苏志》。府君曾祖讳传锜，祖讳宗海，考讳大标，字萼初，生府君及姑母二人。岁己巳，我母蔡太君来归。辛未九月，男以增生，举室相庆。翌年姑母归于刘。甲戌十二月，大母王太君辞世。越数日，仲男以培生。丁丑六月，三男以均生。维时大父方以贸布居市廛，府君朝夕操劳，日不暇给。家道以裕，府君与有力焉。

己卯冬季，府君病冬温几殆。吴江严惕渊、青浦陈莲舫诸大医毕集，无少效。卒剖邵陵瓜狂嚼，病良已。同时男以培患瘰疬甚亟，溃颈而殇，年六岁。以府君疾方笃，培疾不暇顾，培殇又勿敢闻。后稍稍为府君言之，潸焉出涕者累日。辛巳八月，四男以堃生，时则府君自大病后，每交节令，骨节辄痛以为常。大父晚年得溲血症，性躁急，而府君亲操溺器，日夕伺于侧，侍奉汤药唯谨，疾愈乃已。大父性节俭，菜羹疏食不厌，府君为私备旨甘，每托于亲戚馈遗，以劝加餐。盖府君之先意承志类如此。

丁亥四月，大父挈家徙陆宅。冬十一月，吾母病，产后发狂尸蹶，日必数次。至二十五日亥时，遂弃增等而长逝矣。距生于道光三十年庚戌十月十九日子时，年仅三十八。痛哉母乎！

吾母逮事大母数年，大母卒，吾母当室，内政厘然。府君病冬温，吾母衣不解带者累月。大父溲血时，吾母日夕服劳，一茶一饭必自进，夜深常随府君陪侍大父，命退然后退焉。自吾母殁，府君念之，必堕泪。明年戊子三月，府君续娶继母胡太君。己丑四月，大父卒，府君哀毁如婴儿，饰终之礼，必诚必厚。庚寅三月，乃为大父合葬。十月，又为增授室。

三四年来，遭家多故，岁需千金以外，而店事又付托失人，益之亏耗，以是家少落。府君少好施予，冻馁者辄衣食之，至是节俭逾恒，终不改其慷爽之志，尝谓增曰：“货财非所以贻子孙，惟忠厚可以贻子孙。不义而富，犹电光石火耳。”自增儿时，府君命读书，曰：“吾家数世积德，宜食其报。”庚壬科岁，提覆者再，卒未售。壬辰十月，少男以奎生。府君以感冒咳嗽，且患脚气，癸巳春正，病渐进。乃就无锡张聿青医治，张辞。二月，就珠溪陈莲舫诊治，陈亦辞。三月，犹促增赴试，因喟然叹曰：“余病若瘳，汝衿可得。不然，冠军无益。”增泣拜而行。县试，果冠军。

方及府试，闻府君病亟，急束装归。时府君已困顿床蓐，见增叹曰：“如家政何？非汝所堪也。”增乃亲侍汤药。午节前后，肿大减，府君亦自喜。一日步后园闲眺，忽目光昏暗，遂复病。二十三日，身热气痛，且喘厥。医家曰：“肿入心包，疾不可为也。”是夜绝而复苏。自是悦然长卧无一言，延至二十七日亥时，不孝之学未成，而府君之目已瞑矣。乌乎痛哉！

府君生于道光三十年庚戌二月二十八日辰时，卒光绪十九年癸巳五月二十七日亥时，春秋四十有四。府君殁后，乡之人有叹而言者曰：“厚矣夫，君之为人，与我交如兄弟焉。”又有言者曰：“某某有缓急，商之君，必得所求，不以贫富歧视也。”又有言者曰：“昔君之存，乡之完租者，升斗不与较，和好若亲戚然。”乌乎！此皆府君之实录也。子五：以增、以培、以均、以堃、以奎。培早殇，奎继出。岁丙申，以增始补学官弟子，距府君之殁已阅四年。又四年，岁在庚子，孤子增乃为先考妣合葬于青邑五十八图中端圩三十六号甲庚向祖茔之穆位。

天梅文选

高旭，字天梅，江苏金山人。意气傲岸，喜饮酒，醉则提笔为诗歌，数百言立就。今录文五首。

《金山卫佚史》序

金山一隅，地滨东海，泱泱乎大风也哉，宜若有特立独行、高风亮节、敢死之士者。然及起而视焉，则民俗皆窳，道德堕落，文学凋敝，无一足以支撑残局，为东南生色者。此其故何耶？岂地理与人文有不相宜者耶？亦殊不可得而解矣。

予友石子，古之伤心人也，与予同抱斯感念，沉沉然以思，悄悄然以悲，为索诸二百六十年以前之金山，乃特采录逸史，网罗旧闻，著为是编，用诏来嗣。予独怪彼时之士夫，不愿享承平清福，歌咏河山，而宁相率为厉鬼者，岂非伤种族之沦亡，哀华夏之倾覆乎？如第以一姓之改易，则其起而抗节者，断不若是其纷纷也。若然，则其死也，非为一人而为一国也，且非为一国而为天下也。语曰："天下存亡，匹夫有责。"生于其乡者，又安得不思所以传之？顾自时俊论之，以为彼皆殷顽之属耳，传不传无所轻重，听其埋没无闻可也。嗟乎！自人心之不古若，而神州陆沉之祸愈亟矣。作此者，其有忧患乎？

予观石子平日以表彰节义为己任，斯编虽限于金山一隅，然欲传乡邦古先哲之流风遗韵，俾后之来者，有所感发兴起，其用意为至深矣。故其阐扬幽光处，不以诗存人，而必以人存诗，意气懃懃恳恳，若身际其间，而于沧桑之变，尤三致意焉。予窃思之，浙人全绍衣著《沧田录》，又辑《甬上耆旧诗》以表扬忠烈，说者谓其心未尝一日忘前朝也。继绍衣而作者，殆亦有麦秀之恫乎？顾予谓今之世，尤非绍衣之世所可比，秋气森然，荆榛塞路，父老恋慕之心，日远而日忘。夫世既非绍衣之世，而犹心绍衣之心，闭户深山，为此举世不为之业，呜呼，不愈可哀也乎！

予往岁曾亦有《南娄劫灰录》之纂，以人事多故，卒卒少暇晷，既而其稿本又失落，时时以未就绪引为大撼。今石子以此编见示，嘱为一言，予深喜其志之有合也，故援笔而为之序。

辛亥二月，邑子高旭序于鸳湖客馆。

答陈蜕老书

蜕老社长阁下：捧手翰，倾倒莫可言喻。励以社旨腾步，大然大然。但所旨与鄙人异者，不得不为大君子陈之。

来书谓兵、农、政、学、工、商，一一皆求实进，故吾社亦不得不图奋往。窃谓吾社本以文学为导师，今幸民族朝政，顿异曩昔，则吾社之宗风大畅，而未尽者，非政治之发扬，乃在道德与文美耳。呜呼！我辈断断不提倡政法，以政法者，时流之事也。吾辈乃拘墟之士，为他人所不欲为、不能为、亦不敢为之事。或曰：“今之中国，非所谓法治国乎？舍法与政，疑无急焉。”而抑知不然。

道德、文美其内也，法与政其外也。营于外者，既如是其实繁有徒矣，枝叶固茂矣，不培养其本根，我知木虽盛，十日不雨，枯槁之虞可立而待也。故旭之国学商兑观，一方在促进道德，一方在增进文美。所以者何？盖二者之性质最为高尚，实含有世界至善之性质也。至善者何？必使世界皆公园，皆善士；无私室，无恶人。使世界人类，皆生活于道德文美中，于是乃无罪恶。然欲无罪恶，必自无政客、无学究始。共和民国元年春，南社举行雅集于沪上之愚园，多数人士有改组政党意，而仆持极端主义者，正以此耳。

嘱寄商兑入会证书，当即奉上。另纸诗数首，多醉中捉笔，饶有天真，虽涉狂言，实秉至善之性。商兑草章，清夜思之，实多乖谬。经史子文四种，分门别户，限于时尚，不得不尔，然足遗通人笑耳。世界文字，本无经史子文之分，总名之为文可矣。古之所谓经与子与史，果奚以区别哉？《书经》，史也，亦文也。《诗经》，文也。《道德经》，经也。《离骚经》，经也。《华严经》《法华经》，亦经也。《孟子》，子也，宜列于子，乃跻之于经。《墨子》，实经也，有经上、经下篇，乃降列于子。凡此皆失其平者也，宜乎今之人有攻孔者矣。以孔子所著称为经，则仍蹈汉武尊六经、斥百家故辙，岂以其造成数千年专制之毒而犹未厌耶？

卓见以为何如？乞更有以教我也。不宣。高旭醉白。

答胡寄尘书

诵手书甚佩，中解“以人存诗”二说，其识尤超。奇异不得志之士，名堙灭而不彰者，谓当附以小传，俾世皆知其为何如人。发潜德之幽光，洵后死者之天职，此举断断不可少矣。弟原亦有此意，可谓所见略同。至所辑限于三十年者，乃依据孟子三十年为一世之说，大都为所见者也。

公进以《全清诗》之宏议，伟则伟矣，奈收拾颇不易何？况收拾即易易，而非我侪所思存者乎？盖满清一代，所谓学士文人，大半依附末光，戕贼性灵，拜扬虏廷，恬不知羞，虽有雄文，已无当于大雅。惟三十年来，则千奇万变，为汉唐后未有之局。世风顿异，人才飙发，用夷变夏，推陈出新。故诗选之作，以三十年为断，亦以见文字之鼓吹，足以转旋世界、发扬国光，其力之大，为未有也。窃尝谓诗之奇，莫奇于此三十年；诗之正，亦莫正于此三十年。又何必《全清诗》之始为完备哉？

古人选诗有二，一则取一代之诗，撷精华，综宏博，并治乱兴衰之故，朝章国典之大，以诗证史，有裨于知人论史，如《唐文粹》《宋文鉴》《元文类》所载之诗，与国史相为表里者是也。一则交游之所赠，性情之所嗜，偶有会心，辄操管而录之，以为怀人思旧之助。人不必取其全，诗不必求其备，如元结、殷璠、高仲武、姚合之类，所谓唐人选唐诗者是也。第一说则《诗三百篇》之遗也，第二说则渔洋《感旧集》、德甫《湖海诗传》之所祖也。至若鄙辑十之六为感旧，十之三足以补史氏之缺，盖窃欲兼二者而有之。但才力薄弱，深恐弗如所愿，奈何奈何？请时时有以教我，以匡不逮。幸甚幸甚！

弟高旭白。

孝女何爱文传

何孝女名爱文，字景秋，江苏金山人。祖鸣鼎，父汝楷。女士为人，涵默寡笑，介而有容。擅女红，通翰墨。待人温厚，而尤笃于所亲。四岁丧其生母孙氏，继母张氏，女士事之如生母。张氏生一弟一妹，女士视之若一母出，保负之职，以一身任之。祖母高氏素患肝疾，发时甚剧，女士司汤药，必周必挚，终日侍立于侧，至有数夕不寐者。

女士肄业松江景贤、本邑钦明二学校，在校品学兼修，试辄冠其曹。其入钦明高等科时，文学尤精进。女士姑母四，均适人。女士念祖母春秋渐高，左右无人，乃不忍远离出外求学。又见其父所撄肺疾，偃蹇床褥，势日益沉重，故求学之志虽锐，至是亦不得不半驾而税矣。女士之奉侍父病也，纤微必至，昼夜不解衣者一月。闻人言足以疗其亲之疾者，无不为之。逮见其终不能起，乃阴刲股上肉，杂药饼以进，而卒无效。然女士未尝与人一言刲股事也。越数日，其祖母猝见之，惊为疽发，逼视而穷诘之，始吐其实。盖鲜血淋漓，犹未愈也。既居苫次，朝夕号泣，哀日深，创日溃，而病亦日增，遂以民国二年十月卒，去父亡才六阅月耳。呜呼伤哉！女士得年一十有九。

高旭曰：刲股事亲，世称愚孝。以女士之读书明理，岂不知之？特以父病终不可为，隐忍于中，迫而出此，犹冀其一当以报。斯时也，但知有父而已。其沉毅之气，虽古烈丈夫，蔑以加焉。

高旭又曰：女士为余妻何亚希之侄，亚希不忍其侄之死而泯灭也，为述事略欷歔不止，屡促为传以传之。且云所述悉确实，但恨未能详尽。余谓何必详尽，女士之行如此，即此已足传矣。独未知余之文，足以传女士否耶？

陈晦叟先生墓志铭

先生少有大志，性仁厚，淡静寡欲。家贫，数日不举火，一室啸歌，宴如也。读书过目不忘。爱读古名人奇行传，继得何文节公《腾蛟集》，大好之，思想为之一变，复汉之念自此起矣。中年喜交文人剑客，湘中诸先烈，多与之游。子三人，家鼎、家鼐、家鼒；女三人，家英、家杰、家庆，悉令籍同盟会，且嘱出外结客，欲以偿其素志。而己则隐居授徒，伏以观变。尝长夜静坐，或行吟万山中。丙午之岁，湘中党案大作，家鼎与焉。清吏捕之急，家鼎得耗出亡，遂逮先生下狱。将刑矣，以邑绅力保乃得释。迨民国成立，先生悲时局之益坏，以甲寅某月某日，忧愤而殁。殁时家鼎、家鼐、家英、家杰皆在外，惟三子家甗、幼女家庆在侧视殓。弥留之际，犹遗嘱子女努力国事，无一语及家。享年五十有七。所著有《芸鞭草堂诗稿》。盖予所闻于家鼎者如此。

予与家鼎交最久，故熟识先生之为人。家鼎长于文学，曾两为国会代议士。家鼐仗剑从军，请战斗术。家英、家杰解英吉利语，颇工属辞，且为南社友。予为制联语輓之云："所生为政治家、韬略家、文学家，膝下尽可儿，死而不朽；其人有游山癖、读史癖、交友癖，胸中多奇趣，渺矣无俦。"盖纪实也。甲寅夏，长沙大水，室庐全为洪涛所扫荡，人咸叹先生命之穷，而余则谓一家济济文才武略，照耀里闾，如先生者，尚得为穷乎哉？呜呼！是亦难矣。于其葬，金山高旭为之铭曰：

晦叟字，□□名，有妫之裔氏曰陈。潜德弗彰监厥铭，困极必亨，以昌其后昆。

吹万文选

高燮，字吹万，江苏金山人。与石子设国学商兑会于金山之张堰镇，致书于余，商量国学，于是论学之书互相往还。吹万好游，东南佳山水，足迹殆遍。余好游不下吹万，然辄以事拘，惟京、锡之游，与吹万偕焉。今录文九首。

吴日千先生集序

余往读杜九高登春社事本末，所称几、复两社翘楚，而终身高隐者二十馀人，我邑吴日千先生与焉。又谓先生尝与周宿木、计子山等，集西郊诸子为一会，有雅似堂之刻。既而余参考志乘，知先生又著有《顑颔集》八卷。当汤斌抚吴，闻先生名，将造庐请见，先生作《凤凰说》以辞焉。顾皆未得见其文，第心慕之而已。

己酉秋，余与同志数人结寒隐社，论学之馀，更征集前人遗著之为世罕见者，谋次第刊行。而姚生石子，于里中汪氏得未刊本先生集示余，属为检定。余维先生以胜代遗黎，匿迹韬影，家徒四壁而不改其乐，尝自述生平，隆冬止御单袷，身堕水者三，遇盗者再，火焚庐者再。若先生所处，可谓至困矣。乃观其所作《留穷词》，若有所甚乐者。此虽出于一时游戏之言乎，然以余观先生之诗若文，皆漠然淡然，燥矜尽释，非有遗佚不怨、厄穷不悯之节，而有得于道之深者，恐未足以语此。是殆处困而亨之君子哉？

先生此集，为其姻娅盛步青者所手抄，皆为《顑颔集》外之著，即《凤凰说》亦未载焉。而所谓“雅似堂”者，更不可得。阅既毕，颇病其中多应酬之作，因为删其文过半，删诗十之七，惟词则仅去三阕耳。吾闻先生论文素严，所作往往不肯留稿，任其散失。今以应酬之作入之，必非先生意也。《考槃》之卒章云：“独寐寤宿，永矢弗告。”解之者曰：“永矢弗告，不以此乐告人。”非不以告人也。盖自得之而自信之，固不必以言语见也。惟先生能知此乐，则先生之文，虽不存一字可也。而吾犹以区区文字度先生，其不为先生所笑者几何哉？

邑后学高燮序。

《姚氏遗书志》序

古者民间策籍，皆掌于官，士鲜私门撰述，故人无湮没之书，而书亦无散亡之患，尚已。宋郑渔仲作《通志》，论校书之法，谓当因地而求。而近儒章实斋作《文史通义》，言治书之法，当责州县学校师儒，著为录籍，载笔之士，果能发明道要，愿托于官者，听之。意至善也，然非所以语夫今之世。

盖自风会陵夷，怀旧念浅，士不悦学，官遂于邪，而欲赖以别白先哲之简编，保存一方之文献，不綦难哉！顾余尝独居深念，以为人能研精覃思，澹诸外慕，以自力于方寸之地者，其不能无冀于著作之传可知。藉非有人焉，为之蒐辑编订，条理而拾袭之，以待知者之求，则其人虽竭毕生之精力而蕲成者，恐不数十年，而学者且不能举其名矣。然则人之仰屋著书，苦吟不辍，将何所恃以自壮欤？

夫官既不足以任掌守，而郡邑通才，又不易得，惟有望诸世家儒族，共珍其先人之清芬，无力者手抄以庋藏，有力者梓行而传播。故训自宝，家各为编，久之必有博雅宏硕者出，网罗一代，贯串古今，提纂众长，汇成巨帙。呜呼，岂不盛哉！

余蓄持此论且数年，会姚生石子有《姚氏遗书志》之辑，而请序于余。余观其辑，盖收集其族前世之遗著，录其原书序跋，条其混流篇目，俾欲考求者可以按此而稽。姚生之睠怀祖泽，与其所以编订之意，可谓勤且挚矣。

既喜其与余所持之旨有合也，而又有进焉。姚氏世为吾郡望族，当清乾隆初年，听岩先生辑其一家诗文，至一百卷之多，则其门祚之盛，家集之富，从可概见。今生此辑，所谓百卷之诗文，皆不可得，而距听岩先生之世，已百五六十年。其中著述之存者，岂仅此诗集数种已也？吾意残膏剩馥，潜德幽光，必更有与冷露寒烟而俱泯者。生既有志于此，宜再博访宗族，旁搜蠹简，倘有特殊之作，遗佚之篇，尤当为之表彰刊行，以垂久远，是亦不世之业也。生其勉乎哉！

辛亥秋高燮序。

薛剑公先生集叙

羊城于前明久称多学道能文之士，是故理学则陈白沙、湛甘泉，其尤著也，而因以兴起者，有庞弼唐、黄雪篷；文学则黄泰泉，其尤著也，而相从应和者，有梁公实、黎惟敬、欧桢伯。当明之季，则有陈恭尹、邝湛若。盖数先生者，余皆得读其书、诵其诗矣。间尝于景仰之馀，邈然遐想，意其山川雄厚，风土渊美，必更有奇伟可喜之人，生于其间，为余之所未得闻者。去年秋，得文广州蔡了哲大。广州，昔羊城也。而蔡子知余喜表彰先哲，乃出其手抄邑明遗民薛剑公先生集，诗为《南枝堂稿》，文为《蒯缑馆草》，都数百篇，寄余请为序。

先生名始亨，字刚先，号剑公。郡诸生。明亡后，即弃儒冠，杜门探赜，潜心内典。然观其文，未尝作放下语，其诗亦抑郁离奇，若茹大鲠。蓄古剑一，辄惊异，因自号剑道人。足以知其虽深藏伏匿，而志固不能以磨折损也。与陈恭尹、邝湛若相友善，时时见于诗篇，人亦与为相类，乃余向所谓“当必有其人”而未得者也。顾世皆知恭尹、湛若，而无有知先生者，则以先生禅林隐遁，每喜从缁羽者游，不肯与当世钜公相交接，而其诗若文，至今未显故也。

谢康乐有言：学道必须慧业，未有具慧业而不通于禅者。先生以博学奇才，深造自得，而每侧出于禅学之一途，言之似甚有味者。殆真夙具慧业者欤？然余考胜朝之末，逋臣处士，往往多托于禅以自晦，则禅也者，固当时逃名抗节之渊薮也。先生之穷内典、侣缁流，其果禅耶、否耶？抑余闻白沙、甘泉，儒之醇乎醇者也，而白沙之学宗自然，其大要曰"静中养出端倪"，乃释氏"一超直入如来地"之说也。甘泉之学主心性合一，其大要曰"随处体认天理"，乃释氏"即佛即心"之说也。由此观之，即禅亦何害于道哉！

余知此书出，世之读者，将必以禅为先生病，故为论之如此。且以明道德文章，必求自得，若但夸一二辟佛之言，以为儒之道在是也，则非余之所敢知矣。

庚戌六月，云间后学高燮叙。

陈卧子先生《安雅堂稿》叙

昔在嘉庆癸亥，青浦王少司寇昶，及同郡人士，蒐辑公诗文，都为三十卷，刻于青浦何氏，为《陈忠裕公全集》。其稿盖多得诸公五世外孙、我邑王君锡钻所藏云。（按：锡钻为公高弟王胜时沄之裔孙。）而公《安雅堂稿》，其名见于姚太史宏绪《松风馀韵》者，是时书已失传，遍搜不得。及梓事既竣，而我邑徐香沙祖鎏，复访得之，以遗何氏。因卷帙繁多，未即增入。至光绪戊己间，华亭闵颐生先生，始借而抄之，复增辑论史一卷。校雠已定，将授剞劂，而先生殁。哲嗣瑞芝，乃以书寄国学保存会者数年。至今春，瑞芝遂自集赀付印，以竟先志，而属叙其颠末。于是余乃与瑞芝及家兄望之，三人分任校点毕，而为之序曰：

以书生而娴兵事，自古不数觏。即有一二能言之者，亦每多空谈而无实际。读公之文，其于文武分途之害，往往慨乎言之。及出而讨贼，屡战屡捷，而卒不能成光复之业者，何哉？盖明季当南都倾覆，而人情泄沓，无异升平，从无有哭神州之陆沉，念中原之榛莽者。公固早言之，而知其事之不可为矣。吾尝谓胜朝之末，人才最盛，即以吾郡而论，若公、若夏考功父子其人者，皆豪杰之士，间世不一睹者，然皆以身殉国，徒以节著。倘所谓天命者非耶？

夫文章者，精神之所寄也。数公之文章犹存，则虽谓数公之精神至今存可也。然以数公之文章，当时声誉倾一世，而亡国以后，人多忌讳，遂致散佚，可叹也。及时阅百馀年，而始有公全集之刻；又百年，而公《安雅堂稿》亦以出世。而吾友吴江陈君去病、柳君弃疾，近亦有印考功父子合集之举。以数公之精神灵爽，其书历数百年而未大显，一旦得并印以传，喜可知矣。而吾尤窃幸公之文章，久散未聚，而两得于吾邑人之所藏，诚吾邑之光荣也。

是为序。

书《安雅堂稿》后

陈卧子先生当胜朝启、祯时，与同郡夏考功诸人，皆负重望，以文章气节相尚。才高天下，踔厉风发。其学自经史百家言，无不窥；其文自骚赋诗歌古文词，无不精造。纠同志结几社，每一艺出，则如游县圃，草木都非人间；如人鲛宫，璆琳莫能名状。杜麟征序壬申文选，称文章起江南，号多通儒，以云间为之冠；而吾则谓云间多文人杰士，尤以先生为之冠也。世难继作，故都为墟，考功既殉节于前，而先生时以大母年老，徘徊未决，来往缁衣、混迹屠狗者，一年有馀。旋大母病卒，而国亡家破，播越流离，欲有所为，而几事不中。仓黄天地，卒以无成。于是殒首捐躯，竟从彭咸遗则。疾风劲草，舍命不渝，大节凛然，于斯论定。而先生之文，益因人重。

嘉庆八年间，青浦王述庵司寇及同郡人士，搜集先生诗文甚富，刻于何氏簳山草堂，为《陈忠裕公全集》行世。而先生尚有《安雅堂稿》，为当时搜采所不及；迨梓事既竣而得之，复以卷帙繁重，迄未刊行。今华亭闵氏，以此书手抄本付印出版，而先生之文于此殆将大备。扬神州之旧学，发潜德之幽光，诚盛业也。

抑吾读此书，其于当时丧乱所由致，以及先生出处之踪迹，与其朋友之讨论，皆可藉以考见。而其于文武分途之害，往往一篇之中，三致意焉。此则诚为明季之弊政，故先生目击时艰，以书生出佐军事，而不觉痛乎其言之也。至如其文之沉博宏丽，万态怪发，吴郡姚希孟拟为千丈之松，借噫气吐舒，蒸为崩涛走峡之声，可以荡涤氛祲，使妖狐老魅闻之而斯栗，万树寒花破蓓蕾而出，结为玉圃，散为珠田。则当时之评，已有如此者。然则先生之文，固不特为云间一郡之文，亦有明一代之文也。以一代之文，而迟至百年、数百年而始显，不可谓非先生之灵爽凭之矣。

寒晚社启

在昔步兵一去，空山久无哭声；玉田云亡，西湖犹生清响。盖怀抱别具，灵台蕴郁积之奇，高尚是耽；衡门乐栖迟之雅，日暮途远。不见古人，雨晦风凄，爰思君子。残宵耿耿，秋灯煮其梦魂；落叶潇潇，寒虫助余叹息。邀来明月，步出空庭，远籁微闻，百感交集。俯仰身世，嗟秉性之寡谐；陶写平生，拾坠欢而邈若。况今者天方荐瘥，士争媚俗，狂风飙起，俨如疫疠中人；异说朋兴，等似尘嚣扑面。而走也偶同混俗，颇异酸咸；土木形骸，樊笼毛羽。抚孤琴而惆怅，独寐寤言；搴芳杜以沉吟，湛然自守。

夫生既无益于时，死愿罔闻于后。春风无主，觉逃者之自愉；秋雨索居，悟浮生之靡乐。因思约素心而数晨夕，结胜侣而赏芬馨。南山当窗，望古而叹；西风满野，吾道其孤。倘有守雌癖士，抱拙迂儒，甘落寞于穷乡，课微茫于暗室。拟评松菊，呼五柳而相随；同理弦歌，招两生以偕隐。果能遁世无闷，盍与把臂而入林乎？是故摅怀旧之蓄念，聊当加餐；发潜德之幽光，不求闻达。观乎斯世之识时多俊，不妨隐豹深藏；怪乎热客之谋国偏长，无宁寒蝉自况。士各有志，平居可共舒其情；独善亦佳，标榜原为我所耻。

夫出谷鸟鸣，犹知求友；忘机鸥泛，亦解呼群。披薜荔而风木冥冥，山鬼疑笑；溯蒹葭而烟波渺渺，伊人可怀。羌苟闻声以相思，则走亦愿引为同调。孤云宛在，尚无金玉尔音；清泉要盟，敢永琼琚之奸。

敬启。

周节妇传

节妇姓周氏，年十八而室于敖。夫名耀史，粤之开平人，力农自给。节妇佐之，鸡鸣而起，斗转而息，夫耕妻馌，有晋冀缺、魏常林之风。越二年而生子尚功，又一年而夫死。节妇则大痛，不饮亦不食。或以抚孤责之，遂矢守志。然四壁立，无以为生。节妇乃勤力纺织，更事农桑，节缩衣食，以专其志于鞠育者。垂十馀年，而其子渐长，然贫不能教之读也。邑故濒海，时中外甫通商，贫者多渡海以佣于异国。尚功年十九，即命典质田园，随众以往。其初所得值甚微，继乃稍稍裕，然后回国，娶妻养母。而节妇至此，始有生人之乐焉。以清光绪二十一年殁，年七十一。

自节妇殁后，其曾孙张帆，能读书好学，冀有以表彰先人苦志，乃询节妇之事于其大母，为述之以请余为传。又言节妇治家，严而有恩，故其大母往往至今称之不衰云。

高燮曰：节妇之行，似无卓绝殊特者，然使其生于富贵士大夫之家，饱食暖衣，读书明理，则抚孤守志以尽其年，诚何足异？今氏乃一农家妇耳，非有富厚遗产动其中，亦非有乡党名誉炫其外，且贫困甚，是所谓救死不赡、奚暇礼义者也。而顾能茹痛劳力，动合大节，至五十年而不渝，则其坚贞之性，有过人者。噫！是可传矣。

黄烈妇碑文

华亭黄烈妇以殉夫死，而葬于娄县思贤原，三十馀年矣。其孤培元，于去岁与予相识，即袖出事略，乞为碑文。

按烈妇姓管氏，江苏阳湖人。先世以节显，父光烈，母氏林，皆死洪杨之难者也。烈妇年二十，而归黄寿椿为继室。寿椿仕闽，补雁石司，署大寺寨巡检。留烈妇奉侍舅姑，远近无不称其贤者。其后寿椿改授江西德安县典史，烈妇随之官所。寿春性恬淡，工书法，每当挥翰临池，解衣磅礴，烈妇为之从旁拂笺，善体厥志。伉俪之间，雍雍如也。居四年，寿椿患病笃。烈妇焚香祷天，求以身代。不应，竟殁。烈妇则号泣踣地，痛绝复苏，仍屡求死。佣妪觉之，不得遂。

时寿椿父如琳，官浙江上虞之梁湖司巡检，使人至德安，取寿椿丧。烈妇遂携子女，奉夫柩以往。行数千里，抵曹娥江，距梁湖仅隔一水。烈妇矍然起曰："此非汉时孝女曹娥自沉之处乎？我得死所矣！"奋身将跃入，侍者大惊，力止之，又不得下。烈妇顾谓子女曰："自汝父殁三月馀，我之所以嫌忍而不即决死者，徒以汝父之丧，未获归诸父母耳。今至此，我之责尽矣。汝等其善事大父母。"即乘间仰药死，年三十五，在清光绪二年七月二十九日也。

越明年，浙江巡抚梅启照以事上闻，得旌表如例。子二，长即培元，次嘉修。女一，适武进程祖懋。余既钦其节，爰叙次其事，而系以辞曰：

泝娥江之得名兮，曰以孝女殉父之所由。维娥名之无极兮，江之名兮亦与娥而长留。历二千馀年之久远兮，尚能兴起夫其俦。伊节妇之姜姜兮，出忠门之贤媛。谐好逑之淑德兮，著芳闻其婉娈。攘皓腕以洁浆兮，瘁厥躬而匪倦。月落兮庭梧，官阁凄清兮径乌夜呼。离鸾兮别鹄，影只兮形孤。生靡乐兮志苦，死得所兮魂愉。娥之灵兮诏我，身未相从兮心则与俱。从容兮完节，化石兮捐躯。偕娥灵兮携手，朝朝暮暮兮江之隅。千秋兮万岁，娥长随父兮妇长随夫。

哭丰儿文

呜呼，自吾儿之亡浃旬，吾不闻汝呼父之声也，已十有五日矣。痛哉痛哉！

汝以上月十二日而病，病十有一日而口噤不语，又三日而死。当口噤之前数时，犹宛转求余摩其顶也。嗟乎嗟乎！

余自汝死，常与汝母木然相对，痴立呆坐，辄至移晷。旋复泪涔涔下，则又互相劝慰，乱以他语，强自抑忍。此景此情，如何能堪？嗟乎吾儿！汝之爱父母也甚矣，今其知之耶？

犹忆往时，吾与汝母戏相诟谇，汝辄从旁踽踖无措，轩轾为难。余每顾而乐之，汝则跳跃憨笑，或投于怀。盖汝之至性动人，而能深得父母之欢，类如此也。

汝之生才七岁耳。余有子五人，汝又最小，则余之哀汝也，宜若过情。顾吾念之：汝生之前，汝母多病；自汝堕地，双目炯炯，啼声初试，便已宏亮。方额硕颊，因字曰丰。及汝渐长，而汝母病良已。余不厌多子之劳，而转倍爱汝者，其以此也。嗟乎吾儿！以汝之貌，岂宜不育？余实不德，致令夭亡。天耶命耶？尚何言哉！

汝之生，戊申八月九日也。越明年二月，汝祖母弃养，余方悲哀莫可解慰，汝则忽患痧疹。余以忧汝之故，至痛母之情，因以稍杀。及汝病日瘳，而吾心之伊郁亦日舒矣。是年九月，而汝外祖殁，汝母则又大戚，置汝于家，不复顾汝，惟余与汝之乳母在家抚汝，而汝适复病。一日，余方抱汝，汝猝惊厥，逾时方醒。余大骇，不知所为。乃急足至松江，促汝母归。吾家距松五十馀里，相隔一浦，遇风不能行。时狂飙倏起，连日夜不息。余既忧汝病，又恐汝母以汝之故，冒险而归也。夜中听大风撼窗棂，呺寥作怪响，终夜不寐，吾心辄与俱碎。复以汝之乳母，方亦患疟，致乳少不足以哺汝。余抱汝于膝，饲以粥。汝呱呱而泣，哀鸣索乳，其声凄楚，入于余耳，则余之泪，每随汝声下也。其明日夜二鼓，汝母返自松，而汝病稍间。又知归舟之履险而夷也，则各相庆幸，变忧为喜。汝之病，日以痊可，而汝母亦因减其失怙之痛也。自是以后，汝体日益健，汝心日益敏，灵机四溢，活泼可娱。数年以来，汝不常患病，即病亦数日而愈耳。然汝或偶恙，余一闻汝呻吟声，此心便怔怔不可按抑。而谓汝今至此，吾心痛摧裂，为何如也！

岁辛亥，余患肝疾，连绵经数月，而头风大作，终日忿怒。然每当汝嬉戏于前，则余之怒可以立解。苟遇事沉闷，一见汝至，便已释然。余乃戏以“合欢花”呼之，而汝亦欣然承受。又尝自矜于人曰：“儿为吾父之玩好物也。”嗟乎嗟乎！余患头痛，行将不支，实恃汝以得愈，且愈而绝不复发。今汝之病，亦以头痛。痛时亦忿怒不可遏，惟余手摩之，尚能稍忍。廿三日晨，又剧痛，逾数时，忽沉沉睡去，是夜即不省人事。至天明，遂不能言，然时犹以手自击其颈，则知其痛仍自若也。嗟乎！是疾也，汝方孩提，不宜患此，岂余当以头痛死，而汝为代之耶？

汝之始病也，体微热而眠食如故，余与汝母不以为虑也。既而身现白疹，病日加剧，卒以不起。汝母方娠，体又不宁数日矣。汝母素无汗，及汝既殇，汝母以痛哭伤气，汗出不可止，遂遍发疹瘖而愈。然则是疾也，岂汝母不宜患此，汝又阴相而先为代之耶？果如是，则汝之死，诚为可重，吾亦聊自幸耳。如其不然，则是二疾者，本不足以致死，而今竟致汝以死者，乃庸医之误汝，而汝父母实尸其咎也。痛哉痛哉！

汝赋性聪慧，顾余以汝少多病，常犊爱汝，故余之教汝也，不如其教他子严。然自去年以来，识字渐多。今春始教之读，每晨起饭罢，余或偶步于外，则汝必敦促督教。余为之课，必欣然朗诵；间为讲解，亦颇能领悟。病数日矣，索汝母为讲孝弟故事，则倾耳为听，几忘其病之在身也。尝读《小学韵语》，至“男女异席、七岁别之”二语，余谓之曰：“汝今年七岁矣，正男女异席之时也。”课毕，出而就母。适汝伯母诸人同在坐，汝母戏问：“顷间汝父所讲者何语？而汝男女同坐，何也？”汝则急起离席，蹙然改容曰：“儿偶忘之。”家人咸相与大笑。盖汝夙根清明，一尘不染，故教者易入，非止能解人颐而已。

汝每日读书一小时，所读止二三行，亦与常儿无异。而汝之读书也，专心致志，字字清澈，不肯放过。凡此皆非夭者相也。汝以十二夜始病，其明日读书如故，又明日读书仍如故。及卧床不能起，犹絮絮语余：“儿不读书已几日矣，何日当可复读?”余则谓汝以半月为期，汝书应不忘耳。数日，汝又为汝母言，更屈指计其时日，且自惜其辍读之多也。汝母因询以所课，则应口背诵无少讹。凡此岂类有死兆者哉？然是时也，汝病已深，头沉沉不能举。越二日，即噤口不复言矣。

嗟乎！嗟乎！吾书至此，吾痛彻骨，吾手颤不能下笔。方仰首沉思，乃如醉如梦。念汝之生前，一言一笑，皆足娱怀；一步一趋，未尝离侧。今委形一去，冥途茫茫，谁复携汝而抚汝者？吾思之，吾重思之，则不觉泪盈两睫，神若死灰。更念吾伤心之语，所欲述而哀咽未遽述者，尚数千言犹不能尽。正恍惚无聊间，乃适为汝母所见，以余之失其故常也，迫不令复作，故吾言亦遂尽于此矣。嗟乎！而岂知吾言虽尽，吾恨其终无已时也。

甲寅六月初六日，吹万挥泪书。

石子文选

姚光，字石子，江苏金山人。辛亥岁，相见于《国粹学报》，即出所著《荒江樵唱》及《金山卫佚史》嘱序，二人定交始于是。以后国学商兑会成立，切磋愈加密焉。

今录文七首。

《荒江樵唱》自序

昔越女之论剑也，曰："臣非有所受于人也，而忽然得之。"姚子之为诗，亦犹是也。

夫诗，性灵之物也。人各有情，感乎心而发乎声，谓之诗。故苦思力索，非诗也；摩章练句，非诗也；步武古人，非诗也；唐宋分疆，非诗也。姚子性喜诗而未尝学诗，其为诗也，多于酒后梦醒之馀，吹箫说剑之顷，晓风残月之时，山光波影之间，闲吟低唱，忽然而得之。亦未尝伏案拈韵，含毫吮墨，拘拘于为诗也。尝作论诗绝句曰："作诗无用分唐宋，独写情怀真性灵。我是天机随意啭，荒江樵唱有谁听？"盖自谓也。

寒夜多暇，检甲辰以还，至今庚戌，七年之作，而删次之，存如干什，都为一卷，皆弱冠以前之作，即题曰《荒江樵唱》，并随笔而序之。其中己酉湖上诸作，别为《浮梅草》一卷附于后。

庚戌一阳既望，石子走笔于红梅花下。

徐闇公先生残集序

邓孝威题息夫人庙诗句云："千古艰难惟一死。"夫一死固难，然有激于一时之义愤，则慷慨赴死，亦易事耳。凡人遇国亡之际，往往偷延残喘，卒贻污名于书史，此皆操守之不坚。故一死非难，惟不死而侘傺无聊，困苦备尝，仍能守节不渝以终者，为尤难矣。

我郡明季徐闇公先生，盖苦节士也。与陈卧子、夏彝仲两先生，俱为几社钜子。尝各言志，先生慨然流涕曰："百折不回，死而后已。”夏先生曰：“吾仅安于无用，守其不夺。”陈先生曰：“吾无闇公之才，而志则过于彝仲，顾成败则不计也。”后陈、夏皆先殉难，独先生死最后。初投身诸义旅间，及后大地尽沦，则栖栖海上，转徙南交，以谋光复。颠沛流离，百死无悔，卒痛愤呕血数升而殁。故我谓三先生皆节义之士，而徐先生为愈苦矣。

至其著述，亦零落殆尽。全谢山谓闇公殁后，其子亦饿死，故海外集不传。今所见者，惟我邑钱氏所辑《艺海珠尘》中，交行摘稿诗数十首而已，余甚憾焉。乃为多方蒐辑，始于庚戌，随所搜罗，今已集成一卷。先生当时著述极富，而所得仅此，故以“残集”题云。

呜呼！先生之泽，既不被于当世，赍志以殁，而二百六十年中，又少有表彰，故人鲜知其贞操介节。今得传者止此，区区小册，是可悲矣。我因之有所感焉。自明政不纲，二三君子相与结为社事，思以名节振救之，文采风流，一时称盛。然能讲经济大略，求健儿侠客，联络部署，以应天下之变者，厥维几社。而主其事者，先生与陈、夏也。今黄门遗集，久已风行，曩岁余等又刊其《安雅堂稿》；夏集虽亦多失传，然余友吴江陈去病，有夏氏父子合集之辑。兹余又辑成先生残集一卷。三先生之泽，皆得不斩；几社之学，当日昌矣。今胡运告终，神州光复，先生有灵，九原可慰；而旧邦重建，遗大投艰，必有赖乎百折不回之士也。

中华民国元年五月，郡后学金山姚光谨序。

金陵重九游记

金陵为古帝王都，当大江之冲，所谓龙蟠虎踞石头城也。庚戌秋季，余来游此。重九节，登北极阁，造其巅。纵目四望，前牛首，后玄武，钟阜镇其左，大江环其右，全城形胜，历历如指诸掌。呜呼，何其壮也！

题名而下，折而东，至明故宫，为太祖之所宅。有驰道，直达紫禁城之西安门。城已无有，存者惟东西安门，暨正中之午朝门，巍然独峙，然亦颓废零落。近方鸠工拆毁，车载驴负以去也。入门有五龙桥，五桥并列，中为衔桥，正对洪武大街。登桥顾瞻，则见午朝门外，衰草连天，潸焉过之，啜其泣矣。欲于荆棘瓦砾之中，求当时内廷遗址，渺不可得。而回顾西安门外，刁斗冲天者，则江宁将军驻节处也。故宫之西北，为方正学祠。祠之东隅，有血碑亭，巨石翼然，赤痕缕缕，摩挲不忍去。呜呼！煮豆燃萁，此明之所以不竞也。

出自祠，从东安门出朝阳门外，折而东北行，三里许，抵明孝陵前。地势崎岖，山形雄峙，绀宇丹壁，日光澹然，此太祖埋骨处也。陵当钟山之阳，甬道迂回，石琢之人兽，夹道而立，无虑数十。门外跨石桥三，入门为飨殿。升阶，绕至殿后，又门一重，旁有小舍数椽，乃守陵阿监所居也。再进，上为祭坛，下为隧道。由隧道直达陵前，陵周以垣，荆楚交加，与山相连，几不能辨。登祭坛，凭吊久之。麦秀黍离，荒烟满目，断砖残瓦，聊认前朝。于是欷歔而出，时则残山一角，落日苍茫，驴背沉吟，不堪回顾矣。

我因之又忆去年今日，方在虎林，于雨丝风片之中，拜苍水张公之墓。今年此日，又来建业，于疏柳斜阳之外，谒胜朝太祖之陵。如此重阳，其真百无聊赖矣。

记烟霞紫云二洞

湖上南北诸山洞，以数十计，而烟霞、紫云为最胜。

由石屋岭而南为烟霞岭，逦迤而上，则为烟霞洞，再上则南高峰矣。洞适当山之腰，沿路上下，栽梅数千本，花时当更饶别趣。洞宽深，中可布几席，两旁镌罗汉等像二十馀尊。山骨玲珑特异，钟乳涔滴。佛手峰、落石岩，秀丽峥嵘，次第欹侧而立。有亭翼然，远挹诸山，苍翠扑人襟袖。钱江如带，风帆隐隐可数。盖至此而空明奇绝，俯仰烟霞，超然物表、远隔尘世矣。

紫云洞在栖霞岭，由宝石山、葛岭之麓，斗折而上。洞侧有僧寮，直下斜入，历级二十馀，窅然而深。石势峭耸嵌空，沿壁而进，径仄苔滑，幽窈沉黑，疑不可通。摸索伛偻而入，阴凉彻骨。蝙蝠唧唧有声，时掠肩而过。不十武，日光下射，倏然敞豁，右壁斜出，半覆半倚，廜如夏屋，中刻佛像。石根有泉渟蓄，壁纹缕缕，色若暮云凝紫。藤树森瘦，从裂纹上刺。其外怪石罗列，杂树蒙密，四山环抱，谷风徐鸣。久憩此，觉别一世界，非复人间矣。

烟霞之胜在爽朗，奈近多冠盖客，而石壁又为伧夫题刻殆遍。紫云以幽邃胜，人迹稀至，多瑟缩未能穷探。余于乙卯季春二十八日游烟霞，翌日又游紫云，尽揽其胜。同游者内子王粲君，舅氏高吹万、顾婉娟二先生，表弟高君介，吴江郑佩宜，同邑林憩南等九人。惜柳亚子偕来武林，而以事在城不与。游后半月，二洞之胜，凝想犹历历在目，乃走笔为记，并寄亚子。

游西溪记

乙卯暮春，留武林十日，湖上胜境，探揽略尽。丁君不识、展庵盛道西溪，余亦素闻其名，神往久矣，乃于将归之前日往游焉。

陆行沿湖上北山之阴，越古荡，溯秦亭，十八里而至留下镇，皆在山云树霭中，衣袂尽绿。时有泉声泠泠，萦绕左右。路平如砥，为宋建炎时辇道留下者，初欲筑行宫之地也。回忆宋以夷狄之祸，畏避南迁至此，今则又成陈迹，不胜感叹交集矣。中有风木庵，为丁君先世庐墓之所。入内瞻仰，肃然起敬。

由留下而往，乃舍舆泛舟。岭岫参差，峰峦磅礴，微波远渚，弥望烟水，皆西溪最深处也。溪流浅窄，时遇洞桥。水非甚湾，而芦埂苇荡，为之间隔。舟行与之盘旋，曲折殊甚。两岸野柳纷披，垂垂万缕，刷篷背有声；杂树郁葱，翁叆如云雾，仰不见岸。微闻鸡犬之声，棹转数回，而交芦庵至矣。

庵由来已旧，为丁君叔祖松生先生所重修。旁阁祀厉太鸿、杭堇浦栗主。登阁展焉，又观所藏华秋崖、奚铁生、钱叔美诸图卷，亦丁氏物也。庵四面环水，至此可尽揽西溪之胜。溪上多梵隐，皆明末遗民遁迹之所。余维西溪之境，如苎萝美人，澹冶幽娴，云鬓蓬松，而自然绝世，与西湖之如美人已入吴宫，韶面明靓，浓妆艳抹，固有别趣耳。溪以芦花称，当九秋之际，飞绵滚絮，皑若白雪。溪又多梅，时届三冬，暗香浮动，亦苍雪触目。惜此来皆非其候也。然杨柳丝丝，临风摇舞；芦苇初茁，参互水次，已令人秋思洒然，遐想无端矣。闻秋雪庵亦胜，花坞又在相近，皆以夕阳催客，不及过访，留待后游。

出交芦庵，移棹至蒋侯坊下，舆已相待，匆遽归城，已万家灯火时矣。时孟夏六日。同游者余与妇王粲君，及舅氏高吹万、舅母顾婉娟，表弟君介，暨吴江柳亚子、郑佩宜伉俪，杭县丁不识、展庵昆仲也。

赤松逸民传

赤松逸民，古吴九峰三泖间人也。裔出有虞氏，世居赤松旧地，故自号赤松逸民云。读书但通大义，尤喜观性情文字。其于诗古文词，惟自写其性情而已，弗暇工也。年少气雄，有仗剑中原、策马塞外之志，以光祖宗之玄鉴，振汉族之天声自许。尝欲南逾岭，北渡河，东至于海，西极大漠，尽观域内之名山大川而后快。顾负笈出游，则病几殆，一若天有以阻之者。平生志气，因而大挫。又亲老，无兄弟，势不能远离，伏处里庐，不复出。从寒隐先生游，遂偕隐焉。乃仰以追思千载之前，以狂胪文献为职志。时或十数智慧女郎环侍绛帐，《项王本纪》《荆卿传》，说与红妆弟子听，甚自得也。而逸民意犹未遂，更复凭今弔古，栖栖吴根越角间，与江湖侘傺无聊之士，时相唱和。丁月白风清之夜，辄百感交集，倚剑吹箫，或歌或泣，而世终莫测其耿耿也。

姚雨亭义士传

姚义士士雄，原名裕基，字雨亭，江苏金山人，卓书先生之次子也。沉默寡言，夙负大志，而其才足以副之。六岁入塾，读四子五经，皆通其大义。十四岁入松江乐恩学堂，习英吉利文字。已又入华娄及本邑高等小学，知识愈广，洞达天下大势，慨中国之衰弱，异族之专横，以为澄清斯世，非革命不可。然读书弄墨，不有凭藉，终无能济事，遂决意弃文习武，置兵书数十种，悉心研究，以匡复自任。会满清光绪三十二年于江苏开办第一次征兵，义士闻之，投笔而起曰："机不可失，此其时矣！"劝其兄鹤亭同应征募。有以父母年老阻之者，乃留兄于家，挺身独往。

义士常存“匈奴未灭，何以家为”之志，故入伍后，归娶三日即别去。然天性孝友，家世清寒，月必以饷糈所得寄兄，托为侍奉之资。在伍隶业随营学堂，于战法各学，皆有心得。又精测量，所绘江苏水利形势等图，了然如指掌。毕业考试，名列前茅，任为二营见习。未几升司务长，又升排长，兼差金山征兵官。是时已列名同盟会，常隐然以大义勖部下，而相遇一出于至诚，故士卒皆乐为之用。

辛亥八月，湖北起义，各省未动。义士在苏运动同袍，至督练公所，见章驾时、彭雪帆，迫其反正，程德全因之宣告独立。江苏之首先响应，义士之力也。时□□负固金陵，而欲攻金陵，非先得镇江不可。义士乃更往运动军队，共图反正。出死入生，时奔走于沪宁间。擘划经营，几罹侦探之毒手。卒镇江亦因之反正，而金陵克复矣。既而顾钟声委任海陆军总司令处庶务科，旋升十二团当旗官，复升连长，复升团副官。盖以义士于光复之际，屡建奇功，故初仅任排长，而至此已擢至中校之职矣。

徐州一带，自□□金陵漏网逃往，遭其蹂躏后，流亡满地，土匪扰乱。义士乃督师往剿，勇往直前。然匪势猖獗，卒以中华民国元年九月十九日尹家楼之役，力战殁与阵，年仅十有五。其夫人倪氏，年二十七，有贤行，自闻义士殉难，悲痛成疾，于十二月二十四日义士家奠之期，亦恸哭而逝。

姚光曰：当胡虏猖獗时，我辈以笔舌提倡大义、鼓吹革命，虽有因之油然生爱种保国之心，然空言无补。不入虎穴，焉得虎子乎？故欲实行革命，非投彼军队不可。域中男儿，知其然也。满清征兵，翩然奋起。武汉一呼，四海响应，光复告成，厥功伟矣。而义士更能于事前以大义励所部，运动成熟；事至首先响应，不至地方扰乱；事后勘平内乱，保卫治安，所处皆以国利民福为本，则其功真不可及也。夫在义士不负素志，死亦瞑目。惟民国初建，需才孔亟，若义士者，乃大将之才，少年英锐，来日方长，奈及锋初试，中道殉难，此则余所扼腕痛哭者也。而丁此四夷交侵、边氛日恶，更令人思之不置云。

姚光又曰：义士于余为远族叔父行，义士居廊下，余居张堰，相距又咫尺，顾未获一面。兹义士兄鹤亭叔持状属余为之传，余言之无文，乌能垂远？然于谊有所不能辞，乃述其大略，以告当世。昭先德之玄鉴，发忠义之幽光，乃余之责也。

文选卷八

巢南文选

陈去病，字佩忍，号巢南，又号垂虹亭长，江苏吴江人。喜饮酒，酒酣议论今古，滔滔不绝。尝著《垂虹亭长传》以见志。搜罗乡文献，不遗馀力，如《松陵文征》《笠泽词征》是也。余识巢南，在于《国粹学报》。以后主教竞雄，过从日密。余尝谓《国粹》同人大半云散，尊酒论文，惟一巢南耳。今巢南主教东南大学，余则淹滞沪上，独学无友，日荒落矣，岂仅离别之感哉！今录文十七首。

《松陵文集》自序

曩年十六七，读凌退修《松陵文录》，辄怦然心动，思有所补缀，以存一方掌故。洎岁己亥，蛰居无俚，日以文史自遣，因稍稍寻检，不半载，积篇盈轶。心益自喜，为之亦益勤。逾年，得卷三十馀，提携行箧，逐有增损，初未敢以示人也。嗣经忧患，惘惘出门，东求十洲三岛，北陟金焦、北固，又西过铜梁，历鸠兹，入黟中，上黄山，礼白岳，往来乎新安之江，登严光之钓台，所纂未尝不偕。已而渡钱塘，蹑会稽，探禹穴，南泛沧溟，浮闽入粤，逍遥罗浮之巅，放浪崖门之峡，而兹辑亦俨然从焉。虽中值变故，仓猝流失，然卒邀天幸，璧返秦廷。盖试一溯其铅椠之始，迄今忽忽一星终矣。

北堂之萱，既难期乎并茂；岱宗之木，又枯悴其不春。降至车笠贞盟，缟纻夙好，亦多星散云逝，若存若亡。而余且频年颠踬，行类邛駏，贞疾婴躬，夔蚿自笑。居恒冥念，即欲求如往昔之亲承懿训、奉教师门，俱邈不可得，其他尚何问耶？爰复多方掇拾，写定其本，付之梓人，援束皙补亡之旨，蒇韭溪未竟之功，名其书曰《松陵文集》，庶几附骥潘氏云尔。刊既讫，辄明其大要如此。輶轩来止，可鹿采焉。

辛亥孟夏中浣，吴江陈去病序于浙江高等学堂。

重刊《度曲须知》叙

余既撰集邑人士所为诗馀，并沈伯时《乐府指迷》、陆辅之《词旨》等，成《笠泽词征》三十卷，而陈君世宜，复以乡先生沈君征所著《度曲须知》见示。余读之不觉叹绝，以为三百年来无是作也。盖吾邑自词隐先生沈璟，以覃精声律、订正宫谱，一时乌衣子弟、团扇才人，莫不承习流风，自成清尚，歌袖舞扇，郁郁芬芬，顾皆知其然而莫知其所以然，此君征先生所由斐然而有作也。观其叙，称习舌拟声，沿流忘本，拘泥失真，私心自用，则当时流弊，未免有盲从阿附，弗克进窥，昭昭可见。幸也是书行而顿挫起伏，俱轨自然，南宫北调，灿然美备，由是吴江遂为乐府之宗。呜呼！此非先生扶持翼赞之功，而能然欤？

抑余因之有感焉。当明之季，吴江大姓，若吴若沈，其父兄子弟，类皆延誉东林，姚声复社，为时魁杰；而豪华绮靡，亦时不可及。若君庸、竹亭之伦，其尤著也。世衰道丧，境过情迁，则又莫不风靡云散，荡为灰尘。今日山丘，旧时华屋，论其世者，亦徒觉满目苍凉，涕泗横集，夫又非我乡一大遗恨耶？先生时与相值，顾独能从容著述，感慨悲歌，以传于后，夫固不可谓非其幸也已。因书其端，付诸梓人。别著《弦索辨讹》，精审与是编埒，他时当再刊布，以贻赏音，庶大雅不致沦坠云。

民国三年十二月中浣，邑后学陈去病书。

蚬江陈氏家谱自序

从兄惟海每谓予言，先世故浙人，以避胡元难，自兰溪来迁于吴。又善锻铜，遂日操锤为薰垆。薰垆名大著，而家业以起。数传乃更为大商，榨苔菜油。盖自有明中叶迄于今，三四百年矣。家故有谱，遘乱失之。所可晓者，仅仅而已。从祖汝宝，亦谓予家居周庄福洪桥者，年岁浸远，几不可考。大要今子孙之宅他所者，其本支概从此出。故自明以来，先人袥主，悉藏乎是。惟积久龛隘，为族子所毁。余虽奔救，竟不获从，乃尽录其世次藏之，即今谱所列思恬公以降数世是也。会先节孝倪太君卒，鲜民居忧无俚，爰乞其稿，重为厘定，逾月而成。都得世系图一卷，表三卷，行状、传赞、碑表、杂文等如干卷。又六年，乃谨序其耑曰：

呜呼！宗法坠，族姓淆，居今之世，而欲别种类之醇疵，辨血统之纯驳，不綦难欤？然时清世圣，人伦攸叙，则亲亲敬长，惬乎闾党，固无事此龂龂为也。若时当衰季，异族蜂起，华夷杂居，人兽无别，当此之际，而犹不急为秩序，冀敦吾宗而睦吾族，将君子类族辨物之谓何？是故唐崇门第，中夏一统；明薄谱牒，冒姓充斥。管幼安于辽东皂帽之日，犹矜氏族；顾亭林当珠申僭盗之秋，独原宗姓。由是观之，则慎终追远之道，系于天下，不綦重哉！

今予家丁单祚薄，门户萧条，合族而计之，要不及百口。顾尚流转迁徙，靡有定居。以视古者义门风尚，亦滋愧矣。脱循而不饬，势益浇漓，将异日者，或有视若陌路而不相识。呜呼！宁可训耶？是用亟亟撰为斯谱，以明祖德而阐前徽，庶几世世览而法焉。

抑吾闻之，婴母有言："自吾为汝家妇，未闻先世有达者。"今吾族亦然。自思恬公来，迄吾辈行，曾不屑仕宦，此其故何欤？盖惟吾祖耻于变节，故不惮奔窜，以觅桃源。及朱明代兴，则吾祖亦既乐业安居，素封自足矣，尚何希荣慕利之有？然则吾侪子孙材具既下，复值时艰，倘非服田力穑，勉为良民，夫岂吾祖之心哉！故并著之，冀胤胄共惕焉。

丁未中秋，不肖去病谨序。

芦漪怀旧图序

亡明时，吴江有费孝子元谦，怀其父遗影，奉母避难芦墟，遇盗杀之。妇钱抚孤子，事姑守节，以终其身。世咸悲悯之。及神州光复，其十一世孙承禄，感怀先烈，作《芦漪怀旧图》，以征题咏。甚矣其弗忘祖德也！

大抵一门节孝，古今所难，矧值阳九，索虏凭陵，为之民者，东西奔突，避祸不遑，而善不必福，邂逅捐躯。吁！芦中人，芦中人，其冤苦为何如哉！彼为妇者，当乱离之代，竟能俯仰慈孝，不渝其志，抑又十不睹二三者已。宜乎弈（奕）禩以还，贤子孙独能明发不寐，思永厥传，则孝子节妇，诚不朽矣。

虽然，余窃有疑焉。疑夫乙酉之岁，芦墟一隅，正孙吴军建牙树节之会，声威所播，虏焰潜消，宜不必有暴客，而孝子顾独以身殉者，何哉？丧乱之际，人怀异志，号令不行，其稍明节义者，固能激发忠爱，用报家国；若不肖者，方且因缘为奸，自图便利，引狼入室，为虎作伥，无所不极其恶，尚何惮一孝子节妇哉！而孝子由是死矣，而节妇因以厄矣。乌乎！其中固不能不疑其无天道焉。

然而福善祸淫，毫毛不爽，存亡消息，始或若颠倒舛错，有所不能明者。顾久而久之，善者未必果屈辱，而终雪其冤；恶者未必长暴横，而终伏厥咎。夫然后知天之所以厄夫仁人君子，正以见松筠之操，非重以冰霜之烈，有不显其节者。而如彼小人，脱不使其恶之盈满，亦不足施我之雷霆震怒也。则天道非甚平哉！不然，以有明三百年养士之隆，与东南诸义旅报国之殷，宜若可以弗亡其国，乃天必迟回转辗，任彼族之披猖横决，俾厚积其毒，至二百年后，始假手吾党以正厥罪，是善恶固自分明也。而孝子节妇，可无憾矣；而承禄是图，庶几传矣。爰书其所见归之。

民国四年春日，陈去病题。

《广印人传》序

汉都御史有六曹，二曰印曹，掌刻印，魏韦仲将遂以此知名。自唐以下，古意微矣。王球、吾衍之伦，始稍稍搜集秦汉玺印。有明一代，文、何蔚起，力崇汉魏，彬彬可亲。及其流弊，破碎纤靡，识者病焉。栎下老人集《赖古堂印谱》，颛宗浑穆，兼精鉴别，吴越士夫工缪篆者，乐与之游。又复荟蕞其印，冠之小传。周云客曰："先公每叹渔洋《感旧集》为未完之书。今《印人传》不幸而类是，是得其人与印而未之传，与可传而未得其人与印者，犹比比也。”

新安汪讱庵抗志希古，博求古印，成《印存飞鸿堂谱》，不下千馀种，为自来集印者最。又侨寓西泠，遍交名流，篆刻钜手，咸集其地，因有《续印人传》之作。其后魏稼孙拟摘《画史》中金石篆刻之家，补《金石学录》《续印人传》所未及，乃终不果。

仁和叶君叶舟，游心艺苑，叙述摹印，遵周、汪之盛轨，扬丁、蒋之嗣音，成《广印人传》十六卷，督为之序。余惟秦汉学者，好事伪托，如子云《太玄》拟《易》，反谓雕虫篆刻，壮夫不为。宋儒讲学，尤多偏见，至有“玩物丧志”之言。由是一技之士，名用弗显。呜呼！此与孔氏“小道可观”之语，何其盭欤！爰笔其说，以复叶舟。叶舟其以吾言为然否？

《笠泽词征》自叙

慨自风雅道丧，诗馀乃兴。含情绵邈，体物浏亮。袭骚、选之馀音，以比兴为职志。美人香草，阐厥风情；秋月春花，繇斯感慨。登山临水，隔千里兮怀人；弔古伤今，望星河而饮涕。凡兹赋咏，悉本灵襟；以言音声，奚殊正始？是以文史从容之彦，江湖啸傲之身，关山之所跋涉，戎马之所奔驰，与夫思妇羁人、孤臣戍卒，际风尘之澒洞，值雨雪之纷纶，莫不哀啸孤呻、驰魂荡魄，托微言于短律，发清响于寥穹也。宁云玩物丧志，儒者所鄙；雕虫小技，壮夫不为哉？

吾邑松陵，古称笠泽。具区万顷，淌庭双峙。云树翳其徽茫，风潮震而相荡。晴波潋滟，有白鸥沙鸟之翔；绣壤交加，足粳稻鱼虾之利。所谓地擅兹胜，天笃厥生，非无故也。故夫畸人硕士，彬彬蔚起；文章经济，倬乎其伦。试披潘氏《献集》之所颂叹，（《松坡献集》，明节士潘柽章力田著。）固知文学渊薮，具在于是。而区区倚声，亦遂奄有群妙、独擅当时焉。

何言之？盖赵宋南渡，填词始盛。衣冠之俦，都谙音律，风声所树，朝野翕然。而吴江一县，为王畿所属，且当南北冲涂，舟车辐辏。垂虹明月，钓雪晴沙；斜日鲈乡，半篙淞水，固才人之所凝想，而举世以为风流者也。水调歌成，惊潜龙之出听；梅花曲谱，载红袖兮归来。韵事流传，作者纷起。友仁《词旨》，承玉田张氏之传；（陆行直初名友仁，字辅之，著《词旨》二卷。）伯时《指迷》，阐梦窗觉翁之奥。（沈义父字柏时，别号时斋，著有《乐府指迷》一卷。）海棠月满，度彻琼箫；（行直有《致仕还分湖问讯海棠》诗，又题其所居曰“旧时月满”。）秋草坟荒，怜伊鬼唱。（行直姬人卿卿墓在北翊圩。）虽举目有河山之异，而遗民无被衽之羞。故胡元入主，骚坛遽绝嗣响；至朱明践祚，坠绪乃获重寻。然而一线中微，仔肩匪细。设当斯文绝续之交，不有博雅弘通之彦，为之提倡风骚、别裁伪体，则后之学者从事其间，将何所禀承而明厥趋向？是斯道不几沦坠，而迷谬日以繁滋哉！

乃词隐先生出，吹律定声，订正宫谱，而承学之士，遂得门径。天寥道人继之，伉俪姊妹，竞尚新声，而帷房之内，争传乐府。庸是沈氏一门，人人有集；分湖诸叶，叶叶交光。（天台无叶泐师叙《返生香集》语也。）诵吴门怀古诸篇，击唾壶而欲缺？（长兴伯吴易著《北征小咏》有《满江红·怀古》诸题。）讽胥江竞渡之阕，欷流水兮无情。（沈自炳女兰支有《水龙吟》一阕以吊屈原，实则悲其父之殁于王事耳。）《诗》曰：“人之云亡，邦国殄瘁。”语云：“不有佳作，其何以兴？”则当此之时，安得不废书而叹、掩卷欲泣耶？或者顾谓兹事猥琐，无与家国，向阿堵传神，非大处落墨。岂通论哉？是故读《满江红》调，悲鹏举之棲迟；唱《大江东去》，慨坡翁之郁勃。而循是以求吾哲，盖非长兴吴公、中书沈公，殆莫属焉。秋笳虹亭，曾何足比，而事愈可伤已。

自是厥后，已畦玉樵，继踵增武；学山元礼，更唱迭和。香严瘦山，并著飞鸿海红之篇；辛甫壬甫，且有潜吉宜雅之集。而浮眉楼主，崛起孤根之中；湘湄袁氏，承袭尔雅之后。尤能发挥指趣，推阐幽微，淹花间草堂之长，邀黄绢幼妇之誉。遂乃执持牛耳，雄长骚坛，无尹邢避面之嫌，有瑜亮一时之目。而灵芬洮琼，竟为词学宗焉，岂不盛哉？

嗟嗟！江湖日下，悲韶濩兮立求；逻逊纷陈，听筝琵之迭奏。过黉宫而订乐，弹彻胡琴；采孺子之新歌，不成楚调。阳春白雪，倾耳谁闻？下里巴音，逢场辄遇。《诗》有之曰："如蜩如螗，如沸如羹。"此之谓也。《礼》不云乎："昔吾有先正，其言明且清。"何可得哉！

仆用奋慨，以为和声鸣盛，纵绝元音，而抱缺守残，愿为己任。际荒江之垂翅，聊竹素兮游心。剔明焰于将微，拨馀灰而使爇。窃不自揆，就所寻检，辑北宋谢绛以下，迄于近代，凡若而人，词若干首，为书十有六卷；别撰闺秀、寓贤诸作，各得二卷附之，都成集二十卷，名曰《笠泽词征》，用副所纂《松陵文集》行焉。呜呼！我邦人诸友，大夫君子，诚欲考往哲之遗风，续枌榆之盛业，其详览之，庶无瞢已。

己酉仲秋下浣五日，叙于古金昌亭下吴趋里。

西泠新建风雨亭记

“松柏何年会再青？最凄凉是一西泠。临歧敢与湖山约，筑个秋家风雨亭。”此余去岁六月，别杭州作也。先是余淹留杭州者，十有八月，落落无所合，乃浩然决归计，并为诗十二章，以贻同好，此诗其卒章也。当是时，粤南初败绩，革命殉国七十二雄鬼，方呜咽悲啼于黄花之冈，而莫泄其愤。自馀豪杰，类皆流离奔窜，以海外为逋薮。余亦知杀机既开，龙蛇固将起陆矣，乃还吴以俟之。

无何，革命军果大起，满清政府忽焉倾覆，而三百年已去之山河，遂珍重而还诸黄胄。呜呼！不可谓非吾党幸矣。独是神州革命，历十馀稔，其间因挫衄不得志而殒身殉义者，何可胜道。且不有诸烈之舍身救国，发难于前，在后者将何由观感，而激起其报复之心？故夫生死虽殊，成功则一。吾党更何可不加悯念，一伸其敬慕耶！而鉴湖女侠秋瑾，其一人也。爰与徐忏慧自华，共建兹亭，以留纪念。月明遥夜，傥环珮兮重来；秋雨梧桐，定英灵之未远。则登斯亭也，孰不感慨悲歌，而尚想其烈乎哉！爰为之歌曰：

西湖之水兮清且涟，曾埋侠骨兮思当年。遭逢虏忌兮中变迁，毁厥青冢兮真堪怜。堪怜兮秋坟，重经营兮丘园。有台有榭兮花繁，永永凭吊兮秋之魂。秋魂兮昭苏，驱强胡兮恢皇图。美新亭兮蘧蘧，长无极兮与民国而流誉。

秋社启

叔世乱离，僭伪相袭，四海倒悬，士女激愤。爰有秋子，抵触禁网，狱状未具，遽婴显戮。苌私碧血，如何可泯？悲悼怅恻，曷云能已！

夫鲁国多盗，漆室所以兴悲；宗周将陨，嫠妇因而掷纬。私忧穷慨，盖有由来；工诵箴规，宁无裨获？讵意讳饰之代，直道不容；罗织之吏，无罪弗人。遂使帏房淑女，与荆聂而同科；兰蕙芳仪，洁松柏以比操。轩亭一夕，六月霜飞，岂不哀哉！魂化精卫，冤沉渤溟。以古方今，诚莫逾是。第念鲁兄虽殁，汉朝之隆礼犹敦；田横既诛，义士之抔土终在。彼秋氏者，暴非鸩弑，祸本株连。临命荑然，殉义慷慨，求之冠带，亦不数觏。而乃时越半载，一棺未殡，风雨飘摇，和题剥落。循念斯景，能不悽怆！

桐城吴氏、石门徐氏，既眷恋夙好，力置牛眠，圣湖之上，毅魄云妥，可谓义已。然而无忌异代，汉高留连；子房久殂，宋祖怊怅。乃知千秋之计，非一时所能周；不朽之节，固古今所争慕。陈宣帝所谓丘墓生哀、性灵共恻者，不其然欤？视窆既讫，相与欷歔。兴言永日，思慰玄壤。以为西京故吏，咸铭府君之碑；淮阴钓徒，犹筑漂母之冢。矧如秋子，义侠干风云，才情掩闺阁，持麟经而不惑，赍长恨以入地。此诚汉武所恨不同时游，而蘧瑗之耻独为君子者也。致慕蠹伤，宁特吾辈？用结悲秋之社，庶来弔屈之人。

张同伯先生传

先生讳恭，字伯谦，浙东金华人也。少小卓荦，聪颖绝伦。年十二冠童子试，十八膺乡荐，里党惊羡，君弗屑也。父掞，杜门教授，著录甚众。见君英发，辄以规律相绳。母蔡，有曹大家风，爱君尤笃。故君虽负殊志，而常不得伸。

当是时，明亡二百六十年矣，奴虏枋政，四夷交侵，神明之胄，方群聚以谋光复，而图共和，浸淫遍乎陬澨，故君亦毅然崛起，以提倡革命为职志。会父母丧，君益无所顾虑，乃日与其乡之魁杰交，创立积谷会、千人会等，以厚集徒党，而君名大著。

初，浙东自东阳苍水诸公，以孤军抵拒清兵于吴山越水间，屡起屡仆，厥后殒丧，其残卒多奔逃山谷，负隅自固，若大岚山等，不可胜数。良者服田力穑，长为农夫，以没于世；否则群聚为盗，以豪横一方，夫固积风成俗矣。而民俗观念，迄未稍衰。君少读史，多大略，又生长乡，习闻往事，以为革命非空言可成，而欲实行革命，又非得山寨诸英以为己助不可，乃益倾财，招致优伶牧圉，为戏剧六博，俾游行远近村落间，阳事报赛，而阴与诸豪杰相结。又多演宋明亡国故事，以隐寓复仇之旨。由是其人皆大感激，不期而归者数千人。

时徐伯荪方创大通学校于绍兴，以秋瑾为之主。君闻之即来访，因得识吕东升、竺绍康、王逸、姚志强诸贤。明年丁未，并约沈荣卿、周华昌、吴麟荃等来订盟，遂共组织浙东光复军，悉编制其众为八军，曰“光复汉族，大振国权”。又推举得二十八人为之统帅，各以金约指为识别。于是徐君为光复军军长，秋君为协领，而君为分统焉。五月偕荣卿、华昌回金华，部署待发。忽皖中事败，株连及越，徐、秋殉国，而君名在党籍，尤为虏所忌。遂大发卒，逻君綦严。君因孑身走处州山中，匿一老儒家，旋易佣装黑衣，变土语，乘米船至台州，复航海至上海，就报馆主笔。久之，稍稍为人所知。

君亦变姓名，走日本，取万物平等之义，曰万平，号同伯，故世称君为同伯先生，终其身弗改，盖以此云。君之在日本也，主《民报》及《天讨》笔政，隐其名曰“卷重”，示卷土重来意也。又曰“卷施”，谓其心终不死也。又与彼国志士幸德秋水、平山周交，悉以胸臆相吐露，平山大韪之，因录其语为一书，即今所传《中国秘密史》者是也。

明年初夏，归上海，欲与陶成章诣南洋群岛。月馀，陶不果来，因北游青齐，意遂渡秦皇岛，逾辽东塞外，以与彼中志士相结。而赀斧中罄，竟不果行。七月复来归，欲先返越，以收旧部。会清帝、后薨，朝野纷扰，君喜谓时机至矣，遂悉约熊承基、陈其美、褚辅成等，拟图大举。众未毕集，而熊君谋泄，君并为端方所捕，逮系金陵，事竟弗成。于是君益无聊，病困几死者半年。己酉六月，移上元县狱，遇之稍宽，得浏览书史。君因稍稍以吟咏自遣，又叙述浙东戏剧源流，成书十馀帙，命曰《剧史》。间译日本人界利彦森近运平所著《社会主义纲要》若干卷。

若是者四阅岁。而广州革命军兴，诸烈士死难者又数十百人。耗闻，君大恸，呕血绝粒者数日。及武汉倡义，东南光复，虏廷始开党禁，释君出于狱，然精气已销耗尽矣。时江浙粗定，民情惶惑。及得君归，始各释然。于是君乃召集旧部，冀为北伐之举。而共和告成，南北统一，君遂诣杭组织政党，旋即被举为同盟会浙支部长，兼都督府参议，并创设《平民日报》，以发挥民生主义，识者韪焉。

余自戊申夏月，始因姚君志强识君节概，为之钦迟。及是冬由粤返沪，君始来会，握手倾倒，俱憾相见之晚。乃是夕君即被逮而去，余为怵然。至去年冬，余在越中，适闻君至，急往邀之。君来而余又他出，未之见也。至今春，始得相聚于武林，日以气谊文字相砥磋。方谓生平知己，舍君莫属矣。呜呼！孰意君竟淹忽而逝耶？悲夫！悲夫！

余以八月别君赴湘，君亦以是月归里，值里人追祭光复以前诸先烈，君亲撰文致奠，又抠衣登坛，陈述往事，勖励来兹，词极悲愤，至于失音，闻者感绝，而君亦自此病矣。病一月而逝，时民国元年十月五日也，距生于光绪三年正月五日，存年三十有六。无子，以妻兄之子方志玙嗣为后。生平著述，自狱中诸稿外，均散佚不尽存。

陈去病曰：余昔传伯荪，余自苦其弗尽。及今春入越，得秋案全卷，及秋君所书军制军规，始服其布置之周、任事之勇，以为自革命以来，其预备固未有若斯之完美也。而君有数语余以轶事，故余得悉君梗概如此。君又拟建张东阳祠于西湖；纳光复置旧于同盟会；刊布《剧史》，以改良戏剧，顾均未议行而殁。呜呼，是可痛已！

雪湖高士杨硕父先生小传

先生杨氏，名艺，字硕父，吴江之雪湖人也。自幼师湖州松仙，精通数学。人有叩者，以隐语对，后辄奇中；或匿其事问之，对亦如响。当明之季，常熟瞿文忠公式耜巡抚广西，先生以门下与偕。定靖江王之乱，先生有力焉。永历帝时，文忠以大学士留守桂林，先生参其军，为主客郎。桂林破，公被囚，虏供宴，公挥去之，詈为犬豕食，因绝粒四日。先生适从阳朔山中来，乃备具薪水奉公，并密致衣冠之具。公受之，而虏之防闲者竟不觉也。

公既殉节，先生麻衣徒跣入城，叩伪定南王孔有德之门而请曰："杨艺随阁部瞿老师在粤六年矣，只缘此颈骨，欲收之以报知己。今日事已至此，乞垂宽大之恩，少尽师生之谊。"有德将不许，先生立依于庭墙而哭四日，欲继以死。有德为心动。会给事中金堡已为僧，亦上书请，遂听之。于是先生乃舁棺诣公死所，见公刃血在颈，而身首未殊，面俨然生也。爰跪而泣曰："门生在此，老师之目，其遂瞑乎！"

忽公张目如炬，双睛不转，而神采炯然。先生且悲且惧，摩掌熨目，久而始合。潜具绯蟒一袭，金袱头一事，肃而殓之，权厝于北门风洞山之麓，并为从殉总督张文烈公同敞具殓殡，瘗诸其旁。

当是时，公家人星散。公孙昌文，奉公命诣梧州行在，进万寿表，闻耗奔丧，梗于道。先生踪迹之，与遇于剪刀傜，告其事，且以虏势盛，欲与趋桂林，不得达；欲下梧州，又虑有逻者识之，将挟以媚胡也。进退踽蹐，四顾茕孑，叛奴背逃，赀粮垂绝，荒山匿影，惧勿敢出。盖先生于此，又几费筹策云。洎公有营弁王陈策，媚贼帅李养性，劫公家属及昌文去，大索货贿。先生立叱释之，卒护昌文还乡里，而己亦隐居雪湖终其身。瞿氏既安定，感先生高义，乃曰："是不可无报也。"因以公女配其子。

陈去病曰：余读公子元锡《庚寅始安事略》及《行朝劫灰》诸录，而叹公成仁之烈，就义之勇，以为人尽如公，大明三百年之国祚，未必遽为胡虏斩也。天祸中国，贤臣尽亡。失节堕行之徒，方且钻附腥臊，不惜剃发垂辫，以奴隶于八旗贱种之下。甚且丧心病狂，如王陈策辈，乃敢倒行逆施，冀卖公为快。嗟乎痛哉！世道如斯，人心难问，舍义烈如张别山，孰有能眷恋忠魂，徘徊不去者乎？乃先生独不避艰险，收殓其丧，始终翼护，俾无遗憾。张公好为其易，先生竟践其难。方之前哲，洵可谓有程婴、碓臼风矣。

抑吾闻之，同时有苏兆人者，字寅侯，亦吴江人。当乙丙间，师事闵抚张公肯堂，佐其幕，为仪部郎。滃洲城陷，苏以绝命词诣张公请先。公颔之，为取卮酒酎其尸，而后自殉于雪交亭中。呜呼！神州陆沉之日，正士君子砥砺名教之秋。乃举世方波靡，而吾松陵先达，其维持风义，使不至扫地尽者，竟无独有偶焉。然则居先生之乡，闻先生之风者，其曷弗喟然而思，忾然以兴哉！

邹生传

邹生名铨，字亚云，吴江之章练塘人也。其地在邑东隅，逴远悬绝，陡入嘉善、青浦、元和三县间，而不与本邑相属。于古谓之华离，为行政者所弗便，故异时尝别置吏于此，佐各县官理事。而居民之籍吴江者，亦往往因利乘便，寄籍他县以去。

君少读书同里，为金天翮弟子，则籍吴江；继随众应试吴门，则籍元和；终以嘉善籍入浙江高等学校肄业，无非趣其利便也。顾君辄病之，谓经界不正，终非政治之良。会予主讲高校，以君乡人，居间辄与纵论图史为乐，君亦以其所疑相质。予曰："其割属青浦哉？"君喜曰："信若是，则所见略同矣。"因具状介予邮寄苏州地方自治筹备处，竟得决议，将章练塘一带所有元和、吴江两县属地，悉数割隶青浦，以清界划。并令江苏境内，凡类是者，一律纠正。于是五吴区域为之 整，吏治纠葛为之一清，论治者咸推君一请为效至钜焉。

值中原光复，君即走上海，主《天铎报》，兼华童公学教授。劳瘁毕至。予见之，辄戒其毋过甚，君不能从。及半岁病作，遂归；归又半岁，复出之高校，至冬得毕业证书以去。时予亦养疴西湖，至期即诣校观礼，相见握手道故，娓娓不休。且曰："吾甚悔往昔之不听君劝也，而今晚矣。"余亟以词慰之曰："如今且归休家巷，可乎？"君深然之，因共欢饮，兴会飞舞，并撮一影而别。

呜呼！孰意此日之会，遽成千古耶？悲夫悲夫！余自别君，淹滞湖上，忽忽两月。顷来上海，过枫泾，犹心念君，谓倘无恙。及晤叶叶，始获噩耗。呜呼！君何不幸而致此短命耶？余不能不为吾道惜也！爰综其大端，以为之传，亦使天下后世，知有吾邹生其人也。悲夫！

高柳两君子传

陈去病曰：十年以来，天下士之负奇气、怀大志，历山海，逾邦国，以趣东南游吴会者，孰不知吾吴有两君子哉？孰不读其文章，愿为之下，相与衡盱时局，狂歌痛哭，拔剑起舞，而欲有所为哉？然两君子虽有所为，而事成以后，始终不居其功，掉头啸傲以去。呜呼！两君子不诚贤士哉！两君子为谁？曰：高旭、柳弃疾。

高字慧云，号天梅，别号钝剑，金山人。柳字安如，号亚卢，别号人权，吴江人。而天下多称之为高剑公、柳亚子，或曰高柳云。高以诗词鸣，柳则以文。高年稍长，柳较少。高意气傲岸，自负弘远，喜饮酒，长于雄辩，醉辄侵其座人，或嬲为联句，不则自捉笔为诗歌，缠绵数十百言立就。柳貌恂恂如十八九好女儿，而口甚吃，性复卞急，语辄轇纠不可吐，人多意解之。顾极诚恳，凡欲有所为，必尽其愿乃止，不则狂号痛哭，谓且陵侮己。高居黄歇浦南秦山之麓，视九峰三泖如屏几物。风涛云树，有动于中，往往慨怀其乡之先烈陈黄门、夏考功诸公，以激发其攘夷之念。柳居松陵分湖长白荡间，固昔时东南义旅所结垒树帜，与虏族横刀血战地也。叶天寥、吴长兴之高风壮烈，仿佛缭绕魂梦之中，而亲其诏语也。故两君子者，咸以民族革命为第一义，虽刀锯鼎镬，夷然无所恐怖焉。而高柳之名，亦浸淫扬溢乎海内外。

高年二十馀，来上海，与余合。柳父念曾，为余同门，又共创雪耻学会，师俞焕章，亦余旧友，皆素亲善。故柳在髫龄，余早识之，闻其能毕韩杜集，辄心异。未几君即掉鞅文坛，不可一世，余亦为之却步矣。会余游日本，与四方贤豪结义勇队，设军国民教育会，柳亦诣爱国学社，为中国教育会会员，日与章、邹、吴、蔡诸君子游，学益孟晋。及余主《江苏杂志》《警钟日报》，高、柳均时时为文章，鼓吹革命，于是两君子之声气通，而踪迹亦日并。

当是时，高方与孙中山创同盟会于江户，回国号召。柳与之遇，遂共设机关部于海上新八仙桥，诡其名曰夏寓。又设健行公学于西门宁康里，以培植年少。又为《醒狮》复报，以指斥当世。虏吏端方闻之，心弗善也，乃发侦骑，将按名逮捕。而两君子挥金亦垂罄，乃散其众归于家。然其梦想共和、求光复，固如故。至丁未冬，复与余结南社于海上，而天下豪俊，咸欣然心喜，以为可藉文酒，联盟好、图再举矣。粤东倡义，吾社之士即联袂趋赴，期得一当。及武汉克而东南未定，黄兴、宋教仁、陈其美等奔走规画，日夜不休。卒以其力恢复上海，并下苏杭，皆社中厨顾也。

南都既奠，社之豪杰，若马君武、吕志伊、景耀月、汪兆铭、陈家鼎、居正、陈道一辈，复从容推戴中山，建立中华民国，俾吾皇汉四百兆同胞，一旦获睹汉室之重光，识胡虏之衰替。说者谓事虽天定，然非两君子于平时多所联洽，亦未易至是，岂不然欤？顾两君子不自矜伐，翛然一无所于其躬。高先任金山司法长，未几去之，至今岁始以被举为众议院议员来京师。柳则一为南京总统府秘书，即托病归，至于今不出。乌呼！两君子不诚贤士哉！

然余为之兴感焉。今日冠盖纷纷，出人于通都大邑间者，当三数年前，其人类皆畏葸缩瑟，如寒蝉仗马，俯首屈伏于奴虏之下，不以为可耻。期值兴复，乃更轩眉攘臂，以号于众，谓天下事非我莫属矣。甚且易其媚虏之心，以媚国狗，日夕造作诡谋，戕害勋故。呜呼！若而人者，其视高、柳，不深愧耶？然而世且尊崇之、慕效之，至澌灭其良心而未已也，宁不悲哉！

垂虹亭长传

垂虹亭长者，吴松陵笠泽间人也。年少好事，任侠慷慨，有策马中原，上嵩高，登泰岱，观日出入，浮于黄河，探源积石之志；或更踰塞，出卢龙，度大漠，寻匈奴龙庭，蹑屩狼居胥山，骧首以问北溟而后快。顾志弗获，遂棲棲吴越间。年未四十，发星星白，且病疡，废一足焉。乃归隐吴门，居古金昌亭下，要离、梁鸿墓傍，以为与节侠邻，死无憾矣。

生平交满天下，俱无少当意，而独与故人子柳弃疾善，每邮签往还，以论所学。间一晤对，辄昕宵难寐，或歌或泣，人莫测其所耿耿也。尝谓："吾生已矣，曾乌足惜。斯文未丧，俾吾得十数智慧儿女，环侍绛帐，左尊罍，右笔札，俟吾偃蹇其间，吟哦酣适，而后更起迭进，互请所学。吾乃欠伸顾盼，诏席使前，徐徐与之上九天、下九渊，横目哆口，盱盱睢睢，务竭幽隐，以适其意而去。而吾且墨渖淋漓，酒痕狼藉，陶陶然玉山颓矣。此余心所甚慰也，然而乌可得哉？"又谓："家贫亲老，有冯刘之憾。不克临眺湖山，嘲弄风月，浅斟低唱，如石帚道人故事，以为平生大戚。而酒残灯灺，悲愤中来，听壁上弓砰然，与刀鞘击响，辄瞿然徘徊起舞，泪簌簌下，承睫掩襟袖，若雨霰焉。"呜呼！可以观其人矣。

异史氏曰：予闻之，亭长好读书，度通其指而止。旋易以他，亦略如是，不屑屑窥深奥焉。然是非得失，类能道之。尤嗜文章，于诗歌叙记，迄碑铭论著，咸有述作，而未暇工也。故其名不显艺苑间，而江湖詄荡侘傺无聊之伦，顾独时时想慕称道其为人。噫吁！亭长殆古邱民之穷而在下者欤？抑古有所谓伤心人者，亭长其庶几一遇之欤？然而亭长无述焉，悲夫！

卜老仆传

卜老仆者，名德荣，东江人也。少尝入伍，事败，乃投余家为佣，事先祖、先父甚勤。已又去为饼师，为卖饧人。其卖饧也，每春昼，则仆辄蹒跚担饧入人村落间，击金杂歌谣，以招群儿。群儿喜，且从且集，且买饧益多，以故所获动倍蓰。顾性厌恒，晚复来佣余家如故。时余家已中衰，先祖、先父俱凋丧，中外傫然，只孤嫠耳。而老仆事先节孝益谨，又以余少孤，念先两世主人逾加切。闲辄慷慨为余道先世事颇悉，余庸是得据以撰祖父状云。既余家益落，佣者俱散，老仆亦去为庙祝，或易棉窍为生，然且日必诣余家视余，见余家人或躬操作以为劳，则辄奋袂摩厉而前。

余少濩落居乡里，与一二文章词赋之友相往来，于所艰奥，或牴牾不甚通，辄立笺其疑，诣人讯得失；或不得其当，则且三四返，咸以命老仆。老仆虽惫，亦未尝辞也。独先节孝怜之甚，每具飧以待。比返，立饭之，或竟令将去以为恒。先节孝固慈惠，见儿能取友，岁阑，辄料量酒果，遣仆送友家。老仆故聋，入门辄扬其声。久之，其家亦辨其为聋奴也。

以某年月日，卒于家。又数年，其主人陈去病，感送穷之无术，念故旧而伤心，乃于岁除为之作传，且系以论曰：

昔侯方域为郭老仆志墓，读者咸慨焉系之。诚以仆忠勤事主，固庸行之常，而就世道以论，则彼亦庶愈于反覆为交者矣。余之传仆，盖亦犹是。抑闻之，郭十三交游遍天下，而独眷眷于其家之一缝人。（郭十三，乡先生郭频伽麐也。其缝人盖吴鲲云。）夫以郭氏之贤，与缟纻之广，宜必有相与于声气征逐之外者，然而郭顾舍彼以注此，知凡语言文字之交，固不如其穷夫贱役之克葆贞盟也。不然，彼神禫其词、第佗其冠者，不尝自谓其胜舆台万倍哉？而独藐之，悲夫！

柳无涯先生墓志铭

中华民国七年一月十有七日，吾友柳君无涯疾终里第，一时识与不识，闻耗嗟悼，若丧厥荫，莫不奔走相告曰："柳君奚为弃我而逝耶？柳君逝而吾侪将何所资以行耶？"则皆哭失声。盖其长厚之德，根诸天性；宽仁泛爱，洽于人心。仲尼所谓"遗爱"，不其然欤？令嗣冀高昆弟，将于明年春暮，葬君东轸字围之原，以元配凌、继配沈祔，礼也。先期，其犹子弃疾，以去病故交，来属为铭，义弗敢辞。

在昔吾师长洲诸先生，以文章道义，教授于乡。维时从之游者，云集鳞萃，而君与其弟钝斋亲炙尤久，膺高第之选，闻诸朋好。君少失怙，育于其祖莳庵先生。莳翁耆年硕德，隆礼师儒，望之綦切。而君亦岐嶷颖发，能得亲欢。龆龄入学读书，十行俱下。年十四，试《仙佛解》，灵想杳渺，荷师激赏。时或其曹有所疑难，就师解释，师辄诏君具答，了了中程，众为叹服。顾连绌于有司，改应秋闱，几获隽矣，终铩羽归。重值忧凶，遂绝进取，伏处者有年。

戊戌十月，余过周庄，始见君自胜溪来迁，未几购宅止焉。以故居堂曰“养树”，遂颜其所曰“嘉树”，示弗忘祖德云。当是时，中原久丧乱，识者咸谓非育才不足救国。君既前遣其子负笈海上，而复与里之贤者兴创学校，躬为教授，慨然有移风易俗之概。先后十馀岁，成材以百数。

周庄濒东江上游，距邑治仅一舍许，而其民多衰苶，弗自振拔。岁之既晏，流亡麇集，恒被侵扰。君独深忧之，乃与沈君屋庐、跻庵昆季，谋立保农会，以时赀遣。繇是附近数十里间，村落无秋毫之警，至于今是赖。民治聿兴，百端待理，爰复与众截长补短，规其地为周庄乡，蔚然预于吴江十八自治区域之列。说者谓非君之劳不及此。沈君者，亦长洲门下士，而君之妇兄也。其贤而好义，一如君。每有所筹策，君无不力为之尽。故三人者，恒相倚如蛩之于駏也。屋庐既时出为幕僚，其所创学塾，咸以属君。而跻庵绸缪桑梓，君亦罔弗为之擘画也。光复后，尤以众望为邑长官倚重。若教育，若议会，若公款、公产诸事宜，咸需君是任。君俱不以为劳，爬梳抉摘，条理井井。举凡众人之所难，君独任之而有馀。以是舆论翕然，谓事无君共，有弗济也。

余自束发受书，即有志乎文史。追侍先师，辄以后进诣君质正，前此《松陵文集》《笠泽词征》诸辑，恒藉君纵臾，付之剞劂。迩者宝庆李侯，以邑志相属，君益力与赞助。天寒岁暮，冰阻长川，尊酒过从，商量至洽。方期春融，从事铅椠，俾蒇厥事，讵意别未经旬，书问方达，而君已一瞑不视耶？悲夫！

君讳慕曾，字翰臣，号巳仲，吴江人，无涯其别号也。曾祖树芳，祖兆薰，父应墀，嗣父应奎，俱为邑通人，垂光志乘。兄钝斋，讳念曾，同怀友善，有二难之目，先君卒。

君既经纪其丧，属余表其墓；又扶植其子女，久而弗懈，且益推之以及宗亲。故君之卒也，弃疾与族子弟，俱哭之恸，如君之于其兄也。乌乎！是可以觇君之内行矣。

君生清同治八年正月四日，春秋五十。娶凌及沈，今为周氏。子冀高、景高，女双圆、双同，孙惠礽。系以铭曰：

> 灵符初展灵椿枯，鹓巢翻覆遗双雏。贻谋燕翼何勤劬，皤然一老同慈乌。崭然头角孤不孤，兰芽秀茁腾令誉。能奕善饮且伟躯，英迈突过高阳徒。覃精萧选通郦书，尤穷天算兼舆图。少年述作未足谀，盛德有口碑载涂。知非学《易》厥岁符，能自讼者奚遽殂？生也有涯瑕则无，我铭非惭人其模。

先嗣继妣沈太君行述

中华民国四年五月八日即明历三月廿五日。夜既逾分，周庄贞丰桥居民戴宝德，以煎熬鸦片失慎，时人尽寝息，罔或闻知，烈焰一张，狂飚遽煽，繇是隆隆炎炎，势不可遏。邻之妇孺，哀号詘呼，而火政不修，救援乏术，转瞬之间，市廛第宅，数十百家，俱为灰烬。不孝故家同里，十数年来，四方奔走，将母不遑。我先嗣继妣沈太君，以同里亲串少，独居岑寂，缓急无所恃，爰迁于兹八年矣。一旦出不意，城门之火，殃及池鱼，虽人口幸得免，而先世之影堂祏主，栝棬楹书，与夫先太君一生之所蓄积，下逮不孝数十年间所搜求之文史珍秘、碑版金石、名画法书、良陶古器之属，靡不付之一炬，荡焉无遗。

先妣忧患馀生，睹兹巨祸，痛极而喑。虽不孝心存旷达，以为身苟不灭，必有回复之时，而太君积忧成瘠，日益加剧，忽忽六旬，遽尔奄化。伤哉伤哉！夫岂不孝初心之所及料哉。今者劫灰未冷，慈竹长摧，地棘天荆，衔哀何已。用敢和泪濡墨，书其懿行，以告当世曰：

先妣沈氏，讳恩祐，吴县之周庄乡人也。父人骥，字午桥，候选布政司理问，积德行善，君子人也。母徐宜人，以慈爱称。子女十人，先妣次居五。少从诸小汀先生读，值洪杨之难，逃避村落，数载乃定，则年且十三四矣。遂从事针黹，预家计。沈氏故殖产，多田宅，理问公尤勤能，耕读蚕织，终岁弗休。间有兴筑，则食指益繁。徐宜人既亲抚育，而米盐琐屑，惟先妣是赖。先妣亦一力自任，不以委灶婢。每岁时伏腊，外而宾师，内而祀事，必恭必虔，罔弗精洁。以是理问公顾而乐之，倚仗尤力。十年不字，有由来也。

会先嗣妣宋孺人卒，先叔考闻先妣贤，乃聘之。光绪三年来归，则先妣年已二十有七矣。当是时，先考已前卒，先叔考主家政，门荫渐衰薄，几不免负债。先妣见之，独不虑，勤劬数年，业以复振。

宋孺人故有女曰瑞莲，年长矣，事亲能致其孝，先妣亦善待之如自己出也。然竟不育。先叔考又病瘵，恶尘嚣，乃迁居北埭屠氏宅避之。而病益剧，就医吴门，数月无效。癸未中秋，始由苏还故居，才一日遽卒。于是先妣奉遗命，以不孝承祧，日夜与先节孝倪太君居，同心黾勉，以姊妹相呼，见之者几不知其为妯娌也。乃鸱鸮啸号，猰貐蜂起。先妣内安外攘，心碎欲裂，几至兴讼。以戚属排解，分财始已。然孤嫠之家，易受凌辱，乘危攫夺，夫岂独宗支之不肖而已哉！先妣心知其故，务节己用，以应人之求。盖前后毁斥，不啻三数千金焉。忍痛割肉，则创愈甚而痛弥深。

于是既为先姊相攸，得诸生叶文熙，遣嫁之，而益勉不孝以读书自奋，用续前人光。不孝年十五，即令离家塾，就外傅。而不孝跅弛不羁，恒弗能锲苦。先妣闻，辄切责之。明年乃更令之周庄，从舫庐舅氏读，而申诫之曰：“今而后，其慎毋贻吾羞。”不孝谨诺之，而族之子弟，犹时时举室西来，请求勿已。先妣因益典钗钏，倾箱箧以与之，而先业自是亦一蹶不复振矣。

久之，不孝婴危疾，几殆，先妣忧惶万状，求医问卜，昕夕弗遑，往往彻夜不眠，继之以泣。如是者凡四阅月，护持之劳，兹为最矣。及不孝稍稍痊，先妣乃令偕还同里，而先姊骤卒，先妣颇伤悼之。盖以其婴膨疾既久，且丧厥爱子也。乌虖！孰意二十馀年之后，先妣竟亦以是疾终耶？悲夫！悲夫！

先是宋孺人盛年，尝婴膨疾，势几殆矣。得昆山良医治之而瘳，瘳又十八年，始以他疾逝。至先姊病，则旋瘳旋作，而竟不起。今先妣之病，又略相同，且加酷矣。异哉！何其先后符合若斯之烈哉！

时不孝年逾冠矣，既补博士弟子员，食饩廪，渐有志于天地四方之学，先妣乃稍稍慰。而族之子弟，频来扰攘无休时，于是先妣慨然弃故居，迁之吴江。逾年六月，不孝馆同里，先妣亦归宁，而先节孝遽卒。不孝仓皇归，已不及属纩。迨先妣返，而先节孝且含殓矣。先妣因大戚甚。乌虖！孰意十年以还，先妣客死之惨，与不孝奔丧之急，其悲苦乃更有逾于先节孝时耶？

初先妣已挈家还同里矣，旋以不孝久出游，门鲜丁男，外乏亲党，至戊申春，复迁周庄。明年闻不孝病疡海上，遂力疾来视，居医院者数月。至稍痊，乃挈以归。然不孝既好游，则恒外出，不时返。今年春，在海上忽得长女绵祥书，言周庄寓庐摧烧尽矣。急归省，果然。方图所以还定安集之计，而孰知先妣竟抑郁而长逝耶？悲夫！悲夫！

闻火发时，先妣不虞其延蔓也，仅为眷口计，急抱一孙女培熊出。未几火大作，救者亦不及，故室以烬焉。先妣自以一生荼苦，拮据绸缪，仅有微蓄，乃横祸飞来，尽归泡影，此其心痛若割，固曷能已哉！曷能已哉！虽诸姻娅百方劝慰，舅氏伴渔复迎居南湖草堂，而先妣意殊忽忽，无以自解，不半月而病，病弥月而剧。不孝闻信遄归，则发苍苍、视茫茫，其状貌陡类七八十老妪，不觉大骇，急多方延医治之。忽云稍瘳，能啜粥矣，能稍寝息矣，不孝因差慰。

会沪上事未毕理，公谊所在，不遑宁居。先妣知之，谓不孝曰："汝欲行，其行可也。且余思得鲜果食之，得欹椅倚之，曷购以来？"不孝见先妣形虽瘁而谈吐尚清，以为当不至遽变也，因于二十七晚别母行。乌虖！孰意此夕之别，竟永永不复闻见吾母之言笑謦欬耶？伤哉！不孝抵沪仅六日，忽舅氏遣人来，言病危矣。不孝悽惶甚，急星夜归，以为当犹及一面也。乌呼！孰意先妣已一瞑不视，衾襚就木耶？凭棺一恸，衔恨何穷。乌虖哀哉！吾今而后，长为无母之人矣。伤哉！伤哉！

窃念先妣生平意气慷爽，见义勇为，而尤竺于伦纪，事亲甚孝，待兄弟子姓，尤有等差，不为翕翕热，亦不肯淡漠视也。其御下在宽严之间。尤好洁清，凡器皿非亲洗涤，弗用也。抚子孙尤恩勤。其于不孝，虽非己出，而衣食教诲，惟恐弗周，煦濡督饬，等诸婴儿，盖三十年如一日也。不孝交游半天下，是非恩怨稍分明，往往负气慷慨，使酒骂坐，曾无所畏惮。独一入家门，略不敢露声响，则母教使之然也。而今已矣，后之失德，将益加多矣，可不悲哉！

先妣生于逊清咸丰元年辛亥五月十三日酉时，殁于今民国四年乙卯七月十四日巳时，（即阴历六月初三日。）享寿六十有五。一棺旅寄，魂魄何依？归葬先茔，情势迫切。仁人君子，倘得哀而锡之铭诔，用播徽音，则世世子孙，感且不朽。

不孝去病泣血谨述。

林亮奇哀词 并序

戊申初春，余自沪入越，道出杭州，值寄尘、小淑追悼璇卿秋氏于湖上，余往莅焉，始识亮奇于宾座。时亮奇才弱冠，温文尔雅，仪态翩翩，固俨乎一王谢佳子弟也。厥后余南行，历闽粤，至冬尽乃还，重与晤沪上，则情谊益厚，并为委禽于小淑，作蹇修焉。明春，余馆吴门，君与小淑先后来视。值余病疡，呻吟至苦。君立与余至沪，入同济医院乞治。扶掖饮食，料量药裹，靡不黾勉，凡教十日，余甚感之。未既余病渐瘳，君亦东渡，不相见者数岁。辛亥光复，君乃挈眷来余吴门寓庐，与谈中国大计，颇相印合。旋即之沪之燕，与暌违者又年馀。及余北游，乃复相叙，看花古寺，赋诗江亭，盖于一时为至乐也。

今年，余在杭州，君亦南归，恒与聚处于西湖之上，其乐视在燕时尤倍蓰。方谓自今以往，可与卜筑湖山，一终舸老，乌虖！孰意暂焉之别，而君遽遭横死耶？

君之死于夜，且为欧洲人汽车所伤，致猝殒辕下。文园有言："祸固多藏于隐微，而发于人之所忽。"岂不然哉！小淑才高遇蹇，闻耗哀号，誓欲身殉。余虽至厚，亦无以慰之。因效楚些之词，以招亮奇之魂，而哀之曰：

> 翳佳人之信修兮，隶玉树之琳琅。交十年而益契兮，俨蕙兰之芬芳。何有才而无命兮，等颜回之早殇。起羌胡于毂下兮，竟破腹而裂肠。知一灵之难昧兮，终眷眷于家

邦。抑被发而为厉兮，击仇雠使自戕。乌虖哀哉！命不可赎兮，其孰奈此之良也？惟孤嫠之用恤兮，庶有以慰夫九京也。乌虖哀哉！言有尽而意无穷兮，将及吾身而难忘。灵在天而昭鉴兮，视兹文其毋伤。

轩亭弔秋侠文

戊申春仲，予在东中，寒雨连夕，积阴成晦，海风大来，啸号如虎。闭门独坐，忧思满怀。既骋望会稽之山，若在冥冥，不一露苍翠；而鉴湖淤塞非故，亦寻求无迹。窃慨方兹日永，而烂漫不发，秋气袭人，岂非天地山川，亦有时而恻怛欤？不然，非常之变，酝酿于下，久而不伸，乃致此耶？因步东市，过古轩亭口。或告予曰："是即鉴湖水女侠绝命处也。"感念往烈，不觉徘徊，未能遽去，乃为词以弔之曰：

繄彼姝之矫矫兮，禀娩婳之奇姿。幼婉娩而淑厢兮，聆母教以多仪。既棲迟于瘴海兮，又容与乎江湘。嗟遇人之不淑兮，空流涕于闺房。乃牵车以北赴兮，望燕云而驰驱。冀所天之一悟兮，当含笑以弄雏。胡乐羊之不我觌兮，空怊怅而掷梭。黄巾倏其纷起兮，又祸患之重罹。嗟国耻之不洗涤兮，乃重睹夫穹庐。奚终古之能忍兮，独东望而踟蹰。卒翩然其长往兮，遂弭节乎阆蓬。每陈词而慷慨兮，追侠概于臧洪。彼纷纷之陨涕兮，宁不有动乎其中？夫越女之好剑兮，勾践以之称伯。彼越缦之流传兮，倘原本乎采葛。惟斯人之倜傥兮，殆熟闻此掌故也。拂干镆而四顾兮，吾固知其所忼也。胡昊天之不弔兮，独降丧于斯邦。既横尸于皖北兮，又集矢于其躬。当石纽之黼坼兮，遽鹃血之流红。嗟断章之为谳兮，徒秋雨而秋风。虽冤禽之不瞑兮，夫固求仁而得仁。尚耿耿其何怨兮，矧窆葬之获邻。左孤山之梅鹤兮，右于岳之高坟。亦英英其鼎峙兮，何苏小之足云？独后死之碌碌兮，窃瞻顾而伤神。中原黯其若晦兮，更济之以妖氛。求仓海而不得兮，徒含耻以帝秦。畤辍耕而叹息兮，终然贻笑于其人。用空山其被发兮，矢巢南之素心。庶腥秽之不我辱兮，而聊慰圣秋氏之灵。

重曰：

须眉替兮，巾帼起兮。孳茸茸兮，独芰薙兮。命之衰兮，祸骇集兮。陨厥躬兮，亦君子兮。我之悼兮，愧无地兮。媵一觞兮，孰能已兮？

冶民文选

蔡寅，字冶民，江苏吴江人。精法学，而言讷讷不能出诸口，盖粹然君子也。今录文二首。

《笠泽词征》序

吾邑川原清丽，地气疏明，人毓具区之灵，家挹枫江之秀。汉晋而下，代有闻人。梁苑蜚声，严夫子之文采；吴江归思，张曹掾之风流。《玉篇》撷《苍雅》之精，斯文宛在；渔具擅东南之美，倡和偏工。夫固芝芝储储，登诸艺苑；麟麟炳炳，蔚为文宗矣。乃乐府翻新，兹事亦盛。玄真开山，流风用鬯；嗣音不虚，作者代起。此求彼应，前喁后於。白石宗风，玉田雅趣。一乡之善，荟而萃焉。

夫题襟捉席，嗟已事之成尘；闻乐拊心，应求声于既往。惟是年代牢落，闻睹差池，冥剔乾萤，读残绛蜡。柳耆卿晓风残月，苏学士玉宇琼楼。鳞爪一现，显晦辄殊。起九京之贤，而会于一室；数百家之珍，以蔚为巨观，不亦戛乎难哉！陈子巢南乃有《笠泽词征》之辑，上自唐宋，下迄今兹，计二百馀家，都二十六卷。莫不奋藻含章，扬华振采；具馨逸之致，穷窈眇之音；各自名家，徽徽称盛。盖亦足追沤尹湖州之辑，凌香东粤西之征矣。

夫灵响遥集，讵仅征文献于陬隅；而雅声远姚，抑以觇升沉之世运。乃者关山鸿洞，宇宙蜩螗；素琴已焚，黄钟并弃。斯文之坠，不绝如缕，先哲云亡，来日大难。陈子独咀含乡味，模范前型；选材于辛柳之林，瓣香于欧黄之室。荒江孑影，犹见大雅之遗；沧海横流，未忘正乐之志。则是编之辑，岂惟古瑟独弹，寒竽失响？其所以存劫馀之先矱，为来哲之引喤者，厥功为匪尠也。若谓身拘魁父之丘，目窘涔蹄之水，在乡言乡，得寸则寸，是殆未知陈子出处大概，而岂足以语有心人之乐操土风、数典述祖也耶！

是为叙。

《变雅楼三十年诗征》序

高子北游归，闭门戢影，幽忧深思，慨然以著述自遣。逾年成《三十年诗征》，以书抵余问序焉。

余惟诗之为道，泛论之则讴歌谣诵，义类广博，浩乎靡所涯涘；精言之则格律绳尺，体裁谨严，划然无可偭越。此三十年中，新旧递嬗，思潮消长，骚人词客，项背相望。顾有当于著作之林者，能有几人哉？高子曰："孔子伤诗亡而作《春秋》，某伤史亡而作《诗征》。"高子之用心，不亦大可哀欤？

溯自玄黄剖判，人物孳乳，忧患之来，胎于文字，诗史之作，夐乎尚已。然上下五千年，纵横廿四史，蚌鹬争衡，鱼龙曼衍，离奇变幻之局，孰有甚于近三十年者？不见夫潮流之搏激乎？其繁如縠，其乱如雾，纷纭郁扰，横流逆折，蜿蜒委蛇，汩乎奔放，而达于沧海之滨。又如探幽陟险，埼岖窎远，巉岩刺天，深壑无地，层累曲折，缥兮缈兮，直摩苍穹之极，而抵乎冥漠之乡。近三十年之幻象，无乃类是。不幸堕此幻象之中，又复局于所处之地位，习非成是，破觚为圆，粉饰回护，幻以生幻，当事者之苦心曲笔，要亦无足深责。而三十年之状况，愈迷离惝怳而莫可究诘。

诗也者，乃本诸无心之倾吐，亦有为而寄托。一人有一人之诗，一时有一时之诗，一境有一境之诗。有真性情之流露，斯有真事实之证明。汇而观之，庶几近是。宋人论诗，谓有可废之人，无可废之诗，犹此意也。高子诗才詄荡，常对酒当歌，咳唾成珠玉，傲然睥睨乎尘壒之外。平生吟稿，无虑盈尺。顾乃美不自炫，而独搜采三十年来人物之一鳞一爪，辑录成书，命曰《诗征》，意固别有所在。虽非沾沾作诗史，与稗官野乘，争抱残守阙之功，然固于风诗舆诵而外，已足别树一帜者矣。

颖若文选

沈昌直，字颖若，江苏吴江人。今录文四首。

书先君子轶事

先君子任侠好义。壮岁馆凌先生莘庐家。有许某者，同时为凌氏司杂务。家贫，录录无材能，年三十馀尚未娶。念独子无以承宗祧，酒酣耳热，尝与先君子言，郁郁不自得。先君子恻然悯之。近乡某氏有女，年长大，未字人。无赖子艳其色，屡挑之，未得。其父素方正，疑其有私，欲置之死地，刀绳毕具。亲戚百方解之不得，乃踵先君子门而请焉，曰："翁素敬先生，事急矣，非先生谁解此厄者？"先君子既慨然许之，因复自念曰："许君不尝与我言乎？一举两得，吾其为许氏宗祧计矣。"即往喻其父，且为许委禽焉。父悟，许诺。讵为无赖子所闻，侦女归许时，率党十数人，强劫之中途。先君子闻讯大怒，顾仓猝无以救之。时有瞿先生云峰者，善拳术，亦主凌先生家，先君子遂往请之。瞿先生驾小舟往，不持寸铁，惟手青钱数十文，追及之某大泽中，乘不意，出所携钱平掷诸无赖，中要害，咸晕踣不能支，即饬许挈妇扬帆而归。闻瞿先生云，所掷钱若斜飞，必深入有所伤，惟平掷则晕之而已，旋无害也。许婚后，无以赡家，先君子教以针灸推拿诸术，俾自食其力。盖先君子素精医理，针灸诸术，亦所熟谙，惟不为耳。许后以艺治人，颇能自赡，卜居青浦之金泽，夫妇偕老，儿女成行，至今犹存也。

寒灯课子图记

呜呼！此吾母课不肖兄弟读书之图也。余家本极清贫，先父绩学不耀，以穷愁死。殁后家徒壁立。先母痛不欲生，觅死者屡。既念两孤在抱，付托无人，为烈妇易，为节妇难，遂捐去死念，而一意抚孤。不肖兄弟之得读书也，主之者先父，而成之者先母。

先是先父病中，念家门之日就零落，惟斯文未丧，尚可延先业于一线，殷殷然以两孤失学为忧。先母遂一秉夫志，节衣缩食，为子入学。每夜分归，一灯人静，母执针黹坐于中，不肖兄弟分列其旁，咿唔声与刀尺声相和，盖十馀年如一日也。先父殁时，兄昌眉年十三，不肖只三龄耳。阅十一年，而兄游庠。又阅四年，而不肖亦入学。先母乃痛哭再拜曰："未亡人得见先夫于地下矣。"盖母于是日之晚即病，时不肖兄弟犹在省，仓皇东归，阅三日而母长逝矣。呜呼痛哉！

夫教子成名，原无限境，如不肖兄弟当日，殊不足道。而吾母遽挟以报先人，何其亟欤？毋亦两儿骨相清寒，得章甫缝掖，终老布衣，已为幸事。其他人世之荣，非所梦想，知予莫若母，老人早见之也审，故不少待耶？呜呼！此殊非先母课子之素意也。母常曰："读书者，非为科名也。敦品力学，先世之清白家风，能因以不坠，足矣。"犹忆弥留时，犹谆谆然以毋辱先人为嘱。然则吾母之一瞑不顾者，固别有所在矣。盖尝思之，当先父长逝之后，门祚衰微，无先母为之茹苦含辛，手持门户而口讲文史，则无恒产者无恒心，不肖等零丁孤苦之状，将益底于何极也？今虽偃蹇穷途，跋胡疐尾，然粗解诗书、稍娴义理，先父之泽，赖以不斩于万一者，谁之功也？可不知所自耶？载展旧图，当日篝灯相对之情况，历历在目，而吾母竟安在哉？此不肖等所以呼天泣血、饮恨无穷者也。

跋《午梦堂集》

叶氏《午梦堂集》，传本极少。余乡陆鸥安老人藏有是书，余尝借得之，以示友人柳亚子，亚子即录副本存之，盖此书之可珍也若是。门人吴生抗云，今仍借自鸥老，发愿付之剞劂。晚近士子好著书，不好刊书，好事如生，诚不可多得。生以书来，索予为跋。予也何足以知此书哉？顾予生长分湖，枌榆文献，梦寐不忘。间尝流连湖干，极目水天，悠然怀古，屈指先老之高蹈于此者几辈，而于天寥道人尤有无限之感焉。盖非特风流文采，照耀一世，所谓“沈氏一门，人人有集；分湖诸叶，叶叶交光”而已也。时值沧桑，身世多故。故宫禾黍，肠断前朝；夜月梨花，魂归倩女。其于国破家亡之际，固有大不堪言者矣。记予前有《分期吊古》诗云：“十里分湖翰墨香，一门儿女尽文章。孤臣禅去沧桑改，何处重寻午梦堂？”此诗也，或足以摅怀旧之蓄念，发思古之幽情。即以题之此集，倘所谓伤心人别有怀抱者耶？质之吴生，未知以为如何？

灵芬馆遗址记

予发未燥时，即耳频伽先生名。谬为乡里后进，不得一拜先生之故庐，观其所谓灵芬馆者而凭吊之，慨然想慕其为人，辄为之怅然不能自已。今年夏，予兄长公始为予言，郭氏旧宅，实在至心桥左，而灵芬馆则在宅后，今已夷为旷地，俗名郭家场者是也。颓垣败壁中，犹存匾额一，字迹剥落，审视之，仿佛“贳雨茅屋”四字，其为先生故居无疑也。予益为之惘然生感。此地实予幼时游戏角逐之处，习焉不察，为可愧也。

按先生本贫士，著书才多，买山钱少。尝属友人画神庐图，其中为亭为阁、为轩为寮者十有四处，然皆托于虚而神游焉，非真有此境也。惟此灵芬馆，实为集宾朋，讲文史，啸歌觞咏之地。春秋佳日，名流俊侣，停车问字、载酒寻盟者，殆无虚日。顾客游半世，既家居之日无多，旋复移家魏塘，旷焉弗居。昔日草玄之地，庭花自落，带草空青，至今而并片瓦无存，遗迹如扫。天之憎文人极矣，不重可叹也夫！

虽然，人世间固无定境焉，有者未必有，而不有者未必不有。画堂甲第，上耸云宵，非昔日之豪家乎？当其盛也，声华煊赫，畴为其匹。乃时移势去，未几而向之所有者，悉已荡为荒烟蔓草矣。而况儒者半亩之宫，环堵之室，如灵芬馆者，尤易毁败也乎？顾既不有矣，则亦已矣；乃一经名人所居，其地遂与之千古。郭氏之遗迹杳然，而“灵芬”二字，则千载而愈芳。有无之说，又岂有定论哉？呜呼！此先生之所以画为神庐也夫？

眉若文选

沈昌眉，字眉若，江苏吴江人。今录文一首。

潘康惠先生传

先生名纬，字季武，一字古怡，号篔坡，吴江之芦墟人。父眉，工诗古文词，有《三国志考证》《小遂初堂诗文稿》等著。晚迁嘉善，与郭麟兄弟为师友。先生其少子也。幼承家学，弱冠举道光乙酉乡试。八上春官未第，大挑二等，选镇洋训导，升溧水教谕，未赴。课徒自给，从游遍六省。晚主魏塘书院，造就尤众。

平生友爱出天性。兄籍嘉善，而先生以父命占本籍，居芦墟，脊令之思，梦寐系之。武塘数十里间，往往扁舟问讯，月必数返，祈寒盛暑，无稍间也。兄卒，遗孤曾葆、曾虔，傫然无所恃。先生悯之，即移与同居，以养以教，一如己子。每自书院教授归，炳烛一室，聚曾葆、曾虔及子鏷、家钫辈，勖以立身行己之方，与夫古今忠臣义士人纲人纪之要，娓娓数百言，曾不知夜漏之将尽也。

无何，海内兵起，游师猝至，先生以事外出，夫人沈氏卧病不能起，诸子谋负之逃，夫人以疾笃坚不肯，叱诸子使行曰："毋与老身同毙也。"诸子环泣曰："弃母而逃，何以为人？母不出，儿死不去。"兄弟四人，遂同及于难。先生闻耗大恸，返视其家，惟茕茕孤嫠，与病妻尚在，乃挟之归芦墟。以老年变惨，身世之感，不能无动于衷，而家亦日落，益郁郁不自聊。同治九年，遂殁于家，年六十有六。门人私谥康惠先生，供栗主于书院而祀之。

先生旁通艺事，工绘画，尤精岐黄，著有《招鹤吟稿》《围棋谱》《知希斋心镜》《温热论》《治病标本论》《却病琐言》等书。妻沈，子二，即鑅、家钫也，皆诸生。孙炳奎，亦诸生。

论曰：先生内行醇备，经师人师，卓然为儒林宗。顾家道式微，子姓寥落，何天之困厄善人，乃若此其甚耶！闻先生殁后，一棺未殡，吾乡凌莘庐泗、丁勃卿家骏，尝谋营葬，以中阻未果。今其门人有为显宦江南者，乃始蒇厥工。呜呼！可谓劳已。

叔度文选

钱祖宪，字叔度，江苏吴江人。今录文二首。

潘节士《观复堂剩稿》序

昔郑所南先生，以大宋遗民，身睹崖山之痛，感愤无聊，著《心史》万馀言，重匮铁函，锢蔽深泉。当是时，先生之意，不过欲留此忠孝文章，系鳌足以奠地维终古耳，初何尝计及于流布人间哉？迨夫胡运告终，中原有主，否泰剥复之机，行将周而置始，于是先生之书，终发露于眢井之中。呜呼！造物者之于忠孝文章，何若是其爱之笃而护之周也！

吾邑潘节士力田，以班马之才，抱夷齐之节，自遭国变，杜门著书，思欲存一代之典章，留遗风于末世，上自国史，下至邑乘，莫不有所纂录。其作述之旨，类皆垂诸事实，以明大义，初不徒如郑氏之作，托篇什以写其黍离、麦秀之感而已也。浔溪难作，鸿文钜制，灰飞烟灭，《国史考异》《松陵文集》诸书，一时抄掠无馀。所以摧折而锢禁之者，其力且十倍于铁函。迄今二百馀年，长离片羽，无有存者。盖至此而几疑造物者之于忠孝文章，爱之有不甚笃，护之有不甚周也。

今岁夏，家兄仲雷，忽得此编于旧家。展览之馀，感慨系之矣。昔孔子有言："王者之迹熄而诗亡，诗亡然后《春秋》作。"然则诗之盛也，其在于王迹将熄未熄之交乎？彼其时贤人君子，睠然于君父人伦之际，凄楚蕴结，不能自已，而寄之于诗，此箕子之所以彷徨于朝歌，灵均之所以兴哀于郢都也。节士之史，《春秋》之旨也，顾已不可见矣。然其诗，类皆怆怀宗国，系心文献，则亦诗史之俦也。

昔郑氏之书，其发露在三四百年之后，其时天地清朗，河山无恙，士大夫之读其诗者，不过发思古之深情，弔既往之陈迹而已。今则沧海横流，风雨如晦，读节士之诗，感慨畴昔，俯仰身世，有不悁然以痛、奋然以兴者乎！

古砚记

吾友心安自北方来，出古砚一方示余。质坚而色润，制作奇古，叩之，其声清越以长。心安云，游燕市得之。盖清季王公贵人之遗也。尝考珠申一代，贪黩之风，敻绝古今。数百年之间，海内珠玉锦绣，南金大贝，奇花怪石，粉白黛绿之选，恒荟萃于京师。其尤黠者，则又附庸风雅，托翰墨以自标其清流，而书画金石珍玩之品，媵之以折入于此者，何可胜数。若此砚者，不知其来自何方、纳于何门，要之乃鬻爵卖官之资，而天下不祥之物也。然王公贵人虽有此砚，而其人大都皆不学无术，浮慕虚名，其视此枯淡寂寞之质，固不能与珠玉锦绣之属争衡。然则此砚之在王公贵人家，实无异处于泥涂溷圊之中而已。

帝政崩颓，市朝变易，一时凭藉权势之徒，灰飞烟灭，至不能保其所有，辗转流传，而入于心安之手。吾知心安之所以处此砚者，虽无有玉椟金缄以荣华其外，然而丹黄不辍，晨夕与共，犹且宠以风雅，寿以文章，遇合之际，可为奇矣。昔苏子瞻跋许敬宗砚，谓敬宗奸邪，砚乃不免为其所污。然以子瞻之文章气节，为此砚荡涤之有馀耳。心安之砚，其旧主人未知视敬宗何如，然以心安之勤于翰墨，日累月积，将骎骎乎升古人之室，则砚之不祥于王公贵人之家者，得心安荡涤之有馀矣。

楚伧文选

叶叶，字楚伧，号小凤，江苏吴江人。喜饮酒。为小说家言，一尊酒，一枝笔，终日不休。人谓楚伧之小说，皆酒话。楚伧笑曰："酒话固绝妙小说也。"貌魁梧，有幽燕气，文则秀丽如吴中软水柔山也。余尝戏语曰："以貌求之，不愧楚伧；以文求之，不愧小凤。”今录文七首。

《青箱集》序

吾母王孺人，伯瀛公长女，生余十一岁而卒，育余于母姨家。母姨暨其家人，恒称余性肖吾母。哀哉！母弃余早，二十年前事，杳不可纪。人称余肖，而余今守正以穷，平易近物，幸不旦暮死，当不致沦为异类，是庸非受诸吾母者乎？余继读《青箱集》，其传伯瀛公，所谓守正以穷、平易近物者，则余所受于母者，渊流可溯已。集凡若干卷，吾表弟青浦王大觉辑其高祖宾竹公、曾祖静波公、祖伯瀛公所著者。

王氏世居乡野，其地非通都名邑、声闻相应者也。诸公服农力田，屏绝轩冕，其人非朝市标榜、援引近誉者也。《青箱集》行歌坐哦，适性以出，其文非酬酢颂祷、为世显著者也。宜可以不传。今竟赖贤子孙以传，传且或不朽，是非正谊所存，虽掩不湮，树德务本，足警薄俗者乎？大觉能述祖德，好文章，称道不遗先则，余因有眷眷焉。夫人贵有文以明理耳，君子行以践文，非文以饰行。诸公敦朴廉正，使人读其文，慨然景企其行。不然，世之能文者众矣，大觉视之为何如哉？大觉早孤，其所成就，先泽为多。余亦自幸略肖吾母，然则《青箱集》之成，非特表彰幽德、规范文字而已焉矣。

东江叶叶。

《民国野史》序

惟士能夺千钧万乘之欲，以继所志。后世论人之规，岂不本诸此乎？余谓革命之役，当始自己庚，其终则吾不敢知。孟子曰“民为贵”，使此义长在，俾多闻博识之彦，雍雍纪一代兴废，岂非吾人大幸哉？志士杀身不顾，以应一时之急。汉萍之役，犹夫桂粤，桂粤亦犹夫武汉焉。苟不建其极，斯志不达，则后之视武汉，焉知不与汉萍、桂粤同哉？

然则《民国野史》，殆亦有憾乎？士君子识仁与义，不得志，不能行其道，慨然入著述之林，宁得已哉！顾世之事，恒不相从焉。试譬诸水，昆仑以下，碣石、龙门之险，或折之，或迴之，然千里奔放，至东海而止矣。贤人君子之爱其国，所百蹶百起以赴难者，庸有异乎？《野史》之辑，今或在龙门、碣石间乎？是在识之者而已。

《龟年清语》序

菊仙少好拳武，京东子弟，交识殆遍。后列戎伍、走两粤，不得志，乃归隶陈国瑞。国瑞癖于酒，饮非菊仙不怡。一代悍将，屈于寄人，菊仙必有奇术縻之已。继归京师，益蜚其誉。宫庭之内，狎事天子，谐谑尽美，有敬新磨、黄幡绰风。世以孙、谭并名，谭犹沈宋应制之作，孙则几于沉香亭畔山东李白矣。

甲寅之春，为余言陈国瑞《满庭芳遗事》，故将当年雄姿矍铄，言外惄然，有龟年江南之感。余慨然曰：“有清声色之侈，逸于前代，国瑞何足道？咸同以后，迄今四朝，珍祕之闻，实导近史。礼失之求，其在子乎？”孙瞿然如觉，曰：“不文之辞，不久不远。倘借藻饰，请自今始。”乃约每夕相过，作《龟年清语》一编。其间孙病暑五六日，余病疖半月许，馀则萤灯蝉笛，未间一夕焉。秦庭之经，诵于伏生；柱下之史，传自李聃。德徽虽遥，意犹在斯。稗野之存，其庶几乎？

小凤序。

《落花梦传奇》引

情海多波，落花有梦。鸩媒成敌，凤侣终凶。一树冬青，碑蚀小青之迹；三关烽火，地铭铜柱之雄。红粉剸雠，天上原成眷属；青衫渍泪，人间未没芳踪。则有浣花女子，翡玉为神；磨砖郎君，琼蕤作骨。托宋玉于西家，坐羲之于东壁。誓言世世，灵鸾采凤之俦；私祝生生，并蒂合欢之叶。固已报李成章、包齧有吉已。尔乃煮豆燃萁，陈思膺其恶德；铤野走险，李渊起自嫌疑。赤帜竞登，苍头突起。危城夜半，羽檄星驰。边圻云垂，将军鼓死。郎原徇义，邂逅灭亲；侬自多愁，崎岖入梦。遂令良夜锄奸，祭秦庭之剑；乱妆去国，绝太真之裾。风雨四山，泣孤鸾于万里；云天一角，识鸣凤于穷途。燕子三春，似曾相识；鸳鸯卅六，盟未尝渝。何期荒草残碑，孤坟三尺；新恩旧怨，惟予一人。昔谐鹣鲽，今比枭獍。天辟艳情之局，谁为圆缺之神？于是惨殉恩仇，同归忉利。托遗事于残碑，结双魂于连理。鹤归千载，感抔土之松楸；鹃老三春，馀野人之箪食已。

《中萃宫传奇》序

春殿千官，香浮仙仗；玉阶秋月，歌咽琼台。一代盛衰，千秋金鉴哉！清室艳史，陈隋比踪。月窟仙人，镂香作縻屧；春堤宫女，缠綵为丝。彼何人斯，粤乎尚已。今圆明草衰，颐和花落；佛香如梦，玉泉不波。独听江南龟年，泣诉故宫旧事。悲哉！

老伶工孙菊仙谓小凤曰："繄惟珍妃，六宫之秀：姱容葩发，修淑人范。文节娴达，词旨婉娈。既移长门，乃亲玄觉。思君未忘，时撷芬于衡若；与花同命，恒寄慨乎芙蓉。”又曰：“中萃宫深，翠华恩在。葵忱恋主，如闻宛转之歌；锦牒通辞，略比断肠之句。洎夫胭脂井畔，魂断一朝；纸陌坟头，碑埋三尺。玉钩隋苑，无此悲凉；梨树马嵬，损其幽恨已。”又曰：“妃子玄衣缟裳，宝箓天锡。白云观外，云旌乍驻；玉京宫前，响屧时过。今则岁时寒食，谁簟（箪）酒于新坟？禾黍西郊，飞纸灰于旧梦耳。”

小凤曰：吁！昔帝女花残，词传逸韵；长生盟拆，文擅奇华。不有艳踪，畴成令作哉！

三年冬，小凤序。

说诗上

诗之作古已。击壤之颂，于古已著；濩夏继作，光国有章。然六诗之义，旨未修焉。（《周礼·春官·大师》：“教六诗：曰风，曰赋，曰比，曰兴，曰雅，曰颂。”）用体既殊，（风、雅、颂为体，兴、赋、比为用。）制裁斯别。《关雎》《鹿鸣》，兴体所著；然《鸱鸮》《鹳鸣》《东门》《伐木》诸章，毛、郑之义，不可不知焉。古者行人，必习于诗。孔子曰：“不学诗，无以言。”赵孟《常棣》之答，（《左传》昭公二年）季武《甘棠》之咏，（昭公二年）折冲尊俎，喻志睦邻，诗为尚已。

洎乎周季，孙卿、屈原，离谗忧国，作赋以风。（《前汉·艺文志》）隐怀悲恻，上绍三百篇之绪。然炎汉而后，赋颂先鸣，比体云构，（《文心雕龙》）诗系所缵，因时别矣。姬周以上，宗于四言。后有作者，居文辞之要，谓四言文约意广，取效风骚，便可多得。又苦文烦意少，（钟嵘《诗品》序）故三用之义，世或未违；择辞之习，因时渐异，而五言兴焉。夏歌曰：“郁陶乎予心。”《楚辞》曰：“名余曰正则。”

直为滥觞。李都尉（李陵）以下，建安（陈思、公幹、仲宣诸子）、太康（陆机、潘岳诸子）、元嘉（谢朓、颜廷年诸子）诸子，实树其风。云间抒其芬芳，庾鲍蜚其新俊。不特东南之美，亦且国家之秀。五言冠冕，于斯为盛。

辞旨渐移，南北复异。江左发越，河朔贞明，（《隋书·文学传》）翩翩词流，遂多得失。然掇彼清音，芟其芜秽，洵乎斌斌尽美之作。而江（淹）、沈（约）、任（昉）、温（子昇），风翥鸾翔，亦一世之俊也。陈、隋之主，习为靡丽，淫词荒政，君子少之。一时逸响，有空梁薛隶，庭草王郎，遇虽不淑，要亦未足与世主处耳。

李唐一代，词藻郁郁，精深宏博，各尽其术。（《新唐书·艺文志》）虞监扬其清响，沈（佺期）宋（之问）摛其芳华，岑（参）高（适）嗣韵于宸陛，李（白）杜（甫）树则于谪居。英英岳岳，蔚然可范。然之问曲阿昌宗，少陵倨见严武，狂易之渐，识者于是有忧矣。比近论诗，不恕中、晚，而南山一什，炳灵百叶，非元、白狷俗可掩。自唐以后，体制一变。论者言杜、韩以下，风骚渐远。后有作者，非其比矣。

说诗下

有唐既熄，海内扰攘。五代十国，朝夕相替。士夫视朝廷如传舍，无气节之可言，而诗道亦衰矣。即有作者，亦患靡曼。潘佑、李昊，唐蜀之彦，然其人不足称焉。李煜、王衍，才藻焕发，皇帝误人，斯近媟冶。香阶划袜，愁水东流，诗道拙而词语盛，靡然亡国之音也。

虽然，诗文之所以变，亦有不得已者。（顾亭林语）炎宋既兴，大而朝廷，微而草野，所作赋咏，动成卷帙。（《宋史

·文苑传》）庆历、元祐，群俊淑发，西昆缛丽之风，于焉渐息。欧、苏扬其清徽，梅、石驰其逸响。炎宋一代，炳然有文已。继以起者，贺铸之似宣城，鲁直之模少陵，江西一脉，遂孕其胎。今世学者，宗尚綦盛。是亦尚论诗文者所当知也。

靖康以后，华采渐汩，翳（繄）惟范（成大）陆（游）东南之秀，然思力艰涩，实启元词，君子于此，不能不叹去古之渐远矣。至于文山正气，则忠义之元，要未可与词林比论者。

辽、金创建北胡，人文惟杀，虽有王鼎、庭筠，又何足称？蒙古入帝，缵继宋绪，所谓通经能文、当世彬彬者，（元史·儒学列传》序）稽首异族，曲媚国仇，姚（枢）、许（衡）、金（履祥）、吴（澄），君子羞称焉。

洪武一叶，初摈强胡。以诗鸣者，有刘基、袁凯，然气体萎疲，以嫡盛唐，弥多惭色。至于永、宣以后，二李竞作，（东阳、梦阳）上绍汉唐；而王世贞、归震川之徒，各立门户，以为低昂。至启、祯之际，东林诸彦，郁然华发，矩矱汉唐，以召学者。明覆其社，声光彪炳，轶于前古。用知诗之得失，密尔风化，不仅扬葩发藻已矣。

清室初创，山水遗彦，抗居不屈，乃设为鸿辞，以诱士类。声闻相引，间有硕彦，牧斋、梅村，幽然去国之思，世论比于庾信；而船山、午梦诸公，雄姿英发，不忘恢复，非初清所得而有。然则虽谓清初无文，又何不可乎？同光体兴，好为奇僻。今世作者，类宗于此，而华采繁缛者，亦翔步中晚唐间。虽不足称，以视稗贩东西、驳不成章者，亦差善已。

嗟乎！余考历代诗道之兴废，而有所感矣。后生小子，不能并辔屈宋，联镳鲍庾，而生于群籍充栋、毕生莫穷之世，固将何所择哉？亭林曰：“近代文章之病，全在摹仿。”然则吾将尽弃古人以自树耶？语曰：“道可致而不可求。”诗亦有道焉，在人自致之耳。苟得其道，莫或不彰，又矩矱进退何为？

大觉文选

王德锺，字大觉，江苏吴江人。今录文三首。

《扬风雅唱》自序

自古忠义死节之士，其遗物流传，莫不令人珍护若希世之宝者，何哉？非重其物，重其人也；非重其人，重其死也。

吾家旧藏周忠介（顺昌）遗扇，系明万历朝叶文忠（向高）、陈眉公（继儒）偕公访赵凡夫（宧光）于寒山，下榻长白庵，文忠赋诗纪事，因以赠公，眉公亦画梅其上，诚为一时名笔。公既殉国，兹扇益重。其后公曾孙上玉公一传无后，吾六世祖思堂公，其婿也，由是扇归吾家。吾高祖宾竹公复系以长歌，遍征题咏。忠贞手泽，历久弥光，洵乎其物以人重欤？

百馀年来，沧桑屡阅，而是扇竟不复可知，惟幼时闻父老谈忠介事，辄为神往。及读宾竹公题诗，乃益为之潸潸泪下也。惜乎！当时题咏，大半零落。余力为搜求，仅得十馀首，用为录成一帙，署曰《扬风雅唱》。友人之过斋头者读之，莫不欣然喜、悚然动，凄然而掩卷堕泪也。

顾忠介之死，去今已三百年，星移物换，陈迹多非。当日所谓魏阉生祠，赫然遍天下者，迄今马迹之下，牛蹄之中，亦尚有存焉者乎？而举其姓氏，妇孺犹将唾之。独忠介诸公，虽以忠见戮，而怀清履洁，慷慨捐躯，即此遗迹留传，乃令人珍若拱璧，咏叹流连，则其重轻为何如哉？古人云：死生亦大矣，有重于泰山者。其忠介诸公之谓乎？

是故是帙之重，重遗扇也，重忠介也，重忠介之死也。而吾录是帙，亦将为士君子砥砺名教也。他日寒山风雪，策蹇过凡夫之故居，重访当年诸公下榻处，乃挟此帙高歌于梅花香里，一龛寒火，满地清霜，其亦有忠魂缥缈，缭绕于吾梦寐也耶？

甲寅岁杪，王德锺大觉自叙于幻花轩。

重刊《松壑间合刻》序

顾君造英、志周昆季，将重刊其先世遗著《松壑间合刻诗集》，以全集示余，属为之序。集分《课暇吟》《织馀草》，盖葵庭先生与其德配菱洲胡夫人闺中倡和之作也。冲淡清和，不事雕斵。原序所云“温柔敦厚，自见性情”者，可为知言。读既竟，乃慨然作而言曰：

闺中倡和之作，何代蔑有？而传之不朽者，屈指可数焉。其故曷可不深长思哉？顾氏为干山望族，方明之季，以节义著于时，清白传家，永诏来叶。先生专心朴学，不求闻达；夫人能迎其所志，偕隐蓬庐。曼吟缓歌，此倡彼酬，穷居养素，以终其身。夫天爵自尊，君子之所贵也；成夫之志，妇人之所难也。若先生夫妇，固人可传，事可传，诗亦可传矣。

尝考青浦诗传，云间以闺中风雅名者，首推管、赵，而仕元忘本，君子于焉有微词。是集贞粹，更畴能病者，行见风行海内，寿之百世。干山灵气，岂独颉颃莲花庄而已哉！是集刊于前清道光初年。百年来传本既鲜，板片零落。造英昆季，用谋重刊。昌黎有言：“莫为之后，虽美勿传。”清门子姓，二君庶几无愧焉，亦以见君子之泽不斩也。

嗟乎！世不古若，文以饰行，犹欲以覆瓿之物，规没世之名，观乎斯集，其重有思乎？此则作序者之微旨也夫！此则作序者之微旨也夫！

与柳亚子书

亚子先生足下：《南社》十一集及蜕翁遗著并到，不误。当兹中原板荡，世疵文雅，尚能以阐幽发潜自任，所谓窜逐流离，不忘死友，足下有焉。倾倒向慕，为何如哉！元龙已逝，百尺楼空；相如在蜀，怅不同时。尘封蕃榻，此生无缘，子桓握泪，痛何可言！

前读汪子《蜕翁事略》，已粗识其为人，奔走呼号，力谋光复，弃官倾产，子亡孙殇；功成赐禄，不及介推，顑颔终身，侘傺以死。独是当日索头髡首之家奴，今亦居然狐腋雉头，钟鸣鼎食，连骑结驷，炫熿于道。我不知蜕翁此时，月照寒枫，霜封宿草，夜台寂寂，正作何光景也？幸中郎残字，有女尚存；安石碎金，友人能拾。只此茂陵遗稿，慰彼地下修文，宪章事业，如是而已。世何扰扰，天何梦梦，成名者大抵竖子，失志者转是英雄。时耶命耶？夫复何言！

一夫九首，逐人駓駓。鸡鹜舞翔，凤凰在笯。豺虺当道，煮鹤焚琴。吾社英才，咸作池鱼。年来古人，开卷渐多。空床月冷，客座苔生。白云埋骨，不闻鬼唱秋坟；玉雪全身，犹听乌啼春树。子敬已死，孰调床琴？景阳有灵，犹惜囊锦。又何忍使故纸漫漶，遗墨飘零，琼瑰尽化于泣馀，彩笔不传于梦里？方以嵇生之故，兴悲于酒垆；岂负子云之书，使覆诸酱瓿？每从竹素，还接兰言，豹死皮留，人亡诗传，此其用心，曷胜感佩！诸亡友虽在九原，亦当瞑目。然而怨往昔之所冀，悼来者之慭慭。后死无能，力绵心石，欲除恶莸，刖足刺手，徒使长眠人青草春悲，白杨秋怨，地久天长，无已时耳。

蜕翁遗著，卷首附小影及手迹数页，此例颇佳。但鄙意以为其一身事略，亦宜刊入，使后之览者，如读白傅文章，见辞回心，以成其“我所思兮，岂惟并世”之志。即刊他亡友遗稿，亦可均依此例。窃不自揣，敢商之足下，以为何如？

嗟嗟！作忠造怨，毋谓过言；非俊疑杰，信为庸态。矰弋在上，罻罗在下，张辟娱君，侧身无所；荼荠异亩，兰茝幽芳，张俭深藏，乃得不死。足下息影梨邨，藉枕图史，嚼茹典坟；泳遗编以逍遥，循虚檐以周玩。晤言一室，遗去百虑，胸无渣滓，一片空明。当此迴风摇蕙之时，吾侪既不甘作灵猿使者，应在白云坞中，为无事老耳。

痛矣哉！南山种豆，落而为萁；东海成桑，惟堪掷米。大化之运，岁月易逝；志士之羞，草木同腐。那堪归向青山，一任蹉跎白屋？苍茫北路，寥落吾徒。天乎人耶？为之奈何！别有深情，寄之歌场。酒洒香浓，第厥声容；风迴雪舞，品其标格。如分花谱，天彭固冠群芳；譬志泉经，康谷奚殊上品？春航、子美，刻以苕华，披沙拣金，有目同好。世多不谅，腾谤无端。殊不知美人香草，岂真文士之寓言；醇酒妇人，大抵英雄之末路。盖雄心欲耗，聊慷慨乎丝奋肉飞；而壮志难灰，或嘎啃乎酒阑灯灺。玉唾壶击碎春灯，汗流浃背；铁绰板歌残夜月，泣下沾襟。志士穷途，几点血泪，无处可挥，不得已而寓之舞衫歌扇间耳。伧父无知，斥鷃笑鹏。悠悠之口，请毋抑郁。

仆伏处荒江，畦陇栽花。花发以花易酒，对花狂饮。欢伯能侵，愁魔自退。信是解忧之药，可比蠲忿之花。糟丘筑就，聊断送夫华年；麹枕携来，尽逍遥夫大块。以酒国醉乡，作避世桃源。嗟乎！孰使斫地王郎，以荷锸终身耶？自分为冻蛰枯卉，无复有飞荣之望，其况可知。附上拙作数纸，聊供笑柄。早秋天气，寒温不一，诸维自珍。

社小弟王德锺拜启。

悼秋文选

顾无咎，字悼秋，江苏吴江人。今录文一首。

吟秋阁遗诗序

吴门有女士曰徐爱鸿，吾邑沈彤甫先生之弟子也。工诗。年十七，未字殁。昙花一现，遽返瑶他，迄今已三十馀年矣。顾女士虽殁，而自有不殁者在，则其所著之吟秋阁诗是也。余读之，觉神韵潇洒，飘飘欲仙，如披清风而抱明月。虽落落短篇，绝少巨制，然吉光片羽，罕而弥珍。况原本风骚，激发性情，语甚隽永，不同凡响。使天假之年，其所造就，岂止此哉！

余因之有感焉。昔吾邑叶小鸾、严绿华二女士，均负才而早世，与爱鸿酷似。噫！芳兰缜玉，造物者何摧之遽耶？然《疏香》《露香》二集，则虽百劫沧桑，犹昭然在人世。

余尝往来垂虹钓雪间，辄携二集相随。风潇雨晦，发箧吟哦，往往泣寒蛩而飘坠叶。斯时余复披襟下酒，酒酣耳热，每一展卷，又未尝不临风扼腕而长叹也。

余又尝考吾邑任心斋先生兆麟之室，张清溪夫人允滋者，负诗名，隐居林屋山中，与同郡张紫蘩芬、陆素窗瑛、李婉兮嫦、席兰枝蕙文、朱翠娟宗淑、江碧岑珠、沈蕙孙纕、尤寄湘澹仙、沈皎如持玉辈，结清溪吟社，号吴中十子，媲美西泠。嗣又选定诸作，刊《吴中女士诗钞》，为艺林所传诵。今吟秋阁诗足以上继《疏香》《露香》及吴中十子诸集者也，故女士虽殁，而自有不殁者在。天之夭其人于当世，正寿其人于无穷耳。

嗟夫！輓近俗世，沧海横流，斯文沦丧，才如爱鸿者，求诸黉序间，且鲜不易得，况闺秀云乎哉？余读斯编，又不禁悁悁然悲矣。读既竟，爰序之如此，以俟采风者有所考焉。

莘子文选

凌景坚，字莘子，江苏吴江人。今录文二首。

《近代闺秀诗话》序

嗟嗟！古诗多发愤之作，长歌亦当哭之言。况属闺帏，尤工哀怨。蛾眉失宠，诉幽恨于齐纨；蝉鬓生离，寓牢愁于秦锦。胡沙浩莽，琵琶多激楚之音；河水瀰漫，箜篌振繁哀之响。文君懊恼于白头，虞姬徘徊于气尽。乌孙远嫁，乃有琴歌；蔡琰思儿，还成笳拍。此皆遭逢不偶，身世非辰，天无放愁之区，地乏埋忧之所，不得已吐情油素、洒泪霜毫，本无意于为文，乃因声而成律。流芬一世，擅美千秋，有由来矣。

壬子五月，景坚去海上，闭门戢影，慨然以著述自遣。而丁子雪庵，以所辑《近代闺秀诗话》见示，并索一言为之序。余维雪庵雅负闲情，常多胜韵，其辑是编也，并蓄兼收，网罗四逮，抱残守缺，愿力独宏。余力促其付梓，俾近代闺秀之零章断句，怨语悲歌，不致漂摇散佚，成广陵之逸响，则雪庵之功非浅鲜矣。况今日之号称诗人者，大都出处不臧，靦颜虏廷。及夫沧桑更迭，失所凭依，往往赞颂旃裘，诋諆民国。实华夏之罪人，亦炎黄之逆子。其尤无耻者，谄媚当涂，揄扬权要，视共和之公仆，如专制之帝皇。大义不明，根本先拨。何况风骨猥鄙，吐属淫哇，虽有文采，宁堪称述耶?

唯闺袆之彦，灵秀实宗，且能洁身自好，翛然尘埃之外，弗为世网所撄，诗境焉得而不清，诗格焉得而不高哉?雪庵有鉴于此，枯槁寂寞，埮伏荒江，露纂雪钞，辑成钜帙。其苦心孤诣，曷可多觏?倘亦致慨于人心风俗之日偷，欲以巾帼矫须眉而示之模范，非徒屑屑于文字之末也。雪庵于是敻乎其不可及矣。

壬子十月，莘子凌景坚序。

分湖晚棹图记

余家莘溪，距分湖十里而遥。分湖南属魏塘，北隶松陵，烟波浩淼，实甲东南。濒湖而居者，代有名公钜卿、恢奇磊落之士。元陆辅之文采风流，寄情声伎，《碧梧苍石》一图，千载传为佳话。明叶天寥遭逢多故，肥遁菰芦，筑午梦堂于湖畔，与夫人沈宛君，女昭齐、蕙绸、琼章，以唱酬为乐。韵事流传，有馀慕焉。有清三百年，文人辈出，以郭频伽为江东独秀，顾移家魏塘，一去不返。遂令鸥鹭寡颜，风骚绝响。而后生小子，又不能乘时继起，与斯湖共垂不朽。以视当年坛坫之盛，不可同日语矣。岂非分湖之大不幸欤？

余生长水乡，枌榆文献，未敢秦越视之。犹忆儿时，侍先君至胜溪柳氏，作客经年，嬉游竟日。尝登楼眺望，见云水微茫，恍在几席之上，每流连不忍去。及稍长，负笈东江，斯乐遂废。而先君弃养，倏逾十稔；胜溪诸父辈，凋谢殆尽。偶尔经行故地，辄有羊昙华屋之恸。欲探儿时巷陌，不可复得。其感慨为何如！是则余与斯湖，尤别有因缘，非浅人所能识矣。

乙卯冬初，蛰居无俚，意若有失。忽发幽想，思拾坠欢，乃邀朋载酒，一棹游焉。时值薄暮，斜阳如画，芦获萧萧。横卧船头，仰天长啸，颇有左太冲振衣濯足之概。过午梦遗址，弔灵芬故宅，前贤不见，风雅销沉，辄低徊欲绝。无何，暝烟渐合，暮霭催归，画桨翻波，丸月堕水。迨返里门，已三鼓许，乃赋诗数章以纪之。然所欲言者，十不得六七也，惆怅久之。会同学张君许绘画图，用留纪念。图成，命曰《分湖晚掉》，以补余所欲言而未尽者。一展览间，觉天然风景，尽在目前；湖山佳丽，贵得其真。其信然欤？

嗟乎！士君子身世不辰，沧桑更迭，荒江老屋，甘自缓伏。不得已而聊托丹青，以娱晨夕。项忆云有言："不为无益之事，何以遣有涯之生？"倘所谓"伤心人别有怀抱"耶，抑亦可哀也已。余友柳亚子有图，为《分湖旧隐》；叶楚伧有图，为《分堤弔梦》；余不敏，将以斯图附二君之后，征同好者题咏焉。

是为记。丙辰十月，莘溪凌景坚。

剑芒文选

朱慕家，字剑芒，江苏吴江人。今录文一首。

酒社诗录序

乙卯中秋，亚子、悼秋辈结酒社于吾里之金镜湖头，一时胜流毕集，豪咏遂多。越数日，悼秋录成一卷，邮以示余。余读未竟，神为之往。反覆细咀，又不禁泪为之涓涓下也。噫！狐鼠横行，神州板荡，穷途潦倒，狂士谁怜？舍此百斝黄醅，畴能浇尽胸头块垒哉！今亚子辈高谈痛饮，犹不足；更酒酣泼墨，一发之于诗歌。其胸头块垒，当能消除净尽矣。独余则寄迹穷乡，依人作嫁，问天不语，斫地无灵。于此星疏月黑、虫声逼耳之际，其何以堪耶？此余所以诵未已，而百端交集也。

回溯中秋前，亚子、悼秋屡以书来，招归故里。旋为事羁，不获践约，遂将此三昼夜最难得之热闹场，轻轻抛却，而独消受此凄切冷清之萧条客况。然则彼苍苍者，其知余工愁多怨，而必使余日处于茫茫恨海中，以困其境而促其死耶？若是，则余不可不读亚子辈诗，尤不可不为之多洒几行伤心泪也。亚子辈既能以诗赚余之泪，余乌能不含泪以序亚子辈诗？

八月廿二日，剑芒序。

文选卷九

亚子文选

柳弃疾，字安如，号亚子，江苏吴江人。敦气节，重然诺。倡南社于东南，一时人士无不知有亚子者。余识亚子，在庚戌之冬。越一年，辛亥革命军起，清运告终，南社同人皆聚于上海，诗酒之会，亚子常为盟主焉。今录文二十二首。

潘节士力田先生遗诗序

余自束发受书，即有志里中文献，尤喜考求宋明末造忠臣义士、佚民遗老之书。盖当宁宙膻腥，华夷混合，而能艰贞蒙难，舍命不渝，其孤忠亮节，有非人人所能几及者，非徒以文字为枌榆重也。稍长从陈子巢南游，搜讨益力。巢南既辑吴长兴伯及赤溟节士遗集，刊行于世，而余亦获长兴《客问》十三篇，结习所关，辄诧为奇遇矣。然当是时，义旗屡仆，胡焰犹张，名士新亭，自悲身世。一读其书，每为低徊往复，至于泣下沾襟，不能自已。此中耿耿，诚有未易为流俗人道者。

及去秋武昌发难，沪上亦义军特起，余为寓公斯土，方闭户吟虞山《秋兴》诸诗，以代铙吹。而钱子叔度从故乡来，出潘节士力田先生遗诗二册见示，云其尊兄仲雷，新得诸故家者。余受而读之，未尽数章，辄拍案叫绝，有以信天心人事之冥合而无间也。越岁冬仲，仲雷昆季将以书付梓人，征余一言。余维珠申一代，文字之祸，烈于焚坑，陨身赤族，所在都有。力田节士既株连庄史之狱，磔死武林，遗书零落，悬禁綦严，三百年来，几与眢井铁函，同归泯灭矣。乃曾几何时，而日月重光，河山还我。单于失位，王庭丘墟，炙手之威，而今安在？

独节士之诗，俨然发越于秦灰鲁壁之馀，残编断简，光焰犹新。呜呼！不重可念欤？余既感仲雷昆季慕义之诚，而复闻烈士所著《今乐府》一书，方为巢南所获，深冀其急起而刊布之，则吾乡文献为不朽矣。至于节士生平，荦荦大端，无不与赤溟同科。一代文章，千秋仁义，史家合传，当以亭林之诗为定论，不复赘云。

胡寄尘诗序

曩见畏庐老人序林先生述庵诗曰："近十年来，唐诗祧矣。一二钜子，尚倡为苏黄之派，又降则力摹临川，又降则非后山、简斋，众咸勿齿。忆壬寅都下与某公论诗，竟严斥少陵为颓唐，余至噤不能声。知北地信阳，在今更刍狗耳。"呜呼，何其言之痛也！

虽然，今日诗道之弊，其本原尚不在此。论者亦知倡宋诗以为名高，果作俑于谁氏乎？盖自一二罢官废吏，身见放逐，利禄之怀，耿耿勿忘，既不得逞，则涂饰章句，附庸风雅，造为艰深，以文浅陋。彼其声气权势，犹足奔走一世之士。士之夸毗无识者，辄从而和之。众呴漂山，群盲诧日。后生小子，目不见先正之典型，耳不闻大雅之绪论，氓之蚩蚩，惟扪盘逐臭者是听，而黄茅白苇之诗派，遂遍天下矣。

夫天水一朝，最重名节。王荆公得君行政，有志三代，徒以新法奉行不善，见垢于世。苏黄之伦，遽攻之如仇敌，沦谪天涯，九死靡悔。韩平原抗疏北伐，齐襄复九世，鲁庄败乾时，《春秋》所曲予，时人恶其专政，未之许也。放翁一记南园，遂贻口实。宋人清议之严如此。而今之称诗坛渠率者，日暮途穷，东山再出，曲学阿世，迎合时宰，不惜为盗臣民贼之功狗。不知于宋贤位置中，当居何等也？其尤无耻者，妄窃汝南月旦之评，撰为诗话，己不能文，则假手捉刀，大书深刻，以欺当世。就而视之，外吏则道府，京秩则部曹，多材多艺，炳炳麟麟，而韦布之士，独阒然无闻焉。呜呼！此与职官表、缙绅录何异，而诗话云乎哉？

昔吕崇德有言："今日之文字，坏不在文字，其坏在人心风俗。"夫人心风俗之既坏，即工诗何益？而况其背谬嚣妄，如畏庐所言者耶！余与同人倡南社，思振唐音，以斥伧楚。而尤重布衣之诗，以为不事王侯，高尚其志，非肉食者所敢望。海内贤达，不非吾说，相与激清扬浊，赏奇析疑，其事颇乐。而皖中胡子朴庵、寄尘昆季，咸翩然来游焉。朴庵精训诂之学，薄词章为小技，粹然儒者。寄尘则少年英俊，方有志于经世之务，出其馀绪，作为小诗，清新俊逸，朗朗可诵。视世之涂棘以为工者，夐乎异矣。间尝裒其所著为一卷，问序于余。余于斯事，盖有志而未逮者也，乌足以辱寄尘？顾谊弗能却，爰述畏庐之言，为寄尘告，俾明厥趋向，毋入于歧途。而于崇德所谓"今日之文字，坏不在文字，其坏在人心风俗"者，尤愿寄尘三致意云。

辛亥七月，同社柳弃疾序。

《松陵文集》叙

《松陵文集》之名，何自昉乎？曰：昉于潘节士力田。盖节士负良史才，遭遇国亡，隐居烂水之上。既与吴赤溟修《明史记》，成一代实录，矫尾厉角，自命马班；复感激于乡邦掌故，爰有《松陵文献》之辑。文集以征文，而献集以庀史，如鸟之有两翼、车之有两轮也。焚坑祸作，文武道尽，株连苕上之狱，化碧弼教之坊，平生著述，尽付咸阳一炬。献集慬而获存，刊布未几，复罹禁网，至于今未显，而文集更不可问矣。

自是而后，则有朱氏《文征》、顾氏《文起》、周氏《文粹》，并流传未广。及凌氏《文录》出，诸家乃悉废。然夷考其书，断代为编，仅限当世，自明而上，弃置弗陈，先河后海，于义未协。又一时议论，墨守桐城，去取之间，复多失当，亦虑非节士之所安也。

陈子巢南，生三百年后，志节士之志，思补撰文集，以配献集。孤根崛起，家鲜藏书，则假诸友人。每手自钞缮，穷年竟月，屹屹弗休。又赋性善游，不恒厥居，海陆千里以外，辄挟书与俱。所至搜奇访异，自名山所藏，黉序所储，以及荒江老屋，冷摊破肆。偶有弋获，丛残荟萃，存拾一于千百，未尝不惊喜过望，驰书相告语也。如是者十年，乃出其写定之本刊行于世。上起炎汉，下逮今兹，凡为卷□十有□。呜呼！可谓用力勤而成功溥矣。

抑弃疾因之有感焉。溯我邑文学之传，必始庄夫子。自汉及明，代有哲人，用光里乘，而莫盛于胜国之季者，以复社为之倡也。继复社而起，则有惊隐慎交，意趣虽殊；宏奖风流，要皆无愧。百年而生郭十三，沉博绝丽，不名一家，庶几计顾、潘、吴之流风馀韵焉。自三张之徒，薄文人而高谈心性；陈、沈继之，步趋方、姚，号召之途既隘，狂民桀士，望望去诸，而成材亦远逊塞昔矣。同、光以来，文献之绪，不绝如线。读我家韬翁所撰凌敏之、密之传，所由悁悁然悲也。先老凋谢，后生不才，居今日而视韬翁之世，其感慨抑又何如？岂山川灵秀所钟，已发泄无遗；强阳馀闰，不复能媲隆鸿朗欤？抑剥极必复，后起少年，固未可轻置欤？

今陈子此书出，发潜德之幽光，明文章之信美，用以表章前哲，昭示来许，杞宋有征，于是乎在。而承学之士，有所观感，亦将专精壹志，发愤兴起，无使枌榆鸿业，自我而坠地。分湖之畔，笠泽之滨，垂虹钓雪之间，其犹有人乎！云蒸霞蔚，烛霄汉而射牛斗，弃疾且拭目以俟之矣。斯亦节士与陈子之功也。

辛亥二月，邑子柳弃疾叙。

余十眉《寄心琐语》序

昔贤竞称五伦。自共和肇建，君臣之桎梏，已摧陷而廓清之；虽有神奸巨憝，盗窃名义，终不为当世所容，则伦且降而为四。彼父子兄弟，关于天性者靡论矣。若朋友、夫妇之间，盖有难言者。

夫朋友以义合，义乖则交绝；夫妇以爱合，爱疏而耦怨。苟非至情至性，轨能恒久不易？而况乎死生契阔之后，梦感巨卿，神伤荀倩哉！吾今乃得之魏塘余十眉。

十眉与余论交数载，稔其笃于朋友之谊，顾犹未知其门内事也。去冬遭淑娟胡夫人之丧，十眉哭之恸，逾时而哀感弥甚。既集龚自珍句，成悼亡二十绝，遍征海内人士，为传志哀挽之作，冀垂诸不朽；复撰《寄心琐语》一卷，状其生平，索序于余。余读而悲之。

按夫人与十眉少同里闬，及壮缔姻，未嫁而十眉适遘危疾，夫人忧之，至于僵卧不食者累日，盖已生死誓之矣。既归十眉，恂恂燕好，十馀年无间言。性耽书史，能为诗歌。闺房之间，更唱迭和，文采斐然。尤嗜雅游，尝偕十眉泛舟南湖，登烟雨楼，朗吟竹垞《棹歌》。鬟影波光，逸情云上，见者惊为神仙中人，不数金瘦吟虎山故事也。每语十眉，他日结茅偕隐，当在西子湖滨，鹿车鸿庑，徜徉终老足矣。斯盖仲姬卿子之流，澹志清才，旷世一遇。乃所愿未偿，盛年夭逝，岂不惜哉！

夫以夫人之贤，固宜十眉之恋恋。然非十眉之呕心和泪，成此一编，又孰能为夫人发潜德之幽光者？斯则十眉之竺于用爱，所由为不可及也。抑自世衰俗漓，夫妇道苦，《绿衣》黄裳之咏，《谷风》阴雨之章，文君致慨于白头，苏蕙腐心于锦字，滔滔者天下皆是，又安得使世之为人夫者，人人善葆其爱，以十眉为楷范哉！昔孙子荆悼亡有作，王武子谓读之使人增伉俪之重，吾于丁眉此编亦云。

《庞檗子遗集》序

虞山庞檗子之殁，梁溪王莼农为刊其遗集，杀青有日，征序及余。余维檗子之诗，上窥王、孟；其词，则姜、张之遗也。身后定文，得朱彊村、萧蜕公两君，为君山子建；而莼农晨钞暝写，用力尤勤。迹其持论，谓宁少而精，毋多而滥；宁致叹于遗珠，毋贻讥于乱玉。使湘中一草，远过西堂，方不负吾辈后死之责。旨哉斯言！九原有作，庶几无恫矣。翳余梼昧，奚待赘辞？抑余与檗子，湖海论交，且近十载，平生故旧盛衰离合之感，诚有耿耿未易下脐者。聊贡所怀，以质海内可乎？

昔岁在己酉，余与云间高天梅、同邑陈巢南始创为南社，驰檄召四方豪俊，以孟冬朔日期会吴中。会天梅杜门避矰缴，弗克至。至者自余与巢南外，有河东景太昭，南粤蔡寒琼，三山林秋叶，新安黄滨虹，魏塘沈道非，山阴诸贞壮、胡栗长，丹阳林盖天，云间陈止斋、朱屏子，娄东俞剑华、冯心侠、赵厚生，吴门朱君鯡辈十数人，而檗子实惠然肯来，觞于虎阜之张东阳祠。张东阳者，讳国维，朱明之季，奉监国鲁王抗建虏，国亡殉义者也。

时虏焰犹张，而吾辈咸抱亡国之痛，私欲借文字以抒蕴结。余既酒酣耳热，悲从中来，则放声大哭，自比于嗣宗。皋羽、檗子诗所谓“众客酬酢，一客唏者”是也。已归舟，指昌亭，相与上下古今，往复辨难，遂及倚声之学。檗子固墨守南宋门户，称词家正宗；而余独狷狂好为大言，妄谓词盛于南唐，逶迤以及北宋，至美成而始衰，至梦窗而流极。稼轩崛起，欲挽狂澜而东之，终以时会迁流，不竟所志。檗子闻之，则怫然与余争。君鯡、寒琼复亘为左右袒，指天画地，声震屋梁。今日思之，其光景犹历历在目。呜呼，可谓盛矣！

自斯以往，沧桑陵谷，世运变迁，不可纪极。吾社胜流，亦有强死者。独岁时会集，多在海上，得支拄弗废。而檗子自辛亥后移家扈渎，过从尤便，几于无会弗至。往往刻烛联吟，分曹赌醉，以为至乐。盖豪情逸响，犹未减昌亭、虎阜时也。今岁秋仲，复为文酒之会。时则祖龙已死，汉帜重张，旧雨新知，联镳接席，极一时之胜。顾坐中独无檗子，询诸友人，知方卧病。秋雨茂陵，长卿消渴，远山眉黛，乃为伐性之媒，因忾叹者久之。越十数日，而耗音遽至矣。昔贤有云：如此人才，曾不得至四十，何其丰于文而啬于命也？悲夫悲夫！

余薄植浅学，自问于檗子无能为役。今睹其遗集之成，抚今追昔，万感苍茫。辄复覼缕及此，聊塞纯农之意。大雅君子，幸无尤焉。

《练塘小志》叙

练塘以蕞尔一隅，斗入元和、吴江、青浦三邑间，华离破碎，滋弗便于行政。民国纪元前二年，里人邹亚云上书当事，请割元和、吴江所属地，悉隶青浦。于是经界始正，而疆域形势亦因以大变。后有述练塘沿革者，弗能遗亚云矣。里故有高氏琢堂所著《颜安小志》，断乎庚寅之岁，距今已二十年；又稿本单行，流传未广。亚云思从其业师万先生继长，为增辑成书，卒卒未果，遽陨其年，论者惜之。

余与亚云论交，在甲乙之际。辛亥九秋，同客海上，往来尤密。尝介谒先生，见其恂恂笃谨，有君子之容。顾人海浮沉间，立谭未竟也。亚云既长逝，余倦游削辙，息影禊湖，而先生亦适以授经来斯地。风雨过从，追话畴曩，每为怆然不自禁。先生则出一编相示曰："此《练塘小志》也。实亚云所欲从事而未竟者，今幸假手不佞，告厥成功矣，子弗可以无言。"余受而读之，盖为卷者四，为目者二十有六，考核终始，分别部居，犁然可观，罔有遗漏。然后知先生用力之勤，程功之笃，丹铅兀兀，露纂雪钞，殆有数年如一日者，其意不重可感欤？

余学殖荒落，见闻弇陋，无足稍效驰驱者。独念先生惓惓之诚，不容固谢，且悲亚云早世，不获睹斯志之成，能无遗憾？爰述所怀，聊厕简末云尔。

《变雅楼三十年诗征》叙

十年前结客湖海，识金山高天梅。天梅工为诗，余亦稍稍娴竞病。旅邸寡欢，风晨月夕，一篇脱手，赓和竞作，见者笑为书痴。然当是时，吾两人皆年少气锐甚，酒酣耳热，高自标榜，辄谓上马杀贼、下马作露布，天下英雄，惟使君与操；江东无我，卿当独秀。所交相期许者，盖不在琐琐李杜韩柳间也。中遭多故，忧患相煎逼，柳车复壁，日夜惴惴然虑收者在门；剥床硕果，憖遗风云之际。顾世无隆准公，谁则知子房者？吾谋适不用，遂谓秦无人。坐令沧海扬尘，神州沉陆。铙吹之曲，变而为蒿里平陵；优昙之华，原等于电光石火。

追维畴昔，同辈少年，或碎筑秦庭，或怀沙湘水；或顾影弹琴，嵇生绝广陵之散；或远山消渴，茂陵传封禅之书。白社人间，黄垆地下，满眼西州，何处不可回车痛哭？独吾两人，尚顽钝不死。引镜自照，头颅俨然，宁弗令阿麼齿冷？而风潇雨晦中，荒江老屋，相望几数百里，犹能长吟短咏、更唱迭和，以寄其忧伤憔悴。盖项生有言："不为无益之事，何以遣有涯之生？"

余既号召俦侣，辑为《南社》一编，举世沉酣，漫漫长夜，独以伤离念乱之词，强聒不舍，虽触时忌勿顾。而天梅则雪钞露纂，别有《变雅楼三十年诗征》之作，并蓄兼收，不因人废，若以所见世诗史自任者。托意虽不同，要其骯髒无聊、耗奇借琐则一也。书成，索序及余，因举十年以来所郁塞磊落、撑肠破腹而未能遽下者，掬以与之。天梅见此，必曰：狂奴故态复作矣。

分湖旧隐图记

余家胜溪老屋，旧在分湖之滨。湖为吴越间巨浸，汪洋数十里，南属魏塘，北属松陵，中分两界，故名分湖。俗加“水”旁为“汾”，非其朔也。濒湖而居者，元有陆辅之，明有叶仲韶，咸以风流文采，与湖水相掩映。碧梧苍石之图，芳雪疏香之集，传者至今有馀慕焉。有清三百年，风雅辈出；超群绝伦，独推郭灵芬。顾飘零湖海，不遑厥居，终且移家魏塘，一往不返，宁非分湖之不幸欤？

余家先世，即卜筑胜溪。高祖粥粥翁，雅好搜求乡里故事，既撰《胜溪竹枝词》如干首，复有《分湖小识》之辑。其征文考献之盛心，当与斯湖共垂不朽。乃数传而后，终亦致流离迁徙，轻弃故乡。以视灵芬当日，其感慨又将何如？念自梨川赁庑以来，忽忽一十七稔，巷南逼侧，每吟杜陵之诗；近市喧嚣，雅类晏婴之宅。欲求如儿时钓游故地之水天灏森、烟波出没者，渺不可得。晦明风雨，未能忘情；思托画图，以舒蕴结。友人玉峰余子，茂苑陆生，并擅丹青，许为点染。图成，命曰《分湖旧隐》，庶几犹有濠濮间想欤？同好之士，可题咏焉。

先考钝斋府君行略

府君姓柳氏，讳念曾，字幼云，一字砚贻，号寅伯，别号钝斋，江苏吴江人。先世家浙东慈溪。朱明之季，有来居邑之东村者，是为始迁祖春江公。三传至心园公，自东村迁北舍。又三传至杏传公讳学洙，自北舍迁大港。而逊村公讳琇，复自大港迁胜溪，始奠厥居，实府君生长地也。逊村公有三子，仲曰秀山公讳毓芳，季曰古樝公讳树芳。古樝公生起亭公讳兆青、莳庵公讳兆薰昆季。而秀山公无子，遗命以起亭公为后。起亭公亦无子，复以莳庵公长子笠云公讳应墀为后，配凌太君，实生府君与叔父慕曾。顾莳庵公次子芝卿公讳应奎复早殁，乃以叔父还后本生，而府君独奉秀山公祭祀云。

吾家自逊村公以上，咸以耕读自守，力敦善行，潜德弗耀。古槎公始崛起文艺之林，从同邑郭频伽、顾剑峰、云间姚春木诸先生游，不求闻达，著书满家。莳庵公承其馀绪，刻苦励学。而笠云公意气尤恢宏，负筹边定远之略。论者谓松陵文献，在柳氏矣。顾府君生十有二年而笠云公卒，莳庵公痛壮子之夭亡，惧先泽之沦坠，益以继往开来之业，责诸府君昆季。时长洲诸杏庐先生，方负人师经师重望，特延之课读。而从祖韬庐先生，暨凌太君哲弟退庵先生，咸以文章经济为枌榆眉目，亦先后命府君昆季执经受业焉。

府君少聪颖，喜读书，既感激老人意，餍闻诸先辈绪论，益发愤向学，思有以自见。盖自经史而外，旁及汉宋诸儒训诂义理之书，六代三唐文章词赋之学，靡不勤加搜讨，卓然有成。年十九，成诸生。旋食饩于庠。明年乙酉，我母来归。迄丁亥夏，不孝生。莳庵公顾而乐之。府君体素孱弱，尝患痁疾，缠绵经岁。至是复以酷暑中攻治鄦氏书，得咯血症，久之始瘳。顾犹规置程课，日夜读书弗辍。会庚寅冬，莳庵公弃养，府君与叔父共治丧葬，哀毁尽礼，心力交瘁，而家事丛脞，米盐凌杂，始稍稍废学。

初吾族自逊村公以来，下逮府君，凡五世，咸异爨而共宅。人口数十馀，平居雍容辑睦，有事则守望相助、休戚与共，蔚然古宗法之遗。至丙申、丁酉间，讹言忽作，谓居宅不祥，凌太君暨莳庵公德配邱太孺人适先后弃世，归蔡氏姑母归宁旋里亦遘疾卒，而族中诸从祖伯叔辈行复死亡相继，举族皇骇，争为迁徙计。府君虽力持正论，谓数世族居，宜以安土重迁为戒。顾群从子弟，半已尽室偕行，势不获已，乃亦以戊戌之秋，移家梨里，赁庑居焉。府君平生耿耿之怀，终以轻弃先人歌哭地为憾。每春秋祭祀，挈不孝归故宅，徘徊堂构，俯仰户庭，念缔造之艰难，慨宗姓之离析，未尝不愀然有馀悲焉。

不孝自少时即出就外傅，至是府君乃亲课之读。翌数年壬寅，不孝补学官弟子，府君意稍慰。顾不孝赋性踈弛，不就绳墨，时值清政衰弊，欧化东来，益为放言高论，惊駴世俗。又以少年气盛，为感情所荡激，行事多轶出恒轨。府君每惄焉忧之。顾天性之亲，终不以责善而离也。不孝早岁习闻民权、民族之义，辄厕名党籍，时或仗剑出门，从海内外诸逋客亡士游，指天画地，将有所图。府君侦知之，亦弗禁，惟戒以谨慎将事而已。岁丙午，为不孝娶妇郑氏。明年丁未，儿子无忌生，府君为色喜。时不孝以江湖游倦，杜门息影，因复承欢膝下者数载。

辛亥秋，不孝携妇游海上，属邑中遘水灾，饥民俶扰，而革命军复起吴会，闾阎多风鹤。不孝辄驰书请命，商避地之策。顾府君不欲先去为民望，议迁延久不决，不孝则竟留海上度岁。明春以事赴吴门，府君亦在，进谒舟次，府君谆谆以早归为训，且曰："即我一朝卧床蓐，若宁能插翅来耶?"不孝讶其言不祥，以他语乱之。是年夏，遂遄返梨里。方谓自此获长侍左右，勤修定省，则来日方长，前愆可盖。岂意不孝归未两月，而府君遽弃我长逝耶？斯则不孝所由呼天抢地，百身莫赎，泪尽而继以血者也。

府君故有肝疾，顾时作时止，至是复猝发。又感暑邪，寒热交作，卧床五日，医药罔效。临命前一夕，神识清明如恒，犹絮絮以时事为询。讵至翌晨昧爽，竟不起。呜呼痛哉！

府君笃友于之谊，与叔父相敬爱。自逋播迁，叔父亦移家周庄，虽相去只数十里，而水乡暌隔，每有风雨对床之感。音书往复，日以为恒。归凌氏姑母居平望，亦时相存问，往来省视无间焉。

少习汉唐碑版，执贽吴中姚凤生先生之门。中更多病，读岐伯灵素之书，雅有心得。又喜黄老家言，谓足涵养气质，平矜释躁。旁嗜围棋，读书之暇，辄手一枰。顾独恶樗蒲六博诸具，谓此陶士行所诟“牧猪奴戏”耳，非士夫所宜为也。岁乙酉，始撰日记自课，晦明寒暑，三十年如一朝。先世故多藏书，颇从残放失，竭数月之力，整齐排比，辑为《养馀斋书目》一编，分别部居，始犁然可观矣。中年而后，以说部自娱，尤嗜闽县林畏庐所迻译，称其意味隽永、百读弗厌，非诸家一览易尽者比。论者以为知言。性淡泊宁静，薄于荣利，弗为世网所撄。而披览报章，则终岁无间，国家大势，森然胸目中。料事多深识远虑，逾时而奇验。评量人物，辄以真理为归，不淆于俗论。生平缄默寡语言，苟意有弗可，骨鲠在喉，不吐不快，弗肯以奄媚取容也。不孝在海上时，以言论触权贵人，有为腐鼠吓者，驰告府君，谓此自关君家门户事。府君笑弗应。其从容如此。

生中华民国纪元前四十六年十月五日戌时，实旧历丙寅九月二十八日，卒元年八月四日丑时，春秋四十有七。配我母费氏，同邑吉甫公讳延庆女。子一人，不孝弃疾，原名慰高，娶同邑郑瑛。女四人：长殇；次平权，适同邑钱贻德；三公权，字同邑凌光谦；四均权，未字。孙一人：无忌，原名锡礽；孙女二人：无非、无垢。不孝谨以三年四月二十日寅时奉府君柩，祔葬于本邑二十九都北玲圩先叔祖芝卿公茔兆之昭位。惟是埋幽之文未具，用敢拊心泣血，次其大略。伏乞当世蓄道德、能文章之君子，赐之志铭，以光泉壤。则不孝世世子孙，感且弗朽。

不孝弃疾谨述。

宁烈士太一传

宁调元字仙霞，号太一，湖南醴陵人。性耿直，嫉恶如仇。能饮酒，工为诗文。早岁入同盟会，从事革命。丙午秋，创《洞庭波》杂志，继更名《汉帜》，日以民族民权之义，申儆国人。世传萍醴之役，实胚胎于是云。义师既败绩，牵连就逮。以无左证，得弗死。锢长沙狱中三年，刻意治学问，暇则酌酒赋诗，歌声琅琅出金石，若忘其为囚人也者。既得释，北走燕京，主《帝国日报》，大言壮论，弹射虏政，无所忌讳。辛亥秋，将东之日本。行抵沪上，武昌兵起，乃奔走湘鄂间，累襄黎元洪、谭延闿戎幕。元年春，民社成立于上海，创《民声日报》，以君总其事。未旬日，奉大母讳，奔丧旋里。及再来，而局势一变。

初民社者，武汉起义诸豪所倡导，拥黎元洪为党魁，《民声》则其机关报。主张建都武昌，颇与同盟会及南京政府相龃龉。顾其拥护共和，保障民国，诸荦荦大端，未尝稍殊焉。君既归湘，宵人用事，继君者汪文溥、杨德邻，咸被摈斥，而民社亦竟合并为共和党。君至则大恚，宣言脱党，不复预《民声》事。顾《民声》议论益披猖，君夜被酒，直入报社，思拳殴其人，以泄义愤。会不遇，乃已。鄂有妄人某，阴贼奸诈，不得志于同盟会，辄遨游伟人钜子间，飞短流长，播弄是非以为快。君从广坐中面折之，妄人者恨君刺骨。盖其恃才负气，不能与物为推移如此。顾识者谓君祸坐此矣。

已湘人推君任三佛铁路总办，遂单车入粤。路事固为弊薮，君以辣手厉行之。神奸巨蠹，一朝倾其巢穴，则环而腾谤。君一意孤行，弗顾也。治事之暇，乃与粤之名士寓公相唱和，寄情山水间。舟车四出，游遍石门、昌华、白云诸胜，赋诗言志，有“终焉”之语。

会桃源被难，海内俶扰，君辞职走沪上。电湘督谭延闿，说以自立。北廷闻之震骇，密令名捕。君顾泰然不稍怯，径偕熊越山入鄂，将有所图。事泄，被逮于汉口之德租界，槛送武昌。狱久稽未决，而讨袁军起江西。汪文溥驰书说黎元洪反正，首以释君为请。元洪不能用。金陵既陷，大事瓦解，君遂与熊越山同时遇害。君死未数月，元洪亦纳土归燕京，段祺瑞出督鄂军，刬起义门以示意。盖刘复藩、彭楚基、杨宏胜三义士之遗烈尽矣。

柳弃疾曰：十载以来，虏恶滔天，斩志士如刈草菅，君独不死，顾殒身共和之年，宁非命耶？君最恶保皇党人，尝饮沪江之春申楼，洪醉出门，遇途人，辄瞋目怒叱曰：“若非梁启超耶?”手革囊击之，且行且骂且搏人。众知其醉，咸避去。抵寓庐始已。今启超贵矣，君又安得不死哉？湘人有徐佛苏者，亦梁氏党徒，素与君相稔。尝邂逅燕京，稠人广众中，徐痛诋革命党皆狗彘，非人类。时党祸方急，诇人四布，徐盖欲激君怒而发其覆也。君色变，默然不应。陈其美既开府沪江，徐私匿租界，侦军事秘密。君遇诸途，字呼之曰：“佛苏别来乃无恙?”徐掩面疾走去。君告其美，亟捕治正军法。其美弗省。徐复走燕京，夤缘主《国民公报》，斥南京政府为假政府，时论哗然，议者于以服君之先见，而叹当事者之疏也。虽然，为虺弗摧，为蛇奈何？元凶大憝，何莫不然？于徐氏，又奚责焉？顾君死晚矣。

陈烈士勒生传

陈子范，字祢生，号勒生，别署大楚击筑，福建侯官人。

少习海军。既投身芜湖税关为佣书，与同邑林森相友善。李鸿章助虏廷覆天国，号为元勋。鸿章死十年，子弟奴仆势焰犹炙手可热。芜有李氏园，禁人游览。顾有捷径，与官道连，不知者辄误入，遭鞭朴，甚则缚送狱吏治罪不稍贷，子舆氏所谓“万三十里而为阱于国中”者是也。君居芜久，熟知其事，则大怒。一日入其园中，婆娑泉石间，兴尽乃岸然自中门出。门者骇阻，语不逊。君数其罪而拳殴之，败颊折齿，数十人尽披靡奔窜。君则从容留刺而去。李知为税关中人，又积怨于民久，虑不为众论所直，卒亦无如何也。

已君奉调来沪上，与陈其美、章梓相结，日夜睥睨天下事。黄花岗之难，私设位追悼，为文致祭，其词绝哀。是年秋，东南兵起，林森略地定九江，君则奔走沪事。南都既建，森入为临时参议院议长，君独佣书税关如故。彭寿松者，光复福建有大功，因专军府事。闽之殷顽夏肄，与夫失职不得逞之徒，恨彭氏刺骨，日为蜚语，抵诸北廷。北廷方惎东南合纵之局，欲破碎之而苦无所藉手，得报乃大喜，起□□□为镇抚使，率师入闽，捕治同盟会会员，将搆大狱。闽士骚然。君驰电力争，以大义相诘责。□氏知闽未可图，一夕弃职去。君思辑前后事实，为《□镇抚入闽记》一书，以诏天下，未成而桃源祸作矣。

讨袁军之起，君颇有所谋画，语秘莫详。素喜治爆烈弹。义师既败，益腐心切齿，淬厉以须，思收钜刀一割之用，卒以失慎自炸死。

柳弃疾曰：君激昂慷慨，有古烈士风。与人交，握手出肺肝相示。属有异同之议，廷争面折，不少假借，朋辈视为畏友焉。壮志未酬，糜其躯干。朔风萧萧，浦江不波，安得招君之魂而一奠之哉！

云间赵生传

庚戌九月二日，云间赵生以微疾殁于里第。其友生柳弃疾闻耗而哭，有祝予之叹，悯其行之劭而寿之促也，思传以永久。传曰：

生名增炜，字伯延，号拜一，余别字之曰巴裔，江南华亭人也。生而敏慧。顾宽柔自克，不槎枒显圭角。与人交，煦煦蔼蔼，若不尽其诚者，人以是爱且敬之。又美丰仪，娴文史。羊车过市，玉山朗朗照颜色。挥毫染翰，自髫年时已惊长老矣。

岁丙午，入海上健行公学，始与余同笔砚。健行者，东南志士所树立，思以任侠仗义号召当世，倡信陵三千、田横五百之风，继爱国学社而有闻于时者也。故莘莘学子，百有馀人，咸悲歌慷慨，龙骧虎视，有不可一世之概。而生与金山金兆芬，独静婉若好女子。玉树临风，芳兰竟体，终日相对，令人意消。呜喑叱咤者，当之辄百夫俱废。顾有所撰述，则又轰雷掣电，骇龙走蛇，未尝不击苍鹰而贯白虹也。余庸是尤重二生。

会金生感时疾，几不可治，别赁庑校外，余亦移居其室，任调护之役。生昼则伏案攻书，夜辄袱被就余宿。当金生病危时，至终夜不能交睫，起视室中茗碗药铛，在在作可怜之色。冷月坠地，凄风入簾，宿鸟惊飞，寒虫独咽，则悲从中来。虽不敢放声一哭，而泪痕固已斑斑渍襟袖矣。已而金生病粗愈，强起归里不复出，生益废然不自聊，遂去而游南都，入江南高等学校。余亦倦游杜门，踪迹不相往还。及明年丁未，健行星散，而世变麻起，复如波谲云诡，音问愈疏。戊申岁暮，始一晤生于海上。时则湖海故人，犹在罗网。哀时怆旧，百感横胸，夜漏三下，悽然挥手，几不复知人间何世，而万劫千生。余与生相见之缘，亦遂止此矣。悲夫悲夫！

生之殁也，春秋二十有□。配沈女士慕贞。子一，才四龄耳。母夫人早世，独老父健在。有弟诵夏，贤而多病。寡妻弱子，茕然在疚，固知生之不瞑目也。余又何言以慰生于地下哉？

柳弃疾曰：生少好吟咏。年十三，即斐然成章。在健行时，课暇，辄以诗词相质。虽未遽深造作者之室，然三日於菟，气能吞豹，知终非碌碌者比也。自负笈南都，刳心科学，斯事遂废。推生之心，岂不谓天方丧乱，思成一材，为世自效，弗肯以无用间有用，蹈昔贤玩物丧志之讥哉？顾屠龙未就，赋鹏先悲，宁非命耶！昔诗人如李长吉，不幸早夭，而投溷之馀，终传百世。使生闭户下帏，五年读书，纵不敢望长吉，即老夫终当让生出一头地。然生终不欲以彼而易此，斯亦青主所谓“埋血千年而碧不可灭”者矣。为告后来，勿以篆刻雕虫之末，掩其挥戈化杖之心可也。

周烈士实丹传

周烈士实，字实丹，号无尽，别号和劲，原名桂生，字剑灵，淮南山阳人也。生而有大志，负俊才，尤耽文史，能诗善饮，故又自号山阳酒徒云。性不谐俗，时为乡里小儿所揶揄。既来江南，肄业两江师范学校，遂移家青溪、桃叶间。遭时丧乱，感慨淋漓，一发之于诗，所诣益进。

岁己酉冬十月朔，余与同邑陈去病、金山高旭，创南社于吴中，四方贤杰，闻声相思。烈士偕女弟芷生，邑人周伟、夏焕云，亦惠然肯来，称社中眉目。复创淮南社，为桴鼓之应焉。明年秋，同社高燮、高旭、何昭、姚光、蔡有守结伴游金陵。烈士倾盖欢然，登临凭弔，唱和盈帙，酒痕墨渖，狼藉旅邸，则有《白门悲秋集》之刊。烈士自叙所谓凄馨哀艳之词，足以上继宋玉《九辨》者也。

又明年八月，义师起武昌，南朔响应，独金陵犹为虏守。烈士不欲居危邦，全家归淮上，而身自迂道过余于申浦，一宿即别去。已而苏、常、扬、镇相继反正，烈士声大义于故乡，被举为巡逻部长，登坛誓众，辞气凛然。虏山阳令姚荣泽者，阴贼持两端，不利烈士所为，私率役掩捕之。被执不屈，遇害，时黄帝纪元四千六百九年秋九月二十七日，春秋二十有七。

夫人王氏。女子子一，五龄。男子子一，生未及期。流离奔窜，惨酷靡状。老父叔轩先生，七十老公，横遭桎梏，虏令谋锢之十年，俾杜后患。会淮人有责言者，虏令惧，逸去，始得出。家本耕读，迨遭蹂躏，无以为生。呜呼惨矣！同殉者，邑人阮式字梦桃，亦淮南社中人，剖腹而死，厥暴尤烈云。

柳弃疾曰：闻烈士家淮上时，与同邑棠隐女士相友善也。棠隐怀才抱奇，而所适非偶，复中道夭折，遂发愤呕血死。烈士为立传表彰，复绘《秋棠图》以见意，征寰中作者，题咏殆遍。自撰《秋海棠》绝句，前后无虑数十叠。余观烈士生平，盖缠绵悱恻多情人也。一朝见危授命，慷慨慕义，奋为鬼雄，贤者不可测，亦足为我南社光矣。方武昌建义，而烈士友菽卿女士居夏口，烈士心危之，赋诗示余，有“英雄已分沙场死，莫遗遣蛾眉系我思”句，其《冬夜感怀》诗又云：“伤心乱世头颅贱，黄祖能枭祢正平。”呜呼！此殆所谓诗谶者非耶？白龙鱼服，黄犊平陵，磨盾雄才，遽弱一个。他日义旗北指，当以一杯酒招烈士之魂而奠之。

阮烈士梦桃传

阮烈士式，字梦桃，号翰轩，别号汉宣，原名书麒，周烈士实丹乡人也。生而颖悟，长负魁奇磊落之才，不屑以雕虫小技自鸣。然下笔千言，纵横辟易，论者辄推为文坛健将云。肄业江北高等学校，继游金陵，入宁属师范学校，文誉益著。过江名士，周阮齐称，白门侪辈中无其匹也。先后主皖南宣城模范小学、淮南敬恭学校、山阳高等小学讲席，任上海、香港、鸠兹、宛平诸报社通信。

时南社社友咸宁李瑞椿，创《克复学报》于海上，慕烈士名，亦时以文字相諈诿焉。烈士生平持民族主义甚坚，读《思痛录》诸书，辄唏嘘太息。广州义师既败，闻耗扼腕，痛不欲生，每潺湲流涕曰：“我汉族其遂长此终古乎？”及闻武昌树帜，薄海景从，则浮白击节，作石勒语曰：“赖有此耳！”素与周君交莫逆，淮南社之创，共执牛耳。淮上知名之士，奉为依归。而虏廷伪吏，与强宗豪族，则疾之若仇。

盖两君赋性刚直，不能奄媚取容，而烈士尤喜面折人过，不少假借，虎虎有生气，故忌之者尤烈云。

值袁浦兵溃，镇、扬反正，周君弃学返淮，与烈士共谋保障乡里，恢复南都，遂有巡逻部之创。举周君为长，烈士副之，内靖群盗，外御溃兵。时清江鼎沸，而淮上晏然，则烈士与周君功也。然忌者已瞋目视、攘臂起矣。九月二十四日，以淮城宣布光复，万众胪欢，独虏令姚荣泽避匿不至。烈士知其反侧，以大义责之。虏令阳唯诺谢过，而密谋所以报烈士者。二十七日，诱执烈士与周君于淮城府学魁星楼下杀之，屠肠决腹，比于徐东浦之殉皖难。呜呼惨矣！春秋二十有四。遗著《啼红惨绿庵杂识》及《翰轩丛话》，幸未散佚，藏庋待梓云。

柳弃疾曰：闻烈士就逮时，捕者并及其弟锦麒，赖仲兄玉麒力持得脱。厥后虏令欲尽捕周、阮父兄，为一网打尽之计，于是烈士兄保麒、玉麒辈先后避地润州，奔窜流离，稍稽复仇之举。虏令遂向壁虚造，诬烈士之死，玉麒实与闻告密，其阴险如此。嗣镇军支队驻淮，有问烈士与周君死状者，虏令震駴失措，遽私遁南通焉。会周君父叔轩先生出狱来海上，南社同人始悉殉义颠末，思昭雪其冤。同社苕溪陈其美经营革命十馀年，发难攻江南制造局，传檄定江左，遂建牙沪上。同人告以虏令无状，一日杀二烈士，不扑杀此獠，无以谢天下。其美以为然，遂行文南通，大索虏令。既就狱矣，而南通豪绅张謇，夙与虏令有联，且利其赃私，匿不槛申。虏令复四出奔走，至上书大总统孙文。文令下复不得要领，其美愤激，驰电力争，意谓“吾辈革命本旨，实因亡清政治之不平，今顾瞻民国，犹我大夫，深负初衷。今日之事，若不得当，义旗回指，首在南通，粉身碎骨，所不敢辞。衅非我开，敢告天下”云云。文意始悟，覆如其美旨。海滨慷慨之士，读其美文，至有感激泣下者。

或谓胡虏未平，非吾人内讧之秋。不知旧邦新建，首重刑赏。刑赏不明，本实先拨，纵中原廓清，而厉阶终梗，不及十年，国其为沼乎？故今日之争，实关民国之荣枯，又岂仅仅为一人恩怨地哉！皖人夫己氏尝卖文于《克复学报》社，复主某报事，亦与烈士有联。烈士死，夫己氏袒虏令，以与清议抗。呜呼！人心死，公理绝矣。

同人念大仇未复，虏令稽诛，无足稍慰烈士与周君在天之灵者，爰以中华民国元年二月十一日开会追悼。玉麒持烈士状乞余一言，义不获辞，遂排比其事，而系以议论，俾后之撰民国国史者，有所取裁焉。

丹徒赵君传

自五胡乱华，一马化龙，而京口一隅，蔚为南朝重镇，所谓“北府酒可饮、兵可用”者是也。金行代谢，寄奴挺生；内讧既清，戎车遂驾。陈师广固，慕容就擒；因垒长安，姚泓面缚。于以正猾夏之诛，雪陆沉之耻，光祖宗之玄灵，振大汉之天声，于铄武功，猗欤休哉！盖自琅邪南渡以来，祖逖、桓温所未有也。昔无忌异代，汉高怊怅于夷门；端木问仁，尼父咨嗟于微管。雄风虽逝，芳躅未淹。诵稼轩“寻常巷陌”之词，冠带遗民，有馀慕焉。

顾或谓寄奴醉心禅让之业，仓皇南返，委秦地于赫连，恢复中原之烈，唾手弃之，故毁誉犹半。千载而下，汉厄重罹，士不帝秦，人思覆楚，乃有天水王孙，丹徒布衣，承祖宗之馀烈，钟江山之间气，慨焉欲挽天地而澄清之。栉风沐雨，有志于救民；黄屋左纛，无心于婴网。以视寄奴，楚社方夷，宋台早建，公私之判，夐乎远矣。

顾虏焰方张，义旗屡仆；出师未捷，赍志长埋。管乐有才，关张无命：白鱼迟跃，黄鸟先歌，宁非羲轩之不幸，而华夏之大哀乎？四海虽遥，百世虽远，悲歌慷慨之士，犹将凭弔前人，慕义无穷；而况谊托同盟，身惭后死者哉！去病之石，未勒于燕然；有道之碑，遽征夫玄壤。江村六月，朔风夜号，鬼雄有灵，庶几相余。泪湿隃麋，魂填溟渤，后有来者，请视斯传。

传曰：君讳声，字伯先，姓赵氏，丹徒之大港人也。父为乡老，有闻于闾里。君生而有大志，龙行虎步，瞻视非常。既负奇慧，复擅神力。慕义若渴，疾恶如仇。大港固有虏吏，一日捕市人置狱，其母泣请于君父，父逡巡未应，而君已入狱破械，挟囚出矣。时年甫十四，一市皆惊，吏亦无如何也。少负神童之目。九龄应试，邑令欲畀以冠军，君顾弗肯循绳墨，作字大小错出，纵横溢尺幅，乃已。稍长，成诸生，复举拔萃科，才名籍甚。会科举废，入江南陆师学堂。既卒业，任新军标统焉。

自满洲盗中国二百数十年，胤祯、弘历屡以文字兴大狱，士无敢言种族者，民益懵然忘仇事虏，太平天国坐是败，谈者犹寇洪王、帝爱新，勿悟也。孙逸仙建义惠州，响应未众。逾岁而《苏报》倡道于沪渎，昌言夷夏之防。邹容诸子相继起，著书立说。民族风潮，始一日遍东南数省。

君自肄业陆师时，已隐然自任匡复之重矣。既掌兵柄，意气益发舒。尝率部下谒明孝陵，猝询其众曰："若曹亦识此为大明太祖高皇帝陵寝乎？"众有知、有不知，则杂然应。君慷慨大言："高皇逐胡元、奠汉族，功业隆重，无与比伦。至圣安而复亡于虏，闽浙继陷，滇黔忽诸，地下有灵，弗来享矣。吾曹亡国民，其何以报前皇?”众皆失声痛哭，复杂然和曰：“唯主将令是从。”君喜，抚循之益力。语骎闻于虏江督，将中君以危法。顾事无左证，第罢其职。所部兵士，夙归向君，临别赠言，泪盈盈承睫也。

君既不得志于江南，则北走津沽，从皖人吴樾游。吴之将刺虏酋端方也，君实与其谋，多所擘划。谋定，吴促君南行。君贻诗告别，吴答以书曰：“每诵君诗，不觉心酸泪落。岂某之伤怀后事，而出以儿女之情乎？抑诗意之感人深也?”复谓：“某为其易，君为其难。”盖以程婴、杵臼之谊相勖云。及副车误中，吴以身殉。君益指天划地，誓有所为。遂入粤，复任新军标统。会廉州以抗税树帜，士人刘恩裕为之魁。四方志士，多孱入其军，势稍稍张。虏粤督命君率师御之。君既抵境，密遣部下通声气。顾刘起草泽，无足共事。虏将郭人漳与君同行，又时制（掣）其肘。君怒，谋诛之，弗克。知事未可为，遂驰告诸志士，使他去。而刘党亦分道离散，廉事遂定。君设宴廉之南门外海角亭，招诸将校痛饮。酒酣，即席赋诗，有“八百健儿多踊跃，自惭不是岳家军”句，盖君以所志弗就，徒为虏驰驱，不能无所怏怏也。顾郭人漳已冒其勋受虏上赏矣。

君既班师旋广州，虏粤督张人骏亦器其能，将畀以重任。而端方自江南密电戒张，谓君才堪大用，顾志弗可测，毋养虎肘腋，致自贻患。张获电，遽削君兵权，使为陆军小学监督。未一月，复降督练公所提调。君知无望于内，遂请急归吴，一省其家。复走香港，谋大举焉。香港密迩两粤，又为虏政令所弗及，亡命之士，多麇聚于是。既获君来，咸大欢忭。君以粤新军多已旧部，且与虏吏不相中，谋藉其力以覆广州，一旦度庾岭而北，中原可图也。因属其事于皖人倪映典，而己为之谋主。顾事终弗集，映典殉焉。虏吏知谋出于君，悬五万金购其元。侦骑四出，卒无所获。威名愈振。

初扬州熊成基者，在江南时曾隶君麾下，受其陶铸。及虏酋载湉、那拉母子相继暴毙，熊遂起兵于安庆。事败走海外，谋刺载涛于哈尔滨，机泄死之。君素未以国士期熊，闻耗叹息曰："昔在金陵，贤豪辐辏。若熊者，殊碌碌不足道。孺子今日，乃能先我成名耶！"会汪精卫、黄理君北入虏窟，刺摄酋载沣，复不得当，且被囚。君益发愤，遂奔走南洋群岛，遍访其豪杰，备军实，购器械。期年而后有成，将以纪元四千六百九年辛亥夏四月，潜师袭广州。推黄克强为总司令，率同志先期入粤，而君与胡汉民驻港备后劲。于是吴、楚、闽、粤、滇、桂、洛、蜀、皖、赣、越十一国之士，相继来会，论者咸谓中兴有日矣。

会粤人温生才新自南洋归，狙击虏将军孚琦，殪之，广州大震戒严。而虏之人，有厕身吾党者，复漏师焉。虏两广总督张鸣岐、水师提督李准，益拥兵自卫，且下令大索。党人知谋泄，有议解散为后图者。克强持不可，谓网罗已布，散无所之，战亦亡，不战亦亡，不如先发，事纵弗成，犹足以谢天下而激后起也。众曰"诺"。二月二十九日，遂攻虏督署，入之，张鸣岐仓皇洞垣如狗窦遁。义师既失张，而李准兵复大至，乃巷战。人自为斗，无不以一当百，杀伤相当。顾众寡弗敌，卒败北。石经武、宋玉琳、石庆宽、喻倍伦、姚国梁、秦炳、王明、韦云卿、罗节军、周华、劳肇明、李芬、林常拔、杜钰兴、黄养皋、李晚、王鹤明、李文楷、马吕、罗坤、李子奎、李文甫、林修明、饶辅廷、李群、陈文坡、陈文有、严确廷、黎开、庞雄、罗联、罗裕光、梁纬、徐明、林文、方声洞、林觉民、林尹民、陈与燊、陈可钧、陈更新、冯敬、刘元栋、吴适、刘六湖、郭炎利、郭增兴、郭钿官、郭天财、翁长祥、陈孝文、陈大发、林茂增、王文达、曾显虞、金鼎、周团生、吴顺利、丁细弟、柯刁为、刘杭玉、陈志、徐晒西、封来冕、阮德山、华金元、林华嵩、周增、林清华、刘炉、陈文、李仲、陈保荣、李自恩、林荣平、张作游、陈作新、吴炎妹、林七妹辈百馀人，先后死之。独克强等数人得脱，间道走香港。

初，君与克强约，师期既定，即亲入粤。会二十六日某女士自粤渡港，谓机械已漏，事且弗谐。君因留港俟之，而不虞众之骤发也。既得密电，知有二十九日之举，即仓卒就道。舟行，晦日晨始抵广州，则事已大去，党人尽死。遂复回港，感愤成疾，废寝忘馈。医者谓痈生于肠，请割治。君急于离港，弗允。顾病益甚，党人送之入病院，施刀割。而迁延日久，体弱痈成，亦已无及矣。

君初病，神志犹清；既施割治，翌晨咯黑血，遂昏愦。时狂呼曰："黄帝来诏。"或曰："岳武穆来晤。"四月二十日竟卒，年三十有九。克强诸人殡之于港，颜其碑曰：天香阁主人之墓。

柳弃疾曰：得臣犹在，晋忧未艾；伍员不来，楚其旰食。人才关系于国运，岂不重哉！广州义师虽败，识者谓克强有天幸得脱，而君又健在，左提右挈，卷土重来，天下事未可知也。虏廷以君再蹶再起，事败而名愈张，忌之益甚。复疑其伏处大港，缇骑络绎，乡里骚然。岂知君不死于沙场，不死于柴市，而遂奄忽牖下乎？北征葛相，遽痛陨星；南渡宗侯，空呼渡河，天其终不欲汉族中兴耶？何夺我伯先之速也！呜呼痛哉！

君尝为友人书联，出句用“汲古得修绠”，友曰：“偶句其‘荡胸生层云’乎?”君曰：“吾不作头巾语。”乃大书“交情脱宝刀”五字。书法奇崛，下钤一私印，则“天水王孙”也。时作小说，尤饶奇气，舒卷云霓，吞吐海岳，盖岳鄂王、石翼王之伦，岂章句小儒所能梦见哉！饮酒可数斗许，醉后有力如虎。其自粤反吴也，僚友为置祖筵。既醉，则漫骂其座人；伸足蹴垣，深入者数寸，力拔之出，血涔涔不顾。既抵沪渎，与余邂逅于酒家，介丹阳林懿均而订交焉。终席无一语及国事，明日即别去。然余观君眉宇间，英气咄咄逼人，虽微林君言，亦知其非当世第二流矣。闻君首途时，遇豪强为不义者，奋拳殴之至垂毙，几扞文网，益想望其为人。自君走海外，复遭名捕，萍蓬踪迹，不复可亲。

去岁九月，君客游槟榔之屿，始属蜀友雷昭性辗转存问。洎余裁书叩起居，而君已他往矣。今年三月初，复以书来，词曰：“别来三载，相思无已。偶于近刻得见诗文，吟诵至再，如对古人。兹有请者，弟自出亡以来，未敢少自放弃，近极意经营，所事在指顾间。惟阿堵物尚亏一篑。就力所到，已穷罗掘，焦思欲燃。若因是掣阻，殆不止王敦笑人。昔公瑾用兵，子敬指囷以赠。江乡先哲，高义如许。矧用急难，遥呼将伯，千钧一发，尤甚前人。见信望即于数日内，筹措至少两千圆，电汇香港，以供急用，万勿见却。他时握手中原，必有以谢君也。”余既得书，而力未能报，乃赋诗一章以告罪，有“此情或者皇穹谅，忍死犹堪睹凯旋”句。

盖自怜虮虱下才，谬厕同盟之末，既不能如终军之请缨，复不能如卜式之输财；内疚神明，外惭良友。幸而日月重光，冠裳再造，专车之骨，获免于涂山；羊裘之足，得加于文叔，宁非大幸？讵料平陵一顾，蒿里再歌，地坼天崩，山枯海竭。君子猿鹤，既反袂于黄花；贤者龙蛇，忍招魂于朱鸟？天实为之，谓之何哉！然而人心未死，来者难诬。沉书眢井，终开大明之天；抉目胥门，会见勾吴之沼。西台皋羽，尚有馀哀；南国夷吾，讵无佳传？爰以祈死之范文，勉为执简之南史。君真"诸葛大名垂宇宙"之间，我愧"尼山绝笔继《春秋》"而后。

孙竹丹传

孙元字竹丹，江苏上元人。南京陆师学堂学生。既卒业，转入将弁学堂。尝有志天下事，从长江上下诸会党魁桀游，阴有所部勒。丹阳林懿均，与同学陆师，为余数当世人才，辄屈指及君，曰："此东南第一流也。"余因是知君。

岁丙午，懿均东渡海赴日本，则君已先往，且注同盟会会籍矣。将有事于皖，道出沪江，袖懿均书来访，高谭雄辩，惊其座人。自言善催眠术，杂稠人试之，有验有不验。而君则端然高坐，大声施暗示不顾，朋辈至今传为笑谈。然君目光炯炯，英气扑眉宇，固知非常人俦也。

既入皖，厕身军队数月。会遭虏吏猜忌，乃复走日本，与云间陈道一同居者久之。已忽迁去，踪迹遂疏。越数载己酉，扬州熊味根烈士就义辽东，辞连及君，云方北入燕京，有所谋划。虏廷闻之，遽下令大索，顾卒无所获。明年庚戌，忽有函自日本来，从余索陈希夷、邵康节遗书，则已更名为负沉、字幼符矣。时余方逐时流后，立坛坫，刻名字，以文辞相雄长。君书言愿受约束，已而音问复绝。

又明年辛亥，革命军起，曩时亡命之士，咸入国门，争龙腾虎跃，以赴风云之会。而君独杳然。道一私谓余曰：

“竹丹殆死乎？不然，何寂寂也？”因相与诧叹者久之。未数月，则复奔走来告曰：“竹丹真死矣。”因述其所闻于友人者，知死状甚惨。盖君性喜奕（弈），仇家惎之者便人诱与对局。君方覃思澄虑，谋制胜方罫；而伏者猝起于身后，持铁椎左右击其颅，立陨。复支解其尸，沉之大海云。

柳弃疾曰：革命建帜以来，死事者多矣。君独为仇家所中，名不列于国殇，论者惜之。君为人坦白，无城府，而锋芒过露，又好为大言，行事或不能相掩，卒以是罹祸。余识君数年，相处未及旬日。顾风雨中宵，一灯独对，冥然遐想，犹恍若见君酒酣起舞，英姿飒爽，诵伊藤博文“醉枕美人膝，醒握天下权”句时也。呜呼伤已！

邹亚云传

邹铨字亚云，江苏青浦人。少孤贫，体弱善病，而刻苦向学。岁乙巳，余读书里中自治学社，始识其人。明年，社事废，旧侣星散，不相闻问者数载。庚戌春，余诣武林，过同邑陈巢南于高等学校，则君俨然在焉。相与握手大欢笑，遂偕泛西子湖，探烟霞石屋之胜，置酒湖上，雄谈豪饮。一时来会者，多裙屐胜流，而君亦意兴飙举，不可一世。

越岁辛亥秋，余移家海上。值武昌建义，吴越骚然。君既废学，则走依故人慈溪陈布雷。布雷方任《天铎报》事，即引君自辅。时民军初起，如剑硎新发，光焰万丈。海上诸报，尤能推波助澜，晓谕顺逆。望平街者，诸报馆荟萃地也。街头环而伺消息者，人以万计。每一纸出，报义师今日定某地，或败敌某军，则鼓掌声如雷动。君伏案撰文字既讫，辄与布雷走余寓所，指天划地，相笑谈为乐。复草《杨白花》传奇，谱虏廷秘事，论者比之张苍水《满洲宫词》

云。中山既正位南都，君约余为观光之游。中夜乘车入白门，狂走城隅竟日。登雨花台，拾石子盈筐。过桃叶渡，买醉酒家。云间陈道一、吴中叶楚伧咸莅焉。

兴阑，先后返沪。值布雷以事归甬上，不复出。余方侘傺失志，游倦金尽，而故乡苦萑苻不可归，进退杌陧，君则介余于《天铎》，代布雷事，复谋所以周之者甚力，余因是得稍稍安居。和议既起，余持论颇异流俗，遭当世诟病，君独深韪余言。淮南周烈士实丹游海上，与君有联床一夕之雅。及烈士殉义，君为表彰，不遗馀力，复从诸同志奔走事复仇。呜呼！是足以审君之为人矣。

余为寓公沪上将匝岁，秋风起，忽动归思。时君已数数病，且各以事牵，不常叙。顾余归前一日，君犹扶疾走送，语絮絮不忍别。明日，余就道，闻君又卧病矣。继闻就医于杭，以莫详踪迹为恨。岁阑得君书，云病已就痊，重入高等学校，且卒业焉，则慰甚。余儿子无忌居沪时，即恋恋依君左右，君亦善抚视之。余欲聘君就余家授儿读，且相与晨夕过从修旧好。君已报书诺余，余日夕待君至。忽游吴门遘疾，吐血盈斗，驰归竟不起。时民国二年二月三日，春秋二十有几。悲夫！

君性诚挚缜密，为人谋，无不忠。诗文清丽如其人。遗著有《流霞书屋集》，余辈方谋裒而刊之，以示天下云。所居地曰章练塘者，介吴县、吴江、青浦三邑间。曩岁议正经界，君尝上书当事，请以地属青浦。今署曰青浦人，从君志也。

柳弃疾曰：世衰俗敝，太行孟门，生人方寸间，朝刎颈而夕贸首者有之矣。张禄绨袍，巨卿死友，如我亚云，宁有几人？而天必杀之，彼苍诚愦愦哉！黄公酒垆，山阳邻笛，每一追念，不知余涕之何从。呜呼伤已！

陈蜕庵先生传

先生姓陈氏，讳范。原名彝范，字叔柔，或作叔畴。又字忆云，号梦坡，别称梦逋，一号瑶天。晚乃自更名曰蜕，号联庵，亦称蜕僧，又别署退僧、蜕存云。先世籍湖南衡山，嗣迁江苏阳湖，故又为阳湖人。

先生生而负异禀。弱冠通诗古文词，尤究心经世之学，慨然以揽辔澄清自任。既累试不第，遂纳粟为令，谒选都中。复就试，得己丑乙科。仍弃去，入江西，为铅山县知县。久之，自投劾归。创《苏报》上海，昌言革命。会山阴蔡元培、阳湖吴敬恒、巴县邹容、徐杭章炳麟诸子，方建中国教育会，日夜图光复，得先生振宗风，则大喜，时时为文张之。

当是时，《苏报》名震天下，虏廷惊駴，视之若一敌国，遂命大吏案治。于是元培、敬恒出亡，容、炳麟就逮，先生亦航海去日本。顾室家已毁，贫困几无以自给。继漫游香港，无所遇而归。复来上海，为侦骑所陷，系狱年馀。既得脱，走依阳湖汪文溥于湖南醴陵。文溥者，先生女弟德晖婿，始共建《苏报》，至是乃为醴陵县令，喜结纳时士。丙午萍醴之难，保全善类甚众。顾卒以是失职去，留长沙观变。先生则往来醴陵、长沙间，从醴人史良、傅尃、刘泽湘辈游。尝趣泽湘诸人，为文生祭之。一日渡渌江，访红拂墓，潸然谓同游者曰："吾死葬此矣。"醴人宁调元以革命锢长沙狱三年，先生时时携酒就狱中，赋诗痛饮，出而与傅尃言调元，未尝不流涕也。

先生虽穷居憔悴，然心实未能忘天下事。识新军协统定兴刘玉堂贤，谓此勇士，缓急可用，使与文溥图湘。会文溥以事被逮，先生与史良辗转营救。已而光复军起，先生欲使文溥说湘都督焦大鹏，共玉堂率兵援鄂。议未定，而大鹏被难，不果。鄂事急，玉堂以少兵驰赴，一日夜战死，汉阳遂陷。先生闻耗，为诗文哭之恸。谓文溥曰："令早用吾策，君与刘偕，先十日赴援，刘或不死，汉阳不失也。"论者以为知言。盖先生之抱负匡济如此。既与文溥共参湘桂援鄂联军事，以司令沈秉堃无远志，并去之上海。

时南都新建，昔之亡人逋客，方济济庆弹冠，而先生布袍幅巾，萧然物外，绝口不道前事。于是蔡元培、吴敬恒先后为言诸政府，请以《苏报》狱付稽勋，且议优恤。久之不获报。语寖闻于先生，亟使文溥谢敬恒，谓："正谊明道，非以计功利。吾侪自靖自献，宁容贪天为己力？幸告吴先生，勿以我为念。"闻者皆扼腕叹息不置，以为贤者不负天下，而天下负贤者，非建国之祥，顾当事者卒弗悟也。

先生客上海经岁，为南社及国学商兑会祭酒，任《太平洋报》笔政。继走燕市，主《民主报》。未几仍南归。中华民国二年五月十六日，卒于沪西寓庐，年五十有四。配袁夫人，字幼菡；继配庄夫人，字芙笙，并先卒。继聘某氏，未娶而《苏报》狱起，遂别嫁去。妾二人，随先生东渡，初使入女校求学，继并遗嫁之，谓还其自由，所以崇人道也。子二：长嶷，《苏报》难作前出走，遂不返；次岐，代先生就逮，出狱后早卒。遗腹得一孙，生三年，亦殇。独嫠媳钟氏存。女二：长撷芬，十年前创《女学报》，名闻海内外，适重庆杨俊，并留学美洲，毕业后返国；次信芳，毕业日本女学校，受基督教洗礼，今居上海。

先生为人，闇澹沉默，恂恂如老师宿儒。即而与之语，一引其绪，辄玄妙入微，否或微笑而已。闲居耐苦思，尝谓："一寻常俗语，皆有至理。"其学穿穴经史百家，旁通内典，兼及重译诸籍，而尤长于诗。诗故隽上，益以身世萧瑟、玄想孤迈，论者谓穷而后工，几几与杜陵方驾。所著有《映雪轩初稿》《烟波吟舫诗存》《寄舫偶存》《息庵诗》《庚庚集》《东归行卷》《沧波听雨集》《梦楼续雨集》《九疑云笈》《题襟集》《卷簾集》《残宵梵诵》《夜梵集》《闲情香草诗》《为谁存稿》《蜕僧馀稿》诸目，存佚参半。殁后汪文溥为斠定付梓，计得七卷，附以《瓣心词残稿》一卷，颜曰《蜕翁诗词》刊存，今行于世。而醴陵诸子，收拾丛残，嗣有所获，将谋续刊焉。述学论事之文，精至缜密，前无古人，亦由文溥网罗，得数十首，刊成文集一卷。馀绪为小说，尤绝优美，惜散佚不尽存。

柳弃疾曰：十年前震陈先生名，以为祥麟威凤，泰山北斗，不世出之豪杰，其容貌议论，必有魁梧奇伟，慷慨激昂，足以排风霆而走海岳者。嗣读其诗，深微幽渺，辄心疑，以为弗类。民国纪元之岁，始得谒先生于沪上，退而益爽然若自失，将毋史迁所谓"留侯貌似妇人好女子"不称其功业者耶？抑上德不德，至名无名，仲尼所致叹于犹龙者耶？然后知先生非犹夫世之所谓豪杰者比，盖直进而为有道之士矣。先生之殁也，汪文溥述事略綦详，傅尃且为之别录，而昆山余天遂、泾县胡怀琛又各有所纪述，先生之道德行谊，与夫事功学术，亦既灿然大备于世矣。顾汪子拳拳，独以一传相属，不佞若弃疾，抑又乌足辱先生？排比所闻，聊塞汪子之请，庶与诸家并行，非敢自附定论也。

陈悔叟先生传

先生姓陈氏，讳某，字瑞林，晚自号悔叟，湖南宁乡人。少有用世志。睹时不可为，隐居教授，养亲自给。父玉华翁，以力田起家，颇有恒产。自先生任侠仗义，喜结交宾客，令子女入学校，尽倾其赀，家遂中落。陋巷环堵，壁立无长物，而啸歌声出金石，怡然自乐也。

生平尚气节，重廉耻，嫉恶如仇，不客权势，不事生业。独好从文人剑客游，嗜山水成癖，一丘一壑，时见其游屐。或长夜静坐，无倦容。尤好读书，博闻强记，一目成诵，古今典籍，殆无所不窥。史习马迁、班、范，诗学魏晋。于儒先语录，服膺王船山。治朴学，则推重顾亭林及王怀祖父子。下至阴阳五行、天文河洛诸术，靡不兼综博采。尤雅慕鲁仲连、葛忠武、陶靖节、白乐天、邵尧夫、陆放翁、文信国、王阳明、史阁部诸先哲，思尚友其人。中岁得明季中湘王何文节公腾蛟遗集，及粤东三忠陈文忠公子壮、张文烈公家玉、陈忠愍公邦彦起兵殉国诸事迹，朝夕讽诵，益慨然有攘夷光复之志。遂身先诸子女，悉隶同盟会，奔走国事。

岁丙午，禹之谟烈士就义长沙，先生长子家鼎亦在捕籍，出亡海外。清吏逮先生，将株连就戮。乡里震骇，谓奈何杀我长者？有以全家百口为请者，乃得释。然自是家人生产，益荡然靡遗矣。遂流转四方，乞米自活，备极艰苦。左徒行吟，贾生恸哭，殆无以或逾也。

民国既建，喜形于颜色，谓吾志今日始大遂。顾未逾时，而祸变复作，时局日非，先生忧愤成疾，遂以不起。时纪元三年某月日，春秋五十有七。著有《芸鞭草堂诗稿》。子家鼎、家鼐、家鼒，女家英、家杰、家庆，咸能世其学。鼎为众议院议员，鼐任陆军某职，并以世难去国。英、杰亦负箧海上。独鼒、庆在家侍先生疾。易箦之际，犹勉诸子女，当努力国事，无一语及家。呜呼！可谓贤已。

柳弃疾曰：先生之殁也，鼎邮状来乞传。余与鼎论交且十稔，而鼐、英、杰，又皆同社友也，谊不可以无言。犹忆曩者先生五秩之岁，余曾撰文为寿，意谓天下汹汹，会当有变，祝先生消息于出处之间，以董公、黄石相期。曾几何时，吾言之幸而中者，坐为竖子所误，终至裂冠毁冕，背道奔驰，而先生亦且以伤时憔悴死矣。昊天不弔，不慭遗一老。抚沧桑于俄顷，感家国之盛衰，未尝不潸焉出涕也。陆剑南句云："王师北定中原日，家祭毋忘告乃翁。"吾愿鼎、鼐、英、杰诸子，其各以是自勉也可。

沈孝子姚烈妇合传

孝子沈应霖、应嘉，烈妇姚氏，浙江吴兴双林镇人。父沈翁，商于江苏之虞山，遂家焉。三年夏，沈母病伤寒颇剧，而所居寓楼甚湫隘，霖、嘉与其兄应震、弟应录更番入侍，咸忧劳困惫不获休。六月二十五夕，夜既央，诸子甫假寐，药炉忽中坼，火光熊熊上腾。霖自睡梦中惊起，见火延及床帏，恐伤病母，遽扑以手。嘉亦起，则蹴以足，火势四散。嘉大呼，霖以被奋身盖火。震、录居楼下，闻声至。震急扶母下床，力弱不支。嘉犹忍痛负之自梯下，疾趋入旁室。震亦得掖霖下，录自楼窗跃坠，伤及腰，启门呼救。会沈翁自肆中归，邻人救火者咸集，火得扑灭，而霖、嘉手足縻烂矣。亟就医吴门，顾伤重不可治，二十八日晨，霖死；三十日，嘉又死。姚氏者，霖妇也。既持夫丧归，痛哭绝粒，誓相从地下。戚党环劝弗听，七月三日晚，遽闭户自经死。而沈母病竟愈。

论曰：世道之漓也久矣。神州古国，虎狼恣于外，狐鼠讧于中，其亡其亡，不绝如线。而举世蚩蚩，醉生梦死，视国家若秦越人之肥瘠，无肯出身犯难，倡大义以济沦胥，或断脰沥血，一瞑不顾。如孝子之护其亲，烈妇之殉其夫者，将毋鲁连所谓“三晋之士夫，不如邹鲁之仆妾也”欤？吁！可愧已。

孙君竹丹事略

孙君竹丹之死，余既为文以传之矣。踵迹疏阔，见闻狭隘，未暇详也。民国纪元之二年春二月，余游天平、邓尉诸山，留滞金昌间。陈陶怡自海上邮书相招，谓毗陵钱兆湘字孟雄者，竹丹故人也，愿有以语吾子。因驰赴之，则相与道竹丹平生行谊甚备，而于谗人诬搆之迹，及所以辞而辟之者，尤详且尽，余庸是据以撰此篇云。

君讳元，后更名铭，字竹丹，别号同仁子。先世居江苏之上元，有以医名于时者。嗣迁皖之寿州，遂为寿州人。君年十九，与薛哲同学江南陆师学堂，已隐然以革命自任。既东渡入振武学校，学业倾其曹，所志益坚。岁乙巳，中国同盟会始成立于日本，君参预枢密，任皖分会会长，奔走党务，事无夷险，胥猛勇精进，靡有难色。明年丙午，与孙毓筠等归国谋起义江南。事泄，毓筠被捕入狱，君复走日本，图再举。

时党人声气日广，而诚信未孚，意见歧出，恒有以细故相龁龁。君太息曰：“昔人以才难为患，今乃反是，人华拿而家管乐，将如筑室道谋何？”因尽力调护其间，使渐融洽焉。复慨数载以来，义旗屡起屡踬，多以军实不足，为之大梗，爰与钱兆湘诸人谋，多所规划。

值己酉春，熊成基至自长春，闻君说，甚激赏之，因与同居澄吉馆。熊之来也，避清人耳目，踪迹甚秘。君为更名龙潜，字曰望云。复与石德纯、萧翼鲲辈，醵金助其资斧，熊庸是得安居日本。日本参谋部，有所谓军事计划秘密书者，颇于辽沈间战局有关。君以苦心弋获之，思因熊以售于俄人，得重资，供党用。是年秋，熊挟书返国，介俄之侨商以干其外部，议值百万，将有成言矣，猝为奸人臧冠三所卖，死之。

初熊之败于皖也，辗转走长春，与臧冠三识。臧故马贼渠率，复为耶稣教徒，年六十矣，貌任侠，而中实阴贼嗜利。熊既赴日本，臧函招之，至则复主其家。居数日，颇悉臧隐，弃之走哈尔滨。时党人程家柽辈，邀君赴北京，阴有所图。获资五千金，同志时功玖、张昉、石德纯、梁荫卿咸悉其事。而熊自哈电东，招君商售有事。君携三千金，就熊于哈，谓熊曰："闻此间有党人商起宇辈，谋购地开垦，当以此资助之。"熊以为然。君留哈尔滨十馀日，复退北京。臧闻君之携资就熊也，妄谓已获巨帑，函索万金为寿。熊驰书力白其诬。臧弗信，复以函来，谓苟弗获金，誓告密清吏。熊得书未报而祸作矣。

臧既陷熊，复牵连及君，谓方潜伏辇下谋不轨。熊虑君居虎口，将弗免，则故谬其供词，指君为清政府委员，尽讳其往来同谋之迹，以冀脱君于难。顾清吏锡良，已电告北京，下令名捕。赖程家柽先期知其事，密告得脱，遂偕梁荫卿走天津日租界。而中道金尽，石德纯助之，始复归日本。钱兆湘、杨宝泰迓于东京车站，见其形神俱悴，衣服尽敝。呜呼！可谓狼狈矣。

君既抵日，遂杜门不出，日读《周易》自娱，间治译事，以供旅资；暇则与王坚、何天炯、宋教仁、钱兆湘三四同志相往来而已。顾皖人有悉君者，日夜与其徒党造作雠言，谓君为清人作侦吏，熊氏之狱，君实祸首。曾参杀人，不疑盗金，飞短流长，骎成市虎。会赵声自南洋来，日与君相见，微闻其语，举以相告，且曰："盗憎主人，民恶其上，此伯宗之所由死也。子好以直言贾怨，故人以恶名相诬，恐行且有甘心于子者，子其慎之。"君坦白无城府，置弗介也。

已而赵、宋、何、王、钱诸子相继返国，惎君者无所顾虑，奸谋益逞。遂诱君至东京市外与对弈，而使人持铁哑铃伺其旁，伪为观局也者。俟弈者呼曰"杀"，则应声举哑铃击君脑，双目并出，立死。复支解其尸，藏之箧中，假归国名，携登海舶，夜半沉大海以灭迹云。时辛亥夏六月，君年二十有九。老父七旬，以思子得疾，竟不起。妇某氏。子女各一。

柳弃疾曰：兰以芳自摧，膏以明自熊。君负英挺之才，而居污浊之世，宜其死也。顾既杀其身，复污其名，夫己氏之用心，亦太酷矣！钱兆湘谓余：岁己酉秋，党人孙武被举为湖北都督，自日本归国，谋兴义师，而行李困乏，则君实助之。又今所用陆军军旗，曩时号为铁血旗者，出武手定，与其他起兵方略，皆就正于君，其归也悉在行箧。故武与人言，恒曰："使竹丹而诚侦吏也者，胡弗使清人邀我于途，以博上赏，而独卖熊成基哉？有以知其必不然矣。"呜呼！孰谓世无清议也！

柳弃疾又曰：兆湘既以事略属余，复使为讼冤之文，布诸天下。自宋教仁以下若而人，皆与兆湘有同心者也。余迫于他事，弃置笔砚，卒卒数月，始竟厥愿，而教仁则复郧身鉏麑手矣。"人之云亡，邦国殄瘁。"黄台之瓜，一摘再摘，能无抱蔓之惧？又宁独如曹子桓所谓"徐陈应刘，一时俱逝”者，为可悲恸哉！呜呼伤已！

周母敖太君墓志铭

母姓敖氏，粤之开平人。年十八，归同邑周翁耀史。越二年，生子尚功。明年，翁卒。家故贫窭，赖翁力田自给，仅足饔飧，至是乃益困。母躬亲纺织，更事南亩，节衣缩食，以抚其孤，二十年如旦暮。尚功既长，而母子茕茕，无以自赡，则命典田园，持数十日粮，渡大海为佣工异国。如是者又数年，乃稍稍得赀，娶妇抱孙矣。说者谓周祀不斩，微贤母，谁与归？

母寿七十有一，以纪元前十七年殁。殁后之二十年，其曾孙张帆，读书识大义，思表扬先德，既属家传于金山高燮，复乞松陵柳弃疾志其墓。志铭曰：

耆儒黄顾辉青史，并以寡母育贤子。积之久者发之昌，孙谋贻厥今堂堂。邱原佳气正葱郁，我言不文愧玄石。

文选卷十

孤鸿文选

范光启，字鸿，又字孤鸿，安徽合肥人。余与同事于《民立报》。鸿奔走革命甚力，文字不多作。民国三年，被政敌暗杀于上海。今录文二首。

纪宋先生遗事

孤鸿曰：余之担任南京方面事，实因遁初允以全力相助。乃武汉诸友，电催甚急。遁初初谓予曰："目前形势，武汉最重。我将去矣，公其速约烈武南下。"余曰："第九镇兵官兵士，最崇拜者为伯先，次则雨秋、烈武。但烈武在东省，亦有组织，恐不能分身耳。果得此公来，大事可图矣。"遁初曰："公试为之。"余即偕赞成发电。第二日，得覆可南下。再数日，烈武来，在《民立》，与余及遁初相见，纵谈片时。三人合议，决定烈武担任南京司令，余担任筹款运动。适克强至，寓朱家木桥小楼中。克强请宗汉至《民立》，约遁初及余。遁初不在，余独往。谈片时，遁初亦至，余遂回室。次日早七点，余偕烈武会克强，克强赠烈武手枪一。盖是夜黄、宋二人，对坐小楼，商量一夜，并未眠也。又次日，黄、宋上赴汉，余偕烈武赴南京。

尔后九镇失败，余心甚急，缮函倩倪铁生赴鄂，请遁初速来主持下游。兹时余盖深知攻宁必须联军，而城下后，调和颇不易也。而遁初因组织临时政府事，亦欲南下。及遁初到镇江，联军已云集矣。此时余留遁初在镇，疏通各军。遁初曰："我暂赴沪、苏、杭一带，计议临时政府事。疏通军队，公任之。"

转瞬金陵攻克，我再来宁，组织政府，因兹时汉阳有不守之信息也。南京下后，遁初来，而江苏都督问题，纠纷不可以理。遁初曰："政府不知何时可成，江苏都督问题，我辈须特别注意。"遂分头走各军，各司令佥愿顾大局：林颂亭愿任北伐总司令，徐固卿愿任援鄂总司令，程雪楼愿任都督。遁初及余一日遍走各军，当晚颂亭将经手事完全交与雪楼，于是军心大定。

顾都督府组织法及各司人员，尚无端倪，军民属望甚切。遁初手出一册，系《鄂州临时约法草案》，乃遁初所属稿，而鄂省拟公布者也。雪楼阅毕，大为赞成，愿照鄂省一例组织，推举都督府各司长。遁初与余主张军队会议，各军司令申言不欲干涉政治，遂由雪楼约遁初、固卿、良鉴，在谘议局开一秘密会。雪楼派指各司人员，请遁初担任政务厅长，而以参事会会长属余。遁通初以组织政府辞，余以组织铁血军辞。固卿曰："此事明日非宣布不可，迟恐军心不定。"遂允诺。

上海大元帅问题发生，遁初离宁，余即入铁血军。自兹以后，遂入于南京政府时代矣。

再纪宋先生遗事

当《民吁》被封后，骚心回陕省亲，余一人留滞沪滨。

冬气森严，万汇枯寂，搔首问天，埋忧无地。端居深念，觉悠悠天地，竟无一人一事，足餍余心。一日偶阅《中国公报》，见有自署荪楼者，读其文，雅爱其为人，旋即往谒，一见如故。彼此纵谈片时，倾胆披肝，银河倒泻，一若生前似曾相识者。

次夕荪楼来，纵谈至深夜。余曰："中国已矣，殆将万劫不复矣。"荪楼曰："公何悲观之深也？"余曰："政府无道不足虑，外患凭陵不足虑，内政纷乱不足虑，惟在野无一真人才，斯真不可救药耳。溯吾有生以来，横览当世，未见其人。大陆起龙蛇，神州建新国，何人能当此任乎？此余所以悲也。东京为人才尾闾地，公曾有所见否？"荪楼曰："公所谓真人才，以何标准？华盛顿乎？拿破仑乎？抑秦始皇乎？孔仲尼乎？"余曰："就中国国民程度言，似难产出华盛顿；就世界进化言，绝不容产出拿破仑。西方且勿论，以余意言之，能得一诸葛亮，加以房、杜、颇、陆、王、陶、猗十馀辈，定可转死为生也。公意中有其人乎？"荪楼急应曰："有有。兹人尚在东京，闭户养晦。"余急询姓氏，荪楼曰："吾同乡桃源宋教仁，即其人也。"

余闻言之下，惝然有思，豁然有悟，一若宋先生是余前生之密友也者，一若宋先生系余不知何日何处已经相晤也者。呜呼！自兹以后，"宋教仁"三字，遂为余脑海中须臾不离之神交友矣。孰意一枪响处，鬼泣神号，余数年来志同道合、情同手足之宋教仁，一变而为余眼帘中时常涌现血迹模糊、腹裂径尺之宋教仁乎？呜呼！

余书至此，余心欲碎，余泪如潮。余不敢怨天。然天能令格兰俾相辈成功于西方，何以必夺我东方之宋先生？是天公诚愦愦矣！余不敢怨国民。谓国民有罪恶乎，何以能产我宋先生？谓国民无罪恶乎，何以天夺我宋先生若是之速也？呜呼哀哉！黄花劫后，丧一赵伯先；国会开前，丧一宋遁初。使我国民自祖宗以迄今兹，稍有一部分人，未造下弥天之罪恶，则天公未必如是之惨毒也！

无生文选

王锺麒，字无生，安徽歙县人。尝主《神州报》笔政。民国三年病故。今录文五首。

扬州饥民惨状记

前岁冬居海上，得友人函，言饥民状，予心怦然动，然未一见也。昨以事返扬州。扬州襟江带湖，饥民南下者，均麇集于此。既登陆，晤友人，询扬近事，曰：“饥民可悲也。”予心又怦然动。

翌日，以事往乡间，出城西南行。是日朔风怒号，扑面如劙，遍野皆作白色。予方饱食醉酒，犹时时肌起粟。行不数武，见若老若小、若妇若男，瑟缩遍官道旁，弥望而是。询之，皆饥民，有司以圩居之。圩筑以土，圩内聚而处者，不知其几千万也。既入圩，则席棚趾相错，每一姓以一棚畀之。有着单衣者，有并单衣无之、仅以破布被体者，匍匐僵处朔风中，瑟瑟战不已。每经一棚，无在无哭声。有男女老幼相抱持哭者；有偃伏草上，拥破席偃卧，色如陈死人，惟胸腹间尚吸吸然者；有男女各坐，以背相承为衾褥者。

哭声既遍，野人语举不得闻。有一人手持竹筐，不知从何许得残沸，杂红白，方欲自奉。旁坐者见之，则互抢攘。

偶一不慎，筐倾于地，鸠形者咸奔集，手爪腻漆，鹰攫狼搏，残粒顷刻尽。

时日光从棚隙下，咸匍匐骈踵，就襮日中，犹战栗不止。一妇哭甚哀，与之钱，受而哭不止。问之，曰："吾家都七人，吾翁死最早，吾姑死，吾夫又死。今昨两日，吾之长、次两子又死。所存者惟吾及一女，亦三数日内人耳。"予问曰："若曹胡不归乎?"曰："无家可归也。"曰："地方官不尝为冬赈局乎?"曰："人数过众，杯水车薪，无济于事。且所给者皆豆饼。豆饼者，榨油之馀粕也。食之不善，往往得疾死，死者日百数十也。"予闻之心益恸，涕縻縻堕。不忍再进，遂废然返。

无生生曰：吾以上所纪饥民之状如此。吾而今而后，始知吾国人命之贱也。吾闻近岁，十八省无岁无患灾之区，而在上者，卒不能实惠及民。嗟彼遗黎，何以堪此？虽曰"天灾流行"，世所恒有，而人事与有责焉。今日地方大吏，政府枢臣，方且披重裘，餍粱肉，拥艳妻，饮醇酒，于饥民之情形，非惟目不得见，抑亦耳不得闻。即闻矣，其不肖者淡然置之，其贤者虽日谋筹赡之法，而在下者方且以奉行故事掩饰耳目为得计，而彼不知也。

吾闻文明国中，有一人横死者，其名必出现新闻纸数次。一有水潦，则政府必谋得万全之策而后已。而吾国乃如此，岂苍苍者厌我中国乎？吾思及此，吾直愿我同胞死尽杀尽，不复再生此世界以贻之痛也。

虽然，今外势日益急，内忧日益深，碧眼黄须儿，方左持刀、右握矛，以伺吾后。安知吾异日不死于饥，死于寒，死于水火，死于道路，与饥民同也？又安知吾侪异日之情状，不尤惨于今日之饥民也？且安知今日之饥民先我而死者，非得天之福，使不遭异日之祸也？呜呼！吾念及此，吾心灰，吾意尽，吾方自哀之不暇，而又何暇哀饥民为？

答陈相弢书

前奉惠书，敬悉种切。贱疾缚著，致稽答书。比赤熛匿威，蓐攸（收）弭节，想履綦安吉，君子维宜。伏承迩者有名贤书牍之刻，甚休甚休。

先生湘水鸿才，吴门儒吏，摛藻霞蔚，蜚声雷鸣。缟纻之欢，偏彼海宇；琼瑶之什，牣乎巾箱。时或山河乘违，言笑寝隔，传幽忧于音驿，达缱绻于笺缯。诗贻塞北之篇，函致江南之作。寄来黄犬，中郎大令之才；损以文鳞，河北胶东之纸。托微波而通语，苟予情其信芳。然而宦游三十年，踪迹数千里，感曜灵之易逝，慨陈迹之弗留。孤烟独怀，明月不至。风雨梦觉，闻鸡鸣而肠回；山川秋高，盼雁字而目断。或人亡琴碎，已悲黄公之垆；或梗泛萍飘，弥轸宁朔之痛。旧笺犹在，存惨绿之苔痕；新泪重挥，杂退红之酒晕。昔侣烟逝，队欢雨消。爰乃襞此赫蹄，付之影石。搜箧中之旧作，熏以名香；题襟上之新诗，装诸异锦。

且夫生命之永，鲜及百年；会宴之乐，捷于过影。羁旅沦落之悲，死生契阔之感，魂梦驰于千里，恻怆系乎毕生。维此一编，足以百祼。然则先生今日此书之刻，非惟垂艺林之故实，播文苑之美谈，亦以绻古欢、导新喟，流芳在渚，如佩湘兰之骚；金心不渝，益坚松悦之谊。此其风烈，有加曩贤。

走养疴山中，又已匝月。夕醉京口之酒，晨览江洲之潮。药烟出牖，微袅磬音；钟声穿云，时答樵唱。长江灏灏，蜿蜒走于下方；星辰离离，指顾堕于襟袖。岛屿万点，微见片帆；水天一色，忽睹飞鸟。老衲问字，衣有松花之香；游女时来，裙泛莲叶之色。篁云入舍，则僧衣转青；朝暾染窗，而佛面生赭。晴雨万象，回皇四时。无何而秋色上衣，潮气侵袂。残荷犹在，黄菰已稀。世眼虽更，孱质弗适。重以今夏，阳侯肆饕，人天惨凄，川渎排荡，泽玼骨立，溪木肤伤。巷日惨惨，耳惟哭声；瓦霾沉沉，突鲜烟影。

七月之季，买舟言旋。閟神丘墟，戢影家弄。抱恙日久，比益不支。束书独居，日惟悲涕。对客酬酢，每致失欢。方书满其座隅，药烟缭乎窗隙。照邻卧疾，愤甚时欲自裁；范云脉征，医者卜其早世。矧乃忧患久历，似续犹虚。数九原之骨肉，倍于生存；问明德之后人，有靦面目。比以牢愁煎迫，疢疾侵凌；时恐急景凋年，殷忧损岁。因思遁迹阓市，埋形密林；效张挚之独居，法维摩之示疾。而人事猬集，家累鸿嗷。卖文则心似流波，亭伯自知不寿；养疴则室如悬磬，相如无以为生。返念生平，弥深叹恨。所谓积惨之厄，独萃此藐躬；丛忧之身，难望乎寿考。天实为之，谓之何哉？

聊因风便，敢布腹心。万里海天，伏惟自爱。

周孺人诔

维岁在丙午，九月十有四日，吾友上海朱君少屏德配周孺人以疾卒。越日，朱君持状来讣，乞文于余。余不敢辞。

谨按孺人姓周氏，名文隽，字湘云。世居上海，为上海人，至文先生之女公子也。瑶光孕章，兰质贞粹。晞发学绣，习淇泉之傞傩；闻虫弄机，工蔡国之纂组。年十有九，嫔于德门。簧翿联声，缁施作俪。夕然脂而伴读，晨汲井以牵丝。盘龙镜启，笑注双波；朱鸟窗开，诗成十索。任奠铏毅俎之职，治乾籐馈食之笾。敦牟佐馂，上怡乎尊章；免甍饬厨，下孚乎儓服。朗节咸仰，柔仪弗渝。

且夫回文织锦，曾传寄外之诗；问卜拔钗，欲化望夫之石。大抵蛩駏之俪影，惧为鸿燕之分飞。孺人则以为丈夫生有家室，自合壮游；男儿志在四方，何甘雌伏？高柔爱玩之笃，王宽梦想之劳，终因儿女之情，致短风云之气。盖少屏结缡未久，孺人即劝之留学东洋，一切家政，躬自料理。门户愔愔，治内以摄外；盐米井井，送往以事居。犹以馀闲，负笈肄业。顾杼宵卧，讽诗夙兴。素手织绢，时而茧生；柔肠结环，频见毂转。

况复念客天末，怀人河干；盼鱼书而不来，抚鸳瑟而久废。劳怀既多，美疢由孽。孺人恐少屏妨学，不以告也。安书道健，恐生行远之愁；忍泪持家，不作登台之望。少屏始得锐意向学，淡怀内优。迨乎今春，返自东海，与诸志士组织健行公学。东塾西塾，抚苏湖之规；正斋备斋，模鹿洞之制。基础甫立，度支不充。搜仓则金穴皆空，启囊则银杯欲化。于时孺人已灵亏阳宅，骨瘦香桃。见少屏之热心教育也，仍以无疾告。并搜箧得金条脱数事，付质库，得千馀金，为健行经费，盖全是而健行始克成立。虽骆统之姊，出私粟以赒邻；郑袤之妻，脱簪珥以济急，讵足方斯洪谊，拟此清衷？

昊天不辰，华质易萎。促灵妃之驾，枕冷红蕤；登女娃之丘，钗飞白凤。摧兰倪茝，返魂无聚窟之香；罢翠收华，苏榦尠璚田之草。愁撑鱼目，侣拆鹓枝。卒时年仅二十有三。悲哉！溯夫奠雁之始，迄于别鹤之初，年未三旬，归才四载。而少屏又求学异域，岁仅一归。暨重返乎故居，复奔走于教育。秉烛以出，戴星而还。文季对饮之欢，德曜相从之乐，才数月耳。

少屏神伤奉倩，恸切黄门。宵露零而枕棱单，残月下而空房冷。披其罗幕，则华鈖之匣犹新；检其雕奁，则都肤之痕宛在。尘封遗挂，泣杜宇于三更；光暗漆灯，悬影堂之一帧。天乎，莫问怨矣如何！

钟麒忝属石交，饫聆坤直，爰为摘粉搓脂之句，以写胸春眉茧之情。招魂有词，怀香无梦。所望玉箫再世，春回弔凤之山；唐女重来，日煖啼鹃之石。诔曰：

霜欺泽兰，雪脆湘竹。临华夺芳，当影谢馥。嗟兹淑姬，行劭年促。性芬蕴荃，德款佩玉。二十而嫁，祁祁僮僮。三星允协，四德佥同。熬质谨爨，蒸芼视饔。珰珮华屏，桂组约从。君子于役，于心无怼；君子兴学，出资以卫。事微必亲，病笃仍讳。方幸兰征，俄惊玉碎。忉利天荒，震灵药缺。命也不犹，瑶田路绝。月冷洛滨，旌返霓阙。媄姌哀衔，姑媪涕屑。呜呼哀哉！

荃枯兮蕙泣，玉冷兮烟寒。秋河明兮宝瑟绝，新月胏兮修眉残。哀蝉泣兮锦衾冷，黄蛾扑兮冬釭阑。呜呼哀哉！

份份君子，茹痛制成。呱呱弱息，无母何恃？步虚房以象声兮，过影堂而擨涕。傥之子其下临兮，掩珠栊其仿佛。长蛾愁其既颦兮，又欲前而仍避。痛并翼之未久兮，遽见背而即世。呜呼哀哉！

风吹灶兮凤去楼，璠范敛兮瑶华收。冬音死兮绛花落，金枕埋兮罗袂愁。痛寸木之永隔兮，閟彩云于荒丘。呜呼哀哉！

秋瑾女史哀词

昔天水斟符，有南宋清流之禁；朱明沦驭，兴东林名士之诛。然虽祸起乎党人，从未株连于闺阁。若乃娥娥红粉，遭赤舌之烧城；曼曼明妆，饮青锋而入地。未成铁案，遽掩玉棺。以视贤媛负屈，天霏六月之霜；孝女衔哀，郡有三年之旱。此其惨酷，抑又难言。固从古所必无，亦于今而仅见。

竞雄女史者，浙之山阴人也。双环告梦，四教娴诗。孕柔祇之淑灵，禀世胄之纯德。西川小妹，夙负经纶；东海名姝，早娴礼教。军歌谱就，七弦奏凤尾之琴；剑术吟成，百幅写乌丝之纸。时则运丁元二，星灿旄头。女史乃义不帝秦，志图存赵。梅五娘坚贞自矢，童八娜智勇兼全。书分七体，随在题诗；座演万花，同听说法。恨雌风之不竞，俯仰由人；望异域以来游，殷勤求学。方谓军呼娘子，誓携手以同行；虹是美人，看冲天而一起。镞飞杨柳，迎谯国之麾幢；剑蹙鸳鸯，识平阳之旌葆。是则纤纤素手，独挥返日之戈；灿灿红妆，永立擎天之柱。儿女吐风云之气，瑟琴和鼙鼓之声。

而乃贝锦潜昌，豺牙宓厉；天狼坠地，国狗噬人。既成市虎之疑，遂触猰貐之怒。如云鬓发，戴楚国之南冠；似玉身躯，饮嬴刑于北寺。庭前砧斫，生殊荀女之尸；殿上楹榱，死渍赵姬之血。敢一身之是恤，运厄红羊；纵九死其爰辞，哀衔精卫。震电之药，难苏沉冤之魂；聚窟之香，莫回既折之干。向使女史守“无才是德”之言，懔“不出中门”之戒，华胜以宜其饰，婑媠以善其容；盘龙镜启，笑注双波；朱鸟窗开，诗成十索，亦既随时为俯仰，何致陨命于非刑？而女史必不屑为之者，盖虽死不死，祸福之无常；求仁得仁，圣贤所同慨。劲草之质，撄回飙而始彰；幽兰之芳，燔烈焰而方茂。当此众响漂山，群盲吠日；梯突者僭爵而怀绶，正义者遻醢而遭烹，既为嫠妇之报周，必致漆室之殉鲁。

呜呼！霜锋飞而玉陨，白刃坠而香消。生无翟茀之加，殁有桐棺之殓。“莫须有”三字，韩蕲王所以心伤；“何为反”一言，周绛侯因而齿冷。红埋千树，山阿有人；鹃哭三更，人间何世？冰霜万劫，常开薄命之花；香土一抔，即是埋忧之地。且夫曹娥陨涕，名峙湘江；岳女浮尸，声流浙水。而此则丹云永护，空存瘗玉之区；香蜕无归，并鲜生金之字。代苦恼众生而受戮，侠剑沉埋；痛振兴女界之无期，灵旗惨淡。

某与女史，既未识面，亦异知名。只因好恶之公，因有述哀之作。赋仲御之小海，慷慨伤情；歌宋玉之《大招》，旁皇致祭。名兮不朽，与苏菲亚以同传；魂犹有知，偕玛丽侬而来享。凄然援笔，谨为词曰：

缅元造之舛迕兮，视我辰之所当。陶埏密移瘆汤莫测兮，抨鸾吪而鵮翔。惘夫坤舆之上墋下黩兮，畴则扫夫秕糠。天帝下视列缺震怒兮，璇姬织女迭以旁皇。接万灵以走罔车兮，实斯人之降祥。天姥之山有天书下降兮，曰圣秋瑾初度于杭。棍兰茝为首饰兮，襞六艺作佩珰。耻并世尽巾帼兮，倾谣诼联之淡妆。金鬃团胸而红绡抹额兮，求剑术于扶桑。直北辰之方醉兮，馨芴芒而莫彰。誓为夸娥之负山兮，涕明珠以浪浪。咄众女之服艾盈腰兮，搆谗谓兰以不芳。繄黯伯之倚靡谄諛以兴大狱兮，羌不知其何故。揭檄荑之苯蓴茁达兮，萧疏蔓以延附。媢嚣嚣其相嫉兮，恨留夷揭车之当路。鸱鸮夥其鸣轭兮，觑祸隙而兴树。伊岂不能婧娩眳藐以终身于脂粉之场兮，不忍改乎此度。槃悃悃好此灵修兮，视顶踵犹尘堁。奋轻躯以就刃兮，迟女娲之召我。惟识字乃多忧患兮，羌于君而见之。弔凤之山白杨哀号兮，吹为香魂所凭依。娟娟此豸而犹殒命于非刑兮，忽乎同胞之焉归？欲哭君罪而苦无可哭兮，思朝王母而告哀。予伻丰隆御车兮，踧蒙雾而叩扉。九阍门者不为予通兮，纷擎涕其涟洏。玉女投壶而帝醉兮，纷呼叫而天后又不知。人生斯世尺波电谢兮，若白驹之逝空。占扇娉于千秋兮，夫何怼乎庞鸿？辟数千年未有之局兮，天殆欲君为女界之钟。泥犁异日得见光明兮，斯则圣秋瑾流血之功。设使为奴为隶长此终古兮，圣秋瑾其心恫。彼干将莫邪信缺折兮，终愈彼曹蜍李志自保以庸庸。

重曰：

日艳艳兮天茫茫，后有猛虎兮前贪狼，摇唇鼓舌兮伺吾旁，君以身殉国兮君何伤！莫桂醑兮陈椒浆，魂归来兮鉴湖乡。仙之人兮左右襄，明珰翠羽兮云锦裳。曰朕生兮遭跌宕，愿诸姊妹兮长毋相忘。光祖国兮黄胄康，千万年兮唐哉皇。

白祝文

先生蒙难，魂渫精失。友朋见诮，室人交谪。先生曰嘻，子慎勿然。余亦有词，将祷于天。谁使汝幼，而腹便便？谁使汝长，而才翩翩？谁使汝名，传播四方？谁使汝文，纸贵洛阳？手刻造化，笔镌颢苍。干将莫邪，锐不可当。人皆欲杀，屡挫厥铓。呕出心肝，刻肾鉥肠。造物见憎，贞疾在床。纤儿狷徒，荒落学殖。惊庄昧干，甘居雕刓。飞緌曜缨，荣佩剑绂。惟祝来生，只字不识。冒昫干进，不耻梯突。鸿文覆酱，麟史挂壁。被狐坐熊，厥愿大适。

运丁百六，时屯阳九。枭飞妖鸟，天堕苍狗。瞻彼庙廊，肉食者多。司马鹿鹿，相公峨峨。且曰天心，人将奈何？谁则使汝，著为文章？大声告哀，以惊聋盲。欲持寸木，而厦是支。圆枘凿方，所适必违。白狄夭骄，缇骑四出。贻忧高堂，波累家室。张俭闭门，荆卿复壁。谁则使汝，而蹈前辙？天心汶汶，自昔已然。董衮尉湮，葛札谯绵。惟祝来生，昏墨蕊茹。有耳不闻，有目无睹。鸟视禽息，以送寒暑。

人之所宝，厥惟金赀。万贯腰缠，无往弗宜。谁则使汝，视若易得？结客江湖，千金一掷。金尽苏秦，囊空阮籍。门前债主，雁行以立。门内妻孥，如不相识。惟祝来生，既愚且昏。死守一钱，趾不越阍。金穴铜山，源源入门。珍珠火齐，光皇错陈。姊弟笑语，妻孥欢腾。

命不偶俗，昔人所悲。明明上灵，庶几见哀。申祝未竟，天门忽开。恍睹仙真，翩然下来。扬嚧赫休，顾余而咍。曰而所求，余悉而属。易子之心，蔽子之目。绂袞行尸，簪饰走肉。不识不知，以载厚福。聆此神语，中心惵焉。再拜稽首，以谢大圜。悟今是而昨非兮，去生命之蹇连。人以矜能而穷兮，物以无用而全。平亢衷之歉薄兮，余将左携黯伯、右挈崽子以与此浊世相周旋。特出此诀以私孙子兮，慎勿如乃公之恇恇悁悁。

少华文选

李光，字少华，安徽太湖人。今录文一首。

与柳亚子书

亚子先生著席：南社发起，光在江宁，由赵君厚生致启相招，约与俱赴。临发之顷，光以赵君百先邀游孝陵，遂不果行。辛亥之春，与林君秋叶游杭过沪，偕访先生，又不得遇。然先生之生平，赵、林诸君固为光言之详矣，虽无面觌之缘，却有神交之雅。嗣睹著作，尤憾参商。洎读所述吾友孙君竹丹被祸事一篇，更滋景佩。呜呼！假使杜少陵并世而生，宁有“生死论交地，何由见一人”之句耶？

比者叠接秋叶、稚兰来书，并附南社条例、证书等件，猥承不弃，传语招邀，望梨里而慕荆州，感文举之知玄德，爱而不见，我劳如何？自念文章德业，举无以副眷注之万一，惟拳拳于朋旧存亡、交游离合，若有故、若无故之际，殊不忍交臂倾心，误之一再。兹请以林、陈两君之介绍，敬交先生。贡诗二章，敢祈斧削。若荷始终谬爱，并请惠以玉照，示以佳章，俾纱笼丝绣之有由，庶声应气求之无憾。不胜盼企之至。社事另纸以详。盖光之所急，在识先生，其于入社一层，固无可无不可也。

专颂撰祺！李光顿首，六月二日。

滨虹文选

黄质，字朴存，号滨虹，安徽歙县人。深于金石书画之学，余与同事于《国粹学报》，朝夕谈心，获益颇巨。尤癖印，臧周秦古录，为海上之冠。屡次被人盗窃，卒展转以复旧观。客岁所臧精品因邻居失火，又为人窜去。朋辈为之悼惜，宾虹殊为坦然。余谓滨虹之印，必可再复旧观，盖不以失之而灰心，则得之必有日也。今录文十一首。

论上古三代图画之本原

莽莽神皋，自喜马拉雅山以东，太平洋海以西，绵亘数万里，积阅四千年，声明文物之盛，焜耀寰宇，古今史册，流传美且备矣。圣作巧述，学术相承，授受心源，虽或有时代之变迁，支派之区别，忽显忽晦，为异为同，不可殚究；而穷流竟委，各有端绪。其精思奥义，皆自卓立不群，足以留垂万世，厘然昭晰，而未可以或废也。

古者自伏羲氏始画八卦、造书契，以代结绳，为开万古文字之祖，即开万古图象之先。仓颉之初作书，盖依类象形，故谓之文。其后形声相益，即谓之字。字者，言孳乳而寖多也。著于竹帛谓之书，书者，如也。六书之义，首曰象形，画已滥觞于此。有虞氏言："余欲观古人之象，日、月、星辰、山、龙、华虫作（绘），宗彝、藻、火、粉米、黼、黻絺绣，以五采彰施于五色，作服汝明。"夏后氏之远方图物，贡金九牧，铸鼎象物，百物为之备，使民知神奸。《史记》称伊尹从汤言素王及九主之事。刘向《别录》谓凡九品，图画其形。《尚书·说命》云："恭默思道，梦帝赉予良弼，其代予言。乃审厥象，俾以形旁求于天下。说筑傅岩之野，惟肖。"是虞、夏、殷商之际，民风简朴，而画事所著，已综天地、山水、人物、禽鱼、鸟兽、神怪百物而兼有之。

逮于周室尚文，郁郁彬彬，粲然可睹。地官大司徒职掌建邦土地之图，若今之郡国舆地图是也。古之九丘，或言纪载九州土地，其来已久，惟图至周而大备矣。《家语》记孔子观乎明堂，睹四门墉，有尧舜之容、桀纣之象；又有周公相成王，抱之负斧扆，南面以朝诸侯之图焉。此又善恶之状、兴废之诫之大旨也。至如春官掌九旗之物名，以待国事，日月为常，交龙为旂，龟蛇为旐，全羽为旞，析羽为旌。郑注言：旗画成物之象。王画日月象天明。诸侯画交龙，一象其升朝，一象其下复。孤卿不画，言奉政教而已。画熊虎者，乡遂出军赋，其守莫敢犯也。乌隼象其勇健，龟蛇象其扞难避害也。此因所画各异，则物亦因之异名也。他若王日视朝于路寝门外，画虎以明勇猛于守，宜也。扆画斧形，盾画龙饰，饰羔雁者以缋，画布为云气，以覆羔雁为饰而相见，故设色之工，画缋之事，详于冬官。画缋二者，别官同职；共其事者，画缋相须故也。画缋之事，杂五色者，东方谓之青，南方谓之赤，西方谓之白，北方谓之黑，天谓之玄，地谓之黄。青与白相次也，玄与黄相次也。此又言画缋六色所象，及布采之第次也。

其后画事之见于列国间者，鲁公输班之水见蠡曰："见汝形。"蠡迹出头，班以足图之。燕太子丹，使荆轲献督亢地图于秦。楚有先王之庙，及公卿祠堂，图天地山川，神灵琦玮璠佹及古贤圣怪物行事。秦每破诸侯，写放其宫室，作之咸阳北阪上。载籍可稽，不胜枚举。代远年湮，今已莫覩。所可知者，而惟吉金款识。其文字与图画，纠错参差，往往联属。庾肩吾《书品》，论夏雕戈之书，谓为蛟脚旁舒，鹄首仰立；论钩带书曰："鱼犹舍风，鸟已分虫。仁义起于麒麟，威刑发于龙虎。"读者已可想见古人书画同源，非特其言语形容之妙已耳。而趸鼎象尊、鹰父癸彝之类，直作物形，持刀立戈、执爵拱日之象，尤其显者。许叔重言："郡国山川得鼎彝，其铭即前代古文，皆自相似，虽叵复见远流，其详可得略说也。"余于上古图画亦云。

论两汉之石刻图画

汉去商周既远，由古文籀书小篆，降为隶书，书法递变。时至后世，人事繁多，日趋简易，此其一端。图画制作，又与文字显分。吉金流传，每多阳识。迹象昭著，仅类雕饰。其视三代，迥不侔已。汉器洗铭三字，旁有蟾蜍双鱼之形；灯铭七言，式详龙虎鹿庐之制。即如铜镜带钩，铃铎染棓，虽或纤悉成纹，金缕纠错，不可名状；要之古者义存彰瘅，功资劝惩，进德行仁，有事图画。汉文帝三年，于未央宫承明殿，画屈轶草进善旌、诽谤木、敢谏鼓、獬荐。宣帝之时，画图汉列士，或不在于画上者，子孙耻之。后汉顺烈梁皇后，常以列女图置于左右，以自监戒。明王法古，详稽制度，尤多援据典礼，博证经传，著之于画。武帝中令奉高作明堂汶上如带图，又作甘泉宫中为台室，画天地太一诸鬼神，而置其祭具，以致天神。明帝别立画官，诏博洽之士班固、贾逵辈，取诸经史事，命尚方画工图之。

其后若《禹贡图》之成书于阮谌，《三礼图》之见赐于王景，其远且大，可与天文、兵家诸图并重。比之图列仙者，仅明其道术；图功臣者，不及于椒房，犹其事之近而微者耳。独惜载籍所详，今皆不存。而杜陵毛延寿、安陵陈敞、新丰刘白、洛阳龚宽之伦，并工牛马飞鸟众势，人形好丑老少，为得其真。然亦徒著姓氏，艺事不可复睹。今所习见，而惟石刻留存，显然易知，传者尤夥。

武帝元狩中，有凤皇刻石，画笔古劲，无异作书，当为画家写意鼻祖。嵩岳太室少室开母庙，世称三阙，所镌诸画，意态纵横，古拙特甚。前后数幅，若出一手。其中角抵蹋鞠之戏，走马猎犬之娱，螭龙蟾兔，独角兽类，与人之坐者、跪者、持钩者，亘相回应。而所图螭龙，一龙入于窗中，一龙逐而衔其尾；又猎犬逐兔，趯趯然可及者。此尤见天机之洋溢，意趣之横生者也。

永建中孝堂山石室三间，画像十幅，旧传为郭巨葬母处，又云即巨墓。其刻有岑楼阿阁，营帐数重；其人峨冠盛服，左右执版与简策而立；兵士乘骑出射，作战马交驰、戈刀击刺；或高坐堂皇，有反缚若鞫讯状者。而逐鹿搏虎，牵舟捕鱼，曳绳升鼎，设筵授几，种种可观。岸侧之树，花叶相交，禽鸟飞翔，颇极闲暇。亦有长憍（桥?）蹶马，衣冠者与御者，堕入河中，多人举篙，向上援救。舟旁群鱼绕之，而南越北胡，驼象之属，莫不咸备。举凡人世可惊可乐之事，状其难显之容，一一毕现，有如此者。若夫文之工细，错综如篳，列钱青琐，相间贯成，鳞瓦栉比，皆作曲笔，此又开后来界画之渐也。

至武氏祠堂，自伏戏至丁兰十四幅，仅载故事。李翕《黾池五瑞图》，左龙右鹿，二树交枝，树旁一人奉器承露，一禾九茎，直祥瑞图之类而已。其馀如周公之负成王，汉武以赐霍光；孔子之见老子，济宁流于宝应，画木传世，后人祖述，多所摹翻。诸如此类，不可胜数。朱长舒墓石，或谓其人物衣冠，萧疏生动，颇类唐人。王濬颖《乘马时图》，称为友人严纮所书，而考订金石之书，亦不详于著录。（拓本今藏庞君芝阁家，后有近人汪彦份题跋，谓为陕中出土。）事有可疑，未可以肊断也。然其古意槃礴，神妙各臻，必非庸史所能拟议。

胪举大略，亦可知名画昭垂，焜耀艺林，有自来矣。

论画法之宗唐上

古来以绘事名者，动曰法唐。画之宗唐，如周有史籀，秦有斯篆，汉有隶草，晋有真行，体制宏创，允为学书者所祖，虽百世而下，不能出其范围。

唐画真迹，后人所未习见，或因有无学之说，而伪托者又多凿空杜撰，大失本来面目，遂谓唐画皆极粗率。此未睹真龙，叶公却步；徒炫赝鼎，乐正难期。是非溷淆，疑信颠倒，皆扣盘扪烛者，鼓其盲论，聚讼虽多，何以异之？

大抵唐世画法，工妍秀润，虽斤斤规矩，而意趋生动。有明张平父谓唐人去古未远，风气淳庞，其笔如木鸢楮叶，数年而成，绝非后世所得梦见，亦非临摹所得仿佛。又言唐画蹊径，上接六朝，往往以精妍为尚，以深远为宗。其最著者，厥有数人，术艺相承，足垂千古。

吴道玄者，初学书于张颠、贺知章。久之不成，去而学画。见张孝师画地狱相，因效为地狱变相。早年行笔差细，中年行笔磊落如莼菜条。人物有八面，生意活动。其傅采于焦墨痕中，略施微染，自然超出缣素，世称吴装。其徒翟琰、杨庭光、卢楞彻，均学于道玄，时谓吴生体。阎立德、立本昆季，画法皆纯重雅正，性出天然。吴生之作，独为万世法，故号曰画圣。

阎立德，父毗，在隋以丹青得名，与弟立本，家学俱造其妙。贞观中，画东蛮谢元深入朝图，鸟章卉服，庄正恢奇，端簪奉笏之仪，鼻饮头飞之俗，理该毫末，备得精神。立本有文学，善应务。时虢王元凤射获猛兽，太宗命图其真，见者无不惊服。又尝与侍臣泛春苑池中，有异鸟随波容与，太宗击赏数四，召立本写之。有《秦十八学士》《凌烟阁功臣图》，及为群僧作《醉道士图》，并传于世，尤甚著名。固已技擅众美，非独超越寻常也。

至若张萱画贵公子，鞍马、屏帷、宫苑、子女等，冠绝一时。周古言、周昉诸人，时亦专工人物，或画岁时行乐之胜，形貌贵以神传；或多丰肥秾艳之容，贵游本于目见。诣之所至，各极其精。虽仅偏长，无伤大雅矣。所以韩幹专画马，不欲师陈闳，而师曹霸。王维一见其画，遂推奖之。弟子孔荣，称得其妙。戴嵩工画牛，能尽野性，过于韩滉。其弟峄画牛亦擅名。后有张符宗其派。论者谓为气韵骨法，皆出意表。此画佛道人物士女牛马者，技能卓跞，推为独步，后人学古，终莫能到。

乃唐代名人，尚多画壁。楮素遗世，虽或珍若球璜，鉴藏之家，尤不数觏。人所习见，班班可考者，净域寺有皇甫轸画鬼神，资圣寺有吴道子画高僧，老君庙有杨惠之画神仙，信果观有厉归真画飞鹞。笔之记载，咸以为奇。其他图画专精，姓氏不显，流传后世，犹复脍炙人口、称颂弗衰。诚以一技之工，千秋共仰。如云花寺有圣画殿，长安中谓之七圣画，相传殿宇既制，寺僧召画工，将命施彩饰。有二少年诣寺，兄弟共七人，各挈彩绘。后启其门，化鸽飞去。鲁人廉广，采药泰山，逢隐士授五色笔，而画通灵。至中都县，于李令署及赵尉廨壁上，画鬼兵有出战之异，又画大鸟有免祸之方。语多不经，事尤无据，未可遽信为真。要亦肥遁君子，不得志于时者之所为，托物寓言，故神其技。然其必有过人之能，足以惊世骇俗，而非庸众所可企及，因不屑于末技，稍留其身后之名。以视世之攘夺他人之功，博取富贵于一时，有忝面目而不知返，其为人之贤不肖，抑又远已。

论画法之宗唐下

唐画上承晋魏六朝，下启宋元明清，精妍深远，其法大备。山水林石，花竹禽鱼，穷神尽变，恒多创格。

王维家于蓝田玉山，游止辋川，兄弟以科名文学冠绝当代。其画山水松石，踪似吴生，而风标特出。相传长安千福寺西塔院有掩障，一画枫戍，一图辋川，山谷郁盘，云水飞动，意出尘外，怪生笔端。又慈恩寺东院，与毕庶子宏、郑广文虔各画一小壁，时号三绝。毕宏当大历二年为给事中，画松石于左省厅。树石擅名于代，树木改步变古，实自宏始。郑虔居郑州荥阳，山水墨色深厚，树木浓重，老干枯枝，无不沉著。又好工书，尝自写其诗并画，献之明皇，因赐书其尾曰“郑虔三绝”。杜子美与之交善，作诗赠之。其画传世不多，宣和御府藏有数辐。

时以山水得名，足与王维分道扬镳，别为南北二宗者，有李思训。本唐宗室，弟侄五人，皆妙丹音，独思训之画尤著。山水林泉，笔格遒劲，恒得湍濑潺湲、烟霞缥缈难写之状，用金碧辉映，为一家法。其子昭道，作法佳妙，山水鸟兽，精细繁巧；层楼叠阁，俱事界画；豆人寸马，须眉毕具，稍变其父之势。虽才思笔力，均若不逮，而翩翩公子，不徇时趋，唯以妍弄翰墨，继美家风，世称大小李将军，固其宜矣。

王默师项容，又师郑虔，画多泼墨山水，或疑即为王洽。然洽以戛戛独造之诣，开百代云山之祖，南宫房山，转相摹仿，可谓形神俱肖。项容尝作《松风泉石图》，挺特巉削，自成一派。河内荆浩尝语人曰：“吴道子画有笔而无墨，项容有墨而无笔。吾采二子所长。”其自负可见也。所撰《山水诀》一卷，开先启后，厥功甚伟。画之皴钩布置，后学观摩，得有行径。故关同（仝）北面事之，不独为唐末之冠，而实百世之宗焉。

至若边鸾精于设色，譬若良工制器，妙无斧凿之痕。黄筌兼擅众长，称其画雉如神，极有生动之致。此又技呈花鸟，足为学者津梁。所由强颖、陈庶之伦，同在当时，多得师资，名已大显。况有本源家学，断制心裁，一如居宝、居实诸贤，其为蜚声艺苑，良非偶尔。他或术类颛门，争长片技：张璪手操双管，能为一生一枯；王宰家居蜀山，尽作玲珑窳窆；滕王蜂蝶，曲擅精微；杨宁写真，独传风骨。固不仅孙位画水，南本画火，足诩神妙，世所共推。

而唐画流传，宗尚各异，虽有真迹，历代收藏之家，不可概见。名公巨卿，互有评骘，著之简册，不为不夥。宋元而后，作家士习，靡不依傍唐人门户，始抒己见，以臻神妙。故吴匏庵、文衡山，皆云赵松雪画摹仿唐法。衡山遥接衣钵，艺事相承，不绝如线。前贤矩矱，犹可想见。至于后世，每多向壁虚造，妄訾古人。或见倪迂取法荆关，遂云荆关似倪。是何异喻日于盲人之前，其不揣圆而为镜、误明而为烛者，亦已鲜矣。

今欲追踪往哲，景慕芳型，世代既遐，遗传莫诘，不特楮素之留存有限，而兵燹阅历，良多沦失。守成之子，不忍弃置先世簪履之遗，时深匹夫怀璧之惧，每有过访之者，辄自秘匿，惟恐势家豪夺，往往贮之衍箧，或一二百年不与人接。名笔传世，因此寥寥。惟精于鉴识者，溯厥源流，辨其真赝，若止水之鉴须眉，纤毫不爽。蒐罗所获，与见闻之所及，皆足取以为证，殊难为师心自用者道也。

滨虹草堂《集古玺印谱》序

昔者子云拟《易》，不为雕虫；嵇生善琴，又工煅灶。厌忻之故，人事殊焉。余自胜衣就傅，窥乎九流；游屐啸俦，壮而万里。舟还浙水，信宿绵上，过汪讱庵飞鸿堂，见各种印谱，低徊久之。风徽未沫，雪泥已消，鼎鼎百年，觥觥大集。询其所存古印，散佚尽矣。

乃复江淮作客，岁得一归，退耕缮渠，眴延十稔。力之能致，缘尚不悭，窃自喜耳。性与俗迕，来于海滨；时有古欢，萃此吴会。三千珠履，愿怀春申之风；十六金符，如读延陵之碣。侯门昼冷，神物夜飞，入市肆以惊人，典征衣而易我，则孙卿所佩秦斯之篆，尤足珍也。矧夫三仓出玺，百琲量珠。楼均宝燕，姬姜之宠斯专；匣启蟠螭，清閟之珍可数。而是册者，缀腋狐白，岂诩千金？耀手猩红，将裒十卷。亦以史籀遗篆，有历劫而不磨；屈到嗜芰，藉相饷于同好云尔。

叙《印谱》

余尝浏览班史，至《楚元王传赞》，称“孟轲、孙况、董仲舒、司马迁、刘向、扬雄，此数公者，皆博物洽闻，通达古今，其言有补于世”。唐颜师古注：“孙况即荀卿。”顾亭林言荀之为孙，如孟卯之为芒卯，司徒之为申徒，语音转耳，是为塙证。既而余得孙况印，鼻钮铜质，土花辩驳，翠泽犹新，而文字秀劲，颇类李斯小篆。因悟秦政封禅诸碣，若琅邪台、泰山石刻，其体制皆无以异，为之狂喜。拟以“宝荀”名楼，师龚定庵“宝燕楼”意也。

夫定庵论印，于官、私二者，有欲其史不史之殊。自来藏印之夥，无如汪讱庵。余族聚居新安之潭上，去讱庵飞鸿堂故址，廑六七十里。往来江淮间，舟行必经其地。至则裴回瞻望，未尝不怀想其遗风。询所藏印，则归西溪汪氏已久矣。洎客游归里门，与西溪汪宅衡宇相望，又获交其贤士大夫，始稍得窥其所存印谱。不数年间，又得其印谱中所有之印。盖庚申兵乱，新安罹劫最毒，印故散失，事平而家人或收其馀耳。然存亡得半，尚以千计。近年宇内藏印诸家，所及见者，如仁和许迈孙、桐城马莪园、湘中吴芷生诸君，得讱庵藏印，皆数百钮。

余生最晚，而得印存之印亦较鲜。讱庵印谱流传近世者，人人目为瓌宝，东瀛士女，尤艳称之。余蒐辑有年，自忘黯陋，择其精者，曾订成帙。近来海上，友人之索观余所得印者益多。惟是古文籀篆，风雨磨灭，传世寖稀。而鉨印之文，朱白累累，新发土中，方日出而不可穷诘，则通儒之名字，爵官之封号，其未纪载于史臣与谱录于先哲者，不胜枚举。缪篆虽微，苟繇是以溯文字之源，而探经传之赜，周秦两汉之学术，且蕲大明于天下，而岂徒雕虫小技，夸耀今古哉。

至今弔春申之往迹，感荀卿之不遇，悲其被谗放废，终老兰陵，而仅推儒墨道德之行事，兴坏序列，著数万言，授其弟子李斯于相秦之日，斯不能用，而卒无补于秦之亡。《诗》曰："民之贪乱，宁为荼毒。"士君子不幸而丁危乱，欲拯斯民之荼毒，益令人载稽仕籍、景慕前贤于不置也。余集古人官私鉨印，因述其得印之颠末而著于篇。

《荀虞画谈》序

董香光著《画禅室随笔》，详言画旨，归其要于用笔用墨，学者宗之，垂三百年。至秦缃业作《桐阴论画》，推崇董氏，褒然首举，摈斥北宗，辍而非录，岂弗思翁《画诀》所称，一落画师魔界，不复可救药之说，为之入主出奴哉？

顾画禅衣钵，如卞花龛、沈子居，皆能浑厚浓古，不堕宋元矩矱，而识者犹以华亭习尚薄之。白耷山人阎尔梅以胜国孤忠，矢怀高洁，评骘古今，谓黄子久画法，本之董北苑，而遒险过之，不似而似，乃为其所独造，后惟沈石田最为入室。董思白酷临北苑，而骨薄姿纤，似而不似，优孟衣冠矣。洵乎其知言也！

娄东王逊之，刻意摹拟思翁，未能脱其窠臼。王清晖虽取法唐宋，已开乾嘉画手鬆懈之渐。刘、李、马、夏，无复过问之者。王新城《蚕尾集》，言画者多习南宗、少北派，因喜其灵秀，而惮其雄悍。宋商邱论画，尤赏心于北宗之二公者，去思翁未远，多见古今名迹，又富于收藏，故其所言如此。昔邓完白工书，肆力北碑，一洗前人南帖柔靡之习。包安吴、吴攘之扬波助澜，学风所扇，家汉魏而户齐梁，虞欧而下，皆以为不足观。而独画学一途，积弊相沿，去古愈远。近罹庚子之厄，大内旧藏，流入异域，碧眼紫髯人，共知缣墨之可宝，犹不靳兼金白璧之价，蒐求于劫灰故纸之馀。旷代瓌宝，恒集都市，目论之士，若无甚轩轾于其间，神皋美术，终以不振，非学者之耻乎？

余不自揣，因摅所见，笔之简端。持论踳驳，不无与世乖迕；然寻源溯流，当亦不囿于时者之所许也。于是乎书。

与柳亚子书

近惠赐《南社》诗文集，阅悉。采辑宏多，猥以下走恶札，羼刊其间，滥竽之惧，前函本非饰词。先生顾不见谅，且重下走之愆。君子爱人以德，果如是耶？

窃以学问、道德、文章，三者皆不可假以虚誉。故古人寻常酬应之作，取入刊集过多，已足损品；况以瓦缶之鸣，而杂笙璈，其必不能动人清听明矣。鄙意文字贵于精美，以关道德学问为归。非此，宁阙毋滥，宁尠毋蔑可也。

下走学植荒落，无由进德，惟蜷缩尘市中，岑寂如崖谷，仅摩挲古金石书画，间与一二欧（鸥）友相研求，稍剖前人拘泥穿凿之惑以为快。自谓古人之道与艺，皆于是乎存，而不知其僻隘也。益以世氛日嚣，人生靡乐，故交之士遭戮辱、罹祸乱者，不可偻计，伤何如之！然成务而愤踣，立异而触冒，此非尽庸人，而沉几未深，豪杰与有责焉耳？邦之兀臬，来日大难，先生其何以拯救之？

亚子先生道安。质启。

《分湖旧隐图》书后

“凿池畜水鱼千里，叠石为峰蚁百盘。肯信有人行汗漫，云山无际海波寒。”此灵芬山馆题《万里浪游图》句也。亚卢先生自撰《分湖旧隐记》，飘零湖海，与郭灵芬同有身世之感。仆亦羁旅人，游踪萍梗，遥望故山，因写斯图，不禁为之累欷已。滨虹黄朴存。

古玺印铭 并序

余痌时艰、薄世味，暇辑玺印，以古自娱。絚之岁月，所获可仟伯计。汰其繁薉，手拓成袠，乃为铭曰：

> 牺绳沕穆，嬗易书锲。俗化雕文，佐符用玺。玺印之作，以检奸萌。权诈窃发，烈于秦嬴。扶苏殒身，子婴组颈。亡国不祥，莽称符命。改文新辂，赐章单于。椎破以斧，召戎有馀。如汉趣销，如项刓弊。群雄虓阚，所重神器。亦有侯尉，佩紫怀黄。鼎贵高门，人讥烂羊。入货鬻官，苞苴纳贿。影组新朝，夸荣郡邸。对兹累累，物且蒙羞。我安韦布，抑又何求？中心忉怛，斯文将坠。佉卢梵

书，派衍殊类。不朽之业，史册烂然。姓氏锓私，百不一传。伏犬外嚮，愉鼍左顾。制造寖迻，而愳鳌古。今也神皋，洪水横流。狙诈长乱，陆沉之忧。文遐猎碣，诺重馋鼎。吉金不渝，唯印示信。

雷母陈夫人诔

蜀中雷母陈夫人，处士伯杨先生次女，适云峰先生，吾友雷君铁崖之母也。甲寅七月八日，年七十有二，以病殁，家人卜葬于宅左山阳。雷君方羁海外，逾五十馀日，甫得耗。冬十一月，社长柳子亚卢，邮寄雷君铁崖母夫人丧讣、行状来告。仆闻而哀之。维时江流夜寒，林垌昼暝，风嘶霰集，韬此棻采，天道茫昧，夫复奚言？虽然，仆稔雷君至性孝友，抱道贞洁，其克承母教，足励世俗者多矣，又乌可以无言？

繄母夙素，诞自名门。生有婉嫕之容，幼禀清节之训。虽夭桃比艳，既赋于归；而衣芦忍寒，尤全至行。故知职勤内相，必茹蓼之能甘；教有义方，且画荻而不倦。遂令先贫端木，殖货丰财；毕愿向平，男婚女嫁。家道无坎坷之虑，人生得餍足之思。德与才兼，可谓难矣。抑复志存忧国，甚于恤纬之嫠；子未当归，念此倚闾之母。岂非迢迢万里，宜乘壮游；鼎鼎百年，相期大器者乎？然而霜华易老，风木含悽，非所料也，岂不哀哉！因为诔曰：

朔气既严，上惨下黩。霜雪凌厉，卉木萧索。载瞻爱日，胡忽西沉。崦嵫景薄，沧流晦冥。浩浩海波，矗矗冰山。乡关间隔，游子不还。崎岖蜀道，澄清江水。寸草春晖，思亲无已。

善之文选

程善之，以字行，安徽歙县人。余与同事于《中华民报》，议论颇为相得。报事停歇，善之回扬州，即音问鲜通矣。善之工文辞，所制《说枪》《说炮》，尤为杰作。近年以来，皈依佛教。定知慧业日增，不在区区文辞之间也。今录文九首。

《印度宗教史论略》序

呜呼！释迦不能起印度之衰，耶稣不能拯犹太之亡。其究竟也，大鹏生于鵪鶉，晨风卵于斥鷃。佛东出而昌，耶西去而光。还顾本邦，苍苍凉凉，如夜未央。哀哉！岂徒人谋之不臧，毋亦宗教之不祥乎？

宗教家之言曰：出世间法。出世间法，非所以入世也，斯其所以蝉蜕尘网、敝屣天下也欤？人人而蝉蜕焉，而敝屣焉，则将国不国、家不家、世界不世界，岂不廓然至公，无彼此、无疆场，无政刑、无兵革，熙熙皞皞，共享太平之乐也哉？然而不尽能也。于是仁义不能胜智勇，慈悲不能当惨毒，乐易不能御险巇。哀哉！释迦、耶稣，卒以其救世出世之心，而首陷其乡国于修罗阿鼻之劫也。

虽然，吾以为此皆世人根基浅末，智意卑下，不能察先圣先哲之微旨，而以是为玩弄光景焉。是其自误之、自病之，而因以自酿其困也。夫五谷不熟，不如荑稗；蟠桃不华，不如樲棘。学道不至，不如为术。众生自愚，菩萨自智。管蠡之见，奚足语于高深哉。

盖宗教家之所谓出世，非别有世也。质而言之，其目的即在将来耳。由循蜚而至今日，其为期非不远也。远而限之以期，则虽千万年可坐致。惟以将来为目的，则可近可远，可大可小。今日有今日之将来，明日有明日之将来，无尽期，无止境，斯岂非所谓极乐世界，所谓天国乎？佛言不度众生，誓不成佛，其以度众生为成佛之功行也。众生果可度乎？果不可度乎？佛不佛在可知不可知之间，而必以众生为功行，天国之自在人间也尤明矣。知以天国为将来，则必知以人世为现在。知言出世，则必以现在为阶梯，其更为彰明较著、无复诘难者矣。故夫所谓天国者，仍以众生为之，仍以现在之众生为之。但能阶梯现在，即成佛作祖，无穷之希望，皆在是矣。惟其为阶梯也，故有破除之与保存之之二义焉。不破除，无以成也；不保存，无以养也。兼是二义，而后能以仁义行智勇，以慈悲化惨毒，以乐易镇险巇，出世入世，两无妨碍。彼专言入世者，重保存，此政治家之偏也，不知人间之有天国者也；专言出世者，重破除，此宗教家之偏也，不知天国之在人间者也。

印度之宗教，世间中之最有哲学价值者也。闲居无俚，偶撮其古来各派之要旨，各为一篇，而略述其是非同异。因举生平持论之旨，以弁其首。

《胡氏族谱》序

人生一世，岂不苍苍茫茫也哉！自顾此身，其来何所，其去奚穷，窈冥而不能省识。然而一旦去乡国之亲，而念家庭之乐，则涕泪萦之矣。隔二三十载，而追维前此钓游之趣，则梦寐遇之矣。俄而历祠宇，览丘墟，语祖德之绵绵，又神魂拟之矣。是故来去无迹，而无不可寻。其念念相绳，徘徊留恋，上承而下启者，至无穷尽。呜呼！斯念也，盖人群绝续之关键，而性德淳漓之起源也。

三王之盛，因人之念而扩之，于是天子建国，诸侯立家，卿置侧室，大夫有贰宗，士有隶子弟，庶人工商，各有分亲，皆有等衰。故其书曰："无忝尔祖。"又曰："以保我子孙黎民。"其勖人以身系前后之交，而寄前后于一身之任，有如是者。后世版图愈廓，族姓益繁，亲疏合离，无以相固。而文字教化，日益卑下，不能覆帱而镕铸之。乃至于数典忘祖，同室操戈。贤哲之士，心焉忧之。欲明统系，联感情，正本源，泽枝叶，则有谱牒之学，号称专家者，然一代亦不数数觏也。呜呼！敦本之念既衰，则人人无复睦恤之情与长久之望，宜其畔涣支离，情见势绌，有如今日也。

浙东胡氏，昔出吾皖，代有闻人。洪杨之役，始自杭州避难南上。兵燹之馀，谱牒散失。同光之际，雪塘先生者搜集文献，志在纂修，未暇告成，婴于世务。令侄宝琛昆仲，追怀先世，慨然有述，因门人许咏春而属序于予。予惟人无智愚，莫不慕先贤而望孙子。惟其有是念而无与系之，忽然如石火电光之过眼。今重之谱牒，令为子孙者，知立身斯世，自有去来，而非泛泛然、踽踽然之偶以相遭也。则所以上承下启者，岂徒一时而已？行见胡氏贤子孙之肩摩而武接也，即斯一念占之矣。

九渊侄遗文序

天下之至不能住者，莫如生世之光阴。或怀抱而殇，或耄耋而息，其修短不同，而其悲死恋生则一。然使徒以修短为悲为恋，犹至其非焉者也。使其人生而知读书立志，弱冠而崭然见头角于家，亦既称于乡里、誉于友朋矣。而父兄不能终其庇荫，家庭不能安其居处，卒于离亲族走四方，其志若竟若不可竟，其学若可成若未可成，愤激蹭蹬之馀，积气内攻，以陨之中道。呜呼！试为设身处地，弥留一息之时，其悲恋当何如者？此今日所以检吾九渊侄遗文，而泣数行下者也。

忆幼时从先兄居金陵，厅事数楹，广且朽矣。九渊生之三日，厅砉然倾圮。余嬉戏其间，一妪挟以趋，冒土石震眩几绝。少定，闻家人慰兄嫂，言此充闾之征也。及九渊稍长，体羸而心挚。先兄既殁，亦来居于扬，顾与余分塾而读，其暇时辄以弈棋相过从。自先君子弃养后，吾侪各荡析走东西，谋衣食，偶得一见，诧为大幸。回首幼时事，垂三十年，忽忽若醉若梦，不谓今日乃九渊先醒也。

九渊于诗文外，尤邃于算，又能和文，皆未暇著述。体既善病，性本卞急，以是奔走数年，无当意者，遂病困。迨余知而问之，则已殁矣。呜呼！使九渊早生十年，及吾家之犹可相保，昆弟叔侄，互为师友，相与匡救其偏，调和其气，则吾九渊或不遽夭；即死矣，所就当不止此。呜呼！岂非天哉？人生电光石火耳，奈何此发现于电光石火中，盛衰离合之迹何其多，而竟不能为赍志穷愁者少慰，抑又何也？

援笔挑灯，顾影叹息，书此以塞吾悲。嗟乎九渊，复安从睹此也耶？

《骈枝馀话》自序

天销劫石，灵鹊无桥；地折昆仑，巨鳌失峙。怨嫦娥之冷落，仙药无灵；话佛土之庄严，优昙一现。呜呼！次公得酒，虽醒而狂；士龙临文，有癖在笑。心负万里，寿促百年。觥觥今古，对明镜而滋惭；断断是非，睇墓门而短气。夫孰知此，天实为之。又况年华送老，豪情避哀乐之潮；家室累人，儿女夺诗书之席。复值民溃梁都，鬼谋曹社，天飞羖䍽，人避鱼羊。琴绝广陵之散，笛悲山阳之弄。眇盱旧族，渡江水而怀沙；毛薛上宾，望夷门而陨涕。盖觏于梦者，且异平生；接于形者，遑论新故？此则闻见所及，神魂为销。蒲柳之质，所以望秋先零；熠耀之光，所以未霜而暗者也。

然而耳目故在，骨肉未寒。以云出世，则尘障不销；以云埋忧，则后土不载。不有自遣，何聊厥生？是斯编之所以作也。先生乌有，公子凭虚。义取“骈枝”，名标“馀话”。若者蜃楼海市，若者风马云车；若者北里扬鞭，若者南山射虎。若者车轮悬虱，巧蓄三年；若者棘刺为猴，斋逾三日。亦有李波小妹，共弯大道之弓；郭解舍人，怒断书生之舌。感激知己，钟期绝伯牙之琴；急难友生，伯桃发荆卿之冢。尤有十洲邈远，九裔侏离，奇肱纵其飞车，刑天舞其干戚。蔷薇红白，美人结壮士之襟；百合苍黄，总统误孱王之策。更或秋士述怀春之思，春女寄悲秋之怨。红蚕寸寸，吐恨为丝；金线年年，织愁成绮。要皆无有典要，惟托寓言，既以自娱，兼之玩世。譬之镂冰为綵，岂关水德之真；漾日垂虹，宁属雨师之巧？

呜呼！壑舟何世？石火何时？生既苦其无涯，学安期其有用？漂零桃梗，或有同情；辛苦蓼虫，岂无共味？不知许事，相逢且食蛤蜊；若论赏音，今夕只谈风月。

与柳亚子、朱屏子、胡朴庵书

亚子、屏子、朴安先生均鉴：别来将一载，授徒课读，颇得忘世之乐。时一念及诸君子，取杜集读之，聊当晤对而已。

窃惟文字之学，以空疏为世垢病者久矣。经史子集，汗牛充栋，而无以塞斯谤也。盖非文字之过，而文人之过。秦汉以前，如《周礼·考工记》，如《黄帝内经》，如《墨子·备城门》《吕览·上农》诸篇，以及散见于《管子》《孙子》者，皆以美术之文言科学，学既征实，辞复斐美，岂能以空疏病之哉！自汉以后，科学衰歇，文实分途，而文学亦大逊于曩日，以迄今兹。（惟史中诸志，尚有此意。不然，无复留矣。戴氏《勾股割圜记》，亦科学之文之佳者，然文学家无称之者。）

窃有妄想，以谓复先民之规矩，雪千载之谤讟，发文字之精光，导科学之渊泉，出陈为新，张内于外，是今日有志国粹者之责也。客冬因本斯旨，拟《说枪》《说炮》二篇。汉皋之行，遇茶商自南洋来者，谈锡兰茶务，因为《锡兰茶园记》一篇。用特别纸录呈。文字陋劣，知不足语于大雅之林。所敢断言者，国学不亡，文字不有复古之日，聊以是为乘韦之先。虽异时白豕贻诮，所不敢辞也。他日得暇，思赓续为之。

学不称志，公其何以教我？念念。敬讯起居，辞不尽意。程善之再拜。

与柳亚子书

亚子先生大鉴：赐函敬悉。《太一遗书》，已从邮局得之；寄尘之函，则未得也。所云书局事若何？先生知其要领否？碌碌一世，自问了无可言。而眼前巢幕之安危，又时时搅人怀抱。惟一睹佛书，则眸开心爽。故遂为之辟荤茹素，遂及一载，颇觉有自得之意。不敢遽云成佛作祖，或亦以不材葆其天真乎？

尊恙想已痊愈？迷阳却曲，举世方滋。卧疾闭门，正是布衣之贵。矧联吟并影，福轶秦徐，能不令人诧为神州仙宅耶？佛氏之书，《楞严》最尚，而《金刚》三昧通宗，尤为了彻。私谓病榻杂摩，能以馀暇及此，亦养心之良术也。

率此奉白，即候俪安。尘上。

说　枪

徒兵也者，军之主也；火枪也者，兵之主也。故军之胜败，于枪之良窳为最。

枪之制，修五尺有六寸，其重十有九锊。前刃以冲，后柄以握，中柎以控送，旁杼以出纳，上表以定远近。其为器也，革以带之，木以托之，条以雪之。镂铁之齐为之体，铜锡之齐为之韬，硝汞之齐为之火，铅镍之齐为之丸。体有四，曰刃，曰管，曰机，曰柄，而机尤要焉。机之用在针，而力之原在簧，簧所以激针也。丸之发在火，而火之始在括，括所以受针也。韬蓄火，火发而韬去，钩所以启韬也，杼所以出韬也。凡捧枪，高者并其肩，卑者夷其膝，下者偃其体。前毋偏，后毋滑，中权毋易。前偏以黍，千步以外尺也；偏以寸，千步以外寻也。倚肩不实之谓滑，注目不审之谓易。其声亦然，故不可以不戒。其发之也，向风背风，向雨背雨，向日背日。其偏正缓急，明眩近远，皆有异焉。枪之善者，千发而簧不弱，管不磷，杼不滞，火不遗，宁是国工也。善发者，审曲面势，居正用直，陷者，出者，推者，激者，触者，瞰者，毕效其巧。其连也如长风，其洞也如走电，其密也如集霰。能是者，谓之人器不相负。人器不相负，虽谓之不负军、不负国可也。

说　炮

炮也者，徒兵之蔽也。体后而锋前，其相需也，载者车，发者弹，失是二者，与无炮同。炮之制六，分其五以为管。其内为羊肠之契，以遏弹而荡之。故其出也，劲管之后、机之前，设盾焉，以冒器而护人；设左右耳，以置舆而便用。机之属，有牙，有柎，有表，有星台，有横轭，有旋柱。牙纳弹，柎发火，表测度，星台窥横轭启闭，旋柱俯仰左右。车两轮，其辕长以曲，骈于副车，驾两服焉。发火之药与弹，副车是董。凡弹之要，莫先于导火。导火，铜为之。发之烈，烈之之远近皆禀焉。亦为羊肠之契，以合于弹。弹之属，有子母弹，有霰弹，有烈弹，有层殚。子母弹之发也，大鼺小腾，内抟外激。霰弹之发也，暴雨急霰，群螽羽空。二者足以多杀，而不足以陷坚，是野战者也。烈弹之发也，内药外铁，喧豗崩腾，如雷行天，如风拔木，火力胜矣，利陷坚，而野战或疏。层弹之发也，铁火相搆，离为数叠，其来也，如陨星；其开也，如跃冶。杀伤之威，兼斯三者，而力则少间焉。凡用炮，有六利，有三能。平利长，危利短，险利重，行利轻，逼利散，卑利狙，皆因地也。能陷坚，能致远，能多杀，皆因势也。明于六利，以应三能，而酌于四弹，是为良将，国不虚器。

锡兰茶园记

今之茶，昔之槚也。凡植之属，能以利被天下者，谷以外，莫如茶。华夏之茶，被于世界，则有钦其利而效之者，锡兰其一也。锡兰之茶二。本大而枝劲，杀锋而多芒，曰阿萨墨种，移自身毒者也。其为质也，重而鲜轻；其为味也，厚而未清。茶之出于原隰者也，干卑而枝细，叶长而茎弱，曰变种，来自中国而变焉者也。其味清而腴，泽而永，一呷之饮，终日不尽。是惟坡陀峦障之所培，茶之选者取焉。

艺茶之法，岁孟冬，垦地尺而肥之，播种焉。其苗其秀，徂春来秋，然后分植。茶之性，其苗也畏孤，其秀也畏拘，其长也欲扶疏。故分植之际，计之以寸，为其相距，纵得五六，横得四五，以通风日，以利走趋。凡茶之为汁，聚之为宝。干有馀则叶不足，叶有馀则味不足，故一年而芟繁枝，三年而施大割，割之十有八旬，乃可以采。

采之际，叶舒而成者荫枝，留勿去也；叶薄而纤者鲜滋，去勿取也。叶之下，茎之侧，含萌抱勾，将达未发者，上也。蜂腰而葆英，卷芒而青零者，次也。如是者采之。初采毋盈，盈则损精，次将不成。大割以后，岁有芟剔。更四五年，重去其节，俾通其汁。地力有尽，所资者肥。骨用牛羊，谷用萆麻。不然则种豆于隙，用其实秸。不然则芟馀之枝，断而瘗之。不然则大雨时行，薙草积平。五者之用，揆时度地。

至其纳之于机也，风之，压之，簸之，扬之。既设其色，又和其味。其香斯闻，其品乃贵。司机者，轻其手足，劳其耳目。一日一人，万夫取足。盖锡兰赤道之下也，其四时惟夏。植茶之家，莳而刈，刈而制，以相及也。机无闲，地不隙，是以为利也无既。

瘦坡文选

方廷楷，字瘦坡，安徽太平人。今录文二首。

江君小传

处今之时，性磊落，喜危言，必中宵小之忌，而不容于世；甚或遭人辱折，而莫获当世之直。噫，可慨也！

夫江君绳武者，伉直人也。遇不平事，辄攘臂而前，力之所及，不惮烦劳以赴之，一时有朱家、郭解之称。然以此结小人怨，而受不肖之中伤者亦屡矣。余之识江君也未久，以其性之狂直也与余合，而为世所白眼也，复与余同，故一见如旧交。君之祖燮堂公，积学士也。红羊之乱，习医，活人无算。君之父长清公，弱冠游庠，惜不幸早殁。君少抚于燮堂公。稍长，即精岐黄术，殆渊源有自者耶？其名承祖，字绳武，盖不忘祖训云。

程弁书先生墓志铭

余识程南园十年矣。其清才秀骨，为吾党之冠。往来既久，得闻其先大父弁书公之学行甚详。

公博览载籍，尤工书法。常游岭南，为大府幕客，曾湘乡极器之。后归乡里，值东南大乱，吾邑尤遭蹂躏，公悯之，毅然出任其艰，力持一切，以致活全不少。邑侯上其事，保教职，坚辞不受。其有功不居如此。其他若建祖祠、收来龙、置义冢诸大端，皆有力焉。及公之身，族人相安，息讼者数十载。其恩德感人又如此。年七十卒。嗟夫！

儒者有言，一命之士，存心爱物，于人必有所济。盖恻隐切于中，则环而待救者，莫不延颈举踵以俟之，未尝以穷达分疏戚也。自晚近凉德渐兴，规模不越身家以内，推而至于同宗同祖之休戚，则行路而已矣。又远而暨乎一乡一邑之肥瘠，则秦越而已矣。闻公之风，其能无愧乎？嗟夫！公亦可以无朽矣。

公讳典谟，卒于光绪庚辰。其配李孺人，有贤德，前卒于同治辛未。子二，长梓，次杰。孙三，鹏翥、振钧、振铣。曾孙二，兴缮、兴业。梓早卒，无子，鹏翥继之，即吾友南园也。以民国乙卯二月合葬于麻姑，并其继父及生母曹孺人附焉，而以铭属余。乃谨为之词曰：

公之行，信于族。公之功，盖于乡。缅彼肖黄峰之麓兮，实惟公之佳藏。

寄尘文选

胡怀琛，字寄尘，安徽泾县人，余之季弟。好为小说家言，文章清秀如其人。今录文十七首。

《变雅楼三十年诗征》序

高剑公尝辑《三十年诗征》，其友人胡怀琛闻之，寓书以辑《全清诗》相勉。剑公复书有曰："世事之变，以近三十年来为最亟。故诗之奇，莫奇于此；诗之正，亦莫正于此。读三十年诗者，可以观学术之蝉蜕，政治之变迁，不特诗也。"此言甚当。吾于是乃知剑公之用心矣。黄岩土偰桢，亦剑公旧友也，昨岁与余遇于沪上，颇有意于《全清诗》事。又闻同社景耀月，欲作《清诗存》，其意盖与余略同。今剑公《诗征》既成，若更为此，或亦为今日应有事。吾闻合力，事则易成。今同志有人，公抑愿彼此相助，以成巨帙乎？公命予为《诗征》序，再以此意进之，即书于卷端云。

民国四年春，泾县胡怀琛寄尘序。

《习静斋诗话》序

余浪迹湖海，不居故乡，且十数稔矣。壬子之秋，仙源方子瘦坡，驰书订交。余谓方子山居久，所输于余者，多山水清淑之气。余以报方子者，俗尘外无他物也。明年春，方子辑诗话续编成，复命余为之序。余久之未报，诚虑所以与方子者，俗尘外无物耳。方子屡书促之，辞不获，乃告之曰：

吾宛陵山水之佳，闻于东南。谢朓、李白所流连歌咏，其遗迹犹可寻也。梅尧臣、施闰章之风流，犹未远也。君生于斯，歌咏于斯，涵濡既久，发而为言，与羁身市尘喧嚣之地者，其言如何不侔，视吾二人之文而可见矣。持吾二人文而比之，试探其清浊之因，学诗之道，其待他求乎？独慨余尘事缠纠，弃故乡而不居耳。俟夜深群动稍息，秉烛书此为之序。然而吾所以与方子者，仍俗尘也。

云鹤先生遗诗序

云鹤先生遗诗一卷，明嘉靖时，西蜀刘公元凯著。公尝知吾皖太平县事，有政声，至今父老称颂不衰。此为公手写本，流离转徙岁百年，为其邑人方子廷楷瘦坡所得。方子少年工诗文，有《习静斋诗话》行世。而于先贤遗迹，尤搜罗保护，不遗馀力。与余订交，寄此册示余。受而读之，天机流荡，襟怀豁达，有禅理焉。顾数百年来，不见于世，以至今日，究竟精灵不泯，纸墨完好。公之诗，自有其不泯灭者在耶？抑方子珍惜之功欤？方子之前，已不知其经几番沧桑，而卒不灭，宁为方子之功？若谓其诗自有所以不泯灭者在，而前贤往哲，著书满家，散失飘零，与身俱逝者，又何其多也？呜呼！此理难言矣。

吾今虑夫人寿不常，吾与方子之不能永守此孤本也，亟谋付诸剞劂，为之流传。吾人之责，聊尽于此，他非所问耳。

《在山泉诗话》序

余性冷淡，对客终日无一言，同人许为老成，实则不然。盖余极偏僻，一言一行，不肯从他人之所为，即有不得已而蹈常辙者，终非我之志也。壬子之秋，识陈蜕庵老人。蜕老于清季创《苏报》，昌言革命；及民国成立，深自韬匿，惟恐人知。白发婆娑老者，独喜与少年游。介绍余识潘兰史。兰史读万卷书，行万里路，久负才名，交游至广。十年前曾撰《在山泉诗话》，今付剞劂，独命余为之序。此何故也？非言行不肯蹈常辙乎？夫诗人别有怀抱，非逐逐尘事者所可与言。蜕庵、兰史，吾心所佩。今蜕老已作古人，舍兰史，吾谁与归？

《影梅盦忆语》跋

冒辟疆《影梅盦忆语》，一选刊于《虞初新志》，再全刊于《昭代丛书》，固已家有其书矣。顾董小白即董妃，清初诗人皆隐约其词，未能明言。今既易代，罗掞东、陈石遗辈，各引吴梅村诗、张公亮传以为证，反覆辨之，著于简册。甲寅春日，有佛倩君自燕京钞寄《忆语》，附以考证。余适于是时得番禺沈太侔所刊影梅盦悼亡题咏，乃并刊之。考证及张公亮所为传，皆附焉。悼亡题咏李雯以下五首，沈氏原刊列为附录，今仍离之，不与前混。王西樵及龚芝麓两词，查莲坡诗话一则，佛倩钞寄，非沈刻所载。芝麓尺牍一首，余自他书摘出。沈刻又有小宛传等，非辟疆同时人作，今删去。刊成，太侔又寄余《九青图咏》。九青图者，陈其年为徐紫云作也。题咏皆出清初名人手，其书今不多见。已拟附此卷末，复思此虽水绘故事，究属湖海佳话，似不相涉，当谋别刊焉。

跋《汪南溟尺牍》

曩于冷摊，得《汪南溟尺牍》一帙，为东瀛木刻本，中土固未见是书。曩亦未闻南溟为何如人，顾其文甚佳，遂重刊行世，忽忽已三载。昨偶阅张心斋《跋洪愫菴歙问》，有及南溟事，始知南溟为黄岳间人，而其遗闻轶事，亦复可称。张跋云：

> 王弇州先生来游黄山，时三吴两浙诸宾客，从游者百馀人，大都各擅一技，世鲜有能敌之者，欲以傲于吾歙。邑中汪南溟先生闻其至，以黄山主人自任。僦名园数处，俾吴浙来者，各各散处其中。每一客，必有一二主人为馆伴。主悉邑人，不外求而足。大约各称其技，以书家敌书家，以画家敌画家，以至琴奕篆刻、堪舆星相、投壶蹴鞠、剑槊歌吹之属，无一不备。与之谈，则酬酢纷纭，如黄河之水，注而不竭。与之角技，宾时或屈于主。弇州先生大称赏而去。

前辈风流，正可想见。而在心斋当日，已有“自明季日就凋敝，数年以来，生计益绌，欲求如曩昔盛时，可复得哉”之语。又更数百年，以至今日，则益不可及已。而南溟遗文，无人收拾。士子久未知是书，而反流传于扶桑三岛，不亦深可慨耶？世之读是书者，或未尽知南溟轶事，故举其言，书于卷尾云。

乙卯夏，安吴胡怀琛寄尘跋。

《兰亭集》跋

永和癸丑兰亭之会，人各赋诗，然今人只知右军一序，诗多不传，（今人所传者，只柳公权节本。公权自云："其诗文多，不可载，各载其佳句而题之。"亦古人断章之义也，岂非恨事?）兹据《说郛》本《兰亭集》重刊，以贻好事者。

按友人陈巢南《五石脂》云："右军之会，自谢安而下，四十二人。谢安等十一人，诗二篇都成；又有郗昙等十五人，亦俱成一诗。而谢瑰、邱旄、王献之、杨谟、孔盛、刘密、虞谷、劳怡、后绵、华耆、谢藤（一作滕）、白凝、吕系本、曹理等十五人，诗皆不成，罚酒三觥。"

又云："或谓据何延之《兰亭记》，四十一人有许询、支道林，《晋书》列传又有李充，今皆不可考。余取其书参校，诗已成者，皆在此本。其未成诗者，亦附记之，以资考证。又右军《兰亭序》不入《文选》，宋人《遁斋闲览》，谓'天朗气清'自是秋景，而'丝竹管弦'亦重复，以是不入选。《野客丛书》辨之曰：'"丝竹管弦"，本出《前汉·张禹传》。而"三春之季，天气肃清"，见蔡邕《终南山赋》；"熙春寒往，微雨新晴，六合清朗"，见潘安仁《闲居赋》。"仲春月令，时和气清"，见张平子《归田赋》。安可谓春间无天朗气清之时？右军此笔，盖直述一时率真之会趣耳。'然则斯文之不入选，良由搜罗之不及，非故遗之也。"

按此言自是文苑佳话，读《兰亭集》者，不可不知，并附记之云。安吴胡怀琛。

分湖旧隐图诗跋

右《分湖旧隐图》，为吾友亚子题也。予与亚子订交四载，未尝作长日之谈。盖予不善辞令，亚子复恂恂静讷也，然相视莫逆。夫古人神交，不必谋面，况言语耶？甲寅秋，予方病剧，亚子寄示《旧隐记》，问能题乎？安敢不伏枕报之。诗成，寥寥二十八字。然意足于此，何贵费词？亦犹订交不在言多耳。予去家千里，作客十年，对物兴怀，不胜乡关之感，披拂斯图，能勿惆怅？

与柳亚子书

亚子吾友足下：一病缠绵，残秋又尽。破榻得尺素，胜杜工部驱疟诗也。《分湖旧隐图》诗后缀以跋语，定当如命。

前答钝根诗云："秋残吴淞雨，木落洞庭波。"连用四平音，不病其破律。足下既许吾言，孤灯寒夜，无以为欢，三复推敲，觉吴淞、歇浦，亦复有别。歇浦限于一隅，吴淞包乎众象。（吴淞兼歇浦，与海而言。）意广气浑，吴淞为胜。夜半敲钟，弟有此乐。（南唐一诗僧赋中秋月诗云"此夜一轮满"，至来秋方得下句云"清光何处无"，喜跃，半夜起撞寺钟，城人尽惊。李后主擒两讯之，具道其事，得释。见宋人笔记。）然而非我亚子，谁能语此？若避世计亦得。五字仄音，此王右丞五律中亦有之，如"草色日向好"是也。呜呼！一艺之微，精奥至此。知音若足下，又复不可多得。呕尽心血，不死何待？

前转寄广州周君一函，谅已收到？欲言不尽，诸维爱鉴。

与朱味诚论文书

味诚仁兄先生大鉴：前日走访，幸聆教诲。惜清话未终，而永夜已半，意多未尽，敢再陈之。

大抵文有躯壳，有魂灵。躯壳不全，是为残废；魂灵一失，亦翁仲、木偶之流。文之结构布置，躯壳也，而别有魂灵在焉。史家之文，事实为魂。政治家之文，见识为魂。文家之文，其魂为神韵，为丰姿。试览古人文，《左传》《史记》，史家之文也。《治安策》《出师表》，政治家之文也。兵家如孙吴，哲学家如庄老，其为文，亦各有魂。不仅以躯壳不残，遂能久传而不灭。若夫文家之文，非有以上诸家之所谓魂。而其佳者，亦能久传不灭，则必有魂也无疑。其魂既非如上所述，吾亦难于确指。强寻之，则神韵、丰姿，庶乎是矣。诸家之魂皆实，文家之魂独虚。文家之文，所以异乎诸家者在此，所以较诸家为难玩味者在此，而所以较诸家为无用者亦在此也。

足下留心政法，精湛有得。于文章之道，又复熟于剪裁布置之方。躯壳既全，魂灵亦具，然是政治家之文，未可概以文家之文许之也。今人不察，徒执一文字以概诸家，惑孰甚焉。

附尘拙著《文则》三页，此弱冠时所为，无所取也，姑以就正云尔。弟胡怀琛手书。

王女士小传

古女子以身殉夫者多矣。而自创办女学以来，吾但见王女士，是非卓卓可传者哉？

女士姓王氏，名香兰，又名玉英，镇江人。幼读书，娴文字。复从耶稣教西女士游，深于欧洲文言。归泾县朱椿年为室。椿年幼肄业上海约翰书院，有文名，清光绪某年，染疫死。女士仰药殉焉，远近闻者皆叹异。

论曰：女士之生平，无可传者，而一死为不易得矣。或曰：女士可以不死。曰：非也。情之至者，生死以之。断鸿零雁，宁忍独生？昔者婚制不良，夫妇之情，自难与今日同语。古今殉夫之妇，或出于勉强，或出于一时愤激，殉情者无一二焉。若香兰者，庶几是也。然而茫茫斯世，仅见斯人耳。

邓守安传

赵宋之时，中国人有创自来水者，道士邓守安是也，是乌可以不传？

邓守安，罗浮山道士也。广州城濒海，水苦咸。城北有蒲涧泉，味清冽。然去城远，人家何由得？守安尝与东坡言：广州一城人好饮咸苦水，春夏疾疫时，所损多矣。蒲涧有滴水岩，水所从来高，可引入城，盖二十里以下尔。若于岩下作大石槽，比五管大竹，续处以麻缠沫涂之，随地高下，直入城中，又为大石槽以受之。又以五管分引，散流城中，为小石槽，以便汲者。不过用大竹万馀竿，及二十里间用葵茆盖，大约不过费数百千可成。时东坡贬宁远军节度副使惠州安置，王敏仲镇抚广州。东坡以守安言告敏仲，为之竹管，引蒲涧水，城中人咸赖之。

胡子曰：守安之法，与今日自来水，精粗不同，然理一也。此事余见之《岭海謄》，清康熙时南海人林辉字青门著。林谓见东坡《惠州全集》。余因节其言，为《邓守安传》，以行于世云。

萧烈士小传

烈士姓萧，名笃仁，字小亭，徐州钟吾人。天性纯孝，为乡里所重。端居寡言笑，惟喜读书。清宣统庚戌，负笈江宁某学堂。是年冬，独留校中。明年辛亥春，英人侵片马，俄复扰我东北。警报频来，清政府袖手待亡。烈士悲愤郁结而无与言也，于正月十日晨手刃喉死。呜呼！可悲也已。烈士无兄弟。妻某氏，归烈士方三年。子一。

胡子曰：吾辛亥春闻人言烈士事而悲之。壬子夏，烈士友人乐山复述其事示余。又谓："烈士之死，实等杨笃生。笃生世争称之，烈士独无闻焉。"若为之不平者。然余谓烈士固非争名者也，抱此志，生此时，怀恨无与语，死则已耳，犹以传不传，以言幸不幸，岂烈士之心哉？然乐山念念故人，久而不忘，殆亦有古人风欤？

听王玉峰弹三弦记

薄游燕京，闻人言顾曲之乐。余不解此，有负是游。复闻有瞽者王玉峰者，善弹三弦，能以弦度曲，闻者称绝。余好奇，乃往聆焉。王登场危坐，侍者抱三弦立。拂拭毕，王敛气凝神而拨之，鼓乐并作，少焉而歌声、乐声并作。闭目静听，如身在梨园。至佳处，闻者呼好，三弦亦呼好，其声自大而小，自聚而散，宛如数十人欢呼者，诚神技矣。又拟西人操兵，铜鼓声，洋号声，号令声，步伐声，同时并发，而井井不乱。少焉轰然一声，众皆耸然，则击枪也。听者鼓掌称善。

余独闻而叹曰：嗟夫！王之弹三弦也，盖不知几许年矣。初未必能工也。又数年，工矣，未必能度曲也。又数年，能度曲矣，未必能入神也。及至于今，盖不知费几许心血矣。然闻王挟绝技游燕市，衣食且虑不给。其极也，不过博王公大臣之一笑而已。嗟夫！彼王公大臣之一笑，岂能偿其数十年之辛耶乎？而士之抱绝技奇艺若王玉峰者，其又有以异是乎？

记燕市乞儿

燕市有乞儿，行乞于市。善口技，以手支颐，作鸟声、风声、水声、大雨潇潇声、落叶瑟瑟声、犬狺狺声、虫唧唧声，无不毕肖。又作笑声、哭声、两人诟骂声、相殴声、劝慰声，亦无不毕肖。所至群儿争尾之，乞儿如不觉。乞得一钱，摇头径去，未尝售技也。

胡寄尘曰：吾闻人述乞儿事如此，吾记之，因有感焉。燕市有王玉峰者，善弹三弦，能以弦度曲，名满都下。吾尝聆其曲，纪以文，叹其耗数十年之心血，仅能博公卿大夫之一笑，深为悲惜。若乞儿者，其技亦玉峰亚也。而韬光匿迹，不肯示人，视玉峰之博笑公卿，自谓荣幸者，其自待不又高耶？呜呼！落落孤芳，自赏可耳；吐艳悦人，可以已矣。

记皖北石匠

石匠皖北人，佚其姓名。尝为石匠，遂名焉。吾皖南农人蓄佣工，多皖北人。石匠者，吾里胡芾家佣也。芾家贫，值不给，石匠力作无少异。芾死，无妻，石匠抚其幼子，力耕以给。芾宗人无赖者忌之，深欲逐之。石匠谒长者，告之曰："我不负故人耳，岂谋产者哉？况无产可谋乎？子长，我自去，何逐为也？"长者嘉其行，斥无赖，乃安焉。吾庚戌还里，闻人言石匠事，抚芾子已数年，且教之读矣。

胡寄尘曰：石匠所为，是古之道，而石匠能行于今日，为难能也。士大夫闻之，抑有愧耶？吾记石匠，彰石匠也，然而非徒彰石匠也。

记湖北饥民

清宣统二年，湖北陆安府天门县大饥，居民流离道路。有傅、刘两姓，男子二，女子三，童子一，自天门西行一年有半，过中央亚细亚俄罗斯、匈加利、奥大利，至奥京维也纳。奥国警察侦其形迹奇异，送中国使馆，复送柏林中国使馆。问以来路，茫然莫应。出门一年半，未一栉沐，衣履污秽已极，锅碗皆自天门肩来。居数日，人劝之航海返国。傅、刘曰："不若自柏林东行返中国也。"

胡寄尘曰：曩在某报社，旅柏林记者来书，述饥民事如此。事实既录入报，今虑其久而佚也，又记之。系以论曰：

洪荒万里，壮夫一至，自相矜耀。今得之于饥民，吁异矣！若傅、刘知文字，纪行程于日记，其可珍为如何哉？然而非饥驱之，谁能至此？甚矣患难之福人多矣！

上海图书馆馆藏文献丛刊

南社丛选

下

【民国】胡朴安　组编　　继　堂 点校

上海科学技术文献出版社
Shanghai Scientific and Technological Literature Press

诗人小传

诗选目录

卷一

卷一

卷四

卷五

卷六

卷七

卷八

卷九

卷十

卷十一

卷十二

词选目录

卷二

南社诗选

诗选卷一

太一诗选

宁调元，字太一，湖南长沙人。今录诗七十七首。

燕京杂诗

弦管燕京三月天，风沙扑面若为怜。鹍鹏溟北思千里，鸡犬淮南尽九天。傀儡渐凭樽酒尽，佯狂差较世人贤。万般迷误能排解，益信空华在眼前。

求田问舍亦徒然，来日无憀去日闲。为鬼为蜮将一世，不飞不鸣已三年。巴蛇渐长期吞象，蜀帝从今定化鹃。容易河阳丝两鬓，妇人醇酒未应怜。

岁既晏兮孰华予？窃国者侯窃钩诛。东方玩世成饥饿，南郭仰天似槁枯。半解一知天下士，千歧百辙釜中鱼。当时汾水楼船意，风起云飞尽感吁。

河山元气入残秋，感慨时艰涕暗流。灾异江都曾作赋，功名李广不宜侯。凤凰可惜供鹰犬，骐骥偏令作马牛。意志新来摧折尽，人间何处可埋愁？

晓闻云雾蔽长安，羊胃羊头天画寒。铜臭可怜兼乳臭，时艰益复信才艰。人情叶叶都如此，世路悠悠古所难。多少东风零落恨，百无聊赖强为欢。

阴雨淫淫鬼昼行，南风吹鬓悯馀生。韩非发愤书徒著，毛遂历阶意未平。不净尘根多懊恼，转疑恩怨太分明。当年情意消难尽，凭仗青蝇身后名。

清明忆亡友姚宏业

望渺渺兮隔海溟，鲸鲵未斩浪花腥。杜鹃啼血千山紫，春草连烟万里青。百二山河同败絮，两三亲友各飘萍。伤心又过清明节，樽酒招魂何处汀？

八月十五夜漫书一律

玉宇琼楼最高处，一天霾雾拨难开。只怜玄兔千年冷，不见灵槎八月来。身世飘蓬眼中涕，山河破甑劫馀灰。人生半世团圆梦，输与月明第几回。

立秋柬钝剑松江

庭梧一叶下，馀暑未全消。江海悲冥灭，音尘久寂寥。人先秋色老，恨入楚云遥。弋者诚何意，飞鸿篡九霄。

无题集元人句

久无谈笑路西东，鱼雁沉沉信不通。时复思君倚深树，灯花犹记别时红。

油壁香车不再逢，画楼魂梦可曾同？茫然不悟身何处，夜夜空随斗柄东。

唤取青蛾对酒歌，思归无路欲如何？寄来妙句能相忆，别后悲欢事几多？

精卫难填碧海干，徘徊中夜倚阑干。不堪容易少年事，安得愁中却暂欢。

感事一什病中作

百国潮流卷地来，天公沉鼾大如雷。神仙半出淮南犬，土木争营郭隗台。万事尘劳成痛哭，十年生死几轮迴。天花过眼飘流尽，但觉寒炉有死灰。

柬蜕庵三什

兜率分居第几天？相思相忆甚于前。春花秋月愿难了，黄土青山事可怜。闲忆宜梅伤岁暮，却疑归梦在人先。重重烟雾重重树，何处黄昏待月圆？

北瘦南肥各迥然，知非遥想待他年。繁华渐逐山河尽，誓愿差同铁石坚。成佛成仙都不易，胡天胡帝镇相怜。桑乾千里东流水，流亦无穷恨亦绵。

偶裁红豆便盈枝，仗汝纱笼壁上词。一水盈盈无奈远，双鳞片片都成辞。曾因姊妹吟桃叶，若为芳菲惜柳枝。多谢司勋能薄幸，几回惆怅欲归时。

唐守榎蹈江死以此哭之

一呼一吸一障碍，始信不如归去休。楚水楚山皆是恨，蛮烟蛮雨那堪愁。陆机感逝当年赋，宋玉悲来何处秋？国士无多沦落尽，青磷遥夜起山丘。

粤东感赋

镇海楼头棲暮鸦，越王祠下树争花。风云西望生机尽，鸾凤南来佳处差。回首烟花如梦寐，赏心乐事惜年华。重重烟瘴频频雨，似此羁迟亦可嗟。

彩凤荒唐逐野鸦，天涯何事觅飞花？端居闷闷繁忧集，尘海茫茫百念差。一代兴亡成昨梦，万重恩怨视空华。糊涂长大糊涂老，闲坐千杯那用嗟。

感旧集定庵句

西来白浪打旌旗，惭愧飘零未有期。洗尽狂名消尽想，渡江只怨别蛾眉。

名场阅历莽无涯，忽向东山感岁华。翻是桃花心不死，自缄红泪请迴车。

碧玉门前产丽华，腰身略似海棠斜。梅魂菊影商量遍，可惜南天无此花。

弱冠寻芳数岁华，今年负煞武陵霞。初弦相见上弦别，不是南天无此花。

重话京华送我情，词锋落月互纵横。人生那用长辛苦？整顿全神注定卿。

身世闲商酒半醺，亦狂亦侠亦温文。绿珠不爱珊瑚树，合配琳瑯万轴身。

是仙是幻是温柔，银汉迢迢入夜愁。花月湖山骄冶甚，今番嫩约怕沉浮。

莫恨今生去日多，不论盐铁不筹河。百年心事归平淡，甘隶妆台伺眼波。

醒又缠绵感岁华，吟鞭东指即天涯。难忘槐市街南宅，救得人间薄命花。

美人信有错刀投，更折梨花寄暮愁。难学冥鸿不回首，明朝何况促兰舟。

小别湖山劫外天，七襄报我定何年。香兰自判前因误，空损秋闺一夜眠。

倦矣应怜缩手时，卿筹烂熟我筹之。安排写集三千卷，删尽刘郎本事诗。

冬日杂咏集杜

天时人事自相催，山意冲寒欲放梅。世代飘零余到此，一生襟抱向谁开？

岁云暮矣增离忧，高视乾坤又可愁。弟妹萧条各何在？竟非吾土倦登楼。

四海十年不解兵，人今罢病虎纵横。思家步月清宵立，月傍关山几处明？

中天月色好谁看？积雪飞霜此夜寒。古往今来皆涕泪，蛮夷杂种错相干。

身愿奋飞病在床，诗成吟咏转凄凉。舌存耻作穷途哭，自笑狂夫老更狂。

我有新诗何处吟？风涛飒飒寒山阴。三年奔走空皮骨，长使英雄泪满襟。

社稷苍生计必安，一谈一笑俗相看。祢衡直恐遭江夏，信有人间行路难。

老去亲知见面稀，不堪游子芰荷衣。何人却忆穷愁日？寄谢悠悠世上儿。

壬子感事四章

上将雍容阃外尊，醴泉芝草信无根。六朝金粉推红玉，七郡良家尽孟贲。不食帝羓终积憾，似闻辽鹤有啼痕。交游百辈凋零后，当作晨星总可论。

哀乐中年梦里过，功成见说有渔蓑。鄂褒不尽关毫发，树木从容老橐佗。似此生存真不易，古来英武亦无多。历朝兴废寻常事，彀得旁人烂斧柯。

世渐承明喜欲狂，衣冠重睹汉家装。五千貂锦张旗鼓，百二金瓯资栋梁。青史更无先例在，黄牛贪看异乡忙。愁来对此频搔首，惭愧新添两鬓霜。

塞上秋高马渐肥，将军推食复推衣。高楼西北腾奇气，大海东南露国徽。此去似怜乌鹊意，我来不见木棉飞。十年一事生差幸，眼看征人奏凯归。

集定庵句柬鹓雏、楚伧

连宵灯火谦秋堂，歌板无寥舞袖凉。等是才华不巉削，勿徒须鬓矜斑苍。逢君只合千场醉，篆墓何须百字长。误我归期知几许，南风愁绝北风狂。

王君衍约作北郭昌华之游，黄晦闻、李茗柯、蔡哲夫、潘致中即席次韵答哲夫

天涯何处无芳草？归隐终须到此乡。欢会纵多容易散，旧游回忆更堪伤。枯荷着雨怜秋意，海燕结巢隐画梁。今日得钱拚一醉，何如傀儡强登场。

游白云归感赋四律并柬同游诸子 有序

七月既望，英伯发起作石门之游。君衍有北郭昌华之约，连日征逐，老子于此，兴复不浅，以为广州附郭名山，首数白云，舟车四至而不及此，诚恐山灵笑人。此次同去者，为梅县谢英伯，顺德黄晦闻、蔡哲夫，镇江王君衍，苏州李茗柯，南海潘致中，并余为七人。在能仁寺一宿而返。返读《太平洋报》，见鹓雏和拙作四律，复广其意，成四什答之，并柬同游诸子。

丈夫三十尚平平，竖子争传卫霍名。不道风云催世变，由来生死见交情。亡羊已为歧途误，功狗翻先狡兔烹。闻说佳人争绝代，伫看倾国与倾城。

江水南流夜有声，万家灯火夹江明。我来不胜丘山感，对此难消迟暮情。狺犬覥颜喧上座，沐猴作态误苍生。酒阑重忆十年事，忽动热潮憾未平。

夜气萧森十里堤，出门可有上天梯？神仙传里新鸡犬，粉墨场中假笑啼。旧雨伤心如此别，好花过眼莫重提。昨宵身在能仁寺，似听秋声过隔溪。

中年情绪似秋华，开亦无聊落亦差。握手尽怜今日意，狂游能得几回佳？百年牵挂如何了？一念轮回未有涯。欲谢夷齐归隐去，又愁猿鹤北山哗。

海上次韵答天梅

去年此日相逢地，可肯年年此地逢。残雪未销成腊鼓，新元弹指过黄龙。一壶浊酒从容尽，竟日清谈意态雄。我向吟坛一低首，诗人今有李空同。

癸丑狱中作 有序

东望夏口，西望武昌。焦土留痕，想见阿房之火；战场自古，谁招江上之魂？飞燕依旷野以结巢，辽鹤向芜城而陨涕。山崩钟应，险象环生；鸟尽弓藏，恶因暗种。已亡羊于歧路，顾止沸而扬汤。用是周岁以来，九州之内，商不安业，农不归耕。决专制之声，阗于耳鼓；促瓜分之祸，逼于眉尖。蜀洛党争，方振相当之旗鼓；江河日下，无非自杀之机媒。宫之奇尽宝以行，孔仲尼临河而返。梁鸿瞻宫阙而发五噫，子胥对国门而挂双眸。人之云亡，天胡此醉？余为人民请命，远祸无方。江有不靖之潮，市多噬人之虎。鬼狐布毒，利在金钱；罗网当空，穷于风影。时维六月，遂与于祸。呜呼！死亦何常，凭请天命；物极则反，谁识未然？用为诗以纪其事。

蔓尽瓜稀泪暗吞，须臾忍死可堪论。谁明黄雀螳螂意？频见朱门主仆喧。生世何堪当五浊，问天毕竟阻重阍。身经波浪翻迴在，待抉双眸挂国门。

拒狼进虎亦徒忙，奔走十年此下场。吉网罗钳新伎俩，牛头马面旧跳梁。烂羊满地都如梦，纸虎横空任暂狂。今日凭窗一凝睇，水光山色剧凄凉。

书感 并序

东望夏口，西望武昌。满眼劫灰，三月咸阳之火；秋坟鬼唱，昨年江上之魂。此古战场，李华过而流涕；竟非吾土，王粲倦而登楼。范希文经世之思，先天下之忧而忧，后天下之乐而乐；屈正则卜居之痛，众人皆醉我独醒，众人皆浊我独清。进退已成羝羊，公私且问虾蟆。自共和始创，专制既除，一纪于兹，九州之内，商不安业，农不归耕；在朝无百年长治之谋，在野存旦夕苟延之想。飞燕覆巢之惧，城犹是而人已非；啼鹃望帝之声，树欲静而风不息。山崩钟应，险象环生；兔死狗烹，恶因迭种。出东门而怀天路，依南斗而望京华。虎去狼来，一蟹不如一蟹；风凄雨苦，后人还哀后人。宫之奇尽室以行，鲁仲尼临河而返。子胥均波臣而抉双目，梁鸿瞻宫阙而发五噫。人之云亡，天胡此醉？余为民请命，远祸无方。龙有鱼服之嫌，遂困豫且；路多羊肠之险，谁闵劳人？化为精禽，识孽缘之未尽；踢翻婴武，原儿戏之所无。市虎竟骇听闻，灵犀莫辟鬼魅。后沤续前沤而至，鼠穿屋而有牙；来日与去日俱难，马何时而生角？此皆天心之未悔祸，抑亦人事之莫如何者也。虽然，生死何常，凭请天命；晦明相间，谁识未然？用为诗以纪其事。时癸丑六月。

天阴雨骤昼闻雷，犴陛重重即夜台。铁铸九州浑是错，愁来百念尽成灰。好还且莫论天道，泄愤公然托祸魁。去日来年都不易，肯因知己托良媒？

蔓尽瓜稀泪暗吞，须臾忍死更堪论。谁明黄雀螳螂意？频见朱门主仆喧。生世不谐当五浊，问天毕竟隔重阍。身经波浪翻回在，待抉吾眸挂国门。

豺狼为依鸩为媒，万种牢愁到酒杯。事业已随流水尽，年华可有鲁戈回？尽夸热釜能煎豆，何必寒炉始作灰？地老天荒有如此，起看星斗独低徊。

拒狼进虎亦何忙，奔走十年此下场。岂独桑田能变海，似怜蓬鬓已添霜。死如嫉恶当为厉，生不逢时甘作殇。偶倚明窗一凝睇，水光山色剧凄凉。（钝根按：此题初只二首，曾刊各报及《南社》八集，序亦有异，后乃自定如此。此据君手写稿也。末首中一联，原作：“吉网罗钳新伎俩，牛头马面旧跳梁。烂羊满地都如梦，纸虎横空任暂狂。”当并存之。）

偶　成

天南地北羽书忙，汉水滔滔接建康。妄拟清流能误国，化为黄鹄定还乡。铜驼寂寂迷衰草，玉树依依恋夕阳。谁信循环百年事，几人堕马斗新妆。

柬钝剑松江

松江南望几千里，秋雨秋风苦忆君。各有苍茫无限恨，岂徒鹤立在鸡群。

秋兴用草堂韵 并序

癸丑邸系武昌，自夏徂秋，蛰伏少事。默诵杜陵《秋兴》诗，仅忆其四，因叠其韵和之，以写幽忧。

秋燐冉冉入空林，牛鬼蛇神画壁森。自悔危时轻出处，亦知天道有晴阴。分波终仗灵犀力，填海犹存精卫心。最是迷离江上月，照人离恨到疏砧。

夕阳归雁数行斜，人渐蹉跎鬓渐华。竟有潢池惊上座，微闻银汉滞仙槎。丛祠明灭篝灯火，落日凄凉榆塞笳。一样不堪回首处，卅年身世似飞花。

百尺围墙对落晖，囚徒生死事轻微。似闻孤雁伤群尽，都道寒蛾伴火飞。玩世文章成独往，中年哀乐与人违。云英待嫁徐娘老，漫抚腰肢问瘦肥。

见说降幡出石头，已伤离乱更伤秋。安排浊酒消长夜，欲掘青天寄古愁。世味早知成腐鼠，人情何况逐浮鸥。茫茫前路无归处，暮雨西风江上舟。（钝根按：杜韵本“州”字，此作“舟”，盖偶忘之。）

秋兴再叠前韵

却从南苑望东林，江水无声暮气森。明日黄花堪插鬓，他时绿叶又成阴。五更沉角惊残梦，万里飘蓬碎客心。谁惜天涯离别苦？几家怨女拭寒砧。

不堪雨细又风斜，心绪都如未展华。汉上惊鸿冰作影，银河彩凤玉为槎。百年人事观朝槿，万里烽烟急暮笳。独立江城无限意，我来不见落梅花。

朝来烟雾蔽清晖，魔力渐高道力微。何日黄龙能直抵？

只今乌鹊尚南飞。旧人渐散空相忆，壮志犹存未忍违。从此蓬山天样远，休论燕瘦与环肥。

萧萧木叶下江头，猿啸天高万里秋。北方佳人真绝世，南国红豆最牵愁。竟教异路伤风马，为惜前盟问海鸥。是果是因谁料得？偶然郭李又同舟。

秋兴三叠前韵

秋烟漠漠锁荒林，隔岸楼居气象森。逝水为谁留泡影？流光不惜分馀阴。一场筵散轻分手，千里月明共此心。等是不堪愁里听，朝来寒雨晚来砧。

落日孤城万柳斜，江山无复旧繁华。故宫真有金人泪，银汉频回帝子槎。一夜微霜飞木叶，数行清泪咽胡笳。芙蓉生在秋江上，何事开花又落花？

汉家陵阙对西晖，南眺潇湘烟雨微。眼见红羊成浩劫，若为黄鹄竟高飞。畏蛇畏药何时了？为雨为霖此愿违。起视东南生意尽，几人田宅拥高肥？

鸾囚凤锁楚江头，一叶梧桐惊早秋。云雨已成今昨梦，乾坤不尽古今愁。汾湖箫管惊神鳄，海岛旌旗殉野鸥。伐桂锄兰都细事，翻令鱼网漏吞舟。

秋兴四叠前韵

橙子初肥橘满林，武昌杨柳独森森。蓬蒿遍地横征骨，风雨漫天接晓阴。龙虎预知天子气，莼鲈忽起故园心。寒衣未到寒先到，凄绝城头一夜砧。

牍背题词字半斜，又凭弦柱问年华。忧时已愤同孤注，浮海何当借一槎？西晋风流馀劫火，南人野哭怨寒笳。潘郎老去情丝减，谁与重栽一县花？

百战河山近夕晖，金陵王气亦湮微。千金今日求黥布，三字当年死岳飞。莽莽乾坤名士尽，潇潇风雨故人违。南冠相对无馀事，饱食长眠转渐肥。

天气渐凉风打头，囚中经夏又经秋。云飞远岫原无意，蚁溃长堤自可愁。忧患那堪闻杜宇？网罗何况到沙鸥。楚江惊浪吴江雨，欲归不归何处舟？

用东坡狱中遗子由韵寄约真长沙

化工著手竟成春，万死一生未了身。不分螟蛉争卧榻，徒令鹬蚌饱渔人。庭前聚鹏都缘命，枕上闻鹃定损神。从古盛名多坎壈，试凭后果证前因。

水断云沉乡梦冷，天阴雨湿鬼声低。只今枳棘巢鸾凤，终古神仙有犬鸡。短气共怜元祐党，长斋偏有太常妻。几时待得乌头白，弱水东流更向西。

（右武昌狱中诗二十五首，亡友宁君太一自癸丑六月入狱至九月绝命作，皆辑自寄稿。君著述颇富，而诗尤多，其稿自粤携沪，身后已不可得，正待搜辑，因先辑斯著，俟当世君子论定焉。钝根附记。）

萝庵诗选

郑泽，字叔容，号萝庵，湖南长沙人。今录诗三十九首。

杂诗五首答钝庵

晚禅鸣高林，络纬啼庭树。百虫竞炎候，繁响彻昏曙。霜露何凄清，荡子恒宵征。修名惧不立，前路徒冥冥。冥冥复奚慕，春荣秋已零。万物更变幻，至道无虚盈。荆棘弥道周，阴霾蔽天地。借问湘累子，魂往将安寄？猿啾狖夜鸣，寤歌悲独寐。清筝不终弹，旨酒未能醉。我心怀隐忧，世路多歧异。芜城偶行游，莓苔滑人屐。会当凌风飞，日月任淹逝。

高楼有思妇，所思在远道。道远不可致，幽思令人老。凭楼望湘江，江波漫皓皓。芙蓉媚幽渚，芳菲散清晓。采之赠远人，窅然丧尘扰。结想在冥漠，精神自环绕。终伤然疑作，翩来阻行潦。

胡风吹沙碛，猎猎翳千里。郊野澹斜晖，权火忽宵起。君子远于役，空房泪如泚。迢迢河汉星，耿耿轩窗里。新婚冀永欢，遽罢鸳文绮。不念多乖离，但伤乱未已。增此灵修怨，孤芳泛兰茝。

结庐金花巅，幽室聊延伫。灵气郁青苍，白云在庭户。烟敛朝晖升，簾动松风度。翠筱喧寒泉，紫芝溉晨露。象罔得真诠，岩扃守元素。良友时经过，啸吟慰迟暮。大化有推迁，神人自来去。

登楼叹

按剑登高楼，望远纾烦忧。高楼不可登，忽忽烦忧增。凭栏望东方，东方何茫茫。不见若木娇榑桑，但见虾蟹变作长鲸长，嘘将洪涛巨浪空冥翔，令我望望心惊伤。凭栏望北极，北极何屹屹。胡沙惊飞眯我目，胡风觱发寒我臆。猰貐狰狞道旁立，千夫万夫齐辟易，令我望望心胆栗。凭栏望南溟，南溟何冥冥。飓风呼呼天地惊，海若荡魄珠崖崩，毒泷恶雾纷相乘，令我望望心惺惺。凭栏望西域，西域何局局。天山南北履如阈，葡萄空向汉宫植。更有老僧清净忘尘物，今也困若台城佛，令我望望心欲哭。噫吁嘻，高楼不可登。噫吁嘻，登高楼兮烦忧增。何当淬我湛卢剑，乘风涛兮斩长鲸，绝大幕兮驱猰貐之狰狞。一挥定西域，再挥安南溟。使我登楼远望心怀清，东西南北夷以平。

夏夜作一首

霁夕天气清，凉雨散馀热。露华沾人衣，闲庭粲星月。开轩聊容与，境适神超越。尘虑倏已寂，物役如可绝。烦暑不我蒸，灵宫自澄澈。慕彼逍遥游，庄义洞幽赜。

晚眺次钝根韵

澹澹远村烟，菀菀前溪林。鳞鳞夕云景，依依归鸟心。郊坰倏将暝，凉鬓风露侵。端居惜幽胜，单袷事追寻。湖山虽信美，暮色忽已深。谅无鲁阳贤，迴戈非所任。众星争光辉，微月照我襟。览物增悲思，安暇计升沉。

夏日感兴次钝根韵即以奉寄

朱华媚瑶沼，微风芬以清。炎羲正埃郁，池馆远烦蒸。闲居成独静，逸响舒高情。惧兹南音寂，时作天籁鸣。园葵湛晨露，林日翳圆晶。帝天信仁慈，锡我溪山青。乘暇且徘徊，欢侣壶觞倾。毋唯事尘劳，歧路徒营营。

大楚雄南服，势勒秦与齐。披荆羡熊绎，筚路翩来栖。如何时代迁，坐令蔡速飞。接子知已而，三户不可追。予心惮隆暑，念此将谁嗤？

圣智日栖栖，沮溺讵自外？托命唯长鑱，田歌发清籁。炎威催稻熟，亭午花争晒。但得仓箱盈，子弟或多赖。齐封惧东亩，亦可惩骄泰。耕莘有其时，之垄何须喟？

物类非可齐，穷达异所任。予情信芳菲，啸歌怀苦心。搴芬幽涧曲，取荫乔松林。伊人在天末，参差流远音。屏居爱新什，吟管纷如森。愿偕采三秀，由来本同岑。

答钝根诗二首

盛夏宜林泉，幽居蘉清录。之子归章龙，樵斤碧云隐。余家金华麓，徂暑悲分影。炎嚣信两忘，但惜长途梗。未别早知愁，临歧预超引。瑶篇因风来，增人中夜耿。

诗亡叹迹熄，雅废来夷侵。求声遍空谷，相彼嘤鸣禽。春明见颜色，不异双南金。论诗已爽然，况识江海心。达人贵特立，清响绵南音。芳情唱予和，千载讵侵寻。迹远神匪遥，湘波泛微吟。

《嘤求草》题词

庭桂露华滋，虚寮素辉上。新诗偶披诵，中夜襟怀爽。秋士每多悲，憀慄动哀响。魏晋纵辽远，高咏摄畴曩。幽谷嘤鸣清，大汉天声莽。枪榆我自嗤，海运君怀敞。聆兹下问及，未作孤芳赏。皋兰散芬菲，纫佩崇心尚。

赠钝根游海上

长帆翼金风，驾言拾海月。懿兹南溟徙，倾醨送将别。伊余性幽窈，篇什相朋俦。新知正多乐，远道重增愁。海上丛奇英，兹游讵寥寂？眷言湘滨人，奚慰苦吟戚？芙蓉初作华，梁燕行将归。归期准如燕，颜色当华滋。征途多风尘，倘惜青衫袖。海绿摇空冥，时因传尺素。临歧且徘徊，短歌犹琼瑶。乘桴虽适愿，聊舒痡瘏劳。

七夕赴城

灵夕征期戒，新凉别思宜。天人殊聚散，魂梦与追随。

从来笑牛女，今夜转相嗤。嫁钱能十万，桃实讵千年？自昔悲尘世，由来有上仙。武丁亦多事，输与恨缠绵。

偶　作

心如顽石未能神，底事人间有众因。自挟坚诚轻毁誉，间从儿戏守元真。湖山偶著形骸我，贫贱教成澹雅身。敢谓生来能怪特，何劳邑犬吠猎狺？

长沙谒烈士祠

灵雨飘东风，祠堂载瞻仰。花纸依簾垂，松针逼檐上。篆兹新龙香，拂彼旧蛛网。绿钱罥幽径，华采辉吾党。仿佛从文狸，英灵尽来往。士女纷如云，纵览逾畴曩。致礼雍复穆，陈词慨以慷。歌声飞楚云，恻恻成悲响。感此悽肺肝，雄心增飒爽。讵唯百世兴，浩气凌苍莽。季叶绵哀荣，羞彼众生罔。会见兰宇旁，猗猗竹林长。

短歌行

青青湘岸柳，飞絮湘江里。江里蔚蘋花，浮沉漫相倚。相倚未崇朝，各泛东流水。流水无时休，蘋絮无时已。无已其如何？愿作红莲蕊。莲蕊根玲珑，瀰瀰蔓中沚。中沚风波恶，荡此清香起。香起增高华，双情堪乐只。

暮秋见雪

南中地气暖，初冬未重衣。今兹方暮秋，寒霙霏霏微。猎猎朔风遒，嗷嗷中泽啼。胡笳正悲壮，东菑叹年饥。如何人事迁，天时与推移？清夜怀无温，闭门聊息机。

横　塘

重向横塘驻玉鞍，更无人倚赤阑干。翠尘凄琬簾烟静，蛛网愁萦镜月寒。江渚琵琶音已断，秦楼箫凤去无端。曾知旧日隋堤柳，怨线愁丝一例残。

秋日书怀

紫塞萧条画角鸣，寒衾倍觉梦魂惊。怕因落魄居人后，竟把佣书误我生。投笔追怀班定远，哀时谁似庾兰成？请君试上湘楼望，万一瑶空天气清。

无　题

魂断江郎愁赋别，梦回杜牧暗伤春。记曾金管吹秋月，强解双蛾一笑嚬。

金笺小叠讯朝霞，何处卢家更谢家？闲向赤阑桥上望，万丝春雨葬梨花。

有　寄

昨夜春风归帝乡，杏花依约出东墙。与君同唱江南好，多恐檀槽未断肠。

牡丹亭下几曾过，偏向人前戏述多。解识君才同谢女，可能拈管咏湘娥？

壬子秋日钝庵尊翁润荄先生来城，泽与痴萍、醉庵、梦蘧、葵生、钝庵侍饮义园，钝庵邀摄影象，作诗奉呈

煌煌丘与索，渊粹惟耆旧。先生守遗经，清风澹儒素。悲哉余小子，英年茕在疚。出门怅何之，尘埃污衣袖。学殖坐荒落，恻恻楹书觏。自与贤嗣游，私淑获益厚。尚有老成人，岿存浇薄候。追陪揽秋色，群彦适邂逅。共餐秋菊英，且饮清凉酬。摄影纪盛游，或左亦或右。先生中不倚，聊作平原绣。文化纵迁逡，先生长寿耇。

题钝庵侍其尊翁摄影

秋芳荾庭闱，父坐子侍立。和恭重肃雍，天伦乐无极。

题画钝庵属为觉子作

落花芳草影迷离，绣蝶蹁跹入画宜。为怕春光付流水，嫩寒间勒小乌丝。

佩忍初来长沙，游麓山返，夜与钝庵、梦蘧、痴萍、醉庵邀饮云泉，即席奉赠

浮江泛洞庭，扬灵戾湘州。吴楚共称雄，由来盟好修。高咏久冥契，新见犹旧俦。衡湘秋气清，识子翩来游。验彼骚经奇，探兹林壑幽。清夜游云泉，追随尽风流。灵均餐落英，谯席聊绸缪。长沙迺山国，古意涵悠悠。幽兰散芬芳，搴为空谷酬。

读钝庵《红薇感旧记》作一首

金风吹素节，阴曀幔层霄。侯兹雕与隼，奋翮抟扶摇。从殴怆黄雀，枝借从鹪鹩。亦有冥冥鸿，背负秋昊高。言掠银汉过，载戾琼宫遥。琼宫閟仙子，颜若玉华娇。忘我中泽哀，袭此天香飘。乘风偶回顾，中心怛以忉。城郭异畴昔，原野何萧条。还与姮娥期，窅然丧尘劳。

壬寅春日谒屈子祠

绿湘无际向东流，一段忠魂尚此留。犀甲吴戈悲战国，女萝山鬼怨灵修。蘼芜仅得罗堂下，兰芷终难蔚楚州。手把琼芳闲礼拜，江城春雨更增愁。

侵晓自城还山

月斜星亚海天红，万户无声好梦浓。幸我迥翔平旦气，还从山寺听晨钟。

山斋即景

为爱青山拓小窗，半簾松影静无尨。黄昏一阵廉纤雨，冷翠重重射玉缸。

病　起

东风容易倩魂消，花里柔丝带蝶飘。最是恹恹人病起，杜鹃啼过赤阑桥。

嫩日晶莹曲槛边，暖风吹散药炉烟。道心了悟春心现，世界浑浑有万千。

春　雨

楼外春寒透绿纱，楼中春恨入谁家？东皇亦有千行泪，洒遍人间桃李花。

桃　花

嫩寒新上小桃花，笑倚东风意欲赊。莫问长干旧时事，半弯眉月印天涯。

杏　花

绿杨烟雨罢溟濛，紫燕双飞掠碧空。闲策玉骢游暖昼，春风红到宋家东。

君曼诗选

刘国钧，字君曼，湖南长沙人。今录诗二十九首。

并游侠行

朝从燕市游，夕向并门饮。腰横千黄金，醉酣袒衣寝。幽并多佳人，一一殊妙品。相欢一挥尽千金，缠头不惜明光锦。兴至仍呼旧酒徒，挟弓篝火掞豺狐。生世幸逢唐与虞，安用龌龊同侏儒。一朝时至成勋业，要遣功名到狗屠。男儿意气轻细作，相逢无用知名姓。疲驴侧帽傲王侯，万金三却权门聘。昨夜为人代复仇，相期暂候城东楼。须臾含笑携囊返，倾掷转地如瓜投。明星沉沉黯欲堕，匕首拂拭鬼为啾。五更却又辽阳去，残月乌啼风满树。

辛壬之间杂诗

故园南望渺鸿鱼，京洛飘零感岁除。今日平台宾客尽，风流不见马相如。

论价西园计岂愚，功名盛世列屠沽。胡卢依样君休问，中泽哀鸿血未枯。

十丈风潮倒海翻，何心吹浪笑江豚。一身四海无安顿，功罪千秋且漫论。

兵谏匆匆事有无，将军计已失桑榆。谈兵纸上浑闲事，一夕声名遍九衢。

三户称兵据上游，雄师十道走通侯。笑他报国身犹在，一样南冠泣楚囚。

大力天倪竟莫回，三军左袒气如雷。降幡一片匆匆出，横海楼船拔浪来。

高谈谁识五侯宾？佞口便便自绝伦。但取黄金印如斗，何论暮楚复朝秦。

羽檄晨传陨大星，东来消息一军惊。北人歌舞南人泣，毕竟天心未厌兵。

瞶瞶苍天步亦艰，居然霖雨起东山。国门十里军容盛，错认元戎奏凯还。

前军已报临长乐，后帐犹闻唱莫愁。十万居民屠戮尽，将军新拜拆乡侯。

饯春词

洛阳三月春犹浅，刚觉春来春又归。若个多情解相忆，征鞍还带落花飞。

化碧鹃魂镇日啼，娇红姹紫怨何如？抛人容易匆匆去，莫到江南又久居。

离离芳草连天远，绿断来时路几层？欲倩杨花讯踪迹，可怜飘泊更无凭。

离筵惆怅日西斜，客舍留春转自嗟。多恐明年消息早，归来依旧是天涯。

画楼垂柳碧丝丝，泪眼东风晓露滋。莫遣玉人便知得，者番花事又荼蘼。

骊唱尊前未解愁，莺花蝶草尽风流。碧城十二如天远，何处钟声何处楼？

羌笛凄凉怨玉门，春来春去了无痕。年年载酒长安道，折得杨枝总断魂。

楼下花骢花下嘶，殷勤还与订归期。问君更有愁多少，拚把年华换别离？

月 词

嫩寒庭院雨初收，花影如潮翠欲流。绣幕深沉人不见，二分眉黛几分愁。

倚窗临槛总成痴，欲向姮娥寄所思。银汉迢迢宫漏永，闲阶无语立多时。

寂寂春城画角哀，中宵扶病起徘徊。相思满地都无着，何事深闺夜夜来？

蟾光如水浸簾栊，飞絮迷离罨画中。鹦鹉不知飘泊惯，终宵轻薄骂东风。

沉沉院落镇黄昏，旧梦模糊剩泪痕。落尽棠梨浑不管，和云和雨瘗春魂。

密云如殢望来迟，为拜双星待小时。偷向丁簾深处立，怕他花影妒腰支。

春寒风腻冷银缸，竹翠分阴上琐窗。记得凭肩花底坐，含情羞见影双双。

午夜轻寒冷翠裾，叶娇花媚影扶疏。玉人簾底偷窥久，浑怪初三瘦不如。

画楼前后柳塘西，一碧澄鲜玉宇低。我欲化身云万朵，妨他清洁着污泥。

影事如烟泪暗弹，钗痕依约粉香残。伤心最是当前景，不似年时共倚阑。

冥飞诗选

张焘，字冥飞，湖南长沙人。今录诗六首。

题亚子《分湖旧隐图》

香雪簾栊对晓江，鸳鸯栖处自成双。青灯夜话儿时味，万顷菰蒲绿到窗。

初月鲜澄滟滟波，恍闻邻女采莲歌。中年哀乐馀图画，故国平居奈醉何。

十里清漪驻画桡，东风吹绿上裙腰。有人眉抚描山翠，不恋分湖恋六桥。（今年暮春，佩宜夫人偕亚子作西湖之游，再登宝石山巅，流连不忍去。亚子隐居吴江，吴江无山故也。）

阿侬生小西湖住，憔悴天涯到处家。玉臂云鬟劳客梦，风流无奈让秦嘉。

白丁斋中读高子吹万《伤昙录》率题二绝

形形色色镜中身，面目庐山总不真。（吹万题君明六岁像，谓摄影之日游楼外楼哈哈亭，一人之形倏忽百变，君明笑不可仰，嗣后时时道及之。）如许头颅工变幻，料从人海证前因。

天上更无干净土，人间新筑望儿台。依依婴鬼将何往？愿汝乘风归去来。

咏康诗选

周咏，字咏康，湖南长沙人。今录诗二十四首。

感怀八章之六

蓬莱宫阙自迢迢，秋老狐狸气更骄。千里吴江沉铁锁，九重仙仗肃金貂。缺来衮职谁缝补？话到娥眉有诼谣。风卷尘沙飞鸟急，工愁频瘦沈郎腰。

娇姿侈说冠群芳，宠袭卢家白玉堂。击筑有人歌易水，挥戈无力返斜阳。青山染遍黄花泪，夜露摧残桂苑香。大地飞鸣尽枭鸟，何年重见凤鸾翔？

阵云深锁雨花台，尸骨累累掩碧苔。子弟江东乌鹊散，关山蓟北杜鹃哀。相煎本是同根豆，论命还夸入梦槐。举目新亭挥掬泪，刦馀谁是济时才？

炊烟万户半荒凉，满地哀鸿怨夕阳。家室方悲萍梗散，道途复遇虎牙张。驱将枵腹填沟壑，鞭尽无衣泣露霜。鹡鸟云亡棠棣萎，同胞两字使人伤。

白杨历历满荒郊，新鬼号冤半素交。冢拜要离心入刃，尸迎李固泪成鲛。生前莫遂锄奸愿，死后还贻乱国嘲。功罪千秋评未定，艰难事业等闲抛。

玄黄血战事堪伤，刦后无由返故乡。十日层楼九风雨，五更鼓角百凄凉。销磨髀肉羞看剑，落寞炎荒叹处囊。蕉鹿依稀犹在梦，不堪重见海成桑。

杂　诗

严寒逼山泽，兰蕙坠其芳。朔风扬尘沙，鸱鸮正翱翔。矫矫行役子，道路阻且长。雨雪复滂沱，满目尽苍凉。客游无可乐，垂涕望故乡。

阴霾翳阳景，寒云吞树林。茂草掩周道，凄风吹我襟。行迈多感伤，悽怆理素琴。一弹再三叹，哀响入云岑。世乱何所归？黍离摇中心。

驱车国门外，步向山之阳。上有哀鸣雁，下有当道狼。城头刁斗声，泠泠送斜阳。徘徊将何适？中心悽以伤。悲风来四野，泪下沾衣裳。

天地惨不仁，苍生供刍狗。荆棘满中原，麟凤绝郊薮。江海日横流，魑魅时腾丑。世事等浮云，富贵乌可久？何不隐林园，端居饮醇酒？

无　题

桃花凝媚倚床（妆?）楼，晓卷珠簾半上钩。碧玉年华伤锦瑟，卢家门巷枕寒流。一春杏雨酣闺梦，百啭莺声诉暮愁。隔断蓬莱浑万里，天涯回首恨难休。

两美容颜比舜华，沉香亭北倚栏斜。银河萍梗常无定，碧海情波未有涯。难倩琼章为请命，记曾秋月与乘槎。天台别后云山渺，独向江南泣落花。

露冷莲房粉坠香，娥皇泪剪洞庭霜。双飞毕竟成孤影，独处凭谁点淡妆？春去春来俱幻梦，花开花落总荒唐。旧时月姊今黄土，不仅伤心是沈郎。

月华楼畔记吹笙，心镂云英未嫁情。客里河山撩旧恨，梦中蝴蝶悟前生。支离塞北音书断，飘泊江南剑履轻。满地干戈风雨恶，遥将福慧祝卿卿。

与铁崖、伯刚、縠音、长子旅居厦门，同游南普陀感赋

烽火东南变，乘风到海陬。凤鸾穷处所，云鹤此羁留。地僻龙蛇蛰，山深草木幽。甘泉同痛饮，（山后有甘泉一道，争持盂接饮。）为洗乱离愁。

去国吟

天溟溟，雨纷纷，鸟啼虫泣不堪闻。学书学剑今何用？对此飘摇国土心如焚。楚弓折兮斧柯烂，顽鸱恶木安所惮？桃源路径不可寻，避秦无地空长叹。湖海蹉跎祖逖鞭，闻鸡五夜不成眠。流亡莫遂澄清愿，悽然痛哭春风前。君不见黄河南北荆榛掩，又不见大江南北风波险。中原到处不可居，何如挟策出国身还慊。立马斯须别亲友，离情又触长亭柳。相对无言泪暗滋，扬鞭陌上重回首。落红片片迷征程，萋萋芳草映行旌。浮云蔽日龙蛇蛰，眼中时局如棋枰。吁嗟乎！富贵非吾好，故乡不可留。扁舟飞过海洋数万里，田横岛上励志磨戟堪悠游。伤麟叹凤复奚为？病瓜煮豆岂足悲？

秋怀八首并留别湘中诸友

枫叶萧萧序正秋，关河迢递独南游。飞飞塞雁冲烟叫，漠漠芦花带雨愁。剑舞中宵馀壮志，水倾沧海看横流。英雄逐鹿都成梦，聊为神州一倚楼。

剩水残山映驿楼，伤春未息转伤秋。芙蓉露冷花无色，衡岳风寒草不遒。一系飘零同杜老，九歌哀怨为灵修。戎衣珍重频熏检，相对无言泪忍收。

镜里头颅幸尚妍，功亏填海怨年年。黄金挥尽空馀恨，长铗归来绝可怜。罗网层加须自解，风云浩荡未堪眠。举杯漫作消愁计，一饮凄然百感牵。

秋风憭慄袭予裳，虎豹九关蝮八荒。梦笔江淹惊别路，登楼王粲泣斜阳。妖传白帝无缘斩，人倚青萍漫自伤。惟有飞鸿是知己，长途相伴我翱翔。

长人千仞索人魂，欲驾玉虬诉帝阍。绕树无枝乌隐泣，唧泥何地燕依存。夜中妖彗焰方盛，釜底劳薪火不温。最是啾啾原上鬼，茫茫荆棘掩啼痕。

烹狗藏弓事可哀，看他海蜃结楼台。频从啄黍悲黄鸟，且向寒炉泣死灰。莽莽河山谁是主？（中国名为民主国，其实民于国有主权否？）奄奄萁豆苦相摧。国魂缥缈今安逝？帝遣巫阳倘召回。

万里归家又别家，南风不竞哭中华。千城狐鼠啼秋草，匝地烽烟逐晚霞。劫后情怀清似镜，忧来心绪乱如麻。行行却曲还悽恻，端恐迷阳夹道遮。

湖海蹉跎感岁华，满腔秋思系蒹葭。何堪湘浦伤离鹄，忍对杯盘数落花。千里关山同此月，一帆风雨惯闻笳。吴头楚尾重回首，眺尽寒芜几点鸦。

汉元诗选

陈家鼎，字汉元，湖南宁乡人。今录诗十二首。

洞庭湖舟中感唐希陶见赠原韵酬之

临舟一笑楚云开，韩信当年有钓台。百战驱胡成底事？洞庭波送我回来。

民权容易女权难，一叶危舟渡此关。姊妹欣逢巾帼长，英皇迎尔过君山。

哭刘敬庵、朱松坪两烈士

汉上风云震天下，只今谁与忆前功？何当寻得刘朱墓，大哭当年两鬼雄。

过后重经倍可哀，诸公长逝我归来。伤心黄鹤楼前路，一去刘郎竟不回。

血雨腥风几断魂，八年前事怕重论。不堪再过高升巷，宿草斜阳独闭门。

登岳阳楼有感

自别湖山枉断肠，多情云树迓归航。萦萦江海今还棹，莽莽乾坤一纵觞。十载亡人怀楚宝，三回狂醉羡纯阳。洞庭湖上波如血，犹送馀生返故乡。

麓山弔烈士墓并赠钝初

万丈风云撼太虚，流光容易八年馀。（予自事败出亡，迄今八年。）可怜黄土埋忠骨，安得名山著政书？（予以宪法问题系民国根本之存亡，拟潜往麓山寺中，以其所主张著一书介绍吾民。日为客多所阻，奈何！）今日若秦谁御虎？（谓俄国。）当年微禹我其鱼。（谓禹烈士与予倡葬陈、姚者。）桃花源上波千尺，与尔偕归作老渔。（宋钝哥与予约：时局稍定，归隐桃源。）

五月四日重游万甡园，有痛宋钝初老友，即用钝初去年九月招饮园中鬯春堂赠余元韵一首弔之

青山有约悲今昔，碧血同盟誓死生。百尺楼台知己痛，（“百尺楼头一汉元”句，钝初一月十九长沙麓山联句赠我者，予因刻此七字为小印纪念之。）十年沧海故人情。（予与钝初为十年来共患难交，去岁九月，钝初饮次赠予元韵云“十年久识陈惊座”。）放歌渔父今何处？衔石精禽事竟成。此日鬯春堂下路，不堪回首忆生平。

病中张红玉来访即题其箑

修路驱驰我马隤，空山听雨独徘徊。坡庵镇日无人到，惟有朝云问病来。

宋玉魂归不可招，江东人物莽萧萧。何当谢病携红玉，同过西湖第几桥。

雨后轻尘拂陌头，夕阳歌管散新愁。香车宝马多情甚，来叩深山百尺楼。

壬子旧历九月廿七日寄禅大诗僧偕永光、道阶二禅师见访余寓，蒙赠大偈，原韵酬之

大地沧桑甚，诗僧亦老苍。重逢八指日，回首十馀霜。我句惭无已，（赐句首云“不见陈无己”。）君朋有永光。无餐供活佛，留与饮寒汤。

喜吴稚晖先生来访夜谈即赠

大道沦亡久，吾生重感伤。独于吴季子，犹见鲁灵光。京国迎司马，群英肃老庞。每逢长者过，骤起视心香。

落木萧萧夜，深山访病禅。开门成一笑，握手话三边。二老江南至，（谓段、孟老同临。孟老年六十三，先生同里友也。）五君天下贤。（先生与溥泉、精卫、梅九、石曾诸同志，天下号五君子。）愿随云外履，踏破万山烟。

定元诗选

陈家英，字定元，湖南宁乡人。今录诗五首。

寄家书

春来春去感蹉跎，秋雨秋风叹病魔。怕写茫茫家国恨，新诗不比昔年多。

秋夜次秀元三妹韵兼呈伯兄

夜起披衣感不禁，虫声唧唧晓钟沉。神州断送惟挥涕，（时值中日协约成立。）沧海横流独放吟。万里思亲游子梦，百年过客酒人心。眉山兄弟天涯别，应念慈帏老病侵。

次韵和秀元三妹见寄

万里关河一片霜，西楼征雁为谁忙？茅亭燕去知秋老，桐院虫鸣觉夜凉。红蓼滩头添画景，黄花时节斗山妆。故园不见又经岁，梦绕湖山过岳阳。（岳州为南北战争重兵所集。北军盘踞以来，昔年觞咏胜地，今皆鞠为茂草矣。）

有怀秀元三妹北洋女师范即次其韵

眉山兄弟各天涯，负笈从师媿未加。桃李相思春宴乐，芭蕉心卷故园花。湖湘词祖推骚体，江左门才数谢家。记得燕云烽火夜，旧游如梦说京华。（复辟之乱，炮震京邸，屋瓦有声，余偕妹留考京校，时护家慈出险赴津，再回都门，往返京津重围中，日或数次。）

偕三妹泛舟用九畹斋史女士韵

乘兴揽神州，飘然作快游。水环千里胜，烟锁一湖秋。载景催兰桨，寻诗过画楼。从今天上月，不复照离愁。（末二借九畹斋原句。）

秀元诗选

陈家庆，字秀元，湖南宁乡人。今录诗四首。

送天梅先生南旋并柬亚希社姊

河桥折柳倍凄然，飘泊云萍各一天。远树夕阳红似锦，新潮水气黯如烟。名山闭户足千古，佳木成阴须十年。安得绛帷称弟子，追随远道执吟鞭。

叠前韵送姊自津返沪并寄伯兄粤东

河山劫后意凄然，喜说西南别有天。时局似麻家似叶，梨花如雪柳如烟。新词锦绣争千载，故国沧桑又一年。闻道岭南风景好，归来待与解吟鞭。

感湘乱作次韵

一炬咸阳二月火，无情湘水吊湘人。风潇雨晦悲流徙，月惨霜凄感苦辛。梦里聊存哀后感，客中只賸劫馀身。故园寥落成焦土，忍看年年海上春。

秋夜吟

棠影亭亭夜色寒，悄扶秋梦倚阑干。牵愁却为风和雨，检点娇红到漏残。

洞庭诗选

李澄宇，字洞庭，湖南岳阳人，著有《万桑园诗集》。今录诗五首。

至凤翔作

罢听陇头水，扬鞭指凤翔。马头横岳色，雨脚偪残阳。稼纳郡原阔，藕栖湖水凉。良宵一尊酒，圆月在秋杨。

忆午湖

彭生于我足肝胆，奔走湖山涕泪多。遥忆夜灯照孤愤，朔风吹冷洞庭波。

与大慈

槛外有花亭似舸，东风远送大慈来。纵谭时事雨连夜，携手洞庭春一杯。得句每能生我妒，论交谁复似君才？掉头不日去东海，忍令离愁日往回。

和大慈《岳阳报社坐雨作》即以赠行

卅载逝川不回顾，相看辜负已多时。寒霖留客且须住，多难逢君转恨迟。忧患提携期远大，乾坤黯澹烛文词。君山如发青天外，莫忘因风一寄诗。

病痛得钝安书称连日游金、焦、北固、惠麓，并与吹万、朴安摄影惠麓听松石

金焦北固旧经过，道远其如惠麓何？煮茗泉声喧病儿，听松石影附高歌。残山賸水自今古，名士美人多坎坷。（某名士诗以金、焦比名士、美人。）我亦好游称健者，会携长白度黄河。

经舆诗选

李德群，字经舆，湖南湘阴人。今录诗二首。

纪梦二绝

一曲霓裳趁午风，玉箫金管彻珠宫。俄然数辈天魔舞，幻作桃花十丈红。

扶摇九万五云高，梦境迷离也自豪。欲把鲲鹏拟蛱蝶，争知燕雀在蓬蒿。

迈南诗选

骆鹏，字迈南，湖南湘阴人。今录诗四首。

寄怀师农

莽莽江城十丈埃，凭栏遥睇白云隈。风高尚有南飞雁，龙伏曾无启蛰雷。

天教闲处著诗翁，十手传钞藻思雄。风月半庐消不尽，定分一半入诗筒。（师农所居号半庐。）

元白卜邻曾有约，太平身世渺难期。轮囷肝胆河山泪，未忍消磨付酒卮。

中厨旨蓄叹无多，犹有壶飧佐啸歌。闲与细君商食政，为留玉糁待东坡。

旭芝诗选

方荣杲，字旭芝，湖南湘潭人。今录诗一首。

题《红薇感旧记》

章龙山色郁奇秀，中有高人立灵鹫。自署红薇居士名，酒酣时作雄狮吼。居士生来本逸才，才多更复种情胎。风流杜牧扬州梦，十里珠簾尽卷开。无端虐焰黯湘城，蛇影杯弓处处惊。投止无门张俭困，畴怜弱士苦宵征。那知侠义出平康，羞煞邯郸击剑郎。闭户能防蜂蝶扰，枇杷门巷是仙荒。侠女芳名称玉娇，玲珑妩媚小蛮腰。能将慧眼看才子，慷慨悲歌慰寂寥。歌罢筵前酒数行，座中意气更低昂。任他谣诼千般起，酒绿灯红白玉堂。秣陵都说媚香楼，公子侯生为淹留。争似渌江红拂女，骚人南国尽低头。（兼谓子须、子羽诸人。）如此风华如此景，宛然身在桃源境。十日五日欢娱多，忘却人间罡风猛。居士感之为涕零，红颜知己忆伶俜。爰将感旧从头记，一瓣心香缕缕铭。佳人自古说多情，况复箫心剑气横。如此蛾眉天下重，教人那得不心倾。（来书谓高、柳、郑、黄诸君皆有题咏。）

巽卿诗选

黄堃，字巽卿，湖南湘潭人。今录诗五首。

钝根写余扇毕复写赠一诗，次韵答之

空外一声至，永如钟磬微。（君喜谈佛理，使人忘倦。）万缘皆我致，百岁亦形归。心只争生死，行须耐是非。感君珍重意，莫遣志相违。

醉后有作

一饮即大醉，茫茫四顾倾。了却千岁忧，愤懑几时平？天地可易位，圣贤可无名。举世溷逐逐，无乃激其生。不如空山老，陶然钟磬声。

夏夜雨后

一刷尘氛气，心如水在瓶。断云超绝壑，微雨露孤星。檐际萤稀度，草间虫耐听。闻愁千万种，付与一灯青。

中秋南社雅集长沙烈士祠，有赠陈佩忍兼示社中诸子

振世词流陈佩忍，客中坛坫寄湖湘。一身如佛供灰劫，四海何人算酒狂？山水几时成聚散，文章终古系存亡。勒迴西日留鸿影，（是日至傍晚，犹拍照一次。）莫使寒花笑我忙。

书　怀

我是如来刦后身，从知世事一无真。好花过眼偏留恨，孤月当头尚可邻。国难岂能关运会，人心终苦耐清贫。他年会著蓑衣去，不向桃源再问津。

悔晦诗选

吴恭亨，字悔晦，湖南慈利人。今录诗九首。

诸将五首

鬼责人非事可知，零陵一旅起参差。谁翻扰扰胶胶局，此号堂堂正正旗。无道共诛洪宪帝，有辞来会阪泉师。伏尸五步博孤注，为话衡山苦斗时。

永丰战野矜骁果，宝庆连营駴溃奔。万马乱行敌倡走，一军尽墨帝（上帝也）无言。记谈好望风涛险，正及渔阳鼙鼓喧。逃帅纷纷污节钺，列城荡荡抉篱藩。

孤绝长沙弹一丸，到无政府乍悲观。患方伏莽山多盗，逃总空城县少官。水火刀兵几酝酿，资粮扉屦百艰难。变忧肘腋祸眉睫，恶币横于人揭竿。

裂土称雄各一方，无端兄弟阋于墙。十闽去夺三军帅，四蜀今成百战场。壮马强兵互儿戏，同舟敌国殆天亡。萁然豆泣相煎急，按剑都忘人在旁。

收京讨贼幕沉沉，代将南来水毒淫。丞相自兼冀州牧，使臣肯涴尉佗金？安琪儿倘降吾福，司马昭终见汝心。破坏多端无建设，河山满目涕弥襟。

得君复上海书却寄二首

已是不和无二策，即和进步又如何？（来书论时局语。）将风将雨天疑压，非马非驴事总讹。挽日挥戈人扰攘，看山觅句我蹉跎。一鳞海上传书字，硕果蒙泉愿望多。

万钱斗米人间世，臣朔侏儒同苦饥。凶岁大兵俨相接，长蛇封豕欲安归？楮持作币民生苦，盗化为官吏事非。天地侧身身拾橡，杜陵妻子涕沾衣。

感时二首寄君复、钝庵

一家言论胡君复，四海声名傅钝庵。忽觉风云驌眼底，各张旗鼓向江南。游山历历诗堪霸，（报载钝庵游山诗甚多甚奇。）堕甑沉沉口不谈。取子毁巢我穷矣，白头憔悴在江潭。

载舟者水覆舟水，来日悠悠诚亦难。孰令致之红恐怖？（俄人号过激党名词。）环看送者白衣冠。横磨大剑纷孤注，败局残碁乱一盘。攘臂陈东乍痛哭，不风海亦沸波澜。

诗选卷二

渔父诗选

宋教仁，字渔父，湖南桃源人。今录诗八首。

武昌七夕

异乡佳节倍魂销，北斗横天影欲摇。遥忆故园小儿女，应随阿母望河桥。

晚泊梁子湖

日落浦风急，天低野树昏。孤舟依浅渚，秋月照征人。家国嗟何在？乾坤渺一身。夜阑不成寐，抚剑独怆神。

思　家

去国已三载，思家又一秋。亲忧知白发，闺怨定蓬头。禹域腥膻满，天涯道路悠。有家归未得，期待灭仇雠。

秋　晓

旅夜难成寐，起坐独彷徨。月落千山晓，鸡鸣万瓦霜。思家嫌梦短，苦病觉更长。徒有枕戈志，飘零只自伤。

哭铸三尽节黄岗

孤月残云了一生，无情天地恨何平。常山节烈终呼贼，崖海风波失援兵。特为两间留正气，空教千古说忠名。伤心汉室终难复，血染杜鹃泪有声。

海天杯酒弔先生，时势如斯感靡平。不幸文山难救国，多才武穆竟知兵。卅年片梦成长别，万古千秋得有名。恨未从军轻一掷，头颅无价哭无声。

发汉口寄陈汉元长沙

晓色侵江白，轻舟发夏阳。潮声随岸远，山势送人忙。大地风云郁，长途霜雪降。悠悠此行役，何处是潇湘?

登韬光绝顶

日出雪磴滑，山枯林叶空。徐寻屈曲径，竟上最高峰。村市沉云底，江帆走树中。海门潮正涌，我欲挽强弓。

伯纯诗选

张通典，字伯纯，湖南湘乡人。今录诗五首。

秋柳用渔洋韵

万方秋气荡吟魂，不舞西风隐白门。洛里羞称新鬓样，章台遽减旧腰痕。半林残月啼寒鸟，一水斜阳淡远村。记取曲江衙吏退，数奇攀折与谁论?

枫叶江寒雁叫霜，感时遗恨满横塘。吟秋风入桓伊笛，咏絮诗存谢女箱。但见征騑催汉使，只今瘦蝶画滕王。潇潇暮雨吴娘老，把酒空寻碎锦坊。

回首东风绿染衣，远山眉黛是耶非。亚夫功大营难问，苏小门寒梦亦稀。流水六朝鸦几点，暮云千里雁初飞。先生玩世垂垂老，青眼何人愿总违。

嬾折腰肢肯乞怜，看他金缕画凌烟。东皇望断仍疏散，南国情深亦邈绵。摇落桓温悲晚岁，风流张绪忆当年。毵毵塞外红如锦，尚有馀光照九边。

舜水先生祠落成敬赋

天运有废兴，人心定趋向。崇德祠遗民，怀古得嘉尚。矫矫朱文恭，（谥文恭）卓尔人伦望。国亡志复仇，艰危老益壮。乞师偕梨洲，敢为义声唱。建虏尔何来？舟中斥邪妄。大节追文山，浮海冲毒瘴。六渡羁扶桑，（先生前后六渡日本。）奇策怀俶傥。自甘饿首阳，薇蕨犹可饷。教思固无穷，当仁信不让。明心致良知，斯文幸未丧。光复矢至诚，曷尝须臾忘？饮泣十七年，阳九述悽怆。（先生有《阳九述略》。）孤忠吁皇天，回日情已谅。百折终不移，苍水洵瑜亮。（浙人有二水先生合祠之议。）弔古湘累哀，噀血胥门浪。（晚年常咳血。）所南《心史》存，（有文集二十八卷。）瑞龙名山葬。（墓在日本茨城县瑞龙山之麓。）民族义克昌，民国遂新创。还我旧山河，腥膻快扫荡。九原知有灵，孤怀自此畅。先汉思乡贤，飞甍忽殊状。友邦慰观瞻，故土欣倚傍。吁嗟大义乖，歧路迷千障。俎豆奉典型，力与颓俗抗。庶几挽横流，毋自欺为上。心理推大同，东亚开绛帐。明治启维新，儒效兼霸王。薪火传姚江，遗书俟博访。独立崇祠堂，群彦如愿偿。（谓舜水学社诸君。）致用经术昌，（学以有用为主。先生深惩乎学非所用，注重实行，不为性理空谈，而究心致知格物之功，礼乐刑政之用，其学说与孙夏峰、颜习斋合。德川义公以为真经世之学，今日学者所宜取法也。）正俗淫词放。知耻反本心，吾道景宗匠。遥遥嗣清徽，王学供依仰。

默君诗选

张昭汉，字默君，湖南湘乡人。今录诗三十首。

拟王右丞《青溪》

携竿坐磐石，爱此青溪水。色映眉宇间，声咽松篁里。泛泛鸥影闲，翻翻菱荇紫。相对自忘机，岂羡鲈鱼美？

拟孟浩然《夏日南亭怀辛大》

蟾光挂簾端，清辉澹轩几。倚槛乘夕凉，袅袅微风起。跳珠荷露滴，香染罗襦紫。携琴复长歌，谱入金徽里。清游乐何许，黾勉怀之子。

中秋玩月

游赏极佳节，爱此风景色穆。兔影生婵娟，华彩澹林木。遥应广寒宴，歌舞锵琱球。想像琼楼寒，嫦娥怯冰縠。清辉共万里，佳赏各所执。桂子飘天香，添诗入吟轴。

金陵秋夜梦与琼玉表妹话旧

长空叫秋雁，涓涓风露清。之子姗忽来，相见喜且惊。千里何由越？无乃感至诚。倩妆倚淡服，欲语复吞声。君含失怙悲，我感别离情。西窗剪银烛，把背话平生。奚由见颜色？屋梁空月明。

隐 居

谨谢尘机遁海门，盈盈一水带孤村。书灯掩映剑光冷，梵韵清凉泉涧喧。翠竹绕庐矜晚节，黄花三径爽秋魂。茫茫浊世浮沉后，差幸平生道尚存。

幽壑深山静掩门，尘埃不到白云村。怡情那管红羊劫，高卧闲听玄鹤喧。万树梅花怜傲骨，一轮明月悟吟魂。此间堪说忘忧地，不复襟前涕泪存。

久别琼玉表妹赋此志怀

烟柳霭和春，澹沱满清瞩。攀条思几许，婀娜不盈掬。怅怀绝代子，持赠意重属。迩来湘水滨，旧痕定新绿。何当感离别，为叠阳关曲。诗思杂离情，宛如中醽醁。兰桡若有因，旧游应可续。

次韵寄三妹

伊人隔湘水，鸿雁来何迟。荏苒经三载，恻恻长相思。人生苦离别，此意君同知。江南春雨寒，国危不胜悲。维新怀旧事，独似梦回时。黾勉崇令德，与君长赋诗。

荷亭坐雨

水榭迎凉早，凭轩爽气多。吟风数竿竹，喧雨一池荷。剪剪红襟湿，生生翠羽过。香添波一脉，相对动吟哦。

午夏偶成

蝉纱新透芰荷香，窈窕文窗诗梦长。满径绿阴花卓午，不知为蝶亦为庄。

七　夕

双星抱恨渡银河，泪洒长空秋露多。天上人间痴最苦，盍将慧剑斩情魔？

修　竹

潇洒临风处士门，天寒翠袖最销魂。坚贞独抱羞春木，古节无彫悟夙根。秋气摇天霜写影，月波满地梦留痕。此君清绝难谐俗，避世相期老是村。

癸丑暮秋偕璧子漫游长江歌以纪事

西风卷地凌清秋，良朋共作长江游。苍茫一气江海合，涌出明月金波流。波光如练涵烟树，婵娟坐对吟连曙。云端一雁伺翱翔，怒涛滚滚吞愁去。寒翠染衣山媚人，怪石独立奇嶙峋。羲皇上人入高望，已觉胸中无汉秦。金焦两点翻银雪，驻马坡前晚潮咽。润州灵秀已销磨，空闻鹤唳思英杰。（过京口吊赵君伯先。）龙蟠虎踞今其休，幂幂愁云锁石头。嗟余亦是伤心客，劫后奚堪认旧游？白骨纵横凝晓露，冤魂凄断垂杨路。子山沉痛哀江南，怆然神往《芜城赋》。（睹秣陵兵燹后惨状，不禁悲慨。）安得鸠江结茅庐，一蓑烟雨隐樵渔。赭山徘徊未忍去，缅怀桃李多令誉。（赭山之巅，皖江中学在焉。七载前，家君监督是校。前岁光复，校中学子多所建树。）剑气珠光迷远阜，残照枭姬祠畔柳。树上神鸦三四鸣，似说荆州本汉有。（芜湖对岸有孙夫人祠。）陈子不让元龙豪，对酒狂歌持紫螯。三斗既干呼余饮，吾为一笑倾葡萄。半觞未尽辄酩酊，泠泠涛声敲醉枕。黄花窥帐梦微馨，诗魂飞逐片机影。（舟泊芜湖时，有以青蟹碧醴见馈者。壁子固豪于浮白，余少饮辄复颓然就榻。天曙，榻畔菊蕊清芬，犹袭衾枕。）残蟾和梦渡鄱阳，万山木落悲肃霜。兰芳菊秀盛群彦，怀佳人兮天一方。（忆神州协济社诸子。）长江天堑数湖口，马当杀气冲牛斗。忍将成败论英贤，临风犹闻龙虎吼。（谓赣军之役。）阵云黯黯画角悲，夜深江底泣蚊螭。可怜不遇风雷险，父老安知日月慈。（赣民既为北军蹂躏，乃追怀民军之厚。）响穷彭泽雁声恻，怪底渊明归思迫。凭肩有友读陶诗，古道依然照颜色。（过彭泽时，出箧中渊明集，与壁子共读之。）周郎雄略迈千古，小乔奇福天应妒。吁嗟瑜亮竟同时，将星摇落柴桑渚。凉飕萧萧芦荻鸣，仿佛琵琶呜咽声。天涯几辈不沦落，痴绝香山泪雨倾。人生何苦多忧愤，吾道无穷世无尽。本为游戏来红尘，且看沙矶鸥梦稳。秋光如画螺黛新，凌波约绰双洛神。组练横江夺高垒，彭郎继武今无人。（过小孤山。）紫嶂擘空笼薄雾，芙蓉万朵犹森布。别后十年系我思，真面如何不轻露？（是日庐山微雾。）醉霜红叶枫婆娑，想见五老仙颜酡。飘然倒持绿玉杖，白云深处访松阿。沉沙铁戟迷荒草，赤壁雄图动怀抱。坡公当日苦低徊，为有江山助文藻。险阻艰难固饱谙，茫茫世事幻华昙。人间兴废浑莫管，优游物外为诗耽。沧桑半壁山容改，剧怜黄鹄依然在。夕阳潋滟鹦鹉洲，晴川倒影紫烟里。渡江击楫登危楼，黄鹤一去空悠悠。大江淘尽英雄影，只应袖手看神州。古人论交恩义重，徙倚琴台有馀痛。知音既遇忽云亡，众生徒为造物弄。万绿丛中打桨来，洞天初涉绝纤埃。颓垣败址胡堪问？忍令仙踪付劫灰。（汉阳有伯牙古琴台，前岁战役，亭榭多颓毁。）汉皋岂是清凉地，云鹤闲闲不屑意。拂袖翩然告倦游，暮山遥指天浮翠。云梦八九胸中吞，水天一色荡吟魂。画境入诗诗即画，隔江妙睹峰峦奔。又向名湖呼小艇，踏碎琉璃碧万顷。芙蓉憔悴馀清芬，藕丝织得秋无缝。一亭孤立烟雨中，双剑横磨水上风。老僧笑问来何处，答以逍遥觅赤松。（途归经九江，复驾小艇游甘棠湖，又名双剑湖。中有烟雨亭，风景清寂。）形势无常世运转，在德在险须微辨。十日归来意兴赊，挥毫落纸云涛卷。

甲寅春西胡小麦岭弔吴子一粟（即孝女弘任）**墓**

斜日澹孤岭，微风生夕寒。桃花红雨飞，依稀血泪斑。墓草萋以绿，葳蕤护一棺。棺中伊何人？哀我平生欢。高风宛然在，音容不可攀。撷芳置君前，（余摘襟际白玫瑰一枝插墓上，聊致哀忱。）长恸摧肺肝。忆昔初相见，黄浦江漫漫。吾道特孤峻，愧君濡嫩翰。（余丙午就学申江，子自武林来，拟入启明女学，乃先访余。既见甚欢，数数过从。一日，与论世风日漓，救国必自培养民德始，子深韪之。归而作笔记，用志弗谖云。）吴会同读书，（戊申，复同学吴中。）契好骨肉般。赏奇与析疑，孜孜忘夜阑。女龙久沉睡，唯子雄文坛。（子文学懋美，为当世女界所仅见。）挥毫泣鬼神，拔剑星辰寒。既侠亦清狂，取予廉复宽。可园重把臂，流水为再弹。临别各欷歔，焉知会合艰。沧浪寒且深，奚以量悲酸？（辛亥冬吴中光复后，余办《江苏大汉报》于沧浪亭畔可园。会子来自沪，余留助笔政，子慨然诺，乃仓卒归了家务。未几难作，子遂以身殉父母。悲夫！）遗书馀古馨，千回带泪看。木高虞风折，岸出伤流湍。芥艾今载途，安容蕙与兰？陨兹邦国秀，天意胡凶残。共和兴复隳，三尺土未干。萍絮幻沧桑，日月惊跳丸。彭殇齐寿夭，宇宙一梦观。人生谁弗死？死于孝已难。孤贞贯金石，愚诚励俗端。民德剧浇漓，斯人节独完。五浊安可居？高遁云之端。神与太玄合，浩气摇江峦。东望武穆坟，血碧映心丹。忠孝共千秋，虚灵遥往还。香瘗忠孝骨，不负好湖山。万劫吾犹在，俯你百忧攒。一舸凌沧茫，来访西子鬟。景光忍留连？弔君苍莽间。低徊不能去，抚昔成永叹。一瞑万事足，何由追素鸾？淡泊无营欲，傲骨差坚顽。唯愿从赤松，谈经深闭关。

悼遁初先生

衮衮时贤竞厌贫，本来面目独斯人。争传渔父终兴汉，忍说桃源可避秦。养虎而今贻祸患，伤麟千古共酸辛。碑前泪迹红如血，遗爱从知在国民。

秋夜书感

天胡此醉拚高卧，风送秋声到枕寒。黯黯红尘求死易，茫茫碧海涤愁难。花魂惨澹香弥永，剑影依稀血未干。大好河山已如此，宁能不作梦中看？

甲寅春悼渔父、太一

莽荡河山剩劫灰，虫沙猿鹤警春雷。东南王气销磨尽，西北风云郁不开。宁戚墓前芳草长，贾生祠畔夕阳催。桃源渔父今何在？谁为招魂赋大哀？

春　雨

帘箖外潺潺欲断肠，屐痕新染落花香。一篙桃涨红连野，九畹兰烟翠裛裳。吟竹吟蕉书恨永，如丝如雾织愁忙。阑珊春事翻成梦，瘦绝诗魂到绿杨。

春　痕

憔悴灵均意不支，独携危涕倒琼卮。啼残杜宇血犹暌，梦入潇湘绿可知。燕剪漪光留倩影，雨丝风片写幽思。氤氲一脉浑无迹，惟觉人间万物滋。

绝句十二首和先君韵

阅此闲闲眼亦慵，生无媚骨肯求容？读书养性兼耕种，吾道犹堪制毒龙。

芝兰湘浦澹孤芳，耻与凡葩竞艳忙。刊落声华学心隐，高吟何必羡南阳？

乱世全真颇自豪，而今道义等鸿毛。软红十丈谁堪友？忍说交情脱宝刀。

桑田沧海是寻常，莽荡乾坤正气藏。竹杖芒鞋任所适，朝游灵隐暮韬光。

孤忱耿耿未消磨，满目疮痍可奈何？试问四年新政好，大江南北泪痕多。

竖子当然不足谋，奚惊祸水已狂流。太阿倒执伊谁咎？唯在天民善反求。

当今济济洵多士，几许文妖杂莽夫。竟为一家枯万骨，祖龙错认是公奴。

福田苦海总非真，慨息游鱼恋翠纶。朝菌蟪蛄齐浩劫，不经艰难不为人。

弄舟吾欲五湖去，不遘唐虞嗟凤麟。阳虎偏能笑尼圣，千夫所指又何人？

课倦闲观出岫云，万山无语对斜曛。白衣苍狗胡堪问？持定天君自解分。

安贫乐道真佳士，季世何当有隽才。侠骨柔肠收拾起，与天沉醉笑怀开。

世运迁移固靡常，双悬日月道心藏。七哀五噫咸非远，珍重随时爱景光。

醉龛诗选

龚尔位，字醉龛，湖南湘乡人。今录诗十三首。

怀人五首

大雅久衰歇，黍离成国风。茫茫数千载，微言亦云终。不期傅氏子，独悲王道穷。赋诗以托讽，欲用迴痴聋。忽焉开妙悟，遁迹空门中。万缘俱寂灭，心境何玲珑。娇首而潜尾，将无神龙同。(钝根)

醴陵有高士，飘然物外身。不食安期枣，偏与列仙邻。奇想发幽邃，曲高妙入神。昂头顾宇宙，饮酒尽千巡。汉主莫能遣，灵妃不得臣。结庐在穷谷，潇洒出凡尘。出尘岂偶然？所乐自有真。(梦蘧)

高风慕怀葛，秉性在岩阿。世俗皆尚同，所守独殊科。偶来湘江畔，濯缨临清波。湖山妙无极，云气相荡摩。澹然与之化，白日忘蹉跎。长啸入幽谷，满腹含天和。(旭芝)

麓山古名胜，客有同优游。托怀何高洁，吟咏迈时流。日夕动清兴，携酒登蜃楼。牙旷响高徽，潜渊出轻鲦。斯乐苦难常，一棹曲江头。蜀道不辞险，捷足驰骅骝。鱼雁未能达，使我心悠悠。(蔚蒸)

羚羊(山名)独神秀，高耸入云烟。四时吐奇气，芝草生闲田。中有固穷士，尽日枕书眠。一朝弃之去，往还百粤边。誓欲雪国耻，英风凛霜天。古剑时一鸣，万籁俱寂然。人生各有志，岂无山水缘？（浩如）

己酉三月送春麓山作

春来若有踪，春去原无迹。年年相送迎，一如远行客。人生亦复尔，奚事重叹惜？扰攘尘世间，徒然为形役。荣辱乱其心，悲欢夺其魄。劳年而不已，鬓发忽焉白。一朝委泥土，俯仰竟何获？以此达观者，视之如朝夕。悠悠南山云，去来常自适。浃旬苦风雨，闭户不知春。今日送春去，春亦为酸辛。众绿惨无言，百花娇欲颦。泉鸣深涧里，相应发哀呻。隔江有高士，脱然世外身。提壶沽美酒，来我古渡滨。相携登绝巘，饯此艳阳辰。谱以相思字，泼墨留天真。尽日看不足，一卷藏其神。归来开樽饮，千钟未辞贫。谈笑小宇宙，拟为葛天民。

闻韩事有感和钝根韵

仲连去后英风息，无复衣冠见汉家。一片降幡沧海静，千年碧血夕阳斜。鹤归应起山河感，狐死空传鬓发华。来日潮流愈澎湃，怕看大地走兵车。

春　兴

平芜芳草正萋萋，隔岸垂杨已拂堤。好趁新晴乘健马，百花丛里听莺啼。

古意二首

秋月何娟娟，照人窗与户。秋虫何唧唧，终夜自劳苦。唧唧可奈何，娟娟照今古。

烈士忘死生，光阴分冷暖。人匪生而知，安得事疏懒？穷达何足云？聊复惜日短。

开岁述怀用渊明《游斜川》韵示钝公

日月转轮至，天行无时休。良辰动众欢，驱车恣遨游。矧予独何人，而不与同流。顾彼百年内，飘忽若浮鸥。随遇已云安，岂必寻丹丘？岁新人惟旧，抗言多良俦。嘉会难常得，既饮还唱酬。他事非所期，但知有酒不。饥寒纵我驱，未足增烦忧。苟为热中者，何妨执鞭求？

钝公既和余开岁感怀诗复次韵答之

柔肠百转煎忧患，可奈敲残腊鼓声。吾道欲穷终凤隐，斯人不出怪雷鸣。春归大地胡尘满，马立吴山剑气横。毕竟兴亡谁负责？匹夫似我亦多情。

己酉九日麓山待钝庵不至书寄用渊明《九日闲居》韵

昏人累尘想，服食不长生。渊明卧丛菊，欲隐偏留名。吾亦爱丘山，寸心未能明。清商发林际，飒飒动秋声。哀彼涧边草，莫抵孤松龄。伊人隔秋水，浊醪期共倾。呼僮扫萝径，脱然忘枯荣。日夕而不至，焦桐起离情。世事岂其然，嘉会多难成。

情诗次钝庵韵

依依堂前柳，莹莹窗下雪。记得初相逢，两情明如月。幽欢未终极，不谓远离别。彼美无还期，念此郁难说。折柳著相思，对雪怀高洁。悠悠阻风波，转欲妒鹣鲽。览镜长太息，迴尽中肠血。欲济河无梁，会将成永诀。永诀可奈何？

孤影随幽㵿。终夜不能寐，忧思同胶结。

隼庵诗选

龚骞，字隼庵，湖南湘乡人。今录诗二十二首。

无　题

百华宝髻九华裙，深巷枇杷日易醺。汗重有馨终酿雨，酒酣馀气散为云。门前燕子犹无恙，江上梅花未忍闻。闲倚栏干频览影，玉环肥瘦不曾分。

东风何处是平原？襟上啼痕印酒痕。玉漏有声沉画角，金钗无计叩重门。湘兰澧芷萦吟梦，柳絮梅花系别魂。邻舫夜深歌白纻，拚将红泪寄瑶尊。

当筵不见紫髯仙，锦字音书叠叠传。电影射簾原一笑，剑光逼坐已三年。背人偷自属婴武，换酒何须倩丽娟？不用更弹金缕曲，绛绡如雾玉如烟。

筝琶重过别家楼，何用怜侬字莫愁。纨扇云山才著画，绮窗簟枕未宜秋。炉烟乍出琴三弄，人影歌空月一楼。不是人间花信早，又随清梦看吴钩。

九秋诗　有序

己亥秋月，旅寓长沙，将理舟楫，东归湘上。蒲柳之姿，风摧殆谢；幽忧之疾，郁久未痊。过马氏之芳园，访屈原之故宅。黄陵枯竹，碧浪衰蕖，时移境嬗，俱怆于魂。余援管触悲，抚膺流涕，一夕之内，神游万里。披衣起坐，唯馀孤影，寻汝咏歌，偶成良夜。追忆年来，欲渡东海，病不能行；拟觅西湖，贫犹未去。重重湘水，渺渺余怀，倚秋茹痛，痛不可支。嗟乎！寒露未晞，湿云不去，一圆凉月，偏坠于西风；万树鸣蝉，俱咽于落日。孤雁一声，残菊数丛，感览行涂，吁其悲矣。辄裁七言，著为九咏，并贻来哲，相与感喟。

绮罗如幕覆衣黄，流苏四角生辉光。中夜美人愁不寐，坠鬟间剪郁金香。锦丝卧织双珠履，赤鳞片片生秋水。愿共仙人海上飞，休随帝子巫阳死。听残机石望天孙，琼窗绮疏六宫昏。天涯何处无归梦？望望苍梧一段魂。(秋云)

寒鸡三号犹未眠，城头清角吹晓烟。络纬满阶苦萧瑟，四山黄落无人怜。梧桐叶坠秋无语，夜半游魂在何许？柳丝荡空菊入帷，飒飒宫响传花杵。金铃摇断粉函欹，湘簾夜压玉绳飞。漏深素练捣离离，锦帆一片望南归。(秋风)

金砌无人玉漏沉，夕阳院落多凄音。灵均含冤骆丞老，寒风萧萧生暮阴。华灯霏凝鬓影薄，愁鬟夜夜起幽阁。冰缣剪断不逢人，羽衣垂云泪间落。隔枕秋声下残溪，断槐衰柳楼角西。黄昏独客嫌怨浅，听断蝉响闻鸦啼。(秋蝉)

瑶阶清寂凉意微，明珠夜寒金缕衣。琼浆欲饮天风起，疏桐垂阴湿簾帏。夜深偷渍绛绡泪，幽馆无人破浓睡。寂寂芳华长自颦，银钩晓压残脂堕。别渚芙蓉花未开，金尊闲坐离纤埃。薄受微飙看珠泻，蕊宫谁遣梦魂来？(秋露)

绮窗独坐香沉酒，金鸭无烟道书朽。娥娥朱粉自翩妍，思君劳赠缕金钿。楼头夜半鸣筝起，步步尘飞金薄履。却下精簾抱瑟弹，梨花院落凉如水。广寒消息断深闺，玉轮乍转朱绳低。望望馀辉惜妾意，闲裁团扇翦金泥。(秋月)

鲤鱼风紧芦花起，渔笛闲吹声不止。柔舻冲寒鸥暮飞，蒹葭幽思无穷已。孤篷卷浪夜如何？洞庭木落生微波。长天

无鸿断来讯，自祷西风吹梦过。坐看寒潮满前渡，棹歌隐隐隔津树。绮阁层城秋夜长，明朝问讯湖边路。(秋水)

九微灯火拥朱楼，芜台废幂风萧飕。幽魂四飞宵如梦，蹙金屑屑飞当头。豆花篱落寒星坠，粉泪偏愁满芳甸。孤村柝响彻宵寒，残辉欲下梧桐院。锦囊何事征不来？门前约蕊深浅开。华馆无人阻芳讯，洛阳宫殿生尘埃。(秋萤)

西风簌簌雁南翔，桦烛张堂夜未央。苇簾怨瑟杂悽响，辽阳路远空断肠。稻粱无多饥弥苦，寒夜哀鸣下湘渚。只幸横天无网罗，安得健翼凌风举？渔歌入梦天荡摇，欲飞不飞知天高。尺书问讯衡阳道，芦花浅水寒嘐嘐。(秋雁)

垂垂倭髻明灯前，馀姿寒映影婵娟。篱旁金络花繁浅，寒瘦徒劳减瑟弦。清秋池馆长相忆，五柳园荒莽荆棘。旧时绿绮今犹存，遗响频闻泪霑臆。湄江乡梦思依依，凉叶满阶清露晞。晓起临花三叹息，田园将芜胡不归？(秋菊)

独　游

独游信渺欢，万响集深谷。览远意萧然，朔风吹落木。疏篱寂无人，繁霜悴逸菊。初月出高枝，寒烟生涧竹。孤雁飞复鸣，衰柳折盈掬。索寞夜归来，萤光引庢屋。委怀如可期，暂勿伤仆仆。

古风八首

废处田园，隶事吟咏。喧寂无心，蓬蒿自晦。离离尊酒，昕夕所资。悲欢靡托，率尔成篇。

黄沙万里塞云飞，锦幔纱帱朔风吹。琼瑶莫报还自期，铜盘腻烛香雾玻。深夜起坐弥叹息，邻窗箫管声参差。何事欢心滞远道？幽意庭阶长绿草。碧海青天魂梦遥，长歌空对月皓皓。

胡儿夜骑铁骢出，雪花如掌怒目叱。芦管数声蛮瘴开，沙圹无人鬼吹篥。归来挟矢上高堂，挥袂仓皇血满膝。边城纷扰安足言？吁天拜乞长生术。

洛阳十五小儿女，生长深宫倚罗绮。鬓发如云歌舞新，一朝拥入天颜喜。簾外纵多买笑钱，辔旁犹忆承恩旨。妍丽卒伤衰落时，钿蝉金雁竟何恃？人生欢爱不可常，何如孤桐憔悴死？

云中旧有仙人掌，皎皎月明春露上。千年怪石何崔嵬，弔古人来一怅惘。可怜金碧剩劫灰，欲辨花纹已宿莽。吁嗟盛兮不可长，秋树寒蝉成悽响。莫弹长铗学冯煖（谖），愿着短衣随李广。

洞庭之南黄陵庙，湘瑟年年成悲调。千载嫛砧月下闻，汨罗江上山鬼啸。予处幽篁不见天，委身犹待承明诏。一卷《离骚》浩荡吟，忠魂那有燐萤耀？落日漫歌《渔父》词，独立寒江自垂钓。

冥冥双雁俱北飞，嗷嗷音响一何悲。我欲随之无羽翼，靡靡宇宙将安极？昨宵梦堕麓山巅，湘花湘草长相忆。薄暮衡云归未归，望断家书泪霑臆。庙前斑竹鹧鸪啼，秋雨铜驼莽荆棘。

遥天萧瑟络纬哀，欲翦寒衣深夜裁。绮窗刀尺无人见，秋雨堂堦生莓苔。何事音书阻关塞？只怜妾意寄琼瑰。晓起花前待消息，金泥蛱蝶上衣来。

赵家女儿擫鸣琴，寂寂惯作别离音。舞衣未缝双鬓乱，流黄夜织深复深。挥弦一弄关山月，哀调愁声那肯歇？浮生欢少恩不多，宛转为君步罗袜。

介夫诗选

谭作民，字介夫，湖南湘乡人。今录诗七首。

沪宁遇险风传被杀作此自遣

噩耗遥传楚国风，却惭神武射潮弓。青山作壁天如屋，白铁为筋骨亦铜。出入秋冬春夏气，往来四万八千虫。镜中自诩头颅好，拔剑犹堪一世雄。

叠前韵一首

万古千秋底事空，朅来蛇影乱杯弓。三生风雨沉顽石，季世人才葬臭铜。春树欣欣棲壁虎，江潮滚滚簇沙虫。是非不待桐棺定，生作诗豪鬼亦雄。

噩　梦

飞廉驰，凋乌驶，八合惛瞢万山紫。霹雳一声大地愁，水波群起蛟鼍死。驱尘走石日月沉，履虎跨虹双足冷。自譆青苍罔极曩昔靡所经，造托三千大千世界任游骋。手接灵鳌泰华摇，维倾柱折角露馀盖轸。两腋忽生翅如鹏，扶抟直达昆仑顶。餐沙棠，饮沆瀣，幽途神房上清界。云是太极无极阴阳未朕自东来，百灵万鬼俯伏争罗拜。忽然山崩海裂启天阍，黄帝穆王相郊迎。随诏肩吾檄九部，木公金母首骈臻。黑赤水分江河涌，投壶烂醉自矜宠。蓐收凛命舞节旄，挺钺立斩蛮蛮獙獙兼跂踵。策府平夷石室开，玉版万毂相供奉。举足又入化人宫，屈指太一与泰鸿。蕢草白水得裹腹，駟虬乘鷖溘埃风。饮马咸池路修阻，天阶缥淼瀛海红。蓬莱仙子传笑语，金银宫阙童男女。巨枣不实空开花，徐福至今他人父。十洲长鱼化为龙，崛然起作东道主。波翻浪沸旸谷迷，田横五百泪如雨。悔不当初寄海据，三山飘飖仍贮芙蓉府。予乍闻之双睫红，高祖晚年歌《大风》。神州赤县殊今昔，夏非我夏冬非冬。欲将沧海桑田更轮转，隆周皇汉间世雄。又愿不周再触东南折，昂头锥凿效共工。一时万众各雷动，鼓掌欢呼似蜂拥。振臂一挥心胆豪，十万横磨鲁阳勇。蘧然奋醒一大梦，手挽东海洗眼孔。

丁未黄海舟中感赋二首

波谲涛翻四壁倾，长风万里挟舟行。云霞飞舞迷金阙，星斗迴旋拱玉京。木石谁填精卫恨？蓬瀛孰解少君程？田横踪迹杳如此，大嚼思吞海底鲸。

血雨腥风扑面来，抚今思昔更徘徊。皇舆有界捐禅海，帝国无人失霸才。百代藩封成鬼域，十年戎首付炉灰。云烟惨淡愁天地，一剑横空碎舞台。

踏青登龙华塔

百五循环气候新，龙华绝顶俯城闉。千村万户除烟火，賸水残山媚鬼神。风日无边平野阔，波涛有限大江瞋。云深懒作庾郎赋，花样飞来独出尘。

秋　感

茫茫宇宙竟生余，頫览神州气不舒。剑底春秋忙鬼蜮，书中涕泪饮虫鱼。身居海上诗差胜，时到秋深病有馀。再看山川无限好，心随斜日绕清虚。

屯艮诗选

傅専（傅熊湘），字屯艮，号君剑，湖南醴陵人。今录诗一百二首。

阁　夜

高阁灯残夜悄然，澄江如练水连天。不堪细数人间事，菡萏香消柳作绵。

百无聊赖作词人，尽许闲愁集一身。只是悲秋太萧瑟，自挥珠泪自酸辛。

夜吟寄钝剑

霜华两鬓渐相侵，短句驱愁苦自吟。九死尚生难化骨，万缘俱寂静观心。风云只手开天地，道义双肩并古今。写寄东南旧常侍，应知情竭为知音。

故　园

未断空山歌哭想，故园久住亦多情。新凉六月有秋气，危溜三更知雨声。坐看芳流成寂寞，不应衰世话升平。清宵百感多哀思，吟罢还搔短发髻。

夜步庭中

万籁寂无声，空天见月明。阑干斜欲坠，知已第三更。

奉酬太一怀人之作四章章四句

海水涸且枯，浮云聚复散。蛟龙蟠泥中，忽被群魔瞰。
天阴夜作云，云薄难为雨。龙曰吾苟生，岂无三尺水？
海水倏腾啸，一龙飞上天。龙子驱群魔，投魔大海填。
龙咋语群龙，潜之毋见首。勿为风兮嗟，且作狮子吼。

丁未生日述怀

蝶梦千年谁是觉？伤心斯世我犹生。古愁莽莽成长恨，人事频频付薄情。报国只应馀痛哭，问天苦为较阴晴。深秋欲尽留无计，愁听萧萧万木声。

中年哀乐寄筝琶，守骏其如马齿加。已分浮名等刍狗，不妨吾道系匏瓜。百忧佗（侘）傺知何世，四顾苍茫靡所家。泡影浮生犹未了，著书且自惜年华。

过汨罗

灵均怀石去不返，过客千年弔汨罗。我亦餔糟啜醨者，独醒终古奈君何？

落日　辛亥四月感事

何自能挥落日戈，时衰宁复感山何。茫茫且作无边想，已觉吾生涕泪多。

我马玄黄我仆痡，登高南望一长吁。苍天瞆瞆斯何世，知是谁家屋上乌？

良药医云须瞑眩，大雄佛以济慈悲。摧枯自此移山易，争奈人间有不为。

落日西沉逝水东，壮年心事托冥鸿。微吟不必关家国，自古诗人有命穷。

哭杨笃生

时艰蒿目国才亡，痛哭神州事可伤。何必虫沙逊猿鹤？终无枳棘集鸾凰。鬼雄入梦二三辈，竖子成名千百场。叹息芳馨摧折尽，转怜葵麦太凄凉。

长沙寄妇

安排生事供牛马，分付灵心与剑箫。眼底英雄如虱大，胸中块磊要才消。东风柳色春三月，细雨簷花此一宵。所不能忘负红粉，封侯无分到班超。

湘城坐雨

阴云幂幂雨垂垂，宴会登临两未宜。似揭吾忧幕寥廓，散与大地俱淋漓。门稀屐齿故人少，秋入琴心孤调悲。转赖簷花破岑寂，终嫌悬溜太孤危。

梦蘧方从蜀归未至家，复应余邀往沪，舟中阅所为《蜀道吟草》率题二首

蜀道苦行役，念君亲见之。归来翻旧稿，赠我有新诗。风雨扁舟夜，江湖独往时。吟怀故不浅，寥落使谁知？

共我飘零者，如君亦慨然。西行双屐足，东去一帆船。天地容长啸，糟醨任独贤。名山他日事，即此已千年。

八月十八夜望月有感

忽动天涯无限情，推窗遥见月华生。清辉未减芳容在，犹向中宵分外明。

露重风多微觉寒，更深人倚玉阑干。多应久负团圆意，故向嫦娥缺处看。

龙　飞

龙飞已卜黄天立，蛇斩先知赤帝成。一夜惊雷轰兽窟，武昌城接汉阳城。

九日书感

万里辞家成独往，百钱买菊作重阳。不成痛饮偏防醉，欲敛深悲转觉狂。生事十年犹汗漫，人间一息有沧桑。西风已自惊心极，数遍归鸿又几行。

金罇歌

春风吹花生繁香，金罇绿酒森满堂。美人妙好世无双，迴风起舞翱且翔。使君延年永乐康，铜壶漏迟夜未央。西风一夜吹秋霜，漫天飞絮随风狂。乐不可极忧毋忘，愿君北进驱虎狼。吁嗟乎！愿君北进驱虎狼，千秋万岁为君长。行矣努力事戎行，何为忧思怀故乡。

中秋望月不见赋此怅然

人间佳节寻常过，盼到重圆又一年。待扫浮云见明月，还将杯酒问青天。阴晴万态成今古，歌哭无端付管弦。玉宇琼楼渺何处？高寒应许照孤眠。

感事集放翁句

久矣儒冠误此身，壮图空负胆轮囷。西风落叶秋萧瑟，如此江山坐付人。

题自书“精神一到，何事不成”横卷

我闻阿尔魄山高于天，鸟垂双翼飞不前。壮士一呼万军振，汉尼拔与拿破仑兮相后先。地绝东西限南北，航绕阿非绕阿墨。苏彝士河巴拿马峡一朝齐洞开，造物无功天失色。思之思之思无穷，精气之极鬼神通。至诚不动未是有，孟王管霸斯语将毋同。豪杰能兴可作圣，惟志帅气气生性。不然六极弱居终，心死大哀风不竞。千年士气溯中摧，秦皇汉武罪之魁。销兵锄强风所被，直使生灵终古形如槁木心如灰。东汉诸公颇奋迅，清谈一误亡于晋。北宋复起继以明东林，更自颜黄顾王以后存无廑。精神兮精神，精神兮国魂。疾则速兮行则至，一脉煖兮宙合皆为春。精神兮无死，国魂兮归只。愚公之力可使山为移，纵然我身未竟厥功还更付之孙与子。天有日月星，惟精神之健兮运不停；地有河海岳，匪精神之固兮奚以托？君不闻死诸葛能走生仲达，千古奇事真堪诧。适生适死何足论？精神长在无时灭。懿夫伊川道学世无双，一言实践可兴邦。毕士马克惕然悟，译词偶合言无厖。只今故国山河改，造时应有英雄在。百丈滩头挽急流，狂澜既倒安能待？吁嗟乎！精神一到何事不可成，人定胜天天亦难与争。读吾诗者可以勃然兴，闻斯言者可以终身行。

今　古

今古牢骚一腹收，闲来把酒看吴钩。眼中所见都如我，人世徒闻有莫愁。作赋贾生休问鹏，伤时王粲强登楼。漫惊柳絮随风舞，未抵儿童笑白头。

五日山居即事

柴扉昼掩静无喧，高树扶疏鸟自言。微有清风飏修竹，尚馀岚气逼朝暾。狂名减尽疏歌哭，骨肉凋残冷梦魂。今日灵均正愁绝，嗟余何事更烦冤？

为高钝剑求陈蜕庵不可得，刘今希书来道蜕庵相念甚，因得告钝剑事于蜕庵作此为笑

早岁海上识高生，去年醴陵接陈子。不见高生如昔狂，且喜蜕庵穷不死。西风吹人何时休？繁霜凄凄白上头。各有人事扰且累，暂聚复散如凫鸥。我书告高生，长道蜕庵好。高生书来词殷勤，欲致蜕庵如致宝。长沙斗大城，蜕庵去何处？菡萏香销开菊花，芭蕉碎撼连宵雨。放头只有眠，张口不得语。愁肠迴环如辘轳，日百千万亿难数。刘郎刘郎真可人，一纸飞来满室春。道是蜕庵近相见，似君善病如君贫。乃识蜕庵状，乃寄蜕庵诗。未知蜕庵作何语，且尽吾情慰所思。

感秋八首用夜饮联句韵寄亚子梨里 有序

癸丑九月十二日长沙，集梦蘧、醉庵、痴萍、迈南、约真诸人夜饮，因为联句八首。未尽之意，复援次其韵和之，并促诸人同作。自蜕庵老死，宁戚惨僇，晨星朋旧，落落天涯。余也何心，不复欲弄笔为诗以道其萧瑟矣；然固有不能自已者，因粗写一通，遥寄梨里与亚子观之，并唏为我一和也。亚子其谓我何？

秋老弥深摇落悲，西风吹梦亦多时。尚馀哀乐供词笔，凭遣骚愁入酒卮。簾外黄花惊瘦早，镜中白发怨添迟。行吟未解旁人意，已分成顽转说痴。

仙字初封墨未干，明知下界有悲欢。女娲炼石天难补，精卫衔冤海已宽。银汉几曾通尺素，金铃谁与系雕栏？芳菲渐觉飘零尽，为撷秋英办夕餐。

欲写沉忧付壮歌，江山眼底认摩娑。海疆南北悬风马，图画青苍点黛螺。歧路不因伤部曲，老怀宁惜与委佗。河清人寿君持较，强更为欢复几何？

秋风减鬓又经年，世虑徒闻莽万千。不道神工难凿空，倘凭日驭竟回天。人言智慧须乘势，佛说皈依待有缘。誓愿众生终度尽，几时稳放大悲船？

匡时百念及时休，未报恩多忍说仇。肯溷尘埃随野马，暂容湖海寄浮鸥。种蒲种柳年年大，听雨听风处处秋。自有情怀谁遣得？悔将身世作天囚。

拥衾高卧掩重门，唧唧寒蛩似诉冤。红豆频年抛逝水，青山何处认中原？沙虫猿鹤终同命，南北东西待返魂。客子未归行役苦，伤心夜月听哀猿。

黯黯河山澹落晖，大江东去鹊南飞。边风扑朔寒侵甲，海气沉冥月上扉。叹逝已伤朋旧尽，观心应忘死生微。竭来一息无穷世，独有空王可慰饥。

茹荼知苦蓼知辛，悲喜相乘各有因。春去春来原是梦，花开花落不关秦。欲为鹏徙风斯下，待得桑肥海已尘。多谢故人频问讯，繁霜依旧岁寒身。

避地二首

瓜蔓黄台一再摘，杨柳白门三四围。焚琴煮鹤垂垂尽，打鸭惊鸳事事非。千古嬴刘成嬗代，并时王寇有从违。长空雁唳风声急，避缴衔芦何处飞？

此身石火光中寄，世事浮云眼底看。那意书空成咤怪，转因避地得偷闲。宾朋此日差相倚，丝竹中年强自宽。秋雨秋风只如许，未应重累鬓毛斑。

辛亥夏日述怀一首集陶句

朱明方扬，幽斋无营，日讽陶诗，藉忘烦署。中有所郁，触绪纷来。口诵既娴，举词易袭，故竟集其句，用述吾情。取貌遗神，聊自观览云尔。

春秋多佳日，林园无俗情。寝迹衡门下，聊复得此生。时还读我书，游好共六经。在昔余多师，缅焉起深情。春风扇微和，夜景澄虚明。或有数斗酒，杯尽壶自倾。赋诗颇能工，清歌散新声。歌竟长叹息，晨鸡不肯鸣。少时壮且厉，猛气冲长缨。深得固穷节，饥寒饱所更。世短意常多，孰是都不营。终日驰车走，中宵尚孤征。误落尘网中，淹流遂无成。似为饥所驱，但愿世间名。荣华诚足贵，举世少复真。人生似幻化，飘如陌上尘。所说圣人篇，忧道不忧贫。诗书复何罪？行者无问津。慨然念黄虞，我欲观其人。千载乃相关，益复知为亲。有志不获骋，一日难再晨。逝将不复疑，聊为陇亩民。

拟城南读书

山花散幽芳，晴光媚遥渚。尘羁偶愒息，栏槛暂容与。杰阁峙崔嵬，风摇铃铎语。贤圣虽递嬗，芬芳自今古。乐静可言仁，大化浩穹宇。胞与扩无际，岂必在濡沟？长途暑烁金，役夫汗挥雨。众寂定群喧，渊然此庭庑。多士集时英，健翮同高举。怀哉风浴归，即兹胜沂舞。

为亡友宁太一辑武昌狱中诗竟，因题其后述哀

如君已死更安归？风景河山举目非。传志未成应有待，母妻何托竟无依。并时功罪千秋在，惊世文章知音稀。从此西山一坏土，年年凭弔涕沾衣。

生同里闬业同门，卢后王前有旧恩。（癸卯受学吴偁三师，同见期许。）十载忧患两图圄，（丙午，君以《洞庭波》杂志系长沙狱三年。）一时师友各阡原。茂陵遗草伤零落，叔夜诸孤重抚存。高义我输刘季子，（谓约真负柩归葬事。）丛残收拾恨难论。

感怀四首

高楼徙倚对斜晖，肠断无言泪暗挥。身世自看同豹隐，网罗今已逐鸿飞。从知顶踵能人利，安用形骸与世违？除暴可堪终易暴？即论生死事轻微。

枉劳奔走十年身，兴汉谁知竟帝秦？党祸钩连天未悔，霸才消歇乱方真。可怜赌国粤孤注，忍见操戈厚四邻。从此止乌定谁屋，貌余何惜作逋臣。

平居百念计匡时，忧愤危言未敢辞。拯乱几曾逢国手，嫉余早分到蛾眉。文章九命宁天意，功罪千秋许世知。芳草至今应独玩，名山亦幸有鸱夷。

天翻地覆纷危涕，岁尽冬寒赋索居。戈在尚堪挥落日，辙横犹及认前车。龛灯回向期皈佛，蠹简飘零且著书。便欲南山看射虎，问天生我复何如。

山 寺

山寺稀人迹，僧闲昼掩扉。犬团红叶睡，鸟乱白云飞。

钟磬静弥永，莓苔古愈微。不因成避世，即此是初衣。

岁　尽

岁尽常为客，时危屡弃家。避人如避虎，涂字当涂鸦。（庵居，日惟作书自遣。）薇长殷顽粟，桃开秦洞花。饥乌解相慰，镇日自咿哑。

癸丑除夕

百念瀰漫拚岁尽，此身寥落欲何之？沧桑世变窥天意，风雨鸡鸣慰所思。息影未伤穷独善，迷津但觉佛长悲。挑灯看剑都无奈，闲礼梅花自祭诗。

甲寅元旦

岁历勤更又此元，渐看啼笑有新痕。忧患肯付残年老？功罪犹为斯世喧。宁惜卮言托孤愤，忍挥兵气望中原。深杯自倒无妨醉，屠狗当时几辈存？

后园观桃花

故庐久寄真成困，老树春回盛著花。初拟石榴红似火，乍看朝日烂如霞。秾华自信多才思，薄命从来有怨嗟。为召东风一相问，吹开吹落底由他。

三月三日梦蘧见访

倜傥黄君世所稀，乍能相访到荆扉。一春坐困令人病，众绿争荣各自肥。稍极郊原快遥目，乍临苍莽惜春衣。芳兰自在无须赠，为约西山共采薇。

情　诗

昔梦渺如烟，今颜艳如雪。欢情娇若云，依意皎犹月。悲思各纷纭，踪迹久离别。所怀未由展，欲语焉可说？在远情日亲，处垢行逾洁。何必谐鸾凰，乃谓同鹣鹣。流波转含怨，继泪还成血。倩笑不再逢，佳会此终诀。疏寮压春灯，回廊响虚屧。独坐心未宁，永念中怀结。

钓诗一首

遁世屏嚣秽，抗怀慕诗书。馀闲事游钓，匪为羡渊鱼。时亦得修鳞，春塘鲜可茹。或乃仅偿饵，眇如巨指粗。隈潭既失用，钩距竟成虚。归庐对妻子，不谓免揶揄。至人讳侵物，相与忘江湖。小持觊大盈，何异祝篝车？世事每如此，非徒渔者愚。收纶悟初志，吾钓但为娱。

脉　脉

脉脉春阴天欲梦，老夫噫气与谁同？高田初足一犁雨，矮屋时当四面风。会有疾雷起沉蛰，任看飞缴逐冥鸿。枝拘坐对人间世，青鸟何由得暂通？

雨止望章龙不见，感而作歌

三日不见章龙山，闭门听雨殊觉闲。偶到门前一相望，章龙何在空惆怅。我居山下三十年，年年不见章龙迁。迁亦何方止何处？夜半谁来负之去？或云连日雨滂沱，争说蛟龙欲出窝。此山自有真龙卧，疑是龙飞山壁破。又言秦皇曾赭湘山滨，亦恐山灵欲避秦。不然山自厌为人所扰，别有菟裘将送老。失山毕竟费疑猜，知是去还何日来。既非错被共工触，又非巧遇愚公谷。非触非逐两不疑，问山山亦将何辞？山在众绿连天碧，山去一时皆失色。山在春生万树花，山去草木皆含嗟。山乎竟遁人间世，山乎一去其谁继？临风寄语告山灵，我为山歌山请听：惟山出云能作雨，惟山有眼能垂青。惟山能为万民仰，惟山能作大邦屏。禽兽非山不能育，宝藏非山无自兴。高隐非山无可托，奇勋非山无由铭。山兮归来吾望汝，风为扬旗雷击鼓。山兮归来慎勿迟，乘有豹兮从有狸。常思兼艮不出位，岂谓习坎还无时？山意若曰君无怒，别君未先君可恕。我肯忘君更适他，他县无君谁与语？凭君一为扫浮云，千里万里无尘氛。插天摩日伫相见，部娄百辈徒纷纷。

三怀诗集定庵句

二十高名动都市，万千哀乐集今朝。中年才子耽丝竹，尘劫成尘感不销。（柳亚子）

妇才善哀君善怒，美人如玉剑如虹。不如归侍妆台侧，北俊南孈气不同。（高钝剑）

劚彼高山大川字，手校斜方百叶图。自今两戒河山外，偶落吟鞭便驻车。（陈佩忍）

题叔容文二绝句

词严义密读难晓，金石刻画臣能为。输他百辈论盐铁，留汝千秋作导师。

李杜光芒长万丈，王杨卢骆自江湖。子云但得桓谭在，一任群儿肆诋诃。

次韵答今希见过王仙馆中留别八首并示约真

渺渺春魂不可招，送君归去又花朝。荼蘼一夜香如海，踯躅满山红欲烧。载酒有人来问字，传餐无肉笑闻韶。却怜未解求仙意，新待东风长药苗。

惊世才名亦枉然，闲来坐破广文毡。华年逝水抛红豆，尘劫空花忏白莲。歌泣尽乖屠狗计，风波稳放钓鱼船。只赢心意明如月，分与馀光印万川。

春光渐减见花飞，远去王孙归未归。宿诺尚虚吴剑挂，斜阳空付鲁戈挥。化猿化鹤朋游尽，一死一生交好希。衣带日宽人欲老，此身虽遁亦无肥。

罪言横议总骈枝，文字由来不疗时。诸葛苟全倦闻达，东方大隐且棲迟。秦人避地何知汉，国教沉幽学在夷。便欲矜狂返淳朴，蹉跎臣壮悔难支。

幽情一往未能删，仰止弥高不可攀。息息精灵周孔外，区区敝废汉唐间。文章司马称高足，词赋扬雄当小鬟。即此菟裘可吾老，著书何必定名山？

昆季峥嵘美且都，酸咸嗜与世人殊。荆潭钓月诗成帙，藜阁延宾酒满壶。邻笛那堪重感旧，春风犹自与嘘枯。空桑三宿增惆怅，此意难忘绕树乌。

与君便合筑诗城，广武相临各斗兵。避世已看同豹隐，忘机应许作鸥盟。长吟藉遣英雄气，但饮何须贾竖名。笔健纸长吾道在，安排虫篆了馀生。

重到玄都未可期，相望何以慰吾私？扶风授学方悬帐，繁露传经勉下帷。尚喜武城无越寇，独怜鲁国有原莰。西窗剪烛如追忆，哗梦应烦更论诗。

今希、约真昆仲见过

熙春丽日照尊罍，村酿初温喜客来。二月花如十五女，百年人醉几千杯。仙源杵臼空陈迹，尘世沧桑冷劫灰。但合逢君开口笑，此生何事更肠迴？

馆　夜

强欲偷闲竟未闲，东风渐见落花残。蛙声撼卧迷宵漏，雨气禁春酿晚寒。惊世文章徒自喜，忧天涕泪太无端。空王肯示皈心法，且办熏修习止观。

今希、约真昆仲过谈一首

刘安尚自耽《鸿烈》，而我犹能起《法言》。鹑首似怜天既醉，马肝欲使士无冤。花飞春尽闻鹃语，草长泥肥有燕喧。多幸故人数相访，高谈一为抉愁根。

寄陈豪生长沙

故人心事眼中存，肯枉相思问断魂？湖海寄愁君自健，山林照梦我无冤。忧天渐怯飘残泪，销骨宁知累众喧。滞酒耽吟只如昔，未妨秋雨病文园。

九日登崂冈山作

云山千里目，风雨一天秋。有客同佳节，因之揽近游。求仙寻洞口，探石出林陬。且坐一长啸，清风生远飗。（山侧大石下有岩洞，面章龙，深广可八九尺。山背巨石陡起，高二丈馀，俗谓狗祭石，尝杀狗祓旱魃其上。事诞不经。当云“陡起石”为近。）

虚舟沉绝壑，疑是禹王过。古殿迷苔藓，荷坟带薜萝。秋香纷烂漫，樵径累陂陀。莫负登临美，林皋落叶多。（山顶巨石如舟，曰船槽。冈尽处，曰庵坪。相传有僧庵建此，今为墓地。）

旧种家园菊，归来径已荒。犹能谋一醉，便与作重阳。出处两无著，江湖兴未忘。遥知南社客，相忆蟹脐黄。（南社以是日雅集海上。）

次韵和湘荃、梦蘧联句即寄

独上空山弔夕阳，寥天无际暮云黄。九秋客思三更梦，一夜西风满地霜。万事催人身渐老，卅年入世我何尝。故人远道劳相讯，欲著新书悔未遑。

凰见麟游未可期，风云万变总离奇。不须鸿宝谈三略，且共蟫篇笑四痴。迟暮英雄消髀肉，峥嵘台省负须眉。狂名收拾无多事，但感秋风念别离。

来日云难患已深，国微更启四夷侵。投枭一误宜天笑，避世无心与陆沉。涕泪早除名士气，治安徒惜少年心。荒江独卧惊秋晚，敲断无边万杵砧。

人民犹是未全非，辽鹤何妨且倦飞。五百年当名世起，无边法待众生归。求贤不入明王梦，推食常怜壮士饥。寄语幽燕旧屠狗，故山亦自有初衣。

五月十四日和议再停书事

傀儡登场又一回，后台掣线舞前台。等闲戏罢收将去，枉用旁人说怨哀。

定情钿约记当时，密语犹防鹦鹉知。却被上清诸女妒，专房竟不让娥眉。

哀弦独柱不成弹，忍说人间有凤鸾。终赖此公存正气，群儿录录但求官。

憔悴青衫满泪痕，行吟江月又黄昏。逢人莫便夸诗史，别有伤心未忍言。

五月廿一日与胡朴安、高吹万同游北固山作

千古英雄消歇尽，可堪今日为登台。江山憔悴空文藻，风雨漂摇老霸才。杰阁坐看凌莽苍，奔流犹自逐喧豗。凭栏何限兴亡感，岂独仓皇北顾哀。

焦山以汉焦先得名，一曰谯山戍，今犹置炮防江焉，南麓僧寺所集

稍隔人寰已辟尘，水云深处自成邻。半江帆影依栏楯，终古山名属隐沦。古戍寒侵江月苦，断崖怒啮海潮新。吾生自惯长飘泊，便得留庵肯息身？

金山旧耸江心，今南接陆可徒往。是日并观东坡玉带，下山一里试中泠泉，陆羽品为第七，今刻曰“天下第一泉”，依刘伯刍说也

沙浮更与岸平连，流徙从知历几年。寺里山依危磴出，风前塔尚语铃悬。镇门空见坡留带，甃石争传陆品泉。古往今来一惆怅，忍挥闲涕对江天。（此诗既出，吴江陈佩忍自广州移书见告云：金山浮峙江中，洪杨之役，太平军运江西木箄为舟航，期以东下。不图事败，遂悉弃其筏于山麓，绵直数里，南北充塞，日久沙积，竟成平陆。此光绪乙巳冬，亲得之镇江一老儒所口述者。）

自金焦还重泛梁溪，谒项王庙、登万顷堂、观太湖作

具区三万六千顷，腰腹槃槃此一毛。解与胸身空芥蒂，方知世外有逋逃。项王祠在松楸古，仙蠡墩荒杨柳高。且欲驾鼋沧海去，吾衰只合事渔篙。（鼋山，湖中胜景。仙蠡墩在梁溪，相传蠡载西施停棹处。今惟老柳一株，婆娑待尽。）

重游惠山与朴安、吹万试第二泉，摄影听松石、坐云起楼、登锡山而返

携得金焦两袖山，重寻惠麓俯潺湲。竹炉未改前番火，松石强如我辈顽。细数鱼游宜自乐，坐看云起欲忘还。林泉应有归来分，不信浮生老不闲。

重游惠山追忆四月九日与宋痴萍登三茅、瞰石门、憩白云洞、题名山寺之乐，今且匆匆不可复得矣，凝望怅然，因赋一首

惠麓名泉天下奇，惠山胜处少人知。石门双阖经行处，飞瀑一丝收雨时。仙洞白云自还往，帝城宫阙郁参差。（绝顶左右皆高石峭壁，周围若城垣。）重来已负登临美，为溯前游更补诗。

题吹万游草并示朴安

诗人我识高吹万，携手同登北顾楼。古往今来何限感，可堪极目旧神州。

十年豪气未销除，脚底烟波遍五湖。自有斯游亦难得，三山三子合成图。

次韵和胡朴安焦山诗三首

六朝柏

日落未落天风高，潮生不生海水焦。南麓森然见双柏，铜柯石干凌神宵。斤斧刳肠香未歇，一株半削心难灭。一株合与伴椒山，苍颜犹凝千年血。（柏有二：一在定慧寺前，已刓削大半，垒砖补之；一在焦先祠内，其后堂即祠杨椒山。）岁寒呵护若有神，恍然梦接六朝春。渡头无复桃根在，旧苑空馀杨柳新。当年知是何人树，应有高人隐云雾。宁为真逸与山樵，瘗鹤兹山劳汝护。人间积薪何其多，世无匠石空嵯峨。坡亦见竹不见柏，柏兮柏兮尔奈何？（坡诗："焦山何有有修竹"。）

周　鼎

灵光朗耀何融融，琉璃作室居当中。汉鼓唐幢那足数，有如仓粟堆陈红。（有诸葛孔明铜鼓及唐刻陀罗尼经幢。）腹中奇字隐约见，刻画屈曲蟠虬龙。识近遗远未可读，十年讽籀吾何功。传闻此鼎在明室，权奸窥窃计剽工。献玉乃刖卞和足，归璧莫睨相如瞳。庸知转瞬遂勿保，神物非有藏之公。（鼎故京口某公家物，严嵩欲之不与，因嫁祸焉。鼎入严氏，及嵩败，复归某公。念祸由鼎作不祥，乃舍之寺中。）主人置鼎信有意，椒山曾此荡云胸。便与入林象魑魅，犹防跃水起雷风。隃麋定陶亦可贵，（山有汉隃麋定陶鼎。）启諆子寓俱无穷。（周遂启諆鼎、周子寓鼎在金山。）坐感古人三叹息，夕阳西下长烟空。

瘗鹤铭

雷公昼吼蛟龙怒，江天冥冥作烟雾。轰然裂石下江浔，零星碎乱不知处。即今存者字已奇，卧拓不复烦水湄。间从山僧得此本，眼福足补腰膝疲。墨痕斑驳藓花湿，云根割取如人立。九十一字朗可寻，岂止长沙夸七十。（铭旧刻焦山之岸，雷南中裂坠山麓，宋时已必俟水涸，仰卧施拓。欧阳公得六十字为最多，常仅数字而已。清康熙二十五年，长沙陈恪勤公鹏年始出石移立寺中，云得七十馀字。今寺僧拓本称八十九字。以余谛审，石上“立”字、表上“华”字尚存少半，可算九十一字，不知恪勤何以反少。）胜事流传好事多，俗工刓凿神工泣。即今沧海起波澜，九土汩没地轴残。华表千年倘归鹤，满目应怜异昔观。隐居不作真侣逝，（黄长寄以铭为陶隐居书，良是。亭林辨之尤审。）思古有泪谁能干？夜梦羽衣绝寥廓，钟声欲动松风寒。

次韵和亚子

不饮真成负酒杯，沉忧其奈逼人来。抚头看镜斯何世，抉目悬门事可哀。湖海十年嗟我老，死生百辈賸君才。狂名减尽孤心炯，犹剔丛残到烬灰。

赠罗漫士

海上相逢鬓欲丝，尊前旧事忍重思。只今明月湘江夜，不似当年歌哭时。

梦蘧于临武县任葺后园为栩园，书来索题因寄一首

讼庭如水吏人闲，官舍萧然昼掩关。赖有园林慰幽独，定知秀句满溪山。风云入座看腾达，鱼鸟依人自往还。待与欹眠怀旧事，斜阳正挂万峰间。（今临武界上有欹眠馆，为韩张期宿处，其地即名期宿村。）

终古感五月四日事作

终古离骚事可叹，孤臣有泪莫轻弹。徒闻义帝存三户，不见怀王斩上官。六郡已知非楚塞，一行犹恐绝秦欢。从来亡国由昏惑，前史分明未忍看。

栩园诗选

黄钧，字梦蘧，号栩园，湖南醴陵人。今录诗二十二首。

落　梅

三十六宫春意满，梅花处处寄行踪。半簾疏影三更雨，二月江城一笛风。阁部衣冠温玉骨，寿阳粉黛艳残红。清华不受东皇宠，飞入春山春雨中。

次韵和钝根《闻韩事有感》

旧臣箕子今何在？故园萧萧靡所家。枫落牙山秋色冷，璧衔汉水夕阳斜。晓霜欲作漫天霰，蔓草翻滋遍地华。体道鸥夷甘乐国，须知螳臂不胜车。

锦城纪游十首

小雅沦亡孰嗣音？空山迢递费追寻。杜公祠宇春容老，堂上槐阴一尺深。（工部草堂）

百卷诗成公倦矣，精神耿耿塞洪荒。时人亦有惊人句，不敢题诗向草堂。（拜少陵像）

六十年间万首诗，划除柔靡育雄奇。诗人老去音容在，团扇纷纷觅画师。（拜放翁像）

名山终老复何求？傲骨嶙峋世所羞。读罢士甘燔死句，人间何处觅公侯？（拜涪翁像）

重整吟鞭一驻车，春魂颠簸夕阳斜。城南十万金铃解，

流水声声唤卖花。（百花潭）

将军雄武气纵横，宝马雕弓出锦城。万里摇鞭一挥泪，东南云气满长缨。（万里桥　邓芝出使东吴，武侯送之，谓曰“此去别君万里”云云，故名。）

武侯祠畔春归晚，隔叶黄鹂又一声。策马南来增叹息，凭栏一弔为苍生。（武侯祠）

天下英雄属使君，曾凭龙虎弄风云。难堪锦水春归日，桃李无言对古坟。（谒昭烈惠陵）

历劫丹成道万千，飞升鸡犬亦神仙。补牢解识人间苦，故使青羊不上天。（青羊宫　殿中有铜羊二，相传老子所遗。）

锦城多少垂髫女，争汲寒泉漱齿牙。井上口脂香不断，春风分半寄枇杷。（薛涛井）

自成都归舟中作

久客三巴事可哀，锦江七月放船回。西风日暮水流急，万叠秋山入眼来。

夜泊嘉定望东坡读书楼有感

肠断当年水调歌，馀音犹自泣蛟鼍。乘风我亦欲归去，天上寒温近若何？

涂山咏怀

破碎河山不可支，渝城险峻至今夷。鼓鼙江上声悲壮，万国衣冠异昔时。

九日候钝庵不至

钝庵胡不来？益我心头闷。入秋风雨多，游人颇困顿。

闲却满篱花，未了登临愿。江间风波恶，帆力亦云健。不信一水间，诚如千里远。渐渐鲤鱼风，日暮添离恨。

九日不登高，常恐山灵怒。山亦恐我愁，旭日当前吐。清风飘然至，引我云间路。松涧响流泉，枝头滴宿露。昨夜小桥霜，染尽千株树。秋风爱晚亭，上有题红句。小立望潇湘，怦怦不能语。盈盈秋水平，谁唱公无渡？

行行陟云麓，愈高愈生悲。朔风卷地来，木叶脱南枝。南枝有栖鸟，更向南方飞。我家南山南，苦不望见之。路旁有茱萸，婷婷美其姿。游子悲故乡，对此双泪垂。日暮懒下山，惆怅自吟诗。

新年感事

重理屠苏旧酒杯，心情历乱百堪哀。雨馀草木饶新泪，劫后英雄半死灰。傀儡登场终是戏，珊瑚树海不成材。试看歌舞欢腾地，又见胡儿策马来。

残灯明灭动星辰，夜气沉沉集此身。万窍风生闻鬼语，一山松老作龙鳞。渐知世运多磨竭，颇觉胸怀贮古春。桃梗土人原一例，江湖十载孰为亲？

落梅二首

东风一夜吐繁芳，万树官梅尽解妆。春暖绣闱人弄笛，月铺疏影土眠香。未随云雨沉巫峡，应有仙魂返帝乡。此日花开复花落，江南江北马蹄忙。

风雨潇潇满玉堂，诗吟东阁倍神伤。冰心懒与争春色，素手曾经点晓妆。梦断罗浮空有月，歌成艳曲不闻香。此身好向瑶台去，休伴红泥护众芳。

夜雨读老庄书竟感而有作

读罢南华道德经，万缘俱寂一灯青。惟听岳麓峰头雨，席卷残花下洞庭。

约真诗选

刘谦，字约真，湖南醴陵人。今录诗十五首。

哭太一诗 并序

寒风振窗，檐溜断续，一灯如豆，万绪萦怀。因忆知识年来零落殆尽，𬺈𬺈太一且夭斧斤，冤烦填胸，迄不成寐。乃披衣起坐，歌以写哀，搜索枯肠，得句十截。已而掷笔纵号，曙色苍凉，穿棂入矣。

漫漫长夜何时旦？宁戚悲歌梦见之。死别依依弥一载，伤心追悼不成辞。

兰蕙当门合被锄，非关误食武昌鱼。生平自有千秋在，为跖为尧尽毁誉。

每于患难见深情，十载论交与弟兄。肠断当年耦耕约，可能相续到他生？（君系狱长沙时，余适读书城南，得时往探视，因有中国同盟会湘支部之设。君尝谓余：使共和底定，馀命犹存，当与子卜居万山中，力耕自给，不与世竞荣利也。）

怕从旧箧检君遗，断楮零缣系我思。最是舍身先一日，狱中缄寄子由诗。（君寄余二律于死前一日，托湘森带出，盖绝笔也。）

不与臧洪同日死，负心负友此吞声。一棺归葬寻常事，忍向人间贸令名。（钝根拟为余撰《归葬太一记》，就询始末，余黯然神伤，弗忍答也。）

西山一冢倚长空，薜荔惊秋泣鬼雄。天亦为君留纪念，染枫如血满江红。（君冢踞西山之颠，渌水潆洄其下，霜叶映流，常作赭色。）

生平知己数天梅，我自南幽闻几回。赋得招魂长短句，遥知宋玉有馀哀。（高天梅吊君诗甚哀，余读之未尝不泣下霑衿也。）

等身著作今何在？魔刦宁教到简篇。收拾丛残成一卷，煞劳傅（钝根）柳（亚子）损宵眠。（君生平著述甚富，身后散佚，存者寥寥。钝根、亚子到处蒐求，始裒成古文诗词一卷，出版有日矣。）

白发高堂黄吻孤，泉台应亦惨啼乌。只今消息差堪告，子读能勤母尚腴。（君母尚健在，年垂七十。遗孤子一女一，均稚。子名鸿猷，现肄业遵道会小学校，倜傥有父风。）

死生勘破十年前，后死安归却见怜。（君自武昌狱中致余书，轸念后死，若言外有馀痛者。）愿共有情拚一哭，哭声声震梵王天。

哭唐守樫集放翁句

雪卷灵犀八月涛，男儿壮志付滔滔。旁观莫苦嘲痴钝，自古宁闻死可逃？

灵断苍梧竟不归，苇花漠漠弄斜晖。河山未复胡尘暗，士气峥嵘未可非。

燕赵风尘久未平，著鞭无日涕空横。故人零落今无几，肠断西风薤露声。

手掣鲸鱼意未平，悲歌流涕遣谁听？凄凉江夏秋风里，两两三三鬼火青。

寄钝根吴门

寒梅花发绮亩前，欲寄相思恨转绵。记得苏州明月好，可能千里共婵娟？

今希诗选

刘泽湘，字今希，湖南醴陵人。今录诗一首。

过西山辟支生墓

停车步上西山麓，血痕新染红踯躅。垂杨有眼不胜青，芳草无人随意绿。峰回路转辟支坟，宰树参差乱入云。树上子规啼夜月，山头寡鹄惨离群。忆昔翩翩正年少，绿药红蕖日初晓。胸有千秋梦日边，目空馀子超尘表。峥嵘头角露崭然，玉唾随风落九天。卫氏璧人游市上，谢家琼树植庭前。庭前秋早灵椿萎，国步时颠拳祸起。万里阴霾惨不舒，一腔热血腾尢已。此生安肯老蒿莱？出门一啸层云开。黄祸滔天自侬始，青萍斫地为谁哀？男儿铅椠安足事？讨虏待随傅介子。南国飙驰倚马才，东瀛耻学屠龙技。一呼振臂葬姚陈，（君失怙后，即肄业明德中学校，旋留学日本。适取缔风潮起，陈天华蹈海，君遂与姚竞生等归国，组织中国公学。未几，姚以校事亦捐身黄浦江，君乃扶两榇返湘瘗之岳麓。各校学生送葬者近万人，大触清吏忌。）潜结同仇摈暴秦。（君前后与禹之谟、周震鳞及黎尚雯等，在湘组织同盟会支部。）伐鼓撞钟震大地，洞庭木落波粼粼。（君创办《洞庭波》杂志，昌言革命。）逾年萍醴义旗举，海外闻鸡先起舞。（时君在日本办《民报》，闻萍醴消息，亟联同志归国，冀乘机大举。）当道明知有虺蛇，归途毕竟逢豺虎。（君行至岳，为清吏所捕，解长沙狱。）南幽被逮几经秋，揽镜狂呼快断头。留得金刚身不坏，新知旧雨费绸缪。未成信谳旋君赦，李杜高名满天下。北走幽燕访狗屠，於期头在犹堪借。主持清议警神州，（出狱后，主北京《帝国日报》二年。）唤醒国魂争自由。散尽千金交任侠，拚将一剑报恩仇。睡狮忽地东南吼，响应遥天趋恐后。为断贼粮运六韬，（武汉义军起，君急买轮南返。途阅《大陆报》，具言北京以黑漆饰招商轮船标帜，装载米粮，接济汉口兵舰。君译其稿，转送九江司令，属其密捕，遂擒三艘。汉口满兵轮以粮绝降。）旋参戎幕光九有。（当军务紧急时，湘督延为秘书，甚倚任之。）九有重光见太平，朔南统一遽休兵。何期削帝称民主，功狗翻先狡兔烹。（统一后，君总办三佛铁路。既闻张方被戮，愤甚，有“亡羊只为歧途误，功狗翻先狡兔烹”之句。未几离粤，复值宋案发生。）萧墙顿起干戈衅，错认殊勋成躁进。罾缴弥天困羽翰，鸿离鱼网嗟谁信？凤鸾依旧入籢囚，文采周身合便休。营救有心倾海内，挽回无术怅潮流。祢衡有才赋鹦鹉，祢衡不幸遭黄祖。黄鹄矶头血溅天，武昌八月飞红雨。模糊血裹旧征衣，予季舆尸千里归。病榻慈乌号欲绝，覆巢鷇鸟恸无依。当年桃李骄春早，今日松楸傍春老。君年不寿寿以名，傅（钝根）柳（亚子）高（天梅）汪（兰皋）刻遗稿。即今黄雾蔽乾坤，剪纸难招国士魂。抉目定能看越寇，拊心谁复拯黎元？一杯长祝山灵护，红拂怜才应一顾。（墓距红拂墓半里许。）血食纵然馁若敖，尸居莫厌同杨素。我来携酒酹坟前，慨想生平恨倍牵。为罪为功付青史，谁誉谁毁邈黄泉。人生泡影空陈迹，舜跖彭殇都过客。叩角谁赓宁戚歌？飞凫莫辨王乔舄。输君此去脱尘缘，不堕情天色界天。剩有旧贻红豆子，春来花发思年年。

惕生诗选

阳兆鲲，字惕生，湖南醴陵人。民国元年，惕生寓居海上，时相过从。癸丑以后，踪迹遂疏，不复知其行止矣。今录诗八首。

南都感怀

莫将王气重提起，建业萧条历几霜？吴主有宫沉蔓草，孝陵无石障斜阳。沧桑变幻天难问，乌鹊飞鸣夜未央。我已廿年赋焦尾，知音谁是蔡中郎？

不为功名不为钱，辞家十载事征鞭。匹夫那许忧天下？秋色无端上鬓边。毕竟多愁缘识字，商量上策独逃禅。吴中今又羁张翰，一忆莼鲈一惘然。

辛亥生日感赋

潦倒天涯烛武身，臣之壮也不如人。儒冠莫补危棋局，仙药难回大地春。忍死贪观吴入楚，捐生争似卫如秦。申江箫管喧阗夜，一个凄然梦获麟。

卅年身世类蓬轻，未醒华胥记得清。运甓朝朝磨虎臂，枕戈夜夜数鸡声。天无太乙随刘向，地有长沙谪贾生。此日漫歌将进酒，范文先遣祝宗行。

感近事赠亚子

只管酬恩不报仇，君谋转胜自家谋。诗名海内归梨里，交谊唐还又柳州。霁月一轮光皎洁，停云千里径清幽。何时载取醇醪至？重醉春申旧酒楼。

万矢攒心命若丝，苦商死法与归期。此身不合投人界，到此良难觅国医。末世乾坤都局促，故山桑梓断怀思。他年屈子招魂夜，祝向风前酒一卮。

放　歌

人生谁不死？上寿终百年。今我四十至，来日无几焉。功名苦不早，富贵操之天。丽华不我顾，安期无我缘。与其块然存，白日如黄泉；毋宁泠然行，御风太华颠。与其遭俗眼，庬吠隔林烟；毋宁洁身去，谈笑古人前。冥世有乐境，灵均推邦贤。何况陈姚逢，交谊堪重联。国亡罔触觉，种灭不株连。骨肉暂离别，至日终团圆。一了百俱了，长眠复长眠。譬彼劳役者，中途息重肩。哀哉众生愚，脱离不予先。申申踪相詈，两耳今塞绵。

养　生

养生且拙况治生，不学庄周与许衡。贱骨便教埋海畔，穷途未减是风情。九征十辟身安用？五乱三分局已成。难忘故人一杯酒，春风穷倒沪江城。

民訏诗选

潘世谟，字民訏，湖南醴陵人。今录诗五首。

王仙学舍呈钝根先生

无端盼得春光到，满树桃花映眼红。天地悠悠人自在，更谁与共拾残丛？

十年历尽沧桑劫，无恙程门今又来。回首溪山一欢笑，几多杨柳傍楼台。

燕

一声长寄万红天，感慨应知弦外弦。重到乌衣春寂寞，不堪王谢忆当年。

蚕

无奈春寒日日长，万端忧思集中肠。臣身蛰处臣心痒，留得经纶补八荒。

同学晚憩小丘

甄综道与艺，文质何彬彬。携手憩高冈，吟咏斯以伸。微风送晴晖，轻烟抑暮尘。幕天与席地，大雅谁足论？寄怀托万物，将以求吾仁。为仁岂不乐？即此全吾真。

感　春

三春日夕佳，东皇助吹嘘。起览园林秀，中心自和舒。万壑青且芜，千山红欲酥。群凫浴渌波，轻燕飞天衢。欣欣物向荣，德化当与俱。

侣霞诗选

朱德龙，字侣霞，湖南醴陵人。今录诗四首。

我所思

我所思兮在江曲，凌波仙子颜如玉。姣如秋水出芙蓉，淡如灵池濯芳菊。木兰为舟桂为楫，锦帆延伫波光绿。我欲从之鰜与鲽，迢迢一水隔江渌。

我所思兮在城隅，彼姝之子手明珠。花钿惊鸾匀翡翠，玉搔舞蝶拂珊瑚。枇杷当户柳当门，弱不禁风倩谁扶？我欲从之胶与漆，雕墙遥睇空踟蹰。

我所思兮在庭隈，空堂虚响月徘徊。纨扇偷遮雪衣女，弓鞋轻印玉阶苔。玳瑁为梁琼为槛，徙倚华裾去复来。我欲从之牛与女，银汉无声玉漏催。

我所思兮在簾栊，银缸明灭红豆红。金背镜移防透月，水晶屏澈不通风。雾绡为播罗为袜，含愁默默理丝桐。我欲从之凰与凤，珠簾不卷曲未终。

沧霞诗选

刘师陶，字沧霞，湖南醴陵人。今录诗二首。

夜　泊

挂席迎流不计程，停舟水驿更忘名。天风作雪寒侵骨，岸犬惊人吠有声。半壁河山伤豕突，片时泥爪类鸿征。宵深愈觉愁无奈，斜倚孤篷数断更。

次韵和钝根《闻韩事有感》

曾闻聂政能尸庬，无复於菟肯毁家。晋马嘶风尽东首，鲁戈促日竟西斜。故宫禾黍油油绿，废冢棠梨韡韡华。共道虢亡虞不腊，谁从覆辙悟前车？

幻园诗选

文斐，字幻园，湖南醴陵人。今录诗五首。

哭太一次狱中原韵

豪气曾将云梦吞，那堪尊酒细重论。洞庭波撼蛟龙泣，（公以《洞庭波》案系南狱三年，余上下援救，经营惨淡，始克脱离。）衡簏（麓）云迷燕雀喧。（昔葬陈、姚二烈于麓山，湘中顽绅反对，公几不免祸。）竟种恶因摧壮士，谁将遗恨问天阍？国魂未返人先逝，空听寒鸦悲墓门。

国事奔驰十载忙，常携马革到沙场。那堪枯骨夸神圣，长使英雄悲屋梁。临难不亏温序节，美新终恨子云狂。登楼忍赋招魂语，风叶萧萧万木凉。

春夜感怀

故国山河在，何时归去来？共和春夜梦，身世劫馀灰。但觉漏声疾，那堪行役哀。家书频断绝，顾影独徘徊。

寄赠今希、约真

故人书万里，心绪倍悠悠。祝我皆金石，罗胸尽斗牛。胆肝三尺剑，诗酒一园秋。湘澧钟兰芷，群夸大小刘。

送友人归国

万里波无际，西风一叶浮。那堪羁旅月，偏触别离愁。

举世颂新莽，何人识马周？江湖风浪险，珍重故园秋。

幻盦诗选

文灰，字幻盦，湖南醴陵人。今录诗四首。

寄怀惠湘季弟湘潭

无端烽火极天荒，遥忆潇湘欲断肠。（惠湘时任湘潭厘政。）最是恼人天际雁，终宵连阵咽清霜。

达人从古贵知几，乱世何曾有是非？记得去年今夜月，霓园高唱不如归。（霓园，湘中菊部。《不如归》，新剧名。）

漫云吏隐即神仙，匏系终多物累牵。浊酒一杯琴一曲，最宜人是远山巅。

回首庭柯落日斜，乱山深处白云遮。何时共遂归林愿？柑酒流莺度岁华。

芸盦诗选

卜世藩，字芸盦，湖南醴陵人。今录诗四首。

伤乱四首

兵气緂然逼汉东，夕阳城郭水光中。异人近出虬髯传，军事微闻魏弱翁。略地飙车三户坼，惊天雷鼓百蛮通。劫灰未死犹篝火，跋扈飞扬起大风。

殷遗蠢蠢任屠刲，敕勒歌哀白草低。亭长纵横三尺剑，大王慷慨一丸泥。蜗牛坐见居成国，蝼蚁犹能力溃堤。秋老谯楼霜月苦，五更清角有乌啼。

天下安危事万难，新亭浊酒话悲酸。成功未许添蛇足，强死何关食马肝。暮雨空山经国变，秋风野屋问盘餐。十年忧患吾将老，倦鸟凭谁刷羽翰？

书从墨守废何休，梦泽章台有旧游。已恨王郎空斫地，不堪宋玉尚悲秋。天边烽火惊飞鸟，湖上波涛犯客舟。若个无家千里别，潇湘南望裂双眸。

攘夷诗选

孔昭绶，字攘夷，湖南到阳人。今录诗二十首。

东游仙诗留别邦人诸友

江川桥畔雨如烟，久世山头水接天。上巳端阳都过了，鸺鹠听罢又啼鹃。

惊心怕说同舟事，付与东西去往潮。若个中流逢滟滪，滩从险处莫停桡。

群芳闹景斗春妍，红到斜阳春可怜。隔岸笙歌犹未歇，有人催唤木兰船。

碧玉芳龄正破瓜，随风飘转入侯家。无端眉宇翻宫样，螺黛新添定几车。

锦瑟华年瞥眼非，么弦悽断大弦违。伤心海岱门边月，曾照当时廿五徽。

簾幕重过镇日垂，天颜喜怒费猜疑。九华帐里深宵语，除是胡儿那得知？

姊妹喧呼斗草回，君王新幸集灵台。内官制进缠头册，要领丁娘月费来。

愁病侵寻每自伤，兰姨琼姊各霑裳。喘丝一息犹能属，信有人间续命汤。

奉使催花紫诏宣，绿章连夜奏君前。游蜂只合衙官老，不敢芳丛弄蝶权。

别殿传开汤饼筵，上皇亲赐洗儿钱。无功未敢邀天宠，玉牒新笺又几篇。

长安三月丽人行，薄试娇嗔已暗惊。生就蛾眉颦更妒，宫车别出觅鸧鹒。

妆匀半面趁时新，恩幸昭阳第一人。又见蓬莱水清浅，漫教东海再扬尘。

越女当年嫁入吴，吴王亲为褪罗襦。五湖烟月今何似，可许夷光忆故夫？

白日飞升事偶然，汉家鸡犬半神仙。而今名士多如此，不是洪崖也拍肩。

角觝鱼龙带笑看，百灵春暖拥千官。偃师毕竟遭诃斥，故遣神羊制法冠。

由来丰沛帝王州，百二歌儿尚在不？今日大风思猛士，含情重问什邡侯。

新朝景运日方中，莫爱山前拜舞同。天子自开长乐殿，人间别有望夷宫。

庾辞何处托微波？禁籞春深楚语讹。吩咐江关旧词客，红儿拍板雪儿歌。

河梁回首暮何之？鸿雁来时水一涯。海国不生红豆子，蘋婆留取证相思。

灵沩山色郁葱茏，此去犹能倚瘦筇。青史他时搜隐逸，头衔合署小莲峰。

诗选卷三

曼殊诗选

苏玄瑛，字子穀，号曼殊，广东香山人。今录诗七十五首。

耶婆提病中末公见示新作，伏枕奉答兼呈旷处士

君为塞上鸿，我是华亭鹤。遥念旷处士，对花弄春爵。良讯东海来，中有游仙作。劝我加餐饭，规我近绰约。炎蒸困羁旅，南海何辽索。上国亦已芜，黄星向西落。青骊逝千里，瞻乌止谁屋？江南春已晚，淑景付冥莫。建业在何许？胡尘纷漠漠。佳人不可期，皎月照罗幕。九关日已远，肝胆竟谁托？愿得趋无生，长作投荒客。竦身上须弥，四顾无崖崿。我马已玄黄，梵土仍寥廓。恒河去不息，悲风振林薄。袖中有短书，思寄青飞雀。远行恋俦侣，此志常落拓。

西班牙雷鸿女诗人过存病榻，亲持玉照一幅、拜轮遗集一卷、曼陀罗花共含羞草一束见贻，且殷殷勖以归计。嗟夫！余早岁披鬀，学道无成，思维身世，有难言之恫。爰扶病书二十八字于拜轮卷首，此意惟雪鸿大家心知之耳

秋风海上已黄昏，独向遗编弔拜轮。词客飘蓬君与我，可能异域为招魂？

本事诗十章

无量春愁无量恨，一时都向指间鸣。我亦艰难多病日，那堪更听八云筝？

丈室番茶手自煎，语深香冷涕潸然。生身阿母无情甚，为向摩耶问夙缘。

丹顿斐伦是我师，才如江海命如丝。朱弦休为佳人绝，孤愤酸情欲语谁？

慵妆高阁鸣筝坐，羞为他人工笑颦。镇日欢场忙不了，万家歌舞一闲身。

桃腮檀口坐吹笙，春水难量旧恨盈。华严瀑布高千尺，未及卿卿爱我情。

乌舍凌波肌似雪，亲持红叶索题诗。还卿一钵无情泪，恨不相逢未鬀时。

相怜病骨轻于蝶，梦入罗浮万里云。赠尔多情书一卷，（赠以梵本《沙恭达罗》。）他年重检石榴裙。

碧玉莫愁身世贱，同乡仙子独销魂。袈裟点点疑樱瓣，半是脂痕半泪痕。

春雨楼头尺八箫，何时归看浙江潮？芒鞋破钵无人识，踏过樱花第几桥。

九年面壁成空相，持锡归来悔晤卿。我本负人今已矣，任他人作乐中筝。

代柯子简少侯

小楼春尽雨丝丝，孤负添香对语时。宝镜有尘难见面，妆台红粉画谁眉？

淀江道中口占

孤村隐隐起微烟，处处秧歌竞种田。羸马未须愁远道，桃花红欲上吟鞭。

题《师梨集》

谁赠师梨一曲歌？可怜心事正蹉跎。琅玕欲报从何报？梦里依稀认眼波。

落　日

落日沧波绝岛滨，悲笳一动剧伤神。谁知北海吞毡日，不爱英雄爱美人。

为调筝人绘像

收拾禅心侍镜台，沾泥残絮有沉哀。（尝作《风絮美人图》寄晦公广州，晦公寄余诗有“向人风絮有沉哀”句。）湘弦洒遍胭脂泪，香火重生劫后灰。

淡扫蛾眉朝画师，同心华髻结青丝。（汉元帝对有同心髻，顶发相缠，束以绛罗。今日本尚有此风。）一杯颜色和双泪，写就梨花付与谁？

寄调筝人

生憎花发柳含烟，东海飘零二十年。忏尽情禅空色相，琵琶湖畔枕经眠。

禅心一任蛾眉妒，佛说原来怨是亲。雨笠烟蓑归去也，与人无爱亦无嗔。

偷尝天女唇中露，几度临风拭泪痕。日日思卿令人老，孤窗无那正黄昏。

寄晦闻

忽闻邻女艳阳歌，南国诗人近若何？欲寄数行相问讯，落花如雨乱愁多。

译师梨诗

孤鸟栖寒枝，悲鸣为其曹。河水初结冰，冷风何萧萧。荒林无宿叶，瘠土无卉苗。万籁尽寥寂，唯闻喧挈皋。

过若松町有感示仲兄

契阔死生君莫问，行云流水一孤僧。无端狂笑无端哭，纵有欢肠已似冰。

调筝人将行属缋《金粉江山图》题赠二绝

乍听骊歌似有情，危弦远道客魂惊。何心描画闲金粉，枯木寒山满故城。

送卿归去海潮生，点染生绡好送行。五里徘徊仍远别，未应辛苦为调筝。

译拜轮《答美人赠束发毲带诗》示弹筝人

可（何）以结绸缪？文纰持作绲。曾用系卷发，贵与仙蜕伦。

系著襬衣里，魂魄还相牵。共命到百岁，殉我归重泉。

朱唇一相就，汋液皆芬香。相就不几时，何如此意长。

以此俟偕老，见当念旧时。挚情如根荄，勾萌无绝期。

参发乃如铣，波文映珍鬒。顿首一何佼，举世无与易。

锦带约鬈髻，朗如炎精敫。赤道瞀无云，光景何鲜暭。

住西湖白云禅院作此

白云深处拥雷峰，几树寒梅带雪红。斋罢垂垂浑入定，庵前潭影落疏钟。

吴门依易生韵

江南花草尽愁根，惹得吴娃笑语频。独有伤心驴背客，暮烟疏雨过阊门。

碧海云峰百万重，中原何处托孤踪？春泥细雨吴趋地，又听寒山夜半钟。

月华如水浸瑶阶，环珮声声扰梦怀。记得吴王宫里事，春风一夜百花开。

姑苏台畔夕阳斜，宝马金鞍翡翠车。一自美人和泪去，河山终古是天涯。

万户千门尽劫灰，吴姬含笑踏青来。今日已无天下色，莫牵麋鹿上苏台。

水驿山城尽可哀，梦中衰草凤凰台。春色总怜歌舞地，万花撩乱为谁开？

年华风柳共飘萧，酒醒天涯问六朝。猛忆玉人明月下，悄无人处学吹箫。

万树垂杨任好风，斑骓西向水田东。莫道碧桃花独艳，淀山湖外夕阳红。

平原落日马萧萧，賸有山僧赋《大招》。最是令人凄绝处，垂虹亭畔柳波桥。

碧城烟树小彤楼，杨柳东风系客舟。故国已随春日尽，鹧鸪声急使人愁。

白水青山未尽思，人间天上两霏微。轻风细雨红泥寺，不见僧归见燕归。

无　题

绿窗新柳玉台傍，臂上微闻菽乳香。毕竟美人知爱国，自将银管学南唐。

软红簾动月轮西，冰作栏杆玉作梯。寄语麻姑要珍重，凤楼迢递燕应迷。

水晶簾卷一灯昏，寂对河山叩国魂。只是银莺羞不语，恐防重惹旧啼痕。

空言少据定难猜，欲把明珠寄上才。闻道别来餐事减，晚妆犹待小鬟催。

绮陌春寒压马嘶，落红狼藉印苔泥。庄辞珍贶无由报，此别愁眉又复低。

棠梨无限忆秋千，杨柳腰肢最可怜。纵使有情还有泪，漫从人海说人天。

罗幕春残欲暮天，四山风雨总缠绵。分明化石心难定，多谢云娘十幅笺。

星裁环珮月裁珰，一夜秋寒掩洞房。莫道横塘风露冷，残荷犹自盖鸳鸯。

东居杂诗十九首

却下珠簾故故羞，浪持银蜡照梳头。玉阶人静情难诉，悄向星河觅女牛。

流萤明灭夜悠悠，素女婵娟不附秋。相逢莫问人间事，故国伤心只泪流。

罗襦换罢下西楼，豆蔻香温语未休。说到年华更羞怯，水晶簾下学箜篌。

翡翠流苏白玉钩，夜凉如水待牵牛。知否去年人去后，枕函红泪至今留。

异国名香莫浪偷，窥簾一笑意偏幽。明珠欲赠还惆怅，来岁双星怕引愁。

碧阑干外夜沉沉，斜倚云屏烛影深。看取红酥浑欲滴，凤文双结是同心。

秋千院落月如钩，为爱花阴懒上楼。露湿红蕖波底袜，自拈罗带淡蛾羞。

折得黄花赠阿娇，暗抬星眼谢王乔。轻车肥犊金铃响，深院何人弄碧箫？

碧沼红莲水自流，涉江同上木兰舟。可怜十五盈盈女，不信卢家有莫愁。

灯飘珠箔玉筝秋，几曲回阑水上楼。猛忆定庵哀怨句，三生花草梦苏州。

人间天上结离忧，翠袖凝妆独倚楼。凄绝蜀杨丝万缕，替人惜别亦生愁。

六幅潇湘曳画裙，灯前兰麝自氤氲。扁舟容与知无计，兵火头陀泪满樽。

银烛金杯映绿纱，空持倾国对流霞。酡颜欲语娇无力，云髻新簪白玉花。

蝉翼轻纱束细腰，远山眉黛不能描。谁知词客蓬山里，烟雨楼台梦六朝。

胭脂湖畔紫骝骄，流水棲鸦认小桥。为向芭蕉问消息，朝朝红泪欲成潮。

珍重嫦娥白玉姿，人天携手两无期。遗珠有恨终归海，睹物思人更可悲。

谁怜一阕断肠词？摇落秋怀只自知。况是异乡兼日暮，疏钟红叶坠相思。

槭槭秋林细雨时，天涯飘泊欲何之？空山流水无人迹，何处蛾眉有怨词？

兰蕙芬芳总负伊，并肩携手纳凉时。旧厢风月重相忆，十指纤纤擘荔枝。

汽车中隔座女郎言其妹氏怀仁仗义，年仅十三乘摩多车冒风而殁，余怜而慰之并示湘痕、阿可

人间花草太匆匆，春未残时花已空。自是神仙沦小谪，不须惆怅忆芳容。

憩平原别邸赠玄玄

狂歌走马遍天涯，斗酒黄鸡处士家。逢君别有伤心在，且看寒梅未落花。

东行别仲兄

江城如画一倾杯，乍合仍离倍可哀。此去孤舟明月夜，排云谁与望搂台？

饮席赠歌者

一曲凌波去，红莲礼白莲。江南谁得似？犹忆李龟年。

阿瑛诗选

孙璞，字阿瑛，广东香山人。今录诗五首。

题《昭君出塞图》

美人如花命如纸，手抱琵琶别天子。天子思量救不得，忍使红颜嫁漠北。汉宫深锁自年年，君王未见妾颜色。不怨画士杀美人，但怨大臣议和亲。黄沙万里秦时月，弹到玉门关不春。画师杀尽不为快，常笑帝王被人卖。

书　愤

淮阴知勇万人敌，战则必取攻则克。少年落魄都里时，出之胯下无怒色。亦有仇秦张子房，一击不中气彷徨。方其纳履黄石公，贱役驱之不为伤。丈夫似别有怀抱，自负孤身符大道。小辱受之甘如饴，不屈不移何足恼。惟有大仇不共天，辱身辱国岂其然？

壮士行

壮士从来不青紫，出门无家轻万里。少年下笔走龙蛇，上书无颜媚天子。去年杀贼南山秋，夜半挟归仇人头。亡友坟前一卮酒，横剑四顾泪交流。门寒地远不得志，平生谁悉心中事？惟有美人解报恩，狂歌醉枕美人臂。我知英雄最多情，若耶溪上早留名。但得红颜作知己，遇合岂必皆倾城？

归云楼雅集和剑禅原韵

同是天涯客，君随云已归。友朋连日集，风录隔年非。展画山添色，落花莺乱飞。乾坤正多事，我辈欲何依？

国事竟如此，斯人欲请缨。文章筹借箸，风雨酒盈觥。古帖临千遍，新书拥百城。当时两园叟，才调莫能撄。

勿庵诗选

缪鸿若，字勿庵，广东香山人。今录诗十一首。

赠担当和尚画册

破碎河山画里看，苍凉风物入诗寒。休嫌粉本无多剩，寸土伤心下笔难。

风雨重阳，庭梅已著二三花矣，缘开轩买酒为诗赏之

九月梅花著二三，岭南芳讯迅江南。开樽且作登高宴，许署梅花处士衔。

贺学吕纳妾得官并索书团扇

典却朝衫买阿娇，十年壮语话今宵。才人得志当成佛，党籍风流漫解嘲。官阁日长春似海，画楼人静态偏饶。遥知太守多清兴，好待添香写六朝。

有所思

宛转无端百感生，危栏低忆玉盈盈。湘灵别去春无主，碧月微凉夜有声。谁遗空闺频卜凤，最难别院教吹笙。相思欲化巫咸树，楚水吴山第几程。

和石邻《闺情》十绝之四

明灯促坐话深宵，待我诗成拥翠翘。一事语郎须记取，不封侯去也魂消。

前身慧绝女相如，好作妆台记事珠。怜我卖文东海惯，待郎脱稿替郎书。

无头恩怨最难消，有汝何曾慰寂寥。却悔嫁郎多识字，几回腹稿负良宵。

迴廊响屐步珊珊，笑说齐纨阿姊颁。风月小窗春正媚，倩郎词笔写香山。

偶 忆

五年前过味莼园，花正披凉月上弦。啼燕娇莺趋别馆，斜簪侧帽逐游仙。撩人风月劳思妇，迟我功名怅少年。独倚南楼相前度，杜陵诗在藕花天。

海上留别健行、越生、叔云诸同志

揽辔中原归去来，一身一剑一徘徊。飘零岁月人间梦，叱咤风云马上催。敢冀黄魂苏百日，拚将地狱走千回。书生本意先忧乐，忍断离肠入酒杯。

匆匆小住劫花天，话到无言却惘然。顾我头颅空昔昔，输他簪笔白年年。羌无新梦迷蝴蝶，可有春心托杜鹃？柳卷西风刚入海，一鞭残照引归船。

精卫诗选

汪兆铭，字精卫，广东番禺人。今录诗三十一首。

寄小隐

向晚微风和，斜日明天边。流云受馀艳，漾作晴霞妍。

长空舒霁碧，光景涵清鲜。感此春气好，闲阶自流连。众鸟相往还，飞鸣时翩翩。如何我与君，离思徒缠绵。相去不咫尺，邈隔如云烟。娟娟明月影，故故向人圆。何当若流星，一闪至君前。

春日晚眺

斜阳如胭脂，林木尽煊染。华色妙天然，桃李失其艳。白云亦融洽，娟娟作霞片。晴空净如拭，著此两三点。春光如故人，醇醉醪深浅。感此太和心，临风相缱绻。

答小隐

孱躯敌忧患，深情伤别离。相逢不可期，魂梦常依依。愿我魂来日，适君梦我时。黯然尽所怀，握手有馀悲。梦亦不可到，愁亦不可扫。不如各努力，此心常相照。

读小隐诗感赋

忧来如病亦绵绵，一读君诗一惘然。瓜蔓已都无可摘，豆萁何苦更相煎？笳中霜月凄无色，画里江城黯自怜。莫过金台回首望，荆榛零落尽寒烟。

庭前偶见新绿口占一绝

初日枝头露尚涵，春光如酒亦醰醰。青山绿水知何似？愁绝风前郑所南。

为小隐题读书图

西风无地著兰根，未读黄书已断魂。暮雨潇潇梦何处？江南红叶一孤村。

感　事

强将诗思乱离愁，却惹茫茫感不收。九死形骸渐放浪，十年师友负绸缪。寒灯难续残更梦，归雁空随欲断眸。最是月明邻笛起，伶俜吟影淡于秋。

珠江难觅一双鱼，永夜愁人惨不舒。南浦离怀虽易遣，枫林噩梦漫全虚。鹃魂若化知何处？马革能酬愧不如。凄绝昨宵灯影里，故人颜色渐模糊。

狱中有赠

煤山云树总凄然，荆棘铜驼几变迁。行去已无干净土，忧来徒唤奈何天。瞻乌不尽林宗恨，赋鵩知伤贾傅年。一死心期殊未了，此头须向国门悬。

落叶空庭秋籁微，故人梦里两依依。风萧易水今如昨，魂度枫林是也非。人地相逢终不愧，擘山无路欲何归？记从共洒新亭泪，忍使啼痕又满衣。

感　事

血钟英响满天涯，不数当年博浪沙。石虎果然能没羽，城狐知否悔磨牙？须衔剑底情何暇，犀照矶头语岂夸。长记越台春欲暮，女墙红遍木棉花。

口　占

衔石成痴绝，沧波万里愁。孤飞终不倦，羞逐海鸥浮。

姹紫嫣红色，从知煊赫难。他时好花发，认取血痕斑。

慷慨歌燕市，从容作楚囚。引刀成一快，不负少年头。

留得心魂在，残躯付劫灰。青磷光不灭，夜夜照燕台。

赠小隐

小谪蓬莱别有天，素心人共话缠绵。五更残梦应相唤，莫负鸡声到枕边。

西　风

西风庭院夜深沉，彻耳秋声感不禁。伏枥骅骝千里志，经霜乔木百年心。南冠未改支离态，画角中多激楚音。幸有青燐慰岑寂，残宵犹自伴孤吟。

杨忠愍祠前树

树犹如此况生平，动我苍茫思古情。千里不堪闻路哭，一鸣岂为令人惊？参天老干无蟠节，振叶西风有恨声。寥寂阶前坐相对，南枝留得夕阳明。

答小隐

寒芜衰柳不胜情，别恨频从梦里惊。同病忧怜相尔汝，论交肝胆共分明。敢因幻影悲离合，愿守良知彻死生。咫尺天涯犹可慰，隔墙时听读书声。

杂　咏

风雨鸡鸣夜，残灯焰不明。头颅看自厌，髀肉叹重生。北固名空拥，东封事已成。更阑作奇梦，涉海射秋鲸。

草没轵深井，烟寒豫让桥。秦宫一击筑，吴市数声箫。骏骨朽谁市？湘魂黯未招。悲风答长啸，落叶响萧萧。

刀锯一何吝，馀生慨以慷。鸿毛微命贱，马革腐尸香。丧乱今方亟，痌瘝未忍忘。悠悠过岁月，中夜起彷徨。

众生沦地狱，踽踽欲何之？羑里艰贞日，龙场悟澈时。山河枯涕泪，风雨涤襟期。自觉心如水，高歌日已移。

忘却形骸累，灵台自旷然。狷怀得狂趣，新理出陈编。霜鬓侵何易，冰心抱自坚。举头成一笑，云净月华妍。

寒夜背诵古诗至“波澜誓不起，亲心古井水”，叹为妙句，而以其意未尽也，诗以足之

止水既无滓，流水亦无颇。涵为百丈潭，漾为千层波。娟娟月自永，习习风微和。冷然识此意，欲和沧浪歌。

辛亥狱中述怀

形骸有死生，性情有哀乐。此生何所为？此情何所托？嗟余少孤露，学殖苦硗确。蓼莪怀辛酸，菜根甘澹泊。心欲依坟茔，身欲栖岩壑。忧患来薄人，其势疾如扑。一朝出门去，万里惊寥落。感时积磊块，顿欲忘疏略。锋芒未淬厉，持以试盘错。苍茫越关山，暮色照行橐。瘴雨黯蛮荒，寒云蔽穷朔。山川气悽怆，华采亦销铄。愀然不敢顾，俯仰有馀怍。遂令新亭泪，一洒已千斛。回头望故乡，中情自惕若。尚忆牵衣时，谬把归期约。萧条坟前树，上有慈乌啄。孤侄襁褓中，视我眸灼灼。儿乎其已喻，使我心凝雹。沉沉此一别，賸有梦魂噩。哀哉众生病，欲救无良药。歌哭亦徒尔，搔爬苦不著。针砭不见血，痿痹何由作？驱车易水旁，呜咽声如昨。渐离不可见，燕市成凄寞。悲风天际来，惊尘暗城郭。万象刺心目，痛苦甚炮烙。恨如九鼎压，命似一毛擢。大雄（椎）飞博浪，比户十日索。初心虽不遂，死所亦已获。此时神明静，肃然临汤镬。九死诚不辞，所失但躯壳。悠悠槛穽中，师友亦云邈。我书如我师，对越凛矩矱。昨夜我师言，孺子颇不恶。但有一事劣，昧昧无由觉。如何习静久，辄尔心跃跃。骇如怒马驰，飞尘恣腾踔。又如秋飙动，鸷鸟耸以愕。百感纷相乘，至道终隔膜。悚息闻师言，愧汗骇如濯。平生慕慷慨，养气殊未学。哀乐过剧烈，精气潜摧剥。馀生何足论，魂魄亦已弱。痌瘝耿在抱，涵泳归冲漠，琅琅读《西铭》，清响动寥廓。

雪

冻云沉沉作天幕，直令万象沉寥廓。晓来开户忽大笑，琼楼玉宇来相照。昙空白漠四野何茫茫，飘如扁舟凌沧浪，寒涛万丈摇光芒。又如花时归故乡，玉田蔼蔼素馨香。六花霏霏已奇绝，绚以朝霞弄明灭。千里一镜无纤尘，直与冰轮争皎洁。王母琼浆真可拟，谢公屐齿应知惜。如何弃置道路隅，遂令泥土同狼藉。吁嗟乎！莫怨雪成泥，雪花入土土膏肥，孟夏草木待尔而繁滋。

雪中偶见梅花折枝感赋

家在岭之南，见梅不见雪。时将皴玉姿，虚拟飞琼色。只今雪窖中，却断梅消息。忽逢一枝开，相对叹奇绝。乃知雨雪来，端为梅花设。烟尘一扫尽，皎皎出寒洁。清辉妙相映，秀色如可掇。香随心共澹，影与神俱寂。蔼蔼含春和，棱棱见风烈。侠士蕴冲抱，美人负奇节。孤根竟何处？念此残枝折。忽忆珠江头，花时踏寒月。

见人折车轮为薪感而作歌

年年颠蹶关山路，不向崎岖叹劳苦。只今困顿尘埃间，硬质依然耐刀斧。轮兮轮兮生非徂徕新甫之良材，莫辞一旦为寒灰。君看拨尽红炉中，火光如血摇熊熊。待得蒸腾荐新稻，要使苍生同一饱。

梦中得诗醒而遗其半，追摹梦境足而成之

朅来荒岛上，极目海天明。心与孤帆远，身如一叶轻。浪花溅日影，石笋咽湍声。一抹平烟外，翛然白鹭横。

入狱一年矣慨然赋此

士为天下生，亦为天下死。当其未死时，怦怦终不已。宵来魂跃跃，一骛八千里。山川如我忆，相见各含睇。愿言发清音，一为洗尘耳。醒来思如何？斜月澹如水。

兰史诗选

潘飞声，字兰史，广东番禺人。今录诗六十四首。

抵津门

津门重到感平生，两度仓皇问北征。塞外节旄期属国，江南词赋有芜城。何人天下关忧乐？一范胸中负甲兵。客夜闻鸡惊起舞，老来髀肉不胜情。

渡黄河

莽莽中原尽战尘，沧桑残局又翻新。卅年吾道其南意，今日黄河以北人。贾谊终惭虚席语，王通留得著书身。黄冠来去携琴客，弹向空山独自春。

威海卫

不战何能守？仓皇委敌舟。整齐惊刺眼，收拾待重头。何地寻天险？无人泣楚囚。鱼龙成寂寞，悽绝此神州。

辛亥九秋送蒋万里从军

汉上旌旗梦里过，苍凉横槊大风歌。一灯午夜闻鸡起，谁识诗人旧枕戈？

功名肯向马前休，一剑霜寒第几州？四万万人齐仰首，才人那得不封侯。

壬子新岁作

重悬日月照山河，新岁新晴入醉歌。一笑陈抟堕驴背，唐虞世界说共和。

武汉泱泱咏《大风》，斩蛇手段足英雄。先忧后乐何人识？老阮狂来酒正中。

甘露寺

天阔钟撞应响遥，江心一柱出松寮。荒苔佛座参三乘，老树僧房坐六朝。虎据石头终失险，龙归钵底漫言骄。帝图霸业苍凉尽，只有经声慰寂寥。

走马冈

走马陟冈岭，孙刘阅几年。大江悬肘下，我欲一投鞭。

试剑石

盖世俨重瞳，剑痕山腹中。只能分鼎足，石亦笑英雄。

北　固

远树连江合，轻波漾雨馀。风帆张北固，天堑界南徐。石上寻遗剑，山中想异书。且中京口酒，何必武昌鱼。

多景楼

凉翠到天边，余心方洒然。与谁携海月？倚槛定飞仙。鸾凤尊前曲，烟波江上船。便思移棹去，采石酹青莲。

江天寺

久识江天胜，金焦忽眼前。且登浮玉塔，如立阆风巅。坡老重来地，中泠第一泉。名山才阅刦，犹是太平年。

佛印山房

东坡或再来，一语禅机破。四大本来空，何必山房坐？

袁仲濂判官招集第一楼

铁瓮周遭壁垒寒，双峰对酒好凭阑。相邀野老江头饮，终得名山乱后看。沙鸟风帆归画幌，刀鱼盐豉上晶盘。使君劝作团圞醉，更遣琵琶隔席弹。

寄尘社兄寄示《海天诗话》一卷，重译欧西，取材东土，诗说之创格，前人所未睹也。率题二十八字志佩

君为广大教化主，重译佉卢作正声。看掣鲸鲵东海上，五洲大地拓诗城。

秋感四首

海上迟迴滞去程，人秋风物倍凄清。也同杜老云门寺，布袜青鞋自在行。

何处闻歌欲采薇？乡园松菊不成归。故人报我匡君信，打叠天池一衲衣。

迟暮仍为梁甫吟，二桃三士费沉吟。纷纷南北争钩党，孤负风云广武心。

步兵歌哭亦徒然，中酒能狂更学仙。一笑陈抟堕驴背，何时重睹太平年？

湘舲以七夕游湖观水灯诗见示次韵二首

湖光潋滟浸金牛，忆放追凉六柱舟。一水正如天上坐，三更浑似月中游。针楼瓜果逢良会，镜槛菱芡媚晚秋。词赋姜张成雅集，笑他银汉有离愁。

笔力看谁敌万牛，琴樽重泛范蠡舟。卅年见惯星双别，七夕还期月导游。潭水千灯流梦影，湖山一笛叫凉秋。西泠松柏同心咏，胜向秦淮话莫愁。

陶拙存以先世元晖中丞公遗集见示敬题一律

经略三方策，长城万里身。文章继襄愍，饘粥救辽人。白马清流尽，乌台党狱频。高勾骊有泪，呜咽大江滨。

瓜　洲

烟际山容写春愁，已无短笛起渔舟。两三灯火平林外，认取瓜洲古渡头。

露筋祠

江头烟树暗重重，门外白莲开晚风。似水碧天明月下，行人那敢宿祠中？

枕江阁观杨忠愍公墨迹卷

昔年谪所苦阴雨，今日焦麓藏白云。宝鼎飞出钤山外，爇香敬作赫蹄薰。

《宋史》金朮分兵渡江，韩世忠先屯焦山寺，战将十合，梁夫人亲执桴鼓，金兵终不得渡

至今桴鼓响，迸入大江声。兀朮难飞渡，夫人自将兵。英雄得嘉耦，女杰作干城。怅望焦山垒，风云气未平。

《焦山志》载明万历庚寅秋，鄣郡汪宗尼载女郎马凤笙来游，赋诗题壁。凤笙诗云："漠漠江上云，金垒水际石。何意金粉姿，睹此烟霞迹。"余偕月子沿江滨观石刻，独不见凤笙题字，代月子和韵一首

游踪四百年，题名第几石？美人如神仙，烟云不可迹。

松寥阁

画里松寥澹作烟，西窗挂起水如天。虹桥未架青莲去，怅望仙人九百年。

水晶庵

尽日编诗古佛旁，芭蕉分绿上禅床。杜陵身在水晶域，便觉心清闻妙香。

题哲夫《冲雪访碑图》二首

我正黄河渡雪归，岱云回首望依稀。琅邪台篆重橅拓，好与陈（澧）何（昆玉）较瘦肥。

五年一别春申浦，各有沧桑感不同。今日对君夸眼学，方（若）家金石出寰中。

题亚子《分湖旧隐图》三首

故乡咫尺杳天涯，忆看梨川几度花。一幅柳州山水记，胜溪烟雨旧移家。

可能老铁续花游，金粟珠簾共上舟。收拾叶家眉子砚，梨花满地话春愁。

卅载云萍去住忙，吴淞一角剪秋光。湖舠烟榜容相借，君占松陵我魏唐。

登百石

侵晨入山深，迂迴出怪石。见石不见天，一线路逼仄。初疑西方国，昏荒古未辟。穆王所不到，谁唤巨灵擘？蒸岚互澒洞，浓绿化幽墨。朝曦况冱寒，淅上畏巉崱。陡见高台宽，结构倚苍壁。下视王石岭，众峰伏肘腋。石门拖修眉，雪山敛一发。始识置身高，天外快登陟。铁桥卧云海，松翠展瑶席。群山喜我至，晴朗助颜色。行将驾飙骖，不借王乔舄。

鸟啼径看瀑布泉

越石下山脚，径僻藤萝封。将酌石上泉，汗漫投云松。两崖束青岳，拥掩山凹空。已见雪色瀑，飞出岚翠丛。石床坐高处，以手探白龙。珠玑落我袖，足底酣笙钟。茅屋酒家胡，饮我玻璃钟。怪我异裳服，更叩来何从。我言自东海，西摄王母踪。荒外得酒泉，得非神瀵同。朝饥易成醉，酒面禁凉风。绿云出硐侧，壁立森千峰。惟闻啼鸟声，吹落山花红。

由牛房洞至大冬岭

山道至云林，奇石不可数。石势欲塞天，神哉此鬼斧。牛房更破碰，积铁自太古。帝怜八夤外，荒昧弃西土。震旦来夸娥，破石作洞户。至今坌蔽气，白昼嘘冷雨。忆昔布法争，蛮触哄幽圉。天厌东胡骄，狼戾罔知怙。阴霾闭峦谷，牛匿迷处所。犹馀草木兵，百战惊角鼓。小冬蔽天来，大冬出天宇。青天在平地，再上更何许？频疑此西极，流至蓬莱股。巨鳌载不住，群圣赫然怒。我欲借秦鞭，鞭石西溟屿。洪荒配德运，来贡涂山禹。内附狼居胥，永作神州辅。

题披秘石门

群山郁幽閟，巉绝排天阊。天为凿石门，蜿蟺通穷荒。想当施刃时，破碎惊雷硠。垠崖划轩豁，巨壁争开张。至今斧削迹，凸若青玉瓤。侧峰作关键，后峰撑屏障。大石虎豹蹲，悚峙森边防。日色耀古铁，闪烁银火光。腾身上门顶，广袤如桥梁。其时洒飞雨，吹落冲风长。云海浩一气，敛白铺青苍。频年堕尘壒，览胜愿未偿。此来发奇秘，宇外高颉颃。群灵忽感通，凿空出毫芒。飞楼想凤驭，得酒疑天浆。题诗满石坂，墨渖垂琳琅。百怪读不得，讶我字汉唐。或恐太阴黑，六丁下取将。

壬子重午卧雨翦淞阁，吴昌硕寄示近作，次韵和之

两月未出户，故人多离群。苦眠偏酒断，弱梦怕灯焚。石润疑通雨，苔阴欲起云。潇潇度佳节，蒲柳负芳芬。

秋日游槎上古猗园，至大寺前饮吴家酒院作

豚栅鸡埘短竹篱，村花随地点胭脂。一簾斜认吴家馆，正是行人觅醉时。

重九集陶然亭同实甫、孝耕

蒹葭风漾绿如油，席敞轩窗占上头。地有酒人才入画，客非重九不惊秋。但呼北海为豪侣，平揖西山话旧游。五载重来离乱后，可容身世学闲鸥？

移居横浜桥四首

陶潜爱卜宅，沈约赋郊居。稍得近山水，吾生乐有馀。行李戒僮仆，扃钥付妻孥。莫疑陆贾装，中秘黄石书。一椽虽赁庑，岂曰非吾庐？斗室天地宽，何况足庭除。拟辟半弓地，补种园中蔬。记别故乡久，此乐羁旅无。

君看古英雄，亦作灌园叟。（张南山先生题先曾祖钧石分司公《黎斋种菜图》诗。）杜陵莴苣诗，仙客杞菊酒。暂借拓一畦，何必侈十亩？引泉沃菜根，荷锸去稂莠。霜降脆秋崧，雨足肥春韭。江湖无远志，学圃敢云后？匪徒饫家人，亦可款朋友。隔邻呼陶翁，（郑陶斋）折简馈老缶。（吴仓硕晚号老缶。）

奎宿夜烛庭，玉局出世期。瓣香爇莲炬，笠屐图画披。沈子（醉愚）翩然至，共读梦坡诗。（图有梦坡题长句。）吾妾

慕朝云，诵偈画修眉。（月子摹《朝云诵偈图》。）文章华严海，千载想见之。公昔谪天南，有妇万里随。至今六如亭，湖水照明姿。如何阳羡田，终乏买山资？嗟哉古贤哲，才大不疗饥。柴桑乐天命，吾亦复奚疑。

樊山昔移居，喜傍芍药丛。诗思吐春华，借助东皇功。我家敞一阁，亦得数株松。吹绿满檐角，送月窥墙东。偃蹇具老态，势欲摩苍穹。对之岁寒共，不贵大夫封。虽逊樊园丽，却閟云壑踪。为诗寄樊老，何时来过从？

壬子九日集周梦坡晨风阁，次陈伯严九日集静安寺韵

两年度重阳，豫园豁尘眺。兹来晨风阁，云物坐清啸。好山虽在远，众绿亦奔到。举头百电灯，化作明月耀。潮气逼秋壶，花馨递温窖。幽怀飒清爽，浅视穷深奥。忆登陶然亭，插菊黄尘帽。蓟北望天南，乡心逐飞鹞。山川供起卧，星斗自旋摇。酒浇易州土，古人谁可吊？主人亦离乡，劝客频命醻。招隐眷严滩，而我谈粤徼。名场脱羁勒，文字契高妙。一指坚自竖，千夫不能挠。翻讶题糕客，媚世逞妍嫽。附会说桓景，轩渠合一笑。

高姬眉子见过

学道卞琴客，伤离董宛君。香车疑载月，银管待吹云。倚镜花能笑，衣兰玉自薰。秦淮张小扇，情艳绿波纹。

夏夜赠高姬眉子

月明携手水仙祠，湖上年年与梦期。吹笛试教乾膘子，拗莲还惜达磨支。情愁百叠笺吴语，才福三生礼楚辞。冰玉清凉无汗处，风鬟偏觉夏相宜。

题沈介老《三希图》

阅劫须眉古，离家岁月深。沧桑賸遗老，友爱在山林。品自黄金贵，诗工白雪吟。联床真乐事，大被百年心。

文节孤忠著，诗书通德门。一家尽耆旧，三老见曾元。故第今无恙，名山道自尊。宁都同一席，野史好重论。

送杏帷南归顺道赴曲阜谒孔林

长安吾卧雪，送炭复分衣。感子难言报，胡为又独归？辞官中贵诧，谒圣昔人稀。登览小天下，高风怀采薇。

过莽苍苍斋弔谭复生

天地今何许？风云复莽苍。一斋留净土，之子岂佯狂？救国心难死，能仁血有光。迴车经菜市，悽怆动中肠。

题孝耕《崇效寺楸阴感旧图》

看花前度驻吟鞭，忽忽回头漫五年。我亦重来老居士，楸阴如梦问诗禅。

南来弹指又沧桑，斜日疏钟听上方。想见巡簷新得句，老僧疑是骆宾王。

万生园泛舟

十五里烟水，森森风叶香。幽花媚晴色，高柳做新凉。往岁惊鸿影，犹传堕马妆。微波隔消息，闲杀旧鸳鸯。

碧云寺题石台上

碧云隐山深，赤日不下脚。拔地入青冥，若莲张翠萼。

初疑众香界，诸天露一角。忽放大光明，千佛现寥廓。鞭石驯狮象，披星垂珠络。伟哉石坛成，除是鬼斧凿。万松偃台下，根干耸峰崿。久陪菩萨坐，亲见花雨落。我已出家僧，发短不辞削。欲借旧蒲团，暂息破芒屩。

自玉泉泛舟、攀华严洞、观石佛像、憩峡雪琴音堂、登高亭望西山成四首

玉泉昔禁地，今日恣遨游。屏幕下张镜，玻璃中放舟。水声争石嘴，湖气压墙头。澄碧不敢唾，同谁下钓钩？

菩萨循墙见，翻疑面壁成。帝王闲托佛，草木旧闻兵。同泰身空舍，金轮恨未平。昆明呜咽处，话劫到圆明。

磵曲存堂搆，林幽驻翠华。峡松吹夕雪，簷桂挂秋霞。怅望苏台柳，开残辇路花。独怜临幸地，终古属山家。

双塔穿云去，孤亭俯四围。三山晴翠落，千里太行飞。险处难通屐，无人咏采薇。戒坛如可上，吾欲学皈依。

二闸泛舟至听水处啜茗放歌

出城渺渺水如天，隔堤隐隐花作烟。尘襟乍拂叹奇绝，咫尺坐我江南船。长安两度挥玉鞭，载酒只爱登陶然。驱车作艇入芦苇，万绿成海张华筵。那知此地富烟水，飘飘疑乘太乙莲。菱叶蘸波游鱼聚，柳丝掠影惊鸿翩。倘寻李贺唱月出，定见神女弄珠圆。谁携玉管偕韩嫣？我意洛浦来飞仙。通词何必微波藉，独惭华发非少年。此地远胜十刹海，水调度曲歌扣舷。此地又胜万生园，石阑展簟卧听泉。洗耳已在风涛际，振衣直据松树巅。茶客谁为卢玉川？词客谁是张玉田？西风破屋洛城里，何似烟波画舫西湖边。我所私淑惟二贤，思归沧海心先还。清响犹闻五百载，未许游尘一点飞上衍波笺，山水要待传人传。

缪筱山丈出观汤雨生先生、董双湖夫人及乐民公子、碧春名媛一家画册属题

都将热血洒山川，醇士烟峦合并肩。今日艺林求賸墨，画家论值比南田。

画梅楼上记修眉，偶学边弯（鸾）写折枝。天上定无银汉隔，不烦驿使寄相思。（曾见双湖夫人寄先生墨梅小幅。）

将门绝代佳公子，琴隐孤芳共一家。独与草衣争画席，东篱着色在秋花。

西湖流水碧于春，明月孤山托美人。应汲孝泉洗毫素，银瓶冰雪证前身。

太侔诗选

沈宗畸，字太侔，广东番禺人。喜刊书，寓居北京，澹然于尘嚣之外。今录诗二十三首。

落　花

残月昏黄冷翠髫，离魂都向个中销。枝头富贵浑如梦，水面文章不解嘲。堕白溶溶迷屐齿，飘红故故腻廊腰。多情燕子呢喃语，烦我花前唱《大招》。

甘心沦落竟何之？问讯芳踪有所思。著地似依沉醉日，退房苦汝半开时。剧怜解语娇如许，淡到无言怨可知。再世小青仍薄命，绿章拟上告哀诗。

看来卿亦可怜虫，飞入愁城不敢红。滑滑新泥三径雨，沉沉春酌一丝风。魂销曲槛疏簾外，人在香尘色界中。老我步兵狂胜昔，为花请命哭途穷。

三春花事似浮沤，埋玉埋香貉一丘。未若化萍随浪去，偶然依草亦风流。身非杜牧偏惆怅，客是丘迟定乞留。独立沧茫发瑶想，会当迎汝碧池头。

半随逝水半轻埃，倚向楼头极目哀。悔不思置偷折去，恐难解脱笑拈来。魂归倩女无消息，愁绝封姨有妒才。纵使明年春更好，似曾相识费疑猜。

寂寂柴门闭落晖，春人心事惜芳菲。游丝消受终嫌荡，弱絮生来似较肥。岂独高枝无结果，即今平地有危机。重台回首仙凡判，应悔当初造次飞。

华雨缤纷好是晴，蝶来相送燕欢迎。重烦白傅歌《长恨》，赎得文姬字再生。一桁湘簾三月雨，数声风笛六时更。飘茵坠溷知多少？消息还须问绿莺。

九愁哀怨涨心波，愿锁天牢不择窠。怆别杜鹃空泣血，团飞蝴蝶易成魔。负他雨细钟情甚，媚此风狂作态多。屈指芳时已云晚，煮茶烟里话蹉跎。

出门西笑枉追寻，未肯移根到上林。不分初胎终堕劫，得留半面倍伤心。三生香海飘零惯，十种楞严谴谪深。同是天涯正愁绝，那堪风雨夜沉沉。

铜壶清浅短檠寒，检点闲愁睡未安。春去有声啼杜宇，月来无影负栏干。早知紫玉成烟易，再遣云英出世难。莫讶沈郎腰瘦损，落花憔悴不堪餐。

杨花诗和陈阜荪韵

倡条冶叶尽娇风，孤洁偏教溷软红。收拾最难隋苑里，徘徊犹恋谢桥东。四垂簾幕疑阴雨，一串珠喉忆故宫。轻落南家已云误，可堪飞趁雾空濛。

春难拘束鹧鸪怜，賸欲因风返树巅。嫁与浮云成覆水，相逢今日是离筵。两家画本谁弹粉？满路风流不费钱。纵少芳馨非絮比，愿迟蜂蝶伴寒烟。

抛家傍路负韶光，一息存存不讳狂。落魄半生才思尽，怀人千里笛声长。斜阳淡到销魂地，春水平添泛月塘。紫燕金莺都嫁了，白蘋留赠旧鸳鸯。

上林芳谱折枝屏，四顾踟蹰思窈冥。想入非非成白堕，安能寂寂过红亭。人情取譬轻于叶，公案他生断与萍。忏到豪华桃李事，肯将颜色付丹青？

缕尽垂金絮坠泥，云和东畔永丰西。已空色相云何住？未判升沉尚并栖。得势暂时终古恨，破人闲闷一莺啼。非生非死都无赖，回首章台故步迷。

叠前韵

长安陌上属车风，碾玉成尘不敢红。晴雪糁愁曾渚北，春云流热又街东。魂销别馆瞒人雨，梦断长杨望幸宫。说与缠绵浑不解，拂衾扑帐正迷濛。

玉树南朝昔昔怜，羃痕今上黛眉巅。内家香散虚瑶席，尽日愁中覆绮筵。翠袖阶除承不着，酒旗郫店贯无钱。休嗟断送儿童手，万紫千红瞥眼烟。

漫天匝地好风光，两字真堪谥老狂。摇荡作成三月醉，飞扬犹及一春长。任抛燕翦丝横路，轻许鱼吹水满塘。欢绪即今消歇未，输他婉转伴鸳鸯。

强求依附点晶屏，飞上天阊事渺冥。误汝放娇谈絮果，替谁摇梦渡江亭。生憎没骨初无蒂，乞与情芽愿作萍。落去已为干净土，不成避世负垂青。

九陌千门玉瘗泥，至今羌笛怨辽西。新翻乐府谁家曲？肯向蛮毡暖处栖。影事微茫鶗鴂弔，归心枨触杜鹃啼。与人争路今番悔，凭仗多情为指迷。

题高丽闵王妃遗像

妖星夜犯鸾仪殿，玉墀血溅桃花片。酾酒难招海国魂，披图喜识春风面。本是优昙历劫身，华鬘妙面似天人。修眉月扫唐宫样，宝髻云堆汉苑春。坤灵久正中宫位，袆褕玉册君王赐。火齐珠悬玳瑁床，水沉香爇鸳鸯被。雉尾云移宫扇开，班行命妇咸惊异。婉愉能得太妃怜，英察偏遭院君忌。外家贵势倚椒房，窦氏骄奢霍氏张。晋室大权归庾亮，汉庭清议怨王商。为筹国计裁供御，每念时艰却靓妆。尽日深宫眉不展，伤心君主是孱王。太息遭家偏不造，频年血染宫门草。冏伦难作怅无依，傕汜兵来愁不保。逆首方悬独柳前，苍头特起全罗道。兵火仓皇泪满衣，镜中自惜红颜老。从此君王在豆田，金瓯残破已年年。和戎且喜烽烟息，改朔方期国脉延。汉阳一夕罡风恶，欃枪未扫轩辕落。夺门徐石妄邀功，留戍花门偏助虐。宫甲蓦兴五凤楼，禁门已夺双鱼钥。元妃闻变起从容，手掷菱花罢梳掠。一自黄尘起阙庭，久拚玉骨埋沟壑。好将一死答君恩，今日人天脱羁缚。历尽艰难证宿因，辽天仿佛闻笙鹤。可惜素丝六尺长，墀前牵挽遭锋锷。伏后身歼长乐宫，丽华梦断临春阁。一树秾花到地消，昨宵春梦海棠娇。彩云影散璇宫冷，夜月魂归碧海遥。木叶山头起烟雾，鬼车夜叫宫中树。失母悲啼青雀儿，伏尸凄绝黄牛妪。一代红颜国史光，千秋碧血寒泉沍。此际韩王惨不舒，性情颠倒枉欷歔。感甄未见传篇什，废郭先闻降诏书。骊龙睡熟蛟虬舞，宗祊不绝垂如缕。扶轮还赖友邦贤，朝纲重整差安堵。先拜瑶华复放妃，更向沙丘囚主父。罪己千言诏令颁，藁街骈首到群奸。可怜食尽鸱枭肉，难赎青蛾一命还。珠襦玉匣丧仪整，拨尽荆榛见智井。星眸斜睇尚如生，娇红浴血芙蓉颈。螓首蛾眉绝代人，一棺繐帐秋风冷。士女齐簪白奈（柰）花，诔词制出红薇省。话到昭仪旧日恩，六宫嫔御添悲哽。禁川桥下水常淹，可怜曾照惊鸿影。兰摧玉折剧堪伤，小影流传姓氏香。家国愁多蝉鬓乱，江山秀聚翠眉长。帷房逸豫惩褒妲，宫壶清严陋汉唐。千载明夷有家法，艰贞蒙难到红妆。《九歌》我欲重编次，直把《湘君》并《国殇》。

题《居庸秋望图》

帝京北面山环向，翠巘丹崖列屏障。长城南落接岩璘，太行东回绝旷荡。天成隘阻设雄关，九塞古称兹独壮。我闻筑寨始嬴秦，黔首委骨埋沙尘。自谓金城保万世，宁知身灭遗他人？汉胡画界从兹始，历代防边皆赖此。终古严扃拱朔方，几朝武略光前史。兴亡迭易数千年，金陵王气归幽燕。畿辅临边重门户，增修故塞弥牢坚。山近诸陵肃环卫，路通宣府传烽烟。长白龙兴度山海，地险难恃宁非天。纵收漠北入图籍，中外堑阻何曾捐？即今陵谷又迁改，崇墉矗立犹岿然。一夫当关万夫怯，奚忧蛇豕交垂涎。边垣极望伤今昔，况复西风吹倦客。霜树斑斓带晚曛，烟岑杂沓摩秋碧。感人商意何萧森，风景河山悲更深。登高遐瞩一凭吊，凄凉寒戍悲笳音。鸟兽哀号出岩壑，谁闻峡水潺鸣琴。层峰復岭入游目，俯瞰高城枕川陆。荒荒落日下危巅，忽发长吟振林木。马君作诗心有忡，汪君作画非徒工。天下要口几抛弃，战守宁必皆无功。使披图画审形势，伏波聚米将毋同。徒赏丹青玩奇秀，宜图华岱兼恒嵩。武夷匡庐及雁宕，名山宇内蒐何穷？始知当时拂绢素，有意为写边陲雄。把笔沉吟缅奇险，淋漓元气归濡染。层楼雉堞郁岧峣，邃径幽林互遮掩。我未能为塞上游，览此亦觉豁双眸。青鞋布袜欲言迈，与君策杖探岩幽。北门锁钥有司者，已忘尘事吾何谋。此中疑有隐君子，雾暝云深不可求。

长歌行题《昭容集》

卅年潦倒长安客，耳热同光好弦索。裙边袖底有离魂，（五年前赠王克琴句。）再到歌场头已白。抹月批风恨转深，抚时感事忧来袭。法曲飘零鬓影寒，江山萧瑟笳声急。晴川阁上十分秋，（余于乙卯季秋抵鄂。）携得清娱恣浪游。岁晚喜逢刘越石，清樽相对话闲愁。樽前示我《昭容集》，同是天涯乱离日。儿女英雄总断肠，说来身世青衫湿。昭容生小吴门住，兵火流离徙瓜步。两弟相依慰寂寥，伤心丘垄谁调护？柴米料量要此身，苦留钿约将人误。（已字韩氏。）肯为春愁怨绮年，每因家难伤孤露。微闻碧玉出良家，歌舞教成妒落花。不重生男亦何恨，此乡风俗薄桑麻。贾逵骆统都能读，膏火朝来光不续。抱布缫丝生计微，艰难十指呼天哭。忽忆东城姥姥言，迷途幸睹光明烛。优孟衣冠信可为，莲花不碍青泥辱。教弟成名死亦甘，不疑何必卜瞿昙。灯前季隗谋初定，榻上封胡睡正酣。竿木逢场堪玩世，须眉借尔定奇男。红氍毹上初呈面，珠泪偷弹背人溅。黄连楔尾自家知，旁人错拟侬身贱。宝相花开蝶已痴，上林春逗莺初啭。一曲清歌十丈绫，比之岁入寒儒羡。撑肠万卷亦何为，座中有客泪如霰。东华门外望车尘，汉上重逢旧歌扇。声价登龙十倍高，笙箫不预沧桑变。博得缠头好买田，让他珠玉斗婵娟。此生金屋知无分，身是罗敷未嫁年。传来病耗芳心碎，一现昙华怜弱弟。仓皇归里已弥留，床前一恸摧肝肺。礼佛都因哀痛深，登场终被家门累。第一堪推菊部头，曲师倚重争函币。有约申江抵死催，再来已是隔年期。莫将旧日题襟句，移赠人间侠女儿。乱后头颅供笑骂，诗成老泪如铅泻。相逢我亦两朝人，开元旧事无须借。情场阅尽已成翁，家国飘摇感喟中。欲倩琵琶弹一曲，摩诃池上正春风。

孝则诗选

沈厚慈，字孝则，广东番禺人。今录诗六首。

自题《在莒吟草》

余生久叹不逢时，落拓如斯未减痴。性拙岂干新国法？身危独患老亲知。青天碧海留娲石，山鬼湘君学楚辞。翻喜浮生闲两载，铁扉深处自哦诗。

哲夫枉顾走笔成此并寄南社诸子

沧桑几度尚依然，身世如斯敢自怜？旧友有情还过我，良医无术且凭天。心清何碍牛同皂，塊困浑疑犬亦仙。白社故人如齿及，为言无罪与无钱。

寄亚子四律用《磨剑室集》中《感旧》韵

伊人宛在水中央，百斛雄才不可量。私淑愿为门下士，蹉跎自愧少年场。秋深拚冷陈蕃榻，春暮应留逸少觞。（今秋雅集后，始获入南社，来春当奉教矣。）莽莽九州几知己，未见君子我心伤。

磨得腰间宝剑横，（君有《磨剑室集》。）中原儿女尽知名。（刘后村诗："儿女多知柳七名"。）岂惟年少同声气？写出天真见性情。（君著《冯竟任传》，自述性情行事，曰缠编悱恻，曰才不足治一身，曰根器浅薄，一摧挫即颓然自废，曰为时流唾弃，亦避时流若浼。在君言之，则谦谦自牧；而走读之，自省藐躬，真不啻为我写照矣。）此日相思频入梦，何年握手话平生？长风得遂乘槎愿，与子翠微山上行。

对月空教挈一尊，美人云迈望吴门。梦游似见图中隐，（君有《梦隐》第二图。）心事犹如镜上痕。生有嵇康期把臂，死无宋玉孰招魂？（秋初，走病几殆，时适自香岛送小进别归，携有南社第一集，卧榻间读君著冯竟任、陶观魂诸传，望风怀想，钦迟无已。病中拙作二十四绝，有二句云："死得亚卢为作传，已无遗憾到幽京。"妄言妄想，罪甚罪甚。）哀时怕读江南赋，满目黄昏怆故原。

客有台澎泛棹归，为言东海见腾飞。江山如此徒凭吊，风景无殊事总非。流水有情闲荡漾，落花无梦歇芳菲。郑家遗业今何在？留作雄谈玉麈挥。（《郑成功传》《台湾三百年史》诸鸿篇，八年前已熟诵。）

季蔼诗选

沈厚和，字季蔼，广东番禺人。今录诗十七首。

辛亥春杂感

冷落空山二十年，瑶台终竟傍神仙。扪心猛忆儿时事，愁向春风拜杜鹃。

万言草就铁函书，为写盟心伴隐居。旧梦惊回书亦烬，一篇重纪梦回初。

少年历劫堕华鬘，惜誓吟成涕泪潸。又向人间拈彩笔，商量深浅到眉弯。

阅历词场悟性情，无端歌哭亦心声。而今而后吾知免，唐突英雄儿女名。

千种伤心万种痴，化为红泪洒乌丝。狂吟风雨愁人句，记得春寒中酒时。

压线频年事可哀，谁将故国问蒿莱？书生那有惊人事？独访残碑剔古苔。

千秋谁为妥贞魂？赖有雄文石室存。写得离忧毫末否？许侬持与梦中论。

混迹人寰异肺肝，每逢热处却思寒。无穷天地无穷恨，都付沉吟一倚栏。

梦中作一截句

罹于人网无论矣，空幻欺吾亦未真。能解脱兼能罣碍，深情终竟属斯人。

题马小进《罗浮游记》

我读《罗浮游记》竟，无端百念似潮来。坐怜蓊郁山川势，要拥嵚崎磊落才。寂寞紫台成隐痛，万千红泪写长哀。英雄儿女无穷恨，梦寄天涯梦不回。

花埭春兴

红千紫万射眸新，裙屐翩翩珠海滨。螺翠弹娇多丽靥，牡丹秾帝百花春。北郊断碣留残墨，（昔土人于城北掘地得石，为南汉马二十四娘墓券。）南汉馨斜付劫尘。太息旧时埋玉地，日曛犹有倦游人。

三月初九夕疾风甚雨又闻怪雷怅然成诗

书灯红对恰初更，暴飓无端天际鸣。万雨怒攒群瓦响，一雷突起寸心惊。奔涛巨鳄宁知退，困湫孤龙有不平。拂泪故教摇旅梦，似从欧老听秋声。

读俞理初《题昭君图序》感赋

弥夜悃悃怆一篇，犀通如认旧婵娟。哀琵怨语传千载，旃帐穹庐断百年。环佩寂寥空汉月，精灵沉灭索胡天。雁门回首知何状？不读《离骚》已黯然。

碧焰词四章

冰雪聪明信自如，艰难甘苦尽矜持。秋心入梦怀天末，膝下依依阿母慈。

洲芬阢兰几擘搴，波颓粉黛痛三千。心头红泪成孤赏，不察中情敢怨荃。

立诚机世尚何论，情性空明蕴自敦。风雨名山遥梦里，黄垆长为怆精魂。

哽咽胸中已一秋，天涯芳草思悠悠。只今杜宇啼枝血，沁入冥冥觉也不？

诗选卷四

晦闻诗选

黄节，字晦闻，广东顺德人。今录诗三十一首。

寄曼殊耶婆题岛

四载离悰感索居，似君南渡又年馀。未遗踪迹人间世，稍慰平安海外书。向晚梅花才数点，当头明月满前除。绝胜风景怀人地，回首江楼却不如。

曼殊来广州留广雅书院，一醉而去追赠一律

五年别去惊相见，一醉殊辜万里来。春事阴晴到寒食，故人风雨满离杯。拈花众里吾多负，取钵人间子未回。自有深深无量意，岂堪清浅说蓬莱。

南归过邓尔雅题《水周堂图》

欲舣扁舟藏壑去，却从沧海见尘飞。盈盈一水经秋别，落落斯堂与世违。天壤此身难共托，江湖他日竟安归？买山吾已输君早，何独伤心柳十围。

题寒琼《水榭谈诗图》

浃城秋雨夜沉沉，未抵谈诗此夕心。万变坐沦宵雅意，千春将付掉头吟。淳漓自汉庸能返？哀乐为文已不深。漫笑青莲老居士，吾衰畴复解重寻。

怀哲夫却寄

有似后山忆淮海，强如子美梦青莲。以兹洴澼能为世，却辨蹉跎也自贤。宁作大尊浮五石，别存宵雅补三千。搜怀欲尽无多意，将纸刳肝恐未传。

都门重晤复广醉中有赠

淞江旧忆年频换，辽海才归秋又残。初筮幼安龙健在，上抟蒙叟鸴交欢。侏儒坐夺干霄气，酩酊能回落日寒。且就闲谣敛襟听，朅来重踏九逵宽。

十二月廿九日设祭法源寺追记后山逝日

先生殁于宋建中靖国元年十二月廿九日，年四十九岁，见魏衍《后山陈先生集记》。

谡谡长松绕佛坛，致斋为位讵无端？顾兹一往相从意，益叹于今后死难。贤达同时天独啬，士夫明耻国犹安。流风已绝熙丰世，诗卷凭谁共岁寒？

春夜与菑叟过小素、梅阁听曲

变徵无端遏不回，流云忽断夜寒催。犹能敛气归经柱，賸欲闻歌覆酒杯。裹裹春幡原曩见，深深簾烛又宵来。坐令投老龟年泣，楚奏秦声并可哀。（小素激昂，梅阁婉转，亦方之陇西沈妍、扬州薛满。）

三月三十日过崇效寺看牡丹同莔叟

聊为花时（仄读）一临存，开迟恨晚更何言？寻僧旧识前朝寺，促座犹悭入市尊。不意荒寒生绝艳，已愁春色近黄昏。客怀三月匆匆过，却是今朝最断魂。

解道春归忽后春，斜街飞絮逐车尘。等闲绿树栖莺后，来对朱颜被酒人。染柳熏梅殊未了，才晴乍雨并无因。只怜憔悴低枝在，刬地东风又浃旬。

莲根未长秦蘅老，况汝残开已不堪。賸与棠梨同沆瀣，多缘风露故沉酣。蝶阑向暝知谁过？燕语无眠却独谙。错被玉人回靥看，不成漂泊满江南。

汲汲光阴顾景来，闲阶小立意徘徊。始知成碧看朱误，何待香消酒醒回。强扎未为游客惜，盛时曾向众芳哀。相逢此日犹如此，浪费驮金走马才。

敷庵书来询撰后山年谱作答一首

功名须老大，四十未为晚。后山有是言，所志故甚远。何期冻死日，五十且不满。寒华萎高枝，良材老沟断。耻同世俯仰，一任岁修短。嗟哉生平诗，讵视位业损。我读后山集，亲本授魏衍。元城王子飞，当日拾遗版。迢迢此一篇，学者各深浅。诵诗不知人，惧与古人舛。因是念后山，辱没以诗显。系年为作谱，窃愿事幽阐。经春久不就，子谓我何缓。第思同时贤，所与共往返。柯山淮海俦，别集待搜散。乃能从事兹，否或失太简。行畸适病俗，尘绝叹不反。无已天下士，竟未挂世眼。吾意岂为诗，高才耻恒鲜。

春日题滨虹山水障

旧忆淞江经岁别，春阴无俚叹滨虹。生平能事都如此，浦溆渔舟着意工。

真长有失子之痛作诗慰之

意外惊闻汝失儿，前书曾谓已胜医。庸知一子天终夺，此事十年吾所悲。来日艰虞应自惜，大伦明友岂能遗？北来好及榴花放，只怕重题旧宛诗。（杨花恒化教坊，真长此来，伤心有加矣。）

中秋夜无月，卧病城南郡斋，忆与陈询述叔昔年黄园之游

密云作意偏遮月，何碍空斋病眼人？一瞑强能祛万古，今宵宁足说前身。瘵成莫疗霜中柿，客倦初思江上莼。梦落昔年论诗处，浴凫棲鹭似陈洵。（新会人，字述叔，著《海绡词》。）

七夕园坐夜归同留叟

雨后明河淡欲流，病馀不觉已成秋。万鸦顿尽成寥廓，众女方怜托蹇修。巧胜向人终东嫩，夜凉如水可无游。车行渐乱归时语，稍惜宵眠且自休。

雪朝江亭同天如

瞑想江亭鸟绝飞，南街风雪已侵帏。向明一室疑非世，睡起馀魂尚满衣。岂谓叩门惊独寤，不辞纡道意多违。寻常顾览辽辽叹，岁暮天涯各未归。

过岭学祠

老成凋谢我才来，后有千秋付一杯。盛雨断尊陈发酵，

覆茅中霤坏生苔。已随天下殚残尽，坐见林花寂寞开。孤抱向人无可说，晚祠香火自萦迴。

七夕寄海绡楼

翦綵能令万态新，笑看儿女度星辰。明河忽断中宵雨，秋色都忙未嫁人。灯火自繁休放晓，机丝重轧坐经春。本无情感闻吾辈，禁得歌声彻近邻。

题《黄叶楼图》为刘三作

寂寂寒鸦欲暝天，就中人物定谁贤？缤纷落木俄将尽，憔悴残秋强自妍。一叶荣枯视天下，满楼风雨忆江边。吟诗且遣平生志，两地披图共惘然。

集抗风轩呈节庵

盛时台笠独难忘，一赋都人已足伤。高会却来随老辈，雅歌犹得共斯堂。兴微国俗诗将废，俯仰前人地亦苍。终使南园不寥落，参天林木起朝阳。

题莲韬馆

绝业催人过壮年，再来林木亦参天。棠梨半落春将晚，祠宇长虚草自妍。欲揽众芳回独抱，坐闻幽鸟语寒烟。闲闲且了区中事，池上黄淤已种莲。

中秋与朮叔谭诗黄园，续去年吟迹，因忆树人新别海东，今夕应梦入湖舠，迢迢诗心，感旧怀远，吟成分寄

去年今夕谭诗地，明月高楼世已遥。万影接天聊自俯，一舟临水不堪招。故人颜色萦秋梦，往事凄迷有落潮。剩欲

缄愁寄东海，露深回雁正萧萧。

乙卯九日江亭

带郭无山此独尊，登高吾已俯重门。三年京国伤秋客，九日江亭对酒言。原草渐黄人亦悴，霜花曾雨晚犹存。朅来吟望嗟何似？寒雀争枝为瞑喧。

送诸贞壮南归

我尚栖迟在此邦，萧然来与话西窗。寒秋昨夜初过雨，归梦从君共溯江。瞠目绝尘知不反，举头当世未终降。冥鸿自远非无意，不为分携泪满腔。

无　题

深灯密幄坐寻常，已许旁人窥晚妆。却误嫁时为妇易，漫嘲邻女压针忙。得鱼赤尾吾知病，见叶黄陨汝或伤。负尽秋期是今夕，可能回忆十年强。

闭　门

闭门聊就熨炉温，朝报看馀一一燔。不雪冬旸知有厉，未灯楼望及初昏。意摧百感将横决，天压重寒似乱原。愁把老妻函卒读，破家谁为讼贫冤？

连夕观女优剧戏

众里收身道已孤，忍寒来看舞氍毹。世犹毾毲当如此，气尽衣冠所不图。擐甲上场忘素荏，张灯连院为群姝。关怀独在闻歌后，可笑旁观未察余。

过公园梅花未开

道出南城遽折回，意中曾否已梅开。兼旬渴为今朝乐，他日强于雪后来。终放一寒收宿腊，未逢馀客共深杯。百年此地惟乔木，不谓花迟似落槐。

挽黄诏平

过从最忆黄夫子，凫呷沙头数共听。客里遽闻君竟死，塘西何啻世如冥。三年除夕虚欢会，诸子音书复断零。为寄海绡（尨叔外号）凭写诔，更挥残泪上江亭。

哲夫诗选

蔡有守，字哲夫，广东顺德人。今录诗十五首。

为刘三画《黄叶楼图》

此是刘三读书处，危楼一角秋无垠。天涯有个悲秋客，也住江南黄叶村。

师子林

有客胥台归，语我师子林。奇石甲天下，叠置尤巧心。直以数弓地，幻作丘壑深。非出云林手，孰具此胸襟？吾生有石癖，闻之安可禁。今日嫁吴门，弛担辄访寻。但见错楚间，乱石支苔岑。一览已无遗，浅率浑布砧。肇允陈迹改，结构全殊今。譬媲一名画，后为庸工临。不辨真与赝，闻名徒仰钦。世之耳馀辈，珷玞混球琳。

薄暮与内子倾城并骑入盘门

轻裘细马东风软，薄暮盘门并辔来。波影绿将千堞绕，灯痕红点万窗开。前山渔唱愁苏子，深巷琵琶妒善才。信是当垆人袅娜，与卿一酌暖寒杯。

与室人山塘泛舟

水程七里笙歌绕，灯舫苏台载酒来。游子鸣鞭眠柳起，渔娃荡桨落花开。东风无力难扶醉，春物多情欲诱才。此夜山塘新月学，与卿更尽凤皇杯。

登鼓岩堂

岩阿樀足鼓声沉，萧寺无人秋气森。佛仗藤扶时欲坠，竹争楚长日相侵。迷阳满谷吾何往？邀月灵踪那可寻？（访邀月岩不得。）举世栖栖干禄士，好山应尽付幽禽。

清明登镇海楼寄梁七

楚狂休自夸黄鹤，却逊层楼气象雄。五岳才归禺岭小，十年再见木棉红。海南春色愁难寄，天末佳人信未通。远念辽阳还积雪，故乡吹暖楝花风。

清明后一日讱生将赴日本，同人祖饯于珠江画舫，即席用子匋韵

紫楝飞飞复弄寒，宠行万酒醉江干。诗心早蕴停云意，画本还留落月看。客有汪伦情靡尽，妇如徐淑别尤难。东鳀烟雨轻帆卸，可是樱花尚未残。

答刘三、陆灵素伉俪寄怀原韵并索题愚夫妇小影

刘家夫妇仙难拟，偕隐江南黄叶楼。既得湖山应极乐，况能文酒复何忧。春风鬓影图初制，白雪词华句待求。桃柳水村频入梦，端知跡远转心稠。

昨夜　辛亥三月三十日作

昨夜无端噩梦惊，春归底事转峥嵘？杜鹃遽欲空啼血，精卫应愁浪用情。灯烛窗纱将薄晓，风沉檐铁有馀声。一番雨过花飞尽，翻见欣欣夏木荣。

送抱香之南洋

我逾思君君逾远，南溟絓眼渺愁余。麒麟举世皆蒙楥，凤鸟摩霄不在笯。大好江山容击楫，漂零书剑且乘桴。英雄知己有红拂，宁伴亡人去国无？

晦闻嘱题《蒹葭图》

我所思兮渺何许，百无憀赖独登楼。露凝泽畔孤虫泣，月冷沙前断雁愁。难遣伊人一洄溯，固知吾道在沧洲。此间谁识凄凄意？写人青缃只是秋。

题《淮南集》寄周实丹

淮南文献近何如？乱世诗人赋彼都。讵为科名刊国表，争扶大雅易时趋。感深陵谷多怀旧，道在云霄莫叹孤。手挽狂澜上坛坫，联吟应共薄娵隅。

题《黄叶楼图》寄刘三

江南一别剧难忘，容易西风叶渐黄。纵抱孤花慰幽况，却缘落木惜馀芳。空山独往诗犹健，秋士沉吟意已苍。念汝楼居萧瑟甚，寒林戢影绝骄阳。

题高天梅《听秋图》

无端天末鸣条感，我亦凭栏醉不成。抱屋寒蛩啼断续，扑窗残叶响峥嵘。坐疑四壁波涛起，顿觉满怀霜露生。毕竟寻常秋夜意，问君何事苦为情？

病中晦闻写示南园诗社重开诸什，并述是日获观黎美周画册，即次晦闻原韵

莲须遗素那能忘？病眼缘悭只自伤。画里花光沉胜国，海南儒雅望斯堂。百年风会成消歇，十子才名独老苍。乱世诗人盼君子，岂堪来与赋阳阳。

送陈树人、居若明之日本

我未能归君又去，寓书为别各潸然。人谁与世全无意，国自先秋绝可怜。熟道蓬莱真浅水，同舟伉俪是双仙。乡邦回首尘沙恶，一往夷嵎欲几年。

薄　莫

薄莫添衣正下楼，绝胜风景照吟眸。依人孤蝶花光冷，带雨馀霞帆影秋。松径抱山延野步，梧江凿空接天流。凭高眺远心难囿，云际轻雷尚未收。

中秋白鹤山看月蚀遇雨

百丈峰头百亩台，晚霞才散月轮开。庸知弹指殚残尽，陡觉惊心黑暗回。天上姮嫦还有劫，人间锋镝未须哀。何堪风更驱云起，乱雨跳珠入酒杯。

九日白鹤山居有感

夷楼窈窕插穹苍，讵肯随人与节忙。不尽山川供极目，了无风雨入重阳。賸缘念远增怊怅，宁为登高迫闭藏。此日秋声遍天下，菊花作意向谁黄？

九日寄刘三

半载烽烟声问阙，题糕时更忆刘郎。了无人可论今世，那怪君还住故乡。冲节驰诗何限意，戒寒怜菊未成黄。悬知胜日龙华塔，斗酒庸能一忍狂。

小重阳雨中寄晦闻都门

风雨入怀惊节换，忍寒为写忆君诗。昨宵著酒俄都醒，今日看花已过时。去马来牛成惯见，雄蜂雌蝶漫相疑。京华一卧秋将晚，国士投闲世可知。

送老直再之美洲

苦绝归来今又去，不胜哀感送君行。海燐争焰俄相灭，秋月冲寒分外明。独向沧溟编野史，欲凭著述遣馀生。分携未了区中事，宁远重洋阙寄声。

璨华诗选

黄忓华，字璨华，广东顺德人。今录诗四首。

亡友周仲穆哀辞

漫揾双眸血，回看百炼刀。已悲金烬暗，况值杜鹃号。楚客忧春尽，湘累逐恨遥。松醪堪尽醉，只是见藜蒿。

鸾翮要须铩，雄文自此高。土中埋玉树，海底瘦香桃。化作三年碧，荣于一字褒。玉楼应有记，走笔动仙曹。

后死谁无责？偷生我正劳。未悬双玉剑，终负九方皋。苦忆红骢影，明煎白凤膏。几时携庾信，一为续《离骚》？

忍教庄蝶去，其奈怒蛙豪。何处无肥噬，谁人不目逃？飞龙虚出骨，虓虎正争嗥。灼灼东门眼，奔腾欲化涛。

伯孝诗选

胡熊锷，字伯孝，广东顺德人。今录诗二首。

生女慰内

瀼瀼冷露幽兰茁，襟祝初传莫喜悲。来日只应同负戴，于今何贵有须眉？霜林未合歌芣苢，秋实徒增慨黍离。一语慰卿聊索笑，士夫如鲫几男儿？

粲如到问偕隐内子目疾代赋以谢之

盲风送劫下穷秋，闭目宁祛万古愁。眼底浮云成变幻，足音空谷到沉幽。出门未辨人间世，漆室难为国际谋。久病岂能经瞑眩，力微寒菊恐难瘳。

梦庐诗选

叶敬常，字梦庐，广东顺德人。今录诗六首。

春 愁

闲愁可许付春光，净洗铅华懒饰装。往事营营悲逝水，生涯寂寂度斜阳。繁花过眼成残梦，坠絮沾泥只断肠。莫向流莺问消息，庭前醉卧共壶觞。

上巳日同哲夫、寄芳、微之、毅白诸社友北郊修禊

春日郊原未放晴，为谋修禊访寒琼。兴来賸欲同觞咏，意到真堪载酒行。雅集兰亭洵乐事，相逢洛社有耆英。临流击楫添诗料，好鸟枝头亦自鸣。

和哲夫《罗岗探梅》原韵

此生肯负罗岗洞，会见骑驴得得来。冥想幽香终我与，料量寒萼为君开。玉岩健羡曾三到，风物偏劳一再猜。倘共诛茅疏影里，相携明月守寒梅。

闺　怨

冷月凄凉夜未眠，绿窗深锁恨绵绵。泪萦红豆柔肠断，愁封青灯绮语捐。洗尽铅华羞见客，忏除情孽爱逃禅。思量往事殊多误，剩有芳心向暮年。

九日能仁寺

十年不到能仁寺，此日登临喜欲狂。石径松涛寒落木，禅房花影寂斜阳。风高篱菊客忘醉，霜冷江枫秋兴长。一见茱萸满山墓，不堪回首话家乡。

割云亭雅集

琼楼玉宇最高处，文酒招邀乐不支。此夕未妨同一醉，清风明月沁诗脾。

篴叟诗选

尹燿，字篴叟，广东顺德人。今录诗六首。

羚羊峡晓渡

破寺钟声动客船，江湖残梦落花前。一龛佛火深春雨，几朵渔帆澹晓烟。云断漫疑巫女峡，石寒欲化五羊仙。年来身世嗟萍梗，归棹欣逢柳絮天。

舟抵梧州访准提禅院

相思江上一归舟，鸳水多情为小留。佛阁晚风灯影乱，鳄池春雨鸟声幽。看花梦断湘南路，说剑人归岭外楼。窈窕微波无限好，直仙挡畔思悠悠。（相传湛若水遇吕洞宾于此。）

九月上越王台

纸鸢风急越台西，白草黄花没马蹄。汉冢消沉三尺剑，乱山愁杀鹧鸪啼。

短发还羞落帽时，危楼独倚不胜悲。空教陆贾降雄策，此日佗城属阿谁？

诃子林

此寺多奇木，菩提树尤古。智乐自西来，移根植东土。柯老腹半空，落枝渍秋雨。绿锁风幡堂，婆娑揭佛祖。落叶大如掌，筋络不朽腐。沙弥制如纱，赠我以一组。黄子工写经，（谓公印。）我画亦能补。（余好画罗汉。）宛比珠玉林，粤中仅一树。

梦峰探梅题钟瓦索笑亭壁

斜风细雨未寒时，卅里梅花香入卮。索笑孤亭成独赏，半簾疏影淡于诗。

小进诗选

马骏声，字小进，广东宁阳人。今录诗六首。

己酉春与高芍亭、许沛公、谢抱香游宝云道

春日宝云道，沉沉草木深。岚光明大野，人语响空林。

共发为戎叹，凄怀避席吟。山河非复旧，筑室隐高岑。

醉题酒家壁

少年意气豪且奇，白马雕弓入燕市。黄金浪掷唱呼鹰，饭牛屠狗皆知己。相逢把臂说恩仇，按剑誓取仇人头。苍茫百感忽来集，共上城南第一楼。折券呼僮取大斗，狂歌纵饮鼓土缶。椎秦不得志犹存，天下英雄皆好酒。（朱元晦有“天下无不好酒之英雄”语。）回首河山尽垢氛，空馀壮语凌风云。何年共遂黄龙饮？斫尽胡儿著伟勋。人生行乐须及时，尘寰泱莽我何之？醉折花枝濡淡墨，樽前聊写壁间诗。

庚戌五月十日余游穗垣，出自东郭，过村夫家，见古砖一，云是筑九广铁道时掘土所得。余以二金易之。砖长一尺，径五寸，重十一斤，面背皆凹，作榄核方形。釉未脱者，广约三指，坼裂如鳞，作青黄色。砖左凸文为“永嘉六年壬申，宜子保孙”十字。砖右土花剥蚀，只馀数画，不能成读。按永嘉为晋孝怀皇帝朝六年壬申，去今凡一千六百有八载。余喜得古物，摩挲永怀，率题一截，以冀后人共珍宝之

一千六百有八载，出土先登梦寄楼。（楼在赤柱山上，为余所居。砖出土未及十日，移置此中。）十字依然存古气，未应磨灭老荒丘。

过基隆书感

一代雄风今已矣，江山如昨主人非。伤心怕听渔樵语，指点山前赤日旂。

端阳赫丽楼独酌

客里光阴草草过，抚心高蹈奈愁何？异乡初度五时节，

浊酒难降十地魔。千古《离骚》容耿介，百年流化自滂沱。孤游绝国忧成绪，潦倒新成醉后歌。

赠亚子

万里归来气不扬，中原龙战血玄黄。六年不尽蒹葭思，此日相逢云水乡。磨剑问天真本色，惊神泣鬼大文章。英雄多敌亦多友，颓卧吴江抱独香。

泽庵诗选

吴沛霖，字泽庵，广东揭阳人。今录诗四首。

春尽日寄林三金陵

杂书賸草零花怨，赘寄吟红惜绿人。倘许一缄重报我，但言首夏莫言春。

九十日花都是恨，万千回劫总成灰。江南倘有留春计，已是春归莫寄来。

淡卿出团扇索诗为题两绝

十载江郎才尽矣，更无词调宠红妆。拟将雅意深深却，看汝濡毫兴已狂。

浅唱低随苦未修，十年浪迹等沙鸥。而今拟谢人间事，消得团圞似此不？

尔雅诗选

邓溥，字尔雅，广东东莞人。今录诗十七首。

黄 昏

天末欲黄昏，春心不可论。山容斗妍怪，花影变凉温。好梦乱人意，归期断客魂。毵毵故园柳，谁信去年髡？

归舟大雨

心先百里到佗城，满目青山倒屐迎。一碧珠江多少路，雨潮都作故乡声。

哭千秋容氏甥

恨等昌黎未抚棺，渭阳小别太辛酸。文章竟失吾家宝，珠玉真同明月看。每感唐衢挥涕泪，微闻长吉呕心肝。后生连榻当时话，恸对山斋烛焰寒。

夙耳康岩之名，询土人无知者，穷搜得于桂岭之麓孔明台下。桂林城中诸岩，开朗者以风洞为最，幽暗者以康岩为最

人才蔽匿（康氏跋语。）阿谁知？特地穷搜慰梦思。故垒荒台久如燬，史家文士未容窥。天工肯落他山后，土著翻令只赤疑。招隐买邻生妄想，城中岩洞此瓌奇。

纪得邝湛若先生所遗唐绿绮台琴

邝子抱琴死，疣琴留至今。久无广陵散，而有凤皇心。

（邝诗："缘琴传得凤皇心。"）帝肯灵踪閟，天教奇福临。伯牙难再遇，思古感知音。

幽独抱残阙，吾心百不忧。（龚定庵诗："吾琴未碎百不忧。"）相思都廿载，（十一龄时即耳是琴在邑人张氏家，壬寅曾一见之。）入手已千秋。《峤雅》曾经读，（邝遗著有《峤雅》《赤雅》。）南风未可求。（邝别有宋琴名"南风"，今不知所在。）东南望灵气，郁郁在罗浮。

自题《废雅》

吟泣阿谁会？心肝一任欧。名山判废弃，长物自藏收。昔有胡钉铰，（见《渔洋诗话》。）今无张打油。（唐人好以俗语入诗。）锦钱馀哭笑，跒跁（音罢驾。《玉篇》："不前貌。"李建勋诗："跒跁诗成跒跁书。"）写幽忧。

自题《印雅》

年年锲不舍，刻划自能为。千载战元宋，六书宗籀斯。远规秦制度，重见汉官仪。壮岁雕虫感，除非扬子知。

玄想二首

簾月瓶笙夜，治墙景在扉。不思不议境，玄想欲归依。秋魂逍遥游，梦见居兜率。参寥闻疑始，乃入寥天一。

得大我书闻其归自柏林喜而不寐

邮书入手喜还惊，认押开封见姓名。病体居然得甦息，故人无恙慰心情。瑶华翰墨光相媚，风雨鸡鸣秋有声。近况如何君莫问，明朝瓶酒醉高城。

大我归自柏林将之天津省亲赋此赠别

八载思君百脏酸，故人握手喜言欢。人民城郭都非是，离别幽怀孰易难。至竟相逢无话说，依然后事下回看。倘如招隐买邻愿，丘壑林茐耐岁寒。

大我自津门来书答之以诗

一握又言别，郁陶日企望。与谁雠篆籀，（左思赋：“校雠篆籀。”）梦见译佉仓。长纸读三过，相思慰八行。耦耕能践约，不敢怨津梁。

寄黄晦闻、陈大我、许守白、罗瘿公都门

故人离索怨津梁，北望都门烟树苍。山谷子昂心上过，许浑罗隐梦难忘。相思燕契三千里，阅历沧桑第几场。独醉瓶笙怀旧雨，恨无缩地费长房。

寒琼嘱题郭频伽手写徐江庵遗诗

郭徐笔墨袭遗馨，海内名家有定评。文采风流鬼呵护，死生契阔古交情。合将前辈供高阁，比似当时记碎瓶。守阙抱残非好事，神州国粹太飘零。

题亚子《分湖旧隐图》

风流文采此佳谈，遥忆今之郭十三。所谓伊人在何处？罗浮山下梦江南。

分湖旧隐未能忘，乞画胪诗仔细商。我亦心胸搆幻境，图中新筑水周堂。

公愚诗选

古直，字公愚，广东梅县人。今录诗二十六首。

感事二律

三月红棉底样骄，美人意气欲干霄。无情风雨拚摧折，入望云霓又寂寥。化碧剧怜啼杜宇，冬青生怕溷鸱鸮。越王台上悲歌日，竹石敲残作楚骚。

滚滚珠江水尽冤，巫阳不下复何言？亡胡天意终宜验，思汉人心信不谖。有限遗民谈往事，无多老泪洒中原。黄花消息教谁问？死抱枝头为国魂。

山居暑夜

愁思不能寐，倾耳听四野。草虫何唧唧，松涛急如泻。哀蝉抗高音，山歌发咿哑。感此为长嗟，殷忧曷由写？揽见起彷徨，怅然明月下。

哀朝鲜

滔滔大同江，茫茫箕子封。川原郁惭色，中野多蜚鸿。曹社久成谋，作伥有元凶。壮士发上指，萧萧生悲风。一击聊快意，身死国亦从。降王迎轵道，哀哉彼狡童。三韩日黯淡，倭儿意气雄。女萝附松柏，妄谓可始终。松柏不自庇，女萝复何庸？渐渐麦秀歌，百世有馀恫。

亚子书来问冷圃风景赋此答之

多君问冷圃，贱子试言诸。近市异晏宅，面城同潘居。门前玉池水，亭亭发芙蕖。右有疏树林，左有稻蟹区。夹路长草木，萧萧悲黄芦。遥遥对兰若，钟声时有无。行行临荒原，高坟互相逾。日暮苍烟合，茫茫满平芜。主人爱此地，邀友结吾庐。手艺百盆兰，复聚千卷书。啸傲南窗下，棲迟常多娱。悲来发浩歌，往往缺唾壶。方将招梅鹤，何期竟兰枯。门巷长依然，风景将无殊。感此用长叹，吾怀良难舒。

惜哉行

愁云蔽天天亦惨，珠江江水红于染。不是商君曾论囚，云是将军夸勇敢。将军诚勇敢，吾民抑何辜？严霜飞六月，巫阳欲问冤模糊。魂飞茫茫归不得，月黑风悽鬼夜呼。恻然动听勃然怒，壮士心肝世所无。誓判一死救民痛，探囊出物物绝殊。非椎非剑何区区，将军扬扬来通衢。材官百人马前趋，一击不中天也夫，惜哉惜哉呼髯苏。将军之臂猿猱同，将军之胁惊曹共。将军之臂将军胁，顾盼自觉生雄风。从今一领黄马褂，溅上燕支几点红，更开明堂来论功。

忆亡友朝露次残梦韵

数尺孤坟草自青，白云原上恸严陵。（庚戌春，君与余等数人游南汉千佛塔，顺道至下岗，叹曰：死葬此足矣。君殁，同人即买其地，为营兆域。此事颇与皋羽相类，故云。）西台争似凌风阁，（文文山在燕狱集杜句忆梅州，有“楼阁凌风迥”句，后人因剌取“凌风”二字建阁祀之。君尝与余乘夜登楼，慨然有作。）汐社当成许剑亭。（君与余等结冷圃，会友以道义相期，故云。）此日精魂依蜀帝，（君又号杜鹃，尝自镌一象牙印，甚精美。）他时腐草吊隋萤。（君尝作萤火诗以吊隋。）天荒地变尤难折，（借义山句。）其奈沉沉梦未醒。

忧心乙乙似抽丝，且自挑灯读楚词。芳杜离离谁与采？荷衣叶叶总相思。绕弦风雨号长夜，触笔沧桑记异时。慧业只今论不朽，一编珍重护遗诗。（君殁后，遗诗零落，余因收其遗稿，编次为《泣楼集》一卷。）

吊杨笃生先生

曾把心香爇到君，亡秦三户识雄文。洞庭秋色连天暮，沧海哀涛匝地闻。含石岂忘精卫恨？怀沙空怅楚江云。故山何处堪埋骨？未忍生还入国门。

杂感寄楚伧、一厂

天醉沉沉若未醒，个中消息问君平。碧云叙散佳人遇，芳草迷离知己情。扪虱有时谈景略，封侯无分望班生。穷年笔砚今何世？孤负胸中十万兵。

大地茫茫不载愁，夜来有梦落沧洲。蹉跎岁月闲屠狗，颠倒衣冠笑沐猴。痛哭几迴穷处辙，消忧曾上客中楼。平原落日无边好，匹马嘶风控玉鞴。

海外微闻翻日车，中原王气近何如？欢娱不信来擒虎，喜怒依然学豢狙。名士新亭空涕泪，斜阳故国见丘墟。只愁野哭荒凉夜，抉目城头怒伍胥。

湖海难容五石瓠，古愁莽莽怒春潮。莼鲈不分因秋起，块垒生憎借酒浇。怀古伤今兼怨别，谈兵击剑更吹箫。夜深灯火樊楼上，偷听红儿谱绿幺。

弔赵伯先先生

当径谁歼白帝子？临风我恸赵王孙。淮南落木秋无迹，漠北横戈梦有痕。不信精魂成杜宇，只应毅魄傍轩辕。出师未捷身先死，一例声吞五丈原。

简亚子、钝剑

少日才名敌孔融，文章声价重河东。一时瑜亮称高旭，十载神交拜下风。何限黍离悲故国，几回酒美酌新丰。竹林我亦追随后，青眼其能见阮公。

得亚子书却寄即用其和剑华梦作韵

不应巢许是尧臣，梨里高眠遗世尘。尺素书来双跃鲤，满梁月落尽传神。（《诗话总龟》云："太白风神超迈，少陵'落月满屋梁'句为太白传神。"君所作亡友传，传神亦云。）茫茫笠泽闻星聚，落落襟怀见性真。何日天涯相握手，吴淞一水易为因。（渊明诗："山川千里外，谈笑难为因。"此反之。）

重展亡友朝露墓

咫尺山河恨可知，白杨荒草欲依依。何因再证三生石，无奈重摩幼妇碑。地角天涯终幻梦，春风秋雨寄相思。夕阳亭上多时立，一树冬青杜宇归。

秋兴和草堂韵四首

秋风搣搣振平林，回首西川杀气森。仗策几人随邓禹？登坛诸将拜淮阴。巫峰十二天戈指，君子三千国士心。枕畔频惊刘太尉，恶声和梦落寒砧。

旌旗指日耀褒斜，万里山河气自华。莫道胡儿不战胆，何当汉水与浮槎。军前号令如山岳，马上铙歌杂暮笳。雪耻除凶遭此会，燕南迎遍有香花。

喜见中天日再晖，角声动地晓霜微。一条栈道排云出，万里军书似雪飞。楚谶亡秦应复验，人心思汉岂相违？王师及早巡南服，紫蟹鲈鱼此际肥。

一着争先似弈棋，宵奔胡马正鸣悲。云霓万众欢腾日，风雨诸陵拜罢时。率土遗民奉禹贡，怜封使节竞星驰。炎黄列祖应含笑，九世春秋大孝思。

送人之闽

江山如此可怜生，若个中宵仗剑行。杯酒天涯魂已断，倩他鸥梦送鹏程。

男儿二十不侯封，横海乘风亦自雄。舟过台澎烦一哭，八闽无地可疆戎。

送楚伧

白眼高歌意气雄，叶郎才调擅江东。当年市上寻屠狗，此日隆中起卧龙。韬略久征髯客问，功名合与燕山封。伫看扫穴犁庭日，薄海欢声动大风。

冷圃曲

东风绿遍梅州路，杜宇声声啼不住。白头老母泣路旁，痛彻心肝泪如注。天涯有客更烦冤，芳草花时独闭门。肠断西园蝴蝶梦，纸钱尊酒为招魂。忆昔结交少年日，意气相倾在胸臆。风景山河感慨多，摩挲宝剑思投笔。有时冥坐类枯禅，中心惄惄如忧煎。被径迷阳行不得，江头岁岁撷芳荃。

飘零桃李春无主，百年大计将人树。梅州桂里启宗风，河汾可有房与杜？小雅式微夷狄横，入耳宫商非汉声。欲以身为百川障，远步皋父寻汐盟。二月梅江波滟滟，黄冠野服期许剑。车辙寥寥仅数人，共推我公主坛坫。谁知转眼便沧桑，白杨衰草两茫茫。岂真作记求长吉，且叩天关问彼苍。彼苍无语成终古，斜阳惨照一角圃。芙蓉憔悴不胜秋，寒波瑟瑟寒鸦舞。即今怕闻蒿里歌，依稀人在山之阿。梅水东流日千里，魂兮不归将奈何？

虬髯客

万丈红光海外起，坐拥扶馀作天子。绝世男儿惟有尔，中原且让河北李。虬髯戟张目怒视，当前猛见红拂妓。称兄道妹声未已，酒酣拂衣吾行矣，匹马驰风道万里。重过长安邸，王侯疑不是。赠讫黄金与慧婢，出门忽灭惊人鬼。楼船千艘相逦迤，鲸波翻风不见尾，使人闻之魂魄褫。吁嗟乎！杨花落尽李花死，大陆河山寸寸圮，安得斯人兮诛封豕。

一厂诗选

林百举，字一厂，广东梅县人。今录诗二十九首。

即席赠天健

吹箫茧足走趯趯，又见蜩螗世不堪。差喜粤华楼上望，一宵风雨满江南。

观冯春航演《儿女英雄传》新剧赋赠

余素不善观剧，当场只觉有声有色、有舞者有跳者而已，一切管弦节奏、剧本神情，咸格格然，不终席辄去。月来社友啧啧称冯春航不置，心窃讶其或必有异于常流者，稍向慕之。而亚子适见邀，喜往焉。及冯出，果大有异，廿年来眼簾脑海，几若为之变易，绝不格格；而入声入心，通情与神往矣。岂以揄扬之词，先动于中故耶？抑冯之感人，真若是其深耶？爰因所触，成四绝句，俚鄙不计也。敢质亚子，以为何如？

翩翩乍睹若惊鸿，矫健偏含妩媚中。几度挟弹凝不发，此时玉树正临风。（初出，遇安龙媒遭难时。）

红潮颊上泛朝霞，气斩幺麽数叱咤。细认往来灯火下，六郎步亦似莲花。（入能仁寺击杀众僧时。）

红氍毹倏变脩罗，谁向幽宫出素娥？侠骨柔肠真切处，泪痕应暗透微波。（入寺地室救张金凤，烈女引其父女相见时。）

嫣然一笑显情痴，也算姻缘合满时。只惹旁人翻妒煞，妬他扑朔又迷离。（在寺为安龙媒与张金凤指婚时。）

观冯春航演阴阳界悲剧

相宜缟素艳巾哀，天上霓裳别样裁。一幕偶然装鬼子，销魂可识贺梅来。

述事

好兴冲冲忽惘然，彩云一散奈何天。羊车碧碾行原疾，凤尾红拖影可怜。未敢轻呼空脉脉，只馀对舞亦娟娟。归来细数灯花落，可有芳魂梦里牵？

无题四首为冯春航作

黄梅时节雨连宵，天启琼楼列女朝。羯鼓三声惊碧玉，桃花半面出红绡。迷离满眼皆幺凤，动颤全身似翠翘。惭我近来愁病里，无多魂也为伊消。

真个人疑到广寒，玉神花样世曾看。压他粉黛千丛绿，沁人灵犀半点丹。笑比樱桃开更小，颦将西子效犹难。唐宫隋苑朝和夜，怪得江山一曲阑。

鼙鼓烽烟且漫惊，而今四域正升平。俳文应废伶官传，诙语原传曼倩名。卿自散花神说法，我因遇物惯留情。红牙幸莫成商徵，南海鲛珠泪已倾。

谁是瀛州太白才？清腔妙拍费新裁。英雄儿女情非幻，血泪双碑剧可哀。云外游龙刚舞罢，月中皓兔入怀来。从今春浦人归去，红豆添抛梦一回。

次韵和鹓雏、楚伧、朴庵岭南楼即席之作

年年绮绪荡成春，芳草天涯倍觉亲。蝶过蘧然身外我，燕来飙若幕中兵。沾花著絮都随意，刻笑摹颦最入神。如此闲情虱人世，自怜自语醉时真。

梦作诗数首，醒记“鼓吹诗肠砭俗耳，听卿一曲胜黄鹂”“生成美目顾横波”三句，足成二绝

油云幕幕雨丝丝，正近江城梅落时，鼓吹诗肠砭俗耳，听卿一曲胜黄鹂。

生成美目顾横波，比较豪情亦若何。岂止魂销柳三变，青衫我已泪痕多。

悲愤十首

灌婴井动大江风，海水群飞直撼空。万丈猪龙麟甲解，三秋鹏鹗羽毛丰。玄黄血战端开始，黑白棋弹局遽终。此处分明有公论，谁将成败定英雄？

代汉当涂夙谶妖，冢中枯骨竟天骄。朱英莫救春申死，白凤群讴新莽朝。民气刚柔伤易化，国魂飘荡梦难招。可怜周召共和史，转眼迷离付黍苗。

万古降幡出石头，而今主将更无谋。八千项羽江边泣，五百田横岛上羞。借问陆沉谁任责？遂令瓦解负同仇。龙蟠虎踞空城在，弃甲于思一去休。

赌命男儿竞要钱，横磨十万化腰缠。是谁妙计朝三四？只恐交征日万千。天下民穷鸿雁唳，西来宝气蝮蛇涎。从知弔伐原徒侩，赤帜纷纷汉赵搴。

谈笑馀威伏五羊，几家降表几壶浆。盛传陆贾归囊重，争请终童缨羽长。士叹屠龙空有技，君当使鹤实无方。堪羞覆雨翻云事，岭海回头意渺茫。

黄花如昨映横枝，孰使军心忽自离？张耳死惭交刎颈，陈王生想太夥颐。神龙见首沉云去，鬼马空鞍故垒驰。试望燕塘誓师处，几人凭弔泪双垂。

循拊遗黎古贵和，三章约法问如何？年来镜海曾清未，行遍珠崖只泪多。学治操刀终裂锦，重刑网吉况钳罗。最怜马上闻新语，皇帝非贤于尉佗。

半壁东南已尽非，白麾摇落夕阳微。连鸡势失三分重，逐鹿天亡百战威。更有楼船闽海去，竟无帝子洞庭归。撞残玉斗凭谁说？全局佗城一著违。

乱世人才本最难，鄱阳夜落将星寒。柴林尚待潜光发，李广偏教醉尉谩。高阁书生愁咄咄，蜀宫花蕊怅珊珊。添毫点缀周遗录，有数流芳得不刊。

眇眇梅孤鹤瘦身，登楼四望独怆神。沙虫世误同兹劫，刍狗天原未必仁。一觉薄醒删旧绪，五噫归隐羡仙真。苍茫为问东流水，长矢能心不帝秦。

樵　妇

嘹亮山歌隔岭闻，采樵士女自成群。红衫浃汗疑行雨，黑帕蓬头映乱云。半世艰虞薪臼惯，（梅县方言称媳妇为薪臼。）一肩家计藁砧分。炊烟起处催归急，憔悴谁能惜此君？

山村妇人刈稻

最苦田家是岭南，拮据胼胝女如男。严霜烈日六十月，（岭南农事六月、十月二次收获。）碎谷残禾三五担。椎髻沾泥云乱叠，腰镰蘸水月初函。稚儿一榼塍边饭，犹向新登未忍啖。

宿长乐县城

衰草凄迷满地霜，平添诗料在荒凉。千峰势合山城迴，几处烟昏村落藏。西上蓝关怀马跡，（即昌黎谪潮所经，有“雪拥蓝关马不前”句。）南流琴水叹沧桑。（水名琴江，水涨时，城内外民房冲塌大半。）斯人恶听东迁说，日指周王咒汉皇。（自光复后，邑人议迁县治，附城居民不愿，争持甚烈。）

过兴宁忆亡友刘节庵、何公博

宁溪一泻众山沉，萧瑟堪悲二士心。名氏当时编党籍，风流到此杳人琴。潇潇夜雨鸡鸣嶂，（兴邑山名。）黯黯荒烟枫树林。纵使吴门展悬眼，麟伤凤死恨犹深。

山中见孤柳

无花无酒更无莺，不傍江堤不近城。此地居然半书室，不知何许一先生。风流莫问添萧飒，眠起应知失性情。最是月明休顾影，满山烟露太凄清。

蘖生诗选

钟动，字蘖生，广东梅县人。今录诗六首。

香江冬夜临海望月

白波溢茫茫，寒月生光辉。极目望四荒，临轩以裴回。鸡鸣何嘐嘐，仰视星河稀。耸身起长叹，蟾兔惊相窥。吾欲翻沧海，沧海何瀰瀰。柔桑茂若云，辟此千万畦。高高太平山，化作鸥鹭飞。击节抗高音，识者能为谁？置酒饮嫦娥，酣梦以为期。

天风飘微寒，碾玉成巨海。万里流银液，潋滟摇光彩。凌波出皎兔，沆瀣以遄迈。潭潭散清辉，素影流天外。玉宇高且寒，羁游知何在？神山近在东，恍惚闻仙籁。昆仑安可期？沉沉隐烟霭。何不策高足，竞此庄严界？置酒临高台，衔杯聊欢快。人世多烦忧，去形以相解。

归途见当离花有赋

披云入山曲，迤逦沿高蹊。苍松远相迎，矫矫多英姿。众响时不闻，激激幽泉澌。神游在空谷，寥落生悲凄。夹道当离花，含欣故依依。红白各千丛，颦笑纷参差。迎送若为情，相对宁忍辞。睹形伤久别，澹澹怀吾归。濛濛烟雾开，与汝同光辉。

遥峰显初日，清气涵高林。结念当离花，行行得我心。红艳交缕绯，幽恨如不禁。弥望在深谷，烂若朝霞侵。风吹紫云飞，妩媚生远岑。奇情傍花发，恻恻中怀深。忘形记小名，踯躅微有吟。夜来风露多，伫立将何任？

磴道盘以纡，娇花淡相对。暗知行路难，似惜人憔悴。悬厓抱奇石，溪深鸟惊坠。险颇谁不怀？离愁发深嘅。会面能几时？乍见复相弃。开落在空山，灼灼知谁媚？安得明月圆，流光入君佩。

山中抱幽姿，本与人世殊。泉石清且闲，岁月长以纡。当春秾华发，艳色怜风露。但恨郎相离，那识郎归去。相送沿高厓，曲折当前路。良会讵可期，欲说羞难举。高秋有佳实，甘芬君所许。愿捧方寸心，倾身入君腑。何如陌上花，妖艳徒欢觑。

国人诗选

谢良牧，字国人，广东梅县人。今录诗三首。

书　想

大江东去日西斜，酒半醒时恨倍赊。吴市吹箫燕市筑，依然歌哭走天涯。

除　夕

郁郁适兹土，蹉跎岁又除。惯寻屠狗饮，幸避窃钩诛。

痴梦争隍鹿，浮生过隙驹。大难来日事，搔首一长吁。

暮春书怀

一痕残梦已依稀，悔煞春前几事违。又是江南三月暮，杏花微雨燕双飞。

定禅诗选

黄澜，字定禅，广东梅县人。今录诗四首。

闻钟六自香港之星洲却寄

长沙万里宿佽飞，别恨绵绵杨柳依。夜夜群鸥横水渡，朝朝劬雉压潮低。半黄残照成霞绮，一碧晴天醮颇瓈。曼衍鱼龙呈百戏，是谁瘦损好腰围？

地北天南各一方，海邦长此筑宫墙。凉波我欲三冲斗，热带人升大雅堂。臣角君弦弹旧调，细腰广额斗新妆。即今颠倒犹如此，请看盈庭衣下裳。

送李生孟夐留学美利坚

春江五月黄梅雨，又唱骊歌送远行。入握蛇珠欣满把，起看鸥鸟若为情。星精倚马忧天坠，日驭挥戈上地平。吾道不孤东去也，有人碧海掣长鲸。

少年便识佉卢字，弱冠能传种树书。子剑摩挱方出没，我环汝尔始居诸。悬知共乘多贤达，遮莫先驱到望舒。此去金门看夜月，清光两地照蟾蜍。

一梅诗选

饶真，字一梅，广东梅县人。今录诗五首。

湄江晚眺

三十年光暮，湄江日又曛。群鸦争晚树，孤雁入寒云。白发愁无际，红尘病几分。海天辽阔处，心事说谁闻？

秋夜独酌有怀故乡诸友

忽见天边月，团圆廿一回。独豪今夜饮，难得故人陪。秋兴摩银汉，乡心入酒杯。此时归不得，沉醉且低徊。

忧　患

忧患满天地，飘零剩此身。有声悲鼓角，无计避风尘。落日看归鸟，蛮花笑旅人。彼苍搔首问，生我是何因？

夜　雨

礼乐久衰歇，干戈定是非。英雄三尺剑，天地一戎衣。日落中原暗，云寒北极微。最愁风雨夜，又见毒龙飞。

答问梅

名园只许栽桃李，春到枝头生媚姿。欲向寒花问消息，万山深处雪来时。

著叔诗选

温见，字著叔，广东梅县人。今录诗十一首。

沪上别曾断魂

君去不即去，向我归人诉。离情有万千，一一难得吐。吁嗟君何言？伤哉君何故？君意既未伸，还听余心愫。汪汪黄海波，是否归时路？同是去年人，君独再相渡。莫道行路难，岁月他乡度。雨夕复霜晨，屡把归期误。归者可谁怜？故乡在何处？当时秋已来，到亦秋将暮。感时良易惊，每把良朋数。不第轻别离，难得与君晤。同学多少年，谁易为重聚？一东还一西，南北奚由遇？冷圃冷清清，亡友痛朝露。君去勿徘徊，我归泪如注。

寄钟寒云

忆君最为苦，未尽别离情。望海天无际，伤时道不行。十年同抱病，万里各求生。何日重相聚？应当语一声。

香江席上示雪兄

鞭拂昏尘棹破烟，行踪难记十馀年。只知旧岁当今夕，曾为看花醉绮筵。去日苦多人已老，何时能得月长圆？故乡心事他乡梦，前度刘郎泪黯然。

香江寄曾、侯两友

天空海阔路漫漫，不尽相思泪不干。客里梦魂愁夜短，世间左右做人难。贫罹原宪形同病，剑拔王郎歌愈寒。今雨微茫怀旧雨，何时重得月团圞？

哭宋渔父先生

恶耗传来路八千，只身飞起发冲冠。长城万里凭谁坏？把剑摩挲更问天。

鬼谋本是胜人谋，哭到先生泪不收。最恨马鞭投未断，长江故故至今流。

男儿死亦寻常事，冈上黄花故鬼多。只是腥风和血雨，江山如此奈人何？

翻身西向望昆仑，杀气腾腾绕白云。地下英魂倘归得，应依黄祖诉天阍。

偶　成

揽镜唯将镜匣磨，年华逝水卅年过。雄心未死朝颜萎，赢得星星白发多。

龙泉剑匣试重磨，烨烨寒光眼底过。风雨鸣鸡遥夜里，惊魂常为恶声多。

远　游

扬子江头泛泛槎，看山飞走想龙蛇。十年一觉江山梦，赢得风横又雨斜。

小白诗选

李翥梦，字小白，广东梅县人。能诗词，擅小说家言，楚诗所谓“说部我输李煮梦，小戎离黍出诙谐”是也。已故。今录诗四首。

洞箫曲

晚来双桨划春潮，抹过城西廿四桥。两岸柳阴人寂寂，月明如水一声箫。

脂香一缕郁芳馨，荡气迴肠促酒醒。且谱霓裳羽衣曲，横箫吹与小江听。

沉郁悲凉曲换腔，知音人倚木兰艭。春风亦复多情甚，为卷箫声入画窗。

馀韵悠扬拂紫冥，群峰无语隔江青。波涛蓦地横空卷，应有蛟龙出水听。

抱香诗选

谢英伯，字抱香，广东梅县人。今录诗十一首。

金陵杂咏

冥冥氛祲几时消，孤负嬉春两粉桡。听说江南花事好，泥人尘梦到金焦。

青山淡冶拟双鬟，阅尽人间几触蛮。应羡星洲老诗客，乱犹馀得饱看山。

绿波春水欲魂消，不见秦淮半里桥。谁与更谈亡国恨，匆匆狎客送南朝。

不见中山异姓王，更无新月照宫妆。只馀几树萧疏柳，渡口年年送夕阳。

苏州道中阻雨

汽车碾梦过姑苏，烟雨模糊认旧都。雉堞撑云壕绕郭，当年霸业已榛芜。

垂杨夹道绿如烟，正是江南二月天。恼煞雨丝风片里，未能料理太湖船。

沼吴霸越寻常事，千古江山属美人。试问姑苏台畔月，兴亡照遍几多春？

艳名高揭小湘云，（苏州女伶小湘云，为梨园之翘楚。）宛转能歌白练裙。一样山川灵秀气，天教多赋女儿身。

我来何处最关情？虎阜真娘旧有名。驴背风刀篷背雨，赚人水驿又山程。

登胜棋楼望莫愁湖

垂柳参差拂画栏，满湖烟水望漫漫。美人已去英雄老，一局残棋着手难。

吊建国粤烈士坟坛

白粤河山儿健儿，风云叱咤想当时。丰碑三尺留名姓，马革何须用裹尸？

君武诗选

马和，字君武，广西桂林人。今录诗五首。

译器俄重展旧时恋书之作

此是青年有德书，而今重展泪盈裾。斜风细雨人增老，黄卷青山事总虚。百字题碑记恩爱，十年去国共艰虞。茫茫天国知何处？人世仓皇一梦如。

西历千九百七年游可伦布佛寺作此

满地菩提树，人来拜释伽。遗经传贝叶，法座布龙华。竹殿逢僧话，金笼贮佛牙。康堆池畔路，容易夕阳斜。

偕谢无最游扬州

风云欲卷人才尽，时势不许江山闲。涛声寂寞明月没，我自扬州弔古还。

劳登谷寄柳人权

九年羁异国，万里隔家乡。鲁酒难消渴，吴歌最断肠。归期问流水，独立望斜阳。寂寞劳登谷，临风忆柳郎。

《变雅楼三十年诗征》题词

多谢松江高剑公，殷勤万里寄诗筒。浮云岂久遮红日？健翮终当遇顺风。誓使华严从地起，莫临沧海患途穷。文明开发真吾事，欧墨新潮尽向东。

孟硕诗选

邓家彦，字孟硕，广西桂林人。民国元年与予及子实同办《中华民报》，力持正谊，为袁氏所侧目。民国二年，孟硕为袁氏构陷入狱，予与子实竭力支持，卒以经济困难停版。孟硕出狱即赴日本，转至美国。袁氏既殂，孟硕回国，郁抑不得志，尝译书自给。今子实已作古，孟硕又远赴德国，患难之友，死亡离散，不觉泫然。今录诗八首。

答匪石

婴身世网吾何决？第决樊笼说武陵。自失鸣条追凤翥，每因泽国悟龙升。黑风雪浪飘然去，红泪青衫总不胜。吟到恩仇天欲绝，几人豪气逼峻嶒。

有　怀

铁栏杆外马蹄忙，回首园门最断肠。秋叶秋风翻入梦，天南天北渺何方。愿乘灵鹤证仙迹，只恐寒鸦噪夕阳。赢得销魂笺一束，不堪重展旧行囊。

有　忆

音尘渺渺乍疑无，望断天涯泪与俱。秋菊春兰华未落，朝云暮雨化来殊。低徊往事心如醉，振（枨）触新愁貌亦癯。过客光阴半销歇，梦中人语镜中图。

狱中感事

一角炊烟半暝中，四围秋色夕阳红。登楼有客非吾故，走马何人傲乃公？草檄至今空愈疾，著书俟后总雕虫。却怜归雁无消息，隔绝云山十万重。

独立苍茫有所思，几番憔悴到蛾眉。年华似水流何疾，身世如云不自持。羞以文章遭鬼击，敢将心事吁天知。避秦只恐乾坤窄，为觅桃源日已迟。

落落孤怀絮语谁，东南金粉梦耶非。苍生无地藏香骨，赤帝横天识杀机。六月系囚心未死，十年去国愿俱违。沉沉浩劫知何极，话到沧桑安所归？

弔邹容

天道今如此，邹生大可哀。鸿文沟满汉，壮志策风雷。黑狱鹃魂泪，青山侠骨灰。只今遗憾在，王气未全摧。

郊　行

繁星粲碧落，流光接素波。飘飘南亩风，采采东篱华。山树澹涵烟，泉石激清歌。归雁绕吾巅，啸侣渺无多。蟋蟀鸣我侧，唧唧诉伊何。人生如萍水，又如松与萝。浮寄安可量？造物良不磨。去去勿复言，有酒欣颜酡。

更存诗选

陆峤南，字更存，广西容县人。今录诗一首。

丙辰三月南社雅集，为社盟宋桃源先生殉国之四年也，怆然有作

凭栏强自惜馀春，一笑那知酒入唇。未免花前犹忆汝，可怜地下已陈人。江山入梦兴亡易，风月当头感慨新。万里楚烟湘水碧，更从何处弔灵均？

栋岩诗选

庞成宇，字栋岩，广西容县人。今录诗四首。

东园杂咏

大地乱无象，吾生安可期？愿言甘雌伏，鷦鷯借一枝。编茅而为本，修竹森四围。朝暾散轻露，众鸟纷高飞。饮啄力以致，缯缴安所施？翱翔纯自在，不倦时亦归。对此涉遐想，吾行得所依。

赠别万少石

莼鲈风味竟如何？别有心情寄啸歌。好是临歧珍重意，相期道岸证波罗。

淡云薄露又新秋，大好田园且小休。三百六滩应稳渡，郁林拳石压归舟。

道义磋磨月几圆，那堪忽又赋离筵。名花万树书千卷，（少石在容提倡建筑图书馆及公园。）都逐秋风恋去鞭。

诗选卷五

寒碧诗选

林景行，字亮奇，号寒碧，福建闽侯人。今录诗二十首。

宋碑酹后得真长书闻佩忍已归松陵感寄一首

斗酒来过敢欠期，生存华屋亦含悲。乡山桂老吾难隐，江国莼寒子可思。似许流人仍跌宕，竟成残客尚猜疑。平生独往寻碑地，一诺应孤挂剑时。（宋尝约北来，未竟。）

日夕睡起绕篱怆念归而有作

篱落花已黄，病虫带寒意。北来客亦秋，刺景满凄异。眼中数旧游，一一皆哲萎。独余孱藐躬，岂为天所畀。江山亘故版，此命殆谁寄？觉来却失笑，不揽范生辔。勤民庶云教，划地可求治。能穷竟年力，自接四海气。寓书与刘子，措答应不贰。昏灯且校篇，蛮语待强记。造成巴哲谈，吾学或足试。

重过鬯春堂感旧

北府论文事已非，西山载酒约仍违。写忧只剩黄垆在，感旧难任向笛悲。一去湘波怜赋鹏，再来松树飒成祠。凉风天末今谁语？霜叶林梢又及时。

江亭瞑过偕浚南

初赚暝月上烟芜，渐觉寒声出败芦。钟响忽收天外寂，僧形如向物边孤。但凭目力千鸿尽，偶吐丝情二客无。徙倚樊川真一笑，鬓丝禅榻定谁吾。

楚伧属题《分堤帀梦图》，额竟署分湖，盖认作词仙旧院也，因系两绝

不见垂杨下有堤，浪猜图记浪标题。为耽湖水年年绿，道是词仙旧院棲。

不是词仙旧院棲，能寻芳冢也应题。后生笔记后人画，怊怅重来已隔堤。

题亚子《分湖旧隐图》

冥心孤往不知还，几曲秋芦水几湾。安得从君借渔具，一家櫂月去潺潺。

未是风尘抛我时，君曾隐处我题诗。奚山倘许旁人污，猿鹤还应倦客疑。

听永见眎新篇次韵却答

昔人高饿显，西山采薇诗。此义久已湮，士林嗟式微。感子豪杰怀，四海犹凌迟。我吟匪箪壶，何以迎王师？正雅止不作，反骚兹为宜。百篇自风发，读之悽肝脾。作者日以衰，亡羊遭路岐（歧）。指导固无辙，步趋安可离。君笔有神助，辛苦将焉辞。向来儗谢柳，愤懑过韩非。有学乃不

用，何物当刑笞。况非治乱才，敢与圣任期？

斋中读书二首

独游渡浑水，读书常闭户。近乃宅傍域，况有家人聚。云鬘既绝想，灯簾亦垂妩。夙悲经世心，得此养痾古。憨儿渐持杯，细婢嗜修（脩）脯。新爊出龙焙，嘉食荐冰乳。兴来我吟哦，书际君鼓舞。（浮庵近临子敬行草，甚得其妙。）两生如有得，一室任何许。囊丰时寄传，签满可倾赌。想见城南人，悠然讨双谱。

结念游柏林，长怀终弗释。晶晶夜灯光，切切秋虫客。钩沉时未能，汲短每见绌。篇行穷张罗，意会苦寻绎。百练岂为刚，千金良不易。平生力行志，死友忏悔夕。（亡友黄远庸《忏悔录》。）猝然忽一通，勿使幽灵隔。（用知归子赞。）

独归

寂寂寒阴苦闭春，江阡刺眼属芳尘。但令不饮沉长夜，谁信弥天了此身。故隐独归惟涕泪，苍冥无睽是精神。正愁风雨崩腾夕，难访成连到海滨。

黄鹄山石台偕王文东暝天话旧慨然有作

向来与子登临意，缅付秋风作一吹。海上耽吟人亦老，阑前对立客还稀。李郎才气殊吾羡，叶女风流未可思。懒唤红巾揾新泪，稼轩凄恻绝哀时。

闻方沚亭丈卒于海上哭之以诗

苦从愤世说安贫，独许离居敌作辛。渺渺神州归此老，滔滔江汉待何人？一生仁行殊为贵，今后狂言孰与亲？别有无穷告祭意，海天儿女暗沾巾。

归西湖赋像生牵牛花感旧

北睠寒星收冉冉，南瞻芳露泫垂垂。眼中携手凭栏处，年事凝妆向暝时。

铸夫、味生、雨樵诸君子召讌图书馆，楼背山面湖极饶草树之盛

枕櫂赴嘉招，对楼资小凭。层峰俯深眇，宏宇罗青冥。结构岂造就，逍遥自妗娉。朝云凝不散，夏羽矫还轻。连漪扬轻飏，嘉树当列屏。玫瑰溢芳气，素馨送微醒。虽无肌鬓香，亦动簧丝情。按序已逾届，宿意还当醒。

篮舆长行数里，草迳裹湖、花篁入岫

俯郭趋十里，迴湖俄已晴。午阴郁无喧，蒸日时漏明。峰出朝霭散，泉迷乱香生。草径往无际，篮舆疑未行。绯花淫滴滴，翠篆垂盈盈。意会异探讨，耳目殊经营。惜余病微质，未足当炎兵。稍触暄燠气，便苦拘墟情。强振释形勑，静趺培神经。还思早春际，徐接群芳清。

五月十二日薄晓泛湖憩北亭凝感有纪

凌晨泝团流，展棹觅清异。连陂径蜿蜒，蔽筑林罗绮。遥峰隐凝思，滑磴阻洊至。涧曲越潜响，桥迴满空翠。须臾光景开，弥觉山水腻。宿雾破参差，新日出明媚。凉煦虽倏迁，升沉岂异企。傲情总在坟，丽想愧入寺。暝如苔藓光，静得钟梵气。仙藏不可寻，悠然假梦寐。

从北高峰下韬光庵外憩石桥倚栏看竹

阴峰千转此凭栏，万竹参天俯一寒。绝忆扶桥悄无语，当时犹作画中看。

湖泛口占示贞壮

晚风翼翼浪吹衣，凉水鳞鳞翠入微。借与诗人随一舸，枕流看树憺忘归。

勒生诗选

陈子范，字勒生，福建闽侯人。今录诗十三首。

题钝剑《花前说剑图》

雄鸡喔喔曙色开，拔剑起舞临高台。先生磊落负奇气，江郎彩笔少陵才。人才不用泛江湖，忧民忧国血泪枯。誓将赤手收河山，不锄异种非丈夫。红颜自古怜才子，击筑高唱大风起。众人皆醉巾帼醒，英雄甘为知音死。金闺国士难再得，谁道美人能倾国？十万金铃护名花，是大英雄大好色。诗成长啸鬼神走，披图痛饮樽中酒。飞泉出匣不平鸣，夜夜光芒冲北斗。

狂　吟

正气销沉逐暝烟，腥膻晦雾暗长天。可怜牛马无猜惯，槽枥相安二百年。

河山惨淡色如灰，走狗终烹实可哀。忍说君臣鱼水乐，匈奴不是霸王才。

断发佯狂类楚囚，忽看新诏泪齐收。无乡禾黍离离长，朝市争趋事国仇。

题芜湖白马山

天马行空本不羁，雄心化石太离奇。中原失鹿无人逐，愿借轮蹄日夜驰。

惟　别

满腔离绪黯无言，系马桥头野树根。瑟瑟寒芦商女恨，斑斑泪竹帝妃魂。小园话别馀花影，坏壁寻诗剔藓痕。最是令人肠断处，重来不见旧柴门。

游蟂矶

中原日下似河流，击楫横流写我忧。宿露未干枝上叶，朝暾已度水边楼。山如揖客迎孤桨，身似劳人羡野鸥。安得不闻时世事，垂纶独钓大江头。

答畏友林子超

莫向天涯问楚囚，楚囚身世似虚舟。已无净土容歌哭，只合浮槎犯斗牛。填海不沉精卫恨，补天难解杞人忧。伤心劳燕分飞后，击筑孤吟易水头。

痛　哭

噩耗传来自广州，惊闻砥柱折中流。挥戈惜少回天力，饮血宁忘敌国仇。名节千年悬日月，华夷两字辨春秋。从军未捷身先死，凄绝招魂易水头。

有感三章

出山揽辔欲澄情（清），胸有阴符百万兵。伏枥长嘶无限恨，拔刀起舞不平鸣。关河破碎分南北，豪杰飘零半死生。每饭难忘心内事，龙蟠虎踞石头城。

逝水年华去不还，留将热血在人间。生无媚骨艰逢世，死有馀羞枉出山。争上绿章空洒泪，遥闻奏凯且开颜。谈兵帷幄谋何拙，绝好中原尚闭关。

满目沧桑感慨增，何人左袒倡中兴？细参色相原无我，辜负名山悔不僧。自笑惊弓如野鸟，生憎逐臭是青蝇。看他虏运终衰歇，同室操戈薛与滕。

买鱼行

大船峨峨集江岸，小鱼泼泼数千多。沧江清晨水不波，小船抛网如掷梭。大船小船前后拒，老蛟潜龙无处去。野人无舟住水浒，斫竹围江作鱼罟。夜来水涨遍河堤，家家欢笑各有鱼。城中酒楼宴沽客，争买鲂鱼不论百。当垆红粉试轻刀，雪花簇簇金盘高。东邻思妇出门看，买得鲤鱼长尺半。操刀案上不忍伤，手把鲤欲断肠。呼童放鲤水中央，寄我素书到他乡。

浚南诗选

林学衡，字浚南，福建闽侯人。今录诗九十三首。

秋夜琴声曲

露华如水花满天，银屏坠月人未眠。紫箫吹破芙蓉烟，远声潇湘弹七弦。走玉碎珠声满前，移情安得有成连？此时清响疑流泉，美人不来心悁悁。凤尾桐音清且圆，离鸾别鹤情难捐。有酒如海泪如铅，红愁绿怨应无边。秋星簾幙秋已迁，曲终三弄来飞仙。轻风习习影翩翩，惊起白鹤同证禅。

怀人诗三绝

破帽疲驴谒长官，先生亮节古今难。不知宦况今何似？千里相思夜正寒。(闽县王毓青)

肝胆论交一蒋侯，两年旅舍为君留。昨宵庭畔梅花发，便欲寻君下代州。(阳湖蒋良炯)

容易思君鬓欲丝，纸窗欢笑忆儿时。便教泪化丁沽水，流到西江未有期。(长乐林菊吟)

旧腊十二夕与志可、菊吟、叔永、新猛话旧作

旧事从头待细论，春申江上月黄昏。儿时情绪浑无着，人世乱离强自存。红豆相思犹有泪，青灯如梦欲销魂。君家姊弟差知我，岁晚高楼笑语温。

海上晤菊吟喜赠

别汝六年馀，遭逢岁又除。频惊鹦鹉语，未寄鲤鱼书。离绪诗能说，深情水不如。明朝淮海去，相忆更何如。

书愤一首示秋叶兼柬仲挺

歌哭中原苦未休，九京无地与埋忧。微闻东海争秦帝，多事新亭泣楚囚。把酒有时销块磊，磨刀何日快恩仇？只今世变虚相问，竖子成名貉一丘。

夜起有怀精卫

篝灯温旧梦，来日叹才难。岁晚干戈逼，宵深鼓角残。却将无限思，强借一枝安。起舞怀越石，苍茫意未阑。

与菊吟夜话

静话重君贤，深深语万千。幽琴怀古意，明镜惜华年。月色寒如此，灯花瘦可怜。还将无限思，写与衍波笺。

调叔永兼示东生

史公讥留侯，状乃类女子。岂知晋司空，风云气亦靡。买丝绣平原，昔人有如此。由来天下事，宁可以貌取？叔永信可爱，朱颜倾戚里。世儿任浮华，碌碌无足齿。以兹云间龙，陋彼辽东豕。玉树自亭亭，合向风前倚。但得常裘马，不羡佩金紫。同时生瑜亮，矜持强相比。请问城北徐，与君究孰美？

喜雄伯至

平生姚醉侯，江海踪所托。论交共杯酒，襟期两落落。失喜忽相遭，世变方振作。四渎尚横流，六州同铸错。谁令旷代贤，坐郁勖时略。行至困风尘，文字束高阁。出处实大难，乃类燕巢幕。掬视馀酸泪，奇情久萧索。劝君且举觞，及时须行乐。万事有明日，持此送诗魄。安得长置身，一丘复一壑。

送别异园

敢诩新妆学画蛾，江城挥手怨蹉跎。无多絮语匆匆别，有限花时寂寂过。弃我华年如逝水，托人心绪有微波。酒边点检临歧泪，一种伤心可奈何？

笠似招同蒋山、铁珊、雨窗饯易园用并字韵

别筵差喜二难并，黯黯江天雨易成。送客杜鹃无赖甚，依人燕子可怜生。呕心悔作聪明语，变徵惭工怒怨声。故态狂奴聊复尔，应嗟世已弃君平。

立春日示叙永

江村花发渐闻莺，十里淞波绿到城。是处盘飧犹腊味，几家弦管已春声。从知淮北方开府，闻道山东未解兵。独有解人林叔子，能持杯酒慰幽情。

书感二首

忏除绮语感生平，谁识臣心似水清？怪底孤山林处士，梅花不赋赋闲情。

移山敢矢效愚公，学画蛾眉恐未工。兰芷同根春不管，含情我欲问东风。

梦　醒

朱颜憔悴泪轻弹，梦醒偏惊玉漏残。一夜枕衾凉似水，杏花春雨小楼寒。

与吕旭初夜话因赠一首

石被天惊见此才，江南重话劫馀灰。鸡鸣风雨灯前泪，不听胡笳已可哀。

过大功坊作

空街雨过一番凉，独客驱车意感伤。宝髻云鬟零落尽，路人犹说大功坊。

访胭脂井

六代繁华事已陈，我来访古一怆神。脂胭井底无情水，忍把江山换美人。

题卢莫愁像

美人情性总温柔，对汝言愁始欲愁。为语郁金堂上燕，双棲莫傍水边楼。

送精卫北上

红羊刦换又今年，国是凭谁策万全？吾舌尚存君且去，中原猛着祖生鞭。

即席送秋叶归闽兼示亚子、秋陆

草长汀南莺乱飞，绿波春水送君归。当筵别有伤心处，洒泪无端欲浣衣。

凤靡鸾吪事可伤，有人心绪托流黄。晓风残月春无那，愁绝人间柳七郎。

可怜沧海尚横流，平子何心赋四愁。盼到蘼芜处处绿，与君同上杏花楼。

杯酒论交胆气粗，镜中珍重好头颅。君看汉帜飞扬日，还记雄谈慷慨无？

旧除夕呈贻丈兼柬敬原、涛园

穷岁祭诗事可哀，却从沧海首重回。艰难时局棋千劫，寂寞流光酒一杯。野老犹行秦代腊，胡僧莫话汉宫灰。明年珍重东风好，草绿天涯春又来。

赠马君武

海内方多事，艰虞属使君。独存兰杜性，漫逐凤鸾群。危论天为泣，英材世所闻。蛾眉谣诼易，好诵楚骚文。

寄亚子海上即题其《磨剑室诗集》

刺船海上得吾师，觌面翻嫌相见迟。水是闲愁花是泪，写来迸作断肠词。

春尽日出金陵

衰柳连城接暝烟，夕阳花外不成妍。青山过雨晴逾好，战垒经春草自芊。转眼兵戈纷万变，疚心党籍要重编。朅来阅尽中原事，二过金陵一惘然。

十年一首寄镇潮

十年微抱凭谁说？此意能销亦已痴。渐觉世情如转烛，真成心绪似弹棋。迴风大海春无力，落月空梁夜有思。孤负故人无限意，玉珰缄札枉相知。

春尽日得东生柬却寄

送尽行人却送春，故园谁与寄书频？文箫纵许偕灵运，玉镜终妨下太真。掬尽臣心原似水，忏馀慧业渐如尘。千言万语浑闲事，对汝言愁意已辛。

不信一首

不信风波有闭门，春残黯尽落花魂。残灯独自成惆怅，幽梦重衾取次温。

即席送仲挺之日本

春已销魂况别筵，夜阑重话五年前。死生契阔无穷感，何处相看不可怜？

碧玉春流小荔湾，一尊强为破愁颜。明朝酒醒人何处？送汝青青海上山。

赠人四首

归梦春潮逐渐低，却从闽海话巴黎。雨过战垒花犹怒，草长蛮荒鸟自啼。国故将亡供一叹，时艰莫补敢重题？西方忆否榛苓好，倘羡玳梁燕并栖。（魏子杞）

事本难言赖有诗，相怜海燕影参差。为谁春水频吹皱，似此星辰几换移。落寞有怀嗟风德，诼谣无计慰蛾眉。散花苦向诸天问，此意维摩恐未知。（林知渊）

十年摩剑作龙吟，赠汝惟馀荆轲心。直以风云穷万变，欲迴天地入孤斟。群公请励登坛志，吾辈能为变雅音。此去先鞭君猛着，中原颇牧好追寻。（苏幹宝）

闽士如君尚可亲，凭将倦眼阅风尘。大难诗亦销人意，约略文应见道真。海尚横流天已厌，世方争利国犹贫。脱骖赠策非吾分，绝笔何因更泣麟。（柯绍庭）

哭彭席儒

九死英魂恨未休，一锥至竟报韩仇。霸才不死天终妒，失笑君看镜里头。

和笠云学诗一首

但得神完亦已足，时无李杜定谁师？心机果细应如发，骨格能清不在肌。弦外审音吾所佩，闲中得趣子能持。要将绮语删除尽，澹写风怀寄远思。

临淮将军相见京师索诗为赠

一战坚城拔，将军信有真。凭谁开铁锁？竟欲锡银麏。功罪天难问，春秋义自申。边氛闻正恶，仗汝绝胡尘。

溥泉约同子超、韵松游石鼓山，余以事未往

平生说鼓山，不识兹山面。万里客归来，驾海同请见。买棹弄江水，决去胡未便。嵬峨疑可即，飞雨递隐见。一白荡虚空，寸碧射芳甸。安得穷壮观，揽胜细与辨。清游弃堪惜，光阴逼露电。云山自古今，人事有万变。临风相缱绻，念兹泪如霰。冥契托遥岑，投诗谢诸彦。

春日游三贝子花园

嫩凉池馆笼轻阴，未及花时试一吟。过雨杏林红稍稍，藏春兰径绿深深。胜游不分成孤赏，幽怨遥应共此心。归路悬思人境外，痴云如黑晚钟沉。

芳　辰

衣香曾惹两京春，今日梅开认战尘。倚笑差怜蛾黛媚，埋忧稍觉蠹鱼亲。朱颜对镜生遥怨，绿意窥簾作浅颦。一叹九州关许事，却从莺语惜芳辰。

哭钝初

相从患难恸馀生，气类凋伤黯自惊。一逝倘闻关大计，九幽终觉惜微名。已危国事凭谁挽？未死人心有不平。荐辟荀韩吾不分，却持热泪慰泉明。（君任农林总长，招余来京。余以事未就，愧负故人相知之雅。）

平情功罪足千秋，噩耗遥传泪忍收？兰忌当门宁不尔，鼠惊凭社果谁尤？芳菲乱眼春无主，政变寒心死倘休。说与九原应一恸，倚闾白发正添愁。（君有老母健在。）

钝初死后过三贝子花园怅然有作

风叶翻飞似早秋，寻常华屋忽山丘。一春孤负园林好，独往真成寂寞游。云黯车尘迷处所，露零鳞瓦与迟留。不须更听山阳笛，望远凭高已泪流。

艳体二首

一曲吴歌唱懊侬，愁如春酒更加浓。东家处子三年怨，南国佳人绝代容。江上扁舟摇柳絮，波心双桨荡芙蓉。不应仍恨蓬山远，遮莫蓬山隔几重。

西北高楼影已孤，生憎看碧竟成朱。玉钗罗袜愁多少？月幌云屏梦有无。玳瑁床空人去后，水晶簾卷燕来初。含情欲寄金条脱，长向青溪问小姑。

寓言三首

姑射仙人不可留，寻踪待向海天游。愿骑白凤来尘世，欲与东风诉隐忧。情到深时偏似淡，诗当怨处惯言愁。吟成准拟凌风去，一叶飘然向十洲。

神仙缥渺隔云津，梦里游仙悟夙因。明月似曾留后约，梅花或恐是前身。但能可意真佳偶，莫道相思为美人。一种闲情无处诉，捣琼成屑麝成尘。（末句用陈云伯成句。）

天仙疑是许飞琼，也被凡夫认小名。似我飘零非薄幸，怜渠憔悴太多情。素心人远书难寄，红叶诗工句易成。何必金茎能解渴，在山泉水自来清。

无题杂诗

迢遰星潢天际浮，碧城十二隔朱楼。春来春去浑如梦，花落花开总是愁。今夜月明芳草渡，去年人在木兰舟。双鱼谁为殷勤寄？玉笛声声感未休。

静对银荷红粉零，美人眉黛尚青青。鸳鸯被冷春愁重，翡翠衾寒酒力醒。借得一双修月斧，乞将十万护花铃。明朝约向纱窗下，铺纸亲摹《瘗鹤铭》。

最小眉弯未解描，乘槎有约趁来潮。相思树结相思子，宛转丝牵宛转桥。青女双调银柱瑟，素娥三叠紫屏箫。铜铺金井葳蕤锁，此去天河恐寂寥。

绛蜡烧残夜五更，大风吹入小红笙。铜镮门掩星初堕，玉押簾垂月不明。双宿双楼蝴蝶影，惜春惜别鹧鸪声。寄言南去潇湘客，忆否江干相送情？

峨峨宫髻尚垂鸦，双插金钗两鬓斜。环佩丁东铜漏滴，阑干屈曲玉栊遮。风摇绿剪阶前柳，月晕红消镜里花。底事干卿腰瘦损，暗将锦瑟数年华。

坊南便是旧儿家，有约同停七宝车。碧玉楼中飞孔雀，绿珠江上落梅花。枇杷门巷红襟燕，杨柳亭台白项鸦。好月不圆空永夕，水心亭北正琵琶。

玉虎丝牵惹恨长，瘦腰谁似沈东阳？相思一夜红桐冷，悬想三冬绿雪香。只有鲤浮碎锦井，更无人忆郁金堂。炉熏宝鸭香难烬，莫便闲情自主张。

乘风直到斗牛宫，省识蓝桥路已通。梧叶雨添眉黛翠，藕花潮晕脸涡红。莲心清似湘妃水，兰息浓于美女虹。天上仙桃应有种，偷来人世可能同？

个侬有甚未开怀？想是移情绝代佳。一夜魂销连理袓，连宵梦忆合欢鞋。蟾蜍弄影随团扇，鹦鹉传言记曲牌。愁煞水晶屏下立，夏虫飞上紫金钗。

金闺独处晓寒侵，昨梦迷离何处寻？蝴蝶图成还缀句，鸳鸯绣罢欲停针。东风不管人憔悴，春水应知恨浅深。听得弦声三四响，隔墙谁弄落霞琴？

次韵和程凤笙《春怀》四首

匝地棠阴倦欲眠，莺飞草长碧云天。千丝愁绪团成絮，万种情苗化作田。彩蝶双双应解意，黄鹂语语似谈禅。鞦韆院落门深锁，芳信谁教鹦鹉传？

雕栏斜倚任风吹，蓬鬓惺忪渐似丝。槛外碧桃千万朵，庭前红豆两三枝。昨宵曾解珊瑚佩，今日难填豆蔻词。瘦尽腰支浑不管，临风惆怅知何之？

猛忆垂杨绿满堤，谁从堤北望楼西？重来崔护肠应断，前度刘郎路恐迷。日暖有人调锦瑟，昼长无梦到香闺。闲情幽怨都难遣，那更频闻杜宇啼。

便抱秦筝可奈何？朱弦弹破恨偏多。小庭闲谱清平乐，日暮关心子夜歌。重叠青山凝浅黛，索洄绿水注横坡。相思不见愁无那，忍睹啣泥燕子过。

次韵和季鸿表叔《花魂》原作

徒留青冢葬残香，极目平芜惹断肠。落叶秋风思李后，微波湘水弔娥皇。斜阳满地人何在？冷露三更汝独尝。想像小阑干畔影，生绡一幅画啼妆。

鹃声犹似马蹄骄，蝴蝶也随纤影飘。感我无家愁欲绝，思君不见恨难销。幻来恐化庄生梦，飏去疑从宋玉招。处处蘼芜空怅望，月明还忆卷簾朝。

休论燕瘦与环肥，旧事寻思只掩扉。夜夜深宫啼鸟怨，年年绝塞旅鸿飞。蛾儿巷口踪谁记？燕子楼头事已非。何日踏歌杨柳岸，金樽檀板待春归。

银烛多情照镜台，滴残红泪半成灰。依稀玉树灯前立，仿佛金莲月下来。萍梗生涯无可忏，清明时节最堪哀。不知春梦醒犹未，寄语东风仔细猜。

闻精卫将有粤行作此寄之

移山敢矢愚公志，填海终输精卫城。热血一腔无死所，下泉三叹有生平。淮阴归汉吾何与？随季辞秦众所惊。去去衔哀相尔汝，忍教风雨感鸡鸣？

送胥生北上

一夜寒潮歇浦生，催归莫更数归程。春如送客难为别，雨亦留人不放晴。琴里无心桐半死，酒边有泪雁孤征。已怜劳燕东西去，怕到河梁讯子卿。

同羽霄登乌石山绝顶

曾欠山灵一诺来，天风吹客上高台。四围岚影送流水，二月春阴闻怒雷。乱后人家成落寞，眼前世事杂悲哀。共君无限登临感，间剔残碑取次猜。

白下晤梓琴喜赠兼示觉生、瑞星

劫后相逢感有加，旧时燕子入谁家？亡秦已信由三户，胡越何缘是一家。新进争陈娄敬策，故侯漫种邵平瓜。群公衮衮吾谁与？戮力神州莫叹嗟。

夜阅《红楼梦》小说得二十八字

烛暗无人会断肠，痴儿说梦恐荒唐。红楼与汝干何事？惹得愁心尔许长。

绝　句

高柳笼篁路，凉蝉报早秋。客怀孤暗甚，一夜过南楼。

九日江亭同风持

刻骨江亭入酒悲，好怀销尽费维持。风高便有重阳意，雨了偏于晚绿宜。已分林峦吾自得，稍传文字世犹疑。破闲索共僧寮醉，循例穷秋合有诗。

秋夕有作

病叶经霜各自妍，坐深寒意入眉先。暂时萧散差耽酒，微抱婵娟不碍禅。诗梦潜随风幌乱，秋心拟逐电灯圆。十年一念销难尽，独对黄花更惘然。

断梦

断梦分明失旧痕，鸾呲凤靡几朝昏。水西呼枕犹能记，一树藤阴绿到门。

徐园同镇潮

夕阳无语送黄昏，健步来寻徐氏园。乱石依山蟠作径，暗云覆树远成村。开怀渐觉逢场减，负手真成避世喧。差可清游同一默，万千情绪总难言。

镇潮为余制菊花茗椀令作诗题其上遂成五十六字

淡到无言怨可知，孤芳人世更多姿。相惊冷艳谁真赏？賸觉清香要自持。老圃人非秋去后，东篱梦远恨来时。卷帘簾乞与西风便，莫遣繁华陨故枝。

新猛近稍习词章诗以勉之并要旭庄四丈同作

少年纵笔莫辞频，要共丛残日夕亲。俪白妃青从检点，咳珠唾玉定纷纶。烟笼寒水凭谁唱？山抹微云持汝陈。（新猛为丈令坦。）賸遣诗篇通性命，江天乞与苦吟身。

柬樊山

平生爱读樊山集，九死宁期竟见君。便着黄冠思入道，可容白袷坐论文。新巢鸜鹆应犹哭，旧邸琵琶更不闻。绝羡江南徐骑省，诗心闲共定香薰。

示赓恭

解道怜才汝最真，评诗问字亦何因。春风燕子寻常见，今日谢家大有人。

知渊、讷安合造一像使余题之

百战归来脱此身，死生契阔意酸辛。霸才未死天休问，来日难言国有人。已遣鸣笳愁北戍，（谓北方兵燹事。）可堪闻笛怆西邻？（谓觉民、瘉心等。）延津双剑今朝合，莫漫忧时叹积薪。

将归闽留别志可、菊吟、叔永、新猛诸子

芳草天涯怨路遥，寻常小别亦魂销。春风无限青青柳，不与行人斗舞腰。

衔泥海燕费经营，何日玳梁筑始成？莫向樽前歌水调，此行不为故园情。

赠汪笠云

日下相逢拂袖来，雄心莫便委蒿莱。时艰无补难为用，年少能狂亦可哀。伧父何人讥我拙？知交几辈让君才。会当走马平胡虏，大漠尘区取次开。

文相国祠题壁

经过凭吊酹芳樽，丞相祠堂终古存。北地有人哀故土，南朝无处哭忠魂。八千里外孤儿泪，三百年来养士恩。社稷夭亡臣死节，可怜承旨旧王孙。

感　怀

酒酣拔剑气纵横，不学穷途阮步兵。万里关河双鬓短，十年湖海一身轻。哀时涕泪狂犹昔，乱世文章负此生。怪底

中原豪杰少，纷纷竖子尽成名。

闻　筝

春风又是杏花天，何处银筝扰客眠？眠断江南今夜月，指尖弹冷十三弦。

舟中作

涨添画舫流红叶，水绕清溪似碧潭。两岸鹧鸪双桨雨，落花如雪过江南。

秋叶诗选

林之夏，字秋叶，福建闽侯人。今录诗二十九首。

春晴登西园亭

听风听雨过清明，柳欲成阴花满城。湖海情怀空旖旎，云天涕泪独纵横。酒家水木青旂近，游骑江头白袷轻。短后明朝当试马，平芜尽处可闻莺。

病　起

江南播落所思深，病后消磨人短吟。未老先遭妻子厌，淡交渐失友朋心。庭梧欹枕三更月，梁燕垂簾十日霖。吊古伤今自无计，高歌声里泪沾襟。

高轩过

春风城阙金陵柳，浮海南来家八口。负郭能容旋马门，过门不入当年友。十载云天莫逆交，一起冰炭平生守。忆余早岁游南都，头角峥嵘意气粗。扪虱剧谈当世事，竟倾江左管夷吾。从此中原人期许，幄帷携手筹军旅。刘琨共枕戒闻鸡，元直登堂常作黍。是时邓禹最少年，挥戈草檄俱无前。何期开府换连师，寥寥杯酒归兵权。江南罗织方钩党，青燐碧血东西厂。望门投止我不才，君独聪明避失网。鸡虫得失究何常，风雨起居劳梦想。长厚待君君胡为？君且如斯他可知。山阳闻笛人天泪，万种凄凉待语谁？乾坤变尽风云色，人心方向仍难测。十年湖海侠游多，狗盗鸡鸣不可得。而今憔悴卧蓬茅，恩怨情仇一例抛。王霸妻儿甘隐遁，东坡兄弟足诙嘲。何必郑庄勤洗沐，好贤置驿长安郊。

水灾哀灾民

尔死诚何惜，谁欤死尔躬？不堪饥作祟，奚以蠢如虫？教养天渊去，身家沟壑终。陆沉消息外，为尔感无穷。

脉　脉

脉脉又销魂，世途宁足论？谁悬太守榻，肯扫舍人门？归路江山死，天心冰雪温。愤时吾有过，君等更何言？

行路难

天灾人祸酷摧残，伏莽江湖瀰益漫。山复山兮滩复滩，不能乘风骖凤鸾。河冰十月裂肤寒，百里千里谋朝餐。行李妻孥不复安，长途落日迫虞渊。关隘萧条兵力单，昨宵县治方戕官。道梗如何计生还？出门无车渡无船，噫吁嘻兮行路难。

少年愤慨走南北，远事功名近衣食。关河羁旅度华年，青袍悽黯风尘色。故园债主苦追呼，谓汝富厚且通籍。浮躁即来父老訾，系援当受亲朋役。岂知负郭尚无田，徒以浮沉避罗织。呜呼罗织穷编廛，亲舍白云归不得。

束发誓向君，与君同生死。转眼君向人，前言犹在耳。而我殊痴騃，信君彻终始。弃我乃在君，世事安能拟？遥知海内多男子，奇侠轻生为知己。我独胡为困于此？心胆皆寒长已矣。

郗超入幕宾，韩信登坛将。吐气无古今，行年方少壮。诸侯缔朋交，薄海倾声望。因兹重期许，势位召疑谤。一梦落江湖，万缘尽场颓放。秣马长出门，路阻不知向。吁嗟乎！南走越，北走胡，胡越一家将何如？宅边学种先生柳，江上遍生穷士芦。丈夫成年不作达，俯仰无端有家室。呕血难湔附骨疽，到死春蚕丝不脱。古人曾见燔妻子，公义私情了如此。何如妪煦问饥寒，何必颠倒同悲欢？大家羡作团圞头，不成欢喜成冤仇。

留别亚子

热泪无方洒，幽忧与子同。海天今又别，魂梦永相通。故国牵黄狗，空山射白虹。绮怀期自遣，眠食慰东风。

赠　友

倾城独立嫉蛾眉，旧里长干好女儿。记得簸钱时节近，青溪同拜小姑祠。

蹇修为系合欢囊，裙带箜篌密字藏。一自蘼芜飞破镜，楚天云雨梦荒唐。

倚竹伶俜翠袖寒，惯将秋扇泣罗纨。未央歌舞新承宠，奉使生憎贾佩兰。

送太素回闽

秋风回首太平门，寒雨荆榛战血痕。收拾靴刀侍妆镜，英雄儿女总销魂。

湖山秋早送君归，羸马西风酒满衣。怀袖馀香歌一曲，天涯肠断雉朝飞。

衡宇相望锁寂寥，刦灰如雪酒如潮。不知天保城边路，更有何人话六朝？

感触无端忽为君，霜清笳吹彻宵闻。从今不射南山猎，谁识邮亭旧将军？

幹宝到杭之翌日，适余生日，同泛西湖，家人从焉

省事仍嫌岁月侵，故人万里肯相寻。才经论世相青眼，交到忘形只素心。何日扁舟同卜筑？他年杯酒记题襟。林逋苏轼俱名世，指点湖山感慨深。（湖滨多伟人坟庙。）

十霜前梦记能真，绕指金刚百炼身。戎马频年期息壤，风尘随地有迷津。头颅无恙天留我，心胆皆寒事望人。一恸昭陵功罪了，微躯倘作太平民。

乘兴清游雨转晴，波光岚翠画分明。纵横堤树桥门曲，南北山云辇道平。湖牒小如儿女分，村醪浓上主宾情。应怜泼刺鲜鱼美，旅食新传宋嫂羹。

发根未燥妄论兵，归宿方知错铸成。不世功名原有幸，倘来富贵颇能轻。干戈聚散关兴废，风雨悲欢人送迎。时事艰难年事易，与君同负戊寅生。（幹宝与余同年生。）

赠　友

大陆龙蛇大舞台，强权铁血不须猜。胜朝前事都休问，赤手乾坤缔造来。

金陵过颂亭故宅

漫论党见与兵争，鸡黍登堂旧弟兄。门巷依然人不见，一塘春水碧无情。

莫愁湖

美人迟暮谁容悦？兰芷秋江只自芳。无数南朝新乐府，千秋独唱郁金堂。

事功劫后一微尘，着手输赢总认真。何必私为汤沐邑？黄金寸土属齐民。

杭州寒食步万松岭有怀

城市杂嚣尘，簿书日旁午。岁月既蹉跎，形骸复困苦。今辰风日佳，散步天吾予。披图识途径，轻装便步武。独出清波门，左转初里许。草舍苍城闉，数家自园圃。桃梨间作花，红白娇欲语。客子爱韶华，行行为停伫。行行复行行，山路宽以平。再登万松岭，湖山相送迎。路旁多荒冢，节候及清明。居人纷祭扫，使我空复情。尽室客杭州，有弟羁北京。故山无麦饭，夜室馁先灵。近寄友人书，卜筑谋金陵。胡为轻旧乡？乡居不得宁。群盗剽如毛，鸡犬为之惊。乡愚好争讼，朝夕哗门庭。欲求无扰累，其势有不能。所以寄湖海，俯仰待时清。今日空山路，徘徊不忍去。芳草绿年年，游踪若飘絮。寄食惭自存，登高窃能赋。既后古人生，须知当世务。十载弃身家，一官系党锢。日月复光华，菜根返寒素。将军下揖客，末席罗顽固。得此良辰游，能感并世遇。斜照散春芳，横烟喧晚渡。行人近有家，我独归何处？天地一蘧庐，抒怀得闲趣。

示亚子

骂座于今气尚粗，酒边涕泪照西湖。云天雅量钦群子，铁马烦忧恕匹夫。阮籍无心为白眼，曹彰有传故黄须。罪言的历胸头血，旧国残春叫鹧鸪。

为不识题令祖礼林先生遗像

棣萼光辉映后先，湖山肃穆此书传。关河簪笏思杨震，道路烽烟拜郑玄。文献足征馀烬在，耕桑无恙难民迁。于公阴德听弦诵，高大门闾望后贤。

为和甫、白丁、竹林题《风木庵图》

两度西溪约未成，云天何处拜先生？于门郢架吾来晚，风木萧寥万古情。

蒋山诗选

蒋信，字蒋山，福建闽侯人。今录诗二首。

饯　除

多少人家列饯筵，韶华已老亦怆然。却因去日无佳日，莫负来年恰盛年。守夜不忘循旧例，忧时强半尚酣眠。留将统历编推表，喜听雄鸡唱晓天。

元　旦

又从旧历话新年，霁日微云晓海天。南北一家成组织，军民万劫解颠连。看他应运兴龙虎，笑我忘机爱石泉。镜里须眉犹健在，春风生怕听啼鹃。

稚兰诗选

陈光誉，字稚兰，福建长乐人。今录诗五首。

杭州赠别亚子

相见难为别，深情持若何？送君从此去，离思暮云多。

题亚子《分湖旧隐图》

苔溪竹坞梦菰芦，雨笠烟蓑几钓徒。风景依然人宛在，不胜惆怅画分湖。

桑梓枌榔变幻殊，浮家泛宅亦踟躇。此邦信美非吾土，辜负湖山似画图。

一线斜阳万里天，登高望远意茫然。芦墟梨里依稀梦，百尺楼头醉欲眠。

箫心剑气总钟情，坛坫流传领袖名。天下英雄寥落甚，岂容乡里误平生？

荷公诗选

丘复，字荷公，福建上杭人。今录诗十一首。

社友蔡子寒琼于京师得郭频伽手写徐江庵诗卷，驰书告柳亚子。亚子将以家藏别本江葊诗廿馀首合谋付梓，征同社题咏，为赋三绝句

灵芬手写江葊集，自付云璈已渺茫。百二十年重出世，赏音今遇蔡中郎。

题序湘湄更铁门，一编销夏载樗园。鸿文自有神呵护，想见龙蛇落笔痕。

乡邦文献喜如新，好事屯田有后人。画幅平分诗合刻，不妨散作万家春。

送春四首乙卯旧历三月作

大事已随春送去，宁为秋杀莫春温。人间久被和风误，眼底今无好景存。风雨飘摇增别感，河山锦绣欲离魂。酒杯以外皆愁物，且对残花尽一樽。

春尽中原生气索，愁心似海更添波。郎当满地花无主，老大伤心梦有婆。鹃血模糊亡国痛，鸠居蛮横（去声）占巢多。邻家饯别方歌舞，我自殷忧涕泪沱。

锦簇花团美少年，丰姿潇洒竟垂涎。东墙流眄时窥玉，北里缠头大索钱。密约喃喃三月久，专房赫赫六宫先。春风一度销磨甚，断送精华剧可怜。

东风无赖太轻狂，放胆穿簾更入房。满目飘零飞絮乱，惊心狼狈落花忙。宜春怕见泥金帖，驻色曾无李酒香。独有卷葹心不死，移根多种曲阑旁。

寄曹耐公汕头

故人闽海别，瞬息经三霜。相思渺无极，各在天一方。今年秋风来，鸿雁南边翔。咫尺鮀浦地，音问殊渺茫。昨日岭东士，运动高会张。驱车赋行役，观者如堵墙。我来寓林园，主人语能详。相访两相左，隔阂同重洋。尹邢非避面，孔阳岂瞰亡。一夜不成寐，倚枕空彷徨。明朝重走谒，握手登君堂。怆然话往事，感喟生中肠。忆昔纪元初，同登傀儡场。满地皆疮痍，当道多豺狼。环视民疾苦，隐痛背刺芒。锐志谋兴革，建议关梓桑。共事八月久，意气何激昂。省会一朝别，南北分道扬。我兔仍株守，君马益腾骧。国会初开幕，党争正蜩螗。蛇神复牛鬼，菅蒯并童蓈。愿者畏贾祸，缄口同结囊。黠者逞雄辩，信口徒雌黄。公理久不伸，正论亦难昌。耐公胡为者？言事独慨慷。一醒处众醉，人反笑君狂。议瓜閺骊山，筑室谋道旁。错聚九州铁，邪憎一角羊。物腐乃虫生，元气从此伤。燕赵多健儿，露刃何披猖。枭鸾同见逐，玉石俱遭殃。剧场昙花散，丁鹤还故乡。惘惘出都门，瘦马偏斜阳。读君别后诗，大声震屋梁。骄人枯骨劲，历劫头颅强。嫉俗语多愤，忧国心难忘。我亦伤心人，哀时多不祥。百忧日丛集，遐想思逃荒。求交古剑古，托兴香奁香。郁郁信陵醇，娥娥邯郸娼。有花且相赏，有酒莫辞觞。时事不过问，大梦酣黄粱。不知有汉魏，直欲齐彭殇。问君意云何？一笑聊徜徉。秉烛且夜游，呼童典鹔鹴。携手登高楼，美人正华妆。珍羞杂罗绮，丝竹间笙簧。罄此一樽酒，如对千顷汪。别梦犹依依，感君故意长。作诗聊写怀，仰视天苍苍。

迁居之夕被窃有作

繄予有先庐，不足庇妻子。新构两三间，迁居今日始。何来胠箧儿，眈眈实虎视。一帐廿馀年，老妻常御此。一枕酣黄粱，老夫得安倚。一褂虽稍新，亦已补缀矣。池鱼更殃及，有客双布履。所值能几何，数千钱而已。失物不足惜，所惜在兰芷。枕中秘鸿宝，千金易一纸。诗文萃名贤，手札出知己。将去亦何用？一例付流水。得失固有数，此恨彻骨髓。叔季世风薄，匪僻寡廉耻。上已无教育，下不习正轨。国民生计艰，浇薄伊胡底。用此心烦忧，何术以消弭？

旧除夕

少壮雄心百不然，催人老去渐华颠。不知今日为何日，才过新年又旧年。（俗以新历年关为过新年，旧历为过旧年。）避债有人登帝殿，（欠债者除夕避债，谓之做皇帝。）授时无术夺民权。（改历四年，民间仍用旧历，政府不能干涉也。）山居未免聊从俗，也把宜春帖子悬。

丙辰元旦

旧历山村纪丙辰，东溪溪上岁华新。人家挂像风犹古，族姓团年俗尚醇。酿酒未捐聊取醉，校书成癖不嫌陈。西南翘首风云急，只恐神龙莫化身。

潜庐诗选

丘翊华，字潜庐，福建上杭人。今录诗三首。

春日即事

雨中独坐涤尘思，心地宽闲只自知。座有遗编堪晤对，名贤如见是吾师。

春寒多雨暖多晴，时雨时晴百物生。极目天涯芳草远，艳阳天气十分清。

自　讼

宣尼圣者徒，犹言内自讼。望道若未见，隐慝如负重。是非抉分明，心毋为雾懵。良以褆吾躬，精力贵实用。随时可迁善，改过莫梦梦。丛疚在一身，祸胎实先种。严察决去之，志气励奋勇。逸豫必遭殃，致福在震恐。敬肆方寸间，视听与言动。扰扰混尘埃，諐尤积已冗。庸流愈趋下，内省胡不竦。恶人能斋戒，不帝可事奉。超然悟俗非，道宗孟与孔。

幹宝诗选

苏南，字幹宝，福建南安人。幹宝军人而能诗。民国五年，余随秋浦巡视闽海，至于泉州，有军人来谒，余退入幕中而聆其谈论，颇有翩翩儒者之概。退后，余索阅名刺，乃知即幹宝也。未得一握手，惜哉！今录诗十首。

春望寄秋叶

江海千重路，云天一片情。相思似春草，到处自然生。

晓发鸦鸿桥口占

晓发鸦鸿桥，塞上一片霜。骏马鞭不前，蹀躞嘶路旁。

沪上逢林知渊口占

知渊激战汉阳，身被数创，垂毙，移医沪上。余适南下，见之怃然。

辞家殉革命，一意扶平民。不死广州城，几死汉水滨。烽云蔽霄日，爱国不爱身。枪林弹雨中，白马与黄尘。一弹讵自知，二弹忍弗呻。三弹贯胸胁，渍血濡左袀。众军觉惨沮，目瞑气犹嗔。死固非顾息，生亦良苦辛。传闻已议和，所志谅当伸。白发日倚闾，残体勉自珍。解衣露战疮，恻恻悸我神。

松亭学长归自金陵，缕述攻宁战事并索赠言

北军占汉阳，势欲下武昌。纷纷五色旗，欲展复卷藏。铁张踞金陵，其势方披猖。镇江一旅誓光复，万人一心合海陆。烽火连天照宝刀，天堡城头鬼夜哭。金印亲攫持赠人，旌旗又向淮徐逐。江宁一隅何足论？燕山劲敌如云屯。擒贼擒王古有训，合乘破竹向平原。痛饮直抵黄龙府，举手招回黄帝魂。血战男儿完天职，河山一笑还民国。邀赏论功讵不歆，驱驰尽属三军力。敢作功成身退心，建设武夫或未识。行将结宅闽安涯，（松亭故宅。）栽柳种瓜聊自怡。海上潮清山月白，君若闲时来说诗。马革馀生今何夕？把袂使我仍惊疑。簾前夜深寒雨止，丈夫岂不当如此？见说三边还进兵，内乱纷乘犹未已。慷慨期君千载前，前途勉为苍生起。

读兵书

十年慕矜博，万卷无一记。实用不在多，近渐通此意。孙吴诸大家，反覆说仁义。用杀以全生，立语何精粹。古今

数百家，著论莫稍异。东西诸大家，新巧靡不备。兵家所必知，未是兵家秘。鄙性岂迂远，好摭人遗弃。把玩恒有得，自觉长其智。晴窗一卷书，长日三数字。

覆　简

万里缄书费怨尤，人心变幻亦何由？十年左肘黄金印，大有公平在后头。

返下游编练土著兵，临发秋叶、知渊昆仲追送江干，怃然有作

恋恋大江侧，感君弟与兄。国权今属我，庙算可无兵。送别人将老，所期业未成。踌躇拊长剑，何日答生平？

宿洪桥别墅

烧残银烛翠簾前，水竹风多夜不眠。起望碧江一痕月，螺山影里树如烟。

从军别图

恋恋儿女情，茔茔丈夫志。去去漫回头，望望犹含泪。

海上对月与顾子同作

茫茫天海月轮明，俯仰谁喻此际情？大地虚涵微有影，狂流奔激是何声？望洋易使同舟怯，滞瘴难期去路清。太息中宵风露紧，寒衣亲制未曾成。

诗选卷六

弘一诗选

李息，字叔同，直隶天津人。为僧，号弘一。今录诗一首。

春游曲

春风吹面薄于纱，春人妆束淡于画。游春人在画中行，万花飞舞春人下。梨花淡白菜花黄，柳花委地芥花香。莺啼陌上人归去，花外疏钟送夕阳。

中垒诗选

白炎，字中垒，直隶宛平人。今录诗十首。

游仙十首

上清沦谪几由旬，罗袜凌波艳洛滨。六甲灵飞驱虎豹，五辛珍脯擘麒麟。分封香国恩原薄，沉醉钧天梦未真。谁写《太平寰宇记》？瑶池昨夜驻金轮。

五铢嫌窄六铢宽，骑虎分明似彩鸾。留珮人随云鹤去，乘槎客犯斗牛寒。悔从月姊偷灵药，终让花王冠牡丹。解释婉娈无限恨，炼方还乞息肌丸。

神山采药独归迟，海气金银傥见之。谁为真灵图位业？却凭魔女斗腰支。调停婴姹参同契，辛苦羲和怨异时。可有长房能缩地？九天笙鹤费相思。

猎猎天风下五羊，罗浮归路月昏黄。星辰上界猜河鼓，云雨空台送楚襄。守鹤尚留华表柱，骖鸾新点步摇妆。披帷约略如花眷，多恐倾城在北方。

三教珠英着意修，剧怜控鹤不重游。庄严楼阁疑云幻，缥缈尘寰隔雾愁。堕瓦梦惊金弹子，渡河曲恼玉箜篌。上京凉露今宵重，为语黄姑一叶舟。

蚕丝束缚致缠绵，解脱休夸道力坚。戏玉尚疑霓羽散，流金先夺火铃圆。鱼龙海外都旁听，鸡犬淮南忽上仙。春色飘零商女怨，迎神偏奏送神弦。

西来素女说长生，先驾辎軿问老彭。岂有乘戈能和曲？且携子晋共吹笙。坚城拔帜张诗敌，促座藏钩禁酒兵。十二洞天幽邃境，棲真应不羡蓬瀛。

江湖底事弄潺湲，弱水曾经便是仙。珠海骑鲸凌月上，银河驾鹊落星边。商量宝箓今何日？涂抹箫韶旧若烟。谁语画楼秦弄玉，驻颜萧史尚华年。

微彼渺渺暗通词，谁识甄妃荐枕时？香梦惺忪胡蝶幻，春光漏泄早莺知。似闻钿盒藏花胜，付与钢刀断藕丝。毕竟蓬莱无分到，嫣红零落最高枝。

三年憔悴凤皇筊，忽返青冥拥翠华。紫玉魂消韩重宅，绿珠息断石崇家。慵妆堕马晨窥镜，锁骨飞龙夜炼砂。孔雀东南无信息，等闲开遍十洲花。

秋陆诗选

景耀月，字秋陆，山西河东人。今录诗五十二首。

无题八首

苦忆无端又几年，碧栏怅望月婵娟。红笺珍重一千字，锦瑟飘零廿五弦。蟾锁双钩情宛转，龙须八尺恨缠绵。春愁深浅无人识，徙倚东风问杜鹃。

手绾游魂梦正浓，血猩红染玉屏风。自寻琼果三千岁，家住碧城十二重。夜过阑珊吹月露，天教管领倦鸾龙。瑶池阿母知何处？海水枯时幸一逢。

相思欲灰寸寸添，月痕吒出海红簾。如环愁绪凭谁解？似缕情丝莫乱箝。自谱阕勾成河满，亲填别恨授江淹。玉珰缄札珍如命，青鸟殷勤为口衔。

畹晚年华总自悲，罗巾泪尽已如痴。一钗一佩都无著，入梦入魂系所思。多厉春风狂似剪，恼人心绪乱于丝。年来楼外人如海，玉立亭亭怅望谁？

幽怨遥深琐院门，落花啼鸟又黄昏。厌人春梦全翻旧，压鬓新丝已半髡。锦字十行肠宛转，罗衣一辐泪双痕。宵风吹坠娉婷影，恨海沉沉合断魂。

生去玉门莫苦嗟，新词谱入陇头笳。扇裁月魄休轻掩，鬓著星霜太易华。冷落明妃犹有冢，飘零蔡琰更无家。琵琶愁听作胡语，环佩垂垂日又斜。

锦城丝管旧迷楼，风起飞花无那愁。台上春深犹有锁，科头玉朽尚名钩。生期化鹤身方去，直到为鹃恨始休。金钿飘零花委地，蜻蜓飞上玉搔头。

泣望君王意转迷，胭脂井畔月华西。龙髯堕海真尘劫，雁影横江尚草齐。亲写红绡犹有字，手裁宫锦半成泥。行人莫问金陵路，暮雨飞飞乌乱啼。

答吴门柳亚子

天末两鸿雁，江干一好书。故人有柳季，怀旧在勾吴。君赋才如斗，予躬患所都。桓谭长不乐，之子近何如?

问俞剑华临淄

翩翩吴季子，长铗逊于齐。别后予长病，忧多君未知。怀归调楚奏，倚剑挽戎衣。一卧沧溟外，秋深雁又飞。

箕山弔许由冢

自古圣之清，吾爱许由子。朝饮颍水阳，暮宿箕山阯。风吹瓢动树，历历鸣不已。念此增繁扰，弃之如遗屣。穷谷闻受禅，垢腻思洗耳。感叹箕山操，哀音流变徵。我来怀古意，日暮空山里。乔木徒悲吟，丘墓不蹁跹。山川抑何崎，瞻望穷万里。哲人不可见，临流空已矣。

己酉正月三去祖国舍弟太素逾河送别愀然赋此

风起水纵横，孤舟出芮城。人声断岸急，日气乱流明。忽念无端事，忧来不可名。舆梁谢戚旧，方寸若悬旌。

至亲同父弟，欲别遽不能。念我成长诀，临河相送行。尔颜一何戚，予痛未能声。欲说别来事，急流乱我情。

黄流自东去，白日渐西沦。与子成长别，临歧怆我神。七情不可辨，五内正如焚。送远终怜汝，虑知杕杜亲。

欲行真海角，此别在河梁。骨肉弥堪念，桑榆致可伤。汝声如哽噎，我马为低昂。欲竞无穷思，平原下夕阳。

敻路悬万里，寥天各一方。伤离几返驾，不渡非无梁。与汝缘枝叶，令予摧肺肠。念将乖比翼，谁喻离鸿伤？

佳人渺天末，君子在河干。已痛无家别，况当行路难。丁时多患难，与汝共饥寒。殷勤三致意，劝我强加餐。

惜别将所爱，忧怀往路遥。孤云流断港，急水带空巢。原上脊令叹，枝间杜宇号。欲滞临风棹，奄忽逝若飚。

河梁暂携手，挥泪正临流。弟妹并离恨，山川是昔游。我怀伤叱驭，舟子自能泅。欲和将归操，哀吟接暮讴。

道阻乱人意，那禁涕泗从。真成离侣雁，况是双飞龙。书记阿翁授，衣从慈母缝。无任生别意，逝水乱东风。

河边草长候，陌上花开时。脉脉倦游意，绵绵远道思。孤怀成黯淡，河水自沦漪。临别望乡树，应知愈益悲。

读史感言

汗漫学屠龙，绛灌学屠狗。屠狗位通侯，屠龙不糊口。技故良独难，龙乃不恒有。产单千金资，学逾三年久。家室无长物，妇子躬井臼。日旰不得食，吁嚱徒引咎。欲操平生技，无异骈指拇。吴越不习师，空善不龟手；孔甲不食龙，董父呼负负。庖丁奏牛刀，群哗中经首。大嚼当屠门，欲过颜忽忸。世无离娄明，谁能别妍丑？欲语世无知，欲校世无耦。过高人不操，泰奇世不受。所学一以失，终身牛马走。右臂忽化弹，左肘俄生柳。智逾樗里疾，勇过北宫黝。祥麟不出郊，威凤不在薮。鸟去悲良弓，弃置如遗垢。子云《太玄》经，差足覆酱瓿；班氏两代书，只佐读者酒。辍耕有莘老，垂钓渭滨叟。行歌穗盈畦，鼓枻鱼在罶。割烹一见要，翻然弃畎亩。熊罴一人占，后车载黄耇。冢宰任阿衡，桐宫放元后。鹰扬位列侯，尚父称元舅。甥馆瞽瞍子，微时只饭糗。其鱼伯鲧遗，菲食伍匹妇。百里食牛相，随媵备箕帚。陈平宰肉夫，终拜曲逆守。淮阴钓城鱼，功成垓下诱。樊哙切生彘，翻碎亚父斗。宁戚扣牛歌，相印旋系肘。翁子挂角读，忽露怀中绶。虽云生逢时，所遇亦已偶。小试或小捷，大鸣成大叩。世为夷齐解，强云名不朽。槁饿直至今，遑云千载后。况复潦倒儒，妄尚西山友。载籍汗千牛，谁辨良与莠？伊吕非为名，畴能出其右？庖牺善佃渔，功颂斯民牖。尧舜有羶行，群黎称慈母。后王襁褓儿，那辨牝与牡。鼎镬逾肉林，畴为桀与纣？况复世已叔，是非孰能纠？文祖不遑食，幽拘翻囚羑。比干惧穷奢，忠谏心旋剖。介子亲割股，厄运丁阳九。赵盾不忘恭，还为獒所嗾。当时或不直，空云论世取。盗跖屠人肝，黄发称上寿；嬴政流人血，历世握皇纽。杨恽操贱业，酣歌妇击缶；石崇行劫人，聚财丰如阜。天道无循环，人宁有是否？胡如觅钱刀，势位极富厚。服权教沐猴，言聊学鹦鹉。举世同一情，人孰嗤狗苟？更阅百世下，畴复讥颜厚？青史叙尤名，天下知谁某？

送邵质侯归国和留别原韵

眼中复有几？君信不凡才。丹凤翮能健，元龙气未灰。离忧发变徵，风意正悲回。应见幽兰泣，芳馨尚草莱。

间关长跋涉，客子首如蓬。叔世谋身拙，迷阳悟道穷。群雄沉霸气，竖子竟论功。不信观人鉴，中边事事同。

蛮荒万里路，与子几周游。生死同忧患，寒温共葛裘。所怀惟国社，不暇念恩雠。蒲柳惊迟暮，飘零我怨秋。

辽城孤鹤去，送子独还家。海角飞群水，天空留暮霞。

寸心盟宝剑，别泪在袈裟。欲和《东山》什，滔滔应自嗟。

远　游

昆仑三万五千里，帝子西来乘六龙。泰岳烟云飞玉座，裨瀛风浪逐行宫。翠华芝盖入离镜，黄竹白云定古风。春老灞陵啼望帝，不堪肠断茂陵松。

落花篇八首

堕地休为连理枝，落红狼藉一凄其。芬华璀璨无多日，短命飘零未有期。愁绝岁星谪世后，恍疑玉女坠楼时。无端拾得香盈掬，珍护温柔知为谁？

年华黯黯生离思，春色沉沉起暮愁。未许夙根成色相，更无人海足勾留。结香冤业随缘尽，葬玉哀歌匝地周。倘是法身容忏悔，泥封芳骨愿无收。

又是合离撒手时，芳心烦恼乱千丝。万行哀艳别人字，百叶温文辞世词。解脱几重出帝网，沉沦多半又泥犁。玉棺亲对知何意？瘗入维摩一卷辞。

人寰误堕知何世？悔污明珠自爱身。活色生香原是幻，沾泥落溷太无因。灰埋劫后长生字，土蚀前身誓墓文。惨绿愁红疑有命，谪居犹是玉皇恩。

飘零毕竟成何事？堕落无因误夙名。雾鬓风鬟愁出世，金香瑶佩怨今生。倘知玉薤终零露，悔拾琼荄学种星。欲泄芳怀何处是？灵飞昔昔定无情。

歌竟八哀泪雨沦，天姿憔悴果何春？曾知星命成前谶，休向修罗问夙因。自悔绿章留姓字，才离尘世即星辰。三生盟愿深如海，忍杀人间惜誓文？

漠漠芳馨百珍重，亭亭根蒂一飘零。恨无眷属留仙籍，幸有色香在贝经。再世华严疑入定，当年兜率误长生。火侵玉篆浑无字，磨灭凭谁记姓名？

尘海升沉賸一鳞，始从生灭悟前因。仙凡结果知何界？天地埋忧竟此坟。自是一兜十劫遍，方知五浊上仙沦。来生便出人天界，愿学金刚不坏身。

野　冢

我来驱马北门道，下有累累丘与坟。问是谁何遗此墓？欲寻铭志已无文。朝华时落禽相语，末照西微兽索群。萧瑟松楸夹广路，悲风猎猎正愁人。

对酒歌

邻家小妇笛三弄，鹅儿春熟香满瓮。呼童重典鷫鸘裘，与君共醉篱边秋。今年欢会明年老，酣歌欢饮还须早。眼前得意总云乐，身后功名俱草草。况复诗兴时犹豪，中间能不置酒瓢。举头望天吟且酌，脱口随风珠玉落。古人一醉安性灵，旷观天地称达生。世间万事一樽酒，人生不饮空独醒。倾觞颓卧欲忘身，合号乾坤一醉人。酌罢登楼对皓月，狂歌直与天为邻。君为长歌我短歌，飘飘韵逐寒月堕。大块容君复容我，刘伶之锸阮籍炉，放浪人间易不可？

次韵黄季刚《相思》四首座中即呈陈汉元

神女凭虚若有思，绝高下界颇难知。三星束楚非前事，七实落梅已后期。星命夙根疑有慧，泥人狂病忽成痴。四弦临水泠泠奏，如读蘼芜感遇诗。

列缺投壶信有缘，眼中流电正经天。可怜洛水成坏土，真惜淮南是散仙。巫女行云非晚暮，姮娥奔月幸华年。书中记事云天笑，只是当时恐未然。

啮臂当年底有盟，丹书斜上甚分明。欲攀双翼天边鸟，敢质私言架上鹦。一命留题应有意，初能弹瑟未成声。星辰明媚飞琼醉，只恐心花已怒生。

麻姑别调不堪听，悔煞千言注《水经》。久过不周识海气，再来南极数繁星。书成丹凤回天变，笛吹赤龙逐浪腥。穆满不来瑶圃废，年年风打殿端铃。

长歌行

浮云西起何油油，短角哀瑟清且遒。越国女子扬妙讴，修容流睇照双眸。含意欲伸行且留，宾从杂遝多等俦。目成造次非相谋，含宫咀徵何悠悠。手翻白鹄妙且脩，扬筝吹律媚箜篌。美姮名伶天上优，一曲商心动九州，再曲百代若蜉蝣。天高河汉声西流，悲风迴地木翛翛。声发金石奋歌喉，豪丝悲健不能柔。东去行云行未休，羽衣仙人驾苍虬。姮娥挥素振高楼，金银光气难与侔。紫云无缝等轻裘，天女下降坐花毬。凝停盼睐何夷犹，白驹骎骎逝不留。日中丹马已白头，繁歌绮舞方未收。四运一逝忽若浮，望舒御月控骅骝。羲和兄弟驰八驺，万古皇皇何所求？天高群物多怨尤，孔丘夜起愁人愁。今年有几怀百忧，早知儵忽夜行游。东至无终西不周，南浴丹渊坐赤流。晞发阳阿蹑丹丘，天风动荡声飕飕。手策赤鲤挟华辀，天上星辰拂九斿。下视齐州若广湫，昆仑梁父等浮瓯。餐霞漱瀣寿千秋，世不求仙何所繇？

拟庾开府《对酒歌》

三秀荣山椒，皋兰披广路。二女浴江浔，湘妃委宝璐。青骊逝不留，追从西陵渡。中散携琴来，阮公贯酒去。泠然明月弹，凄其广陵赋。冉冉四序流，华颜难久驻。富贵非所求，何为重刀布？

古 诗

宫白胡灵光，钟鼓政相闻。翘翘驱一束，奄迫苍梧坟。迤辅为灵墟，夹有大禹文。此牒焉得取？强之奕其君。明达揆岳牧，筹箸一何勤。卷光安及知，世务今纷纷。日英发光华，唱者八百人。慎毋属此歌，曲成泣如云。

驱马临长陬，志欲逊遐荒。殊荒安所适？予意正悢悢。艰哉此九折，直道已难行。世靡极人爵，令誉殊觥觥。一朝金石渝，腑肺乃见戕。人智古如斯，愚妇昧其常。喟然返中虑，委曲迴刚肠。祸福信无门，睿圣贵和光。不见英越盛，一瞬已殗黄。微巢久已覆，此凤不留翔。对酒怜鞅斯，诚哉可怜伤。

黄河缘高山，漉流布雷首。昆陵不极睹，迴连曲已九。箕阴去尧禹，悬世殊未久。大宝乃可轻，世道良不厚。谬矣夷叔言，农虞不代有。差幸片辞存，人骨劣已朽。诡遇谋人国，隘者或见丑。弗劫虫达功，介叔免亦苟。北海樽不开，东山棋又负。朝予发齐门，言观太岳峰。震木扶晨熹，旭日正东东。危冠薄玄蜺，儵儵排飞龙。东后之所居，云气亮如容。免首令心悲，世务何憧憧。封禅七十代，群帝凶其终。九域已如一，周郊雷正同。纪载多反覆，世过犹张弓。不见束牲誓，崇朝遂相讧。黄鸟若焉如，惭哉寸心蓬。

回辕临河水，阳乌已西崦。只鸡陟尔丘，危冢正北南。棱威权八州，闻望何炎炎。赤蠕蚀日角，伏机已昼潜。真王乃蹑足，方寸谅难甘。一夕智虑尽，肩彘困蜚廉。杯酒能相释，芥蒂抑何纤。哀哉此毫末，没齿用相衔。孰能百计保？

念之寸心惭。崇高理宜危，智士故远嫌。乐羊有不信，中愤忽如燔。

赵主昔藏器，嬴人来见干。卞氏未蜚声，怀璧取世患。明月曲前投，按剑忽无端。泣血返尔国，遇合故艰难。止水有旋波，世辙危难安。黄鸟汝如知，九寓正流言。终古一若斯，念之寸心酸。感此不可兴，泣下以流连。恂栗煎中膈，焦灼摧妙颜。嗟哉彼孤孽，晚矣念前愆。□哭哀椁花，哀哉诚足怜。

曾华发神皋，枝条艳何美。独立信姱修，蝇蝇轻誉毁。洛妃西南将，绿衣黄其里。虽无赵孟驩，贵贱不在己。繁缛及时歇，金运鸣悲耳。玄飙一相危，悔心萌自此。片言兴谗疏，往事惭酒醴。事急迟不渡，贪诈已难使。明达莘野言，行矣权尔尔。日夕途苦修，仄仄遽能已。

都容不炫世，利器不示人。至道尚玄默，宁静持其钧。惜哉矜伐子，积毁政（致）灭身。自鬻何嚣哗，攘攘用亦勤。猗欤柱下士，定虑持明神。百年固难图，恭恬躁之君。烈烈是非间，上圣贵同尘。少正非不慧，倏忽令悲辛。

朝颜何荧荧，委艳入公室。炤耀九阛中，睇眄发奇质。飞蔓结乔木，令望殊洋溢。晨微忽婆娑，委顿就兹毕。日辅来相侵，羲车亦过轶。崇华匪不馨，咄哉二运疾。绥绥亦狐携，天下久如一。坚冰不周星，谣诼谅有日。世图方倾轧，前路正如垤。举措一以违，诬言为之实。吁嗟缤纷人，云何乃此失。

梅九诗选

景定成，字梅九，山西安邑人。今录诗十七首。

梦仲虑

雪花舞蓬壶，板屋寒光宁。围炉夜不温，拥絮吾与汝。窅思方外悬，清词相啜咀。却惑析梵藏，妙悟及片语。流转北复南，失我读书侣。昨夕忽相逢，恍在海之渚。冷月堕银座，樱花飞上野。醉谭千代楼，拍手惊倭女。踏舟瞬凌虚，掇星如斗大。天摇云浪蠹，曰归与归与。拂袖共君别，魂坠茫失绪。松涛宕夜窗，犹疑断肠处。幻境渺难追，悄思只凄断。

稚伶刘箴俗哀词十四首

恶讯忽传稚伶死，一为洒泪向长安。奇才如子愁难再，歌舞台空七月寒。

生小十三上舞楼，苗条娇胜女儿柔。只因一曲青梅传，到处逢人说嘒刘。(秦谓小为嘒，为考订此字。)

半写聪明半写痴，柳阴佳会(为伊初演折剧扮少女。)亦难期。翻成薄命红颜女，一现昙华惹世疑。

双剑连骑妮嫱娘，风流妃子属恒土。桥边戏折腰肢柳，谁复销魂看艳妆?

活是朱家一荡妇，风情颠倒鸳鸯壶。(剧名，《绿野仙踪》后段。)满场忘却真与戏，曾误狂呼杀此奴。

母嫂调和凭一妹，天机活泼笑兄愚。(新小姑贤，扮小姑。)愁如扬子江心过，恶浪特来没小姑。

淡写轻描孝子金，(剧名，扮贫家少妇。)钗荆裙布亦堪钦。良心突突胸前跳，一语撩人记到今。

赤髯翻成女大王，(剧名，扮女贼。)幻郎为女女为郎。本来色相空如是，剧影浮生更断肠。

空前绝后敢虚夸，总算歌儿第一家。只怪秦侬无眼福，鸳鸯剑（剧名，扮小姑。）底失娇娃。

旧剧擅场玉虎坠，慈云庵里倍销魂。为君准拟忏情记，（余为拟作此剧。）化作愁思嬾再论。

惊倒梨园老剧师，天然伶俐数佳儿。何曾用意教歌舞？宛转氍毹自合宜。

敲碎歌琴学倚楼，弄姿作态尽风流。（《美人骗》剧中妓女。）早知此际空回顾，争似当时不见休？

分明眼底影珊珊，带笑含嚬舞未残。如此可儿天夺去，更何情绪入长安！

千娇百媚忆秋波，箴兮箴兮奈若何？赚得阿侬一掬泪，不辞憔悴为悲歌。

闻刘伶未死喜占二绝

怅说奇花落舞筵，曾为洒泪一凄然。飞来片语佳儿在，深喜恶音是误传。

莫怪中年竞乐哀，笙歌满地几人才？怜他绝代丰姿美，重整全神注舞台。

吉乐诗选

王汉章，字吉乐，山东烟台人。民国二年在《中华民报》同事，自报纸停刊，遂各不相知矣。今录诗四首。

题黄山谷小像

元符党籍任摧残，论及当时齿已寒。并世诸贤谁第一？

绝无异议到新安。

二王字是无臣法，诗亦坡仙只与齐。一语涪翁应首肯，如何社派限江西？

瞻公眉宇信峨然，小像当非贬窜年。闻道黔安居士老，衣冠入画是清禅。

读周实丹烈士《无尽庵遗集》用原作《寒夜枯坐》韵题后

无尽争传烈士名，英灵河岳共幽明。诗文慧业千秋定，贯索沉冤一昔成。太息伯仁逢世变，低徊叔宝自神清。临风莫压山阳笛，从此长淮水不平。

孝穀诗选

曾延年，字孝穀，四川成都人。今录诗十首。

别　友

男儿重交结，离聚苦无端。别恨从兹始，相期共岁寒。感时看宝剑，徇俗罢诗坛。鲍子夙知我，艰虞敢自宽。

妾　貌

妾貌如新月，照人非自知。如何临君前，辄使误相思？清光不可亵，相思徒尔为。愿君拭心镜，毋愆三五期。君不鉴妾心，终然下弦亏。

潍县春居

暖气袭簾钩，簷前鸟语幽。午眠温客梦，独醉选春愁。

家国忧何切，形骸累未休。萍踪且无定，聊为此乡留。

春　去

落花不自惜，犹傍燕双飞。春去愁仍重，时艰客未归。百年萦梦影，两鬓积霜威。行乐吾何俟？黄金及早挥。

由淄川将归乐安留别王、谢诸子　王将之粤，谢将之闽

将归欲洒泪，泪苦无干时。世乱难为别，家忧各自嗤。眼中人万里，陌上柳千丝。不见临风意，依依向路歧。

阅　历

弱岁甘嬉笑，心如浊水浑。寝食唯所欲，人事何足论。人事有盛衰，阅历递寒温。十年伤哀乐，乃识死生根。婚宦众所欣，情欲亦以繁。欢来不可节，安能塞烦冤？略解谈忠孝，便多未报恩。百年能几何？缺陷弥乾坤。持此谢形骸，何以位生存？

少妇篇

结发为夫妇，感君如戴天。团扇却当夕，明珠双鬓边。洞房无多欲，恩爱足百年。一身皆君有，含情私自怜。八月秋风起，吹君渡淮水。淮水有佳人，媚君颜色喜。新红裁作衫，旧红翻作里。人情多反覆，而况为客子？客馆霜雪霏，闺中纫寒衣。欲寄断消息，心随明月飞。明月到上弦，犹得满清辉。少妇守空房，忧谗复畏讥。不愿效罗敷，秋胡终自归。

短歌行戏赠六郎

今年元夜月当空，月下灯光照脸红，六郎醉舞气如龙。

愿祝青天无白日，长留欢宴月明中。今年寒食更潇洒，秋迁院落东风冶，我适远行伴车马。春衫独着难成歌，六郎立老桃花下。桃花开落非自知，寒食元夜不多时，明年春色知为谁？六郎莫负眼前乐，笑倒长安游侠儿。昨宵歌舞地，台榭已珠丝。

大明湖上柳

湖上春归第几桥，销金帐里尽魂销。掀簾怕见青青柳，又把华年换楚腰。

天放招饮酣雪亭醉中即事

漫疑痴语劝加餐，几度温香漏未阑。话到红羊仍醉舞，当筵只作再生看。

无量诗选

谢无量，以字行，四川乐至人。今录诗三首。

己酉岁未尽七日，自芜湖溯江还蜀，入春淹泊峡中，观物叙怀，辄露鄙音，略不诠理，奉寄会稽山人冀资唱嚎

故国三千里，长江日夜声。扬舲鱼服远，隐几鹖冠轻。驿路春先入，风涛夕数惊。实经巫峡险，真念圣湖清。泥渚焦公草，沧浪孺子缨。浮生仍不系，君子直无营。管席陪书幔，扬亭别酒甖。昔时同载魄，此日黯消精。温瞩延犀烬，刘招杳桂英。离群频子夏，浪迹类罗横。未就持竿去，徒为荷锸行。不堪追素孔，只是怯黔嬴。阮籍曾埋照，长沮亦耦耕。东皋淹旅食，南郭竞狂酲。先世承炎帝，于今忆老彭。蜀峰元赴楚，淮岸复通荆。辟地随尸玟，乘流异别今。薄赍缠药裹，费日更楸枰。窄濑迟移掉，悬崖逆挂柽。山驱千笏立，江蹴一门成。岛屿参差出，虹蜺咫尺生。屈骚心自苦，汉曲听如喤。夙饲神祠鸟，兼供禹庙牲。受符坛缥缈，刊木岁峥嵘。斑竹泉分泪，幽花冷独荣。瑶姬云不定，杜宇血犹萦。久已无丹凤，虚传画白鹦。仙桥临井路，妖气聚欃枪。往往思三户，稍稍骇五丁。猿猱开辟有，斤斧鬼神并。估客皆霑笛，丛霄恍梦笙。滩留高象卧，波倒定龙擎。叹逝嗟何及？观虚道乃莹。下催桑海变，西接杞天倾。複嶂行看尽，环洲远更迎。石钱缘水叠，萝刺倚空撑。镜象明前浦，霞阴转碧泓。平川一帆影，绝壁几茅楹。饥鹘窥人诉，健鸡上屋鸣。峻畦怜菜摘，喧浪得鱼烹。细树澄潭月，香醪小驿筝。人烟通夕步，渔火驻微明。昧爽占风角，萧疏信水程。阵图荒榉柳，舟市贱柑橙。鸟道犹賨洞，鹑襟立野氓。一钱宁易死，百丈每先争。沙濯谿金粲，盐烧碛雾平。噫嘘峣户喜，呼咤太公狞。飘泊曾无已，修晨况屡更。莫应添客思，强复记王正。爆竹殷山郭，张灯沸市伧。宫讴严汉朔，台址实巴贞。混混聊同俗，苍苍不易名。薄游从曼衍，疾首念鳏惸。鮀佞谁能学？麟伤内暗婴。北辰星隐见，黄道日光晶。多士趋朱黻，明堂仰玉衡。盘盂喧鲁甲，誓令过商庚。海上罗时髦，云台象国桢。季心仍大侠，犀首自名卿。陈气豪湖海，邹谈必裨瀛。义皆攀尾柱，泣为下苏坑。长短经争奏，中和乐漫赓。笑工依狒狒，语好乱狌狌。锻柳甘疏放，欹冠忘裸裎。伊川飘短发，广汉逐青盲。他日瓢终弃，闲行剑懒绷。纵横闻虎豹，细黠玩鼯鼪。鼎重恒虞折，邻强慎莫撄。裂眥虚见劫，高鼻动要盟。马上诗书废，人间战伐盈。黄农知已没，鲁卫孰为兄？柱史空修礼，兰陵但议兵。问频忧国蹙，望极何衢亨。尚武兹成俗，依仁意倍诚。若为传道德，敢冀报瑶琼？岷岭惭疲役，崆峒早系萌。艺瓜秦垅晚，吹籁越溪晴。杜甫先留宅，王郎未见情。此间丰蒟酱，别味胜莼羹。豆叶齐初绿，桃跗启半赪。（此间春早，桃已擎萼。）云封伯益井，苔冷季长茔。松菊应追忆，山川旧徂征。何时回紫气，重得过青城？

春日寄怀马一浮

往往叨相见，寥寥愧远寻。梦中芳草路，春色五湖阴。簇柳新牵带，游莼暗抱簪。画桡频别浦，席帽定高岑。咏浴澄沂志，随芗吐谷音。料驯元晏鹤，倚落武城禽。若木仁容静，兼山止足深。伯居长简简，朱坐但钦钦。四海干戈在，幽棲日月森。下簾疑罢卜，隐几即援琴。久羡窥颜乐，何繇息跖吟？傀诗应有作，洞历况能任。莫过玄黄野，犹荧赤黑祲。众愚贪地味，桩恶讵天心。出米方征性，重芦旧止淫。淹中惟礼乐，稷下等嚣瘖。正复离群数，遥知如道骎。病馀人事懒，愁畏一毛侵。列喻承怜蚿，羲占比断金。愿持千里意，聊为豁尘襟。

西湖旅兴寄怀伯兄五十韵

寝瘵西湖夕，含情绝塞烟。病怀空滞越，羁客久游燕。寂寂沧桑改，骎骎岁月迁。萧条书万里，慷慨剑三千。野寺青精饭，江湖白打钱。刘伶仍困酒，宗炳只逃禅。脆藕供金剪，丝莼荐玉盘。堤阴苏子柳，涧曲蜀僧莲。夏果频堪折，秋花亦自妍。净云迟野鹤，芳树咽哀蝉。梦寤蒙庄幻，狂随范蠡船。灵稽开崱屴，清剡潺湲。虎路苍烟合，龙居雪瀑悬。

行歌千嶂里，披发众人前。文命岣嵝记，公孙委宛编。但闻过舜井，何处问秦镌？刊木雄豪士，浮杯跌宕贤。箩村深冉冉，桃涧碧娟娟。照水调玄鬓，登山撷紫茎。挽云为坐席，倒海作飞泉。西笑痛骢马，南行和杜鹃。自行芳草外，不到夕阳边。倦鸟思投樾，沉鱼竞跃川。路穷成五噫，愁极望诸天。蹩躠身安往？悠悠脰已痌。惠休悬榻在，元亮隐居偏。素雨凝莲社，凄风散野田。下帷耽寂寞，披褐向真诠。佛国千乘法，神霄百宝签。删书衰季后，窥象大庭先。弔古怀弥切，缄忧泪欲潸。秦黔无二世，周碧有三年。哀怨江南赋，凄凉蜀国弦。获麟将断笔，呕凤始成玄。黑夜同甘梦，群生只慕羶。江山横独涕，天地绝随肩。溆浦西风落，葭汀白露溥。酒悲频宛转，秋病日沉绵。僻径缠藤蔓，微阴度涧瀍。稚松和月种，仙药带云搴。莫比陶弘景，真惭鲁仲连。消梨清昼渴，沉水对宵眠。晚岁思丹鸟，阳阿放白鹇。静来依老桂，忧里看柔萱。近海朝岚恶，遥岑猎火然。荡心归澹泊，屏足谢拘挛。永爱山中住，焉知世上缘？写愁鹦鹉句，望远鹡鸰篇。徂岁怜青镜，回飙托素笺。龙沙何处所？长想雁来还。

叔永诗选

任鸿隽，字叔永，四川巴县人。今录诗四首。

岁暮杂咏

民国三年元旦后一日作于北美纽约以色佳城　巴县任鸿隽叔永

凄厉岁云暮，朔风拂枯条。年年耶诞日，飞雪满山椒。

今年气候异，冬月无寒宵。众士趋归宁，孤客独无聊。无聊那可度，良朋懃见招。烹茶细论文，聊以永今朝。（癸丑耶诞前一夕，同学皆归，独坐无聊，胡君适之煮茶相邀，与杨君杏佛三人，联句得七古一章。）

昨夜天忽雪，侵晓势转盛。卧闻橇声喧，推窗光掩映。披衣出门去，循涂自开迳。轻盈尚扑面，深厚已没胫。远山淡微林，近潭黝深凝。疏枝添更密，高檐滑欲迸。寒雀冻不飞，松鼠冷犹逞。我行悬桥上，万松相交并。俯视不见泉，泠泠声可听。蹊路得平直，举足忘瘦硬。眷然惜良辰，安能效袁令？

冬居何所事？相将试滑冰。比湖（湖名，在康南尔大学后。）二三里，澄波作镜凝。数日天气寒，冻合坚可乘。毡裘带双鞲，铁屐著孤棱。蹑足一纵送，飘忽逐飞翻。湖西矗高台，云是土巴庚。（土巴庚，游戏名。其法以长桥接高台，迤斜及地，当雪积冰凝期时，人自台上乘小橇滑下以为乐。）长翼直趋水，逦迤如引绳。小橇三四人，并坐屈膝肱。一发下高瓴，馀势越远嶒。绕湖成三匝，共道驭者能。临深岂不惧？逸性故难胜。谁能学懦夫，履薄徒兢兢？

大地有东西，四时无留滞。自我来此邦，兹辰两度岁。小城清且闲，市门当昼闭。冬青罗窗前，稚子戏阶砌。有时笑语声，款款出深第。感此异井物，坐怀故乡例。夙驾信未遑，幽居聊小憩。日夕闻清钟，仰天纵遥睇。

铁崖诗选

雷昭性，字铁崖，四川富顺人。今录诗二十六首。

步亚子见赠韵

诗酒因缘两度过，离鸿去燕谱春歌。口飞白凤慙无梦，心逐红梨感逝波。侨札新交才赠缟，炎黄遗胄久操戈。五湖烟水词人老，畴伴西施隐苎萝。

风流餔啜笑颜酡，珠玉相形奈老何。射虎北平矜羽箭，钓鳌东海困烟簑。井边柳永名方震，垆畔黄公愿已讹。一样红尘怜小谪，满腔哀怨究谁多？

海岸望月

中夜不能寐，徘徊倚窗顾。举头望银蟾，清辉透寒雾。佳人渺天末，不得期良晤。明月尔何知？皎皎多情素。畴昔居乡闾，伴我吟章句。今日居海滨，照我穷途路。安乐固相知，流离能相遇。人情有圆缺，尔心泯新故。永结无情游，相期白杨树。

参禅白云古刹，苦不能静，诗以遣之

太空一浑然，中本无所有。元气分浊清，玄黄因之剖。凝积不能化，星球皆尘垢。杂遝蛮触争，扰攘龙蛇走。终古任纷纭，清气转昏黝。惟其多渣滓，是以生纷纠。倘能长浑仑，幻化尽苍狗。然而杳冥中，纲维孰授受？皓旰结成形，畴则握枢纽。吾心则不然，其权自操守。奈何任撞扰，时随外物诱？万感积灵台，迷离历境陡。恍惚入瑯环，飘荡游岣嵝。忽剸秦皇胸，忽斩楼兰首；忽悲乌江骓，忽饮黄龙酒。或击祖生楫，或撞亚父斗；或恸钟期情，或泣任昉后。灿烂笔生花，槎枒肘生柳。谬拥鄂君被，幻聚高唐偶。循环邪正生，觉后泚而忸。本是清明质，如何粉杂揉？如水浊于泥，

似苗乱之莠。仰观吾得师，今是前皆否。凡兹七情根，一切归击掊。事去心不留，身化名随朽。恩仇付云烟，家国侪瓦缶。理勿辩坚白，情何区薄厚？亲者视如疏，妍者等诸丑。只求得惺惺，遑问呼负负？譬如镜积尘，一旦挥以帚。又如居闷室，忽然大开牖。妙哉大解脱，虚无斯可久。兀坐且忘形，蚁穴任牛吼。

届白云庵有客过访，怜余孤寂，书此以答

余性耽孤僻，自爱栖林麓。况乃白云居，翛然多水竹。游鱼戏绿藻，寒鸦噪红木。云去月挂松，荷残秋放菊。伏案书为友，启门风作仆。闲则钓西湖，闷或游天竺。遇僧论色空，见农话麦菽。聊作天外鸿，蹔放中原鹿。莫谓山人寂，俗尘祛五斛。

《夏声》题词步剑华韵

谁使神州竟陆沉？北来石羯感偏深。空闻羸防胡策，久识苻坚入寇心。渭水潮流归猛恶，骊山烽火伴登临。匈奴未灭家何有？无定河边臭苦吟。

愁向龙门放眼看，江山枉说锦华团。国魂莫觅长生殿，汉室终无却死丹。避狄苦心悲亶父，骂胡惨剧忆伶官。鲸吞蚕食凭谁阻？每饭忘难白武安。

帝王宫阙已尘埃，无复阿房付楚灰。民族方针子午谷，炎黄遗胄望思台。才悲六国军书急，又见三秦羽檄催。不用吾谋心莫死，西邻杜宇早同哀。

李广终为祛虏出，桃源今岂避秦居？灞桥月冷悲羁客，太液春寒话老渔。逐敌未闻王镇恶，缓刑应愧路温舒。山河百二谁家主？请看儒生续《汉书》。

武昌女儿行

武昌女儿风神异，翩翩俨有凌云致。出水芙蕖解语花，少仅十三长十四。生小门楣是宦家，朱门华毂斗豪奢。繁华零落金闺冷，贫贱江头自浣纱。无端茅舍集群贾，跳踉叫嚣索阿堵。阿爷避债恨无台，但见泪挥言不吐。长女盈盈小院中，娇羞无语桃花红。万种凄凉锁双黛，西施病倚馆娃宫。少女当垆伺暴宾，娇花弱拂不胜春。但教缓得阿爷急，敢惜明珠未字身？长女少女情蹙蹙，双双泪染湘妃竹。难效缇萦解父忧，可怜红润含情目。谁知群客更凌主，咆哮恶状如虓虎。此时二女惨难书，片片飞花坠红雨。吁嗟乎！谁能仗义化金铃，护彼花颜万般苦？

神户舟中两梦李孟博赋寄

大海茫茫阔，无舟不可渡。故人渺千里，如何梦中遇？岂有精灵飞，凌波不知怖？纵使生双翼，安能去又晤？辗转萦百思，令我恍然悟。前日君别我，身别魂相聚。恐我畏风浪，旦暮相拥护；又恐我未知，梦中频告诉。是故大洋中，波平浪不怒。感此倍怆然，使我泪如注。殷勤谢君归，轮舟未容住。君方入高等，宁将功课误？况过太平洋，惊涛不复惧。速去莫徘徊，让我凌烟雾。课罢如相思，请读舟中句。

哭广州殉义诸烈士

誓抵黄龙聚义兵，复仇匪羡帝王名。却怜涿鹿干戈起，辜负昆阳雷雨声。子弟八千殉项羽，英雄五百死田横。胡儿漫喜根株尽，得遇春风草又生。

汉家元气满中州，风虎云龙大义投。夜月杜鹃犹泣蜀，蛮荆泰伯忍忘周？九华峰冷红颜史，五岭山横白骨秋。儿女英雄归一家，珠江呜咽水西流。

当道豺狼厉爪牙，羲轩遗胄化虫沙。张宾助虏人心死，翟义摧师汉室嗟。万古玄珠沉赤水，千年碧血洒黄花。乌啼月落羊城畔，尚有灵风拂柳斜。

生寄死归何足戚？健儿早已戴头来。白山黑水妖犹在，红粉青年我尚哀。魂魄不衔精卫石，风云犹黯越王台。天南漫道香花供，北望神州总惜才。

残　灯

残灯细雨冷黄昏，结就深愁琐断言。咏桧狱成诗有罪，掇蜂迹著孝难原。伯仁书就冤禽血，屈子词归梦蝶魂。莫到秋坟聆鬼唱，啾啾犹是旧啼痕。

谁抛寒雪妒东君？零落春花片片分。蔽眼烟云星夺焰，无心风雨水生纹。藕虽被碎丝犹续，麝已成尘气尚薰。文字有灵招不应，君苗笔砚不堪焚。

寒衾坐拥意茫茫，笔化汍澜泪化霜。翠羽被摧悲绚烂，幽兰受剪悔芬芳。常怀月蚌盈虚感，谁识星鲸出没伤？咫尺天涯愁万叠，白云黄竹变宫商。

浮生幻迹讵堪留？露滴芙蓉泣暮秋。蕙茝词哀心匪石，栩阳亭短泪横舟。七盘云斧全灰灭，百幅鲛绡一垢休。怨魄欲归归未得，九天浩荡吁灵修。

啼笑悲欢事总非，云天寥雁路依稀。箕麟日月招难应，虫蚁风云感已微。侘傺魂灵梅鹤梦，迷离耳口鳖蚯飞。橘中棋局休闲甚，变枳因缘也伏机。

重提往事倍酸辛，况有鸿泥爪迹真。花逐蝶飞红入梦，血因鹃泣碧成春。紫河迷径香难撷，丹藿藏云影莫亲。漫话摩诃池畔事，不堪回忆侍中巾。

便化飞鱼破浪驰，无端龙伯饵竿垂。兔丝虽有根基属，蚕茧宁忘解脱思？耶佛无情休拯俗，星球相吸总缘痴。身成齑粉飘飘散，又到轮回化合时。

吴头楚尾三更泪，渝舞巴歌万里情。秋燕欲归思旧幕，寒蝉未死忆新声。关河惨澹红羊劫，魂梦萧疏白鹭盟。江畔行吟憔悴尽，怜他鲂尾已成赪。

夔　州

扁舟一叶发南浦，一时阻风一时雨。迟迟两日下夔州，夔之形势险且阻。大山巉岩入霄汉，百千万尺不能数。忽然中峰辟一道，绝壁崭削势同剖。两壁之下水奔流，惊涛骇浪恣风鼓。仰首望天天一隙，日出月落不可睹。读书不闻大禹凿，疑是神工与鬼斧。此地古为蜀之门，滟滪石当中门堵。天险若此守宜易，古来据者皆成虏。望帝之魂无所归，年年三月啼杜宇。得此空贻井蛙讥，不能如虎乃如鼠。吁嗟乎！孺子不可辅，永安宫殿恨难补。至今白帝城头望，空见年年水声怒。

小姑山

未识谁家一小姑，独来江上独踟蹰。生成本色称螺黛，明试新装照镜湖。扑面雨风愁栉沐，遍身木石当珊瑚。可怜姓氏无从问，居处无郎长自孤。

舟中寄铁崖

万峰相送下晴川，零雨潇潇乱打船。两岸云山速奔马，一天波浪涌繁烟。堤边土赤非关血，江上风多不卖钱，未识故人何处遇，落花时节到江南。

荔丹诗选

张光厚，字荔丹，四川富顺人。今录诗四首。

大　地

人地啁啾哭覆巢，敢将脂粉抹弓刀。顾家何以为苏武？负气而今学韦皋。世路磨人天意险，边风吹角阵云高。杜兰香若从空降，红袖花裙卷战袍。

竹梢墙角月斜西，枝上蟭蟟独自棲。愁怨一篇感儿女，画堂双舞羡鹍鸡。流来枫叶词难解，修到梅花数不齐。知己天涯一回首，萧关寥落夜乌啼。

病中口占

窗外雨淋淋，灯昏夜已深。欲眠眠不得，心病病人心。

闺怨篇

秋山寥落秋水渍，秋风萧瑟秋心悸。此心寸寸断如灰，一片秋思向谁寄？只见秋雁不见君，秋山高高无好音。胡为秋瘦秋不死？夜夜妆台愁杀人。金翘玉钗珊瑚钏，藕香裙屐藕丝篆。菱花镜里芙蓉妆，照见珍珠泪红溅。落红乱溅鲛绡裙，千点万点如罗星。此身恨不化杜宇，春来叫断相思魂。持刀欲断相思树，离恨天长不知路。翡翠楼头么凤飞，胭脂山下玉人去。玉人远在无定河，河边秋草受风多。恨风不与王孙便，横空吹断红丝罗。红丝难系玉骢马，锦琴无声玉箫哑。一日登楼十二回，回回望见飞鸿下。妾身安得如飞鸿？

双双羽翼翔清空。飞到郎边向郎语，妾颜依旧桃花红。妾像桃花不长好，一年花落一年老。折花休折连理枝，枝枝红透红心草。九月草深骓马肥，萧郎马蹄胡不归？机中织就秦川锦，待换郎身金缕衣。郎衣莫为千金换，郎心莫学秋云变。新衣虽比故衣好，须知故衣故人绽。故人尽日栏杆头，白水苍山无限秋。有心寄恨学苏蕙，强到南窗刺绣毯。翦翠裁红作茉莉，好花翻为人颠頠。玉晶瓶底养花水，一半流波一半泪。几回忍泪呼阿娘，人生何苦作鸳鸯？作到鸳鸯劫愈惨，离愁幽怨年年长。长夜霜寒月高起，嫦娥有约人千里。捣衣砧上光荧荧，不照妾心照湖水。

景庐诗选

郭惜，字步陶，号景庐，四川隆昌人。今录诗五首。

秋海棠

亭亭弱质不禁风，一点寒灯寂寞红。花若也知怜玉意，托根故近宋墙东。

嫣红姹紫总飞烟，情到难时只自怜。无限娇羞无限撼，一簾风雨九秋天。

不与韶华斗颜色，偏留孤艳照寒枝。美人心事高人节，两样情怀一样痴。

是嗔是怨是情思，零落西风强自支。更有恼人魂梦处，五更残月酒醒时。

含情脉脉寄墙根，一幅鲛绡賸泪痕。个里有人谁识得？红楼深锁又黄昏。

天民诗选

吕志伊，字天民，云南思茅人。今录诗三十一首。

昆池舟中

海风吹透锦衾寒，月照波心蜡炬残。一夜扁舟无个梦，菊花枕醉浪花攒。

滇南胜境

先鞭策马度雄关，两地阴晴片石间。到此更增离别恨，那堪回首望家山?

青龙洞

乾坤俯仰感经年，万里岩疆一洞天。冬岭白飞千树雪，春江青绕五溪烟。疏灯照水渔舟泊，峭壁穿云鸟道旋。忧乐此身天下寄，岳阳风月渺无边。

清溪道中

鸡鸣关竞渡，风雨满江洲。山态随云变，河声挟石流。浪花欺雀舫，露草遇羊裘。饮尽杯中月，乾坤一水鸥。

过黔楚界喜晴

天教黔楚判鸿沟，风日新晴宿雨收。六诏乡关常恨别，三湘春水无情流。山连烟树青围幄，船逐浪花白打毬。既倒狂澜难遽挽，上书徒抱贾生忧。

雨后晚行

连朝阴雨满春城，万里羁人苦晚行。山绕寒烟昏树影，滩撑危石咽江声。萤飞草岸星疏落，犬吠花村月半明。暂困泥涂何所辱？为霖志在济苍生。

梦后有感

梦里还家觉竟虚，悲欢交集泪沾裾。无情最是衡阳雁，不自云天寄纸书。

镇山楼远眺

登临行远几悲秋，大好湖山百尺楼。江上碧波吞落日，村边红树系归舟。墓门草短哀齐女，井里槐高慕子游。怕向彩云深处望，西南半壁杞天忧。

破山寺

寒云古寺说南朝，金粉飘零劫未消。远树朝笼山涧雾，大江秋涨海门潮。栖云鸟静闻僧磬，咽露蛩吟答市箫。记取当年龙斗处，春雷隐隐雨萧萧。

东瀛道中

直挂云帆赋远游，东瀛奇景豁双眸。山苍有骨横秋老，海碧无情亘古流。怒浪掀天驰万马，阴霾匝地斗群虬。太平洋岸风潮急，孰起陆沉四百州？

虎　丘

海涌峰头立马呼，剑池失色憨泉枯。虎丘宝气销沉尽，孰起吴王问霸图？

冬夜围炉

钧天胡此醉？漫空云叆叇。迟日淡无光，朔风送寒气。暮泊石门湾，烟树昏无既。积雪埋远山，寒江起微济。扁舟夜围炉，醉言足清味。谈兵鬼神哭，拭剑蛟龙畏。慨我生不辰，忧国心如沸。客星据帝座，腥羶非我类。陆沉神州裂，天骄白种贵。欲寒西贼胆，军无韩太尉；欲会孟津师，野遗姜钓渭。东海泣鱼枯，南山隐豹蔚。忍为汗漫游，登高每歔欷。凭栏发冲冠，拔刀须如蝟。更深眠不得，狂歌聊自慰。

嘉兴阻雪

满天风雪阻轻航，信宿嘉兴客怅长。千里云山征雁杳，万象烟树晚鸦藏。谢庭柳絮娇无力，王店梅花冷愈香。怪底钧天胡此醉，阴云久合闭朝阳。

读史感赋

奸雄治世亦能臣，负我毋宁我负人。统一功成司马帝，石缄金匮有传薪。

自负雄才特忌才，桓（邵）边（让）赵（彦）孔（融）许（攸）娄（圭）崔（琰）。祢衡死匪由江夏，鹦鹉洲前草变衰。

承资跋扈行凶忒，鹰犬居然被虎文。爵赏由心刑在口，摸金发冢半将军。

闻雷箸失刘玄德，避地榻穿管幼安。天下英雄恶凶狡，人中鸾凤远贪残。

檄医头疾陈琳辈，翻作美新莽大夫。走狗飞鹰游荡子，居然受禅应当涂。

冬春射猎夏秋书，岩穴知名士不如。归去谯东精舍在，胡于逃赏叹申胥。

南飞乌鹊怅无枝，未静江湖亦自疑。狐媚奚能取天下？欺人寡妇与孤儿。

拒狼进虎岂良谟？亡国图存犹大夫。云扰中原追祸始，渡湟入塞许羌胡。

欢娱苦短忧愁多，旁眺八维奈老何？岁在大梁天亦醉，犁牛似虎莠如禾。

踞吾炉上骂孙权，虎视龙骧亦可怜。岂被夏侯盲语误，翻含遗恨到重泉。

建始承明起洛阳，梨根血出恨非祥。将军墓道休题汉，至德周文谥武皇。

威武能骄富贵淫，冢中枯骨亦天神。预争皇后怜诸妇，终作分香卖履人。

晋臣秽史尚贻讥，直道斯民有是非。妻妾难传心事徧，知心况只一青衣。

夺取人妻为子妇，然萁煮豆种前因。石磨公干犹平视，枕荐陈思竟感甄。

横槊赋诗一世雄，二乔未虏恨东风。而今立马西陵望，铜雀台荒繐帐空。

作伪心劳死不瞑，水汹崖黯漆灯青。漳滨七二皆疑冢，暮雨秋燐草亦腥。

休争正统与偏安，国贼曹操论不刊。衮冕彤弓膺九锡，空贻尘谤沐猴冠。

降旛纵出石城限，霸气西南尚未衰。梁甫吟成身许国，卧龙十倍子桓才。

佩青诗选

谢树琼，字佩青，云南腾越人。今录诗七首。

咏 怀

昂藏一野鹤，资性最幽娴。腹中虽饥馁，饮啄犹自闲。岂肯与群鸡，争粟庭衢间？行洁食不足，我为泪长潸。

晚眺有怀

大江东去夕阳斜，古木寒林泣暮鸦。一缕凄凉愁绝景，无人可共哭天涯。

读书有得

明月悄不语，落花淡无言。人心自烦闹，万境尽幽闲。

秋 兴

逝水年华被墨磨，荆榛满目感怀多。枕戈越石仰天啸，拔剑王郎斫地歌。夜月鸣蝉悲丧乱，秋风哀雁弔关河。人生须具匡时念，休向天涯闲处过。

漫 兴

艰难身世两悠悠，月满天空一倚楼。激烈涛声千古壮，光芒剑影万山秋。灵均泽畔行吟苦，豫让桥边衫色愁。一片伤心无限恨，长江不肯向西流。

肝胆愈摧志愈坚，风徽岂肯让前贤？海涛澎湃欲吞日，剑气峥嵘似插天。世事蹉跎惊岁月，年华黯淡入烽烟。钟声难唤睡狮醒，独抱《离骚》不忍眠。

自　嘲

落魄青衫涕泪多，十年枉自枕雕戈。鸡鸣剑吼心疑碎，石烂海枯志不磨。斫地悲歌愁日月，极天意气动山河。一般志士凄凉老，天地无知独奈何?

季刚诗选

黄侃，字季刚，湖北蕲州人。精音韵之学。民国二年，季刚主《民声报》，余主《中华民报》，虽政见不同，而论学则无间言。民国六年，余在北京，时季刚正主教北京大学，同在都门，握手甚稀。嗣后，余回沪上，闻季刚亦回武昌矣。今录诗二十五首。

向岛观樱

春风被广堤，复值蛮花开。丹蘤映阳辉，媚此都人来。仙云既空灵，脩路清氛埃。客心忌曛云，欲与春徘徊。灯繁葩杳冥，霞漾波萦回。岂谓俄顷欢，翻令羁思哀。故宇多芳华，何必棲蓬莱?

效庾子山《咏怀》

徐衍空负石，鲍焦方弃蔬。郁郁悲世理，飘飘就尘涂。学鸠终控地，凤皇犹在笯。微生会有尽，奇气诚难舒。萍浮江海上，何必问所如?

阮生广武叹，葛老梁父吟。不睹斯人困，焉知贤者心？九域方鱼烂，百年还陆沉。猿狙假周服，诮让一何深。惟闻淮南国，尚留鸡犬音。

纵横素不习，文采世方疏。歧涂寻本末，空宇怀玄虚。本自山林客，来从喧阓居。化茅心所凛，移橘性未殊。夙心终已矣，但恐岁华徂。

陆机志解累，贾谊思遗形。积惨苟未舒，玄言非至情。恒幹既牵系，遐想终空冥。鲜卉当春茂，枯条直秋零。仙夫不可接，何术希长生？

运斤悲臣质，辍弦想知音。斯人既零落，寄情何用深？搴萝眷浚谷，采薇陟高岑。古意亡已久，独往谁为心？去去勿复言，涕泪霑衣襟。

此日穷途士，当年游侠人。一朝时运乖，宿愿不复申。行歌向江海，含意别交亲。举觞振高眄，抚剑怀旧恩。悟彼自然数，苦心何用陈？

岁晚沧江上，依依见夕阳。胡尘已销散，兵气尚飞扬。孙恩既黠桀，袁绍犹强梁。会合终无路，分崩焉可长？未睹剧辛谏，徒为黄雀伤。

伊尹耕莘野，君章渔弋阳。名实本不亏，出处何无常？救患亦已勘，荣观诚未忘。棲岩宁吾拙，緤组宁吾臧。游心在寂寞，放发堪相羊。

悄悄发悲思，迟迟步前庭。绪风薄帷动，孤月当阶明。露下叶响细，星流萤焰清。短夜若长夜，新情非故情。生事俱消歇，旧欢犹合并。

沉饮似韬精，佯狂非畏患。未识人民非，居然市朝变。奇勋列鼎钟，群黎坠涂炭。江外何萧条，徒深微管叹。我本蒿莱人，焉能知治乱？

行路难

金尊置酒为君欢，请君听我歌路难。人生盛衰在俄顷，逞志究欲须当年。昨逢旧人过都市，高车大马黄金鞍。声名既起意气好，遇我曾非畴昔颜。便欲当途策高足，何为坐愁复行叹？

汉阳三月春未归，杨花漫漫渡江飞。江头丝管娱春日，焉能知我心中悲？去年辛苦与君别，转眼今年又三月。早知麟阁未成名，莫令化作空城血。东家少妇郁金堂，春归日日理明妆。夫婿新为二千石，归来鞍马何煌煌。

自河南寄温楚蘅、刘仲蘧

此别非常别，临分泪泗流。望君归故国，孤我向中州。冰雪经春泮，山原入眼修。一般和氏璧，到此总轻投。

我有无穷恨，难为挚友言。何当通梦寐，试与诉烦冤？白日青春急，荒斋客思繁。幽都如可托，请召未归魂。

危根诚自怵，愚意颇难移。口辩翻成吃，途穷解学痴。百年长梦梦，五夜递迟迟。不谓身长寄，空怜命似丝。

令适夸秦璧，衣冠假沐猴。未曾充隐士，还复愧庸流。一凤狂歌歇，群龙旧谶休。嗟余怀耿介，大地此累囚。

绝学真无累，多文亦自煎。可能遗外患，长此困残编。半解犹矜衒，千言肯弃捐。不如鷤鴂好，哀响度春天。

彼美弹清瑟，含情可具陈。本来宜善感，何止解伤春？芳婉三生愿，萧寒两地人。华年从损尽，此意总如尘。

灯焰昏萧馆，羁心夜渐长。无谁闻梦呓，有想度苍茫。万事催年鬓，孤吟仰屋梁。凭君知此意，慎莫笑颓唐。

无　题

春晚垂杨映画楼，玉人微拨细筌篌。摘花插鬓翻嫌媚，染黛添眉未解愁。斜照空虚临院静，残香袅绕入帏幽。几回独向雕阑望，只恨重簾不上钩。

仙人昨夜下瑶台，广度笙歌绣幄开。隔座埃光难暂接，背灯香颈竟空回。螺钿雅称盘云髻，凤锦新成踏月鞋。照径松光归去后，羁魂犹逐彩鸾来。

题刘仲蘧《瑞龙吟》词后

憔悴刘郎鬓欲丝，春来剪纸自填词。佳期损尽年芳老，犹记红楼暗别时。

读罢新词灯焰清，高楼风雨旅魂惊。柔情欲减终难减，莫作人间肠断声。

已分飘零过此生，幽情宛转总难明。红笺满写珍珠字，今日谁能喻此情？

景瞻诗选

周宗泽，字景瞻，湖北襄阳人。今录诗十首。

书寄啸园

海天万里尺书传，不迨开封已黯然。瓜蔓苦将无可摘，豆萁同尽自相煎。每逢日暮思君甚，又报春归在客先。心迹双清谁识得？蓬莱尚有李青莲。

贫甚虽无雀可罗，年来壮志未消磨。中原举目皆荆棘，游子伤心废蓼莪。知己亲朋飞絮似，困人天气落花多。江湖破帽残衫客，一任流莺自弄梭。

廉方招饮感赋

细雨樱花四月时，春归似较去年迟。为寻朋辈看花约，致误君家饮酒期。只见封侯多竖子，不闻杀贼有奇儿。请看历代兴亡事，胜负分明似弈棋。

日光道中枫叶

随处深红杂浅红，山山枫叶醉霜风。痴人当作春花看，三月长安道上同。

频年书剑走天涯，不为功名为国家。今日驱车日光道，满山红叶艳如花。

书　感

莫报兄仇与国仇，亡秦三户楚人羞。家山岘首思羊祜，旅食江头感马周。问字草荒扬子宅，污人尘上庾公楼。未央宫里降王长，新着承恩紫绮裘。

钝初周年哀挽一律

九十韶光才过半，春云如墨雨如丝。杏花有意红先闹，杨柳多情绿早垂。湖海何人怜翟义，风尘吾党重要离。今年寒食江南道，藏血谁为宋玉悲？

久不得恬阶、君盘、养泉、子静、竞生消息赋此分寄

又是江南二月天，故人消息各茫然。杏花如雪催征马，杨柳垂堤护别船。苏季成名因刺股，苻家失算侈投鞭。何当沽酒襄江上，好钓槎头缩项鳊。

赠天童智涌和尚闭关

三载禅关闭未开，蒲团危坐笑如来。半肩破衲任风舞，一屋如舟待月回。了了无遮翻贝叶，空空不染拜莲台。他年我醒扬州梦，同种江南万树梅。

与秋墨夜话

芳臭留遗两不成，南阳三载未躬耕。独令我辈持风义，只惜将军重死生。有友皆为范孟博，无人敢法窦游平。与君共话当年局，一着棋差误一枰。

小柳诗选

陶牧，字伯荪，号小柳，江西南昌人。今录诗十三首。

将赴广州答友人赠别之作

故人为我折将离，别绪真成理乱丝。去日松鲈方可荐，到时桂蠹定相贻。西华单帔寒如昨，南海明珠事尚疑。鲁酒待醒孤客送，夫容日暮此心期。

广州光孝寺为虞仲翔谪居时旧宅，有诃子树一株，相传仲翔手植也。余儿时家近寺旁，恒嬉戏树下。丙午十月重至广州，此树犹存，怅然有作

迢递诃林百尺枝，簸钱此下忆儿时。亭亭四荫还如盖，髡髡双髦易变丝。重堕炎荒元不悔，逆推尘劫固难知。劳生赢得芳华感，岁晏攀条索语谁？

偕吴门诸寓公探梅邓尉作

十年水国寒生袂，著眼繁华意自殊。未有文章侪宋赋，且携旨盉拜吴姝。（东坡咏梅词："他年欲识吴姝面，秉烛三更对此花。"）如闻唳鹤增遐感，乍喜蟠螭（山名）涉胜途。便欲乞祠从邓尉，落英长与荐氍毹。

季夏忆吴门景物寄内

差池短翼年时恨，雨霁无端忆水乡。戈渚杨梅才过市，（里语谓物之后时为过市。）吉祠菡萏未生房。愁边节物知难遗，别久吴音渐欲忘。瞑坐支颐成好梦，梦为鸂鶒浴横塘。

贻朴庵

与君把酒话平生，不铸黄金错铸情。断梗长飘填恨海，著书无分剩诗名。此心似水灰同冷，白眼看人烛太明。最是春风吹又到，绿杨深处鹧鸪声。

和子实《西湖》原韵

孤城烟柳万丝清，桥外朱栏白水生。叶小荷翻风送暖，萍开艇过日初晴。山光入座与眉接，云意浮天照眼明。缓缓花骢归陌上，树禽都作嬉春声。

题季樵玉照并送其归皖

春满河阳花满城，锦衣归去送君行。飞来凫舄多陈迹，踏遍鸥波话旧盟。歌舞红灯怀牡（杜）牧，料量金屋待云英。华颠相见犹年少，莫向淮流照影惊。

和朴庵见答韵

秋虫苦热事宵征，杯酒期君遣此生。两地月明心共印，一窗波寂影无声。沙虫吾辈归何用？风鹤人间郁不平。除却春江鸥可狎，鸡坛仍在剩诗盟。

七夕和儆庐仍用征字韵

浮沉瘴海共南征，老我河阳白发生。倦鸟依人思振翮，寒蝉在树噤无声。道高魔重文驱疟，海涸桑枯路未平。只有星桥仍可渡，天孙日守岁寒盟。

和儆庐题允公诗原韵

各有天涯岁暮心，十年萍梗苦能寻。藏身人海浮如芥，放酒尊罍悔不箴。诗动乾坤言慷慨，天多荆棘夜深沉。荣枯万古回潮汐，莫共秋虫绕砌吟。

写感示朴庵

难得云山数日晴，窗前好鸟弄新声。雄谈绿酒三杯醉，破镜苍颜一笑惊。芳草江南哀未已，名驹冀北梦无成。飘流瘴海同为梗，恰与先生共此情。

寄怀菜佣有所询

歌板空回别后肠，此中岁月更嫌长。应怜客为田横死，未得人知叔夜狂。梁燕最防逢旧识，车龙惊见眩新妆。淘金挑菜皆陈迹，剩有刘公醉里乡。

次韵答朴庵

同在三山外，凄凉雨满城。梦随芳草远，心与乱更倾。相对唯思睡，终贫只误名。胡公最高迈，长揖事为兄。

忏盦诗选

胡先骕，字忏盦，江西新建人。今录诗二十一首。

诗别萧叔絅燕京

萧郎二十风骨奇，崭然头角何嶷嶷。夜作雄文灵鬼泣，下笔造物听驱驰。溺饥时切痌瘝抱，矢心重把乾坤造。愿涉殊方求绝学，不甘牖下长终老。长途挟策献春卿，春卿不识真精英。碔砆鱼目征上选，遗珠弃璧空晶莹。挟策刘蕡嗟下第，束装买櫂为归计。柳丝莫系远行舟，临歧握手空挥涕。我今亦往东海东，岂云破浪乘长风。同此安危兴废志，忍看横暴恣群雄。此行矢志拚孤注，不令白日等闲度。他年绝域回马首，与君戮力纾疆步。愿君为国善自爱，及时筹措赖君辈。树人百载憎迂缓，回天巨责无旁贷。长歌歌已心彷徨，一帆从此指遐方。离愁百丈莫能遣，朔云万里徒瞻望。

游仙廿绝

曩读樊榭山人游仙诗，羡其清芳绵丽，拟步原韵，一一和作。嗣以人事倥偬，未能就绪。继来美洲，樊榭原作遗置燕京，初望殆难即遂，姑录已成廿绝，亦以志一日心思之所寄尔。

开遍琼花玉树枝，碧云千里寄遐思。漫将三寸缕金管，细写游仙百首诗。

白云黄鹤两相邀，俯瞩河山夜寂寥。桂魄团圞秋露重，九天吹彻凤皇箫。

莫从海上跨鲰鱼，嘹亮天音下碧虚。一枕波涛风万丈，梦中犹诵锦函书。

十里晴霞鹤背生，翩跹最好御风行。翱翔三界不知路，到了青城又赤城。

仙桃初绽懒红芽，踏月重来帝子家。十二万年宁可慨，不须历刦问风花。

清流瀫瀫石粼粼，手植瑶芝意绝尘。碧玉峰头耐狂啸，洞天深处自长春。

仙扃轻叩问飞琼，王母何时返玉京？笑指云端双凤辇，翠华宝盖倍分明。

鲛绡十幅易诗才，咏遍名山数未该。一领霜裘满青雪，大崑崙顶踏歌来。

呼龙耕绿种仙葩，千载风情漫自夸。阆苑虽无人世种，开时仍著并头花。

凤盖鸾车拥翠旄，瑶池阿母赐仙桃。捧来食尽怀双核，馀液殷红染绛袍。

芒鞋踏踏逐飞云，晓雾空濛湿练裙。峭壁苍松久清绝，涛声百里便相闻。

竹冠籐杖白云衫，未是孤高别俗凡。信足便来游泰岱，天门千载尚巉岩。

鹤发飘萧箬笠斜，闲来三岛看琪花。老仙生自腰肢健，归去慵乘白鹿车。

生来北岳最崔巍，绝顶登临倦眼开。足底黑云三万里，东南隐隐有鸣雷。

黄篾三条且束腰，（明人句）远游无意鸟相招。一程步到星河畔，不见天孙度鹊桥。

整顿衣裳下玉阶，瑶池赴召换云鞋。麟脂凤髓传杯盏，即席天厨进水牌。

天台山里日高寒，看鹤梳翎独倚阑。落尽桃花春水涨，胡麻今日尚堪餐。

楼阁玲珑有也无，仙风吹彻玉笙孤。潇湘夜月寒如水，贪看骧龙戏颔珠。

倾杯控鹤醉乡游，一任春华似水流。不管虫沙千万劫，个中清福是前修。

倾完玄碧酒千杯，跨鹤遨游佛国来。恰遇生公宣妙谛，天花纷坠妙高台。

诗选卷七

白丁诗选

丁上左，字竹荪，号白丁，浙江杭县人。今录诗十首。

调亚子用海帆师韵

一宵欲挽小勾留，偏效鸳鸯宿秀州。皮陆本来为胜侣，尹邢何事到良俦。料君念切梨花落，恨我交迟桃李投。知否歌场春寂寞，伊谁共泛木兰舟？

和龙丁华书伉俪唱和词原韵八绝

谁云春日迟迟好？已见花飞满院残。独坐懒将奁镜照，痴心惟盼竹平安。愁春

顿惊寒食散轻烟，意不如人欲问天。今日楼头翘首望，最关心是柳丝牵。春愁

眠琴莫待绿阴稠，繁富争夸万户侯。侬命不犹时自惋，馀情都付雨中鸠。春怨

嫣红姹紫倏成空，恨煞飘零杨柳风。底事恼人眠不得？含嗔意在不言中。怨春

一日三秋似轴轳，梧桐叶落满庭芜。侬心如菊霜犹傲，

瘦影孤灯犹伴吾。愁秋

若个销魂对月明，照人肺腑静无声。幽蛩未解深闺意，絮耳阶前彻夜鸣。秋愁

凯风何故棘心吹，不语停针添线迟。几度怀人行役苦，雁来有信盼归期。秋怨

纨扇轻捐咋日非，画屏冷淡认依稀。早知萍迹飘无定，悔却杨花逐水飞。怨秋

和龙丁留别诗韵即以赠行

交订湖山久，今添离别情。赓诗写愁怨，把酒话平生。摹像佛无量，抽身子独清。虚心敢师竹，滕薛我毋争。

展庵诗选

丁以布，字展庵，浙江杭县人。今录诗九首。

湖上即席酬春航、静庵

南北依稀屹两峰，如撞大吕应黄钟。投飘得句诗怀旷，弹铗长歌豪气锺。朝野略无新伎俩，湖山仍是旧形容。一杯欢饮馀杭酒，乐事年来岂易逢？

亚子招饮湖楼，即席分得虞韵

湖上春回风景殊，绿肥红瘦到蘼芜。情怀南社联吟客，惆怅西泠中酒徒。世态无妨成冷淡，人生难得有糊涂。飘零琴剑成何事？浩荡胸襟月满湖。

赠春航，用白丁韵

曾记春申一笑逢，曲终江上怅青峰。霓裳自是鸣幽怨，画笔还教别淡浓。潭水情深人去远，（谓亚子）休丘梦冷客寻踪。西湖洒遍伤春泪，何处缄封寄个侬？

题吹万《伤昙录》

痛哭西河欲丧明，避人忍泪写哀铭。（高夫人以吹万哀恸失常，迫不令复作文。）最难忘是弥留顷，目注阿耶噤不声。

土花低护墓门深，血泪挥残尚湿襟。我愿世人勤子职，莫忘父母育儿心。

题亚子《分湖旧隐图》

楼台平水水平桥，梨里人归趁短桡。嫩绿新红遍桃柳，个侬心事付吟瓢。

一水盈盈间越吴，旧居难忘是分湖。儿时踪迹诗中画，沙鸟风帆怳有无。

题西泠扶醉照片寄亚子，用吹万韵

相印心心到印泉，雪泥鸿爪总前缘。独醒我是孤山鹤，来伴花间醉八仙。

题三子游草，次吹万见赠原韵，与三兄不识同赋

故国寂寥尘梦里，闲游半月强为欢。人如蓬梗随波转，诗共梅花耐岁寒。我自清狂君自醉，见时容易别时难。还应乐府歌三妇，六逸高风未渺漫。

亮才诗选

周亮，字亮才，浙江嘉兴人。今录诗十七首。

悼程蕴秀女士，并慰陈西溪先生

分明佳偶自天成，底事良缘吝半生？悽绝倚云楼上梦，年年环绕女儿身。

一代风情百不如，何堪旧事话南徐？悼亡洒尽河阳泪，湿透南华一卷书。

敦促萧郎作壮游，惓怀家国美人愁。陌头春到垂杨日，不学寻常上翠楼。

梅花一树遽伤枯，剩有香魂绕绣襦。大好河山光复日，江南愁怅失罗敷。

雄师威克石头城，壮绝东南十万兵。夫婿也曾投笔去，兰言当日记分明。

君自吟诗侬写来，清闺唱和剧怜才。孤山一语成诗谶，黯绝梅魂唤不回。

湖海元龙正妙年，无端锦瑟怅离弦。节哀记取夫人语，莫向春风听杜鹃。

一片仁慈天性真，众生平等岂无因。焚香小婢休轻视，也是兰姿蕙质人。

鲍妹学成堪慰姊，定知含笑在泉台。文明传遍新篁里，华表应看化鹤来。

大陆风潮动地来，男儿壮志忍湮埋？休教奉倩神伤尽，好为宗邦护妙才。

次石庵《冬日感怀》韵六首

烂嚼莲心忘是苦，饱尝梅子不知酸。岂真蜀道难如昔？毕竟钧天梦未宽。老去奇书容我读，归来长铗背人弹。河山新历红羊劫，惨淡风云壁上观。

朔风楚雨断肠声，郁郁中宵一剑横。奇气更从何处泄？新诗惯作不平鸣。江山摇落骚人感，禾黍苍凉故国情。社鼠城狐欣起舞，更谁献策慰群生？

玉笛梅花诉哀怨，铜驼荆棘卧纵横。千寻铁锁拦江水，一抹愁云压古城。煮豆燃萁成底事？拈兰证絜不胜情。墓门芳草迷鹦鹉，独吊洲前祢正平。

听罢倾城一曲歌，蛾眉谣诼近如何？欲将心事叩天帝，未许情缘惹鬼魔。骯髒风尘知己少，飘零湖海阅人多。几时归共渊明隐？一片飞帆似织梭。

胡天胡帝心如醉，疑雨疑云梦正浓。漫道将军工射虎，更无壮士学屠龙。群空冀北非凡品，曲谱江南唱懊侬。我欲蓬莱深处去，乘鸾飞上最高风。

草木荣枯一瞬中，可怜世界可怜虫。鲁阳戈未回斜日，沛下人应歌《大风》。点缀乾坤新事业，网罗尘海旧英雄。睡狮唤醒非容易，闲杀僧楼报晓钟。

侠士行

手不斩仇人头，口不饮仇人血。侠士替天平不平，其情如山心如铁。山不能摇，铁不能折。恩怨莫论，奇气当泄。来时如迅雷，去时如疾风。踪迹不知所，一剑横长虹。屠龙屠狗知多少，说与世人都不晓。狂歌长啸天地空，明朝且入长安道。君不闻，秦庭匕首博浪椎，报燕报韩知是谁？

天风诗选

谭天，字天风，浙江嘉兴人。今录诗三首。

春日书楼遣兴

俨然九鼎守王家，世业缥缃一郡夸。披卷眼昏刚负曝，作书手颤为锄花。天边云势随风过，楼外岚光碍竹遮。忽见莺巢高几尺，春来又长树枝桠。

书呈家君作诗示寄书者

一纸三千里，临歧无限思。君心如不负，我梦亦相随。远水鱼争跃，秋风马脱羁。浮沉虽未定，从此算程期。

雨夜闻雁寄怀族兄希铿

寂寥风雨夜，孤客若为情。料得高吟罢，凄然感慨生。文章偏古调，亲友仅虚名。独坐悲怀起，何堪听雁声？

道非诗选

沈砺，字勉后，号道非，浙江嘉善人。今录诗五十五首。

送　穷

任鬼揶揄不送穷，终朝白眼看苍穹。知交却在风尘外，相见无非肝胆中。浊世功名归竖子，中原今古几英雄。会须立马昆仑上，散发披襟唱《大风》。

浊 酒

浊酒秋风弔可儿，鬼雄亨我掌中卮。当年楚覆存三户，此日韩亡奋一椎。只是替人浮大白，更无险着振残棋。东邻有女频窥宋，红豆玲珑刻骨思。

送友北上

今日长安昔日倭，游踪斟斠两如何？小词杨柳新传曲，一抹胭脂媚更多。市上已无屠狗辈，车前试唱饭牛歌。扶摇九万抟鹏翼，为辨修罗与大罗。

冒雨游西湖

零落冬青系客思，泥人况又雨丝丝。江山已逐匡山去，惆怅西湖伫立时。

拜岳墓

相公一德格苍天，万里长城坏昔年。顽铁铸形初未料，是非千载墓门前。

湖上闻笛

铁崖哀感咏红兜，玉笛春残十二楼。簌簌短亭花落尽，馀音依旧绕杭州。

展张苍水墓

青山碧血怅年年，苍水孤忠日月悬。于墓岳祠分鼎足，西湖一勺峙三贤。

虎丘弔阖闾

真娘声价艳千秋，多少新诗咏虎丘。谁重阖闾埋骨地？清明寒食奠椒馐。

治冢偏劳千万人，澒池银椁畀幽神。祖龙发后赤乌发，地下财多尚累身。

吴中杂咏

仗剑轻生慷慨歌，湛卢飞去近如何？要离冢外五人冢，犹占吴门侠气多。

弱宫人尽作貔貅，剑气萧萧吴苑秋。其奈嗣君轻尚武，只怜妃子捧心愁。

走狗塘前芳草碧，养鱼城外晚风凉。胡尘满地且休问，小集名流宴辟疆。

狂歌行

既不甘觳觫如马牛，又不堪冠带效沐猴。许身当为稷契，得志无须王侯。丈夫贵快意，兹外复何求？胸中云梦吞八九，眼前了了小五洲。权奇磊落抑塞不得稍稍逞，郁伊横剑风尘游。吾游怅怅奚所适？适情姑作信宿留。时而一凭高，直上元龙楼。时而一涉水，同坐李膺舟。模范山水流连风景奚足数？山川形胜湖海豪杰历历铭心头。有士裼其裘，有客髯如虬。猝然相邂逅，停趾交凝眸。一言能快合，万语谈不休。相知各恨晚，尊酒意气投。神采照耀，肝胆唱酬。狂歌击节，天地为愁。山岳飞去霹雳走，舍我曹外不知谁是当世第一流？他日毋相忘，前途善为谋。我曹期许乃如此，安能水凫泛泛随波浮？吁嗟乎！燕雀焉知鸿鹄俦？

咏　史

桓桓飞将绝严关，出没空林虎豹闲。点点泪珠弹不断，崖山痛定又煤山。

鲲身竟渡猿声绝，跋浪鲸鲵任往还。一局残棋收拾尽，一为南畨一台湾。（弔张苍水、郑延平也。）

咏　史

燐火飞青劫火红，滔滔逝水大江东。紫光阁上图形貌，添个元勋张献忠。

渭浊泾清本异流，当涂符谶趁时收。冢中枯骨袁公路，唾手居然得冀州。

貔虎熊罴专阃外，高言法意本无惭。枯肠搜索西洋史，华圣拿皇并一谈。

秋高木末啸霜猿，乾鹊寒鸦一例喧。策马乐游原上望，夕阳只是近黄昏。

悲　秋

不关宋玉善悲秋，满眼沧波渺渺愁。一自苍鹰飞黑塞，几经白马祸清流。谶书交口称新莽，秽史何心诮魏收。剧醉每教冠发指，披襟慷慨弄吴钩。

读　书

中原揽辔计已左，饱读奇书亦自豪。但使心波清一勺，何庸梦境绕三刀。风云耻共蛟龙竞，田陇笑容燕雀嘲。日课千言足消遣，诵馀《梁父》诵《离骚》。

晚眺

夕阳一抹傍江楼，万里烟波渺渺愁。隐现龙鳞依壑泽，触蛮蜗角狎春秋。不旋地轴移三岛，便借天瓢洗九州。落寞生涯权忍受，暂师居士号休休。

沪上度端阳

中年哀乐与人殊，鞭影惊心令节徂。英物可生王镇恶，奇冤终古屈三闾。步兵广武言堪玩，皋羽西台哭亦孤。客里端阳容易过，不堪捷足骋长途。

且饮雄黄酒一杯，味莼园里看花回。士风饶有承平习，人物谁为拨乱材？红日低随燕影去，黄尘斜逐马蹄来。阮狂嵇懒缘何事？未许顽心寸寸灰。

偶成

大好年华掷逝波，春风髀肉叹蹉跎。壮夫事业将何有？竖子功名不足多。满道豺狼肆牙爪，当阶兰蕙恐芟锄。楚囚对泣浑无补，谁为中原奋鲁戈？

和骚心《佳期》原韵

宵来慵启玉楼扉，何日征车可赋归？同命鸳鸯依水宿，趁时蝴蝶逐花飞。烧残心字人惆怅，瘦减腰围婢讽讥。幽怨千重愁万叠，天涯红豆已全非。

再叠前韵示剑华

谩劳车马集荆扉，去病无家怎便归？眼底云烟半疑似，胸中海岳一翻飞。青萍欲作腾拏势，黄鹄何妨燕雀讥？莫道南薰能解愠，瑶琴三尺谱非非。

三叠前韵示同坐

晓起频敲逸士扉，晚登岩岫看云归。十年歌哭将成错，万里扶摇已倦飞。斗室常留春夏气，寸心宁畏简书讥？吾人出处原无轨，彼此何须问是非？

风雨大作，倚枕口占

疮痍汉上成陈迹，拜手扬言又一时。风雨客中心郁勃，江山枕上梦迷离。十年辜负澄清志，一剑飘零老大悲。倘得重施龙虎略，黄龙直抵未为奇。

无　题

高唐神女杳无踪，云雨荒唐入梦中。谁道茂陵病消渴？情波还比酒波浓。

最怯春寒透被池，残灯无力亸娇肢。一帘新月迎人瘦，赢得销魂正此时。

憔悴三春却为卿，是多情也似无情。鸳鸯曾是能同命，杜宇枝头唤不平。

蕙剑能除烦恼丝，香车金犊怅当时。二分明月扬州夜，梦醒寻芳杜牧之。

晞发一首示亚子

晞发弔湘灵，山中独醉醒。黄农今不作，草木总含腥。一卷《潜夫论》，三弓野史亭。相资遗世虑，庶汇漫劳形。

了公、鸦雏见过喜作

门前无辙迹，斗室意幽深。旧雨扁舟至，春风空谷音。评量《梁父》句，睥睨洛生吟。一片怀冰雪，悠然涤素襟。

桃源随处是，何必入山深？各抱中和性，能弹太古音。文章都佛谛，（了公谓千古奇文不出禅悦。）风雨入孤吟。（鹤雏出风雨楼近作见示。）即此足遗世，玄珠灼我襟。

月旦四首

衔石精禽填海心，此心宜古更宜今。偶然缥缈虚无想，晞发阳阿一放吟。

一纸严辞却报酬，梁溪品格仲翔俦。老瞒纵是饶赃物，威凤祥龙网得不？

昔诵梁家《五噫》歌，桂姜品性百年无。两行泪洒辽阳路，席帽山人不足多。

汉石秦碑腕下收，黄冠尘市小沉浮。吾心欲向犹龙折，此亦中原第一流。

晚步野次

信步东阡西陌行，馀霞映带晚烟平。荒堤雨后多牛迹，杂树风过送鸟声。在水一方容驻足，问津何处可移情？临流慨拊支离骨，息影经年髀肉生。

黄梅时节半阴晴，杜宇枝头唤不平。歧路可能污素履，清溪聊尔濯长缨。云霓牵涉闲中思，泉石婆娑物外情。风景不殊且举目，英雄自古合躬耕。

十年悔咏南薰曲，今日又逢东作时。布谷苦催秧簇簇，鹁鸠泣唤雨丝丝。菑畬事业归无逸，稼穑艰难动系思。陇上正多腾燕雀，辍耕太息几人知？

感怀八首

横流满眼世沧桑，恻恻难消旧日狂。龙虎风云一顿挫，俊厨顾及半沦亡。托身只觉菰芦好，上口无如薇蕨香。收摄寸心消万念，焚琴煮鹤总悲伤。

欲了华严未了因，磨砖作镜莫嫌辛。漫言公路能称帝，莫笑扬雄更美新。缥缈九天鸾凤啸，蝼蜓当道蝮蛇嗔。蚩蚩遍饮狂泉水，容得东施窃效颦。

浩淼长江水拍天，石城龙虎乍销烟。故宫草长铜驼没，牙帐云屯铁骑连。肠断莺花楼十二，心伤猿鹤甲三千。南朝寂寞青山在，玉树歌中恨渺绵。

日轮暝息坠虞渊，海外能容忍辱仙。一道白虹方贯日，三年碧血竟蜚天。英雄自昔甘尝胆，造化于今肯息肩？莫更生涯嗟濩落，天津桥畔有啼鹃。

座右端书行己箴，静中结契落花深。九州云扰刑天舞，万口雷同下里吟。新贵趋跄纷挟策，党人名字最关心。东皇留得春消息，尚有黄鹂弄好音。

新蝉噪罢夕阳移，更曳残声到别枝。关内羊头阒此局，辽东龙尾守其雌。冰山瑞献三鸦路，羽翦功铭双兔碑。纵使祖龙谋万世，却输山鬼有前知。

罗钳吉网势匆偬，缇骑纷纭瓜蔓抄。偏纵神龙依大泽，也知燕子处危巢。叔孙绵蕝曾何补？优孟衣冠聊解嘲。环顾春郊多战垒，柱天大将正鸣鞘。

光阴潦草歇繁华，忧患馀生辄自嗟。往日奇怀随佛劫，一年春事逐杨花。忘机白社闲挥麈，息影青门学种瓜。小睡故人频入梦，西风酹酒恨无涯。

亚子邮赠先德粥粥翁《养馀斋诗集》四册、《分湖小识》二册，郭灵芬手写徐江庵诗、王氏《青箱集》、蒋氏《拙存堂集》各一册，皆人间不易睹之瓌作也，获读狂喜，诗以谢之

故人远道百朋锡，名著青箱与拙存。先德词源狂倒峡，乡贤墨宝气凌云。快吟怳索嫏嬛秘，什袭还逾拱璧尊。顿为空山破岑寂，董生连日不窥园。

书　感

陆骇豕蛇海吼鲸，万方一概道难行。微吟泽畔心如捣，垂翼天门梦不成。博浪挥椎浮大白，山阳擫笛带酸声。填膺百愤都潮涌，竖子居然享盛名。

题近作后

轻裾长袖难为伍，一卷吟哦蓬藋门。莫道而今诗思澹，弩张剑拔气犹存。

帆彩楼题壁

春雨秋灯共一楼，分明此地可埋忧。鬓丝欲改髀消尽，别汝将为万里游。

十眉诗选

余其锵，字十眉，浙江嘉善人。现主教于竞雄女学。今春亚子来沪，杯酒论诗，十眉豪兴犹有当年之概。今录诗三十首。

悼亡妻淑娟，集龚句

风云材略已消磨，红豆年年掷逝波。别有樽前挥涕语，报恩如此疚心多。

诗谶吾生信有之，蠹鱼零落我归时。安排写集三千卷，留报金闺国士知。

风鬟雾鬓觉伶俜，春夜伤心坐画屏。十一年来春梦冷，佩声耳伴尚泠泠。

亦狂亦侠亦温文，臣朔家原有细君。怜我平生无好计，商量出处到红裙。

银汉迢迢入夜流，上清斋设记心头。遥知法会灵山在，乞得人间一度游。

小别湖山劫外天，七襄报我定何年？九泉背受狂生誉，道韫谈锋不落诠。

金缸花烬月如烟，曾有人居大梵天。罗袜音尘何处觅？许侬亲对玉棺眠。

略似骖鸾缥缈身，难凭肉眼测天人。平交百辈悠悠口，艺是针神貌洛神。

好梦如云不自由，羽琌词笔自今收。无妻怕学林逋独，更折梅花寄暮愁。

画禅有女定清真，恐是优昙示现身。毕竟尘中容不得，只容心里贮秾春。

我自低迷思锦瑟，一钗一佩断知闻。扪心半夜清无寐，此是平生未报恩。

整顿全神注定卿，莫抛心力贸才名。一家倘许圆鸥梦，兜率甘迟十劫生。

忽向东山感岁华，自缄红泪请回车。天花岂用铃旛护？

化作春泥更护花。

那向如花辨得明，词锋落月互纵横。米盐种种家常话，肯向渠侬侧耳听？

朴学奇材张一军，胸中灵气欲成云。迢迢望气中原夜，窈窕秋星或是君。

双负箫心与剑名，天风鸾鹤怨三生。劳人只有空王谅，万一天填恨海平。

文字缘同骨肉深，小屏红烛话冬心。著书不为丹铅误，累汝千回带泪吟。

迴肠荡气感精灵，历劫丹砂道未成。绾就同心坚俟汝，更何方法遣今生？

对人才调若飞仙，枉负才名三十年。亦是今生未曾有，东南幽怨满词笺。

天将何福予蛾眉？名位千秋处士卑。肯拓同文门畔石，骈文撰出女郎碑。

五月九日南社雅集海上愚园云起楼次芷畦韵

长安西去路途修，王粲无端又上楼。寥廓乾坤名士泪，萧条兰芷美人愁。可无诗酒酬良会，剩有沧桑感旧游。半壁湖山斜照里，东南王气已全收。

题夷峙《纪遇诗册》后，集龚

少年哀艳杂雄奇，怕听花间惜别词。一种春声忘不得，樽前说与定何时？

红是相思绿是愁，一生孤注掷温柔。新诗急记销魂事，忍说挑灯为应酬。

甘隶妆台伺眼波，红墙西去即银河。儿家门巷斜阳改，无故飞扬入梦多。

燕兰识字尚聪明，谁肯甘心薄倖名？绾就同心坚俟汝，有人花底祝长生。

南社巨子多半凋零矣，诗以恸之

叹逝嗟生意兴慵，几多愁思酒杯中。百年涕泪垂垂尽，一代文章黯黯空。夜半疾风摧草碧，春残微雨落花红。西台恸哭成何事？几曲山阳笛里风。

集定公句赠芷畦

小别河山劫外天，梦回清泪一潸然。书生挟策成何济？枉负才名三十年。

手扪千轴古琅玕，乡国论文集古欢。世事沧桑心事定，忍收古泪出长安。

天涯握手尽文人，歌泣无端字字真。别有狂言谢时望，使君谈艺笔通神。

论诗论画复论禅，涓滴无由补大川。烈士暮年宜学道，此身已作在山泉。

一民诗选

李云夔，字一民，浙江嘉善人。今录诗七首。

无　题

不如归去酒阑时，鬓影衣香想见之。记得昨宵明月下，小红低唱我吟诗。

偶　成

江上峰青曲已终，流珠人去彩云空。茫茫今古几红拂？慧眼居然识卫公。

戏　赠

浪言苏小是乡亲，卿本鸳湖荡桨人。羡煞欧西好装束，花冠故故入时颦。

送李晦盦之燕

仓皇戎马识虬公，（君须髯如戟，自号江东老虬。）杯酒论交肝胆同。遍地干戈天宝后，几人书剑客途中。荆卿座上衣冠白，王粲楼头夕照红。来日大难居不易，痴聋须效阿家翁。

幕府争传折简招，故人海上黯魂销。卖文赖有江郎笔，落魄难为伍子箫。客里风光三月暮，天涯涕泪一身遥。送君欲解千金剑，恐有光芒射碧霄。

赠阮鼎南

鼎南，越南志士也。工诗古文词。国亡后遁迹来中土，力谋光复，屡蹶屡起，志不稍衰。壬子春，余相值于湖上，相处几半载，临别为赋二章。

迢递家山路几千，侧身南望泪潸然。沼吴有志频尝胆，兴楚无人敢息肩。九死疮痍扶病起，重围锋火枕戈眠。（君屡困重围，仅以身免。）临歧我亦无多语，满饮葡萄祝凯旋。

剑气森森射斗牛，廿年未复故君仇。宁从东海埋斯骨，不分南冠老此头。故国桄榔三户泪，征途鶗鴂几人愁。知君不尽兴亡感，风雨关山独倚楼。

九一诗选

顾馀，字九一，浙江嘉善人。今录诗四首。

咏古四律

符命纷纷岂自诬？假皇家世忆黄虞。金滕莫解康陵恸，玉玺谁怜文母愚？威斗铸成新日月，渐台认取好头颅。菁茅几许酬开国，只是伤心莽大夫。王莽

十八诸侯盟早寒，本初空自据雕鞍。但看青草迷千里，幸藉黄巾晋一官。知己他年唯有蔡，雄才毕竟不如瞒。脐燃郿坞留馀烬，化作残燐映水滩。董卓

繐帐凄凉邺下台，奸雄遗迹已成灰。孙刘枉据三分鼎，豚犬犹称七步才。挝鼓正平拚一死，殉身文若有馀哀。他年髦奂同灵献，疑冢奚知夕照颓？曹操

此心竟被路人知，南阙横戈肯再迟？三马同槽终误国，二龙见井尚吟诗。不床中散惭汤武，幸有公闾作禹夔。千古兴亡皆一瞬，青衣行酒又何悲？司马昭

芷畦诗选

周斌，字芷畦，浙江嘉善人。今录诗七首。

上巳日社集愚园和檗子、匪石

凄凄风雨沪江滨，潦草流觞上巳辰。休怪天公恶作剧，

阑珊此局总愁人。

上巳后一日楚伧招饮，酒后出示《分湖弔梦图》，成二绝

不信桃源路渺然，淮南鸡大亦神仙。急忙唤醒瑶台梦，已溷红尘十七年。

惆怅云軿去不还，墓门瞻拜竟缘悭。（屡约社友访墓未果。）催诗一棹斜阳影，红到分湖第几湾。

和剑华《醉歌行》

搀（欃）枪横扫牛斗边，酒星一一谪人间。瓶山灵气积之久，风流复见李青莲。青莲交游遍海内，座上衣冠多奇伟。化龙剑气自东来，正值老渔舟访戴。击鼓催花花满城，折冲樽俎酒为兵。华堂画烛夜继日，十斗不醉淳于髡。毕竟英雄心不死，唾壶击缺剑光紫。有时喝月使倒行，随风一跃空中逝。君不见荷锸仙游刘参军，沉饮高风至今闻。又不见鼾眠炉侧毕吏部，酒贼之名亦千古。吁嗟乎！举世滔滔吾安归，不如日饮醇酒千百杯。醉死同葬土一抔，千载酒魂归去来。

社集崇效寺赏牡丹，次韵答巢南即以志别

征车三月殢长安，又集名流赏牡丹。海内风云增别感，眼前富贵等闲看。浪抛泪点青衫渍，瘦损腰围今带宽。莫怪春光留不住，人间来去也无端。

烟台晓泊

破晓雾冥冥，烟台此泊停。山形真虎踞，海气有龙腥。东去沧溟黑，西来泰岱青。都门今夜月，几个望长亭。

次韵答道非

满树枇杷昼掩扉，江南春老未言归。身如弱燕丝难系，气挟长虹剑欲飞。名士风流原自喜，狂奴故态任人讥。新亭多少英雄泪，举目河山景已非。

和骚心《佳期》，用前韵

盼到天阊双启扉，居然仙女赋于归。镜窥魏帝鸾皇舞，图卷滕王蛱蝶飞。逸少久驰才子誉，太真枉受老奴讥。蓝桥一饮琼浆后，回首人间万事非。

忏慧诗选

徐自华，字寄尘，号忏慧，浙江崇德人。今录诗五首。

九日闲兴

肃瑟西风落叶飞，一篱黄菊傲霜威。人怜瘦影同清照，雁带寒声叫夕晖。习静任谋生计拙，耽吟觉与世情违。懒携樽酒登高去，课读儿曹昼掩扉。

雨窗感怀

夜坐拈毫闷莫排，风风雨雨满庭阶。年来侬是伤秋客，不听秋声已感怀。

遥闻点滴漏声幽，憔悴吟身不耐秋。静倚香篝眠未稳，宵深百感上心头。

巢南来书问何久不作诗口占答之

砧催木叶又秋归，自叹年来百计非。玉笛音悽残月冷，风琴声断彩云飞。（先君善笛，爱吹残月晓风之曲。亡女能奏风琴。）诗心近觉能禅悟，傲骨拚教与俗违。暂且抛诗理刀尺，敢劳慈母制寒衣？

题潘兰史《江湖载酒图》

人间何地可埋忧？隐隐青山寺寺楼。闻说放翁诗句好，暮年长此得闲游。

二分明月一分秋，秋满江湖月满舟。难得觥船浮一舸，鬓丝禅榻两无愁。

襟上杭州旧染痕，江南黄叶半成村。扁舟载得先生去，河朔谁知有罪言？

十里春风一刹那，相传人唱隔江花。我来唯觉秋天晚，无数垂杨憩暮鸦。

小淑诗选

徐蕴华，字小淑，忏慧之妹。适闽侯林亮奇，唱随颇乐。民国六年，亮奇惨毙上海汽车之下，小淑伤之特甚。今主崇德女子学校，遂辍吟咏焉。今录诗十首。

唐庄题壁

百花深处屋三椽，缺露春山一角尖。坐待风前双燕子，唤童未暮卷珠簾。

曲曲迴廊竹里通，水亭遥在画桥东。一篙声响舟前渡，惊醒鸳鸯半梦中。

嶙峋怪石叠岿然，洞里山家别有天。半种梅花半种竹，看他风雪耐年年。

读书堂外曝书亭，西北高楼屋建瓴。三面琳琅堆满架，南窗留我写《黄庭》。

东边草阁俯临江，侵晓晴开六扇窗。流水桃花春意暖，闲看乳鸭下双双。

面对南山作草堂，菊花时节好倾觞。疏篱一抹斜阳澹，瑟瑟西风送晚香。

空中楼阁雾冥冥，高卧南窗唤未醒。自笑胸无丘壑意，不堪着笔付丹青。

留来馀地十分宽，曲径三三绕画栏。雅爱此君能免俗，庭空多种竹千竿。

小窗遣兴

笔床茶灶又诗筒，安顿生涯且此中。酒为抱愁容易醉，画原写意不求工。云开浑似疑团破，月上真同悟境通。世上子期如有望，笔闲未必弃丝桐。

夜宴竹素园

到此清幽地，全将俗虑删。壶觞倾北海，丝竹笑东山。对月闻猿啸，归云逐鸟还。醉中惹心事，我欲哭时艰。

风蔚诗选

朱谦良，字凤蔚，浙江海盐人。今录诗四首。

读《庞檗子遗集》

挑灯忍泪读遗编，展卷凝眸意惘然。（篇首列有君遗像。）侠骨峥嵘天亦妒，奇才璀璨俗无缘。雕龙好句琤瑽玉，（君诗室名龙禅，词馆名玉琤瑽。）歌风新声断续弦。（君有《风兮歌》，为女伶郭凤仙作。）叹息先生仙去后，沧桑历劫又年年。

黄鹤楼晚眺

按剑倚危楼，江天一色秋。远山衔落日，巨浪逐渔舟。烽火迷云树，云霞吐月钩。不堪回首望，凄绝蓼花洲。（鹦鹉洲时多蓼花。）

将去海上留别舍弟无射

少年兄弟两沉沦，等是飘零劫后身。秋已早拚愁里死，卿须努力屈中伸。剧怜钝剑难枭贼，愧乏功名可慰亲。乡里棠花江上月，一番回首一怆神。

感怀和病侠

连朝风雨扑重门，啼处新痕压旧痕。梅鹤流离馀剑胆，琴樽零落剩诗魂。书生自古崇三戒，侠士何时净六根？地棘天荆谁管得，此身权寄水云村。

贞壮诗选

诸宗元，字贞壮，浙江绍兴人。今录诗十五首。

曼殊来海上问讯故人奉投一诗

浮海归来国事新，袷衣相对况青春。难忘画卷留行舸，欲向筝床问旧人。有母将迎湖上住，工诗即慰客中贫。四年一别今重见，积感知犹共苦辛。

檗子有观剧示亚子诗，戏依其韵书投亚子一噱

柳生纵饮复悲歌，长向尊前唤奈何。一卷怀芳留小志，五云四芷已无多。

狂华十万斗新妆，不揽吴儿木石肠。何事吞针学摩什？上天下地说冯郎。

楚伧招饮未赴，戏柬一诗

豪隽婵娟杂座中，晚归惜少一尊同。海东老衲还相念，消受桃花扇底风。（晏殊来书有此语。）

雪一首

雪拥高楼失上层，尚于疏处见明灯。揭来海曲原多雾，未信东西已解冰。马足车声驱浩荡，丛篁坏柳列鬅鬙。双瞳剩可收寒碧，坐叹无山近可登。

雨夜柬仰鲁

平生忧患经非一，听雨时时为失眠。不信今能作酣睡，但嗟人已近中年。风雷变尽清尘壒，琴筑声疑过涧泉。便欲冲泥还就客，莫愁飞瀑尚横天。

答刘三见怀

落落吾将审所归，悠悠君与俗相违。键关高卧非沉隐，置驿来诗亦累欷。小饮尚思秋禊乐，狂软不畏市人讥。阿蛮醉倒当年语，好事流传涕欲挥。

海棠和亮奇

秋思早从春信知，风前霜后数花期。移栽岂免终怀土，飘落休嗟不上枝。短咏长谣谁强喻？深灯重幙又当时。独愁吹尽江南雪，明岁迟开负汝诗。

夜过海藏楼归纪所语，简太夷并示拔可

海云钦月凉生芒，梧竹影地森成行。马蹄蹴踏若翻水，但惜损此寒琼光。打门夜半撼邻睡，主人延客先下堂。兼旬再见已足喜，况能坐对秋宵长。主人论诗得真理，近称米氏推欧阳。上规韩白许永叔，出以简淡非寻常。老颠落笔不局曲，意境往往齐苏黄。前闻沈侯语夏五，文字不可轻其乡。此言当为永叔发，我意若合衡与量。嘉祐元祐在何世？纵有作者人谓狂。明星耿天露作霜，我归所止神彷徨。人间俗论成嗤点，段拂岂果师元章？

元夕同浪公、菽民坐洗红簃赋示

今夕惟知月可看，烧灯还为话更阑。新茶砑碧开残醉，小袖云蓝病薄寒。（是日主人病，为余强起。）漫与家居分此乐，独嗟楼望不能宽。短诗自纪哀荒事，佳节当求梦寐安。

徐　州

北望寒星晓不收，南归今始过徐州。日光将出云奔马，风力初温渚泛鸥。地画中原风尚僄，民居山碛气难柔。半生乘障思为法，世论悠悠孰可谋？

过京口有寄

重有江南山在眼，此行不乐过金焦。杏花已信年当嫁，桂树知难隐可招。婉晚（娩）风灯曾照梦，迢遥江水正通潮。醉中已悔轻言别，谁解迟归慰寂寥？

雨中夜发上海，晓晴达金陵，复渡江趋浦口，舟中感纪

一夜奔车越六城，我行冲雨晓还晴。乱流单舸浮江去，障日千峰出雾明。春远初看榆柳大，民间犹说鼓鼙惊。东南物力将何策？悔不归营谷口耕。

感近事

莺春燕夜只寻常，又报长筵散广堂。绛烛背人闻对语，银瓶分酒记曾尝。一声新曲伤河满，百斛明珠抵夜光。青鸟传言告王母，真应文字费提防。

东邻有女久窥臣，此语难为宋玉嗔。前度隔花催送客，重来擫笛怕逢人。颇传堕马妆梁寿，独怪惊鸿礼洛神。一事

分明不堪忆，细腰仍是楚宫春。

栗长诗选

胡颖之，字栗长，浙江绍兴人。今录诗十首。

送质夫之官天津，癸丑谷雨，时客杭州

回肠荡气车轮转，倦眼看花烟雾迷。送子长征春寂寂，嗟余逆旅梦凄凄。湖风吹柳翔新燕，夜雨飘窗唱远鸡。杯酒论文何日事？只将诗札手封题。

游西湖和桂樵韵

大好湖山劫后苏，东南名自重名都。骑驴立马闻前事，饮渌吸光又此湖。荷叶如钱鱼自戏，柳阴似握鸟相呼。当风一笑开襟抱，薰醉游人旧酒徒。

闷坐成禁体诗四章，用谿西鸡齐啼韵，一二三四五六七八九十百千万双两半尺丈寸东南西北字

百尺楼东十丈谿，万花弄戏半墙西。舞成七二双行鸟，声彻三千九夜鸡。八字眉峰描北苑，四时子夜唱南齐。六张五角相思意，一寸心灰两泪啼。

东流百尺半山谿，十万闲愁付海西。尺素寸心双剖鲤，千红一醉四闻鸡。九霄北斗七星朗，六月南风五两齐。逝水年华刚二八，不堪杜宇再三啼。

东北争流二水谿，五楼南畔两厢西。红尘十丈四飞马，碧玉百双一斗鸡。光致肤圆六七寸，牢愁心曲万千齐。临风尺八还三弄，九转柔肠半笑啼。

十千斗酒万花蹊，百五韶光日半西。四网东南飞孔雀，七弦尺寸应鹍鸡。初三下九等闲度，袜两鞋双一色齐。六扇北窗檠丈八，二分新月照愁啼。

越川返绍留诗纪念，依韵和寄，不是寻常折柳曲也

乌鹊南飞警夜眠，赋诗横槊气无前。蹉跎岁月英雄老，大好湖山感逝川。

因果三生今去来，悲欢离合几多回。翻从静悟达观旨，漫问山中材不材。

鸢飞鱼跃任天机，一笑何当有是非？忽暑忽寒常疾我，家书昨却寄当归。

弄笔穷年衫袖乌，书城且拥面山孤。茫茫人海知心少，他日同君泛五湖。

儆庐诗选

孙世伟，字俶仁，号儆庐。民国四五年间，俶仁官福建漳州，余亦需次于榕域，邮筒往来，唱和略多。今录诗九首。

次韵答小柳赠诗

官爱漳滨山水州，惊人佳句苦难酬。犹从北地追前别，忽喜南天接胜流。一榻琴书安客梦，四时花木拱吟楼。眼中尘俗伊谁语？煮酒迟君日日游。

病疟初愈得小柳《遣闷》诗次韵

热疟无端困夏阳，岑岑昏眩似旋樯。裁诗遣鬼摹韩愈，感遇临歧泣子昂。病后切思平日健，心闲欲赎此身忙。何当万竹浓阴里，棋酒同消一日长。

次小柳和朴庵见贻韵兼柬朴庵

南游同是苦蓬征，杯酒何堪话此生？满地沧浪随濯足，暂时风雨过无声。百川东到天涯远，五岳归来山意平。回首素心人已去，瑶华端不隔诗盟。

次小柳和朴庵韵以抒近感

行行却曲怯前征，歧路多歧误半生。不道寸长兼尺短，惊心渊默有雷声。依巢危燕飞何去，感物秋虫诉不平。冰雪竟难消内热，且逃东海结鸥盟。

七夕叠征字韵答小柳

奋飞身欲逐云征，一寸心容百感生。良夜向阑秋有恨，微波可托汉无声。风凄露冷经年别，天上人间此意平。闻道金针堪度巧，急拈柔翰乞诗盟。

克庵寄示莅闽以来诗稿，哀时感物忧谗畏讥，赋此以志同声之感并呈朴庵

欲从劫后识天心，人事猖披叵耐寻。君有哀声振金石，谁怜苦语托铭箴？西维星象离离变，南海秋潮暗暗沉。阊阖九门风雨急，一篇《梁父》费长吟。

访黄石斋先生读书石室和静初先生韵

先生不负高皇帝，（先生临刑过东华门，坐不起，曰：“此与高皇帝陵寝近，可死矣。”）悍将孱王洒泪观。欲仗偏师回北虏，悔将杯酒失南安。（思文帝赐宴，南安侯郑芝龙位先生上，众议抑芝龙，由是文武不和，国事乃不可为。）十年读《易》天靡定，（先生疏云：“臣自幼学《易》。”）孤岛先秋露未寒。我访遗书伤笔削，（清乾隆谕谓先生遗集应改易违碍字句。）藏山大业亦艰难。

和多字韵答小柳、允公并呈朴庵

堕地一声盘古泣，逼人忧患至今多。全凭道力扶心力，任尔千魔引万魔。斗蚁成雷惊蛰起，腾虹飞剑踏天磨。年来醒醉都无例，漫叱狂奴酒色酡。

中秋望月感怀和小柳韵并柬朴庵

明月窥人又此宵，隔年心绪伴烟消。倚栏历落瞻南斗，绕树彷徨动暗飙。万里仰天思不极，一身顾影感分飘。城隅咫尺成离阔，遥夜何堪怨玉箫？

元冲诗选

邵庸舒，字元冲，浙江绍兴人。今录诗一首。

与曼殊、孟硕同游江之岛

碧海擘烟峦，江岛启奇迹。素日澹窅冥，飞涛争翕辟。

萦盘鸟道艰，逶迤鱼梁窄。垠崿披高萝，壄竹翳危石。峥嵘百尺松，谡谡荡精魄。绝巘截行云，泛波涌石塴。蓉峰何崔巍，密若联茵席。乃知造化工，搏（抟）削同一脉。相对苦徘徊，暝霞送行客。

越流诗选

陈樗，字越流，浙江诸暨人。今录诗四首。

岁晚倦游言归故园别春航二首

郤曲迷阳路，纵横乱石蹲。倾心回日月，举目异乾坤。肠断前溪舞，魂惊子夜翻。相逢惟恸哭，反辔向黄昏。

执手何时再，丰神并玉清。从兹明月夜，何以独为情？粪壤充长佩，榛苓没俊英。弹棋休间设，君意岂能平！

甲寅十一月感事

天外随阳雁欲慵，稻粱谋尽肯相从？西山顽石怜精卫，金谷明珠笑《懊侬》。薪胆初闻忘越耻，蕨薇竟见拜周封。于今四海多归客，昔日王阳到处逢。

无　题

欣逢吉日更良辰，信是游河尽美人。脸际夫容生北地，眉间远岫出西邻。数峰无恙留人住，一枕馀香入梦真。赢得满襟清泪浪，盘珠可许换梁尘？

海帆诗选

王毓岱，字海帆，浙江馀杭人。今录诗三首。

乙卯自述一百四十韵

我生逢已酉，乐岁溯当时。锦褓双亲喜，花朝十日迟。矢孤门设射，汤饼酒盈卮。纵少吟鹅句，将臻舞象期。才原输雀赋，智并乏鸡碑。溯昔言难罄，称先说讵欺。有秋勤稼穑，畦夏恤胼胝。原隰龙鳞列，高曾燕翼贻。传家功可述，更仆事堪追。每涨苕溪水，先筹竺堰陂。（屋后濒苕溪，筑天竺堰，资蓄泄，溉村田，皆出自我祖若宗之筹画。）势防邻里壑，棺瘗上流尸。（溪水发时，上流淹浮尸汆来，我曾祖斗槎公讳焕然尝预备棺木，雇夫打捞瘗之。我祖也农公讳燮堂，踵行之不稍懈。）拯患怜漂没，扶灾叹渺瀰。岁终缗慨贷，邻石粟频贻。（我曾祖斗槎公暨我祖也农公，每遇秋收，储其粟米，于来岁青黄不接之际，平价粜与近处贫户，待其偿偿，不取其息。又，我曾祖任建德校官时，值水荒，亦输巨款助赈，事载《建德县志》。）冻接恩勤恤，疮疾药物施。（我祖也农公，自前清道光乙未登贤书后，每届附公车北上，恒多购京都药品回乡，亲施与乡间患痈疽者。）卜居源远溯，绳武迹遐窥。双桂栽培厚，（家有老桂两株，兵燹后无存，近年已有一干从老根抽出。）三槐谱牒垂。（家谱存者仅二三函，余昆弟名与焉。失修者五十馀年，尝与族弟庚士虑及之。）农桑成沃壤，耕读振门楣。（幼读处斋额曰“耕读旧人家”，异时规复其室，当补额之。）栗里无殊矣，桃源倘遇之。南山基易庙，（我祖宗旧厅事，系与山南庙交易而来。）西达路非歧。一自惊烽火，全家苦乱离。黎民群铤鹿，绿野断扶犁。屺岵嗟遥陟，庭闱念在兹。班睽行雁列，原益脊鸰咨。失路无知己，分飞孰伴台？因依怀厚谊，教诲忆嘉词。（褚爽斋祖姑丈讳维垲，自皖归，挈眷避居栝苍。我先大父以余托之，云："若能带之出险，藉留一脉。"余时年才十二。）扪葛防追寇，披榛共旅羁。履霜穿细径，冒雪造山匯。壤地无安土，人烟半断炊。枕荆宵避难，分芋冷充饥。（避难苦况，有难以言语形容者。）埋稿情真孝，（季荪表叔讳成允，身带祖姑丈《人境结庐诗稿》，随处埋藏之。近已梓行。）称人事亦奇。（祖姑丈雇人挑余避难，夫役权余以计挑资。）他乡连岁寄，身世者番危。久历羊肠险，方教虎口辞。苇城尘暂浣，梓里阻犹羁。沪渎看跑马，苏台罢走麋。故园思历历，传绪想丕丕。（避难离家，自馀杭至萧山，由萧山而金华，而宣平，而松阳，而录宁，而云和，而龙泉，皆由荒僻小径绕越而出险。至豫章后，又由浔阳附轮至沪，复由沪而松江，而姑苏，即由苏返徐焉。）急欲趱程进，忧难插翅鈹。敝庐劳梦想，旧宅忆阶墀。乌去惊无屋，鳞游賸有池。（我家旧屋，据当日遗老云，为清兵拆去造土城者。）凋零邻谢世，颓败瓦盈基。游钓童时处，荒芜莫问伊。路旁留水阁，（祖宗老屋及以屏族叔家近水之楼尚在。）塘外遍茅茨。（乱后鹊巢鸠占，瓯人来馀垦荒者，结茅盈野。）权且馀杭住，遑言祖产遗。向谁询佃户，何处是家私？聚散悲欢异，殷拳训诫持。（我祖也农公，曾于难中寄训辞一缄与余，觍缕千言。追忆及之，倍深懔懔。）茆芹香半歇，苜蓿味难滋。（乱平后，我祖也农公将赴丽水校官任，旋病殁，未果。）宣室团圞庆，椿庭讲解宜。（余年十六时，始与我祖也农公暨双亲及二、三两弟聚首。分散后再获相见，喜出望外。四弟已于乱中病殁。）研经仍兀兀，举业复孜孜。（先严襄办鼎军文案，恐余荒学，辞归，即在杭就馆，带余附读。）糊口资膏火，行踪又策箠。（先严居杭数载，旋膺郑谱香先生之聘，偕往山左。）陔兰情悱恻，带草撷葳蕤。返旆无多日，扁舟又解维。（谱香先生卸山东鹾使篆务，先严同归。旋又膺鲁抚丁公之聘，重至山左。）离乡增别绪，娶媳寄馀赀。（先严自东省寄银归，畀余完姻。余妻即北墅魏讳锡爵仲章公之女。）再附公车便，旋深噩耗悲。南宫风惨怛，西浙泪涟洏。（先严秋舫公讳若济，乙亥科获隽北闱。丁丑会试，场后病殁京寓。）科第终无谓，浮名竟孰禆。料量凭戚友，痛惜到乡耆。（经纪先严丧事，全赖吴、周两姻长之力。）教忍忘庭训，情惟恋母随。枢权馀邑厝，家又武林移。内借纫针助，餐仍煮字为。蓼莪重庆感，窀穸五棺治。（曾祖考妣两棺葬馀邑毛竹山，祖考批暨先严三棺葬留下挂榜山。）附读家开膳，于归妹结褵。从游深沆瀣，讲学剔瑕疵。廪饩频频逮，贤书一一丽。慈云叨荫庇，爱日幸安绥。火候成蒸鸭，冰鲜间鲙鲥。盘飧惭馔薄，中馈赖人司。八秩无须杖，重孙好饲饴。性原昭浑厚，算不较铢锱。寸草晖当永，高年体岂羸。丛残搜蠹简，问视祝鸿禧。橐笔忧迢递，辞亲强喔咿。棺城襄校阅，（就沈叔湄先生福建学幕之聘。）莱水寄藩篱。（就许君子曼之聘。）但托扬帆便，休夸舞綵僛。孩提犹是我，（先慈八十四岁，余年六十有四，是冬即抱恨终天。）精力未全衰。时事官家改，篇章变格厘。登坛将艺角，握管效鞶撝。九译详其说，重洋测以蠡。五浙谈亚美，一第愧郊祁。（壬寅补科，年五十四，忝获隽。）从此停科举，凭谁夺战麾？张弦多变易，染翰漫淋漓。回首徒增悔，专心本是痴。辍耕投笔日，胶柱刻舟嗤。忽报更华帜，居然复汉仪。惊飞巢幕燕，吼醒梦中狮。祖国尊黄帝，降军树白旗。城隍摧古堞，载道重轮辎。响屧疑空谷，高冠异接䍦。沐猴矜狡捷，聚鹬炫襳褷。草草劳人倦，花花世界訾。舶来工艳丽，装束竞妍媸。渡口船添幔，街头士夹铍。销金锅倍煖，照玉镜难疲。箫管鸣天际，楼台峙水涯。倘无医国手，曷愈病夫疷？世变无常局，居民少立锥。先鞭争跃马，多难患张鸱。璧侥完于赵，书应受自圯。共和方庆祝，寿母忽惊萎。风木悲伤际，烟云黯澹罳。輴安茔自燥，壤吉线非差。阡愧泷冈表，忧增马鬣卑。前峰环突兀，远水揖涟漪。朗霁天从愿，虔诚友袖诗。（扶先慈灵輴登穴时，天适晴霁。丁和甫贤契袖诗送葬。）平安当可卜，富贵不须推。挂榜名原俗，（山名挂榜，今科举既废，名亦似赘。）地舆说漫訑。圹非分向背，土不虑侵肌。生我归泉壤，先灵莫洁粢。裙钗贫岂病？觞豆切而偲。禹范惭三德，香山拟四虽。时难谐凿枘，学不泥裘箕。国粹存糟粕，同胞慨豆萁。归虞荒径菊，灌待种园葵。拜石胸除累，看山眼洗眵。枕流耽漱齿，听雨捻吟髭。隐士都携鹤，英雄不逝骓。梅栽标骨榦，松老爱鳞而。三窟休营兔，双柑往听鹂。枰棋邀叟橘，绮里惠仙芝。覆鹿忘前梦，犹龙悟守雌。清凉尘外士，廉让水中坻。文漫移周子，坛欣迩孔尼。（旧宅距文庙里许。）辟场攘灌栵，薙草去蒿蓠。远派波连霅，长途县达黟。禹航占宅相，钱墓芘神祇。（大儿媳及孙男女居临安。）兴待观鱼寄，灾非赋鹏罹。迎风宜策杖，旧雨许还甈。稻蟹联情谊，莼鲈远险诐。游山携不借，佐馔饫来其。庭冀森兰桂，材休蔓菉葹。墙头遮老树，陇首辟新菑。蚕熟温绵帛，蠡驱便絺綌。丹心持耿耿，黄发翦髶髶。道友逢霞外，边庭忆月氏。闲将名句录，暇尚砚田耔。书寿频污纸，（近年屡有人属书寿字者。）征诗恐覆瓿。（近来征诗者踵趾相接。）争原消鹬蚌，文敢诩螃蜞。南社跻裙屐，西泠醉醴酏。（高君吹万、柳君亚子、姚君石子暨眷属同游西湖，程君弢堂、丁不识、展庵昆季，因发起开南社临时雅集于西泠印社，余亦与焉。）挥毫惊倚马，阄韵想探骊。翰墨良缘缔，箴规畏友愭。芝兰怀臭味，瓜果沁心脾。伴读门生小，居欣托九思。（今夏馆于丁氏九思居，课和甫子明之、序之，时与和甫、不识相唱和。）

题西泠印社

篆刻西泠著八家，（《西泠八家印存》，为丁氏百石斋藏辑。）研林佑启今尤夸。（谓丁生辅之。）比邻知不有吟社，我欲名之小铁华。（昔年丁征君松生、年丈修甫贤竹林，与诸先哲结铁华吟社于庞公祠侧。今我门人和甫、不识、展庵俱能诗。）

小技雕虫愧不能，子行学古可规绳。（元吾衍有《学古编》，尽著刊印之法。）渊源一派留吾浙，钟（矞申）叶（品三）吴（石潜）王（维季）衣钵仍。

示和甫

我生未古稀，生年今大衍。虚长十七年，才学愧疏浅。鲵齿尚未生，黄发早已翦。放眼阅沧桑，时局如戏演。忆昔舞象岁，避难蹑荒薛。幸生未出世，身不遇烽燹。出世乱已平，有福难能免。天上降麒麟，朱衣赠文选。十五志学年，严命附读遣。惭无教授资，脩贽一何腆。撷芹复折桂，亲非由我显。食报有达人，饱阅八千卷。青竟出于蓝，渊雅搜坟典。作诗每坐韵，令我反颜腼。经营风木庵，孝思信缱绻。今生有二子，成童方婉娈。我再课之读，讲解共勖勉。祝彼茂椿萱，馀庆酬积善。

漱岩诗选

王葆桢，字漱岩，浙江黄岩人。今录诗三十九首。

醉后看弄乌古刀

短袖拂吴刀，古金时一陶。土花青似发，酒气怒于涛。安用毛锥子？何如屠狗豪？摩挲三眦眦，长啸霜天高。

孤　檠

孤檠耿遥夜，无梦亦无诗。沧海渺一粟，须臾生万期。愿人庸且福，是我癖成痴。破籁天鸡唱，神来隐几时。

枫香驿题壁，驿在宿松

十里枫香路，深林傍晚车。孤村悬树杪，野火出岩岈。独有采樵者，而无卖酒家。西风吹马首，山影一灯斜。

宿凉亭河

村抱溪流曲，松多觉晚凉。半林茶雨老，十里麦风香。草活长蛇路，苔生牡蛎墙。田翁归山市，灯火近昏黄。

岁暮送友归湘

日落沧江晚，客愁生岁阑。洞庭八百里，直上几回滩。灯向谁人语？云留独树看。南枝恋越鸟，烟岛路漫漫。

杨哲商烈士悼歌七章

三台星宿光落离，应精杰出杨飞儿。十三众以神童目，峥嵘头角才不羁。丈夫当学万人敌，一书一剑将何为？甲兵罗胸见文字，呼风吸雨神鬼悲。曾靖吕留良再见，恐罹杀身师戒之。呜呼一歌兮歌迟迟，万八峰头日出时。

黄衫年少真英雄，赤脚踏海海水空。歇浦滩头遇秋侠，秋侠识为人中龙。浙江潮接皖江起，寡姥谣传陈涉通。军储潜遣五丁运，狐鸣篝火期相从。中道忽闻轩亭败，钱塘欲渡不得东。草间偷活忍饥走，缇骑大索党人同。呜呼二歌兮歌未终，途穷一哭生悲风。

轩亭郁起赤城霞，匈奴未灭何为家？鬼薪奇书读密室，含沙射影来么麽。秋风吹散耀梓校，补天呼石呼灵娲。满腔热血向谁洒？龙泉挂壁鸣哑哑。呜呼三歌兮生有涯，踯躅乡里长咨嗟。

大熊飞起皖公山，麒麟以外见一斑。博浪锥逃十日索，荆天棘地危乎艰。一例党人艰插足，匡庐山下蛇蝎顽。天生健儿好身手，禽王禽贼权等闲。请于伯氏答曰可，乌容郁郁居此间。不如归去啼杜宇，楼兰未斩羞生还。呜呼四歌兮歌欲闲，大江东去流潺潺。

七二黄花战骨霜，遥挥涕泪瞻高冈。马革裹尸原不辱，馀生虎口多逃亡。河山本我汉家物，难容虏焰恣披猖。春秋大复仇九世，同志寥落谁商量？一夜哀猿动三峡，同胞惨杀天无光。呜呼五歌兮歌声长，引领蜀道摧刚肠。

风云莽荡武昌城，大陆龙蛰雷一声。豪杰蜂起天下走，江山半壁东南倾。侨沪覆壁学张俭，裹铁手弄一丸轻。金汤靴𩨂颠扑破，石头铁瓮徒虚名。喜闻直捣黄龙府，拍案惊落灯花明。飞电流丹触导线，大化真火还无生。呜呼六歌兮火纵横，海上夜夜怒涛鸣。

姑苏台下麋鹿游，鬼雄夜啸声啾啾。髑髅提还八百里，西湖湖水空悠悠。香涕一龛配徐社，陶坟沈墓峙一丘。咫尺西泠桥畔路，满天风雨空亭收。生前等隶党人籍，死后好共湖山游。呜呼七歌兮歌且休，民国万岁魂自由。

送邵次公之日本

钱塘生春水，严濑下孤舟。书剑东南客，风云西北愁。呼天同一醉，入世等于囚。便欲扶桑去，相随狎浪鸥。

赠徐公孟

落落徐公孟，青年多苦吟。湖山话春雨，人海见秋心。杜牧痴无梦，嵇康贫有琴。愿言赠之子，珍重作元音。

题不系舟轩为陈慎登作

天地一虚舟，吾生真个浮。神州同过渡，沧海正横流。风利不得泊，陆沉无尽愁。拦江矶有石，漫放洞庭沤。

子夜歌海上楼外楼作

怕损鸳鸯履，随欢蹑电梯。凌虚怯小胆，素手索欢携。
今夜侬无事，请欢来吃茶。渴中须择饮，记取雨前芽。
蝉翼纱衫薄，脂香袖底过。劝欢莫久座，风露夜凉多。
小立哈哈亭，镜中看欢面。欢面有时改，侬心还未变。
彳亍喷水池，水喷如散珠。还家裙子湿，偷换合欢襦。

遮　天

遮天只手大如斯，覆雨翻云不可思。东海药寻徐福去，北山文待稚圭移。有人猿臂封侯易，几个鱼头参政迟。夜静中原一望气，星辰明灭是京师。

张星伯席上呈徐班侯先生

六九雄心尚未销，天荒地老总无聊。狂歌慢骂非关醉，独向东瓯负大瓢。

龙虎须眉入画图，南江潮落月轮孤。黄公垆畔思风雨，三老于今不可无。（班老曾与家子裳师、吴兴沈子培先生作《南江三老图》，余有题句。三老昔在都下，日与黄漱兰前辈文酒之会。）

一代经师孙仲容，名山大藏辟洪濛。蟹行文字来瀛海，六籍笙簧白虎空。

少年喜读《郁离子》，低首青田是国师。六百年来兴废事，一尊拇战夜谈时。

天保城头汉将飞，江山两道浙军旗。主人别咽同袍泪，磅礴尊前解血衣。（星伯籍青田，去年曾与其同邑叶仰高，各领一支队攻进天保城。席次谈叶阵亡事，闻者咸悲壮。）

浮生诗梦自瞢腾，侠武儒文两不能。人海中藏一我在，残书古剑短檠灯。

自杭归台，取道海门，有友征歌劝饮，六潭老人同坐，作此赠凤仙、桂花、韵仙、红玉诸校书

解语筵开四照花，玉山人比玉无瑕。（诸校书皆玉山人。）少年悔被多情误，游骑何堪问狭邪？

海天归思正茫茫，除却温柔不是乡。那解信陵醇酒意，合欢杯满泥亲尝。

欢场如梦梦如痴，镜里河阳鬓已丝。我惜惺惺重自惜，天涯沦落得归迟。

弹破莺花五万春，乔装娇带女郎嗔。琵琶漫谱浔阳曲，恐有尊前老大人。

与胡寄尘同话海上茶楼，介绍赵坚白入南社，作此纪念

南天文宿聚词坛，如此中原缩手看。谁信骚愁真可祓？

许多歌泪总无端。不磨傲骨生今世，添个新知结古欢。大雅扶轮吾辈事，秦灰历劫未曾寒。

白云庵访谢印山不值

南屏访兰若，白云在天际。幽人去未还，空斋锁寒翠。僧问客何来，题壁作留刺。才子见佛易，合踪三摩地。惭予羁尘鞅，云山失所寄。诗成僧点头，三昧证游戏。

周六介招饮即席有作

烂泥新擘瓮头春，越醴浓斟醉杀人。天上枭壶方角戏，（时雷电大作。）尊前诗胆独轮囷。朋簪偶合今宵雨，拇战传喧一席宾。豪矣周侯监酒政，襟痕狼籍廿年尘。

春夜同沈半峰、杨畏九、陈简文饮半斋

买得春如海，斋闲恰四人。乡心萦六岳，（齐巨山游记：合天台为六岳。）潮信警三神。尊合愁边雨，花飞劫外尘。我生无尽醉，何用问来因？

嘲半峰

一笑哦诗沈半峰，苍蝇声与六经同。昌黎死后禅关闭，任尔推敲耳已聋。

集饮湖楼次半峰韵

湖上题襟认酒痕，典裘春买一垆温。感花独洒东坡泪，种柳还招苏小魂。世外樵风何日便？尊前旧雨几人存？凭阑别有伤心事，北望浮云蔽日昏。

西湖品茗

西湖春色浩无边，楼外青山楼下船。明镜有情留客影，(与友人照相。)软簾何意护茶烟。风谣吹到都成警，诗谛参来即是禅。不问麻姑东海事，新声同唱鹧鸪天。

清明后一日叶子布集饮宝石山

江声湖色落尊前，跌荡莺花又一年。亭废尚歌来凤曲，(有来凤亭。)石顽谁着祖龙鞭？(山下有始皇缆舟石。)四围烟散诸天暝，绝顶风盘一塔圆。铁弩挽强望公等，海潮东啸正无边。

同伯诗选

张恭，字同伯，浙江金华人。今录诗五首。

狱中口占

地球自古有终灭，人寿从来少百年。事到错盘才节见，身如傀儡任丝牵。爱根净忏终非佛，随遇能安便是仙。石火电光容易过，铁窗长日抱书眠。

史笔永无传信日，问心原可对人言。玉坚要向瑕中见，铁错谁从铸后翻？天际冥鸿重触网，云间夜鹤竟乘轩。聪明已被《离骚》误，莫更投湘弔屈原。

北邙华表如林立，何处重寻丁令威？文字有灵谀墓少，鬼神求食乞墦饥。明禋枉作千春计，厚泽能延五世稀。但使十年辞故里，人民城郭已全非。

似闻昨日邯郸道，最是卢生未得闲。磁枕有缘通睡语，金丹无术驻衰颜。居然白昼因心幻，未熟黄粱已鬓斑。我愿回翁传口诀，莫将尘梦误痴顽。

雌雉啼

未央宫殿平明开，淮阴迤逦趋朝来。自信臣心本清白，那知后意多疑猜。萧相迎门色沮丧，追思往事畴能忘。汉家基业从何来？灭项未能先拜将。吁嗟乎！钟室一声雌雉啼，功臣骨肉成醢醢。反不如当年饿死漂渚侧，又何须勋名赫濯封三齐？王孙王孙尔莫哀，满盈自古招飞灾。请看苍犬道旁立，只剩长陵土一坏。

次公诗选

邵瑞彭，字次公，浙江淳安人。今录诗三十四首。

北行杂诗

一曲霖铃酒一杯，陈侯泣别首重回。零欢断恨堂堂去，剩水残山得得来。

醉上轻车夜未央，虹桥西畔月如霜。常娥不是人间客，照我星星泪万行。

飙轮去去似追风，叶底轻云几处通。最是恼人眠不得，一灯金粟可怜红。

孙郎旧日游仙侣，送我同乘下界槎。一路天风啸鸾鹤，浑忘湖上断肠花。

心如栀子难言实，身似浮云未是闲。扑面青燐飞有屑，万人无语看焦山。

两月江南话太长，布衣犹带酒花香。梦回忽见秣陵树，错问迎春第几坊。

眼前无数六朝山，千古兴亡算等闲。只有秦淮呜咽水，年年流恨到人间。

白门秋柳尚依稀，落絮残丝罥劫灰。一笑重来身似鹤，人民城郭已全非。

当日邮亭曾系马，而今长遍野棠花。含愁且憩公园馆，(旅馆名。)疑是南朝旧酒家。

渡江未有桃根楫，竿木随身也俊游。(余携有 Stick。)洗尽东南金粉气，此江那得不东流?

江北青山带泪看，家书何处寄平安?别肠也似车轮转，曲曲相思曲曲难。

千年故垒梦中过，付与行人晚唱歌。此去随身无一物，携将明月渡黄河。

五岳平生愿尚虚，岱宗山色近何如?箧中一卷江南赋，不得文园封禅书。

平头奴子二三辈，吴语喁喁足解嘲。知我远来勤服侍，乡亲也要福能消。(谓车中细囝。)

旧地重来倍有情，津门杨柳自秋声。凄凄旅馆无良伴，卧听寒邮第四更。

一带红楼认不真，年时苏小认乡亲。瑶琴曲散薰风歌，愁绝萧郎似路人。

卷地风来白草干，吴儿始信北中寒。故园刀尺蛩声里，制得征衣欲寄难。

江南今日正重阳，旧约登临梦未忘。寄语垂虹老亭长，花阴代我饮萸觞。(巢南先生曾约登高，又约饮酒花雪南家，皆不果矣。)

吴江枫染思亲泪，更隔钱唐山万重。凄绝平生游子意，二分尘土五更风。

回首觚棱一梦中，重来鸡犬识新丰。钓天一自张翁在，（见《诺皋记》）击筑无灵动白虹。

底事征人去又来？竹垞废宅掩苍苔。天公补我重阳节，迟我黄花十日开。

留别上海

拗取春申柳一枝，江天如墨鬓如丝。我侬少小工愁惯，不为当筵感别离。

秋雨泥城第几桥，凄凄影事可怜宵。江南哀怨无人赋，付与吴淞上下潮。

浅浅轻衫薄薄寒，红搂闲煞小阑干。愚园秋草张园月，两样相思一样看。

酒人零落诗人少，一段风情可奈何？极目钱唐江上路，暮云无限隔微波。

东华尘土西湖月，可有风光似昔年？断梦零魂飞不去，鹭鸶啼绝钓鱼船。

鲁戈底事乱如麻？纵到江南不算家。不负中秋负重九，人生怕见是黄花。

曾谱黄河远上词，双鬟赌唱万人知。今宵破梦匆匆去，从此江南不要诗。

别里题襟莫惨悲，重来应是早梅时。平生享尽江南福，不到幽燕总不知。

题亚子《分湖旧隐图》

长忆湖头听竹枝，十年误煞冶春时。怜他一片盈盈水，照出烟鬟为阿谁?

荒轩依绿无新雁，(依绿轩在湖东，为陆季逋别业。季道词:“怕听楼前新雁。”)三梦于今亦未醒，(叶粟庵有午梦堂，琼章号煮梦子，郭祥伯有蘅梦楼。)难得儒仙来橘社，不该天又遣飘零。(君诗有“我是移家郭十三”句，故云。)

江东陆弟擅风流，(竹垞句)一幅吴笺几笔秋。何似茶炉篷席去，相携同上木兰舟。

病蝶见过二首

梦里松江夜泊船，三高祠下水如烟。茂陵人老游情倦，犹见吴趋最少年。

当年游冶工吴语，今日苍凉感朔风。愿乞新秋温社酒，看君高咏吐长虹。

云雷诗选

张烈，字云雷，浙江乐清人。今录诗五首。

次韵咏慈山水月庵梅花

慈山风景似孤山，人去亭空鹤未还。犹幸一枝冰雪洁，清香从不到人间。

绝世丰姿傲雪前，侬身虽瘦欲争妍。天寒地冷镕筋骨，历尽风霜不乞怜。

咏慈山水月庵桃花即用前韵

美人底事隐慈山?谢绝尘缘不往还。岂为红颜多薄命，独修清福出人间？

素颊低眉古佛前，羞将艳色斗清妍。天生仙骨难谐俗，独傲春风不自怜。

次韵奉赠耐楼居士

纵谈时事独伤心，谁信先生世感深。宴坐书斋参造化，商量文字访知音。隐居自有千年业，为道常书百耐箴。（君有楼，名曰百耐。）景仰高山安可及，关濂闽洛待君寻。（借用古句。）

和甫诗选

丁立中，字和甫，浙江杭县人。今录诗三首。

题亚子《分湖旧隐图》

移居当日说灵芬，卜宅今同出岫云。香雪飘残温旧梦，一湖春色许平分。

余家老屋在山阴，小筑团瓢住武林。蚕豆桥头今古月，感怀千里有同心。

题《三子游草》

风萍偶聚慰相思，仿佛兰亭修禊时。南社古欢真率会，西泠今雨岁寒枝。冷吟闲醉诗中画，山色湖光画里诗。缟纻珮环同一集，题名深惜我来迟。

不识诗选

丁三在，字不识，浙江杭县人。今录诗七首。

示秋叶用秋叶赠亚子韵

谁云林子抱材粗？一舸当时泛五湖。遍地棘榛悲战士，还乡泉石著潜夫。浪游屐下寻鸿爪，长啸樽前挥鼠须。话到南蛮无限恨，孤山怕听泣啼鸪。

亚子招饮湖楼即席分得先韵

城郭已非似昔年，湖山灵秀故依然。相逢臭味苔芩契，大好交情金石坚。旧恨早随春逝水，清谈怕问日沉渊。井亭桥下波如镜，照彻樽罍泪欲溅。

送吹万、石子暨眷属归松江和漱岩韵

汽笛呜呜未放晴，伊谁杨柳怨春城。神伤怕读江淹赋，情重何如李白行？底事莼鲈归去好，高怀梅鹤利名轻。鸿飞不复东西辨，可奈空山屐齿声。

亚子、佩宜伉俪将离杭州，诗以赠别，用海帆师韵

半月酒痕襟上留，归软应共说杭州。徐秦风雅真堪侣，晁贾文章孰与俦？语欲惊人偏口吃，诗逢知己总情投。分湖极目波千顷，他日当乘访戴舟。

次亚子韵赠龙小云翔

我本伤时者，关心燕市人。鼓琴得钟子，吹管是泠纶。（湖书“伶伦”作“泠纶”。）佳话名题柱，（小云旅舍背龙翔桥，“龙翔”二字适合小云姓名。）忘言泪湿裙。西湖歌舞地，斗饮酒留痕。

次韵龙丁将去西湖留别南社、西泠印社、乐石社诸同人

皎皎华亭鹤，鸣皋见性情。刘臻有佳妇，阮籍岂狂生？金石同心契，芝兰臭味清。西泠分一席，蜗角莫须争。

西泠印社燕集同人，余不克往，长公白丁归言盛子幼文殷殷问讯，遂赋一律感谢用龙丁留别社友韵

吴宫花草径，一别廿年情。老我困尘埃，伊谁问死生？交留君子淡，言仰故人清。司马青衫泪，难为造物争。

诗选卷八

仲穆诗选

周祥骏，字仲穆，江苏睢宁人。今录诗二首。

寄钝剑

春风料峭锁寒枝，强起酬君惠我诗。到眼都疑红泪溅，含毫期与素心宜。百年岁月催人老，两地情怀有梦知。（曾梦与君对酌论诗。）珍重前途惟自爱，斯文一线好撑持。

海上访亚子不值寄呈一章

海气侵肌玉宇翻，嗟君小驻便还辕。誓心天地倡民约，过眼云烟失稼轩。尚待飞腾穷变怪，不应淹滞困丘樊。望尘瞻拜浑无及，聊写蛮笺当赠言。

无尽诗选

周实，字实丹，号无尽，江苏淮安人。今录诗十四首。

哭洗醒

中夜起长号，生离复死别。生离冀重逢，死别长隔绝。

呼天吁地两无灵，谁令陈死人重热？噫嘻！朝菌蟪蛄本无常，庄生达者齐彭殇。等无返魂香，等无续命汤，几人寿比高松长？吾侪后顾前百代，悠悠尽是蜉蝣辈。蜉蝣变化朝夕间，感此群生重有慨。何况平生刎颈交，恶耗骤闻珠玉碎。枫青月黑为招魂，天涯欲祭还疑在。哀哉秋澄方死（亦吾之契友，亡于九月间。）洗醒丧，悲伤未了增惆怅。尘寰从此知音稀，剑气箫心谁与抗？賸得区区后死人，七尺残躯亦可葬。溯昔扁舟淮上游，一灯风雨秋复秋。卧时抵足坐并头，自诩祖刘李郭未足俦。其时狂奴负狂名，少年眼底隘沧瀛。纫兰搴杜更多情，年年佳耦求云英。哀哉古来益友今无多，笑我骂我纷则那。独有洗醒莞尔言，抉子病源子毋冤。谓子毋骄矜，嘉言懿行当服膺。谓子毋愤嫉，种危国弱当太息。谓子毋激烈，党锢东林惩往辙。谓子毋呆痴，岂是妇人醇酒时？谓子毋缠绵，终有飞花落絮天。蒙君热心苦口相挚爱，棒喝钟警极感戴。无端劳燕忽分投，云树苍茫寝食废。嗟嗟南船更北马，相背时多相见寡。乌飞兔走换春秋，博得深宵杯重把。酒杯未放骊歌起，与君欢会从今止。君住袁江作寓公，我滞秣陵号游子。寓公游子两相望，山水迢遥多阻障。恨无两翼御风行，仅恃尺书悉佳况。尺书千里相砥砺，更勖寒暄善保卫。知我时优管仲贫，呼天屡雪长沙涕。哀哉深情尽付相思字，所惜飞鸿不时至。每遇射湖黄浦人，殷勤问讯到风致。朝问讯，暮问讯，聊取寸心相印证。讵知霹雳一声惊，君遽弃我归九京。请将胸中血与泪，尽向死友坟前倾。吁嗟乎！洗醒洗醒不复作，何时重化归辽鹤？思量往事都成尘，只有音容宛如昨。安得旅馆重联床？安得春宵重举爵？安得花时同宴游？安得月下重谐谑？安得风雪重牵襟？安得河梁重订约？一言一语渺难闻，碧落黄泉何处索？吁嗟乎！

照不见故人地下骨，愤欲碎天边月；听不得故人地下语，怒欲骂窗前雨。雨声月色两无情，只有四壁秋虫诉不平。不平枉向人间诉，梦魂才是相逢处。魂来梦往纵可期，又恐错认人天路。（此作为无尽淹集外逸诗。洗醒姓陈，名友徐，能诗文，与君曾同学数年。编者附记。）

岁暮杂感

风霜不改岁寒姿，灯火沉沉似昔时。千古朝廷悬北极，一春消息在南枝。蟠桃熟后初开宴，芳草吟成煞费词。勋业文章俱未就，男儿心力敢辞疲？

堂堂白日苦相催，烂醉狂歌且莫哀。紫玉烟消人不见，黄金台峻士羞来。安能跨凤寻仙侣？未必椎牛尽将才。杨柳成围无限意，苗条独记昔时栽。

文采风流晋右军，罪言还拟杜司勋。人民城郭年年异，环佩笙歌处处闻。豹隐山南成遁世，马空冀北感离群。卖文未合为生计，一夕都将笔砚焚。

莫任乔松诩大年，且邀司命共醺然。野萝山鬼愁人世，（成句）瑶阜琪花宴众仙。不卖痴呆甘守拙，但求寂灭未逃禅。小姑独处无郎惯，那用悲歌相府莲？

公园看牡丹

敢将颜色说倾城，雒下无端擅盛名。岂必风流皆没骨？还愁富贵易熏心。清平古调知难继，专制群芳未可任。别有回肠风物外，碧阑干畔几沉吟。

赠钝剑

少陵身世一沙鸥，深恐蹉跎便白头。我剑无灵君剑钝，人间何处托恩仇？（旧号剑灵）千年荆聂骨成尘，谁是擒蛟射虎人？与子消沉文字海，野萝山鬼泣灵均。

长亭曲

江北江南别路遥，旗亭酒熟脱金貂。引人无限缠绵意，不赠梅花赠柳条。

痛哭四章

腥风血雨误归期，痛哭江头杜拾遗。弩末已无穿缟力，刀头休作赐环思。狰狞猛虎磨牙日，夭矫神龙见首时。虏运将衰炎运在，南阳会睹汉旌旗。

瘴雨蛮烟路几千，楝花落尽一潸然。三年化碧心难灭，九转成丹目已穿。誓起鲁阳麾赤日，忍教胡月犯黄天？匣中夜夜青锋啸，愿作人豪不羡仙。

日暮归来泪满襟，钟期去后判椎琴。春花寥落无生气，夏木凄凉有死心。遗恨千年秦殿柱，招魂三月楚江浔。长缨枉说擒南越，年少终军不可寻。

直将刍狗视人群，无限苍凉日暮云。壮志未酬填海岛，痴心枉作负山蠡。荒烟孤岛田横客，夜月悲笳翟义军。猿鹤沙虫同一烬，累累七十二荒坟。

玄武湖观荷用人菊《射阳湖观荷》韵

悄立湖水滨，喜与鸳鸯熟。娟娟湖中花，千顷漾一白。日落微风兴，触鼻皆芳馥。翩然若登仙，转惜形骸俗。淡泊能宁神，繁华本非福。花花互相语，毋使红尘渎。物我两庄严，睪然怀茂叔。

人菊诗选

周伟仁，字人菊，江苏淮安人。今录诗六首。

痛哭周烈士实丹

才大难容天亦忌，满腔血染楚州红。偶耕偕隐成虚愿，（烈士为余诗序有云："愿得田百亩，躬耕偕隐其中。"）酌酒磨刀唱《大风》。（武昌起义时，烈士曾有"帝子归来唱《大风》"之句。）千古奇冤同武穆，三年化碧恸苌弘。匣中宝剑腾芒焰，夜夜呼号欲作龙。

痛哭深山碎雅琴，天涯从此少知音。恨无死难田横客，（烈士被害后，巡逻部员遂星散。）独抱寻仇豫让心。不信谗言工市虎，几多血泪化冤禽。那堪重读悲秋集，（烈士去岁曾辑有《白门悲秋集》。）恍见英雄傍月阴。

由沪赴镇车中口占哭实丹烈士

匆匆来又匆匆去，恍似秋鸿春燕忙。挂上心头惟一事，黄花冈在楚州旁。

惯听呜呜汽笛声，数年心血叹无成。国中皆识陈惊座，汉上偏枭祢正平。

化成精卫难填海，顽石独存热血痕。浊酒一杯诗一首，海棠花下哭英魂。

如此奇才如此命，小儿造化太欺人。绵绵此恨无终极，江上招魂继楚臣。

无妄诗选

邵天雷，字无妄，江苏淮安人。今录诗三首。

海上杂诗

黯淡春愁郁不眠，茫茫生死憾人天。英灵多付红羊劫，经梵独存白马年。(寓清凉寺下院。)楚径荒凉花落雨，章台寂寞柳飞绵。登临一纵离人目，吴苑奎光照大千。

故明遗恨泪难干，檀板银筝怨月寒。庄烈轻生殉大难，小青饮恨痛孤山。(偕人菊、仲韶观《明末遗恨》，冯小青剧。)蛾眉剑影横飞血，燕市筑音惨醉颜。我本伤心还落魄，为君流涕泣江干。

春江漠漠风雨多，行李棲迟独啸歌。十二万年皆梦寐，六千君子意如何？塞鸿北去哀时切，乌鹊南飞避网罗。枉杀人间窦鸣犊，争教鲁叟叹临河。

雪抱诗选

张冰，字雪抱，江苏淮安人。今录诗二首。

吴中旅夜不寐赋此

永夜不成寐，心随淮水流。披衣望北斗，伏枕卧南楼。莫道边关事，频添家国愁。听猿声泪下，作客几时休？

飘　泊

飘泊渺无定，终朝不系舟。疏星随地转，朗月逐江流。才大难为用，官应直道休。频看人海内，事事等浮鸥。

杏佛诗选

杨铨，字杏佛，江苏清江人。今录诗十五首。

感事十绝集定庵句

不是斯文掷笔骄，秋心如海复如潮。一箫一剑平生意，大宙南东久寂寥。

风云材略已消磨，光影犹存急网罗。且莫空山听雨去，江湖侠骨恐无多。

万马齐喑究可哀，高吟肺腑走风雷。田横五百人安在？悄向龙泉祝一回。

夕阳忽下中原去，吟罢江山气不灵。青史他年烦点染，千秋功罪总刘歆。

莫将文字换狂禅，阅尽词场意惘然。世事沧桑心事定，此身已作在山泉。

雄谈夜半斗牛寒，泪渍蟫鱼死不干。吟到恩仇心事涌，忽收古泪出长安。

少年哀乐过于人，阅历天花悟后身。今日不挥闲涕泪，更何方法遣今生？

少年揽辔澄清意，阅历名场万态更。应得黄金三百万，东山妓即是苍生。

安用迂儒谈故道？天教伪体领风花。近来不信长安隘，月费牛溲定几车。

云烟万态马蹄湮，歌哭无端字字真。只是场师消遣法，原非感慨为苍生。

入春野草皆着黄花，散金遍地，一望无际，或曰此蒲公英也。余感其托根虽卑而能自适，因赋此美之

黄花弥四野，宛转依人足。众芳恃宠骄，子独受陵辱。岂曰高下殊，物稀则金玉。终以自处卑，不畏风雨酷。践踏亦堪伤，生意不可蹋。大化惠无私，贵贱自分鹄。我来感子意，如见羲皇俗。乃知弱草志，可以羞蛮触。

游湖步叔永韵

高引冥鸿福，桃源乱世仙。秋娘螺子黛，春水鸭头船。玉藕惊摇腕，红莲羡比肩。王孙归兴渺，南陌草芊芊。

春日山行步适之韵

山路蔽苍翠，春深百鸟嚣。泉鸣尘意寂，日暖草香飘。欲笑陶彭泽，忘忧借浊醪。棲心若流水，世累自相遥。

隔邻有女生将去，邻佣幼子哭挽之，余怀为扰，不自知其何感也

咫尺难为别，深情即故乡。扬中一挥手，云树两苍茫。征马无归计，啼莺有恨肠。相思不相见，何若两相忘？

康乃狄克省中间城，赴东美学生会寄兴。此城多树，大木参天，一望弥漫，故人以林城名之

青青树，郁成林。百年业，有同心。我来远道赴良会，欲藉山川涤烦襟。纵肩四望无来者，独倚枫根而沉吟。

蔚西诗选

张相文，字蔚西，江苏泗阳人。精舆地学。今录诗十一首。

百花山僧寺题壁

霏霏细雨酿花香，两极峰高殢夕阳。城郭下方连赵魏，风烟绝塞隐牛羊。门窗灯闪三更梦，履舄凉生六月霜。惆怅年年觅清冷，蝎来转欲早趣装。

圣泉寺结夏绝句十首

粼粼石屋指黄安，一道清渠数转湾。怪底风来香扑地，村前近接百花山。

清流瀌瀌绕西东，核子禾花小径通。销尽人天烦恼热，闲身六月仕琳宫。

乱山环合寺门开，树色参天绿浸堦。梵哦不闻钟韵寂，樵歌声送晚风来。

巉岩古树映溪流，瑟瑟炎天近晚秋。石上摊书欹枕看，倦来有梦到沧洲。

空林夜雨湿苔矶，门闭诸天色相非。一卷《楞严》参静契，水流云在两忘机。

高树连山屋角平，云烟黯淡半阴晴。萧萧风叶浑成阵，不辨泉声是雨声。

僧寮日日守清斋，隔夜先须算米柴。为恐市桥溪水涨，五更山外走轻雷。

别饶真趣在山家，红薯黄粮白水茶。风气长教留太古，人间何事斗龙蛇？

连宵阴雨长莓苔，偶放晴光过岭来。墙角晒衣书并曝，漫将经卷傲僧斋。

绿树青山带晚晴，闲云去住不关情。逍遥饱饭黄昏候，拄杖桥头听水声。

秋心诗选

陆曾沂，字秋心，江苏海门人。善小说。往时同事于《民立报》。分手后，执教鞭于上海务本女学。今录诗二十首。

闲　居

一从江北赋闲居，已分山南老荷锄。菜圃泥香春雨后，豆棚花落晚风初。惯呼邻叟倾新酿，每共闺人读旧书。湖海交游如问讯，元龙豪气渐销除。

师山道中

竹木萧森水满塘，谁家别馆此江乡？午鸡啼彻门深掩，一树梨花白过墙。

惠风徐度紫兰香，泼水声轻隔女墙。行过柳堤回首望，一竿斜见晾云裳。

寄柳亚子吴江

曩在癸卯，尝与亚子同学爱国社。忽忽岁星一周，亚子卓然诗家，而余尚无所成就。长日索居，读《南社》十四集中亚子诸作，临风倾倒，弥念畴昔，率成二律，驰奉故人，当必有以教我也。

问讯吴江柳七哥，比来诗思复如何？梨花满地吟肩瘦，（君居梨里）剑影磨空宝气多。（君诗名《磨剑室集》）鲸掣会看翻碧海，鬟低竞听唱黄河。怜余虚抱从戎愿，南郑何年一放歌？

小别耆卿忽数年，江鳞云雁两茫然。文章君擅松陵秀，子姓吾惭甫里贤。忆昔交情分浦雨，至今魂梦绕湖烟。芳馨远道凭谁寄？秋日芙蓉愿共搴。

杂题社刻十五集诗录后

河东梅九亦强流，弱水吟成恨未休。扪虱青山花落尽，龟蛇残照梦悠悠。景梅九

天风吹袂白丌颜，蜀道谁云未可攀？愿假潘郎双白鹤，凌云觑遍域中山。潘兰史

三韩遗址莽萧萧，夜月宫墙见怪枭。一例歌成《长恨传》，东阳瘦尽沈郎腰。沈太侔

死求埋骨近要离，生尚难忘血泪碑。拜罢女儿称酒帝，冰天跃马更何时？马小进

华林花暖草芊芊，苜蓿栏边最自怜。落日平原秋一色，看君万里蹴风烟。林一厂

红烛青庐愿已违，女儿无命欲安归？剧怜江海滔滔日，犹见东南孔雀飞。古公愚

旧国残阳听鹧鸪，霸才无主叹黄须。一塘春水金陵梦，魂断韦庄烟柳图。林秋叶

一岁吟诗三百首，章龙颔下自探珠。红薇婉娩玲珑馆，底事迎风唱鹧鸪？傅钝根

胡家兄弟多情者，无那饥驱两地分。折得芳馨浑欲寄，烟芽露叶海天云。胡朴庵寄尘

河山草草感沧桑，秋水横床夜作芒。别有云天知己泪，金焦两点倚残阳。李少华

灯火万枝扶客醉，湖波一镜入城凉。半峰酒色三潭月，都付云卿七宝囊。沈半峰

旧国残春一惘然，河山极目似当年。剑霜斜拂多时立，谁识参军沈下贤？沈道非

珠斗横天夜欲阑，玉箫声彻不知寒。西风一剑图南客，此夕争禁翠袖单。李一民

王晋老设帐牧圩，书言近日苦风患咳，方倚枕读杜诗，即赋一律寄问

尽日东风猎紫兰，相思遥入海云端。牧圩何幸闻弦诵？旅榻谁知护暖寒？支枕高堪舒病肺，步檐久或苦吟肝。春苏小圃行如锦，愿侍维摩一凭栏。

简倪心穀前辈

不见云林已一旬，当筵放论记还真。琴弹海角空流水，兰秀山阿自好春。招隐愿同彭泽醉，居闲敢怨灞陵嗔。松风落日池边路，伫听吟声出锦鳞。

仲文诗选

伍崇学，字静虑，号仲文，江苏江宁人。今录诗六首。

立夫偕游江亭

亭僻净无尘，登临万象真。远山皆有色，微草亦知辛。白骨埋鹦冢，清风送鹤群。菰芦含宿雨，碧柳绕荒闉。

登江亭佛阁

四大无生灭，天空有片云。戒心宜历此，立性不虞分。时事浮尘幻，良朋对语殷。一枰闲世外，群木自欣欣。

窑台远眺

寂寞空台静，时闻乌鹊声。疏林斜日落，西岭白云横。麦浪苇青接，江亭柳色匀。劳劳何日息？万里故乡情。

移居后一日寄怀故人

天高浮云动，微闻鸟晴弄。世事莫关怀，故人时入梦。残菊骨尤坚，寒霜催不冻。地僻客稀踪，心清念自空。逍遥一隐几，万籁我为宗。

夏日感怀

我心不畏热，静虑洗凡尘。浮云蔽日色，何足乱其真？草木受炎惠，萌叶时时新。讵无憔悴者，惟在浊世人。好趁晚风凉，寻与旧籍亲。安得二仲邻，相对话殷勤？

游昆明湖即景

万树丛中别有天，舟摇倒影寿山前。佛头摩尽当年乐，（湖中赤莲盛开。）今日相看我亦仙。

匪石诗选

陈世宜，字匪石，江苏江宁人。今录诗二十二首。

秋柳和渔洋

渔洋《秋柳》四律为一时传诵，顾用意多晦，会心者希。某氏诗话谓第三首指芝麓、梅村诸人，第四首指玉京、妥娘诸名妓，固已。余细味之，黄德之曲，乌夜之村，隶帝后事，则桥陵弓剑之恸也。板浦隋堤之水，琅琊大道之王，则江上残棋之泣也。且据渔洋年谱，此诗作于丁酉，为顺治十四年，闽祚虽亡，永历犹在，故有“新愁帝子”“旧事公孙”之语，殆纯乎黍离泪矣。羌有枨触，依韵和之，旨趣虽别，危苦实同。新城有知，当不以唐突西施责我。

更从何处唤鹃魂，瑟瑟西风白板门。灿烂黄金空有色，凄凉玉露欲无痕。残蝉依恋宫前树，流水迴环郭外村。摇落江潭新旧感，兰成心事一般论。

痴情曾与捣玄霜，绿转黄迴十里塘。走马忽空京兆市，嫁衣重检小蛮箱。从知风景无多处，难得金刚不坏王。歌舞当年忍回首，夕阳恻恻旧宫坊。

年时染汁上征衣，太息春婆一梦非。魔女斗腰红粉尽，乱鸦堕影绿阴稀。露垂桐井馀蛩泣，雨打榆钱化蝶飞。闻道空园在南角，永丰移植愿多违。

濯濯临风也自怜，飘蓬一例幻秋烟。何当池上生芳草，记取庵前种木绵。官渡尚容他日念，长门争锁太平年。沉沉街鼓猿啼急，暗祝春回巫峡边。

醉　歌

壬子夏至前一夕，醉卧白鹤山极乐寺，示同游诸子。

君吟诗，我醉酒，海波万顷酌以斗。醒来揉眼东方红，双丸吸入巨灵口。乾坤大气日夜浮，烟云缥缈澄素秋。白鹤山之顶，极乐寺之楼，容我啸傲呼龙虬。手捧金叵罗，拾级趋山阿。弥勒开口作憨笑，金刚怒目将谯诃。山僧胸次殊不俗，扫榻留宾岩阿曲。解识刘伶是酒狂，贶以山肴兼野簌。坐看山中出云作霖雨，如絮如棉气滃郁。瞥眼云开雨亦晴，半空涌出一轮玉。座有紫阳朱、眉山苏，汝阳一蔡与林摅。高歌梵唱声相杂，龙鸣狮吼成须臾。我独仰天引杯釂，餔糟啜醨沥清醥。不觉玉山蓦地倾，据榻微鼾成大觉。青梅黄柑与谏果，醒我醉魂无一可。五夜钟声入耳来，内观顿悟天人我。吁嗟乎！土郎斫地霜锋寒，吏部卧瓮清漏残。况复飞鸢跕跕瘴疠地，人生有酒胡不欢？菩萨杨枝露，洞府琼玉浆。一例醍醐灌顶涤尘虑，谁谓有酒学仙无酒学佛使我成枯肠？我今非醒亦非醉，掬霞到手珊瑚碎。眼前一镜证空明，听梵鱼龙寒不睡。

孟硕入狱不获探视诗以慰之

文字立教寻常耳，君独身教追如来。未逢歌利破危涕，肯拨郁埻殊凡胎？躬入地狱佛之愿，劫堕天魔人所哀。泥犁亦是众生相，十方迷罔从今开。

得孟硕狱中诗依韵奉怀

珍重馀生患难中，玄黄血染晚枫红。斩蛟何地寻周处？走马而今尽古公。不信人情成鬼蜮，可怜浩劫共沙虫。与君同抱无穷感，黑狱沉沉又一重。

铁汉铮铮系我思，坎轲能历便须眉。感人文字兼歌哭，逝水春华好护持。域外天威吾亦畏，年来恨史尔先知。经过时复增惆怅，小阁尘封夕照迟。

烦冤千古诉伊谁？风去台空万事非。苍颉当年曾夜哭，句陈有象是天机。善加餐饭力宜努，誓挽狂澜愿不违。无量众生无量劫，凄迷风雨待君归。

寒夜与楚伧、秋心共饮

小炉焰炽兽炭红，寒威凛冽酒阵攻。揭来一夕剪淞梦，酣呼歌泣江之东。东江叶子富豪气，王问三篇文炳蔚。虬髯不作扶馀王，羊头早薄骑都尉。淮上征车记旧游，风云扰攘呼龙虬。嫖姚一掷将军印，李固还觅林宗舟。英英更有云间陆，灵犀一点珠十斛。佉卢文字蟹行书，香山诗集鸡林读。牢愁无赖托稗官，故宫古佛罡风寒。恒河沙即众生相，高文一卷含辛酸。顾我诗酒号狂士，无病呻吟渍清泪。燕子不知王谢家，蠹鱼空食神仙字。一杯一酌欢复悲，拔剑起舞云为垂。古今欲结忘年友，狡狯曾叱造化儿。天地无情感摇落，后凋松柏意谁托？尔汝同期不朽三，公瑾醇醪饮亦乐。

柬可生

天界华鬘梦一场，双成曾许抗颜行。诗题蕉叶语都呓，饭啖胡麻醒亦狂。枉自迷离歌扑朔，未堪哀艳误文章。青天碧海知谁是？为道神仙事渺茫。

赠孟硕

羡君半载作聋哑，黑狱居然抵武陵。可许吾曹终蠖屈？是谁尺木教猱升？钓天沉醉醒犹未，沧海横流感不胜。眼底青萍三尺短，酒酣膹有气崚嶒。

饯可生并柬胎石

江南三月怀人恨，堤柳毵毵又送君。恩怨千般寄秋水，苍茫四顾倚斜曛。悭春天气花前雨，望远心情日暮云。为问兰心参透未？沐汤与诵楚骚文。

上巳社集，是日值余初度

连年客里度初度，樽酒论文第一遭。风片雨丝成妙谛，（檗子以“雨丝风片，烟波画船”嵌字词属和。）春花秋月属吾曹。楼头柳色牵情短，世外桃源涉想劳。翻恐有觞流不得，小池新绿涨三篙。

游双清别墅即事一首索中垒和

行行心迹双清地，莽莽河山两戒思。眼底红桑成拱把，簾前绿水漾沦漪。春归只恨花开早，风静翻疑云起迟。辛苦吾曹分黑白，临窗酣战一枰棋。

春暮集朴学斋

我爱胡安定，春生经义斋。醉人浮白酒，刬恨踏青鞋。好句应同续，多愁忍自埋。晦明风雨里，一笑脱形骸。

得天梅书却寄

干将奇气花前说，我忆云间高剑公。地老天荒风雨晦，独留肝胆炼英雄。

眼底衣冠沐楚猴，忍凭骨相博封侯？沧江岁晚君能卧，算比鲰生胜一筹。

尺幅之中有千里，酒人自古气纵横。甚时同荷刘伶锸？一醉空江卧月明。

九十春光一梦醒，江南无数乱峰清。斜阳寂寞乌衣巷，便是桃根也泪零。（君手书小帧见寄，有诗一首曰："便有明珠万斛多，更从何地筑香窝？渡江未备王郎楫，桃叶桃根奈尔何。"）

故国不堪回首处，伤心岂独李重光？红桑三见君知否？一曲新歌一断肠。（君《浮海词》十四首，予曾和之。岂特和君，亦有感于李煜也。）

七字吟成苦未工，伤离感逝几人同？文章不是千秋业，付与先生记爪鸿。（书来，谓有《三十年诗狂》之辑，索予旧稿。）

枚叟诗选

赵光荣，字一枚，号枚叟，江苏丹徒人。今录诗十四首。

里湖纪游

庚戌春杪抵武林后，阴雨经旬。初夏稍霁，壶园主人导游南北山诸胜两日，已得十之六七。归纪长篇十四章，以谢主人，并志予之不负是游也。

积雨蓄羁愁，湖壖时一往。隔湖望诸峰，悠然动遐想。岂无同志人，与我共欣赏？有约屡愆期，阻游增悒怏。风忽卷痴云，瞥见天宇朗。久困气顿舒，遄迈神益爽。快我掉臂行，出门如脱网。山亦笑相迎，云中时俯仰。

苍翠乱无次，弥望森成林。烟云沍草木，团结阴沉沉。遥峰怜峭茜，近壑怖幽深。蜿蜒人杳渺，蹊径从何寻？转移各极态，曲折有会心。静中细领略，洒然消烦襟。四顾人不见，谁与助清吟？采茶歌已歇，时送黄鹂音。

拔地势涌出，众木还千章。高高望无极，蔽亏天日光。楩楠挺且直，松柏参成行。问此种何年？岁月悠且长。当春郁古茂，结夏尤清凉。秋深绚异彩，霜叶纷丹黄。盘桓重摩抚，为惜生材良。栋梁期大用，勿使斤斧伤。

腰脚渐不胜，维时日亭午。迤逦入寺门，肃客僧伛偻。禅房敞且高，面山青可数。娟竹媚轻烟，幽花泫残雨。来往有珍禽，问名讫未睹。泠然时一鸣，故向人飞舞。此刹本重新，地以龙湫古。涓涓水不流，灵根滋液乳。神物在天池，烟云与吞吐。挹此瀹新茶，其香沁肺腑。流览喜轻阴，清和胜春煦。 饭饱伊蒲，行矣力须努。

升高必自卑，有进固无退。一掩复一重，其如限外内。循途每苦纡，抵隙岂妨碍？就中以贯之，南北径相对。冒险越陂陁，贾勇一而再。缘腹以及腰，倏已出其背。陡落下阪丸，抖擞增气概。却顾所经行，云封又变态。

古洞别有天，谽谺各殊状。未必尽生成，铲削由巧匠。试观悬崖佛，百千凿色相。闯然入其中，若与诸天抗。钻穴黠鼠穿，负壳浮螺漾。冰窖夏亦寒，暗狱昼失亮。大者廓能容，元气为之胀。累累肺乳垂，如腹刳五脏。势将压顶来，霹雳森在上。懔乎不可留，户歧审所向。终觉欠玲珑，充塞惟烟瘴。何当访桃源，一闻渔父唱。

石磴百旋折，夹径皆修篁。轩然无杂木，空际摇青苍。新笋正解箨，簌簌时闻香。天风一以吹，戛玉音琅琅。乘虚若羽化，心体生清凉。行尽忽空阔，快与云翱翔。仙人渺何许？苔涩丹台荒。泓泉自终古，饮以涤热肠。钟声催夕照，怅望白云乡。

鹫岭从西来，真灵于此萃。花雨散诸天，慈云广荫庇。争结香火缘，远方亦麇至。大众市殷阗，几忘清净地。四月顶礼希，游人尚联骑。高下多禅房，缘山成栉比。我无徼福心，来就白云睡。听泉耳已清，楼头又松吹。

残月若窥人，鸟声先客起。推窗望诸峰，苍翠临尺咫。趁晓促登车，林丛穿数里。道旁马鬣封，宿草半倾圮。顿触朝露悲，驰驱不如已。既又叹何愚，达观寓妙理。悟彻解脱身，总在画图里。出林见湖光，空明大欢喜。

地脉互流通，出泉歧路各。微绉霡霂纹，激动璇珠作。方亩固渟澄，井泓亦不涸。游泳适其天，随处皆宽绰。寺题揭清涟，一鉴当水阁。鲜鳞逐队行，大小色参错。掉尾更扬鳍，唼食争馋嚼。时闻拨刺（刺）声，生机征动跃。是为大自在，何须令纵壑？我佛笑无言，此中有真乐。

名胜众所趋，谁欤耽冷僻？搜讨无尽藏，有待高人辟。习见淡亦忘，会意矜创获。诛茅拓数间，于焉永朝夕。结构妙天成，高空敷片席。云障依槿阑，风帆度簾隙。环以百本梅，花时团雪白。香影接孤亭，月明飞一笛。有鹤与之偕，为谢门前客。

百千万亿身，我闻传梵贝。变相极狰狞，庄严又少艾。丈六放金光，神通称极大。然一刹那间，虚空亦何害。咄哉蠢顽石，厥像特侈泰。突出巨无霸，撑拄逞狡狯。伸脚地或穿，昂首天为盖。金仙跨下行，铁汉等曹郐。殿阙已穹窿，高竟出其外。或谓秦东巡，楼船急下濑。维缆藉此躯，无稽甚矣太。岁久体摧残，金碧失藻绘。无耳目口鼻，混沌究何奈？我笑现原形，佛门之无赖。

丰功新庙貌，退隐违故乡。于斯乐游钓，更以奉蒸尝。后先建别墅，各占湖山光。璇题动瞻仰，巍焕室与堂。亭台互高下，水榭延风廊。彼此相角胜，意欲攘其长。无乃骋靡丽，居士惭清凉。春秋好时节，花木披芬芳。云烟等过眼，只见游人忙。十园九无主，子孙渐亦忘。补葺良不易，岁久榛芜荒。话旧增太息，夕照萦垂杨。往事皆如此，不见平泉庄。

仲若本山人，听鹂欲砭俗。宦成隐西湖，老享游山福。我以为导师，因各遂所欲。指掌现图经，取径捷且速。历险乃见奇，就生须避熟。遂使云水区，在在豁心目。转惜君多年，搜寻抉隐伏。供我集大观，一二日已足。劳逸竟悬殊，君心倘不服。然君亦有辞，佳处宜往复。譬之古人书，岂厌百回读？

中泠诗选

叶玉森，字中泠，江苏丹徒人。今录诗二十六首。

题陈少鹿先生画孤松

珠髯婀娜一雌龙，鳞爪居然眼底逢。独立苍茫看云气，不知何处最高峰。

毕宏韦偃今安在，安让先生竖指头？我欲黄山探绵海，借君一笔状千虬。

自西郊归晤芰川遂同憩于琴园

身似闲云随所住，又从佳处见林亭。花渲落日三分绛，簾卷南山一尺青。世味还教尝苦茗，尘缘聊复证飘萍。渊明自有田园在，不是劳人醉未醒。

移寓旧藩经厅署，半梦、仲咸、寄丹、养芝均来同水榭敲诗、风亭说梦，至足乐也，赋此志感

小有园亭宜逭暑，入宫便作广寒看。客窗旧雨兼今雨，世路前滩复后滩。仙枕一炊方索梦，洪炉百炼始成丹。原知粒粒皆辛苦，赢得诗人讽素餐。

一　雨

炎威尔何物，一雨便长驱。夜静繁喧起，秋生热恼无。瞰灯窗蜥蜴，惊屐草蝼蛄。料得田夫笑，嘉禾万顷苏。

太平洋归舟中作

洞庭三万六千顷，直是太平洋一杯。放眼都穷惟大气，低头忽见有奔雷。蛟龙浩劫知何始？鸾鹤仙心到此灰。淘尽胸中闲块垒，开襟朗朗现灵台。

百川东走谁能障，今日昌黎安在哉？有泪合流红海去，似愁都涌白山来。飞潜无主文鳐苦，升谪随天赤凤哀。汉武秦皇休更恼，神州灵药久蒿莱。

印度故宫词

恒河之水无情碧，恒河之血无量赤。琵琶七十二条弦，

弹落宫花肠断绝。何事歌声续断肠？零脂賸粉尚斜阳。雪山北走馀焦土，戈壁西行尽战场。花头蛮髻司香女，能作笼鹦呜咽语。箕踞曾瞻七宝冠，笙歌更逐群魔舞。银杖分明忆昔年，圣水如带佛垂怜。海山金碧输天外，汉土袈裟拜陛前。法宫高拱围珠翠，极乐园林腾瑞气。锦衣仙拥胜鬘妃，石阙鬼镂阿育帝。紫带黄裳更出游，虚空天子号无愁。象舆缓缓花前醉，螺钹喧喧月下讴。神牛罢吼灵狮睡，毗岚扑地声何厉。葡萄移种朵尚兰，重以天骄英吉利。龙象无能护国难，珊瑚五尺风檠寒。投崖太子身何苦，辞阙金仙泪未干。檀枝栾叶凋残尽，商战果然赢利刃。已伤魏殿惨分香，还促秦王歌破阵。身毒其如饮毒何？引刀割肉那由他。响头妄唤千声佛，皱面愁观一曲河。零星绀宇阿房火，残额涂金窝里朵。须曼犹开称意花，频婆自结相思果。斋饭无人礼世尊，阿难乞食遍鸡园。啼春夜夜迦陵苦，望帝年年孔雀冤。我闻如是宜歌哭，藏卫又传新佛国。自大何堪踵夜郎，前车未免忘天竺。万劫娑婆一梦同，山河破碎衲能缝。棕奴自恋东方乐，莫向西风问故宫。

渤海舟中端午

百毒丛生今日下，一尴难得此人间。是谁苦竞江心渡？与子闲看海上山。大气飞行风鷁健，孤吟出听水龙娴。榴花艾叶都妖艳，手折珊瑚炼九还。

雾泊辽海

风鬟雾鬓千龙女，手弄绡裙拥海来。一气氤氲何所有？诸天混沌我能开。鱼龙已醒翻长夜，舟楫都穷亦散材。卧听倭娘吹尺八，馀音袅袅为谁哀？

一　岛

一岛嵯嵯撑黑水，螺青浓压佛陁头。不知何处钓鳌客，来此从荒辟蜃楼。屏绝众攀见孤傲，瘖歌独寐任沉浮。烟萝半壁能分我，请息诸天汗漫游。

舟泊神户即景

初日扶桑豁杳冥，峨峨神户不曾扃。港唇涛吼声都绿，岛齿云嘘气亦青。帆叶参差排积雪，石华摇漾散沉星。眼前尽有回翔地，愿共闲鸥入画屏。

即席赠桥口兼之

小园香月集壶觞，豪咏能令四座狂。千里经传俞荫叟，七言诗继赖山阳。龙吟海水通声籁，鹤舞天风乱羽裳。一夕蓬莱齐烂醉，神仙有分傲秦皇。

柬度青

破碎袈裟着手缝，灵山应有后凋松。眼前苦况奔虫鹿，梦里哀喧战鬼龙。我日那能当夜出？人天难得好春逢。千回膜拜千回祝，佛自无言又晓钟。

浮生叠和忆园

浮生百劫幻炉烟，一度低头一惘然。只觉此身如隔世，不知今夕是何年。槎枒酒胆张金谷，宛转词心托玉田。尘网十重缠莫脱，看人学佛学飞仙。

大舶凌风挟远烟，浪游诗卷足凄然。袖中东海狂歌地，簾外西山惜别年。击筑几曾闻狗市？买书犹自梦神田。飘鸾泊凤终无悔，能逐流云即散仙。

紅缦非烟又是烟，卿云一曲想当然。真如梦幻黄金界，犹未分明碧玉年。两部蛙争喧阁阁，一群鱼戏乱田田。白猿历尽人间劫，只恐难成紫府仙。

苦恋吴山一髻烟，西施颦样尚依然。偶因流水思今日，还向斜阳问去年。说法荒丘空有石，看花香海易成田。数峰江上青如旧，且自安排作隐仙。

沪上遇邵元冲即送之奉天

寒雨疏灯申浦夜，与君脱帽一低昂。立谭快史宜呼酒，坐听悲歌欲断肠。（偕往梨园观演《嘉定屠城记》惨剧。）红柳白榆游子梦，金戈铁马少年场。何当把臂昆仑顶，笑看河流一线黄。

得匪石钟山唱和作赋寄

减却乡愁一展颜，眼前差喜见钟山。如闻仙乐谐青鸟，且悟天机对白鹇。髯客多才应竞霸，参军有语莫成蛮。讼庭我自赢花笑，判白批红日未闲。

四日冒风雪因事赴全椒，途经香泉口占四绝句

龙宫何必更求方，下有丹砂气自香。疥癣虽平心腹未，已将功德颂神汤。（香泉一名平痾，患皮肤病者浴之可已。）

昭明一塔尚巍然，题碣模糊不记年。笑我寻诗添掌故，雪花双袖看温泉。

小池八角石栏围，男女汤分各掩扉。记得蛾眉山下浴，雪肤神女替更衣。（予曾在日本长崎蛾眉山下浴温泉一次。）

濛濛一白水浮烟，泼刺红鳞活泼天。占得温柔原自在，怜渠从未识寒泉。（泉中游鱼甚多。）

风雪过夹山关，因忆吾乡夹山竹林寺胜境，感触赋此

匼匝乱山峰，雄关扼要冲。雪花迷玉垒，风力破金墉。宛宛竹林路，沉沉萧寺钟。南郊旧游处，回首冻云封。

钓　师

雪虐风饕浅水滩，钓师蓑笠不胜寒。萧萧白发归村去，三五鸬鹚荷一竿。

杏痴诗选

姜可生，字杏痴，江苏丹阳人。今录诗十五首。

羁客吟

颜子在陋巷，嗣宗哭穷途。廓落无友生，人情今古殊。独酌新丰店，丈夫为饥驱。蓦见鹰隼飞，鸿鹄下庭除。嗟余何所从，日月忽不居。西风驿路紧，归心一片虚。

甲寅秋初饥驱南礐岙，凭弔明故臣张公煌言遗祠，天末书生慨世衰道微，思古人兮不见，中情悱发，遂赋是篇

丈夫怒叱风雷起，乘鲸飞渡三千里。匣中宝剑欲凌霄，狂来吸尽东流水。摩崖峭壁高入云，啼猿惨惨不忍闻。古时贤圣垂遗训，鸟兽不可与同群。不见夫江水滔滔黑白分，至今遗老不忘君。万山罗拜孤臣庙，我来千古弔英魂。凄绝兮戎马仓皇犯帝阙，故国山河尽失色。只手直欲挽狂澜，伤心未捉胡天月。旌旗重整会兴戎，登高一呼四海从。贼子狡谋竟先发，柴市捐躯飞碧血。吁嗟乎！孔曰成仁，孟曰取义，文山而后胡烈烈，遂令三百年还过客闻之肝胆裂。

送影禅北行

江南说剑吹箫客，燕北横戈跃马儿。衰草离离秋色老，征车鹿鹿寸心驰。照人肝胆秦时月，百战风霜劫后旗。记取锦屏亭上曲，泪痕舞袖板枝姬。

将之南田，梦非用李白《流夜郎赠辛判官》韵赋长篇志别，走笔和成二章

落日征鞭挂秋柳，千杯不醉中山酒。青山万里走眼前，我马虺隤瞠乎后。风流消歇三百年，壮士雄心冷铁鞭。一朝旌旗翻五色，赤凤丹霞落舞筵。人生际会有如此，山川寂寥按剑起。将军叱咤天外来，蛟龙怒吼石壁开。越王台畔雁叫哀，伤心此去去不回。

故宫眉黛隋堤柳，举杯劝饮梨花酒。落花三月正逢君，桦烛银台人散后。剑胆箫心一少年，青骢玉勒珊瑚鞭。云英旧约付谁怜？翠羽啁啾月侵筵。生离死别本如此，山阳铁笛因风起。隔墙输送暗香来，丹心一点为郎开。萧郎飘泊江湖惯，落月参横海燕回。

碎红词三十首之十

十年病渴未能消，聊把琴心试一挑。织就人天无限恨，柳丝抽尽一条条。

玉影娉婷最可怜，巫山有梦总如烟。莺魂无力传消字，频向东风问宿缘。

天上星河欲语时，香帏寂寂漏迟迟。料应倩女离魂处，双凤凄迷泪暗垂。

万唤千呼总不回，儿时竹马与青梅。荒唐月老姻缘簿，误尽才人多少来。

小桃落尽水东流，燕子归时春已休。难忏龚郎绮语戒，还将小影葬心头。

珠箔银灯笑语喧，美人含泪悄无言。此身甘堕泥犁劫，欲诉心头万古冤。

新丰美酒满金瓯，省识郎心一片愁。但愿山中千日醉，前尘影事两悠悠。

美人憔悴有谁怜，红粉飘零二月天。千古词人幽恨并，伤心难傍玉棺眠。

夜雨无端泣海棠，残香賸粉总神伤。不堪此景成追忆，二十年来梦一场。

重理新笺与旧笺，几回月缺几回圆。早知簾外妨鹦鹉，不向山阿听杜鹃。

挥孙诗选

张素，字挥孙，江苏丹阳人。今录诗三十六首。

拟李义山《井络》一首

井络天彭地势雄，极天云雾起鸿濛。公孙跃马人何在？力士迎牛迹已空。玉垒山前花黯黯，锦官城外鼓逢逢。由来蜀道难如此，都在鹃声泣血中。

秋风曲

秋风日夕至，大海回波澜。欲渡不得渡，始识操舟难。钓鳌者谁子？中流闻前叹。水急那可矶？下有百尺湍。皇恐复皇恐，用以名其滩。忠信涉波涛，庶几心所安。锦城千万里，杜鹃啼正酸。君看点点血，染彼草木丹。草木摇落多，天涯盟易寒。秋风复何言？流泪双阑干。

初秋送友归江南

归梦正悠悠，凉风万里秋。故人今欲别，去雁与同游。塞柳笛中尽，吴波天外流。嗟予何所事，辛苦未曾休。

汽车中望松花江

开窗乍见水光平，漠漠春阴未肯晴。绝似江南好风景，一川烟雨画中行。

舟中望吴淞

一剪吴淞水，船从画里行。岸回春树暗，天远片鸥晴。击汰觇潮汐，乘桴熟送迎。绿阴城郭在，凝望不胜情。

海上赠亚子

与子十年别，文章今老苍。所心在宗国，到眼有沧桑。握槊情犹昨，填词兴更狂。春江歌哭地，谁为问行藏？

我客关东久，神交独念君。郦原惊鷃网，苏武失羊群。老去才都减，归来酒易醺。河山回首望，珍重一题裙。

初至江南

塞北草才绿，江南麦已黄。山村隐图画，鸟语替笙簧。雨过樱桃熟，风来柳絮香。故园风物好，何事恋他乡。

沪宁道中

万里归来傲白鹇，随身书剑更萧闲。车行细雨斜风际，酒贯横林洛社间。市外炊烟迷处所，道旁乡语听来娴。具区一水明如镜，拂去征尘照旧颜。

车中望太湖

湖水碧濛濛，春归烟雨中。山光争出没，帆影乱西东。天际波澜阔，人间芥蒂空。会须来隐此，垂钓作渔翁。

题亚子《分湖旧隐图》

人生髫龀事，八九无遗忘。脑电一留影，至老记忆强。而况山水佳，兴味日以长。覃覃每沉思，宁止千百场？乃知宇宙间，观美美愈彰。幽怀并奇景，耳目为之伥。我昔闻分湖，擅胜吴越疆。沿缘五十里，露白葭苍苍。就中足烟波，何用夸沧浪。惜我未往游，溯洄天一方。我幸识柳子，家住分湖旁。开门一饮啖，无往非湖光。柳子年少时，终日游钓忙。捞虾屩已穿，捕蟹手若僵。掬水酿春酒，水酒同时香。童心窃自喜，垒石为桥梁。屡被父老嗔，私念乐未央。无何迁梨川，屈指十七霜。至今魂梦间，依恋而彷徨。分湖之水清，不受尘一芒。北流注松陵，南流注魏塘。城郭互隐现，倒影凌汪洋。晦明风雨交，影色非寻常。柳子为我言，所述亦已详。环湖种榆柳，翠密若堵墙。当春柳絮飞，入夏荷芰凉。秋泛沉菰芦，冬溜冰锵锵。俯寻游鱼乐，仰视高鸟翔。四时惬幽赏，隐者所倘佯。夜景更奇绝，月白烟微茫。风帆疾于矢，历历归村庄。树杪明一灯，高与星点妨。谁欤为棹歌？云有吴下娘。采莲复采藕，古艳谐宫商。侧耳神志移，仿佛游潇湘。柳子更语我，文献属梓桑。此间多隐逸，名氏传芬芳。元有陆辅之，词稿付锦囊。碧梧仓石图，奕世犹庋藏。明有叶仲韶，曾筑午梦堂。二女皆秀绝，掩映湖山妆。一名为昭齐，一名为琼章。风流与文采，前后如相望。清有郭频伽，亦住湖西航。蘅楼尚可寻，窈窕馀轩廊。柳子今之豪，文学珍麟凰。尚友及古人，虽隐计亦臧。泛舟范大夫，辟谷张子房。日向分湖游，那让南面王。所以作兹图，夸客娱琴觞。而我独悽感，十载离故乡。故乡亦有湖，其名曰丹阳。焦子与杜墅，一苇俱可杭。绿波摇粼粼，荡涤我肺肠。我家在湖唇，绕屋千垂杨。童年酷游戏，攀折成颠狂。往往明月夜，偃息已在床。忽尔残梦醒，屋外闻鸣榔。今对柳子图，怅触那可量。嗟我远行役，艰苦亦备尝。尘土积面颜，自媿羸且尫。湖山倘见之，亦复为骇惶。持以较柳子，焉得相颉颃。而我蓄私愿，将理南归装。贻书告柳子，便道来吴阊。更拉君好友，作画者陆郎。访君分湖上，点缀鸥鹭行。吟诗读《离骚》，载酒呼馀皇。不然吊梦人，孤杀叶楚伧。

无　题

临江早弄汉皋珠，眇曼风流旷世无。自是慧心犀一点，画眉毕竟与人殊。

人前共叹玉亭亭，斗宠争妍剧尹邢。但得爱情长不死，苦心敢自惜调停？

天花如梦倍依依，织得回文锦上机。十万娥眉曾见嫉，汉庭新诏遣明妃。

不堪回首忆前尘，海上花飞减却春。賸有绿珠身世感，刹那已作坠楼人。

翠眉深锁几曾开，但愿人天忏悔来。妖女摩登缘底恶，梦魂应不到莲台。

感介推事

辛苦从亡二十年，仗何功力敢贪天？九阍虎豹嗟难近，一炬龙蛇事可怜。死日山中犹有母，生时绵上岂无田？即今惹得人间悔，未到清明已禁烟。

寄明星

辕驹局局受人鞿，日出忧谗夕畏讥。鲍照芜城犹可赋，管宁辽海欲何依？陈书几见虚前席，射猎空馀短后衣。历历长城人万里，牙门应识汉旌旗。

丈夫生自不为家，骯髒声中度岁华。岂有邻人真窃铁(鈇)？漫疑海客与浮查槎。一双白眼看流俗，十万黄金付狭邪。闻道北来吟赏遍，好将俊语续秋笳。

渤海中口占

溟渤经行惯，乘槎客姓张。云兼鸥出没，天与水低昂。海日三更晓，齐烟九点苍。神仙何处是？回首见扶桑。

车过辽阳作

朝发大连市，夕次辽阳城。车尘軂辘间，旅客今几程？此地在汉唐，往往为战争。白骨积丘山，野草不复生。迄今风雨时，燐火犹纵横。念古一长叹，悲来涕沾衡。起视前路遥，隐隐闻鸡声。

车中望千山

雨后山光淡若无，极天苍翠总模糊。倪教种得江南树，一幅荆关好画图。

万叠岩峦断复连，此中不信有神仙。辽东道士今何状？日日山椒饮矿泉。

吉长道中

车尘载梦斜阳外，忽听人呼驿马河。一片田原蕃草木，两旁山石起坡陀。客来远道奔驰苦，地入穷边感慨多。我向贾人频问讯，鸡林诗价近如何？

舟中见月

海上一轮月，天涯万里情。高楼人入梦，我独玩空明。

得利寺

辽东一片海云开，形胜天成亦壮哉。柘柳阴浓春社罢，牛羊日夕牧童来。山高势挟长城险，石丑文留上古苔。得利寺前寻旧迹，几家战史委蒿莱。

游竹林中口占

一径窈且深，幽行入丛竹。清风忽然来，吹作海波绿。
野马眩日光，此间不知午。我怀王子猷，看竹几问主。
稚子何斑斑，笋根土中拙。甫愁碍行人，长大忽逾尺。
竹下草如茵，净不受尘埃。盈盈诸女郎，坐此赌挑菜。
枝干百萧森，河流四环绕。愿持手一竿，偷闲学垂钓。

江干夜眺

楼头鼓欲起，云表月旋上。零星缟寒渚，残雪映夕涨。
簖蟹火垂灭，触冰橹微响。滩芦界南北，沙雁恣来往。
抚景瞰林荫，陶怀挹川爽。横流水瀰瀰，鲠臆愁莽莽。
遥遥紫金山，悠悠黄天荡。人物付杯酒，樯帆满湖港。
世变方纷拏，予心向幽旷。何当迟鸡鸣，竞去击乌榜。

蜕庵诗选

陈蜕，字蜕庵，江苏阳湖人。今录诗四十三首。

怀灵隐寺

少年几载住西湖，双桨芙蓉兴不孤。乐水未如苏白智，入林曾与阮嵇俱。笋香远透千竿竹，饭熟偏甘一味蔬。自落尘埃过五十，清游以外总模糊。

前生疑是此山憎，一入山中涤万尘。岂为桃源能避世？更非勾漏可修真。林峦乍看如曾到，猿鸟无情亦与亲。太息当时轻作别，白头终隔似湘秦。

寻僧访腊说东坡，壁上题诗未尽磨。远谪还能偕慧婢，行吟尚自感春婆。嗟余一失湖山趣，去日全从愁病过。浪说游踪遍海岳，西泠旧约总蹉跎。

悟　情

此乡谁与号温柔？一到情深便是愁。谁使微之托修道？可怜小杜苦求州。是真并蒂花无一，能了今生世有不？怨绿啼红因底事？白头还自说风流。

原 病

情愁积久都成病，病去情愁又别生。绿满池塘雨后草，碧荧帏幙梦回灯。茂陵笑尔捐秋扇，垓下何人作越声？欲待饮冰销内热，侍臣昨日赐金茎。

怀 古

人间何处是吾乡？只有温柔未易忘。淘尽胭支江是泪，著些粉黛墨都香。玉钩梦觅横斜路，响屧愁过宛转廊。锦瞫绣褫千万卷，个中检点几情场？

秋 簾

晚凉日日上钩时，纨扇生纱见过伊。消得几天风共雨，更休隐约著想思。

最愁两首

分明蟫黛隔河看，欲诉离愁却是难。屈指秋期秋已尽，最愁心地到冬寒。

销魂还是有魂时，更不销魂事可知。佛说色空真浅义，最愁空处著相思。

欹枕挑灯，雨声点滴到耳，如僧寮揽鬟，回念罗帐江天，铃语断续，吟情往来，宜其诗有梦境也

右军一作誓，遂若神鬼知。已逝万情水，悉被迴风吹。今愿宁不实？往事非足嗤。寸心有根柢，掩覆何所施？行行入曲径，幽邃非所期。乍觉所期左，旋忆曾来时。花丛隔层

障，不目而已窥。此中久风雨，秾华非故姿。关心最手植，一一同仳傩。坠蒂罥丛网，霏英辞荣枝。憔悴岂伊劫？摧败皆我为。无声亦於邑，对影增悽其。忘身阻奔救，乐死迟追随。吁嗟情海波，汩没乃至斯。天倪欲飞跃，形神浑接离。处真莫忘幻，入梦非言疲。燃犀久无力，内照无所持。安能息外物，转以滋群疑。百年亦已半，双鬓亦已丝。所思不可即，宁惜身奔驰。奔驰恐歧误，冥想无因依。身魂两无就，不死亦相遗。窗前雨如语，断续谁为之？天问久无益，何况代以诗。

述　梦

有梦都为累，无情未是空。佛言因一念，我欲证双通。自古都言幻，斯人未发蒙。残灯亦如病，相对怯秋风。

足疾一百馀日，九月廿三始杖行室中

竞渡偏教足不前，（以五月五日得病。）登高节过尚高眠。一朝喜免人推挽，十步能随杖转旋。早已达观忘四体，无如生世赖双趼。头头俗事来心上，莫去尘根是得天。

悟彻玄微息息通，此身原在有无中。（用陈梦棠女士句意。）飞尘满眼悲欢过，逝水流年得失空。便礼如来何世出，只除太上尽天蒙。启衾知免不消说，诚到忘形是始终。

我见从今未可除，不言无我是真无。钟情莫漫区人己，大道由来浑实虚。当日未曾生使独，后来终信德非孤。七情淡尽身何倚？内念全凭外物扶。

解腕从来称壮士，断头尚且有将军。不堪胫大逾于股，岂为臣强失在君。锋试倭刀将见骨，力支叩杖与同群。屈伸非比无名指，便有秦医孰使闻？

南尽交循北大都，岂惟安步可当车。一从寝疾呼门弟，久废徒行僭大夫。失屦何曾惊豕立，携竿权用代鸠扶。（无杖，以竹代。）问年未及杖乡国，莫便指麾傲里闾。

危则相持颠则扶，此君原自不能无。桄榔未乞花猪换，筱簩今先竹马驱。漫笑空心同老树，谅因错节免枝梧。皇娥若肯偕游戏，便结芳茅作相乌。

上红拂墓四首

巨眼当年识俊才，可儿不共此间埋。锦衾角枕青山久，细骨轻躯马上来。环佩魂归阏氏冢，钗钿梦断玉妃嵬。红颜命薄终如此，愁绝南征独凯回。

寂寂春原土一坏，鸟啼花放尽堪愁。便无名字还惆怅，况忍才容竟死休。当日知卿除是侠，可怜得婿只封侯。山前空勒征南像，不画天人恨虎头。

忆昔沉吟苏小坟，西湖鸳水两难分。（苏小坟一在西湖，一在鸳湖。或言皆出附会。）征南道出留遗迹，（西山有磨崖卫公像，其下永福寺为追荐而建。）扶病军行补阙闻。只借汝南传碧玉，肯教阳羡葬朝云？风流最是人间少，华表休题开国勋。

文推房杜武褒鄂，难定萧何第一功。丞相堂前有天子，美人见惯似司空。春心自为前因动，浊世谁堪侍者通？若说早知专节钺，本来节钺属杨公。

忽念汉史人彘事，惨然久之，赋此自嘲

芒砀山下匹夫耳，何事天教得美人？东海降封应不忍，昭仪僭礼早宜均。易储积议徒招忌，少子偏怜未是真。笑煞安刘借箸者，几令吕氏代嬴秦。

生前歌舞博君欢，种祸遗殃线代安。但令周昌傅如意，竟忘吕雉嫉明纨。（戚夫人小名明纨。）处分后事能明见，忍使佳人为爱残？世界烟云今久渺，笑侬几度为汍澜。

自椽曹不辟而无贤吏，自采赠为诟而多荡姬，上淹所讳，趋度有归，理固如是也。偶感此意，率题两律，有知罪者矣

灵香飞去几何年？只说吹笙鹤背仙。还幸瑶池有王母，可知忉利是情天？英华不列班家表，政彻都无神女缘。我梦钧台曾尽醉，蛾眉曼睩半长筵。

书史犹存秦汉前，西风未许柳全偏。可怜渐渐螓蛾瘦，但见沉沉赑屃眠。情海千年成涸浊，化城弹指幻腥膻。飞琼绿萼存高趣，懒到人间只住天。

侠少年

紫锦新裁短后衣，轻弓匹马去如飞。金丸不惜抛千弹，粉镜同看杀一围。滟滪滩前浮急水，燕支山上立斜晖。归来自带幽并气，不用奚囊贮翠微。

咏李广

下中李蔡已封侯，猿臂将军早合休。射虎北平今石在，犹龙老子继风流。数奇幸免淮阴醢，力战难酬宣室求。卫霍本因胡虏重，肯教一箭落旄头？

春　雨

冰雪消融万木晞，商量正好典寒衣。天心不放花开早，土脉初添雨后肥。山客分兰蓑半掩，船娘趁渡桨双飞。莫愁一夜惊残梦，已隔重簾况细霏。

梦棠陈女士往岁晤于西山，承以诗相质，许列弟子行。别来逾年，闻以病归，顷传逝世，赋此遥奠

愁来身在有无中，（用君句）早识伤心怀抱同。曾弔孤坟嗟命薄，（同至红拂墓，己酉三月事也。）竟移噩谶到棠红。（“乞种红棠当篱落，开时便见泪和魂。”予弔红拂后，赋呈史君采崖、李君少塘、刘君今希、罗君涤三句也。丐诸君护惜古艳，不期谶入君名。）生前尚隔死何在？梦里如逢意待通。切嘱云尘都莫著，著时便是可怜虫。

听雨有感

罗帐灯昏不觉春，借他点滴数前因。常时生怕惊入梦，此夜谁为入梦人？芳草定知存泪种，落花何处托香尘？风风雨雨年年似，只异山河不异身。

断　肠

断肠情事断肠诗，比似春蚕宛转丝。铁箧缄藏终出井，瓢瓜飘泊岂分歧？欲教思妇今生见，直待吟窗将晓时。最是丛残须检点，寒蝉咽断夕阳枝。

十　年

十年烂醉泪痕多，涴遍人间凤尾罗。灯雨赚醒孤枕梦，旗亭谁付曼声歌？缄藏铁匣休郑重，裹入天风暂荡摩。陶谢飘零郊岛死，此中精气不轻磨。

精　魂

已瘗精魂傍美人，情根休更出埋尘。思量终有蟾蜍在，检点浑疑脉望真。垂老枯枝生意尽，迴流潴水荡心频。从知绝大如来力，第一先忘过去因。

次韵答钝根

到处新知接古欢，循环纠纆两无端。菩提慧可知非树，嫋席阿难异达观。自得风流忘物竞，不求寂灭是居安。云蓝写寄相思字，春镜何年倚手看？

自题画梅

我闻孤山之麓有一亭，都种梅花围作屏。客来呼鹤鹤解迎，自许醉世能独醒。独有一语令我嗔，乃敢先我呼夫人。此翁一卧数百春，此花岁岁犹芳辰。为此我愿改姓林，不然便改林逋名。媚花爱花与花亲，一日百拜不厌频。花神感我愚且诚，梦中诲我言谆谆。林逋呼妻非其真，售子一树用一旬。三十六树供饔飧，旨畜御冬妻御贫。无子耡旧更艺新，对客高卧恣啁吟。何逊东阁遂延宾，广平自许铁石心。狂者押我如风尘，矜者交我如相荣。惟君能妬为至精，妬不相怒能知心。我岂草木遂忘情，与君誓共死与生。折枝归供宣磁瓶，非君所折息睹闻。魂从君去君何颦？明年非复今年魂。我闻花言泪满襟，一生所遇皆如卿。见时辜负别分明，才见开花又落英。波迎风卷分溷茵，傀然賸我飘零身。吁嗟乎！傀然賸我属零身。

吴门访钝根不值

酒狂词艳傅文渠，别后曾来一卷书。空向沧浪亭畔问，脚跟无线是吾徒。

残荷删尽賸枯茎，烟水凄迷负好晴。到处酒簾招客饮，却愁醉后独诗成。

梅生三兄相见海上，出诗三巨册见示赋赠

与君兄弟五十载，聚合今为第五回。家有大苏诗乍见，客中二陆意同开。一春正好听莺柳，此地聊堪话鹤梅。寄讯少游还忆否？（谓秦子质妹丈。）海天吟啸挟风来。（廿馀年前，与子质同看日出于海舶赋诗。）

亚子以久思乍见，彼此欢然，承邀饮酒楼，归赋两首奉柬

清湘迟伫久，今挈早春来。风物惜衰老，客心靳转迴。拂襟尘乍尽，含意语多裁。此是曾经处，新知共故杯。（宴杏花楼，昔常饮此。）

最有相逢感，难忘未见时。悬心随月落，入梦逐云移。一寸春晖过，三更灯火知。翻疑暂聚散，说有亦名痴。

赠亚子

自是词人有别肠，相逢相合复相忘。君多含意因成吃，我惜馀情未忍狂。拚为河山通梦寐，况今编简共文章。记当醉看湘枫处，（往秋偕傅、王、龚三君。）自笑浮生又一方。先读君词后读诗，才情肝胆两能知。转旋天马行空力，料量春蚕化叶丝。玉手携从挥尘（麈）罢，花奴催为隔栏迟。（君两宴予不召紫云，殆深知杜扬州今昔殊矣。）两峰清瘦人谁及？想见吟窗并倚时。（“修到身为才子妇，不辞清瘦伴梅花。”罗夫人诗也。君俪佩宜有诗才。）

赠曼殊

人间无地著相思，划海分风杖一枝。那悉密花簪帽日，贝多罗叶写经时。诗中早见维摩病，无法难消大士慈。君自沉吟侬自笑，不同哀乐只同痴。

海上送太一入粤

君行常万里，一顾逌云别。人生如飞尘，聚散非足惜。但怨华年催，临歧意相诀。回念去此时，惘惘无所适。十载仍生还，朋侣悉遥集。后岂殊前观，挥手又倏忽。

芍岩诗选

张怀奇，字芍岩，江苏武进人。今录诗一首。

颐和园词

朱甍天际集凤凰，九成避暑离宫凉。御龙河母升云上，玉阶琼树凋秋霜。圆明园火颐和起，西控都门五十里。闻说銮舆送内家，惯看禁马驰中使。云栏月榭似南朝，斑扇当楼拥百僚。六曲屏风云母饰，九间殿柱水晶雕。凤亭迴护仙霞紫，昆明池馆巢翡翠。年高礼佛爱山庄，春老役灵移海市。碧水潆洄绕画廊，新荷五月出池塘。中书奉诏趋偏殿，学士承恩侍尚方。月满桂花珠露重，龙涎细爇御炉供。玉敕还宫正赐宣，金珰返跸谁陪从？鹰犬年年进九重，度支计画仰司农。徒闻邓后裁方贡，又见汤官索岁供。殇帝宾天安帝继，三朝耆旧知开济。玉佩临云帝座高，珠簾掩月天颜霁。花烂长秋风递香，绛霄赤凤正当阳。安知少子春秋富，但觉中兴日月长。忧国杜根甘不敬，上书夜半谋归政。宫中衣带泪痕多，殿上缣囊膏血迸。外镇先知举事难，反将密计告中官。

内廷宰相亲迎旨，东市英豪痛毁冠。君王微失慈亲意，奸邪乘间窥神器。流毒天骄济北王，养痈计拙关西吏。痛哭潢池盗弄兵，豺狼当道白蛇横。赤眉米贼倾畿辅，碧眼胡儿入禁城。辇毂仓皇深夜走，郊甸饥民不如狗。寝殿空虚战士屯，雄关艰险将军守。从此阿房付劫灰，羌兵炊饭烧花柳。日落虫飞蝙蝠群，台崩草长狐狸薮。荆棘铜驼倒殿门，途穷贺监泣荒村。官家弃国馀双阙，大府勤王望九阍。华阴道远诏西幸，天帝回銮泥首请。辇路生禾思故宫，山家献麦悲新饼。归车卷幔过天街，不见当年旧馆娃。杨柳枝疏牵别院，梧桐叶落响空阶。城头仿佛鸣笳吹，耿耿星河宵不寐。对镜黄门谙昔愁，凭栏白发淹孤泪。凉月无情照凤楼，清秋燕子不胜愁。重来传旨征方物，依旧通泉筑御沟。沉吟五十年间事，太平谁定乱谁致？一条祸水出萧墙，十丈妖星流大地。天津桥上望君门，绝世聪明履玉尊。何必金珠藏大内？枉将财赋竭中原。下方疮痏悽蒿目，锐意还教兴土木。春梦绵绵醒绿蕉，秋风瑟瑟催黄竹。墙头细柳漾官烟，小侯鹄立拖鱼玉。衣监停传冷翠裘，谏章空积残红烛。双引湖龙天上游，名园云物冷千秋。鹂梭织锦关宫树，蛛网垂丝罥玉钩。秉笔词人诗作史，兵戈逃出乱中死。酿祸传闻亲贵臣，弄权忆得中常侍。宜凛冰渊一片心，防淫无逸意何深。和熹欲法女中舜，崇俭皇家第一箴。

兰皋诗选

汪文溥，字兰皋，江苏武进人。今录诗二首。

赠亚子《分湖旧隐图》

一卧沧江岁华饯，征诗羽檄急于电。五湖烟水动人思，苍然照眼鹅溪绢。绢本丹青好画图，碧梧苍石点蘼芜。洞外花迷隔秦汉，芦中人去长菰蒲。指点儿时钓游处，婆娑空朕十围树。树上啼鸦断续声，寒潮打桨自来去。去住何心问转蓬，飘零书剑尚雍容。吟成《五噫》堪偕隐，自制长编续史通。新居庑下同梁孟，旧宅衡门忆家衖。谓有先人敝庐在，水绘烟波来入梦。梦遶清溪何处边？分湖一碧水黏天。绛树香埋桃叶墓，珠簾歌动木兰船。铁厓游记从头读，正则行吟少陵哭。仍世筑坛盟白社，一朝避地驱黄犊。回首风流前辈高，名园几处比东皋。最是胜溪留胜迹，竹枝绝调擅风骚。皕年文采有凋谢，露白葭苍南北舍。芳雪轩空莽荻芦，疏香阁坏馀穲稏。松陵直北魏塘南，又遇移家郭十三。乞得瀼西田数亩，离愁中岁发鬖鬖。我亦同君为客者，故园梦雨空飘瓦。白云溪畔旧浮家，愿倩陆郎同此写。前游往事总成尘，萧瑟江关有几人？皋壤寓言等摇落，中原何处著吟身？呜呼吾乡具区好云壑，他日从君买山约。斗酒双柑快听鸾，扁舟一棹闲放鹤。湖水无情日夜流，莼鲈寥落不胜秋。溪山傥得菟裘老，一瓢一笠吾何求？

子美嘱题化佛化装百相即柬亚子

我闻漆园入梦蝶栩栩，又闻太白举杯邀月舞。如来无我无众生，化身万亿菩提树。钱君钱君仙佛徒，君卿唇舌淳于如。偶向人间弄狡狯，无相有相今之图。虬髯一张怒如戟，回鹘缚袴龟兹帻。忽然窈窕垂云鬟，肌理莹澈藐姑射。天人变幻谁能知，非儒非侠非神奇。弹琴蹴踘等闲耳，青天碧海鞭龙螭。子陵仙去少陵老，钓台无恙莓苔扫。长鑱七尺白木柄，荒江野客种瑶草。有时西笑入长安，七贵三公取次看。千骑上头拥夫婿，长衫没髁随奚官。丈夫得志贵不朽，抚髀闲煞射雕手。一朝百万策罴貅，鞭笞宙合恣蹦蹂。惜哉有材不有用，腐鼠鸱鸮嚇雏凤。左徒系石没江水，泉明乞食抱春瓮。白衣苍狗只如此，钧天偶醉何足齿。宁堪仙佛两无成，青袍布袜誓从子。沧江卧看日杲杲，文通才尽愁枯槁。苦浼陆郎丐我诗，何如梨里柳郎好？人生只作画图看，展图援笔心茫然。他年纸本流传在，鼠肝虫臂空悲欢。

漫庵诗选

吴有章，字漫庵，汉苏武进人。今录诗一首。

清宫词

深宫置酒正酣歌，忽听齐声唱共和。一梦黄粱三百载，伤心往事悔蹉跎。玉门忆昔长驱入，汉土无人恣践踏。八面军旗掩九州，中原处处住城邑。上游形胜据燕京，虎踞龙蟠绣壤平。土木不嫌财力竭，蕊珠宫阙错雕甍。阿房殿阁辉金碧，太液池台映水晶。花开长乐春光腻，早朝寒恋七襄被。阿母开筵长寿康，仙官拥仗从游戏。绰约群娥杂燕环，笙歌小队多才艺。月窟初盈得意时，天家毕竟欢娱地。更喜神州不尽藏，梯航山海贡琳琅。绮罗贴地遮尘土，珠玉生光饰栋梁。万家节食供游宴，千里无禾促运粮。敛财更启鬻官肆，辇载金缯求市利。品秩崇卑有等差，低昂价值分同异。手绾金章意气豪，持筹言利析秋毫。磨牙吸取苍生血，廷献聊酬宵旰劳。群黎屈伏惯如鼠，宁知一奋雄于虎。渊渊鼙鼓起东南，震动六宫泪如雨。宫花依旧烂春红，玉箸双垂染血浓。木槿敷荣愁已夕，柳丝孱弱不禁风。凄凉燕语声声诉，似说明朝辞幕去。香泥冷落旧巢空，画栋雕梁不容觑。尽有铜山万丈高，片时难买春光住。主人情重弃前怨，(平韵) 决绝还加豢养恩。不知门外山河改，且客桃源岁月新。若令早识此间乐，深悔当年徒束缚。祖宗多事亦太痴，何必雄心勤远略。心头旧事付烟云，慎护官家襁褓身。安分且随时命住，夕阳珍重易黄昏。

万里诗选

蒋士超，字万里，江苏无锡人。今录诗五十首。

挽遁初先生

流血竟五步，伤心此国殇。风云愁黯黯，水月幻茫茫。申浦原吾土，桃源是故乡。灵均应痛哭，谁为遣巫阳？

政海风潮烈，吾徒可若何？豺狼当道卧，魑魅喜人过。万恶人间世，横流大海波。回天终有术，誓起鲁阳戈。

挽邹亚云

珠玉宁无价，文章自有神。斯人不可作，千古此离群。心血呕如许，风徽渺若尘。锦囊佳句在，读罢涕沾巾。

镇远山行杂诗

水程行尽更山程，黔地风光阴更晴。不断镇雄关外路，乱山高下夕阳明。(镇远山行)

东岩已擅黔南胜，奇胜尤传西峡山。悬瀑天风吹不散，

排空飞下到人间。(西峡山)

夜郎我自漫游来，烂漫山花夹道开。闻道偏桥曾报捷，黔南山亦号云台。(施秉云台山)

瑟瑟秋风杨柳塘，于今不见有垂杨。冈头破寺颓垣在，古柏参天十丈长。(杨柳塘)

闲云出岫本无心，飞去从龙不可寻。剩得岩头双瀑在，银河倒泻有清音。(飞云岩观瀑)

重安江上重安驿，不见当年旧石桥。赤足短裙红蔽膝，趁墟日午有花苗。(重安江驿)

岩石层层尽水成，黄花塘下水云生。一般肤寸为霖雨，泼墨如磐翳太清。(黄花塘遇雨)

石桥逼仄架鱼梁，山驿前头指酉阳。涧水淙淙流不住，一泓宛在冷溪塘。

一队肩舆得得迟，云阴薄暮抵黄丝。五湖梦里乡关迥，孤馆青灯焰落时。(宿黄丝驿)

谷濛关外昼阴阴，夹道丛林深复深。一路水声山色里，新秋古驿有蝉吟。

云山叠叠路迢迢，石磴摩天马不骄。忆昔山头汾晋路，而今又上瓮城桥。

市集烟林蔚大观，异乡风物数且兰。城西大有南中景，树里河流响急湍。(贵定县)

山行到此豁晴雯，杰阅凌宵敞夕曛。王母不来香已散，人间何处更图云？(其图关)

出山海关

百年难得此身闲，渤海东来第一关。地势平临乌拉岭，海光遥挹白头山。炎风朔雪自今古，铁岭金州几往还。飞挽如龙行绝迹，长征何日唱刀环？

出关至沈阳作

榆关东瞰柳条边，辽海人民异昔年。龙虎旌辉唐节度，犬羊俗化汉屯田。长城迥在西风外，大漠平临北斗前。东望烟尘仍满目，几时返旆勒燕然？

百里森林辟大荒，不咸山北郁青苍。别开天地新窝集，凭弔辽金旧战场。野敞龙沙胡月白，天低雁碛塞云黄。不关猎火狼山照，丛木如燐夜放光。

戍楼秋望

戍楼高不极，怀古一登临。天险雄勾注，汾流下管涔。山光排闼入，秋气逼城阴。斯世多王粲，当风聊一吟。

天涯难极目，寥落此登楼。南岭攀熊耳，西崖扼虎头。日沉太行暮，木落大河秋。汾水黄如带，相看抱郭流。

挽丘仓海

海水台南深复深，重来卷土负雄心。麻姑三见沧桑变，精卫冤衔万古沉。

七子天南绍建安，当年牛耳执骚坛。编诗合署花王阁，为有金轮咏牡丹。（仓海在戊己之交，有《牡丹新咏》截句二十首，海内外和者如林。）

化雨东山启讲筵，素王宗法制中权。厓山千古留遗恨，地老天荒哭杜鹃。

人天离合付罗浮，仙雨灵风一卷收。独抱宋明残局感，中原汉族旧神州。

大纛鸣笳谒孝陵，汉坛依旧记重登。过江今日多名士，六代山河几废兴。

岭峤人豪托隐沦，中原初乐岁华新。龙蛇大陆争方烈，不作红羊劫后身。

成连此日有馀哀，天末文星黯海限。城郭人民今昔感，夜深应有鹤归来。

题宣南枣花寺《牡丹图》四律

壬子旧历孟夏之三日，漫游长安，往访枣花古寺。新雨初霁，牡丹萎谢，惟欧家碧尚残留两蕊，而芍药则正怒放之时。妙慈上人乃出《牡丹图》卷属题。图绘于辛亥季春，首题者为无棣吴重憙并满洲庆珍博如，盖两君亦以是日来游而题者。去年今日花事正繁，今岁节候较早，月日同而花时已过，人间老眼已输与一着矣。际此皇纲纽解，大地春残，岁月更新，莺花增丽，贞元朝士，半往析津，琼岛奇葩，谁人欣赏？今春卷中留题者，非前清长安之冷宦，即民国江湖之散人。仆也不才，敢效丰干之饶舌，爰次渔洋山人《秋柳》韵，漫成四律以应之。

阑珊花事最销魂，回忆春明旧日门。异术骊山新变种，小诗鸿爪旧题痕。（予于丙午有《崇效寺看牡丹》绝句两首。）东君欧碧犹留蕊，北地燕丹尚有村。（燕丹村在宛平北乡。）近侍只今惟芍药，传来彩笔共谁论？

今日麻姑鬓有霜，沧桑影事孔东塘。不名已黜群芳谱，分送应悭七宝箱。水际芳名标谢客，殿前异种退花王。人间老眼看谁得？谱到新声白纸坊。（白纸坊为寺之所在地。）

天香罢惹汉臣衣，北胜南强说是非。醉酒传呼人不见，和酥分赠客应稀。可堪经雨闻鹃泣，无复迟明作蝶飞。开落唐花争顷刻，逼人富贵意相违。

零落残香总可怜，宣南日暮起炊烟。卷中异卉常留影，寺外垂杨乍脱绵。家住天津原小隐，人称国色已残年。会昌朝士慈恩劫，忍断芳根堕溷边。（旧寺有《青松红杏图》，清初名人题咏甚多。庚子之役，为邑人杨寿枢所得，妙慈上人拟向之赎归，乃杨君强以欧家碧相易，故落句云云。）

胡子寄尘赐诗，谬承奖借，次韵答之

胡子字寄尘，藐此长天长。息壤在何所？身寄广漠乡。世界一微尘，山岳各低昂。炎荒日炽焰，明星夜吐芒。沧桑已三变，麻姑鬓有霜。人海正横流，砥柱中流藏。羡君逍遥游，研此出世方。

北风起天末，申浦夜潮寒。岁月如川逝，已去不复还。九龙近咫尺，徒唱念家山。何如去北征，顾盼据吟鞍。阳乌驰景白，胡马嘶声酸。袄教诛胡僧，骄子斩可汗。大漠何茫茫，飞沙目为瞒。玉门快生入，使我开心颜。

秋日百花洲绝句

百花洲上百花残，万柳堤边柳色寒。留得败荷花数朵，木犀香里与人看。

东湖春色系人思，一水潆洄漾碧漪。容易秋风起蘋末，夕阳楼阁沈公祠。

妾夫浮梁去买茶，湖边第一是侬家。秋光砧杵声中老，只浣寒衣不浣纱。

春花秋月欠平分，秋雨秋风恼煞人。欲唱横汾追汉武，已无十万水犀军。

秋屏阁似滕王阁，南浦亭殊讲武亭。今古沧桑多少事，山灵应亦感凋零。

绝似明湖一鉴明，只堪容与与鸥盟。登临揽胜词人惯，洗马池头弔濯婴。

题丘仓海《罗浮游草》

人世有沧桑，罗浮有离合。山灵睡未醒，风云自开阖。

天上有麻姑，人间有沧海。海水正群飞，石烂千年在。

题潘兰史《出关图》

神京屏蔽古雄关，曾夺燕支塞外山。我是壮游君更北，汽车声里唱刀环。（君是游直达张家口，予仅至南口耳。）

千古才人迥绝群，潘郎诗句定庵文。（定庵有《居庸关记》。）磨崖勒后题图去，笔墨都成塞上云。

拟《凛凛岁云暮》

凛凛岁云暮，游子行不归。重城隔迢迢，雨雪想霏霏。欲晤路无由，此心良与违。此心虽与违，恍惚梦见之。衣带紧双束，犹是旧腰围。棱棱眉宇间，弈弈发容辉。欢笑若平生，把晤入重帏。彼时情逾亲，相对话依依。始梦以为真，再梦知已非。醒起思所见，前境想依稀。

舟出枫桥

春水初生似酒浓，棹歌遥听唱吴侬。江枫摇落桥犹在，留伴寒山寺里钟。

梁溪吴苑隔迢迢，曲曲东塘不上潮。已是姑苏城外路，一声汽笛过枫桥。

五人墓

不欲求仁竟得仁，永垂义烈勒贞珉。纲常自足维千古，游侠宁传此五人。聂政已惭为知己，要离合并与为邻。英灵常在山塘路，当日悬知目怒瞋。

慧山谒泰伯庙

三让端为万代崇，让乡今尚被仁风。世家已是魁伦序，人表何因止上中？吴会桥坊巫史祝，城田沟洫禹王功。至今梅里平墟在，遗冢皇山说不同。

西瞻勾曲几重山，更托衡山采药还。至德无名留庙貌，故封唯伯此江蛮。化行商邑周原外，地在廉泉让水间。只有巢由堪比并，千秋如在渺难攀。

痴萍诗选

宋一鸿，字痴萍，江苏无锡人。今录诗四首。

寄钝安

年时行处尽羊肠，便值花开懒举觞。念子何由甘隐遁？累人毕竟是清狂。吴头楚尾相思地，碧海青天忏悔场。樗散自惭生盛世，会须同咬菜根香。

和萝庵钝公诗一首

遗我双明珠，逼我撞瓦缶。有教既无类，敢噤寒蝉口？沉思久伏案，捉笔不如手。轩窗明月生，依依笔尖走。起视心茫然，清风入虚牖。露重月影流，游子忍回首。有言不倾吐，有梦亦云苟。梦里子规啼，依稀认虎阜。虎阜不可归，缝衣苦慈母。

涕泪一首和钝根

尘海苍茫办（辨?）息机，泪痕挥不上征衣。龙蛇影事都萧散，猿鹤虫沙有是非。入世讵惊天地窄，闻歌休辨乐哀微。狂澜手挽雄心在，莫漫兴言采蕨薇。

新重阳夕大风感赋一首

蟹未登盘菊未黄，西风一夜作重阳。愁多销尽云龙梦，岁晚空馀弓鸟伤。河朔生涯惟鹬蚌，天南言论半蜩螗。故山归去云千叠，老我犹堪一放狂。

西神诗选

王蕴章，字莼农，号西神，江苏无锡人。今录诗二首。

雨后泛舟西湖扣舷作

一雨生众绿，好山相对青。澹妆洗西子，清梵送南屏。鸥梦恬波窟，鸿飞乱晚星。欲寻渔父去，长醉为谁醒?

题《酹江月》后一绝

桃花扇底大王风，白雪红牙唱未工。一曲琵琶翻别调，亦儿女处亦英雄。

昨　梦

昨梦渺何处？昆仑顶上行。一丸秦月小，万丈汉星明。野灶净如洗，胡笳冻不声。血花争酒艳，飞将捷龙城。

梁任诗选

朱锡梁，字梁任，江苏吴县人。研究龟甲文极精。今录诗四十四首。

白门怀古

秋风兴感，积潦困人。跬步趑趄，交通阻隔。杜门简出，索居寡欢。忆前度之游，成咏怀之什。颇裁新意，不袭陈词。声调多平反失谐，音韵或上去同押。凡绝句之诗三十二，得篇题之目廿有三。好行小慧，知无补于时艰；贻笑大方，矧有惭于曩哲。戏为耦语，亦作序言。

桃叶渡头来，莫认青溪路。侬有双桨船，问郎渡何处？（桃叶渡　昔年侨居，与渡相近，今亦不远，故首及之。）

有墩半山寺，不厌一再过。谢公不可作，如此苍生何？（谢公墩）

徐氏胜棋楼，卢氏郁金堂。何物曾公阁，窃欲相比方。（莫愁湖二首）

问尔曾国藩，何似徐中山？千古留名字，到底让红颜。（门外新立木坊，上书“曾徐千古”四字。）

薄暮叩双扉，一拳赤石矶。当年周散骑，在此读何书？（周处读书台）

巷犹存乌衣，人非旧王谢。匝月曾比邻，頫仰千载下。

（乌衣巷　辛卯秋冬之交，尝移寓钞库街，巷在街南。）

一带绕红墙，钟山第几冈？雌雄排石兽，翁仲立斜阳。

（明孝陵三首）

迁去志公塔，改为明孝陵。亦知皇帝贵，曩日少年僧。

华表穹碑壮，金棺玉匣荣。可怜马皇后，同穴隔层城。

缤纷天雨花，高僧此说法。化作石子冈，不忏众生业。

（雨花台）

花草吴宫荒，衣冠晋代异。凤皇去何年？剩有凤游寺。

（凤凰台）

宫井访景阳，鸡鸣寺之左。辘轳汲寒泉，修绠百丈过。

（胭脂井二首　四月二十日往游鸡鸣寺，偶问僧得之。十馀年前，数寻未见。域中六朝旧物，只此而已。）

其泉甘而洌，其色非胭脂。想见陈叔宝，妃嫔同束时。

桧凿泮宫泉，阑篆玉兔字。我虽居井旁，誓不饮其水。

（玉兔井）

尊经阁不远，恨我来已晚。总督西园中，见有重摹本。

（天发神谶碑）

终古石头城，向人扮鬼脸。城外沙洲生，久失天堑险。

（鬼脸城）

突兀紫禁城，双阙东西面。刻石左掖门，三字今不见。

（明宫城五首　辛亥二月二日，携子来游。昔存门榜一石，已无有。）

忆登厚载门，女墙倚参差。刹那门乌有，吾身亲见之。

（宫城四门，其北独完。每女墙铳穿二，水穿一。两埔之间，外窄内宽，乙未、丙申之际，每来登陴凭吊。曾几何时，不可复睹矣。）

宫城方似斗，甬道出其南。有门凡十四，今日少其三。

（每方三门，并立双阙下，左右掖门相向。自内观之，则五门并立。三月二十日往孝陵，见北门尚存。四月廿三日至其处，则莫辨矣。）

方丈城头砖，三百青铜钱。屏藩撤东北，西南何舍旃。(六月二日询自运砖者，在将军署收直。方丈，谓面积一层平方一丈也。)

我得故宫瓦，乙未琢为砚。重来十五载，全瓦无一片。(丁亥来此都，以丁酉去。今岁以授徒冷署重来，忽忽十五年矣。中间己亥、壬寅、丁未及去岁，亦尝来此，然为日无多，或仅一宿，未一至京城。)

碑亭御沟北，螭坳洒血痕。地势非前殿，应是皇极门。(血迹碑)

前湖紫泥填，宫观营燕雀。城东水一泓，依旧尚如昨。(燕雀湖)

后湖名玄武，南朝习水军。荷花十万柄，荷叶乱纷纷。(玄武湖)

昔日朝天宫，今日素王庙。传闻龙蜕藏，黄屋日光曜。(朝天宫　明高皇帝实殡万岁殿下，赵秋谷有歌行述其事。)

钟山与盋山，两个飞来翦。销铸并州刀，翦尽尾形辫。(飞来翦　七月三日之朝天宫后山寻觅，已陷土中，仅见尺许尔，在夹杆所用二石版之直北乱冢间。)

塔毁留铁镬，庞大无所用。用之烹民贼，可救万万众。(报恩寺塔顶)

步出长干里，来往长干桥。横塘人不见，秋水风萧萧。(长干)

此一衣带水，云是暴秦凿。去此二千年，犹能剧作恶。(秦淮二首)

朱雀航边路，人人济乘舆。横流不可遏，吾亦叹其鱼。

矮屋千万间，留此胡为者？若以处蓄民，视之犹广厦。(贡院)

非吟怀古诗，藉浇胸垒块。记取庚申元，四十六辛亥。

（自题 “庚申元”，见《史记·十二诸侯年表》。）

白门咏史十首

金粉南朝事久讹，重来弔古此婆娑。中宵短什长吟罢，秋色凄凉感慨多。（南明）

终古石头城不堕，江东建业大功垂。虽然陵墓残薪采，碧眼孙郎是可儿。（孙吴）

丝竹东山谢安石，风流裙屐自翩翩。一枰残局留江左，尚赖支持过百年。（东晋）

风云芒砀寄奴生，谁使江干胡马行？坏却长城檀道济，可怜谣谚石头城。（刘宋）

萧齐事业费商量，画腹居然作帝王。一姓匆匆才二纪，也须家国话兴亡。（萧齐）

鸡鸣埭上乍经过，何处台城莫问他。卷地西风吹不已，声声入耳讶荷荷。（萧梁）

休矣乞官陈叔宝，至今谁唱《后庭花》？江南结束偏安局，绝色我怜张丽华。（陈氏）

沈沈（徒含切）殿影照秦淮，后主词场亦霸才。几度内桥访遗迹，故宫难认刦馀灰。（南唐）

驱逐胡元终逊国，祖孙先后两浮屠。百年宫禁尘封后，点缀弘光一酒徒。（朱明）

兽蹄鸟迹满中原，咏史诗成已断魂。过去太平天国事，杀青应作一朝论。（洪氏）

辛亥七夕弔杨笃生

万言译著墨犹新，（近读记英国工党与社会党之关系万馀字。）蹈海鲁连不帝秦。顾我心肠浑似铁，为君涕泪却沾巾。堪怜赤县伤三户，那得黄泉赎百身。故国招魂向何处？暮云天末望英伦。

题巢南《拜汲楼诗集》

璧水盟心久，璚章入手新。匡山风雨夜，歇浦燕莺春。爱国缘多难，论交最率真。垂虹亭畔路，高咏有斯人。

天笑诗选

包公毅，字天笑，江苏吴县人。善小说。今录诗十一首。

上海竹枝词四首

白茉黄兰颤晚风，碧油车子瞥惊鸿。衫儿袖短钏儿重，着到扶桑不肯红。（绍兴缣帛有一种似皂而淡者，名曰不肯红。今日本有一种绸，其色正与此相类，吾国闺人又多趋之。染织之学不讲，又奚怪天孙之失其巧耶？）

半臂轻裁蝉翼纱，襟儿一字尽盘花。如何密作同心扣，扣住侬心不忆家。（一字襟坎肩，向惟男子服之，京朝士夫行之已久。今则流行于女界中。蝉翼纱，古有是名，惟黑色尚焉。迩来又新翻花样，各色均有。海上繁华，来游者恒有乐不思蜀之概，不独刘阿斗之忘情也。）

香宾佳酿醉流霞，闲向天街蹋月华。夜静人稀归去也，倩郎扶上自由车。（上海豪侈，闺人宴客亦以香宾，一酒之值，几倾中人一岁之资。脚踏车，一名自由车，近日女郎亦多擅之。习此者，恒于空旷之马路，夜间蹋之。）

小扇玲珑玉腕凉，聚头佳谶画鸳鸯。檀奴宛转怀衫袖，刻骨相思透骨香。(迩来上海盛行一种小扇,长不过三寸,象牙玳瑁之外,又有以檀香为骨者。馀香一握,颇饶风趣。有人索题,拈此二十八字报之。)

味莼园赛珍会杂咏七首

白罗帕子绣芙蓉,兜卖人前晕玉容。三字温存做好事,语音清脆是吴侬。(各闺秀以绣帕香囊兜售者最多,逢人辄曰"做好事",人感其慈善之心,多购买之。)

酣紫娇红贮碧筠,茶阑酒幕小逡巡。不看花面看人面,珍重罗襟扣一轮。(各女郎以筠篮贮各色钮子花,每枝仅一角、两角。大家闺彦,均作卖花女郎,为江淮饥民也。)

罗袜弓鞋小婢扶,阿谁人引出迷途?盘旋宛似穿珠蚁,狡狯嗔他八阵图。(会场中有诸葛武侯八阵图,入此者往往迷不得出,妇女之纤趾者,大受奔波之苦,呼为促狭弄人之物。)

万能电气倡西欧,火灶风铃太自由。蓦地忽闻狮子吼,教侬一步一回头。(有一电气屋,电灯、电灶、电扇、电铃,无一不用电。又有一电气,叫子作狮子吼声,每有妇女行近其前,辄按其机关作吼声也。)

昨宵半臂喜新添,不薄吴绫与越缣。莫把侬身比屋宇,壁衣才罢又窗帘。(上海士女好穿舶来之品,轻绡重锦,人谓是欧州人制壁衣窗帘之需者,亦穿诸身上,适为彼中所笑也。)

纤手亲调一饼茶,春风开遍自由花。可怜淹断蓝桥路,玉杵琼浆莫浪夸。(会场中有女子茶社,名礼茶,谐音颇似海上西餐馆也。当垆者,均女学生等。)

相逢我欲唤真真,心里秾春亦夙因。最是低头佯不见,却来簾底暗窥人。(上六诗,兴已尽矣。复添此诗,徒增惆怅。虽然,似曾相识,无可奈何,不删风怀,是我本色。)

瞿安诗选

吴梅，字瞿安，江苏吴县人。今录诗三十四首。

题《天香石砚室碁谱》

我生三十无一奇，止能饮酒不能棋。楠庭嗜棋兼嗜酒，示我图谱邀我诗。颇闻棋诀在善守，心细如发才如斗。敛边丰腹审四隅，布局落子无其偶。就中变化千万殊，难索解人只自娱。方四聚五虚心法，图经散佚传书无。近来此技等捐弃，制谱行世谈何易？四大家法半沦亡，棘门灞上真儿戏。楠廷嗜棋二十年，镂肝鉥肾不论钱。前生定是刘仲甫，巾角弹棋赛谪仙。乌乎世间万事皆有癖，使尽心兵书成册。长安时局正纷纭，懒向人前分黑白。逢场莫作不平鸣，当局者迷旁观清。兔起鹘落龙蛇走，千古河山战一枰。我欲去寻橘中叟，力学三年便国手。他时一棹指梁溪，与君赌棋再赌酒。

自题《风洞山》传奇八绝句

唾月堆烟泪不波，青衫情味奈愁何？横磨剑与坤灵扇，恨事人间尔许多。

一树冬青吊国殇，牛车泥马指南方。汉官遗制无人识，窄袖蛮靴时世装。

枉说嫖姚大将台，昆明浩劫早成灰。沙虫猿鹤啼秋月，可有鹃魂入梦来？

戎马河山战一枰，哀丝毫竹不成声。上书未见庚申帝，苦费当时转六更。

一片降帆事可哀，中原谁筑蛰龙台？西曹铸就飞霜狱，十二金牛挽不来。

井水汤汤咽古愁，红牙且自按《梁州》。秣陵山色珠江月，不抵厓山一叶舟。

建安词笔荒唐甚，值得遗民带泪看。野史亭中秋草没，桂林云气胜临安。

十载填词苦耐贫，说龙诺虎亦前因。文章莫向西风哭，可道知音尚有人。

马鞍山麓弔刘龙洲墓

嬴肩斗酒渡江人，南部莺花每怆神。老去相如容易倦，可堪重唱沁园春？

狂心醉哭壮心酸，绝调欣逢辛幼安。故国谁怜天水碧？玉山佳处几盘桓。

伐石难寻元美志，题碑久佚铁崖文。西风茸帽登高节，黄菊开时一哭君。

读莼农《碧血花》剧，即集剧中语默题四绝

除却温柔不是乡，生憎无福到鸳鸯。沧桑世味何人晓？莫向春风问短长。

死别生离百样磨，声声行不得哥哥。红冰碧血安排妥，我亦闻歌唤奈何。

一夜西风送落花，年来怕过玉钩斜。眼中多少知音者，金粉飘零黯暮霞。

淮水兴亡咽暮潮，国魂好向美人招。钟山王气惊飘荡，何处重寻旧板桥？

检点四首

紫鲸怖鸽有微温，自拜情天忏绮魂。白纻三千才谱曲，碧城十二未开门。云封桂窟秋无际，月晕梨涡夜有痕。检点平生惆怅事，不须芳草怨王孙。

烛龙弹泪彻阶除，簾押银葱卷未舒。熙载心怀宁乞食，樊南词赋尚佣书。情场窈渺匆匆过，法界华严了了如。九曲屏山人不寐，一庭深露湿蟾蜍。

荆卿匕首竟通灵，雪愤鱼肠恨血腥。吉网罗钳开阁纳，斧声烛影隔江听。爰书菑烈魂何壮，钧（钩）党株连事忍经。独上东皋怀故邑，皖公山色尚青青。

窄窄银河又暮秋，不情风雨苦淹留。天寒易水何曾渡，日落娥江悔不投。刦忏红情工写怨，艳飞碧血惨埋愁。风波亭下冤霜急，一笑昙花悟得不？

莫更二首和小洲

烛烬香消共一舟，绮窗如墨絮春愁。惊心夜月窥人小，瞥眼秋波迸雨流。浊世文章增涕泪，中年丝竹动朋俦。阮咸莫更当筵唱，孤负萧娘记曲筹。

碧纱帘下暗香浮，梦影微茫散未收。孔雀东南才避地，顽云西北又高楼。雕笼不许藏鹦鹉，珊枕何妨碎蚍蜉。便是相逢成隔世，荒唐镜誓几生休。

偕小洲过明故宫

一抹青山认故家，丝丝衰柳尚棲鸦。洛阳风雨燕台月，并作金陵顷刻花。（明祖都南，长陵都北，而由崧又继祖武于南，同此顷刻耳。）

桃花扇底诉飘零，禾黍高低蔓草青。试向通天台上表，不关恩怨孔云亭。

步北城狮子山访阅江楼遗址不得

六龙曾此驻云车，何处重寻帝子家？千载长江流别泪，不应憔悴宋金华。

读吴梅村《秣陵春》乐府

秣陵春色愁如许，知尔萧条身世悲。法曲凄凉谁按柏？不堪流涕说兴衰。

金华殿上题名日，白袷飘然一少年。老去填词多感慨，龙髯攀泣渺南天。

读尤西堂《钧天乐》乐府

青衫似草可怜生，独自崎岖上帝京。莫怪年来头易白，愤王庙下泪如倾。

文人口孽在词章，暮雨潇潇午梦堂。千古蛾眉同一哭，还魂记与返生香。

读朱素臣《秦楼月》乐府

旧家词客数吴郎，哀乐中年鬓易霜。记取玉箫来世约，虎山山下碧鸡坊。

琼花终古艳江都，重谱虹桥仕女图。十里隋堤曾走马，不知陌上有罗敷。

信阳题《何大复集》

列地联京洛，雄城控义阳。中州文物尽，馀子态郎当。

正始流风沫，奇才吾道光。平生忧乐念，不独在词章。

射策承明日，兰成最少年。文章超北地，旌节壮南天。控疏风雷稿，传书内外篇。海峰凭吊处，凄绝玉郎泉。

一代名山业，成弘据上游。宗风思历下，后起孕弇州。大雅今难作，斯人不可求。蜉蝣争撼树，公论足千秋。

诗选卷九

摩西诗选

黄人，字摩西，江苏常熟人。今录诗八首。

久别离用太白韵

少年轻薄不思家，雕阑闲杀芙蓉花。花开花复落，对花发深嗟。抱琴欲弹琴弦绝，当机丝乱不得结，别时春风今飞雪。天涯到处多歌台，东停西泊无人催。催君兮君不应，但望江上双鲤传书来。书来君不来，泪痕相间斑如苔。

荡子经年不到家，妆台日日辞菱花。红颜应憔悴，见之空生嗟。螺黛尘封采笔绝，眉镇难开肠又结，只恐相逢鬓成雪。夜深无梦到楚台，白日倦卧嗔人催。门外兮犬吠，起坐惊喜疑是君归来。毕竟有谁来，沉沉三径埋苍苔。

长相思和太白韵

翠帷淡荡笼秋烟，玉肌凉拥青琴眠。几时缫得同功茧，替君柱上重安弦。弦断可续心难传，幽兰操罢人渺然，寒风动树星满天。君为出山草，依是在山泉。愿将泉化泪，随君流到君门前。

银缸影淡秋满堂，井梧一叶飘银床。云鬟贴枕娇梦乱，珠兰茉莉为谁香？幽花啼欲断，明月照不来。阑干十二曲，倚处尽生苔。（右诗为先生十五年前之作，学太白得其神韵。久藏箧衍，最受诵之。晚年所作，则尤瑰异绝伦，今尚待搜求也。檗子记。）

怀太炎狱中即和其《赠邹容》韵

耳鼓齐迸裂，雷音爆五洲。强权贯覆卵，群德败干糇。泰斗南冠壮，风云北瑟秋。铜山难论值，何物腐儒头！

讹言满蜃市，气概隘鹦洲。金翅珠凝想，铜颅石作糇。虎须争顷刻，骥尾亦千秋。屈吕精灵在，秋秋绕笔头。

雇李觉尔秘密结社和同国遗民元韵

沥血发闳誓，九幽成十洲。别标三位体，须漆万王头。心校坤球热，刀含彗气秋。蟊丛刺客传，龌龊只私仇。

假面工啼笑，文明欧米洲。喆家涨魔力，病国奋龙头。伏甲红妆健，弥天黑幕秋。拜金与拜火，相守孰恩雠？

独笑诗选

庞树松，字独笑，江苏常熟人。檗子兄。今录诗八首。

檗子书来约游西泠，俶装待发，牵率尘事，赋此谢之

三郎行李太郎当，一棹清游趁夕阳。我较阿连输一着，次公那不醒而狂？

十年旧梦落西湖，劫后东南沧海枯。此去三茅数晨夕，料来鱼鸟定思吾。

停云白石共周旋，飞鞚行踪想若仙。偶住刘樊图画里，山花山鸟总前缘。

猿狙作械拥岏巑，澒洞风尘过眼看。一滴秋家坟下泪，经天注海尽汍澜。

南屏依旧碧孱颜，先烈祠堂草棘间。往日雄风在何许？夕阳无语下空山。

石林青壁好亭皋，桃柳阴阴护六桥。到此倘嫌山水浅，人间何地可诛茅？

欲为灵山一写真，肯淹朱毂走风尘。归装定有新佳句，拾上吴笺野色新。

侧身天地等沙鸥，下濮田荒不可求。他日耦耕今日约，白头吾欲老杭州。

檗子诗选

庞树柏，字檗子，江苏常熟人。今录诗四十七首。

九月二十七日游西山至小云栖寺

前游真隔世，秋老独重来。坐觉衣衫古，行防猿鸟猜。清霜木叶秃，初日山容开。孤寺无僧影，经幢绣鬼苔。

寒夜卧病听雨达旦

灯穗寒多落复生，虚堂拥被梦难成。十年惯听江南雨，不及今宵枕上清。

木渎寓楼晚眺

孤楼跨溪上，天贶此胜地。四山迤逦开，一一贡席几。东南揖尧峰，浓青扑衣袂。西北指灵岩，浅黛上眉际。稍远有天平，竹外露双髻。相对弄妍姿，宛宛更予媚。野云薄日光，水阴吹雨气。瞬息此凭阑，群峰忽失翠。乃知天地间，变灭无定理。吾生何有哉？自嚼孤寒味。

秋晚同稼翁、跂韩野外散步有作

招人山色拥烟螺，日晚寻幽踏浅莎。细岸疏花临水媚，小桥残柳著秋多。声来野冢群鸦集，影上村墙一犊过。却忆五湖三亩宅，耦耕心事悔蹉跎。

十月初八日游天平，同稼秋、公茇、镜若、梦柳

溪水媚嫩晴，菰根出瘦舻。有客携壶觞，相与唤沤侣。溯流达南浜，登岸访茶坞。村童争拊掌，山鸟亦惊语。度林客如雁，一一疏可数。松翠时坠空，衣襳色忽古。晚枫初著霜，靓于越溪女。何处憩巾屐？危径通故墅。小阁额兼山，清谭捉僧麈。茶力健诗脾，酒香养病腑。幽赏斯渐惬，禅味澹堪咀。看山欲忘归，暮云翳复吐。

张市至阑干桥

新涨悠悠阔，轻帆故故斜。晨光动杨柳，春色在桃花。水竹孤村静，鱼蔬小市哗。漫怜风物美，三亩足为家。

舟中夜闻笛声

春尽横塘雨又风，昏灯短被卧孤篷。梦回何处数声笛，

却忆枫桥半夜钟。

偕陈伯弢丈暨龙慧、蜕庵、致禾诸子游破山寺、三峰寺遂达拂水岩探剑门

秋色澹天地，霜气润林麓。三五挈吟俦，寻幽不厌数。笋舆度斜磴，一一鸟飞逐。名蓝访破山，赐额易兴福。拨藓扪残碑，常建句重读。通幽有曲迳，犹植千竿竹。叶底透微阳，影上眉宇绿。踞石试山茗，寒泉清可掬。隔涧过樵子，避人如野鹿。相将造三峰，入门且憩足。松间午饭香，瓮头新酿熟。聊尝世外味，匪但事饮啄。终输佛供养，孤龛对瓶菊。谈禅心易寂，登高兴复触。穷探越前岗，奇境豁游目。巉岩高百尺，危石屹然矗。苍碧间丹赭，恍若剑华簇。霸图问何在？烟霭渺难属。（剑门相传为吴王阖庐试剑处。）东西望澄湖，蔽天起雁鹜。偃仰一啸歌，空响答深谷。晚风催人归，萧萧振落木。

祝潮家兄招饮，席间潘质斋先生出示新诗，依韵奉和

侧帽孤吟气不春，携来尊底认衣尘。岁寒兄弟能相过，灰死文章尚有神。腊鼓惊心催老大，盆枝照眼愧清贫。酒怀空阅残年尽，起视悠悠世态新。

吴门梁谿纪游杂诗

麋台梦影尚堪描，一日清游不寂寥。断碣野烟五人墓，短蓬春月半塘桥。（吴门佳胜萃于山塘，侠士、丽人均足为山水生色。）

花草三生住虎丘，药炉茗椀证双修。看山且上长离阁，休问盈盈一水楼。（家兄携姬人赁居宝园街，地近虎丘，自额妆楼曰“小长离阁”。）

香水谿边听棹歌，虎山桥外晓寒多。无端孤负梅花约，檀板金尊唤奈何？（拟刺舟游邓蔚，以事未果。）

梁谿清丽似琴川，瑟瑟春波载画船。人在四围晴翠里，石铫松火品新泉。（惠山泉为天下名水之一。）

碧嶂迴环石径斜，丹青古庙暮烟遮。如何五里香塍路，吹杀春风不见花。（近惠山有坊，题“五里香塍”四字。）

风物销魂又一春，渡头柳比酒痕新。今番侧帽行吟去，忽忆当年顾舍人。（顾梁汾贞观，无锡人，能诗，工乐府。）

游惠山过张睢阳庙

遗庙千秋在，丹青夕照中。地知经几劫，天遣作双忠。草木孤城泪，江淮绝代功。莫谈南八事，爱妾亦英雄。

鹈鹕行为邑中贞烈严毛氏作

南方有鹈鹕，锦翼何离披。千年誓共命，千里不分飞。东海有毛女，十五颜如脂。生小俭梳妆，绮罗都不知。十七愈窈窕，天缘托良媒。郎君貌英英，门户复相宜。廿龄失阿母，对壁长号啼。邻家姊妹行，入门来呼携。轻衫杏子色，低鬟花朵垂。殷勤牵女袖，劝女勿伤悲。女心更惨切，女身谁护持？终朝泪洗面，不出中间闺。守身洁于玉，居处无人窥。夫家闻女贤，央媒前致辞。六礼灿然备，聘钱穿青丝。佳期正三五，催妆可结褵。母尸犹未寒，玳梁忍双栖？遂为待年妇，低头羞不支。藁砧虽未识，慈姑如母慈。上堂拜慈姑，伶仃得所依。宛宛学新妇，进退有容仪。朝来入中厨，为姑治晨炊。向夕汲井泉，为姑洗裙袿。黄昏一室内，篝灯寒气围。姑坐作针黹，郎读声透扉。何声助郎读？轧轧鸣鸳机。漏尽不得息，往往闻晓鸡。茹荼兼啖檗，荼檗甘如饴。

慈姑暗叹息，里党同嗟咨。严氏福未艾，自此光门楣。人事有不测，郎病忽濒危。裁我机上布，为郎延高医。拔我髻上钗，为郎换参蓍。医药总无灵，沉忧终身罹。慈姑怜女忧，掩泪遣女归。女归亦无家，姑命不可违。此心似磐石，去住终难移。悽悽对孤影，怅怅忘朝饥。中宵得哀耗，纤趺遽奔驰。拊棺一恸哭，自恸来何迟？誓死不复去，血泪斑麻衣。昔日各衾枕，今朝共灵帏。一尊奠清醑，尚得称齐眉。黄泉路匪遥，早晚相追随。哀怨填胸臆，二旬进勺糜。女颜昔如脂，枯瘠今成黧。九十有二日，簪笄未尝施。自怜薄命人，与世久若遗。含笑入地下，夫妇如初期。双魂化鹣鸟，长住西山隈。

石梅讲舍坐雨

山馆自幽寥，邻院梵初歌。隐几学苦吟，禅味胜荼悦。砚色流寒云，茶乳沸瑶雪。时闻疏雨响，竹石共清绝。

澄塘烟雨属伽庵作图

水荭花发新涨足，鸂鶒鸡鶄自飞逐。河阳山色青如烟，浪澄塘水碧于玉。细雨斜风时断续，白蘋香里一蓑绿。好借南村放鸭船，去唱东湖采莼曲。

雨舟偶成

濛濛水云里，一棹过湖滨。空翠浮吟袖，微风稳钓纶。鸭鸣村外雨，鱼唼岸边蘋。满眼沧洲趣，牵茅好卜邻。

夜泊刘神庙前大风雨

湖气夜冥冥，孤篷此暂停。风雷趋大壑，山雨泻前汀。

古庙神弦寂，幽篁鬼火青。船窗灯早灭，水面有龙腥。

读《陈涉世家》

博士宫中称寿日，佣夫垄上辍耕时。无端一段风云气，燕雀纷纷那得知？

篝火狐鸣大泽中，沉沉夥涉志非雄。世家莫诧龙门笔，要是亡秦第一功。

上巳雨中社集愚园

啼鴂声中上巳过，天涯一样奈愁何？重来草草流觞地，谁倚潇潇暮雨歌？襟上十年交酒泪，花前几辈邈山河。休言佳兴销磨尽，如此风光恐不多。

西泠杂咏八首

一角湖山劫外支，重来杨柳尚如丝。鹃啼鹤去年年恨，还咏尚书杂感诗。（钱蒙叟《西湖杂感》诗有“孤山鹤去花如雪，葛岭鹃啼月似霜”句。）

香钿暖翠未飘零，花路争传玉辇经。旧日雄风又何在？夕阳红上御碑亭。（旧行宫改建公园，春来游事甚盛。）

塔影亭亭似美人，谁怜无语傍东邻。我来别有樊川感，绿叶成阴又一春。

故山香火至今存，碧草离离带夕曛。休道英雄输老佛，美人多上岳王坟。（光复后，岳鄂王祠墓修葺一新。）

三烈名题三尺碑，莫将穿冢比要离。此行携得山阴酒，两度风云奠一卮。（徐伯荪烈士墓，陈、马二烈士附焉。）

春社初添五柳陶，新封坏土隔花高。年年寒食宋园路，一样归魂不可招。（陶焕卿先生墓，近始竣工，经营葬事者为陶社中人。)

鉴湖灵气在人间，一棹西泠载恨还。风雨秋家亭子下，落花哭罢哭江山。(鉴湖女侠墓，东有风雨亭，为秋侠绝命诗纪念也。)

果然浓澹总相宜，山雨湖晴一霎时。万岁千秋谁识我？水明楼上独题诗。(在张公祠水明楼，遇风雨已放晴。)

寄怀俞养浩先生

别来云物起相思，回首沧桑又一时。劫外别添新涕泪，花前想见古须眉。逃名傥悔才为累，畏俗无如酒最宜。老去虞山多勘破，未应还作桂殇诗。(先生近丧一孙，颇伤焯，故云。)

楚伧招饮以病咯血谢之

年光终自好，销向药烟青。花落寒难忍，楼空雨可听。呕心输李贺，荷锸媿刘伶。甚日褰裳去，春风醉绿醽。

雨中见桃花零落有感

花落花开事本微，休将病眼惜芳菲。只愁一片春光好，雨里无端惘惘归。

甲寅清明

乱花堕絮阻游行，悔向东风祝晓晴。大地即今还逐鹿，荒台何处有啼莺？国殇欲哭应无泪，乡梦初醒不计程。自问闲愁堪几许？人间三十度清明。

寒食思故乡风景

柳条垂绿草初齐，寒食湖亭酒价低。谁更摇鞭入山去，蘼芜坟上听鹃啼。（吾乡西山有蘼芜君墓，即葬柳如是处也。）

别馆即事四首

别馆重逢更漏长，从前辛苦可能偿？温云柔雨情方切，浊水污泥恨岂忘？软语夜阑如有会，纤腰春后不禁量。生来娇小吴宫种，只许轻怜未许狂。

冲烟犯月桂堂东，几度幽期独过从。为试娇嗔轻戏谑，偶思好梦易朦胧。颈痕羞被迴灯见，颊晕犹胜薄酒烘。自笑书生贫病久，痴情除却百无功。

海北欢踪一夕疏，累他拥髻守灯孤。心坚自佩连环玉，歌好谁偿百琲珠？检点浅深新泪迹，较量肥瘦旧眉图。温存半晌相偎处，怕问宵深去也无。

百就千阑为钿盟，几曾真个解逢迎？猜疑尽灭关恩分，忧患能通见性情。不敢怨郎还怨命，相要呼妹莫呼名。他年无分藏金屋，纸阁芦簾过一生。

病鹤避暑小云栖寺，挐舟访之，留赠一首

大火流金苦久晴，招凉地僻有谁争？象于幻处看云物，心到虚时听水声。猿鹤山中犹未老，风波世上不能惊。十年秋梦三生石，知隔蓬莱第几程。（病鹤有《石屋寻梦明》。）

甲寅人日寄沈丈石友

最难此日不阴时，雁后花前系所思。犹见末光驰北陆，（时尚未立春。）早传春意动南枝。图翻破阵空馀劫，饼说薰天未疗饥。遥想家山风信至，登高望寄草堂诗。

君磐于岁暮赴湘不及送别，赋此寄之步前韵

人生几见别离时，日短天寒发远思。鸣北杜鹃空有血，巢南越鸟岂无枝？随身竿木原逃世，撑腹诗书不救饥。此去烟波千里阔，何妨投赠汨罗诗？

立春和匪石韵

江乡春到不禁寒，劫外风光上笔端。欲动葭灰回帝律，争夸綵胜挂臣冠。鱼龙作戏终归幻，鸡犬升天本未难。只惜年华催老大，南枝乍发半摧残。

朱舜水祠落成征题敬赋

迍邅天步遘阳九，朱明痛失皇纲纽。降表纷纷向虏投，奇节铮铮问谁守？卓惟姚江舜水翁，国亡家破更途穷。避来风雨舟山下，（弘光元年，诏征舜水不就；授江西按察使司副使兼兵部职方清吏司郎中，监方国安军，复不拜。被劾，避于舟山。）历尽波涛沧海东。崎岖九死欲何事？慷慨书生能好义。击楫常存士雅心，乞师独洒包胥泪。（舜水尝三至日本，欲乞外援，以图光复，而援兵竟不可得。）回天无力心不灰，求贤有梦复归来。（鲁王尝欲召还舜水，监国九年三月，敕谕玺书。永历十一年一月，始达越南。书中有“予梦寐求贤，延伫以待”云云。）苍云越峤空埋恨，白骨金陵又作堆。（郑成功金陵之役，舜水寄书规之，责备延平，调旨极悲峻。）毕竟此生耻秦帝，忍学鲁连蹈海计。薇蕨谁怜劫后身？搏桑别有人间世。（消既荡一中土，舜水仍至日本，遂终身焉。）德川藩主称礼贤，水户群趋作杏坛。居陋自开新学派，待终犹保旧衣冠。（水藩主德川光国聘舜水为宾师，东人多执贽事之。舜水平居讲学，是非程朱陆王而不失其衡，贵有作用。后世所谓

水户学者，实渊源于此。舜水尝谓德川曰："吾藉公眷顾，养志守节，以保明室衣冠，感恩浴德莫大焉。"）于今胡运已迁改，瑞龙山麓丰碑在。（舜水没，以儒礼葬于常陆瑞龙山下，至今完存。）故国应招化鹤魂，远人尚仰凌云采。山阴有老慕前修，磊落孤怀为阐幽。（谓汤蛰老。）争看丹青崇庙貌，共陈笾豆荐寒羞。同志艰贞知有几，客星山人曰张斐。允堪配食到千秋，顽夫以廉懦夫起。（张斐字非文，自号客星山人，慕舜水高义，追踪至长崎，闻其死，为文祭之。又乞援德川，亦不获命而去，不知所终。）

邀寒琼、滨虹、蜕公晚酌

三士连翩至，萧斋接古欢。瓶花如影瘦，江雨入春寒。话旧堪消醉，逃时且抱残。明朝远行客，衣上酒痕看。（寒琼明日赴山左。）

蜕公诗选

萧蜕，字蜕公，江苏常熟人。今录诗二首。

柬陈巢南

落落陈惊坐，神交十载前。匡时逾汉策，高唱满吴天。花月词人泪，风尘烈士年。凭将一樽酒，幽独慰婵娟。

徐园追祭宋遁初先生，是日阴雨惨晦感而有作

毒霾淹昼昏，羲和不成照。江声乱新涨，春色迷远烧。卉木黯光华，山泽閟清妙。相彼天地心，岂为苍生弔？忆昔癸丑春，五族徽腾掉。虎观论洋溢，麟阁光炳耀。巨憝窃国柄，群材璧马钧。韩非知说难，贾生病年少。捐兹七尺躯，任付群儿笑。神龙故渊潜，威凤遂云啸。瓶罄增罍耻，弦绝悲琴调。虎豹临九关，椓人无馀噍。哀痛满江南，傥赴巫阳召。漠漠吴淞波，苍苍武陵峤。灵旗两国瞩，泪血当告燎。昨日云气恶，赤熛动危眺。谓是著书庐，腥风鼓一爝。焚巢及毁卵，历祼周岁曜。烦冤蒸肃杀，神怒若相诏。巍巍当涂高，股肱不可疗。焉知魏其魂，不作大鸟叫？世事勿复言，吾生诚难料。乘时赴运会，荣名等蓬漂。君看宋公园，何殊屈原庙？

剑华诗选

俞锷，字剑华，江苏太仓人。今录诗三十八首。

无题四首

天上人间两不知，枉他眼意与心期。荆王岂有高唐梦？宋玉偷传神女词。难得鞭酬搔背意，可能歌动悦君思？红笺叠尽愁无语，底事翻教鹦鹉疑？

依稀故态识狂奴，想像深居属小姑。满僻松脂成琥珀，谁知铁网引珊瑚？梦回夜雨惊飘瓦，眼泣春波怨堕珠。赢得平生多少恨，只缘错认白云夫。

露冷天高风欲鸣，美人朱阁不胜情。乍看云气遮明月，岂讶尘心污太清。静夜莫闻啼碧树，红釭犹忆醉银筝。寒蛩争识深闺意，故向窗前作怨声。

绿鬓红尘旧岁华，不堪江上弄琵琶。蜀魂休怨汉宫月，秦客岂迷吴苑花？桐树千寻惟引凤，柘弹百尺莫棲鸦。当年应自笑痴绝，争向人前着意夸。

无题十首

钿雀银蝉双股钗，踏青新试凤头鞋。花须拂眼迎人笑，燕语莺啼簇队谐。乍省迷离来月殿，是谁绰约拜云阶？绵绵今夕知何夕？恼乱情丝春满怀。

夹岸晴烟绕碧丛，绿杨稳系玉花骢。娇痴隔座情波溜，消息重簾香篆通。罗袜空阶声细细，银钩小字印虫虫。红尘十丈生魔劫，弱质难禁擘柳风。

黄柑双擘祝春风，睆睍莺啼小苑东。射覆酒浮银凿落，迷藏花舞玉玲珑。语经猜破羞难吐，诗被催成意未工。齐道一声归去也，夕阳斜衬马蹄红。

君是诗中一世豪，风流我亦冠人曹。三秋泣别吟团扇，双桨催归折大刀。肠断争如贺梅子，魂销输与郑樱桃。晓莺残月知何处？芳草年年绿汉皋。

七夕曾经拜女牛，自怜命薄不风流。弯眉月上相思柳，绕鬓花簪并蒂榴。梦去空馀金带枕，愁来偷弄玉搔头。阿环别后青鸾杳，云销深深十二楼。

多情原不似微之，可奈前期误后期。死恨吴娃歌子夜，生憎越客网西施。青衫憔悴樽边泪，金缕凄凉梦里词。闻说江头潮有信，年年偷拜伍员祠。

画屏香冷博山炉，情泪珠殷玉唾壶。银宇笙调红尾凤，菱花镜破白头乌。女儿浦长相思树，新妇矶空十幅蒲。写尽琼笺无限恨，别翻新曲唱罗敷。

雕栏不见解绦人，十里湖光减却春。油壁曾经迎小小，生绡端合画真真。红牙低按思前度，翠钿深盟要后身。憔悴云鬟长不整，玉妆台罥绿丝尘。

羞向红楼斗钿妆，嫦娥笑对合欢床。蜻蛉早卸钗头玉，鹦鹉还呼马上郎。发薄渐嫌梳不胜，腰纤翻讶带何长。并州快剪真无赖，剪碎机头云锦裳。

荒唐云雨笑襄王，多病心情懒下床。试问浅深新粉黛，应怜细腻旧矶光。望夫梦化点头石，倩女魂飞响屧廊。好谢麻姑相问讯，不堪人世又沧桑。

寄铁厓槟岛兼柬碧君

人许风流自爱才，江湖载酒十年来。难销绮孽空中语，剩有生涯劫后灰。轻薄错疑魏蝴蝶，清狂谁识贺黄梅？旧游似梦还休说，珍重玫瑰好自栽。

别后寄亚子顺讯卧子消息

别后伊家作么生？天涯消息不分明。闲吟豆蔻闺中曲，愁拨琵琶塞外行。潦倒只拚千日醉，风流终负百年情。未须各自成惆怅，好共婵娟弄玉笙。

庚戌除夕

结束前情总可哀，年华锦瑟忽蒿莱。此生已分同庚尽，底事还教守岁来？证到龙蛇殊怪诞，梦回蝴蝶费疑猜。炉烟遮莫成心字，一片心烟一片灰。

醉歌行

葭管灰飞愁破云，春魂欲返天犹醺。残客穷居意不适，短衣来访李将军。将军嗜饮尝犯夜，拔剑怒吼山灵诧。红亭日午喜逆余，口讲指画犹叱咤。交车柳下且复言，此邦酒兵纷集如云屯。说霸争王各不让，龙拏虎跳旦复昏。人生于兹合沉醉，胡为长愁自殄瘁？我本高阳旧酒徒，一闻流涎满口糊。相将笑索酒家去，但见密围四座正欢呼。将军为我一一道姓氏，争拉入席提壶卢。拍张叫号徐与褚，喧呶不知作何语。仰天大笑陆士龙，（康弼）横飞一斗称快举。南山老翁兴尤豪，醇醪公瑾（芷畦）亦老饕。据鞍矍铄空馀子，掀髯一饮话滔滔。我与将军互邀击，藏钩射覆亦劲敌。未知其趣有虎头，严纠觞政令如律。排日朦腾作酒狂，不知身处是何乡。一客曰胥塘，一客曰魏塘。魏塘与胥塘，出处俱渺茫。南山举杯笑而起，云直汉之酒泉耳。公瑾昂头云胡不竟名酒城，众人拍手皆曰是。独余奋臂大呼兴乎来，酒泉酒城何小哉！号曰酒国宁不该？南山其帝是国称酿王。将使尚书公瑾虎头监，将军好将酒兵阵四方。而我庶几为阍者，郊钧天矣祀杜康。陶陶兀兀乐未央，莫问醒世蝇头蜗角几百春秋几战场。

岛南杂诗

只凭握手致亲情，到处逢迎醉老兵。偶坐相看无一语，临行还笑两三声。（侨人鲜通国语，见时唯握手为礼，饮以红冰。）

对襟衫子称身裁，隐约酥胸玉雪堆。点点疏星天欲晓，两三结伴踏风来。（妇女多着对襟单衣，长才及腰，颇不雅观。破晓则多逐伴行游街市中。）

绝怜旧客骄新客，竟认他乡作故乡。知否尔宗来日意，原羞左衽拜蛮王。

咫尺东墙低不阻，碧云移荫客窗秋。琼花烂熳凭谁主？红是相思绿是愁。（隔邻芭蕉数丛，逼近窗户。琼花盛开，颜色娇艳。）

丛绿阴浓不死天，迦陵仙舌弄轻圆。闲依赤水三珠树，却梦灵光千叶莲。

是醒是醉是浑屯，可是讙头不死民？日暮凉风动深树，梵声唱彻海天春。（士民无知觉，性佞佛，向晚多诵经，高声彻天。）

明灯羯鼓簇新郎，何事周行演武场？几辈亲朋前致贺，欢歌跳跃气如狂。（观阿拉伯人婚礼。）

蛾眉窈窕气如兰，豆蔻芳年别有欢。好是河阳情思减，相逢只作画图看。

为谁歌哭为谁痴？自有闲愁自不知。三五清圆明月夜，赤阑桥畔立多时。

十年摇落感兰成，词赋江关气未平。最是夜深眠不得，空梁轧轧子宫鸣。（馆中多子宫，入夜轧轧乱鸣，声颇似促织。）

蛮雨萧萧正郁陶，挑灯夜半读《离骚》。揾将一掬伤心泪，洒向秋江作怒涛。

总是深深劫未除，天涯长使气盘纡。高丘有女难同载，南北东西竟独徂。

昼苦炎炎夜苦寒，愁多况乃病衰残。此身倘有生还日，好作轮回一度看。

彩笔曾题白练裙，别来衣袖尚氤氲。月明海角无清唱，绣被香浓忆鄂君。（夜忆春航）

瑶华自是异凡胎，差喜娇儿未易才。惹得阿娘怀抱恶，且休频唤尔翁来。（内子书来，谓阿琼日呼阿爷岁暮得归来否，怅然书此。）

和小柳答际公韵

假息人争笑釜鱼，身无健翮欲焉如？荒阶露井蛩吟遍，剩水残山鼠窃馀。江月不随尘事改，酒杯长与世情疏。百城信美非吾土，何似成都四壁居。

重九同子实、朴庵、小柳、亚韩合影，即题一律，倒用前韵

移得南村镜里居，云萍不隔俗尘疏。定知此会何时再，只怕相逢又劫余。麹部我犹从事比，松根人亦大夫如。青鞋布袜归来未，可要官湖学种鱼？

和小柳思归韵

鸺鹠墙阴促漏残，几番乡梦落征鞍。浪游不信秋来倦，久客应知岁暮寒。賸有愁肠成九折，更无笑口向长安。霜林渐觉西风紧，堕叶纷纷可忍看？

海　上

缥渺楼台傍水悬，定知海上驻神仙。投壶电息樱桃帐，挹袖云生玳瑁筵。九赐承恩花有主，一丸长逝药无缘。传杯漫倚双成管，买绢先应织丽娟。

朴庵、晦庵同还沪上，赋此志别，并柬小柳

遥天风紧雁衔芦，赋别江郎泪眼枯。愁人湘江迎帝子，欲从沧海问麻姑。同舟却异来时伴，（朴庵来闽时，与余偕。）独客应怜后夜孤。寄语南昌陶小柳，新诗还唱比红无？

石予诗选

胡蕴，字石予，江苏昆山人。今录诗五十一首。

杂　诗

惟田有稷黍，雨露资涵濡。芃芃育畴亩，膏泽焉可无？惟心亦犹是，涵濡之以书。乍旱苗欲槁，大潟田且芜。晨夕事溉灌，积瘁功非虚。太息古道微，世多笑为迂。哲人去不远，百代犹一宿。鼎鼎传世名，宁不见可欲？溯彼夙夜劬，布帛而粟菽。风雨绵古今，乃叹斯人独。罣然跂前修，白云莽空谷。

北　风

撼屋北风劲，孤灯影欲残。雪方消腊去，春再锢花寒。一雨便旬日，好山未与看。闲吟增感慨，客意莽无端。

近　感

落尽梅花散碧烟，小窗吟客意留连。半床月色春犹冷，一枕乡心老自怜。桑海难言天下事，桃源却访洞中仙。残宵无寐神思倦，哀角声声欲曙天。

怅触无端梦一场，遐思畴音寄江乡。偶依牛迹循春陌，时有鸟声唤夕阳。豆叶雨肥连亩绿，菜花风暖袭衣香。野人门巷今犹是，晻霭东皋十亩桑。

西　风

西风横截北来雨，一冷平开万里晴。无奈好花半零谢，所馀残艳入清明。乱堆书卷愁难理，常伴湖山计未成。自恨春来常懒起，喜闻晓鸟唤声声。

草　堂

草堂风物自清腴，浓绿深青蔬一区。日月最长此田野，亲朋相约共耕鉏。常存痴想先人俭，别有伤怀愿子愚。陆陆饥驱犹未已，百年魂梦落江湖。

草　桥

草桥风日近清明，杨柳依依绿满城。有客赠书易画去，几人携酒放舟行。火炉暖试春宵浴，兰室香开永昼晴。剩有清愁销不了，暮云低压远山平。

秋感四首

郁郁寥寥睨大荒，漫将光气属文章。白华久废思君子，黄菊重开看夕阳。山阁云横秋气老，江城风洒石头凉。一灯欲烬昏无影，钟漏漫漫觉夜长。

霜枫初堕乱红飞，骚屑秋声动客思。垒块难浇空有酒，河山凭弔欲无诗。年丰父老犹愁叹，世变伊谁任转移？敦勉乡村佳子弟，艰难稼穑要先知。

乱压诗怀与酒怀，西风吹客一登台。看山直到夕阳下，观世尤悲近日来。生计已难犹耻俭，人心欲死未闻哀。空庭积雨朝来霁，零乱秋红委绿苔。

迁流词客凄凉句，灯下重看欲睡难。（近得天遂诗）猿啸一声秋实落，蛩吟彻夜露华寒。眼看沧海流方横，身在江湖梦未安。残绿萧骚生意歇，几株疏柳映阑干。

哭渔父先生

同为苍生哭，谁先天下忧？絪缊丧元气，风雨黯成秋。

爱国不应尔，斯人非有仇。此心偏不谅，莽莽古今愁。

旅行杭州初入运河

坐看平畴远接天，运河两岸翠云环。晓风初大飕飕冷，残梦相扶故故闲。（是日丑初即起登舟，人多欲睡。）船槛有时溅白浪，桥门偶一见青山。前游记访澹台墓，一番晴湖放棹还。

抵嘉兴

日中忽已昃，转入嘉兴道。市集颇繁盛，一望未能了。鼓轮入市河，河身渐觉小。水涌如潮船逼岸，争先上岸人声乱。船娘劝登烟雨楼，殷殷语客声声唤。

过临平

迅电流光三载间，再游胜地百忧删。舟来禾郡初遵陆，车到临平不断山。疏雨已过风亦止，夕阳不见云未还。明朝正欲天阴乞，来看群峰湿翠鬟。

记　游

烟林远望郁青苍，虎阜新成拥翠庄。茅店一旗临野液，花农百户占山塘。蚕初眠候桑全绿，燕乍飞来麦未黄。古佛荒庵坦腹坐，看人驱策往来忙。

迢迢数百里行程，弥望平畴万绿生。小集几家殊得地，远山一带未知名。感思尘事闲多味，倦听车声睡易成。悟得习勤腰脚健，试看田叟尚亲耕。

辘辘繁声震地前，丹阳西去众山连。一车入洞蛇穿穴，百丈腾烟龙上天。雄饮思沽京口酒，隽游待访中泠泉。春寒最虑潇潇雨，笠屐踉跄忆昔年。

微雨初收斜日西，龙潭在望压云低。几团破屋依岩结，万亩春田带水犁。牝犬护儿眠土窟，童牛随母饮山溪。还看高陇两三处，一碧油油麦秀齐。

东冈吹暖步南关，急雨初收落日殷。万斛尘埃胶沃土，一堆烟霭淡钟山。客吟白下诗三次，树掩青溪水一弯。弱柳柔桑春正好，谁家亭子绿阴环？

林净溪明古道旁，万人回首此山庄。百年扰扰乾坤黯，十亩闲闲岁月长。人物六朝思往事，莺花三月惜春光。复成桥畔前游记，仆仆风尘又夕阳。

满口尘沙万颈延，广场三日立风前。绝无暇晷探名胜，别有闲情搜简编。钟阜晚晴看更近，孝陵重谒待来年。还怜幕府山头约，坐失良游一惘然。（子衡、荫甘约游幕府山，不获从也。）

几人入座笑相招，乘兴同来访酒寮。灿灿星光犹逊月，煌煌灯火不知宵。街衢列肆花成市，车马腾声夜起潮。依旧南都官宦地，春风容易劫灰销。

杂诗二十八首

萧寂年头未出门，铜炉香烬易黄昏。草堂诗卷田间语，细雨梅花溪上村。流水一湾春自至，东风三日雪无痕。几多感慨家乡事，付与山窗酒一尊。

春寒十日雪成堆，一度东风冻渐开。名酒细评良燕集，好诗同赏故人来。久除豪气时惩醉，垂老馀情賸爱才。颇念草桥兰数本，十年客里手亲栽。

北风累日作春雪，枯坐无聊瀹茗芽。掩卷灯前辨书味，倚楼窗外见梅花。孤吟清晓仍为客，薄醉黄昏忆在家。那更关怀天下事，且从田叟说桑麻。

蓬蓬春气少年场，曾几何时冷着霜。老境在胸壹淡定，秋风砭骨惊仓皇。编来诗草删还惜，梦入梅花醒尚香。收得残书须自校，眼昏烛暗遣宵长。

衰迟尽有未消福，浪说无钱又买书。雨雪晴初鸟声乐，柳梅春早客怀舒。绿茶山馆新诗句，红烛江村旧草庐。珍重故人贻尺素，他年相约共耕渔。

老境侵寻只自知，宵长又动故乡思。寒生孤馆灯残后，春在东风雪霁时。山月偶来窥客梦，梅花可许识余诗？尘劳莽莽殊堪笑，孤负西堂酒一卮。

尔我翛然幽兴长，植园凭吊北风凉。残碑何处埋荒草？废寺无从问夕阳。看竹客来多刻字，折梅人过偶闻香。数声啼鸟各归去，四野烟围暮色苍。（偕朱梁任至植园访报国寺碑，遍搜不获。）

十载孤吟应笑痴，余怀渺渺夜灯知。萧寥宁有千秋想，闲适天成一种诗。访友去宜休沐日，买书归误会餐期。梅花齐发流香远，却好春风入座时。

读书何事百悲凉，借作消闲计亦良。惯见末流无黑白，偶收旧籍有丹黄。兰宜受雨春初暖，灯少留青夜尚长。十二年来江馆客，东风又见绿垂杨。

不定阴晴春酝酿，酒怀吟绪两茫茫。回塘已见细流碧，野烧还馀衰草黄。观画人欣逢旧雨，访碑客与话斜阳。植园莫叹多荒落，百树梅花正吐芳。

万松寒翠见西山，独上危楼客自闲。忽地孤衷动盃酒，顿教离恨满乡关。十年朋旧如星散，一夕江村冒雪还。重话去年残腊事，故应对镜有愁颜。

漫将灯火卜阴晴，初断簷前积雨声。宵静偶来南院坐，春寒每自北风生。先期培菊重增土，随意观梅不出城。还向沧浪亭畔过，绿烟深处有人耕。

那不萧然摧鬓毛，十年树已比楼高。吟成偶与破岑寂，时患纷来增郁陶。夜雨替花开秀萼，东风催客换春袍。忘情太上诚难企，还媿元龙湖海豪。

乱云初散又东风，水色天光一碧同。草阁人归春酒绿，溪堂乡话夜灯红。江村民物凋残后，菽麦田畴酝酿中。万事多空惟望岁，无聊意绪入诗筒。

怯寒难遽易春衣，漠漠阴云淡夕晖。风掠残梅香尚活，雨添新柳绿初肥。得书如妾旁人艳，有酒疑仙醉梦飞。只合狂吟抛世虑，坐消闲日未全非。

梦境愁痕渺若烟，江关栖老一年年。凋萧旧雨伤心地，（获川、雪芦尝同客，今皆长游。）浩荡春风煦物天。到眼乡村半荒落，几家子弟有才贤？郊游记得无多日，飘尽梅花意惘然。

无雨依然日日阴，春寒不尽气萧森。灯昏未悟观书久，足冷初知坐夜深。常过酒家求作画，（渔郎桥酒家乞余画梅。）偶来诗客寄新吟。（青浦沈瘦东以其友赠余之作见寄。）茫茫尘事多增慨，卧听楼头啼野禽。

城南寥旷类乡居，有地可耕溪可渔。菜甲怒生见英挺，梅花古致在萧疏。几人闲雅能歌曲，似我荒顽宜读书。老去私心企休逸，一椽倘许赁蓬庐。

落尽梅花桃李开，小株簇簇喜新栽。春寒瑟缩过十日，乡梦模糊醉一杯。灯影随风化烟去，柝声穿雨入楼来。欲归展墓还濡滞，昨夜家书又见催。

初暖东风一棹归，众香晴昼散霏霏。万家绿柳当春媚，十亩红花得雨肥。野店客沽桑落酒，破菴僧晒水田衣。螽斯桥畔徘徊处，芳草萋萋又夕晖。

扁舟重复过南庄，恻恻轻寒晓有霜。一袭征衣媿尘客，十年尊酒忆茅堂。交询后辈逢亲旧，再证新诗话海桑。五十初逾腰脚健，壮游何日意苍茫。

零乱桃花又一年，隔宵初断雨绵绵。楼高一鸽曝红日，溪浅双凫眠绿烟。南阁剪灯留客夜，东风飞絮薄寒天。饯春白下应携酒，饱看青山江上船。（时将有秣陵之役。）

一瞬行年五十二，半生心迹自闲闲。渐增家口思营屋，偶话游踪梦看山。青眼殷勤识佳士，黑头容易悦慈颜。草堂杯酒馀情话，一月扁舟总一还。

未酒还多意醉时，见山先自目游之。江山劫后寒灰色，花柳春仍顽艳姿。浩荡云天孤鹤老，纵横风雨百鸥嬉。却言诗思年年好，流水行云乐自知。

双燕归来语屋梁，雨馀苔翠上垣墙。春羹滑滑湖莼紫，夕院沉沉山月黄。尘梦随诗同冷淡，孤怀入酒激苍凉。田夫樵叟情多古，莽莽乾坤闲话长。

宿霭徐收散碧烟，闲怀卿复付吟篇。鱼贪新涨浮池面，鸟悦朝阳噪树颠。春瓮初开新熟酒，袷衣犹怯嫩寒天。故乡谅亦常无事，未见家书到一笺。

柳絮飞残春昼长，小园舒适步回翔。瓮储雪水煎茶洁，袖拂松花散粉香。梁燕迟归初月白，林鸦声缓夕阳黄。故人折柬来相约，饯别芳春馀草堂。

能闲随处是仙乡，扰扰尘劳亦自忘。灯火夜吟诗有味，林亭晓步树生香。宵闻风雨多寒梦，春在湖山几夕阳。自笑未能消结习，老来犹喜买书藏。

天遂诗选

余天遂，号疚侬，江苏昆山人。今录诗十首。

三年五月一日与同学三十三人冒雨登慧山

挈队登慧山，直上如游龙。雨气压山腰，隔断山重重。腾身入云雾，四望皆迷濛。伸手不分指，张口咽寒风。前呼后无闻，虀声落大禩。风雨自北来，横入五湖中。地势隔江远，西去愈崇隆。山脉连天目，南来有九峰。此间得胜境，一山傍城雄。句吴始启宇，三让来就封。文化播南方，非系周召功。烟户万家深，百业致其工。人文蔚然起，风尚为时宗。发源在古先，间气常独锺。烟突凌霄汉，书楼有高钟。望眼不能明，烟云弥太空。长啸呼群归，听泉复听松。

忧　患

月上高楼夜气清，频年忧患暗心惊。海天喜见帆樯影，尘市不闻钟磬声。习久渐谙潮水性，闲来犹有养花情。避人避世两无意，倦听风雷起不平。

送金一之湘

怕走京华道，湖湘此壮行。岭云逃陇过，江路溯州平。人迹往时杳，山光入夏明。倘关忧乐计，何以起苍生？

鸳湖垂钓图为汤磷石作

渔蓑可以傲王侯，风景尤夸烟雨楼。一艇曾经泛西子，不知何处有渔舟?

严陵滩下羊裘客，毕竟能教肉眼开。物色高人吾太懒，钓鳌矶上欠徘徊。

息响人间已二年，敢将名字借诗传。他年倘有相知日，共话茫茫烟水天。

题《童子听琴图》

流水高山曲，黄农虞夏心。锺期不常遇，童子却知音。

客　意

狂风惊地起，万木尽枯摧。一夜寒霜下，满庭黄叶堆。乡心灯下影，客思陇头梅。牖户绸缪未，停云首欲回。

渡薛淀湖寄亚子

一别吴江路，偏来此泛舟。烟波千顷活，云树四围浮。帆影依天末，浪花拍棹头。水天迷望处，满眼是离愁。

步石予先生《送行》原韵

无限愁情不老天，销魂诗句漫题笺。吴门风雨今三载，马帐笙歌旧念年。身世最怜趋俗惯，心期最恨有家牵。阿依此去真豪放，蹋破黄河万里烟。

次韵答鹓雏见赠之作

海天夜景正沉沉，我有凄怀不自禁。索寞终朝忘纳契，繁华此际好谈心。交游几辈非能澹，花事频年恨已骎。感子襟期能洒落，飘飘衣袂少愁侵。

自怜愁绪起无端，世味年来总带酸。佛子多才君不薄，人情向暖我偏寒。红灯难惬今宵意，白首宁忘旧日欢？底是有怀抛不得，相逢便喜掬心肝。

了公诗选

杨锡章，字了公，江苏华亭人。今录诗九首。

龙华看桃花

两岸桃花齐欲笑，欢迎车上一诗翁。可怜无限胭脂好，染到仙心总不红。

咏　雪

光明态度气清华，到处勾留是我家。桃李秾姿都远避，同心数点白梅花。

浇花罐

存心造就众香国，挹取清流不惜寒。天赐闲闲佳位置，一生活泼住花园。

偶然一掷误园丁，粉碎虚空性自灵。抱此冰心何所往？来生化作护花铃。

息　影

息影云山看夕阳，《离骚》声里晕秋光。谁偕秀水寻鲈脍？相对华鬘刁蟹行。漾碧楼台千柳雨，嫩江菱芡一湖香。沉吟渐悟参差诀，如与散原海藏商。

有　感

国色天姿是尹邢，相逢着意斗娉婷。多情易惹无情恼，露湿花枝红泪盈。

杂　诗

删削华言賸一觚，此觚一掷付江涛。遥知不共东流逝，铁爪擎来独角蛟。

题《岁朝图》

爆竹声中破万愁，今朝图画豁双眸。东皇赐遍人间福，灶下羊头关内侯。

今朝茅舍忽璚楼，富贵神仙眼底留。三十六宫都是幻，九天春梦正浓秋。

龙丁诗选

费砚，字龙丁，江苏华亭人。今录诗十九首。

抚印宗派绝句

溯流小篆须大篆，汉印平方秦汉艰。自古作家不可数，空留名姓在湖山。

姜王吾赵文何后，胜国杰起周栎园。丁黄奚蒋树赤帜，两京遗法探穷源。

完白山民书秦碑，刓印直是琅琊台。此君笔力可扛鼎，篆隶于今学者师。

苏伐罗吉苏伐罗，四家而外真那伽。佛火疗饥晨露饮，五七字句证维摩。

竹里老人好金石，考据精确字迹鲜。手自装订一万册，等闲兵燹付云烟。

悲庵临池追摩崖，刻画金石如锥沙。边识小字清且古，五百造像不足夸。

胡鼻山与钱叔盖，汉铸汉凿皆天然。海上继者蒋幼节，昙花一现真可怜。

褒海章法殊婀娜，天发神谶是迺师。怪者有时能切玉，铺砂拨蜡任所之。

百炼老铁圆且润，治印能为席上珍。砖瓦钱币式新异，虎符汉节皆成文。

湖州老缶古籀古，邋碣摩挲千百回。秦鉢汉章又元戳，奏刀一一惊风雷。

春愁秋怨词 并序

梅颜笑尽，春闹枝头；菊泪啼残，霜高篱畔。年华逝兮容华伤，春复愁兮秋复怨。虽绿波春水，与你无干；然白露秋葭，伊人宛在。爰伸茧纸，颠倒错襍而为题，漫咏闺词香草芳芷以寄意。

翠被香留愁夜短，玉壶漏尽怯更残。阳春此后难消遣，倦绣停针怎奈安？（愁春）

春愁如雾复如烟，春意模糊欲暮天。浊酒解愁愁解否？解愁不得反愁牵。（春愁）

草色迷离柳色稠，王孙何处觅封侯？侬心拟逐桃花水，流向河边说与鸠。（春怨）

花信番番咄咄空，夕阳无语怨东风。从知春是添愁种，

销尽年华在个中。(怨春)

金井梧桐转辘轳，秋风容易到庭芜。多情纤月来相照，知否今吾便故吾？(愁秋)

细雨廉纤滴到明，芭蕉叶叶诉愁声。秋虫也识闺中意，呜咽阶前不敢鸣。(秋愁)

翦翦金风隔院吹，昼凉人静漏迟迟。卷簾怕对黄花瘦，人与黄花霜雪欺。(秋怨)

红叶飘零景已非，御沟旧事梦依稀。愁深怨对鸳鸯说，不许池头宿与飞。(怨秋)

甲寅九秋，同人集金石书画会于西泠印社，适四照亭落成，占此黏壁

西泠桥畔水泠泠，坐爱孤山四照亭。社结十年昌颉籀，泉留一滴润琼瑛。跫然屐响忻邻友，(河井仙郎自日本来与会。)偶尔形忘恋旧盟。(谓定侯)立尽斜阳秋已晚，黄华老大笑颜酲。

鹓雏诗选

姚锡钧，字雄伯，号鹓雏，江苏华亭人。今录诗八十六首。

论诗绝句

忽忽浮生，感于哀乐，典籍陶写，时遇同心。爰仿遗山之例，成如干篇。断自近代，其前人所已及与乎臭味差池者，咸不复道。

风靡鸾吡事岂真？京华憔悴独斯人。惊心听到洪侯语，

贫过中年病却春。（黄两当仲则氏）

艳骨奇情独此才，时闻謦欬动风雷。论心肯下西江拜？却共杨刘入座来。（龚定庵进瑕人氏）

篆刻虫雕笑壮夫，凿山铸铁叹阳湖。（君诗瓯北有“凿山铸铁”之评。）伯仁岂敢轻江左？绝叹嫖姚有霸图。（大兴舒铁云位）

一时王骆定谁先？沉挚无如鸿雁篇。（湖湘大水，白香亭有《鸿雁篇》。）解识太羹玄酒味，陶琴自古已无弦。（湘潭邓辅纶弥之、王壬秋闿运）

大苏奔放黄九炼，并为斯人风骨健。丰城龙剑折磨多，销尽锋銛犹作气。（通州范伯子肯堂）

老吏持衡想见之，（公自比汉朝老吏。）白华一集信多奇。茂陵风雨遗书尽，却遣文君作饼师。（李莼客慈铭　公卒后，其如夫人贫，至售饼自给。）

佶屈微达袁伯业，五言疏隽转劲绝。齐名当日非等伦，老子韩非讵相契。（桐庐袁爽秋昶）

蛮语娵隅信有无，莎欧夺席杂讥诃。镜庐老子殊狡狯，欧亚无端冶一炉。（黄公度遵宪）

日下才名鬓未霜，阑姗人海阅沧桑。剧怜一副琵琶泪，却为邯郸大道娼。（樊樊山增祥　有《彩云曲》）

海内宫商有正声，瓣香谁为拜诗盟？庾郎生被清流误，竟使微云点太清。（郑海藏孝胥）

螺洲高隐文章伯，八俊风流硕果存。欲识致光魏阙意，金銮一记最消魂。（侯官陈伯潜宝琛）

早年风概越公儿，晚岁津梁老导师。地下抚军应张目，剩将大句作雄奇。（义宁陈伯岩三立）

实甫浩瀚重伯媚，海内词人孰两涵。别有师心人不识，心香一辨为岂庵。（易实甫顺鼎、曾重伯广钧、周公阜维华）

放言高论陈同甫，朴学奇才纪晓岚。稍喜薪传黄叔度，五言秀句绝江南。(章太炎、黄季刚)

屯田才调托微波，苏子深情历劫磨。一例才人思解脱，斋心学佛似东坡。(柳亚子、苏曼殊)

冒郎猛气狎龙虎，继起迢迢三百年。最忆深情传断句，前游默数半成烟。(冒广生鹤亭)

笠云诗学黄双井，老骨秋筋绝可怜。一集梁园秋后草，断鸿零雁仗谁传？(汪笠云国垣)

前人不数崔黄叶，好句应呼林鹧鸪。寥落魏舒出署去，闭门谁省老潜夫？(林浚南学衡)

坛坫东南狎主盟，兰成吐语剧清新。古人冷淡今人笑，愁绝孤吟谢茂秦。(某君)

怀人诗

怀人之作，肇自汉晋，苏李赠答，实为滥觞。逮后继作，代不泛杰。近则藏园、两当，各擅其胜：一则声情委蛇，发伊人江汉之思；一则光芒烛天，具金翅巨刃之盛。要于述怀写意，其致一也。壬子之春，于役海上，单情寡豫，颇慨劳生，寒夜挑灯，漫有述作，言情率尔，遂亦不复铨次云。

写出寒山鬓已丝，才名三绝畏人知。贞元朝士凋零尽，却作江南老画师。(闽县林畏庐先生纾)

裘敝京尘感索居，桐江聊得赋归欤。平生奇侠谁能会？博议初成一尺书。(桐城陈剑潭先生澹然)

不见诗人赵倚楼，早年名句遍扬州。玉骢芳草城南路，绝忆春来寂寞游。(上海赵韵臣先生世修)

恢恢周侯奇雅度，平生用世颇自许。卷三万轴上兰舟，满目沧波不知处。(桂林周公阜维华)

玉貌张郎气似云，斜簪散髻自超群。藕花香满春如酒，着个羊欣白练裙。（上海张镜蓉宗衔）

十年踪迹老蹄轮，握手相看各怆神。等是莼鲈期未遂，何时合卜草堂邻？（金山陈道一陶怡）

共言元叔一悽然，感逝山阳记昔年。且喜词人家法在，晓风残月似屯田。（吴江柳亚子弃疾）

清瘦形容似植鳍，爱闲多病与时违。季鹰争说知几早，谁识先生杜德机？（娄县张伯贤先生孔瑛）

长枕大被家法好，风义轩然见亦少。与君时别时又逢，杨柳一春青未了。（华亭姜粟香世绥）

漫酬骏骨许千金，几见岑苔结契深。解剑赠人凭一诺，爱才独抱古人心。（青溪章汉秋纪纲）

东阳词笔几园禅，海内王卢孰后先？不及林侯高隐好，鬓丝风漾花落前。（华亭杨几园了公、魏塘沈道非砺、肖县林浚南学衡）

二年不见汪彭泽，破帽残衫去孰之？绝忆夜来窗烛底，银钩为写鹧鸪辞。（彭泽汪笠云国垣）

秋望三首

稻熟黄云卧水明，秋残林叶带霜清。如何袖却凌云手，闲看蘽农度陇行。

息机好及暮年还，谷饮岩棲未是闲。今日倦游缘底事？霜风吹面对西山。

物外忘形聊闭关，廿年所得是溪山。把茅盖顶何年办？着我云天浩渺间。

得一厂书却寄并示楚伧、匪石

江边风雨人空老，眼底沧桑古所无。劳苦中原二三子，支离憔悴数行书。

寄楚伧即题其午梦堂卷子

天风夜沸海潮声，梦断堂荒郁古情。愁绝江头老居士，焚香开卷想分明。

横流沧海意何如？谁写词人遂隐图？幸是阇梨好才思，疏鸦残月点分湖。

亚子见示近作依题续赋

天末伊人溯渺茫，沪滨谁续旧游狂？放翁学杜原无忝，东野于韩讵在傍。较量眉痕深浅笔，苦随时世澹秾妆。穷愁我亦低徊甚，小拂筝弦雁几行。（偕子美观春航剧　余近多为词）

苍凉水竹旧婆娑，眼底烟云逐梦过。两戒河山词客老，一樽风雨故人多。千回迴荡犹堪壮，百卷丛残故不磨。却笑当年归棹后，茸南烟月老今吾。

联车王粲共登楼，坏壁曾题觅旧游。已仗狂华消道气，犹堪急酌祓清愁。风云逝水人难起，忧患如山醉岂休？问讯江东柳处士，频年仔发试回头。（社集愚园云起楼即事二首）

江东柳七气如云，醉写羊欣白练裙。挥麈手应如一色，伤春人也瘦三分。（上句用王夷甫手柄如玉事，下句用龚定庵词“春瘦三分，人瘦三分”句。）卷簾未见云蓝影，笼烛同迟步屧痕。却笑倦游忘未得，春申楼畔几斜曛。（题子美小影　去岁余与楚伧、心侠迟子美于此楼。）

秋早似兰生

一夕西风作意寒，袷衣单叠不胜单。芙蓉红白天初晓，畏垒青苍露未干。如此秋光抛可惜，谁能早起与同看？吴江动我扁舟兴，叶叶霜枫想正丹。

正月二日试笔

心远何妨得地偏？南归袖手对昊天。凌空翔隼高圆外，破寂鸣鸡午景前。白下溪流向大静，紫金山色入春妍。闲中把玩消何物？却办微吟遣壮年。

乙卯除夕作，即简沪上诸子

衰柳摇天接暝鸦，层阴作雪晚来加。劳生自叹兰膏尽，惮俗人憎浊酒赊。隔地歌呼回短梦，嬉春弦管杂微嗟。翦灯拥鼻还堪遣，负手何人感岁华？

丙辰元日作

城根水落石峥嵘，秃柳枯枝一望横。描写春寒须晓吹，破除雪意在微晴。韭盘朋辈扶头共，爆竹儿童掩耳惊。却要流连风物感，毫端酝酿一诗成。

四日出游城西作

小梅一白杂嫣红，独倚清寒向暮空。疏雨过墙春欲冥，北风迴雪酒无功。低回翠袖禁寒怯，寂寞朱颜破笑同。更许停车觅三影，翦灯索句夜巃嵸。

王剑章挽诗

叹逝伤离感已深，忽闻海上绝瑶琴。到心难遣惟哀乐，弹指无端异去今。气味真怜蛩駏共，游踪浪遣岁华侵。倾河注海浑闲语，请写龟堂此日心。

分经横舍旧齐名，青眼王郎别有情。突兀高文推夙慧，崔巍正气见平生。推襟雷义怀初遂，渴肺文园病早成。憔悴杜陵诗笔在，高歌天壤待谁听？

白门衰柳照烟鬟，扶策同游未倦还。画桨明湖红藕粉，蹇驴侧帽紫金山。阳关折柳凄迷别，行卷题诗醉醒间。一落京尘吾自媿，六朝掌故看君删。

消息词四首

入春多病，纸阁独眠，青奴相对，黄奶偶摊。触绪回肠，吮毫写意，词多连犿，意极低回。仆频年诗境颇入艰涩，偶然为此，正如退之确荦，忽化秦郎蔷薇耳。项忆云曰："不为无益之事，何以遣有涯之生？"属辞和之，是在同好。丙辰一月二十有一日，鹓雏偶识。

入春消息托微波，学画双蛾意若何？惆怅郁金堂下望，星辰比似昨宵多。

花事盈盈过早梅，梨花初雪到江南。当簾奁镜春风细，凉上儿家碧玉篸。

泠泠寒玉过花桥，洗尽燕支色未消。门巷绿阴何处是？悄无人处叫蒲牢。

龙潭凉月薄笼纱，小艇烟波何处家？侬自采莲吹折柳，不知明日是天涯。

病中作

善病因成听雨眠，入春风物自萧然。初花点缀浑成世，一笑迁延不记年。泥辙车声生荦确，墙根苔气发幽妍。松身杉臂看看大，安得从人乞下田。

似了公

江风收雨作春寒，野水添澜耐独看。顾我嬉春曾独住，输君索笑自无端。采兰赠芍终何奈？借琐消奇恰未安。安得一楼容负手，未须丝管扫纷难。

题大觉《乡居百绝》

王郎诗胆诚奇绝，苦茗回甘耐我思。却似定公初破戒，满襟清泪渡河时。

自春至夏幽居杂述

独客江关暮，归来百感生。芳菲空到眼，跌宕总无名。晚计归词赋，残年更甲兵。小园初料理，愁绝庾兰成。

论艺馀吾党，孤行亦可哀。今朝一樽酒，还为故人开。裾佩相容与，鸡豚足往来。小诗凭削简，绝倒斗馀才。

海上黄垆痛，论交数宋陈。百身原不赎，一瞑是完人。天地容无席，江山别有春。栖栖二三子，何事尚劳尘？

柳七风情好，微吟大句俱。听歌张巨垒，中酒曳长裾。哀乐身空老，消沉事总虚。红梨好眉样，为问入时无？

东海骑鲸去，幽燕试马还。豪情应不减，绮梦一时删。缄札劳相讯，风尘俱未闲。荒山愁独影，风雨闭柴关。

即事效湘绮楼体

一扩虚堂望，萧寥发我思。玄谭簾勃窣，清照水委佗。弦诵喧中寂，河山劫后悲。暂来还自放，踽踳更何之？

酒后有作似同人

摇摇吴甸合朋樽，郁郁松江为我青。入世孤怀摇欲尽，向人残抱意微冥。看天自信杂狂狷，造物与人同醉醒。有约寻秋楼百尺，倚栏斜日怅飘零。

栖　栖

坐觉流光湿雨丝，看天忍泪此何时？数峰到眼与摇兀，众绿及秋相委迤。客散鬓丝禅榻梦，人吟残角市楼诗。栖栖铩羽江湖客，犹许玄亭载酒随。

雨　过

高斋雨过寒生袂，坚坐相看意若何？蛩语微添秋澒洞，柝声俱绝夜嵯峨。从残挂眼神犹往，弦管当筵感未磨。试共回灯期刻意，故应语胜得愁多。

秋　夜

读曲移樽黯自惊，卧闻残柝起荒城。片云将月成孤往，曲槛分灯试散行。合眼江湖飘昨梦，举头风雨破微晴。司勋刻意终难到，试叩宫商有正声。

漫　成

腾腾堆鬓远山霞，历历翻衾晓塞笳。饭了茶枪横舌本，雨馀蜗篆湿苔花。深衣自照长谭地，大月微窥短世嗟。应许诚斋同刻意，试拈句律斗槎桠。

惘　惘

惘惘秋光人倚栏，江南七月客衣单。罨簾雨气侵灯润，绕砌虫声逼酒寒。枯坐向人殊自失，深盃阅世与无端。鬓丝禅榻联吟梦，更与长康特地看。

日效海藏体诗体，即为一首怀之

原本山川写寥廓，流传神旨振残篇。谁欤独往千春上？自吐孤檠万籁前。物外清吟还有味，年来国论定谁贤？堂堂残世乌山在，风雨江楼一惘然。

几园丈送别至华泾后即寄

篮舆侵晓出重城，恻恻馀寒着袂轻。世乱民贫堪熟计，天高地迥若为情。百年小别斯须地，万木清秋浩澒晴。大月几园孤照处，可堪哦句乱蛩鸣？

杂　诗

高踞元龙百尺楼，卷簾白水对梳头。夕阳都与成疏宕，鬓影茶烟漫不收。

漫把春阴黝画裳，楼头微雨十分凉。酒痕泪点分明在，虚费金炉几篆香。

与了公相约为七绝赋呈两章

风神已薄说渔洋，太白龙标始擅场。唤起云间杨万里，旗亭画壁睹残阳。

狂华客慧两删除，风致芙蕖出水初。急与安排相称事，乌丝砑纸女郎书。

睎了公论词绝句十二首

荼蘼微放快晴时，金线初抛垂柳丝。谁似城南杨夫子？隐囊乌几坐填词。

玉田微削梦窗腴，柳七风神故不虚。若舍浮华论骨概，龙川一集有谁如？

楼台侧畔杨花过，簾幙中间燕子飞。别有冰心歌水调，新腔一阕借红衣。

飞行绝迹定谁俱？七宝楼台密不疏。区别梦窗和白石，一饶秾緻一清虚。

谁将影事谱鬟天？语似金铃颗颗圆。想见岳阳楼上客，玉箫吹彻洞龙眠。

修门词客今谁在？只有云门与复堂。语秀真能夺山绿，律严差可比军行。

半塘已化纯常死，海内知音渐寂寥。只有苏州沤尹老，解拈新唱付琼箫。

病起新腔付小红，萧疏老子复谁同？会稽三绝流传遍，第一词名满洛中。

竹垞情眇自难同，笔重其年亦易工。燕子不来连月雨，鲥鱼如雪一江风。

湖海流传饮水词，情深笔眇自多奇。千年骨髓秦淮海，除却斯人那得知？

细秀枯清厉太鸿，行吟侧帽自从容。浙中独服摩奢馆，天马飞行明月中。

自将情思证无邪，老树无妨试著花。更唤虞山庞处士，细斟小句按胡琶。

佛子诗选

高增，字佛子，江苏金山人。今录诗十九首。

书　愤

当年索靖叹铜驼，大柄谁教授太阿？造得善因收恶果，黄花岗下哭声多。

强权世界理全沦，小丑乘时作大君。怪底子云情思好，飏言拜献美新文。

君介有武林之游，诗以送之

风吹曲院绝纤尘，月印三潭夜色澄。更有苏堤春报晓，好教倚柳听鸣莺。

兰舟容与小瀛洲，揽胜寻登楼外楼。吟草料应多束笋，归时与我豁双眸。

分明一幅辋川图，便倩王维画得无？如此胜游畴不羡，惹侬夜夜梦西湖。

新游仙十四章

天风淡荡月娟娟，缈矣琼楼景宛然。昨夜忽颁新玉诏，微闻灵阙叙群仙。

瞥见祥云倦眼开，通明殿上众仙来。玉皇毕竟怜才甚，问讯殷殷阅几回。

老君清兴近何如？兜率宫中足隐居。自道金丹炼成熟，知他真个返魂无？

蘧然梦蝶说蒙庄，老睡希夷兴倍长。缥缈此乡应历遍，不知下界有沧桑。

徐市东游逸兴多，三神山下旧经过。归时便采灵芝草，其奈顽仙沉醉何？

丹墀拜罢各趋蹡，满引琼浆奉上皇。更约后夔司乐典，和声鸣盛自铿锵。

瑶池大会庆升平，玉琖银壶异样明。王母欢呼神女笑，九人且喜罢刀兵。

桂子飘香扑面过，出游今喜有姮娥。只怜月窟尚依旧，却减清光尔许多。

南箕北斗遥相对，彻夜光明拥紫微。上界诸星无失职，未须纠察立专司。

优孟衣冠辨得无？舞台开处竞笙歌。当时笑倒西王母，不道梨园名角多。

异品搜罗自远方，珠宫夜夜发奇光。漫夸赵璧连城重，还让天孙无缝裳。

点金乏术欲何之？泽被苍生彼一时。仙吏诛求空杼柚，天街也唱大东诗。

八洞神仙迥不群，也曾撰作北山文。时来忽步瀛洲去，肯向林泉卧白云？

鼓枻渔郎唱未终，忽闻鸡犬觅奇踪。惟应世外留仙景，下界桃源何处逢？

吹万诗选

高燮，字吹万，江苏金山人。今录诗二十六首。

己酉九日

如此新亭空对泣，不堪旧绪怕登高。荒村寂寞逢佳节，落叶凄迷诵楚骚。看菊故应呼酒饮，哀时宁得借诗逃？闭门我愿无闻睹，风雨何当夜似涛。

己酉秋结寒隐社作诗述意

人海丛中怅独行，不成避世转愁生。暂凭寤寐留清梦，聊托音声寄远情。窗下晚风闻病蟀，草间凉月见残萤。年年寂寞吾能惯，忍把浮名与俗争？

芳草斜阳剧可哀，全荒兰蕙长蒿莱。经秋文字丝丝泪，入世心肝寸寸灰。只觉愁多窥古镜，不妨情重伺妆台。商量欲辟东篱地，更觅黄花烂漫栽。

出门惘惘欲何之？谁赠心香慰所思？身外烟云殊未定，眼中人物竟如斯。霜寒三匝乌飞急，木落千山雁到迟。却爱今宵风月好，荒唐第一莫谈时。

说着论诗道已微，相思绵渺故人稀。风飘坠叶甘侵帽，尘起污人欲浣衣。林密山深心独往，天迴地转愿终违。鸣条解与梧桐语，为报今年秋更非。

庚戌元旦偶成

椒花颂里试微吟，暂屏诗书思不禁。只觉苦闲殊寂寂，未须中酒亦沉沉。频年寤寐忧天压，厌世肝肠与岁深。坐对一行寒雁过，江山绵渺起商音。

陈君巢南、柳君亚子来简，均劝余刊印拙集，答之以诗

辛苦雕肝计总差，不祥文字未宜夸。感君盛意怜桑蠖，愧我微吟似井蛙。落笔徒教存废什，工愁谁说是名家。寸心得失真虚语，传到千秋事尚赊。

送钝剑之武林兼赠石子

此去吟诗定未休，莫凭胜地便言愁。南屏荒冢知谁问？西泠新阡不可求。潭静月明天在水，堤空风起树成秋。圣湖我是曾来惯，今夜随君一梦游。

柬曼殊大师并乞画《寒隐图》

曼殊大师耽禅癖，画法精能巨然敌。昔年寸箑赐丹青，箧底珍藏如拱璧。一别申江消息稀，芒鞋破钵远皈依。祇园鹫岭搜求遍，佛国归来香满衣。众生未度添悲哽，原来我佛皆平等。百万华黎孰噢咻，海邦掌教兼摩顶。如此神州夕照寒，袈裟拭泪向空弹。有时写出悲荒意，拨墨离披不忍看。愧余未解画中境，荡胸灵气成云并。趺坐无言镇日闲，秋光忽幻蒹葭影。残山賸水莽榛芜，天末怀人不可呼。聊寄缣缃盈尺幅，愿言偕隐是吾徒。凭君妙笔生奇趣，料知不吝挥毫素。返视红尘清梦遥，相将携手图中去。

寄实丹金陵

述阳郤曲我行迟，世网重重孰主持？别有情怀非好隐，百无聊赖遂能诗。参来佛性当如是，淡到名心他可知。谁识杜陵哀乐意？万方一概欲何之？

题蔡哲夫所绘沈孝则《冰雪庐图》即步哲夫韵

虱我其间良非夫，独行不与世争驱。雀罗可设门无车，寻梅索句未跨驴。嗟哉蚌病乃生珠，诗渐可读消雄图。寂然吾亦爱吾庐，相与鱼鸟忘江湖。别耽冷癖天下无，人嗤待兔徒守株。块独无闷心安舒，若有人兮俟城隅。洁清不数臞仙臞，谁知闻声有彼姝。怀抱竟不与我殊，心香一掬堪相娱。几时握手其乐且，天涯消息今何如？千里慕悦形神俱，恍似一室饮屠苏。从今吾道始不孤，山深林密足隐居。已而愿言从接舆，时衰俗薄甘遁虚。俯仰炎浊胡为乎？谁绘此图意有馀。雪窗展玩一轩渠，冰心映入白玉壶。偕隐会向图中趋，饮冰啮雪休自怜。

石子抄《幽梦影》一通，余既为弁语并系以诗

一编奇趣盎然留，造化精微笔底收。具至性情能感动，是真道学总风流。肯令花月闲中过，爱向人天冷处游。多少腐儒齐咋舌，愿君珍重莫轻投。（此书语妙绝伦，不可方物，字字出人意表，而却字字入人意中。所以者其何？言曰："情必近于痴而始真，才必兼乎趣而始化。"嘻，尽之矣！吹万赘记。）

题《变雅楼三十年诗征》

深夜无人灯似粟，雨声淅沥戛寒玉。案头忽起光作作，五色灿烂天能烛。借问何物动瞻瞩？中有精气森芒角。诗城浩大谁所筑，按兵待之那可蹴？欲攻未攻又瑟缩，迷茫万象难更仆。纷陈光怪离以绿，世界开辟此变局。近三十年一结束，郑声雅乐并追逐。以伪乱真恣惶惑，何人辨析荡清廓？奇蛇巨虬兼收蓄，千流万派同归宿。拣得明珠三百斛，不容一二混鱼目。功在艺林权在握，胸中斗血常漉漉。我读此选不敢熟，世乱亟矣败亡续。大横百怪相吞伏，四夷交侵辱莫辱，诗人忧国歌当哭。开卷忍痛更三复，若有戈矛撑我腹。狂风窗外震林木，一笑且饮杯中醁。

弔陈蜕庵

如此天涯酒共斟，鬓丝憔悴费沉吟。江湖拓笔馀离节，风雨论交见素心。诗思苦随羁病进，愁怀沁入落花深。元龙豪气销磨尽，竟谢风尘泪不禁。（君以去年来海上，遂以客死。）

当年久振春秋笔，（君曾主持《苏报》，首倡民族主义。）文字收功著定评。张俭破家犹有止，介推死隐竟无名。策勋昔等羊头烂，谋利今同狗骨争。谁似先生无我相？萧然穷老若忘情。

布笠青鞋何所投？凄凉身世梦悠悠。高文宛在名终显，奇痛偏尝报未酬。（君曾以革命事，父子同系狱者经年。）有女才华能咏絮，（君令媛撷芬女史，早以文学蜚声。）无家飘泊类浮沤。沪云望断灵先圮，空奠苍茫酒一瓯。

弔周烈士实丹

南都握手甫经年，蕃地惊闻恶耗传。遗札尘封盈半箧，时时相对一潸然。

男儿已分沙场死，（用烈士句）讵料横罹惨毒深。赖有孟公持大义，（指陈英士君）不然冤狱久销沉。

难得书生举义旗，巍峨行见矗丰碑。他年若过淮阴道，第一先瞻双烈祠。（南社诸人近为烈士暨阮烈士梦桃请建专祠，以崇报称。）

杀人不死法何存？刑律能平人道尊。民贼今犹稽显戮，九原那得慰忠魂？

怀柳亚子

沧海尚漫漫，狂歌且自宽。群龙无首吉，一鹤独鸣难。阅世多新感，论文记旧欢。暮云看万叠，猛想偶凭阑。

闻苏曼殊归国奉柬一首

一别东坡今五载，相思应念我如何？住心常觉众生苦，冷眼犹嫌热泪多。奴子未容悉平等，天堂变相即修罗。茫茫十丈红尘底，欢乐声中但寤歌。

索黄滨虹治印先寄以诗

人生何者足可耻？穷年读书不识字。邕冰已远书契湮，书籍往往混真伪。是谁博考鉴别精？字体源流知所自。因之上溯秦汉遥，典坟丘索得穷治。泽古既厚方奏刀，刻划一一具深思。至诚凝固腠理微，承蜩解牛本一致。黄子静者吾所师，郑虔三绝人共知。图成寒隐昔相赠，明窗相对情为移。旁及摹印尤入妙，蜗匾篆刻盘神螭。抱残守缺不求赏，落落自挹荪荃姿。徘徊抚鉴有馀味，古情郁结念在兹。或言玩物足丧志，腐儒见解真堪嗤。我亦粗知事书史，故纸堆中闷欲死。望古沉沉浩刦灰，搜残蠹简皆无是。聿稽文字创造初，差见微言与奥旨。可知大义一线传，金石之中具鸿秘。遗闻万古蕴不宣，寥落龟寿四千祀。当世能文识字人，眼中我见滨虹子。吁嗟假学何其多，数典忘祖圣所呵。原本训诂不可磨，妄云大义非由他。乃以空论相操戈，儒林道学遂分科。以谬袭谬讹传讹，仓斯地下应滂沱。我持此论良非苛，安得篆杰挽颓波？一反积习无偏颇。愿携顽石烦切嗟，行当一日三摩挲。

题姚石子所得明遗民傅青主画山水尺页

纸上发光怪，黝然见古春。只此尺幅间，云气郁纷纶。若非富丘壑，状写安能真？至今三百年，拂素陈复陈。姚生好事者，爱好比奇珍。终日坐相对，倾倒明遗民。索我题一言，温温肺腑亲。我亦有同癖，感慨多缘因。缅想下笔时，天地皆胡尘。河山非我有，拨墨泪酸辛。兹逢庆再造，作者应含颦。吉光与片羽，万古留精神。

闻曼殊将重译《茶花女遗事》，集定公句成两绝寄之

震旦狂禅沸不支，本无一字是吾师。天花岂用灵幡护？下笔情深不自持。

回肠荡气感精灵，肯向渠侬侧耳听？今日不挥闲涕泪，茶花凝夜吐芳馨。

天梅诗选

高旭，字天梅，江苏金山人。今录诗四十三首。

五月十九日和巢南韵即寄越中

鬼哭天愁冷雨斜，黄龙晋酒恨徒赊。伤心法物飘零尽，闲向天南吊落花。

痛拉巫咸招帝魂，黄炎一脉要图存。会稽霸气今何似？回首凄凉怅国门。

相将干死蠹鱼腹，何日天骄会剪除？枉说儒生关国运，几曾仗剑为先驱？

送巢南之粤

君自言愁我亦愁，奇情历历荡难收。未除北虏千年恨，又割西泠一段秋。画里关山新杜宇，客中香雪旧罗浮。城南酒伴应相忆，料得斜阳倦倚楼。

自题《花前说剑图》

提三尺剑可灭虏，栽十万花堪一顾。人生如此差足奇，真风流亦真雄武。男儿不作可怜虫，唾壶敲缺光焰红。图中人兮别怀抱，花魂剑魄时相从。要离死去侠风歇，一杯酒洒冢中骨。青衫红粉两无聊，指掌高谭古荆聂。东风浩荡催花开，红颜从古解怜才。誓洗清谈名士习，顿生迟暮美人哀。美人应比花常好，万紫千红天不老。一室犹秋孤剑鸣，四海皆春群花笑。月明吹彻玉箫声，锦绣湖山大有情。前拥貔貅后莺燕，长驱漠北索虏平。手中之铁心中血，以斗浇之恨难灭。海风著意吹不凉，冷铁千秋化成热。天生我才竟何用？匣里光芒雪华冻。时至终酬知己恩，数奇枉作封侯梦。封侯梦醒泪长流，闲看鸳鸯绣并头。金闺国士知多少，寂寞鱼龙江海秋。人间冷落好匕首，心肝争向路人呕。爱国无妨兼爱花，屠龙不成盍屠狗。愤来拔剑肝胆粗，银屏画烛歌呜呜。可怜马上杀贼手，题写《花前说剑图》。

读实丹所作《棠隐小传》

回首当年事更非，海棠消瘦牡丹肥。秋魂飘泊招难得，愿化墙东蛱蝶飞。

渠侬侠骨果崚嶒，别凤离鸾恨不胜。敲碎珊瑚歌一阕，四条弦上泪如冰。

赠沈孝则

诗笔高华忆右丞，秋风病骨料难胜。小旗亭畔人如玉，黄叶题诗感不禁。

天涯冰雪奈愁何？贮息停消隔绛河。惆怅佳人留片影，愿将心事托微波。

怀实丹白门

滚滚长江彻底浑，天涯谁与替温存？晓风残月新诗本，浊酒高楼旧泪痕。铁马嘶惊杨柳梦，杜鹃啼断海棠魂。不堪再读悲秋集，黄叶萧疏冷闭门。

怀巢南武林

最是消魂黯淡天，诉将往事恨绵绵。可怜慷慨多无补，渐觉萧条近暮年。雨后残花羞照影，秋深疏柳怕成烟。知音尚有西湖长，每一相思辄惘然。

怀蜕庵长沙

采霞片片忽飞来，击节沉吟把卷开。为问梅村几知己，恰逢同甫是仙才。题成说剑三生感，咏到听秋七字哀。一寸灵犀暗惆怅，北风天末正徘徊。

怀红冰当湖

索居浇酒意茫然，痛读《离骚》廿五篇。事已沧桑谁与说？文经忧患始能传。高吟采石大江水，阔别梅花小雪天。料识美人怨遥夜，一声哀雁落筝弦。

怀亚子海上

所思不见夕阳深，万绪千愁怅独寻。世变要除名士气，岁寒应识故人心。百篇深恐飘金粉，孤愤终看碎玉琴。患难订交须护惜，四条弦上证微音。

怀太一北京

京洛尘污未可论，文章屈宋与招魂。生犹同世未寥寂，别已经年馀梦痕。道义交深肝胆迸，党人碑倒姓名尊。漫漫长夜何时旦？扣角羞过将相门。

怀朴人海上

谁肯荒江伴钓竿？一书犹自问平安。无情红树催人老，有味青灯逼岁寒。亡国可能天外住？痴怀聊向画中看。怜侬未历黄山胜，吮笔题诗一字难。

怀道一嘉兴

一弹指顷去来今，回忆前尘尚可寻。党锢例于衰世见，道根偏自静中深。神州残局伤心史，夜雨空山抱膝吟。愿伴鸳鸯湖上住，联床把酒话冬心。

壬子旧除夕感赋

老大伤怀却为谁？不关谣诼到娥眉。万千壮志归淘浪，三十封侯已过期。直以大儿呼北海，拟将高隐载西施。只怜浩荡无归处，赢得秋风两鬓丝。

癸丑元旦

新朝甲子旧神州，老子心期算略酬。摇笔动关天下计，倾樽长抱古人忧。剧怜肝胆存屠狗，失笑衣冠尽沐猴。满地江湖容放浪，明朝持钓弄扁舟。

偕海印上人、顾九一、李经舆游十刹海车中偶成

一种心期未可传，长堤浅草整归鞭。芙蓉开落人如梦，杨柳萧疏月化烟。十刹幻成无量海，众香围住有情天。人间聚散原无定，他日思量定惘然。

苦问一首寄亚君

宣南门外柳如丝，客子思家莫怨迟。志士不忘在沟壑，佳人自古解声诗。调莺曲院秋双鬓，跨马雄关酒一卮。苦问行程须记取，桂香花里我归时。

次韵答太一狱中见枉之作

箧中血泪燕游草，今日何堪持赠君？狐兔纵横天鬼啸，此生端合绝人群。

次太一武昌狱中作韵

沿江烽火为谁忙？张角称兵犯建康。南北岂真天作堑，英雄不合酒为乡。裹尸马革怀宗国，被妒蛾眉怨夕阳。白纻歌中声变徵，不堪肠断此啼妆。

重九南社雅集沪江席上赋此

良谯今番却怅神，坠欢重拾渺如尘。铜琵乐府声犹壮，金粉斜阳迹又陈。招隐秋深吟桂树，论文海上证兰因。不须更觅登高处，已觉风光恼煞人。

新知旧雨一时兼，无限心情到笔尖。小雅诗人工怨悱，大千世界要庄严。香销豆蔻狂名减，秋老芙蓉客思添。惆怅交游应刘感，死生疑信信迟淹。

檗子以诗见怀次韵答之

读曲风流愧不如，落梅将尽杏花初。君才肯让云间陆？臣美原输城北徐。为解声诗心独苦，但工饮啖计殊疏。只怜累屈愁无那，日暮空山赋卜居。

闻成琢如来沪赋寄

灯下无端忆旧游，两都赋就泪横流。（君近著南北京赋。）工愁词客生花笔，对酒春风小李楼。（曾同饮小李纱帽胡同。）法界华严笑弹指，欢场弦索怕回头。江湖放浪浑闲事，不合生才似此休。

南社哀吟十二章、章六句

蜕老其犹龙，浮名何足校？不为鸡鹜争，宁顾莺鸠笑。玄亭甘寂寞，古道长相照。（陈蜕庵）

恨无飞扬路，恸哭看山川。奇人合奇死，所蕴弗获宣。云梦吞八九，剑气摩三千。（黄摩西）

周郎洵可儿，我曲君能顾。回思白门游，清泪如雨注。惜哉祢正平，竟死于黄祖。（周实丹）

金闺有国士，彤史生辉光。发愿振孤儿，中夜起彷徨。一朝兰蕙瘁，万感集我肠。（岳麟书）

宇宙灵秀气，一笔锺王郎。郁极始发泄，吐之以文章。多病顿仙蜕，临风心独伤。（王无生）

大哀志复仇，夙仪夏端哥。先正有典型，继起未蹉跎。急公而好义，君逝当如何？（夏昕渠）

伯夷慨黄农，杜陵比契稷。宁子墨者流，杀身安足惜？只为千载谋，坐失百夫特。（宁太一）

昔有汤卿谋，今有邹亚云。寿命绝相似，才思同缤纷。一曲杨白花，哀怨犹堪闻。（邹亚云）

呜呼万平君，自是陵原俦。倾资结豪侠，卒复胡虏仇。一自羑里拘，著作堪千秋。（张同伯）

即今朋侪中，绝少谭哲学。我谓更生斋，澹默殆难得。身僇非其罪，含冤向谁白？（周仲穆）

陈生古任者，荆聂无此雄。霹雳叠然起，五步流血红。大事虽不成，壮志化长虹。（陈勒生）

大名垂宇宙，经画谁与伦？伍员纵覆楚，三户未亡秦。大地悲回风，纷纷愁杀人。（宋遁初）

哭张伯纯先生

夷吾江左再来身，国士无双入幕频。（同乡曾、左诸人，许为国士无双。）麻木风痹究何世？勤劳忠实要斯人。联吟明月梅花梦，（每得一诗，必寄其配君索和。）交谊空山杜若春。不信老成遽凋谢，摩挲遗墨泪沾巾。

卓绝东南天放楼，（自号天放楼主。）抗怀稷契尽堪俦。自饶儒者千秋业，不屑人间万户侯。（有以苏督相属者，君一笑去之。）欧九表阡新纪念，（哲嗣昭汉为撰行略。）孟光举案旧风流。（君尝云："幸妻如孟光，可与适道。"）入秋风雨凄凉甚，国瘁人亡满眼愁。

犁庭夙抱感精灵，（民军起义，君屡屡条画方略。）赢得他年照汗青。贾傅多才难救国，伏生有女始传经。（谓默君女士。）欲从天上依南斗，忽叹湘中落大星。转痛酒徒空后死，悄磨宝镜带龙腥。

撒手人天志不灰，龙颠虎倒莽尘埃。一朝水火玄黄血，百劫河山操莽才。我自临风歌当哭，公应骑日去还来。即今丧乱真难料，感逝伤时倍可哀。

石子诗选

姚光，字石子，江苏金山人。今录诗十五首。

丙辰上元节舅氏吹万招集梅花香窟分韵得花字

佳节恣清饮，寻梅意兴赊。疏枝寒澈骨，老幹冷飞花。酒气腾香窟，吟声满洞崖。（香窟适当秦山南崖洞天之下。）归途犹缓缓，月印柳梢斜。

饯　春

者番花事匆匆甚，回首天涯又绿阴。葬罢落红因久立，丝丝情泪湿衣襟。

听　雨

小楼春雨听声声，恻恻愁生梦不成。最是系侬心事处，碧桃满树溷风尘。

题龙丁、华书伉俪《春愁秋怨词》一首

浩荡情怀不可收，英雄迟暮住温柔。双飞双宿如鹣鹣，底事愁春又怨秋？

春　尽

艳阳天气落花风，一度韶光转眼空。闭户深山不出去，芒鞋为恐蹈残红。

初夏晚眺

万绿沉沉着意妍，天涯芳草自芊芊。树间历历莺啼老，柳色斜阳最惘然。

夜起一首次钝根

婆娑花影上窗檽，月色朦胧点点星。悄步中庭群籁寂，惟闻蛙鼓似谈经。

初　秋

萧萧落叶又惊秋，百感茫茫怕上楼。衰柳临风看不得，一重烟雨一重愁。

伤　心

为飐弗摧终贻戚，我谋不用复奚论？伤心往事都成梦，晦冥乾坤且闭门。

春　寒

朔风凛冽起萧晨，二月春寒剧闷人。满地绿红都惨澹，雨丝云墨不成春。

花须柳眼无聊赖，漠漠重阴郁不开。最是令人愁绝处，南枝乍动又摧残。

本事诗

徙倚闲窗月上初，仙霞朗润托明珠。银屏华鬟人如玉，红袖添香夜读书。

皓魄横斜夜漏迟，重重花影上簾时。梦中占得销魂句，唤醒卿卿索和诗。

秋　夜

一叶梧桐金井下，江山绵渺起埃尘。冷萤照夜如愁梦，秋蟀啼阶诉苦辛。芳草经霜凄欲死，黄花着雨冷堪珍。悄然步上高楼望，盼尽霜鸿思杀人。

题钝剑《词人听秋图》

玉露空阶落叶声，寒蛩四壁若为情。万般并入秋消息，和雨和风听不清。

君介诗选

高珪，字君介，江苏金山人。今录诗五首。

岳坟感赋

胡骑长驱彼一时，而今墓木不须悲。君看一例参天起，那异南枝与北枝？

巍峨庙貌傍忠坟，千载长埋碧血殷。东海鲸波谁可靖？只今惜少岳家军。

游西溪

一径迴环思渺然，丛林万竹绿参天。溪边更看垂垂柳，荡漾晴空万缕烟。

湖上感赋

容与中流荡桨来，壮怀郁郁一时开。似闻东海风涛险，击楫应需祖逖才。

诗选卷十

巢南诗选

陈去病，字佩忍，号巢南，江苏吴江人。今录诗一百四首。

初夏越中杂诗

冠履一倒置，中原百事非。生无依汉腊，死亦采周薇。落日终成晦，阳戈孰可挥？茫茫票骑绩，长与壮心违。

我已无家久，奚须赋卜居？飘零随断梗，苍莽识旧墟。堂背羸萱草，江东结敝庐。双鱼来远道，谓可托楹书。（时沈太君有移家东江之举。）

淮海无消息，关山旷岁年。有谁歌哭意？来诉酒樽前。白日青春晚，梅花纸帐眠。徒然感髀肉，不复据征鞯。

时平壮士贱，世乱烈魂怀。意气凌荆聂，声名振海淮。报仇多称意，雪耻亦良佳。伟矣越勾践，登车式怒蛙。

有怀刘三、钝剑、亚子并苦念西狩、无畏

吾有数同好，性行皆轶伦。其一为刘季，豪宕生风云。长才擅三绝，写作何玢璘。掉头竟不顾，独饮曹参醇。其二有渐离，生来耻帝秦。报仇志不遂，往往多哀呻。要我结南

社，谓可张一军。最少独屯田，儒雅尤恂恂。韩亡知自奋，留侯岂妇人？缔交逾十载，意气侔雷陈。所憾落拓士，江海多沉沦。譬如尺蠖屈，终古无一伸。又如骄阳虐，宁怪蛟龙嗔？去去一长啸，其人真悲辛。所以发慨叹，嘘气摧星辰。我歌且未了，我悲今更多。出门结朋友，所贵心气和。况荷世衰乱，交道常参差。相期胶与漆，犹苦生离仳。奚为君子士，立行多偏颇。不知金石好，学术相磋磨。徒矜洙泗习，断断空龃龉。所志卒未成，同室先挺戈。知己纵或谅，忌者将如何？成连空知音，徒闻海上波。管邴并良士，割席乃纷拏。思之独泫涕，欲乘沧浪槎。终教廉蔺好，毋贻钟吕嗟。不见耳馀事，千古资谯诃。

四月二十五日偕刘三谒苍水张公墓并弔永历帝

大好河山日欲斜，登高揽胜兴何赊？苍天逆行黄天死，只向秋原哭桂花。

岁暮杂感

南行不得志，东望徒淹滞。块焉返故乡，寂寞衡门闭。慭念平生交，磊落半长逝。馀子虽幸存，精气悉颓敝。而我独耿耿，奔走未忘世。彷徨策治安，何者非匡济？山高不厌攀，水深不厌厉。涉江采夫容，谁能待晴霁？

时穷壮士见，世乱腐儒毙。达识有高怀，无从形迹泥。况当厄运年，胡汉一衰替。澒洞势倾舟，何暇怨操枻。应与振奇危，乱流同急济。庶几系长缨，略可傲荒裔。功高吝其赏，长揖返江澨。聊以表深衷，自不同缪戾。

我有同心人，淹滞曲江澨。岁岁不相逢，相思各流涕。何计使之并，昕宵对姝丽。灯炧共填词，更阑还拥髻。如此度长年，亦足忘昏噎（曀）。天意阻长涂，徒令日侘傺。文君信妙妍，临邛怅迢递。难言诉征鸿，音书莫迟滞。

贫士百不欢，著书亦幽滞。鬼伯日揶揄，长年半疲弊。所以雄奇文，霾藏不出世。长门莫与仇，鹴裘辄隳敝。衰病复穷途，由来阮生涕。顾惟欢愉人，漠然不关系。譬如南冠囚，宁邀北胡契？荆璞且自珍，瞬晤重华帝。

恻 恻

恻恻中原遍罻罗，侧身天地一婆娑。图南此去舒长翮，逐北何年奏凯歌？愧杀须眉逊巾帼，要将儿女属媌娥。补天填海终须仗，岂谓徐陵彩笔多？

脉脉秋心暗带愁，沉沉长夜共登楼。归鸿几处惊罹网，月影中宵怕似钩。惜别只令诗思塞，当筵惟有酒樽酬。相怜去住浑无准，看杀平湖不系舟。

久病不痊有作

不堪多病废尊罍，几见名花次第开？草草光阴梁下水，沉沉心事劫馀灰。苍茫四海无家感，潦倒中原绝代才。只合蒲团了身世，万缘删尽息悲哀。

疾起还吴有感

金阊亭下寄侬家，侠客高人墓已赊。（要离、梁鸿二墓在专诸巷者，今皆不存。）只有专诸门巷在，明珠穿遍女儿花。（巷多珠宝铺。）

《五噫》吟罢曜初暾，省识皋家庑尚存。底事齐眉人影远？苍凉梅福隐吴门。

有　悼

幻影空花忒渺茫，挽留不得几回肠。优昙一现真无那，蜡泪低垂只自伤。玉折荪摧愁万叠，霜清月冷夜方长。碧璃窗畔今如故，碎镜当年恨未忘。

金风悽恻殒芳枝，憔悴潘郎两鬓丝。不尽青春怀夙昔，欲裁红豆寄相思。蚕心已死空成茧，蝶梦方酣总带痴。肠断中秋犹记省，朦胧月色漫填词。

宝　鼎

宝鼎沉沉袅篆烟，高堂华烛乍开筵。虎头戴胜西王母，凤帔凝妆萼绿仙。醇酒殷勤亲劝酢，玉容羞涩愈鲜妍。憎他青鸟频来去，未许东方一放颠。

金　屋

凄清金屋困文鸳，芳草池塘漫涉园。烧尽绿章空有泪，数残红豆总无言。痴人说事休嫌尽，旧病怜余未共论。叹息昌羊有同嗜，落梅如雨尽销魂。

夜过毗陵驿

气笛一声长，毗陵落道旁。吴音惊厖吠，灯火眩星芒。浓梦触舷觉，寒风砭肌凉。起看霜月白，城郭正微茫。

焦山中流遇急湍

鳌柱独擎天，沧江涌一拳。奔流多激荡，于此一迴旋。谡谡疑松籁，淙淙响石泉。投鞭非易事，应与涤腥膻。

西湖三潭印月晚归遇雨同忏慧、小淑作

晚凉天气不胜秋，结伴同为打桨游。刚是藕花初破蕊，清香时掠过船头。

退省庵前皱碧波，亭亭亭上好风多。潭空莫映团圞月，但见白云飞满坡。

刚怕前山动迅雷，回船急雨已相催。轻衫湿透何须说？赢得儿家醉一杯。

辛亥六月金陵杂诗十二章

帝京风物信繁华，故国丘墟亦可嗟。欲向钟山去凭弔，午朝门外屡回车。（初致金陵有感。）

西华门外乍经过，野麦荒葵到眼多。最是不禁肠断处，故宫陶甓马来驼。（偕晓公过明故宫，积潦盈宫墙，毁坏尽矣，感成三绝。）

当年此地集群臣，肃穆冠裳拜圣人。今日空怀蘧伯玉，满宫车辙动辚辚。

觚棱金碧黯然收，极目荒茫水国秋。底事横流今未已，陆沉真个属神州。

不争家国只争墩，晋宋风流可尚存？输与芗林老开士，萧萧暮雨掩山门。（半山晤芗林寺僧大道，与晓公谈禅甚久。）

桃叶人家水没扉，秦淮阁子映斜晖。半晴半雨太无赖，六月金陵穿袷衣。（偕晓公泛舟青溪。）

复成桥畔柳垂垂，一桨中流日乍移。闲与群公话风雅，青溪应筑小姑祠。

清凉山色扑眉青，避暑何人降彩軿？记得年时携手过，低徊曾访翠微亭。（重过清凉山，阅藏书，有怀影事。）

石渠天禄尽储材，漫把闲情理劫灰。频向石头城下过，人人知是看书来。

倚马文章夙擅长，犹龙道德势能张。霍家娇女奚痴绝，错认当年李十郎。（暾庐有翁子之憾，慰以三绝。）

不堪重唱大刀头，一著差池一局休。沟水东西淹不定，问渠何地可埋愁？

大好团圞月一规，倚阑闲玩尽移时。明心见性应如此，莫复中边悟彻迟。

云程万里图为陈剑魂题

澒洞风波卷地来，中原此际正喧豗。凭君直上青云去，他日相逢破浪回。

少年亦有志封侯，手挟鲲鹏万里游。老我十年吴下住，空教冷眼瞩神州。

后望岳图为祝心渊题

衡岳峰高气象雄，扶舆磅礴镇寰中。当时谁是开天手？第一君家老祝融。

融炎光气炳南方，大有人材厉剑芒。底事西风摧健翮？至今遗恨说浏阳。

阳鸟宾南又此时，侧身凝望总成痴。微闻消息秋来好，木落洞庭波正奇。

都门崇效寺立夏得两绝

十年革命老同志，一夕重逢宣武门。聊与闲游过萧寺，美人清酒尽消魂。

黄天当立苍天死，却笑斯人愦愦多。日日留春春不住，看君消夏又如何？

梨花里留别亚子

谁家水杨柳，秋末尚青青？倒影自娟媚，临风亦娉婷。人方怀远道，舟暂泊旗亭。向晚扬舲去，萦情入杳冥。

酬钝根醴陵山中

再难海上遇成连，常使湘灵系旧缘。小别几同龙汉刦，幽居奚啻竹林贤。时危合共名山老，秋尽谁为病骨怜？惟有新培桃李盛，聊垂绛帐送华年。

哭梦逋老友

同甫当年负盛名，挥毫惊起攘夷声。破家不已重亡命，万死何曾賸一生？惟有威丹知己感，空馀枚叔故人情。介推无禄真堪愤，欲按心头总未平。

十年一别老陈琳，未信归来雪鬓侵。诗酒谁令逐年少？文章依旧断知音。西湖有约偏难主，南社无君忍重寻。最是楚魂招未得，鹃啼猿啸激哀吟。（君长女撷芬嫁四川某君，在巴蜀未返。）

哀陈勒生

知君崇实际，亦颇事文章。有笔能扛鼎，伤心起障狂。图将匕首见，身竟掌雷戕。惭愧渐离筑，悲歌易水长。

自浙入湘得晤梦蘧、君剑诸社友献以是诗

脱帽一为礼，浮踪江海来。吟朋都到眼，欢饮复倾杯。时事且无问，文章要主裁。怀湘兼望岳，齐上楚王台。

泰山绝顶登封处题壁

天门詄荡荡，海甸莽苍苍。石栈千寻迴，汶流一线长。风多松愈劲，云拥壑难藏。雷雨中宵发，雄心动八荒。

自岱宗下降小憩泉观有作

雾里看山那见山？浑沦一气拥螺鬟。悬知不是神仙侣，只在人天两大间。

趵突泉一首

朝发泰山巅，夕游趵突泉。风尘亦劳瘁，兴会却腾骞。白洑旋旋起，明珠颗颗圆。暂来知未尽，昧旦去幽燕。

出塞望蒙古

我欲登崇冈，石骨何峋嶙。我欲度沙碛，陷马且没人。驱车怅徘徊，临发复逡巡。期风蓦地来，扑面惊胡尘。胡氛日以恶，剿抚费因循。防边阅二载，卫霍功谁陈？兵增不征讨，苦哉塞下氓。

平生有奇策，悉开诸边屯。繁盛为郡县，旷土移流民。耕农兼畜牧，富庶期先臻。间乃列横舍，文化推无垠。非徒骛鞮译，将使明彝伦。庶知天汉威，努力倾葵忱。誓词戴中国，弗复私强邻。谋忠地位微，耿耿谁与陈？发箧仍自缄，抚髀徒悲呻。

夜宿张家口独步通桥望月

朔风晚益号，河水夜益喧。寂听苦不耐，出门且盘桓。门外有长桥，蜿蜒如龙蟠。登桥见明月，皎皎青云端。下照浑河间，如练张檀栾。依稀月有声，静探乃激湍。对景忽怀思，随流下桑乾。去去海门东，大风生层澜。舟轻曷可达？艰哉道修难。何如老塞上？铁衣支夏寒。

通桥月夜闻歌

扑地征沙不可支，悲风猎猎响流澌。羌笳听彻愁无际，记取边城月上时。

独上河梁玩月明，忽闻歌管若为情。东南民力思还在，奈尔凄迷一片声。

春暮集朴学斋

市楼一角日西斜，细雨樱桃正落花。尚有斯人存古谊，独招朋旧泛流霞。残春欲去情犹恋，乳燕初飞力未奢。底事荼蘼消息晚？故教魂梦绕天涯。

惜别词八首

有中国男子与西方美人，密缔盟约将成，忽为仓海君所破。余甚惜之，故作此词，以鸣不平云尔。

一夜东风泮碧池，坚冰无力碎如丝。凭栏何暇伤心问？鹃血啼枯只自知。

苦恨春波诳尽人，落花飞絮谛前因。浮蘋此日终流水，悔煞乘槎一问津。

交甫休云有夙因，月明空遇汉皋人。料应玉佩随流尽，那复相逢楚水滨？

狂笑重来弔尾生，哀君持信太分明。而今抱柱空遗恨，流水悠悠岂复情。

怊怅吟成惜别词，泪痕如水意如痴。金猊欲烬香原在，何限苍凉独坐时。

秋深寒雨透窗纱，叵耐心情乱似麻。岂敢人前诉幽恨？中宵唯觉病来加。

南东金粉足清妍，檀板清樽奏管弦。此后自应埋骏骨，可怜难忘洛中仙。

由来悲乐信无端，啮臂盟成总易寒。只是一池春水皱，关卿底事要相干？

自兖州过曲阜谒圣庙孔林四首

假盖欲出门，主人不我与。驱车辄长行，去去向东鲁。初过泗上桥，官柳绿呈妩。迤逦接平原，良畴益膴膴。忽逢枣柿林，或者环以堵。土风虽不华，富庶隐可睹。约略卅里馀，遥天露璃宇。趱程意复前，漫空突飞雨。牛车塞闉阇，欲行更横阻。护短愧未能，解衣一长忤。

曲阜古鲁国，少皞之遗墟。周公首封此，礼乐盛一隅。伯禽征淮徐，武功亦绝殊。胡为隐桓间，骨肉争璠玙？篡弑既相循，王道自日渝。卓哉孔圣人，章逢步天衢。一朝集大成，遂为万世儒。春秋素王业，今古复焉如？

巍峨孔子宅，依约鲁王宫。宫墙高万仞，循走伛吾躬。稍焉得门入，碑碣森穹窒。徘徊历阶墄，登堂拜圣容。圣容温以和，盎然儒者风。循循知善诱，博约能折中。彬彬后君子，允哉吾其从。

出自鲁北门，遥望见高陇。盘松如游龙，夭矫夹修甬。徐行渡洙水，水枯草独蓁。嶙峋石阙多，凌云特修耸。千材聚一林，心知异方种。独无卫赐楷，墓庐少軿幪。爰瞻宣圣碑，爰谒尼父冢。其旁子若孙，累累悉环拱。下逮古来今，佳城益巃嵸。如堂亦如斧，间以马鬣竦。周坦十里馀，无坟不姓孔。乃知族葬礼，能令风谊重。

陋　巷

忆昔颜子渊，乐道恒守贫。箪瓢处陋巷，其陋应无伦。畴知今不然，里闬俱一新。即投逆旅息，鸡黍纷焉陈。讵同石门宿，俨逢荷蓧人？所嗟末俗敝，淫葩充城闉。昔也弦歌地，今藏莺花春。东鲁尚如此，奚况天下民？（逆旅主人酷嗜雅片，故及之。）

去　鲁

驱车渡泗水，泗水不盈咫。我既漫褰裳，车亦讵濡轨。鲁风杂淳浇，别去尚可揣。匪若郑卫间，淫声辄靡靡。治鲁先于齐，东邦庶有豸。

题郭频伽手写徐江庵诗册为寒琼作

话雨难寻旧小楼，零星遗稿更谁求？多君独向长安走，拾得琼编手自雠。

振古奇才郭十二，穷交端不负江庵。 灯午夜高心写，脱赠贤于旧馆骖。

斯文显晦果谁教？秘本分明尚可钞。却喜拈来双璧合，愿君珍重莫轻抛。

丁未八月海上藏书楼夜坐杂感

天马奔腾雾霭空，翩乎逐电与追风。惊心伯乐探神骏，却属游行自在中。

头角峥嵘洵可怜，风怀萧洒亦神仙。人天毕竟归平淡，九十春光几许妍？

习习清风送晚凉，悠悠桂树暗生香。病夫自觉添烦恼，幽致频怀秋海棠。

转瞬宵来月更明，芳时何处酌瑶觥。浙江潮猛苏台烬，意向吴淞江口行。

避世于今纵未能，行吟被发我何曾？悔教抛却五湖长，难得采莲复采菱。

金齑玉脍未归休，落拓秋江愁复愁。相忆故人相望远，羡他白户胜封侯。

一病真令万念灰，浪抛笔砚置金罍。阿难忏矣江才尽，文字情魔两去来。

只合昙瞿老此身，万山深处作遗民。百千年后长寥寂，没个刘郎来问津。

夫容江上几曾开，浪说孤山早放梅。最是委心任运好，不然积思要成痗。

百年无分翦天骄，賸有愁心答汉朝。蹈海几同陆君实，破家终愧霍票姚。

今岁来海上，与顺德黄节同居藏书楼者甚久，忽急电自粤来，谓君令嗣得暴疾。及遄归，已弥留矣，一见而诀。君凡四丈夫子，其三皆不育，独此长且贤，而又遽丧。人匪槁木，讵能忘情？君之悲怆，自不容已。然余之见解，正复不同，故诗以慰之

吾道已穷何可说？百年有限岂容愁？拚将浩气还天地，愿截情魔付幻沤。世运未回宁灭绝，一身无碍尽飘流。人间庸福君休羡，不见穹庐遍九州。

昼寝杂感

死灰槁木复如何？昼影沉沉忍数过。难遣近来怀抱恶，病魔纷似乱丝多。

强起徘徊试一飞，图南无计欲何依？氋氃直似羊公鹤，起舞犹嫌翅力微。

经年漂泊未能归，望望乡关愿总违。剩有孤鸿心一片，护群中夜屡惊飞。

欲人回澜与转旋，苦无精力济华年。思量情海翻文海，孰是安流一息肩？

生平曾未卖痴呆，会有愁心酒一杯。毕竟自戕非易易，十年绮障坐沉埋。

抬眼羞看雾里花，两三同志又天涯。闭门觅句浑闲事，并世何人是作家？

百无聊赖此中居，欲写愁言意未舒。客难解嘲俱未洽，狂歌哀哭更何徒？

盲不忘视跛想步，孰更甘心老此身？我是溺人今已矣，愿他人做自由神。

少年行四首，张绥道上作

少年负才兼好奇，少年涉历临边陲。少年拔剑歌慷慨，少年矢志平羌夷。羌夷犯顺素不测，将士防秋罕功绩。少年不用当奈何？转恐年衰惮冰雪。

白日匿兮大漠寒，边草衰兮冰雪残。我行西兮当岁阑，意慷慨兮凌重关。重关自昔夸雄壮，天限华戎若屏障。潜移默化会有时，今日重关已开放。

劝君莫诵行路难，劝君莫复居长安。长安居固大不易，缁尘污人尤难堪。何如飘然去绝塞，可牧可耕总自在。一朝中外大用兵，我有奇谋足防卫。

浩然行矣复浩歌，关山越兮哀痛多。伤高怀远自惆怅，手无斧柯当奈何？即今车书久同一，奚事窥边犹未绝？征胡我媿霍票姚，独上阴山望高阙。（包头镇即汉高阙县故地，时方有寇乱未靖。）

自阳高县抵大同

云軿飞处射晴光，三晋云山接大荒。摘尽葡萄歌未已，雄心长自落边方。

太原公子今何在？代北佳人世尚存。小立不妨容再顾，倾城倾国要无言。

晚抵丰镇

平畴弥望息边尘，蔬果骈阗物候新。如此风光无限好，清词应谱塞垣春。

丰镇见雪

胡天一夜雪，四望尽无垠。万树枝凝蜡，千家瓦匿鳞。边军纷出塞，笳吹总惊人。愿作丰年瑞，时危好指囷。（时胡匪侵犯包头镇。）

自居庸关南骑行入口漫成

从容一骑蹴平沙，崱屴群山夹道遮。岁晚晴云烘笠屐，西风黄叶露槎枒。漫矜驴背饶诗思，直欲龙堆卜住家。多少刍尼频报喜，（碛中多鹊。）防秋应莫动悲笳。

孟秋朔日初度

塞上鸿飞气欲秋，天南长自赋离忧。惊心白发催人老，回首青春逝水悠。小叙亲朋聊自慰，独烧杯榼许相酬。鲈鱼味美鹏图倦，极目莼乡羡去舟。（是日供鱼，殷佩六大令谓颇似故乡之鲈，会其夫人欲还，因及之。）

天贶节为亡妇生日

撒手黄埃又一年，魂兮缥缈落何边？当时生日浑闲事，此际寻思转惘然。独客天涯谁与伴？买山归去竟无钱。眠牛未卜频惆怅，半夜踌躇月正弦。

亚子诗选

柳弃疾，字亚子，江苏吴江人。今录诗八十二首。

瘦坡有《香痕奁影集》之辑，函索题咏。余谓泥犁黑狱之说，不足以吓吾辈；两庑特豚，尤非所屑顾。郑声乱雅，下流同归，亦复无取佛氏，所谓“视横陈时味同嚼蜡”者是也。缘情善感，哀艳凄馨，平生所慕，独有吾乡枫江渔父《本事》一集耳。辄因斯恉成长句奉寄，瘦坡以为何如

铁秀泥犁语可嗤，只怜雅郑不同时。美人香草宁无意？玉佩琼琚大放词。神女荒唐愁宋玉，宓妃哀怨赋陈思。别裁伪体平生愿，待续南州本事诗。

论诗六绝句

少闻曲笔《湘军志》，老负虚名太史公。古色斓斑真意

少，吾先无取是王翁。

郑陈枯寂无生趣，樊易淫哇乱正声。一笑嗣宗广武语，而今竖子尽成名。

一卷生吞杜老诗，圣人伎俩只如斯。兰陵学术传秦相，难免陶家一蟹讥。

浙西一老自嵯峨，门下诗人亦未讹。只是魏收轻蛱蝶，佳人作贼奈卿何？

时流竞说黄公度，英气终输仓海君。战血台澎心未死，寒笳残角海东云。

快心一序见琴南，闽海诗豪林述庵。老凤飞升雏凤健，龙门家世有迁谈。

消寒一绝

袁安高卧太寒酸，党尉羊膏未尽欢。愿得健儿三百万，咸阳一炬作消寒。

梦中偕一女郎从军杀贼奏凯归来战瘢犹未洗也，醒成两绝纪之

梦回瑶想一惺忪，突兀何由见此雄？最是令人忘不得，桃花血染玉肌红。

十载江湖求女侠，隐娘红线已无多。胸中热血冰难尽，不溅沙场可奈何？

感事呈冶公用进退格

赫赫桃源天下士，忍令弱弟遘艰危？绨袍须贾人难得，葛帔西华事可哀。千载炎凉廷尉客，一门生死党人碑。最怜恤纬周嫠妇，早着黄絁入道来。

咏史二绝

附冀马融曾失足，美新扬子又登场。经生家法原如此，一炬何人学始皇？

卖友求荣事可羞，靦颜枉自附清流。魏珰殛后怀宁在，义子干儿记得不？

徐江庵梅花小景两帧，寒琼自燕市购归，既以一幅分赠复邮示别幅，属为题咏，率成两绝

江乡画笔数徐熙，流转翻从燕市归。直似当年曹孟德，黄金绝塞赎蛾眉。

双龙不作延津合，一幅罗浮卧白云。从此中原人望气，迢迢吴粤要平分。

题钱剑秋《秋灯剑影图》

逐鹿瞻乌事总非，东南王气欲安归？匣中闲杀龙文剑，谁是芒砀旧布衣？

肝胆峥嵘伴此宵，中原南望夜迢迢。秋灯自吐苍虹气，肯照儒生读楚骚？

乱世天教重侠游，忍甘枯槁老荒丘？霜寒一剑惊人句，太息君家十四州。（用僧贯休呈吴越王诗事。）

天荒地老感平生，万劫难销迟暮情。我亦十年磨剑者，风尘何处访荆卿？

哭仲穆

闻笛山阳痛未忘，临风又哭此周郎。伯仁再世终无命，张角称兵敢跳梁。纵敌当年徒有恨，成仁此日亦何伤？白门

劫后遗文烬，愿共侯芭仔细商。（谓忏华）

相逢乍忆过江年，狂狷殊途笑我颠。论学不妨所见异，著书要与后人传。陆沉世界沦禽兽，忧国心期在简编。一掬嗣宗广武泪，芒砀几处有烽烟？

恶耗两章

恶耗遥传涕未收，似君真个与天仇。孤行一意宁论命？盛气谁言未可谋？摇笔文章动五岳，成仁姓氏已千秋。海风惨淡田横岛，叹息人间少一头。

汉贼宁容并立时，和戎误国至今悲。吾谋不用关天意，君见能同信可儿。偷活草间空有日，复仇地下尚无期。艰难一恸何人识？鹑首钧天梦醒迟。（恶耗嗣知不实，然诗固未容泯灭也，爰过而存之。编者记。）

玉娇曲为钝根赋

连鸡已失东南局，降幡夜树君山麓。痛哭当年识贾生，变名此日同张禄。烽火仓皇走避兵，株连钩党梦魂惊。谁知覆地翻天际，别有盟山誓海情。佳人少小生南国，玉娇小字传乡邑。一自天钟第一流，湘花湘草无颜色。佳侠含光本性成，桃花剑底独关情。红颜别擅凌云气，素手能弹变徵声。望门投止文章伯，一见无端情脉脉。本来苏小是乡亲，何况香君重逋客。枇杷门巷受恩身，好作桃源暂避秦。金屋翻教营复壁，玉钗亲典为留宾。贾生年少工词赋，宾从翩翩各殊度。明灯华烛屡寻欢，檀板银尊不知数。一度温馨几度愁，念家山破唱《梁州》。从来青史千年恨，都付红裙一哭休。红裙着意相怜惜，争奈柔乡难托迹。折尽门前杨柳枝，明朝又作关山客。后约难留啮臂盟，五湖天际若为情。空怜辜负婵娟子，霸越亡吴计未成。失时豪俊仍肥遁，蛾眉别去馀长恨。传闻绿叶已成阴，差幸名花免堕溷。侠骨柔肠自古难，红妆季布拟湘兰。玳梁紫燕营巢去，祝汝双棲岁岁安。君不见伍相穷途濑女逢，王孙漂母各英雄。独怜红拂天涯老，惆怅他年李卫公。

与颖若夜话意有未尽，别后追寄一律

大睨高谭肯息机？寒蛩四壁一灯微。更从何地衡功罪？忍信人间有是非。论世未妨中晚恕，求全自昔圣贤稀。低徊别具沧桑泪，才说开天已满衣。

题檗子《玉琤瑽馆填词图》

浅斟低唱尽名家，独秀江东合自夸。一卷新词弹墨泪，销魂底事为梅花。

格律精严故不磨，姜张门户自嵯峨。狂生独抱辛刘癖，零落江才奈汝何？

题莼农《四婵娟室填词图》

度曲居然玉茗风，壮夫何敢薄雕虫？只怜菊影成飘泊，输与姜夔载小红。

嵚崎自爱香桃骨，哀怨难忘碧血花。最是霜华留旧影，四条弦上泪如麻。

足疾就医吴门有作

迷阳却曲恨如何？翻为求医一棹过。莫动王尼沧海叹，江湖随路有风波。（先一日阻风，不果行。）

见时相错别相忆，（用钝根悼太一句。）宁傅交情不可攀。移作闺房离合谱，临歧蹙损小眉弯。

题大觉《乡居百绝》

拔剑王郎斫地时，悲歌慷慨几人知？胸中奇气销难尽，分付乡居百绝诗。

欲求平淡转崔嵬，心事沉沉未化灰。谁信词人能遂隐？荒江风雨长莓苔。

南冠岸狱泣钟仪，卓女垆头酒一卮。铁戟沉埋瑶瑟怨，两般情绪一般痴。（卷中有《青浦狱中访周志伊》《夜饮如意馆》诸作。）

我亦先人有敝庐，百年门巷未荒芜。何当合作还乡梦，依占分湖汝淀湖。

钝根以崂山四景词见示，为题一绝

楚尾吴头德未孤，崂山灵气胜分湖。几时得领嵚崎趣？身是烟波旧钓徒。

阴　霾

万里阴霾事可怜，那堪举目望幽燕？尧天舜日匆匆尽，已是穷新闰位年。

冢中枯骨不须论，紫色蛙声敢自尊？会见亡秦三户士，一麾黄钺定中原。

题《天荒画报》为阿瑛作

地老天荒此尽头，且凭琐屑耗穷愁。研朱滴粉成何用？说鬼谈玄苦未休。谁遣流民图郑侠？空教绝技擅僧繇。烦君画出神皋景，立马昆仑一览收。

纪梦二什

夜梦客游燕市，天寒风雪，伤时忧愤，呕血几死。忽有效红拂之就卫公者，然其人固非杨家妓也。缠绵歌泣，悲喜万状。晨鸡一鸣，恍然若失，爰为赋此。聆痴之诮，知弗免焉。

禅心空遣逐芳尘，又惹陈王感赋甄。累汝缠绵嫌底事？怜侬憔悴不如人。鹃啼已尽相思血，蝶化能为顷刻春。是想是因谁辨得，难忘横翠上眉颦。

绝代佳人在北方，貂裘茸帽健儿妆。自甘卓女奔司马，谁肯拥奴嫁外黄？九死尚烦怜病骥，三生何意化文鸯？无端说梦君休讶，便有前尘亦渺茫。

再题《圭塘倡和集》

饮酖共笑荀文若，投阁谁怜扬子云？一样感恩知己事，输他入幕有佳宾。

弃捐纨扇怨秋凉，永巷沉沉岁月长。附翼攀鳞原不易，杨花生性悔轻狂。

题芷畦《水邨》第五图

王孙墨妙洒云烟，恰似分湖一角天。便筑新居招隐士，高风南陆至今传。（赵子昂作《水村图》赠钱德钧，后十四年，德钧客分湖陆季道家，季道为卜筑于其别墅之旁，景物处所宛然与图中不异。见德钧所撰《水邨隐居记》。南陆者，季道家庵名。）

枫江渔父文章伯，自写新图付禹平。点缀湖山不岑寂，丹青重见李南溟。（徐虹亭、李南溟为魏禹平作《水邨》第二、第三图。）

移家归棹总风流，（郭灵芬有《魏塘移家》、（山阴归棹》两图。）湖海飘零未白头。一代风骚题咏遍，几人佳句似宜秋？（“深闺未识诗人宅，昨夜分明梦水邨。却与图中浑不似，万梅花树一柴门。”汪宜秋女士题灵芬《水邨》第四图句也，灵芬因更作《万梅花树一柴门》图。）

梦鸥小阁已成尘，第六邨居静掩门。输与君家夸好事，直将衣钵接灵芬。（芦墟梦鸥阁主许？竹溪铨有《水邨》第五图，未征题咏，故知者甚尠。莘塔凌敏之宝树著《第六水邨居集》，则并未绘图画也。）

争墩故事有还无，分北分南只一湖。我亦廿年称旧隐，会须重绘水邨图。

题芷畦《燕游续草》

桑海重来感旧游，宗周行迈黍油油。故宫铜狄西风泪，不为蛮夷大长流。

长安棋局几时休？憔悴行吟客子愁。不信黄金能市骏，可怜忙杀烂羊头。

易水萧萧贯白虹，岂宜重问大王风？燕邯游侠今何在？赢得胭脂北地红。

鸡鸣草草度严关，万里黄尘独往还。一卧分南烟水阔，不堪回首望燕山。

寒琼属题北魏李映超、杨兴息造像二残拓，拓为李是庵、俞滋兰、吴小荷、李莲性诸名媛旧藏，寒琼曩游武林时携李陆四娘贵真于碑肆搜得者也

玉匣金签绣闼藏，红泥小印口脂香。漂流还付词人手，天遣聪明陆四娘。

访碑泰岱成陈迹，（寒琼前游山左，有《冲雪访碑图》。）携艳西泠又此时。我有孤山一片石，二千年后要人知。（孤山小青墓，余有题名石刻。）

次韵分寄康弼大觉

二十堂堂信美哉，飘零鸾凤可胜哀？君看世事如棋局，我已经年负酒杯。莽荡乾坤回涕泪，槎枒肺腑走风雷。学书学剑成何济？闲煞屠龙倚马才。

宵　来

宵来一枕忽朦胧，起视残檠焰尚红。剑底因缘神女雨，樽前鼓吹大王风。强台再上人如玉，易水初寒日贯虹。莫讶荒唐沦万幻，沉沉心事本无穷。

题《昭容集》为沈太侔、刘幼狂作

花草吴宫抵死愁，二分明月又扬州。剧怜荆布蓬门女，轻付人间鞠部头。

婉娈双雏赖姊恩，屈身络秀为家门。如何片玉天摧碎？血泪模糊舞袖痕。

清歌燕市动梁尘，汉上谁题白练裙？何日吴淞江畔路，春风省识旧乡亲？

刘郎绝代生花笔，影事刘娘郑重传。最是番禺老词伯，琵琶一曲泪如泉。

哭英士

披发呼天那可闻？从知人世有烦冤。十年薪胆关青史，一夕风雷怒白门。（建业未下，知君死不瞑也。）生负霸才原不忝，死留残局更何言？苌弘化碧宗周烬，忍向黄垆检断魂。

酒边一首为一瓢题扇

酒边拨触动牢愁，万恨峥嵘苦未休。祈死已烦宗祝请，偷生忍为稻粱谋？栖栖桑海无多泪，落落乾坤剩几头？一琖醇醪三斗血，可能词笔换兜鍪？

王道民挽诗

抵死终悭一面缘，读君遗简意茫然。魂归淞口三春树，泪洒浔阳九派烟。鵩赋有灵怜命短，豹皮无恙要人传。伤心最是鸰原客，（谓哲兄邀汝。）梦断池塘哭惠连。

哭龚铁铮烈士

君讳鍊百，湖南湘乡人。奔走革命十年。余一晤之海上辛园，再晤之南都白宫，三晤之吴门植园。每晤必殷勤问讯，如晨夕交焉。今年春，率众攻长沙伪将军行署，事败，为汤芗铭所捕，剖腹而死，烹心肝以飨士云。

屠肠侪聂政，把袖失荆卿。成败空天问，精诚贯日明。哭君今夕泪，知我旧时情。衡岳荒荒峙，湘波怒岂平？

哭罗锡九烈士

君讳振黄，江苏阜宁人。虬髯绕颊，觥觥如武夫。辛亥山阳周阮之狱，虏令姚荣泽跳走南通，南通有大猾张謇昆季实卵翼之。君率江淮子弟，痛哭来海上，颂冤于陈吴兴麾下，狱始平反焉。滇黔事起，日夕从韩恢谋举义江北。会张謇者，复谬为通款，书来招，君驰往，伏龙辈十八人与俱至，则骈戮之，伤已！

一斛包胥泪，秦庭泣鬼雄。如何苌叔血，终遣洒南通？乱世无人道，群凶有狗功。凭谁问遗恨？呜咽大江东。

哭杨伯谦同学

华泾同弔慰丹坟，急雨孤舟荡夕氛。（纪丙午海上读书健行公学时事。首七字借巢南句。）一别蹉跎成永诀，半生涕泪感斯文。春风桃李天原妒，大地荆榛鬼亦辛。哭过沪西城外路，云间宿草恐全湮。（公学旧址在沪西门外。云间赵拜一，亦同学中年少早夭者。）

哭华子翔同社

赵生（厚生）去国冯生（沼清）死，独向吴门哭此人。（余始识君于沼清座上，其订交则厚生为介。）一传迟迴犹待草，十年交谊奈成尘。姚江已信文堪继，（君夙慕黄馀姚之学，手辑《南雷文钞》若干卷，有叙，见南社集中。）贾傅终伤命不辰。凄绝梁溪归骨地，挽歌才尽只长呻。

春航将去杭州诗以招之，兼柬小云、天声

怅触离怀我未休，匆匆君又别杭州。十年萍梗关天命，三月箫韶与俗仇。已分贤豪同末路，即论歌舞岂长谋？龙生范子都无恙，倘放分湖一叶舟。

寄少华甬上四首即效其体

虎步龙行属寄奴，（伯先）一时瑜亮有黄须。（秋叶）论才自合空馀子，荐士何由到腐儒？标榜声华原忝窃，死生交谊敢模糊？劳君缄札殷勤赠，翻遣撑肠百感俱。

交臂相期失虎丘，（己酉冬，南社雅集虎丘，君约厚生偕来，已而不果。）六年旧恨絮从头。江东孙策终无命，（竹丹）淮海元龙尚有楼。（稚兰）击筑人从座上散，吹箫客向市中留。新亭痛哭成何济？铸错徒闻更六州。

素车白马语悲凉，文字因缘水一方。（秋叶出示君诗，有“素车白马”一联，是为吾两人订交之始。）沧海横流新涕泪，中原传檄旧词章。西泠风月娱残客，（秋叶、稚兰，并客杭州。）北府松楸冷夕阳。（伯先归葬京口，已四稔矣。）越角吴根千里远，一回凝望一思量。

男儿举足系安危，三十成名倘未迟。起陆龙蛇终有日，处堂燕雀欲何为？狂奴故友刘文叔，髯客新交李药师。拔剑为君遥起舞，海天如墨雨如丝。

寄白丁、不识、展庵杭州

仲季难兄弟，元方况大贤。三张应减价，两到敢争妍？酬酢劳君瘁，猖狂解我怜。西泠拚一恸，热泪洒樽前。

嘉惠堂中籍，琳琅重百城。楚弓虽得失，窦桂自峥嵘。好客倾刘酿，传经凿晏楹。清门兼硕学，气类感平生。

十日同游地，能寻旧梦无？南湖经别墅，（雷峰塔下，旧名小南湖，君姑氏有恒居在焉。）宝石瞰浮图。未立吴山马，难忘曲渚芦。西溪歌欸乃，烟水两模糊。

异代陈颐道，当年冯小伶。谁携一片石，来树墓门前？好事君无匹，题名我有缘。遥知风雨夕，灵爽拜婵娟。（余以春航题名事立石孤山小青墓前，君家昆季实始终之。）

哭子美

生死经年别，幽明两黯然。生天原诞妄，堕地有悲欢。菊影翻新谱，梨云剩旧编。素车悭一吊，泉下倘相宽。

哭勇忱

十载知名姓，重逢及此辰。笑谈方款洽，罗网已弥纶。口吃怜同病，名高竟杀身。昭苏如有日，庙祀在湖滨。

桃梗去不复，箜篌怨渡河。十年剩皮骨，一夕死风波。亦有南冠士，重悲北道罗。茫茫仇与吕，微命又如何？（时闻鸿、天民咸被逮。）

少年一首

少年书剑纵横意，老矣浮名安用之？逃世岂真甘落莫，佯狂聊以慰妻儿。嵇生柳下曾无锻，杨恽南山尚有诗。十斛醇醪浇不尽，填脚块垒一行尸。

哭冥鸿

娘子关前气吐虹，石家庄畔哭秋风。九原若遇吴云梦，新鬼烦冤故鬼雄。

识荆说项未蹉跎，草草尊前一放歌。宁戚天亡杨恽死，旧人今日已无多。（元年春识君于太一席上，时性恂亦在座，今二人咸以国难死矣。）

眉若诗选

沈昌眉，字眉若，江苏吴江人。今录诗五首。

和　弟

丙辰三月暮，烽火连三吴。南军与北军，棋局争赢输。

北军豺当道，南军虎负嵎。苦哉旅行人，将进足趑趄。不幸遇北军，强迫役为奴。闪闪刀矛队，辚辚辎重车。低头受鞭策，服轭如马驴。羸弱不任事，性命鸿毛如。弟也客梁谿，南北冲要区。薪木纵无毁，围城不可居。先去为民望，亦以尊师儒。归家才三日，亲朋正欢呼。谁欤促之返？仆仆荆棘途。蜚语遂以起，所语人人殊。或谓沟中瘠，或谓江上逋。或谓籍党人，万金购其颅。或谓下牢狱，九死縻其躯。家人闻此语，涕泪沾衣裾；亲朋闻此语，相对各唏吁。岂知弟出门，一路安且舒。朝发自芦墟，日午抵阊胥。铁轨通梁谿，百里驰斯须。适馆授之餐，升斗日有馀。夜梦五色笔，日拥百城书。攫人无魑魅，御人无萑苻。笑彼悠悠口，此语何来乎？众人杀太白，海外传大苏。文章遭人忌，今古若合符。吾生常落落，与世相龃龉。宁闻背面诅，厌闻当面谀。人患无知己，忌吾亦知吾。与子为兄弟，奔走各饥驱。岁岁离别多，夜夜梦魂俱。道路有传闻，传闻皆子虚。夏暑休假归，对床卧一庐。残月挂夜光，照见弟眉须；白日升朝旭，照见弟发肤。发肤与眉须，一一毁伤无。置酒为介寿，对饮倾百壶。天未丧斯文，匡人其如予？

一厂一别两年，得其近作，如见故人。嘱和题画诗，率成两绝。天寒日暮，藉通音讯，不计工拙也

有诗有画尽风流，世换人移何处求？得此何须论真赝，故乡文献好存留。

游倦归来好读书，依山傍水结茅庐。开图笑语林和靖，权当孤山处士居。

颖若有寄亚子红豆之作，步原韵和之

子由笃友谊，获交柳子厚。赠物亦风雅，赠诗更清秀。求物惟求新，求人惟求旧。丱角一相交，贞盟订白首。琼瑶亦非珍，木桃亦非陋。托物寄相思，恍见古人又。红豆生南国，采采相分授。朝入黄叶村，暮登白云岫。采之不盈掬，藉以通问候。当日故人情，卜夜复卜昼。游子今未归，冰断风又吼。前路问征夫，处处归途缪。对此增相思，相思不相觏。魂梦乍相通，似叹沈郎瘦。邻鸡催梦回，一灯红若豆。

元旦试笔示颖若

我生壬申九月底，迄今丁巳正月始。阅岁四十益以六，四十五回元旦矣。齿摇发秃暮景迫，此后元旦知有几？忆自甲申遭孤露，茕茕母子相依倚。薄田不足供一饱，饔飧赖有母十指。梦梦者天不可问，己亥又丧我母氏。遗容在堂謦欬杳，每逢元旦色不喜。就中一事差解怀，有弟能文名鹊起。纵使饥驱离别多，年年年底归乡里。柴米油盐置不顾，一灯相对谈文史。此乐亦足傲王侯，世间富贵浮云耳。今年风雪岁朝寒，且复围炉浮绿蚁。一杯兄弟互为寿，父母遗体同毛里。少年苦乐两人知，此意未可喻妻子。人生百岁会有尽，十年以长当先死。达士非贪身后名，一篇墓志宁容已？出自弟手无虚词，后之读者咸称韪。家人谓我语匪祯，元旦岂宜口出此？不知歌斯亦哭斯，古人颂祷有深旨。生不饥寒死不朽，更有何事邀天祉？

颖若诗选

沈昌直，字颖若，江苏吴江人。今录诗三十一首。

修《分湖志》忆及家乘得诗十绝

青霞慷慨进弹章，嘉靖忠臣姓氏香。仿佛天台方正学，株连十族复何妨？（公名鍊，明嘉靖朝官锦衣卫经历，劾严嵩得祸。有《青霞先生诗文集》。）

举室仓皇北道奔，胜溪一水即桃源。天涯何处非乡国？且买田园长子孙。（余家因青霞先生之难，十世祖子明公自浙遁至吴江之大胜，遂隐居焉。）

乐善家风翁最贤，小桥忽漫遇神仙。无多长物堪持赠，荷叶清香茄子鲜。（八世祖日昇翁性仁慈，散财发粟无虚日。县令叶公尝以"乐善好施"四字榜其庐。翁初无子，一日于桥边遇一病丐，体腐烂难近，乞翁扶持过桥，翁欣然诺之。既过，丐乃于篮中出物赠翁，芬芳触鼻，乃荷叶包茄子也。时丐忽不见。翁归食之，遂连生九子。一子未成婚卒，馀即东浜老八房也。）

贾生堕马竟捐躯，荼蘖艰贞节妇吴。可怪柳州成《小识》，一村同住有遗珠。（七世祖羽吉公堕马卒，年仅弱冠。妣吴太孺人抚遗腹子庚臣公，守节数十年。清乾隆间旌表建坊，今坊犹在旧宅门前。沈刚中《分湖志》中记之。柳树芳修《分湖小识》，独漏载。）

门户依稀似故乡，松晚别建素行堂。春来莼菜秋菱角，双桨东西往返忙。（五世祖心梵公别建一宅于吴江北门下塘，曰"素行堂"，奉母张太孺人以居。恐太孺人有异乡之感，宅中庭舍布置，一如胜溪旧宅。太孺人嗜莼与菱，因春至江而秋返乡，盖近城产莼而乡间产菱也。）

三古堂前土作墩，不堪重问旧田园。丛残一卷《浙游草》，此是吾家硕果存。（五世叔祖思美公分居三古堂，所藏书籍金石尊彝之属甚富，今散失无一存者矣，惟所著《浙游草》一卷行世。）

澹翁家学富巾箱，自比黄花晚节香。劫后可怜无一物，紫袍玉带落他方。（高祖澹圃翁嗜金石书画，自号晚香子，有印曰："莫嫌老圃秋容淡，犹有黄花晚节香。"今尚存从叔益乡处。庚申乱后，手泽无存。近人于冷摊购得端石一方，背有铭款曰："澹圃乡台先生临池之宝。"下署杨澥刊，盖吾家物也。砚全体紫色，中有白纹，骨董家识为紫抱玉带，已以重值购去矣。）

霞塘仁厚建才宽，各守清芬处岁寒。蓦地红羊成浩劫，全家依旧避分干。（曾祖霞塘公、祖建才公，皆仁厚长者。曾祖绩学能文，困于场屋，时门祚已渐衰落，因令祖辈皆业商。庚申之乱，曾祖已前卒，祖挈全家进至东玲，以后再经迁徙，终不离分湖一带也。）

先生毕竟是通儒，嗜好酸咸与众殊。百不自聊且医隐，市人能识沈春壶。（先父咏楼府君天资过人，又历与诸名人游，故志趣卓荦，不与人同。二十后贫病交迫，遁于医，改号"春壶"。）

反覆丁宁字字箴，寒灯课子到更深。男儿四十无成就，枉负慈亲夜夜心。（先母周太孺人抚孤守节，余兄弟均有《寒灯课子图记》。）

征访乡里文献感赋

分湖文献盛当初，苦我迟生已劫馀。妖火烧残凌氏稿，（苹庐所藏书籍稿本，都付一炬。）破箕畚出迮家书。（迮氏老妪，用破箕畚卍川青霞书晒之。系昔日苹庐所述。）可堪再吊堤边梦？（东江叶楚伧尝仿午梦堂遗址，缋《分堤吊梦图》。）何处重寻池上居？（迮三江池上草堂，今已成荒垅，不可识矣。）太息驹光难倒驶，儿时犹及见茟庐。

丁巳消夏杂味

闲将文献细商量，三两书痴友会忙。隐约葛衫笼字纸，阿兄又著好文章。（日与兄长公及二三同人搜考文献，兄每有所撰，辄置之衣袋中。葛布稀疏，隐约可辨也。）

先人世德诵清芬，代远年湮賸旧闻。十首新诗谱家乘，居然吾亦欲云云。

等身著作皆千古，六代文章聚一庐。饱阅袁家书几种，卅年不负北浜居。（于长公处里袁氏书稿及家乘，得悉菊泉至若思六代著述。余家所住北袁家浜，系袁氏祖墓所在，浜即以此得名。）

一编借得卍川书，录副连朝手拮据。乡里旧闻情独挚，五篇以外尽删除。（钞迮卍川文，殊不耐烦，仅录有关乡里旧闻者五篇。）

残稿零星发旧藏，吉光片羽尽芬芳。两家毕竟铮铮者，吴子云璈袁稻香。（一月中搜得乡先老遗诗甚多，吴云璈鸣钧《盍簪居诗稿》、袁稻香宝秋《牧笛吟》，允推作者。）

笑翁医外复工诗，恸哭东阳泪似丝。零落故闻存几许？写来犹见古须眉。（记外祖周笑梅翁遗诗一首。翁工医，暇好吟咏，有哭先君诗两绝，尤沉痛。）

老友鄱阳一棹还，清谈几度叩柴关。神龙不是池中物，安石前朝又出山。（龙笙归见访，聚十馀日，今又至赣矣。）

经旬不寄河东信，下笔逡巡难复难。却喜故人书日至，长公看后次公看。（与亚子不通信将匝月，然长公处日有亚子书至，余无一不预观也。）

绝妙生花笔一枝，张华才调十年知。偶然七字相投赠，赚得琳瑯两首诗。（魏塘张子天放，倾心十馀年矣，一日相见董蓉申家，座上投以七字句一绝，得答诗两首。）

尺书郑重命题词，为道欧阳有母慈。触我十年风木痛，一章一泪四章诗。（梁谿顾述之寄《春晖小识》命题，为赋诗四章。）

妇病经年不自支，药炉烟细飏轻飔。聊从《肘后》搜方剂，可笑书生又习医。

有女垂髫方十四，读书差喜未模糊。偶将诗句教吟咏，亦是慰情聊胜无。

寄龙圣江西

龙君美风仪，濯濯春柳姿。少时每戏君，比之好女儿。宁知鸿鹄志，不为燕雀窥。负簏远游学，十载志不移。春风马蹄疾，两度游京师。学而后入政，一官峡江驰。峡江号强悍，君曰吾能治。百里古侯国，是岂不足为？颇闻父老语，使君来何迟。难得使君至，能以廉自持。刘宠选一钱，杨震凛四知。冰心贮玉壶，清不受尘缁。我喜闻此语，更为进一词。忆昔陆中丞，清名噪当时。湘江一杯水，梦中且成诗。此风久阒寂，君也好继之。益愿矢清白，上与古人期。他日记里乘，先后相追随。百年两廉吏，辉映分之湄。

忆我弱冠时，与君同乘舟。我忽发狂语，慷慨誓中流。谓越十年后，当不守故丘。君但笑不言，皮里作阳秋。荏苒十五载，君已得一州。而我复何似？仲宣空登楼。自与君别后，二载锡山陬。秉性实耿介，与世鲜相投。文园夙多疾，平子复工愁。少年英锐气，颓丧无一留。世变况日亟，吾生复何求？虽无阳羡田，愿言早归休。分干水一曲，其地清且幽。赁得伯通庑，不更营菟裘。素心二三子，晨夕相唱酬。诗书夙所好，一一勤探搜。崔镳五千卷，亦足傲王侯。吾志但如此，仿佛马少游。此愿且未遂，何以写我忧？回忆舟中语，盛衰迴不侔。还以告故人，知复一笑不？

丙辰立夏前五日赴锡，时锡邑兵事甫平，里中喧传予已被杀，作此追记之

众人皆欲杀，我闻李谪仙；亦有东坡翁，死耗传海边。笑予复何人，亦谬同二贤？百里苏锡道，我行实安便。何来不根语，谓已沟壑填。宁知梁溪水，风波正恬然。我至日已晚，明河耿中天。笑指旧居处，电火明树间。僮仆远迎我，欣然为执鞭。及门遇诸生，开口含笑颜。一揖问我安，依依随我肩。故旧喜我至，相与话灯前。为道数日间，静扫无烽烟。明日且相约，重饮惠山泉。我本患不寐，是夜独安眠。优游锡山下，至今又半年。诗书得自适，心志常宽闲。精力日回复，旧恙次第痊。恐此数载内，未遽了尘缘。可怜里中儿，市虎相哗传。妄言复妄听，一声百影连。今日我返里，犹为庆生全。我自有真我，人言故无嫌。虫臂与鼠肝，一任倒与颠。殇子及彭祖，齐物本无偏。一笑纷纷者，于我何有焉？即此悟至理，且读《南华》篇。

题《美人对舞》图

翩然相对舞春风，婉若游龙迅若鸿。一种柔情谁得似？赵家姊妹汉宫中。

题樊少云画《米颠拜石图》

茫茫浊世间，抑郁谁与语？惟此数片石，是我烟霞侣。再拜礼为兄，兄或不我拒。回看兄何如，点头深相许。

题《沈纪常传》

沈君纪常，以世家子茹亡人痛。忧能伤人，竟戕其身。读苏华女士所为传，良可唏已。然犹幸有妻能文，其生平苦行，得卓卓传述于人口，沈君于是乎不死。余既哀君之遇，尤感女士之不忘其夫，爰缀一绝于其尾。

二十馀年往事长，从头历历话凄凉。未亡人笔亡人痛，密字千行泪万行。

赠董蓉生 君精医术并喜为诗

分水新人物，庐山旧隐居。种成千树杏，读破四家书。（家以张、刘、李、朱为四大家。）往岁凉生后，孱躯瘦损馀。几回劳命驾，医得病相如。

家世肱三折，文才笔一枝。养生中散论，写意乐天诗。医国原名手，词场亦大师。秋来吟兴健，应断数茎髭。

冶民诗选

蔡寅，字冶民，江苏吴江人。今录诗十六首。

瞻园次渐庵韵 瞻园为明中山王邸第，即前省行政署

雷硠世局不堪论，胜地重经弔白门。一代园林归鹿梦，百年风月付鹃魂。故家何处沧桑感，往事无边烟树痕。毕竟南都王气尽，兴亡曾有几寒温。

题《秋鸟秋花》画幅

盘云健翮今何在？万里风烟夕照赊。戢羽枝头吾倦矣，且留晚节伴黄花。

读柳古植先生《养馀斋诗集》及韬庐先生《食古斋诗录》得一绝句

河东诗族盛当年，老将开山纪律严。后起韬庐占一席，盘空硬语落毫巅。

大　错

大错乌能铸六州？中原借箸为谁筹？俺天卫霍勋名秽，满地申韩道德偷。人海鲁连羞两帝，出关李耳自千秋。太平洋岸潮流起，吹上蓬山第一楼。

赠黄喃喃

维摩说法幻天女，燕赵悲歌真少年。尘海苍茫容我住，汉家臣朔小游仙。

悬河之口粲莲舌，跌荡东西与古今。斗大黄金成底事？英雄侠骨美人心。

游上野博览会

珠璧交辉近日边，上清高会敞凉筵。蓬仙游戏三千界，海客赢奇百万钱。倒影楼台金碧水，嬉春裙屐绮罗天。五光十色心魂醉，米锦欧花各斗妍。

可怜风月太平年，只许今生海外缘。不忍池边春潋滟，通天桥上客蹁跹。三千弱水曾经眼，十二琼楼笑拍肩。的的明灯真不夜，万花丛里赛婵娟。

题《琉球竹枝词》

不成雄艳不风流，海国寻芳纪旧游。神女凌波工写影，宓妃出水尚含羞。银潮满泛槎通汉，红豆枯拈梦欲秋。凄咽琵琶天宝后，几多轶史被君收。

整顿生花笔一枝，绘声绘影写新词。伊谁解语春云殢？真个销魂夜月迟。孤岛如拳香满国，爱河似海酒里卮。后庭艳曲何人管？商女年年怨别离。

是乡岂必号温柔？一角河山歌舞休。蛱蝶裙边春潋滟，鸳鸯枕畔语軥輈。汉皋环佩神仙遇，江上琵琶商妇愁。惆怅晓风残月候，依稀我亦梦琉球。

琉球山色故青青，艳福都君沧海经。纸上春痕防蠹蚀，尊前绮想感犀灵。九天咳唾珍珠价，一卷骚歌兰惠馨。收拾奚囊清丽句，蓬莱仙语我曾听。

丁未岁除

逝水年年东海东，蓬山翘首碧翁翁。青痕[illegible]发春云随，辜负曈曈旭日红。

东风吹绿占春先，赢得瀛州劫外天。簇簇蓬仙小儿女，朝弹羽子夜挥弦。

万千牢落感中宵，潦倒征鸿骨已销。再拜申韩无我席，拥书高卧听春潮。

乡音珍重抵琼瑶，忍此枯禅海外侨。百劫修成终了了，黄金华发任飘萧。

楚伧诗选

叶叶，字楚伧，江苏吴江人。今录诗五十三首。

和仓海《秋怀》八首

风急江天秋雁过，拼挡诗意慰蹉跎。南中工部伤心惯，客里司勋断梦多。乔木陆浓封殿宇，孤臣眼下旧山河。凄凉法曲人间绝，何处重听侧调歌？

相如去后璧谁归？塞外羽书午夜飞。割却珠崖屏已撤，生擒阏氏愿先违。草衰荒漠秋容瘦，风满长城赵帜肥。昨夜传闻胡马入，可怜闺妇尚砧衣。

当年几社起云间，绝崄回峰赤手攀。湘水魂归新别怨，吴江军失旧威颜。霸才如此投鞭水，壮志输他堕泪山。日暮海滨闲眺望，荒江渔父一身闲。

南州秋信底迟迟，篱畔花愆隔岁期。可是为郎羞不起，应无怜我病支离。酒肠未尽樽中泪，劲节犹存霜后姿。一片春光成宿梦，几曾听到赏花时？

四万万人尽楚囚，不堪劫后寄神州。金陵王气随旄落，匡水哀声夹浪流。鼙鼓军前腾万马，笙歌大内祝千秋。呢喃开宝兴亡事，一部闲文供白头。

齐云楼坏蹑云斜，恨匝山巅与水涯。前席未闻虚贾傅，中庭无复唤吴差。石留端礼碑文冷，光通丰城剑气华。黄帝不灵维柱破，秋深故未见黄花。

东岳难封司马文，北门先上犒牛勋。井中史出心匪石，海上龙伤血作云。尽有金瓯毁一角，可堪椽笔扫三军？孤鸿中夜几声唳，月死风悲不忍闻。

秋到深时景物萧，洞庭木叶舞寒飙。一灯婉转诗思剧，万里遐荒归梦遥。锦障空馀扬子路，孤坟付与浙江潮。九州铁聚神州后，一错从今不易销。

梦吴江行

冬夜之午，梦身在旧朝城守吴江时，城外围敌以数万计，累月未破。继闻苏浙相次沦陷，孤城残坏，兵无斗志，遂为敌乘。惘然出城，兵不满百。思奔赴行在，又不得达，大哭而醒。

千骑万骑夹危堞，吴江城外阵云叠。将军咤叱动风雷，大旗血溅书成叶。擐甲昂头目四瞋，只见先王不见身。周堙大呼杀贼乐，手挥铁椎如车轮。此时胡儿亦夭娇，飞梯百丈环城倒。河水呜咽不成流，新红惨绿离离草。忽闻羽书自东来，武林今夕成蒿莱。钱塘三日潮声死，千门万户生尘埃。战士惊失东南臂，将军功业汉家地。西风瑟瑟角呜呜，泪声血誓陈忠义。当时安史乱炎唐，睢阳烽燧烛天狂。美人血作军中水，孤城独搘夏夷纲。金陵王气况未销，诸君且为朝廷保。劳师久顿粮不继，背城一战乘他老。军士禀命曰唯唯，此身誓与吴江碎。乌骓奋鬣嘶嘶鸣，若云敬听主人诲。士夫敌忾久不张，游弈背嵬今鹰扬。君王不向鼎湖去，马革何处非疆场？朝从太庙负矢出，暮挟胡俘北门入。臣力已尽天不知，狗兔又上沼吴策。严城百尺夕数惊，更听刘琨羌笛声。鸡肋未传新号令，马嵬已失旧军营。嗟我一身不足惜，朝廷何以恢前烈？苍然含泪出门去，馀骸当卧先王侧。道逢渔父为我语，江东豪杰今无主。一战不胜卷土来，河山留君为孤注。呜呼，河山留我为孤注！

庚戌纪事二十二首

叶家埭外碧波洄，正月初三访墓来。白首村姬知野史，临风遥指小池隈。

艳迹难稽北玥名，佳人交臂失卿卿。如何不及真娘墓？死后还留撮土情。

兰桡轻试夕阳斜，南望分湖傍紫霞。彻夜烧灯钓月舫，可知杯酒即天涯？

淅淅轻风上古堤，白芦川后又红梨。传觞别具名流意，不为欢娱为惨凄。

松陵文献尽琪琚，一代风流劫蠹馀。还我小疏香阁传，双红烛下拜安如。

征酒初停射覆杯，双扶残醉上琴台。御街十里梅花障，几辈青娥肃驾来。

轻尘浅衬富平车，六市春深护若耶。簾底笑逢双丫髻，为他倾国送名花。

白蚬江头春水生，离魂初妥又长行。凄凉繐帐音容杳，未到清明先荐羹。

阿母缝衣耐夜寒，稚妻侍从强为欢。临歧迟早须离别，不许回音仔细看。

鲸波万里壮图南，击筑人来酒正酣。一夜樊楼灯火下，杏花春雨遇朱三。

云间陈生天下士，十年湖海证相思。未醉大难同痛哭，且上酒家尽百卮。

黄海风云南海涛，群龙迢递送人豪。一天星斗堕苍水，百丈楼船建耀旄。

二月南州春已深，红绵花下午沉沉。念奴娇后黄金缕，一夜笙歌两处心。

八闽正气未销亡，白首邱郎老更狂。百六国魂招不得，残编賸墨纪唐王。

苏台人去翠巢空，天末风情解恼公。彻夜张灯传酒吏，此生未许老新丰。

海上几回人送客，天涯中夜酒为妻。酒来飞入吴宫梦，肠断一声乌夜啼。

说部我输李煮梦，小戎离黍出诙谐。维扬秋信无凭据，证入梅州游子怀。

茉莉双珠记宿知，一灯秋雨女儿痴。银钩银烛银屏畔，薄醉扶妆上寿时。

宗国今生欲问天，五胡甲子乱编年。吴江军气辉星斗，遗烈新征王问篇。

河侧龙泉一胜游，轻风霁日渡蓬洲。老僧何与兴亡事？隆准丰颐识黑头。

先拜前王后祖先，微生今祝发三千。为他耳鬓厮磨孽，悮我尘寰廿四年。

梅花江上三分白，心事中年总行役。一杯冷酒送黄昏，人间今夕是何夕？

病　意

病意无端至，簾轻觉薄寒。灯孤心宛转，蛩冷雨辛酸。久渴才非马，中年鬓未潘。如何镇起卧，横竖不成欢？

九秋诗

西风瑟瑟汉家营，砧杵无端笳鼓声。万里沙明盘马塞，双旌月冷受降城。开边天子擅神武，荡寇将军寄死生。中夜

忽传新号令，乱抛闺梦踏灯行。(秋戍)

细细栏纹薄薄罗，一灯心事奈愁何。萧条鸡店风和雨，断续蛩阶泣复歌。惟有梦魂遮不住，即分花影已无多。闺中更切征人怨，斜对银河忆黑河。(秋窗)

懒散梳妆冷热香，一声雁唳九回肠。行人更在斜阳外，妾梦不如金线长。可有欢情羁别绪？悔教雕鹗悮鸳鸯。朝廷征到花家去，便为私情走一场。(秋闺)

灯城雪窖木兰桡，念四桥头旧玉箫。野水金杯三叠令，晓风牙拍六弦幺。银槎偷许张郎渡，碧海闲将素女挑。划段鸳鸯水归去，明眸双剪一魂销。(秋舫)

雨雨风风一杯酒，差堪荡气与回肠。湘灵山鬼三闾醒，末路穷途阮籍狂。枫不禁红颓醉叶，菊分馀色入清觞。生涯自古同沦落，捉月江头弔夜郎。(秋饮)

天阶戎马仓皇色，乱衬山河入眼来。回乐峰头双雁落，洞庭波外一帆开。谁成谁败悲馀子，几帝几王付劫灰。风景不殊休举目，夕阳衰草事堪哀。(秋望)

为有灵和解舞肢，萧萧无复旧丰姿。偶疗世俗栽霜菊，算近天香服桂枝。风雨茂陵魂旖旎，蒿莱河朔地疮痍。中宵愁绪难成梦，簾薄灯寒坐片时。(秋病)

飘零遮莫与君同，岑寂关山行李中。一抹斜阳红叶渚，五更残月白蘋风。衔声自过潇湘去，有字如何碧落空。塞外即今马肥健，好排奇阵助人工。(秋雁)

舍南舍北稻香天，预祝家家大有年。短簿祠前清道鼓，打牲场畔赶蝗鞭。浣纱娘子花簪鬓，逃学儿童肉在肩。此乐只应天上有，山东万户正颠连。(秋社)

书《璧云集》二十八字

贾午何尝袖异香？枉教韩掾费平章。歌场我有春秋笔，此是东家杜十娘。

得《午梦堂集》遥酹分湖

春波初醮一枝痕，霭霭人家三两村。菡萏塘前仙子墓，独留残碣镇诗魂。

凤驭鸾骖列上仙，天宫新篆左思篇。瑶池黄竹初传响，已阅人间三百年。

春暮集朴学斋

铁心担道义，胡子是吾师。忧患难为客，心怀未可知。市楼春酒熟，盛世故人稀。皓首崇明德，文章各自期。

陶然亭

璟璟城南路，秋皋欲暮天。平林敛夕暝，荒渚冷寒烟。前哲不可见，市声去杳然。疮痍满京洛，冠盖自翩翩。

胡　姬

落尽春风露井花，新翻髻样学垂鸦。自言歌舞胭脂巷，不及琳琅天子家。

香　冢

一代名姝委露蕤，柳丝犹似斗腰时。夕阳红上灵芬路，仙袂香裙总未知。

书《壬子宫驼记》后

玉帛开关动客师，一时汉上尽诸姬。千官春殿新朝礼，万寿桐棺故主尸。入洛才人能感旧，过江天子是痴儿。风流十代无遗爱，谁解西台痛哭诗？

曼殊行矣，作一律送之兼示燕谋

蔷薇落尽浮槎去，地老天荒波海来。曲巷宵传扶酒梦，中年文烬劫时灰。一时泉石皆勋戚，旷世因缘寄酒杯。西去江头诸故旧，为言我马已虺隤。

送右任行

高秋濠泬一鞭横，如此河山又送行。十载相依为急难，一生何以慰宾朋？斜阳衰草新埋骨，老地荒天未解兵。我欲强撑双眼泪，看公盘错起经营。

题芷畦《水邨》第五图

楼船盖地起岩疆，正气东南已淼茫。剩有湖山供老去，偶添赭黛动沧桑。百年废垒成新市，一例荒江送夕阳。消受人间几治乱，吟边双鬓白于霜。

天末星辰动卜居，此生忧患种诗书。人间涕泪能千古，鬼负泥涂载一车。红蓼秋风当近侍，白衣村酒即琼琚。定知劫后文章贵，北珝池亭总不如。

大觉诗选

王德锺，字大觉，江苏吴江人。今录诗三十八首。

月夜渡淀湖歌

我被石尤妒，屡把归期误。今朝贾勇挽舟去，今宵未卜宿何处。打头之风吹不住，遥指湖干锁烟树。烟树沉沉日渐低，欲泊不泊沿湖堤。举酒蓬窗聊遣闷，身虽在东心已西。忽闻榜人笑不止，芦边簌簌东风起。东风吹出月珑玲，一轮照耀平湖平。我行原不惮宵征，挂起蒲帆十幅轻。三千世界放光明，卅六里路飘然行。乌鹊惊飞飞且鸣，鱼龙欲睡睡未成。浑疑身忽来沧瀛，金光璧彩眩双睛。又疑张骞今复生，乘槎直犯牛女星。前望后望天如晶，中央独自扬孤舲。似此奇景从未经，恍如魄濯冰壶清。洗盏更酌倒玉瓶，豪饮不让吸川鲸。隔浦遥闻渔歌声，忽然引起沧浪情。瞬息渡湖近二更，回头一派水盈盈。乘兴还家诗思发，腕底清词来汩汩。一片性灵何活泼，胸头朗印湖心月。

落花篇

东风吹到曲栏曲，簇遍千红与万绿。参差池馆闹春声，满目云霞香万斛。绮情丽绪百花中，今日徒怜昨日红。无数繁华春九十，莺花老去何匆匆。回首花容未憔悴，烟条露叶尽增媚。紫燕簾中羞见影，郁金堂上总输态。一自飘零逐幻尘，眼中都是可怜春。别有佳人年最少，满目芳菲对花恼。今岁花开颜色好，来岁花开颜色老。落花落花可奈何？满目香尘别绪多。华林金谷复何有？长江汩汩山峨峨。

十九岁述怀十章

落拓浮沉十九年，头颅如许总堪怜。忍看亡国剜双目，夙愿匡时仔一肩。未溺死灰仍帝制，难将热血换民权。床头三尺龙吟夜，忽梦沙场枕月眠。

欲把文章救国魂，毫端铁骑似雷奔。平生适意书千卷，万古牢骚酒一尊。得失浑忘隍下鹿，餐眠应笑栅中豚。潇潇风雨秋灯碧，夜半文成是放猿。

愿把雄心付狗屠，穷途志士似狂奴。读骚饮酒由名士，击剑吹箫是丈夫。笔墨已成空议论，江山未许恋莼鲈。深宵悄向龙泉誓，沧海横流敢惜躯!

检点青衫血泪盈，匣中夜夜作龙鸣。亡羊往事嗟何补?历鹿孤踪感易生。中酒讵应销傲骨，惜花聊藉寄闲情。如何一近弹棋局，便觉中心有不平。

自分微躯沟壑填，男儿那肯老青毡。百年谁料此身后，万事难堪是眼前。国难方殷抛蠹简，民仇未报祝龙泉。等闲忍却沧桑泪，来种要离冢畔田。

匡时挥尽鲁阳戈，天意如斯奈若何?愿逐独夫抛性命，但教汉胄保山河。只愁四海英雄少，漫恨一身涕泪多。落日苍茫酒欲醒，高歌击筑说荆轲。

狂生孤愤总难平，且向陇头效辍耕。北路方骄人得意，南风不竞我无名。未施掌上三分策，事负胸中九伐兵。夜半纷披亡国史，腥风血雨哭神京。

男儿忧国不忧贫，尝胆卧薪志未申。岂信苍天终覆汉，还期楚士或亡秦。当为效死沙场鬼，忍作偷生歧路人!悄问宝刀兼自问，杀身何日始成仁?

年来王粲怕登楼，賸水残山满目愁。大错已成添国耻，宝刀未试为余羞。愧无才力惊时辈，犹有豪情结酒俦。杀尽民仇痛饮日，敞筵饮器是人头。

偷生草野学行尸，潦倒新亭酒一卮。去国那堪多事日?还山偏在少年时。批龙探虎知无我，投笔荷戈更有谁?中夜闻鸡含泪起，濡毫狂写述怀诗。

亚子以酒后之作见示，谨步原韵报之

少年意气薄诗奴，结尽江湖游侠徒。竖子偷功成将相，英雄屈志老菰芦。平生断送书千卷，万事安排酒一壶。曾约梨村明月夜，狂歌痛饮与君俱。（屡蒙函招，余期以六月中旬。）

和悼秋醉后之作

醉后狂歌吊落日，梦梦天地我清醒。伤时壮士剑花灿，死国英雄燐火荧。不少哀吟寄楚泽，尽多奇泪洒新亭。书生曾把《阴符》读，亦愿荷戈出井陉。

奉和朱剑芒《述怀》两律即用原韵

寒笳惊听月中吹，难向鹪鹩觅一枝。尔我倡酬亡国日，江湖歌泣少年时。羞看东壁雄鸣剑，忍读西台痛哭诗？泽畔行吟自憔悴，茫茫心事有谁知？

神州古国羯羊窥，会见中原膑兔葵。不信江山终破碎，奈无人物定安危。读书万卷宁甘隐？磨剑十年大有为。天意苍茫我独醒，头颅一抚一心悲。

书感十章

独向尊前唱恼公，蹉跎髀肉意何穷？气豪击剑吹箫里，才尽埋香葬玉中。莫道青衫多落拓，果然红粉识英雄。美人肥马俱辜负，忍听萧萧易水风。

深宵塌颡拜轩辕，叱起神州古国魂。历劫难销壮士骨，穷途易感美人恩。千杯浊酒同卿醉，一卷《阴符》为我论。牢记闺中赠别语，血花去换好乾坤。

青萍夜吼不堪闻，未策沙场汗马勋。卿自倾心怜皂帽，我应低首拜红裙。浇愁须饮刘伶酒，埋骨愿傍苏小坟。侍婢传来书一幅，蝇头密字劝从军。

谢汝箴言字字真，闲来一读一伤神。试妆窗下频延月，击剑花前又送春。愧我未为殉国鬼，怜卿待作坠楼人。他年斩得单于首，来博红颜一笑颦。

忍把中原袖手看，此身输与钓屠宽。搴兰纫蕙肠先断，中酒伤春泪未干。绿蜡高烧拟露布，红裙膜拜祝吴干。玉门关上生还日，纤手烦卿解绣鞍。

悄对江山泪不干，谢卿慰藉杂悲欢。典钗何惧黄金尽，看剑忍教绿鬓残？紫塞浩歌庆虏馘，红楼美酒赏刀瘢。少年未遂澄清志，那许怜渠翠袖寒。

忍泪狂吟自讼诗，酬恩报国尚无期。风尘未试诛奸剑，绮阁先裁起义旗。豪士朝成侠女传，吴姝暮列党人碑。闲征古史求同调，卿爱木兰我渐离。

谁识吴中侠少年，豪情奇气酒尊前。醉馀且枕美人膝，醒后还持祖国权。倘得沙场马革葬，应如绮闼绣衾眠。一腔热血千行泪，去博贞珉十字镌。

歌哭年来鬓欲霜，累卿红泪日淋浪。讹传骏骨沽燕市，喜得蛾眉出玉房。金错刀如能杀敌，凯旋歌便作催妆。须知彼得城头鬼，方是兰闺梦里郎。

感卿为我说荆轲，不许男儿被墨磨。绳案抛残招隐赋，琼箫吹作出军歌。未曾人海舒眉宇，忍向妆台伺眼波。昨夜闺中有异梦，玉郎仗剑渡黄河。

柬陈巢南

寄问申江陈百尺，论词征献近如何？想君客里有佳趣，扫地焚香写勘书。

琴言遗稿谢相贻，古谊如君信可师。绝似云间张畹史，踵门慨借百愚诗。

校雠考据惟君谙，妄事丹铅愧不堪。王俭集传须程昉，引端鸿著待巢南。

渔郇消夏四绝

水榭风亭夏亦凉，《黄庭》闲写两三行。摘将茉莉循檐觏，几树蝉声噪夕阳。

镇日偷闲书乱堆，芦簾悄下睡魔催。叩门惊被蘧蘧梦，知有邻童送酒来。

傍溪小筑避威炎，水映云窗竹映檐。晚雨乍停风又寂，敲棋催月上疏簾。

衔杯笑对篆烟斜，醉后诗成写扇纱。悄听一番新雨过，疏篱扁豆吐秋花。

禊湖登中立阁

钟声缥缈夕阳斜，几处楼台锁晚霞。笑我登临中立阁，只看落叶不看花。

中秋泛灯词

花香酒雾度中宵，姊妹成行举手招。灯影歌喉明月下，画船刚出太平桥。

十五盈盈两髻丫，窗间徙倚细腰斜。看人毕竟防人看，粉面罗巾一半遮。

宵深月淡露华浮，薄袖禁寒无限愁。欲弄玉箫还放却，有人倚扇在船头。

去岁邻舟侧帽人，背灯授意赠罗巾。为郎憔悴腰支损，怪底秋衫不称身。

剑芒诗选

朱慕家，字剑芒，江苏吴江人。今录诗二首。

感　怀

青衫习习晚风吹，凄绝江干笛一枝。客邸萧条春尽夜，愁怀浩荡梦醒时。十年病瘦灯前影，半壁尘封醉后诗。掷碎瑶琴焚笔砚，姓名恐怕被人知。

曾把人情冷眼窥，芸芸绝似向阳葵。江山无主吾身贱，狐鼠成群国事危。剑不诛奸磨亦负，书难济世读何为？怜他屈子遭谣诼，泽畔行吟只自悲。

一飘诗选

费公直，字一飘，江苏吴江人。今录诗九首。

题天梅藏冯柳东《杨柳岸晓风残月图》

神州莽莽走趁躔，梅下开樽酒半酣。今日风流还似昔，断肠词句忆花南。

文字因缘会有神，花南恨未见诗人。铜琶曲冷风流歇，今日梅庐是后身。

海上遇刘三归寄一绝

燕子雏成春尚寒，落花似雪罨阑干。年来游兴非如旧，红粉青山带泪看。

春暮感赋

莽莽乾坤旧念赊，一瓢沦落问桃花。嬉春唱和稗官史，泛宅江湖避世槎。国变河山成大错，诗狂风雨赋怀沙。灌缨空叹沧浪浊，白发催人泪似麻。

初夏山居二首

麦秋天气雨风多，入夜轻雷枕底过。蝌蚪成蛙樱结子，年华似水奈愁何？

韶华九十逝如烟，客里匆匆又一年。花落杜鹃啼更切，晚风细雨恨如绵。

海棠零落，作诗弔之

一夕狂风带雨催，落英满地没莓苔。绿章人负诗人意，红阵徒劳游蝶哀。无复夜深烧烛照，更难魂逐爇香回。飘零等我堪相弔，明岁枯荣尚费猜。

题瘦坡《香痕奁影录》二首

玉台馀韵劳君集，掌故风华见性灵。兜率何妨迟十劫？莫将香艳任飘零。

捣翠抟红斗锦楼，本来花事有春秋。香脂腻粉才人笔，一度销魂一度愁。

莘子诗选

凌景坚，字莘子，江苏吴江人。今录诗四首。

呈沈颖若师

分湖吟社昔年开，遗址徒存莽草莱。画桨寻秋灯上后，珠簾卷雨燕飞回。矮篱屈曲寒花乱，残照迷离铁笛哀。渐觉年时怀抱恶，每逢山水一低徊。

寄十眉

天涯漂泊又秋残，病酒伤离两不堪。应被故山猿鹤笑，我偏无计渡分南。

小病二首寄大觉东江、十眉胥塘

轻寒薄暖太无端，稍惜温郎白袷单。别有新诗劳记忆，更提旧事杂悲欢。深怜此夜垂头重，渐觉今年约臂宽。一例闲情窗烛底，强拈兔管写人看。

深院无人月上楼，重阳展到已残秋。阻风中酒年时事，绮思浓情从此休。拥被尽教人诧冷，题诗深悔我工愁。犹馀叔度来相访，落日荒荒一再留。（指病蝶）

悼秋诗选

顾无咎，字悼秋，江苏吴江人。今录诗七首。

三月十九日酒痴招饮胜家酒馆，记同子美过此已三年矣。感念存没，不能去怀。醉后赋呈同亚子表叔作，兼示同饮诸子

良会今朝杂主宾，酴醿开雪又残春。忍听邻笛伤前度，便对黄垆哭故人。往事似云云似水，坠欢成梦梦成尘。酒酣一往情难遣，荡气回肠剧自辛。

立夏后四日南社雅集于海上愚园，社长亚子表叔将赴焉，赋诗送之

裙屐翩翩垫角巾，吟鞭东指沪江滨。琴樽跌宕图良会，几复风流证夙因。红杜鹃开骚士泪，紫樱桃熟美人唇。料君此去翻无赖，又向黄垆一怆神。（谓感悼子美也。）

重题亚子表叔《分湖旧隐图》即次索子美画图诗原韵

主盟坛坫隐菰芦，（吾叔众推为南社社长。）文采风流旧钓徒。最是题笺词隽永，晓风残月唱分湖。

湖埭烟云风景殊，疏香芳雪意踟蹰。旧时月色犹无恙，（杨廉夫《东维子集》云：元松陵陆子敬居分湖之北，垒石为山，树梅成林，取姜白石词语，名其轩曰“旧时月色”。）并入芦花秋水图。

探微物化隔人天，（图为陆子美所绘，今子美已物化矣。）重展斯图益惘然。料得草堂狂柳七，夜深偏怅未成眠。

继续风骚不世情，碧梧苍石旧知名。藕苗多处闲门启，好把渔竿遣此身。

月夜闻笛

酒醒孤馆夜迢迢，闲检牙签遣寂寥。何处一声长笛起？隔簾催月上花梢。

诗选卷十一

鲁望诗选

孙燮齐，字鲁望，安徽寿县人。今录诗四首。

初秋即事

庭院秋阴向晚凉，碧窗簾影透花香。淡红浅绿无穷意，细雨芭蕉护海棠。

古木荒凉掩薜萝，凉风晚眺意婆娑。伤心不解尘中事，情泪无端秋更多。

秋思萦怀鬓欲华，青灯闲对葛巾斜。梧桐簌簌西风夜，落叶虫声满茜纱。

重门夜掩悄无声，枕簟清寒梦不成。书卷抛残更欲断，帐纹如水篆烟轻。

少华诗选

李光，字少华，安徽太湖人。今录诗四十七首。

赠稚兰

立国二年四月十日，稚兰投我长书，血泪模糊，不知是字非字、有字无字。通夜视之，为之不寝。早起忽忽若有所失，欣欣若有所得。走笔作歌报之，亦不知是字非字、有字无字也。稚兰见之，或亦若有所失、若有所得乎？

交臂失君龙江楼，倾心遇我虎林道。湖海新怜邂逅迟，风尘旧愧交游早。为君一笑脱形骸，为君两泪落怀抱。君之意气何轩昂，君之颜色何枯槁；君之头角何峥嵘，君之情绪何懊恼。知君不屑伍绛灌，知君不屑师郊岛；知君不为鲁二生，知君不为汉四皓。知君肠断君犹迴，知君心碎君犹捣。神憎鬼瞰知君忘，人亡邦瘁知君恼。我为君献破酒瓢，我为君献膻诗稿。祝君莫使书剑废，祝君莫负身手好。英雄宁受时势羁，时势原仗英雄造。龙江之龙龙已颠，虎林之虎虎已倒。边氛愿君投笔扫，逆虏愿君飞檄讨。踏天割云日杲杲，时利骓逝风偃草。君乎君乎慎勿等闲老，牺牲求之香花祷。

河山四律

白社黄垆，寒风大树。琴碎心痗，车回肠痛。此间血泪，我辈为多。碌碌名利儿，事公卿、骄妻妾之不暇，又安知人间世有所谓此等事耶？近诗四首，牢愁万端，聊赠稚兰，不足他道。

河山带砺等闲封，惭愧旂常负鼎钟。管子偶犹夸老马，叶公原不好真龙。樊楼灯火轮囷胆，燕市壶觞块吾胸。将帅凋零鼙鼓动，四郊壁垒九边烽。

大树寒风故旧情，酒酣耳热短长行。我知狐语非佳谶，谁说鸡鸣是恶声？囊本无金收骏骨，橐犹有笔点龙睛。乾坤震荡肝肠在，整顿交游共死生。

将军一去客三号，瞻望云霄弔羽毛。悔有歌吟惊宇宙，忍无涕泪哭贤豪。丘坟我已悬徐剑，湖海人犹著范袍。可汗阏氏逃遁尽，临洮风雪葬弓刀。

青鸾消息白鸥盟，辜负男儿好姓名。屈指英贤将老大，举头寰宇未澄清。风怀偶托三天竺，涕泪曾挥五国城。邦瘁人亡今古恨，所南思赵我思声。（余别署思声。）

感事寄秋叶用原韵

侘傺君犹怜正则，升沉我不问君平。传闻易水高歌事，想见昭陵恸哭情。骂座人惟赢一死，叫阍客亦误三生。素车白马纷纭甚，寥落云天范巨卿。

赠邹賸庵兼质若虚、子昶诸子

记取春头腊尾时，寒梅孤屿结交迟，青衫憔悴曾怜我，红豆缠绵却赠谁？万劫忍谈翻覆手，十年羞画浅深眉。江关萧瑟君知否？人赋招魂鬼唱诗。

欧梅韩孟几参商，一见艰难尽十觞。心血君怜唐李贺，文章我爱汉邹阳。白门说梦灯无焰，青岛谈兵剑有芒。老大健儿成倦客，徘徊帷帐负疆场。

苍茫歌哭惊馀子，寥落关河访賸庵。万国兵戈横槊望，一天风雨翦灯谈。将才君恋徐城北，诗品吾惭陆剑南。（君谓余诗似学放翁。）顾盼琴樽添感慨，虎林光景似龙潭。

飘零大树故将军，燐火萤飞认马群。笳鼓惊闻郿氏邑，旌旗怅望岳王坟。甲兵有劫谁能洗？笔砚无功我欲焚。苍狗黄龙俄顷事，摩挲杯杓待诸君。

闻亚子、秋叶、稚兰诸子燕集杭州西园有作

分湖隐逸圣湖游，（秋叶近有题亚子《分湖旧隐图》诗。）一笑登临百尺楼。南社文章传烈士，（亚子于南社集中，述吾友孙竹丹被祸事甚详。）西泠歌哭集名流。唱酬有作埋龙井，梦寐无聊记虎丘。（南社创于吴门虎丘。）宾主贤豪山水好，未能抛去且勾留。

偷闲偶觅骑驴路，弔古聊登立马峰。血泪春航新乐府，（稚兰于春航有故旧之好，日昨书来，谓观所演《血泪碑》赔泪不少。钟情者，固应尔尔。）海天秋叶旧词宗。（秋叶著有《海天横涕楼诗文集》。）柳州身世书千卷，林社年华酒一钟。文事武功零落甚，乾坤意气想元龙。

题亚子《分湖旧隐图》

低徊松菊感榆枌，夏屋秋坟记见闻。结社何如孙孟朴？移家竟似郭灵芬。云天寥落能怜我，骚雅陵夷幸识君。莫向新交夸旧隐，分湖风景要平分。

珠簾金粟都零落，芳雪疏香几变更。曲唱竹枝思粥粥，诗埋桃叶弔卿卿。浮家泛宅梨川梦，寻壑经丘栗里情。我亦欲归归未得，江南啼尽鹧鸪声。

友人刘竞生续学保定，诗以送之

新亭旧院夜模糊，君太飘零我太孤。缟纻惯交屠狗客，摴蒱忍逐牧猪奴。千秋人物谈燕赵，万劫河山弔越吴。意气飞扬身手好，勉之行矣莫踟躇。

道路艰难阻且长，探丸击剑少年场。狂奴未屑夸三户，猛士犹能守四方。收拾邯郸新枕席，摩挲丰沛旧壶觞。玉关风雨今闺夜，不梦渔阳梦保阳。

赠别稚兰即次其赠别春航原韵

三叠歌残劝一觞，栖皇出处怕思量。掉头湖海心犹壮，举目邯郸梦正长。匹马西泠辞故旧，只鸡南国弔徐常。馀生賸泪须珍重，莫洒筝琶粉墨场。

集诗述感 并序

林先生述庵，西河先觉，东越前修。忧患剥肤，呼号尝胆。弥天醉梦，岂有解人？举世聩聋，自无知己。鸡鸣鹤唳，萧寥泽畔之吟；虎倒龙颠，激烈市中之哭。只谓衡门之下，不可棲迟；宁知卧榻之旁，竟容鼾睡。穷难送鬼，何以生为？忧易伤人，宛其死矣。殉身殉道，百篇呕血之诗；为英为灵，一段伤心之史。中原事业，望之友朋；绝域功名，期诸子弟。双丁二陆，并擅文章；伯海仲江，尽娴韬略。十年教战，凤凰台之裘带从容；九世复仇，鹦鹉洲之弓刀踊跃。纪功麟阁，振起后生；垂训鲤庭，低徊先德。光也故是恨人，原非健者。杞忧家国，蓬累尘埃。皮骨仅存，惯惹新人之笑；肝肠具在，忍忘故鬼之言？或泣或歌，深情一往；亦儒亦侠，尚论千秋。侍耆旧于来兹，我渐后死；数英雄于往日，谁似先生？警世歌吟，旁无馀子；名山衣钵，代有传人。柳松陵赤县推袁，良有以也；林畏庐黄垆说项，岂徒然哉！玉磬金铃，神伤异世；铜琶铁板，泪洒同情。唱到遗篇，直是昭陵之恸；集为绝句，莫非易水之声。点窜典谟，心乎爱矣；悽惶身世，诗以言之。

梅花无主賸楼台，云水苍茫画角哀。慷慨军门长揖地，可怜红尽劫羊灰。

陆沉终古弔神州，倦眼摩挲一倚楼。迸出英雄儿女泪，江声犹咽秣陵秋。

故我依然老据鞍，肯随鸡犬事刘安？狂生意气书生胆，沧海西风一剑寒。

一骑樊楼日暮时，风尘无路去何之？贾生年少终生弱，枉抱中原万里悲。

暗风吹雨峭寒天，刍豢蹉跎负盛年。门巷萧条酬应懒，英雄末路一青毡。

万里中原付夕阳，海天空阔气苍苍。猖狂潦倒真无赖，为汝悲歌酒市旁。

胆落穷途气尚狂，瓣香樽酒共悲凉。板桥夜月秦淮水，莫听琵琶又断肠。

半壁山河话战争，布衣空负鲁连名。一腔弔古伤时血，呜咽江天有恨声。

暗里伤心两地关，感秋何事唱刀环？知君大有牢骚意，风雨江湖独去还。

眼前人物几低昂，草草南朝梦一场。历尽苍茫身世感，悲歌为汝按伊凉。

贾生年少阮生狂，潦草风尘困一场。试隔江湖横涕望，十年前事费思量。

手无柯斧奈时何？一片堂堂白日过。回首秦淮春泛夜，铁箫声咽不成歌。

风尘我亦擅狂歌，触目荒凉泪更多。剩得行间心血在，黄公垆下感山河。

天荆地棘莽樊罗，豺虎纵横压两河。父老伤心谈杀运，更无将帅起廉颇。

黑风卷地黄沙起，两生相见忽狂喜。朱家郭解汝何人？拚掷头颅报知己。

不堪归棹断肠时，一把蘼芜系梦思。拍拍头颅自期许，可怜生是好男儿。

浩浩江天动远悲，热肠和泪写忧时。秦淮月色西湖水，凄绝东南纪事诗。

酒市相逢不相避，伤心尽有樽前泪。豪情涌激干云霄，英雄失路寻常事。

灭虏招呼岳武穆，悲风卷埃翳心目。中原旗鼓儿英雄，把剑登台一痛哭。

遮莫满怀都是血，三生意气一时绝。马蹄乱翻踏髑髅，会须痛饮卢龙雪。

虬髯反磔蝟毛粗，睥睨乾坤醉梦途。读破孙吴不一试，至今头白走江湖。

长啸苏门发浩歌，茝兰憔悴暮江多。酒边听雨愁边话，成败其如一死何？

复仇慷慨论殊勋，大雅春容迥不群。十万横磨儿戏耳，当年谁识故将军？

文心比发细三分，可惜悲歌人不闻。无可如何身世感，岁寒高谊独推君。

深秋薄暮走访秋叶长谈痛饮，并以所著《幕府集》出示，感呈四诗

蟹肥菊瘦酒淋漓，又是秋深日暮时。处士家风原淡泊，劳人身世太支离。十年历落疆场梦，一卷苍凉幕府诗。愁绝玉箫山馆里，凄音苦调木香词。

遮留旧雨试新醅，不赋秋声话劫灰。半壁几回兴废事，乱山一恸死生哀。（“乱山何处葬将军”，秋叶悼颂南句也。）肯将文酒娱残客，忍向乡关老霸才。三竺六桥宜恋恋，当年曾住竺桥来。

留得千生万劫身，徘徊旧国觅残春。再逢湖海黄须叟，重吊乾坤赤手人。（“赤手乾坤创造来”，秋叶赠伯先句也。）才气郁为诗事业，肝肠迸出酒精神。刀头血与樽边泪，俄顷沧桑迹又陈。

海天空阔独踟蹰，多难馀生气尚粗。朋旧存亡谈白下，山河残破坐黄垆。穷途高谊师兼友，乱世雄才侠亦儒。铁马烦忧缘底事？西台涕泪满西湖。

将游燕蓟留别秋叶仍用前韵

海天涕泪几淋漓，载酒停骖又一时。生自呕心从李贺，死当埋骨傍要离。宅桑门柳归田约，白草黄沙出塞诗。记得玉箫惆怅曲，断肠不止悼亡诗。

回肠荡气可怜身，孤负湖山断送春。鸿爪西泠新旧梦，马蹄北道别离人。沧桑吊古传无赖，生死论交剑有神。两点金焦双血泪，悠悠胶漆说雷陈。

度青诗选

奚侗，字度青，安徽当涂人。今录诗十五首。

雾泊辽海同中泠作

冰夷邀路嘘神雾，鬼胆如鼷此欹船。一白空濛无众相，四方迷惑况诸天。郁伊海气将为雨，惨澹阳光尽化烟。咫尺仙山通寤寐，凭栏坐待水澄鲜。

过马关

一撮马关开海市，鳞鳞楼阁出青苍。低昂具有凭虚意，楱息都穷凿空方。终见大波能迫促，宁容馀地与回翔。潮头问讯安期子，且待斯须看种桑。

辛亥岁暮杂诗

八国垂涎舍利子，西来健者又阿阇。天风吹满群龙起，夺得魔王佛口须。

望门托钵几何年，天食天衣尽弃捐。叱起羊车出尘海，不因风紧便回鞭。

五千年后此金刚，龙象纷争过电光。至竟非天魔眷属，麤衣膜拜转轮王。

黾穴鸲巢喋血新，河山一片白如银。魔军摧伏休兵仗，青史都无贰负臣。

十界摇摇一口吹，羌胡边杂有降师。我从五色光中笑，枯树花开百岁时。

神力调和鬼母心，远臣嘿嘿近臣瘖。谁怜赵氏无炊火？计岁犹分赡部金。

脱牙驯象泣门栏，长啸狼公坐树端。难得绯衣孙供奉，须臾寄住护天冠。

来往虚尘卅六巡，天王帝释返金轮。色无色界矜平等，地狱重重有主人。

题亚子《分湖旧隐图》

圆澈心精裹十方，空尘随处足迴翔。抽刀不断滔滔水，谁解松陵与魏塘？

名字非真相亦假，随缘停憩摄心尘。画身画业画烦恼，为欠分湖管领人。

题钝根《红薇感旧记》二首

说苦不必非满愿，成佛不必非妙声。刺血作书感旧记，吐丝张网红薇生。

仙人名字玉珑玲，赞叹能令四众听。阅五百年终不坏，此书赛过报恩经。

匪石归自槟屿赋此贻之

吞膻啄腐无穷尽，手顿天罗惟汝雄。投策溟池凌爰水，回车江介共悲风。犹能醉饱百忧底，暂与歌呼万鬼丛。照海归云迷处所，伸眉吾欲日轮东。

瘦月诗选

王横，字瘦月，安徽歙县人。今录诗三首。

哭子美

索居忆旧欢，旧欢忽已坠。索居念故人，忽报故人逝。春雨打我窗，犹记联床睡。（余在海上，与子美同居一室。）春风吹我襟，犹记人如蕙。犹记少年场，因缘识柳季。（余于去夏，因子美得识亚子。）犹记云起楼，花香助人醉。（去夏南社雅集愚园云起楼，余与子美均列席。）蕣华不复荣，兰玉遽凋替。得毋太聪颖，故为造物忌？得毋愤世深，飘然竟相弃？踪迹类优昙，倩影谁能致？白驹惊电驰，人生本如寄。鸡虫竞空烈，神龙偶一至。森森山顶松，凄凄霜后卉。安命自能乐，何必悲所际？中宵悼故人，欲哭浑无泪。

春感用黄仲则韵

芸窗新换纻罗纱，寂寂空庭日影斜。酒为添愁常怕饮，药难疗病倍思家。江花得露呈欢靥，水鸟惊风抟碧沙。最是无聊闲作客，每逢佳节感韶华。

画簷隙处斗梢横，一刻春宵万里情。彩凤倦飞求木集，断云恋岫绕山行。绛梅影送枝头月，铁笛风惊马上声。只有清狂忘未得，旧时恩怨不分明。

善之诗选

程善之，字善之，安徽歙县人。今录诗二十九首。

自芜湖至徽州道中

空山百里程，茅茨数间屋。晓伴驽骀行，夕共牛羊宿。屋前何所有？古木间修竹。屋后何所积？山中刈新谷。倦游得此息，倚枕梦先熟。明发别主人，更与轮蹄逐。遥峰踞怒猊，迎人攫欲起。仄径俯飞鸟，屡进乃旋止。马瘏仆告瘁，行行涉其屺。扪藤暂憩息，仰天空拊髀。心急足转疲，十里疑百里。回顾采樵人，白云生足底。箬岭三千寻，排云入云上。从从攒群峰，马鬣俯欲下。过者气为尽，低首不能仰。盘回忽入谷，途穷目为眴。阴岩砉然开，敛天入一线。仰观雾气升，半峰亘匹练。山鸟方嘤嘤，山花自萋茜。日暮车马繁，纷纭如蚁缘。

和孟硕狱中诗

回首江山落照中，空馀剑气斗牛红。东风已误黄公覆，北海谁哀翟义公？浮世纷纷各蛮触，尘寰扰扰尚鸡虫。道高一尺魔千尺，莫问云天第几重。

漫向秋旻寄怨思，照人依旧是须眉。常山舌在心犹壮，南史书存手自持。披发纵无天可诉，悬眸仍有鬼能知。湘漓南望愁云晏，万里乡关岁月迟。

兰摧玉折话伊谁，踯躅迷阳吾道非。赠策漫教论往事，缨冠竟自失先机。东南金粉消魂易，西北高楼志愿违。莫倚巫阳歌楚些，杜鹃已唤不如归。

拟　古

蛟螭得天时，䱭鲋宁追攀。猛虎失草䮶，不如狸与犴。彪彪功名士，乃出蓬蒿间。身不满七尺，心雄于泰山。朝为阶下囚，暮启千重关。慷慨一长啸，手抚黄金镮。昂昂登坛坫，大义惊人寰。从兹致青云，意气骄通阛。衣锦返故乡，骑从何般般。前车拥宾客，后乘载小蛮。健儿夹道立，刀戟森成班。轻尘漾华毂，左右双雏鬟。父老旧相识，欲语心先孱。却顾车中人，非复当时颜。君家盛桃李，那不遗榛菅？长叹喟然去，掩袂空潸潸。风波起谈笑，变化无馀闲。举棋覆前局，肘腋生嘲讪。囊底智已叩，瓠破不成圜。千金鹿卢剑，翻自刲胸肝。万金买死士，一散无复还。此怨不能报，此耻不可删。匆匆耀声势，宁知险与艰？岂期一旦暮，世局多循环。时来奋英烈，运去遭神奸。北望太行道，涕泪徒潺湲。

赠陈子松藤

问天为无情，如何月圆花好人英英？问天为有情，如何花残月缺严霜零？有情无情偶然耳，天地何曾著悲喜？人生天地间，飘泊如浮萍。浮萍无根亦无蒂，但有风水相仍因。孰为主人孰为宾？孰为仇雠孰为亲？一身终始不自在，颠倒悲欢离合还相嗔。我愿从此得解脱，飘摇变化随风尘。有时化作比翼禽，无奈矰缴长相寻。有时化作卷施草，可怜有叶心难死。有时玉京作神仙，桑田沧海仍咨嗟。有时南山作顽石，祖龙鞭痕血犹赤。乘风归来望八荒，五洲万国何茫茫。血腥未了巴尔干，怒潮又撼太平洋。浮空便向星球去，独望南天泪如雨。银汉无槎彗孛横，七十二缠俱失序。伥伥无所之，依旧归人间。人间有我在，何处无忧患？忧患之原原属我，我身一了无不可。领取虚空无住时，往古来今徒琐琐。把君手，为君陈，我有一言君莫嚬。我生与君俱不薄，还与造化相主臣。穷通苦乐有时异，总是飘泊非沉沦。良宵剪烛各尔汝，已见遭际殊常伦。波流茅靡但一笑，眼前万物方回春。

歇浦冶春词

春魂半睇鸳鸯红，美人一笑花玲珑。鸦鬟醉弹玉钗溜，星眸冷送玻璃风。揉粉搓酥作春蕊，燕昵莺娇不成语。绛焰时飘蜡凤香，彩云自拥山鸡舞。舞罢歌阑巧笑多，家家儿女斗双蛾。黄尘十里东风晚，宝马香车奈若何？

寄洪棣臣金陵

人何为，有车马？使君欲住促君往。地何为，生山川？使君欲来不得前。忆昨送君扬子江，江头激浪声淙淙。孤舟腹风疾于矢，直向建业浮轻艭。那知寄书来，君仍不得意。仲宣楼登惟有愁，正平刺灭空存字。吾闻建业古帝都，大江襟带雄三吴。秦淮流水艳千古，湘兰横波今有无。君今弔古登遗墟，左携美人右提壶。倾觞尽醉狂歌呼，兴酣题句探骊珠。书生意气差堪娱，何事俯仰溷里胥？郁郁斯世胡为乎？自从君去我亦懑，思作狂游一疏散。安得长房缩地符，握手欢然与君款。劝君慎勿嗟数奇，劝君勿作穷途悲。麟角凤嘴世莫识，会看煎胶续弦时。

登北极阁

天地风云外，江山指顾中。登临话今古，成败几英雄。杯酒招屠狗，千金得画龙。不须草天问，此意已惺忪。

丁未寄子实辽东

籯书囊剑踏山河，白面书生绝塞过。黑海伐冰通铁勒，黄云横地望沙陀。东西辽水征尘急，左右贤王候骑多。为问北平豪太守，近来射虎意如何？

春日杂感

闲步周庭除，东风方靡靡。桃花开已残，弱柳眠还起。岁月相迫促，微生且如此。天地相盈亏，万物各成毁。风引三神山，蓬莱竟谁是？生亦有射生，死亦有射死。一身不自留，何能问汝尔？悲来且饮酒，被服纨与绮。

宝鼎炼神药，不如手中卮。御云得升仙，不如无别离。少年不行乐，老至徒伤悲。相见不尽欢，去后空相思。灶下炊扊扅，釜中烹伏雌。今日会高堂，明日逢路歧。江湖多风波，聊醉且莫辞。枯木知秋风，寒霜避晨曦。南箕北有斗，簸扬将为谁？君看陇头水，呜咽无还期。

我生始束发，便思万里行。富贵匪所恋，抗怀在功名。十岁学书史，耻以文章鸣。十四学击剑，十六能谈兵。二十负奇节，目空一世人。尔来十年馀，踯躅终无成。材力日苦弱，意气徒纵横。优游幸卒岁，已有妻孥情。生不五鼎食，死不五鼎烹。吁嗟明镜中，搔首令人惊。

古　意

羽林孤儿骑上头，骕骦宝马吉光裘。燕支坡上夜灯出，不知买醉谁家楼。玉箫激楚人何处？明月如烟雪中路。高城回首碧云边，玉漏淙淙天未曙。归路笙歌笑语哗，貂裘暖卸莫愁家。柳市珠光照鸳牒，当筵一笑颜如花。玉条脱，金步摇，兰泽四溢黄金豪。乌啼月落兴不尽，云屏犹指明星高。座中上客郭翁季，酒罢忻然脱宝刀。宝刀脱手马前语，明朝射虎南山去。

一钩凉月梧桐井，云母屏前堕秋影。天街一水望牵牛，双泪盈盈付萍梗。萍梗飘零不自由，上天下地总惊秋。秋花那比春花好？一样人天感秋早。莫道西风不作寒，花意泥人红不老。一尊含笑祝花前，今宵月缺明宵圆。

感　遇

寂寞大道旁，楼头去年柳。暮雨燕双飞，卷簾人在否？

革命后感事和怀霜作即次其韵

廿载江湖负壮心，终看吴越岁星临。血花香溢芬陀利，雄鬼欢呼纣绝阴。士陇王头争贵贱，断鳌立极失高深。他年收拾丹青史，无首群龙谶在今。

神光晔煜起戈矛，一夕功成赎百忧。帐下于思新令尹，刀头涕泪旧豪酋。江山点缀英雄贵，文字锋铓甲楯收。努力前途笑相顾，阆风绁马览齐州。

持柄无因授太阿，横刀健者意如何？人才夹袋搜奇诡，幕府权衡启别科。奉叔刀环宣令急，淮阴钟室恨功多。马拉死去丹敦在，矫矫冥鸿奈网罗！

嶒崚风骨挟霜寒，万里长风振羽翰。死作伯桃甘共冢，生非张禄厌高官。城门免胄经相识，异地归元不忍看。却笑淮南方士辈，还随鸡犬望刘安。

凿空闻说到蓬莱，引领沧溟倦眼开。三品席珍虚鹿币，千金市骨上燕台。干戈扰攘滋瓜蔓，岁月因循累楚材。辛苦司农好筹画，莫令人计误天灾。

屡从公谊见锋棱，尤余恩私不自胜。归去令威犹海鹤，竭来斥鷃笑溟鹏。几番意气矜人我，一霎沧桑了怨憎。岁晚江天漫回首，夏虫从此识春冰。

反两投琼事偶然，谁令腐鼠坠飞鸢。北溟水击三千里，南斗云开尺五天。髀肉勋名燕市马，雄心归宿沃洲田。功人功狗浑闲事，赢得贞珉着意镌。

大江东逝海西流，莽莽风云转瞬收。空见夫人夸匕首，那堪壮士惜颅头。弈棋到底翻成局，筑室无因问道周。还我中原干净土，微尘世界任悠悠。

胡淑娟女士挽歌

支机夜冷三生石，天孙暗倚银河泣。慧光照破忉利天，小劫人间梦不圆。梦中占梦寻常事，巫阳不来心欲坠。珊珊环珮归何许？冷露无声鹃自语。春风顷刻优昙现，鹃语咒春春幻艳。虞歌日晏流尘多，万岁千秋可奈何。

译蒙古军歌 拔都西征，播以入俄，迄哥萨无不知，有诵之者

可汗如太阳，高高坐东方。威德之所被，煜为天下光。部属如草木，小丑如冰霜。草木日以长，冰霜日消亡。太阳有出没，可汗寿无疆。

惟我大可汗，手把旌与旗。下不见江海，上不见云霓。天亦无修罗，地亦无灵祇。上天与下地，俯伏肃以齐。何物蠢小丑，而敢当马蹄？

狮子夜吞月，可汗朝点兵。兵符一以下，千里不留行。壮士得兵符，中夜起秣马。秣马望天明，长啸大旗下。美人送壮士，手把黄金卮。朔风栗以烈，凛凛倾城姿。美人语壮士：此去无濡迟。生当立功名，死当随鼓旗。无为作降虏，令我无容仪。壮士掀手笑：何事多言为！我有七宝刀，砺志与相期。怅望日以久，而今乃得之。跃马一扬鞭，去去不复辞。白马溅赤血，少女施焉支。壮士赴战场，还似新婚时。马首入刃林，死士吞生人。马首尘垓舞，生人驱死士。嗟彼土室人，智短神亦昏。上天天无梯，入地地无门。我命如猎犬，尔命如狐兔。兔走不及林，狐走不及暮。战场风猎猎，灭裂风凄凄。嗟彼土室人，勇士儿女啼。

滨虹诗选

黄质，字质存，号滨虹，安徽歙县人。今录诗三首。

题朱生君实延龄遗墨

朱生学书兼学画，向我一一溯流派。笔参篆籀字树石，行年稚弱气超迈。虚斋兀坐讷不言，文词脱手如澜翻。班马浓香屈宋艳，妙悟绘事皆同源。佉卢旁行竞欧化，变色风云惊叱咤。学期世用身先瘵，天召修文玉棺下。长别重闱恨若何？煤沉楮暗增滂沱。人生百年亦瞬忽，此册留存名不磨。

贵池坞渡湖北垞古松歌为汪鞠友题

髯翁手植黄山松，虬枝夭矫皆如龙。粗盆细盎恣罗列，斗室已孕千奇峰。滨江坞渡湖边路，浦溆深深宿渔父。中有灵源好避秦，未受秦封松更古。柯叶交加密不嫌，到此一捻髯翁髯。解衣般礴坐其下，赤日当午忘梅炎。书签画轴纷披久，凉阴谡谡风生肘。霜缣雪楮任挥洒，时喜晴晖落窗牖。今看出岫云无心，及时沛泽为甘霖。鳞鳞漫遣化龙去，涛声留听鸣瑶琴。清泠莫慨知音少，流水高山寄怀抱。且向松根劚伏苓，服之可驻童颜老。汗漫名山归卧游，千株万株囊中收。抚弦动操得真趣，成连海上吾其俦。

题《晴窗读画图》为顾某作

东坡善书画，尝以画喻诗。儿童喜形似，所见非真知。爱画贮一橱，君家虎头痴。荆关董巨先，岿然百世师。渊源今有自，鉴赏固其宜。作家兼土习，辨别应毫厘。皴斮隶体馀，元气更淋漓。庸史重粉本，骨力伤苶疲。摹拟岂不佳，貌合神已离。相马九方皋，休问黄与骊。腾骧得骏足，长坂供奔驰。神物不出世，遇合会有时。明虹丽朝霁，卷轴一纷披。

瘦坡诗选

方廷楷，字瘦坡，安徽太平人。今录诗十五首。

寄寄尘

湖山意气归词苑，兄弟文章入选楼。千里订交悭一面，徒从纸上识荆州。

我已十年甘隐遁，君犹千里事遨游。桃潭水与赋溪水，（余家赋溪，与君家桃花潭一水相通。）何日相携共泛舟？

题亚子《分湖旧隐图》

自方郭麐（麐字《六书正讹》及《广韵》均作仄声，《检韵》收入去声十二震。）远移家，文采风流信美耶。不识当时吟索和，病人韵否麐麔。（见田山薑《移居》诗。）

曩读随园梨里行，半生雅慕作宾氓。如何柳七犹嫌俗，转忆湖壖旧晏楹。

风景难忘胜秀桥，烟波浩淼脱尘嚣。苦搜一幅鹅溪绢，付与云郎着意描。（图为陆子美所作。）

厌却风华爱隐沦，春人不作作高人。传笺艳说分湖好，惹得方干欲补唇。

老我家三天子都，（清代洪北江、毕秋帆，皆以吾乡黄山为《山经》之三天子都。）奇松怪石冠寰区。不须持较湖山美，放蜀游杭学大苏。（坡公游杭州诗，有“故乡无此好明山”之句。）

赠孙慭斋先生

焚琴煮鹤矜心计，吉网罗钳逞诡谋。我数古来忠义士，不遭人害是庸流。

经济文章第一流，闻名几度欲依投。相望百里未相识，惭说交游遍九州。

年　来

百宝栏中歌短曲，沉香亭畔制新诗。年来亦有飘零感，灯下重题十美词。

感春航事寄亚子

飘零一例老江乡，忍作寻常歌舞场。难得多情柳亚子，苦挥热泪说冯郎。

题亚子《陆郎曲》

新诗一曲沥心肝，苦劝歌坛换杏坛。绝胜当时袁简老，只知泪别陆才官。

题郭频伽手写徐江庵遗诗

徐诗郭字重兼金，一卷君谟燕市寻。（此书社友蔡寒琼君得于燕市。）流转百年终出世，神州光怪岂销沉。（社长柳亚子君，正谋醵赀刊行。）

题《蜕庵集》

蜕庵一集足千秋，万丈光芒笔底收。海内共传狂与侠，谁知此老亦风流？

重过南园访肖黄山长

半年两度过山庄，小小园林足徜徉。笑语主人花事换，牡丹开后芰荷香。

遁天诗选

吕碧城，号遁天，安徽旌德人。今录诗十七首。

感　事

谁更临风忏落花？枝头新绿自交加。春回大野销兵戟，雨润芳塍足苎麻。几辈阆风闲绁马，千秋湘水独怀沙。软红尘外天沉醉，愿祝馀辉驻晚霞。

游钟山和省庵

春兰杂树未凋红，胜境留人似桂丛。云意远涵疏密雨，岚光高受去来风。移文早勒北山北，避地何劳东海东。棋局长安浑不定，只应都付烂柯中。

琼　楼

琼楼秋思入高寒，看尽苍云意已阑。棋罢忘言凭胜负，梦馀无迹认悲欢。金轮转劫知难尽，碧海量愁未觉宽。欲拟骚词赋天问，万灵悽恻绕吟坛。

和白葭韵

兵气销平野，春声动万家。风高骄燕雀，林杳遁龙蛇。沧海变方始，庄严境尚赊。空劳梦怀葛，晞发话桑麻。

和抱存《流水音修禊》十一真韵

闻道长安上巳辰，五陵风月属骚人。风丝花片催诗急，好鸟游鱼狎客频。一曲清流传胜禊，几多桑海酿奇春。新亭挥泪真痴绝，莫负芳樽向水滨。

赠李蘋香

采芳人去楚天凉，一片闲情琐夕阳。却喜蘋花性清洁，已从风露浣尘妆。

丁巳二月偕诸女伴探梅邓尉，率题十绝以志鸿雪

玉龙喷雪破苍烟，蹑屩人来雨后天。不惜风霜劳远道，珮环同礼儿嶷仙。

湖光如镜山如黛，雪簇花团照眼秾。辟作美人汤沐邑，芳畦十里画图中。

山河无恙销兵气，霖雨功深泽九垓。不是和羹劳素手，那知香国有奇才。

晓风残雪斗娉婷，萼绿仙姬竟体馨。底事灵均浑不省，只将兰芷入骚经？

仙源不让武陵多，疏雪才抽十万柯。色相窥来销未得，心头常贮玉嵯峨。

冷眼人间万艳空，前身明月可怜侬。人天小劫同沦落，

群玉山头又一逢。

十年清梦绕罗浮，物外因缘此胜游。欲折琼枝上清去，可堪无女怨高邱。

清标冰雪比聪明，呼鹤青城证旧盟。为感芬芳本吾道，山阿含睇不胜情。

笔底春风走百灵，安排祷颂作花铭。青山埋骨他年愿，好共梅花万祼馨。

征衫单薄冷于秋，徙倚疏芳且暂留。后夜相思应更远，一襟烟雨梦苏州。

道中偶成

捷足吴娘气亦雄，笋舆高驾耸危峰。（该处肩舆者多妇女，故云。）浮生半日销何处？尽在寒云翠篠中。

影庐诗选

汪洋，字子实，号影庐，安徽旌德人。寄寓扬州。满清时在奉天主持《言论》，常出西伯利亚而至圣彼德堡。辛亥，关外革命成功，子实之鼓吹与有力焉。民国元年来沪上，与余同事于《中华民报》，一见相得，遂定交焉。淞滨共话，闽海赋诗，朋辈之中，踪迹最密，惟子实一人。天乎不弔，子实竟以疾逝。遗稿拟为编印，困于人事，卒卒未能。读影庐诗，涔涔泪下矣。今录诗七十六首。

敬题《安重根先生传》

一弹无馀恨，千秋享令名。侧身瞻故国，含笑送平生。

英气常如在，江流夜有声。松滨试回顾，凭弔不胜情。

过马江

游踪又到天南际，闲趁轻航试嫩波。一路江山无限意，淡云微雨此经过。

沈阳客舍遇王涛松

昨宵老友窗前唤，恍见婆娑执酒卮。晓起相逢成一笑，忆来真欲锁双眉。君从何处耽歌舞？我在天涯唱竹枝。回首旧游应若梦，连床风雨话当时。

辛亥秋八月夜渡贝加尔湖

偶从林际见湖光，道是滔滔北海长。（贝加尔湖亦称北海，又名菊海，即苏武牧羊地。）绝域何人谈往事？中原有客老斯乡。数声汽笛惊棲鸟，几点渔灯落晓霜。欲借扬州二分月，凌波微步水中央。

过乌拉山

同俦饭罢起徘徊，到此营营百念灰。山涧悄从车底出，崖花笑向枕边开。万松落日涛声息，幐雪参天暮色回。买得画图置行箧，卧游常对此崔嵬。

车中即事

万松拱立车窗外，为有诗人过此间。野马驻蹄观止水，懒云垂首卧深山。玻璃受雪冰纹见，襟袖欺风屈戌闲。笑看比邻人似玉，阿侬家住爱而兰。

渡叶森河桥

伤时有客赋长征，到眼河山次第更。风雪一天饶画意，江湖满地惹闲情。贫儿拾芥归窝集，宿鸟冲寒入太清。极目叶森桥上望，苍烟如幕不分明。

长　春

长春惯夺离人去，恼煞长春春不长。谁分天涯有芳草？更从何处觅欢场？悲凉古驿迟寒月，凄绝名花戴晓霜。相见何如不相见，前因后果总荒唐。

开原道中

晚霞红紫斗芳菲，夕照盈盈入翠微。却怪轻尘太多事，缘何辗转扑征衣。

长春杂感

今夜月明何处秋？秋风无语独登楼。年光不再悲流水，锦瑟无端织暮愁。大漠风沙孤雁叫，津门歌吹玉笙柔。辽天万里音书绝，自掩残灯被拥头。

哈尔滨中秋

每从客里度中秋，烟雨松江处处愁。出塞琵琶同感慨，泥人歌舞自温柔。千家爆竹闲中听，一寸河山眼底收。老泪纵横乡梦切，可怜王粲独登楼。

中秋雨后得月

中秋何故偏无月，玉宇琼楼意不平。偶拨浓云呈素面，顿教大地涌金城。一天风雨垂头去，无数儿郎拍掌迎。笑问吴刚知也未，去年花下结深盟？

琼林别墅晚眺

登楼望秋水，水色远连天。暮雨随风舞，江鱼入网鲜。片帆云树外，浊酒管弦边。无限沧桑感，相思一黯然。

夜过鄂穆斯克驿

大地皤然白，江山一望平。孤松矜瘦影，寒月挂新城。泛滥离人泪，低回故国情。鬓丝嗟已老，何处觅长生？

送小柳兼怀津门诸友

沪江春水愁如许，又送离人事北征。箫鼓一庭牵旧恨，头颅千载误虚名。津沽老伴欣无恙，湖海狂生忒有情。为问菊花安适否？夜凉莫漫舞衣轻。

送王厚斋之云南

数年相慕不相识，才得相逢又别离。始信江湖多遇合，莫将黍菽误年时。鼓山寒月催归思，马尾清流浣泪丝。却笑一天风雨急，有人鹬蚌正相持。

苍霞洲梅生席上

隔岸山光入几筵，主人好客客如仙。水夫俯汲愁新涨，野鸟翻飞羡晚鲜。静坐顿忘身外事，笑言莫悟意中禅。诗情酒债都无赖，一入欢场一惘然。

题亚子《分湖旧隐图》

寄语松陵旧钓徒，每从梦里说分湖。烟波浩淼幽深处，省识人间柳亚卢。

生小湖乡独占春，晓风残月忆前因。何时买得扁舟去？愿与诗人结比邻。

一幅云烟墨未干，春风无赖百花残。陆郎颜色分湖水，都作模糊涕泪看。

游鼓山四律示同游诸子

晓起出城郭，肃焉如早秋。市人揉睡眼，榜女尚蓬头。拂袖怜新绿，登高忆旧游。山灵应笑我，何事作浮鸥？

东际桥边水，殷勤作咽声。此行天上路，应少世间情。石磴穿云出，松楸夹道生。笑言一回顾，缥缈是江城。

佛殿鸣钟鼓，山深四月寒。开堂谈圣箭，喝水忆回澜。苔藓侵碑字，烟云绝羽翰。颇闻登大顶，岃崱有奇观。

重来期后约，归路思绵绵。飞瀑依人落，山花着意妍。双轮分逝水，急雨洒平川。又入尘嚣里，诗成自惘然。

浣　纱

浣纱小妹艳如花，结伴归来笑语哗。生怕旁人知住处，故留邻舍不还家。

杂　诗

丰度端凝出大家，可怜海上数芳华。天涯风雨飘零甚，谁识璇宫一树花？

何人天末寄相思，燕子归来正及时。姊妹试骑金勒马，红闺兵略亦权奇。

谢绝铅华事北堂，细求食性作羹汤。谁知夫婿心情别，颇爱风流时世妆。

年来心事几人知，学画蛾眉也入时。毕竟冶容重谣诼，回身且傍最高枝。

海上仙山隔下方，伊人宛在水中央。只缘阿母持家范，忍使兰闺别梦长。

高楼卧病翠眉颦，多少痴儿事鬼神。侬自聪明绝迷信，只将良药配君臣。

颇闻主妇善持家，教养兼施静不哗。闲向云津桥上望，平畴十里尽桑麻。

凤诏遥颁出九重，路人尽羡五花封。春明旧梦浑难记，淡扫蛾眉一笑逢。

才恸离鸾别鹄飞，又传阿母忽相违。舍生殉节庸人事，莲步姗姗且大归。

空谷幽香好护持，此生已分守葳蕤。秋风纨扇都无赖，怕读凄凉弃妇词。

潇潇风雨楚江秋，巾馈尤人覆水收。巾帼居然能吐气，男儿底事觅封侯？

不堪沧海已成尘，检点残膏忒苦辛。终是温柔能解事，琵琶一曲许和亲。

花底流莺百啭娇，泥人春色总魂销。由来红粉收豪气，依旧飞琼上碧霄。

自怜清净女儿身，未许渔郎再问津。从此爱河风浪作，良宵多少不眠人。

阃外奇谋建异功，美人能战出吴宫。风云龙虎英雄气，都付回眸一笑中。

六街艳说锦标投，万众争春水状头。赢得一声归去也，东风无语落花稠。

女儿心地太聪明，百事殷勤访旧名。妆罢问郎郎不语，教人思古发幽情。

偶然风雨起庭除，柳颤花娇总不如。无奈暗藏金约指，两行情泪湿婚书。

清辉玉臂怯宵寒，多谢君王带笑看。一自马嵬音问绝，何来竹素报平安？

双棲信誓总荒唐，海外仙人进药方。四万八千齐俯首，众香国里拜花王。

无　题

入门一笑便心倾，眼角眉梢百态生。欲使红笺留姓氏，似闻小语隔簾旌。花间携手娇无那，袖底传书忒有情。回首在山泉水意，十年不字女儿贞。

马江晚泊

一幅天然画，沧江晚泊船。波光随鸟逝，暮色与山连。处处烟生灶，声声浪打舷。隔舟争未息，为数卖鱼钱。

和霁青

无限悲凉意，都归一笑中。大江流日夜，飞羽落晴空。客况催华发，孤怀掠晚风。劝君莫於邑，斯世本飘蓬。

病中感事

百忧身世感浮沙，四海修罗啖月华。相斫一书成笑史，合欢双蒂证空花。情天漫握兜绵手，浊世犹存古德家。倚杖狂吟天地窄，白莲峰上听频伽。

西湖即事

石栏绕水自凄清，几点荷钱任意生。远岫暮烟笼晚翠，隔湖娇鸟报初晴。飞虹桥畔轻舟系，大梦山头夕照明。一望平畴新绿遍，天南白傅有贤声。

寿静仁先生四十三初度即步原韵

谢公霖雨苍生望，失笑东山处士多。白傅流风犹想像，紫阳遗爱未销磨。好将春酒歌眉寿，愿把精诚却众魔。长揖登堂献诗句，不须痛饮已颜酡。

感事即用前韵

无端哀乐缘何事？如此江山感慨多。老我风尘同啸傲，输他人海尽销磨。低迴旧雨牵心曲，检点残书逐睡魔。回首少年豪气尽，酒痕梦影记微酡。

伤　瓶

爱知名产出安藤，记否离宫玉手承？入梦奇花香欲活，照人秋色艳于冰。豆萁相煮卿何罪？桃叶同归我未能。留得爪痕见贞固，此心犹是水波澄。

和克安《西湖》原韵

出郭无心逢好景，款秋有约订前朝。落花绕屐僧归寺，夕照啣山人渡桥。一笑未能容出世，此乡大可送无聊。遥知今夜西泠畔，小柳临风舞瘦腰。

寄蹇公钟祥即步原韵

美人天末相思苦，远道书来认转疑。残月晓风怀旧梦，湘兰沅芷有同悲。韶华易逝惊弹指，世事如斯懒皱眉。记否西窗听夜雨，商量险韵斗春词？

白露黄粱熟和静仁先生

白露黄粱熟，开眸识大诬。群阴随日化，老干出云孤。汉将常餐苡，唐生不买珠。升沉都一笑，归钓四腮鲈。

和克安《题赠雅集梅枝山馆小影》

不事铅华自有真，好将明月证前身。去年今日闽江上，风雨同舟此四人。

送汝川归皖

闻道莼鲈美，秋风送客归。惊心成小别，握手已相违。墨翟悲丝染，渊明识昨非。辞官应是福，朋辈总依依。

克安暂去榕城赋此志别

衰朽残年感盛时，记从江上订归期。何堪风急舟先发，吹破离亭笛一枝。

客里秋光又一年，此乡何处着缠绵？西湖风月都无价，辜负旁人作浪传。

遥知冠盖满京华，沉醉钧天未有涯。人事仓皇谁管得？东篱为我问黄花。

秋老江湖白浪低，论交十载自东西。何时携手黄山顶？细数平生一笑啼。

静仁先生命和《送克安之京》原韵

送客河梁怜小别，苍霞洲畔月轮高。凄凉野色迷三县，憔悴年时上二毛。并世交情谁落落？遣生文酒得陶陶。临歧不作辛酸语，且和新诗写薛涛。

月夜渡海寄怀春申诸子

海上看明月，秋光到眼频。吐吞宏有量，梳洗净无尘。樯影遮灯塔，波光上锦茵。只馀离索感，枯坐不知晨。

碧　水

碧水无情甚，滔滔送客行。微云接天海，初日作阴晴。一发山痕在，孤舟别意生。故人应念我，为数去时程。

藤榻谣

由沪之闽，趁大阪会社之湖北丸，船桥甲板置藤榻数事，为一等船客设也。船客某君畏浪，方卧，奴来逐客，谓船长将至。客置不理，奴亦逡巡自去。作《藤榻谣》记之，不必示大阪主人也。

昔闻大阪重船客，今知湖北重船员。船客苦晕不复顾，船员醉饱只知眠。奴来逐客让藤榻，意谓不让船长嗔。须知船长所食肉，亦是船客所出钱。

闽口待湖

维舟近陆待潮生，到眼青山总不平。帆与野鸥争上下，身随孤棹卧沧溟。船人聚语诸方集，估客思归一梦成，湖海十年飘泊惯，今宵又喜宿榕城。

重来闽海见市政修明、阛阓喧溢，奉寄前巡按使秋浦许公

一时兴筑怨嵚崎，千载康庄任对驰。民可图成难与始，治能知本不须疑。煦涵声教文公化，灌溉湖田白傅思。更向名园看手泽，清明植树已垂枝。

观闽侯农产共进会

万人空巷岂荒嬉？贤宰临民苦费思。立国以农探治本，相观责善合天宜。搜来嘉谷占丰岁，采得新茶备赋诗。除却此州知稼穑，群儿只解弄旌旗。

林惠亭招饮宛在堂即席口占

宛在堂前酒一卮，蒹葭秋水寄遥思。故人情重殷勤问：风景何如君去时？

过省立第四小学访蒋博如

到门方踯躅，堂上有弦歌。树木已初长，积书比昔多。声名因实至，教学得天和。孟晋无涯涘，先生意若何？

连夕祝芷生、李心庄、龚颖叔、章拱北、俞觉诚、费叔迁诸君招饮于吴氏之半野轩。园林新筑，得地颇佳。昔年去此时，犹未落成也

五亩园亭十亩池，西风吹尽柳丝丝。屏山黛色青如许，渡水穿林入我诗。

许翘谦招饮双骖轩即席口占

在昔曾游此，开轩多好风。卜居无热客，结伴有寒松。

扑地人家远，连天竹树丛。重来一临眺，不觉夕阳红。

赠梁挚龢

去来江上送迎忙，故旧情深感不忘。一别惊心两惆怅，桃潭风义让君长。

闽海舟中寄怀王叔梅

一粟浮沧海，飘零已半生。不消游子感，难受故人情。风暖归帆稳，秋高白浪平。寄书贤令尹，犹忆劝农声。

归途奉怀闽中诸友，用去岁《留别闽中诸友》韵

海南重见又相离，我本天涯唱竹枝。十日平原留不醉，（予不能饮。）一簾飞瀑看何时？（与陈荔庭有游方广崖之约，未果。）秋风东郭寻幽径，夜雨西窗涨曲池。莫怪此乡能恋客，江山如画落花迟。

诗选卷十二

寄尘诗选

胡怀琛，字寄尘，余季弟。今录诗七十四首。

咏　史

金粉楼台付劫灰，寻思往事有馀哀。贪欢梦梦人如醉，种祸沉沉此是胎。因果要无半毫爽，盛衰长作一轮回。欲除世上兵戈惨，先划胸中杀气来。

繁华一梦已成尘，风露沙场最苦辛。烽火世争传浩劫，戮屠谁早见微因？可怜人意难忘杀，未必天心太不仁。待与众生参妙谛，眼前时事试披陈。

杂　诗

美人怨遥夜，起坐弹鸣琴。一唱再三叹，惜哉无知音。啼螀知天寒，落木知秋深。对此感迟暮，悽恻伤我心。

答钝根

一纸三年事，能知别泪多。秋残吴淞雨，木落洞庭波。避世计亦得，怀人意若何？孤灯昏病眼，此简几摩挲。

赠旦平

一病颓唐卧晚秋，劳君亲自慰予愁。何当一棹同君去，分付幽忧与白沤。

病中至徐家花园

如何戚戚抱离忧，分付膏轮半日游。垂柳数行黄晚照，孤花一蕊瘦深秋。暂来曝病意亦适，偶此成吟诗自幽。眼见园林有衰盛，（愚园已易主。）当知身世是浮沤。

题亚子《分湖旧隐图》

寂寞荒江一病未，故人有字慰愁躯。十年我作离家客，惆怅分湖尺辐图。

题董小宛小影

李香侠义真奇绝，如是眉生亦特行。（指劝钱、龚殉国事。）万口沧桑传艳事，（《沧桑艳》传奇谱陈圆圆事。）谁知铜雀锁双成。（近人引吴梅村诗，证顺治董妃即小宛，盖当日实未死，乃被掳入清宫也。）

题马小进《居庸关秋望图》

绝壁悬崖扼形胜，乱鸦衰草阅兴亡。居庸关上悲秋客，匹马西风意莽苍。

杂　诗

明月无老少，万古常如兹。皎皎当中天，夜夜扬清辉。忽被大地妒，才盈便使亏。虽曰有圆时，常圆不可期。借问此缺恨，茫茫何时弥？

太白久已死，子美今不生。空留一卷诗，寂寞身后名。悲哉郊岛辈，三年两句成。苦吟岂不劳，各以宣其情。秋虫与春鸟，安能已其鸣？

暮秋寒信至，长空悲风号。浮云何惨淡，落叶亦萧萧。行役一万里，游子岂不劳？中夜思故乡，涕泪沾巾袍。

示善之

心地痴顽词旨悽，搜神志怪未为奇。要知史亦参疑信，底事文成杂笑啼。落拓孤心岂终没？苦辛旧事莫重提。千家争说《虞初志》，别有艰难谁识之？

蒋万里以近作见示，多慷慨激昂之作。予学诗不善此，今效其体为二章赠之

蒋子名万里，前途何其长。何为久郁郁，蛰居穷愁乡？有时独悲歌，意壮词激昂。有时夜起舞，神剑吐光芒。立功志未死，揽镜鬓未霜。朔方正有事，班张毋久藏。会当靖边尘，声名播八方。

隆冬气萧杀，萧萧北风寒。易水终古流，不见荆轲还。慷慨独长征，策马越关山。坚冰凝狐裘，积雪没雕鞍。回忆江南乐，岂不心悲酸？丈夫有怀抱，志在斩可汗。不然仗神剑，慷慨诛阿瞒。安得守故乡，蹉跎凋朱颜？

宝剑篇

宝剑有奇气，敛之不能藏。化为一丈虹，耿耿夜有光。我曰剑负汝，不能用所长。曷去化铁砚，静默而宁康。不然化金钏，绚烂助明妆。剑曰岂不知，天性难更张。况复恩与怨，朝朝不能忘。十年吾事成，飞去投洪荒。

送亚子归梨里

江乡木落晚秋寒，送客江头泪暗弹。十日匆匆成聚散，两人各各有悲欢。商量偕隐谋非错，（谓君）检点逃禅事亦难。（自谓）风雨潇骚天意恶，劝君归去强加餐。

赠陈蜕庵先生

先生买棹作南旋，我为饥驱困市廛。羁旅相逢多难日，盛衰深话晚凉天。捻须觅句得佳趣，忘齿论交到少年。一局残棋未堪问，感时伤别各凄然。（时先生令媛将入蜀。）

海上雪

天上群龙战斗狂，玉鳞瑶甲乱飞扬。万家息动归闲寂，一鸟冲寒入渺茫。冷压楼台危欲堕，皓欺灯火薄无光。披裘独往为何事？赢得诗添长吉囊。

书感追送亚子归梨里

文将纾困计全非，酒以排愁力已微。孤愤待喧还自寂，故人难聚况今稀。（谓亚云、蜕庵。）天涯黯黯看春尽，海上年年送汝归。此去知君足消遣，秋山十幅列屏帏。

春　夜

绿纱窗外雨潇潇，独拥重衾睡不牢。万斛春愁夜如水，隔墙谁弄一枝箫？

赠莼农

阿侬性灵巧，姊妹称针神。吴市买绫罗，亲裁六幅裙。双双绣蝴蝶，不惮夙夜勤。缕缕是心血，爱护如宝珍。一朝厨灶冷，含羞出示人。君道罗裙好，千金价不论。君知罗裙好，知否侬苦辛？

暮春野行

宿雨昨宵霁，万木净如洗。远山含朝曦，绿入书窗里。折柬招良朋，出门着芒履。莫坐斗室中，悲怀无时已。

野行多佳趣，风光随处好。桑麻绿成阴，丛竹碍飞鸟。着雨麦苗垂，入夏菜荚老。断石谁家坟？一半埋芳草。人去独碑存，碑亦难长保。俯首有所思，孤怀不能道。

八月三日屏子昆季同日结婚摄影命题为缀一绝

疏雨微风菡萏香，未寒天气恰初凉。一奁秋水澄如许，印出鸳鸯双复双。

雨平招饮忆亚子

葡萄美酒色深红，银杓晶盘炙鲤熊。灯火管弦欢未已，凄然忽忆柳河东。

春暮集朴学斋和巢南

不定阴晴日易斜，江南三月落樱花。残英片片飞红雨，一盏深深泛碧霞。小叙故人聊自乐，且供春笋未为奢。谁知冷醉闲吟辈，别抱伤心未有涯。

亚子嘱题《子美集》

苦辛写此春痕集，馀沛淋漓到陆郎。一样听歌各情绪，眼前人事有沧桑。（《春航集》成于去年夏初，《子美集》成于今年春暮。相去一年，世事已变幻如许矣。）

寄楚伧

飞觞市楼有人醉，闭户病榻无客过。酒盏药铛各狼藉，残春一例够消磨。

题蒋万里《振素庵诗稿》后

足迹半中国，棲身地竟无。可怜无俗骨，宜汝作寒儒。耿耿寸心苦，茫茫吾道孤。短诗题卷尾，珍重话歧途。

清　愁

清愁来何方？夜半袭我怀。披衣起踯躅，谁知肝肠摧？皎皎孤月明，萧萧北风哀。岁月一何速？逝者不复回。蹉跎复蹉跎，坐使朱颜衰。

赠孟硕

天地一囚狱，万古闭不开。岂必君至此，始为缧绁羁？一自国政乱，谁念小民哀？中州患烽火，四方苦馑饥。老弱多死亡，少壮亦流离。化日不可睹，但见风雨凄。迎君囹圄外，欲言已无辞。

春日寄家兄闽中

薄酒成孤坐，轻寒怅远离。潮生残梦白，日落暮愁低。

海扇占春信，(《闽小记》曰：海中有物，形如扇，文如瓦屋，惟三月三日潮尽乃见，名曰海扇。)仙芽问武夷。芳兰倘能遗，相答寄杨枝。(闽中少柳。)

春　柳

去年见汝凋零日，转眼枯枝已向荣。双鬓镜中更憔悴，低徊对此感劳生。

赠亚子

海角重逢已隔年，偶谈往事一凄然。风流销歇何须说？(谓春航远游，子美去世。)地覆天翻在眼前。

赠王均卿

东晋风流数大家，至今子弟擅才华。兰亭笔写通明奏，乞借春阴为护花。

斗方绛帕写柔毫，一种风怀自可豪。不减君家当日事，旗亭画壁郁轮袍。

乙卯杂诗

蜗角潜居事底干，楼台一寸且偷安。滔天风浪从东至，草阁难支五月寒。(“五月江深草阁寒”，前人句。五月者，吾人所谓五月九日也。)

眼前景物已荒凉，一夜清霜百草黄。莺粟万花还满地，西风低首礼中郎。(“万朵红莲礼白莲”，前人句。中郎，指蔡伯喈也。中国百政不振，惟禁烟差有可观，而伯浩乃议行雅片印花税，是众芳消歇之馀而莺粟犹盛也。)

当时万紫与千红，毕竟春华过眼空。底事东皇归去后，孤花还不避狂风。(指沈佩贞事。当民国建设之初，正女权发达之日。毕竟只有春华而无秋实，宜乎千红万紫，过眼成空。而春馀孤花，犹自与风姨为敌。花固不量，而风亦无情哉。)

西来象教几千年，出世何人了万缘？往事风流说东晋，十方名士听谈禅。(指都门士大夫欢迎缔闲显珠事。)

孤竹清风记往年，古今谁比伯夷贤？痴呆名士轻天子，一任人嗤值几钱。(某二公子有言："吾本名士，岂有作天子之想?""名士是何物，值几文钱耶?"秦淮妓女语，见《板桥杂记》。)

有人揽古一登楼，历历兴亡满目秋。千古美新留话柄，西京才子说扬刘。(按晋人清谈，持麈尾，名曰谈柄。后人遂假借为"故实"之称，亦曰话柄。扬雄、刘歆，指皙子、申叔也。)

美　人

六寸圆肤双绾髻，大家踏步岂寻常？若非吴越钟灵秀，一种丰神已过刚。

荻花枫叶

荻花枫叶只寻常，美酒葡萄亦激昂。第一婀娜龙女笔，最难莽苍(上声)写钱唐。

为高吹万题《寒隐图》

幽人无俗怀，厌世每独往。结庐在山丘，地僻志疏广。虚室绝尘嚣，泠泠竹露响。户枢苍苔封，浮月窥书幌。秋花能耐寒，元音只自赏。枯极灵性现，静至道心长。此中有清福，微君谁得享？嗟我长征人，何时超尘网？

为汤磷石题《鸳湖垂钓图》

超然绝尘想，寄怀水云乡。垂竿钓落叶，一蓑披斜阳。

天机静自悟，所志非鲤鲂。笑彼垂纶叟，逐逐为鱼忙。

简蜕庵老人

记得探梅曾有约，偶然睽隔又旬盈。不知听雪围炉坐，捻断吟髭第几茎？

赠王漱岩

不见王摩诘，于今已两年。市楼一日聚，话旧倍凄然。但有人如酒，（用如饮醇醪故事。）何妨屋似船？明朝便分手，珍重赠斯篇。

次韵和漱岩并示坚决白

文字东南賸此坛，零篇断句付谁看？同羁湖海三千里，难话兴衰一万端。姓氏存亡他日事，琴樽征集此时欢。市楼不识炎天热，自笑平生诗骨寒。

观　雨

离楼纵远目，雨势在东方。秋意飒然至，尘襟为一凉。天光青黯黯，海气白茫茫。安得双羽翼？便欲凌风翔。

佳　人

佳人来何许？道是邯郸倡。粉艳花无色，珠明月敛光。短歌自苍老，细语最凄凉。肠断不能饮，谁教汝侑觞？

和鹓雏韵学宋人

一灯延月入深廊，曾觉秋宵渐渐长。寒蟀悲风心万里，败荷凉雨劫千场。已憎硬饭侵衰胃，况耐艰诗苦涩肠。敢道诸缘都忏尽，难言深意只微茫。

题孙阿瑛《清宫秘史》

清初故事《红楼梦》，清末遗闻《孽海花》。一卷兴亡魑魅董，（宋人有书曰《鬼董》。）阿瑛当是第三家。

与仲兄夜话

兄弟相看羁旅日，秃毫短烛写残诗。隔江依约闻丝竹，往事悽辛话乱离。黄浦月明万营肃，（自吴淞至炮台湾，遍地营帐，皆北来兵队。）白门秋老一城危。（苟有事者，金陵必当其冲。）茫茫大劫无终始，轮转兴亡到几时？

题《武林游草》寄石子

君言此是新游草，示我低徊读一回。对景怀人还感事，管教哀乐一齐来。

哀青岛 用十四寒至一先韵，此三韵，古相通

浩浩渤海水，悠悠胶州湾。林木何葱郁，山峦亦藐绵。乃有木屐客，见之长流涎。便将一角地，夺人囊橐间。世无鲁仲连，谁复争之还？郁郁泰岱青，沉沉夕照殷。怅望田横岛，烟水空迷漫。

拟钱允辉《过江》诗

明钱允辉晔有《过江》诗云："三国旧愁春草碧，六朝遗恨晚山青。"哀而不伤，最为可诵。惟两句只是一意，稍不足耳。余于己未三月亦渡瓜州至维扬，因作此诗，写示傅君君剑、高君吹万、家兄朴庵，时三

君方自金、焦归也。

扣舷何事费低吟？举目苍茫感喟深。六代江山留画本，一天风雨入诗心。眼前已见金瓯缺，(指镇江租界。) 水底难寻铁锁沉。怕是蛟龙听诗出，浪花如雪湿衣襟。

中央公园

金瓦琼楼旧帝乡，当年春梦付残阳。至今能与民同乐，到此方知尘不扬。一角春明聚裙屐，(春明馆。) 四朝老柏识兴亡。(园中老柏婆娑，元、明物也。) 园林曲折寻常事，落落如斯自大方。

小病一首

偶然卧雨守胡床，一病萧萧鬓已苍。衣角纹生千缕皱，砚凹霉积一分长。脾伤渐畏新茶烈，脑损能教熟字忘。强为驱饥出门去，吾行何往亦茫茫。

闻李定夷言校书王小莲事且云欲撰为说部，命予题词，感而赋此即调定夷

柳毅杨娼有定评，樊南才调旧知名。(《柳毅传》《杨娼传》，唐小说名，以比定夷诸作。) 底缘春水干卿事，一传凄凉续小青。(小莲事略与小青相类。)

题《昭容集》为太侔老兰赋

大千色相本来空，笔墨偏多点缀功。留与后人谈剧故，风华相像陆昭容。

初秋闻雨

两鬓萧萧雨一窗，病眸强敛背银缸。太空浩漫浑疑海，大地浮沉便是艭。

寄仲兄都门

短笔寥寥语已稀，欲言无尽暗相依。应时略写江南景，黄浦秋潮蟹正肥。

早春野行

早春犹是怯徐寒，寂寞林峦睡未残。（此语本“冬山如睡”。）绝爱静中有闲意，枯枝冻雀耐人看。

归　梦

莫道火轮速，归梦犹过之。不作同方行，而作背道驰。梦魂几往还，车行犹迟迟。日出泰山曙，天寒燕草衰。车行何时已，客愁无尽期。

集陶渊明句

岁月不待人，涉署经秋霜。萧萧哀风逝，荒草何茫茫。古时功名士，今宿荒草乡。有生必有死，忆此断人肠。王母怡妙颜，万岁如平常。

登高饯将归，迢迢百尺搂。山川一何旷，宇宙一何悠。四面无人居，惟见古时丘。且进杯中物，忘彼千载忧。

昭昭天宇阔，淡淡寒波生。悬崖敛馀晖，归鸟趋林鸣。四时相催迫，倏如流电惊。不见相知人，终以翳吾情。

靡靡秋已夕，亭亭月将圆。佳人美清夜，取琴为我弹。清歌散新声，宁效俗中言。众蝉无归响，纷纷飞鸟还。含薰待清风，荣荣窗下兰。

栖栖失群鸟，去去当何极？出门万里客，遥遥从羁役。

凄凄风露交，柯叶自摧折。静念园林好，安得久离析？

负痾颓檐下，何以称我情。委怀在琴书，遂与尘事冥。酒能祛百虑，杯尽壶自倾。孰若当世士，但顾世间名。

微雨洗高林，涧水清且浅。虚舟纵逸棹，我行未云远。此中有真意，悠然不复返。

人生似幻化，知有来岁不？念此使人惧，及辰为兹游。崎岖历榛曲，悠悠迷所留。故老赠余酒，酒云能销忧。得欢当尽乐，吾行欲何求？

集李长吉句

莎老莎鸡泣，闭门感秋风。秋风吹小绿，细露湿团红。灯青兰膏歇，宵寒药气浓。三年去乡国，神剑断青铜。

蕙荪诗选

胡惠生，字蕙荪，余伯兄之子。今录诗十六首。

题亚子《分湖旧隐图》

无限蒹葭意，殷勤对此图。文章传午梦，胜地说分湖。春水烟波活，秋风雨笠孤。（亚子索子美画《分湖旧隐图》，有“耦耕倘遂他年约，雨笠烟蓑过此生”之句。）茫茫云万顷，天地一茅庐。

南游吟

维月正元旦，胡子作南游。南游何所之？泛棹来闽陬。飘零非吾道，斗粟讵素谋。乃为饥寒故，忍作天南囚。蛮语生乡感，殊俗惹客愁。因之动中怀，遥念万里悠。重堂老人星，皓皓已白头。未能供甘旨，反累倚闾忧。双亲虽云健，已届四十秋。有弟殊幼弱，有妹尚娇羞。何事尚栖迟，不泛归来舟？耿耿寸草心，引领涕泗流。

赠王亦梅

漂泊来南国，客途喜识君。文章敦夙好，诗酒见情真。世事凭陵劫，孤怀寄落尘。西湖风景好，何日理丝纶？

题二十二岁小影

廿二年来电度身，教从何处识情根？殷勤拍个留真像，待与灵山证夙因。

偶　作

岁岁长游困浊尘，灵山何处证灵根？文章功业浮名误，悔作聪明了解人。

次韵呈小柳

排愁解闷酒为兵，治乱漫闻怕梦惊。堪笑烂羊皆录爵，可怜屠狗尽成名。愤来举世都宜杀，悲极馀身不羡生。大劫茫茫来日到，扁舟何处听渔更？

海上月夜

皓月临窗入，清辉洒枕寒。旅思萦吉水，残梦到琴川。白发悲游子，深闺忆昨年。相如何落拓，未赋上林篇。

答友人粤中

斗室成孤坐，清愁对短檠。雨馀淞浦梦，月落庾关情。聚散悲陈迹，存亡痛旧盟。（谓某君之死。）答君数十字，聊与证心声。

沪南西炮台弔殉难诸烈士

来此荒凉地，凄其弔国殇。头颅酬志愿，碧血化光芒。暮雨行人泪，西风古道杨。一坏新瘗土，终古澹斜阳。

送别季叔寄尘北上

文字饥难疗，悠悠且北行。离怀愁万里，客梦黯三更。蓟北霜犹白，江南草未青。徘徊歧路别，执手倍伤情。

山居即景

爱向丹溪住，门庭少俗氛。云开山露脚，风起水生纹。村犬吠残月，归鸦带晚曛。更欣新雨后，处处见耕耘。

不　寐

落尽灯花梦不成，纸窗竹簟倍凄清。寒蛩不解骚人意，凉露空阶竟夕鸣。

南陵道中

闲居已半载，今日又征程。愁重诗难写，天寒酒易醒。树枯膹鸦宿，路险困人行。入耳方言异，乡怀一夕生。

南社词选

词选卷一

太一词选

宁调元，字太一，湖南长沙人。今录词六首。

南乡子·己酉闰花期

终夜不曾眠。雨打梨花月似烟。一个花朝愁不了，偏偏。又把花朝逢闰年。　　独自倚床前。何限心情锦瑟边。已是今生缠缚苦，千千。莫再相逢兜率天。

洞仙歌

碧天似水，有疏星三五。蟋蟀声声满庭户。渐炎威销歇，不似从前，甚心绪，却怕逢秋更苦。　　夜凉慵独寐，守著空房，重订佳期又重误。对叠叠屏山、少小欢游，空赢得、销魂怎处。谢玉漏、今宵少迟留，容我化文禽、梦中归去。

浪淘沙　次韵答钝剑

无计可消愁。天路悠悠。中情皓洁信余修。萧艾不锄兰蕙萎，容与江洲。　　举世烂羊头。舜死尧幽。羞羞铜臭汉公侯。怪道被萝山畔女，少与多仇。

貂裘换酒 赠人

四壁秋蛩叹。向孤灯、重门静掩，听残更箭。百辈时交休说起，略略山移景换。便鸟兽、惊风各散。十事九场归结幻。早年来、猜透人情半。都脂韦，成习惯。　　漫漫长夜行当旦。怪平原、营援史弼，不曾一面。地老天荒谁料得，直道而今还见。纵万死、也都无怨。何况青蝇能作弔，只瞻韩、未展平生愿。算此是，平生恨。

如梦令 感事

帝子花衰还种。寄语东皇珍重。风雨夜如何，叶叶枝枝断送。沉痛。沉痛。又了一场春梦。

柳梢青 丁未南幽除夕

一年容易。惟闻更鼓声流替。五度除宵，家园客子，断肠各自。　　二老料知何似。误一片、倚门心事。天若有情，念依孤苦，也应回睇。

屯艮词选

傅熊湘，字屯艮，湖南醴陵人。今录词八首。

江城子 己酉五月五日与牧豨、荛生、约真携酒饮太一狱中，太一赋词见示，次韵酬之

南幽沉怨夏飞霜。梦荒唐。最堪伤。偏是愁时、岁月逐人忙。细柳新蒲饶节物，听叠鼓，闹端阳。　　且图欢聚慰相望。意茫茫。酒行行。漫写填胸、万恨唱伊凉。此会此时

今世少，人五个，愿无忘。

鹊踏枝

老我年华驱我苦。世事如棋，著著都成误。两字穷愁天付与。不堪持向人间诉。　　谁是谁非难计取。春去花残，一例随尘土。料理扁舟湖上去。钓竿斜日蓑衣雨。

如梦令

见也匆匆如梦。别也匆匆如梦。来是梦中来，去是梦魂相送。如梦。如梦。肠断魂销心痛。

罗敷媚

灵均天问无消息，纵有难凭。况是无灵。叫尽重阍未必膺。　　朔风苦助寒威虐，已过霜零。早又坚冰。只合长眠睡莫醒。

天仙子　送别

春欲归时春不语。零乱春愁何处诉。愿春莫听子规啼，春且住。春休去。肠断天涯芳草路。

点绛唇

小院冬残，映窗衰柳摇疏影。旧愁难定。新恨还相迸。　　倦旅恹恹，霜色催寒暝。孤衾冷。夜长人病。未睡先妨醒。

浪淘沙

孤馆夜灯昏。静掩重门。残冬作客倍销魂。便说今宵寒透骨，谁与温存。　　旧事不堪论。枉负新恩。年年芳草送王孙。别也寻常离也惯，梦也无痕。

浣溪纱 别长沙诸友

欲写离愁一万重。可堪流水自西东。三更残雨五更风。未办白头终有约，即抛红豆更何从。浮生踪迹似飘蓬。

萝庵词选

郑泽，字萝庵，湖南长沙人。今录词三首。

瑶华慢 武昌七夕

银河万里，画桥仙子，相忆偏相见。人间今夜，还抱却、会少离多幽怨。针楼斜倚，早乞到、情丝纷乱。望洞庭、秋水连天，付与寸肠千转。　思置避暑骊山，曾誓语凭伊，心似金钿。谁知灵夕，竟只有、仙子年年欢宴。飘零似我，空怅望、天涯人远。更那堪、蓦地西风，还把流年偷换。

声声慢 秋柳

情丝罥雨，恨缕低烟，白门寥落时候。那便轻狂，早被西风吹瘦。年年晓窗压线，叹凄凉、今年还又。问何事、剩斜阳芳陌，玉尘依旧。　记省画楼春暖，是翡翠簾栊，娇莺穿就。的皪声圆，空把佳期频数。萧娘黛眉暗锁，更谁知、衣宽金缕。追忆苦，怅秋痕依约，露华凉透。

点绛唇

萃绿池塘，是依旧日销魂地。黛眉今际。换了山横翠。

便有琼缄，倩得谁人寄。西窗里。夜釭斜倚。写个相思字。

默君词选

张昭汉，字默君，湖南湘乡人。今录词三首。

渔家傲 七夕

浩淼银河年一渡。新愁旧恨从头数。梦堕西风天欲曙。销魂处。鹊桥迷断归来路。　清泪几行难付与。酿成丛桂凄馨露。修到神仙徒自苦。君悟否。人间何地相思诉。

笑指长空怀渺渺。牵牛也为钟情老。密网自投还说巧。乾坤小。人间未必弥烦恼。　斜月一钩辉满抱。无穷哀艳都钩了。醉笔频摇星斗皓。歌且舞，酒痕墨渖青衫好。

河满子 中秋月色不佳

瑶碧轻笼薄雾，涓涓风露凄清。底事姮娥多怅惘，广寒醉倒螺觥。愁锁琼楼高处，云屏掩怯生生。　鹤唳哀沉天籁，无端诗梦难成。古鼎添香聊寄傲，焦桐咽作秋声。立遍曲阑干外，有花影数枝横。

梦蘧词选

黄钧，字梦蘧，湖南醴陵人。今录词四首。

水龙吟 夜游哈同花园筹赈游览会

晚风吹度簾栊，玉楼倒影银河净。雷车十里，电龙双扇，珠光掩映。倚遍阑干，罗襦冰透，秋宵漏永。望天边一角，愁云黯淡，浑不似、承平景。　江北江南万顷。莽荒烟、断垣颓井。西风日暮，倚门长叹，秋尘生甑。几度回肠，几番搔首，吴江箫冷。问胭脂队里，王孙能否，解千金赠。

眼儿媚

山桃带雨不胜娇。红锁木兰桡。一春心事，万重哀怨，几度魂销。　风狂雨横何时歇，客路总迢遥。金铃谁护，绿章谁奏，银烛谁烧？

如梦令

眉眼盈盈秋水。那禁娇羞如许。倚笛按歌清，吹落梅花无数。三五。三五。人在广寒深处。

醉太平

楼高月明。风微笛清。红灯绿蚁盈盈。问何人醉醒。

三更两更。乌啼雁鸣。一时并入银筝。似渐离筑声。

琢如词选

成本璞，字琢如，湖南湘乡人。今录词二首。

梦江南

春欲去，红泪晕春潮。花意已随人意懒，酒痕还和梦痕消。孤枕夜无聊。　春欲去，小院落花多。宋玉有情迷暮雨，洛妃无语托微波。何况病维摩。

月下笛　放棹寒江，依依傍晚，烟水苍茫，渔歌答响，用玉田韵作寄仲章

岸约天回，帆随日落，韵潮来处。清蒸九折，如此江山俊游路。波中渔火星星颤，最苦是、连宵细雨。叹浮生如梦，水流花落，怨春无语。　无绪。斜阳暮。趁渺渺烟波，早盟鸥鹭。孤蓬倦旅。谁知今日凄苦。五湖便放扁舟去。问海上、三山在否？空徙倚，扣舷歌，惊起栖鸦老树。(仁和许迈孙到龚蘅圃旧抄本《山中白云词》，此阕“恐翠袖正天寒”句多一字，今本多误。)

平子词选

张启汉，字平子，湖南湘潭人。今录词三首。

蝶恋花　星沙晚春

郭外蘼芜青欲遍。浣尽红尘，乱扑骅骝面。十里花开随意远。星沙春尽肠应断。　谁道潇湘歌舞艳。满目轮蹄，花落无人见。鬓影衣香都尽散。昔时王谢今时燕。

木兰花慢　前阕意有未尽，续填此广之，不自知其哀以思也。昔年此际，集南社之吟朋，赓兰亭之韵事。今非其时矣。屯艮远在海上，见此得无泪下耶？

盼杜鹃血泪，都点滴、上莓苔。正花片浇红，柳丝绽绿，恨绪纷来。春光正依人暖，骂东风、偏着意安排。流荡

云边新月，惊翻池上春雷。　　暗香传不到深闺。梁燕语频催。只满户蛛丝，空庭草色，犹认吟杯。豪情半随逝水，任馀波、还突过秦淮。待把锦书付与，刚肠已断千回。

扬州慢 此白石自制中吕宫调也。中有云：“自胡马窥江去后，废池乔木，犹讳言兵。”及今读此，尚有馀痛，况身撄其祸者乎！余因倚声和之，以冀与邦人士同声一哭。

山外云光，水边帆影，尽人细数前程。渡重湖八百，遍村树烟青。欻飞燕、归巢野幕，曲乡荒径，无处非兵。更红尘、飞鞍遥鞭，都指湘城。　　渌江株里，只星星、燐火传惊。似拂妓坟边，空灵岸侧，堪寄闲情。现剩有陈人在，凄风冷雨听鹃声。念当年诗料，而今悲绪环生。

雪耘词选

刘鹏年，字雪耘，湖南醴陵人。今录词六首。

浣溪沙

便得重逢路恐迷。无情有恨独怜伊。天涯回首一沾衣。
谁遣惊鸿空照影，似闻飞絮已成泥。夕阳红到粉墙西。
信有三生未了缘。自将红泪报缠绵。指尖弹冷七条弦。
别酒乍醒杨柳岸，春魂犹殢海棠烟。一般憔悴可人怜。
一寸相思一寸灰。珍珠簾卷燕双飞。春风闲煞好楼台。
减到腰围还病酒，最难红粉解怜才。玉珰缄札几时来。
小小朱楼曲曲桥。横塘烟雨夜潇潇。倩魂端向此时销。
一水红添鲛泪涨，万山青送马蹄骄。闷寻鹦鹉话无聊。

偶落吟鞭偶驻车。红榴西畔是儿家。零欢断梦一些些。
任说君恩深到骨，争知侬影瘦于花。频年芳草满天涯。
到此真销未死魂。大寒翠袖倚黄昏。凄迷影事那堪论。
一自玉骑嘶别路，枉教明月射啼痕。重重香雾锁朱门。

绍禹词选

傅道博，字绍禹，湖南醴陵人。今录词三首。

误佳期

庭院深深几许。杨柳青青无语。斜阳只管做黄昏，不管侬心苦。　　燕舞石尤风，花落清明雨。杜鹃枝上遍啼红，依旧春无主。

绿意　自题蘼芜阁

溪山胜处。有竹篱茅舍，留人小住。绿润窗纱，红暖簾栊，清绝一庭幽趣。朱阑曲折梧桐院，更别有、斜阳千树。试登楼、一晌徘徊，四壁青山无语。　　最好春秋佳日，任临水登山，翱翔容与。浪迹风尘，结客江湖，回首当年都误。英雄百辈风流尽，总付与、大江东去。惜芳菲、写入离骚，不管悲秋风雨。

陂塘柳　题哲夫画赠《高柳水堂图》

问佳人、是何身世，水堂山馆留滞。烟波澹荡喧鸥鹭，碧柳弄风摇曳。还更喜。有绕屋山花、簌簌红无比。朱阑俊倚。尽肌骨阑珊，风姿绰约，正自饱情味。　　人间世。何处销魂有是。飘零那得来此。他生万一重来也，定向个中投止。浑不似。怕渔者桃源、往迹迷前地。画图纵纪。但恨海情天，几时了断，即此也痴意。

季刚词选

黄侃，字季刚，湖北蕲州人。今录词三首。

解语花 题《红礁画桨录》

晴漪漾碧，夜汐流红，摇散文鸳影。泪珠溅镜。芙蓉老、谁遣怨魂轻醒。鲛宫正冷。收情网、断珊慵整。空自怜、填海冤禽，此恨随年永。　　溟涨愁澜无定。送虚舟何处，奇兴难并。碎萍漂梗。乘潮远、似与阿侬同命。娇郎更病。算往事、殷勤犹省。招桂旗、岩畔相逢，终是凄凉境。

六　丑

对蛮花进酒，又恰是、殊乡寒食。愿花散愁，愁多花散识。落去无力。问去年香梦，賸脂零粉，费几番追忆。斜阳染就娇红色。嫩蕊才舒，残英旋积。幽吟只成悽恻。怕莺痴蝶怨，休放攀摘。　　飞花仍急。向东风似泣。泪与芳流远，还暗滴。回头纵念孤客。怅秾华易尽，绿波无极。仙云渺、已难踪迹。终不奈、一片华灯照晓，万枝岑寂。无聊处、复待谁惜。算断魂、尽有相怜意，空凭夜汐。

兰陵王

海波碧。天远垂空漾色。危阑外，仍见片帆，载了斜阳反乡国。簾前燕似客。还识分飞可惜。江关去，应倩断鸿，来与羁人伴岑寂。　　连宵梦难觅。况雨上高楼，风送凉汐。孤灯孤影摇长夕。将一枕清怨，数年离感，哀音零乱付邻笛。怅然泪轻滴。　　追忆。但悽恻。更独倚浮云，空羡归翮。寒烟袅娜秋无力。似别恨萦绕，旧怀牵织。沧溟万里，倦望眼，自叹息。

仲蘧词选

刘瑗，字仲蘧，湖北黄安人。今录词三首。

拜星月慢

静阁收暄，清尊催醉，柳角斜阳欲暮。一枕新凉，识微醺情绪。正初醒，试握玲珑，画扇斜倚，磊落冰弦才度。悄听商音，起循廊迟步。　　又西风乍落关山树。堪怜我醉后孤吟处。怅望绮户文窗，拟断肠前句。念幽闺渐觉秋心苦。弹红泪，化作寒烟去。怎奈向、一海秋涛，隔天涯客路。

踏莎行

远道秋还，高楼客去。天涯梦觉浑无绪。寒烟偏解趁西风，丝丝散尽归何处。　　複堞藏云，遥山隐雾。闲情渺渺从伊误。斜阳却照断魂归，苔痕绿遍来时路。

蝶恋花

山上蘼芜山下路。欲诉相思，没个相逢处。软语告君君莫误。蛾眉总被秋娘妒。　　泪眼留春留不住。连理枝头，只有侬和汝。绕遍天涯千万树。侬心还比莲心苦。

精卫词选

汪兆铭，字精卫，广东番禺人。今录词三首。

台城路 题江仁矩《六朝花管斋填词图》

旗亭谁擅销魂句，花间梦痕呼醒。月语情尊，酒除英气，湖海词场分领。乡关较胜。有隐隐鸥波，万红围定。画里琴尊，几时迟我系烟艇。　　珠江隔年小别，记钿笺笛谱，都负游兴。之涣双环，丁娘十索，悄忆朱阑低凭。陈屏柳井。照潘鬓江花，旧人能认。共探云蓝，碧桃开日等。

前调 赠黄椒升

廿年听雨江南客，酒醒却忘归櫂。唤曲言愁，慰花博醉，都算狂游草草。吟边侧帽。只燕燕莺莺，与侬倾倒。阅遍关山，清才那似故人好。　　莼波怜负旧约，问玉台写韵，订否遗稿。筝燕惊秋，钗虫弔梦，并作安仁哀悼。尘寰一笑。笑圆月天涯，几番年少。明镜相逢，鬓丝添白了。

金缕曲

别后平安否。便相逢、凄凉旧事，不堪回首。国破家亡天限恨，禁得此身消受。又添了、离愁万斗。眼底心头如昨日，数襟期、梦里重携手。一腔血，为君剖。　　泪痕莫滴新词透。倚寒窗、循环细读，残灯如豆。留此馀生成底事，空令多情僝僽。愧戴却、头颅如旧。跋涉河山知不易，愿孤魂、绕护车前后。肠已断，歌又逗。

太侔词选

沈宗畸，字太侔，广东番禺人。今录词七首。

水龙吟 白莲，用玉田韵

一从解佩人归，湘皋零落闲风露。生来自洁，何曾见惯，吴歌越舞。莫问三生，闹红身世，付他鸥鹭。想夜凉风定，皈依净社，香自在、空明处。　如见玉儿须妬。幛冰纱、望来疑误。分明记得，水晶簾底，窥人欲语。莫是湘妃，近来新寡，脸波流素。怕娟娟倩影、翠裙化蝶，双双飞去。

好事近 五月望日夜坐

槐绿渐成阴，几阵落梅疏雨。窗际偶窥凉月，记今宵十五。　香炉篆冷药炉温，闲来自调护。静对残灯无事，数禁门更鼓。

洞仙歌 有题

银房寂寞，锁嫩寒如水。不去寻芳耐憔悴。况日长似岁、夜永如年，那禁得、翠袖燻香孤睡。　晚来无气力，薄饮些些，半盏葡萄便沉醉。欹枕悄思量、小梦荒唐，还早被、罡风吹坠。才记得、分明又模糊，賸一树樱花、想伊柔媚。

湘簾放下，倩孤檠低照。一朵幽花向人笑。者相思滋味、懊恼情怀，怎生地、寄与那边知晓。　归期明日是，小婢搴帷，错问归来恁般早。鹦鹉忒多情、渴了文园，干底事、呼将茶到。听窗外、风吹雨潇潇，算坐看无聊、不如眠了。

薄衾单枕，向邯郸寻梦。花底回身抱么凤。被庭蕉打雨、簾蒜敲风，蓦惊起、更鼓谯楼声动。　　醒来无觅处，床背银屏，返照兰釭嫩红冻。摸索堕钗痕、脂粉馀馨，又嵌入、愁人心缝。镇展转、匡床不成眠，怕捱到天明、归期仍哄。

纱窗淡白，有一莺啼起。百鸟和鸣乱如沸。把银荷熄了、宝蒜匀将，悄思想、那处晓妆成未。　　花梢迟日上，一树娇棠，辜负东风尚沉睡。墙角走钿车、一步还差，早门外、乌龙先吠。争知道、相逢又非他，镇立尽斜阳、樱桃簾底。

银瓶索酒，拚今宵依旧。独醉孤眠再消受。待明朝撤去、隔岁归来，也教你、禁着几番僝僽。　　三更人静久，忽地华灯，簇拥鱼轩转屏后。小婢笑先迎、说道归来，怎捱到、者般时候。尚一晌、俄延卸严妆，浑不管纱窗、曙光将透。

兰史词选

潘飞声，字兰史，广东番禺人。今录词七首。

浪淘沙　襟江阁题壁

凉露湿烟莎。明月扬波。楼台深夜听笙歌。我欲乘风何处去，磨剑天河。　　双鬓几曾皤。休问蹉跎。箫声谁为忆秦娥。回首旧游浑似梦，梦又无多。

摸鱼儿

荡湖船、花天酒地。鹅潭占尽烟水。东风无赖吹新绿，双浆趁潮而至。明月起。恰三五银蟾，圆照人初醉。深杯劝未。试唤出珠娘，琵琶遮面，香影度簾底。　　花田好，系旧红楼十里。张乔无复罗绮。廿年应悔寻芳晚，蓦地替春憔悴。箫莫倚。怕纸醉金迷，忘了娉婷意。重来定记，有拍拍沙鸥，垂垂丝柳，写尽断肠耳。

临江仙　记情

第一红楼听雨夜，琴边偷问年华。画房刚掩绿窗纱。停弦春意懒，侬代脱莲靴。　　也许胡床同靠坐，低教蛮语些些。起来新酌咖啡茶。却防憨婢笑，呼去看唐花。

浣溪沙　自题《海山听琴图》

夜悄王乔住碧城。许听螺轸按玄灵。渺然天外数峰青。
不倩芳词传郭密，媿教尘世识飞琼。一丝瑶想指边生。
仿佛湘灵又洛神。循弦寻梦总难分。微闻香泽似花薰。
玄鹤明光空记曲，离鸾私语静无人。断肠清夜唤真真。

抛球乐　子梁招饮槎上，旁晚移尊猗园赏荷

满镜红蕖展簟宽。移尊重拾旧清欢。寻香裙衩隔花见，糁玉琴丝和水弹。便托微波语，何必题诗上画阑。

青玉案　寄眉子

落花恼杀江南路。偏又是、催人去。玉合香囊曾握语。

榴裙翻酒，柳丝拂帽，认取离愁处。　　病妆谁画双眉妩。纨扇应思断肠句。还倩鹦哥珍重诉。荔支香里，菖蒲叶畔，我正眠风雨。

寒琼词选

蔡守，字哲夫，号寒琼，广东顺德人。今录词二首。

疏影　大通寺探梅与张琅儿同石帚匀

还来就玉。宛新欢惜别，难支经宿。检泪苔枝，萧寺荒园，永缔寒盟松竹。冥冥一见曾相识，移春槛、珠江南北。想昨宵、月峭风棱，问尔怎禁孤独。　　留得酥钿数点，待重来俊赏，峨峨云绿。也称吟边，也称香东，也称妆窗琴屋。此中都有仙风味，为制个、裁冰词曲。把卿卿、绝世芳姿，绘上崭新屏幅。

蝶恋花　和琅儿寄怀匀

当日墙东才尺地。恼煞红窗，变造天涯似。底事匆匆千里去。可怜欢梦成空忆。　　知昨非时今要是。一点灵犀，好自先为计。未拔芝芙应尚易。恋书休怕难传递。

尔雅词选

邓万岁，字尔雅，广东东莞人。今录词二首。

西　施

所思何处紫茸茵。奈欲去无因。八十（平）都好，软半在横陈。咫尺欢床，远隔如天样，抱玉体疑春。　　朤来怕品相思艸，偏云彩、堕依身。画中爱宠，（琼郎曾画蕴香通体图，绝工丽。）名字悔真真。（琼郎为琅子，号思琅；琅子为琼郎，号心琼。）最是东风，海素生银浪，忒颠得均匀。（琼琅俊约艳影。）

意难忘　南华寺立秋夜坐，与剑川赵肖书、顺德蔡秘书、南海潘国师同用周美成匀，四声相依，一字不易

濛舰（曹溪地名。）昏黄。正璇题絓月，素彩窥觞。花飞脂雨腻，茶熟乳泉香。灯晕缩、袂衣凉。费墨沛淋浪。（时检泪为词寄琅子。）笑少年、砖磨镜拙，（比年广州拆城，发见古砖多奇品，检泪得两口，皆作镜纹，一圆一方。剑川尚书书“砖镜斋”榜贻之。）几度偷相。（调检泪。）　　银河去夕星双。是谁家院宇，并看牛郎。觚楞生绮梦，鬟髻入新妆。寒玉（去声）臂、断琼肠。便不寝何妨。但怎听、因风片叶，换了秋光。（心琼寄检泪书有“顾性期不入新秋”之语，故此句乃戏检泪也。）

一厂词选

林百举，字一厂，广东梅县人。今录词四首。

百字令　题亚子《分湖旧隐图》

中华民国三年十月，访吾友亚子梨里，得导观其胜溪养树堂祖居。堂为古槎柳先生故宅。先生在前清嘉道间以

宿学负盛名，著《养馀斋诗文集》若干卷行世。既读其书，复游其地，不禁慨然向往其人。亚子更出示《分湖旧隐图》及记，属为题词。记中颇深移居之感，穷途客子，读之增叹。窃以大丈夫志在四海，不妨自壮，故词反慰之。养树堂厅事联语有“无多亭阁偏临水，尽有樵渔可结邻”句。祠旁老柏大已成围，楚伧昂藏七尺之躯，抱之犹不尽。词句盖皆实写也。

蒹葭深处，露无多亭阁，是真胜地。特取樵渔来结伴，想见高人风致。养树堂阶，摩娑何限，旧迹簷花雨。吾生恨晚，词坛未拜盟主。　　但是写入画图，移家非远，莫动飘流意。他日新丰犹可作，权当岐山凤住。磨剑十年，梨云一室，努力向前去。祠旁老柏，亭亭兀负奇气。

百字令

百无聊赖，望红尘尽处，碧云满眼。吟到丁东环珮句，羞谱小楼连苑。乍见疑仙，频看顿醉，夜夜深深款。惊飞幺凤，游丝奈未能绾。　　世上谁不痴情，况经几度，临去秋波转。一本缠绵冤孽账，便是他生须算。避妒装疏，消愁强笑，两下原无舛。只今一觉，梦回客里孤馆。

减字木兰花　美人笑为冯春航赋

桃花一面。顿觉乾坤春气遍。添上微涡。摄尽骚魂骨也酥。　　千金欲买。犹是浅人痴见解。怪得周王。夜夜烽烟弄万方。

瑞鹤仙　题春航小影

羽衣天外落。想曲罢凄凉，舞条柔弱。仙魂正飘泊。自亭亭不语，似嫌情缚。善才懒学。乍迷离、时妆胜昨。恍轻裾、窄袖谁家狭少，五陵弹雀。　　绰约。怜侬何日，步挽香车，坐偎瑶阁。樱桃笑索。红绡真个笼着。底一春负了，江云浦月，又把芳心暗托。看犹愁、明镜欺人，留尘掩却。

定禅词选

黄澜，字定禅，广东梅县人。今录词一首。

扬州慢　丙辰五年三月，拟访亚子，未成行，而亚子以避兵旅沪，贻题《分湖旧隐图》诗，弗尽意，用白石自制曲韵倚声，呈亚子并寄松江朱鸳雏

南国名都，湖山佳处，雕鞍绣压征程。望辋川竹里，賸几个青青。问春水、干卿底事，八公草木，是处皆兵。莽重昏、古戍寒笳，烟水愁城。　　儿郎唱伟，甚霓裳羽舞都惊。只莺脰渔歌，鹿门月照，聊寄高情。七十二峰峰畔，春正晓、花落无声。便论文樽酒，相期无负平生。

吉乐词选

王汉章，字吉乐，山东烟台人。今录词二首。

生查子　喜闻某君有《安重根传》之作，随意讽咏，得句数四，适合此调，因略窜数字以协律

三韩侠少年，异世留侯也。漫道大功成，却共虫沙化。

华表鹤归来，石上藤萝谢。只手挽狂澜，莫补江河下。

前调 题艺棠肖像并寄之都门

忆昔义阳游，三载随缘住。吾去汝东归，汝送吾南去。
无聊展写真，依旧葵园路。花发草堂前，想见当时处。

孟硕词选

邓家彦，字孟硕，广西桂林人。今录词一首。

浣溪沙 狱中作

凉月如镰寂照时。隔簾花影认参差。玉楼深锁漏声迟。
无奈衾寒眠不足，却怜梦断力难支。晓来犹自写相思。

更存词选

陆峤南，字更存，广西容县人。今录词五首。

减字木兰花 咏絮

几多风雨。可能留得杨花住。飞上妆台。莫共残红作阵来。　柔条倦舞。吹绵不减相思苦。怜汝怜侬。得化浮萍有日逢。

十六字令

谐。卜尽金钱音信乖。灯花落，夜夜费疑猜。

闲。月午纱窗尚未关。辽西梦，遮莫早飞还。
卿。真个销魂特地情。鞦韆下，背立也盈盈。
缘。十五楼头月正圆。圆还缺，夜夜恨婵娟。

天民词选

吕志伊，字天民，云南思茅人。今录词二首。

临江仙 别意

记得江干春送别，暖风香度蔷薇。临行握手问归期。柳纤裙带缓，花重帽簷欹。　破浪乘风何处去，浮桥小立如痴。目穷千里镜难窥。海圆天欲合，船迅岸疑飞。

记得长亭秋饯别，晓霜微醉枫林。将离欲语费沉吟。众前频接吻，髯戟惯能禁。　汽笛一声郎去也，车轮碾碎侬心。相思泪湿薄罗襟。白巾招展处，残月渐西沉。

荔丹词选

张光厚，字荔丹，四川顺人。今录词二首。

换巢鸾凤 友人归国，即题其像志别

风雨蓬山。看龙蛇匝地，鼓角骄天。生憎髀肉长，不耐酒杯宽。红羊烧刦沐猴冠。更谁许他，三年五年。烟尘满，又归去、马前韩范。　休慢。时已变。东海潮高，磨我刀和剑。一卷阴符，满船明月，从此将军归汉。南北东西纵轮

蹄，阵云弹雨司空惯。将绿水与青山，血花红溅。

如梦令 前题

不怕篓鸾囚凤。只怕鲁和邹閧。这样好头颅，能有几多相送。珍重。珍重。往事而今还痛。

弘一词选

李凡，字息霜，直隶天津人，为僧后，号弘一。今录词五首。

喝火令

故国鸣鹧鸪，垂杨有暮鸦。江山如画日西斜。新月撩人，窥入碧窗纱。　陌上青青草，楼头艳艳花。洛阳儿女学琵琶。不管冬青一树属谁家。不管冬青树底影事一些些。

高阳台 忆歌者金郎

十日沉愁，一声杜宇，相思啼上花梢。春隔天涯，剧怜别梦迢遥。前溪芳草经年绿，只风情、辜负良宵。最难抛。月上歌簾，声咽秦箫。　而今未改双眉妩，说江南春老，红了樱桃。忒煞迷离，匆匆已过花朝。游丝苦挽行人住，奈东风、冷到溪桥。镇无聊。记取离愁，吹彻琼箫。

满江红

皎皎昆仑，山顶月、有人长啸。看囊底、宝刀如雪，恩仇多少。双手裂开鼷鼠胆，寸金铸出民权脑。算此生、不负是男儿，头颅好。　　荆轲墓，咸阳道。聂政死，尸骸暴。尽大江东去，馀情还绕。魂魄化成精卫鸟，血花溅作红心草。看从今、一担好山河，英雄造。

菩萨蛮

燕支山上花如雪。燕支山下人如月。额发翠云铺。眉弯淡欲无。　　夕阳微雨后。叶底秋痕瘦。生小怕言愁。言愁不耐羞。

晓风无力残杨懒。情长忘却游丝短。酒醒月痕低。江南社杜啼。　　痴魂销一捻。愿化穿花蝶。簾外隔花阴。朝朝香梦沉。

浚南词选

林学衡，字浚南，号众难，福建闽侯人。今录词九首。

菩萨蛮　春词

春宵独自褰簾幙。相思两地灯花落。莫倚小红阑。风吹罗袖寒。　　寒时愁几许。只是无言语。鹦鹉不知愁。低声唤未休。

海棠院落春光冷。玉阶肠断个侬影。绿叶盼成阴。琴声深处寻。　　思空量梦忆。安得如侬意。风露剧悽清。和衣坐到明。

前调　送别

芙蓉半是离人泪。红痕染就秋江水。哀雁一声声。可怜长短亭。　　垂杨江上住。解系人愁住。残照挂西山。何时君复还。

蝶恋花　春夜闺思

槛外桃花千万树。今夜东风，不解吹愁去。花落花开愁欲暮。庭前记否春来路。　　背对银釭谁共语。明月圆时，却忆红楼雨。鹦鹉有情犹絮絮。罗衾依旧人何许。

摸鱼儿　红豆

记前身、托生南国，千枝艳影消瘦。鹦哥啄去馀残粒，入骨玲珑红透。花落久。任抛向池塘，打起鸳鸯耦。泪飘杯酒。早绛蜡烧残，赪珠解赠，密意问谁受。　　银屏里，记曲凭伊纤手。最怜生世非偶。星星泪点如珠落，肝胆为君轻剖。春去后。便网到鲛绡，朱实盈襟袖。相思永昼。算只解怜侬，东风日暮，心绪尚依旧。

金缕曲　春柳

寂寞邮亭路。正春风、倡条冶叶，依稀无数。攀折应添游子恨，袅袅含情欲舞。问那得、愁丝缕缕。梦醒隋堤人已远，玉钩斜、也算相思处。垂泪立，澹无语。　　腰肢底事轻如许。便悽清、和烟和月，阅残今古。记否灵和前殿事，妩媚风流仅汝。便欲寄、缠绵容与。消息玉关何处问，又声声、羌笛吹愁去。空怅望，日将暮。

贺新郎　赠知渊

自是儒冠误。叹平生、子山萧瑟，少陵迟暮。说剑吹箫无限意，我亦深情似汝。只惘惘、相看无语。并世尹邢君得一，倚风前、惹起花争妒。恨不尽，江淹赋。　　女娲有石天难补。问东皇、同根兰芷，托胎何苦。锦瑟华年声掩抑，一段幽怀谁诉。请鸳牒、从今添注。珍重人间连理缕，细思量、莫任芳时度。歌一阕，愁无数。

兰陵王　送精卫赴法兼讯璧君夫人

月痕碧。沧海鲛人似泣。长亭近，休唱櫂歌，只恐春声已难觅。江城又送客。谁遣梁鸿去国。君行矣，花外绿猗，凭共风机送山色。　　云天远无极。賸倦侣凭栏，吹出玉笛。听风听水追行迹。怅曲终人杳，离樽犹满，拚教清泪堕瑶席。羁愁乱如织。　　堪忆。小楼侧。正海燕双飞，风送轻翮。巴黎到日荷花隔。值海上青鸟，问苓消息。神州回首，念世变，待戮力。

小柳词选

陶牧，字小柳，江西南昌人。今录词二十首。

多丽　简病倩论词

夜灯浮。期君话雨簾钩。共商取、填词情事，樽前唱破珠喉。最魂销、晓风残月，又断肠、玉宇琼楼。不薄三唐，何讥两宋，略工感慨亦温柔。打叠起，酒旗歌扇，一例付闲鸥。而今叹，江湖渺邈，镇日东流。　　折花枝、有谁寄赠，添来旧恨新愁。写伤春、青袍如故，抱孤愤、白发空酬。归雁飘零，寒虫琱琢，频劳歌板几时休。只留得、登场面目，冠带沐顽猴。低徊遍，琵琶弹折，莫怨江州。

莺啼序 为蔡哲夫题汉六花鉴

荒苔绣开玉匣，记尊前醉舞。六花折、香透芙蓉，可识羞影鸾去。认斜日、茂陵草色，东风几度抛烟雨。说沉埋多少，英雄岁华磨处。　　雾散潮青径晕黑，付千秋万古。鉴流水、肝胆俱寒，劫灰敲落棋谱。只江湖、依然一梦，画楼远、垂杨何许。想当时，粉黛无颜，汉宫春聚。

赏心蔡子，挂杖钱多，定歌得宝句。独赖汝、锦囊收拾，螺光纽凝，篆额痕浅，屈刀轻举。摩挲已遍，装潢如静，西京迢递谁相托，问知音、尚在人间否。清吟伴我，休怜对此须眉，照眼共数朝暮。　　关河瑟瑟，旧恨新愁，缬鬟丝系住。莫再话、龟年天宝，酒后茶馀。雀瓦空留，兽砖空拊。红颜薄倖，重圆难再，尘污扰乱随吾老，说兴亡、泪染千条组。期君除夕携来，不用金簪，偷听吉语。

菩萨蛮 对雪

湿云一夜吹成雪。东风日暖全消歇。依旧做轻寒。棉衣尚觉单。　　银灯光欲冻，处处残更送。零落是残更，关心第几声。

萋萋草绿闲庭宇。春来可是当年路。春早莫归迟。江南三月时。　　子规啼不住。花落无人处。楼外有青山。山山夕照间。

春风袅娜 偶感

怨东风苦苦，做尽春阴。吹已遍，竟难寻。任杨枝、牵起闲情叠叠，梨花落去，曲院深深。眼底斜阳，樽前绛蜡，不是平常杯酒心。最怕清歌几惆怅，那堪残漏欲消沉。

江上又逢商妇，琵琶泪湿衣襟。底事动狂吟。怜归燕，失青禽。因妨后夜，却负而今。新恨云山，依然无路，旧愁尘海，默少知音。相思何处，托西窗月影，年年照出，一抹疏林。

液江云　久客燕京，得遇高钝剑、陈去病，填此志之

好春归去也，踏残绿草，又开落红花。遇君同一笑，对酒言欢，仍旧是天涯。沧桑笛里，吹绉了、衣上风沙。吹未尽、断肠诗句，窗外夕阳斜。　无家。等闲双燕，可惯飘零，问堂前王谢，寻叠叠、行云相送，多少年华。泪痕只向青衫染，惹客愁、弹折琵琶。愁几许、阑干曲曲难遮。

菩萨蛮

隔墙绿树笼新月。朦朦犹觉春云薄。何处觅残春。春归不见人。　去年今日里。入梦空相忆。深锁十三楼。清歌荡昔愁。

鹃啼枝上禽填石。相思端赖明珠织。宛转说相思。量珠粒粒痴。　幽兰空谷渺。陌上萧郎老。却莫怨萧郎。闲情比陌长。

好花只被春耽误。春归正在花深处。底事负春花。怀人曲槛遮。　芳尘劳目送。尘压罗衣重。依旧是罗衣。门前路转迷。

路迷更觉天涯远。盈阶芳草风吹乱。草落怨王孙。琵琶揾泪痕。　江流都化泪。可解人憔悴。欲问那人心。殷勤托绮琴。

海枯必到桑耕尽。浮萍色与夭桃绽。萍绿间桃红。应知色本空。　烛灰同话劫。鬓影羞惊雪。雪与劫俱销。谁能慰寂寥。

满江红 与慧僧同摄小影，时客滨江

一笑相逢，回首在、关山何处。同证此、三生灯火，半簾风雨。老我青衫长剑落，依人白发清樽误。说狂名、收拾已嫌迟，贫如故。　　怜旧梦，闲鸥去。传新恨，闲虫苦。问门前垂柳，斜阳几度。沧海苍茫抛热泪，秋花萧瑟迷归路。听征鸿、万里和残更，声声诉。

琵琶仙 沪上征歌，近无弹琵琶者，凄然占此

回想当年，可听取、怨曲琵琶凄绝。谁料抛却青衫，歌声顿消歇。休坐洗、檀槽泪迹，算闲了、几番风月。轴转情移，更阑酒漉，愁共啼鴂。　　又还在、银烛秋堂，想怀抱、香浓绉衣褶。曾伴绿鬟低唱，苦凉州哀彻。留万古、兴亡叹赏，盼夕阳、眼底相识。鼓断弦索樽前，细堪重说。

浣溪沙 和吷庵韵

小院深沉月上迟。背人剪烛意多痴。翻新巧样画双眉。
燕子殷勤娇欲语，鹦哥调笑学吟诗。妆成镜里费矜持。
泄漏春光事竟成。消魂风雨隔重城。谁将金弹打流莺。
不为颜酡辞绿酒，只缘簾密闭红灯。关心第一远歌声。
碧海冤禽未放归。斜阳消息盼春菲。天涯拂絮作团飞。
烛泪空抛悲永夜，琴心谁识拨清徽。石屏深坐劝添衣。
眼底名花雾里看。东风吹暖可知寒。不禁飘落上栏干。
一水波通情作茧，九华云隔梦登山。误渠强半是红颜。
蛛网迷离旧日楼。暮烟销尽几多愁。相思两字满银钩。
争奈更残传夙恨，莫从花落忆前游。有人窗外倦凝眸。
车马声骄踏软尘。红埔咫尺恼黄昏。当年深锁画堂春。

舞扇盈盈拈断带，银杯叠叠苦停云。怕闻清漏几回身。
窗格玲珑挂夕霏。炉香冷热篆丝微。倩谁为我借天衣。
因解弹琴愁读曲，恐坚后约误前期。海棠开落更思归。

菩萨蛮 哭子美并简亚子

招魂怅隔蘼芜路。清歌零落风前絮。天上又人间。春归不等闲。　　相妨才命薄。命比才还恶。小宋最风流。空馀一斛愁。

三姝媚 题天梅《变雅楼三十年诗征》

夕阳依旧好，照如此江山，几多恨事。独坐高楼，与破书残酒，料量诗史。歌哭无端，思拔剑、闻鸡而起。三十年来，眼底沧桑，尽随流水。　　早识流风消靡。赖小有闲吟，寄予情味。一样清狂，指名姬骏马，绿杨阴里。怕听催归，却又到、杜鹃啼死。收拾奚囊，写遍相思满纸。

浣溪纱

暮鸟声催细雨迟。湿云压损海棠枝。者般怜惜却因谁。
未到黄昏人约后，竟成红落絮飞时。一番惊恐一番疑。
六幅屏山幅幅开。炉香环绕蝶飞来。此中消息等闲猜。
只怪游丝牵恨起，苦无重幕闭春回。日边红杏听人栽。
薄薄单衣逐麴尘。飘零泪迹等秋萍。绝怜同是未亡人。
莫教凉风欺粉脸，新翻怨曲逗朱唇。闲愁滋味在工颦。
瘦损腰支懒上妆。为伊断尽几多肠。王孙归梦草茫茫。
无主楼台同寂寞，入簾莺燕欲清狂。相思豆也不能量。

摸鱼儿 中秋

知秋光、等闲又到，西风凉入窗户。不堪愁对团圞月，丛桂几经香聚。灯畔语。只诉尽、阶前黄叶飘零苦。梦归无路。见叠叠遥水，潺潺流山，黯黯望边树。　　孤客里，剩有伤心词句。刘郎怕说前度。千生万劫人间恨，碧海青天何处。啼雁住。谁却忆、长安车马衣尘土。相思成缕。怨来日幽长，今宵凄绝，旧事匆忙去。

前调 和剑华见赠韵

说相逢、正秋风到，行踪愁聚萍水。一生几坠天涯梦，归梦被虫惊起。蛩咽地。却莫共、匆忙燕子思乡里。剪灯眠未。苦漏短宵长，新寒衣薄，窗幕层层闭。　　征鞍卸，满眼尘沙世事。一枝残柳谁倚。绝怜我辈头将白，都在扁舟浪里。歌未已。算只听、盲词谈笑兴亡史。墙边树底。知木叶飘零，闲花淡泊，刚又重阳是。

菩萨蛮 重九并简剑华

秋风思酿重阳雨。层阴锁尽庭前树。佳节又重阳。哀鸿未到家。　　年年添旧梦。梦与闲愁送。愁也不能多。将愁织薄罗。

一剪梅 重九和朴庵韵

人事飘零逐露华。秋也无涯。愁也无涯。重阳风雨湿蝉纱。愁到闲花。秋到闲花。　　天外声催落叶斜。屋角翻鸦。鬓角堆鸦。思归渺渺碧江赊。鬓角霜遮。屋角云遮。

摸鱼儿 约朴庵游西湖归作并简剑华

绕孤城、夕阳烟柳，东风吹绿湖水。小桥一曲红墙远，怕听晓莺啼起。芳草地。已踏遍、软尘陌上人千里。庭花开未。睹阁启澄澜，堂开宛在，灯火重簾闭。　　西湖好，多少兴亡旧事。阑干思与共倚。渔舟一叶，春山外、处处櫂歌声里。歌不已。知几辈、沉埋功罪归青史。浮云眼底。问骏马名姬，征衫杯酒，鸥鹭更谁是。

步曾词选

胡先骕，江西新建人。今录词一首。

忆旧游　怀仲通步玉田寄元文韵

看西山已老，落尽桃红，飞絮飘零。旧梦寻难著，剩心田半顷，种遍愁根。满地槐花榆荚，夏木叶深深。恁只赢片纸，为寄殷勤。　　重逢竟何日，尚记得、徘徊刹海，绿阴浓处，同觅残莺。忽忽又经年矣，回首暗心惊。不语对中天，更阑烛灺凉气生。

栗长词选

胡颖之，字栗长，浙江山阴人。今录词一首。

莺啼序　为哲夫题汉六花鉴用梦窗韵

看春尚留倦眼，笑铜仙灞水。问人世、几阅兴亡，飘流今见金蕊。乍入手银蟾绚彩，残脂剩粉似稀坠。认前朝、频自摩挲，顿生幽思。　　当日修蛾，斗巧妒好，望羊车帝子。怅真个，分别妍媸，对观情又独至。万千年，啼红怨绿，早圆缺，都归弹指。念菱花，新样同裁，未知何意。

香籢暂设，画槛还临，盎古欢瘖瘵。谁记省，覆翻云雨，向背无定，露叶风枝，暗含清泪。犹堪共话，牵衫著钏，秋屏重照山鸡舞，旧容颜、更必添憔悴。繁华易歇，销魂太液池边，断肠未央宫里。　　江湖醉客，彩笔干时，嬾咏吟翡翠。尽赏玩敲残壶唾。面拥书城，五夜烟浮，半天霞起。精灵气荡，沉沉心事。迷邦怀宝同赞叹，髩丝凉，且傍妆台倚。空怜顾影闻声，写得相思，寄将风纸。

十眉词选

余其锵，字十眉，浙江嘉善人。今录词二首。

虞美人 探梅

罗浮仙人年娇小。未露春怀抱。相逢一朵不曾开。负我多情杜牧访春来。　　他时重到江南地。只恐成阴矣。今朝难折未开枝，拚得抱愁归去尽相思。

满江红 送春有感

落尽庭花，只留得、几枝空影。又做了、一场花梦，春归才醒。草上空馀蝴蝶粉，陌头剩有弓鞋印。更被他、风雨一番催，都消尽。　　萧娘远，全无信。萧郎瘦，常如病。借填词消遣，声声是恨。月下阑干难共凭，花前樽酒曾同饮。把十年、旧事细思量，伤春甚。

忏慧词选

徐自华，字寄尘，号忏慧，浙江崇德人。今录词九首。

如梦令 题画

数点胭脂春透。片石嶙峋云透。烟雨断桥西，风景可能依旧。孤负。孤负。临水一枝疏瘦。

菩萨蛮 题野梅画幅

轻烟飏雪春光冷。山村水郭横斜影。不傍绣簾栊。清臞隐士风。　　人怜花似玉。花莫嫌人俗。镇日画图看。和依耐岁寒。

摸鱼儿 为楚伧居士题《分堤吊梦图》

甚萧条、几株垂柳，丝丝凄碧如许。画堂午梦频番冷，赢得风风雨雨。凭认取。道媚绝三姝，此是吟秋处。灵踪一去。叹月黯疏香，花残芳雪，都付断魂句。　　琼楼杳，谁爇返生香炷。空闻凉雁私语。溯烟湖水年年绿，不见一家词赋。君莫苦。幸未把、瑶钗玉佩埋黄土。（闻前吴江县令王佛云为修墓，得玉钗佩各一事。）苍茫平楚。问何日、梨花载将春酿，来拜小仙墓。

意难忘 秋宵忆韵清

卸却残妆。听梧桐疏雨，洒上纱窗。银缸频剔焰，宝鸭烬馀香。愁万种、未能降。独自倚银床。因甚的、秋声淅历，今夜偏长。　　惹人触起愁肠。忆当年旧事，多少思量。晚妆怜妩媚，花压鬓云傍。明月下、按宽裳。此景再难忘。更夜静、殷勤细语，露冷风凉。

渡江云

霜风吹渐紧，萧萧落叶，寒意透窗纱。吟秋人瘦也，憔悴无言，翠袖卷簾斜。凭高凝望，惟只见、隔水蒹葭。更数点、碧空飞雁，一片暮云遮。　　堪嗟。几分愁绪，一霎年华。忆前游如梦，已过了、三秋佳景，孤负黄花。而今试把秋光问，问明年、落在谁家。秋无语、怕教海角天涯。

满江红　感怀

岁月如流，秋又去、壮心未歇。难收拾、这般危局，风潮猛烈。把酒痛谈身后事，举杯试问当头月。奈吴侬、身世太悲凉，伤心切。　　亡国恨，终当泄。奴隶性，行看灭。叹江山已是，金瓯碎缺。蒿目苍生挥热泪，感怀时事喷心血。愿吾侪、炼石效娲皇，补天阙。

前调　雪夜课儿

大地茫茫，看白战、终宵未歇。簾卷处、彤云密布，朔风凛冽。世界三千都变玉，霜闺一色浑疑月。唤娇儿、且读旧楹传，柔肠裂。　　熊丸课，期望切。三迁教，惭难及。叹凄凉身世，那堪重说。旧事已随流水去，新愁只付鹃啼血。剩寒灯、百感上心头，乾坤窄。

金缕曲　送璿卿之沪，时将赴扬州

送子春申去。好无聊、做愁天气，风风雨雨。萍梗江湖成浪迹，十事九同意忤。谁解得、用心良苦。仆仆尘劳嗟不已，问今宵、别后何时聚。君去也，留难住。　　临歧记取叮咛语。慎风霜、客中珍重，勤传鱼素。闻说扬州烟景好，载酒虹桥秋暮。有几许、豪游佳句。劳我蒹葭秋水感，望伊人、不见知何处。空目断，江南路。

百字令　中秋夜对月寄巢南小淑

明蟾如镜，只照侬一个，愁心凝结。怅望西溪何处是，碧海青天遥隔。瘦影微吟，清辉冷透，香雾云鬟湿。把嫦娥问，几家孤负佳节。　　那堪独上高楼，楼高人远，隔院飞长笛。记得去年吴苑景，同倚曲阑干碧。水调闻歌，霓裳翻谱，笑指团团月。可怜今夜，映人三处离别。

小淑词选

徐蕴华，字小淑，浙江崇德人。今录词十一首。

惜红衣　往岁旅居吴淞，数系艇石公长崎间，汪湾荷花数十顷，夏景幽寒，终日但闻泉响，每值夕峰收雨，湖气弥清，临去憺然。欲索李隐玉表姊写意，王碧楼词丈题册，两未竟。病窗经岁，转眼薰来，晓起舒襟，偶填此阕以寄意

盆石堆冰，屏纱障日。晓来无力。强起推衾，含情镜花碧。药薰细袅，引软燕、簾前嗔客。湛寂。一枕藤阴，约溪人将息。　　莲汀柳陌。来去鸣篌，旧游半陈迹。经年兴致，销夏湾西北。载得米家书画，烟水刺船寻历。只半锋残

雨，犹待碧山词笔。

齐天乐 庚戌夏秋，逭暑刘庄，晚值平湖雨过，红香狼藉，荡桨荷从，归桡写此，戏足玉溪之意

莲飙不约斜晖住。宜招北窗诗侣。柳际波微，堤根叶细，才看双凫眠处。平湖过雨。爱携笛瓜皮，倚流容与。瑟瑟红衣，谁家楼上玉溪句。　　亭皋摇落又暮。凉波三十六，留听凄舞。千点濛香，三更败翠，惹得惊蟾窥顾。江妃漫妬。恁弹指西风，暗中年度。只忆深宫，有人曾怯暑。

百字令 庚戌冬日游虎丘

看山旧客，正冬荒冷落，群花都息。眼涩斜阳摇水外，塔杪登临奇绝。小侣吟诗，奚奴载瓮，一笑闲游历。层层林磴，幽寻穿尽寒叶。　　归爱转櫂烟流，疏飔冷语，悄䧴溪声寂。掠鬓野风浑不醒，苦被垂杨承睫。折苇搀青，浮凫弄绿，吹待千村月。一船休去，萍洲无限渔笛。

思佳客 南社频索初稿，病榻经春，束笺未报。近见卷中稍载数年前西溪断句"明日黄花"，奚足供诗人一粲哉，因书此谢之

莲社诗人爱挂钱。强收樗栎付吟边。别来思旧难成赋，倦去停云莫系年。　　秋易老，鬓空妍。少年心事病来禅。幽居唯觉溪山好，乞与鸥凫次第眠。

意难忘 薄暮视鉴湖旧舍归，沿河往浦摊，軿窗写感，有寄慧僧

遮眼高轩。正冷枫摇落，雁思初繁。惊秋无限意，抚鬓

已微髭。遵北辙、折南辕。泫是未归魂。苦眼中、纷驰长路，马殆车烦。　　伤情幂外霜痕。有凉灯吐瞑，市吹流喧。林阴分域界，铃语破朝昏。思往事、略温存。賸日定难言。渐付凭、谁家管领，水陌花暾。

点绛唇　题自绘越牡丹双带鸟帐额，为洵芙四姊作

云染鲛销（绡），金台细叶开秋璧。越香千叠。一笑南薰力。　　绣幕藏姿，不赛沉香客。今难觅。梦回烟歇。狂写双禽息。

前调　题自绘双燕白莲花帐额

旧是凌波，丰姿欲共江妃赛。新来愁寄。烟态谁能绘。

翠羽参差，犹作深怜意。寻无寐。野风门外。凉月应初坠。

新雁过妆楼　仲可叔父命题纯飞馆填词图卷

翠宇高寒。银筝涩、猜疑夜夜停鸾。旧声入破，谁念刻骨冢山。仿佛仙踪追菴画，低徊密记补金銮。賸尢端。琐窗玉户，江雨霁阑。　　胜情装池半幅，有古春送眼，浅绣成斑。郑笺无分，惊叹顾曲才难。匆匆一庭谢絮，沾题处、凌沧应笑孱。方回老，只断肠愁句，流出人间。

声声慢　岁暮哀感，忽得陈、柳诸贤先后手柬，或约西碛之探寻，或征胜溪之题咏。缅想世外游侪，独能以无怀为乐也。因谱此曲，奉题《分湖旧隐图》后

鸱夷泛舸，鹤市吹箫，羁心早晚秋潮。且向临印，琴台酤肆堪消。休标向年高意，对疏香芳雪凝销。伤神事，况松

森永久，野旷萧条。　　一角西山可住，甚赋矜孙绰，资薄郗超。藏海藏山，人间无地归桡。独临画图深惘，顾淮南小隐能招。殢情地，想帆过、别墅正遥。

壶中天　巢南先生既刊《笠泽词征》，客有为《画征》献论词图卷，因题其后

云巢垂看，记当年浅斗，茶倾签满。一枕蘼茶沉睡后，賸补吴侬横卷。流衲交光，浮眉高映，绰约冰花散。珮环梦里，也应低拜沾选。　　深念秋漠聆笳，炎飙障扇，辛苦商量遍。旧卷千行重叠是，新卷疏疏谁按。一发青山，双声越缦，只付霜缣展。澹仙情泪，怎堪重被纱浣。

丑奴儿令　叶楚伧居士属题《分堤吊梦图》

凝情最是堤前柳，烟也模糊。水也模糊。欲访灵踪意已孤。　　词人怎识蕉窗梦，吟也生疏。画也生疏。一片苍凉话旧墟。

次公词选

邵瑞彭，字次公，浙江淳安人。今录词二十四首。

罗敷艳歌　潘兰史《桃叶渡填词图》

多情最是秦淮水，载过王郎。又载潘郎。累得红妆打桨忙。　　筝弦笛孔闲商略，只管疏狂。全不隄妨。隔岸秋娘欲断肠。

临江仙 万柳堂

杨柳楼台何处是，名园分付荒郊。都无蛮样斗纤腰。都无燕子弹泪话前朝。　一种西风谁主客，怨娥愁上林梢。词人易老况金貂。摇鞭归去聒耳梵钟遥。

梦横塘 颐和园

岚光匀碧，水色挼蓝，故宫离苑何处。一夜西风，看换了、一（平）番今古。铜辇惊秋，金仙辞月，楼空人去。让多情儿女，来话兴亡，雷塘梦、江南赋。　愁云冷煞椒房，更渔歌寂寞，佛火凄楚。賸黛零铅，蓦化作、满天飞絮。对隐隐、凉花病蝶，门外青燐黯无语。如此湖山，可怜齐付，与东华尘土。

月华清 月张园听秋

淡月依窗，微霜恋瓦，一灯摇梦红瞑。多事秋声，作出者般悽哽。算天涯、情味郎当，又付与、西风催醒。谁省。有几家客子，伤心同听。　不怨残宵偏永。怨落木无端，欺人愁病。水远山长，回首只成销凝。尽轂伊、响到明朝，可念我、和衣闲等。休更。想寒砧咽处，辘轳金井。

征招 香冢在陶然亭西北小阜上，碑阴题句哀艳，予读而悲焉，系之以词

西风残照城南路，红鹃悄然无语。短短瘗花铭，付荒烟凉雨。秋魂还在否。恍遥夜、佩环曾遇。万劫情天，一场春梦，可怜黄土。　莫漫上江亭，江亭畔、谁禁（平）者般悽楚。胡蝶尚双飞，问灵修何处。昙云留不住。剩吟断、庾

郎愁赋。角声唤、忍泪归来，向灯王深诉。

蝶恋花

一剪香风吹梦语。堕入春怀，种出相思树。不道蘼芜江上路。绕簾镇日迎梅雨。　　宿酒醒时天欲暮。分付杨丝，好系斜阳住。百草千花无觅处。馆娃宫里闻歌舞。

红玉轻寒春睡美。梦里吴宫，何止三千里。一桁杨花吹欲起。离心直渡清江水。　　莫唱凄凉河满子。怕有人儿，听了相思死。好事今生长已矣。月华天半开还未。

满院吴烟花未醒。墙下人儿，墙上人儿影。残月渐趖灯渐暝。玉阶悄立罗衣冷。　　雨横风狂胡蝶病。隔水高楼，可有云鬟凭。荡子行行瓶落井。辘轳无力牵修绠。

迢递朱楼春事好。七贵三公，走马长安道。门外乌啼天又晓。人生容易被花恼。　　不恨孤鸿归太早。只怕来时，没个音书到。锦字裁成君莫笑。玉门关外无芳草。

丑奴儿令　春水

桃花雨过春潮起，楼上明眸。江上轻舟。如画林峦带梦浮。　　鱼天一角东风小，绿意芳州。红怨漪流。中有人间万斛愁。

菩萨蛮

江南游女新妆束。枕痕红沁坚牢玉。卷幔看垂杨。一丝三尺强。　　些儿寒食散。当作梅花咽。不愿口头甜。宁教石阙衔。

颇黎窗冷黄昏小。画眉声里春归了。梦醒转疑真。海棠花笑人。　　新词看不足。更点双红烛。郎若恋天涯。从郎索臂纱。

玉阶风细花无力。满衣红雾银蟾湿。吹得梦魂清。云和三两声。　　天涯何处是。疑在阑干里。渐渐被池寒。知君眠未眠。

苕华小印红丝籀。锦笺寄与谁人手。玉钏动簾钩。此时刚倚楼。　　兰宵灯影白。闲看《花间集》。好句爱南唐。声声够断肠。

清平乐　题方瘦坡《香痕奁影集》

新词幼妇。花落微波绉。沉水烧残圆玉瘦。脉脉讨春时候，　　晨钞瞑写偏忙。何曾自诉清狂。也似和凝才子，诗名嫁与冬郎。

长亭怨慢　亚子《分湖旧隐图》曾以三截句题之，意有未尽，再成此词

记一抹、修眉浮处。（復翁取昌黎“天空浮修眉”句为浮眉楼，见刘醇甫记。）翠柳遮楼，碧梧侵户。韵咽琼壶，水村风味入琴趣。雁笺凝素。恍飞到、湖大路。月色故依然，只少件、舻声人语。（陈叔梁《题分湖柳氏草堂》句“人语舻声诸港晓”。）　　延伫。怕烟波回首，化作泪绡红聚。梨云罨梦，尽孤负、樱桃春雨。问他日稳践沤盟，可许我、移家同去。有画里珠簾，盼煞词家尊俎。

摸鱼子　武强溪上赋竹筏

小溪头、一痕苍玉，凌空荡漾烟水。鳞纹隔浦亭亭绿，重认袖罗寒翠。来便逝。怕弹彻箜篌，添上湘娥泪。春朝未起。尽短荻牵情，香菱熨梦，人抱冷云睡。　　沤盟好，休

叹浮沉身世。江湖毕竟非计。沿村画断篔筜雪，撑老几家渔子。何况是。正叶叶、轻风暗换流红意。兰津悄指。笑石畔银湾，壶中瑶席，残影尚天际。

曲游春 予最爱萧斋《曲游春》句，因忆壬子春间流连湖上情事，追填此解，即步其韵

西子归来未，喜玉钩双卷，波共簾织。柳外黄昏，小檀栾压水，万荷无隙。灯火重城隔。正倦倚、画阑吹笛。等月华、涌上南屏，重看一湖春色。　远陌。明霞垂碧。有堤碍轻桡，桥阻香勒。遥夜生凉，付云蓝墨溅，泪红纱幂。烟冷催寒食。听古寺、疏钟敲寂。只少年、冶梦成尘，遣愁未得。

齐天乐 牡丹

朝云吹热阑干影，春情故园初透。鲛泪量波，龙香捣夜，魂断艳歌芳酒。韶光易负。看舞倦金钗，有人垂手。说起相逢，不辞延伫为君瘦。　倾城恩怨罢数。腻红开未了，题句难就。剩月瑶台，零风锦幄，付与寻常花柳。游仙梦久。愿重倩啼鹃，祝伊长寿。软入尘衣，客怀浑似旧。

踏莎行 孙尔安小照

残月明湖，荒烟画院。当初只是寻常见。双成宅畔又逢君，沧桑愁压吴船满。　白雪诗香，青毡梦暖。镜中颜色何曾变。东风万一许相干，休教吹皱观河面。

甘草子

将暮扑面香尘，灯影迷琼户。昨夜段家桥，今日吴松

路。　　若过那时联床处。且莫把、长途轻数。一自登车别君去，便悄无风雨。

虞美人　题余十眉《寄心琐语》

当年双桨鸳湖路。一片烟和雨。画簾才放又黄昏。不见玉妆台畔改诗人。　　乌丝密字重重写。红泪珍珠下。莫将沉醉怨东风。地久天长何处不相逢。

临江仙　八月徐园雅集

铜辇秋衾温昨梦，软尘红煞香街。相逢无恙又天涯。十千论酒价，百一数诗牌。　　底事江南忘不得，个人西北偏佳。尊前可惜损风怀，吟成归去晚，残月恋空阶。

点绛唇　用觉翁韵

回首空城，水香吹上湖滨路。暮鸦啼树。可是双棲处。　　杨柳当门，苦苦催人去。春愁贮。暗黄千缕。不抵风中絮。

堇父词选

洪奂，字堇父，浙江淳安人。今录词三首。

庆春宫　送别张砚公

玉漏沉莲，云帆隔树，断肠悄语凄听。蜡炬愁封，蛮弦怨咽，自怜兰絮漂零。俊游重忆，认江水、青罗瘦萦。万千心事，可奈中宵，残笛声声。　　旧时月色分明。换羽移宫，商略吟情。急景凋年，峭寒侵梦，更堪别绪频增。翠微霜老，尽飞上、潘郎鬓星。酒销花歇，后夜伊谁，共翦孤灯。

江城梅花引 冬柳

舞衣零落意凄凉。对斜阳。怨斜阳。折损腰肢，依旧罥寒塘。昔日繁华浑似梦，况羌笛，一声声、更断肠。　　断肠。断肠。不可望。别绪长。别憾长。憾也憾也，憾不得、牵住归韁。十里长堤，迎送为谁忙。惆怅晓风残月里，人去后，賸寒鸦、点鬓霜。

一剪梅 和蕃卿先生原韵

两字秋心合做愁。江上归舟。沙上闲鸥。蒹葭如雪落汀洲。半舞桥头。半上人头。　　耿耿银河淡欲浮。月照南楼。人倚东楼。西风黄叶去难留。一念思秋。一念悲秋。

词选卷二

匪石词选

陈世宜，字匪石，江苏江宁人。今录词十六首。

贺新凉 吊史阁部墓

廿四桥边路。黯魂销、疏烟淡月，岭梅千树。汉代衣冠今在否，付与寒蛩自语。更几辈、芜城能赋。一水弯环山下过，共江潮、呜咽声如诉。禾黍恨，一坏土。　　残旗旧日临江浒。痛南都、松楸不老，河山非故。石上遗书琳琅字，万古云霄一羽。问华屋、生存何处。《燕子》《春灯》歌舞歇，废园亭、门掩风和雨。争似此，百灵护。

六幺令

薄寒侵幙，锢阁暗云积。春心逗成微雨，望里乱丝织。柳眼才舒又倦，惘惘楼头色。露桥尘陌。东风绿遍，甚处天涯万山隔。　　犹忆催花座上，羯鼓曾亲击。却怕归雁声中，锦字难寻绎。依样年华似水，门掩梨花寂。古欢追觅。探芳人老，静倚阑干手空拍。

沁园春 槟屿赠莼农

历历关河，万里投荒，强说壮游。任歌成锦瑟，独弹古调；吹残玉笛，暗寄清愁。法曲飘零，文章羁旅，何处骚坛盟订鸥。帆风利，喜足音空谷，送到扁舟。　夷犹。鸿爪痕留。况一例吴歈能唱酬。念词人花外，新歌迭奏；游踪海澨，奇迹穷搜。片片蛮云，声声犵鸟，写入蛮荒志异不？君须记，是仙山有主，气食朝牛。

浣溪纱 和孟砚狱中韵

枫冷霜凄月落时。西风吹老玉参差。危阑烟锁夕阳迟。
片片愁云迷雁塞，丝丝泪雨洗燕支。几人解道是相思。

摸鱼儿 重九

叹秋风、者般容易，一年一度重九。沧桑人世烟云幻，三径黄花依旧。还賸有。那带病枯蝉，几个嘶残柳。柔肠转又。在百尺台荒，千峰树秃，风雨满城后。　登临处，一片悲笳迭奏。西风险被吹瘦。惊寒梦与声俱断，北雁南来时候。休送酒。听郭索声声，闲却持螯手。愁丝织就。况念远伤高，牛山竟夕，红泪染枫透。

蝶恋花 和中罍韵即以为赠

淡月侵簾寒拥袖。剑胆箫心，为甚年来负。点点泪痕襟上旧。纱窗影飐灯如豆。　不是黄花魂也瘦。写入秋心，摇落江潭候。展得愁眉眉又皱。填词老去闲清昼。

沉醉钧天高尺五。花事阑珊，不与春为主。银烛烧红深夜语。高丘零落嗟无女。　血泪斑斑啼杜宇。梵呗无聊，簾底教鹦鹉。沦落天涯心共许。西窗同听芭蕉雨。

卜算子

记得冶春时，燕子双双语。寂寞簾栊燕又来，簾外丝丝雨。　　愁共暗鸦啼，梦逐归鸿去。白日无情解笑人，悔劝驹光住。

烛影摇红　久滞瘴海，归期屡讹，倚此写怨

草色无情，绿窗永日深深护。炎云净卷换新凉，一枕啼秋雨。笔底都无秀句。客愁深、年华暗度。倚阑遥望，一发神州，家山何处。　　鹤冷猿孤，小园红萼谁为主。玉珰空有别来书，掩泪和鹃语。底事将春系住。怅归期、而今间阻。可怜依旧，梦里乡关，天涯羁旅。

好事近　题娄东某夫人《红情绿意图》

灿烂玉交枝，腕底破寒犹力。一幅鸳鸯春软，绣金针神得。　　双声敲与翠禽听，孤山漫相忆。临镜额妆自写，透南枝消息。

声声慢　题秦特臣《淮海诗词丛话》

微云情绪，小石宗风，虫丝夜吐秋深。月冷钩残，天涯无限伤心。潇湘带愁流后，賸黄鹂、长伴孤吟。寥落感，是人和天瘦，又到而今。　　重把珍闻收拾，对飞花片片，独弔藤阴。劫火灰干，人间享帚千金。（淮海文字，曾罹元祐党禁之厄。）方回一般肠断，更西河、墨泪盈襟。芳草恨，算江南、幽梦未沉。

霜花腴　菊花，和梦窗韵，依四声

泪丛怨色，仗晚香，重来恋取衰冠。霜影愁孱，月痕疑

碎，秋心替写仍难。故园地宽。劝素英、休落风前。向孤松、旧约追寻，径荒秋老倚天寒。　　闻说露枝犹见，甚惊飙一夕，又蜕枯蝉。才得黄回，依然金散，斑斑恨墨题笺。泛觥作船。倩滟波、留住婵娟。怕无言、淡了伊人，卷簾相对看。

瑞龙吟　淞滨久客，游赏多在徐园，离合悲欢，事乃万状。乙卯立秋前一日，春音词社又集于此，檗子和清真此调见示，率同其韵

长堤路。还见冷翠侵苔，暝烟笼树。枝头声咽残蝉，院槐自老，新凉处处。　　漫回伫。前度绽桃春晚，笑窥簾户。年年换却秋风，旧时燕子，西窗倦语。　　重鼓探芳馀兴，采菱低唱，垂杨慵舞。桑海泪中相看，人半新故。冰弦掩抑，无限伤心句。凭谁话、江皋佩影，幽廊屧（作平）步。过眼繁华去。题襟賸有，诗情酒绪。平翦愁千缕。偏又是，纷纷梧桐吹雨。梦痕暗结，一天云絮。

甘州　送重由二弟之京师

正潇潇暮雨做清秋，西风动江城。飐灯窗双影，绳床碎语，浊醑深擎。别绪千丝未理，津鼓促征程。昨夜微霜雁，寒阵初惊。　　莫重话飘蓬身世，渺故园一角，梦委荒荆。况风尘催老，华发渐星星。望长安、浮云轻蔽，幻古愁、桑入海波腥。叮咛语、有宫驼泪，休洒新亭。

桃源忆故人　遁初三周忌日赋感

青青堤柳窥人眼。昙梦三春犹短。鹃血枝头红溅泪，点荆驼满。　　花城低祝香魂返。津鼓桃源谁唤？日绕画梁千

转。几个衔泥燕。

浣溪纱 三月二十一日同檗子作

听彻当筵定子歌。杨花带雨舞傞傞。梦回九九夜寒多。化骨错疑丹药换，孤琴痴盼素弦和。羞红强说醉颜酡。

杏佛词选

杨铨，字杏佛，江苏清江人。今录词五首

贺新凉 送芾煌返蜀

杜宇催归去。正长安、枇杷结子，绿杨飞絮。同学英才多不贱，子又群中钟吕。肆雄辩、折冲尊俎。同是浮萍飘大海，莽征途、无意还相遇。天下事，多如许。　　群雄逐鹿忙争据。惨中原、干戈水火，可怜焦土。衽席苍生男子事，肯把千秋自误。但行矣、何须凝伫。愧我庸庸徒哺啜，只随人、俯仰谋升黍。祝了去，功名树。

满庭芳 复生归蜀赋此赠别

博浪椎空，嬴秦朝换，男儿生入乡关。头颅依旧，心志肯阑珊。料理琴书归去，游云倦、且暂还山。长亭路，离愁无那，为唱大刀环。　　艰难伤此日，薰莸莫辨，蔺芷投闲。纵青莲化舌，难喻痴顽。且把英雄岁月，消受他、云鬟烟鬟。纱窗里，清狂宜减，着意偎红颜。

念奴娇 罗花山中，用东坡韵

蔓天衰草，望山光岚气，幻成云物。十里焦原生意尽，满眼蓬蒿颓壁。寂寂寒林，萧萧耕马，雀啄山头雪。一声长啸，古今谁是豪杰。　　自笑作客年年，情怀渐减，幽恨因风发。红豆抛残清泪冷，往事心头明灭。鸿雁南飞，大江东去，闲尽冲冠发。凭高无语，前村又见明月。

贺新凉　题亚子《分湖旧隐图》

一勺分湖水。问年年、扁舟选胜，俊游能几。乱世不容刘琨隐，满眼湖山杀气。更谁辨、渔樵滋味。莫便声声亡国恨，运金戈、返日男儿事。风与月，日丢起。　　征尘黯黯中原里。四千年，文明古国，兴亡如此。燕子东飞江潮哑，儿女新亭堕泪。何处是、扶危奇士。不畏侏儒能席卷，怕匹夫、不解为奴耻。肩此责，吾与子。

贺新凉　弔季彭自溺

九地黄流注。叩苍穹、沉沉万象，当关豺虎。呕尽心肝无人解，惟有湘灵堪语。忍独醒、呻吟终古。眼见英雄成白骨，好头颅、未易苍生苦。心化血，血成雨。　　一泓浊井埋身处。赋招魂、胥潮呜咽，蜀鹃凄楚。河汉精灵归华岳，谁向清流弔取。但冉冉、斜阳西去。试向中原男子问，有几人、不欲臣强虏。生愧死，死无所。

中泠词选

叶玉森，字中泠，江苏丹徒人。今录词十二首。

卜算子　用鹭翁韵

心似未灰檀，眼似将舒柳。腊鼓谁家赛细腰，喧得春魂透。　　酒是瓮头新，泪是襟边旧。拚醉翻愁梦易成，梦里江山瘦。

点绛唇　原用梦窗韵

前度芳时，雾航晓泊枫桥路。蒙蒙春树。揩眼听钟处。携酒重来，目送花飞去。闲愁贮。谁家筝缕。苦苦牵云絮。

相见欢　用沤尹韵

数星凉似秋萤。故吹灯。暗觉心光一穗、吐微明。宵来雨。江头树。嫩青生。只恐杨丝牵出、乱莺声。

鹧鸪天　用鹜翁韵

高枕龙渊尽醉眠。梦闻汉武敕开边。蛮夷大长须如蝟，都护将军臂似猿。　　逾瀚海，出祁连。幕南都属汉山川。会当痛饮蒲桃酒，更促阏氏替拂弦。

踏莎行　用沤尹韵

春草牵裙，夕阳兜扇。花开陌上清游遍。乱山处处有啼鹃，闹红未信芳华变。　　酒半回肠，灯初揩眼。蘼芜颜色罗敷怨。鸾咽欲转不成声，输他软语双飞燕。

太常引　用忍庵韵

狗屠燕市筑声高。块垒酒难消。醉眼对花摇。记门巷、胭脂那条。　　分明影事，归车缓缓，残月虎坊桥。飞梦托兰桡。莫漫唱、天风海涛。

燕归梁　用忍庵韵、梦窗体

雨后春山笑靥开。携泪上苏台。衔花麋鹿几时回。问斜阳、有馀哀。　　吴宫自昔饶芳草，惨碧乱莺催。翠鞶响屧梦多违。唤西施、醉金杯。

夜游宫　用鹜翁韵

干了湘妃泪雨。怕重倚、竹枝愁诉。常子金蚪去何处？恼宫鹦，日沉吟，断肠句。　　莫放春风去。长相忆、琼楼珠树。听罢霓裳羽衣舞。又花梢，雨淋铃，暗凝伫。

霜天晓角　用沤尹韵

苍岩老木。春满狂花屋。曾记幽居苦独。开门款、野云宿。　　灭烛。离绪触。旧游邀梦续。招得山中猿鹤，和明月、踏新绿。

极相思　用沤尹韵

冰奁圆影新磨。紫凤簇軿过。华鬘天上，客星都醉，鹊汉无波。　　莫话清虚宫外事，怕无端、蹙损秋蛾。未知今夕，琼楼高处，可觉寒多。

夜行船　用鹜翁韵

冷语芦花辞已费。掬肝胆、与鸥同洗。雨细风斜烟寒日，短兀地、做成憔悴。　　欲向桃源通一纸。问今日、山中何世。只恐桃花，一般沦落，肠断武陵春水。

眉妩　赋河东君妆镜拓本

怅桃花啼泪，锦树埋琴，淮水故凄哽。红豆庄何在，蛾眉死，菱盘千古冰炯。绛云烬冷。便翠奁、微带烟晕。算修到，星靥霜丝并，艳簾下风韵。　　撞破金瓯谁省。省一规明月，依旧清迥。不尽蘼芜怨，新妆罢，当时青鬓羞映。麝笺泪隐。似美人、鹃血犹沁。笑擎掌犀盃，巾帽影、那堪整。

眉孙词选

吴清庠，字眉孙，江苏丹徒人。今录词三首。

齐天乐 蟋蟀

一生只有秋知己，悲吟自成机杼。昨夜风寒，今宵露重，来日零霜更苦。凄凉欲诉。问谁照银釭，谁调玉柱。梦冷莓苔，断肠花底月将曙。　　千金声价减尽，枉牙笼绣枕，长记前度。绿草魂危，黄花骨瘦，愁绝王孙老去。岁华已暮。尚努力缘阶，含悽入户。锦样蓑衣，可堪形影顾。

一声声唤秋魂醒，痴才量难禁受。寂寂虚堂，阴阴坏壁，衰草斜阳时候。西风苦骤。怪连损金腰，当翘铁首。可是伤心，眼前黄菊太消瘦。　　肃晨初过白露，料呼灯灌穴，深夜人有。宰相风流，君王月日，能否山河如旧。休谭胜负。便巧制金笼，恐输篱豆。各自相怜，漫疑还自斗。

水龙吟 咏萍

绝怜身世飘沦，相逢记值芙蓉渡。江湖容易，暮春三月，东风几度。人在垂杨，一声玉笛，断肠旧谱。叹托根太浅，前生命薄，宜魂梦、随鸥鹭。　　欲拾残红寄汝。托微波、怨词难诉。因缘烟散，性情水冷，不堪自主。便尔开花，也能结实，怕含酸楚。采数枝、留证卿卿小影，抵黄金铸。

挥孙词选

张素，字挥孙，江苏丹阳人。今录词五首。

八声甘州 雨意，和小柳韵

算韶光九十去匆匆，落花满红楼。更轻寒微雨，飘灯几处，珠箔斜钩。底事东风恅憧，不把梦痕留。啼鴂千山里，诉我春愁。　　倚枕听来天晓，正杏花唤卖，门巷烟收。感天涯羁旅，踪迹拟沙鸥。剩斑痕、和烟和絮，者客衫、惟有泪相酬。应怜我、岁华波远，付与东流。

兰陵王 用美成韵，送小柳赴沈阳

暮隄直。弥望江波涨碧。离恨远，天际草迷，黯黯征衫怎风色。悲吟又去国。心绪。怜他楚客。凭量取，情泪浅深，潭水桃花几多尺。　　还思旧游迹。有柳折关城，花藉琴席。侯门鲭老人传食。奈万里蓬转，一声骊唱，水邮山路不计驿。暮云阻南北。　　悽恻。鬓丝积。想雨过灯幽，簾影孤寂。伤时恨别何终极。只曲院惊梦，晚楼吹笛。飘零如我，倘念到，泪暗滴。

琵琶仙 客窗坐雨

簾雨吹阴，又还近、四月迎梅时节。几度轻点征衫，香尘细无迹。乡梦远、江南万里，定花落、水流肥鳜。紫陌三条，青帘一桁，来问消息。　　漫嫌是、衣袂寒单，镇炉霭、微濛篆烟结。更有最消魂处，在黄昏檐滴。关塞外、春愁欲碎，舞柳花、侧风面急。奈此芳草天涯，数声啼鹆。

金缕曲 送力山之官太平

送汝汀洲去。问何物、可供采撷，白蘋芳杜。斗大衙斋清无事，耳听敲残官鼓。更拉个、髯参短簿。日夕吟哦心怡旷，似当年、王俭红莲府。谣诼辈，漫轻妒。嗟予早被儒冠误。只年年、送人作郡，客游辛苦。杯酒逢君输心曲，且脱宝刀赠与。倏又是、骊歌满路。昔日知交今言别，念消魂、惟有江淹赋。家国事，力须努。

摸鱼儿 赠影禅

擅才情、万言衮衮，书生空有谈论。主持清议春秋职，比似将军专阃。神色奋。好词锋触处，所向无坚阵。称尧道舜。便霹雳天惊，泰山地厌，两目未曾瞬。　　家国事，一一都萦方寸。贾生何限忧愤。议郎两字头衔贵，顾惜竟同破甑。君莫问。君记取市声，一閧成厮浑。即今闷闷。且挟瑟呆趋，行歌燕市，举酒润枯吻。

万里词选

蒋同超，字万里，江苏无锡人。今录词一首。

如此江山

江山如此无人管。神州陆沉重见。祖脉昆仑，长流扬子，延得文明一线。天涯目断。看地尽尧封，疆分禹甸。一发中原，黄权濩落手谁援。　　古今豪杰何限。那二十四朝，底事龙战。莽莽欧风，沉沉墨雨，何似蓬莱清浅。茫茫震旦。慨前代沧桑，几经天演。民族潮流，一声声拍岸。

莼农词选

王蕴章，字莼农，江苏无锡人。今录词三十首。

貂裘换酒 题剑霖《鸿影楼诗记》

辜负屠龙手。怪吹来、商音一片，雨僝风僽。比似江南肠断句，赢得秦青石瘦。浑不记、玉肤碧袖。忽忆海棠花下誓、賸绿章、难上通明奏。鸾韵杳，忍回首。　　三生旧恨君知否。尽当年、兰茗翡翠，神萦刘柳。琯朗分明怜始影，莫问鸳池春皱。但撷尽、相思红豆。散作华鬘零粉絮，也瑶装、笙鹤安排就。钗钿约，好重遘。

如许春痕瘦。甚东风、绉将愁至，落红湿透。玉局中心弹未了，诉出芝焚巫岫。有耨达、前尘遥逗。小劫梨云惊噩梦，拥金屏、独系香囊肘。花魄碎，泪珠溜。　　新诗三复浑如绣。只些些、璚思瑶想，也难消受。蘅炷烧残松雾冷，凤返秦楼还又。况更有、词缄豆蔻。好句尽删长恨集，证兰因、依旧成佳耦。君应笑，一开口。

买陂塘 剑霜遗稿付印，用两月而竣。感逝怀人，复填此解。玉笥云霾，牙琴弦涩，言愁我始愁矣

怅无端、西风黄叶，呕将心事如许。词人去后春情减，难忘昔年韦杜。秋又暮。算撅笛山阳，不是江南路。摇云散雨。问柳访秦淮，花看吴苑，旧约记何处。　　销魂事，总

付旗亭后侣。阿谁款段归去。十年萧瑟乡关梦，也只登楼能赋。身已误。更怨粉啼香，零落金荃谱。闲愁且住。道有个今徐，翦葺补毳，一笑为君舞。

金缕曲

鹦鹉偏能语。苦爰居、沉沉长夜，享他钟鼓。秋雁一行心万里，劫换虫沙还苦。看细燕、轻狸无主。唤起铜驼醒也未，鹤归来、城郭都非故。行不得，鹧鸪住。　　冤禽精卫漫思补。海茫茫、鱼龙涌起，波翻云舞。鸦背夕阳红正好，一棹鸱夷何处。算生作、号寒原误。咽尽枯蝉衣早断，织西风、络纬愁如许。且让与，候蛩诉。

满江红　缅甸金塔从立如笔，缅俗佞佛，相传昔英兵据缅时，缅王犹膜拜塔下也。最著者为大光塔，西人游览者履声橐橐。华人则必跣两后入，不则以为污亵佛地，山僧且呵斥及之矣

笔立苍茫，写不尽、惊人诗句。却付与、塔铃愁绝，声声凄诉。如此楼台天不管，任他风雨春无主。听残僧、指点说沧桑，今非古。　　丛林迥，云飞驻。江影落，山痕聚。算庄严三宝，登临难许。佛寺宵深红烛泪，故宫花老斜阳怒。问何如、带砺奠山河，金瓯补。

琵琶仙　三度太平，车外见夹岸池荷摇落尽矣，感成一解

越女重来，惊换了、一幅秋容如画。贴镜看足田田，凌波阻遥夜。料应怨、西风嫁与，心最苦、舞衣红卸。露立前宵，莲房梦断，铅泪偷泻。　　记当日、听雨珠簾，浑不管、江南旧游冶。三十六陂无恙，冷香魂先化。便洒

乱、菰蒲万点，更苇苕、暗占亭榭。愁煞花底鸳鸯，怎时醒也。

如此江山 香港太平山巉崩壁立，西人置机山巅，设轨敷练，曳两车辘轳而上。山中楼台如画，绣球、杜鹃之花，遍植皆是。天风吹衣，海波如镜，殊有清都咫尺想。凝眺徘徊，怆然成赋

天梯石栈钩连上，荡胸白云来去。山蘸眉青，波揩镜碧，红衬斜阳无主。岑楼燕语。似辛苦衔泥，负他前度。恨煞莺花，春光如许等闲误。　　尘海频惊倦旅。登临无限好，只是迟暮。万籁停风，一钩堕月，渐有鱼龙起舞。羁怀漫诉。扪尺五星辰，寄愁何处。独立苍茫，几声啼杜宇。

浣溪纱 太平公园绝似扬州红桥风景，赋此为故乡鸥鸟问

春色湾头泊画桡。东风愁损楚娘腰。二分明月最魂销。

漫托行云依碧树，浪传消息到红桥。禁他酒醒又今朝。

虞美人 薄游芙蓉，墙角一枝红艳，镜槛中小影也，宠之以词

新妆宜面残红印。楼与花双称。涉江浑欲忏相思。添了些儿心事没人知。　　柳枝不共天涯老。（海南无柳。）门掩秋风悄。多情算有月初三。更画入时眉样忆江南。

鹧鸪天 西风树树，言愁欲愁，偶拈此解，奉和梦坡丈礼查感事之作

消息无端误谢桥。痴云阁雨暗过潮。不知秋思谁家好，只觉春情隔座销。翻白纻，妒青袍。相看俱是鬓萧萧。窥簾试认双栖影，燕别雕梁营幕巢。

玉雁秋离语欲酸。西风战梦到更残。疏花著雨无心媚，病叶惊霜作意寒。　　萦别绪，忆前欢。江山如此莫凭阑。吟尊记吸蓬莱浅，又种红桑几度看。

秋宵吟 此白石自度曲也。万红友疑为双拽头，改为三叠。戈顺卿引玉田《词源》、朱子《仪礼经传通解》，证为越调，且云白石原词“古簾空至，箭壶催晓”与下引“凉飔至暮烟帆草”，句法既同，旁谱亦无少异。前“晓”字用六上四，后“草”字亦用六上四，可悟“六”字为杀声，兼上四毕曲，与石湖仙同调。其中平仄无一字可移动，叶韵皆用上声，诸去声字尤为吃紧。考订音律，可谓精审。独怪戈氏《广川书屋》之作，仍与白石原谱多所出入。秋宵坐雨，万感如潮，倚声及此，敢云石帚之遗，聊正翠微之失。即呈庞二、檗子、陈大、匪石，并索同赋

瞑蛩啼，病鹤语。换了天涯芳序。华年短、渐思冷银床，恨裁金缕。　　扫闲阶，浣绣圃。竟夕秋声无主。徘徊久、正悴叶辞枝，暗尘侵柱。　　赋拟江南，忍更说、珠歌翠舞。忏红花褪，蘸碧云轻，影瘦旧眉妩。消息青鸾阻。那角屏山，心事细数。待何时、梦煮西窗，棋局箫局话夜雨。

如此江山 题秦涤尘《淮海先生诗词丛话》

断肠谁唱江南句，方回只今难问。孤馆鹃声，驿桥鱼素，觅遍桃源无分。党碑名姓。付山抹微云，自传幽恨。唤起红红，古香片片袖红揾。　　签縢闲征往事，风流原未坠，旧家疏俊。凤纸言愁，乌丝界泪，賸有莺花消领。（芮国器《莺花亭怀古》诗云：“人言多伎亦多穷，随意文章要底工？淮

海秦郎天下士，一生怀抱百忧中。”郭十三最赏之。）蟾蜍研润。更说与蒉洲，雅谈堪并。门掩春寒，玉箫还谱韵。

貂裘换酒 钝根老友遁迹山中，憔悴可念。日前以《红薇感旧记》索题，率成此解，以为他日相思张本。钝根见之，当知余怀之渺渺也

脱帽悲歌起。数平生、一箫一剑，更无知己。不是扬州狂杜牧，十载坠欢重理。只赢得、鬓星星矣。骏马美人都去也，莽乾坤、合为多情死。负汝者，有如水。　狂言忽发君须记。遍相思、灵均香草，澧兰沅芷。结客他年公事了，还我倾城名士。更碌碌、嗤他馀子。痛哭山中闲日月，肯如今、短了英雄气。浮大白，拚沉醉。

点绛唇 乙卯上巳修禊，随庵招饮惜春妆阁，分韵得在字

为惜春归，看花撷取芳兰佩。曲江飞盖，花事今宵最。

一院莺声，唤起春如海。春无赖。薄妆蛾黛。赢得春愁在。

减字木兰花 题南通徐澹庐《梅花山馆读书图》

紫琅山畔。山色窥簾闲不卷。红袖香温。疏影横斜月到门。　春风笔底。细嚼梅花梅熟矣。我亦天涯。老树秋根苦忆家。

浣溪纱 题云间宋梦仙女士遗画，为许幻园赋

半梦吴绫禁晓寒。玉楼残梦最难圆。好嬉倒印泪阑干。

慧业都从天上种，愁痕还向画中看。为伊惆怅写银纨。

醉太平 倾城夫人《拗风廊图》为寒琼题

香消酒醒。参斜斗横。芦簾纸阁双声。修梅花几生。

前身玉京。仙山紫清。闲来写入丹青。署倾城小名。

惜红衣 沪南李公祠，池荷特盛；池后小山，曲径回环，幽秀尤绝。乙卯晚秋，余偕徐丈仲可往游，花事凋零，空梁泥落，合肥铜像，仆于辛亥之役。劫后重建，金碧凄黯，亦非复曩观矣。感怆成吟，和石帚韵

澹柳扶烟，零花熨日。做秋无力。净洗池塘，西风换愁碧。青铜瘦影，还问讯、淮南仙客。岑寂。鹃语断红，说春归消息。　　黄沙怒陌。玉垒浮云，香尘半狼籍。沧波费泪帝国。梦魂北。喜有小山丛桂，且共词人登历。看阵惊寒雁，飞破一痕霜色。

浣溪纱 题芷畦《柳溪柳枝图》

绝妙才华绝妙词。几声水调足相思。竹枝唱后又桃枝。

襟上泪痕浓似酒，客中愁绪细于丝。最难风晓月残时。

踠地柔条尔许长。江南何处不斜阳。西风树树尽思量。

粉本如披图蛱蝶，櫂歌好继湖鸳鸯。移家拟傍水云乡。

烛影摇红 春音社五集赋唐花

春冷瑶天，化工偷换繁华主。眼前红紫总承恩，金屋深深护。翻尽洛阳旧谱。试新妆、浓薰如雾。几番梳洗，着意温存，霎时尘土。　　荣落无端，最怜身世冬烘误。凄凉羯鼓说开元，香梦成今古。愁杀熯寒院宇。驻韶颜、东风未许。马塍塘畔，（唐花一名塘花，出马塍塘。见《癸辛杂志》。）芳讯匆匆，花魂醒否。

高阳台 瓦砚一，长尺半，阔八寸，中为瓢形，背隐起六隶字，甚清劲，曰“建安十五年造”，与《容斋续笔》所载相同。明都元敬大书“铜台汉瓦”四字于上，两旁镌铭云：“昔为瓦，藏歌童，及舞马；今为砚，侑图史，承铅椠。”乌乎！其为瓦也，不知其为砚也，然则千百年后，安知其不复为瓦也？盖豪雄武人，不得而有之；子墨客卿，固得而有之也。吾是以喟然有感于物也。乙卯冬日，得于海上春音社六集拟赋

腻逼琴纹，（《偃曝谈馀》：“铜雀瓦砚，真者上有油纹，曰琴纹。又有白花，曰锡花。”）润蒸雨气，（何春渚咏雀台瓦砚诗：“锡花封雨苔。”又宋无诗：“墨池蒸雨出沧溟。”）隔林翡翠宵寒。化作鸳魂，东风野火烧残。苍苔玉匣前朝字，梦瑶台、捣麝成团。伴吟毫，横槊豪情，燃墨馀欢。（《河朔访古记》：“雀台北为冰井台，藏石墨，可书，又爇之难尽。”）一坏可是西陵土，但香分螺黛，怨诉糜丸。泪滴蟾蜍，向微凹处汍澜。红丝不系珊瑚网，认镌华、金薤依然。（《铁网珊瑚》《金薤琳琅》，均元敬著。此砚俱见著录。）镇依人，赋写登楼，诗写江关。

思佳客 题武林丁松生先生丙《风未庵图》。庵燬于红羊之劫。今先生之哲嗣和甫丈重建于西溪

卜筑藤萝意自闲。西溪风雨夜来寒。十年堂构完先泽，一室芸香理古懽。　松萝冷，（松生先生之著书处曰松梦寮。）菊吟残。（《菊边吟稿》，为松生先生遗著。）劫灰还向画中看。思亲我亦频挥泪，（庵中有亭曰思亲。）杨柳闾门屋数间。（用梦窗句。余幼随先大夫僦寓吴趋坊畔。皋鱼之痛，忽忽十年矣。）

庆清朝 题徐仲可女公子新华遗画

跨月乘鸾，梦云化凤，碧城人去迢迢。玉映当年红丝，小研亲调。画取仙山一角，黛螺分影上生绡。含毫惯，绿窗清课，想见垂髫。　　比似吴绫半臂，共西河都讲，茗玉名珊。洗尽铅华，还留墨泪痕飘。为问生来慧业，春风笔底断魂招。伤心处，纯飞香偈，谱入琼箫。

桃源忆故人 钝初三周忌日，匪石赋词追悼，予亦继声

三年碧化东门眼。草拔卷葹心短。残泪铜仙红溅。斜照烟芜满。　　归辽神鹤何时返？杜宇声声愁唤。只有春魂不转。冷笑闲莺燕。

喝火令 丙辰三月廿一日作

蝶梦还圆否，龙飞出骨无。窥簾燕子错相呼。怎地空房小胆，耽阁绣工夫。　　对面嫌人逼，回身倩影扶。含羞寄与十眉图。试问而今，果否悔当初。试问而今，便把当初悔了又何如？

八声甘州 别侯大戢庵久矣。今春两见于里门，并为介于凌大伯昇，同登东横山梅园，望太湖，取道惠麓，买鲜醉泉亭而归。翌日又为春申江之行，赋此却寄

又东风吹我落天涯，相逢鬓丝苍。料山灵笑客，倦游何处，不傍鸥乡。斫地长歌谁识，未减少年狂。且住为佳耳，小酌壶觞。　　七十二峰无语，荡鳞波万顷，浅晕眉妆。怕鱼龙睡稳，一例梦沧桑。莫再向、梅边谱笛，换悲笳、四野正凄凉。归休也、倚阑干处，总是斜阳。

临江仙 沪宁车中所见，满地皆莱花，杨柳中时露春旗一角，则戒严声中之防务也。忏红内史曰：“农事荒矣，子盍为词纪之？”感成一解

几日平芜愁满眼，灌园谁傍高城。黄金铸泪太纵横。宫袍还妒否？布谷已无声。　　自是群芳吹欲尽，只馀此色分明。休将憔悴问苍生。裙腰青断了，寒角起孤营。

六丑 丙辰春尽日作

问东风底事，送笛里、梅魂轻别。采芳后期，花开谁劝惜。一谢难折。几误仙源路，洞迷香雨，蘸绛波千尺。玉骢待指青芜国。燕絮残泥，鹃啼剩血。红心泪痕同色。但斜阳烟柳，愁绪催织。　　江南消息。有庾郎赋笔。梦绕哀笳起，啼恨墨。怀中锦段非昔。换年时秀句，看朱成碧。高楼望、阵云西北。不堪是、掷遍金钱买了，好春无迹。繁华尽、还恋瑶席。怎两番、鼓吹池塘外，昏蛙闹夕。

瑞鹤仙 题李抱真残砚。砚作半月形，陈白沙制格，屈翁山题识。为武林马彝初赋

半规残月小。映霜华凉写，蛮笺凄调。璞平浣锦溪少。认冰丝红腻，泪盈孤抱。朱衣管帽。（抱真平居，管宁帽，朱子深衣。）墨痕飞、南云岭峤。补琳腴、不补娲天，鸲眼暗窥春老。　　谁草。陶泓佳传，（宋诗：“要与陶泓作佳传，老麋松液写黄庭。”）石友无言，吟窗愁悄。风泉夜啸。待重画，沧桑稿。（南海邝湛若有天风吹夜泉砚。）相缁尘京国，江花深梦，圆合湖鸥醒了。翦山眉、一角西樵，向人自好。

蜕庵词选

陈蜕，字蜕庵，江苏武进人。今录词十一首。

金缕曲 题红拂墓

可是当垆侣。又无端、红尘同谪，华堂一顾。旧约三生都不省，万古情魂一缕。更莫怨、当朝杨素。堂上将军原负腹，是名花、便合遭风雨。相逢晚，亦天数。　天涯何处埋香土。想如今、渌桥无恙，但为卿故。锦瑟华年愁里过，那更冲冠起舞。问今日、扶馀谁主。红袖青衫飘泊久，便相逢、只劝公毋渡。誓同穴，愿逢怒。

迈陂塘 听雪赠文娘

正宵深、漏沉灯烬。依依情话如哽。纸窗风翕簷冰坠，知有玉龙飞近。还自省。记二十年来，常拥孤衾听。客怀易冷。况咽岸潮生，打篷霰集，景与情相称。　而今更。雨泊风飘一梗。天涯沦落谁问。腰围持比文君黛，各自为情消损。君可信。试悄倚双肩，待晓临明镜。韶华转瞬。恐一夜青山，堆琼垛玉，头白已难认。

临江仙 遣春词

枉自月圆人寿，梅花开与谁看。分明消息漏春寒。客来迟问讯，灯烬倚栏杆。　休记瑶台青鸟语，谁知锦帐难瞒。醒时惆怅梦时欢。同衾人不觉，何况隔邯郸。

从此才知薄倖，那禁别著情愁。对花祝谢谢休留。吴钩腰下啸，横断爱河流。　　还怕迴波拦不住，向西长住溪头。今生他世两休休。长吟酬踽踏，仓舞傲温柔。

真个销魂何必，似曾相识都非。醒时当梦梦休题。三生拚碎石，七夕莫停机。　　我有回肠肠有泪，年来渐渐霏微。更无闲暇为人挥。要寻曾渍处，除是旧时衣。

杜牧扬州迟到，临邛海上空寻。鹣鹣鲽鲽隔升沉。不为飞与跃，那许说情深。　　记得当年多少事，伤心已到如今。不曾留事只留心。眼前无一物，休更著沉吟。

低唱党家锦帐，横弹马上琵琶。风流原是属豪华。情天无美景，著处便争差。　　还有伤心伤过我，千年恨史难查。夕阳行过玉钩斜。死生空艳说，尽是雨中花。

抛却已经抛却，思量尽自思量。情丝减短不添长。夜阑闻叹息，休信梦荒唐。　　记取坡仙曾道破，鸟声烟景匆忙。朝云坏土付斜阳。道旁谁氏墓，树上有鸳鸯。

仔细推寻世法，千年万里榛芜。脚踪蜿曲尽随�。分明人宛在，惆怅又何如。　　健者忘情明达悔，情生情灭情虚。君看充栋汗牛书。一从施卓死，宋玉亦登徒。

满江红　*和太一即次其二五初度韵*

生也何欢，偏情海、茫无终极。二十五年如待我，不堪今昔。解识东坡身化百，漫嗟庾信死濒十。待红心、寸寸接相思，终无日。　　回肠事，海难涤。尘生面，泪填臆。又新愁旧恨，都来相逼。笑看吴钩无挂处，梦行楚雨迷前迹。只月华、长照两边愁，情天碧。

水调歌头　*题文雪吟先生《渔舟垂柳图》*

满眼红尘鹜，何地著云霞。输他江湖浩漫，一舸载妻拏。住处系风垂柳，行处破烟双桨，只此足生涯。系舟岸上者，可肯脱朝靴。　　似闻说，今沧海，到将来。都教消涸，任人间遍种桑麻。难道湖中日月，和著淮南鸡犬，无处可乘槎。掉头一长笑，画里是吾家。

瞿安词选

吴梅，字瞿安，江苏吴县人。今录词八首。

眉妩　赋河东君妆镜拓本

算冰苔千点，雨叶双波，消损旧眉妩。照取春红豆，琴河梦，菱花犹记前度。翠鸾自舞。绊柳枝、连爱成缕。笑眠起，一样临池里，作去如是观否。　　分付。评量妆谱。怎涧东人老，巾帽非故。零落蘼芜怨，清霜后，朱楼谁问仙姥。鬓华细数。賸绛云、艳奁空补。又魂断沧桑，圆月影、怕回顾。

薄　倖

莽香人影。早一夜、天风梦冷。记醉踏、梁溪明月，秋入玉台冰净。算玳梁、修到双棲，红丝枉续频伽命。便泣露盟鹃，啼烟诔蝶，不耐梧桐秋警。　　问画阁、临妆处，犹泪雨黛痕悽迸。碧城夫容暮，人间天上，珮环消息西风等。指灵鸳镜。纵蓬山替证芳因，已是焉魂醒。欢踪似水，偏怪文园薄倖。

清商怨　题仇英《秋宵捣衣图》

枯桐黄月坠小。又玉关秋了。一杵西风，碎愁和泪捣。

朱鸾霜信定早。展蝶魂、凉梦曾到。暗摺衣皱，叠将方胜好。

霜花腴 步梦窗韵

病蟹咽雨，卷晚簾，纤痕绿上衣冠。秋老霜肥，露浓花瘦，吟怀醉醒都难。冶春梦宽。又数声、啼鴂尊前。怕他时、重证钗梁，茂陵蕉萃、钿盟寒。　　愁把玉笙呵暖，已西风瑟瑟，落叶哀蝉。消息江乡，阴晴门巷，闲情懒付诗笺。隔溪画船。尽玉荷、分照婵娟。背残英、掩了重关。剑花灯下看。

浣溪纱

轻约梨云蘸碧罗。薄脂微唾仗风搓。自将宝镜注双波。

圆梦莺儿惊梦早，噙花燕子碎花多。屏山六曲奈愁何。

如梦令

一剪秋痕消瘦。两点春痕微逗。花老蝶衣寒，尚有半篱厮守。依旧。依旧。不信蘼怀如酒。

虞美人

银荷回照江波浅。红上梨涡面。嫩寒天气最相思。却向海棠花下立多时。　　下簾又是黄昏雨。双燕衔春去。满庭芳草掩重门。约住一床胡蝶絮花魂。

寿楼春 题洪昉思《长生殿》乐府

招清虚纤阿。问开元影事，悽艳如何。记得长生秋夕，绛河微波。题玉燕、悲铜驼。算自来、欢场愁多。便锦袜留痕，香囊忏梦，愁过马嵬坡。　　梧桐雨，秋宵矬。指棠梨一树，谁弔青娥。可惜优昙身世，不如鹦哥。南内夜无人过。掩镜眉、依稀双蛾。只天上人间，霓裳羽衣长恨歌。

疚侬词选

余天遂，号疚侬，江苏昆山人。今录词三首。

小重山　题亚子《分湖旧隐图》

落墨苍茫烟水中。湖天风景好，画难工。诗人旧宅白云封。图一幅，佳话布江东。　　身世我飘蓬。敝庐都卖尽，叹飞鸿。得君闲地两三弓。菰芦里，便可息游踪。

高阳台　苇城钱剑秋得龙泉宝剑，因作《秋灯剑影图》。石予夫子代为索题，谨填此阕

古色幽微，寒芒隐约，千年英气难磨。賸到今朝，偏来装点吟窝。投时利器宁无分，黯伤怀、血溅山河。且闲看，冷绝银釭，痴绝飞蛾。　　风云决荡今何世，正烟漫碧宇，电铄金波。寸铁空持，只供侠士摩挲。七星光耀龙文绕，坐书城、好镇愁魔。夜阑时，卮酒酬心，弹铗高歌。

台城路　代赵心壶先生挽其从子伯雅。伯雅为吾乡有文行者，晚号松下居士。遗言题墓阡为“清遗民”，作《松下居士自传》以见志。心壶年少于伯雅，尝从之受学

玉楼一夜修文召，先生捧书驰去。矮屋荒江，白云红日，曾见沧桑几度。人间小住。只松下盘桓，自矜垂暮。世

变靡常，此心莫谓无凭据。　　当初群从子弟，并蜚声艺苑，文美彪著。行辈君差，年华我少，也许门墙忝附。悲含朝露。问海上成连，遽归何处？试拨琴弦，有哀音绕树。

剑华词选

俞锷，字剑华，江苏太仓人。今录词九首。

鹊桥仙　七夕约匪石、可生同赋

针楼人杳，星槎路隔，空忆钗钿私语。南飞有翼替填河，却不管、人间愁苦。　　凉蟾浸水，乱蛩啼露，瓜果尚怜儿女。箭河催晓彩云空，别泪洒、一天疏雨。是夕夜半用。

惜秋华　中元月蚀

海宇澄秋，早盂兰献节，霏烟如雾。碾玉镜空，云軿渺归何许。笙楼月正清圆，蓦一搭、煤炲横叙。凄迷，看金轮渐缺，空喧官鼓。　　搔鬓悄无语。倚阑干只欠，此肩眉妩。甚邻杵、和络纬，又催机杼。仙娥纵断尘缘，也难免、闇虚吞吐。清苦。暗消磨、满襟风露。

惜分钗　寄尘见慰悼亡之作，怅然赋答

铜华掩。芙蓉面。锦弦拨尽孤鸾怨。五更钟。半床风。唤也无声，梦也无踪。空空。　　梧桐院。秋声颤。药铛经案支疏倦。薄寒笼。豆灯红。反悔从前，忒煞情浓。匆匆。

摸鱼儿　题芷畦《柳溪竹枝词》

买陂塘、紫莼乡里。十年豪气销未。南邻北里遥相望，

多少旧家门第。斜照里。共涧钓山樵，闲数兴衰事。斟酣热耳。谱鱼笛蕢洲，沧桑小识，风土岁时记。　　清溪好，双桨菰蒲共舣。辞秦人忆苏季。（昔年曾共令弟志成坐小艇，自魏塘至柳溪小驻。）春桥杨柳应无恙，笑我鬓丝黄矣。高隐地。只让汝、搜松访石歌相继。（闻君又续赋竹枝若干首。）烟尘隔水。怕百尺楼高，天风夜度，犹是恼清睡。

菩萨蛮　九日和小柳韵

蚊帱凉认宵来雨。雨过犹绿秋深树。游子尽天涯。何人独忆家。　　沉浮经岁梦。佳节愁中送。斜日岸巾多。招邀金叵罗。

一剪梅　和朴庵

尘鬓霜堆镜里华。病是生涯。恨是生涯。一天凉意逼屏纱。白了秋花。黄了秋花。　　不惜登临醉帽斜。人也涂鸦。雁也涂鸦。归帆数点望中赊。信又相遮。梦又相遮。

一萼红　赠一品红继小柳作

甚天风。趁笛声牛背，吹出舞妆红。步障惊鸿。歌梁妬燕，弓弯擎掌玲珑。小眉共、斜波学语，笑打鸭、何事闹乌龙。窥镜迷离，横刀朴朔，谁认雌雄。　　应惜天涯轻絮，堕西湖梦里，梦也惺忪。豆蔻春才，樱桃泪远，奈他狂蝶游蜂。最苦是、萧萧暮雨，误空阶、人立梵王宫。（是夕雨，不能往。）老我金尊能共，肯怨飘蓬。

倦寻芳　送小柳还歇浦并示朴庵

暝隄滞雨，衰柳摇寒，人共秋倦。去去愁君，难更看花吴苑。惜别山留青满眼，分携樽阁霜侵面。暮潮催，趁西风一舸，五湖天远。　　漫约取、吟鞍重并，春到长安，尘蹋香软。海客情怀，闲逐淡云舒卷。有梦鸥寻烟浪里，无生鹤语团圞畔。只孤余，拥宵檠、数残征雁。

蝶恋花　朴庵将赴申江，赋词留别，依韵报之

重汝行行行未住。行到江南，坠叶纷如雨。柳不禁攀秋易暮。断魂又逐潮来去。　　万里吟声先雁度。胜侣高阳，盃酌应争具。雪软香蹄春著处。一枝芳讯休迟误。

摩西词选

黄人，字摩西，江苏常熟人。今录词五首。

高阳台　常州吕侠出其姊氏《春阴词》见示，立和二阕

拾翠盟寒，绣鸳人嬾，苔痕锁遍朱门。非雨非晴，琐窗长是黄昏。远山约略善愁黛，试推簾、已隔重云。是年时，中酒心情，天亦微醺。　　黏天芳草无情碧，便不经离别，已够消魂。柳眼惺忪，长条未惯牵人。杏花深处携尊去，任鸠声、啼遍前村。怕重来，绿到天涯，辜负寻春。

凤嘴愁凝，蝶衣凉褪，更无花影当门。妆罢薰香，消磨燕昼鹃昏。一丝簾额蓌蟾影，背东风、偷梦梨云。镇无聊，未枕先眠，未酒先醺。　　城南咫尺香车路，问俊游旧迹，如梦如魂。小立迴廊，烟鬟难认何人。闹红消息瞢腾过，賸垂杨、绿暗连村。是东皇，预借秋心，酝酿芳春。

贺新凉 赠杏儿

春瘦东风倦。太惺忪、玉楼旧梦，等闲吹断。占领江南花一种，几度脂揉粉浣。蓦开到、黄鹂身畔。冶叶倡条胡点缀，赌繁华、不受红墙管。才一顾，蝶蜂满。　一枝背面分寒煖。怎消受、镜台供养，绿华相伴。百计思量千遍约，勾却秾懽一半。还和醉、和愁销算。十里芳尘鞭马去，只黄金、休铸怜香券。尽薄倖，自今唤。

前　调 赠阿素

金粉腥羶气。总输他、薛家录事，樊家娇婢。又向嫦娥偷小字，荡得秋情无际。渐香入、幽兰心里。名士倾城留本色，便扫眉、不用江花替。尘万斛，眼波洗。　年来潘髩成丝矣。卅六天、从头忏悔，红情绿意。多感怜才才似锦，凤尾鸳心奇丽。都化作、光明白地。四壁画禅卿合悟，是吾曹、清盼谈诗例。携皓腕，验钤记。

贺新凉 弔吴江范振中

天醉无时觉。视梦梦、摧苗擢莠，跕修姍殀。难得生才偏易杀，才比童乌更妙。却死比、童乌还早。兰檗锄残离凤铩，问旋埋旋拍何颠倒。终不信，有天道。　碧翁向我掀髯笑。道因材、深心笃处，坎蛙焉晓。鬼畜泥犁三恶界，怎着祥禽香草。要收转、青霄才保。雷电肃清期不远，再投胎、永作兴朝宝。勤未倦，莫轻诮。

独笑词选

庞树松，字独笑，江苏常熟人。今录词一首。

凤衔杯 希姚属题毛韵珂饰约瑟芬小影，率填一解

王孙白马态翩翩。卷鸾花、重话当年。何意脂盟钿约、付寒烟。春易老、鬓空妍。　狮发蜷，鹭冠偏。丰神婀娜复庄严。悄止宫娥低唱定西番。幽怨那能删。

檗子词选

庞树柏，字檗子，江苏常熟人。今录词三十四首。

满江红 灵岩谒韩蕲王墓并读记功碑敬赋

南渡江山，空留此、一坏残土。尚仿佛，将军旌旆，美人桴鼓。江上风云鸥梦冷，湖边烟月鹃声苦。只伤心、遗憾最难消，骑驴去。　沧桑泪，挥无绪。兴亡迹，寻无据。算千秋歌哭，英灵知否。螭背丰碑馀几字，销磨那更风兼雨。望棲霞、一样旧斜阳，埋冤处。（岳鄂王墓在西湖棲霞岭。）

惜红衣 早春至严氏美园探梅。园在灵岩之麓。是日遇风雪，登楼四眺，愴然有相作，用石帚韵

水院沉阴，山楼送日。晚寒添力。小立低头，深池敛瑶璧。疏梅照影，还照见、梅边狂客。清寂。吹起玉龙，领东

风香息。　　春回旧陌。翠獮红惺，空馀麝尘藉。阑干倚遍望国。暮云北。为问废廊荒径，此际有谁攀历？共乳鸦归去，犹带一天离色。

前调　读王半塘《庚子秋词》感赋，用石帚韵

画角吹尘，狂花卷日。俊游无力。独上高楼，千山暮云碧。歌离吊远，空老却、京华词客。悽寂。肠断楚兰，问夫君消息。　　秋风九陌。落叶哀蝉，深宫乱芜藉。霓旌翠辇去国。指西北。往事怕谈天宝，多少鬓丝经历。剩墨华和泪，难辨旧时颜色。

法曲献仙音　金病鹤先生再丧其偶，状来征赋哀词，并示悼亡诸作。感音凄戾，不忍卒读。寒窗短檠，倚此报之

金雁棲尘，玉荷摇梦，依旧凄凉孤馆。冰枕新啼，墨绡残泪，丝丝一般红泫。忍重谱、离鸾曲，愁心碎成片。　　漫幽怨。只年来、鬓丝颠颔，看镜里、禁得几回飘断。最是客衣单，尚思量、灯畔裁翦。春絮秋蓬，有谁怜、大婿游倦。问小魂归未，休被夜乌啼散。

征召　题蔡哲夫《拗风廊图》，图为夫人张倾城所作

烟霞一角蓬莱影，人间软尘难逗。永日掩岩扉，有罗屏围绣。春归花落后。有万叠、翠阴笼昼。砚色疑云，琴声欲雨，自然幽秀。　　扫石试分题，风前惹、茶烟半萦吟袖。拍遍小阑干，问青鸾归否。晚池寒碧绉。正低蘸、黛蛾清瘦。待呼起、凉月娟娟，把画禅参透。

点绛唇 家兄北行，雨夜独坐寄怀

酒醒天涯，中年早办离时泪。听风听水。谙尽江湖味。 烧烛联床，回首人生几。君行矣。黯魂惊起。归雁难成字。

前调 秋枚属题董小池墨兰

亡国春风，几丝飘剩骚人泪。雨憔烟悴。写出伤心事。 脆叶柔枝，只是难扶起。潇湘水。暮云千里。何处孤根寄。（小池画兰，仿郑所南，不画土根。）

齐天乐 沈丈石友以《西泠觅句图》属题，近又将鼓櫂武林，赋此寄之，藉以送行

东风催熟湖山梦，轻桡泛春何处。草际诗痕，花前泪影，遥指凌波仙路。年芳过羽。把有限风光，笔尖收取。漫逐鸱夷，共商幽计伴鸥住。 生涯钓竿办得，旧狂间自理，烟水无语。鹤去山孤，鹃啼月冷，（蒙叟《西期杂感》诗有“孤山鹤去花如雪，葛岭鹃啼月似霜”句。）头白空吟愁句。重来未误。定添了柔杨，几枝低舞。为问周郎，髩丝如旧否？（谓左季。）

前调 偕闇如、企韩、公湛、皡民檥舟西崦，探梅邓蔚，因过万峰精舍午酌，薄暮载月而归，赋此以识清游之难得也

吴绵未减东风浅，吹来一天晴翠。孱力支筇，闲吟堕帻，初了寻幽心事。山梅错绮。镇遮级苍鬟，午钟飙坠。一笑登临，冷禅参透万峰意。 幽禽枝上唤客，好春容易去，空费清泪。梵外携尊，龛边按笛，防有餐霞人至。孤云去矣。待惆怅归舟，晚渔歌起。月映西崦，峭寒香在水。

百字令 郑秋枚《鸡鸣风雨楼图》

神州如梦，望阑干高处，此时谁倚？骞听荒鸡声不恶，空费半衿铅泪。孤剑频看，寒檠独对，犹有飞扬意。酒醒歌阕，人间休问何世。　回首客里关河，夜阑风雨，尝遍愁滋味。我亦荷衣尘土满，辜负髩丝堪耻。斫地王郎，问天屈子，心事人难会。相逢无语，一腔馀恨题纸。

前调 沈丈石友自撰生圹志，刻古砚上，拓本属题

诗人老去，对青山无恙，似曾相识。料理百年丘壑事，莫待髩丝先白。射虎生涯，雕龙事业，壮志空抛掷。（丈自题诗，有“搦管思雕龙，挽强欲财虎”之句。）孤吟神往，白杨风起萧瑟。　留此一片琳腴，千秋名字，差胜丰碑勒。何必墓田携短锸，十万梅花亲植。合付休休，且呼好好，（“万事直须呼好好，百年端合付休休。”金辛敬之诗也。）岁月真驹隙。眼前云水，甚时同办簑笠。

西子妆 七夕偕友檥棹尚湖，双鬟侑酒，漫拈此解

风约月浮，露明花凝，夜比秋河还浅。闹红一舸载秋来，且商量、旧时沤伴。凌波路远。浑不怕、微云锁断。看依稀，又水灯飘处，袜罗尘涴。　流光换。一曲瑶筝，替诉天孙怨。银屏残梦玉箫心，赚无端、泪痕双泫。清尊漫劝。好怜取、芳情销黯。怅何时，拥髻鸾缸重去翦。

桂枝香 读长沙华秀芬女史《庚子落叶》诗，哀感顽艳，千古绝作。时孤馆夜坐，烛跋香销，凄然成咏

银床冰簟。又几度秋风，低扇遮怨。梦冷苍龙，心上辘

轳空转。巴笺书破承恩字，够今生、思量缱绻。等闲撇了，钗盟钿誓，玉箸红绽。　　漫只恨、夫容命短。有废井双梧，故事凄惋。太涴池荒，付与垂杨春燕。怕吟落叶哀蝉曲，但凌波、罗袜谁见。料伊今夜，魂归复道，尚依雕辇。

湘月　新秋夜，闺人卧病，孤坐灯窗，感时抚已，漫拈此解，不觉其词之凄异也

画栏冷落，看簾衣如水，秋最多处。弹指流光，奈病里、付与听风听雨。悴叶飘阶，怨蛩絮馆，中有吟魂住。药烟茶气，髩丝相缭成缕。　　还自掩袖低鬟，深颦娇喘，对商量愁语。减尽芳颜，更一例、减却画眉情绪。凤篆香销，翠衾梦远，清夜沉沉去，孤釭花绽，此时知我幽苦。

瑞龙吟　病鹤属芥龛作《秋湖问月图》，再次清真韵以题其后

湖边路。回首故国青山，旧庄红树。依稀篷影低云，櫂声碎月，寻秋那处。　　莫停伫。如此水乡，应羡笛家渔户。烟波冷梦重温，白蘋倦采，呼鸥共语。　　休问三桥春舫，柳丝憔悴，尊前空舞。难得酒醒今宵，清景如故。香销烛灺，商略裁秋句。争忘却、搴芳细咏，凌波微步。锦瑟华年去。又教惹起，新愁旧绪。难理纷如缕。何日约，同看五湖烟雨。一船载得，水萍风絮。

霓裳中序第一　中秋前一夕次轹先生招，同石友丈暨鸣晦昆仲对月小酌，用白石道人谱

林烟又敛夕。画烛罗屏初弄色。三五邀来素客。好杯影借秋，花香分席。微吟动壁。引露蟾（蝉）飞上簾隙。团栾未，碧霄绛阙，怎与问消息。　　清寂。淡云如幂。最恨是

骖鸾路隔。添人多少梦忆。鸥畔移尊，雁外横笛。此情谁见得。漫自把阑干遍拍。宵深矣，秋心一点，冷透旧词笔。

西子妆 己酉三月，小留沪渎，与秋枚、真长、哲夫驱车往徐家汇，哲夫邀至寓庐茗憩，归途游味莼园。是日西商赛马，鞭丝帽影，游事甚盛。晚间真长招饮于岭南楼，侑觞人凤仙，聆口音误为乡亲苏小，询之则梁溪人也

蒨草随轮，柔杨罥袂，十里绀烟横路。眼中犹恨少豁山，避繁华、结庐何处。轻敲竹户。羡修到、双鸥同住。恁东风，正花光如海，香尘如雾。　　空凝伫。门外啼鹃，早又催人去。闹红台榭易斜阳，怕重看、一天飞絮。旗亭划句。只赢得、啼痕无数。向尊前，难认萧娘眉妩。

端正好 石友丈藏一砚，侧镌“易安”二小篆，盖李清照旧物也。索题以词

数才华吹香嚼蕊。总难写、画眉心事。风鬟霜鬓早飘零，（易安《永遇乐》词有“于今憔悴，风鬟霜鬓，怕向花间重去”之句。）剩小字、人间记。　　玉鸲伩伩凝双泪。镇独伴，冷吟闲醉。何时银烛呀乌丝。把漱玉词笺注。

玉烛新 彊邨先生寄示《瑞香词》，依原调奉和

啼珠凝露泫。正宝帐寒多，翠簾香展。数枝粉簇，缃梅小、试作东风幽伴。葳蕤细剪。奈尚觉、今番妆浅。遥想取、璚畹灵芬，仙心一般悽惋。　　无端瘦尽春愁，恁结就丁香，梦痕都远。晓窗静对，羞抹丽、但衬钗鸾钿燕。沉湘遗怨。为补入、笺骚芳卷。还怕是、吟到宫花，霞绡泪溅。

朝中措 舟行水郭，见隄柳数株，摇落可怜，触绪萦怀，悄然歌此

一声离笛下寒塘。烟水白茫茫。只有棲鸦几点，无端销尽斜阳。　　长堤绣毂，画楼红袖，多少思量。还记那是残月，何堪今夜严霜。

喜迁莺 辛亥春晚，重游湖上，赋此索龙尾和

移船何处。指岸柳青拖，谿桃红妩。黛浅波轻，声柔舻瘦，荡破半湖香雾。酒畔碧衫重认，镜里苍鬟无语。问记否，共寻秋箫舫，分笺题句。　　清游能有几，他日重将，乐府湖田补。（吴竹桥著有《小湖田乐府》。）渐黯芳情，难抛钿约，最是又愁春暮。闲却断丝丛笛，且伴浮鸥栖鹭。醉歌起，趁烟寒月悄，夜深归去。

贺新凉 钝剑属题《花前说剑图》

收拾狂名起。尽无憀、从头领略，销魂滋味。（定公词："怨去吹箫，狂来说剑，两样销魂味。"）漫说封侯前度梦，岂是平生初意。只未减、看花英气。慧业三生都忏尽，算恩仇、了了应能记。好珍重，剑华紫。　　黄金绿鬓飘萧矣。最伤心、被人认作，燕邯侠子。银烛清尊奇句在，醉后歌宜变徵。（君近示诗，有"醉后歌宜变徵声"句。）忍学取、吹香嚼蕊。且把东风亡国恨，寄相思、并入伤心泪。泪红泫，画图里。

采桑子 横塘夜泊

红楼灯火乌篷雨，各自宵寒。各自孤眠。偎遍罗衾翠枕单。　　三更一笛离亭起，梦惹魂牵。付与秋烟。远逐飞鸿

到那边。

浣溪沙

垂柳依依画槛边。倡条冶叶把愁牵。总教攀折也堪怜。惨碧山塘春似水，落红门巷雨如烟。怎生消受断肠天。

菩萨蛮 舟中雨霁月出，笛声凄然

绿蒲残雨萧萧歇。柳梢恰见微黄月。独夜不成眠。笛声吹到船。　　离情何处著。波面菱花落。渔火乱流萤。过桥红一星。

寿楼春 之园秋集，既纪以诗，意有未尽，漫赋此解，即赠龙慧先生

过池亭追凉。正鸳边雨绿，鸥外风香。却称朋笺呼酒，几人疏狂。弹墨泪、倾瑶觞。算醉中、浮名都忘。只倚菊餐金，探梅撷玉，清事费思量。　　寻前约，愁年芳。奈枯棋墅冷，残刻苔荒。（谓瓶庐老人。）那更悲秋词客，未离先伤。搔短鬓，回柔肠。漫重（去）歌、危栏斜阳。问何日吟蓑，随君五湖移钓航。

菩萨蛮 拟花间

兰灯凉照流苏帐。含羞不肯痴魂放。双鬓薄如烟。要郎知可怜。　　啮唇朱的的。镜背花无色。残月梦醒时。暖香犹在衣。

秋宵吟 莼农招饮，即席有作，踵和白石自度腔协四声

酒波明，画烛冷，夜倚红楼秋迥。相考好、试借取清

歌，唤将愁醒。　　尽流年，水样緊。送入舭船拚尽。疏狂惯、尚赋得闲情，翠娇花靓。　　醉里难忘，又朗月、圆期渐近。梦抛罗荐，泪湿铜槃，此际自消领。休觅青鸾影。但隔蓬山，前事暗省。怕人间、换了西风，钗约钿约共未准。

清平乐　古泥为余琢白石研，题以此解

支机賸石。一片温云白。夜夜蟾蜍清泪滴。伴取沧江残客。　　银笺研就乌丝。何心弄粉调脂。好学秋窗校梦，青灯一样相思。（王半塘校梦窗词，有《校梦龛图》。）

减字木兰花　题秦特臣《淮海诗词丛话》

风流淮海。老去投荒名尚在。千里潇湘。听到鹃声更断肠。（用《词苑丛谈》语意。）　　丛残重理。堪喜刦灰寒不死。莫对秋灯。弹泪西风哭古藤。

贺新凉　题南通徐澹庐《梅花山馆读书图》

难觅琅嬛地。且商量、青山老屋，一灯滋味。写集安排三千卷，以外笑都闲事。问几树、梅花开未。清夜何须红袖伴，有寒香、吹上乌皮几。此中乐，十年矣。　　相逢披取新图里。彩毫尖、依稀带得，江山灵气。忽忆英雄惊人语，书记姓名而已。试去学、钓鳌游戏。沧海归来春尚在，载红儿、更作扁舟计。吾为尔，再题字。（君将随节赴英伦，故云。）

剔银灯　夜饮若兰妆阁次仲可丈韵

秋在幽坊旧地。酒畔心情逾悴。簾烛迷香，屏花媚影，商略夜寒滋味。青衫剩泪。可销得、几回沉醉。　　弦柱背

人斜倚。愁上远山眉际。吹雨歌唇，试霜吟帽，多少少年时事。风过叶吹。似箫鼓、隔墙又起。

前调 题亚子《分湖旧隐图》叠前韵

刬外移家何地。写出水荒烟悴。梦弔疏香，词搜珍箧，（同社叶楚伧为天寥后裔，有《分堤弔梦图》。陈巢南辑《笠泽词征》，有《征献论词图》。）一样悲秋情味。滴残清泪。却输与、冷吟闲醉。　遥想寒灯独倚。望断蒹葭无际。故国梅花，扁舟桃叶，我亦难偿心事。且抛歌吹。听渔笛、蕢洲夜起。

踏莎行 张园访菊，偕匪石、莼农、楚伧

病柳皴黄，衰荷卷翠。萧疏一角寻秋地。雁声送到画阑东，雕轮散尽斜阳里。　袖沁香寒，簾摇烟碎。花枝也似人蕉萃。不须消息问西风，思量别有心头味。

了公词选

杨锡章，字了公，江苏松江人。今录词二首。

点绛唇 半淞园即事

轻漾菱舟，微风吹瘦诗人袂。柳摇烟起。争傍斜阳睡。
游遍名园，如在西湖里。君知未。小栏花底。有个那人倚。

疏　影

秋风至矣。看荷衣褪粉，莲子香未。别有遐思，微雨初

过，正是晚凉天气。芙蓉绿瘦鸳鸯梦，忆梦里、音书如寄。料朱簾、熨得重温，几度伊人闲倚。　　明月菰蒲一片，冷萤三两个，轻点凉翠。伫立多时，恍唔红裙，玉立亭亭江水。横塘空系瓜皮艇，怎载得、六郎憔悴。更逗来、点点芳愁，花外雁声斜坠。

鹓雏词选

姚锡钧，字雄伯，号鹓雏，江苏松江人。今录词七首。

点绛唇　半淞园秋泛

漫理萸囊，扁舟又作寻秋计。菱花风细。凉透残阳意。

败柳残荷，尽付当窗见，归犹未。一袈裟地。商略凭栏味。

浣溪沙　海上即事

占断长秋一角妍。微霜簾底试茶天。钿车十里起绀烟。

薄病无名如中酒，绮情略尽日耽禅。背灯筝语诉谁边。

蝶恋花

玉鸭烟消寒恻恻。柳怨莺颦，只有簾波识。不信闲庭芳草色。春归还把愁肠织。　　入水钗光留未得。泥带芹香，燕去空相忆。红煞雕栏蝉鬓侧。凭栏难觅柔荑迹。

点绛唇

九十流光，匆匆过了廉纤雨。晚霞慰汝。一抹红如许。

断角残钟，商略伤春语。凭栏暮。斜阳烟柳，便是春归处。

浣溪纱 刘三有“一天风雪艺黄精”之句，戏及之，兼示其夫人灵素女士。文字游戏，不失雅谐，弗诮轻薄尔

艺罢黄精自荷锄。夕阳秋水澹菰芦。摄生须问女相如。不信态经归谢女，那从钿合贮丹书。脂痕粉印满灵枢。

蝶恋花

寒食清明都过了。不怨花飞，但怨花开早。昨夜玉虫兰蕊小。一分春在孤灯悄。　　堕袂一丸凉月皎。欲理幽欢，醒醉都难好。不信春来人不老。鸳鸯打出相思稿。

卜算子

好是画簾疏，不隔罗衫袖。人共春愁一例凭，熨得阑干瘦。　　钿怨与钗情，没个商量候。自检空箱旧酒衫，褶叠春痕透。

吹万词选

高燮，字吹万，松江金山人。今录词五首。

少年游 为春航题名小青墓作，用虑尊韵

一杯酹尔各怆（平）神。风雨断人魂。芳姓同留，舞衣错认，非假亦非真。　　登场描出伤心稿，曾现女儿身。碎恨零愁，哀丝豪竹，一样可怜人。

一痕沙 题武林同游照片

依旧能狂未死。惟我与尔有是。回首六年馀。景全殊。打叠吟魂一串。飞向段家桥畔。如此好湖山。莫思还。

浣溪纱 题西泠雅集照片

十载闻声慰渴思。衫痕帽影各参差。红阑干外日迟迟。碧草铺阶长似带，垂杨倚槛绿成丝。沉沉庭院我来时。

减兰 题三潭泛舟照片

整襟危坐。一叶扁舟人七个。何处停篙。卍字亭间九曲桥。　　相携吟侣。印到三潭情几许。打桨烟波。湖水湖风莫管他。

罗敷媚 题清波弄影照片

屯田妙致元龙气，两样风姿。一样情痴。各动榛苓彼美思。　　文章歌舞俱超绝，艾艾期期。扑朔迷离。对影清波逐队嬉。

佛子词选

高增，字佛子，江苏金山人。今录词四首。

少年游 为春航名题小青墓作，用虑尊韵

月明环珮讶归魂。彩笔倩传神。绮孽三生，芳名千古，倾倒几多人。　　广场开处珠喉转，四座唤真真。白雪征

词，红襟挥泪，一样息馀身。

迈坡塘 题《三子游草》

碧湾湾、堤围垂柳，鸭头游泳何处。嫣然一笑秋波溜，半面明妆窥取。呼俊侣。料拜罢忠坟，又向南屏去。痴怀说与。问湖水清涟，溪光窅渺，月旦定谁许。　　相怜惜，一样登高能赋。渠侬真个辛苦。天荒地老人无恙，月下尊前倾吐。狂欲舞。道占住湖山，便是湖山主。沉吟暗妒。记十日行程，岗岚起伏，搁笔几延伫。

菩萨蛮 春光渐老，言愁欲愁，托之倚声，聊写别恨云尔

蘼芜绿遍天涯路。天涯游子归何处。少妇漫凝眸。凝眸愁上愁。　　绿肥红渐瘦。花落愁时候。已是鹧鸪天。况闻啼杜鹃。

杜鹃声里春光老。飞飞蝶向花枝绕。蝶自绕空枝。春归知未知。　　流觞曾几日。绮梦还堪忆。斜日下西山。梦回清泪潸。

巢南词选

陈去病，字佩忍，号巢南，江苏吴江人。今录词十二首。

百字令 偶经阊门酒家，得宋淳熙、明永历钱各一枚，用宋曾觌淳熙九年中秋随驾诣德寿宫起居上皇赏月应制韵

土花晕碧。相青铜、恰似古时明月。难得方兄完好在，

真个二难奚别。两片寒琼，（唐钰诗：“亲拾寒琼出幽草。”）一朝吴市，邂逅欣重叠。阮囊增采，清商应和新阕。　　曾记破碎金瓯，如蚨飞去，半壁争悽绝。一掷何曾孤注判，陷尽中原宫阙。陵散金钱，（孝宗）玺分御宝，（永明）国耻谁家雪。边声厉响，惊心何限亏缺。

高阳台　有感徐湘蘋夫人事

笔格横珊，镜籢嵌玉，南州高士人家。有个俜伶，小名记取蘋花。比肩嫁得元龙婿，逞豪情、湖海堪夸。好年华。翡翠兰苕，璧合无瑕。　　徐陈本有苔岑契，况楼高百尺，奇气冲霞。玳瑁梁间，双栖海燕周遮。略谈风月供消遣，尽凭阑、看遍山茶。只堪嗟。福慧修成，之子天涯。

前　调

拥髻填词，凭肩玩月，当时几许欢娱。底恁匆匆，留伊不住何如。翩鸿一瞥灵氛邈，賸孤怀、渺渺愁予。影模糊。雁杳鱼沉，没寄封书。　　蓦然锦字传来快，讵看犹未了，泪已涟洳。道受新凉，恹恹人忒慵疏。秋风从古称多厉，怎禁他、辛苦程途。病曾无。碎矣侬心，梦也惊呼。

虞美人　五人墓

五人已矣何消说。有碣谁能没。凄清如我五人存，只是年年上冢演啼痕。（时与天梅、屏子、刘三、道非偕。）　　温馨别有真娘墓。艳迹传千古。可堪名士诩风流。对著名山名妓总含羞。

天仙子　重谒张东阳祠

短艇轻桡随处舣。又到中丞香火地。神鸦社鼓不成声，哀欲死。无生气。入门撮土为公祭。　　痛饮黄龙今已矣。亮节孤忠空赍志。满园花木又飘零，馀碧水。向东逝。（祠在绿水湾。）盈盈酷似伤心泪。

念奴娇　由山塘泛舟过野芳浜，游留园及戒幢寺有慨

兰桡轻飏，有云间佳士，秀州狂客。虎阜横塘随处舣，浜底野芳幽绝。盛事难追，馀馨犹在，我意良飞逸。为君道故，华屋丘山历历。　　留园不是刘园，一花一石，大抵今非昔。祇（祇）树香林谁继起，一笑相逢弥勒。（留园西有戒幢寺，俗名西园。其僧日走城中宦家，募金如山，遂得兴复，游人至者甚众。）震旦香烧，恒河沙没，我佛应悽切。（印度已为英人所灭。）低眉入定，心事大雄谁测。

减兰　席上有感

人衰代谢。卞董风流今莫话。欲听琵琶。除却儿家更那家。　　红楼曾记。有个惺惺娇欲死。图画亲描。说到魂消意也消。

惜分飞　欲游支硎未果，戏代船娘谱此阕

澹粉轻烟春欲暮。一棹横塘飞波。准备西山去。朝来卖得时鲜果。　　好事多磨天忽雨。毕竟彼苍心妬。妬了郎心苦。妬侬更妬西山路。

浣溪沙　昨梦漫游塞外，见土田肥沃，颇宜耕植，欣然有屯垦之志。未几峰回路转，徐度溪桥，则微茫万朗，宛然身在水云乡矣。枕上偶得二阕，推衾写之

塞草青青塞柳妍。壮怀犹自说开边。桑芽初绿好屯田。

小小渔村逢野店，疏疏簾桁飏茶烟。具区缥缈远连天。（梦中恍惚一老渔语余云：“此梅花坞也。”）

瘦影凌波绝可怜。个侬原住太湖边。梅花点点拥婵娟。

一舸鸱夷曾许隐，半椽茅屋合参禅。两崦深处称（仄）神仙。

踏莎行 张家口旅行，竟日愁不能已，写此寄怀

揽辔登车，凭高瞰远。胡沙一片连天晚。故园消息近如何，梅花落尽愁难返。 瀚海烽多，哀鸿唳断。天涯白发人应倦。朔风吹彻乱鸣笳，伊谁解道春将半。

清平乐 题潘兰史《惠山访听松石图》

瑯琊碣石。底处寻残刻。只有惠山泉咫尺。认取唐贤遗迹。 一拳奚啻玲珑。佑微栗里高风。漫道书狂似虎，还疑树老犹龙。（使李聃事。）

亚子词选

柳弃疾，字亚子，江苏吴江人。今录词七首。

蝶恋花 得卧子狱中书感赋

未卜他生今已误。钗断琴焚，南浦当时路。十样蛮笺劳寄与。几曾写尽伤心语。 往事思量谁记取。断雨零风，又送春归去。正是江南三月暮。鹧鸪声里留人住。

镜里窥侬颜色误。蕉萃年来，总为郎辛苦。鹦鹉前头休絮语。背人红泪还如雨。 绣尽回文无一句。倩梦惊魂，

只逐杨花去。盼汝今宵飞到处。秦淮水绕钟山树。

满江红 弔蒋清烈女士，用岳鄂王韵

鶗鴂声中，那忍见、众芳销歇。恨何物，萋菲贝锦，敢污清烈。娲后从来思补石，常仪岂有曾奔月。叹从容、就义谢谗人，心悲切。　拚一死，冤应雪。传万祺，恨难灭。痛世间底事，硗硗易缺。六月霜飞东海狱，三年碧化苌弘血。料贞魂、招尽不归来，排云阙。

前调 题剑魂《汉侠图》，用前韵

荆七良锥，叹底事、侠风销歇。蓦地里，逢君吴市，箫声激烈。壮士悲歌辽海曲，健儿醉踏沙场月。弔要离、冢畔草连天，雄心切。　沼吴耻，几曾雪。报韩谊，终难灭。看不平棋局，唾壶击缺。青史百年薪胆恨，黄衫一剑恩仇血。问何时、恢复旧中原，收京阙。

金缕曲 哲夫作枯笔山水一小帧见赠，为订交之券。荒寒寥寂，忽有感于余心，爰取戴子高影事，名之曰《梦隐第二图》，词以张之，即用三年前为钝剑题《万树梅花》卷子旧韵。抚今追昔，若不胜情。海内词坛，所不敢望；二三同志，庶几和余

拔地奇峰起。笑平生、郑虔三绝，君真多事。挥洒烟云来腕底，灵气胸中未已。看枯木、寒山如此。尘海茫茫无我席，算此身、合向山中死。负汝者，有如水。　故人万树梅花里。记当年、卜邻有约，而今何似。恨海精禽填不得，付与凄凉眉史。侬已厌、伤心滋味。只恐人间无此境，便夸娥、移也非长计。图一幅，且休矣。

蝶恋花 喜卧子出狱，用前韵

绝代因缘今未误。美眷如花，锦样前头路。艳福原凭天付与。人间删尽相思语。　　十斛明珠谁换取。只羡鸳鸯，不羡飞仙去。荡子归来犹未暮。温柔乡里留君住。

休道传言鹦鹉误。禳得三生，莲子依心苦。昨夜护花铃上语。花开不怕闲风雨。　　碧海青天伤别句。此日重逢，莫再匆匆去。料理双棲安稳处。不须更化韩凭树。

冶民词选

蔡寅，字冶民，江苏吴江人。今录词三首。

行香子 次韵和天梅、亚子

绿到春边。红到愁边。最无聊、漂泊天边。渍一腔热血，冰透毫巅。是病中花，雾中月，错中天。　　丝断难连。梦觉难圆。猛回头、遗恨绵绵。奈兰因絮果，往事重牵。看酒如泪，泪如雨，雨如烟。

春在云边。人在愁边。莽重洋、苦海无边。蓦振衣千仞，孤啸蓬巅。痛望帝魂，精禽石，女娲天。　　断锦空连。片月空圆。病恹恹、烂醉如绵。问奴韁隶锁，底事缠牵。愿舌为剑，剑生花，花成烟。

高阳台 送友归国即事偶成

东海论交，南天纪梦，华年心绪悠悠。蓦地箫声，撩人字字皆秋。秋心搅做冰纹裂，怎禁他、风雨楼头。伴羁魂，咽咽呜呜，唤起离愁。　　临歧莫作寻常语，把屠龙手段，起风才猷。收拾乾坤，好教重铸金瓯。班生事业终生愿，溯予怀、渺渺灵修。莽前程，水碧天青，浩荡中流。

大觉词选

王德锺，字大觉，江苏吴江人。今录词三首。

点绛唇 题《拈花微笑图》

小立花丛，花光人面红相照。香风轻袅。纤手将花拗。

一事问郎，花与侬颜较。为谁好？欲言羞了。只是拈花笑。

捣练子 题《踏雪寻梅图》

云幂幂，霰霏霏。偶忆琼姿映小溪。踏雪寻来翻不识，红梅头白白梅肥。

念奴娇 题十眉《瓜山忆梦图》

绮楼香散，月无声、剩有烟鬟鸦语。记得琼筵银烛下，唤酒寻春几度。翠袖封香，花钿斗媚，影事无凭据。沧桑花下，春衫红泪如许。　　待欲贳酒重来，拱宸桥下，金粉依然否。闻说西泠花月夜，已是月斜花腐。旧梦重提，新愁万叠，翦幅生绡寓。小簾虚阁，是君醉墨题处。

病蝶词选

黄复，字病蝶，江苏吴江人。今录词三首。

湘月 莘安凌三自分湖驰书燕市，以《紫云楼图》属加题咏。紫云楼者，君所新葺，与其夫人琬雯女士倡和之居也。因填此解张之，即以寄怀。用定公韵

分湖灵秀，莽芦烟菰雪，合生英丽。弱冠文章惊海内，后起光芒无际。纸阁琴尊，高楼灯火，销尽才人意。新居颇好，偕隐平输尔奇计。　别后正忆江南，鱼信传来，蓦地闲愁起。指点丹青添一笑，幽绪终怜谁寄。画舫联诗，萧斋话雨，回溯年时味。鸥盟判践，傥相负者如水。

水调歌头 亚子结客十数辈，雅集柳溪之水月庵。有书见告，附以新诗。念景怀人，感拈此解，用宋人丘宗卿韵

豪彦荟吴浙，雅集白蘋洲。醉看斜阳萧寺，还触水边愁。端合清狂小住，酧得英灵馀怨，惊起几寒鸥。胜会屡辜负，愧我等羁囚。　思故乡，怀良友，恸神州。沧桑惹泪，远书遥寄雁来秋。賸有新诗沉俊，慰可水魂山梦，吟罢韵悠悠。游侣半无恙，（谓十眉、大觉、莘安、悼秋、盥孚诸人。）行役复何忧。（水月庵在分湖南，地介江浙之交。水木明瑟，烟波浩渺，为数百年古刹。曾载《嘉善县志》。明季鼎沸，东南义士创水师以拒虏军，事败有亡命于此者。病蝶附识。）

高阳台 寒夜怀太仹丈

吟社联诗，歌场载酒，春明几度淹留。老矣休文，逃禅

强续狂游。卅年涕泪挑灯尽，者沧桑、都化清愁。有何人，玉珮琼琚，比汝风流。　　一家客里圆鸥梦，便芦簾纸阁，也算温柔。说剑调筝，平生心绪堪酬。相逢怕问闲消息，溯余怀、渺渺灵修。甚天工，作就严寒，好句难搜。

无生词选

王锺麒，字无生，安徽歙县人。今录词十二首。

摸鱼儿　题自撰《血泪痕》传奇

又无端、几番惆怅，阿谁写入粉牒。赚侬多少酸辛泪，洒向西风黄叶。君听彻。君不见、行间都是鸳鸯血。声声凄切。有一缕幽魂，飞来卷里，一读一呜咽。　　中心事，待与何人细说。看予头上冰雪。霎时惊醒黄粱梦，猛换旧时宫阙。愁欲绝。但私祝、根株莫被风吹折。芳菲未歇。愿年少男儿，誓心恢复，努力补天缺。

如梦令

携手画簾深处。风送口脂香度。说到两情痴，低啐一声佯怒。佯怒。佯怒。又把秋波偷顾。

蝶恋花

睡鸭香残天欲暮。一出中门，便是离亭路。私祝西风休作雨。将侬吹上横塘浦。　　赠汝明珠犹记否。便是重逢，已把华年误。昨夜梦中曾见汝。可怜梦也无寻处。

前调 为人题团扇

新制齐纨横素月。侥幸终朝，纤手长亲接。物尚如斯人竟别。何时乞得坤灵牒。　　只恐芳菲容易歇。簾外西风，簾里先愁绝。出入中怀殊皎洁。道侬争恶轻抛掷。

凤凰台上忆吹箫

花种将离，弦弹录别，休将旧事重提。剩坠懽如梦，梦也凄迷。不是长亭风雨，是别泪、洒向临歧。肠断矣，夕阳无语，芳草斜堤。　　凄凄。懽场回首，又谁料而今，死别生离。道一声珍重，宛转娇啼。侬便经过万劫，也难望、素手重携。料今宵，明月多悄，还照楼西。

贺新凉

指点离亭路。问今宵、月斜人定，汝眠何处。此去长途须珍重，正是炎风送暑。问更有、阿谁调护。纵使程途千里隔，算相思、只有侬和汝。翻则悔，重逢误。　　朝来相送江干路。强回头、道声珍重，泪花如注。便欲兴辞浑不忍，泪眼频频偷顾。早一步、一回凝伫。休道今生缘分浅，有梦魂、长绕横塘浦。无限事，向谁诉。

满江红 《藤花血》传奇题词

如此江山，问世事、从何说起。看门外，铜驼无恙，夕阳如矢。惨雾横空燐火碧，西风扑地芙蓉紫。猛回头、换了小朝庭，心如死。　　家国恨，空羞耻。身尚在，差堪喜。似鬼神来告，吾仇至矣。把剑伤心聊一哭，投杯壮志仍千里。看等闲、谭笑起风云，空馀子。

菩萨蛮

绿罗掩口金钗颤。几回梦里分明见。梦醒却如何。泪沾红被窠。　　残灯光若豆。月比人还瘦。扶病剔残灯。天儿还未明。

金缕曲　寄无量

谢子平安否。念年时、归来相见，匆匆握手。抵掌痛谈家国恨，门外霜华如斗。愿壮志、终期不朽。宝剑如虹人似玉，更一杯、痛饮黄龙酒。君去已，莫回首，年来我亦飘零久。賸终朝、谈棋说剑，评花问柳。欲谢浮名浑未得，渐近中年以后，只万事、蹉跎如旧。纵有文章惊海内，但无端、腾笑妻孥口。歌一曲，泪沾袖。

摸鱼儿　赠人

又无端、几番惆怅，是谁将我留住。十年一觉扬州梦，憔悴江南风雨。须记取。偏置了明珠，来作画中语。万般辛苦。趁凉月三更，痴魂一缕，化作杜鹃去。　　珠簾外，红豆东风如故。殷勤说与迟暮。深情一往真愁绝，相见怎能细诉。卿莫误。叹故我频年，结习无寻处。低声嘱咐。倘绝业成时，名山藏就，金屋定深护。

鹧鸪天　有忆

云作衣裳玉作身。一回相见一销魂。敢言花貌能倾国，但解怜才合感恩。　　心里事，梦中人。罗衾生受几黄昏。千金欲觅昆仑客，又恐红裙意不真。

齐天乐　金诃子

一重隔断温柔界，风流倩他遮护。盎玉凹梨，堆琼发菽，都被轻轻兜住。何堪更注。尚环约银钩，带拖金缕。汗颗娇融，为谁芳晕竟如许。　　年时卿定记取。纵狂郎在抱、欢境初遇。翠袖微扬，罗襦私解，纤手摩挲偷度。魂消个处。记春夜横陈，艳怀全露。皓体鲜妍，片红添媚妩。

善之词选

程善之，以字行，安徽歙县人。今录词七首。

长亭怨慢　杨花

松藤先生谓自来贱杨花者，皆在辞枝以后。若其嫩黄初吐，弱翠才分，时宛转枝头，亦自缠绵可爱。古来词人题咏，曾未之及，宁非撼事？拈《长亭怨慢》一阕，嘱为谱之。

旧年时、玉骢嘶处。背却东风，偷匀眉妩。秀甲轻笼，檀云细簇好留住。幽香一缕。笼不尽、烟和雨。刚到杏花时，且莫问、天涯何许。　　南浦。看凝珠聚蕊，依约春心无数。蜂衣褪尽，只赢得、宫腰凄楚。青青媚眼可怜生，贴粉额、娇黄无主。镇宛转芳丛，几日短长亭路。

高阳台

寒食天涯，东风院落，一簾疏雨黄昏。醮暖梔寒，年年线上新痕。愁心只共春潮长，荡纤腰、错认真真。漫消凝，打桨年时，桃叶桃根。　　落花流水无声去，更游骢寂寞，梦绕芳尘。燕妬莺娇，能禁几度眉颦。柔荑未解同心结，逗微波、影又成阴。太匆匆，吹尽香云，便了残春。

菩萨蛮 有悼

小楼香冷蘼芜路。泪滴红冰无著处。月暗玉钩斜。尘飞系臂纱。　雁声天共远。霜底秋痕浅。短梦一番醒。难为醒后情。

浣溪纱 有见

泥枕云鬟睡起迟。春酲馀倦透腰肢。笑招新燕说相思。

浸幕晓光凉似水，过云微雨不成丝。清明一度落花时。

虞美人

绛纱窗下珠绒堕。暗递樱桃唾。记侬生小惯聪明，怪底闲人偏说是多情。　无端风雨年华暮。催促朱颜故。阑干倚遍怕黄昏。不耐旧人新梦诉温存。

祝英台近 和陈烈妇纫兰乩词，即用原韵

别西楼，忆南浦。远梦迷江树。淡宕游魂，飘遍人间路。几番劫后河山，哀秦诅楚。都只付、白云来去。　空留住。漫春月又秋花，促把离思误。锦瑟无端，愁绪向谁诉。旧时絮果兰因，从头推数。更恩怨、悲欢何处。

一萼红 悼亡

立风前。拂漫漫荒草，惨绿杳无边。娲石天销，蓬莱海隔，凄凉莫问当年。指芳尘、弹馀冰泪，镇温柔、不似旧因缘。心事他生，悲欢短梦，都付啼鹃。　天意从来难问，算古今尽有，薄命婵娟。冷露浮光，寒燐荡影，罗襟何处潸然。几多时、碧油经处，便空山、花木暗啼鹃。怕听蜀冈十

里，流水涓涓。

菩萨蛮

眼底屏山天样远。桃花日日闲庭院。蝶梦只酣酣。不知春色阑。　　钿蝉摇玉凤。压臂香痕重。鸾镜惯相思。颦眉不自持。

遁天词选

吕碧城，字遁天，安徽旌德人。今录词二首。

瑞龙吟　和清真

横塘路。还又冶叶抽条，繁英辞树。最怜老去方回，（贺铸）断魂尚恋，芳尘送处。悄延伫。愁见唾茸珠络，旧时朱户。蠹笺暗褪芸香，不堪重认，题红密语。　　苦忆前游如梦，翠裾长曳，锦襜低舞。巢燕归来，雕梁春好非故。馀哀零怨，写尽闲词句。更谁见、湘波蘸影，袜罗微步。春共行云去。已褪吴蚕，犹牵病绪。织就愁千缕。酿一寸芳心，黄梅酸雨。罘罳闷倚，倦怀谁絜。

声声慢

听残腊鼓，吹暖饧箫，凤城柳弄轻烟。检点春衫，早又换了吴棉。啼莺唤愁未醒，锦屏深、惯倚恹恹。朦胧语，问人间何世、月地花天。　　还賸浮生几日，尽伤心、付与浅醉间眠。无赖斜阳，为底红到楼边。繁香又都吹尽，费彩毫、多事题笺。人空瘦，到明朝、怕启绣奁。

寄尘词选

胡怀琛，字寄尘，安徽泾县人。今录词七首。

浣溪沙 答莼农

问我缘何不作词。今将心事告君知。非关偷懒故装痴。
愁绪绵绵情絮絮，斜风片片雨丝丝。原来最怕说相思。

柳梢青 天遂为余画扇，填此酬之

君自优游。廉州手腕，石谷风流。一派溪山，半天风雨，笔底全收。　　烟岚云树扁舟。点在我、团圞扇头。溽暑都消，纤尘不染，无限清幽。

洞仙歌 楚伧、鹓雏各以寄内、赠内词示余，反其意填此阕和之

卿卿仙子，住琼宫玉宇。含笑拈花曾　语。是尘缘未了、小谪人间，故教汝，尝试般般辛楚。　　我语卿听取。翦断情根，两字鸳鸯涂旧谱。免世世生生、伤别伤春，够消受、恨烟颦雨。卿若不、虔心听吾言，且去看、人家几家团聚。

浣溪纱 夜雨

有个愁人睡不牢。芭蕉风雨夜潇潇。新凉如水一灯摇。
往事悲欢都过了，管他哀乐到明朝。只难消受是今宵。

罗敷媚

分明是个伤心地，蔓草芳郊。野水横桥。深浅春愁比暮潮。　　离怀困懒何消说，花也神焦。柳也魂销。一角斜阳更没聊。

前调　夜雨

芭蕉叶上宵来雨，已算凄清。不够凄清。添个寒蛩抵死鸣。　　纸窗竹簟人无睡，坐到天明。听到天明。愁与秋潮一样平。

采桑子　匪石有此调，题曰《新移居跑马厅畔，闻之居人，旧为吴中费某藏娇之所，珣词记之》，余居与君为邻，依调填和

天生是个风流地，昔作（去声）香窝。今又吟窝。占领春愁孰最多。　　喃喃赓和诚多事，藏艳由他。索句由他。问我邻家管什么。

整理后记

南社，可以说是近代以来影响最为持久的文人社团；仅就社员之众来说，说影响最大，似乎也不为过。只是在近半个世纪的时间里，缘于种种原因，它似乎淡出了人们的视野。而时下南社及其同人作品重回今人的言说、阅读、研究，却也正说明了其影响之持久。

在20世纪初期社会大变革、大动荡的环境下，南社由分裂到解体、再到重组，成员逐渐风流云散，甚至有人成了社会败类。——这也不去说他。要说的是，时至今日，南社同人的诗文作品，不能不谓之仍具一定的认识性、文学性，乃至思想性。缘此，重刊南社同人作品，也就有了一定的意义。

南社社刊《南社丛刻》，曾经连续出版22集，并曾出版增刊。1925年，胡朴安先生选录南社同人作品，编成《南社丛选》，由国学社刊行。《丛选》按体裁分类，辑成文选、诗选、词选三集。所录作品文最多，诗次之，词又次之。录入各人作品数量不等，少则一两首，多则数十篇。每位作者，都有简略“小传”。此书由于刊行较早，影响自然也较为突出。

本次整理，一准《文献丛刊》“存真”宗旨，原文照录，略不删节。对于诗文中的异体字、俗体字，也尽可能保留，既可以展现汉字的丰富多彩，又可以显示当时的文人好尚。对于篇幅较长的文章，尽可能作了适当分段，以方便阅读。

至于内容的时代印迹，诸如“排满”等等，时下读者的素养，足以鉴别取舍，毋庸赘言。

原书编次，可能是囿于时间和资料，不免些少疏失。主要是在“小传”，诸如各集人名不一（如弘一法师之李息、李凡，傅熊湘亦用傅尃）；字号误植（多是把别号当成了字，也有杂用者，如胡先骕之步曾、忏庵）。对此，容易引起误会的做了个别处理，其他则一仍其旧。——如今资讯发达，此类资料，读者极易查核。另外，原书目次较为简单，为方便渐进或选择阅读，此次整理时做了详细目录。

水平所限，未尽得当之处，还请读者批评指正。

整理者

己亥冬至

图书在版编目（CIP）数据

南社丛选 / 胡朴安组编；继堂点校．—上海：上海科学技术文献出版社，2020
（上海图书馆馆藏文献丛刊）
ISBN 978-7-5439-8101-0

Ⅰ．①南…　Ⅱ．①胡…　②继…　Ⅲ．①诗词—作品集—中国—民国　Ⅳ．① I226

中国版本图书馆 CIP 数据核字 (2020) 第 053987 号

策划编辑：张　树
责任编辑：杨怡君
封面设计：留白文化

南社丛选
NANSHE CONGXUAN
[民国] 胡朴安　组编　继　堂　点校
出版发行：上海科学技术文献出版社
地　　址：上海市长乐路 746 号
邮政编码：200040
经　　销：全国新华书店
印　　刷：常熟市人民印刷有限公司
开　　本：889×1194　1/32
印　　张：39.25
字　　数：881 000
版　　次：2020 年 5 月第 1 版　2020 年 5 月第 1 次印刷
书　　号：ISBN 978-7-5439-8101-0
定　　价：188.00 元（上下册）
http://www.sstlp.com